顾世潮评

——新时代人生哲学随笔三百篇

（上卷）

顾龙友 著

商务印书馆

目 录

人活思想里（自序）   001

中心与角落   001
隶属与游离   005
隐忍与张扬   009
初心与初为   013
细小与宏大   017
赢得与输掉   021
救急与救穷   024
大人物与小人物   028
分享与分担   031
虚拟与现实   034
弯弯绕与直筒筒   037
传统与现代   040
眼观与耳听   043
信守与守信   046
势不两立与势可两立   049
实笃笃与虚飘飘   052
门槛与台阶   055
垃圾与宝贝   058
岔路与正道   062
正解与误解   066
浪漫与死板   070
自了与他了   074

不得了与了不得	078
中游与中间	081
消费与浪费	085
审美与赏美	089
宜与当	093
酸气与醋意	096
最后一天与一天最后	099
饭局与局饭	102
晨昏线与临界点	105
讨人喜与遭人厌	108
送礼与礼送	112
毛毛虫与第十人	116
圈内与圈外	119
车上与车下	123
撒娇与扭捏	127
变通与呆板	131
专心与分心	134
虚无与实有	137
丰满与骨感	140
发现机会与创造机会	143
有所舍与有所得	147
善缘与恶缘	151
好学与好胜	155
拼爹娘与坑爹娘	158
无聊与充实	161
服软与吃硬	164
小幽默与大智慧	167
土味与洋气	171
自怨与自信	174
激与压	178
真假与假真	182
有理与无理	185
有关与无关	189
愚忠与愚孝	193

尚未发生与既成事实	197
逞强与示弱	201
好情绪与坏情绪	204
生理与心理	208
尺有所短与寸有所长	212
定量与定性	216
符号与标志	220
龙多与龙少	225
不该问与不能说	228
客观与主观	231
零碎化与完整性	234
毛物与净物	237
知与智	240
穷心与穷劳	243
冷与凉	246
自瞒与自满	249
心量与能量	253
人之贱与人之贵	256
对不起与对得起	260
期望与奢望	264
影响力与作用力	267
对手与帮手	270
独力与协力	273
有效与无效	276
节律与韵味	279
前台与后台	283
同类与异类	287
原创与克隆	291
干货与水货	295
人来疯与掉链子	298
错位与归位	301
乱弹琴与瞎起劲	304
主与客	307
褒扬与贬责	311

抽签与抓阄	314
埋头与出头	317
谋定而动与动而谋定	320
爱情与恨意	323
本色与着色	327
归拢与拆零	330
一元与多元	333
回望与反思	337
打水漂与放长线	340
过客与常客	343
野生与家养	346
脑袋与口袋	349
刻薄与浅薄	352
忙情与闲情	355
点赞与点拨	359
短板与软肋	363
加减与乘除	366
对决与妥协	370
开门与关门	374
姿势与态度	378
草民与精英	381
以大事小与以小事大	384
情理与法理	387
大数据与小数据	390
有趣与无趣	393
问路与指路	396
潜力股与垃圾股	399
冒险与保险	403
守时与误时	406
不求人与少求人	409
气度与风度	413
获得与失去	416
向前走与向后走	419
管人难与用人苦	422

得意与失意	426
幸福与苦难	429
后悔与庆幸	432
自荐与自弃	435
平淡与奇迹	438
偶然与习惯	441
家德与家才	444
冷言与热语	447
边缘与核心	450
借智与借势	453
跳槽与卧槽	456
人脉与人缘	459
阶段与终局	462
赶不及与来得及	465
羡慕与嫉妒	468
坐忘与坐驰	471
淡淡的与浓浓的	474
关系思维与法治思维	477
诤言与明镜	480
浮躁与踏实	483
气与器	486
懒与赖	489
信与不信	492
低调与高标	496
煲话与煲汤	499
爱情与友情	503

人活思想里

(自序)

父是天,母为地,天地合一,我们一个个由父母带至世间。人活生命,有血流,有心跳,有呼吸,有脉搏。思想基于生命。就个体而言,人之生命倘若停歇、消逝,思想自然停摆、定格。古往今来,世人以百亿计,探究起来,其何以作为、业绩天差地远,这在主观上与其有无正确的思想关涉。

何谓思想?经典地说,它是客观存在反映在人的意识中经过思维活动而产生的结果。关键词:客观存在,思维活动,结果。浅显地说,它是人对客观事物的看法、想法。不是么?我们时而闻及有人赞美对方"有思想"。这里的思想,主要指看法、想法,当然也包括思维,即进行观察、集纳、分析、推理和判断,实际上是认识客观事物的过程。完整论之,思想既指结果,又含过程,只不过,通常显示的是结果,而过程则在服务于结果中被忽略、隐匿了。

思想本身是多元的,其外延与内涵极为丰富。按对象不同分类,有政治思想、经济思想、文化思想,有军事思想、文艺思想、经营思想,有学习思想、工作思想、家庭思想等。按性质不同分类,有唯物主义思想、唯心主义思想,有理想主义思想、现实主义思想,有民主主义思想、专制主义思想等。按规模不同分类,有体系思想、单一思想,广义思想、狭义思想,团体思想、个体思想,连贯思想、片段思想等。

思想的作用和意义不言而喻。在群体上,它决定着革命、建设的宗旨和信仰;在个体上,它决定着做人、做事的方向和方法。思想具向心力、凝聚力,思想具穿透力、荡涤力,思想具拓展力、创造力。思想是行动的向导。为何人们每每在部署工作时都要确立指导思想,其缘由即于此。北京大学校长王恩甫曾告诫他的学生们:"人要具备两种力量,一种是思想的力量,一种是利剑的力量。思想的力量往往战胜利剑的力量,这是拿破仑的名言。一个人的思想走多远,他就有可能走多远。"查·艾霍尔认为,有什么样的思想,就有什么样的行为;有什么样的行为,就有什么样的习惯;有什么样的习惯,就有什么样的性格;有什么样的性格,就有什么样的命运。有人更是认为,思想是第一生产力。其理由是,生产力的基础是创造性,而创造性是由思想决定的。足够了!他们已经把思想的作用和意义论述得十分充分。至于思想成功指导实践的例子,在现实生活中可谓俯拾皆是。

思想中的结果之于行动,作用和意义显而易见。同样,思想中的过程,也绝非繁文缛节。对当事者来说,过程虽费思量,甚或需绞脑汁,有时也惊险、变幻,但常常激奋,也确有获得感。千里之外的决胜,乃始于帷幄中的运筹。从一定意义上说,运筹比决胜更重要。想当年,中国人民解放战争的"三大战役",那是世纪伟人毛泽东在西柏坡亲自指挥的。17世纪法国卓越数理科学家帕斯卡尔在其名著《思想录》中写道:"我们追求的从来都不是事物本身,而是对事物的探索。"而这,正如那些垂钓者感受钓鱼比吃鱼更快乐一样。古今中外的哲学,并不局限于学院,学院里的哲学只是其中的一部分,哲学更多的是人们日常生活中习以为常的思维和方法。故而,我们必须全面地、能动地看待各种各样的思想。

在人类文明历史长河中,涌现出了一批又一批杰出的思想家。如中国古代的孔丘、老聃、孟轲、荀况、庄周、韩非、王充、刘安、司马迁、朱熹、李贽、韩愈等。世界古代的亚里士多德、卢克莱修、黑格尔、伏尔泰、卢梭、斯宾诺莎、孟德斯鸠、拉美特利、赫尔岑、柏格森、康德、歌德等。他们是人类思想界的泰斗,其辉煌成就已成为世界文化遗产在一代一代永远传承。特别令人欣慰的是,中国作为一个诗书礼乐底蕴深厚、纲常伦理高度繁荣的文明古国,从来不曾缺少过有着先进、科学内核的思想。近代、现代和当代,在国际共产主义运动史上,在无产阶级革命斗争史上,都一直有无与伦比的光辉思想在引领,如伟大的马克思主义思想、毛泽东思想等。这些思想,正指引着中国社会主义革命、建设事业从一个胜利走向另一个胜利。

现今中国,属于思想结晶的"心灵鸡汤"比比皆是。而其,在书籍内有,在报刊上有,在影视里有,在网络中有,在言谈间有。苏格拉底说过,未经省察的生活是不值得过的。人在省察时,一定会思维,必然出思想。这些"心灵鸡汤",当然是"从群众中来,又到群众中去"。其表现形式主要有:这个学问那个知识,这个现象那个效应,这个定律那个定理,这个公式那个方式,这个理论那个主义,这个之道那个之术,这个几不那个几要,这个N类那个N型,这个加减法那个乘除法,这个常言道那个老人言。常见的还有,如建立人脉的法则、选择职业的智慧、寻找快乐的门道、整治小人的妙招、结交朋友的艺术、改善婚姻的技巧、管理时间的秘诀等。林林总总,目不暇接。

  作为解甲归田的官员,作为走南闯北的游子,作为年逾花甲的老叟,作为含饴弄孙的长者,笔者用了整整六年时间,不舍寒暑,不弃昼夜,除了正常工作休息,每有得闲,便潜心阅读、研琢和笔耕。要说世间的人生感悟已洋洋大观,且美不胜收,可笔者为啥还赶潮逐浪,且乐此不疲呢?缘由主要有三:其一,中国历朝历代有许多贤能之人,包括一些学者、官吏、绅耆等,均以家训、家学、家法的方式,给后人留下了大量的精言湛语,笔者对此望尘莫及。但是,时代在前行,社会在发展,人类在进步,后人在借鉴和吸纳前人宝贵思想精华的基础上,结合现实所发生的景况进行深入思索,兴许能或多或少地迸发出若干有别于前人的思想火花。其二,人赤条条而来,又赤条条而去,在世间的分分秒秒,无不联系着一个个人和一件件事。很自然,如何处理好相互之间的关系,极为重要,也至为关键。其自觉也好,不自觉也罢,都不得不面对。笔者择拣了为人处世、待人处事中三百组相近或相背的关系,深植内心,搜索枯肠,哲学地展开了思考,希冀从中探求和找寻出若干规律性、趋势性的东西。其三,人在世上,从终极归属来说,只有使用权,没有所有权。老之将至,能记载并遗留一点思想性的痕迹和墨迹,或许能给人些许启迪。

  在这三百篇随笔中,笔者只想表明一个道理:不足百年的人生若要走好,甚或圆满、丰满和美满,应当把度量衡内化于心、外化于行。众所周知,对物体来说,度本来是用来计称长短的,量本来是用来计称容积的,衡本来是用来计称轻重的。早在公元前221年,秦始皇建秦帝国后,在全国统一度量衡,此举有利于巩固封建统治。人生中的度量衡,则有着别样的蕴意。度,就是要正确地把握做人、做事的分寸。许多时候,在分寸上,多一些不好,少一些也不好;大一点不行,小一点也不行。做人、做事的成功,往往取决于如何把握分寸。量,就是要高度关注并重视做人、做事的数量和质量。量,通常决定着事物的形态、性质和走势。必须明了,人的所有行为,都会从一定程度上改变事物的演进和发展。衡,就是要协调平衡主观与客观之间的关系。不可忘却,我们无不生活在两个世界里:一个是内在的世界,另一个是外在的世界。在做人、做事中,我们务必协调平衡自己与自己、自己与别人,也就是协调平衡内在的世界与外在的世界之间的关系。世上能够左右人生度量衡的,除自身努力之外,尚有不可捉摸的非人为因素。说直白了,即所谓的命和运。但不管怎样,自身的努力永远是第一位的。

"人活思想里",笔者写就三百篇随笔后以此为主题作序,绝非从唯心主义、主观主义出发,也丝毫没有悖逆一切从实际出发和实践是检验真理的唯一标准的科学观点,而是更强调了思想在人之生命旅途中的非凡作用和意义。人需要成全、完善自我,并争取活出精彩。依笔者陋见,其根本途径,必须做一个有思想的人,创造一个有思想的人生。

二〇一八年元旦于南京

中心与角落

世上的人、事、物,透视起来,均有长、宽、高。换言之,都是立体的,即由一个个点、一条条线、一片片面组合而成。由此分析,凡人、事、物,既有中心,又有角落。中心本义指核心,其与四周的距离相等;引申义为主要部分、重要位置。角落本义指边缘,其与中心较远甚至最远;引申义为零碎部分、偏僻地带。中心与角落的哲学意义在于本质与现象、整体与个体、全部与局部的关系,且相辅而行、相辅相成。

说起中心,很多人首先会想到政治上的中心,如政党的党首、党魁即为中心。其称谓各异,有的叫作主席,有的叫作总书记,有的叫作委员长,有的叫作董事长,有的叫作总裁等。在国际关系中,遥想当年,在社会主义国家阵营中,以苏联为中心;在资本主义国家阵营中,以美国为中心。在军事斗争中,敌对双方的司令部、主帅便是中心,因此要"射人先射马,擒贼先擒王"。在区域经济社会发展中,有诸如政权中心、经济中心、文化中心、教育中心、医疗中心、商贸中心、旅游中心、产粮中心等。作为生命个体,所有的动物、植物和微生物,都有着得以存活的中心,人也不例外。如今医院施行的"靶向治疗",其科学原理是直击恶性肿瘤的中心。在人物活动中,如会议的主持人是中心,运动员的领队是中心,少先队的旗手是中心,游客的导游是中心,授课的老师是中心,动手术的主刀是中心,聚会的召集人是中心,婚礼的新人是中心。在自然、社会存在中,如太阳是太阳系的中心,源头是水流的中心,舞台是剧场的中心,银幕是影院的中心,主席台是会场的中心,天安门是北京的中心,莲花峰是黄山的中心,汉阳峰是庐山的中心。此外,城市有城市的中心,街道有街道的中心,村庄有村庄的中心,道路有道路的中心,建筑物有建筑物的中心。

道及角落,不少人很快会想到阴暗的角落。在"文化大革命"中,此经常于揭批所谓的"走资本主义道路的当权派"的大字报上出现。一般来说,角落处于旮旯儿,不显眼。其实,世界上任何东西都有角落,且角落并不一定阴暗。"在伟大祖国的每一个角落里,人们都在辛勤地从事着现代化建设。"这里的角落,指的是神州处处,当然包括不显眼的边陲、僻壤、深山、井下等。大凡开会、上课,总有一些人不愿意坐在前面,喜欢往会场、课堂的角落里挤。为了防止前面空落,组织者常常会召唤坐在后面的人向前挪位,有时还会派人去驱赶。拍集体照,因为人多,有前面的、居中的,也有后面的、边缘的,不可能都在中心位置。在职场,无论是官场,还是商场,开始时,可能大家是并驾齐驱,然而,一段时间后,失意者便自觉或不自觉地被挤到了角落地带。朋友圈里,也并非"人人平等",有重要的,不可缺少的;也有不重要的,可有可无的。而后者,往往居于角落,是"小兄弟",随从于"大兄弟"。在自然界,再巍峨的山体也有角落,再浩瀚的海洋也有角落,再莽莽的原野也有角落,再苍茫的沙漠也有角落,再郁葱的森林也有角落,再浩荡的江河也有角落。几乎在世间所有的角落里,都或有动物、或有植物、或有微生物生存,有些角落是各种生物兼而有之。在人的劳动中,裁制衣服会有布料角落,打造家具会有木料角落,手工刺绣会有绣料角落,扎糊灯笼会有蔑料角落。

  中心是怎样形成的呢?其一,中心来自于规律。矛盾论观点告诉我们,任何人、事、物内部,都有主要矛盾和矛盾的主要方面,而中心即为主要矛盾和矛盾的主要方面。无政府主义就是否定中心,反对任何权威。一盘散沙就是缺乏中心,无法凝聚起来。事实上,没有中心,便没有力量;没有中心,也不成体统。而这些,无不有违于世间人、事、物发展的客观规律。其二,中心来自于奋斗。在人类社会,中心不是从天上掉下来的,也不是从地下冒出来的,而是自己奋斗出来的,权力中心是这样,学术中心是这样,专业中心还是这样。一些动物群体,其中心也是由自己打拼形成的。其三,中心来自于拥拜。有位名人曾经说道:"伟大人物之所以伟大,是因为我们自己跪着。"是的,大家都跪着,只有一个人站着,便形成了中心。当然,这种拥拜,有的是情愿的,有的是被迫的;有的是有所图的,有的是无所图的;有的是单个的,有的是众体的;有的是短短的,有的是久久的。正如河流中的漩涡,其中心也是由许许多多的急流蜂拥而成,平静的河水不可能有回旋的水流。其四,中心来自于没有天敌。天敌,天然敌人也。俗话说,一物降一物。在自然界,某种动物若去某地肆虐,往往是缺乏天敌,从而形成了独大之势。如蝗虫的天敌是青蛙和鸟儿。若没有了青蛙和鸟儿,蝗虫便极易成灾。当然,一些属于社会毒瘤的中心,如制毒中心、土匪中心、海盗中心、贩奴中心等,则与社会制度、政府管理等有关,实际上缺少强大的遏制力。其五,中心来自于自我感受。客观地说,常人容易自以为是,看人、视物、察事习惯于"以自我为中心"。因此,时而会有意或无意傲视一切。其实,常人哪里有那么多的中心啊!即使有,那也只是一时一地有而已。充其量,不过是芸芸众生中的一生、茫茫万物中的一物。其六,中心来自于机缘。常言道,时势造英雄。同样,时势也造中心。如进入本世纪以来,中东一些国家的乱局为极端恐怖主义者提供了孳生的温床。于是,对全世界人民来说,中东无疑成为国际反恐的中心。北京是中国的首都,随着人口的不断大量涌入,"城市病"日益严重。为此,经过科学决策,已把原为郊区的通州确定成了北京的行政副中心。其七,中心来自于天成。世上有很多的中心,并不是后天打造的,也不是人为争抢到的,如江湖中的岛洲、山峦中的峰巅,它们是大自然的恩赐。

  角落是如何产生的呢?其一,角落来自于客观性。有句俗话,叫"红花虽好,也要绿叶相扶"。从一定意义上说,没有相扶的绿叶,也就没有艳丽的红花。由此推论,没有角落,也就没有中心。当然,倘若没有中心,角落的作用和意义也就相对微小。这是角落产生的客观性,谁也难以改变。在现实生活中,你既然接受了中心,角落就不能丢弃。因为,一方面,角落不是毫无作用和意义,如果你调动和发挥得好,其作用和意义也可观;另一方面,兼爱是人的优秀品德,你应该兼收中心与角落。这是一种客观存在,在很多时候,我们必须无条件地尊重。如既然接受了配偶的爱情,就要接受配偶的缺点,不仅如此,还要接受配偶的家庭,哪怕是最蹩脚、最差劲的家庭。其二,角落来自于竞争性。由于资源(包括名、利、色等)的稀缺,世上的生命无不或隐或显地处于竞争状态。有竞争,就会有胜利者、失败者。从一定意义上说,胜利者是中心,失败者是角落。如规模巨大的世界杯足球赛,有几十个国家的球队参与,有十几亿人通过电视直播观看,但只有一个国家的球队可以"笑到最后",走上冠军领奖台,而其他国家的球队势必或早或晚地遭到淘汰。这种淘汰,戏谑地说,也就是"滚到角落里去了"。其三,角落来自于归宿性。归宿是人、事、物最终的着落。在世间,繁华总会落幕,鲜艳总会衰退,活力总会终止,光亮总会消逝,而角落则是这些落幕、这些衰退、这些终止、这些消逝的归宿地。要知道,我们每个人,不管其位有多高、权有多重、名有多大、利有多厚、色有多美,最终都会像尘土一样,在广袤的宇宙中归于某个角落;世上一切事,无论其体量有多大、涉世有多深、成效有多显、评价有多好、影响有多广,都会在浩渺的历史长河中归于某个角落。其四,角落来自于策略性。诚然,被动地退至角落是无奈之举,但是,主动地退至角落,却是策略之举。退避三舍,在平时可防止冲突,在乱中可苟全性命。在现实生活中,有相当多的女人把结婚作为最后的退路,在职场拼杀得焦头烂额了，就想找个老实男人去过日子；有相当多的男人把不结婚作为最后的退路，因为不愿、不能承担家庭的责任，而去做一条光棍汉，只要自己吃饱了，全家也就不饿了。实际上，这些女人、男人，虽然出于无奈，但也是策略。角落往往是"避风港"，角落有些是"安乐窝"。其五，角落来自于群体性。中心通常只有一个，多了，也就无中心了；而角落一般不止一个，少了，也就支撑不了中心。从一定意义上说，除了中心，都是角落。在只能有一个中心的现实面前，如果我不做角落、你不做角落、他不做角落，那么，该由谁来做角落呢？角落总要有人来做的，而且要有许多人来做的。因此，作为常人，应有"甘为他人做嫁衣裳"的精神，应有"甘做人间铺路石"的精神，安居于角落，奉献于角落，快乐于角落。

　　中心与角落，各有各的长短和优劣。我们别以为中心一切都好，也别以为角落一切都不好，不要无限地放大那些有限的好与不好。圣劳伦斯教堂里写有这样一句话："痛苦来临时，不要总问'为什么偏偏是我？'因为快乐降临时，你可没问过这个问题。"同理，在我们身处角落时不要怀疑和责备自己，因为自己身居中心时也没有怀疑和责备自己。我们不管身处中心还是角落，都要坦坦荡荡。千万不要忘却，人之生命的根本意义就是活着，无论皇帝与平民、老板与雇员、上司与下属，还是明星与粉丝、贵人与贱人、富翁与穷汉，日子都是一天天过，该活到哪一天就是哪一天。应当看到，中心有中心的壮阔与雄伟，角落也有角落的优雅与美妙。我们虽然成不了孙中山、比不过比尔·盖茨，但完全可以活好自己，让快乐相伴终生。再说，中心与角落，也不是永远不变，许多时候会相互转化。追思公元前221年，秦嬴政完成中国统一，称始皇帝，意欲相袭万世，结果到了二世，秦帝国即寿终正寝。常言道："三十年河东，三十年河西""山不转水转"。这些都是说的一个道理：世上没有永恒的东西。因此，正确的态度是，人居中心不要傲，人处角落不必卑。人在中心时，比较威风，但务必更加谨饬、益发慎独、逾常尽责；人在角落时比较平安，但不能失去自尊、扔掉正义、放弃上进。人活着，不可缺少思想上、意识上、精神上的中心。这些中心就是信仰、信念、信心和信义。那些患得患失者、胸无大志者、醉生梦死者、趋炎附势者、阿谀奉承者、人云亦云者，大多缺失这些中心。就总体而言，从这个意义上说，人无中心不立。人对中心位置，当向往而不妄想；人对角落地带，当甘居而不怠处。

隶属与游离

列举之一，2016年伊始，中共中央军委机关调整组建任务基本完成。调整组建后，中共中央军委机关由原来的总参谋部、总政治部、总后勤部、总装备部四总部，改为军委办公厅、军委联合参谋部、军委政治工作部、军委后勤保障部、军委装备发展部、军委训练管理部、军委国防动员部等15个职能部门。这15个职能部门由中共中央军委集中统一领导，成为中共中央军委的参谋机关、执行机关、服务机关。

列举之二，中国共产党十八大吹响了全面从严治党的号角。从正风、肃纪、反腐、惩恶揭露出来的问题来看，一些共产党员长期以来把自己置身于组织监督之外，抛弃了共产主义的理想，扔掉了共产党员的党性，有的严重违反政治纪律，有的严重违反组织纪律，有的严重违反工作纪律，有的严重违反生活纪律，更有甚者，大肆贪污、受贿，涉及违法犯罪。

以上两例，一则说的是隶属，另一则说的是游离。前者，15个职能部门全部隶属于中共中央军委；后者，中国一些共产党员长期游离于组织之外。隶属，指受管辖、受领导、受节制，如中国各省、自治区、直辖市人民政府直接隶属于中央人民政府；北京大学、清华大学等重点大学直接隶属于中国教育部；农业厅、交通厅、科技厅等机构直接隶属于省级人民政府。而游离，指人、事、物不与其他人、事、物融合而单独存在，一般呈自流状，不受管束，不听引导，如战乱时的散兵游勇，失去了统属，独自行动；社会上的小流氓，家庭和集体约束不了，整天幽灵般地逛荡，惹是生非，常有恶行；水稻、麦子收割完毕后，遗留在田间地头的稻穗、麦穗若不去拾捡，只能任由日后的耕作和风雨而自然湮灭。隶属与游离，二者截然相反，其外在完全不同，内涵迥然有异。大千世界，凡人、事、物，要么有隶属，要么为游离。此外，尚有若即若离、貌合神离、藕断丝连等。

隶属与游离，不能仅用有形距离来作判断。换言之，并不是有形距离近就是隶属、有形距离远就是游离。在很多时候,有形距离近的反而是游离。如同床异梦,即两个人虽睡在一张床上,却做着不同的梦,喻指两个人虽相处在一起,却各有打算。在现实生活中,一些关系不睦的夫妻,往往出现这种情况。又如视同陌人,即看到他(她)时,如在路上碰见不相识的人一样,不予理睬。在现实生活中,有些人交恶甚深,尽管同在一个办公室工作,相互却不搭理。再如萍水相逢,即浮萍在水中或聚或散,无牵无挂,漂泊不定。在现实生活中,有时互不熟悉的人同处在一个电梯里,尽管有形距离已被限定为最小,然而通常互不言语,最多点个头示好,仅此而已。在许多时候,有形距离远的反而隶属。这一方面可以通过现代交通、通信工具,来解决沟通和交流问题;另一方面,人与人之间的物理距离与心理距离并不全部等同,一般来说,只要心理距离近,不愁物理距离远,如各地各方、各行各业普遍存在的"圈子"。圈内的人虽天各一方,遥不可及,有些甚至从未谋面,但会心心相通、印印相契。这些人,对圈内事,必帮,哪怕是无关事、不好事;对圈外事,懒理,哪怕是很紧迫、很正当。又如,王勃诗云:"海内存知己,天涯若比邻。"意谓两人相隔遥远因为有情,仍感到像近邻一样。再如,李宝嘉《官场现形记》中曰:"一经拉拢,彼此亦就要好起来,所谓的'臭味相投'正是这个道理。"在现实生活中,有些人以前"八竿子打不着",既不熟悉,又无来往,然而,一聚到一起,因为兴趣、爱好相同,很快就混到一起称兄道弟了。

其实,隶属与游离,关键是有无核心:有凝聚力、向心力,就会隶属;无凝聚力、向心力,就会游离。核心要坚强有力。空中龙卷风的核心,水里大漩涡的核心,地下磁铁矿的核心,其吸引力都巨大。作为核心,应当多作这样的思考:为什么他(它)们会选择游离,而不想、不肯、不愿甚或不敢隶属。这里面,对核心来说,恐有是否合情、合理、合法等问题。当然,还有内部管控能力、外部环境条件等问题。有报道,当年蒋介石虽然在南京建立了国民政府,但是从来没有真正统一过中国。国民党内部派系林立,钩心斗角,四分五裂。以1947年5月的孟良崮战役为例,全部美式装备的74师被共产党全歼,师长张灵甫毙命。何故?救援不力是关键因素,当时国民党外围军队以保存实力为重,各打各的算盘,尽管蒋介石一再严令增援,各路军队却不能及时赶到。自此,国民党大失败的序幕拉开了。当今社会,一些知名大公司,也因为"窝里斗",不协调,而渐次分崩离析。其中,有的是缺核心人物,有的是缺核心技术,有的是缺核心招数。

人生在世,信念为要,志向为要,精神为要。而信念、志向、精神需一以贯之,不能一曝十寒。从某种意义上说,一以贯之是久久隶属形态,而一曝十寒是忽忽游离形态。鲑鱼是一种乡恋之鱼。中国中央电视台《动物世界》

栏目里曾专门播放过,它在产卵季节,千方百计地从海洋洄游到位于陆地上的出生河流。回家后,它恋爱、结婚、产卵,并在那里安详地死去。次年春上,新的鲑鱼破卵而出,沿河而下,重新开始了上一辈惨烈和悲壮的生命之旅。不难想象,隶属于鲑鱼整个生命的是不变的乡恋。在中国,"只要功夫深,铁杵磨成针"的故事家喻户晓。其精髓是隶属——专心致志,而不是游离——心神不定。常言所说的"有志之人立长志,无志之人常立志",立长志是隶属,常立志则是游离。德国哲学家尼采说过:"我之所以这么聪明,是因为我从来不在不必要的事情上浪费精力。""从来不",即为"一直不",那是一种恒定,而恒定就不会游离。老夫老妻,几十年来相互隶属,不管人生路上有多么坎坷,你不离开我,我不离开你,其爱情,淡如水,浓如蜜。别看那些朱门华屋里的红颜情侣,而今虽然如胶似漆,很难说在长长的爱情路上,一遇到狂风暴雨,便游离而去,更不信守诺言而白头偕老。

　　隶属与游离,这是人、事、物存在于世的两种样式,既有外在表现,又有内在结构。隶属的关系,是从属的关系,是听从的关系。通常,在隶属的境况下,作为次,要依靠主,但不能依赖主;要尊重主,但不能自失尊严。古时候在残酷、血腥的奴隶社会,奴隶为奴隶主辛勤劳动而没有人身自由,还常被奴隶主任意买卖或杀害。然而,奴隶们也常奋起反抗。人类已从奴隶社会、封建社会进入到了民主社会,人际关系今非昔比,人权、人格平等已成为社会的主流,人与人之间已不需要奴隶社会时的人身依附。但毋庸讳言,如今社会,"类人身依附"还在一些人群中或明或暗、或浓或淡地存有。见报道,当年,陪斯大林吃晚饭是殊荣,也是苦差。席间,斯大林请大家喝酒。尽管次日一早还要工作,每个人都必须竭尽全力猛灌自己,因为喝少了怕被斯大林怀疑不忠。而斯大林总是抽着烟斗,满意地看着大家喝醉后互相捉弄,一直闹腾到天明。《庄子·在宥》中有言:"出入六合,游乎九州,独往独来,是为独有。"人在世上,独往独来,既无拘无束,又自由自在,尽管为不少人所称道,但仅为理想化的状态。人是一切社会关系的总和,从出生直至死去,都处在某些、某种社会关系之中,没有一点社会关系的人几乎是不存在的。人既然有社会关系,也就不会生存于真空里。也就是说,人要做到完全意义上的独往独来是不可能的。因此,正常的人,不会游离于家庭之外、集体之外、组织之外。偶尔游离是可允许的,这如同允许人犯错一样;但不能长久游离,这如同犯错必须纠正一样。

　　联系到家庭生活,有隶属,也有游离,二者务必适度、适量。子女为父母所生。就生命本身而言,子女永远隶属于父母。子女不管职位升得再高、财发得再大,永远是父母的"心头肉"。但是,父母不可把子女当成自己的私有财产,既要求子女对自己唯命是从,又不许别人批评自己的子女。子女长大成人了,"翅膀硬了",用不着父母操心了,可以远走高飞了,然而,不能游离于父母,置父母于不顾。当然,这不是说子女一定就要在父母身旁,而是说,子女对父母不能漠不关心,更不能恩断情绝。"谁言寸草心,报得三春晖。"中国优秀传统文化中有个"孝"。"孝"的要义是不忘本。人如果在生命上都忘了本,那么怎么在世上做人呢?社会上有不少人过分追求自己的自由和价值,连起码的"孝"都不愿尽。有言道:"夫妻本是同林鸟,大难来时各自飞。"客观地说,这句话过于悲观。人活的是感情,处的是感情,留的是感情。爱情为感情的重要组成部分。夫妻之间在婚姻关系上是隶属,但在人权、人格上是并行不悖的。既然结为夫妻了,在爱情上必须忠实于对方,不能游离,但也不能以此限制另一方的人身自由,必要时,应当尊重对方的隐私。当然,另一方也不能以需要人身自由,而轻忽对爱情的忠诚和对家庭的责任。夫妻关系,说到底,最根本的是两点:性和经济(此源于家庭的起源与功能)。倘若这两点做不到合一和谐适,其婚姻质量也就打折扣了,有些很可能是名存实亡了。在正常情况下,夫妻对这两点应当隶属,而除去这两点,其他的则可有所游离。换言之,相互给些宽松,相互多些体谅,"理解万岁"!

隐忍与张扬

故事之一，近代有位艺术家才思横溢，成就非凡。他的妻子漂亮、温柔、贤淑。在婚姻遭遇"七年之痒"的当口儿，艺术家神不知鬼不觉地爱上了一位绝色的姑娘。看起来，他在家里搞创作，无声无息，没日没夜。其实，他是在不断地写情书，向姑娘抒发喷薄的爱。而妻子起初蒙在鼓里，只顾忙碌繁重的家务。后来，妻子发现，只要姑娘来到家里，他谈起艺术，便兴致盎然。不仅如此，只要姑娘坐在他的身边，他就能安心地进入工作状态。对此，妻子心知肚明，但为了艺术家的艺术，也为了这个家庭，她忍了又忍，从不吵闹。甚至，妻子还会背着艺术家给姑娘打电话，请姑娘过来串门。这场"婚外情"，从开启到落幕，妻子始终没发恶声。最后，是妻子的善良与纯净，使姑娘愧然退出，艺术家重又回到了以往的创作和生活。

故事之二，据陆游《老学庵笔记》中载，肃王与沈元用一起出使北方，寄住在燕山的愍忠寺。两人闲暇时无事可做，便一同游览寺院，偶然发现一块唐朝遗留下来的石碑，碑文非常优美，共有3000多字。沈元用记忆力强，很快记住了碑文，并出声朗诵了两遍。肃王边听边走，好像全不在意的样子。沈元用回到住处，想要炫耀才能，就取笔把碑文默写下来，其中有14个字记不起来，便留着空缺。哪知道，肃王的记忆力更强。他看了沈元用的默写后，拿起笔来，把所有的空缺全部补上，还修正了沈元用几个写错的字。顿时，沈元用既惊讶又佩服。

以上两则故事，一则说的是隐忍，即妻子把丈夫的秘情藏在心里，从来没有外露；另一则说的是张扬，即沈元用行使外露的方式，故意在别人面前显示自己的才能。隐忍与张扬，从性格上说，前者为内向，而后者为外向。从品行上说，隐忍表现出来的是宽大、宽谅与让步、退步，而张扬表现出来的是好胜、好强与放肆、放纵。隐忍与张扬，从姿态上说，前者多为守，不足为外人道；而后者多为攻，惟恐天下人不知。从内容上说，隐忍的一般是坏事坏情,而张扬的一般为好事好情。辱、忧、恨、耻会隐忍;而喜、乐、优、赢易张扬。如忍辱负重、含垢纳污、负屈含冤是隐忍,而喜跃抃舞、乐不可支、延颈企踵是张扬。

  人要做到隐忍较难。"隐"字,耳旁声声急;"忍"字,心上架把刀。内心里波涛汹涌,表现上却风平浪静,这不是一般人随便可以为之的。《易经》认为:"凡成大器者,觉人之诈,不忿于言;受人之侮,不动声色。"在日常生活中,有些人遭受到了不公正的待遇,然能隐忍,先沉住气,不急火,查找原因后再说。有些人生大病了,不恐慌,积极寻医治疗,且很乐观。善钓者向河中抛完鱼食之后不急钓,通常要等半个时辰,再下装有钓饵的鱼钩。那些贪食之鱼久等,见之,则狼吞虎咽起来,善钓者兴。一旅游团队游览景区,进入前,导游规定几点几分大家需在门口集合,可有几位游客拖沓,晚了半个、一个小时才出来,大家却没说一句埋怨话。两人在谈论一事,其中一人不慎出言不逊,另一人即搧了他一记耳光,他却没有还手,还连连致歉。如上这些,点滴之中见隐忍。有报道,英国前首相丘吉尔为了母亲的幸福,两次接受与自己年龄差不多的男人做继父。这种隐忍,需要多么豁达的胸怀啊!

  世上有些人,喜欢抛头露面,因为它风光、光彩,这些人渴望有头有脸;尤其不喜欢在幕后,默默无闻,做无名英雄。凡为前者,极易张扬。还有一些人,生性泼泼辣辣、疯疯癫癫、风风火火,这些人一遇到适合的时空,便会张扬。再有一些人,总觉得别人与他过不去,总感到社会对他不公允,故牢骚怪话特别多,常摆张扬模样。另有一些人,"交浅言深",喜欢吹嘘自己与谁的交情有多么多么深、自己有多大多大的门路,明眼人一看就是张扬。现试举一例:据说,著名哲学家苏格拉底有个厉害老婆。某日,他在楼下给学生上课,忽闻楼上传来"咚咚咚"跺地板的声音,原来是老婆嫌他授课太久而动了雷霆之怒。他正讲到兴头上,没顾得上老婆发怒,继续在讲。老婆愈加气愤,端起一盆洗脚水泼到楼下,他顿时成了落汤鸡。此时,学生们尴尬不已,他却泰然处之,还说:"不要紧。先打雷,接着下雨,这不是理所当然的吗?"如今,社会上也有一些火爆脾气的女人,在家动辄与老公吵得一地鸡毛,人称"悍妻"。张扬的东西其实多种多样,分别出于不同的目的,有的人张扬的是才干,有的人张扬的是冤屈,有的人张扬的是痛楚,有的人张扬的是成功,有的人张扬的是险情。

  隐忍与张扬,是人类颇具个性化的两种行为。正如世上没有完全相同的两片树叶一样,我们不能要求每个人都能隐忍、都不张扬。说到底,每个人的修养不同、习性有异,同时,客体上也有差别。此外,还应看到,隐忍处理不好,也不是白璧无瑕;张扬处理好了,也不是一无是处。隐忍也要有限度,也要讲原则,并不是什么都必须隐忍、什么都应该隐忍。有句俗话,叫"癞蛤蟆踩在脚下也会'咕'一声",说的是隐忍限度问题。从一定意义上说,隐忍也是一种受欺负,不过有一些甘愿成分而已。张扬尽管有时会泄露秘密、有时会丢人现眼、有时会恶化人缘、有时会于事无补,但有一点似乎有积极意义,即该讲话时须讲话、该宣扬时须宣扬、该发声时须发声,否则,外面的人不知道、不认识、不清楚。当然,其前提无疑是,把握分寸。社会上有一种说话,叫"拨亮点"。亮点当拨,越拨越亮,昔日使用的煤油灯的灯芯便是这样。必须指出,隐忍既不等同于保守,也不等同于软弱;张扬既不等同于开放,也不等同于勇敢。当年,拥有35个博士学位的胡适与文盲太太江冬秀闹婚变时,江冬秀手握菜刀威胁丈夫:你离婚可以,我先杀掉两个儿子,再自杀!吓得胡适再也不敢提"离婚"二字。不难想见,江冬秀有多么张扬。这种张扬,难以获得众人的首肯。当然,换个角度来看,江冬秀也是出于无奈,尚可理解,按现今法律用语,似乎属于"正当防卫"。

就人生而言,隐忍与张扬无时无刻不显作用。很多人觉得打工不好,认为一是给别人干的,二是自己不自由。其实,打工也是一种创业。为了学会技术、掌握经验、获取门路,不妨隐忍一下,先到大公司锻炼并提升自己,等到自己的翅膀硬起来了,再开个小公司自己干也不迟。旧社会,学个理发手艺还要三年。三年里,学徒不仅仅学点手艺,还要给师傅做店务、家务,忍声吞气是必须的。如果做不到这些,那就别去当学徒。古今中外,许多杰出人物,事业上的辉煌是始于起步时的隐忍。中国有句古话,叫"用争斗的方法,你永远无法得到满足,但用让步的方法,你可能收获更多。"凡隐忍,无不作出了让步。也就是说,无不部分或全部放弃了自己的意见或利益。人们常说的"吃亏是福",就是这个道理。生活中的实际情况为,改变别人往往是事倍功半,改变自己常常是事半功倍。当无望改变别人时,必须首先改变自己、赶快改变自己。而其所做的隐忍,是一种重要的方法,也是一种现实的选择。人在世上,做任何事情,不要总念想着出人头地,也不要总牵挂着目的与结果。要培养埋头劳作的兴趣,要修炼无私奉献的精神,从而在埋头劳作和无私奉献中享受幸福与快乐。如此,很多时候,无需去张扬,就像著名喜剧演员陈佩斯所说的那样:"我就是一只蝼蚁,在土下活得特窃喜、特自在。"19世纪末美国制度经济学的祖师爷索尔斯坦·维布仑写有《有闲阶级论》。他在书中首次提出了"炫耀消费"这个人文社会科学中的不朽术语。而今,在中国城乡,"炫耀消费"现象可谓比比皆是,物品越贵越有人购买,价钱越高越有人问津,品种越奇越有人涉猎。"炫耀消费"也是张扬,在无声或有声地向外显示自己有钱。其实,人即使再有钱,藏而不露是最好的选择。

有钱便张扬，其结果，没有一个是好的。更有甚者，无钱也张扬，装成阔佬，四处招摇，实际上是骗子和无赖。人在世上，为什么不能没心没肺、随遇而安，活得轻松洒脱一些呢？答案很简单：不要苛求功名利禄，不要强求荣华富贵。凡人都得清楚，在隐忍与张扬上，你以为自己在遭受委屈，其实是在摆脱危险；你以为自己在隐姓埋名，其实是在厚积能量；你以为自己在呼风唤雨，其实是在引诱不测；你以为自己在大放异彩，其实是在招惹对手。世上的人和事，就是那么纷繁复杂，复杂得眼花缭乱，复杂得变化多端；就是那么相互依存，依存得福倚祸伏，依存得有进有退。直面这些，我们每个人当好自为之。

初心与初为

人来到这个世界,面对的一切都是初,初次啼哭,初次吸吮,初次便溺……初,第一次、第一个也,原先的、起头的也。初,一般是从无到有。人之生命有初,然并非从降生起,实际上从受孕即始。从这点出发,人计虚龄是有道理的。发明创造有初:由古及今,在自然科学领域,有不可胜数的发明创造。人际交往有初:如第一次见公婆,第一次找对象,第一次处朋友。新生事物有初:如地球有初生之时,股票有初发之时,做事有初学之时。世间各种各样的初,多系初为。初为,初始的为,起初的为。为,包括言和行。如:第一次喝酒、第一趟出差、第一天上学,初为也;第一次骂人、第一声呵斥、第一个发言,初为也。言为心声,行由心主。初为多源于初心。初心,初始的心,起初的心。心,心情、心态也。因为心情、心态有异,所以初心也有异。如有的初心是敬仰,有的初心是嫉妒,有的初心是惊喜,有的初心是憎恨。二人相见,如一见倾心,即一见面就十分爱慕,是初心;如一见如故,即一见面就像老朋友一样,是初心;如一见钟情,即一见面就产生了爱情,是初心。从一定意义上说,初心远多于初为。为什么只有心有余而力不足、没有力有余而心不足,其道理就在于此。

初心与初为,何以初?其一,特性使然。关于人的特性,自古以来就存在"性本善"与"性本恶"之争论。我们在此暂且不去评判孰对孰错、孰优孰劣,但有一点是可以肯定的,相对而言,有的人生来就善一些,有的人生来就恶一些,这不能一概而论。人的善与恶,需从人的生理性、社会性两个方面来认识。不难理解,善者,其初心与初为会善;恶者,其初心与初为会恶。其二,比较而言。第一次、第一个是与第二次、第二个作了比较之后说的。这个比较,既有时间性的比较,又有社会性的比较。如对某人来说,热情的初心、热情的初为,从时间性来比较,其于此前属不够热情甚至冷淡;从社会性来比较,其在程度上属比别人热情。其三,摆脱世俗。别看世俗无影无踪,但在人间的确活灵活现地存在着。若一旦超越世俗,即为初。如若有"孔雀女"嫁"凤凰男",在皈依门当户对的家族看来,即是初为。所谓的"孔雀女",指出身于文化素养高、生活条件优的城市富贵家庭的女子;所谓的"凤凰男",指出身于文化素养低、生活条件差的农村贫困家庭的男子。其实,门当户对是一种世俗观念,时至今日,大可不必强求。其四,延续既往。有些初并非出新,只是变了时间、换了场所,而显示出了初。一些中国人把随地吐痰、大声喧哗等不文明的习惯,带到了异国他乡,一下飞机、火车,便故态复萌,犯下了一个个、一次次的初为。其五,人生单行。在世上,有许许多多的东西可以重来,而人生却无法重来,一方面将面临一个个、一次次从未经历的东西,而另一方面将永不复返这一个个、一次次。这就会产生难以计数的初心与初为。如参加工作后拿到了第一份工资,非常开心呀,因为终于可以自食其力了。这时的初心,有对父母的感恩,有劳而所获的喜悦,有经济自由的快感,还有对未来生活的憧憬。其六,初成永恒。初,相对于终。在世间,有很多的初,既是初,又是终。也就是说,无所谓初,也无所谓终。之所以永恒,是因为不改初衷。一些男女,青梅竹马,两小无猜,成为夫妻后,从一而终,相伴走过了漫漫人生。在无数革命先烈中,像瞿秋白、方志敏、刘伯坚等,投身革命后,就没有改变最初立下的为共产主义奋斗终生的誓愿,被俘后,即使遭受敌人的严刑拷打、威逼利诱,也不屈服,从而成为一个个永垂不朽的红色殉道者。

　　初心与初为,从一定程度上决定人生的走向,从一定意义上影响人生的成败。世上任何物体的运行都是有惯性的,人也如此,有惯性思维、惯性动作等。人一旦有了某种初心、某个初为后,情形便随之发生变化,有些甚至是天与壤之变化。百尺竿头,更进一步,是这种变化;星星之火,可以燎原,是这种变化。破罐子破摔,是这种变化;一失足成千古恨,是这种变化。为什么恋爱结婚、选择职业、购买股票、合伙经营等,为什么商店开张、工程开工、军队开拨、著作开头等,都特别重视初呢,其主要原因就在于此。就拿做坏事来说吧,有了第一次就很容易有第二次,有了第二次就很容易有第三次,以至不可收拾。故而,社会上那些偷情者、盗窃者、吸毒者、嗜赌者、好斗者,能够金盆洗手,并非易事。有一个专用名词,叫"幂律"。意思是,在一个系统里,只要所有的因素都在追求效率,那么,这个系统就会呈现出一种非常不均衡的分布状态。"幂律"的作用在现实生活中常有显示。如公众人物只要说了一句不当的话或只要做了一件欠妥的事,就有可能被宏大的社会舆论所淹没。又如歌星、舞星、笑星、影星、球星等一旦爆红,立马有可能好评如潮,粉丝等追逐者众。当然,其各种名声、收益便会暴涨。其实,有些人仅仅是初为。在一定的条件下,初又是美好的、美妙的,因为它是"一张白纸,可以画最新最美的图画"。对初涉人世的小孩来说,初主要表现在有童心、童真。他们纯洁、无私、诚实、坦率。小孩往往对自己的初为特感好奇、新鲜。如:第一次到动物园、第一次去郊游、第一次学游泳,那个兴奋劲啊,就甭提了。初还有规范的作用、主导的作用、先机的作用、导航的作用。如:先来后到,指按照来到的先后来确定次序,这是约定俗成的通行做法,常在人们排队买票、购物、上车等时采用。又如:有人家用豪华车队接新娘,有单位给职工奖别墅,有地方建高速铁路。而这些初,可领一时风尚之先。一般来说,初为比较谨慎。无论动物,还是人类,都有这个习性。俟初为成功,便会大胆起来;俟初为失败,很有可能"一朝被蛇咬,三年怕井绳"。毋庸置疑,初心与初为也有误区。如:对人或对事所形成的固定的、不好的看法,许多起头于初心与初为。又如:待人或处事所形成的不变的、僵化的方式,很多开头于初心与初为。再如:"差之毫厘,失之千里","差之毫厘,谬以千里",都是在初心与初为上出了问题。另如:不少人之间的交恶,只因为某件事上的初为不当,或根本不该有这样的初为,而起了矛盾和纠纷。有句俗话,叫"要得断,弄几个钱在手里缠。"意思是,两家亲戚或两个朋友如果不转来转去地借钱还钱,说不定还不会断绝友好关系。从一定意义上说,是借钱这个初为惹的祸。

人活在世上,初心与初为当慎对。一是在选时。初是"万里长征第一步",第一步必须迈好,而迈好的前提是选好。选,包括时间、地点的选,也包括目标、目的的选,还包括路径、方法的选。通过选,尽可能选出更好的初心与初为。即使是"箭在弦上,不得不发",以上的选也不能马虎。选前务必深思熟虑,选时务必慎之又慎,选后务必义无反顾。最要不得的,是选前的盲目、选时的草率、选后的犹豫。要知道,"一言既出,驷马难追。"选后再犹豫,很多时候,已经来不及了。这个时候,往往是,与其扭扭捏捏、推推搡搡起步,不如抖擞精神、一往无前启程。二是在行时。初心与初为,理应见贤思齐,多向有修养、有品行、有文化、有潜能的人看齐,而不与人比落后、比懒怠、比欺诈、比势利。"万事开头难"。开头就要把基础夯扎实。习武之人练功夫,每天踩梅花桩;习弈之人摆棋谱,反复研琢;习画之人练素描,每根线条不疏忽;习琴之人弹习曲,真的是一丝不苟。诸如这些,均为初始时夯基础。人入职场,初心与初为极为重要。如:长期在领导身边当秘书,若碰到作风霸道的长官,自己又不能正确把握,则很容易养成颐指气使的恶习,且会深深地影响自己一辈子。三是在初后。大千世界,变幻莫测,而唯一不变的,是万事万物都在变。初心与初为尽管至为关键,但不能完全决定后来的一切。初时倘有不妥当、不完善之处,同样可以通过初后采取对策而加以弥补和修正。如:初时的屈辱之心和困顿之为,只要处置妥善,反而会成为一项财富、一种动力,从而使自己的后来超乎寻常的美气。

初心与初为,无人不有,且有之繁多。初是起点,初是基础,初是机缘。相对而言,初自然纯朴一些,很少甚至几无掺杂。从这个意义上说,人须多葆初心。初为人父、初为人母……每个人一生中各种各样的初为,有些可能会受制于客观条件,但作为实施者,当在主观上竭力。若做不到此点,尔后的悔恨,时已晚矣。其实,初为也是训练场,初为也是试金石。古人有言:"求木之长者,必固其根本;欲流之远者,必浚其泉源。"初心也好,初为也罢,都得珍爱和珍重。

细小与宏大

镜头之一：一场暴雨过后，城市马路上一处一处地积满了泥水。有的车子目无路人，疾驰而过，溅起了一波又一波的泥水，弄得路人左躲右避唯恐遭殃；有的车子缓缓行进，担心车轮激起的泥水会弄脏了路人的衣鞋。此时，好多路人会投去一瞥，甚或会用心细瞧是哪位驾员。然而，对前者，表达的是愤怒；而对后者，表达的是敬意。

镜头之二：一公共场所，原本干干净净，可有些人却很不自觉，在悠然自得地嗑着瓜子，弄得地上壳儿如天女散花，这里有一点，那里有一点。周围人尽管一般不去作公开指责，但常常现出不屑的神情。管理人员有时也会上前提醒，然而，这些人往往不认为不文明。

镜头之三：小孙儿难得回家小住，尚未退休的爷爷像往常一样，每天仍需起早去上班。他从床上爬起来后，生怕弄出一点声响，即使自己在整理、洗漱时，也轻手轻脚。其实，他只有一个小小的心愿——好让小孙儿早晨多睡一会儿。

如上小事，似乎不足挂齿，笔者在此意欲说明一个问题：人要重视细小，包括发现细小、抓住细小、利用细小。细小正因为小，所以才不引人注目，故而才容易使人轻忽。然而，细小于国于民、于人于事，功莫大焉。

其一，国家和政党治理中离不开细小。在河北省西柏坡革命纪念馆内的一块展板上写道："一、不做寿；二、不送礼；三、少敬酒；四、少拍掌；五、不以人名作地名；六、不要把中国同志同马恩列斯并列。"这是1949年3月中共七届二中全会根据毛泽东同志作出的六条规定，也是中共中央"进京赶考"前定下的六条规矩。这"六条"乍看上去不谓大，因为与当时的军事决战和建国大计相比，所涉及的事很小，但深究起来，事关中国新民主主义革命能否胜利、中国社会主义建设事业能否顺利和中国共产党执政能否巩固。在中国，国务院总理也有"私房钱"，即"总理预备费"，按照《预算法》之规定，每年这笔钱只占到中央全年预算的1.1%~3%。金额虽不大,救急作用却不小,如2003年的"非典"防治、2008年的汶川抗震救灾、2011年的玉树震后重建,都用到了这笔钱。其设立的本意就是主要用于一些必须解决的临时性开支上。

其二,展开斗争和参与竞争离不开细小。南非首位黑人总统曼德拉的伟大,在于他愿意宽恕政敌和团结白人。他从政党领袖成为国家总统后,设宴招待了当年审判他的公诉人珀西·尤塔。珀西·尤塔当年在审判中咄咄逼人,在法庭辩论中使用了大量惩罚性和恐吓性的语言,曾让曼德拉大为光火。然而,曼德拉在宴请珀西·尤塔时还奉承说:"你看起来还像以前一样年轻有活力。"珀西·尤塔彻底被曼德拉宽广的胸襟所折服了。笔者曾作为考官参加过公务员面试。面试中有个活动,让五位应试者坐在一起,围绕一个主题,各抒己见,并可争论。结束时,共同推举出谁在讨论中讲得最好。依笔者理解,对五位应试者来说,讨论看的是水平,推举看的是风格。其中有位应试者,尽管笔试分数最高,讨论也讲得不错,然而因为推举时争抢第一,给所有的考官留下了不好的印象。最终,这位应试者未被录用。

其三,社会交往中离不开细小。南京市于2013年、2014年接连举办亚青会、奥青会,吸引了来自世界各地的嘉宾。志愿服务者作为赛事的"门面"之一,对其的要求自然很高。南京市标准化研究院联合共青团南京市委,制定了全国首个针对大型赛事的志愿服务者招募要求和礼仪标准,其中规定:男士不要厚刘海,女士刘海不遮眉;手心向上时,露出指尖的指甲不应超过两毫米;距离服务对象三米时开始微笑,露出六至八颗牙齿;站姿,男士得双脚并拢,或分开与肩同宽,脚尖分开约四十五度,而女士的双脚要成"V"字形,脚尖分开约三十度。从上可见,这些要求和标准何等细小,有些是近乎严苛的,难怪令前往应募的一些小伙和姑娘惊讶不已。在他人面前,有些细小的动作颇会影响自己的形象,如挖鼻孔、掏耳朵、挤眼睛等,又如随地吐痰、乱扔烟头、随意放屁等,再如随意碰碰、挤挤、擦擦他人等。

其四,勤政和廉洁中离不开细小。朱德有言:"要真正做到'仁义之师,秋毫无犯',不侵犯人民一点利益,不拿人民一针一钱;这个做好了,随到哪里,人人欢迎。"1946年,陈毅率领十万大军北撤,在苍山县一个小村子里住下。一天,通讯员小于路过一块西瓜地,没交钱抱回了一个西瓜。陈毅对小于进行了严肃批评,并令小于把西瓜送回去,还要给群众道歉。当今,一些领导干部之所以在政治品德、职业道德、社会公德、家庭美德上出现了这样或那样的问题,与其平时不注意细小直接相关,其中有的贪腐上亿元,始于收受小红包;有的在政治上跌了大跟头,始于嗜好团团伙伙;有的"家外有家",始于喜欢打情骂俏。中国在深入推进反腐倡廉的大背景下,每个领导干部和公职人员的一举一动,都必须受到党纪、政纪的强力监督,谁也别想特殊,谁也不能特殊。不是么?媒体上常有领导干部和公职人员因违反"八项规定"而被查处的报道,其中有的仅仅是在儿女结婚时多办了几桌酒席或收了管理相对人的贺礼。

其五,夫妻和朋友相处离不开细小。在这个世界上,每天都有许许多多的夫妻离婚。然而,其中有些夫妻导致分手的原由常常是一些细小的琐事。正如有首小诗所写的:"我知道,失去的爱,带走了我美好的时光;我不知道,失去的爱,尽都是在小小的地方。"在中国传统的儒家学说中,通常把君子与小人对应论道,如"君子坦荡荡,小人长戚戚";"君子周而不比,小人比而不周";"君子怀德,小人怀土";"君子和而不同,小人同而不和";"君子易事而难说也,小人难事而易说也";"君子喻于义,小人喻于利";等等。这里所述的小人,泛指心胸狭窄之人、自私自利之人、满腹牢骚之人、薄情寡义之人,其与君子有本质上的区别。在现实生活中,夫妻之间,朋友之间,有的时候,一句玩笑会结下芥蒂,一个微笑会放下干戈;一个小动作会生发嫌隙或不快,一件小礼物会生出深情或好感。古人所言"千里送鸿毛,礼轻情意重",说的也是细小重要。

其六,世间万事万物离不开细小。小花小草是生命,它们也有梦想和追求,一到时节,无声无息地在漫山遍野播绿或盛开。小狗小猫是生命,它们也有渴望和爱好,不管家养抑或野生,一天一天地活着,同时也给人类带来用益。海藻是世界上最小的微生物之一,然而,世界上最大的动物鲸鲨却以海藻等来支撑庞大的身躯。作为万物之灵的人类,尽管在自然界所向无敌,许多时候,却对可置自己于死地的微小病毒毫无办法。时至今日,以微态展现和显示的细小无时不有、无处不在,且形状众多、景况各异。如微胖、微饿、微汗、微凉等;又如微波、微雕、微粒、微分等;再如微机、微博、微信、微盘等。随着科技的发展和时代的进步,与细小有关的事物纷至沓来,且通过网络快速广泛传播,时而令人应接不暇。细小的片纸,在一定的条件下,由于体现独特价值而转化为巨大财富,如1857年发行的一枚邮票,1996年在苏黎世被一瑞典人以350万马克购得,现已成为全世界最值钱的珍邮之一。

自然界和人世间,这也离不开细小,那也离不开细心,实际上,细小只是一种客观存在,属于中性的,既无所谓好,也无所谓孬,但它与其他相比较,便会分辨出差异来,换言之,具有相对性。与细心相对的是宏大。宏大,巨大也,宏伟也。大千世界,万事万物,细小与宏大,惟在同种同类之间比较才科学、合理。事实上也只可如此,如大象不能与苍蝇比较重量和体积,人类不能与猿猴比较聪明和力气,高楼不能与小屋比较规模和形状,岩石不能与花草比较坚硬和生命,野兽不能与树木比较胃口和速度。面对在形状上、性能上有细小又有宏大的万事万物,作为人类,当有慧眼慧识,当能慎言慎行。对宏大,一方面须理会和依靠中强中实,因为毕竟它往往主导事物的存废和兴亡,现实生活中又多以实力说话,如商界即有"行大欺客、客人欺行"之说。另一方面须防范或利用中虚中空,有些则须在战略上藐视、在战术上重视,如"一切帝国主义都是纸老虎",这是从战略上藐视;"不打无准备之仗",这是从战术上重视。对细小,首先当辨美丑和善恶,即使再细小的美和善也要做,即使再细小的丑和恶也不要做。在一定程度上,细小决定成败,细小决定得失。这就需要我们在待人处事时注重细小,践行从大处着想、从小处着手。人贵有察细之明。睿智者能洞悉星星火苗将成燎原大火、能窥见亏损股票将成绩优股票、能审视寒门之子将成栋梁之材、能展望丽日和风将成暴风骤雨。人在世上,注重细小,但不可"小家子气",对那些毫无意义的繁杂小事,对那些鸡毛蒜皮的琐碎小事,对那些不必介意的零星小事,对那些昙花一现的偶发小事,要学会睁一只眼、闭一只眼,别让它们影响自己的心情、浪费自己的精力,以免因小失大。

赢得与输掉

人世间、自然界,人与人、人与物、物与物,无时无刻不处于竞争之中,其中有的是竞争时间、空间,有的是竞争数量、质量,有的是竞争物质、精神。不过,这些竞争,既有故意的,又有无意的;既有主动的,又有被动的;既有激烈的,又有和缓的;既有长久的,又有短促的;既有显著的,又有隐匿的;既有群体的,又有个体的;既有正义的,又有罪恶的;既有光明的,又有黑暗的。有竞争,便有结果。即使是无疾而终、难分伯仲、不明不白,那也是结果。其中最常见的,要么赢得,要么输掉。当然,具体到一个个人、一件件物,赢得或输掉,其性状、程度不一定一样,有完全、彻底的,有局部、一时的,有体面、光鲜的,有苦涩、灰溜的,有厚重、稳固的,有浅薄、漂浮的。

观瞻世道,赢得与输掉,可谓比比皆是。在战场上有,如举世闻名的中国共产党军队对中国国民党军队展开决战的辽沈战役、平津战役和淮海战役,结果是中国共产党军队全胜,中国国民党军队则惨败。在官场上有,如公开选拔一名领导干部,很多符合条件的人报名参加竞争,结果,一人如愿以偿,其他人则与此擦肩而过。在竞技场上有,如体育比赛、技能竞赛等,报名参加者众,结果一个拔得头筹、其他人依次而列,或只分出优胜者与非优胜者。在职场上有,如国家机关招录公务员,来自全国各地的人纷纷报名应试,结果一些人脱颖而出,一些人则名落孙山。在商场上有,如几种白酒展开性价比竞争,结果某某白酒以质优价廉而胜出,其他白酒则稍逊。在文化市场上有,如一个时期内,全国各大影剧院同时推出了一批电影,结果某某电影最受观众欢迎,创出了最高的票房纪录。在生意场上有,如某个大型工程项目招标选取施工单位,有好多单位参加竞争,结果某某单位中标,其他单位则遭淘汰。在情场上有,如在一所学校、一个单位里,有几位小伙子对一位姑娘发起"爱情攻势",结果某某小伙子俘获了这位姑娘的芳心,其他小伙子只能"退避三舍"。如此种种,不一而足。

凡人凡物,要想赢得,而非输掉,有谋划和决策上的问题,有机会和缘分上的问题,有运作和操办上的问题,有地利和人和上的问题,但关键在实力和能耐。在实力和能耐中,既有硬的,如资金、装备、人数、技术等;又有软的,如计谋、策略、精神、方法等。公元前494年,在夫椒那个地方,吴国的军队把越国的军队打得落花流水。越国国君勾践忍受着奇耻大辱,被迫带着妻子到吴国去,给吴王夫差当奴仆。过了三年,勾践被释放回国后,通过"卧薪尝胆",迫使自己不忘国耻、发愤图强,终于使越国富强起来。公元前473年,勾践率领大军进攻吴国,把夫差围困起来。夫差无奈自杀,吴国灭亡。古往今来,一一数列,战争胜负、国家兴衰有赖于实力和能耐,产业发展、企业经营有赖于实力和能耐,科学创新、技术进步有赖于实力和能耐,就连自然界中的东风压倒西风,抑或西风压倒东风,也有赖于实力和能耐。简言之,人与人、人与物、物与物,只要有竞争,其比拼的,归根结底是实力和能耐。不过,在现实生活中,有些赢得的、有些输掉的,并非硬的实力和能耐,而是软的实力和能耐;有些赢得的、有些输掉的,并非软的实力和能耐,而是硬的实力和能耐。其最终决定赢得或输掉的,或是硬的实力和能耐,或是软的实力和能耐,或是二者兼而有之。大千世界,芸芸众生,莽莽众物,概莫能外。

关于怎么赢得、如何输掉,笔者手头有两个活生生的例子。一个是:我国北方城市一到冬季,在早市上卖大白菜的摊贩一个接着一个。许多买大白菜的大娘喜欢习惯性地随手掰掉几片菜帮子,但往往有一种做贼心虚的感觉。大多数摊主比较严厉,不让大娘们掰,更不让大娘们多掰,只怕短了斤量少挣钱。然而,有的摊主却落落大方,主动、热情地给大娘们递上已经掰掉了几片菜帮子的大白菜,如果大娘们真的要买,还会再帮助掰掉几片菜帮子,不仅如此,还会再挥刀把菜根剁掉,一下子把大白菜弄得白白净净。见此,大娘们纷纷争相购买。这样一来,这个摊主又多又好赢得了人缘,生意也就越发红火起来。另一个是:有个人熬中药时需一点玉米须做药引子,便到市场上去寻找卖玉米棒的,因为有的玉米棒上留有玉米须。他第一个遇见的是个大姐模样的人。"大姐,不影响你卖,我能不能扯一点玉米须?家里熬中药需要一点。"他刚说完,她就接上话:"不行,你又不买我的玉米棒。"他无言以对,只能空手离开。他第二个遇见的是个阿姨模样的人。他对她重复了刚给大姐说的那番话。听罢,她含笑地说:"你扯吧,那能当药引子,家里有病人吧?"他如愿扯了一点玉米须。走时,他还买了她的几把青菜,尽管家里并不需要。以上两个例子,颇能说明一个问题:有时候,只想赢得,更会输掉;先输掉些许,后赢得更多。古人所言的欲取先予、欲擒先纵,从一定意义上,说的也是这个问题。

在无处不有的竞争中,人需要理智地作出选择。很多时候,需要心甘情愿地输掉某些东西。为何？一来,你不可能永远成为胜利者、永远成为成功者。天底下的好事,不可能全部属于你。故而,你须随时随地有输掉的心理准备。这是从认识论的角度而言。二来,有时候,过程、阶段中的输掉,是为了最终结果的赢得。"欲速不达"中的"速",即为急于求赢得,结果反而输掉。"曲径通幽"中的"曲",乍看是输掉的,最终是赢得的。这是从方法论的角度而言。三来,世上的人、世上的物,并非时时处处莺歌燕舞般地美好,难免有不平坦、不顺利、不称心、不遂愿之处。因此,总有一些前输掉或后输掉、多输掉或少输掉、大输掉或小输掉、暂输掉或久输掉。这是从实践论的角度而言。四来,竞争犹如赌博,结果要么赢得、要么输掉(和局、废局,毕竟很少)。正常情况下,从来就没有只赢得不输掉的(除非"打一枪就跑")。故此,输掉不足为奇,没有什么可以大惊小怪的。这是从概率论的角度而言。五来,在世间,有些东西必须输掉,但输掉不是消弭、不是遁失,而是由其他东西赢得。换言之,有些东西输掉,是为了其他东西生存与发展。这是从物质不灭论的角度而言。六来,人赢得了可以总结经验,输掉了可以吸取教训。实际上,人在赢得中也可以吸取教训,在输掉中也可以总结经验。人赢得了可以学习东西,输掉了可以学习东西。实际上,正如美国学者哈维·麦凯所指出的,输不是赢之反面,而可以是赢之一部分。人在输掉中学习的东西,有时多于在赢得中学习的东西。这是从一分为二论的角度而言。

中国体育界有句十分响亮的口号,叫"友谊第一、比赛第二"。这句口号没有错,更强调了风格。但是,不可糊涂,比赛是竞赛,其本质为竞争。人生也是如此,也得"友谊第一、比赛第二"。然而,人生毕竟充满了竞争。我们每个人,赢得也好,输掉也罢,都要坦然面对。人生须有"三得"：沉得住气,弯得下腰,抬得起头。此乃睿智的彰显、理性的积淀、成熟的标志。赢得与输掉,本是人间寻常事。我们每个人,千万不要由于一时的赢得而忘乎所以,就不知道天有多高、地有多厚;也千万不要因为一时的输掉而一蹶不振,就感受到一无是处、一筹莫展。虽然竞争不能用赢得与输掉来衡量一切,但既然参与竞争,就应该有"人生能有几回搏"的奋斗精神,敢于去争强、争先。人在世上,参与竞争,总是说勿想赢得,那很可能虚假,起码言不由衷。正确的态度是,在参与竞争中,只要过程、阶段自己已经尽心竭力,其结果或赢得或输掉,那可不必太在乎。也就是说,重在参与,重在力求,前者比后者更重要。再换言之,与其哀怨于已然,不如努力于未然。

救急与救穷

救急与救穷，是人在世间经常耳闻目睹的事。对社会来说，急包括：哪些地方突然发生地震、海啸、飓风、洪灾、大旱等自然灾害了，哪些地方突然发生矿难、车祸、空难、火灾、海难等人为灾害或自然灾难或人为灾害与自然灾害兼而有之灾难了，哪些地方突然发生枪击、奸杀、纵火、施毒、抢劫等刑事案件了，哪些地方突然发生打架、骂人、逼债、斗气、闹事等民事纠纷或刑事案件或刑事案件与民事纠纷兼而有之案件了。对家庭来说，急包括：哪个成员突然生了危险性大或危害性重的病，房屋突然发生了火灾，钱财突然被人盗窃，超计划的购房、造屋、上学、做生意等出现经济上的一时短缺等。急主要表现在时间上的紧迫、速度上的从快和变化上的迅疾，故而，不能等闲视之，否则，后果危害严重。穷，既有国家穷，也有单位穷，还有个人穷。对国家来说，穷主要表现在：综合国力在国际上没有地位或地位很低，经济社会发展封闭落后，人民生活艰难困苦。对单位来说，穷主要表现在：缺乏市场竞争的实力，缺乏可持续发展的能力，缺乏队伍向心力和凝聚力。对个人来说，穷主要表现在：没有钱，没有物，同时，也没有上进的志气，也没有起码的尊严。穷的显著特性，是它的相对性。也就是说，某国家、某单位、某个人在此时、此地算穷，而在彼时、彼地就不算穷；反之，亦然。救急与救穷，共同点是均为救。救，帮扶、援助也，通过此，使对方脱离灾难、危险和紧张。救有主动与被动之分，前者主要缘于法律、道义和情谊，不受外力推动而采取行动，后者要么是应对方求请、要么是迫于外力而采取行动。同样是救，救的谋略、思路不同，救的方法、举措不同，救的时间、地点不同，救的节奏、步骤不同，最终，救的速度、效果、用处也不同。有的时候，施救上的细微差异，便会造成被救上的巨大差异。

救急与救穷都是救，施救如同战斗一样，若想取胜甚至完胜，必须做好准备，对自己和对方的情况都清楚。诚然，施救，当然要快，不能磨蹭，不可迟缓。大家看到，消防车、救护车在城区马路上都开得很快，因为时间就是财物，时间就是生命。但是，要快不等于不要准备，更不等于可以出乱。就跑步而言，真正的快，并不是拔腿就跑，而是先选好跑鞋、系好鞋带，再看好方向、想好节律，然后鼓劲振作起来，奋勇向前。施救前的准备，虽然时间紧迫，通常是以分秒计算，但必须有所准备，如物质准备、精神准备、人员准备等。其中，不仅要对对方遭遇灾难、风险和紧张的程度以及施救的难度有比较充分的估计，而且要对自己具备的施救的条件、能力有比较清醒的认识。否则，施救所冒的风险则太大。现实中有些舍己救人行为，其精神尽管值得讴歌，然而，毋庸讳言，施救者在准备方面或许存在某些不足。如别人不慎跌入深渊，自己不懂水性不会游泳，周围又没有任何凭借和依靠，光有勇气跳下水去施救是不行的。自古以来有"救急不救穷"之说。其意是，对方有急了，大有可能是意外发生的，你应该去救；但对方穷了，大有可能是因为好吃懒做造成的，你不必去救。虽然此说功利色彩较浓，但也有一定道理。急，往往是突然发生的，施救当抓紧；穷，常常是长期形成的，施救可从容。急，救了后，许多主人会自救，不用太久，又会重现生机；穷，救了后，有些主人不会自救，不用太久，又会返穷。可以这么理解，此说是一些人面对别人急或穷，自己在作施救与否的思想选择，也属于准备。世上有四件不会回头的事：说出口的话，离弦的箭，逝去的生活，失去的机会。施救的机会极端重要，抓住了就抓住了，抓不住就抓不住了。而且，机会还有两种：积极机会，消极机会。在施救上，能用积极机会的，就不要用消极机会。这些，都务必在施救前考量好，免得在施救时手忙脚乱、仓仓促促。

　　救急与救穷，办法至为关键。应当说，古今中外，施救的智慧不可胜数。北宋太祖赵匡胤的曾孙赵从善在京城为官。有一次，皇帝和太后要在夜间经过万松岭，需用三千把火炬来照明。事情来得突然，一时难以筹集到这么多把火炬。赵从善倒是有法子，命人到京城各处去搜集帘子，不管是竹帘还是芦帘，涂上油脂后，卷起来，用绳子拴牢，绑在万松岭必经之道两边的松树上，以充当路灯。果然，火把通明，将夜路照亮得如同白昼。还有一次，皇帝要举行祭祀，需用三百张红桌子，且须在一日之内置办完毕。这项任务落在赵从善的肩上，文武百官都等着看他出洋相。没想到，赵从善很有办法，从京城各大酒店搜集来样式差不多的三百张桌子，糊上白纸，用红色油漆一涂，立马变成了红桌子。有道是，遇有困难不用怕，办法总比困难多。施救亦然。只要开动脑筋，集思广益，总能找到施救的办法。问题是，办法要合适、恰当，而且要可行、管用。刘伯承元帅身经百战，常战常胜。他常用一些动物的特点，来指导作战。如狼的战术是出其不意地袭击。他于1938年在指挥著名的山西神头岭战斗中,就采用了狼的战术。这场战斗,共毙伤俘获日军1500余人。他反对猴子的战术,因为"猴子掰玉米,最后只能得到一个"。猴子的战术是无重点方向和无用兵重点。拿救穷来说,办法可谓多多,"授人以鱼"是办法,"授人以渔"也是办法,不过,最好的办法是"授人以渔"。在实践中,一般是采用兼而有之的办法。既"授人以鱼",又"授人以渔"。我国在清除贫困人口、全面实现小康的过程中,就采用这种办法。对地区救穷,如加大财政转移支付力度,加快基础设施建设,支持教育事业发展,促进产业转移等;对家庭救穷,如建立社会保障体系,减免家庭部分开支,解决家庭成员就业,开展民间捐助等。事实上,从短期看,救穷只能是"输血",以应急解决诸如无米之炊等问题;从长期看,救穷必须促进被救者增强"造血功能",并使之能一点点、一步步地富裕起来。毕竟,输血是不可持续的,而造血是可持续的。拿救急来说,在办法上,首先要解决救人的问题,人命关天,世上没有比人的生命更宝贵的了。凡是急,总有"结",也就是现场。在现场,如是火灾要想方设法去灭火,如是枪击要千方百计去制止射击。同时,要穷尽手段去消除出现"结"的根源,并防止因"次生灾害"而受到再次伤害和更多损失。救急与救穷的无数实践告诉人们,办法正确,事半功倍,费力很小而收效很大;办法欠妥,事倍功半,费力很大而收效很小;办法错误,无济于事,甚至适得其反。而且,能否救成,往往命系一策。

  救急也好,救穷也罢,都是一个事物的两方面,也是一对矛盾的统一体。用内因外因论的观点来分析,被救者的思想和行动非常重要,有的时候,能否被救,全取决于自己。人到大难临头,容易发生恐慌。恐慌是一种可怕的情绪。茨威格在《心灵的焦灼》中这样形象地描写,或许他就是在图解什么是恐慌。"厚厚的乌云宛如一个个沉重的黑箱子隆隆作响,在骚动不宁、震颤不已的树梢顶上堆积,有时候被一道闪电的火光照得通亮。潮湿的空气不时被阵阵狂风猛烈摇撼,我快步往回跑的时候,整座城市已经变了样子。"作为被救者,在局面已定的情况下,必须静下心来,因为恐慌于事无补,只会多一些无谓的消耗。记得在四川汶川特大地震中,有一位被救者,瓦砾之下,双腿被压住,全身不能动弹。但他冷静地思考着眼前骤然发生的一切。他在身边找到了一个塑料瓶,靠喝着自己的体液,嚼着废弃的纸张和烟蒂,在废墟里存活了一百多个小时,直至被救出。显然,人在逆境中不可绝望,必须保持镇定,永不放弃生存的意志和念想。在现实生活中,救急需要这样,救穷也应该如此。人穷并不怕,怕的是穷后无志。换言之,不下决心、不想法去作改变。这是此等穷人的悲哀。如是,一些人穷后,即使别人一再伸出援手,还是不得翻身,其原由即在此。还有些人,急了,穷了,明明可以做些自救,却一味依赖别人去施救。更有甚者,还不知道自己姓甚名啥。这就很不好了。俗话说,病有工夫急有钱。作为被救者,一定要清楚这是非常情形下的行为,在正常情形下不会存在施救问题;一定要感恩,感恩所有施救之人,切莫过河拆桥,也不可事后低估和轻视别人的施救行为;一定要吸取教训,做好善后,加强防范。对已经发生过的急,"亡羊而补牢,未为迟也",同样适用;对曾经出现过的穷,"一朝被蛇咬,十年怕井绳",犹可借鉴。

大人物与小人物

几乎我们每个人,自小就接受了"人要有理想""人要有志向"的教育。理想、志向宏大的,如果当科学家,要当牛顿;如果当文学家,要当莎翁;如果当医学家,要当华佗;如果当哲学家,要当培根。理想、志向远大的,如果参军,要当将军;如果经商,要当李嘉诚;如果学艺,要当梅兰芳;如果从政,要进内阁。理想、志向实际的,如果执教,要当名师;如果办厂,要能发财;如果从医,要当名医;如果搞研,要有发明。一句话,这些理想、志向的目标,不是只想人云亦云,成为凡夫俗子的小人物;而是希冀出类拔萃,成为与众不同的大人物。

人在世上行走,乍看上去,在形体上,只有年岁、身躯之大小,即年岁、身躯大的叫大人,年岁、身躯小的叫小孩。实际上,这是一种生物属性划分。然而,因为人的身上有意或无意地、自觉或不自觉地附有太多的名、利之类的东西,故在无形无影中,人有大人物与小人物之别。实际上,这是一种非生物属性划分。在日常生活中,有个平平常常的人排在购物的队伍中,起初,谁也不觉得他名贵,一旦有人认出他是干大事业、有名望的人,马上,周围的人便会刮目相看。事实上,他还是他,只不过他身上的社会属性与一般人不同,所以显得"大"了。苏轼有诗曰:"太山秋毫两无穷,巨细本出相形中。""竹中一滴曹溪水,涨起西江十八滩。"其意是,事物的巨细、大小是相比较而存在的。人物之大之小,也是同理。在京城,副部级干部并不算个大人物,而在县城,副县级干部就算个大人物。在穷乡僻壤,出了个硕士研究生,就算个大人物;而在繁华都市,即使是博士生导师也不算个大人物。与比尔·盖茨比,有几亿美元资产的并不是大人物;与处于贫困线下的人比,有几百万元人民币财产的就算是个大人物。人物之大之小,有特定的环境。一般来说,在业内,人们会认可和理会大人物,而在非业内,人们不一定认可和理会大人物;与己有利害关系的,人们对大人物会予以更多的关注和尊重,而与己没有利害关系的,人们对大人物会视而不见或充耳不闻;大人物喜欢与大人物来往,换言之,不是差不多地位的人难以"玩"到一起;而小人物难以攀上大人物,除非大人物在某些方面颇有求于小人物,或者说,小人物对大人物有某些重要用处。

　　人光溜溜地来到这个世界上,从社会属性来说,本无大人物与小人物之分(世袭制、血统论的社会除外)。那么,为何有的人后来会成为大人物呢?这里面的因素颇多,但最关键的是能力和机遇。由古及今,从中到外,无论政坛、经坛、商坛上的大人物,还是科坛、文坛、艺坛上的大人物,其成长经历,都少不了能力和机遇。人物有正面人物、反面人物,有进步人物、反动人物,有得势人物、失势人物,有顺时人物、背时人物,有光鲜人物、灰暗人物,有显要人物、卑微人物。不管大人物,还是小人物,从其表现和作用来看,都缺不了这几种类型。朱元璋、洪秀全、孙中山、毛泽东,年幼时也都是默默无闻的小人物,然而靠坚定的理想、信念和过人的睿智、勇武,一步步登上了事业的巅峰。其中,不乏"时势造英雄",如朱元璋投身于如火如荼的元末农民大起义,孙中山投身于风起云涌的清末反帝、反封建浪潮。历数古今中外的名流贤达,在其辉煌人生的背后,无不凝聚着常人不能付出的心血和汗水,如别人描写唐代著名大诗人白居易苦学的情形是"昼课赋,夜课书,间又课诗,不遑寝息,以至口舌成疮,手肘成胝"。正是依靠勤奋带来的积淀,许许多多的小人物成为了大人物,大至一国之总统、一国之总理。受事物客观规律所支配,世间那些大土匪、大流氓、大地痞,也都不是一下子"坐大"的。不过,他们采取的手段多为奸诈、凶险、恶劣。史传,1918年9月28日,29岁的阿道夫·希特勒还只是一个德军下士,27岁的英军二等兵亨利·坦迪与他在法国小镇马尔宽相遇时戏剧性地放走了他。哪知道,后来的阿道夫·希特勒竟成了世界法西斯主义的罪魁祸首。在现实生活中,常常见到这样的情况:大人物强而不争,更显其"大";小人物弱而争之,更显其"小";大人物虚怀若谷,万众景仰;小人物锋芒毕露,群而鄙视;大人物强而友好,以德服众;小人物弱而好斗,众者避之。因此,在很多时候,大人物之所以能"大",有着非同寻常的原因;小人物之所以是"小",完全由主观原因造成。

　　大人物与小人物,有时是此一时、彼一时,有时是彼一时、此一时;有的经得起历史和实践的检验,有的经不起历史和实践的检验;有的流芳百世,有的遗臭万年。诸葛亮是大人物,告诫后人:"夫君子之行,静以修身,俭以养德,非淡泊无以明志,非宁静无以致远。"爱迪生是大人物,言之谆谆:"世间没有一种具有真正价值的东西,可以不经过艰苦辛勤劳动而能够得到。"雷锋是大人物,牢牢记住:"对待同志要像春天般的温暖,对待工作要像夏天一样的火热,对待个人主义要像秋风扫落叶一样,对待敌人要像严冬一样残酷无情。"自古修史靠后人。后人对前人评价,相对来说,能够比较客观、公正。这是因为:一方面经过了较长时间的考验,前人发生的事实更为清楚;另一方面后人与前人没有利害牵连,可以不带主观感情。在历史的长河中,有不少大人物沉沉浮浮。其缘故,主要在政治,如对孔子这样的大人物,尊者有之,敬者有之;贬者有之,批者有之。在许多情况下,这些是为统治阶级利益服务的。在自然科学领域,情况则有所不同,谁的发明就是谁的发明,一般来说,这些不受政治的影响。金无足赤,人无完人。事实上,我们对大人物,也不能苛求。大人物也是人,人就会既有优点又有缺点。关键的,要看大人物的本质和主流,同时也要充分理解当时的环境(包括时局、条件等)。中国"文化大革命"刚刚结束,全国上下,对领袖人物的评价,一时并不全是正面的,甚至有些人公开全盘加以否定。中央审时度势,高屋建瓴,召开全会审议通过了《决议》,对领袖人物作出了正确的评价,统一了全党、全民的思想。大人物固然是大,因为他作用大、影响大、意义大。但是,小人物也不可以小觑。在现实生活中,并不是所有的小人物永远是小,小人物中也有大潜力。人们常说的"后生可畏"中的"后生",往往就是小人物。社会上有句时尚的话,叫"从娃娃抓起"。在人际关系中,我们不仅要高攀大人物,而且要结交小人物。从一定意义上说,结交具有大潜力的小人物比高攀一时有权势的大人物更重要。别看眼下只是个小人物,一旦成长起来了,一旦适宜起来了,那可威力四射呀!在象棋所有的棋子中,地位最低、能力最差的,就数卒子了。可卒子只要过了河,顿时会使车、马、炮等进攻性、杀伤力很强的棋子生畏。何故?一方面,卒子发威的时机成熟了;另一方面,卒子再也回不去了,必须有"置之死地而后生"的勇气。人们常说,细节决定成败。细节中也包括如何对待小人物。在不少时候,小人物帮助人成功,不太容易;小人物影响人进步,则绰绰有余。许多人的失败,就因为小人物使坏。

  人在世间,只要有可能,都想成为大人物。然而,严酷的现实告诉人们,人到终了时真正能成为大人物的,只是极少数,90%以上的人,注定只能以小人物离世。这就好比赌钱,下赌时人人都以为自己会赢,但最后一翻牌,输的却是大多数。再说,大人物有大人物的好处,大人物也有大人物的难处;小人物有小人物的好处,小人物也有小人物的难处。大人物不能以自己的难处去比小人物的好处,小人物也不能以自己的难处去比大人物的好处。倘若这样比,只会比出怨恨、比出气馁、比出消极。人既要拥有理想和志向,又要面对现实和事实。无论当大人物,还是做小人物,都要过得踏实、充实、真实,把自己所有的光和热,奉献给他人,贡献给社会。如此,人来世上一趟,也就有了自己的意义。

分享与分担

在人间,分享与分担是两种难能可贵的思想、精神和举动。这是因为人类社会是一个不可分割的整体,所有认识的和不认识的人都共同生活在一条地平线上,且每个人的力与能都不可能无所不及,必须相互依存。而社会上的人是一个个鲜活的个体,与生俱来的劣根性又会使人有意或无意去损害本应有的相互依存。在这种景况下,分享与分担并非是唾手可得的事,需要有较强的内生动力去驱使。

分享,顾名思义,指(与别人)分着享受、享用、享有。通常,分享的客体、对象都是美好的、有益的。其一,分享全球化。当今世界,全球化已成为势不可挡的历史潮流。从表面看,全球化是一种不受地理、疆域、肤色限制的行为;从内里看,全球化是一种不受政治、经济、文化限制的行为。如今,贸易越来越全球化,货币越来越全球化,交通越来越全球化,信息越来越全球化,语言越来越全球化。还有,禁毒越来越全球化,反恐越来越全球化,缉私越来越全球化,核控越来越全球化,反腐越来越全球化。全球化给世人分享到了发展、开放带来的丰硕成果。其二,分享工业化、城镇化。自给自足的小农经济是中国长期存续的社会形态。自改革开放以来,中国加快了工业化、城镇化的步伐。由此,中国人民从解决温饱到丰衣足食,再迈向全面小康。如果不实行改革开放,中国的城镇化率不可能有这么高,中国的国内生产总值不可能有这么高,中国的人均收入不可能有这么高。其中,人们分享到了城镇生活带来的舒适,分享到了高速通行带来的便捷。其三,分享物质。"民以食为天",吃是人之第一需要。中国人对饥饿有着本能的警惕。在历史上,满目饥馑、饿殍遍野的事常有发生。难怪乎,中国人见面的问候语少不了"吃过了没有"。食物乃物质的一部分,且是最重要的物质之一。人是有理智、有感情的最高等动物,若有了食物等物质,一般会与人分享。就连幼儿园里的小朋友,有了零食,有的也会让人分享。其四,分享精神。

别人的喜悦、别人的欢乐、别人的幸福、别人的美丽，对自己来说，通常属于精神的东西。尤其是对利益攸关方，精神上的分享有时比物质上的分享更能愉悦身心、更可持久品尝。如自己的侄儿考上博士生了，自己的外甥当上副县长了，分享其中的快乐，有时甚至比自己考上博士生、当上副县长还欣喜。我们只要注意观察即可发现，似乎整个世间是供芸芸众生分享的。有所差异的是：有的人分享到的多些，有的人分享到的少些；有的人分享到了这些，有的人分享到了那些；有的人分享的时间长些，有的人分享的时间短些；有的人分享东西的品质好些，有的人分享东西的品质差些。

分担，顾名思义，指（与别人）分着担当、担负、担待。通常，分担的客体、对象是沉重的、有害的。一如地方政府各部门的职责是很清楚的，如抗洪抢险主要归水利部门管，防震抗震主要归地震部门管，生产事故主要归安监部门管，但一旦有重要的、紧急的任务下来，在地方政府的统一领导下，相关部门必须分担。更重大、更严重的，如四川汶川特大地震发生后，那是由全党、全民、全军分担，共同来抗震救灾。二如人的一辈子不可能没有痛苦。满世界对被钉在十字架上的耶稣顶礼膜拜，无疑与他受苦受难的悲惨形象有关。人一般的痛苦是会说出来的，而真正的痛苦则是说不出来的。辛弃疾有言："而今识尽愁滋味，欲说还休，欲说还休，却道天凉好个秋！"这是真正体验到了痛苦的滋味，才再也不想对外人道了。我们日常可见，有的人不幸遭受到了某种痛苦，大家会纷纷前去表示问候。其实，这是在分担痛苦。三如20世纪50年代末、60年代初中国发生的三年困难时期，全国上下，老少妇幼，普遍是勒紧裤腰带过日子。各地吃树皮的、吃野菜的比比皆是，甚至有的吃观音土。实际上，这是在分担饥荒。四如分担危险。在战场上，士兵们主动请缨，冲锋在前，英勇杀敌。在路边，有人不慎落水，人们争相下水施救。在铁路与公路交叉的节点上，一辆汽车突然熄火停了下来。眼看有辆火车正从不远处飞驰过来，后面汽车的驾驶员当机立断，迅速驾驶汽车予以猛烈撞击，将其撞出了节点，从而避免了车毁人亡重大事故的发生（当然，后面汽车的驾驶员自己需要冒着生命危险）。人会为人分担危险，动物也会为动物分担危险。据报道，2007年7月中旬，一场暴雨袭击了山城重庆，江水猛涨。有只名叫"花花"的流浪狗，每天去岸上搜寻食物。吃饱以后，它顶着湍急的洪水，游一公里到一个已经被淹没大半的孤岛上，给刚刚出生的四只狗宝宝喂奶。我们不难发现，在中国涌现出来的许许多多的劳动模范，还有获评的一批又一批感动中国的杰出人物的身上，无一不闪烁着主动分担的光芒，其中包括分担了各种本不属于自己的责任，而使自己遭殃受罪，闻之催人泪下。凡能主动分担的人，一是有勇气，二是有本领，二者缺一不可。有本领、无勇气的人,不会去主动分担;有勇气、无本领的人,则主动分担不好。分担最可贵的是"只求贡献,不求回报"。它不是一桩买卖,可以讨价还价,能够等价交换;它不是一项投资,需权衡投入与产出,不做蚀本生意;它不是一种施舍,带着若干优越,显示居高临下。分担是从尊重和欣赏对方出发,完全发自内心的、为了对方的快乐与幸福的付出。

分享与分担,直白地说,就是"有福同享,有难同当"。这既符合中国优秀的传统文化,又符合人类社会的普世价值。世上凡事有两面,分享的对立面是吝啬,分担的对立面是躲避。毋庸讳言,如今,社会上有这么一批人,有了"蛋糕"便会千方百计去分享,有了"灾难"却不会想方设法去分担。在中国,"孔融让梨"的故事,几乎是家喻户晓。分享的"分",不是"让"。"让"主要体现在道德层面,而"分"更多体现在契约层面。据说,古罗马由两个士兵来分一块饼,一个人先来切,另一个人先来挑。这种分享,是通过一种契约关系来实现的。当然,分享的前提,是要有东西可以分享,那种水中之月、镜中之花是没有东西可以分享的。因此,分享须有成果,分享须有好处,分享须有收获。具体到一个机关、一个单位,对每名员工来说,若要有更多更好的分享,一是机关、单位须获得较快的发展,二是单位须有公平、合理的分配机制。只有这样的分享,才可有效增强机关、单位的凝聚力,才可保障发展的可持续。人在世上,因为生命有限、精力有限、能力有限,所以,分担也是有限的,不可能"包打天下"。笔者认为,分担若用之于处理人际关系,需分客体、对象而有所不同。形象地说,如同江河湖海里的水,浅层,清色的,蓝色的;中层,混色的,灰色的;深层,黑色的,褐色的。在分担上,对一般的人,包括路人等,可采用清色的、蓝色的,即能分担多少则分担多少;对亲戚、朋友等,可采用混色的、灰色的,即尽可能多地给予分担;对父母、配偶、子女,须采用黑色的、褐色的,即用最大的气力予以分担。在生命跋涉路上,人通过不间断地分享、不间断地分担,将会"分"获力量,"分"得情谊,"分"来乐趣,"分"取幸福。

虚拟与现实

人在世上，普遍有两种生活需求：一种是物质生活需求，另一种是精神生活需求。在原始社会，由于物质来源少，尤其是获取物质的难度大，人对物质生活的需求与生俱来强烈。然而，随着社会的不断进步，尤其是随着物质不断丰富，人越来越重视精神生活需求。何谓物质？其指独立于人的意识、思维、心理之外的客观存在，如金钱、房产、汽车、食物等。何谓精神？其指源于客观存在的人的意识、思维、心理，如世界观、人生观、价值观和各种欲念等。从触及性、可视性上考量，物质生活实，即有实实在在的东西；而精神生活虚，即其本身摸不着、看不到，只有通过人的言与行，才能感受得到。

虚与实是客观存在的两种形态，人的生活需求是这样，人的社会活动也是如此。虚有虚拟，实为现实。相对而言，虚拟的东西是不符合实际的东西，而现实的东西是符合实际的东西。如今，虚拟世界日趋繁杂。一如动漫影视、科幻小说等，所构思的情节、人物都是虚拟的，现实生活中并不存在。二如一些国家年复一年地搞军事演习，不惜大动干戈，投入了真刀真枪，然而，其敌人是虚拟的，换言之，为假想敌。三如网络上有牌局、棋局，有货币、货物，但是，这些东西人的肢体不能直接触摸到。四如人服用了鸦片、海洛因等毒品，便有虚拟的感觉。媒体报道，有一个14岁的男孩吃了一种兴奋剂后，觉得自己会飞，便从14楼上跃出窗外摔死，其父后把生产厂家告上了法庭。五如心中的阴影变幻成虚拟之物。有个少妇，她不能看见月亮，因为夺走她心上人的那个女子就叫月亮。后来，她也嫁了人，只是一看见月亮，就会想起曾经毁了她幸福的那个女子。所以，她夜晚极少出门，出门也从不抬头。六如爱幻想的人多虚拟。一个小伙子，在培训班上，有位靓妹只是相遇时向他打了几次招呼，便感到对方爱上他了，于是想入非非，其实不然。七如小心眼的人虚拟多。有位中年妇女，只要有人避着她说话，便认为别人在揭她的短了。八如网购。传统的市场是商品交易的场所，而今在网上购物,并不见、也不入实体性的市场,只用轻轻地按按键盘、点点鼠标,即可成交,且还会送物上门。这一切,全在虚拟市场里完成。现实的东西,人们司空见惯,看得见,摸得着,笔者在此就不赘述了。

按照唯物主义认识论的观点,虚拟与现实之间的关系,相同于认识与实践之间的关系。人在世上,为人处事,需要虚虚实实、实实虚虚,一味地虚、一味地实都不足取。当然,这里的虚不是虚假,也不是虚伪。好多事情,包括科研工作、管理工作等,是从虚拟走向现实,再在新的现实的基础上虚拟,虚拟后再走向更新的现实,如此往复,以至无穷。实际上,虚拟是一种处事方法。在机关,在单位,每当作出重大决策之前,总会召集有关人员务虚。务虚的过程,实际上是酝酿、运筹、策划、谋求的过程。其结果,其产物,尽管尚未成为现实,只是些许文字图片,甚至仅为寥寥数语,但往往符合事物发展规律,只要努力,可望获得成功。虚拟是一种豁达洒脱。有些人在官场上尽心尽力,愿作为,能作为,有作为,但时时处处深知自己有几斤有几两,从不趾高气扬。其实是这些人在私下里主动虚拟了自己,"咱不就是一个演员么!"有些人老了以后,主动虚拟自己,在子女面前,由"主导"变为"辅导";在学生面前,由"师长"变为"年长"。虚拟是一种传统礼节。中国人带着小孩去拜见长辈,常按小孩的辈份来称呼长辈,如对小孩的爷爷叫爷爷,对小孩的姥姥叫姥姥,对小孩的叔叔叫叔叔,对小孩的舅舅叫舅舅,以示客气和尊重。虚拟是一种精神按摩。中国人一向笃信"娃是自己的好"。在社交场合,包括在酒席上、牌桌上,许多人一说起自己的娃,总是这个好那个好,相互之间似有比试的架势。其实,有些人的娃确实不怎么样,甚至有不少且不小的污点。这些人无谓地沉湎于虚拟之中,并以此来调整自己的心绪。尽管虚拟的好处很多,但虚拟的不足也不少。虚拟毕竟不是现实。许多虚拟,是闭着眼睛、盲目乐观的夜郎自大,仅可满足于一时一地的虚荣。然而,暂时的兴奋无法治愈现实的贫困。虚拟一旦形成了习惯,对什么人、处何种事,都会自觉或不自觉地去虚拟。更有甚者,虚拟得太多了,虚拟者自己也难以圆谎。说着说着,有的时候,虚拟者要么连自己也相信了,以为确有其事;要么连自己也感到不好意思了,因为自己太虚假了。每个人无不生活在现实里,虚拟若不以现实为基础,那易受掣肘、常遭碰壁。物体飞得再高,总有坠地的时候;泡泡吹得再大,总有瘪气的时候。有的时候,虚似是一种自我麻醉。麻醉本是医生为病人施行手术前通常采用的方法,其目的是让病人暂时失去知觉,使病人没有痛感,同时,也便于手术。而这,对治病本身缺少实际意义,仅有过程性、辅助性的作用。自我麻醉也是这样,尽管可使自己逃避于一时,甚至可以感到无愁无忧、无困无难,但毕竟真实而严酷的现实摆在那里,除非"一走了之",无法逃避于永远。从一定意义上说,虚拟是抽象的,现实是具体的;虚拟是神化的,现实是物化的;虚拟是想象的,现实是实在的;虚拟是轻飘的,现实是沉重的;虚拟是空洞的,现实是真切的。

在待人处事中,虚拟存在合适与非合适的问题,现实存在本质与非本质的问题。也就是说,有些虚拟是合适的,有些虚拟是不合适的;有些现实是本质的,有些现实是非本质的。就拿人与人之间的关系来说吧,不怎么熟悉,他会敬畏你;熟悉一点,他会拿捏你;再熟悉一点,他会不在乎你;太熟悉了,他会厌倦你。这是人际距离的远与近,实际上也是人际关系的虚与实。人的好多美感,是出于陌生感和遥望感。因此,若想得到一个人,你就去有限度地走近他(她);如想失去一个人,你就去无限度地走近他(她)。西方有句谚语:"我们因为不了解而结合,因为了解而分离。"虽为自嘲之语,但具一定哲理。就拿医生看病来说吧,病人在社会上、在家庭里的身份各异,高至正国级、副国级,低至平民百姓;尊至太爷爷、太奶奶,卑至小重孙、小重孙女,但在医生的心里和眼里,这些身份可以忽略不计,可以不闻不问。医生看到的,只是一个个活着的人体,其有所不同的是性别、年龄和病种、病情,而这些直接影响到治疗方案的选择。在医生看来,病人的身份是虚拟的,而病人的人体则是现实的。若医生不这样看,恐难做到病人面前人人平等。说不定,医生要么提心吊胆,不敢决断;要么漫不经心,草率从事,而这些对治病毫无益处。就拿阿拉伯数字来说吧,数字"0"表示没有数量,即为虚;数字"1"表示整个、全部,即是实。这两个数字组合,若"1"置于前,成为"10",那是"1"的十倍;如"0"置于前,成为"01",那仍为"1"。把"0"与"1"的这种组合推广到社会生活中,就会出现三种情况:一种是,若没有"1","0"再多还是"0"。群龙无首,乱作一团,势必缺乏威力。另一种是,如"0"在那里,一直没有"1"去组合,那还是"0"。雁飞成群、犯规成串、善举成习、败家成风,那是因为有领头的。再一种是,倘只有"1",没有"0"去组合,那永远只会"1"。很多时候,有些人之所以成为孤家寡人,是因为这些人主动或被动地疏离了人群。如上看来,在一定的条件下,虚可以变实,但不会自动变实;实可以更实,但须守规则;虚不必自卑,但需行动起来;实不可自负,但要抓住机缘。就拿人的生命来说吧,别以为肉身活体铜墙铁壁,别以为在世时日永无止境,那是实中虚,虚在不堪重击,虚在过眼烟云。所以,有言道,人在世,要把活着的每一天,当作生命中的最后一天。如是,会更珍惜时间,因为时间一去不复返;会更珍惜缘分,因为一去不再有;会更珍惜生活,因为一去不增添。人生离不开现实,也离不开虚拟。欲有幸福的人生,当立足现实但不拘泥现实、妥用虚拟但不依赖虚拟。

弯弯绕与直筒筒

　　大凡到一个陌生的城市出差、旅游,打的时常会担心司机绕路。这,一来多耗时,二来多费钱,作为客人,当然不会乐意。显然,是"绕"惹得客人不高兴。众所周知,中国有一种语言游戏,叫"绕口令"。它用一些声、韵、调极易混同的字,通过交叉、重叠,编成句子,要求表演者一口气急速说出。其难度在于,说快了极易出现读音错误。其艺术效果是,表演者说准了,听众大饱耳福;表演者说错了,听众则开怀大笑。在人们的日常话语中,也有"绕脖子"的话。如嘲讽有些地方不是法治:黑头(法律法规)不如红头(红头文件),红头不如白头(会议纪要),白头不如低头(领导批示),低头不如口头(当面打招呼)。当年,齐宣王在廷上往左边看看,往右边看看,把话题扯开,不说本题,这叫"王顾左右而言他"。后人,有的说话不直截了当,喜欢绕来绕去这叫"拐弯抹角"。还有一种也是绕,对人对事不从正面直接说明,而从侧面曲折表达,这叫"旁敲侧击"。在现实生活中,有些人说话欲言又止,吞而吐之,使听者越听越糊涂;有些人说话推一把拉一把,明明是"迫切需要"这个意思,又倒过来说"不为难你"或"不办也可以",乍看起来很理解人,其实颇为难人;有些人说话东一榔头西一棒槌,不知究竟要说什么,弄得听者坠入云里雾里。如上所述,按吴方言所说,这叫"弯弯绕"。

　　诚然,说话弯弯绕的人,有的是个人的思维方式问题,有的是个人的语言习惯问题,常常遭到非议和责备。但是,弯弯绕也是有其他主观、客观原因的。一如对有些人、有些事,当着面或在大庭广众下不便实话直说,因为担心伤人自尊,因为担心以讹传讹,因为担心没有余地。二如选择范围太大,又未最终确定之时。有的时候,选择范围太大,容易导致不知所措。倘犹豫不决,则难以干净利落。三如出于策略上的考量。硬棍不能捆柴禾,而软绳可以捆柴禾。弯弯绕也似软绳。对有些人、有些事,用硬棍不行,得用软绳。世上并非处处需要只争朝夕,对有的人、有的事,急不得,快不了,惟有时间才是解决问题的最好办法。在一定的条件下,弯弯绕是一种重要的战略战术,屡试而不爽。当今世界,在并不友好甚至敌对的国与国之间,往往先有"体育外交""动物外交""民间外交"等,后发展成为友好甚至盟国关系。中国最有代表性的"动物外交"是1972年尼克松访华时,周恩来将大熊猫"玲玲"和"兴兴"作为友谊大使赠送给美国。当两只大熊猫乘专机抵达美国国家动物园时,八千多名美国民众冒雨迎接。仅开馆第一个月,参观者就多达一百余万。远说中国古时战国,梁国与楚国相邻。两国的边防士兵都种瓜。梁国士兵勤劳,所以瓜长得很好;楚国士兵懒惰,因此瓜长得不好。楚国的县令发现这个问题后,便将楚国士兵一顿责骂。楚国士兵不反思自己的问题,反而把怨气发泄到梁国士兵身上,并说"要不是你们把瓜种得那么好,我们怎么会挨骂呢?"于是趁着夜黑风高,把梁国的瓜秧弄得乱七八糟,好多都因此枯死了。梁国士兵察觉后,请求县令让他们以牙还牙,把楚国的瓜秧也毁了。然而,梁国的县令听了禀报后,不仅不允许以牙还牙,还劝告梁国士兵利用晚上时间"给敌人的瓜秧浇水"。结果,楚国瓜田瓜的长势越来越好。楚国士兵最终洞悉了这个秘密,并将此报告给了楚王。楚王闻讯后,深为自己臣民的行为感到惭愧,更为能有这样的友邻而感到自豪,于是"谢以重币而请交于梁王"。从此,两国结成了亲密的联盟。动物界也有弯弯绕的事。对家养的乌龟,若用拍打的办法,它并不会探出头来;若把它放到暖炉上面,它会因暖和而渐渐地伸出头来。

　　与弯弯绕相对的直筒筒,在人的性格上,属于直肠子,即有话就说、有啥说啥。筒,竹筒也,粗粗的,直直的。豆子从竹筒里倒出来,那是"哐、哐、哐"一下子。"饭罢,田氏将庄子所著《南华真经》及老子《道德》五千言和盘托出。"这是明朝冯梦龙所著《警世通言》中写道的。和盘托出,喻指(把东西)毫无保留地全部拿出来,与直筒筒的词义相近。说话直筒筒,很多是人的性格使然,如那些心直口快的人,说起话来常常口无遮拦,甚至不当言而言,有意或无意刺伤别人。但是,说话直筒筒也是一种重要的方法乃至策略。春秋时的齐相晏子之所以要辞退对他百依百顺的幕僚高缭,是因为他几年内从来没有向晏子提过意见,也没有当面指出过晏子的缺点,更没有背后说过晏子的坏话。在现实生活中,很多直筒筒的话语,是真话、是诤言、是真情、是实意。当年共产党在延安时,有一天打炸雷劈死了一个人。有位农民老头因此说:"打雷怎么不劈死毛泽东?"边区乡政府便把那个老头抓了起来,同时写材料上报,并层层转到了毛泽东手里。毛泽东立即要下头"问一问为什么骂我?"那老头说:"你们征粮征得太多。你们征多了,我们没饭吃。我不骂你们的头子毛泽东,骂谁呀?"接着,毛泽东要下头"调查一下征粮是不是征得太多?"有关部门经过一番调查后,得出的结论是:"多了。"多了,就要少征。少征,部队吃不饱怎么办？大生产！于是,就有了周恩来纺纱那张照片,就有了唱到今天的《南泥湾》。在人际交往中,许多说话直筒筒的人,干练,明快,不耍小心眼儿,别人喜欢与其交往。那些闺蜜之间,少不了推心置腹的谈心,而推心置腹的谈心离不开直筒筒地说话,即有一说一、有二说二,不隐不瞒,不卑不亢。在个人与个人之间、个人与单位之间、个人与组织之间,该直筒筒地说话就得直筒筒地说话,因为情况已经清楚,因为事宜已经决定,因为决心已经作出,若不直筒筒地说话,反而有害。其中,产生误解的有之,延误时机的有之,出现逆袭的也有之。

人在世上,说话、办事,既不能一味地弯弯绕,也不可一味地直筒筒。正确使用的弯弯绕不是阴谋。像《沙家浜》里的刁德一,说话阴阳怪气的,看上去似弯弯绕,实质上在耍阴谋。正确使用的直筒筒不是炮筒。炮筒是有什么打什么,不讲方式方法,没有回旋余地,即使要懊悔也来不及。唐常建诗云:"曲径通幽处,禅房花木深。"清俞樾题联:"曲径通幽处,园林无俗情。"比较理想的弯弯绕,应当具有曲径通幽之效。人切不可随随便便直筒筒地说话、直筒筒地办事,得经过自己头脑的认真思考。在残酷的政治斗争中,一次随随便便的举手,一次随随便便的鼓掌,一次随随便便的点头,都有可能引来罢官甚至杀身之祸。弯弯绕也好,直筒筒也罢,得分对象、分场合。一般来说,对是直筒筒性子的人,不要用弯弯绕;对是弯弯绕性子的人,不要用直筒筒。在现实生活中,通常是以弯对弯、以直对直。当然,有的时候,从某种策略考虑,对付绕来绕去的办法,是"快刀斩乱麻";而对付直来直去的办法,是以柔克刚、以静制动。人在整个生命历程中,不必要的弯弯绕不少,如患得患失、优柔寡断等;不必要的直筒筒也不少,如急功近利、急于求成等。面对花花绿绿的身外万物,人还是多一点寻常心、寻常情、寻常言、寻常行比较好。爱默生在《论自然》中写道:"实际上,很少有成年人真正看到自然,多数人不会仔细地观察太阳,至多他们只是一掠而过。太阳只会照亮成年人的眼睛,但会通过眼睛照进孩子的心灵。一个真正热爱自然的人,是那种内外感觉都协调一致的人,是那种直至成年依然童心未泯的人。"是的,弯弯绕、直筒筒,并非全来自于自然,并非全出自于童心。直面世人世事,我们成年人有时还不能不弯弯绕、直筒筒,但不管怎么样,不能离开本真、不能抛弃良知,不能不讲策略、不能不重效果。

传统与现代

镜头之一:泱泱大中华,一年之中最繁忙、最壮观的人员流动是"春运"。临近春节时,在外工作的,在外学习的,在外出差的,在外旅游的,都像候鸟似的纷纷往家里赶,那火车站里、汽车站里、飞机场里,人头蜂拥;那火车上、汽车上、飞机上,人满为患。人们赶到家里,与配偶、儿女聚,与爸爸、妈妈聚,与亲戚、朋友聚,仿佛一年忙到头就为了聚这几天,似乎不能聚就没有过年一样。这是中国人的传统春节。

镜头之二:汪汪大商海,在电脑上,在手机里。几千年来,人们交换物品、交易商品,一般都有相对固定的场所,也就是有以币购物、以物易物的"市"。这种"市"经历了从露天到室内、从单一到综合、从混杂到专业、从小微到巨型、从现货到期货、从有形到无形的嬗变过程。而今,这种"市"已发展到了"网购",而且火爆。据媒体报道,2015年11月11日,也就是"光棍节"这一天,几分钟内,有家网站的网上交易金额就高达九百多亿元。这是中国人的现代购物。

以上两个镜头,说的是传统与现代的事。传统是指一代一代可以传承的、一个一个可以联结的具有个性特点的社会因素,现代是指现在这个历史时期所呈现的具有阶段性特征的社会因素。传统与现代,广泛表现在政治、经济、文化、军事等领域里,广泛表现在社会存在、社会意识和物质形态、精神形态上,广泛表现在人类的生产、消费、积累和学习、工作、生活中。传统的东西与现代的东西,既有科学的、先进的,也有愚昧的、落后的;既不能说现代的东西就一定是科学的、先进的,也不能说传统的东西就一定是愚昧的、落后的;传统的东西会承继,也会淘汰;现代的东西会消失,也会流传;传统的东西会发扬光大,也会渐趋湮灭;现代的东西会"星火燎原",也会"昙花一现";传统的东西与现代的东西,既有融合性,又有唯一性;"阳春白雪""下里巴人"既可是传统的东西,也可是现代的东西;传统的东西与现代的东西,既可表现在面上,也可显示在点上;无论是承继和流传,还是淘汰和消失,传统的东西与现代的东西,既可是显性的,也可是隐性的;人为推力,作用于传统的东西与现代的东西,能一时、但不能恒久,能引领、但不能迫使,能辅助、但不能决定;传统的东西与现代的东西,既可物质性地、官方性地承继和流传,也可非物质性地、非官方性地承继和流传。

具体例说,在中国,饮食上,传统的有不同地区的菜系和小吃,现代的有时兴的菜肴品种和烹调方法。思想上,传统的有儒家思想、小农思想等,现代的有毛泽东思想、"三个代表"重要思想、习近平新时代中国特色社会主义思想等。制度上,传统的有科举制度、世袭制度等,现代的有"公考"制度、票决制度等。货币上,传统的有银质硬币、铜质辅币等,现代的有纸质货币、电子货币等。择偶上,传统的有男方要求女子贤淑、女子要求男子本分,现代的有男子要求女子"白富美"、女子要求男子"高富帅"。喜事上,传统的有"久旱逢甘雨,他乡遇故知,洞房花烛夜,金榜题名时"等,现代的有炒股票碰牛市、买彩票中大奖、去竞争胜出了、出国游饱眼福等。婚俗上,传统的有抬轿娶亲、抢劫成亲等,现代的有车队迎亲、旅游结婚等。头发色泽上,传统的有黑发、白发等,现代的有金黄发、酒红发等。人生幸福上,传统的有"五福捧寿",即长寿、富足、康宁、好德和临终安详而不痛苦;现代的有"五子登科",即位子、票子、面子、房子、车子。观念上,传统的有多子多福、量入为出等,现代的有少生优育、能挣会花等。

人生在世,必须正确处理好传统与现代的关系。毫无疑问,我们本身就是一个传统与现代的集合体:自己血管里流淌的血液承继了无数人的遗传基因,自己掌握的知识全由他人言传身教和自己学习实践而来,自己奋斗的事业无不站在前人的肩膀上;而自己的遗传基因还会在后人的血液里流传,自己积累的经验还会诲人传承下去,自己未竟的理想还会有人拿过"接力棒"。在人类历史长河里,所谓的传统,所谓的现代,是从某个时间节点上作判别的,现代的人、事、物过了若干年之后,就有可能成为传统,如徽派建筑物、民国建筑物,在当时只是通常的、普及的建筑物,如今已是那个时期的传统建筑物了;而今大行其道的吃龙虾,说不定,后人会认为这是那个时期的传统食品。许多传统不死。传统需要承继和流传,传统还需要创造和创新。承继和流传的传统,尤其是能永远承继和流传的传统,近乎真理,甚至就是真理。"三十六计",系中国古代兵家计策和军事谋略的宝贵总结,时至今日,其精髓和内核仍然熠熠生辉,人们常常自觉或不自觉地用来指导自己的实践,如反间计、空城计、苦肉计、美人计、连环计等。传统经济学认为,人从事任何经济活动的目的,都是为了使自己的利益最大化。只要不损害别人的利益,能使自己的利益最大化,是正当的、合理的。现今,这种理论已经有了丰富和发展,即要实现自己的利益最大化,仅仅利己是不够的,还必须利他。早在中国从计划经济转向市场经济之初,南方即有一些精明的企业家无师自通地这样做了。其标志性的行为是争取双赢、不吃独食。古人有言:"吃不穷,穿不穷,算计不到一世穷。"传统的算计是精打细算,即能多打粮,能少开支。现代的算计已拓展到了想方设法通过投资多挣钱,至于花钱,那是该享受的就不省。传统也会死。所谓的"死",就是消失,就是失传。何故?这种传统已经没有生命力了。换句话说,已完成历史使命了。当然,其中不乏低劣的、反常的、狭隘的、迷信的成分。之所以会出现这种传统,一方面与当时的生产力落后有关,另一方面受制于当时的认知水平。随着科学技术的不断进步,很多的传统存在着优胜劣汰,那些不科学、不合理的传统,只会像大浪淘沙那样,被去除。后人悉之,常报以窃笑。其实,这无需大惊小怪,历史就是历史。现代的人、事、物,绝非尽善尽美,先进与落后同在,精华与糟粕并存,需要时间来考验、来甄别。有些东西刚出现时,看起来很新潮、很时尚,然而,时间一长,有些甚至只过了一年半载,即被众人当敝帚弃之。这就警示我们,对现代的人、事、物,不可盲目跟风。盲目跟风往往失去自我,不仅太累,而且容易上当。从一定意义上说,采取"慢半拍"的态度,不失为一种周全之策。现代中的新潮、时尚尽管适应了当时当地的需要,可以说是应运而生,但未必就能形成可以流传的定式、定样。传统不是行政命令,传统不是买卖生意,它要靠世人约定俗成,并心甘情愿去沿袭应用,如中国元宵节的灯笼和端午节的龙舟,西方圣诞节的圣诞树和万圣节的南瓜灯等。

传统与现代,两种社会因素,既不可完全割裂,又不可完全等同。继承和发扬传统不是照搬照抄,也不是纯粹的复古和回旧;创设和彰显现代不是无中生有,也不是空中楼阁。唐朝刘长卿诗云:"古调虽自爱,今人多不弹。"宋朝苏轼诗云:"视下则有高,无前孰为后?"两位诗人从不同的角度对传统与现代作了注解。从一定意义上说,我们承前与启后,莫把传统当现代,也莫把现代当传统。两种社会因素,需要科学地、有机地联结和胶合。作为群体的我们,应当既不断汲取老传统中的宝贵营养,又尽可能给后人留下具有现代性的新传统,以无愧于自己来世一生。

眼观与耳听

哇地一声啼哭,婴儿从母体腹中而出,一个新的生命诞生了。眼和耳是婴儿重要的器官,在婴儿不会言语之前,即已渐渐发挥看和听的功能。大人们时而通过做给婴儿看,说给婴儿听,逗婴儿乐,哄婴儿笑。人进入老年后,眼开始花了,看东西模糊了;耳有点背了,听觉不灵便了。惟有少年、青年和中年时代,人往往眼明耳聪。从一定意义上说,人的一双眼、两只耳,将伴随生命历程走过兴与衰。

眼是人的视觉器官,外有角膜、结膜、虹膜等,内有视神经、脉络膜、视网膜等,置于脸部上方。而耳是人的听觉器官,有耳郭、外耳、中耳、内耳等构成,置于头部两旁。上帝造物,神奇无比。这两个器官所处的方位,有利于人"眼观六路、耳听八方"。人依靠自己的眼观与耳听,可让外部客观世界的一切,包括有形有影的、有声有音的东西,输送和传导到心灵,进而亲身去感受、体验、思辨和取舍,从而使其言其行更契合人类社会发展,更满足自身生存需求。

正常情况下,每个人都有一双明亮的眼。眼的生理功能是看清外物外象,相同的视力,其效果相同。同时,眼还有社会功能。人活在世上,生理需求是最初级的需求,社会需求是最高级的需求,而眼在尽其所能地、不可或缺地满足这两种需求。从一定程度上说,眼的社会功能要比生理功能更重要。不是么?中国有句老话:"不识字有饭吃,不识人没饭吃。"所谓的"不识人",也就是说,人的眼没有充分发挥应有的社会功能。人之眼观,一有高低之别。在职场,有时同志们在一起研究某个问题,有的人站位高,能够看清问题的实质;有的人站位低,只会看到问题的皮毛。在情场,人员不同,眼域不同,有的人的眼域宽些,有的人的眼域窄些。据说,有一位大学毕业的姑娘,去云南丽江旅行,一下子恋上了一位流浪歌手,义无反顾地追随他,为他生儿育女,为他下厨做饭,为他街头打鼓,开心得不得了。二有远近之别。

有的人的眼光远大,有的人的眼光短浅。国家也是如此。日本帝国主义对中国图谋已久,早在19世纪90年代,即派出间谍伪装成和尚、喇嘛等,在中国秘密搜集情报、测绘地图等。这些东西,在后来发动的侵华战争中,起到了助纣为虐的作用。正如民国初年戴季陶所说,对中国,日本人不晓得放在解剖台上解剖了几千百次,装在试验管里化验了几千百次。这说的是侵略者的眼光,虽不可取,但犹可鉴。三有深浅之别。人的眼力有一种叫洞察,能透彻地了解事理和人品,故观察深化、深刻、深湛。春秋时,晋国公子重耳逃亡到曹国寻求避难。曹国的大臣们不仅拒绝他,还处处为难他。唯独大夫僖负羁的妻子曹僖氏眼力独到。她对丈夫说:"依我看,重耳迟早要当晋国的国君。到了那时,他定会讨伐曾经对他无礼的国家,我们因此也会跟着遭殃。"丈夫一惊,疑惑地问:"你为何这么说?"她答道:"从重耳带来的三个随从身上,我看到了他有优秀的团队。所以,他不当国君都难呀。"丈夫觉得有道理,忙问该怎么办。她接着说:"不妨在他落难时,我们帮他一把,那样,日后我们就不会被报复。"大夫接受了她的建议。果然,不久后,重耳回到晋国当上了国君,并带兵讨伐曹国。念在往日的恩情,重耳下令士兵们不准进僖负羁家骚扰,僖负羁由此躲过了一劫。四有宽窄之别。每个人的眼睛,在物理距离上都差不多,但视野却相差很大,有的人只会盯住鼻子下面细看,有的人则会抬头伸脖极目远眺。近年来,我国社会分工不断细化,已衍生出了一批新职业,其中建材砍价师,脑子活,口才好,颇受欢迎。建材砍价师之所以有口才,主要是视野宽。他们熟知家具、地板、瓷砖、油漆、墙纸、橱柜、木门、吊顶、卫浴、灯饰等行业的专业知识和运营成本,甚至还了解这些行业的潜规则和幕后事。五有动静之别。世上万事万物,都处于不断运动、变化、发展中。有的人虽然也懂这个道理,但一到现实中,不会调节视角,容易犯机械、死板、教条的毛病。他们不是能动地而是静止地去观人察事,其结果往往是脱离实际,心想事不成。

在正常情况下,每个人都有两只耳。耳是用来听声音的。声音有来自自然界的天籁之声,如风声、鸟声、水声、雨声等;有来自人类活动的嘈杂之声,如喊声、叫声、吵声、闹声等。声音有有声之声,即在正常耳力范围内能听到的声;有无声之声,即在正常耳力范围内不能听到的声。声音就其对人类的作用和影响而言,有多种多样。其一,有柔耳与震耳之分。前者如雪花飘落之声。一个安宁静谧的冬夜,一朵朵雪花从天上纷纷扬扬地飘下,飘落在马路边一盏盏路灯的面颊上。随着一阵微微的暖意,雪花满足而温柔地融化了。后者如公共场所之声。哗哗啦啦的大雨瓢泼下来,轰轰隆隆的火车疾速而过,叽里呱啦的大妈喧哗不停,噼里啪啦的爆竹闹腾不息。其二,有悦耳与刺耳之分。前者如奶奶摇摇篮的声音,妈妈冲奶粉的声音,情侣打招呼的声音。后者如推土机"嘎、嘎、嘎"的声音,凿孔机"吱、吱、吱"的声音,汽车急刹车"哗、哗、哗"的声音。其三,有顺耳与逆耳之分。合乎自己心意,听了舒服的话叫顺耳,虽率直中肯但听了不舒服的话叫逆耳。现实生活中,人的忠言常常逆耳,而人的花言往往顺耳。其四,有充耳与侧耳之分。充耳乃塞住自己的耳朵,主要指不愿听取别人的意见;侧耳乃侧转头使一边的耳朵向前斜伸,主要指很愿倾听别人意见。在自然界,一个"很愿",人可听到许多妙不可言的声音,如蚂蚁在地上跑步的声音,风儿给蒲公英梳头的声音,电脑悄无声息运行的声音;一个"不愿",即使周遭群狼嚎叫、群犬狂吠、群鸟叽喳,也是左耳进右耳出,把自己置之度外。其五,有软耳与硬耳之分。自己没有主见,容易听信别人的人叫软耳朵。这种人"听到风,便是雨","杨树叶子掉下来,怕砸了头",不讲是非,总想左右逢源、敷衍讨好,不愿担当,常常躲闪和逃避责任。与此相反的,则是硬耳朵。人之耳听,相对来说,虽不及眼观更为重要,然而,通过耳听,既可直接领受,又可间接领受。如一锤定音靠耳听,弦外之音靠耳听;声音远近靠耳听,声音强弱靠耳听;捷报频传靠耳听,四面楚歌靠耳听;相识相交靠耳听,相学相习靠耳听。应当说,人的一生,贯穿了对各种声音的过滤和筛选,贯穿了对各样声音的辨析和甄别。聪颖的人,成功的人,充实的人,知道什么时候该听、什么时候不该听,该听什么、不该听什么,该怎么听、不该怎么听,在不断听中不断成长。

  眼观与耳听,其出发点也好,归宿点也罢,都集中在效果上,而两者自始至终无不需要用心。惟有用心去眼观、用心去耳听,才能更好更快地从精神上和物质上丰富自我。

信守与守信

2014年4月12日,山西省娄烦县人民武装部的同志们做了一件"替先辈们还情"的事。他们把3袋面粉、2袋大米、1桶食油和2000元现金,送给了周氏兄弟。原来,72年前,周氏兄弟的爷爷周模旦借给了八路军358旅一担粮食。可周模旦去世时,借条被烧掉了。两年前,娄烦县有关部门在一个破窑洞的灶膛里,发现了八路军向老乡打的欠条。于是,为了还清欠条,他们走村串户,不辞辛劳,终于找到了周模旦的后人。事实上,中华人民共和国成立后,各地普遍设立了"清欠办",用以清理并兑现从红军时期起由共产党和解放军在各地筹集粮饷时所打的欠条,直至1970年左右才结束。如上可见,虽然因故延宕了不少时日,但欠条已烧的周模旦的后人依然得到了偿还。这从一个侧面充分证明,共产党和解放军是"言必信"的。

"信"是个古老而现实的问题。在中国两千多年的封建社会里,一直被统治阶级推崇为圣人的孔子,把信与礼、仁、忠、孝、义等并列,作为处理人际关系的规范和道德。如《论语》中曰:"与朋友交,言而有信。"另如《谷梁传》中曰:"言之所以为言者,信也。言而不信,何以为言?"那么,世上真的信行天下了吗?非也。为什么?一是缘于人性中的暗处。也就是说,人或多或少都有隐藏在心灵深处的自私、狡猾、贪婪、嫉妒、凶恶等。这是一些动物的自然属性,也是"性本恶"论者的观点。二是缘于某些人为因素,尽管有主动与被动之别。如:古今中外,史书必须真实,然而失实者众。有人分析,其有以下九种原因:忌讳,害怕,篡改,夸大,轻信,马虎,偏见,隐瞒,杜撰。故鲁迅先生曾经说过:"《颂》诗早已拍马,《春秋》已经隐瞒。"连孔子修订《春秋》都在隐瞒,更何况后代他人呢?三是源于人的贪图、侥幸等难以自控和自拔的因素。如不少人容易上美丽的陷阱、善意的谎言、慈爱的圈套、舒适骗局、时髦的忽悠的当。其上当主要受到以下两个动机的控制:一个是名利上的,另一个是面子上的。而前者主要是想超常规地多得,而后者主要是想尽可能多地挽回自尊。然而,人一旦上了当,则会懊悔不已,不得不在既成事实面前,自己吞咽苦果。四是缘于自以为是。中国有个成语,叫"刚愎自用"。说的是,倔强固执。有的人明知此举不对,还要死作坚持。如肥胖是一种病态,对身体有害无益。可有一些肥胖者,却找出若干理由聊以自慰,如胖人很快乐、胖人很温和、胖人很轻松,当年大唐王朝还以胖为美呢!殊不知,这些都缺乏科学依据和现代理念,仅为主观想象和世俗偏见。由上可见,"信"有多难。为了信行天下,从婴儿到成人,从家庭到学校,从社会到单位,从国家到民间,都会对"信"年年讲、月月讲、天天讲。即使这般教育和宣传,世上不信之人之事,还是年年有、月月有、天天有。

　　信须守。这里的"信",既包括已经作出的规定或承诺,又包括不可改变的言论或行动。国与国之间要守信,否则,将会失国。近年来,日本在钓鱼岛问题上,菲律宾、越南在南海岛屿问题上,做了一些失信于国际社会、失信于中国人民的事。人与人之间要守信,否则,将会失人。民国时的黄侃,恃才傲人,风流不羁。他在有发妻的情况下,拼命追学生黄绍兰,用假名骗其办理婚书。此后,他又与另一名彭姓女学生秘密结合。黄绍兰闻讯,欲哭无泪,因为婚书上男方的姓名不真,根本无法对簿公堂。后来,黄绍兰虽也另嫁他人,然终摆脱不了由此带来的阴影,无奈自缢身亡。单位与单位之间要守信,否则,难以在市场上立足。近年来,社会上"老赖"不少,其中有的是无钱可还,有的则是有钱不还。对此,一些地方的司法机关和社会媒体施以援手,帮助受害人催讨欠款,收效明显。这是因为,"老赖"们也惧法律,也要脸面。守信无禁区。治国要守信。在正常国家关系下,国与国之间签订的协议、条约等,不管政权如何更迭、官员如何变换,必须遵照执行。理政要守信。政府承诺什么时候住房制度、公车制度要改革到位,就要在什么时候改革到位。为官要守信。你怎么对百姓、对部下许诺的,只要不是信口开河,你就必须兑现。为友要守信。据悉,获诺贝尔经济学奖的一个课题是"纳什均衡危机"。说的是,男生想,若她和别人暧昧了,我就是被欺骗了,因此,我吃亏了;女生想,若他背着我和别的女生暧昧了,那我就是被欺骗了,因此,我吃亏了。从常理上看,我们每个人都会作出风险预设,都期望保护自己。最后的结果,便有可能是,为了自己不吃亏,男生和女生都偷偷地与别人暧昧了。"纳什均衡危机"证明,首先要自己守信,并充分信任对方;其次要相互守信,并履行和维护既有的信用关系。为邻要守信。俗话说,亲帮亲,邻帮邻。远亲不如近邻。相邻而居,相邻而学,相邻而事,相邻而处,守信非常重要。放眼望去,好多相邻关系不够和谐,问题出在失信上。既然你无信,那我只有奉陪。到头来,双方的关系只会越来越僵。为婚要守信。男女成为夫妻,是以爱情为基础,以信任为前提。倘若做不到这些,那背叛和出轨是迟早要发生的事。凡是有"小三""包二奶"的男人,在为婚上都是失信,是失信这一票否决了爱情和信任。

围绕"信"字,一个词组是守信,即遵守信用;另一个词组是信守,即忠实遵守。两个词组共同的词义是,能够履行与别人的约定,不违背自己做出的承诺。守信与信守,就个体而言,必须倡导从自己做起,从小事做起,从点滴做起,从细微做起;就全社会而言,必须加强舆论引导、法律治理、契约约束、行业自律,从体制、法制和机制上抑制和减少失信的泛滥。众所周知,世上许多罪恶始于淫乱、终于淫乱;同理,世上不少罪孽本于失信、末于失信。令人担忧的是,失信的社会传染性特强。你开饭店用地沟油,我开药店卖假药;你办商店卖假冒商品,我办工厂出伪劣产品;你建工程偷工减料,我搞科研弄虚作假。如此,你行我效,我行你效,便形成了恶性循环。试想,在一个守信不能成为自觉行动、而失信却显得恬不知耻的社会里,所有的人都有可能像那个喊"狼来了"的孩子一样,难免不落入这个恶狼或那个恶狼之口。因此,信守和守信,不仅仅是个体的问题,而且还是全社会的问题。当然,作为个人,在整个生命历程中,当不以守信小而不为,当不以失信小而为之,须坚持以信立身和以信安身。

势不两立与势可两立

势,上执下力,所言力也。在工作、学习、生活中,人们常常要分析形势、趋势、态势、情势和来势、去势、强势、弱势等。在自然界,人们往往会观察山势、水势、地势、路势和风势、云势、雨势、雪势等。势是客观事物内生动力在外部所呈现出来的状态和趋向,虽然时显时隐、时明时暗,但确实存在着。

说起势,有一种情形必须关注,即势不两立。这个词典出《战国策》。其曰:"秦之所害于天下莫如楚,楚强则秦弱,楚弱则秦强,此其势不两立。"意为,敌对双方不能同时存在,利益冲突不能调和。大家知道,"一山不容二虎",势不两立也;周都督吐血长叹"既生瑜,何生亮",势不两立也;鏖战疆场,要么你死我活,要么我死你活,势不两立也。1991年美国发动的海湾战争,实质上是美国与萨达姆统治下的伊拉克在海湾利益上的势不两立。第二次世界大战后,美国曾极力防止其他国家控制海湾石油。无论是地区外的大国还是地区内的强国,美国都不能容忍其称霸海湾地区并支配海湾石油。美国前总统尼克松曾直言不讳地说:"如今石油是现代工业的命脉,波斯湾地区便是供血的心脏,而其附近的海上通道,则是输送血液的血管。"然而,萨达姆统治下的伊拉克极力追求地区霸权主义。其入侵科威特,主要动机在于控制海湾石油,并以此掌握高度依赖海湾石油的西方国家的经济命脉,进而获得称雄海湾的本钱。此时,美国绝不允许萨达姆统治下的伊拉克如此胆大妄为。于是,以美国为首的多国部队于1991年1月16日打响了海湾战争,对科威特和伊拉克境内的伊拉克军队发动了大规模的军事进攻,伊拉克最终从科威特撤军。萨达姆统治下的伊拉克称霸海湾地区的图谋由此彻底落空。

怎样看待自然界和人类社会存在的势不两立现象?笔者从如下三个方面作了分析:其一,自然规律和客观规律。事物两个方面或两个矛盾方面,相互排斥或相互斗争,并在一定的条件下联结起来,形成同一性或统一性,这叫相反相成。在自然界里的生物链上,有许多是一物怵一物、一物降一物、一物殴一物、一物灭一物。如猫和鼠。主人正是利用了它们的势不两立,才花钱养猫,并用猫来捉鼠。在人类社会里的相互竞争上,经常有二者必居其一的事。如两个人竞争一个职位,要么你成功我失败,要么你失败我成功,一般不可能同时成功或同时失败。其二,个性差异和特殊形态。无论是人,还是动物,有的一出生就喜欢争斗。这些人所信奉的、这些动物所施用的是斗争哲学。至于那些带有黑社会性质的人,那些生性暴烈的动物,则常常会与对方或同伴势不两立。其三,存在价值和生存法则。如生物界里,狼和鹿是绝对的势不两立。据报道,在美国阿拉斯加州某自然保护区,人们为了保护鹿群,曾一度消灭了狼群。从此,一家独大的鹿群却未能繁荣昌盛,反而因为饱食终日,无忧无虑,导致体质衰弱,大批死亡。于是,人们不得不再从别处运来狼群,才令鹿群恢复了往日的生机。又如在人类社会里,尤其是在机关、在单位里,其主管并不一定非要部下特别团结,存有一些矛盾,可以起到相互制衡和相互监督的作用,同时,又有利于自己权威的巩固和维护。否则,有的时候,还会意想不到地出现部下群起而攻之,把自己架空甚至推翻。

在自然界,在人类社会,既然势不两立有时候不可避免,那么有没有势可两立呢?回答是肯定的,而且是毋庸置疑的。理论和实践雄辩地告诉我们,在一定的条件下,势可两立是应当的、必须的和可行的、能为的。一是势是相对的,不是绝对的。爱因斯坦修正了从牛顿以来对空间、时间、引力三者互相割裂的看法以及运动规律永恒不变的观点,创造性地提出了相对论,从而奠定了现代物理学的基础。相对论的科学原理同样适用于人们认识世上万事万物。所见所闻中,我们不难体会和领悟上苍的良苦用心,如巨石与浪花、毒草与良药、深海与蛟龙、鹤鸟与鸡群、英雄与败类等。二是两立的势可以促进竞争,带来进步。如体育竞技。当代"球坛天王"梅西与C罗,在联赛的每轮比赛中,都是你争我抢,爆发出了不可想象的能量,进球数十分而惊人。连媒体记者都在现场惊呼:他们把彼此逼成了外星人!又如中国在一系列的经济体制改革中,把原来隶属于国务院部委的诸多特大型国有企业在行业内组建成几大集团公司,在有所分工的基础上,形成了竞争态势。正是依靠共存加竞争,它们一个个不断发展壮大。三是两立的势各有各的存在空间,并非都需决绝的斗争。如癌是坏东西,但具体到每个人身上,要看其患的是哪类癌,同类癌中属于哪种性状,同种性状里临床情况如何,本人的身体状况怎样等。所有这些,在很大程度上决定了其治疗的效果及预期。现实生活中,有很多的人长期是带癌生存,有的还活过了百岁。又如我国春夏之交,来自南方的暖湿气流与来自北方的干冷气流在长江中下游地区交汇,谁也不要打压谁,谁也不用战胜谁,相互化作成一场多日的黄梅雨,滋润和浇灌了茫茫大地。四是两立的势有的时候可以互补,相得益彰。如世上所有的夫妻并非性格、脾气全部相投,有的温柔、有的暴戾,有的外向、有的内敛,有的细致、有的粗野,有的浮浅、有的深沉,然而,并不是不可调和和不能协调。现实生活中,一些拥有冰火两重天性格、脾气的夫妻,仍能相处得融洽谐乐。又如在市场竞争中,对手之间,开始是惨烈争斗,然后是惺惺相惜,最后是互成知己。五是势是有用的,不是无用的。之所以能成为一方势或一种势,总有相当的理由和一定的背景,要么智慧过人,要么能力卓越,要么时机适宜,要么实力强悍。人有对立之势相伴,可以反躬、警示自己;团体有对立之势相伴,可以激励、儆诫自己。史载,清朝康熙皇帝在千叟宴上,敬了三杯酒,其中第三杯酒,敬的是对手,即吴三桂、郑经和噶尔丹等。皇帝希望来世再与他们相互为敌。不难分析,皇帝从政治、军事的角力中深知对手独特的重要价值。

　　势不两立,你死我活,是事物发展和生命运动的减法;势可两立,携手并进,是事物发展和生命运动的加法。人来世上走一遭,太难得了,也太不容易了。在一般情况下,要做加法,不做减法。从高处说,彼此为对方活着;从低处说,各为自己活着。如是,既成就了自己,也成就了对方,其所带来的将是山更青、水更净、人更亲、事更顺。

实笃笃与虚飘飘

世上的人,大至安命立身,小至待人处事,随时随地都会面临实与虚的选择。实,乃真实、实在也;虚,乃虚假、假空也。实可以实笃笃,实得像秤砣一样;虚可以虚飘飘,虚得像浮云似的。当然,也有处于二者之间的,如半虚半实、虚多实少、虚少实多。其区别,归根结底,是与真之距离远近,真了就会实,假了就会虚。真与实是孪生兄弟,而假与虚是孪生蚊蝇。实笃笃是百分之百的真,而虚飘飘则不然。当然,些许时候,尚会出现真假难辨的情形,如《红楼梦》里有诗云:"假作真时真亦假。"不过,"真金不怕火炼",假的终究是假的,故《警世通言》中告诫曰:"真人面前说不得假话。"

首先,实笃笃与虚飘飘体现出一个人的思想。思想是自然、社会的客观存在,在一定的条件下,反映在人的脑海里,并经过分析、综合、判断、推理等活动,而产生的结果。思想来源于实践,又作用于实践。古代《庄子·列御寇》中曾列举出五种人不是真实的自我:有人外表恭谨而内心骄傲,有人貌似长者而心术不正,有人举止拘谨而内心轻佻,有人表面坚强而内心软弱,有人表面温和而内心急躁。这些表里不一,实质上是虚飘飘的思想在作祟。放眼世界,有许许多多的政治家以直话直说见长。如,美国总统克林顿在一次公共集会上这般演说:"我们的国家要向前走,不能倒退。就像我们手中的录像机的遥控器,我们要摁前进的键、快进的键,而不要摁倒带的键!"可见,克林顿的这段演说多么实笃笃。想当年,1948年末,中国人民解放军经过辽沈、平津、淮海三大战役,已取得了决定性的胜利。在1949年新年到来之际,毛泽东基于胜利而发表了直面现实的《将革命进行到底》的新年献词,而蒋介石迫于失败发表了虚假求和的《新年文告》。在现实生活中,有些人养成了实笃笃的思维定式,而有些人则形成了虚飘飘的思维习惯。凡后者,常常是说话不靠谱、办事不牢靠。

其次,实笃笃与虚飘飘体现出一个人的作风。作风的"作",指人们从事某种活动,包括工作上的、学习上的、生活上的、思想上的、政治上的等活动;作风的"风",指人们从事某种活动所表现出来的态度。作风问题,大则关涉国家存亡、民族存亡、政党存亡,小则关涉单位形象、团体形象、个人形象。作风无形无影,仅凭视觉、听觉、嗅觉无法真正辨识,只有通过具体的事,才能活灵活现地感受到。古有"观人九法":"派遣他去远方,观察他是否忠心;安排他在近处,观察他是否恭敬;交代他繁重事务,观察他是否能干;突然质问他,观察他是否机智;给他急迫的期限,观察他是否守信;委托他钱财,观察他是否行仁;告诉他处境危险,观察他是否有节操;让他喝醉酒,观察他是否守法度;让他男女杂处,观察他是否端正。"通过诸如这些观察,一个人在作风上是实笃笃还是虚飘飘,起码可见端倪,甚至可据此断定。在现实世界里,套话会虚飘飘,大话会虚飘飘,矫性会虚飘飘,噱头会虚飘飘,忽悠会虚飘飘,调侃会虚飘飘,妄念会虚飘飘,幻想会虚飘飘,摆谱会虚飘飘;而真话会实笃笃,童言会实笃笃,实事会实笃笃,实情会实笃笃,原始会实笃笃,本来会实笃笃,天然会实笃笃,客体会实笃笃,积淀会实笃笃。为世诟病的干部下基层"作秀",是典型的虚飘飘的领导作风,其注重看点,缺少做功。喜欢搬弄是非的"长舌",是民间一些人的不良习气,其酷爱渲染夸大,甚至嗜好无中生有。

  再次,实笃笃与虚飘飘体现出一个人的谋略。谋略,计谋和策略也。诚然,实事求是是为人的标尺、干事的圭臬。这被公认是做好人、做正事的总法则、总开关、总枢纽。然而,在一定的条件下,出于某些利益上的考量,为提高效率、提升效用、提振效益,并非都要不分时间、不辨对象、不计后果去实笃笃地为人做事。如在作战中有虚与实的权衡,在建筑中有虚与实的平衡,在时间上有虚与实的掌控,在人情上有虚与实的安排,在管理上有虚与实的构造,在治病中有虚与实的医法,在课堂上有虚与实的教案,在恋爱上有虚与实的招数。在相当多的情况下,办事效率的提高、效用的提升、效益的提振,往往在虚的方面需有更多的谋略。人生在世,尽管"实"很难,但"虚"也不易。有实有虚、实虚结合,无疑是人生走向成功不可缺失的"金钥匙"。历史人物是这样,当今人物也是如此;正面人物是这样,反面人物也是如此;国内人物是这样,国外人物也是如此。当年,蒋介石在北伐战争前虽为国民革命军总司令,但其资历与作风不足以服众。然而,他通过虚(收买和拉拢)、实(战场上的兵戎相见)兼施,使一个个军长归属于自己的旗下。《金陵春梦》中有这样的一段描写:"厚道敢言的冯玉祥总是尽职尽责、忠心耿耿,滑头的蒋介石却总是应付周旋、虚与委蛇。"此尽管为小说家言,但从一定程度上也披露了当年蒋介石与几位军事将领如何交往的实况。

第四，实笃笃与虚飘飘体现出一个人的精神。说起精神，人们常会不约而同地想到精神生活、精神面貌、精神状态。史载，汉文帝手下有个郎官叫直不疑。一天，同宿舍的人请假回家时，误把另一个人的一锭金子取走了。另一个人发觉后，便怀疑是直不疑干的。对此，直不疑非但不作申辩，还连连赔礼，不仅如此，还去买了一锭金子赔给了另一个人。后来，请假的人回来了，便把错拿的那锭金子还了。另一个人一下子羞愧不已。因为此事，汉文帝提升直不疑做了太中大夫。客观地来评价此事，请假的人知错即改，具实笃笃的精神。按说，既然直不疑已从事实上承认是自己拿走了那锭金子，那么，请假的人完全可以将错就错了。而直不疑尽管显得厚道，希望以此息事宁人，但也有虚飘飘的味道。直不疑完全可以通过解释和规劝来消除另一个的怀疑。在日常生活中，实笃笃与虚飘飘在很多人的身上可以感受到。如：在债务上，有的人"子债父还"，即儿子意外去世了，做父亲的靠勤工俭用，一点点积攒钱去还儿子生前欠下的债；在田径运动场上，有的运动员的脚不慎崴了，仍按照比赛规则，一瘸一拐地跑到了终点。又如：有的人"见面三分熟"，乍看上去十分热情，然而，口惠而实不至；有的人"见人说人话，见鬼说鬼话"，世故圆滑，其实只会耍耍嘴皮而已。

人生在世，正确的态度是，既要有本质意义上的实笃笃，也要有战术意义上的虚飘飘。其关键是，什么实笃笃、什么虚飘飘；何时实笃笃、何时虚飘飘；怎么实笃笃、怎么虚飘飘。而这些，确实大有讲究。人活着，为何不能全部、所有实笃笃呢？从上我们不难看到，在很多时候，之所以会有虚飘飘，有的是用计施策，有的是节时省物。当然，这里的虚飘飘不是通常意义上的虚无、虚幻和虚妄。由此世人有好多的成功，并不在于实笃笃如何，而在于虚飘飘咋样。他们虚得有教养，虚得有艺术，虚得有品格，虚得有力量。似乎可以如此说，这样的虚飘飘，是另一种实笃笃，一种避重就轻、欲擒先纵的实笃笃。在现实生活中，一些人的实笃笃之举，是"认死理"，迂腐而固执，也是一种脱离实际。凡具战术性的虚飘飘，施行者的心理就强悍，且有实力，不像冬日里那迎风摇曳的芦花。草木一秋，人生一世。年龄无论少壮、老迈时，处境无论顺境、逆境时，人既活在物质世界里，又活在精神世界里。说实笃笃之话，办实笃笃之事，应当是立人之根，做人之本。但实笃笃也要拿捏分寸，过犹与未及，往往都会走向反面。综观而言，实笃笃之实，一般来说，是尊重事实之实，是抓住要害之实，是顾全大局之实，是与时俱进之实；而虚飘飘之虚，弄得不好，则是巧言令色之虚，是文过饰非之虚，是轻世傲物之虚，是坑蒙拐骗之虚。实笃笃与虚飘飘，也须趋利避害。

门槛与台阶

门槛与台阶，我们从学会走路起，就知有这两种物体。通常意义上的门槛，指门框下部挨着地面的物体，用木头或石材、砖块、水泥、金属等构造。所谓的进了门，即入了门槛；出了门，即出了门槛。所谓的拒之门外、闭门不纳，即把人挡在门槛之外，不让其进入。门槛实质上是界线，用以区分门内与门外、屋内与屋外；扩大之，用以区分院内与院外、村内与村外；再扩大之，用以区分省内与省外、国内与国外。通常意义上的台阶，指一级一级可供人上下的物体，自然形成的为石质等，人为构筑的有木质等。所谓的上台阶，即向上走；下台阶，即向下走。所谓的同一个台阶，即同一个层次，相互没有高低。就此而言，台阶是界面，同样可以用来区分东西，与门槛不同的是，其从立体上区分，而不是从平面上区分。

门槛与台阶，本义用之普遍，喻义则用之广泛。在中国，当官的门槛，首先是立党为公、执政为民，在政治上与党中央保持高度一致。考核各级官员，德、能、勤、绩、廉，德是第一位的。《左传》里有这样一则故事：晋国的下军佐臼季出使，经过冀邑时，看到一位叫冀缺的人在田间耕耨，妻子正在给他送食，荒郊野田之中，两人相待如宾。臼季非常感动，便把他带到宫里，希望晋文公任用他。晋文公问其理由，臼季答曰："敬，德之聚也。能敬必有德。德以治民，君请用之！"中国自古以来注重以德立身。在社会上，德成为做人的门槛，有德是人，无德非人。诸如此类，人的一生遇到各种各样的门槛，入学有门槛、就业有门槛，爱情有门槛、结婚有门槛，科研有门槛、学术有门槛，社交有门槛、结伴有门槛，产业有门槛、专利有门槛，成名有门槛、赚钱有门槛，得胜有门槛、落败有门槛。其实，门槛是标准、条件的代名词。人在一辈子中，为谋生存必须不间断地跨越门槛、攀爬门槛、翻登门槛、跳跃门槛。在社会现象中，有种"门槛效应"，实际上就是循序渐进的方法。其运用在借钱上，并不是"狮子大开口"，而是一点一点地借，对方碍于情面，大抵不会拒绝,自己由此解决了困难。其运用在练功上,并不是"一口就吃成了胖子",而是一点一点地练,今天些许进步,明天些微进步,最终成为了超人。台阶既可以喻指水平或局面,又可以喻指机会或途径。如经济建设上了一个新台阶,社会发展上了一个新台阶,综合国力上了一个新台阶。又如两个人为了一件小事,先吵得面红耳赤,后打得不可开交。经别人从中劝解,一方退了一步认了错,另一方却一点不肯放过。对此,别人就会告诫另一方:"给你台阶下了,好啦!"

门槛与台阶,在性质和能耐上呈现出形形色色。一是它们有显性的,也有隐性的。中国历史上,羊角哀与左伯桃二人生死结义,刘备、关羽、张飞"桃园三结义",梁山一百○八将聚义,秦琼与单雄信患难结义。这"四大圈子"不是谁想进入就能进入,是有门槛与台阶的,而且是显性的、众所周知的。而隐性的门槛与台阶,则有门户、门第、台面、脸面等。这些心念、观念类的东西,既看不见,又摸不着,但真真切切地存在着。二是它们有生理的,也有心理的。人长到十八岁属于成年人,人活到六十岁成为老年人。这是生理上的门槛与台阶。秦少游与苏小妹成婚那天,苏小妹出了三道题目,秦少游一一作了应答。这实际上是心理上的三道门槛与台阶。尤其是第三道题目,面对上联"闭门推出窗前月"而犯了难的秦少游,幸亏苏小妹的哥哥苏东坡急中生智给予了指点,才立马脱口吟出"投石洞开水底天"的下联。三是它们有形的,也有无形的。一些体育明星、演艺明星、模特明星嫁入豪门,包括戴安娜嫁给查尔斯等,那是进入了高层甚至顶端,人家的门槛与台阶,是有形的、举世瞩目的。人的气质、风度、语气、格调、情趣等是无形的,也呈现出一个个门槛与台阶。四是它们既有高的,也有低的。有人认为做学问有八层境界,即形成主见,发现不能解决的问题,融会贯通,知不足,以简御繁,运用自如,一览众山小,通透。有人提出感受幸福有九个步骤,即换一种心情看生活,控制你的时间,增强积极的情绪,优待身边的人,面带幸福感,不要无所事事,多参加室外活动,好好休息,有信仰。八层境界也好,九个步骤也罢,所体现的是有高有低的门槛与台阶。五是它们既有好的,也有孬的。1935年9月,在甘肃哈达铺,长征途中的中央红军在缴获的《大公报》上看到"全陕北23县几无一县不赤化","匪军长刘志丹辖三师,枪有万余"的消息,毛泽东决定开赴陕北,红军长征找到了最终的落脚点。对中央红军来说,这是好的门槛与台阶。当年,黄埔军校毕业了一期又一期学员,有些人死心塌地地跟着反动的国民党和蒋介石,成了人民的敌人,最后葬身于人民解放战争的汪洋大海之中。这是孬的门槛与台阶。

我们在世间,总希望自己的生活更富足一些、更体面一些、更潇洒一些、更快乐一些。而要实现这些，不能不想方设法地去提高有助、有益自身的各种各样的门槛与台阶。应当说，每个人从小到大，都是为更高的、更好的门槛与台阶而奋斗。在一定程度上，门槛与台阶见证、宣示了某种或某些成功。白手起家的李嘉诚，从穷困少年到"塑胶花大王"，从地产大亨到新经济领袖，从管理大师到高科技弄潮儿，每一个成功都是跨过了一道门槛、登上了一个台阶，绝不是原地踏步、停滞不前的。人在世上，实际上是活在不同的门槛里或活在不同的台阶上。"心有灵犀一点通""相逢何必曾相识""惺惺自古惜惺惺"，正是因为二者同在一道门槛里或同在一个台阶上。韩愈诗云："此日足可惜，此酒不足尝。舍酒去相语，共分一日光。"此写的是聊天。在社会上，不在同一道门槛里或不在同一个台阶上的人，即使聊天也聊不到一起，更谈不上聊得芳醇酣畅。因此，我们为了成全自己，并使自己有个不平凡的人生，必须永远奋斗，"百尺竿头，更进一步"。诚然，越是高的门槛，越是难以跨越；越是高的台阶，越是难以攀登。若要跨越、攀登，非下决心、非用功夫不可。在这个问题上，也是"一分耕耘，一分收获"。若想轻松跨越、攀登，那只能选取低的门槛、台阶。环顾左右，每个人无一不是生活在希望里，即希望自己的学习成绩优一点、工作业绩显一点、生活质量高一点等，而其所希望的，一般不会是相对低的门槛与台阶。当然，人生有的门槛与台阶，无论如何努力，也无法跨越、攀登。但此不能成为放弃自身努力的理由。尽管我们成不了成吉思汗、彼得大帝，然而，人生路上，只要有望造访正向门槛与台阶，我们都要去作不懈努力。电影《肖申克的救赎》里有句话发人深省："每个人都是自己的上帝，如果你自己都放弃自己了，还有谁会救你？"是的，在有限的生命岁月里，每个人都应该放弃一切抱怨，用自己所付出的尽心尽力，去追求自己所期待的门槛与台阶，不用也不必去攀比其他人，从而从容不迫地走向自己的人生巅峰。

垃圾与宝贝

喜欢与讨厌是人之常情。在世上,对邋遢的、破烂的东西,人见人厌;而对珍贵的、稀罕的东西,则人见人喜。喜欢也好,讨厌也罢,均感觉于五官、生发于内心。通常,人之喜欢与讨厌,不仅表现在人面、事中、物前,而且表现在人背、事了、物后。有时候,人未经亲身体验,只缘道听途说,也会对人、对事、对物有先入为主的喜欢与讨厌。人从早晨醒来起,直至夜晚睡去,时不时地会生喜欢与讨厌之情。此情与言行攸关,拥有者往往会直接以此来左右自己的言行。芸芸众生,无不喜欢宝贝、讨厌垃圾。这既始于与生俱来,又始于普世价值。

世上的垃圾五花八门。一如生产垃圾。广东省汕头市曾有一个中国最大的废弃电子电器拆解地,有3000多家废旧电子电器拆解户,从业人员逾10万,年拆解量达45万吨,被称为"电子垃圾之都"。二如生活垃圾。中国遍布城乡的废水、废气、废物垃圾,许多是由人的生产活动产生,每年需耗费大量的人力、物力、财力来作处理。三如精神垃圾。由于这样或那样的原因,一些人向外倾倒不健康、不愉快的情绪等。全国妇联抽样调查结果显示,在中国2.7亿个家庭中,有30%的家庭存在着不同程度的暴力侵害,每年有近10万个家庭因家庭暴力而解体。家庭暴力不仅有硬暴力,还有软暴力。而后者不乏精神垃圾。四如垃圾食品。食品是经过加工制作后供人使用的食物。媒体常有报道,一些不法、不良商人会生产、销售致病风险较高的食品,其中包括容易致癌、可能致癌的食品。这些食品,实际上是垃圾食品。五如垃圾享受。食了"摇头丸",快活似神仙,实是中了毒;无节制地喝酒,不仅伤身,还会滋事;养"小蜜"、包"二奶",看似得意风光,实为自寻折磨,更是违法违纪;不从身体条件出发,执意参加极限运动,无疑是花钱买罪受。六如垃圾广告。在相当长的时间里,一些车站、码头等公共场所,卖发票、办假证、黑导游的叫唤声不绝于耳;一些医院、药店等门口,卖假药、黑导医、发广告的人川流不息；一些地方广播电视台站,以现身说法推销假冒伪劣商品的形式接踵而至。七如垃圾票券。有的股票,上市时经炒作热乎了一阵子,此后再无生机。有的店铺,使用返券,搞所谓的"让利销售"。有的公园,只卖联票,搞强行搭售。八如垃圾落实。有的单位、有些领导,习惯于以文件落实文件、以讲话落实讲话、以活动落实活动,喜欢"假、大、空"。有些人表态斩钉截铁、行动杳如黄鹤。九如垃圾信息。有些所谓的专家、学者,公开在报纸、杂志上不负责任地发表片面性的见识。有些媒体记者不讲新闻道德,编写失真、失实报道,误导社会舆论。十如垃圾材料。一些不法分子杜撰揭发材料,寄送有关机关,用以造谣中伤；或寄达有关人员,用以威胁要挟。座谈会、研讨会、交流上,一些与会议主题无关的材料满天飞,弄得会议代表忙于应接,成为重负。

说起宝贝,谁都不会陌生。其一,具有专属性。一点儿大的婴儿,喜欢上了毛绒玩具,马上视其为宝贝,谁也不能拿走。否则,便是又哭又闹。实际上,电动玩具远比毛绒玩具好玩。对某人、某事、某物,大家都认为是垃圾,他却认为是宝贝,不仅如此,还特别、格外喜欢。社会上,有的人收藏硬币钱钞,有的人收藏文房四宝,有的人收藏字画图书,有的人收藏邮票火花,并一个个视其为宝贝。以上这些,无不表现出了宝贝的某种专属性。其二,具有相对性。无论什么宝贝,尽管其有一定的客观标准,但从总体上说,无一不是出于喜欢者的个人感觉。换言之,宝贝与否,因人、因事而异,因时、因地而异。在通常情况下,需要的,是宝贝；不需要的,不是宝贝。有用的,是宝贝；没有用的,不是宝贝。短时的,是宝贝；不短时的,不是宝贝。即兴的,是宝贝；不即兴的,不是宝贝。稀少的,是宝贝；不稀少的,不是宝贝。还有一些情形:不明就里时,认为是宝贝；恍然大悟后,不认为是宝贝；争先恐后时,认为是宝贝；退避三舍后,不认为是宝贝。归之若水时,认为是宝贝；众叛亲离后,不认为是宝贝。其三,具有多样性。马克思的《资本论》,对全世界无产者来说,是思想宝贝；毛泽东思想,对中国共产党人来说,是思想宝贝。奋发图强,对发展中国家来说,是精神宝贝；艰苦奋斗,对创业者来说,是精神宝贝。儒家学说,对中国社会来说,是文化宝贝；万里长城,对中国历史来说,是文化宝贝。反导设备,对防御者来说,是军事宝贝；火箭武器,对进攻者来说,是军事宝贝。

垃圾与宝贝,一般没有天壤之别,常常仅仅相差那么一丁点儿。而且,二者有时像爱与恨这对孪生兄弟一样,经常纠缠在一起；有时又像同一个太阳一样,一会儿升起来,一会儿落下去。有了宝贝并一定就可得意洋洋,有时会引来很多嫉妒甚至杀身之祸；仅有垃圾并不一定只能穷途末路,有时可获许多帮助甚至会咸鱼翻身。宁静,一旦过了,便成了冷冰、死寂;热闹,一俟过了,便成了喧哗、闹腾。人在世上,不可能处处是宝贝,也不可能处处是垃圾,更多的是既非宝贝也非垃圾。换句话说,更多的是庸常。而庸常往往"没戏",既不会助兴,也不会扫兴;宝贝与垃圾,则"有戏",时常会泛起心中涟漪。某人、事、物,虽然被公认为宝贝或垃圾,但对不同的人群来说,其感受有异。如一块废铜烂铁,扔者如遗敝屣,路人则视若无睹。又如一项重大发现,业内推崇至极,业外则波澜不惊。再如一个落后习俗,明智者深恶痛绝,愚昧者则见怪不怪。垃圾与宝贝,许多时候处在同一个集合体中。对此,有的可以条分缕析,有的确实难分难离。如人的说话,有大面上的话,有私下里的话,有心里面的话。这些话,有的真话、净言,是宝贝;有的假话、媚言,是垃圾。这须用睿智,来分析,来分离,从而取其宝贝、舍其垃圾。人之一生、事之始终、物之存废,不同时期、不同阶段,有不同的垃圾与宝贝。如:婴儿第一次能叫"爸爸""妈妈",是宝贝,欣喜不已;人渐老时,冒出了第一根白发、第一道皱纹、第一块黑斑,是垃圾,惆怅不已。又如办事过程中,曲曲折折,是垃圾;一帆风顺,则为宝贝。再如物品使用久了,表面光亮光滑,是宝贝;内有折折损损,则是垃圾,距弃之也不远了。

  世间的人、事、物,垃圾不会永远是垃圾,宝贝也不会永远是宝贝。对垃圾,须正视,须利用,须转化;对宝贝,须认清,须珍惜,须维护。伟人有言,扫帚不到,灰尘不会自己跑掉。垃圾如同灰尘,若不采取行动,只会越积越多。众所周知"尘封"现象。物体因搁置长久而被灰尘盖满,这就叫"尘封"。垃圾也是,有,并不可怕;再多,只要处理,总能去除;怕就怕在视而不见,即使再少,也不会消解。"城里人""出身于干部家庭""父母是知识分子",这在中国改革开放前,颇被一些胸无大志的"既得利益者"们引以为豪,并沾沾自喜。然而,此后社会上呈现的优胜劣汰的景况,迫使这些人不得不从先天的"光环"里走出来面对现实。那些以往的"乡下人""农民的儿子""寒门弟子",却依靠自我奋斗,一步一步地各自走向了事业的高峰。另据报道,有些疾病,造就了某些天才。换言之,某些天才的诞生伴随着某些遗憾。爱因斯坦、牛顿、凡·高、莫扎特都是艾斯伯格综合征的疑似患者,而刘备、帕格尼尼、海曼、菲尔普斯都疑似患有马凡氏综合征。这些说明,在一定的条件下,优势会转化为劣势,劣势也会转化为优势。同理,宝贝会变为垃圾,垃圾也会变为宝贝。从某种意义上说,垃圾也是一种宝贝,宝贝也是一种垃圾。故,古有"哀兵必胜""骄兵必败"之说。世上任何的宝贝,并不会被所有的人所认可,也不会永恒到地老天荒。另从某种意义上说,获取宝贝难,维护宝贝更难,若想久久拥有宝贝,则难上加难。人在世上,最见功力的是逆袭,其很重要的是把垃圾转化为宝贝，也就是人们常言常行的"变废为宝"。实际上，垃圾与宝贝，在漫漫时间长河里，永远处于变化之中，从来没有休止符。其关键是，我们能发现"点金术"、用好"点金术"，有像神话故事中所说的仙人用手指一点即使铁变成金一样的功力。

岔路与正道

在繁忙的交通运输线上,南来北往、西去东来的火车、汽车、轮船、飞机,因为各自目的地的不同,通常都是分岔而行。人站在交通运输枢纽位置观察,感觉这种情景尤为明显。人来到一座陌生城市,想去某个地方,或探亲,或访友,或逛店,或游园,尽管手里有地图、路边有路牌,还是不太容易找到,因为一个个路口有分岔,得仔细辨识才行。人走在密密的森林里,若是天昏地暗,又无指南器材,很容易迷失方向。媒体上时有报道,某地驴友迷路失踪了。因此,当地常会派人去搜山,有的还会派直升机去寻找。人来到路口,稍不注意,走岔了路,轻者觉得有点冤枉,浪费了时间和气力;重者南辕北辙,距目的地越来越远。

以上所述的,是自然界的岔路。岔路,分岔之路,路之分岔。岔路,可以是直路、平路,也可以是弯路、陡路;可以是正路、主路,也可以是斜路、次路;可以是大路、好路,也可以是小路、孬路;可以是宽路、长路,也可以是窄路、短路。一般情况下,岔路的形与性,后者多于前者。常言道:"条条大路通罗马。"对罗马来说,条条大路是岔路。中国珠算中的"九九归一"运算,对一(还了原)来说,九九(转来转去)是岔路。曲径通幽,对幽来说,曲曲弯弯的羊肠小道是岔路。岔路在人类社会,举目可见。一如治国理政有岔路。人们不会忘却,1915年12月12日,袁世凯接受所谓的民意宣布登基,中国重新走进了帝制。1916年3月22日,在护国军的进攻和全国人民的声讨下,袁世凯被迫下台。这是中国国体结束了两千多年帝制后,在特殊的历史条件下,走了一段很短的岔路,历时只有83天,袁世凯的皇帝梦破灭,一场闹剧由此收场。二如科学技术有岔路。人类研究先进的科学技术,根本宗旨是造福于人类,然而,有时也会出现岔路。在世界历史上,一些滥杀无辜的独裁者、战争狂,往往使用先进的科学技术。当年,就有大科学家为德国法西斯研制原子弹,幸好尚未成功,第二次世界大战就结束了,否则,后果不堪设想。先进的科学技术,一旦落入独裁者、战争狂的手中,便会成为葬送人类、消灭文明的帮凶。三如人类生产有岔路。建房、造桥、筑路,"百年大计,质量第一",可就有人故意偷工减料,昧着良心去赚黑钱,结果成了"豆腐渣工程",使用不久便出大事故。四如人类生活有岔路。老天爷好像喜欢时时处处考验、捉弄人类。大凡找对象、买东西、做事情,选择出错,就走上了失策、失算的岔路。如一个好端端的姑娘,不去正大光明地嫁人,却偷偷摸摸去玩情。又如有句方言,叫"便宜东西吃掉钱"。意思是,自己家里本不缺或并不需这些东西,因为贪图便宜,买回了好多,结果浪费了钱财。再如:处理生活上的小事,好耍"小聪明",结果给弄糟了。五如人生路上有岔路。陷阱为捕捉野兽而挖掘的坑,上面覆有伪装物。野兽踩在上面,即会掉入坑中。人生路上,有的因为经济利益上的动机,有的因为政治权势上的动机,有的因为人际关系上的动机,有的因为时间上的动机,会自觉或不自觉地掉入各种各样的陷阱。这些陷阱,实际上是岔路。不过,走了小的岔路,一般可以重来(走回头路),而走了大的岔路,或许就是终生(走不归路)。

分析岔路的成因,有诸多种。其一,从效能上看。独木桥用一根木头搭成,人在上面行走,既艰难,又危险。此外,独木桥的通行效能十分有限。如何解决这个问题?要么把桥面加宽,要么增加通道。而岔路,就是增加通道。另外,岔路还可减少风险。所谓的"狡兔三窟",实质上也多些岔路。多些岔路,风险自然减少。众多的人各自走在岔路上,还不容易发生磕碰,可消其堵、畅其流。其二,从环境上看。稀稀拉拉栽种一些树木,由于间距过大,容易长出太多的丫枝。农田弃耕以后,无人问津,容易长满杂草。棉苗不掐断顶芽,只会疯狂长高。过度溺爱孩子,只能适得其反。激励失当、失察,容易生发"奇葩"。诸如这些,都是环境问题,要么缺少严格管束,要么给予过大宽松,由此"创造"出了形态各异的岔路。其三,从内因上看。世上任何事物的发生、发展都有规律。规律是事物之间的内在的必然联系,规律是事物内部的质的规定性。规律有普遍规律、一般规律,也有特殊规律、个别规律。健康人是没有恶性肿瘤的。恶性肿瘤是正常细胞变异而生长出来的。人在随心所欲上具有共同性,喜欢按照自己的意愿,想干什么就干什么,爱干什么就干什么。如上这些,均为内因问题。人类社会的岔路,几乎全由内因决定,或外因通过内因而起作用。

正道,顾名思义,即正确的道路。毛泽东有诗曰:"天若有情天亦老,人间正道是沧桑。"诚然,在一定的条件下,岔路也是正道。但是,正道毕竟不同于岔路。正道在性质上排除了歪、邪、丑、恶。正道具有普世价值，一般为世人所公认。不过，正道的政治性、阶级性、传统性、文化性、时空性特征，都比较明显。无产阶级、社会主义认为正道的，资产阶级、资本主义不一定认为正道的；这个民族、宗教认为是正道的，那个民族、宗教不一定认为是正道的；这个时期、地域认为是正道的，那个时期、地域不一定认为是正道的。反之，亦然。必须指出，正道认定上的主观性，并不能否定正道认定上的客观性。这个客观性，即是否真正有利于人类发展、社会进步。许多时候，岔路有很多条，而正道只有一条。因此，坚持这条正道，就显得极为重要。据报道，德国有不少中小企业，各自拥有独特的技术，能在上百年的世界市场竞争中挺立不倒。何故？它们有一种专心致志的定力，不以少为卑贱，不以小为低微，坚持在某项技术上一直做到国际领先。一般来说，正道是循规蹈矩的，没有岔路那么新奇、那么刺激。但正道终究是正道，相对而言，能见度高，可控性强。换言之，风险比较小，成效可预见。古人今人无数实践表明，正常情况下，人须走正道，别走岔路。世上的正道，并不难辨难识，并不难取难用，可以从学习领悟中来，可以从请教指点中来，可以从吃堑长智中来，可以从上当变乖中来。其关键是，心里正道，行才正道。

在世间，无论个人（不分男女老少），还是集体（包括国家和单位），若想"活着"，甚或"活得更好"，无时无刻不面临着岔路与正道的选择。其中，有些选择无关紧要，有些选择则命悬一线。历史的教训值得记取：当年，宋徽宗当了皇帝，心思却在字画上，最后把江山社稷给丢了。而今，有些人罹病，不去正规医院接受正规治疗，而是偏听偏信所谓的秘方奇药，结果病入膏肓，严重到了无法救治的地步。世间有很多人，明明有正道，却要走岔路。为什么？心浮气躁是一因。《讽刺与幽默》上载过一则泥土和尘土的故事：泥土紧紧地贴在大地妈妈的怀里，那么敦厚，那么朴实。不管春夏秋冬，不论日日夜夜，凡是栽种在里面的植物，它都毫无保留地献出水分和养料。它的业绩，赢得了人们的称颂。可后来，它受到了旋风的煽动，发生了动摇，为了好玩，便稀里糊涂地跟着旋风上了天。待到旋风停歇时，它只能悄然掉下来，成了令人讨厌的尘土。从泥土到尘土，类似于从正道到岔路，就差那么一点儿，两条路径，两种结果。人弃岔路而取正道，很多时候，要仰仗仁义回归、良心发现。《铡美案》中的韩琦，作为陈世美的心腹，去追赶秦香莲至一破庙，见面即举刀扑杀。秦香莲惊恐万分，颤抖问道："你为何杀我们母子？"这一问，命运转折了——良心未泯的韩琦被秦香莲的诉说所打动，善良之心逐渐上升，秦香莲母子因此而得救。可以想见，韩琦先前之举是岔路，而后来之举是正道。人生路上,难免没有岔路。岔路如同一道考题,在测试和检验人的智慧、人的毅力,当然也在测试和检验人的运气。"文化大革命"中,那些被批斗的人,有的忍受,有的抗争;有的坚强地活了下来,有的选择了结束自己的生命。今回过头来观之,凡坚强地活下来的人,后普遍有不错的归宿。人在生命途中,当慎对岔路与正道!

正解与误解

我们是带着无限的问号来到这个陌生世界的,一息尚存之时,一个个问号去了又来、来了又去,以至无穷。问号给我们带来了知识与技术,带来了兴趣与爱好,带来了收获与成功,带来了幸福与欢乐。有问号,便要解。解,有了解,有理解;有解答,有解读;有讲解,有注解。在诸多解中,一种解是正解,另一种解是误解。正解,正确的解;误解,错误的解。

世上被误解的人和事多如牛毛。俗话说,无巧不成书。巧中即包含了误解。我们阅读和观看的小说、电影作品和电视、戏剧节目中,多有误解,而且,误解越严重,情节越精彩。人之计谋,人之骗术,之所以施之成功,得益于以假乱真,实质上是引诱对方误解。当年诸葛亮在空城城楼上弹琴,不就是使司马懿误解了么?如今手机上的各种诈骗信息,多有美丽的谎言,多为带毒的"馅饼",使一些人纷纷误解,连呼"上当"。世上只要有人的地方,就会有误解:夫妻之间、父母之间、领导之间、同事之间、朋友之间、同学之间、老乡之间、战友之间、兄弟之间、姐妹之间、妯娌之间会有误解,父母与子女之间、上级与下级之间、老板与伙计之间、老师与学生之间、医生与病人之间、司机与乘客之间、店主与顾客之间、婆婆与媳妇之间、丈人与女婿之间、伯叔与侄辈之间、舅姨与甥辈之间也会有误解。世人只要做事,就会有误解:勤快有可能被误解为卑微,忍让有可能被误解为无能,坚韧有可能被误解为固执,勇敢有可能被误解为鲁莽,节俭有可能被误解为吝啬;求实有可能被误解为死板,正直有可能被误解为傻帽,善良有可能被误解为软弱。人间的许多矛盾和纷争,源于误解。误解往往发生在嫌疑人、嫌隙人、嫌弃人之间,而且常常发生在至亲、爱侣、挚友之间;误解往往发生在国家与国家、民族与民族、政党与政党之间,而且常常发生在友好国家、友好民族、友好政党之间。误解可以是极大的,也可以是小微的;可以是长期的,也可以是短期的;可以是单独的,也可以是连锁的;可以是个体的,也可以是群体的;可以是闪念的,也可以是成见的。在现实生活中,凡发生误解的,许多是公说公有理、婆说婆有理。旁人若去作调解,有时候挺为难,双方似乎都很占理。误解发生在家人之间,从古及今,"清官难断家务事";误解发生在友人之间,即使后来面和,心里尚留芥蒂;误解发生在陌人之间,其消除的机缘恐怕甚微,或将永远挥之不去;误解发生在对头之间,即使一方求和示好,另一方也会侧目甚至敌视。误解的后果,大至祸国殃民,小及害人害己。误解通常是"风起于青萍之末""祸起于萧墙之内",若能把误解遏制、消弭于萌芽状态,那就不会使误解积少成多、由浅入深、转轻为重。微小的误解,抑或给一方或双方不必要的误解,若是造成了巨大的伤害,那就太不值得、太不应该了。误解发生在人民内部,其所带来的伤害,那是"为亲厚者所痛,而为见仇者所快"也。

  误解从哪里来?其一,从认识局限中来。一方面,人之生命有限、气力有限,而大千世界无限,以有限对无限,势必局限。即使科学技术再发达,人对大千世界的认识不可能终极。更何况,人的认识不是静止的、僵化的,而是能动的、发展的。另一方面,局外人往往比当事者认识得清楚,也认识得全面。只有亲力亲为,才有可能真正认识事物的前世今生。人类普遍喜兴从自我出发,时而把认识强加于他人。待人处事,若不作换位认识,只能自说自话。其二,从话意多重中来。中国汉字多义的多。如一个"死"字,即有逝世、驾崩、完了、走了、毙命、亡故、丧命、献身、去世等。若用之不妥,就有可能被误解。人之交往,有些话,只可意会,不可言传。为何这般?有的心思奥妙,难以说明;有的感情微妙,难以表达;有的趣味美妙,难以陈述。意会,就要靠揣摩、靠品味、靠领略。若揣摩错了、品味错了、领略错了,那就有可能被误解。在说话时,各人的习惯、方式不一定相同,如有的人喜欢说半句留半句,有的人喜欢吞吞吐吐,有的人喜欢"王顾左右而言他"。若遇到多心之人,不误解才怪呢!同样一个字、同样一种义,在不同的对象、不同的时间、不同的场所、不同的语境、不同的氛围里用,有时会引起误解,因为它敏感。其三,从见仁见智中来。史说北宋著名理学家邵雍经历过这样一桩事:一次,他在山中行走,渴了,便向一农妇讨水喝。农妇舀了一瓢水给他,但拿了一根干草放在瓢里。他见之很生气,觉得受到了极大侮辱。然而,由于渴得厉害,他还是忍了忍,边吹着干草边把水喝了下去。之后,他问道:"你为何这样刻薄,给瓢水还要加把草?"农妇笑答:"你气喘吁吁,一定特别渴。大口喝凉水,容易呛坏身子,往水里加把干草是为了让你慢慢喝。"听罢,他顿时泪流满面,同时因误解了农妇而深深自责。在现实生活中,男女谈情说爱,一方言语不多,并不一定不想继续与另一方交往;一方嘴噘了、脸吊了、眉倒了,并不一定对另一方有怨有忿;一方主动、热情,并不一定愿意马上与另一方谈婚论嫁;一方性格开放,并不一定同意与另一方未婚同居。其四,从先入为主中来。人在作决策时,有时会对先前的印象给予特别的重视,甚至会有意或无意地受先前的印象而左右。这些先前的印象,有的来源于书本,有的来源于他人,有的就来源于自己。其共同之处是,不符合眼前的实际,或根基不好,或陈旧过时,或骥不对图。这就难免产生误解。如:对胖,常言道或恭维话是"心宽体胖",其实,胖也是一种病,既有饮食因素,也有遗传因素,还有精神因素。其五,从闭目塞听中来。在现实生活中,有太多的误解,是由信息不对称而引起,即误解者并不真知实情,仅凭主观臆测,要么是自言自语,要么是疑神疑鬼。而且,误解一旦产生,误解者一般不会轻易放弃误解。其实,好多时候,之所以存在误解,只相隔了一层薄纸,捅破了,不言也能自喻。当然,也不能排除有些误解因不科学的成分甚至是迷信而产生。唐人魏征说过:"兼听则明,偏信则暗。"对人对事,在看、听、思上存有片面性,容易导致误解。抛弃、除掉片面性,好多误解迅即会自然消除。

解有误解,更有正解。解的本原是正解,是什么情况就是什么情况,是什么原因就是什么原因,是什么结果,就是什么结果,而误解,除非用在计谋上,都不是常人希望和愿意耳闻目睹的。在中国,改革开放后,各级党委、人大、政府、政协机关,逐步建立并实施了新闻发言人制度。其中,外交部、国防部的新闻发布比较常见,全国人大、全国政协年会期间的新闻发布比较密集。有关机关召开新闻发布会,不仅传递需让公众知晓的最新信息,而且欲在社会上起到以正视听的作用。而此,是基于事实的正解。当然,是公开的、正面的、台上的,也是有所选择的。众所周知,人类社会的历史就是不断求索的历史。求索的对象是真理,包括自然科学、社会科学领域的真理。理想化地说,正解应该为真理;现实性地说,正解不一定都是真理。为何有异?因为它们不是机械运行,不是电脑运算,而是人的活动,难免掺入了主观意愿和意图。因此,谁都渴望正解、追求正解,可谁都不易正解、难获正解。世上有不少的人和事,并不是非此即彼或非彼即此,有可能是多解的,也有可能是无解的。多解,即可从多个方面来解析;无解,则没有可解的东西。综上所述,解有客观性,也有主观性。按照事物发生、发展的规律,解的客观性更强。主观性可以掩盖、模糊客观性于一时一地,但客观性终究不会以一时一地的人的主观愿望而转移,"事实胜于雄辩"说的就是这个道理。

人的一生,学习、工作、家庭、生活,都需要正解。正解,引领人获致成功;正解,引领人采撷幸福。两百多年前,德国哲学家康德有一个著名的判断:人的行为来自于两种命令,因外在价值而产生的"假言命令"和因内在价值而产生的"绝对命令"。笔者引用于此,人的行为应该接受正解的命令,而不要接受误解的命令。惟有此,才会不走或少走弯路。

浪漫与死板

"你太浪漫了!""你太死板了!"这两句话,在人际交流中,时有耳闻。浪漫在《现代汉语词典》中的释义是:富有诗意,充满幻想;行为放荡,不拘小节。死板在《现代汉语词典》中的释义是:不活泼,不生动;不变通,不灵活。其实,在现实生活中,浪漫与死板蕴意和韵味,远比《现代汉语词典》中的释义丰富和多彩。

浪漫多为个人浪漫。如:有的人"浪迹天涯任吾行",不知疲倦地到各地的名山大川浏览;有的人选择上天(乘热气球)、入海(乘潜水艇)举行婚礼;有的人乐当"候鸟",天热了去哈尔滨生活,天冷了去海南岛生活。浪漫也有群体浪漫。如今遍布城镇的广场舞,大娘大妈们,有的红装、有的素裹,伴随着声声乐曲翩翩起舞,且乐此不疲。有些城市、传媒、单位,为适应并推动这一方兴未艾的浪漫之举,还举办了广场舞大赛,大娘大妈们则纷纷自由组合成队参赛。对个人来说,凡人有浪漫,名人也有浪漫。如一个人难得宅在家里,炒几个菜,斟上酒,听些歌,好好地犒劳自身,好好地享受自我。如齐白石1920年在保定客室里遇到一只蝇,硬是与之共处了三天,且为之造像。他在缺乏诗意的地方发现了诗意,并浪漫起来。他的画作《蝇》,1997年拍出了19.8万元的天价。浪漫既有精神性的浪漫,也有物质性的浪漫。一对情侣远隔重洋,每天夜晚在视频里卿卿我我。大学宿舍楼下摆放着999朵玫瑰,用蜡烛围成"心"形,男生单膝跪在中间,向心仪的楼上女生高喊"我爱你!"高中上晚自习时,坐在前排的男生多处向别人讨好看的信纸和纸封,像是要写一封十分重要的信,然而,捣鼓折腾了很久,直至下晚自习时,递给了坐在后排的女生一个信封。"给我的?""嗯!""什么?""自己看啊!"女生回宿舍后立即打开,见信封里只有一个用信纸折得很漂亮的"心"形,其他什么也没有。这些,属于精神性的浪漫。一对热恋中的男女,男的今天给女的送手机、明天给女的送坤包、后天给女的送珠翠。这些,属于物质性的浪漫。人的习性有异,表现在浪漫上,有的粗犷,有的细腻;有的急火,有的文火;有的野气,有的谦恭;有的直率,有的含蓄。当年,白居易有首诗,介绍了自己浪漫的晚年生活:空腹一盏粥,饥食有余味。南檐半床日,暖卧因成睡。棉袍拥两膝,竹几支双臂。从旦直至昏,身心一无事。而今,一些人每到女友生日、结婚纪念日、情人节等,都要邀上对方,到环境好、感受美的饭馆里,尽情尽兴地享用一顿大餐。

世人的浪漫并无同一性,差别主要表现在:一为时代性。中国"人民公社"时代,农民们把收获的小麦或稻谷巢给粮管所后,相约在街镇上的饭店里,一起喝点小酒,就算相当浪漫了。现今想一想,这算什么浪漫呀!中国进入改革开放时代后,年轻人结婚,动不动就用车队迎娶新娘,且车子往往是高档的、一色的。这种浪漫,不要说对作古的先人来说,就是对活着的老人来说,想都想不到。二为区域性。红酒、咖啡、巧克力等是西方人的浪漫食品,龙灯、龙舟、灯笼等是东方人的浪漫物品。在中国,东北大炖,一家人围坐一起,热热乎乎地吃着,挺有些浪漫;南方小炒,一桌人有说有笑,边做边吃地聚着,蛮有点浪漫。三为民族性。在世界上,阿拉伯民族的浪漫与中华民族的浪漫不一样。在中国,汉族的浪漫与藏族的浪漫不尽相同。此外,黑种人、黄种人、白种人,各自的浪漫也有差异。四为职别性。国君、总统、元首有其自己的浪漫,仆人、小吏、随从也有自己的浪漫。此外,文艺、体育、科学、妇女等界别的人,也有其自己的浪漫。据报道,拉丁美洲国家,从阿根廷的庇隆、古巴的卡斯特罗、智利的阿连德、委内瑞拉的查韦斯到乌拉圭的穆希卡,都有各自的浪漫色彩。人的浪漫外延与内涵,明显受社会形态、地理风土、文化传统等影响。而且,从美学角度说,不同群类的人对浪漫有不同的感受,所谓的"情人眼里出西施"说的就是这个道理。在时间长河中,无论哪个群类的人,其浪漫外延与内涵,不会永恒不变,既有传承绵延的一面,又有推陈出新的一面。对新出现的浪漫,常有一个从不认可到认可、从不适应到适应的过程。现今矗立在法国巴黎卢浮宫院内的"玻璃金字塔",当初贝聿铭先生拿出设计方案时,遭到许多人的攻讦、羞辱,都说他带给卢浮宫的是一块无比丑陋的"疤痕"。然而,当一座美轮美奂的"玻璃金字塔"建起来后,巴黎惊呆了,法国惊呆了,世界也惊呆了。法国媒体盛赞它为"卢浮宫院内飞来了一颗巨大宝石"。

当现代人的行为更理性化、更个性化之后,浪漫已经抛弃了丑陋与卑劣,展现的尽是时尚与美好。浪漫绝不等同于浪荡,绝不等同于放肆,绝不等同于狂妄。浪漫与时髦、暧昧也有差别。时髦一赶、暧昧一玩,就容易出问题。毛泽东有诗云:"待到山花烂漫时,她在丛中笑。"烂漫与浪漫,倒有异曲同工之妙。浪漫是心灵的芬芳,浪漫是言行的精髓。世界上很多被尊崇的至理名言是浪漫人说的,世界上好多被传颂的美谈佳话是浪漫人干的。"？"和"！"——两个标点符号而已。但是,法国著名作家雨果和一出版商却把它用得比文字更生动、更有力。当年雨果写完了名著《悲惨世界》以后,把原稿寄给了一出版商。过了一些日子,他写了一封信去询问。这封信,只有一个"？"。一出版商的回信也很别致,整张信纸上,也只有一个"！"。中国北宋时的司马光自小刻苦读书,即使后来做了官,也一如既往。他在卧室里特地做了一个圆木枕头,以使自己在睡觉时,不要入眠太深和时间太长,因为一翻身或稍动一下,枕头滚动,自己即会惊醒,就可立马起来读书。他还给这个枕头取名为"警枕"。事实上,浪漫只是个人的心戏,即使参加群体的浪漫活动,也是这样。心主情。无论你的行动怎么浪漫,只要心里觉得浪漫就行了。倘若心里不觉得浪漫,那么,很有可能仅为表演罢了,这就失去了浪漫的本来意义。浪漫绝不是年轻人、富有者的专利。年轻人或许会多一些浪漫,但是,老人、小孩的浪漫也不少。富人兴许从事浪漫的客观条件要好,但是,穷人甚至赤贫之人也是有浪漫的。别以为文学艺术工作者会浪漫,那些数学家、哲学家、史学家等也会浪漫。为什么？大家的心是一样的,有浪漫之心,自然会有浪漫之言、浪漫之行。

　　死板与浪漫相对。说起死板,凡多喝了一点墨水的人,都知道有个主义叫"本本主义"。死板是本本主义的典型特征。其说话、办事,不从实际出发,墨守成规,刻舟求剑,不愿、不会"越雷池一步"。死板表现在说话、办事上,公的会有,私的也会有;政的会有,商的也会有;大的会有,小的也会有;中的会有,外的也会有;古的会有,今的也会有。死板通常右倾,习惯保守,不敢创新。在现实生活中,那些盲从"只要某某决定了的,就必须怎么怎么""凡是有条文规定了的,就必须如何如何",往往是死板。很多的人和事,时已过,境已迁,并不涉及原则性,可有一些人却像犟牛一样死硬死僵,不肯通融,不愿让步,有的还会美其名曰"守信用""讲诚信"。其实,不然！死板在一定的条件下,也会"左"倾。"左"倾分不清时势,不顾情况变化,而作决策,而去行动。这实际上也是死板。想当年,中国共产党的王明,既没有中国工人运动的实践,也没有中国农民运动的实践,更没有中国武装斗争的实践,但能背诵不少马克思主义的词句。在窃取了中央的领导岗位后,他在党内推行了一套"左"倾机会主义路线,造成了严重后果。死板有时还显示出偏激,也就是过火,超出了适当的分寸。中国战国时代平原君有一户平民邻居。其主人足跛,经常一瘸一拐去井里汲水。有一天,平原君的宠妾见之遂大笑不止。次日,主人找上门,对平原君说:"听说你喜欢养士,士人不愿千里来投奔你,是因为你能'贵士而贱妾'。我不幸残废了,你的妾却嘲笑我,我希望得到她的头。"诚然,平原君的宠妾讥笑邻居实不应该,但邻居竟因别人的小过失就要别人的大性命,那是好走极端。在现实生活中,类似的情况也时有发生。如:别人随便说了一句并不严重的玩笑话,有的人却因此大发雷霆,弄得别人下不了台。形形色色的死板确实危害大,不仅关涉国家、政党的前途和命运,而且关涉家庭、个人的幸福和快乐。之所以会死板,说到底,源于思想认识、方法上的机械和教条。凡死板说话、办事的人,喜欢静止地、封闭地观察,喜欢绝对地、单向地分析。他们不可能洞悉世人世事的多姿多彩,也不可能理喻待人处事的设身处地。

浪漫与死板,孰优孰劣,不难辨析。但是,我们切不可忘乎所以,既不能因追求快乐而不严于律己,又不能因注重灵活而不坚守底线。穷奢极欲,有些看上去浪漫,其实已远离了浪漫的真谛;好好先生,有些看上去灵活,其实已远离了灵活的本真。坚守底线,绝非死板;放荡不羁,绝非浪漫。事实上,浪漫与死板,在人们的心目中,是有一定的评判标准的,虽有所差异,然基本一致。这个一致,是指有条件的。世上没有不受任何约束的人和事,即使没有人为约束,也会有自然约束;即使没有巨大约束,也会有些微约束;即使没有严厉约束,也会有宽松约束。有条件,便有约束。约束既有对坏的约束,也有对好的约束。浪漫与死板,都应当受到约束。成人也好,孩童也罢;长官也好,庶民也罢;富人也好,穷人也罢,无不需要在约束下,改变那些无意义的死板,享受那些有意义的浪漫。

自了与他了

中国汉字"了",释义之一是完毕、完结、结果。如叶圣陶《小病》中有言,"刚才的争论就这样不了了之。"这里的"不了了之",指事还没办完,就放下不管,也算完事了。又如:曹禺《王昭君》中有言,"非但扣押,依我之见,立刻把他杀了,一了百了!"这里的"一了百了",指主要的事了结了,其他的事也就跟着了结了。"了"是目的,"了"是归宿,世上所有的人、事、物,最终都会"了"的。换言之,"了"是"了",不"了"也是"了";"了"算"了",不"了"也算"了"。这是一条客观规律,谁也违背不了。"了"的景况不一,有的是喜剧,有的是悲剧;有的是胜利,有的是失败;有的是兴旺,有的是消亡;有的是热烈,有的是冰冷;有的是鲜亮,有的是灰暗;有的是宏大,有的是微小。"了"是告终,"了"是完成,凡人、凡事、凡物,不"了"并不见得就好,因为还在操心费力,因为存在各种变数,而"了"了则尘埃落定,"了"了则万事大吉。自古以来有句俗话,叫"入土为安",说的是,人死后,埋葬在地下,也就安全、安定了。世上所有的人、事、物,都各有生发的起始,"了"是其必然的结局,且"了"了对他人来说,也就没了念想,没了欲求,没了责任。"了"了何等需!"了"了多么妙!

世间的"了"有两种:一种是"自了",另一种是"他了"。顾名思义,"自了",依靠自己"了"也;"他了",他人给予或帮助"了"也。"自了",一如政治上的"自了"。中国历史上的昏君,把好端端的江山给弄丢了,且性命不保;一些逆臣,害怕丢职罢官,自我消化负面政情,即若呈递奏章,也是胡诌撒谎。二如本身上的"自了"。常言道:"师傅领进门,修行靠自身。"无论哪种学业,都要通过自己的努力,才能学好;不管哪种职业,都得依靠自己的努力,才能干好。学习任务、工作任务摆在面前,别人可以提供帮助,但替代不了。三如情感上的"自了"。"三角恋"也好,"婚外情"也罢,是你造成的,你就要负责,即负责妥善处理。此"了"尽管艰难,但必须"了"。四如生命上的

"自了"。对生命最不珍惜的是自杀。这类行为有自沉、自残、自焚、自刎、自缢等。凡自杀者,都是自己了断生命。旧时,皇帝在位时即造陵,百姓在世时即置棺,是对自己生命的另一种"自了"。"他了",一如改朝换代。世上没有永恒的朝代,有的用武力打垮,有的由政变推翻,这些都是"他了"。二如法律制裁。人犯罪了,怎么办?除投案自首、自我赎罪外,必须自己承担后果,判刑、罚款、收缴等都是"他了"。三如优胜劣汰。曾有一句流行语:"今天工作不努力,明天努力找工作。"工作上不尽职尽责,老板解雇了你,这是"他了"。在位时不恪尽职守,群众评议时就不投你的票,这也是"他了"。四如继往开来。有的工程浩大,需要一代一代人接着建设,如中国的万里长城、京杭大运河、三峡工程等;有的技术深奥,需要一代一代人接着研究,如核能技术、生命科学、材料科学等。作个不恰当的比喻,许多"自了"相当于内科治疗,而许多"他了"则相当于外科手术。从程度和意义上说,"自了"在时间和空间上相对有限,而"他了"在时间和空间上相对无限;"自了"是一种相对主动的行为,而"他了"是一种相对被动的行为;"自了"的方式相对和风细雨一些,而"他了"的方式相对急风暴雨一些;"自了"的结果相对可控一些,而"他了"的结果相对不可控一些。

世上的人、事、物,很多时候,"自了"与"他了",并不是"二选一"那么简单。换句话说,并不是要么"自了",要么"他了"。有的时候,你想"自了"不行,你想"他了"也不行;惟有"自了"不行,惟有"他了"也不行。如:有些领导把单位搞成了"烂摊子"。客观地说,他们也想把单位领导好,可或许是自己能力不够,或许是单位情况复杂,或许是外部环境制约较多,无法"自了",最后只有拍拍屁股走人,留待接任者来处理。又如:在地震中、矿难中、滑坡中被困或被埋的人,光"自了"力不从心,光"他了"时不我待,只有"自了"与"他了"相结合,才有可能获救。再如:好多疑难问题,包括对某些人物、事件的评价,在当时"自了"不了,必须到后来"他了"才行。俗话说:"屋漏在上,知之在下。"也许在当时,人们的认识不够清楚,也难以统一。而到后来,一方面,问题真相大白,没有什么可遮可掩的了;另一方面,人员都换了,评价起来较易客观。从这点说开去,当代人写当代史,本人写本人回忆录,在问题的真实性上难免存在一定的局限性。古今中外一些人,包括一国之君等,之所以在事业上惨遭失败,不仅是对手过于强大,也是自己过于无能。也就是说,不仅是"他了"的,也是"自了"的,即自掘坟墓的。从另一个角度说,是自己的过失给了对手机遇。可想而知,"不是我们国军无能,而是共军太狡猾了"这句话有多么可笑!有的时候,"他了"也是被"逼"出来的。也就是说,内部的矛盾和问题一旦到了十分尖锐的地步,外力的介入便成为必然的了。

1833年，一个名叫斯科特的美国黑奴被主人卖给了有蓄奴制度的密苏里州的一个军医。之后，他便跟随军医来到了不蓄奴的伊利诺伊等自由州，在军营里度过了四年。1838年，他跟随军医又回到了密苏里州。五年后，军医去世，他成为其遗孀的遗产。而密苏里州有条法律，奴隶"一旦自由，永远自由"。因此，1864年，在废奴团体的声援下，他以自由生活了四年为由，向密苏里州法院提出诉讼，要求获得人身自由。几经周折，这桩官司最后打到了最高法院，经过一年多的"酝酿讨论"，法院判定他败诉。这原本只是发生在密苏里州的一个黑奴的悲剧，却引发了美国历史上规模浩大的内战，首席大法官也因此身败名裂。当今，在国际地缘政治斗争中，也有这类"他了"的例子。

"自了"与"他了"，各有好处，也各有坏处。"自了"最高的境界是若水。水往低处流，水容万千物，水随遇而安，水清澈见底，其胸怀博大。人这一辈子，来时爹娘未经你同意，去时阎王也不征求你的意见，掐头去尾，在中间这段时间，自己的事除特殊情况外，一般应当"自了"。"自了"了，不给国家、不给单位、不给家庭添麻烦。这实际上是高度自觉。史载，朱元璋从登基到去世，三十多年里，几乎没有休息过一天，平均每天要批阅奏折两百多件，处理国事四百多件，这个工作量恐怕现在很多人用电脑还难以达到。周恩来一生没有儿女，但有六个侄儿侄女。他们在成年之前，都曾或长或短地在周恩来家中住过，回到自己家后，也经常前来看望。周恩来严于律己，身体力行，绝对不允许侄儿侄女接受任何特殊化的照顾。这种"自了"，令人敬佩。"他了"是一种智慧，相信别人、后人会比自己更有办法、更有力量。通常，内科医生不给自己开刀，因为"隔行如隔山"，因为怕痛自己下不了手。世上有好多的人和事，须留待后人去解决，因为时间是最好的鉴定师、分离器。有些小孩，父母再管也管不了、管不好，如偷窃、吸毒、卖淫等，非送到专门机构去管教、去矫正不可。当然，这也是一种无奈。"自了"与"他了"，大多不必惊天动地。每年，在由川入藏的公路两旁，有一些巉岩崩裂下来，在其过程中，很多时候是悄然无声的。在"了"人、"了"事时，悄有其特殊的效用，主要是回旋的余地扩大了。人生在世，无论是做人，还是做事，都是在"自了"与"他了"或单用或双用中一步步地"了"了的。就拿生命历程来说吧，我们从母体来到世上，告别了婴儿时代迎来了少年时代，告别了青年时代迎来了中年时代，最后谁也无法逃避死亡之神。每个时代的告别与迎来，都有不同内容的"自了"与"他了"。当然，有些人和事，"自了"与"他了"的方法、路径多种多样，绝不是"自古华山一条道"。就拿经营婚姻来说吧，凡成为"模范夫妻"的，有的可能是"男人要有权或有钱"，有的可能是"女人要学会坚强"，有的可能是"男人要有男人的样子",有的可能是"女人要学会矜持",有的可能是"男人千万不要宠女人",有的可能是"女人一定要管住男人的钱"。其实,每个婚姻中的"自了"与"他了"的模式不尽相同。若不根据实际情况,照抄照搬某种模式经营婚姻,那肯定无成。正如鞋子穿得舒服与否,只有自己的脚才知道。从实践是检验真理的唯一标准这个理论出发,人在世上,不管是学业之事、职业之事,还是生活之事、家庭之事,如何"了",都应当从实际出发,注重效率和效用的最优化和最大化。

不得了与了不得

不得了与了不得是现代汉语中两个常用来表示程度的词,具有惊讶、赞叹之意。不得了与了不得均有程度上的正面和负面、正向和负向。不得了,如好得不得了,坏得不得了;急得不得了,慢得不得了;热得不得了,冷得不得了;大得不得了,小的不得了;多得不得了,少得不得了。了不得,如南京长江大桥建成了,对中国来说,是一件了不得的大事。穷山沟里飞出了金凤凰,老张家的儿子考上博士了,了不得呀!煤矿出大事了,一百多人困在井下,人命关天,可了不得!哎呀,了不得!他被汽车撞飞了。

世间万事万物,反映其成效、能耐、情形、状况的程度,主要取决其在数量、质量和时间、空间上的变化。一言以蔽之,通过比较,甄别、鉴定其是否不得了、是否了不得。一如在人生追求上。当年,中国一批又一批知识青年,毅然决然地冲破重重阻挠和层层封锁,奔赴延安,涌入中国人民抗日红军大学学习。因《红星照耀中国》而与毛泽东结下终生友谊的著名记者斯诺说,"以窑洞为教室,石头砖块为桌椅,石灰泥土糊的墙为黑板,校舍完全不怕轰炸的这种'高等学府',全世界恐怕只有这么一家。"可见,这些知识青年何等不得了、何等了不得!二如在婚姻生活中。王宝钏是唐朝宰相王允的女儿,天生丽质,聪颖贤惠。到了婚嫁年龄,她看不上诸多王公贵族的公子,却偏偏爱上了在自家做粗工的薛平贵。无料,其父嫌贫爱富,坚决不肯。无奈之下,她断绝了父女关系,与薛平贵"裸婚",住进了破弃的寒窑。此后,薛平贵从军,屡闯难关,战功赫赫,胜利后却忘记了王宝钏,并迎娶了西凉公主。而王宝钏为了等候征战在外的丈夫,苦守寒窑十八年。可见,王宝钏多么不得了、多么了不得!三如在知人识人上。据说,当年孔家向颜家求亲,颜父一听是孔家,立即首肯。颜母说,女儿的终身大事,怎么能如此草率,也不去考察一下,至少应该见一下当事人。颜父却说,不用,孔门乃积善之家,不会错。果然,女儿嫁过去后,生了一位圣人,且家道传录两千余年不衰。

颜父的话真的应验了。可见,其自信何等不得了、何等了不得!四如在语言表达上。中国外交部原部长李肇星在与网友的一次交流中,有位网友说:"您确实非常优秀,但您的长相,我不敢恭维。"这话颇令人尴尬。李肇星却面带微笑,轻道一句:"我的母亲可不这样认为。"李肇星之回话,既幽趣,又高超。可见,其即兴应答能力多么不得了、多么了不得!倘若换了其他人,对这位网友的说法,要么表示不高兴,要么当作耳边风,要么反过来责问或讽刺对方。五如在经营活动中。农耕时代主要竞争劳动能力,工商时代主要竞争科学技术,信息时代主要竞争信息传播。在漫长的人类历史中,商品主要靠人去摆摊设点销售或走街串巷叫卖。而今,随着信息技术的迅猛发展和信息传媒的全面普及,一种以网络为基础的商品销售方式愈发火爆。早在1997年,Michael H. Goldhaber在美国著名的《Hot Wired》上发表了《注意力购买者》。文章指出,在新的经济形态中,"谁能吸引更多的注意力,谁就能成为世界的主宰。"换言之,谁能拥有更多网民的注意力,谁就有更多的商品销售量。名人做广告,之所以身价高,是因为他们一上传媒,会集聚几百万人、几千万人乃至几亿人的眼球。网购之所以热烈,关键在于有几百万人、几千万人乃至几亿人在网上看到了商品推介。

人在世上行走,必须正确地对待遇到的好人、好事、好物或坏人、坏事、坏物:遇到好人、好事、好物时,要珍惜,要谨饬,要谦逊;遇到坏人、坏事、坏物时,别胆怯,不悲观,莫惊慌。面对正面的、正向的不得了与了不得和面对负面的、负向的不得了与了不得时,也应采取遇到好人、好事、好物与遇到坏人、坏事、坏物时的态度。社会越来越进步,人类越来越智慧,一个个不得了与了不得的、一项项不得了与了不得的工程,令人叹为观止。然而,其负面的、负向的影响也不容小觑。如:因为过多的人类活动,带来了雾霾在广袤国土上的肆虐;因为发明了威力无比的核武器,带来人们对毁灭性打击的恐慌;因为互联网的发展,带来了网络诈骗的猖獗。如今,许多人喜欢在人前"晒",如有的"晒"孩子,有的"晒"配偶;有的"晒"自玩,有的"晒"自拍;有的"晒"美食,有的"晒"家居;有的"晒"业绩,有的"晒"成功。这个"晒"不是"在阳光下吸收光和热",而是展示、表达自己,其中不乏希望得到他人"不得了"或"了不得"的赞美。其实,这种"晒"特别需要注意时间、对象、场合。如:在离婚的人面前,不必"晒"夫妻恩爱;在失独父母面前,不必"晒"含饴弄孙;在丁克家庭面前,不必"晒"儿女孝顺;在贫穷的人面前,不必"晒"珍馐美味;在寒门人家面前,不必"晒""拼爹""拼妈";在低收入者面前,不必"晒"殷实富裕;在治丧的人面前,不必"晒"亲人高寿;在服丧的人面前,不必"晒"游山玩水。或许是人的劣根性使然,面对正面的、正向的不得了与了不得时,许多人容易忘乎所以；而面对负面的、负向的不得了与了不得时，一些人则容易陷入绝望。《孟子》中曰："乐则生矣，生则恶可已也。恶可已，则不知足之蹈之，手之舞之。"在现实生活中，忘乎所以者的手舞足蹈常常会显示出"孔雀亮屏般的个体炫耀"和"掩耳盗铃般的自欺欺人"。近几年来，媒体上时有报道，一些老板在本企业遭遇严重的火灾、爆炸、矿难、亏损等不测后，自寻了短见。而此，无疑是这些老板陷入绝望后的无奈选择。亲人对此悲痛，旁人对此叹惜。然而，一切已成过往。人应该想得十分明白：一方面自己千万不要以为不可一世，即谁也比不上自己；或离了自己，谁也不行。其实，自己所有正面的、正向的了不得与不得了，不过是一时一地而已，自己没有那么伟大、那么光荣、那么正确。另一方面，自己来到这个世界，客观上是为别人，主观上是为自己，生命惟有一次，死了不能复生。再说，世间的万事万物，从时间和空间上观察，只有更好更多，没有最好最多。如此看来，无论正面的、正向的不得了与了不得，还是负面的、负向的不得了与了不得，人都应该坦然面对：清醒冷静，无怨无惧。

在人们的习惯中，不得了与了不得，被较多地用于对好人、好事、好物的评判上，且随着网络的发展，涌现出了一些取而代之的新词。毋庸讳言，其中也有新词把粗俗当成了时髦、把低级当成了有趣，如"哇""好厉害"等，但其意思仍为不得了与了不得。众所周知，有一种领导方法，叫"抓两头、带中间"。有时刻画某人的手段毒辣或残暴，为"无所不用其极"。"两头"也好，"极"也罢，往往是好得不得了与了不得，或坏得不得了与了不得。不过，对被较少地用于评判坏人、坏事、坏物的不得了与了不得，尤其不能轻忽，因为其关涉紧要，为害甚烈。如：对企图实施"人肉炸弹"的恐怖袭击，无论哪个国家，都不得不严查深究，否则，其后患无穷。夫妻一方或双方的"红杏出墙"，对婚姻的破坏性极大，若不抓早抓小，很有可能导致离异。有句歇后语，叫"一锅汤里掉了一粒老鼠屎——全坏了"。老鼠屎虽小，但令人恶心，故当严加防范。人在小时候的一些不善，如不纠正，形成习惯，长大后，很有可能因此而遭受灾殃。古人即有"勿以恶小而为之"之告诫。对坏得不得了与了不得，我们须有这样的认识和行动：其一，它有一个发展过程，并不是一恶化即至极；其二，既然知晓，或革除，或规避，切莫养痈成患；其三，尽力转化，争取点石成金。

中游与中间

中国人对"中"可谓情有独钟,因为自己的祖国名称中即有一个"中"字,无论走到天涯海角,不会忘记自己是个中国人;在两千多年的传统文化中,有一个"中",即中庸之道,它告诫人们待人接物须采取不偏不倚的态度,有了矛盾、纠纷要作折衷性的调和;当今中国处理国际关系,始终坚持不结盟、不称霸,独立自主,这也是一种"中"。"中"在中国人的心目中,确实至高无上。

实际上,"中"是个方位词。如:中游,本义指整个河流介于上游与下游之间的区段,像长江,从武汉以下、南京以上为中游;又如:中间,一般指一口人、一件事、一个物两端之间的段位,或多口人、多件事、多个物相邻之间的区位。就是方位,本身也有中间,东、南、西、北是基本方位,而东北、东南、西北、西南为中间方位。

在世间,中游与中间,通常指中不溜儿,即人、事、物的性质,不好也不坏,不善也不恶,不优也不劣;人、事、物的体量,不大也不少,不重也不轻,不多也不少;人、事、物的地位,不前也不后,不高也不低,不尊也不卑。实际上,人自身就居"中":时间上,前无始,后无终;空间上,上有天,下有地。从一定意义上说,人处中游部位,人是中间物体。

社会上,中游与中间,最为常见。世上人以群分,就思想、认识、观念、立场来说,即有左、中、右。孔子有言:"中人以上,可以语上也;中人以下,不可以语上也。"这里的"中",指能力、水平中等,不指年龄、身高中等。中国公务员级别分正国家级、副国家级、正省部级、副省部级、正厅局级、副厅局级、正县处级、副县处级、正科局级、副科局级、科员、办事员,去掉两头,就是中游与中间。中国的各种技术职务也是这样,除了最高级、最低级,即为中游与中间。冯梦龙《醒世恒言》中曰:"谁知颜俊以小人之心,度君子之腹,此际便是仇人相见,分外眼睁。"中国自古以来,好以"君子""小人"来评价人。其实，社会上真正的"君子"、真正的"小人"只占少数，而占多数的是既不是真正的"君子"，也不是真正的"小人"。社会学研究通常把中国社会划分为"上、中上、中中、中下、下"或"高层、中高层、中层、中低层、低层"五个层次，掐头去尾，即为中游与中间。其划分的依据，当然包括财产多少、地位高低、威望大小、教育程度、家庭背景等，其中最主要的是前两条。人间无论哪个时代，也无论哪个国家，顶层毕竟极少数。瑞士银行研究显示，全球财富越来越集中在极少数超级富豪手中。这些超级富豪人数仅占全球成年人口的0.004%，却拥有全球总财富的13%。人在世上，不管你活多少岁，除了出生和死亡，其他时间即为中游与中间。人在职位上，不管你干多少年，除了上任和卸任，其经历即为中游与中间。据报道，英国女王伊丽莎白二世已成为英国历史上"待机"时间最长的君主，超过了她的曾祖母维多利亚女王在位63年零217天的纪录。人们做事，如专家科研、医生手术、教师授课、领导报告、学生作文等，有开头，也有结尾，而主要心思和精力必须用在开头与结尾之间。

诚然，做人做事许多时候，应当力争上游，因为上游意味着先进、意味着发达、意味着成功。还有，常遭指责的"中间派"，几乎是原则性不强、立场不坚定的代名词。但是，任何东西都有正、反两个方面，中游与中间也是这样。中游与中间的必要性和重要性在于：一是客观存在。无论哪个人、哪件事、哪个物，也无论哪群人、哪些事、哪批物，无中游与中间而不立。如摩天大楼，总不会只有顶层、低层吧；杀猪宰羊，总不会只有头头脚脚吧；大江大河，总不会只有源头、断尾吧。二是有利和谐。姚雪垠在《李自成》中写道："治国安民，不患寡而患不均。我想，有朝一日，这田势必要均的。既要均田，自然要计口授田。"无论管理社会，还是经营企业，乃至建设家庭，对平衡的考量是第一位的，因为许多矛盾和纠纷都源于不平衡。而平衡，在各种态势中居于中游与中间。基于这一原理和思路，机关和单位里提拔干部、增加工资、发放奖金、安排休假等，都要考虑平衡。哪怕是快到一年一度的春节了，一些女主人给家里的公公婆婆、给自己的爸爸妈妈送钱送物，也不能有亲有疏。否则，就有可能出现不和谐。三是有利稳定。相对来说，中游与中间，在事物的各种态势中比较稳定。如对一件事，办得过火，做得不够，都是不好的。而过火和不够，均非中游与中间。通常，适当、适合、适宜是中游与中间的基本特征，不适当、不适合、不适宜则难以稳居中游与中间。换言之，是适当、适合、适宜选取了中游与中间，是不适当、不适合、不适宜离别了中游与中间。在现实生活中，那些不温不火、不浓不淡的婚姻往往比较稳定，而那些要么爱得如胶似漆、要么恨得咬牙切齿的婚姻常会经受严峻考验。四是有利安全。中游与中间,既不独占鳌头,又不名落孙山,不会受到嫉妒,也不会招致唾弃。如:有名处级干部,能力很强,工作突出,一方面在仕途上投机钻营,另一方面在外敛不义之财,好不容易有了晋升机会,却被他人举报而受查处。有舆论认为,这名处长若好好地待着,说不定不会如此。此舆论虽不正确(因为"若要人不知,除非己莫为"),但尚有一定道理(因为树大了,容易招风)。五是自得其乐。人最宝贵的是生命,而生命,最宝贵的是自由。人居于中游与中间,周转的余地和活动的空间大,只要调适好心态,一般均可舒适惬意。如有研究显示,赢得银牌的人没有赢得铜牌的人快乐。何故?因为前者会觉得,只要自己表现得再好一点点,说不定金牌就可以到手了;而后者会想到,只要自己表现差了一点点,恐怕什么也得不到了。心理学家称这种假设性思考为"反事实"思考。六是清醒自我。居于中游与中间的人,既不会高看自己,也不会低看自己,常能气定神闲。他无需去工于心计,也不必去耍小聪明,没有非分之想,没有过多欲念,随遇而安,干自己愿意干、能够干的事。在中游与中间,还方便随大溜,相互之间也少纷争、少刻意,客观上可"不以物喜,不以己悲"。外面的世界再精彩、再激荡,因为知道自己有几斤几两,故不需去随波逐浪,常可置身度外。正缘于此,自己会更超然一些。

　　人在中游与中间,一当甘愿,二当奋斗,三当宽慰。许多时候,中游与中间是庸常的、无聊的,缓行的、淡漠的。然而,中游与中间并非易入。很多时候,人只能身居下游与下方。而且,终生居于下游与下方的大有人在,如贫困人口等。所以,从一定意义上说,人能居中游与中间,已是幸事。即:获得不多不少,失掉不多不少;欢乐不多不少,痛苦不多不少;相聚不多不少,离别不多不少;享受不多不少,折磨不多不少;成功不多不少,失败不多不少。但话还得说回来,奋斗无疑是人生的主旋律。人生没有"保险箱",一息尚存,奋斗不止。身居中游与中间的人,若不奋斗,要想长期保持中游与中间相当困难。人在中游与中间,应尽心尽力地把"中"之功夫做足。即:既学习伟人,又脱凡人;既敬重"君子",又笼络"小人";既注重建设,又防止破坏;既追求真情,又戒备假意;既拥有聪慧,又不乏笨拙。人在奋斗中,应有这样的择拣:不懈怠松劲,争取最好的收获;不急功近利,重视量度的累积;不好高骛远,先成了"锦",后添上"花"。只要奋斗了,纵然仍居中游与中间,也可无怨无悔。在世间,人不比人,几乎不可能,关键是比什么,怎样比。客观地比、理性地比,可比出快慰、比出信心。反之,亦然。早在20世纪60年代,美国著名心理学家诺曼·文森特·皮尔博士就指出,人们每天感觉心情愉快的时间已经大大缩短了,从以往的每天平均三分之一的时间,退减到了每天只有五分之一的时间。有研究结果表明,越来越缺少愉快,已经成了全人类的一个通病。鉴于此,身居中游与中间的人如何感觉有更多的愉快,确实不是一般性的社会问题了。而此,非常重要的一点,必须靠个人的内心调整。人居中游与中间,既须动哉进哉,又须安哉乐哉。

消费与浪费

在自然界，在人世间，资源无处不在，其中有的是未经人类劳动即有的资源，如天上降落的雨水、地下埋藏的矿藏等；有的是历经人类劳动而有的资源，如可供出售的各种商品、可供使用的各种物体等。所以，资源既具有自然属性，又具有创造属性。资源不仅有物质的，如人们吃的食品、住的房屋、走的马路等都是物质的，而且有非物质的，如人之思想、理论、学说、艺术、精神等都是非物质的。资源的种类繁多，对人类来说，主要有两大种类：用于生产的资源和用于生活的资源。世上三百六十行，行行要用资源；开门七件事，事事要用资源。因此，人类所有的生产、生活活动都离不开资源。没有资源，人类居住的地球不复存在；没有资源，人类不可能出现，即使出现了，也不可能传承。

资源是物，不管是呈物质形态的物，还是呈非物质形态的物。"物尽其用"，乃人们的普通常识。由"用"而给人们带来了一个穷其一生难解的问题，即消费与浪费的问题。或者说，这是一个"仁者见仁、智者见智"的问题。按《现代汉语词典》的释义，消费指为了生产或生活需要而消耗的物质财富，而浪费指对人力、财物、时间等用得不当或没有节制。问题是，在现实生产或生活中，什么是需要、什么是不当，尽管有法律、法规方面的规定，也尽管有世俗、惯常方面的要求，然而在局部、个体上的认识和做法差异很大，甚至巨大。卢梭在《论人类不平等的起源和基础》中一针见血地指出："舒适的享受一旦成为习惯，便使人几乎完全感觉不到乐趣，而变成了人的真正的需要。于是，得不到这些享受时的痛苦比得到这些享受时的快乐要大得多，而且有了这些享受不见得幸福，失掉了这些享受却真感到苦恼了。"笔者理解，卢梭所指的"舒适的享受"，并不是人的正常需要，实际上是对资源的不当之用，还由此给自己带来了非正常的感受。毋庸讳言，当今社会，有一些人在什么是需要、什么是不当上的看法和行动是畸形的，甚至是荒谬的。如：不正确地对待财物,要么是"吝啬鬼""守财奴",要么是"奢侈迷""挥霍狂"。有些人的财物虽然越积越多,而自己的生活水准却不见提高。不仅如此,其与人相处,还特别斤斤计较。有些人赚钱聚物没本事,而花钱耗物却是"能手"。这种"能手",登峰造极者,暴殄天物——任意糟蹋东西,"五毒"俱全——什么坏事都干。这是对待财物的两种极端。又如:把先进科学技术用于封建迷信活动。毫无疑问,世间所有的资源都非常宝贵,哪怕是一滴水、一度电、一张纸。一百多年前,爱迪生发明了电灯,一下子点亮了地球半部的夜晚,商店灯下卖货,学子灯下作业,医生灯下手术,艺人灯下表演,学者灯下研琢,家人灯下餐聚。这一切,均为正常需要,没有任何不当。然而,有人却制造出了电烛、电香,长年供奉在神龛面前。这就有点诡异了,一方面或许爱迪生生前没有此番料想,另一方面也是在浪费资源。再如:舍本逐末进行消费。每到盛夏,常有商家卖西瓜不称重,论个卖,即大西瓜多少钱一个、小西瓜多少钱一个。常言道:"买的没有卖的精。"见此,很多人争先恐后地去买便宜一点的小西瓜。然而,他们忘记了一点:人吃西瓜,吃的是容积,不是面积。用同样的钱买来的西瓜,小西瓜的瓜皮总面积通常比大西瓜的瓜皮总面积多。与此同时,大西瓜的瓜瓤总面积通常比小西瓜的瓜瓤总面积多。对此,明智的人一算即清楚,只有那些犯糊涂的人才会去盲目。

  对资源的消费,有理性的、合理的、科学的,也有不理性的、不合理的、不科学的。而对资源的浪费,理所当然都要反对,不过,也有一时一地难以避免的浪费。如:受到技术、工艺等方面的限制,一些伴生矿物在冶炼过程中,尚不能分离提取,只能权当废弃矿石堆存起来,或暂作低效利用。又如:在一些产品生产中,最理想的状态是,对全部原料"吃干榨尽",没有一点"滴、冒、跑、漏",这在事实上很难做到,甚至不可能做到。再如:许多资源消费存在消费链,在上链被废弃了的,在下链则被利用了,像建材、衣料、食物等消费。在现实世界里,人们普遍重视有形的资源消费和有形的资源浪费,因为它们看得见、摸得着。其实,无形的资源也不能恣意消费与浪费。如:人之情感。俗话说,亲戚越走越亲,朋友越交越深。情感也有账户,账户里的钱存多取少则好办,账户里的钱存少取多则难办。而"取"即为消费,消费则有理性与否、合理与否、科学与否的问题。笔者经常听到有人感叹"借钱难,难借钱"。事实上,之所以出现这般情形,还是存在情感消费与浪费的原由。倘若情感账户里有足额的余额,可能是另番情形,即"只要你开口,不会打回票"。又如:人之心理。在一定的条件下,心理也是一种资源。在现实生活中,心理资源一般表现出心理距离、心理担当和心理受力。如果过度消费或肆意浪费,则会超越正常的心理距离、心理担当和心理受力,结果往往是适得其反。"你不要逼我哦!""我的肺都快到气炸了!""他做得太不像话了!"诸如这些,都反映出当事人心理上的激荡变化。所以,我们别把心理不当资源,无论说任何话、做任何事,都必须考虑到对方是什么样的感受。换言之,不过火,不失当,不欠妥。再如人之气力。气力尽管可以不断再生,但亦当理性地、合理地、科学地消费。从一定意义上说,浪费别人的气力犹如图财害命,浪费自己的气力宛若去财丢命。世上每件产品,都凝聚了劳动者的气力,珍惜和爱护它,就是不浪费劳动者的气力;反之,亦然。人类有一般动物属性,更有人类社会属性,对资源的消费和或与之相伴的浪费,有的是出于生命、生理需要,有的是出于心理、精神需要,还有一些是出于政治、文化等需要。据史记载,公元23年,中国就有人开染发先河,他是篡夺西汉王朝政权的王莽。当时,他已60多岁,为了稳定人心、维持统治,掩饰其衰老的形象,特意将头发和胡须染成黑色。清朝的道光皇帝特别省钱,自己的裤子磨破了,不换新的,打上补丁,照穿不误。可见,其资源消费服从了政治需要。古今中外,无数实践告诉人们,理性地、合理地、科学地消费资源对人体有益,而不理性地、不合理地、不科学地消费资源则对人体有害。有人回忆道,袁世凯从二十五六岁起就天天吃补品,每天"十时左右,进鹿茸一盖碗。十一时许,进人参一杯",下午"服自制活络丹、海狗肾",其他时间"常常一把一把地将人参、鹿茸放在嘴里嚼着吃"。就中医理论说来,人参、鹿茸等都是热性补品,成年累月地服用,非但不能滋补,反而只有加害。

亘古以来,在资源利用上,中国历朝历代都不赞叹、都不倡导浪费,如先贤们告诫人们"历览前贤国与家,成由勤俭破由奢";"常将有时思无时,莫把无时当有时";"一粥一饭,当思来之不易;半丝半缕,恒念物力维艰。"当今中国,节约利用资源是一项基本国策,在加快推进工业化、城镇化和农业现代化中,都要求把节约利用资源放到突出位置,即使在扩大内需、促进消费中,也坚决反对破坏和浪费资源。事实上,消费不等于浪费:浪费是无价值、无意义的,而消费是有价值、有意义的。是消费,是浪费,我们当作经济学的分析。经济学中有一个原则,叫"边际原则"。它教导我们在决策中应该注意边际成本和边际收益。边际成本是指生产者增加一单位产品的生产或是消费者增加一单位产品的消费所增加的支出;边际收益是指生产者增加一单位产品的生产或是消费者增加一单位产品的消费所增加的收入或是效用。在决策中,我们要准确地计算自己将多为之付出的成本,并把它与自己将因之而增加的收益相平衡,通过这样的计算(可以忽略过去的成本),来达到收益或利润的最大化。对各种资源的利用,我们应运用"边际原则"。运用了,即可分辨出什么是消费、什么是浪费;在消费中,哪些是理性的、合理的、科学的,哪些是不理性的、不合理的、不科学的;在浪费中,哪些是绝对不允许的,哪些是一时一地难以避免的。当然,经济学中有许多原理可在资源利用中运用。事实上,资源问题主要是经济问题。其所谓的政治问题,是因为"政治是经济的集中表现",其根子还是经济问题。人生在世,无论富穷、还是贵贱,也无论男女、还是老幼,在各种消费中,坚持节俭而不浪费,具有同一性。正如萨迪所指出的:"谁在平时节衣缩食,在穷困时就容易渡过难关;谁在富足时豪华奢侈,在穷困时就会死于饥寒。"更何况,节俭而不浪费可以修身养性。大凡道德和品行优秀的人,无不节俭而不浪费。从这点出发,富穷、贵贱和男女、老幼都不是浪费的理由,不管任何人,珍惜自然形成的、人类创造的,物质的、非物质的,自己的、他人的资源,是天命,是天职。

审美与赏美

说起美,美的人儿,美的事情,美的物品,众生心驰神往,似乎人就是为美而生、享美而存的。事实上,美之客体是客观存在的,不管它美或不美;而美之感觉是主观产生的,无论它美或不美。美,需要审,需要赏,不去审,不去赏,美惟有自身的或自然的价值,而没有人文的、社会的价值。审美,乃感受、领会美;赏美,乃欣赏、享受美。二者相通相融。既有先审美后赏美,又有边审美边赏美,还有赏美后的再审美。通常,审美是过程,赏美是目的,且是有益人之身心的重要目的。美有美学——一门研究美的一般规律与原则的科学;美有美育——一种与德育、智育、体育并排的教育;美有美声——一种与民族、流行、原生态并列的歌唱发声方法。美不仅作为自然现象,而且作为社会现象;不仅涉及自然科学,而且涉及社会科学。

古往今来,审美有不同的观念、不同的能力、不同的收获,赏美则有不同的心理、不同的情趣、不同的效用。不一样的地域、不一样的人群、不一样的时间,在审美与赏美上存在差异,有些差异甚至天壤之别。举例说来:粗糙的芦苇、灰黑的木料、土色的瓦罐,在昔日是不登大雅之堂之物,而今已作为"自然为美"用于装饰。男人要帅,女人要靓,帅和靓虽都是漂亮,但内涵迥异,且因人而异、因时而异、因地而异。人之美,尽管有客观标准,换言之,大家公认,但主观喜好尤为重要,有的时候,后者则比前者更加重要,这也是"情人眼里出西施"的主因。事实上,世界上没有长得完全一样的人(因为即使是两个一母所生的兄弟或姐妹,具有完全相同的染色体遗传基因的机会,也大约只有70万亿分之一),也就是说,世界上没有长得完全一样美的人。在现实生活中,一些久居繁华都市的人来到深山荒野,会感受山野的气息为美,感受山野的生态为美,感受山野的静谧为美。而一些久居深山荒野的人来到繁华都市,则会感受高楼大厦为美,感受金碧辉煌为美,感受熙来攘往为美。有的时候,人在审美与赏美上的差异颇为奥妙:现实的不美,过去的美;存在的不美,逝离的美;近处的不美,远处的美;清晰的不美,朦胧的美;原色的不美,变色的美;正说的不美,戏说的美;长久的不美,短暂的美。这说明,主观世界与客观世界有差异,甚至有颠覆性的差异。尤其是,在是否得到(包括看到、听到、闻到、触到、拿到等)或办成某人、某事、某物上,凡始而渴望终而失望者,极易对具体的客体理想化地抽象出唯美的轮廓,从而回味出某些惆怅和酸楚。其实,有些唯美是虚幻的,并非真实,这是审美与赏美中应当力求避免的(当然,特殊需要、刻意策划的除外)。

  美从何来?从直观上说,从视觉中来,从听觉中来,从触觉中来,从嗅觉中来,从味觉中来。从深层上说,一从基因中来。有道是,爱美之心,人皆有之。而此,并非全靠后学。不是么?一点点大的婴儿,往往愿意给长得美的阿姨抱,不愿意给长得丑的阿姨抱。笔者曾拜访过多位非物质文化遗产传承人,有些人并没有出外求学的经历,甚至是文盲,可他们的产品是那么讲究色泽、讲究匀称,任何的美学原理都融入其中了。当年,《红灯记》等革命样板戏片断在田间地头演出,大字不识几个的农民兄弟们,也都知道什么是美。这些说明,人性中似乎存在寻美、选美、爱美、享美的基因。二是从观念中来。某人、某事、某物为美,逆向思维一下,其源头在观察者的观念上。如:学生统一穿上校服,职工统一穿上厂服,其美感的源头在管理者的规范化上。每逢春节,特别是除夕晚饭,子女们千里迢迢赶回家与父母团聚,其美感的源头在子女们的孝顺上。一些父母心甘情愿地接受着子女的"啃老",其美感的源头在"可怜天下父母心"。有些农民造房,喜欢砌围墙形成一个院落,其美感的源头在安好和私属上。在现实世界里,往往是一个美的观念,支配或指导一种生活方式或生产方式,继而产生出一款美的生活或美的产品。三是从比较中来。美与不美是相对的。世界上没有绝对的美,只有相对的美。至于那些绝佳的风景、绝妙的音乐、绝色的丽人、绝伦的聪颖,也只是用来形容而已。在这方面,许多时候,出奇、出新、出众、出类,容易使人生发出美感。而这些,都是比较出来的,如高考"状元"、竞技冠军、最美"国花"等。正如"是金子,总是发光的"一样,一些历史上的美人、美事、美物,历经久长时间的洗礼才被广泛认可。而洗礼,本身就是比较。当然,比较有全部的比较、局部的比较,有横向的比较、纵向的比较,有数量的比较、质量的比较,但不管怎么样,比较可明辨孰大孰小、孰优孰劣、孰强孰弱,而大、优、强即为美。这也是美之本质。

  美这种东西,有内美与外美之分,有真美与假美之别。对人类来说,内美是心美;对城市来说,外美是市容;对恋人来说,真美是真诚;对演员来说,假美是酷似。无数现实告诉我们,外美不等于内美,内美也不等于外美;真美并非一定就好,假美也并非一定不好。这里面,充满了辩证。近年来,网友们发明了"颜值"这个词。颜,长相也;值,指标也。以前,用词只有产值、价值、币值等,没有颜值。现在,把颜值高的人称之为美,把颜值低的人称之为不美。论颜值,汪精卫不能说不高,其长相英俊,气度不凡,然而,当了日本人的大汉奸,为中国人所唾弃和不齿,其内是丑恶的。在英国人戈登的眼里,曾国藩是一个糟老头子,没有什么出众之处,看上去甚至有些笨头笨脑,颜值肯定不高,然而,其是晚清重臣,一时享誉天下。起码说,其在皇帝心目中是极有分量的。在现实世界里,美是有代价的。通常,美的花朵珍贵,美的人脸娇嫩,美的事儿难办,美的物品难求。这启迪我们,一定要根据需要与可能,去追逐美、创造美、存续美、享用美。若不需要,也是一种浪费;若无可能,也是一种无聊。如:家里搞清洁卫生,并不需要每次都要把床底下、柜子里、角旮儿打扫得一尘不染;凡一次性、一会儿消费的物品,从外到内的材质,并不需要都要非常坚固;凡处理过渡性、过程性的事,有的时候,并不需要都要过于较真。而这些,毕竟人力有限、财力有限、物力有限,加上时间有限、空间有限。美有美力,一个笑靥、一朵鲜花、一句美言,顿时可以化干戈为玉帛。据载,千利休处于十五世纪末战乱不止的日本战国时代,那些靠打打杀杀起家的武士及诸侯,浮夸而奢靡。千利休创设了茶室,用草及土搭建,没有什么装饰,十分粗陋,以凸显大自然中的纯净的美。千利休用这样的空间,接待武士及诸侯,果真使他们真正发现了自我的价值,进而去追寻人生中的本质的美。当今中国倡导的社会主义核心价值观,每项内涵均为人间之美。党和政府用这样的美去教育人、引导人、凝聚人,无疑有着巨大无比的力量。

　　自然界是美的,人世间是美的;人工作着是美的,人生活着是美的。美无处不在,美无时不有。在审美与赏美中,我们首先要有美的心态和美的心绪。从一定意义上说,美由心生。这不是唯心主义。若有美的心态和美的心绪,大千世界,那美的东西太多了,既阅不毕,也享不尽。与此相反,亦是这样。其次要有正确的审美观、赏美观。进入现代社会,各地有各种各样的选美。选美本指从众多或若干女人(多为姑娘)中,通过投票或打分,选出最漂亮的,后有延伸或拓展,把选最好、最优的人、事、物,也称之为选美。英国经济学家约翰·梅纳德·凯恩斯,则用选美来比喻股票市场的运作。其实,选美标准根由审美观、赏美观。换句话说,有什么样的审美观、赏美观,就有什么样的选美标准。第三也是至为关键的,要为美躬行。在中华大地上,爱国、敬业是美的,文明、和谐是美的,民主、自由是美的,诚信、友善是美的。终生为美,活着时受人尊敬,死去了令人怀念。据传,九百多年前,北宋福州太守张伯玉到任时发现,当地入夏酷热,中暑者多,便倡导每家每户栽植榕树;自己也身体力行,共栽植榕树万株。过了二十多年,福州"绿荫满城,暑不张盖"。时至今日,福州仍被称为"榕城"。自然界是个地球村,人世间是个大家庭,只要人人都倾心倾力地施美,自然界和人世间的美一定会更充盈、更醇厚。人人置身其中,可共浴和美。

宜与当

自然现象之一：每年一到深秋、初冬，除常绿植物外，像胡杨、紫槐、银杏、白桦、红枣、核桃、苹果、李子、垂柳等树木，其原本茂盛的叶子便开始凋零，渐渐地，有的在静谧中自然飘落，有的在风雨中摇曳掉落。这些叶子，从翠绿到枯黄，由树上及树下，没有任何理由可以违忤，因为时候到了。

社会现象之一：20世纪80年代以来，在中国960万平方公里的国土上，改革开放风起云涌，工业化、城镇化、信息化、市场化、国际化的浪潮席卷全国，且在广度上、深度上不断推进。及至2011年，中国经济总量已从世界第六位上升到第二位，人均国民收入已进入了中高收入国家行列。对改革开放，谁也不能阻挡，谁也阻挡不了，因为这是时势。

如上所涉，宜与当。宜，适宜、合宜也；当，应当、妥当也。宜与当，都是符合实际情况和客观要求。人在世上，时不时地面临宜不宜、当不当的问题。譬如：这个人宜不宜、当不当见，这件事宜不宜、当不当办，这条路宜不宜、当不当走，这句话宜不宜、当不当说，这种学宜不宜、当不当上，这款车宜不宜、当不当买，这碗饭宜不宜、当不当吃，这顶"帽"宜不宜、当不当"戴"。还有，诸如：人美容整形与否，有宜不宜、当不当；睡用枕头高低，有宜不宜、当不当；讲话语速快慢，有宜不宜、当不当；请客送礼多少，有宜不宜、当不当；参加何种体育锻炼，有宜不宜、当不当；恋爱中何时拜见对方父母，有宜不宜、当不当；穿什么衣服赴宴，有宜不宜、当不当；怎样寻医问诊，有宜不宜、当不当。即使是人之出生抑或死亡，也有宜不宜、当不当的问题。宜与当，对个人来说，贯穿于生活、工作的方方面面；对集体来说，贯串于生存、发展的方方面面；对国家来说，贯串于内政、外交的方方面面。

宜与当，人在待人处事时，一般经过权衡后都会作出相对正确的选择，也就是说，会尽量趋利避害地选择宜与当。然而，有的时候，也会陷入特别"两难"的境地。如：作为一种家族伦理，"亲亲相隐"源远流长，自古以来，相沿相袭,纵然时有不宜不当,但大多情有可原;作为一种社会伦理,"亲亲相告"古已有之,今也常闻,其或为义、或为利,虽能够获取不少褒扬、敬意,但也会招致非议、指责。人若身处此等"两难"之中,当有情有理、依法依纪地作出宜与当的选择。人活在世上,处理事情,很多时候,其宜与不宜、当与不当的界限,并不都那么清楚,常常处于"两可"的状况。换言之,既可宜,也可不宜;即可当,也可不当。举例说来,如今,一些独生子女结婚后,每每临近春节,就犯难起来了:是去男方父母处团聚呢?还是去女方父母处团聚呢?其实,完全是"两可",没有统一、准确的答案,夫妻俩只要有个约定,若遇特殊情况再相商,即可。世上有些事情,在可作"两可"处理中,往往是,宜与当是从道德、礼貌这条高线上考量的。换句话说,其不宜、不当也是可以的,因为法律、法纪没有规定其必须宜、必须当,之所以认为宜与当,则是从道德、礼貌这条高线上要求的。所以,偶尔我们见到,有的人做的事尽管不宜、不当,却还理直气壮得很。为什么?其不向道德、礼貌看齐。倘遇着这样的人,那也没有办法,"算了算了",方为上策。处理难事,宜或不宜,当或不当,我们不能患得患失,过多的考虑,过多的计较,只会使自己更加彷徨,即使事后其得远远大于失,还是会弱化自己的成功感和幸福感。在现实生活中,也有一些人自寻烦恼。正如有人撰文解读女人的那样:"吻她吧,不够君子;不吻吧,不像汉子。夸她吧,说你撒谎;不夸吧,说你笨蛋。"如此,宜或不宜,当或不当,那就没有是非了。而这,当然毫不足取。

宜与当,人在待人处事时,还要防止一种倾向掩盖另一种倾向,尽可能使自己的选择更加科学、合理,更有效率、效用。如:人要有理想,要立志向,宜奋斗,当进取,但是,奋斗着、进取着,并非只能永远不屈不挠、永远勇往直前,还是可以有一定的迂回、一定的停歇。人渴望自由、争取自由、享受自由,但不能不接受约束,不能不遭受限制。人盼有"伯乐"、喜有"伯乐",但自己要成为"千里马",即使非也,那"半千里马"也行,若什么也不是,恐所盼、所喜的意义和价值就打折扣了。每个人之生命初期,成长环境不同、接受教育不同;而生命中期,努力程度不同,机会机遇不同。由此,其能力和收获也会不同。在某些事上,我的宜或不宜、当或不当,对你来说,不一定就合适、就管用。在核算人生总账的时候,你的宜或不宜、当或不当,也不一定对我就公允、就恰好。人在世间,精而不明不行,强而不干也不行。精而不明,宛若有好枪支没好射手;强而不干,好似有军火没军人。诚然,在职场上,事宜则办,事当则办;事不宜则不办,事不当则不办。这样做,通常不说可稳操胜券,但确可增添胜算。不过,此也不能一概而论。古今中外,不乏不宜或不当的科研而获得了重大发明创造,不宜或不当的生产成为了新兴跨国公司,不宜或不当的参选取得了空前的成功。有道是,"箭牌"口香糖创始人威廉·瑞格理惯于"错中求胜"。1876年,20多岁的他只身来到美国芝加哥,一无文化,二无特长。然而,通过将错就错、错上加错,到1920年,他的"箭牌"口香糖已风靡全国,当年销量高达90亿块。综上分析起来,宜与当有广义的,也有狭义的;有长期的,也有短时的;有全程的,也有区间的;有明显的,也有隐晦的。

好! 在此别把宜与当说得太玄乎了。其实,把握宜与当,最根本的是要遵循自然规律、经济规律、社会规律。《伊索寓言》里有一则故事颇能说明这个问题。故事梗概是:一天,一个很穷的农夫在鸡窝里发现了一个金光闪闪的蛋,更让他喜出望外的是这个蛋是纯金的。这之后,农夫每天都能从鸡窝里拿到一个金蛋。然而,他在日益富有的同时,也越发贪婪起来,以至于没有耐心去等待每天只有一个金蛋,很想一次就能取走鸡身体里的所有金子。于是,他杀了这只鸡,结果却什么也没有得到。这个农夫的可悲之处,是杀鸡之举违背了规律,实属不宜、不当。李白有诗曰:"草不谢荣于春风,木不怨落于秋天。"草木荣落是自然界本有的规律,但人能在自己的工作、生活中掌握和利用这种规律,从而作出哪些是宜、是当,哪些非宜、非当。把握宜与当,如果把注重规律作为战略的话,那么,把审察时势则作为战术。如:在售票大厅里,人们都很守秩序地排着队,而你若要硬挤进去,显然,此为不宜、不当;乘客还没下车甚至还没付钱,你就钻进了出租车,而这,也是不宜、不当(因为乘客未下出租车,即享有专用权,除非已经过乘客同意,方可提前进入)。北方人去南方出差,不考虑那里的气温,加带了保暖的衣服,兴许,乃为不宜、不当。《荀子》中有言:"名无固宜,约之以命。约定俗成谓之宜,异于约则谓之不宜。"在尔今颇为盛行的掼蛋比赛中,有一些常规,除了特殊情况,一般不宜、不当去破。如"枪不打四",就是说,对方手里最后剩下四只牌时,你就不必拼命去压,因为若是"炸弹",压了也无用;倘不是"炸弹",他一时还脱不了手。对常人来说,把握宜与当,最简单的办法,是多听听别人怎么说、多看看别人如何做,然后根据实际情况和客观要求,自己拿出主意。若各有利害,则可采取"两害相权取其轻,两利相权取其重"的办法,尽可能使害最小化、使利最大化。

酸气与醋意

人到世上或长或短地走一遭,总会品尝到各种味道,其中有苦有甜,有咸有淡,有麻有涩,有辛有辣,有香有臭。此外,还有有酸有醋。这酸这醋,都从"酉",均与酒有关。有句业内行话,说的是"发好了做醋,发不好酿酒"。也就是说,制醋需把握好粮食发酵的火候。如今,与酸有关的食品有酸菜、酸奶、酸梅、酸枣等。酸之味道真的有点神奇:若人在昏昏欲睡时,嘴里咀嚼着酸梅,确有提神之功效,所以,一些因故少睡的学生,在校上重要课时,为能集中注意力,便悄悄地把酸梅含抿口中。早在中国古代,即有"望梅止渴"之事。据传,醋发明于春秋时代,最早是当药用的。战国时代的名医扁鹊,就用醋"理诸药、消毒"。及至明代医圣李时珍,其修撰的《本草纲目》里,即已收录了20多种用醋的药方。现代人为保健养生,则喜好吃醋。凡有华人的地方,无论大小筵席,醋与酱油一样,都是不可缺少的调味品。其实,醋里有酸的味道,酸里有醋的味道,酸与醋难分难解,均为酸性物质,然而酸的程度有异。

酸这种东西,既具有物质性,又具有社会性。其社会性表现在诸多方面:其一,形容悲伤。悲伤是人之常情。人遇及悲伤之事,如丧父丧母、丧夫丧妻、丧子丧女,想想他或她过去的好或受过的罪,便鼻子一酸或心里一酸,接着,眼泪会哗哗哗地掉下来。《后汉书》中有曰:"妻乃轻服诣(董)卓门,跪自陈情,辞甚酸怆。"阮籍《咏怀》中道:"对酒不能言,感慨怀酸辛。"冯梦龙《醒世恒言》中言:"种田不熟不如荒,养儿不孝不如无。"其伤感之情跃然纸上。其二,形容迂腐。迂腐指人的言谈举止仍拘泥于旧式,不适应时势。人们时而用寒酸、穷酸等来讥讽人之迂腐。其最有声有色的,也是最广为人知的,是鲁迅笔下的孔乙己,还有钱锺书笔下的方鸿渐。自古以来,很多文人身上或多或少地带有酸气,如李白,一方面说自己"天子呼来不上船",另一方面却觊觎着朝廷里的铅华。即使是贫民,有的也酸,甚至酸得可爱。史上有则故事,说的是:宋国有个穷人,穿着旧麻破衣过冬,到了春耕时节,还在晒太阳。他不知道天下有高大、舒适的住房,也不知道有丝绵、皮草之类的暖衣。有一天,他晒得舒服,灵光一现,跟老婆说:"背对着太阳,晒得暖洋洋,真的妙不可言,这些别人都是不知道的。如果把这个新发现告诉君王,那一定可以得到丰厚的赏赐。"王实甫《西厢记》中有写:"来回顾影,文魔秀士,风欠酸丁。"古代尾生与美眉在桥下约会,谁知美眉没来,洪水倒先来了。于是,尾生死死抱住柱子,至死没有离开。千百年来,从这个故事中,有人看到的是绝美的爱情,有人看到的则是酸楚的迂腐。其三,形容古怪。有些人说起话来酸不溜丢的,要么拐弯抹角,要么含沙射影,要么炫耀卖弄,要么刁钻蛮横。这些,让人听了很有反感,颇不舒服。其表露的是对人不尊重,显示的是态度不真诚,展现的是心底不敞亮。其四,形容忌妒。如:两个争强好胜的人在一起,有的时候,领导表扬了这个人,那个人心里发酸;有的时候,领导表扬了那个人,这个人心里发酸。还有,这个人获得晋升了,那个人怀有酸溜溜之心;那个人获得晋升了,这个人怀有酸溜溜之心。

  醋这种东西,不仅有物质性,也有社会性。其社会性多表现在男女关系上的嫉妒。曹雪芹《红楼梦》中写:"他倒这样争风吃醋,可知是个贱骨头!"梁斌《红旗谱》中书:"想到这场官司,打来打去,不过是两家地主争风吃醋,不由得暗笑。"这里的"争风吃醋",是指男女情感上的明争暗斗。《犹太法典》里载:"没有妒忌的爱情不是真正的爱情。"妒忌是什么?妒忌就是吃醋。吃醋似乎是人世间最绝的感情。花花世界,很多男男女女,都会吃醋。在现实生活中,由情场失意产生的嫉妒,会以多种形式表现出来,且具有针对性和对抗性,轻则蔑视对方,重则怨恨对方。它有着巨大的杀伤力,易使原本推心置腹的闺蜜变成心存芥蒂的冤家,易使原本亲密无间的挚友变成不共戴天的仇敌。这种嫉妒,不仅严重影响人与人之间的和谐,还严重危害本人和他人的健康。心理学家弗洛伊德曾经说过:"一切不利影响中,最能使人短命夭亡的,是不好的情绪和恶劣的心境,如忧虑和嫉妒。"古今中外,因为男女感情上吃醋而杀人的事时有发生,甚至发动了战争。不过,世上也有一些男女在吃醋上工于心计。如有些自身条件优越的男的或女的,在恋爱中被对方抛弃后,出于报复心理,发誓要找一个比对方更好的对象,等找到后,又故意去对方面前"秀亲密",以激起对方的醋意。这一招,有时还真的有效。最终,两个人走到了一起。当然,也有弄巧成拙的,让对方识破,从而产生河东狮吼般的气愤和怨恨。

  酸与醋,酸性物质可用碱性物质来中和,以实现酸碱平衡。这对人体有益,也是喜欢美食、注重养生的人所推崇和遵循的。而解决社会性的酸与醋,那可不是轻而易举的事了。人生在世,谁不出辛酸的事、谁不落辛酸的泪?正如有人认为的,人在世上,整体是悲观主义,局部是乐观主义。面对灾难,面对死亡,心里难不生酸气。有些人说起话来酸溜溜的,其实已成习惯。习与性成,长期的习惯会形成一定的性格,而要改变性格,那就很难了。还有,习非成是,对某些错事习惯了,反认为是对的;对某些坏人习惯了,反认为是好的。那些说起话来酸溜溜的人,往往并不认为不妥,更不认为不好,说不定,其压根儿认为就应该这样。一些人的身上之所以沾染了酸气,其重要原由是自命清高,自以为有本事,不说其目空一切,也是自命不凡。想要这样的人把身上的酸气全部去除,绝非易如反掌。那"醋坛子""醋罐子",其醋意已成坛成罐,这就积重难返了。对这种醋意极浓的人,须多加提防,以免引起猜忌,"吃不到鱼,还惹一身腥。"人的一生一世,尽管以毒攻毒是一种策略,但切勿胡乱或过度施用,毕竟"以"的也是毒,解不了它毒,反而更毒。无论是由酸产生的妒忌,还是由醋引发的嫉妒,都不可以毒攻毒。以毒攻毒,通常于事无补、于己无益,还会陷入恶性循环。酸气与醋意,从自然界到人世间,从物质性到社会性,都是客观存在。如果"存在的就是合理的"这一理论是正确的话,那么,我们应当直面并正视酸气与醋意这些客观存在。但是,作为自己,那些社会性的酸气与醋意,须力戒之。

最后一天与一天最后

最后,对人、事、物来说,通常用在时间上、次序上、性质上、进程上,如"最后通牒",即指一方对另一方(如一国对另一国、一地对另一地、一人对另一人等)提出必须接受其要求,否则将采取强制措施的行为,具有告知、警告的作用。又如"最后分手",泛指盟友、夫妻等因故而各奔前程,换言之,自今而后,先前的友情、爱情不再。再如"最后完成",常指某个工程告竣、某项工作结束、某样农活收工等。最后与起先一起,构成了人、事、物存废、兴衰、有无的全过程。

人之最后,有一天的最后,这是睡着之前的时分;有一生的最后,这是死去之前的时光。古往今来,对此等最后的咏叹比比皆是。如:"春蚕到死丝方尽,蜡炬成灰泪始干"——比喻对爱情的坚贞不渝,至死不变;也比喻对国家和人民的鞠躬尽瘁,死而后已。奥斯特洛夫斯基告诫人们,要不虚度年华,不碌碌无为,在临死的时候,能够说"我的整个生命和全部精力,都已经献给世界上最壮丽的事业"。古时曾子有言:"吾日三省吾身。"其说的是自我反省。反省,即在回想中检讨自己,此乃在日后、事后。"不见棺材不掉泪"——比喻人不到绝望的时候不死心,或不看到最后的结果不罢休。"人固有一死,或重于泰山,或轻于鸿毛"——此用来激励人们,死要有价值。"人死如灯灭"——此用以劝说别人抑制哀痛或不要迷信。"死去何足道,托体同山阿"——此认为人死不足惧。文天祥有诗曰:"人生自古谁无死,留取丹心照汗青。"诗言志,其表现在敌人面前宁死不屈,气节高尚。据说,居里夫人仅只惋惜一件事:日子太短,过得太快。文嘉赋诗感叹:"人生百年几今日,今日不为真可惜。"如上,有的洞悉了世事,有的透彻了人生,有的凝练了品性。

最后一天与一天最后,贵有最后。其一,最后可以回望。一天下来、一生过来,到了最后,静而思之:做了哪些事、处了哪些人,哪些事该做、哪些事别做,哪些人应处、哪些人别处。还有,有哪些得、有哪些失,哪些该得、哪些不该得,哪些该失、哪些不该失。再有,怎样过、过什么,哪些该过、哪些不该过、哪些该这样过、哪些不该这样过。人在旅途,行色匆匆,不到最后一天或一天最后,还难以如此回望。其二,最后可以总结。在职场,每个员工每到年终,都须梳理归总一年来所做的工作及其成效;在官场,主要领导每到升迁、调动、退休,都须进行离任审计。古时即有"盖棺论定"之说,指的是人死之后,对其的是非功过作出结论。人生到了最后,若有功名已经过录,若有耻辱无法抹除。在尘埃落定之时,便于后人忠实总结。为何当代撰的史、个人写的传容易存疑,其缘由多在于此。其三,最后可以冷静。《论语》中有曰:"明逝矣,岁不我与。"一天到了最后,这一天很快就要过去了;一生到了最后,这一生就没有多少时间了。离去的,再也不会复返。人生到了最后,对浮名的追逐,对势位的留恋,对得失的计较,对恩怨的纠结,还有对肉欲的热衷,或有意,或无奈,必将渐次脱离自己的身心。这个时候,容易客观地思考自己的成功与失败、优点与缺点、无愧与有愧。

最后一天与一天最后,最后也是舞台,舞台可用来表演,而节目不尽相同。对最后一天,一种认识是,人之尾声为悲剧,走时亲友哭着;另一种认识是,人之离去为撒手,走时什么东西也没带。再一种认识是,人之了结为回归,走时踏上了回程。还有一种认识是,人之辞别为接力,走时完成了生命的接力。无论何种认识,死去即是最后。最后,有的人轰轰烈烈,像伟人、名人、贵人;有的人悄无声息,像普普通通、平平凡凡的人。有的人流芳百世,像对国家和人民作出重大而不朽贡献的人;有的人遗臭万年,像奸雄、巨逆、祸首。有的人正常自然,像因病医治无效而去世;有的人异常特别,像因故自戕、他杀、遭殃。有的人"说走可走",像无牵无挂的人;有的人"欲走难走",像身陷囹圄的人。有的人"走了可了",像世无交缠的人;有的人"走了不了",像死有余辜的人。有的人坦坦荡荡,像光明正大的人;有的人龌龌龊龊,像偷鸡摸狗的人。古往今来,在最后一天,慈善的有之,悲壮的有之,残暴的有之,贪生的有之、无奈的有之。慈善的,如一些人向社会捐献了所有的财产。悲壮的,如陆秀夫蹈海殉国,文天祥宁死不屈,史可法凛然正气,夏完淳为国赴难,阎应元"宁作南鬼",范成大舍生忘死,李定国绝不投降。残暴的,如国民党反动派败逃台湾前,杀死了一大批革命志士;国外极端恐怖主义者,以"人肉炸弹"伤亡无辜平民。贪生的,如缴械投降的、自首变节的人。无奈的,如数以百计的人因马航飞机失联、因长江游轮倾覆而丢掉了性命。面对最后,许多人都有"谢幕词",不过,有的哀怨,有的告饶,有的叹息,有的诅咒;有的欣慰,有的平静,有的期盼,有的许诺。如陆游临终时赋诗《示儿》,"王师北定中原日,家祭无忘告乃翁"。瞿秋白就义前向刽子手微笑地说:"此地甚好。"马克·吐温与他告别的人说了一句:"再见,我们很快还会相逢呀!"就这般,一个个在世上表演了一生的人,各具特色地给自己画上了生命的句号。

是客观规律,是自然规律,不管自己抑或他人情愿与否,这最后一天与一天最后,都总会或早或迟来临。"芳林新叶催陈叶,流水前波让后波。"世上的人、事、物,都是新陈代谢的。俗话也说:"旧的不去,新的不来。"既然"逝者如斯夫",那么,人在最后一天之前的时分或一天最后之前的时光,当多加珍重和爱惜。似是人之劣根性,常人易犯"少壮不努力"和"福中不知福"之错,且往往不到最后不认错,甚至纵然到了最后尚无醒悟。人度过的每一天,虽只有12个时辰,但都是一番游历,何不"潇洒走一回",多用心些,多下劲些,并尽可能满载些呢?人生到了最后,所思所想多种多样。如:"我要满怀感激,把还有的一分一秒化为甘露,一口一口,细细品尝。""我要轻轻抚摸还有的一分一秒,不让白白流失,因为它不能存入银行、来世再用。""我要紧紧抓住还有的一分一秒,有所作为,因为是我奉献爱心的最后机会。""我要认真利用还有的一分一秒,忏悔自己,告诫别人。"如上,总体上是,活一天,爱一天;多一天,赚一天。倘若把人之寿命作为分母、活的最后一天作为分子的话,那么,每个人的比值通常不一样,有的要相差几十倍甚至上百倍。因此,每个人的最后一天,蕴意并不相同。一般而言,比值大的贡献大,比值小的贡献小。但不尽然,有的人活的时间很短,却彪炳千古;有的人活的时间很长,却无影无踪。有句俗语:"要知道自己会死,早就爬进棺材了。"其说的是,人的最后一天,一般不会先知先觉。但必须清楚,最后一天是由一个个一天最后延续和累积而至的。一个一天最后,似乎太寻常了。然而,一个又一个的一天最后过去,其量在变,质也可能在变。有句格言说得好:如果这个世界上真有奇迹,那只是努力的另一个名字。所以,人在每一个一天最后,应扪心自问:"今天我做了什么?做得怎样?"人在最后一天来临之前,当像蚂蚁一样,竭尽全力储备,储备经验,储备才干,储备美名,储备义财。莫等最后一天空悲戚。毋庸讳言,许多人对最后一天(包括养老)从未考虑,只是想"到时候再说"。无疑,此是造成这些人一无所有、晚景凄凉的重要原因。凡是有完美人生的人,无一不未雨绸缪,既重视最后一天,更重视一天最后。尽管岁月不饶人,但他们也不饶岁月。当然在社会上,人生的完美并不是普惠的,从来就只由不够完美的大多数构成的;人生的完美并不是恩赐的,从来就只由依靠自己的勤奋走向相对成功的大多数构成的。故而,不能简单地评论人生之完善与否、成功与否。但人活一辈子,起码得做一个有益社会的人、一个不留耻辱的人、一个充实快乐的人。

饭局与局饭

说起"局",人们容易联想到如今党政机关"部委办局"中的"局"。本文所述的"局",非此"局",乃为人们聚餐的"局"。"局"的词义之一是棋局。对弈时,需有棋盘、棋子,要有规则。棋有多种,如象棋、围棋、军棋、跳棋等。饭局与此相似,桌椅是棋盘,菜酒是棋子,规矩是规则。它与棋局一样,均是人为设置的"局",都有一定的目的。二者比较起来,饭局和风细雨,棋局针锋相对。在现实生活中,这类"局",还有赌局、茗局、牌局等。自古有言:"民以食为天。"中国的食文化源远流长、博大精深,而食文化的内涵不可或缺饭局。

旧日和今时,饭局虽小,学问却大,考究却多。从作用上分,主要有六类饭局:一是亲情饭局。尤其是一年一度的中秋节、春节、端午节,与自己的父母、子女、兄弟、姐妹餐聚。其情切切,其乐融融。二是友情饭局。包括与自己的朋友、同学、战友、同事、老乡等餐聚。与有特殊友情的人,如相好、闺蜜、发小等餐聚,也属此类。三是政坛饭局。各级政权机关或庆祝或欢迎而举办的宴会。这类餐聚正规,尤其是庆祝重要节日或欢迎重要客人而举办的国宴,更是隆重而热烈。四是工作饭局。顾名思义,其主要由于工作关系而餐聚。这类饭局比较常见。五是人情饭局。人情,有时是礼节,有时是情谊,有时是面子。人情饭局包括情侣来往、感情联络、关系沟通等餐聚。请求他人帮助和托付他人办理,亦多采用这类方式。六是功利饭局。功利,功效和利益也。这类饭局尽管与如上饭局有些类似,但还有所不同,如确立盟誓、签订合约、明确关系等餐聚。那些进行权钱交易、权色交易的,不少也有这类饭局。从性质上分,主要有三类饭局:其一,公事饭局。为了办国家、地区和机关、单位的事,由国家、地区和机关、单位安排的餐聚。这类饭局多为接待前来办事的客人,也有用来请予支持、配合工作和研究、商量工作的餐聚。其二,私事饭局。除公事饭局以外的饭局。其三,公私兼顾饭局。这类饭局又有两种情形:一为以公事饭局为名,在办公事的同时也办私事,这往往涉嫌假公济私;二为只有以私人名义才能请出客人的,名义上是私人饭局,实质上由公家出钱、为公家办事,这就有点"犹抱琵琶半遮面",似乎比较策略。从规模上分,主要有三类:其一盛大。像富贵人家举办的婚宴,动辄摆上几十桌甚至上百桌,出席者多达数百甚至上千。其二小型。像家庭式的饭局,几家人相约在一起餐聚,热热闹闹;几个好友相约在一起小酌,谈笑风生。其三中等。介于盛大与小型之间的餐聚,像"百日宴""祝寿酒"多采用此。当然,规模大小只能作同比。换言之,办同样的事,看谁家出席的人多或人少,人多相对来说规模大,人少相对来说规模小。

饭局通常不是简单的吃喝,从邀客、备菜、设酒、入席到举箸、敬酒、言谈、离席,都有约定俗成的规矩。不过,这些规矩具有明显的区域性、风土性。地方不同、文化不同,规矩也不同。此外,饭局不同,在某些规矩上也体现出不同。这些规矩尽管不是法律规定,但也马虎随便不得,主人稍不注意,落下笑柄事小,得罪客人事大。还有,某些机遇常会就此溜掉。史上曾任过皇帝秘书的大笔杆子司马光曾为"洛阳耆英会"亲撰了宴聚规约,其把请帖的呈送、餐具的标准、菜肴的数量、座位的排序、饮酒的方式等,都规定得详详细细。如今,官方和民间的饭局也都有一套规矩。饭局最注重礼节,仅座次即使主人颇费思量,一般来说,是按职位、名望、辈分、年龄来排定,但若客人中有几位半斤八两难分伯仲的客人,主人就需多加斟酌,千万不要出现不欢局面。今天的人们虽然足食,但对出席的饭局仍有一定的期待。菜肴丰盛、美酒可口,啧啧称赞;反之,亦然。人们习惯以此来衡量热情与否。其实,这并不一定。古人有言:"君子之交淡若水,小人之交甘若醴。"饭局有菜有酒,然非惟菜惟酒;客主吃菜喝酒,然非惟吃唯喝。席间,哪些话该问,哪些话不该问;哪些话该说,哪些话不该说。即使要问,该在什么时候问,该在什么场合问;该直截了当地问,该旁敲侧击地问。即使要说,该在什么时候说,该在什么场合说;该说细说透,该点到为止。问与说欠妥失当,轻则使人尴尬,重则令人厌恶。正如世上没有无缘无故的爱一样,世上也没有无缘无故的饭局。每个饭局主人,都知道这顿饭为了谁,若有事,不会不说(除非先作铺垫,日后择机再说)。一个饭局下来,该吃的吃了,该喝的喝了,该问的问了,该说的说了,各得其所。不过,相对而言,有的人轻松些,有的人沉重些;有的人激奋些,有的人淡泊些;有的人深刻些,有的人肤浅些。

世间的饭局,寻常的居多,一般是,有点事,邀约若干人在一起聚餐一下,但也有诡谲、奸诈的、阴暗的。中国历史上有个最著名的饭局:楚汉相争时,项羽在鸿门设下饭局,宴请刘邦。他有大把大把的机会杀掉对手,然而,尽管有项庄舞剑意在沛公。最后,对手尚能乘隙脱逃。项羽如果在那个饭局上心再狠一点,那就没有后来的汉朝了。饭局有名作问世的事,在中国历史上并不鲜见。唐朝有个姓元的,在家排行老二,故被称为元二。一日,他接到命令,出使安西。作为朋友的王维,为他饯行作诗曰:"渭城朝雨浥轻尘,客舍青青柳色新。劝君更尽一杯酒,西出阳关无故人。"可能王维始料未及,此诗竟成传世名作。而今,饭局已被广泛运用于谈生意、签合同、定关系、表忠心等,且在许多时候起到了在台面上无法实现的效用。其正面的,可化解尴尬、促进和洽、渐臻事成;负面的,易串通勾结、乘伪行诈、助纣为虐。近年来,我国审计机关揭示的一些机关和单位违规招投标、多计工程款、私设小金库等,导致巨额财政资金损失浪费,其中有些问题是在饭桌上拍板敲定的。在一些大地方,有的人在饭局上,常爱冒充国家重要部委的领导干部,或装模作样宣称自己有深厚的人脉背景,以号称能帮别人办重要的事、难办的事为由头,进而骗钱、骗色。正如"林子大了,什么样的鸟儿都有"一样,世上饭局多了,什么样的故事少不了。

　　人间本无饭局,均为凡人作之。有些时候,作饭局即是做圈套,吃局饭即是中圈套。不是么?有的主人邀请时把话说得很轻松,事实是,客人出席后吃得很沉重,因为主人在饭局上有难办的事须请客人办,弄得客人左右为难。这也难怪主人,如果主人邀请时即把话说得很沉重,大有可能客人会作推辞躲闪状。这是"难请客、请客难"的重要原因之一。人在江湖闯荡,许多时候,局饭不能不吃,因为涉及给不给对方面子的问题,涉及自己如何做人的问题。故其应对、应酬,既不能不讲原则,又不能不讲情面。无论作饭局,还是吃局饭,均需遵循一定的规则。一般而言,其规则为共同约定和大家沿用。当然,精英类的饭局与草根类的饭局,宴会类的饭局与家常类的饭局,在规则上是不一样的,前者更注重"表",即档次、品位;后者更注重"里",即实惠、值得。世人对饭局,既有会作的问题,又有善作的问题;对局饭,既有能吃的问题,又有擅吃的问题。倘若有违规则,就会遭人私下非议甚至公开说教。别看饭局与局饭,有时并不单一,局前有局,局中有局,局后有局;并行有局,交叉有局,前后有局。作者与吃者,同样需要智慧、需要才干。就请人而言,有一事一请、多事一请、单独请、非单独请;就出席而言,有一请就去、三请四请才去、怎么请都不去、不请自去。以上这些区别,源于作者与吃者的动因。无论主人,还是客人,在局中不必也不能有"老大"思维,否则,容易产生不快甚至出现悲剧。如:当年,张飞因强行劝酒而丢了徐州,吕布因强行禁酒而去了性命。又而今,席间有时因逼迫喝酒而伤和气甚至动起干戈。人在世间,作饭局不易,吃局饭亦不易,需要主客、客客多些相互理解,别犯憎犯傻。

晨昏线与临界点

气象学上有个名词叫"晨昏线",指白天与黑夜在地球表面上的交界线。人类赖以居住的地球日复一日地承受着白天与黑夜,每天都以太阳为中心,自西向东永不停歇地、极有规律地旋转着。人类医学检验报告单上,每个检验项目的结果后常载明"参考范围",如 TP 总蛋白 60.0~83.0、TC 总胆固醇 0.00~6.20、CK 肌酸激酶 0~171。其最高值或最低值,即为正常与非正常的"临界点"。

笔者分析,晨昏线与临界点有诸多特点和多层意义。其一,具有标志性。众所周知,几何学上的空间图形,一般由点、线、面组合而成。线是界线,点也是界线。点和线相连,其形迹为面。气象学上,晨昏线之上,为白天;晨昏线之下,为黑夜。检验单上,临界点之内,通常身体健康,无需诊治;临界点之外,可能身体有恙,必须引起重视。其二,具有忠实性。晨昏线的出现与消逝,完全遵循了天体运行的规律,人类的科学再发达,也无法从根本上改变这个规律。在临界点之内抑或在临界点之外,只要不是仪器失灵或人为破坏,其数值都会如实显示。其三,具有转折性。在晨昏线的一侧,乃为广阔无垠的光亮世界;在晨昏线的另一侧,则为漫无边际的黑暗天地。在临界点之内,安然无事;在临界点之外,则呈现异常。线之上下,点之内外,尽管是一步之遥,常为"冰火两重天"。其四,具有不可逆性。地球周而复始地转动,虽然有一个又一个白天、一个又一个黑夜,但是,今天的白天已经不是昨日的白天,今天的黑夜已经不是昨日的黑夜。人的身体拥有一定的自我修复能力,虽然有些大的疾病可以治愈,但是,治愈后的身体与治愈前的身体也会有所不同。其五,具有渐变性。晨昏线的划分似是"一刀切",尽管比较科学,早一点或迟一点都不好,可晨昏线上和晨昏线下总显现出递进式的渐变,其表现形式为曙色和暮色。临界点内和临界点外,也不是绝对的黑白分明,在数值上有一个渐变的过程,所以,恶性肿瘤可区分初期、中期、末期,还有癌前病变。事物量度(数量上的变化)质变(性质上的变化)原理,也适用于对晨昏线与临界点的认识。

毫无疑问,人的一生中有许许多多的类晨昏线与类临界点。中央对中国共产党党员,在政治上、组织上、工作上、生活上,都有明确而严格的纪律规定。这些规定,均如晨昏线与临界点,不能逾越,谁若违反,所在党组织须根据其情节轻重,给予必要的纪律处分。有句俗话,叫"生儿方知父母恩。"说的是,自己还没有儿子前并不晓得父母恩,只有到了自己当了爸爸后才晓得父母恩。在这里,自己有没有儿子,如同踩到了当不当爸爸的晨昏线与临界点。官员退休制度古已有之。明朝开国功臣刘基,刚满六十岁即主动请辞,还写了一首打油诗表明心迹:"买条黄牛学种田,结间茅屋傍林泉。因思老去无多日,且向山中过几年。为吏为官皆是梦,能诗能酒总神仙。世间万物都增价,老了文章不值钱。"事实上,自己到了退休年龄,宛如踩到了在职与否的晨昏线与临界点。在现实生活中,类晨昏线与类临界点比比皆是,如:与亲戚、朋友交往,索取过多,透支了亲情、友情;平时饮食过度,撑了,醉了;打牌娱乐,不加节制,通宵达旦;教育子女,或关爱过分,或严厉过头;与异性相处,超出了正常情感;南、北气流相持一段时间后,一方败下阵来,另一方压了过去;一幢大楼,失稳倾斜到一定程度后,倒塌了;人活一口气,气一断,心一停,死亡来临了;不是自己职权范围内的事,滥用职权办;自己应该承担的费用,到公家报销了;未经同意,私闯了设在边境或要道的哨卡。诸如这些,都形态不同地逾越了类晨昏线与类临界点。

世人世事,无论决策,还是实施,均在自觉或不自觉地运用晨昏线与临界点原理,如制定法律、法规、政策、规则、公约等是这样,保持货币、物价、人口、军力、物种等相对稳定也是这样。倘过大了、过小了、过多了、过少了,便会从管理上加以干预,使其尽可能在科学、合理的区间内运行。就拿惊险和刺激的游乐设备制造来说吧,其出发点和落脚点,都是为使游客介于痛苦和快乐之间,即"痛并快乐着",如坐海盗船。要做到如此,必须拿捏适度的惊险和刺激。而适度,即须像把握晨昏线与临界点一样。自然界中的物竞天择,在不经意间,也在做着运用晨昏线与临界点原理的实验。如:某个物种碰到了陌生病毒,因为没有抵抗力而无法控制陌生病毒繁衍,由此带来了灾难。但有时好景也会不长。不久,一方面由于物种抵抗陌生病毒的能力增强了,另一方面由于陌生病毒本身也发生了变异现象,故陌生病毒对物种的杀伤力减弱了甚至消失了。从无法控制病毒繁衍,到杀伤力减弱了甚至消失了,其间无疑有类晨昏线与类临界点。在晨昏线上下与临界点内外,"不是东风压倒西风,就是西风压倒东风"。中国在向市场经济发展过程中,既充分发挥市场在资源配置中的决定性作用,又不断加强和改善政府的宏观调控。每当市场出现较大的这样或那样的问题时,政府便有针对性地出台宏观调控政策。实际上,其把握的是类晨昏线与类临界点,以通过适时、适度的宏观调控,来确保中国这条经济社会巨轮能够沿着正确的方向持续、健康、快速地航行。我们不妨细想一下,政府在一定时期或一个阶段施行的房产、人口、分配、金融等新政时,都熟稔地运用了晨昏线与临界点原理。

《阅微草堂笔记》里载有这则故事:纪晓岚的父亲纪容舒任南新仓监督时,仓库的后墙无缘无故地倒塌了。挖开来一看,发现死鼠足有一石多,大的体形像猫一样。原来,墙倒是因为老鼠长期在墙下打洞,繁殖得越多,洞就越打越大,以至于墙下全被掏空了。地面因承受不了这么大的压力,墙倒是自然而然的事。这则故事,蕴含的道理很简单,那就是,平衡才能平安,平衡一旦打破,平安已经不再。若需确保平衡,必须把握好类晨昏线与类临界点。在现实世界里,利人、利己,损人、损己,许多时候只差那么一丁点儿。多一点,利人;少一点,损人。少一点,利己;多一点,损己。多或少,就在于如何把握类晨昏线与类临界点。欲望与好奇是人生快乐的两大支撑。人正因为有欲望与好奇,才有对财富、名誉、黄金、珠宝、帅哥、靓妹的追逐。然而,人的生命极其短暂,无穷的欲望与好奇永远无法企及,恰如苍穹中的日月星辰,永远无法摘取。因此,严峻而残酷的现实在倒逼人必须适可而止。而要做到这些,就须把握好类晨昏线与类临界点。当然,人对各种各样的晨昏线与临界点还不能盲从,得坚持"实践是检验真理的唯一标准"。现实情况是,有的晨昏线与临界点显示出了假象,或存在片面性,甚至本身就是荒谬的。如:"苍蝇不叮无缝蛋"。乍看上去,此话一点没错,因为苍蝇喜腥喜臭,蛋有缝了,又腥又臭,自然苍蝇喜临。但把此话用来评论清白女性遭人强奸,那就大错特错了。看来,并非所有的晨昏线与临界点都绝对准确。这也容易理解,毕竟世上任何事都具相对性。人活一辈子,对林林总总的晨昏线与临界点,当明辨,当敬畏,当戒备,当遵从。

讨人喜与遭人厌

清朝魏源在扬州府兴化县当知县。有一年夏末秋初,连日阴雨,洪水陡涨,丰收在望的早稻有被淹没的危险。他发动了大批农夫,夜以继日地抢修堤坝。顶着狂暴的风,冒着倾盆的雨,他亲自在堤坝上指挥抢险。经过数个昼夜的艰苦奋战,几万亩早稻保住了。早稻上场,全县喜获丰收。当地百姓把这些稻子称为"魏公稻",以此来感激魏源的功绩。

明末清初,有一天,顾炎武正在家里伏案写作,突然,有个同乡叶方霭跑来告诉他"官衙招考了",并喋喋不休:"你满腹经纶,如果参考,定然金榜题名,弄个大官当当。"他顿时生气了:"清兵入关以来,涂炭生灵,盘剥百姓,自己半生风尘仆仆、出生入死投身抗清斗争,如今尚未头绪,怎能善恶不辨,去当清朝的官呢?"想到这里,他把脸一沉,坚定地告诉叶方霭:"我只有一把短刀、一条长绳,谁要逼我,我就和谁拼命。"叶方霭讨了个没趣,悻悻地走开了。

以上两则故事,一则讨人喜,另一则遭人厌。客观地说,人在世上,说话做事,举手投足,既有讨人喜的,也有遭人厌的;刻意讨人喜的多,故意遭人厌的少;喜人者讨人喜,厌人者遭人厌。古人说,人有四种感情。即:遇到所喜好的就会喜,碰到所厌恶的就会怒,得到所爱的就会乐,失去所爱的就会哀。前两种感情,乃涉及讨人喜与遭人厌。孩子在家庭里是否受到父母表扬或批评,学生在学校里是否受到老师表扬或批评,员工在单位里是否受到领导表扬或批评,其实质,无非是讨人喜或遭人厌。讨人喜,受到表扬;遭人厌,受到批评。从一定意义上说,讨人喜与遭人厌,不仅是做人处世之道(对一方而言),而且是管人理事之法(对另一方而言)。

人的一生,除去生理需求,就是说和做。而说的和做的,有的会讨人喜,有的则遭人厌。当然,有的对他人来说无所谓。换言之,既不讨人喜,又不遭人厌。就说而言,一句话可说得他人笑起来,一句话可说得他人哭起来;

一句话可说得他人静下来,一句话可说得他人急起来;一句话可说得他人善起来,一句话可说得他人恶起来。只因为,前者讨人喜,而后者遭人厌。就做而言,一件事可做得他人心花怒放,一件事可做得他人深恶痛绝;一件事可做得他人投怀送抱,一件事可做得他人绝情断交;一件事可做得他人乐不可支,一件事可做得他人叫苦不迭。只因为,前者讨人喜,而后者遭人厌。

讨人喜与遭人厌,有客观性,也有主观性。父母对子女,手心手背都是肉,哪个都疼。现实情况是,有的子女讨父母喜,有的子女却遭父母厌。之所以厌,这里面,除了或许"怀时不顺利""生时不适时"等特殊情况外,就是平常的所作所为不遂父母愿,如不听话、不争气等。在生活中,有些讨人喜与遭人厌,是源于先前的成见,或本就缺乏应有的信任。若有成见,如少信任,就容易用有色眼镜来观人察事。在这种情况下,即使是讨人喜的话和事,也会被人曲解、误解;纵然是遭人厌的话和事,也会被人原谅、迁就。不过,讨人喜与遭人厌,其客观性远远大于主观性,如香花总是讨大家喜,而毒草总是遭众人厌。

何以能讨人喜、不遭人厌?笔者认为,一要洞悉好恶。通常,投其所好,自然讨人喜;施其所恶,自然遭人厌。而要知其好恶,必须尽可能把对方的情况了解清楚。这不仅有利于相互交流和沟通,而且有益于办事速度和质量。否则,容易造成"闭塞眼睛捉麻雀""哪壶不开开哪壶"。其结果很可能是,本想进一步融洽感情,却适得其反;本想托人办事,却有口难开;本想夸奖别人,却事与愿违。二要掌控"边界"。上级与下级,老师与学生,长辈与晚辈,大人与小孩,男人与女人,相互之间都是有"边界"的。这个"边界",即是人际关系的维度和法度。对人不恭,当然不好,但就算是恭,恭不及礼不行,恭过于礼也不行。正确的态度是:恭近于礼,既不能过礼而无原则,又不能缺礼而作冒犯。人之交往,恭不及礼,恭过于礼,都容易遭人厌。三要讲究艺术。几个人聚在一起谈天说地,别看有时嘻嘻哈哈,一时没大没小,开个玩笑也不要紧,但切勿忘记,每个人的心灵深处都有自尊,每个人的私密部位都有软肋,如果在不适合的时间、不合适的场合说了不合适的话、做了不合适的事,那很容易遭人厌;倘若在合适的时间、合适的场合说了合适的话、做了合适的事,那很容易讨人喜。

人行于世,能讨人喜、不遭人厌的方式方法很多。英国谚语:"良好的心地是花园,良好的语言是花朵。"土耳其谚语:"正义的话能截断江河,和蔼的话能打开铁锁。"蒙古谚语:"良言一句值千金,妄言一千如粪土。"语言美,讨人喜;反之,亦然。诚然,在许多时候,批评人是不得已而为之的事。但批评人也要注意方法、场合和频率、力度。心理学研究表明,在听到别人对自己的赞美之后,再听到别人对自己的批评,那就比较容易接受了。在现实生活中,许多人深谙此道,在对人说"不过""但是"之前尽是赞美、肯定之话,在对人说"不过""但是"之后便婉言批评、责备之话。因此,即使是批评人,也不妨从赞美开始。诚然,关心人、帮助人,容易讨人喜。但是,这二者并非衡等。一般来说,关心人、帮助人需"雪中送炭",即在对方最需要关心、最需要帮助的时候你去关心、帮助,那一定是讨人喜;反之,则打折扣。俗话所说的"热面孔贴冷屁股",从一定意义讲,不能一味指责"冷屁股","热面孔"也得作反思。要知道,需要为王。对方有需要,施之,讨人喜;对方不需要,施之,遭人厌。在现实生活中,并不是你伸援手关心、帮助了别人,别人就一定很高兴。真正能使对方感激的是需要,尤其是迫切需要,如饥了送食、渴了给水。

芸芸众生普遍希望讨人喜,而非遭人厌。这既涉及人的尊严问题,又涉及人的生存问题。讨人喜与遭人厌,深究起来,在功效上,有多有少,有长有短;在手段上,有明有暗,有善有恶;在内容上,有宽有窄,有粗有细;在目的上,有高有低,有远有近;在意义上,有深有浅,有显有隐。正如"君子爱财,取之有道"一样,苍生讨喜,也要有道。这个道,是正道的道、道德的道、道义的道。恭维可以讨人喜,但受者不能陶醉于此,一定要明白对方有否曲意。谄媚可以讨人喜,但受者不能忘乎所以,一定要知道自己姓甚名啥。恭维和谄媚,都有明确的目的,施者一般不会无缘无故。作为受者,千万不可"被胜利冲昏了头脑"。有两种讨人喜需提防和戒备:一种是幸灾乐祸式的。据说,主人买来一些猴子圈养起来,等待客人前来食用猴脑。一天,客人来到猴圈,选中了一只并用手指指点。顿时,其他猴子便连揪带搡地把那只猴子推了出去,自己还又蹦又跳,高兴得不得了。它们哪里知道,自己的命运,一个也不例外。此种讨人喜,在人类中也有,如叛徒出卖同志和战友。另一种是夸耀卖弄式的。据载,王羲之第七代孙的弟子辩才和尚珍藏了王羲之的书法真迹《兰亭集序》。唐太宗李世民喜爱书法,尤其酷爱王羲之的字,听说后,便多次派人去索要,都因推说不知其下落而未能如愿。后来有人推荐监察御史萧翼去智取。萧翼扮成书生模样前去拜见。在交流中,辩才和尚炫耀地从自己的屋梁上取下了《兰亭集序》。萧翼见之,随即拿出诏书,带着《兰亭集序》走了。辩才和尚这才知道上当,可悔之晚矣。这种讨人喜,在人们的日常对话中也有,如本想炫耀一下,结果"说漏了嘴",把自己的隐私泄露了。在遭人厌中,有两种情形为人所不齿:一种是完全能够自食其力,却好逸恶劳,摆出一副可怜兮兮的样子,到处求助且死乞白赖。如今为什么对路边乞讨者,绝大多数人不愿施舍,重要原因之一就在此。在现实生活中,亲戚之间,借钱不还甚至有钱还不还者,也属此种。另一种是自私、冷漠到理直气壮。你自私、冷漠,别人无权干涉,即使干涉,你也不一定听取。虽然我行我素地自私、冷漠不好,可理直气壮地自私、冷漠更不好。前者遭人厌,而后者更遭人厌。人生在世,一时一地的遭人厌难以避免,可不能时时处处遭人厌。尤其是,通过自身努力能不遭人厌的,切忌去麻烦人、为难人。纵然无奈去遭人厌,那也要从面子上和里子上看是否值得。

　　话还得转回来。说一千,道一万,人从母胎里出来,是为自己活的。既然如此,自己大可不必整天考虑怎么能讨人喜、怎么不遭人厌,而最基本的也是最重要的,是自己必须坚守好为人做事的底线。人心有宽度,是他或她亲身见过的、听过的和说过的、做过的那一条条线摊开来的人;人心也有高度,是他或她亲身见过的、听过的和说过的、做过的那一个个点码起来的。为能多讨人喜、少遭人厌,当多学研、多修炼。

送礼与礼送

送礼与礼送，一看上去，两个词，字虽相同，排序却不同。前者的礼，是礼物、礼品；后者的礼，是礼节、礼仪。二者既区别，又相通。泱泱大中华，史为礼之邦。远在古代，孔子、孟子、老子、朱子等先贤圣人，悉崇礼。时至当代，在强国富民的征程上，年不分老幼，职不分政经，人不分贵贱，均崇礼。崇礼，无疑是中国民族优秀传统文化的精髓。

送礼的礼，大至国礼，小至人礼。习近平当选中国共产党中央委员会总书记后，首次出访美国、俄罗斯时，分别给奥巴马总统、普京总统送了国礼。对平民百姓来说，送礼大抵在如下情况下发生：一是在重要时节时送礼。如在春节、中秋节、端午节、重阳节等农历传统节日时，给自己的长辈送礼。二是在请托或回谢他人时送礼。如别人给你办了事，帮助解决了"看病难""入学难""就业难"等问题，你以礼回谢。三是有重大事宜时送礼。如结婚（金婚、银婚等）、生日（一周岁、十周岁等）、出国（求学、定居等）、有难（生病、受伤等）时送礼。四是在交往走动中送礼。如去拜访、探望、聚会等时送礼。因为人有不同、事有不同、情有不同、时有不同，送礼的目的、内容、方式也有不同。有因私送的，有因公送的；有溜须拍马送的，有正常人情送的；有送熟人的，有送生人的；有送亲戚的，有送朋友的；有为名送的，有为利送的；有为权送的，有为色送的；有直接送的，有间接送的；有公开送的，有私下送的；有送物质的，有送精神的；有事前送的，有事后送的；有为短期利益送的，有为长期利益送的；有为现实送的，有为将来送的；有专门送的，有顺手送的；有送单人的，有送多人的；有一事一送的，有多事一送的；有送重件的，有送轻件的；有成套送的，有零碎送的。

人为何要送礼呢？笔者分析，不外乎有如下缘由：其一，礼尚往来。《礼记》中曰："往而不来，非礼也；来而不往，亦非礼也。"人与人之间，正常关系是有来有往，来来往往；只有非正常关系才会"鸡犬之声相闻，老死不相往来"。往来之中,相互送些对方喜欢的、缺少的东西,很自然。其二,出于尊重。世间的人,几乎没有不希望得到对方尊重的。在许多时候,礼不在大,礼也不在多,有礼即为有情,而情中即包含尊重。其三,给予补偿。人缘、人情也是有成本的,包括投入的物质、精神、时间、精力等。别人帮你办了事,毫无疑问,你就欠了人情。因此,应当给别人必要的补偿。从一定意义上说,给自己的父母送礼,也是一种补偿。其四,能量流动。人与人之间,在礼上,常常是你送我、我送你,有的是相互补益,有的是相互感奋,有的是相互期许,正如有学者所指出的,"接受与给予是同样的东西,它们是宇宙中能量流动的不同面而已。"其五,旨在投资。物品既是资源,又是资产,还是资本。简言之,现实利用是资源,累积聚集是资产,牟取利益是资本。在现实生活中,很多的送礼是作感情投资,为了日后的请托。在中国,一年到头,尤其是春节,既是补偿人情的大好时机,又是投资感情的大好时光,而二者均以送礼方式实现。在感情投资方面,既有"新礼叩开情感门"的情形,又有"感情不到礼节凑"的情形。其六,等价交换。在一些地方,人际交往越来越势利,把商品等价交换的原则引入了人际交往中,"无礼不办事、办事须有礼"竟成了社会风气。昔日,亲戚之间、朋友之间、同事之间、邻里之间帮忙是常事,没有人计算报酬,更不会计较报酬;而今,帮忙虽也是常事,然而,如果事前、事后都不送礼,恐会被讥为"不懂道理",甚或会被污为"人品问题"。

送礼的礼,功莫大焉。其用好了,能以"四两"之微力,拨"千斤"之重物。当年的"乒乓外交""烤鸭外交""茅台外交"被称为周恩来的"三大外交策略"。从一定意义上说,打乒乓、吃烤鸭、喝茅台酒在当年的中国外交活动中,起到了"四两拨千斤"的作用。众所周知,平面上,两点之间,直线最短。而在现实生活中,很多时候,却是曲线最短。何故?好多事情,直来直去往往办不成,需搞关系才能如其所愿,而搞关系常常少不了礼往。搞关系即为走曲线。在人际交往中,送礼是个颇为特别的手段,尤其对生人有效。通过送礼,可方便接触、熟悉他们。从一定意义上说,其送的礼是媒介,是道具,是由头。两手空空,恐难沟通和交流。熟人之间,常施小礼,也会给人好感,如出差带回一包漂亮的小糖果,到办公室后分发给每位同事,有的人即使不喜欢吃糖,也会以一个微笑作为回报。当然,送礼之弊也是显而易见的。社会上饱受诟病的"没有好处不办事,有了好处乱办事"即是一种。一些图谋不轨者(意欲不参加竞争承揽项目、多计工程款等),就是通过送礼巴结握有生杀予夺权力的人。其所谓的送礼与受礼,实质上是行贿与受贿。面对各种各样的礼,有些人能巧于周旋,有些人却不善应付。当然,这主要由各人的品性和动机使然。据报道,钱锺书对种种胡吃海喝的宴请,这样加以谢绝:不愿"花些不明不白的钱,吃些不干不净的饭,见些不三不四的人,说些不痛不痒的话"。他把话说到了这个份上,谁都不好意思上门邀请他了。有的时候,也会出现这种情形:不送礼,好办事;送了礼,反而不好办事。其原因在于,受者更小心谨慎了,怕有瓜田李下之嫌。结果往往是,事办不成,把礼退了,弄得双方心里都不是滋味。

有人说,送礼是学问,不是知识。这话有道理。知识讲究唯一性,如一加一等于二,再也没有其他答案;而学问讲究多重性,如恐龙是怎样灭失的,世上就有很多种解说。笔者认为,送礼当礼送,即送得有礼有节,送得合情合理,送得恰到好处。送礼的最佳效果应是,不仅送到对方的心坎上,而且送到对方的记忆里。送礼既是私人的权力,也是公家的权力。通常,私人送礼为私人,公家送礼为公家,但也有兼而有之的送礼。礼送表现之一,有正当、合适的理由。换言之,必须自问为什么要送礼。倘把握不好为什么,常会令人啼笑皆非,轻者也会感到莫名其妙。所以,从某种程度上说,理由正当、合适,对送礼者来说,可提升效用;对受礼者来说,是获得尊崇。否则,二者各有缺失。礼送表现之二,送对方喜好的甚至最喜好的。这是送礼最要紧的。每个人的外貌尽管差不多,都有鼻有眼、有手有脚,然而,有形和无形之下,在阶层、品位等方面是有次第的,且不同次第的人有不同喜好。因此,送礼务必根据不同次第的人。同时,即使是同一次第的人,在喜好上也有差异。一般而言,给精英、贵族送礼,最好以精神文化产品或奢侈消费品为主;给工商界普通人士送礼,最好是一看便知价值的物品或干脆奉上"红包";给老伯大妈送礼,兴许是用于"开门七件事"的物品最好。此外,对方忌讳的,不能送;对方讨厌的,不能送。礼太重了,对方可能不愿、不敢收;礼太轻了,可能等于不送,甚至起反作用。时间、场合不妥时不可送,送了不受,难免尴尬;送不出去,心里也纠结。在现实生活中,有些人喜欢急风暴雨式的送和受,有些人喜欢和风细雨式的送和受。人与人之间,尽量不要欠人情。人情是债,有债当还。"有事有人,无事无人",乃为人际交往之患。平时无事也走动,莫等有事再走动。送礼也有最佳的时候,别做雨过递伞、入夏赠袭的傻事。礼送表现之三,送很好的甚至最好的。送礼,送的是心,送的是情;送的是真,送的是诚。故此,坚持"质量第一",差的不可送,孬的不可送。送礼不一定要送贵重的,但一定要送优质的、上乘的、新颖的,不能马虎糊弄人。否则,对受方是大不敬,容易产生负效果。尤其是给生人送礼,第一印象,极为重要。而要获取最佳的第一印象,礼的品质至为关键。

对送礼者和受礼者来说,尚有两点切莫忘却:一点是,在这个世界上,惟一不变的是变化。人与人之间的关系,时时刻刻都在发生着变化。送礼必须顺应这些变化。若30年前，你给一起玩泥巴的人送了一把玩具手枪，他已经万分感激了；然而，30年后，你若给已成为一家大公司总裁的同一个人送了一辆高档汽车，可能还打动不了他的心。另一点是，在这个世界上，没有一种给予是理所当然的。即使在自然界，一缕清风会使杨柳摇曳嫩枝，一束艳阳会使花儿展开笑靥，一滴甘霖会使小草脱卸冬装。所以，在人际交往中，任何的受礼都不可以心安理得，纵然在过去自己已经有所付出，那也应该心存感激。尽管古人有言"无功不受禄"，但有了功受了禄，也不可古井无波，更何况那些无功已经受禄者，千万不能对自己的行为无动于衷，于情于理必须给予恰当的回报。当然，在人情泛滥的社会里，两个人之间的回报不允许破坏所有人认同的契约和规则。在国际关系中，两国之间加强合作，不允许损害其他国家的利益。人在整个生命旅途中，送礼也好，受礼也罢，只要是正常的交往，还是入乡随俗好。"没有借口"是美国西点军校奉行的学员行为准则。它强化的是，学员必须想尽办法去完成任何任务，而不是为没有完成任务去寻找任何借口。笔者不妨引用于此，该送的礼，没有借口；该还的礼，也没有借口。

毛毛虫与第十人

生物界有种昆虫的幼虫,每环节的疣状突起上丛生着毛,俗称"毛毛虫"。法国心理学家约翰·法伯曾用毛毛虫做过一个实验。他把许多毛毛虫首尾相连,围成一圈。毛毛虫由于天生有一种跟随性,一只跟着一只,一圈一圈地走,结果,七天七夜之后,它们因为饥饿和干渴而精疲力竭相继死去。这是生物界典型的人云亦云遭受的厄运。

人云亦云,比喻人无主见、没定力,听风便是雨,给竿顺着爬。其源出宋代苏轼文语:"我醉君且去,陶云吾亦云。"清代叶燮文语:"人云亦云,人否亦否,何为者耶?"世人为何会人云亦云?一是受群体因素的影响。人与生俱来的需求,其一生理方面的,其二安全方面的,其三尊重方面的。故而,世人通常会认为"随大溜,不吃亏",于是产生从众行为。美国社会心理学家所罗门·阿希曾于1956年招聘了一些志愿者进行了一个关于视察感志的心理实验,结果显示,有百分之七十五的人至少有一次从众行为。二是受情景因素的影响。许多人尤其是女人逛商场时,容易被商场的促销活动所感染,容易受名人的代言广告所左右,结果往往是,把家里并不很需要的物品买了回来。有些人还听信了商场"买一送一""买二送三"等噱头,买回了若干件同样的物品,搁置家里而浪费。三是受个人因素的影响。一些人之所以盲目跟从,要么自信不足,要么生性懦弱,要么不明就里,要么怠于思索。其稀里糊涂的后果是,有时歪打正着,跟从对了;有时泥牛入海,跟从错了。后者不能怪罪别人,谁叫自己没有头脑人云亦云的呢?

电影《僵尸世界大战》(又译为《末日之战》)里有一段对话,提出了"第十人理论"。如下:"在上个世纪30年代,犹太人不相信他们会被关进集中营;1972年,人们也不愿意相信慕尼黑奥运大屠杀;1973年10月第四次中东战争爆发前的一个月,我们眼看着阿军的行动,但是没有人认为那是一种威胁,一个月后,阿军差点让我们溃不成军,所以我们决定作出改变。""什么改变?""第十人理论。如果我们九个人读相同的信息,而得出同样的结论,第十个人要做的就是提出异议,不管看上去有多不合理,第十个人得考虑另外九个人都错了的特例。"

这段话的底蕴,其实早在中国古时,广武君即已曰:"臣闻智者千虑,必有一失;愚者千虑,必有一得。"在现实生活中,人们在思考和处理问题时,容易犯"当局者迷"的错误,因为每个人都会有惯性和惰性,一旦决策后,常常会把"美丽"想得更多一些,而不愿意去想太多的风险,甚或还会自我解嘲一番:"气可鼓,不可泄也。"担心"自毁长城",把困难和问题想多了,会削减自己的锐气。在交通要道上,特别是在高等级公路上,中国每天都有不少汽车追尾事故发生。何故?惯性使然也。驾驶员若时刻戒备,防止不测,汽车追尾事故即可有效避免。有位老人曾告之笔者,当年国内战乱期间,他们的村子里有许多男孩出去当兵,十年八年过去,国民党失败了,共产党胜利了。而他们中的一些人,要么"生得伟大",要么"死得光荣";而另一些人,要么成为反革命被镇压,要么成为敌人被歼于战场。实际上,刚出道时,很多人并不知道这个主义那个主义,但随着经历的增长,按理说,应该对自己的选择逐渐认识。然而,有些人由于客观上的、主观上的原因,终使自己走向了革命的反面。

做毛毛虫也好,当第十人也罢,必须解决束缚、禁锢自己思想和行动的依赖问题。依赖与依靠不同。二者都指望别人帮衬,但前者不能自立或自给,而后者基本能够自立或自给。从一定意义上说,依赖是把自己的生命或成功交给了别人,而依靠则是为了自己的生命或成功借助于别人。人的生命从孕育起,即依赖母体脐带提供所需营养,然而,从出生被剪掉脐带的那一刻起,就得走向独立。一棵树欲要枝繁叶茂,必须先在泥土里扎根。同理,一个人若想有成就,必须先有自生基础。人若缺乏独立思考、独立作为的能力,自身生命的意义便会大打折扣,甚至趋于"零"。就拿婚姻来说吧,女人的托付心态和动机,是婚姻的一大杀手。有些女人自觉或不自觉地把自己的全部幸福寄托于男人身上,所有的事都要问男人,所有的事都要靠男人。她的男人就是她的天,天一塌,什么都感到完了,自己也不想活了。有些女人尽管嘴上也说"独立",事实上,她们的人格不独立、身体不独立、经济不独立。

当然,在世上,毛毛虫的人云亦云,许多时候具有一定的合理性。如:哪家烤鸭店前排队购买的人多,说明这家做的烤鸭口碑好,实际上人的双腿是用来投票的;交通路口,绿灯亮了,路人鱼贯着行走在斑马线上,后面的人低着头尾随着;参加选举,候选人确实不错,倘没有更好的人选,即可快捷地在选票上打钩走人,不必费太多的心思;与朋友们一起郊游,十之八九的人游兴已尽,想再玩的人则不可硬要他人接着玩;在现行的高考制度和就业形势下,该上学时要上学,该工作时要工作,不能游离于课堂、职场之外。不容否认,在很多情况下,人云亦云会取得一般甚至较好的成效。不过,其效正向抑或负向,完全取决于领头者,处于人云亦云中,有收获,大家都有收获;要倒霉,大家都要倒霉。

当然,在世上,提出异议的第十人,标新立异也得讲科学。否则,就是追逐怪诞不经。提出异议需要勇气,兴许前九个人中就有权威人士,故有时少不了需"初生牛犊不怕虎"的大胆。举例说来,十八世纪后半叶,瓦特改良了蒸汽机。这是一个具有划时代意义的发明。不过,由于它的效率极低,需配有体积庞大的锅炉且锅炉随时都有爆炸的危险。因此,人们强烈地希望能有一种高效率、小体积且安全可靠的机器来取代它。对此,不少有识之士开始投身于研究,其中有一位默默无闻的研究者,他就是少年时即辍学到德国科隆一家小店做学徒工的奥托。他竟打败了大工程师莱诺尔和罗夏,制造出了世界上第一台四冲程循环内燃机,顿时名声大振。试想,假若奥托也像莱诺尔和罗夏一样,那就不可能获得如此巨大的成功。从一定意义上说,第十人处于前无古人、后无来者的地步,其承担的责任不谓不大。

毛毛虫有它的好和坏,第十人也有它的好和坏。面对五彩缤纷的花花世界,人居其中,正确的做法应该是:一要有坚决的判断力。柏拉图有言:"人是寻求意义的动物。"人类从产生之初,即具判断是非的基本素养。时至今日,人行于世,哪些话当说、哪些话不当说、哪些事该做、哪些事不该做,通过深入思辨,务必掂量清楚。二要有坚强的自制力。自制是人有意识的行动,需要一定的力道。人在大是大非面前,若确认了孰是孰非,就得毫不含糊地坚持抑或拒绝,千万不可作无原则的让步。些许在政治上、经济上、生活上犯错甚至犯罪的人,往往是在人云亦云的情形下削弱了本身的自制力。三要有坚定的自信力。蒙田说过:"这世界上最重要的事情,不论从哪个角度来说,都是自己彻底了解自己。"故而,倘是自己觉得当说的、该做的,就须信心满满地去为之,切勿随波逐流、丧失自我。

人不是普通生物毛毛虫,人是有高度理性的,在现实生活中,无论成为前九个人,还是作为第十人,都要有强烈的使命意识、责任意识,并在此基础上,拿捏正确的定位、择拣正确的时间、作出正确的目的。

圈内与圈外

中国是个圈子社会，这话一点不假。圈子，一指两人及其以上有机组成集体的范围，二指多人有组织活动的范围。前者是对人来说，而后者是对事而言。人本身就是高度群居的动物，从母腹出生起，即进入了家的圈子。这个圈子，有大有小，最大的可扩至整个家族，最小的仅与哺育者在一起。费孝通曾在《乡土中国》中写道，中国的乡村全是彼此看着长大的。所谓的"发小"，就是小时候两人都穿着开裆裤一起渐渐成长的。家是最紧密的圈子，以此为圆心，也宛若投石入水一般，它会产生涟漪效应，一圈一圈地向外扩展，愈近愈亲，愈远愈疏，其全凭血缘、亲戚等关系度和认识、了解等相熟度而定。

社会上的圈子，繁多而复杂。其一，政治圈子。无论是进步者，还是反动者，在共同的政治信仰和政治目的指引下，相聚在一起。反动的，如在"文化大革命"中，王洪文、张春桥、江青、姚文元结成了"四人帮"，后被一一法办，为世人所不齿。进步的，如孙中山创办了"兴中会"，宣传革命，发动革命，终于推翻了长达两千多年的封建帝制。其二，职场圈子。相同或相近职业的人，在共同的职业向往和职业追求指引下，相聚在一起。如：当官的与当官的在一起，医生与医生在一起，护士与护士在一起，教师与教师在一起，律师与律师在一起，厨师与厨师在一起，企业家与企业家在一起，新闻工作者与新闻工作者在一起，做服装生意的与做服装生意的在一起，跑供销的与跑供销的在一起，驾驶员与驾驶员在一起。他们往往有共同的关切、共同的语言，常常现身于各级各类学会、协会、研究会。他们在各自的圈子里有参与权、发言权等。其三，利益圈子。主要由于某些或某种利益需要，在共同的利益维护和利益诉求驱使下，相聚在一起。如：商业、服务业、制造业等的连锁性、集团化经营。又如：从事非法活动的贩毒团伙、卖婴团伙、赌博团伙、卖淫团伙等。其四，经历圈子。无论男女，还是老少，在共同的阅历念想和经历情感引领下，一些人相聚在一起。如：曾经在一个部队的战友，曾经当过领导秘书的人，曾经干过共青团工作的人，曾经同过学的人，曾经共过事的人，曾经一起插队劳动的人，曾经在一个地方生活过的人，相邀相约构成了一个个圈子。其五，情趣圈子。主要由于情意相投、兴趣相投、爱好相投，一些人既不为名、也不为利地相聚在一起。如：那些品茶的茶友、打牌的牌友、唱歌的歌友、跳舞的舞友、旅游的游友、赏石的石友、画画的画友、摄影的摄友、打球的球友等，并非职业，均为业余，然而，经常相聚在一起活动。他们相聚时，有些只是见了个面、聊了一聊，心已满，意已足。其六，特殊圈子。这些圈子里的人，往往通过特殊的沟通手段和联系渠道在一起，有着特殊的任务和目的。如：在"隐蔽战线"工作的人和从事非法勾当的人。前者，如谍报员队伍，当年共产党的谍报员在国民党的白色恐怖下，冒着随时随地都会作出牺牲的巨大危险，机智而勇敢地工作；后者，如恐怖分子，对中国来说，有藏独分子、台独分子、港独分子，他们时而兴风作浪，实施恐怖活动，为热爱和平的人们所痛恨。

每个人从生至死，都有人际关系网。其实，人际关系网就是人际圈子网。每个人身居其中，仅为一个个点。然而，正是由这一个个点，构成了网。网上所显示的，是一个个大小不一、迭覆不一、性质不一、功能不一的点。家族里的圈子也好，社会上的圈子也罢，有的圈与圈之间不相连，有的此圈与彼圈相交错，有的圈中套圈，有的圈圈连成并蒂莲，从而形成了颇为壮观的人间圈子生态图。圈子，有横向的，如各行各业的；也有纵向的，如从上到下的。圈子，有有形的，如一些人常常在一起公开活动；也有无形的，如一些人心连、情投、意合，平时并不在一起公开活动。圈子，有自发的，如夜晚在城市街头、巷尾、道旁、路畔开展的各种文体活动的圈子；也有组织的，如结党、结社、结盟、结亲、结派等。圈子，有松散型的，如发微信的圈子；有紧密型的，如成熟的政党。圈子，有显性的，如单位里的领导班子；也有隐性的，如单位里的私交人脉。圈子，有大的，如欧盟、非盟等；也有小的，如幼儿感觉中的朋友圈。圈子，有长期的，如中国历史上存续289年的唐王朝、存续319年的宋王朝、存续276年的明王朝和存续295年的清王朝；也有短时的，如当今在公共场所偶发的争吵或打架的一方或双方。圈子，有正能量的，如一些在校学生组织开展的"读书日""赛诗会""英语角"等活动；也有负能量的，如一些人沆瀣一气，纠集成偷盗团伙、扒窃团伙，流窜各地猖狂作案。

圈子有里，也有外，在里面的人为圈里人，在外面的人为圈外人。人之所以要建圈子、入圈子，说到底，是为了自己更好地生存与发展。常言所说的"在家靠父母，出门靠朋友"，实际上，一是靠家族圈子，一是靠社会圈子。

圈子可以给自己带来名和利、权和势、情和色。雨果曾这样讥讽圈子："他们自己高升,同时带着卫星前进,那是在行进中的整个太阳系。"一个人出生于官宦之家、商贾之家、演艺之家、学究之家,其成长环境有异。这个家那个家,其实就是这个圈那个圈。一个人就职于官场、商场、艺场、学场,其发展环境不同。这个场那个场,其实就是这个圈那个圈。故而,从一定意义、一定程度上说,一个人出生于哪个家、就职于哪个场,对自己一辈子的影响大矣!人在世上,建什么样的圈子、入什么样的圈子,事关重大。在现实生活中,也不是想建圈子就能建圈子、想入圈子就能入圈子,都有台阶,均有门槛,有些甚至森严壁垒,无法如愿。其有一些不被常人所知的"潜规则"。如你没有一定资格、没有一点实力、没有一些关系,还建不起圈子、入不了圈子。就官场圈子而言,一般县处级干部难以甚或进不了省部级干部圈子,因为"他们不愿意跟你玩",即使也有个别人破格进入,那在其中,也只是"小兄弟",要么对他们高攀有用,要么能够出钱出力。然而,也有破例的,其他职业的,如文艺界、金融界、学术界等杰出人物,也可进入。自古以来,许多中国人有深深的圈子情结。他们行走于江湖,这儿混圈子,那儿混圈子,总想在圈子里混出点名堂来。有些人纵然建不起圈子、入不了圈子,尚有另外一手,即谬托知己。其本来与某人不熟悉甚至不认识,却对外谎称是自己的无话不说、无忙不帮的知心朋友,或曾经的对自己器重有加的顶头上司。据说,民国时期,胡适红得发紫,名扬中外,很多人都以结识胡适为荣,而一些没有机会与胡适结交又非常虚荣的人,就每每把"我的朋友胡适之"挂在嘴边,以至于此言成了当时的流行语。时至今日,也常闻一些官员十分亲切地、大言不惭地直呼那些职比自己高得多、名比自己大得多的人的名字,还都把姓去掉,似乎其与这些高官、名人的关系并非寻常。实际上,此乃圈子情结作祟。

  著名文化学者周国平有个理念,人生最棒的是有一个好伴侣,次好的是没有一个伴侣,最糟糕的是有一个坏伴侣。笔者引而论之,人生最好的是有一个好圈子,次好的是没有一个圈子,最糟糕的是有一个坏圈子。人在好的圈子里,互帮互助,互补互利,互谅互让,互生互长。圈内的强者,施展优势,可以给同伴在仕途、商界等带来不少机遇;利用便利,可以为同伴解决这样或那样的问题。但是,人在坏的圈子里,难以不染黑。坏的圈子,往往建立的宗旨不好、参与的人员不好、采用的手段不好、造成的后果不好。按照搞"五湖四海"的要求,在机关或单位里建"小圈子"、入"小圈子",本身就非正道、非正派。这类"小圈子",仅重情谊,只讲义气,与重法治、讲原则无缘。机关或单位里有这类"小圈子",在严格管理上,在主持公平上,在伸张正义上，势必要难一些。一些人在不良的圈子里，还容易得"传染病"。如：昔日有的朋友圈里"出轨病"流行，大凡圈内活动，一个个带上情人，不以为耻，反以为荣。活跃于这样的圈子里，男男女女都很容易被繁殖的"病毒"攻陷，从而使自己的"城门"失守。圈子不良，身在其中，即使没有沾染"病毒"，也较容易陷入庸俗庸懦的泥淖，群居终日，吃吃喝喝，拉拉扯扯，无所事事，还飞短流长。还有一些圈子，初建阶段，乍看上去，并不坏，甚而好的，但一步步发展下去，堕落了、邪恶了、反动了。人若置身其中，有时想金蝉脱壳、想金盆洗手都很难。笔者在此呼吁，圈外有风云，建圈须戒备；圈里有风险，入圈须谨饬。

人类历史的车轮已隆隆进入了现代社会，古已有之、今也有之的圈子毕竟只是圈子。新型组织纽带，不是靠圈子，而是靠契约、靠法治。被誉为"管理学界的现代化天才"的斯隆说过："董事会让我坐在这个位置上，给我很高的薪水，不是让我来交朋友的。我的工作是评估各人表现，作出正确的人事决策。假如我和某些同事有极深的交情，自然会有好恶之分，就影响我决策的客观性。"早期的美国通用汽车公司久盛不衰，其秘诀之一，即斯隆能够平衡与部下的关系。不难想象，在现代组织结构中，靠私下圈子来治理，是十分有害的。而今，一些家族企业之所以落败，重要原因之一即在于此。现代人已非古代人，现代生活已非古代生活，现代人际关系已非古代人际关系。随着人类社会的不断进步，其文明程度愈来愈高，人与人之间的人身依附关系已渐趋弱化，正在走向消亡。换言之，其独立性、自主性更强了。在现代，若想建立并利用古时候那种愚昧性、蛊惑性的圈子来实现自己的政治、经济、文化、军事目的，那几乎是不可能的了。人在世上，尽管还有这个圈子、那个圈子，但不可把混圈子当成正儿八经的事，更不能当成至高无上的事，即使身在圈内，也别太当真，不能唯"圈"是从、马首是瞻，一定要毫不迟疑地坚守为人做事的底线（包括法纪的、良心的和道德的）。

车上与车下

在繁华的都市里,挤公共汽车是市民常有的事,尤其是那些早晨紧赶着去上班、晚上想尽快回到家的人,每每遇到公共汽车来得少时,心里甭提有多着急了。不知读者目睹过这番情景没有:一辆公共汽车千呼万唤始进站了,刚停稳,蜂拥而至的乘客们,便急吼吼地挤到了车门口。此时,还没有挤上车的人在嚷嚷:"快往里挤呀,下面的人要上去啊!"刚挤上车,实际上才跨入车门,原先在车下的人便马上叫道:"不要挤了,里面满了,你们等下一班车吧!"车上与车下,只有一步之遥,然而,人的认识和态度迥异。这是人之位置影响人之思维的一个活生生的例子。

类似以上的例子,我们时不时地可以遇见。如:到医院去排队挂号、交费、取药,明明有五六个窗口,却只开二三个,每个队的人都排得长长的,院方却不闻不问;公共汽车的门刚被关上,车子还没有起动,有乘客心急火燎地跑过来,又打招呼又喊叫,驾驶员却全然不理,把油门一踩,"嘟"地一声开走了;一些机关的信访接待室规定,只在正常工作日的上班时间接待,而有的上访人员转乘了几次车来,如果遇上了非接待时间,那只有干等着;办个老年乘公交车用的市民卡,得拿上户口卡、身份证,奔波于社区服务中心、街道办事处、银行代办点等,颇费时日和周折。有一次,笔者去一邮政储蓄银行取50元稿酬,本有10个窗口,却只开了3个,而在笔者前面等候的人却有42个。无奈之下,笔者找到大厅服务员说,如今,医务人员到银行,嫌银行排队长;银行人员到邮局,嫌邮局排队长;邮局人员到车站,嫌车站排队长;车站人员到公园,嫌公园排队长……大家都嫌别人,就是不嫌自己。

这无疑是换位思考的问题。换位思考是人类最重要、最基本的道德之一,具有普世价值。孔子告诫人们:"己所不欲,勿施于人。"实质上,这是推己及人的做法:自己不想要的,也要考虑到别人不想要;自己想要的,也要考虑到别人想要。再有,自己不愿麻烦的,也要考虑到不让别人麻烦;自己不愿遭遇的,也要考虑到不让别人遭遇。待人处事,当以恕己之心恕人,以责人之心责己;多一点将心比心,多一些设身处地。人生活在群体之中,当遵循马克思所指出的:"你希望别人怎样对待自己,你就应该怎样对待别人。"

然而,人要做到换位思考并不容易,若要时时处处能够换位思考,那更不容易。法国著名作家拉伯雷曾形象地说过:"人生在世,各自的肩膀上扛着一个褡子,前面装的是别人的过错和丑事,因为经常摆在自己面前,所以看得清清楚楚;背后装的是自己的过错和丑事,所以自己看不见,也不会理会。"自私自利是人的劣根性之一。自私自利的人,其心目中惟有自己,而无他人。故此,事物当前,其不可能去作换位思考。对自私自利的人来说,倘要其换位思考,必须从心灵深处来一场革命。丘吉尔有言:"勇气是人类最重要的特质,倘若有了勇气,人类其他的特质自然也就具备了。"人要做到换位思考,也需要勇气,没有勇气,就不可能作换位思考。这是因为,在换位时,必须先去除自私自利的思想。思想指导行动。思想问题若不解决,换位则无从谈起。事实上,在换位中,也确需大度一些,必要时,不能不牺牲些许利益。割肉心疼。自己眼看着快要到手的东西,出于换位的考虑,而把其拱手让与他人,总会有点不舒不爽。雨果有言:"世界上最宽阔的东西是海洋,比海洋更宽阔的是天空,比天空更宽阔的是人的胸怀。"能做到换位思考,须有宽广的胸怀。不难设想,那些有小鸡肠子的人,那些打个人小九九算盘的人,那些沾小家子气的人,不会去作换位思考。在现实生活中,能换位思考的人,是聪明人。列·托尔斯泰有言:"聪明人的特点有三,一是劝别人做的事自己去做,二是决不去做违背自然的事,三是容忍周围人们的弱点。"这三个特点,均由换位思考带来。事实上,对人处事,换位思考了,知己知彼,成功的机率提升了,获胜的把握增加了。换位思考,在战场上需要,在商场上需要,在职场上需要。换位思考,在政坛上需要,在科坛上需要,学坛上需要。无论男女老少,不管东南西北,只要与人交往,只要办理事情,都离不开换位思考。

诚然,人生许多的怪异行为出在类似的车上与车下。有道是,李自成进北京后,那位南征北战立下汗马功劳的大将刘宗敏,去做的第一件事,就是找顶尖美女陈圆圆,并把她占有。可是,他却不愿想到把陈圆圆弄到手后,那位驻扎在山海关的总兵吴三桂会是怎样一个态度。如今,在社会上,一些靠不法、不良手段暴富起来的贫寒之子,立马穷奢极欲,赌、嫖、毒全沾,及至家道败落,浮财散尽,才知世态炎凉,即使这样,有的人还会对自己说,老子总算没有白活。据报载,1956年,香港街头出现了一位女乞丐,以行乞为生。然而,她竟然是当年上海滩最红的女明星。这真是冰火两重天哪!她后来痛定思痛感悟道:"余衷想前事,如春梦一场,甚思同业后辈,以余为借鉴,得意时切要留做后步,为老年时作计算。"今天,人们时而可以听到"老人难"的哀叹。老人难,老人难,老人确实难。可是,世界上偏偏有太多太多的人,在年轻时,在中年时,甚至在刚退休时,并无"老人难"的远虑,总觉得"老人难"离自己很远,甚或觉得自己不会有"老人难",常以"到时候再说"聊以自慰或自我麻醉。然而,真的到了"老人难"时,哀叹"老人难"。实际上,其已经没有哀叹"老人难"的必要了,因为其以前要么缺乏准备、要么没有做好。这时的哀叹,更多的是为了博得他人的同情。作为自己,正确的态度是随遇而安。近年来,一到时令,农民焚烧秸秆,便成了市民谈议之事,因为它容易形成或加重雾霾,减少城市上空的蓝天。焚烧秸秆也确有危害,应该禁止。然而,屡禁难止。问题是,农民与市民站的角度并不完全一样。农民也讨厌雾霾,也喜欢清新空气。以往,焚烧秸秆主要因为秸秆无需当柴禾了,原地焚烧后,还可以增加地力、减少虫害。若不焚烧,要么粉碎还田,要么打包运离,则会增加农民的开支。如果农民有足够的富裕,环保意识也很强,愿意多花钱不焚烧,那么,问题就好解决了。事实上,许多农民不愿意这样做。从一定意义上说,市民要蓝天,不愁生计;而农民要生计,不太在乎雾霾。人们到景区游览,山下有爱心捐助箱,山上有古刹功德箱。很多人宁愿花大钱敬神,也不愿花小钱助人。为什么?似乎敬神能保佑自己平安,哪怕做了亏心事,甚至作了恶,也祈求自己平安,而助人似乎是一种默默的施展,对自己并没有多大的好处。显而易见,同一个人,山上与山下的表现大为不同,其中不乏虚伪。"昨日入城市,归来泪满巾。遍身罗绮者,不是养蚕人。"张俞的这首《蚕妇》诗,旨在揭露社会贫富不均,鞭笞富人剥削穷人。实际上,此诗诗意,违背了经济学常识。即使在当代,一辈子辛苦劳累的建筑工人,也不一定就能置得起别墅;一辈子夙兴夜寐的汽车工人,也不见得就能买得起豪车。这些,均属于观人察事的立足点问题。

车上的人与车下的人,二者都需多些理解,尤其是车上的人,处于主动、优势地位,更要理解车下的人。赠之玫瑰,留与余香,这对人对己都有好处。史载,公元200年10月的一天,官渡之战刚刚打完,一位官员急匆匆地向曹操汇报:袁绍仓皇逃走,扔下不少东西,其中有一批书信,是京城许都和曹营中的一些人暗地里写给袁绍的。这些书信大多是吹捧袁绍的,有的干脆表示要投奔袁绍而去。曹操的亲信,都认为要把这些吃里爬外的人抓起来。曹操却微微一笑,命令把这些书信统统烧掉。曹操说:"请你们想想,当时袁绍力量那么强大,连我都感到不能自保,何况大家呢?"于是,信不查了,人不抓了。这件事传了出去,大家都觉得曹操能容人,故更愿意在他的麾下效力。由此,曹军的军心更振奋了。在现实生活中,也应当这样:强者多些理解弱者,而不能恃强凌弱;贵者多些理解贱者,而不能倚贵欺贱。在家庭关系上,丈夫与妻子、公婆与儿媳、岳丈与女婿、亲家与亲家、大人与小孩、小孩与小孩,尽管各有义务,但也要发扬风格、做出姿态,能者多帮些不能者,不差的多助些差的。如是,带来的将是更多的和谐与快乐。"理解万岁"这句话用在车上与车下,最妥帖、最恰当不过了。它可以息怒止怨,它可以消纷除争,它可以添情加意,它可以和琴合瑟,功莫大焉!利莫宏焉!

撒娇与扭捏

在人际关系中,有一种特殊的表现形式,叫"撒娇"。它是行为人为了某事或某人,在情感表达上,通过类似示弱的方式,来实现心理预期之目的。此番情态,故已有之。明朝张四维《双烈记》中有言:"专会撒娇使性,哪管我债重家倾。"清朝曹雪芹《红楼梦》里写道:"你瞧瞧!这么大了,离了姨妈,他就是最老到的,见了姨妈,他就撒娇儿。"如今,也有这种情态,且更为张扬。如在车站、商店里,在机场、码头上,大庭广众之下,有的女孩毫无顾忌地撒起娇来,不过,常遭他人冷眼或嗤笑。

笔者分析,撒娇通常在以下四种对象之间发生:第一种为恋人对恋人。徐志摩对撒娇有句经典之语:"别拧我,疼。"本世纪初的几年里,北京女孩对男孩流行说:"讨厌。"别小觑此类或肉麻或酥软的话语,用在情侣之间,还挺催情、很管用。此外,撒娇也常用来修补恋人之间的关系。如:一句"我病了,好痛喔",一句"不见您,好想喔",可使濒临破裂的关系得以修复,也可使矛盾重重的关系得以和谐。有人说,好女人爱撒娇。女人本身就具备撒娇的天赋和气质,倘若不会撒娇,就如同士兵在战场上不会使用枪械一样。第二种为子女对父母。子女是父母的心头肉。在正常情况下,父母对子女无不拥有舐犊深情。对子女来说,尤其是小时候,在情感上更依赖于父母。凡为人父、为人母者,都会或多或少地感受到子女的撒娇。从心理学上分析,作为子女,主要意欲通过撒娇,重拾孩提时期被父母呵护的感觉;或通过撒娇,舒缓氛围,以退为进。如:女儿想要妈妈一起去逛街,妈妈不乐意,便娇嗔地说,"妈妈,您就不能陪我一下吗?妈妈,啊!"儿子处了一个女朋友,妈妈不同意,便娇嗔地说,"妈妈,她挺好的,我很喜欢,您就不能由着我吗?妈妈,啊!"面对女儿、儿子的这番撒娇,做妈妈的,还真是难以坚辞,常以又怨又爱、半推半就应之。第三种为同事对同事。这种撒娇情形,多发生于女部下对男上司之间。女部下为了自己的名或利,用无伤自尊又不失大雅的方式,向男上司撒个娇。在这般情形下,男上司往往会对女部下多一些照顾。如此,女部下既给了男上司足够的面子,又没有付出物质、身体代价,就实现了自己的愿望,可谓打了温柔一仗。除以上三种情形外,还有一种特殊的情形,即在一种不正常的情况下,一方对另一方撒娇。尽人皆知,撒娇也有成本,包括情面成本(如给好脸、说好话、施柔态、作嗲状)等,故而,谁都不会乱用和廉用。但是,婚外情人之间,不仅在私下空间会撒娇,有时在公共场合也会撒娇。明眼人从中会窥视出他俩异常关系之端倪。受贿者与行贿者之间,有时也有撒娇之举,在"大叔小侄、大姨小甥、大哥小弟、大姐小妹"的声声亲昵叫唤中,脉脉地完成权钱、钱色、权色交换。

撒娇的成因有多种。其一,黑格尔曾经论述道:"在人的本性中有一种精神,它以牺牲狭隘的生理利益去追求一种超越其生理利益的目标和原则为满足。"因此,黑格尔把人理解成一种"精神的载体"。对许多人来说,撒娇是一种精神追求,追求得到理解、获取尊重,而与狭隘的生理利益无关。其二,社会学家所说,人是诞生两次的动物,第一次诞生是由"生理遗传"决定的,第二次诞生是由"社会遗传"决定的。也就是说,人的第一次诞生遗传了父母的基因,第二次诞生遗传了社会的基因。人的撒娇也是这样,因人之"生理遗传"和"社会遗传"有异,故有的人爱撒娇,如在家里常常娇娇滴滴,在单位有时娇里娇气;而有的人则不爱撒娇。其三,人通常吃软不吃硬,又往往会同情弱者,而撒娇外露的则是软和弱,所以,其宛若悠扬的琴声和婉转的歌声,容易感染人、打动人,以博得爱意和同情。在现实生活中,撒娇之态多样,女人在男人的怀抱里指指戳戳、咿咿呀呀是撒娇,女人嘟噘着嘴、也斜着眼不理不睬男人是撒娇。还有,在夫妻争吵中,居弱势的一方,或不辞而别离家出走,或故意自虐或自残肢体,也是撒娇。这样的撒娇,其实是"可怜人的乞怜戏"。其四,功利主义者主张以实际功效或现实利益为行为准则。也就是说,自己的一切行为听命于实际功效或现实利益这根指挥棒。于是,一些人心甘情愿地或勉为其难地用撒娇的方法,来谋取本难获得甚至本非所获的利益。一些爱撒娇的人,尽管功利思想并不严重、功利成分并不占多,但不可否认,他或她不会不作功利上的考量。更何况,常人或多或少、或强或弱有幻想,而正常的幻想是理想,非正常的幻想是企图。一些人基于幻想,也会撒娇,以企图获得对方的美意和爱意。

人在世上,撒娇也有学问。如:小孩撒娇,若撒得不是时候、不是地方,会招致大人的责备;如小孩撒得过分,加上大人一时窝火,就会出现大人打小孩的局面。又如:大人撒娇,撒错了对象、撒错了方式,对方则会不理茬儿,甚至还会表现出蔑视。有人把女人分成九品,即贵、慧、娴、雅、恬、媚、俏、帅、酷。媚是九品女人中的女人,上帝赋予其特有的魅力和神韵,若在撒娇时恰到好处,可以收获很多。撒娇者多为女人和小孩。"唯女子与小人为难养也,近之则不逊,远之则怨。"不知当年孔子说这句话时是否有因为女人和小孩爱撒娇的原由。撒娇似乎是女人和小孩的专利,倘有男人采用,大有可能被认为是"娘娘腔"。而这,往往无益于男人形象,也无助于解决问题。在人际关系中,撒娇绝对不是"主料",最多只能称作"调料",而"调料"则可有可无,即使要用,也需用得恰好;若用之欠妥失当,则不如不用。其实,人之相处相交,并不非得撒娇不成,只需静静地、默默地,用不着去刻意求取,也用不着去费心解释。撒娇的目的要正道,目标要正向。君不知,那些无比妖艳的年轻女子,于幽暗灯影中,在大腹便便的官员面前撒娇,在夸财斗富的商贾面前撒娇,莫不是在搞权色勾兑、钱色交易。实际上,这种撒娇不具传统意义,已沦为违法犯罪的道具。应当看到,目的正道、目标正向的撒娇,在婚姻中大有裨益。再铁石心肠的丈夫,面对柔情撒娇的妻子,总会有所感化。纵然在平平常常的日子里,好女人对心爱的男人偶尔撒点娇,而男人又能欣然接受,那也妙不可言,不失为人生一乐。

扭捏,本指人在走路时,故意左右摇动自己的身体;今指人在人前时,言谈举止不大方。乍看起来,扭捏与撒娇在词义上有相近之处,实则相差甚远。诚然,有的撒娇也呈扭捏状,有话不直截了当地说。但是,这时的扭捏状,却是可亲、可爱的,而不是令人生厌、生气的,就像小孩逗大人开心一样,扮个甜妹,做个鬼脸。从总体上说,扭捏不被好评,不受欢迎。其一是做作。本该稳稳当当的,却不稳稳当当;本该有模有样的,却不有模有样;本该规规矩矩的,却不规规矩矩。如清朝李汝珍《镜花缘》中写道:"他们原是好好妇人,却要装作男人,可谓矫揉造作了。"二是虚伪。扭捏的往往不是好端端的,好端端的往往不会扭捏的。《唐子》中曰:"雄声而雌视者,虚伪人也。"扭捏之举,常为虚伪之举。如:有些官员,特别是在机关、单位里担任"一把手"的,言语之间,时而很厌恶、烦恼自己的职位,恨不得立马甩手不干。然而,这是扭捏,若真的叫他或她不干,说不定又会哭鼻子了。又如:有些人,别人请他或她"出山",总推三阻四,其实是扭捏,如真的不请他或她,那又怪怨不尽。三是变异。扭捏之态并非真实之态,这就容易以假乱真。如:小孩喜欢做的"老鹰抓小鸡"游戏,耍招之一是佯攻,即看起来要抓左边的小鸡,实际上要抓右边的小鸡,所显示的是扭捏。又如:客人来家了,大人唤小孩出来叫人,小孩在房里不肯出来,待大人唤得急了,小孩才很不情愿地出来,不仅如此,小孩只是耷拉着脑蛋勉强地叫人一声。经过如上分析,我们不难看到,扭捏与撒娇,仅有些许相似,绝不等同,千万不可把扭捏当撒娇,否则,恐会"见笑于大方之家",且于事无补甚或适得其反。

　　撒娇与扭捏,为人之行为中的非常态,偶尔施之,未尝不可,但不能滥施。滥施撒娇与扭捏,损其人格,毁其人品。动不动撒娇,时不时扭捏,是男人,那不是大丈夫;是女人,那只是小女人。人的内心、情感深处尽管有柔软之处,但面对世人世事,切不可随意、任性外显柔软。从一定程度上说,撒娇与扭捏也是柔软。待人处事,谁都喜欢对方有恒心、有恒情。动不动撒娇,时不时扭捏,难免使人产生不稳重、不踏实的感觉。一旦让人起了成见,对建立并发展人际关系无益。一般性的撒娇与扭捏还好,若到了打情骂俏的地步,那就错了,因为打情骂俏具有逗弄、诱惑的意味。从一定意义上说,撒娇是个美妙东西,扭捏也非一无是处。故而,千万不要糟蹋了撒娇,也不要给扭捏"雪上加霜"。

变通与呆板

先说个名人轶事：意大利法西斯文人邓南遮是个写色情小说的专家，也是个猎取女性美色的高手。他当看上一个女人的时候，便会玩弄各种手段，拼命地去恭维、去吹捧，而一旦玩弄了以后，又毫不留情地抛弃，然后向另一个目标发起进攻。他见到意大利女舞蹈家邓肯，也想施展这一招。邓肯决定给他一点厉害。一天，邓南遮使出他的惯用手段之后，以为邓肯上钩了，便说："我半夜里来。"邓肯微笑着点点头。等这个浪荡公子走后，邓肯就忙碌起来。她在房间里放满了丧礼用的白花，并点上许多白烛，选好肖邦的送葬曲。不到半夜，邓南遮便美滋滋地来了。见之，一身银装素裹的邓肯将他推到椅子上，把白花撒满他一身，然后命琴师奏起送葬曲。邓肯自己则按着节拍跳起舞来，并一边舞一边吹灭屋里的白烛，弄得邓南遮恐怖地"啊呀"大叫，爬起来抱头鼠窜，夺门逃去。

变通的释义是，依据不同的情况，作出非原则性的变动。上述名人轶事，邓肯面对浪荡公子的挑逗和勾引，虽是搞了一场恶作剧，但坚守了自己的本真，以一种特殊的方式，予以了拒绝。如果把横亘在面前的大河作为现实，把过河作为目的，把泅渡、架桥、浮漂、船渡等作为途径的话，那么，变通即是贯穿于现实、目的、途径三者之活的灵魂。倘若缺少这个活的灵魂，则会易事成难、难事更难。在现实生活中，不想、不愿、不会变通的，大有人在。在家里，一对夫妻甚至可以仅仅为了一只没有洗干净的菜碗而争吵不休，也可以仅仅为了观看哪个电视台的某档节目而彻夜冷战，也可以仅仅为了一方忘却另一方的生日而长时间地憋屈生气。按理说，夫妻同在一个屋檐下，天天朝夕相处，这点小事，大不值得这般闹腾，而问题即出在不想、不愿、不会变通上。凡这种人，在观察、分析、解决问题时，老会"一根筋"，不肯作出些许灵活。如：机关、单位里排定了节日值班表，一人一天，有人家里有事儿需调换一下，与他商量，他并无其他缘由，却不愿调换，还冠冕堂皇地说："定下来的事，怎么想改就改呢？"弄得对方一时无言。又如：人家借他几万元做生意，然而，货款回收比预期慢了一点，来不及按时归还。尽管人家以往的信用很好，但他还是硬催着人家还钱，一点不给宽容。出于无奈，人家只得去东借西凑满足他。再如：工程建设，在规划、设计、施工上，纵然需要攻坚克难，但必须科学核计投入与效用，尊重自然规律，尊重经济规律，否则，就是蛮干、莽干。不是么，有些工程正是因为缺少变通的办法，而形成了"烂尾"，即使建成了，也带来了较严重的后患。

与变通做法相反的做法有呆板、死板、刻板。它们都与"板"关联。板，无论石板、砖板、木板，抑或金属板、塑料板、玻璃板，均是具有一定硬度的物体。但凡坚硬的东西，用物理方法来粉碎，用化学方法来消除，并不容易。常言所说的"板板六十四"，即形容有些人在待人处事时不知变通。时至今日，呆板惟有引申义了。呆板的表现之一是非黑即白、非白即黑。换言之，缺少辩证思维。应当说，世界给了每个人足够的立足空间，他人之得并非自己之失，他人之失也并非自己之得。当然，自己之得并非他人之失，自己之失也并非他人之得。而死板的人，好多时候，很多东西，总是埋怨和责怪别人。其实，并不是别人不在乎你，而是你把别人看得太重要了；并不是别人忽略了你，而是你太没有分量了；并不是别人不尊重你，而是你太缺乏价值了；并不是别人不相信你，而是你太不讲信誉了。其共同的特点是，不愿意从自身找原因，却把所有的不是一股脑儿地推给别人。呆板的表现之二是不能随机应变。众所周知，适应、顺势是人之生存的基本技能。凡呆板的人，不深谙、不掌握这些，而且，不仅不能听取规劝，还认为别人在教训自己，颇有逆反心理。其实，人在世上，许多地方必须适应、顺势。一些"老人言"也好。一些"古话说"也罢，都在谆谆教导人们要随机应变，别呆头呆脑。如：在处事方面，"从时者，犹救火、追亡人也"——说明做事贵在抓住时机；"当断不断，反受其乱"——说明办事理应当机立断；"将在外，君命有所不受"——说明行事力戒教条主义。据说，海盗喜欢戴眼罩，是为了随时适应环境的变化，即在一会儿于甲板上（亮处）与对手打斗、一会儿于甲板下（暗处）与对手打斗时，使自己的眼睛能够尽快适应，以看清楚对方的面目，而不至于"两眼一抹黑"。呆板的表现之三是见微不知著。不呆板的人，见到一点苗头、一个倾向，就能知道问题的实质和将来的发展。而呆板的人，没有这个准备，也没有这个本事，不仅如此，有的连对别人的提醒都不能领会。

变通与呆板，得看是什么人物、什么事情，得看在什么时候、在什么地方。换言之，并非所有的变通都好，也并非所有的呆板都孬。史上一些皇帝写错字、用错词，在旁的马屁精机灵透顶，立马为其通融，还夸之完美。其实,这是彰君之丑,让他们的主子在史上丢人现眼。有些名人颇具"选择性失忆",只喜欢说自己"过五关""斩六将"的辉煌,却不愿提自己"走麦城""马嵬坡"的不堪。他们对能给自己增光添彩的事娓娓而谈,而对只给自己去光除彩的事支吾而语。这看起来灵活,实则狡猾。在近年来查处的一批经济犯罪案件中,有些罪犯当年即用所谓的变通手法来实现贪污、受贿,还自鸣得意,其实是"聪明反被聪明误"。多年来,"上有政策、下有对策"是一些地方和一些人经常玩耍的把戏,实际上在搞违抗,尽管并非明火执仗。这种"对策",看起来是变通的,其实是偏离了甚至背离了政策的宗旨。变通是有原则的,过了,即失去原则,而偷梁换柱即为过,南辕北辙即为过。男女结婚,从一定意义上说,组建的家庭只是躯壳,本真和实质是相互忠诚。在现实生活中,有些人却搞"外面彩旗飘飘,家里红旗不倒",一方面,在家婚不离;另一方面,在外轧姘头。如此变通,十分荒谬。客观而言,变通是好经,有的时候,却给一些人念歪了,甚至歪得不成体统。呆板可分两种:一种是头脑糊涂,虽法律法规允许、于情于理适合,然可为而不为者;另一种是头脑清楚,只缘于某种坚持,只因为某项追求,而在表象上显示出不动声色的傻里傻气。后一种的呆板,其实并非真的呆板,是一种"大勇若怯,大智如愚"。从这个意义上说,这种呆板,是值得歌颂赞美的。综上所述,变通是好,若不讲原则,则为孬;呆板是孬,若践行原则,亦为好。

剖析呆板成因,一从心理学上查找,其属于偏执。偏执是一种可怕的病态心理,其特征为偏激而固执。凡呆板者,凭着自己的视野和经验,任着自己的脾气和性子,好自以为是,爱以偏概全。二从方法论上查找,其属于僵化。凡呆板者,往往缺乏二分法,只识只知非胜即败,不识不知共享共赢。于是乎,即使原本可以通行的道路受阻被堵了,也不愿、不会去想方设法变通着继续前进。三从行为学上查找,属于妄行。在许多情况下,之所以需要变通,那是由诸多客观因素决定的,若当事者不能三思而行,则很有可能在无意间得罪别人。四从能力学上查找,属于少智。有些呆板者,也懂得"条条大道通罗马",然而,"只知其一,不知其二",一遇到外力需要其变通时,只能束手无策,甚或坐以待毙。试想,倘不从心理学、方法论、行为学、能力学上解决问题,呆板的人永远只会呆板,纵然有人教其怎么变通,那也只会按图索骥,一触及新的情况、新的问题,则又是故态复萌了。当今社会,各种竞争益发激烈,各种关系愈加复杂,我们身临其中,在不失原则的前提下,需要善于变通,倾力去寻觅和采纳切实可行且行之有效的办法或路径,以克服、解决碰到的各种困境和难题,从而使一切变得更顺畅、更如意、更美好。

专心与分心

专心,集中注意力也;分心,分散注意力也。世上几乎所有的父母,都会教育子女专心,常以"水滴石穿"故事诲之;又都会告劝子女不能分心,常以"小猫钓鱼"故事诫之。人生在世,学习、工作、生活,无时无处不关涉专心与分心。从一定意义上说,专心与分心,决定着为人处事的成败,影响着所言所行的得失。

专心与分心,对日常生活至关重要。驾车出去游玩,专心了,可保障人车平安,可免走冤枉路道。缝缝补补时,若分心,很难穿上针引上线。登楼梯,如不专心,无论上上下下多少回,都难以记清台阶数。节假日在家收拾,一分心,这里摸摸,那里摸摸,时间倒花了不少,活儿却干得不多。与人交谈,不听对方言说,心不在焉,老是惦念着其他,只能支支吾吾。集体活动时,不听组织者指挥,自行其是,有意或无意间扰乱了秩序。就餐时,不专心,一会儿接听电话、一会儿发送信息、一会儿弃箸摆匙、一会儿狼吞虎咽、一会儿高谈阔论、一会儿调侃逗引。排队购物、买票、挂号、取款、安检等时,时不时地变换队列,自己都不知道如何是好。

专心与分心,对学习研究至关重要。古时孔子与子贡有这样一段对话:孔子说,"子贡啊,你认为我能记住那么多是因为我学习得多吗?"子贡答道,"是的。难道不是这样吗?"孔子说,"不是的。我是用一个原理把它们串连起来的。"孔子此言,指的即是一以贯之。何以做到一以贯之? 专心也。人的一生中,博览群书尽管必要,但只博不专不行。大凡对某一学问有专门研究的人,不啻博览群书,最主要的能对某一学问深入钻研,进而成为专家。达·芬奇画蛋的故事告诉世人,人若欲在某个领域获取卓越成就,必须专心致志地练就基础功。茫茫学海,惟有集中注意力而非分散注意力,方能有所建树,学文化知识是这样,学技术艺术也是这样。庖丁方为厨之时,所见不过全牛;三年之后,目无全牛;又过数年,乃以意念解牛。庖丁倘不专心,必无娴熟之刀法。其解牛时的游刃有余,全在于心手相应。古之伯牙之操琴、郢匠之运斤、敦煌之壁画、云冈之石佛、昭陵之石刻,均源于工匠、艺人之专心,而舍此别无他途。

专心与分心,对职业执业至关重要。人在世间的时光可谓浮云朝露,短暂又短暂,若这也欲做、那也思干,很有可能一事无成,而专心投身于一两件事,也许会撷取辉煌。比尔·盖茨之所以能把微软打造成"软件帝国",就因为他小时候便对计算机痴迷,而且在他创立微软之后,也只追求一个目标,即只做软件。陈景润少年时就立志摘下数学王国的宝石——哥德巴赫猜想。他矢志不移,勤谨研琢,终"艰难困苦,玉汝于成"。在职场,大凡敬于业、精于业者,无不专心。他们作甚学甚、作甚务甚、作甚会甚、作甚成甚。诸如卫星发射测控、发电轮机运行、大地测量观测、医院放射检查、机械金属加工等,当班工作人员无不专心关注仪器、仪表、器件上的"一举一动"。贵为国务院总理的温家宝,当年在地质队的日记中这样写道:"在野外考察中,我从未定过一个'遥测点'。因为我的良知不允许我那样做。我决不能偷懒,否则我将痛苦不可释。哪怕多爬一二个小时的山,我也要到实地进行观测,认真记下自己所看到的一切。"可见,温家宝在极其艰难的野外条件下,仍然那样专心地对待自己的工作。

专心与分心,对婚姻家庭至关重要。相传,春秋时,齐国的宰相晏婴,才能出众,治国有方,深受百姓爱戴。一天,国君景公的女儿看见晏婴,产生了爱慕之心。景公疼爱女儿,便亲临晏家提亲。尽管晏婴的妻子又老又丑,景公的女儿年轻漂亮,然而,晏婴忠于爱情,誓言白头偕老,坚决辞谢了景公的美意。与此相反,古今中外,那些因不专心而导致家庭解体的比比皆是。"关关雎鸠,在河之洲;窈窕淑女,君子好逑。"男女恋爱,也得专心。有些人的客观条件相当不错,婚姻竟成了"老大难"问题,重要原因之一是分心,即这个谈一阵、那个谈一阵,自己缺乏准星,这山看到那山高、那山又看到这山高,如此拖来沓去、跌来宕去,时一过,境则迁。古人有言:"吃不穷,穿不穷,算计不到一世穷。"诚然,往昔的算计,主要是在人、财、物上厉行节约;而今的算计,则主要是在人、财、物上精准投资。而精准投资,离不开基于远见卓识的专心。那种随波逐流式的率尔投资,难以获得高效回报。

世间的事物是相对的,专心相对于分心,分心相对于专心。在形态上,专心表现为集中、持续,分心表现在散漫、断续;在目标上,专心表现在一元、单向,分心表现在多元、多向;在程度上,专心难于、可贵,分心易于、无谓。人的思与行有如下六种情形:先行后思,先思后行,边思边行;只思不行,只行不思,不思不行。其中,有的专心,有的分心;思与行统一为专心,思与行不统一为分心。常人都有惰性,在现实生活中,正如甩手容易擎手难一样,分心容易专心难。古时倡导的"两耳不闻窗外事，一心只读圣贤书"，说的即是专心。今日父母在教导、督促孩子学习时，少不了提醒"专心些"，这里的专心有认真、抓紧、严谨的含义。而人之分心，无需有意，不必刻意，由着自己的性子即可做到，而且许多时候是无为，所以比较轻松。尽人皆知，专心是成功的秘诀，专心是成熟的标志；而分心是失败的原由，分心是浅薄的表象。分心有时就像传染病一样，一旦染上，任其发展，将会毁掉所有的注意力。

　　分心固然不好，专心也不能盲目。经济学上有个词汇，叫"机会成本"。它的意思是，当你选择一件事情时，必须放弃另一件事情，从而让你得到价值的最大化。专心同理，当你全身心地投入某人、事、物时，也就不能全身心地投入另人、另事、另物了。这时的选择极为关键。专心的对象准确，专心也就值得、有益；反之，亦然。俗话所说的"女怕嫁错郎，男怕入错行"，从一定程度上，也是个"机会成本"问题。人的时间、精力极为有限，人究竟应该专心什么？这要从不同层次的人在不同时期的不同需求上考量。通常，人应该专心可做、能做、会做的事，再进一步，应该专心有潜力做、有可能做、有望做成的事。人之区别在于，有的专心容易做的事，有的专心不容易做的事；有的专心起来容易，有的不专心起来容易；有的专心了感到吃亏，有的不专心了认为吃亏。人生圆满与否，许多方面恰恰在此分野。很多人自小怀揣美好的梦想，年轻时也都曾努力过，可最终为何百无所成呢？哈佛大学经过深入研究，得出了一个关于成功的结论：人与人之间的差别决定于业余时间，而一个人的命运决定于晚上八点到十点之间。实际上，此说的是专心问题，即业余时间专心做一些事，坚持数年之后，一定能获成功。

　　一般来说，专于心，才能专于行。有兴趣，容易专心，倘没兴趣也能专心，那是贵人了。这需有相当大的自制力。人能自我克制和约束，一时一地不太费事，长期永久确实很难。而长期永久，则须有定力。人在职场，寥寥二三十年，多则三四十年，此间最关键的也就只有一二十年，甚至区区几年。在职业上的选择，要保持定力，不可轻举妄动。换言之，多专心，不分心。人在婚姻，那"激情燃烧的岁月"并不很久，更多的只是相依相扶地、平平淡淡地过日子。在配偶上的选择，当坚持定力，除非迫不得已，务记"无论是顺境还是逆境，无论是富有还是贫穷，无论是健康还是疾病，我将永远爱您，直至永远"的誓言。人在学业，不可心浮气躁。大凡浮躁者，心思难以专注，宛若猴子掰玉米，掰一个扔一个，最终手里空空。在这方面，曾国藩的读书经验对今天的读书人来说，仍有积极的借鉴意义。其归纳为：日课有程，持之以恒；博求约守，不拘门户；提要钩玄，善于概括；挈长补短，与时变化。说来说去，不专心不成。学业路上，人当告别浮躁，宁静心绪，持重言行，充分调动起自己的精气神来。

虚无与实有

人是物质的,也是精神的;人是生理的,也是心理的。人从降生那刻起,甚至从孕育那时起,其需求的、面对的、接受的,既有物质的、生理的,又有精神的、心理的。前者从形状上看是实有的,而后者从外表上看是虚无的。如果把人比作一座大厦的话,那么,其鲜活就在于实有与虚无融为一体。实有没得或消失,虚无如同空中楼阁;虚无匮乏或停滞,实有若似行尸走肉。在唯物论者看来,人的实有是第一性的,而虚无是第二性的;实有决定虚无,而虚无又反作用于实有;惟存实有为基的虚有,绝无纯为虚有的虚有。

说起虚无,人们很容易想起被道教奉为教祖的老子。老子为教导人们摆脱现实之束缚,在其著作中构建了一个个超越现实的虚无。如在《庄子·外物》篇里即有这样的故事:任国公子钓鱼,钓饵是五十头公牛。他蹲坐于会稽山巅,投竿东海,日日而钓,然经年不得鱼儿。一年过去,终于大鱼吞钩,牵拉着巨大的钓绳,浩荡入海,又扬起脊背跃出,猛然冲向蓝天。看那天地之间,白波如山,海浪激荡。大鱼吼声如鬼神,震惊千里外。任国公子钓得此条大鱼,将它剖开制成鱼干,从浙江以东,到岭南以北,所有的人都饱餐一顿。在老子构建的这些虚无世界里,人间一切的立场、是非、标准、价值,都已经失效。在现今的魔术表演中,魔术师往往以迅速敏捷的技巧或用特殊制作的装置,把实有的动作或物体掩盖起来,使观众感觉到虚无,从而在出现实形实景时产生惊讶。这是魔术表演注重和追求的效果。由此看来,虚无可以不是耍虚,它可以用于哲学,可以使于艺术。

社会上的虚无也是无处不在。一如人之幸福。当你坚持不懈地求爱,终获对方允诺的时刻;当你身陷囹圄,法官复审判你无罪的时刻;当你罹患癌症,医生告之诊断错误的时刻;当你忍冻挨饿,进入暖屋饱餐一顿的时刻。在这些时刻,你会感到无比幸福,而幸福无形。二如人之爱重。第二次世界大战期间,有位母亲带着她3岁的孩子,随着逃难的人流走向了远方。途中,不停地有人饿倒累倒在路边,再也不能起来。可这位母亲尽管自己的身体极度虚弱,却奇迹般地带着孩子穿过了边境线。正因为有爱重的相互支持,才使她们母子活了下来,而爱重无形。三如人之信任。毋庸讳言,一些丧尽天良的有毒产品,一些麻木不仁的见死不救,一些日常生活的败德失范,从一定程度上销蚀了人与人之间的信任。中国社会科学院发布的《中国社会心态研究报告(2012—2013)》蓝皮书中指出,"逾七成受访城市居民不敢相信陌生人",而信任无形。四如人之自由。世间许多东西,既无所谓好,也无所谓孬,全由自己任着性子去追逐或舍弃;人每天早晨醒来,当天该做什么,该怎么做,往往并无外力强制;平时人的言行举止,除特殊情景外,尽由自己随意去择拣和施展,而自由无形。

　　说起实有,有一则故事感人至深。1797年,有个5岁的孩子在美国纽约的一处悬崖上坠落身亡。其父伤心欲绝,将他埋葬于此,并修建了一个小小的陵墓,以作纪念。数年后,家道衰落,其父不得不将这片土地转让。出于对儿子的爱心,其父对新主人提出了一个奇特的要求,要求永远不要毁坏它。新主人答应了,并把这个条件写进了契约。这样,孩子的陵墓就被保留了下来。沧海桑田,一百年过去了,这片土地不知卖过了多少次,也不知换过了多少主人,孩子的陵墓仍然还在那里。到了1897年,这片土地被选中作为美国第18届总统格兰特将军的陵园,由此政府成了这片土地的主人。无名孩子的陵墓,在政府手中依然被完整地保留下来,并成为一个伟大的历史缔造者陵墓的邻居。直至如今,在格兰特将军的陵墓后边,还有一座孩子的陵墓。这是一则实有的故事,里面的人和事都是真实的。它告诉人们,实有是一种凭证,这里凭证的是诚信。

　　社会上的实有可谓无所不包。从事生产有实体,发展经济有实业,销售产品有实物,参加工作有实职,身体有恙有实症,军事斗争有实战,行政管理有实权,违法违纪有实据,投资经营有实力。每年全国人大会议召开时,国务院总理都要作年度《政府工作报告》,就内政外交各方面的工作,向全国人大代表实有报告上一年的进展成就和新一年的部署安排。国家统计局依法履职,每月、每季、每年都要发布各种实有统计公报。各机关、各单位都会定期开展单项的或综合的实有情况总结。在自然界,人之目及触及,多为实有。一如固体。喜马拉雅山、昆仑山、太行山、长白山、祁连山、秦岭、南岭、黄山、泰山等,乃为石的世界。二如液体。黄海、东海、南海、鄱阳湖、洞庭湖、太湖、长江、黄河、珠江、海河等,乃是水的世界。三如气体。天然气、煤成气、页岩气、氧气、氢气、氮气、香气、臭气、毒气等,乃是气的世界。还有,人所投身的各种各样的学习、工作和生活。如学习有课堂、书本和老师等,工作有办公或作业场所和工具或用具等,生活有衣、食和财、物等。而所有这些,都是实有的。换言之,是看得见、摸得着、闻得到的,是实实在在地存兹显兹的。

人在世上,无实有而不活。诚如是,那如何看待虚无？笔者认为,虚无不是空洞,虚无并非虚伪。虚无从形态上看虽无模无样、无色无味,但从用途上看却至关重要,有时甚或比实有还重要。正如老子所论述的"无"的用处：30根车辐汇集到一个毂当中,有了中空的地方,才有车的作用；否则,车轴便无处安插,车子也不能转动了。糅合陶土成为器具,有了中空的地方,才有器具的作用；否则,器具装不下一点东西,便失去了用处。凿门开窗建造房屋,有了中空的地方,才有房屋的作用；否则,便毫无用处可言了。这些说明,虚无的空间,有独特的效用。在现代,城市建设也不是楼房越挤越好、越高越好,须留出天际线,须有开阔地,做到疏密得体、错落有致。绘画也好,书法也罢,也不要求在纸上画满写满,得有一定留白,让留白衬托和舒卷画或字,以利于阅者展开想象的翅膀、感受作品给予的艺术享受。人的神经和心绪也不是一直绷紧就好,得有张有弛,张相当于实有,弛相当于虚无,弛是为了更好地张。

在许多时候、许多场合,虚无与实有并不割裂,或相反相成,或相辅相成,或你中有我、我中有你,或你主我次、我主你次,形成一体,相得益彰。精神、意志、毅力、士气,乍看起来,都是虚无的,然而,它们与实有结合,相互作用,相互促进,其威力无穷。当年毛泽东"宜将剩勇追穷寇,不可沽名学霸王"的诗句,激励着共产党的千军万马取得了人民解决战争的伟大胜利。叶挺坚定"我应该在烈火和热血中得到永生"的信念,即使在皖南事变时身负重伤被俘,在国民党的监狱里,仍然始终坚贞不屈。方志敏为着共产党的事业成功,毫不稀罕华丽的大厦,却宁愿居住在卑鄙潮湿的茅棚；毫不稀罕美味的西餐大菜,宁愿吞嚼刺口的苞粟和菜根；毫不稀罕舒服柔软的钢丝床,却宁愿睡在猪栏狗窠似的住所。两个干瘦的国民党匪兵在搜遍了方志敏的全身后,结果只找到了一支钢笔和一块旧表。在这些仅有的实有面前,展示了无产阶级革命者拒腐蚀、永不沾的艰苦奋斗本色。谈迁花了整整27年时间,写了改,改了写,终于编写成一部500万字的明朝编年史《国榷》,但被人偷去了。他虽很伤心,却没有灰心,又下定决心,从头干起,经过几年更艰苦的努力,最终把失去了的500万字的文稿更完美地编写出来了。诚然,虚无的力量无穷无尽。"哀莫大于心死。""士可杀,不可辱。""人争一口气,佛争一炷香。"这些,均从不同角度论述了虚无之重要。

为人做事,需要一虚一实。这里的虚是虚怀若谷的虚,这里的实是实事求是的实。虚实结合,又虚又实,乃为修身养性之秘诀,乃为圆满人生之法宝。

丰满与骨感

"男大当婚,女大当嫁。"人进入成年后,自然会去寻觅和挑拣配偶,希冀能幸福地度过这辈子。然而,尽管自身条件"一般般",有些男的却要求女的"白富美",有些女的却要求男的"高富帅"。有的女孩,虽然对方许多方面都很优秀,两个人也很谈得来,就只因为对方身高短了一点点,或出身贫寒,或为单亲家庭,就不愿继续交往。结果呢,日复一日,月复一月,年复一年,对象找了不知多少个,就是没有中意的。眼看着身边的同伴们一个个像江苏卫视《非诚勿扰》中的牵手一样,自己却依然形单影只。对此,不禁发出一声长叹:"理想很丰满,现实很骨感!"

许多人大学毕业时对自己的前途充满憧憬,主观上很想在职场上大干一番,不说要光宗耀祖,也意欲收获更多。不是么?老爸老妈含辛茹苦培养自己不容易,也该回报回报他们了,起码不能再让他们负担了;历经16年的寒窗苦,虽不能称"学富五车",也可说拥有了一定的知识和技能,该为社会、家庭作作贡献了;自己年龄老大不小了,成家之事该摆上重要议事日程了,而这又需有一定的物质基础。然而,有些人几年下来,工作地址换了好几处,工作单位调了好几家,总不遂心愿,要么觉得工作太忙,像在输出劳务;要么感到工作太闲,似在浪费青春。于是,不由长叹一声:"理想很丰满,现实很骨感!"

凡看过国外影片的观众,对一对对新人在教堂里举行婚礼的镜头,印象深刻。其中有句婚约誓词是,"永远对他(她)忠贞不渝直至生命尽头"。当然,其意思完全相同的婚约誓词,在中国古已有之,如《诗经》里即有这样的诗句:"死生契阔,与子成说,执子之手,与子偕老。"在当代,要观看"夫妻恩爱、永结同心"的场景,到一对对新人的婚礼上即可实现,那跪求、对拜、许诺、亲吻、拥抱等行等言,可谓一个接着一个,其意真真,其情切切。然而,有些夫妻一遇到现实问题和具体困难,便自觉或不自觉地把这些抛之云外。

难怪,有人长叹一声:"理想很丰满,现实很骨感!"

丰满,经常用来形容人胖得匀称好看,最典型的莫过于说杨贵妃了。骨感,通常用来形容人瘦得只有骨架,像那些瘦骨嶙峋者即是。柏拉图有言:"人是寻求意义的动物。"丰满与骨感引申至事物上,也就具有优劣、好孬、大小、多少的意义。换言之,丰满指优、好、大、多,骨感指劣、孬、小、少。如上情形,反映了理想与现实之间的矛盾。一般来说,人心思上,人心思进,上和进,乃为理想。但现实是客观的,人之有些思与其符合、贴近,有些思则与其违背、远离。大至国家战略、军事部署等,小至企业策划、个人生活等,理想与现实都会有矛盾。始料未及,即起初预计的与最终实现的不一样;南辕北辙,即心想往南去,车却朝北赶;欲速不达,即急于求快,反而达不到目的。这些,均反映出现实与理想的不一致性。客观地说,理想应基于现实、高于现实,不然,也就不需要"为理想而奋斗"了。可现实并不任人想入非非、由人呼风唤雨,"人生不如意事十之八九",说的就是这个道理。

对事物来说,丰满与骨感,也是辩证的。安徽徽州有2300多年的历史,物质文化遗产和非物质文化遗产极为丰富,而黄山是徽州一座非常秀丽的山,是徽州的一部分。就文化内涵和历史渊源而言,徽州丰满,黄山骨感。正由于此,自把徽州地区改名为黄山市以来,呼吁恢复原名的声音一直不绝于耳。古往今来,理想推动着社会进步,决定着世界发展。故而,人不能没有理想。理想是丰富多彩的,有各种各样美好的追求,而要如愿,其所经历的又多为枯燥乏味的,有多种多样异常的艰辛。从一定意义上说,丰满的理想是前进的动力,而骨感的现实必须积极应对。惟有此,才有可能攀上"光辉的顶点"、抵达"胜利的彼岸"。从科学的角度讲,人倘若没有想象过如鸟儿一样飞翔,那么,就不会有朝一日登上月球;从生活的角度讲,人如果没有想象过远涉重洋出国留学,那么,就只会安分守己在国内完成学业。问世间钱为何物?钱是物质的、骨感的。人在世上,除了要有钱,还要有精神性的东西,而此在许多时候比钱丰满。二者都不可取代,且互有影响、互为作用。不过,钱是人之生存基础。所以,社会上流行这样的观点:钱不是万能的,但没有钱是万万不能的。当然,人各有志,世上不乏精神上的富翁、物质上的穷汉。人赤条条地来,又赤条条地去。人的本色是骨感的,后来的丰满,好多是附属的、添加的。倘若认识不到这点,人就容易尝到诸如丢官的凄惨、返贫的悲愁。

相对而言,人多向往丰满、少喜爱骨感,毕竟丰满往往代表了成功,而骨感常常意味着失败。人世间,变骨感为丰满,或不使丰满沦为骨感,是大有可能的,但不会唾手可得,需要为之作出不懈努力。众所周知,"不想当将军的士兵不是好士兵",这是一句流传甚广的励志话。当将军当然好,可以率领千军万马,去践行军事上的战略意图,去赢得战场上的战术胜利。但是,做士兵的不能仅仅"想当将军",要有扎实的行动,并先得具备"当将军"的素质和能力。当年平原君赵胜门下的普通食客毛遂,自荐之前便很有才华。否则,他绝无可能帮助平原君挽救赵国,并流芳百世。"蓝色国土"有着宽阔的胸怀和浩瀚的气魄。不过,正是有那万千条不舍昼夜长流不息的川流,才汇成了无涯无际的大海泓洋。从骨感到丰满,方法缺少不得。这里的方法,包括实现的路径、采取的步骤、施行的计谋、使用的技能等。不难发现,每个取得巨大成功的人,都有其具有个性特征的科学方法。从一定意义上说,人与人之间的竞争,实际上是方法上的竞争。方法科学,事半功倍;方法谬误,事倍功半。人生路上,方法无疑是获取功、名、利、势的一把屡试不爽的"金钥匙"。一代文豪徐志摩、郁达夫的情感历程之所以骨感,就在于方法不当。前者为了追求十六岁的美少女林徽因而主动离婚,为追求24岁的美少妇而吃尽苦头,硬是"一条路走到黑",直至机毁人亡;后者太在乎王映霞,方法又显冲动,在怀疑妻子有外遇后,便写下《毁家诗记》,最终家丑外扬,婚姻因此解体,自己则流落海外,竟然尸骨无存。

  人在世上,谁都想使自己丰满起来,而不至于骨感下去。然而,许多时候,谋事在人,成事在天,如意与否,往往受制于非主观因素。心理学家认为,健康的心理主要包括如下特征:积极的而并非消极的,客观的而并非自欺的,独立的而并非依赖的,灵活的而并非僵化的,本质的而并非幼稚的。人有了健康的心理,面对骨感,就不会怨天。诚然,不少人年轻时雄心勃勃,真的是"从军想当拿破仑、经商想成李嘉诚、为文想超曹雪芹、演戏想赛梅兰芳"。这些,虽都可以理解,也应当支持,但是,随着条件、环境的变化,理当适时适量地调整目标、校正准星,从而使自己的期望勿过高、毋过远。与其空中楼阁不能企及,不如脚踏实地真的做到。如此,骨感也好,丰满更好。

发现机会与创造机会

机会对人的一生太重要了。人之本身即为机会：父母的精子与卵子结合，生下的是你而不是他，生下的是他而不是你；生下的是女的而不是男的，生下的是男的而不是女的；生下的是健全的而不是病残的，生下的是病残的而不是健全的；生下的是美丽的而不是丑陋的，生下的是丑陋的而不是美丽的。人活一辈子，寿长寿短是机会，名大名小是机会，利丰利薄是机会，乐多乐寡是机会。何谓机会？恰好的时间，恰好的空间，恰好的人物，恰好的事物。恰好为机会的本质要素，是恰好即是机会，非恰好即非为机会。人似乎就是向着机会、为着机会而生而活，机会确实也萦绕、过往于人的一生。当然，那是各种各样的机会，来去得隐隐显显、快快慢慢。

人在世上，需要随时随地去发现机会。通常，机会的藏匿性特强，有时惟有蛛丝马迹，轻易不能发现；机会的飘忽性特强，时一过、境则迁，境一迁、况则异；机会的虚无性特强，时而无声无息地独往独来。人之一息尚存，重要的是能否发现机会。别人没有发现机会而只有自己发现机会，这就叫独具慧眼。人无论干什么职业，也无论过什么生活，独具慧眼则有利、有助于成功。古往今来，这类例子不胜枚举。西方第二次工业革命时期，许多新科学、新技术层出不穷，各行各业需要越来越多的能源来提供动力。而当时有一种新兴能源——石油还没有引起足够的重视。约翰·洛克菲勒以其超常的洞察力，发现这是一个不可多得的机会，于是立即行动。他先后与两任合伙人合作，逐渐把一个小小的石油冶炼厂打造成了世界级的超级公司——美孚石油公司。不过，也有一些人身处机会之中，却没有发现机会，白白浪费了机会。楚汉相争时，项羽突破重围逃至乌江，只要渡过长江，即已有了养精蓄锐、东山再起的机会。然而，项羽却以"无颜见江东父老"为由，一意孤行，悲观自刎。对项羽来说，继续可以称王的机会，也就这样失之交臂了。人生虽有好多的机会，但没有草稿、无法修改，去了即去，不再重返。谁都知道，少女可变成老妇，老妇却变不成少女；恐龙可成为化石，化石却成不了恐龙；黄河可流向大海，大海却流不回黄河。这些无不告诉我们，在当时当地，对机会，发现得了也就发现得了，发现不了也就发现不了，即使异时异地发现了相似的机会，那也不是当时当地的机会。

发现机会为何很不容易？怎样比较容易发现机会？这有如下因素需作考量：其一，机会只等待有准备的人。很多的机会，不以人的意志为转移。它们说不定什么时候来，也说不定什么时候去。对人而言，这就必须有准备地等待。古已有之的"三十六计"，无一不是施计者有准备地等待机会。在现实生活中，打猎者是这样，垂钓者也是这样。反之，倘若没有准备，纵然有了机会，那也不会发现，这与"睁眼瞎"没有什么两样。其二，多干多发现，少干少发现。机会不会从天而降。按照"条件几率"规则，小钱赚小钱，大钱赚大钱，通常，敬业的人发现的机会总比不敬业的人发现的机会多，因为前者比后者人脉广、信息灵。古时宋人耕田得触株折颈之兔。这种收获，只是偶然的机会。而偶然的机会，则容易与人擦肩而过，惟有敬业，既可发现偶然的机会，又可发现必然的机会。其三，有志者，事竟成。这里的"志"是有心。有心去发现机会，就容易发现机会；否则，就不容易发现机会。尽管世上有"有意栽花花不发，无心插柳柳成荫"之事，但说一千、道一万，有心总比无心好，起码主观上自己已经尽心竭力了，至于结果如何，因受制于客观，自己则左右不了了。在现实生活中，一些人之所以最终发现了机会，只缘有心。其四，人之个性差异。人们常说"时势造英雄"。然而，同样的时势，你能成为英雄，他却成不了英雄。应当说，春秋时深感礼乐崩坏的人岂止孔子一人，为何别人没能成为世代尊崇的大教育家？元末领导或参加农民起义的人岂止朱元璋一人，为何别人没能改朝换代成为威震四海的君主？清代时身处由盛及衰官宦之家的岂止曹雪芹一人，为何别人写不出鸿篇巨制的《红楼梦》？及至当代，有十几亿人经历过"文化大革命"，为何只有宗福先写出了具有惊雷般声响的《于无声处》。应当说，发现机会，也是同理。因为个体差异，有的人发现得了机会，有的人发现不了机会。

常言道，机会可遇不可求。其实，此言并不全面。从被动角度看，机会只靠遇；但从主动角度看，机会也可求。从这个意义上说，机会可以创造。换言之，没有机会也可以创造机会。培根有言："只有愚者才等待机会，而智者则造就机会。"举例说来，日本东芝电气公司1952年前后曾一度积压了大量的电扇卖不出去，七万名员工为了打开销路，费尽心机地想办法，但还是进展不大。有一天，一个小职员向时任董事长提出了改变电扇颜色的建议。在当时,全世界电扇的颜色都是黑色的,东芝电气公司生产的电扇也不例外。董事长立即研究并采纳了小职员的建议。第二年,东芝电气公司推出了一批浅蓝色的电扇,大受顾客欢迎,市场上甚至还掀起了一阵抢购热潮,几十万台电扇在几个月内一销而空。成功学大师拿破仑·希尔曾聘用过一位年轻小姐当打字员。她潜心研究希尔的写作风格,主动帮希尔回复读者来信,且写得丝毫不露破绽,有时甚至连希尔都感叹她的"作品"。后来,希尔的私人秘书辞职了,希尔自然而然地想到了她。这完全得益于她的刻苦训练,从而使自己变得不可或缺。她终于成为希尔最得力的助手。世上的人,对机会,也是"仁者见之谓之仁,智者见之谓之智",而且,对机会的态度尚显示出不同的气度。慧者、谦者常常会把获取成功归结于因为拥有机会,从而淡化自己付出的辛劳;愚者、傲者则往往会把招致失败归咎于因为缺少机会,从而不愿从主观上查找自己的不是。

　　创造机会,务须多用心计、多费力气。尽人皆知,饭来张口,衣来伸手,那叫依赖,不叫创造。创造是在既有基础上,按照新的路数,坚持奋斗而获新的业绩。机会的创造,也是如此。比如"借题发挥"可以创造机会:在一场举世罕见的重量级拳王争霸赛中,泰森情急之下,张口咬了霍利菲尔德的耳朵,令全场轰动,舆论大哗。许多人看后,最多只把此作为饭后茶余的谈资一笑罢了。但有个巧克力商人看后,马上意识到这是一次发财的机会,很快推出了"咬耳"巧克力。此举给这个巧克力商人立即带来了滚滚财源。在现实生活中,有些人特爱"套近乎"。此,尽管有时令人生厌,但也可以创造机会。如本来他们之间并不熟悉,或因见了一次面,或因吃了一顿饭,或因开了一次会,就变得"哥儿、姐儿、叔呀、姨呀"起来。后来,在诸如提升职务、调动工作和就医、就学及做生意、揽项目等方面,还真的派上了用场,甚至获知遇之恩。亘古以来,创造机会的路径很多,有些正道,有些非正道。当然,在阶级社会,在敌对双方,创造机会的目的和任务有异,有的是为了给对方置陷阱,有的是为了给对方设圈套。还有,那些邪恶、丑恶势力的人,为了满足自己的私欲,则采取偷梁换柱、移花接木等方式来创造下手的机会。不过,作为社会、家庭的正能量,我们无论学习、工作和生活,都需要基于实力的智慧,像军事家懂得战略战术、善于运筹帷幄一样,多用心计、多费力气,去不断创造有利、有益于自己的机会,进而既给社会、也给家庭带来福音。

　　人的一生会有很多想法,短的叫念头,长的叫志向;坏的叫野心,好的叫愿望;反的叫奢望,正的叫理想;小的叫打算,大的叫规划。人的生命本身就是奇迹,生下不易,活着不易。我们每个人,为了不枉能到世上走一遭,为了能使生命尽可能圆满,务必更多地去发现机会、创造机会。要明白,发现机会、创造机会是抓住机会、用好机会的基本条件。只有发现了机会、创造了机会,才有可能抓住机会、用好机会。在这方面,发现机会当做"千眼神",创造机会当作"千手神"。

有所舍与有所得

从前,有一个海岛,岛上有很多沉积了多年的大颗珍珠,颗颗价值连城。可由于各种原因,谁也无法接近这个海岛,只有栖息在海岸附近的海鸟能够往来飞翔。许多人慕名而来,并用枪支捕杀飞回岸边的海鸟,因为这种海鸟每到白天都会飞到这个海岛上去吃珍珠。时间长了,海鸟渐渐地走向灭绝。后来,去了一个商人。他在海岸附近买下大片的树林,并在四周围起了栅栏,不让闲杂人员走进。同时,他严厉告诫他的仆人,不许在树林里捕捉或驱赶海鸟,更不许放枪。就这样,当海岸其他地方的枪声一响,海鸟便会在惊慌逃窜中不经意间闯进他的树林。慢慢地,海鸟都愿意留在他的树林里栖息。接着,他开始用各种果实,做成味道鲜美的食物,撒给这些海鸟吃。海鸟见此美食,都吃成十分饱,就把肚里的珍珠全部吐了出来。日复一日,这个商人便成了百万富翁。

这是一个有所舍、有所得的故事。世间类似的情形,俯拾皆是。有首古代民歌,歌曰:"门前一棵枣,岁岁不知老。阿婆不嫁女,哪得孙儿抱?"其道理直白,多么朴素! 笔者实地闻及,浙江遂昌金矿附近的村民们迄今仍流传着"草鞋换粥"的故事。相传,唐朝初年,温州有一富商得知该矿盛产金银,便派人驻扎在矿工们进出的必经之处,请矿工们免费喝粥,并奉送新草鞋,但前提是留下旧草鞋,因为旧草鞋里沾有金银碎屑,可作回收。其舍其得,显而易见。大江大河上,重载的货船吃水深,一旦遇到狂风暴雨,有时候必须扔掉一些货物,用以减轻货船的重量。否则,货船容易沉没;再弄得不好,船员的性命也难保。人在河边垂钓,舍不得鱼饵,难钓上鱼儿。赤日炎炎似火烧,农民兄弟为了耕耘或播种,不得不下地劳动,即使酷晒肌肤、挥汗如雨,也在所不惜。人的一生就是在有所得与有所失的徘徊中度过的。从大处说,父亲和母亲把自己带到人间,这是得;疾病或灾难把自己带离人寰,这是舍。人握着双手来世,又松开双手去世。这一得一舍之间,即完成了生命的整个历程。从小处说,人下班后,是去超市逛逛,或去活动筋骨,或去走走亲戚;去菜场,是买猪肉,或买鲜鱼,或买母鸡;给宝宝,是购新书,或购食品,或购玩具。这些,都是在有所舍与有所得的选择中作出决策的。至于在政治纷争、军事斗争、经营竞争中的有所舍与有所得,那是一条铁律,也司空见惯。

就做事而言,在有所舍与有所得这个问题上,可体现出一个人的世界观、人生观和价值观。舍什么、得什么,得什么、舍什么,何时舍、何时得,何时得、何时舍,品德高尚的人与品德低劣的不尽相同,大公无私的人与自私自利的人不尽相同,志存高远的人与鼠目寸光的人不尽相同,更多追求精神生活的人与更多注重物质生活的人不尽相同,甚至这个行业、这个专业的人与那个行业、那个专业的人不尽相同,这个国家、这个地区的人与那个国家、那个地区的人不尽相同,这个民族、这个信仰的人与那个民族、那个信仰的人不尽相同。即使同是一个人,这个时期、这个阶段与那个时期、那个阶段也不尽相同。在中国内战时期的军事用人上,毛泽东与蒋介石的有所舍与有所得不一样。毛泽东搞"五湖四海",许多出身低微的放牛娃、小长工等由于作战勇敢、杀敌有功而被委以重任。更重要的是,像在遵义会议后曾要求"朱毛下台"的林彪和在淮海战役前曾向中央军委"斗胆直陈"的粟裕,毛泽东都给予了充分的信任,从而使他俩成为中国人民解放战争中两颗最耀眼的明星。蒋介石则以我划线,在军事用人上,才能虽是一方面,但出身和忠诚更重要,故而,特别倚重"黄埔系"和"浙江帮",结果,军心散乱,众叛亲离,招致一个又一个惨重失败。这一舍一得之间,方显毛泽东与蒋介石在政治抱负、军事谋略上的迥异。为文也是这样。梁启超有言:"了解一个作家,要看他写些什么,也要看他不写什么。""不写"是舍,"写"是得,透过舍与得,不难看出这个作家的品味、品位和品性。所以,有人据此推论,胡适的文章是为广义的学生而写的,周作人的文章是为自己的同道而写的,鲁迅的文章更多的是为他的对手而写的。

在现实生活中,得,当然好。尤其是对梦寐以求的东西,得之更为欣喜。人本有"得"之天性:有了生命之后,欲得营养,以求快快成长;欲得知识,以求增强素质;欲得名利,以求完美人生。常言道:冷的风,穷的空。空几乎等同于穷,如"家徒四壁",空也,也穷也。因此,为了不空,为了不穷,人无一例外地会想方设法去得。有所区别的是,有些人会正常、正道地得,有些人会不正常、不正道地得;有些人会有休止、有节制地得,有些人会无休止、无节制地得;有些人会轻松、容易地得,有些人会不轻松、不容易地得。得了之后,有些人受益,有些人受罪;有些人荣光,有些人耻辱;有些人向好,有些人向坏。据报道,太平洋上有个布拉特岛。在这个岛的水域中有一种鱼,叫王鱼。王鱼分为两种:一种有鳞,另一种没有鳞。有或没有鳞,全由自己选择。王鱼如果从小到大都没有鳞,就比较好活,一生也都平静。但有的王鱼,则吸引一些较小的动物贴附在身上,并将其吸干,慢慢成为附属物,看似鳞片。凡身上附属物越多的王鱼,进入后半生就越痛苦,最后会在痛苦中跳上翻下,挣扎而死。古今中外,有些人也像有鳞的王鱼一样,或图虚假辉煌,或图短时快活,得了那些不该得的东西。人生在世,在得上,一不能有违法律法规,二不能有违公序良俗,三不能有违道德良心;同时,要顾大局、抓根本、重长远,珍视自身的名节,力戒因得小而失大、因得少而失多。

在现实生活中,舍,总有点心疼。尤其是经过自己长期艰苦的努力,眼看着就要收获之时,因为外部干扰,而不得不舍,那就更有点不愿放弃。还有,尤其是自己心爱的既得,考虑到外部因素,而不得不舍,那就更有点不忍离开。从一定意义上说,舍比得更难。事实上,舍有很多好处。其一,可以让人更快活。人不是为遭受苦难而降生的,如果有了功名放不下功名、有了地位放不下地位、有了金钱放不下金钱、有了财产放不下财产,一切都渴望拥有,一切都害怕失去,岂不是自寻烦恼?人应该心甘情愿地舍掉一些东西:工作上,舍掉业绩和荣誉,记得缺点和不足;生活上,舍掉金钱和物质,记得勤俭和朴素;情感上,舍掉怨恨和嫉妒,记得豁达和宽容。倘能少年时舍其不能有、壮年时舍其不当有、老年时舍其不必有,那人生有多么自在和自悦!其二,可以让人获得更多。我们无不生活在"烟火"中的人间,通常,该得的,舍不掉。这并非宿命论的观点,是由事物发展的规律决定的。在许多时候,舍并不意味着失败,有些舍是"黎明前的黑暗""通幽中的曲径""欲擒时的先纵""进攻中的撤退""讲话中的停顿""显像中的隐形"。在一个集体组织里,那些工作勤恳、业绩突出,但又舍名舍利的人,到最后往往得之很多甚至最多。反之,亦然。其三,可以让人更平安。宋代词人辛弃疾有句名言:"物无美恶,过则为灾。"凡占有欲很强的人,这想得、那也想得,东想得、西也想得,合法的想得、不合法的也想得,合理的想得、不合理的也想得,财想得、色也想得,名想得、利也想得,大的想得、小的也想得,优的想得、劣的也想得,得来得去,不出问题才怪呢!其中,轻者纷争四起、周遭不睦,重者身败名裂、家破人亡。

人活世上,有舍有得,只舍不得的没有,只得不舍的也没有。问题是,怎样舍,如何得,乃为一门大学问,乃为一种大智慧,乃为一项大艺术。人的生命忽忽而过,时间有限,精力有限,承载有限。对芸芸众生来说,即使这也得、那也得,也常常是"生前富贵草头露,身后风流陌上花"。人生中的很多苦恼、苦楚,缘于自己成了某种或某些得的苦差、苦役,更为可悲的是,有些人身陷其中而浑然不知。对茫茫人海来说,这要舍、那要舍,心里总有不甘,纵然不得已而为之,也往往很难割弃。人生中的许多怨怼、酸痛,源于自己成了某种或某些舍的仆从、奴才。更为凄惨的是,有些人身染此"病"而不能自拔。舍与得,既有并列关系,又有迂回关系。前者是谋略,后者为常规。在一定的景况下,正如退是为了更好地进一样,舍是为了更多的得。人生关键几步之舍之得,非同寻常,不可轻忽,一旦选择失当甚或错误,轻则要交"学费",重则就此"打住"。生命路上那一个又一个的舍与得,最终将绘制出人生之"路线图",展示出人生之"立体画"。怎么有所舍与有所得,原则上应当是:能舍能得、善舍善得、先舍后得、多舍少得。如此,人的幸福、快乐指数将会高企起来。

善缘与恶缘

缘这个东西,眼观无影无踪,实察无所不在。鲜花与绿叶,蓝天与白云,大地与万物,在一起相互托举、相互依偎、相互映衬。前者与后者,后者与前者,仿佛是为对方而存在的。大凡无神论者,不会把缘视为命中注定的遇合。比较科学的解释应该是,缘指人与人、人与事、事与事,在一定的条件下,发生某种或某些联系的可能性。其概率有大有小、有多有少。就人缘而言,有父母缘、兄弟缘、爷孙缘、儿女缘、叔侄缘、舅甥缘、翁婿缘、婆媳缘、姻亲缘、同学缘、战友缘、同事缘等。就物缘而言,有牌缘、茶缘、酒缘、车缘、房缘、床缘、路缘、书缘、球缘、票缘、饭缘、衣缘等。地球这么辽阔、人口如此众多,为什么是我们这些人相处在一个单位,缘也;航空、铁路、公路、水运四通八达,为什么是我们这些人相聚在一个地方,缘也;全国每年上千万名高考学生,为什么是我们这些人相会在一个班级,缘也。

缘,有善缘,也有恶缘,当然还有不善不恶之缘。世上的善缘美不胜收。婚姻有善缘,相亲又相爱,生活上琴瑟谐适,事业上比翼双飞。共事有善缘,不是兄弟胜似兄弟,有苦抢着吃,有乐让着享。交友有善缘,左提又右挈,共同进德修业,一起成长进步。偶遇有善缘,萍聚之间显真情,危难之中有大爱。世上的恶缘也不鲜见。动物界的食物链,如甲动物食乙动物,乙动物食丙动物,丙动物食丁动物……后者碰上了前者,无疑出现了恶缘。换言之,对被食者而言,遇见了食者,也就遭逢了厄运。在现实生活中,有的恶缘事出有因,有的恶缘,事出无因。从一定程度上说,后来比前者更悲哀。打车人遇上了恶"的哥",或被劫物致伤,或被劫色致死,此乃事出无因之恶缘。某人与某人原为生意场上的合作伙伴,后因一点小事而闹翻,接着相互拆台,而且越演越烈,最终发生命案,此乃事出有因之恶缘。世上的人,来来去去,聚聚散散,许多仅仅是一面、一会之缘,离开了也就永远离开了,此生不会再见,更不会再聚。此缘无所谓善,也无所谓恶。对这些人来说,有的脑海里可能有痕,有的脑海里可能无痕,且绝大多数为后者。

　　善缘也好,恶缘也罢,在规模上,有大有小;在程度上,有深有浅;在时速上,有快有慢;在期限上,有长有短;在空间上,有广有狭。人之血缘,因生育而自然形成,除掺入政治等因素外,并不存在善与恶的问题。父母子女之间,兄弟姐妹之间,不管因何解除关系,其血缘是永远不能解除的。人之情缘,最紧密的当属姻缘。其特殊在于:要共同生儿育女,要携手度完此生。夫妻需同枕共眠几十年,甚至会迎来令人称羡的"钻石婚"。人生在世,从一定程度上看,父母、子女对自己只是一个个"过客",与配偶相处相守的时间一般均长于与父母、子女相处相守的时间,因为不出意外,父母要早于自己去世,自己要结婚成家离开父母,子女要组建新家与自己分开。人类社会就是这样,一代一代,周而复始,以至无穷。相处相守之时长短,即为相处相守之缘长短。有些人一时行善,说明善缘甚浅;有些人久久行善,说明善缘甚深。有些人一时交恶,说明恶缘甚浅;有些人久久交恶,说明恶缘甚深。有些人局部施善,说明善缘甚狭;有些人普遍施善,说明善缘甚广。有些人局部施恶,说明恶缘甚狭;有些人普遍施恶,说明恶缘甚广。举例说来,就善缘而言,中华人民共和国在发展中国家中的善缘甚深甚广;就恶缘而言,第二次世界大战期间,法西斯主义在交战各国中的恶缘甚深甚广。善缘与恶缘,并非小的、慢的就可轻视,因为小有小的特殊影响、慢有慢的特殊影响,世上不少大事始于由小的、慢的产生的巨大连锁反应。故而,对小的,古人常常告诫后生,"莫以善小而不为,莫以恶小而为之";对慢的,通常,人们对"温水煮青蛙"的现象有着一定的警觉。

　　忆想是人之本能。尤其到了晚年,人更会思念过去。其中,对善缘,如遇及贵人、君子,会感幸会;对恶缘,如碰上恶人、小人,会生憎恨;对本应珍惜的善缘,对本可避免的恶缘,又常会追悔。如:有的夫妻,结婚后一直争争吵吵、打打闹闹,至垂垂老矣,才知要"好好过";有的同学,在校时,疙疙瘩瘩、磕磕碰碰,离校后,方知"不能那样";有的领导,在位时唯我独尊、专制蛮横,到了告老离栈,甫明自己"做过了头";有的同事,相处时谁也不服谁、谁也不听谁,常常相互死卡,到了退休离职,才懂"没有意思"。诸如此类,都是不能珍惜善缘。古人尚知"十年修得同船渡,百年修得共枕眠",今人更应知"善缘是时机,善缘是际会"。鱼儿尚能相濡以沫,人类更应能关爱有加。人在缘在,人离缘离;物在缘在,物离缘离。世间的人和物,就是这般不停顿地变化着、迁徙着。所谓的缘,也只是极为短暂的定格。因此,珍惜善缘对人生来说,太重要、太重要了。莫等善缘离去空悲戚!

　　人的一生无时无处不在追求收获更多,期盼高者,希望生活上幸福圆满,希望事业上飞黄腾达。但是,这些希望的实现,缺缘少缘不可。缘之来,尽管难以捉摸,也就是说,偶发性很强,然而,也有客观规律,也就是说,显示出一定的必发性。俗话说,善有善报,恶有恶报。换言之,做好事的有好的报应,做坏事的有坏的报应。当然,此为告诫、劝慰之话,从总体上可以这样说,可具体到个人,情形就有些许不同了。笔者认为,善缘宜结。何以结?一为应喜而喜。与人相处,性格不能古怪,行为不能乖戾。一般来说,爱笑的人喜气,喜气的人讨喜,讨喜的人缘多。人在江湖,尤其身处在团体里,不可故意装着、端着、摆着。别人有喜,你要积极分享,喜人之喜,亲切祥和;自己有喜,你要不忘报恩,感人之恩,喜上加喜。喜是合群处众的"金钥匙"和"敲门砖"。二为应容而容。"成人善事,其功更倍;动人善愿,其量无涯。"对别人多善行,自身容易获善缘。许多时候,善行与善缘如影随形。别人若需救济、帮扶,你要报以较强的慈悲、怜悯之心,主动出手施援。与人交往,你须展示出坦荡的心胸,能容别人之过。别人犯错,你不可讽刺挖苦、指责数落,即使批评,也要与人为善。损人者自损。很多善缘,即在损人中无形地消逝。三为应诚而诚。诚是一个人最高尚的品性,而善缘钟情于诚者。古今中外,以诚引来政治盟友、以诚引来经营伙伴、以诚引来学术知交、以诚引来艺术连理的事例俯拾皆是。当年,刘备"三顾茅庐",诚赢善缘。诸葛亮由此辅佐刘备建立蜀汉。人无信不立,事无信不成。无信即为不诚。世界上几乎没有人愿意与不诚的人处朋友,而没有朋友,便成孤家寡人。善缘不青睐孤家寡人。四为应宽而宽。宽者,广也。宽既有面积,也有体积。表现在与人交往上,凡宽者,都有很广的人脉。人脉也像山脉一样,具连绵、错落、纵横之架构。人脉里面有善缘。从一定意义上说,人脉是善缘的"富矿",取之不尽,用之不竭。人脉广,无疑可以大大提升获取善缘的几率。俗话所说的"东天不亮西天亮",蕴含着这一道理。

　　大千世界,天、地、人,立体化地"三位一体";人类社会,个人、家庭、社会,平面化地"三位一体"。人无论在哪个"三位一体"中,都有心不满、意不足之时处,而恶缘为其中之一。人活于世,恶缘要么来自于强加,要么来自于巧合,要么来自于招揽,要么来自于连带,要么来自于自生。其中,有的是主动性的,有些是被动性的;有些是有意性的,有些是无意性的;有些是损伤性的,有些是毁灭性的。笔者认为,恶缘宜解。何以解?首先必须清醒地认识到,恶缘来不来,往往不由你;恶缘解不解,往往惟由你。恶缘谁也不想遇,遇了咋办?只有直面。其包括,一为洞悉。有些恶缘表恶里恶,有些恶缘表良里恶;有些恶缘恶性为烈,有些恶缘恶性稍弱。对恶缘,最可悲的,重者"认敌为友",轻者"麻痹大意"。因此,切切不能被恶缘之假象所迷惑,如鸩酒是酒,但为毒酒,喝了能死人;河豚是鱼,但肝脏、卵巢和血液有剧毒,食用前需特别处理;饵是食物,但为诱料,食之可能被捕。洞悉恶缘真相,须察其前世今生、研其来龙去脉。二为施策。恶缘种种,施策当异。施策之果,最好的是"不战而胜",最悲的是"全军覆没",最妙的是"完好无损",最憾的是"养虎遗患",最怕的是"南辕北辙"。施策有方、施策有效,即使善缘未至,起码恶缘已避。三为消解。恶缘有缘。这里的缘,非缘分,乃缘故。很多时候,"解铃还得系铃人",同理,"解缘还得系缘人"。在现实生活中,恶缘来源于哪里,应追索到哪里消解;恶缘在哪里出现,应奔赴到哪里消解;恶缘留患于哪里,应跟踪到哪里消解。消解恶缘,务求"标本兼治",宁愿消解时有大的"麻烦",也不要遗下可能成祸的小的"麻烦"。苛政猛于虎,恶缘也猛于虎。

好学与好胜

孩儿呱呱落地，做父作母的无不寄予了厚望，不说成龙成凤，也想有模有样，期待高的，盼能出人头地。于是乎，在一句"人生不能输在起跑线上"口号的鼓励下，年轻的爸妈除了工作之外，便忙碌着为儿女提供更好的早期教育。有些幼儿，一二岁就学起了 ABC，三四岁即学会了百数以内的加减法，五六岁便啃起了文学名著。在此，笔者姑且称其为"硬教育"。诚然，孩子的早期教育是必需的，适时适量有些"硬教育"也未尝不可。然而，依笔者看来，"软教育"，即自小培养和激发孩子的好学与好胜，比"硬教育"更重要、更迫切。

"好"者，喜欢也，爱好也。这是一种思想、一种意愿、一种精神。人的成长历程须臾离不开它。在相当大的程度上，人生成功与否，取决于有没有"好"。据报道，要想进哈佛大学，硬性条件和软性条件，一个都不能少。硬性条件就是必须有高分数，软性条件必须拥有哈佛大学所认同的优秀的人格素养，如活力四射、动机强烈、充满热情和冒险精神。显然，哈佛大学录取新生，并不唯成绩，并不唯分数，注重除成绩分数之外的变量。而"好"，无疑是最大的变量。好学了、好胜了，人的可塑性必然强，发展潜力也必然大。笔者认为，对孩子的早期教育，应更多地关注是否好学、是否好胜。事实上，孩子只要好学与好胜，即使没有进过幼儿园，不识字、不认数，上学后也会在很短的时间内把成绩分数一步步地提升上去；反之，孩子如果缺乏好学与好胜，纵然上学前识了很多字、认了很多数，后来的成绩分数只会一点点地落下来。从这个意义上说，如同授人以鱼不如授人以渔一样，与其催促甚至逼迫孩子去多识字、多认数，不如通过活动多培养和激发孩子的好学与好胜。

在正常情况下，人的一切活动都是有目的的。好学与好胜，也是。为什么要"好"呢？因为学了、胜了，会有巨大的用处。学，包括学自然科学、社会科学，学做人、做事。对孩子来说，学有"三启"：一是启迪心灵。人生宛若一张白纸,全凭自个儿去书写、描绘。玩忽者,白纸上只会涂鸦成乱黑的墨迹;认真者,白纸上尚能留下优美的篇章。而启迪人之心灵的,首先是作为"第一任老师"的父母。二是启蒙智力。学虽为人之终生必须,但呈现出阶段性的特征。小学、中学、大学、青年、中年、老年,学的内容、学的效果有差异。孩子的学,更多的要激起学的兴趣、养成学的习性、掌握学的方法。通过学,打开智力的"阀门"。三是启碇事业。人生下来就是要干事的,而学是干事之"阶梯"。虽然孩提时代学的不一定就是终生干的,但无疑是投身任何事业的起点。"万丈高楼平地起",平地即为孩提时代所学的。对孩子来说,胜有"三益":一是收获。胜,包括与天奋斗、与地奋斗、与人奋斗赢了,自己付出辛劳有了收成,某些方面比别人优越。这些,均为收获。人之收获,始于幼时。二是动力。人不管做什么,都要有动力。动力可以外加、外逼,也可以内生、内长。凡胜必有动力,主要表现在进取心、积极性。一胜再胜,是一种态势,有一个气场。三是基础。人,虽老本不能吃,但老本不可无。本是底子。无论在什么时候、在什么地方,有底子的与无底子的不一样。底子就是胆子,底子就是根子。人之胜,在孩提时代即需打下基础。

  好学与好胜,古今中外,谆谆教诲者、身体力行者众多,且多有建树。孔子说过:"学然后知不足,教然后知困。知不足,然后能自反也;知困,然后能自强也。"苏轼有言:"古人立大事者,不惟有超世之才,亦必有坚韧不拔之志。"美国总统奥巴马有篇开学演讲稿,题目是"我们为什么要上学"。他用自己艰辛的求学经历,告诉孩子们为何要上学、如何上好学,以此激励孩子们自小就要好学。当年,苏秦的"刺股"、王充的"抄书"、匡衡的"借光"、车胤的"囊萤"、江泌的"追月"、司马迁的"木枕",无不是好学的典范。不难观察,凡是在官场、商场、学界、艺界声名显赫者,都有一个基本特质:好胜。倘若你云我云,倘若按部就班,倘若畏首畏尾,那么,几乎不可能在激烈的竞争中胜出。在现实生活中,那些好胜的孩子,在学习上,一般不会与比自己差的比,而是奋力向好的甚至拔尖者看齐;只有那些得过且过、不求上进的孩子,自我满足于甚至陶醉于"比上不足,比下有余"的状态。在学习上好胜的孩子,有没有父母督促,都能够"不用扬鞭自奋蹄"。"可怜天下父母心!"孩子好学、好胜,父母可轻松;孩子不好学、不好胜,父母更费心。

  笔者在此有两点需要指出,一是好学不做"邯郸"。邯郸学步的故事告诉人们,既不能一味模仿别人,也不能全盘照搬别人。好学务必学对内容、学对方法,诸如对好吃懒做、好大喜功、好高骛远、好为人师,不可学,更不能好学。另一是好胜不图虚荣。培根有道:"虚荣的人被智者所轻视、愚者所倾服、阿谀者所崇拜,而为自己的虚荣所奴役。"虚荣心强的人,往往不是通过扎扎实实的努力,而是利用投机等不正常的手段去沽名钓誉。而好胜者,与此截然相反。好胜者通常有坚定的志向、坚毅的精神,同时有切合的步骤、有效的方略。好学与好胜,并不孤立,二者相辅相成,且既有作用力,又有反作用力。好学促进好胜,好胜促进好学。好学因为好胜,好胜有赖好学。好学接力好胜,好胜助力好学。好学与好胜,均为过程,不是目的。正如斯大林所说的"伟大的毅力只为伟大的目的而产生"的一样,好学与好胜只为人生的成功、圆满而必需。好学不能不拣择,毕竟人的生命受限。好胜不能缺实力,毕竟样样都是竞争。好学不好胜,无以致远;好胜不好学,无以如愿。

对孩子来说,好学与好胜,受用于一生,也受利于一世。不过,做父作母的,只可有意识地加以引导,或鼓励,或督促,不能不顾需要与可能而去强迫。在这方面,陶行知早在20世纪20年代提出的"六个解放",颇有见地。即:解放儿童的头脑,使他们能想;解放儿童的双手,使他们能干;解放儿童的眼睛,使他们能看;解放儿童的嘴,使他们能说,多问几个为什么;解放儿童的空间,使他们扩大知识,丰富眼界;解放儿童的时间,使他们有空干自己高兴的事情。时至今日,这"六个解放",对父母培养和激发孩子的好学与好胜,仍有重要的指导意义。实际上,这是坚持以孩子为中心,在尊重父母与孩子各自权利的同时,真正关注和考虑"怎样才能对孩子成长更好"。由此引申开来,父母对孩子的早期教育,不可片面地认为多识几个字、多认几个数就好,应更重视"软教育",把好学与好胜真正培养和激发起来。

拼爹娘与坑爹娘

爹，父也，爸也；娘，母也，妈也。我们每个人都由爹娘而生，尽管世有代孕、借种等非常行为，但从血缘来说，总是有爹有娘的，迄今人类尚无无性生殖方式。在中国传统文化中，爹娘对儿女，除却生，即为养，养至儿女成人结婚，所尽义务基本完成。至于后面，爹娘对儿女，能做多少做多少，没有法理、情理上的硬性规定；儿女对爹娘，得尽可能不给操心，更不给担忧，且须履行孝道。然而，在爹娘与儿女的关系中，有两种现象，即拼爹娘与坑爹娘，颇为世人诟病。

拼，指不顾一切地干。在战场上，叫拼杀；在球场上，叫拼抢；在劳动上，叫拼力。用之以极，叫拼死拼活。拼爹娘，不是与爹娘拼什么，而是指利用爹娘的能耐、影响和关系，办理本应由自己办理的事情，或处理本应由自己处理的问题。在中国封建时代，功臣的子孙可以世袭官职，那时叫"荫子"。对功臣的子孙来说，这是拼爹娘，因为他们不用像庶民的子孙那样，要走科学、从军之路，须靠自我奋斗一步步博得功名。在20世纪下半叶的一段时期内，中国许多地方、行业实行"内招"制度，正因为有爹娘在工厂、在林场、在地质队、在矿山等，儿女可被招录，也可去顶替。实际上，这也是拼爹娘。至于在中国官场上，爹娘当官、儿女也当官，爹娘当大官、儿女也当大官，爹娘在好地方当官、儿女也在好地方当官，这种现象司空见惯，其中有全靠自己努力而成的，也有靠拼爹娘而成的。

当今，在现实生活中，拼爹娘者也常有。如：进全民事业单位工作，各地已全面实行"逢进必考"了，可有的儿女不想真刀真枪地去积极应试，仍缠着爹娘去找关系。儿女自主择业开办了公司，作为市场主体了，不想千方百计地去市场上摸爬滚打，老惦着爹娘去通路子。儿女的工作单位已换多个了，仍不满意，自己不去主动适应，而是要爹娘去求人再帮调动。城里有的幼儿园，老师也给学生布置家庭手工作业，相对而言，其难度是大了一点。爹娘又担心孩子做起来磨蹭,故亲自动手。这就失去了学生作业的本来意义,变成了拼爹娘。有些爹娘因此对自己的角色进行了嘲谑:要"下得了厨房,上得了课堂;讲得了故事,教得了奥数;做得了蛋糕,改得了作文;懂得了琴棋,会得了书画;找得了景点,提得了行李;想得了创意,搞得了活动;挣得了学费,付得了消费。"这么多的"得了",无一不在拼爹娘。当然,身为爹娘,在力所能及的范围内,为儿女的成长操心理所当然、法所当然。问题是,有些儿女自己已到了成人独立之时,还过于为难爹娘,且不以为耻、反以为荣。

坑,常用于一是坑道,一是坑害。坑,本有隐匿之义,喻有使坏之义。坑爹娘,指儿女的所作所为玷污、损害了爹娘的名声、财物甚至生命。在中国历史上,坑爹娘的人有的是。嬴政的儿子胡亥,毫无父皇之风,被权臣玩弄"指鹿为马",秦帝国仅传一代即在其手上覆灭。刘备的儿子刘禅,即那个"扶不起的阿斗",投降敌人后仍沉迷于享乐之中,不思旧国。名相狄仁杰,一生清正刚直,得到了上至女皇武则天、下至普通百姓的尊崇,而他的儿子狄景辉却不是一个东西。贤相徐阶,先后首辅两朝,而他的两个儿子却横行乡里,终被海瑞判令充军。时至今日,坑爹娘的并非绝迹。在中国已查处的一大批贪官污吏中,除了自己放松约束、背离法纪外,有些也是因为儿女坑了爹娘,即儿女利用爹娘的权势及影响干了违法违纪的事,直至"东窗事发",祸及了爹娘,还有些因此加重了爹娘的罪行。中国自古以来倡导儿女要有出息,能光宗耀祖,方为最好。然而,在世俗的社会氛围里,人们普遍认为只要儿女能不让爹娘费心、不给爹娘丢脸,就可以了。尽管如此,有些儿女还是做不到。成人了,不好好参加工作,整天游手好闲,经济上还在依赖爹娘,即"啃老"。爹娘年老多病,给儿女干家务、带孩子已力不从心,然而又不得不为之。一些在儿女家生活的爹娘有这番的调侃或这阵的叹息:"是主人吧,说话不算数;是仆人吧,干活不给钱;是客人吧,无事不能歇;是家人吧,有事不让问。"这些,看起来并没有坑爹娘,深思一下,其中也有坑爹娘的成分。不过,中国家庭的传统美德,爹娘愿意这样给儿女"坑",甚至以这样的"坑"为乐、不"坑"而不乐。从一定意义上说,多让爹娘操心,也是坑爹娘。

作为社会现象,拼爹娘与坑爹娘,表现在各人身上,其形态、性状、程度不尽相同。即有的主动、有的被动,有的严重、有的轻微,有的有意、有的无意,有的明显、有的隐晦,有的直接、有的间接,有的集中、有的分散,有的屡犯、有的初犯,有的长期、有的一时。世人之所以会去拼爹娘与坑爹娘,大致有如下三个方面的原因:其一,"爹娘有过"。"子不教,父之过。"爹娘是儿女的第一任人生导师。爹娘对儿女,溺爱过度,肯定不行;管束过度,那也不好。前者容易使儿女造成依赖心理,后者容易使儿女产生逆反心理。一些人习惯于拼爹娘与坑爹娘,追本穷源起来,不乏爹娘的责任。其二,"爹娘有能"。拼爹娘与坑爹娘,往往需有前置条件。这就是,爹娘有老本去"拼",爹娘有东西被"坑"。试想,倘若爹娘既无权势、又无钱财、身处社会最底层,其儿女想"拼"想"坑",都不能如愿。而那些既无权势、又无钱财、身处社会最底层的父母,反而可"倒逼"儿女去自力更生。其三,"儿女无用"。凡有出息的儿女,多不会去拼爹娘,更不会去坑爹娘;而没出息的儿女,既会去拼爹娘,也会去坑爹娘。有这样正反两个例子:曾国藩的长子曾纪泽外交功高而堪称"青出于蓝",龚自珍的长子龚半伦卖国求荣而遗臭万年。综上所述,在拼爹娘与坑爹娘问题上,爹娘与儿女都有责任,且爹娘的责任一般要大于儿女的责任。如若全怪罪爹娘,那也冤枉;倘或全怪罪儿女,那也不妥。很多时候,拼爹娘与坑爹娘,是"周瑜打黄盖——一个愿打,一个愿挨",两相情愿的。不过,这种两相情愿,许多爹娘实在是出于无奈,真可谓"一段恨肠、一段痛肠",那是恨铁不成钢也。

众所周知,儒家文化在中国已经传承了2500多年。儒家文化的核心是"仁"和"礼"。它对世间基本人际关系有特殊的要求,即君臣之间是忠,父子之间是孝,夫妻之间是爱,兄弟之间是悌,朋友之间是信。拼爹娘与坑爹娘,既有违于中国儒家文化的精髓,又不符合当今世界文明发展的潮流。而今,世人越来越彰显独立,越来越展示个性,昔日那种"儿女是爹娘的私有财产""爹娘对儿女负有无限义务"的观念,已经一去不复返了。随着时代的前进,尤其是随着优秀文化的加速融合,整个社会将更加文明、民主、法治,亘古以来形成并因袭的家庭人际关系处置方式将会发生变革。虽然无论哪个时代,为了人类的生生不息,爹娘对未成年前的儿女所负有的扶养、教育责任,都永远推卸不了,但是,作为儿女,必须注重自强自立,如果还想像以往那样去拼爹娘与坑爹娘,恐怕就不那么好使,也不那么中用了。

无聊与充实

无聊这个词,在人际口语交流中常用。无聊是什么东西、成因有哪些、何以摆脱？对此,颇有一议之必要。人的一生中回避不了无聊,应当直面和处置。

归纳起来,无聊大抵有如下八种表现:一是无所事事型。清朝吴趼人所著《二十年目睹之怪现状》中曰:"这位督办,那时候正在上海游手好闲,无所事事。"无所事事,即闲着不做任何事。这里的"不做",包括不想做、不肯做、不好做、不会做、不敢做、不能做。没有任何事可做,不去做任何事,当然闲着无事。无事容易生非,生非包括喟叹"无聊"。二是精神空虚型。人是物质和精神的集合体,缺一不可。只有物质、没有精神,如同行尸走肉；只有精神、没有物质,纯属子虚乌有。一个人如果精神空虚,生活无所追求,也无所寄托,感到什么都没有意思,便难以摆脱无聊思维之困扰。三是心灰意冷型。人倘若灰心丧气、意志消沉、匮乏信念、缺少进取,自然难有人生之乐趣。还有一些人,因长期干着重样的工作、做着重复的事情,容易失去当初的新鲜感和兴趣心,时而会感到单调、枯燥而乏味,尤其是在机械性的劳作带来身心疲惫的时候,这种情绪更甚。四是刚愎自用型。清朝曾朴所著《孽海花》中言:"我的眼光是一直线,只看前面的,两旁和后方,都悍然不屑一顾了。"人在世上,如果总轻视别人的言行、能力和成果,总认为别人的东西不值得自己去耳闻目睹、去学习效仿的话,那么,无聊之意便会油然而生。五是苦闷无助型。元朝关汉卿所著《窦娥冤》中道:"可怜我孤身只影无亲眷,则落得吞气忍声空嗟怨。"有些人,总觉得苦闷不堪,也想找他人倾诉和求助,然而,搜肠刮肚也找不到合适的对象,终使自己陷入了孤立无援之中。这些人容易生发无聊之感。六是偏执厌倦型。汉朝刘向所著《说苑》中写:"一噎之故,绝谷不食；一蹶之故,却足不行。"有些人在事业上或婚姻上一旦遭遇失败或经受挫折,就萎靡不振,且厌倦这、厌倦那,自觉或不自觉地扭曲了与他人的关系,从而自我无聊起来。七是浑噩混昏型。一些中国人见面问候,不说"你好""哈啰",而说"混得怎么样",通常回答"瞎混呗"。尽管多为应付,但也表现出了某种情绪,即对自己的生活感到某些无聊。不少的混者,无论工作,还是生活,迷迷糊糊,昏昏沉沉,只为讨口饭吃,其他不去多思。八是万念俱灰型。有些人似乎看穿了世上任何人、任何事,对自己来说,什么都无所谓,于是走上了极端。这些人往往抑郁,其中不乏自觅短见者。人若无聊至这个地步,就"非人"了,作为社会、组织、家庭应给予更多的关怀,以防出现万一。

  人活得好好的,为何感到无聊?其原因诸多。人生观、价值观的改变是主因。人之所以要活,是因为活着有意义、有价值,在生理上、心理上能获得快乐和满足;有更高追求的,则想获得某些功名,甚至希冀永续某些存在。若死去,对本人,说到底,也就没有意义了。故而,平民百姓普遍有这般浅显的认识:"好死不如赖活着。"人在世上,评判一切,往往基于客观,由主观决定,主观就是人的人生观和价值观。许多人的无聊感,源于人生观、价值观的改变。这时候,他们生理上、心理上所体验到的,是不符合自己人生观、价值观的东西。在现实生活中,无聊感也是人在工作、生活中缺乏目标,且无法从中获得充实感的一种心理状态。通常,拥有积极主动意识、精神的人,很少会觉得工作、生活无聊。与此相反,那些不清楚自己的需要和愿望,找不到工作、生活目标的人,则容易陷入无聊的思绪之中。人行世间,谁都想活得滋润一些,要说没有愿望,那是不真实的。然而,有些人不从实际出发,把自己的工作、生活愿望定得过高,一旦不能实现,便反向思与行,即从一个极端走向了另一个极端。还有一些人的无聊感,其形成有因,情有可原。其情,主要是客观原因,即欲干不行、欲罢不能,只好死等。承受这种无聊感,无异于煎熬。当然,有些人无聊感的产生,还源于精神上的某些疾患。无聊对人来说,危害巨大。人生短暂,没有时光任其无聊。无聊了,势必影响工作、生活之数量和质量。同样的寿命,有无无聊、无聊多少,将关涉人生的得与失、成与败。英国心理学家研究发现,无聊感强烈与感觉充实者相比,因心脏病或中风致死的可能性要高出2.5倍,因而无聊可能是折寿的心理因素。有研究人员调查了7,524名公务员,通过追踪20多年的健康状况,结果发现,在死亡可能性上,当年"感觉格外无聊"者比"感觉充实"者高37%。

  诚然,无聊在形态、性状上有差异,有的貌似,有的实有;有的一时,有的久长;有的稍恶,有的更恶;有的单独,有的连锁;有的初起,有的终了。无聊的领域和内容广泛,有政治上的无聊,有经商上的无聊;有处事上的无聊,有做人上的无聊;有说话上的无聊,有行动上的无聊;有做工上的无聊,有务农上的无聊。凡人凡事,是否无聊,既有公认的,也有自认的。长时间瞪大眼睛看着油漆干透,应该被公认为很无聊的工作了。然而,美国一位名叫托马斯的博士,却全身心地投入到观察油漆变干的研究里。因为他认为,只有这样做,才能知道如何制造出更耐用的漆料。针对"你最喜欢的数字"这个问题,英国一位数学家在全球范围内开展了网上调查。在4.4万张有效选票中,从高到低依次受欢迎的数字是7、3、8、4、5。其实,世界各地民众对哪个数字最受欢迎,是不一样的。长期背井离乡的人,在与老家的人通电话时,或在接待老家来人时,常常会问及"谁走了(死亡)没有"。问及这些,对外人来说,是无聊;对本人来说,很重要。以上三例说明,是否无聊,人的主观意识很强。换言之,这个东西,你认为有意思、有意义,他却认为没意思、没意义;反之,亦然。而这,不足为奇,因为有些内情,别人不仅不能明了,而且难以理解。在现实生活中,有些东西,初起无聊,渐渐地变得不无聊了,如一些人结成缘是这样的,一些事办成功也是这样的。还有,一些人的锦囊妙计是在自己无聊的闲暇里萌生的,一些人的真知灼见是在别人无聊的东拉西扯中获得的。

  无聊,对人来说,毕竟不是积极向上的心绪,偶尔有些,倒无大碍,倘久久有之,则颇多负面。摆脱无聊最直接、最有效的办法是充实。首先,精神上要充实。有道是,再穷不能缺精神,再苦不可没精神。同理,再闲不能缺精神,再空不可没精神。只要事业上肯追求、生活中定目标,人就会有动力,像车轱辘那样永远向前,无聊之感自可消遁。当年被国民党反动派关押在集中营里的革命志士,他们有无所畏惧的精神在支持着自己,不会感到无聊。如今一些在儿女家做家务、带小孩的老年人,他们有甘之如饴的精神在支撑、激励着自己,自然不会觉得无聊。其次,时间上要充实。从一定意义上说,忙碌是医治无聊的良药。一个机关,一个单位,如果大家整天忙不迭,即使在班上,相互之间连多说话的时间都难有,那就不会有人感到无聊。环顾左右,我们不难发现,好多老人喜欢去外地游山玩水、去公园又歌又舞、居家里书画兼作、在茶室边品边谈,真可谓老有所事、老有所乐。与此相反,有些老人,无为与无聊相生相伴。再次,心理上要调适。应当指出,不少人的无聊并非与生俱来,换言之,并不是一开头、一起始就有。必须承认,对所有人来说,成功和圆满并不是普惠的,能从分母上升为分子的,毕竟只有少数。对每个人来说,人生之初、之中、之末,也不可能尽遂心愿。作为个人,切不可简单地以自己的人生成就来判定自己的人生价值,因为自己的人生成就并不全取决于自己的努力奋斗。倘能从心理上如此调适自己,即可甘心平凡、拒绝无聊。荷兰阿姆斯特丹一间15世纪教堂废墟上有这样一段文字,"事情已经过去了,就不要再奢望它有所改变"。中国人经常这样告诫,"改变不了别人,就改变自己"。这些,我们首先要有心理上的准备。如是,好多的无聊,似烟似雾,大多不会产生,更不会久存。

服软与吃硬

软,一般指柔软、软弱,如软绵绵等;硬,一般指刚强、坚毅、如硬邦邦等。二者相对。本文所述的软、硬,是指人际交往中尤其是家庭成员相处中的态度和方法。在现实生活中,有的人服软,即服从、听从、顺从软的,这里的软,包括好言好语、好声好气、小恩小惠等;有的人吃硬,即只有遭受、遇到、碰上硬的,才肯败下阵来,这里的硬,包括坚决的斗争、强烈的对抗、殊死的竞争等。二者途径迥异,结果类似。类似在于,二者均"偃旗息鼓""相安无事"了,然而,其心甘情愿的程度不同。后面有无"故事",也不同。人是具有丰富情感的最高等动物,通常只愿意服软,而不希望吃硬。之所以有人吃硬,一来有特定的境遇,如生死决斗、狭路相逢等;二来由自身因素所致,如性格倔强、脾气暴躁等;三来源于对方的不当,如火上浇油、欺人太甚等。事实上,使人服软的方法和手段很多。如:夫妻之间,产生了矛盾,发生了争执,甚至一方口手粗野了些许,这时候,另一方给个笑脸、送个搂抱、来个娇昵,起码可纾解紧张关系,甚至可消弭怨恨气息。人在世上,最理想的境况是,不行硬的、多施软的,见软即服、不到硬时,以和为贵。当然,有的时候,属于迫不得已,只能以牙还牙,来个以硬对硬,那须另当别论。

要使别人服软,自己当有本事。据载,2012年法国大选开锣之际,奥朗德当时的"第一女友"瓦莱丽在奥朗德竞选总部隔壁设立了办公室,负责为奥朗德竞选打造新形象。在瓦莱丽的调教下,奥朗德"脱胎换骨"。以前的奥朗德身材矮胖,有着圆鼓鼓的脸庞,总是戴着厚重镜片的眼镜,也总是穿着松垮无形的西装,看上去怎么也没有"总统相"。瓦莱丽为奥朗德换上了时尚无框的眼镜,并量身定做了西装外套。奥朗德还在瓦莱丽的要求下,放弃了红酒、奶酪、巧克力蛋糕等"最爱",成功地减少了十五公斤体重。除了对奥朗德外表上的改造,瓦莱丽还不时提醒奥朗德注意言行举止。奥朗德经过训练后形成的抑扬顿挫的新语调,甚至有些像法国历史上有名的总统密特朗。在瓦莱丽的帮助下,奥朗德在法国的支持率节节攀升,最终赢得了总统大选。不难分析,奥朗德之所以如此听话,主要是瓦莱丽在调教上有本事,能让奥朗德服帖,瓦莱丽所做的,也确实能使奥朗德增色。奥朗德绝非唯唯诺诺之人,他不可能平白无故地对瓦莱丽言听计从。

在人际交往中,能使对方服软的方法很多,其中最简便、最见效的方法莫非赞美了。心理学家威廉·詹姆斯指出:"渴望得到赏识是人最基本的天性。"星期六,老公出去与朋友们打了一天牌,很悠闲;老婆一个人在家里里外外打扫卫生,很劳累。这时,有的老婆对老公产生埋怨、责怪也是正常的。如果老公回到家后美言老婆几句,这时候,老婆即使有脾气,说不定也不好意思发出来。星期天,老婆有公干去单位加班,老公休息在家。做午饭时,老公不小心把饭煮焦了,把菜烧煳了。老婆跨进家门后,如果老公先说抱歉,并言老婆辛苦,这时候,老婆纵然想啰嗦几句,说不定也不便开口了。儿子平时学习比较马虎,期中考试成绩不理想。这时候,做爸爸的,如果不是一味训斥,而是既严肃指出问题,又给予积极鼓励,说不定儿子日后的学习会因此而大大改观。在现实世界里,赞美能激发他人充分发挥自己的潜能。大家知道,在万众注目的奥运、亚运、全运赛场上,观众们的热烈鼓掌、教练们的激情拥吻,无一不是对选手的赞美。好多选手,正是在这种赞美下,把自己的潜能发挥到了极致。当然,赞美也不应、也不能滥施。在家也好,在外也罢,赞美必须视人视情,必须适量适度,否则,往往会造成负面影响,结果适得其反。在这个问题上,雨果有直言:"我宁可让别人侮辱我的好诗,也不愿别人赞美我的坏诗。"为防止别人"不愿",赞美者的出发点、落脚点务必真诚。要清楚,谁都不想承受"软刀子杀人"。

通常情况下,服软的人多,吃硬的人少。何故?这须从人性上探究。世上,再刚强的人均有柔弱的一面。笔者分析,人在以下三种情形下容易表现出柔弱:一是在被爱击中时。爱确能感染人、感动人、感化人。如:对正欲跳楼、跳江等自寻短见者,只要有人在旁用言语深深打动他(她),就有可能"转危为安"。又如:相处不温不火的一对恋人,只要一方投入更多的爱,即有可能"柳暗花明"。二是在触及心灵深处时。在战争年代,敌对双方,若一方被另一方俘虏,另一方则常以"先礼后兵""软硬兼施"的方法,逼一方出卖变节,其中的"礼""软",尽是一些可触及心灵深处的东西。三是在无能为力时。有言道,鸟至将死,其鸣亦哀。众多人显露出柔弱,乃在身陷困境、险境、绝境之时。在很大程度上,人性中的柔弱一面,决定了人离不开吃软。同时,生存法则也告诉人类,软绳可以捆硬柴,而硬竿捆不了硬柴。硬碰硬,常常是两败俱伤,应尽最大可能避免,因为硬碰硬之后,即使当面和好了,也会留下心里疙瘩,甚至是仇恨的种子,日后一有时机,便易萌发。这样的教训,在世间太多太多了。

　　人来世上走一遭,好可以的话,谁都不想、不愿去争斗。换言之,谁都不想、不愿来硬的、使硬的。但是,不少时候,来硬的、使硬的,确也避免不了。这就有个策略问题。也就是说,在什么时候、对何种东西服软,在什么时候、对何种东西吃硬。倘处置妥当,则获益丰硕。公元1346年,刘伯温隐居于镇江北固山。一天,他立在危岩上骋目遐思。这时,山下来了一位修长消瘦的年轻人。其一脸苦恼地说:"先生,我在东市卖菜,虽然利润微薄,却也过得日子。可最近,冒出几个痞子,非要向我收保护费。要是给了他们,我的日子就没法维持了!"他笑了笑,问了年轻人姓什么、住哪里,然后教了对策。年轻人刚走,又来了一位矮黑粗壮的汉子。其声音洪亮地说:"先生,我在西市卖肉都十几年了。昨天,竟来了几个痞子,要收什么保护费。我是不是要教训他们一顿呢?"他笑了笑,问了汉子姓什么、住哪里,然后教了对策。在一旁种菜的弟子看了、听了后很纳闷,便问他:"同样一个问题,您教给两人的对策怎么会截然相反呢?"他解释道,年轻人在当地人丁单薄,又生性怯懦,就算交了保护费,也难保不再受人欺负。我教其手持利刃,独战群痞,可以让其一战成名,从此无人敢再欺负。而那汉子,杀猪出身,孔武有力,又是当地大户。我让其宴请痞子,再多请朋友和族人作陪,也就是向痞子展示实力。一场酒席下来,他们多半就成了痞子拉拢的对象。痞子不但会退还保护费,从此还会成为朋友。世上好多事,并无固定的处置方式。如上所述,服软抑或吃硬,得具体问题具体分析,分别情况分别对待,既不可想当然地去耍软的,也不可想当然地去来硬的。其愿望与归宿,往往不会以自己的意志为转移。

　　世上一点儿不服软的人几乎没有,世上一点儿不吃硬的人也几乎没有。从一定意义上说,服软并非卑劣,吃硬也并非尊贵;反之,亦然。这要看服软、吃硬的目的和对象。倘不分青红皂白,什么都服软、什么都吃硬,那就成问题,甚至是致命伤。从人生总体来说,作为血肉之躯,还是多服软为好。"人在屋檐下,不能不低头""直直木杆易遭折,弯弯扁担不易断"说的即为此理。事实上,人还真的不需要时时处处吃硬。健全的人性,不会时时处处吃硬。个人的生命和能耐,毕竟有限,以有限的生命和能耐,去对付无限的世人和世事,那是不明智的。当然,服软与吃硬,各有两面,即服软、使之服软与吃硬、使之吃硬。无论哪面,都有道道儿。就拿说服人来说,只要我们真心诚意地去尊重他、包容他,总是能够感化他、软化他的,就怕我们不愿为、不去为、不会为。对那些吃硬的人,只要我们拥有谋略,硬中有软、软中带硬地应对,也是有望"化干戈于玉帛""化腐朽为神奇"的。这些,无论对家庭,还是对社会,都大有裨益。和谐社会、和谐家庭,需要更多更多的人服软、使之服软。

小幽默与大智慧

"妹妹你坐船头,哥哥在岸上走,恩恩爱爱纤绳荡悠悠。""小妹妹我坐船头,哥哥你在岸上走,我俩的情我俩的爱,在纤绳上荡悠悠,噢荡悠悠。""你汗水洒一路啊,泪水在我心里流,只盼日头它落西山沟哇,让你亲个够。""你一步一叩首啊,没有别的乞求,只盼拉着我妹妹的手哇,跟你并肩走。"1994年由著名歌唱家于文华和尹相杰合唱合演的《纤夫的爱》,以通俗直白的语言、轻盈欢快的旋律和柔美优雅的动作,表达了三峡纤夫与峡江妹子浓烈、质朴的情爱,一时风靡中国大街小巷。细细品味歌词曲调,颇有幽默之感。它把拉纤这种重苦力活,赋予醇厚的诗之情和深邃的画之意,使听众和观众获得了劳累着并快乐着的艺术享受。

幽默,指说话有趣,具吸引力,常令人发笑,若恰当运用,则意味深长、魅力独特。笔者分析,幽默从作用和意义上分,可列如下九种:

其一,调节氛围型。交谈或会谈现场,有的时候,因为某种原由,一下子冷场了,或尴尬起来了。这个时候,倘有人来个小幽默,说不定,大伙儿哄然一笑,于是,氛围马上热闹或宽松起来。诸葛亮的女儿嫁给了仪表非凡、极具才华的王广。入了洞房,二人开始交谈起来。做新娘子的难免有些羞涩不安,王广便开玩笑地说:"看你神情卑微局促,一点儿也不像你父亲啊!"这下子,新娘子开腔了,说道:"你自己都做不到像你父亲一样,却要求我跟我父亲一样。"可以想见,二人话语一来二往,自然也就热络起来。

其二,自我解嘲型。有的时候,自己一不小心,便出了些错、显了点丑,然而,别人对此又不好意思明说,更不会去揭露。这个时候,如自己主动幽默几句,顿时可以改变处境。丘吉尔有一次去一个部队视察。天刚下过雨,他在临时搭起的台上演讲,结束后走下台阶时,摔了一个跟头,士兵们不禁哈哈大笑起来。这个时候,陪同他的军官们惊慌失措,不知如何是好。他却微微一笑说:"这比刚才的一番演说更能鼓舞士兵们的斗志。"

其三，讽刺挖苦型。在现实生活中，有的人生性喜欢用隐晦含蓄的话指责人、用尖酸刻薄的话讥笑人。西晋人刘道真有一次正与别人在草舍里吃饭，看见一位妇人带着两个小孩经过，身上都穿着青色衣服，便调侃说："青羊将二羔。"不料，这位妇人反唇相讥："二猪共一槽。"刘道真仗着有些才思，喜欢逞口舌之快，哪知被碰了壁，反而成了世人的笑柄。

其四，消除纷争型。有的时候，两个人可能因为丁点儿事而弄得不愉快。这个时候，倘或一方说一句十分得体的俏皮话，兴许可以使双方变得理解甚至信任起来。有一次，萧伯纳不幸在英国伦敦街头被一个骑自行车的人撞倒，对方立即扶起他，并喃喃地向他道歉。然而，他出人意料地对对方说："先生，你比我更不幸。要是你再撞得重一点，就可以作为撞死萧伯纳的好汉而名垂史册啦！"他的这番幽默，立马使对方摆脱了难堪。

其五，引人入胜型。世上有些人，讲话特富有幽默感，像一块磁铁一样吸引人倾听。耶鲁大学桑卡尔教授物理课的开场白有这么一个情节，他说，我不喜欢学生听课时说话，但是，你如果对旁边的同学说："请帮我捡一下心脏起搏器，"那肯定没问题。如果有人要睡觉，我很理解，你需要休息。从前我授课时，爱睡觉的同学都坐在前排。他们说，只有在听见我说话的地方才睡得好。今天，这里的音响效果好，坐在哪里都能听清，不一定要到前排来，后面照样睡得好。我只要求你别说梦话。还有，请爱睡觉的同学坐在两个不睡觉的同学中间，免得形成多米诺骨牌效应，那会全班一起倒下。如果这样，那对我的声誉不好。他的这番开场白，引得同学们大笑。同时，同学们也在大笑中领悟了他的意思，即上课时不能说话、睡觉。

其六，晓之以理型。有的时候，两人意见分歧明显，甚至相互对立。这个时候，如若一方巧使幽默，即可弥合歧见，起码不会使对立激化。西晋大将桓冲不知道为什么不爱穿新衣服。有一次洗完澡，他的妻子故意给他送去新衣服，桓冲大怒，让下人拿走。妻子见之，又让下人拿去，且传话说："衣不经新，何由而故（衣服不经过新，怎么能变旧呢）？"这番话语，既晓之以理，又不失幽默。

其七，含蓄批评型。有的时候，自己对别人的不是，很想提出意见，但又担心直言相告会伤感情，故含而不露地说上几句，使别人知而不嗔，有些不是还因此得以纠正。《论语》中有言："季文子三思而后行。子闻之，曰：'再，斯可矣。'"季文子的"三"并非实数，而孔子故意坐实，并加以调侃，从而不那么认真地批评了季文子。这是一种很高级的幽默。

其八，发人深省型。有的时候，一句寻开心的话，其蕴含的意思非常深刻，或蔑视专制、或戏谑腐朽、或向往平等、或热爱自由。澳大利亚有部电影,说的是两个蒙冤士兵,几经辩解、抗争无效,仍被判处死刑。临刑前,他俩从铁窗栏杆里看到,狱方正在为他俩草草钉制棺材。大个子士兵就对小个子士兵笑着说,你的"卧铺"还行,算得上幸运儿了。你看我那个,也不够长啊。影片结局,两口棺材被人默默地抬向墓地,在夕阳残辉掩映下,大个子的双腿果然装不下,耷拉在棺材外面。

其九,无声无息型。按说,幽默离不开言语。然而,有的时候,也可不用言语来幽默。20世纪30年代,上海有家苛刻的书局,严格按实际字数计算稿费,标点符号忽略不计。既然如此,鲁迅就与这家书局开了个玩笑。他再给这家书局撰文或译书时,就既不加标点符号,也不分章节段落,每张稿纸上尽是密密麻麻的文字,黑压压一片。后来,这家书局就写信给他:"请先生分一分章节和段落,加一加新式标点符号。从这次起,标点和空格都算字数,和文字一并付酬。"此事在近代中国文坛上留下了一段佳话。

笔者认为,幽默既是一种待人方法,又是一种人生态度。小幽默需要大智慧。宋丹丹认为,什么叫大智慧?大智慧就是:你若简单,我比你还简单;你若复杂,我比你还复杂。笔者理解,大智慧就是:你无,我有;你有,我优。别人没有发现时,你发现了;别人适才发现了,你早就发现了,而且又去找寻新的发现了。小幽默的大智慧,首先,表现在观察和知能上。在日常生活中,处处都有隐藏着可以逗笑的信息,只要我们留心观察,总能捕捉到些许,怕就怕我们对此熟视无睹、充耳不闻。倘把幽默比作文章的话,那幽默用的素材,就如文章用的词汇。词汇掌握丰富,写文章可得心应手一些。素材与幽默的关系,也是同理。而素材的多与寡,既源于知能,又显示知能。其次,表现在出发点和落脚点上。幽默的出发点和落脚点,应当能给人们带来乐趣,能使现场气氛活跃,于人、于事有补和有益。高品质的幽默,是沟通人脉的"润滑剂",是和谐关系的"调味品"。在很多时候,幽默了才能放松,放松了,才可从容,从容了才好选择。幽默的基点和前提,须与人为善,而非与人为恶,像那种拿人家的生理缺陷来取乐、不分场合讲恶俗段子来逗乐的幽默毫不足取。别看许多幽默,貌似漫不经心、满不在乎,也没大没小、没尊没卑,有时还怨气冲霄、怪话连天,但本质上是认真的、严肃的、郑重的,该讲政治的讲政治、该讲正气的讲正气、该讲正道的讲正道。否则,便有可能发错声,道出诸如"有人忆苦思甜时,却说旧社会给地主扛长工怎么怎么好"这类啼笑皆非、反动透顶的事。这与幽默的本质是背道而驰的,轻的,会贻笑众生;重的,则会害人坏事。再次,表现在方法和方式上。幽默是生活本身,生活本来多姿多彩:有欢笑、有悲哀、有温暖、有冷酷、有希望、有失望、有法门、有无奈。幽默时,要善于运用社会学、心理学等原理,根据人物、事情、时间和处所的不同,去灵活应对;要善于运用比拟、借代、象征、双关等修辞方式,择善而从,拣宜而使,去力求获取最佳的效果。要严防"画虎不成反类犬",或因为不切实际地追逐目标,或因为不识时务地显摆自己,或不得要领地信口开河,结果弄巧成拙。要防止低劣、庸俗、丑陋,必须追求高尚、雅致、亮丽,真正使幽默挥发出正能量。要知道,幽默并不是因为美好而可爱,而是因为可爱而美好。在内在美和外在美中,内在美起决定作用。故而,我们当用大智慧去使小幽默,让小幽默更好地服务于人生。

土味与洋气

而今,许多城市为美化景观,在交通要道两旁的花草地上,置放着一些灰头土脸的物体:有或立或卧着形状不一的块石,有或正或歪着品种不同的陶罐。一些坐落在繁华街区的家居,室内装饰看上去土里土气,不见一点鲜色,有的还用原色的芦苇席子饰墙。不少食府为彰显"老字号"名点特点,供食客使用的桌椅古色古香,就连碗盆勺盅也是"旧货"。在中国改革开放搭上"世界快车"之后,这些逆袭的土味别有洞天,众人并不以为低劣,反以为高档,且赞羡有加。

土味相对于、区别于洋气。通常,土味在民间的、传统的、简陋的物体上现示,而洋气在舶来的、创新的、时尚的物体上显露。正如任何事物都有客观性一样,土味与洋气也都具客观性。除此之外,尚有相当大的主观性。二者并不绝对,均在比较中确定。也就是说,所谓的土味与洋气,都依不同的时间、不同的对象、不同的地点而言。即在某些时间里、某些对象里、某些地点里属于洋气的,在另些时间里、另些对象里、另些地点里则属于土味的;反之,亦然。二者均受制于审美观。不同年龄、不同阶层、不同族群的人有不同的审美观,即使同一年龄、同一阶层、同一族群的人也有不同的审美观。审美观不同,其对土味与洋气的认识也不同,甚至截然相反。二者留有政治、经济、文化等方面的烙印。相同的阶级出身、相同的经济地位、相同的文化素养,往往对土味与洋气有相同的认同。有的时候,那些政治的、经济的、文化的因素,常常会对土味与洋气的认定"一票否决"。二者的好孬不是天生。一般情况下,洋气尽管要比土味推崇、时兴一些,但并非统统为好;土味尽管要比洋气小觑、落后一些,但并非通通为孬。换句话说,并不是洋气就一定好、土味就一定孬,也不是土味就一定好、洋气就一定孬。二者具有一定的相融性。其表现在,土味里有洋气、洋气中有土味,土与洋结合、气与味相投。二者均有表与里的问题。世间很多物体,表与里都是土味的,或都是洋气的，但也有表是土味的、里是洋气的，或里是土味的、表是洋气的。在现实生活中，因为某种原由，许多物体的表与里，并不统一或不尽统一。

我们必须认识到，洋气由土味一步步演进而来。从一定意义上说，土味代表着原始、原本，而洋气代表着创造、创作。《礼记》中载曰：上古先王之时，世上还没有宫殿房屋。先民们冬天住在土窟里，夏天居于柴巢上；不知道用火除去腥气，生吃草木的果实和鸟兽的肉，吸饮其鲜血，连毛吞下；不晓得用苎麻和蚕丝织布，披鸟羽兽皮作衣服。到了圣人出现，先民们才使火、用其热，做模型铸造金属，和泥土烧制砖瓦，来建筑台榭宫室门窗；又用火炮烤煮炙各种食物，酿造醴酒乳酪；又用丝麻织成麻布，以应日常生活等。动物进化理论告诉我们，劳动创造了人类本身，没有劳动，也就没有人类；同样，劳动创造了洋气，如果没有劳动，也就没有洋气。洋气蕴含着人们的劳动及其创造。纵然一些洋气仍有土味，那是始于土味又高于土味的洋气，绝非一般意义上的土味。

我们必须认识到，在洋气弥漫中，土味依然可亲可爱。这是因为：一是真实。土味往往处于自然状态，未经修饰、雕琢。呈自然状态的物体，一般没作人为加工，是啥品质即啥品质。物体若经乔装打扮，虽会洋气一些，但已离开了本真。正因为此，人们喜欢看原版书籍和原版音像制品，法官审理案件特别重视原件和原审，成年人赞赏少年儿童的纯真。二是怀旧。随着科学技术的发展和经济社会的活跃，土味的物体常常陈旧，而陈旧的东西并非一无是处，其中有许多独特的功用。正因为此，人们吃腻了珍馐之后，渴望来点土菜乡饭，受够了喧哗之后渴望玩下山石清泉，坐厌了轿车之后渴望迈步行走。三是归零。世上所有的物体都能作自由落体运动。对物体来说，如果把上下运动比作洋气的话，那么，落地静止就可比作土味。人生也是如此，不管经历多少、感受多少、体认多少，潇洒走一回，铅华褪尽，生命终止，依旧归零。而只有这些归零的土味，才是永恒的、无限的。

我们还必须认识到，在洋气泛滥中，土味最奢侈。20世纪60年代，中国始见化纤布料，用其缝制衣服，既光鲜又挺括，这在当时颇为时髦，因为祖祖辈辈穿的都是粗布衣服。然而，时过境迁，如今，人们又崇尚棉质衣服了，因为它环保、舒适。20世纪50年代至70年代，莱茵河周边兴建了密集的工业区，工业废水、生活污水肆无忌惮地排入河中，生态环境恶化。此河曾被称为"欧洲的下水道"和"欧洲的公共厕所"，后经德国、法国、瑞士等沿岸国家以前所未有的力度治理，使其变得清澈、秀美成了世界闻名的自然风景名胜区。我们不难发现，在短缺经济时代，人们什么都缺、什么都少，大凡见有洋气的物体，便感新奇、便会称羡，甚至趋之若鹜。但在解决了基本生活需求步入小康之后，人们更多欣赏、钟爱、追逐的不再是价值不菲的洋气之物，而更多注重、青睐、寻觅诸如和美的阳光、洁净的水、清新的空气等。从一定意义上说，人间最奢侈的是土味，因为科学技术发展迄今，生产力得到了极大提升，人为创造、批量出产已变得更加容易，而原生态的物体往往有赖于漫长时日的自然净化和自然生成。

人类居住的地球本为洪荒、混沌而蒙昧。地球上所有的物体原来均有土味，然而，又都会沾染洋气，缘故在于世上万物均处于不断运动、发展、变化之中，洋气在物体运动、发展、变化之中生成。而物体本身，也是在土味→洋气→再土味→再洋气中经历，以至无穷。在任何时空，世间的土味翘首即睹、俯拾皆是。大家知道，今天的人们作文写稿，借助于网络查阅资料，借助于电脑毋需笔耕，洋气得很。然而，古代的人们著文撰稿，那只能靠笨拙功夫，土味得很。司马迁通过十八年的遍访、收集、整理，终于著就了《史记》，曹雪芹经过"披阅十载，增删五次"，终于写成了《红楼梦》。若是在今日，这两位伟人兴许可以取巧而轻松很多。时至当代，世间的洋气氤氲浓郁、强劲扑面。新技术、新产品如雨后春笋般地涌现。创业、创新、创优成为不可抵挡的时代洪流。而"三创"直接给人们带来的是洋气，即洋气的管理、洋气的商品、洋气的服务。而这些，又有力推动了社会、民生的持续、快速发展，又有力促进了时代、人类的持续、快速进步。

笔者在此论述土味与洋气，既没有厚此薄彼，也没有厚彼薄此。土味与洋气，各有利弊与得失。需要特别注意的是，正常情况下，土味并不等同低劣，洋气也不代表奢靡。人对洋气，心向往之，这可理解，也完全应该，但切勿成为洋气的奴隶和傀儡。否则，人会活得很累更累，也会降低本应有的幸福感。在生活上，舒适与否、体面如何，感觉自知。人不能盲目攀比、苛求外物，不必去赶时髦、去讲排场，自身赤条条来又赤条条去，从一定意义上说，洋气只能一时，而土味却可永远。

自怨与自信

近见一媒体的专栏里同时刊登了两则提问：一则说，我是单亲妈妈，认识一个网友一个多月了，聊得还不错。我比他大十岁，他看了我的照片后很满意，我看了他的照片后不太中意。我俩不生活在同一个城市，他说希望能走到一起，我不敢答应他。他虽然不能让我太中意，但我每天又希望跟他聊。求建议。另一则说，在工作上，他与我为上下级关系。我俩建立男女关系已四月有余。然而，对我俩的这种关系，他从不在同事面前公开，甚至有点躲躲闪闪。每当我问时，他总是说，我俩的事不想被别人当成议论的话题。我不懂他对我是否真心。求解答。读罢这两则提问，笔者脑海里马上闪现出如下认识：这两个女人都少了点自信、多了些自怨。

自信，即自己认可、相信自己。人存于世，自信是必须的。那些自己糟蹋自己、自己鄙弃自己，甘心落后或堕落，往往是缺乏自信；那些自己愚弄自己、自己恶作自己，情愿没落或消亡，常常是缺乏自信。自信能使我们增强信心，燃起炽热的生命之火；自信能让我们昂扬斗志，展开强健的希望之翼；自信能令我们健康心理，圆上如醉的成功之梦。正如威尔逊所言："要有自信，然后全力以赴——假如有这种信念，任何事情十有八九都能成功。"只有自信，才能激起奋发进取的勇气，才能感受美好生活的快慰，才能实现无愧此生的自我。自信对每个国家、每个集体、每个人来说，均至为关键。自信始于信仰、信念，自信源于实力、能耐。在中国抗日战争和解放战争中，中国共产党人有充分的自信，一定能够打倒日本帝国主义和国民党反动派；在中国改革开放和现代化建设中，中国共产党人有充分的自信，一定能够把中国特色社会主义事业推向前进。中国共产党人的自信，包括理论自信、道路自信、制度自信、文化自信等。当年，丘吉尔受命于危难之际，出任英国首相。他在下院发表的题为《热血、辛劳、眼泪和汗水》的著名演说，极大地鼓舞和唤起了英国民众战胜法西斯的勇气和决心。自信也是一点点培养、发展起来的。就拿人来说吧,刚出生时,一点儿自信也没有,因为几乎什么都不会,完全要依赖别人,但随着一天天长大,就学会了爬行,学会了站立,学会了奔跑,学会了说话。而每一次成功,都给人带来了些许自信。日积月累,人的自信便多起来、强起来了。当然,自信不会一成不变。既会由少到多,也会由多到少;既会由弱到强,也会由强到弱。自信还具阶段性、区域性特征,如中年的自信与幼时的自信不一样,老年的自信与中年的自信不一样;东方的自信与西方的自信不一样,中国的自信与美国的自信不一样。人的一生中总会遇到对自己自信的打击,或学习上的嘲笑,或工作上的责难,或交际中的拒绝,或情爱中的弃离。这毫不奇怪,犹如人学骑车、学射箭一样,"失败是成功之母"。

自怨,即自己责备、怨恨自己。《孟子》中有曰:"太甲悔过,自怨自艾。"自怨如果是自己悔恨错误,那有积极的方面。问题是,很多的自怨,只是埋怨身外种种对自己的不公、不善,于是,或感念生不逢时,或哀叹力不从心。这样的自怨,是一种"腐蚀剂",容易销蚀人们积极向上的心志;是一种"减压阀",容易减去人们激越前行的动能;是一种"稀释液",容易消退人们豁达乐观的热情。金庸先生在杭州讲学时曾概括人生有"七苦",除生、老、病、死"四苦"外,还有"三苦":一为"冤家会"。有的人生性凶悍奸恶。对这种人,避之惟恐不及,偏偏他是你的同事,或不幸成了你的伴侣。二为"爱别离"。一个人一生要遇到真正倾心相爱的人很不容易,遇到了,却要分手,岂不痛心裂肺?三为"求不得"。你一心想追求的东西,尽管费尽心力,却始终可望而不可即。在作家毛志成的眼里,人间有"三苦":一是你得不到,所以你觉得痛苦;二是你付出了许多,得到了,却不过如此,所以你觉得痛苦;三是你轻易放弃了,后来却发现它在你生命中非常重要,所以你觉得痛苦。大凡自怨的人,心苦是必然的,甚至到了苦不堪言的程度。而其中的有些人,往往是"怨天怨地怨空气,惟独不怨他自己",即使偶尔也怨一点自己,那也是轻描淡写。剖析之所以自怨,原因大抵有三:其一,对人生的真谛缺少必要的理解。换言之,理想化。人生永远充满着矛盾。人当来到世间时,是紧握着双拳;人当离开世间时,却松开了双手。因此,什么时候该收获、什么时候该放弃,什么时候该收获多少、什么时候该放弃多少,是学问,是艺术,须有睿智。生命从来就是一个过程、一种延续,从一定意义上说,父母通过我们活着,我们通过孩子活着。其二,对自己的一切缺少正确的了解。换言之,自负化。"人非尧舜,谁能尽善?"在问题、矛盾面前,有些人总认为自己是对的,有错那也是别人的。这样的思维,不怨三怨四那才怪呢!还有一些人敝帚自珍,总认为自己拥有的比别人拥有的更有价值、更有意义,于是乎,经常喜欢拿话埋汰别人。其三,品性上的差异。换言之,情绪化。情绪是一种心理状态,或兴奋、或伤愁、或乐观、或悲观、或激动、或平静。人有情绪,乃是正常现象,但不能化。情绪化的人,很容易失去理智,甚至会有极端的举止。

人生如白驹过隙,稍纵即逝。在或长或短的生命历程中,人难免有大大小小的痛楚,真正开心快乐的日子并不是很多。无论生活,还是工作,还是学习,人应该甚或充满有理有据的自信,少些甚或毫无只怪罪身外的自怨。缺乏自信、情有自怨的人很可怜,即使在家里,也是如此。像《红楼梦》里的迎春,就连她的乳母偷了她的首饰去赌钱,她都装作不知道。事情败露后,乳母的子媳还公然欺负她,她都不敢还击。在抄检大观园时,她的丫头司琪要被赶走,求她帮助给说说情,看能不能留下来,可她怯生生地不敢做。她这种极为懦弱的性格给自己带来了悲剧,她被父亲草率地嫁给了禽兽般的孙绍祖,其结局也只能是"金闺花柳质,一载赴黄粱"。而颇为自信、勿施自怨的人,景况就大不同了。就拿伟人来说吧,倘若没有自信,哪里会有中国首个也是唯一的女皇帝武则天;如果没有自信,哪里会有缔造中华人民共和国的毛泽东;如果没有自信,哪里会有中国改革开放总设计师的邓小平。当然,在现实生活中,自信与自怨也会相互影响,甚至会相互转化。在一定的条件下,自信与自怨还会通过心理上的"红色记忆"与"黑色记忆"而传染给下一代,这也可谓之"代际影响"。

解决自信与自怨问题,最根本的,是要不断强化自身的素质。如果把自信比作正极的话,那么,自怨就类似于负极。正极吸收的电子带正电,负极放出的电子带负电。不少时候,我们自觉或不自觉地会在两极之间摇摆和徘徊。在人之心灵深处,有无自信和是否自怨,是非常脆弱、易变的东西。我们时而会怀疑自己:"我行吗?""我能吗?"而后,这种消极情绪又会使自己变得沮丧起来。要使自己行、自己能,关键在学习和补充。以人的婚姻为例:一男一女一旦结为夫妻,两个人就像天平的两端,任何一端的质、量发生变化,就会失去平衡,轻则倾斜,重则倒塌。这质、量,就包括夫妻的思想、能耐、性情等与个人素质有关的一切。结婚前,世俗观念要求"门当户对";结婚后,现实情况也需要"门当门对"。二者有所区别的是,结婚前更强调选择和适应,结婚后更强调责任和义务。对男的、女的或夫的、妻的来说,无论在结婚前,还是在结婚后,个人的素质是第一位的、最重要的。社会上有一些女人,越老越装嫩,穿戴更考究,打扮更时髦,以为这样会更有男人爱、更有男人疼;还有一些女人,发现男人不那样爱她、疼她了,便来硬的,从行动上更严厉地管束男人。其实,这些也是女人缺乏自信的表现。要知道,在家里,光靠这些是拴不住男人的心、留不住男人的情。怎么办?提升自身素质是正确的路径。与其自怨,毋宁自强。在男人与女人之间,倘若一方只是一味地"投资"另一方的话,那么,在今后的日子里,一方将会不断地求着另一方不要离开,而且,收效甚微;倘若一方注重提升自身素质,那么,在剩下的时光里,一方将会很顺利地从另一方收获醇厚的爱情,而且,越发弥坚。既然岁月不饶人,人理应不饶岁月。生命路上,我们用不着自卑,要依靠不懈的努力,多活出一点"天生我材必有用"的自信来。

激与压

激与压,有一种共同的用法,为"使之"。激,使之发作,使之冲动;压,使之稳定,使之平静。通常,二者均表现出主动,旨在按照自己的意图进行。而二者的后果,往往改变了原有的状态、情势,如"一石激起千层浪""话声笑声压雨声"等。二者既是一种物理工艺,又是一种化学工艺,如加工金属工件的淬火、压延等。二者不仅广泛存在于各种自然现象中,而且普遍运用于各种人文管理中。二者虽都有负面作用,但常常人见人爱。大凡成人,对此几乎无师自通。

请看动物界一个奇特现象:挪威人喜欢吃沙丁鱼,尤其是活鱼,而市场上活的沙丁鱼要比死的沙丁鱼价贵许多。所以,渔民们总是千方百计地想办法使沙丁鱼活着运回渔港,可虽经种种努力,绝大多数沙丁鱼还是在运回途中窒息而死。后来,有一条渔船的船长在装满沙丁鱼的鱼槽里,放进了一条以鱼为主要食物的鲶鱼,鲶鱼进入鱼槽后,由于环境陌生,便四处游动。沙丁鱼见了鲶鱼后十分紧张,右冲右突,四处躲避,加速游动。这样,沙丁鱼缺氧的问题便迎刃而解了。渔民们获此秘密后,一个个如法炮制,且百发百中。只要在鱼槽里有了鲶鱼,一条条沙丁鱼即会活蹦乱跳地运回渔港。

这个奇特现象,实际上是渔民们对沙丁鱼施激的办法而出现的。一方面,鲶鱼与沙丁鱼本是"宿敌",沙丁鱼对鲶鱼有着本能的畏惧;另一方面,鲶鱼为了获得生存空间,必须适应新的环境,而沙丁鱼为了避免遭殃,必须活跃起来。这一激,打破了原先死寂般的平衡,产生了意想不到的效用。在日常生活中,有的时候,"请将"不如"激将"。"激将",即故意用刺激性的话去批评、指责对方,使对方的思想、精神受到挫折或打击,进而促使对方去做原来不愿做、不敢做的事。类似于这种激的,在社会管理、机关管理、企业管理中,有物质、精神、岗位、职务、荣誉、金钱等上的奖勤罚懒、优胜劣汰,即使在家庭管理中,也不乏其用,如激孩子好好学习等。

激是外力,而且是较强的甚或是猛烈的外力,否则,那不能称之谓激。对所有事物来说,受到这种外力之后,内部势必引起震荡,进而产生某些或某种变化。当然,由于力与质的区别性,其变化,有些是轻微的(如与人争吵时的红脸),有些是强烈的(如美国9·11事件),有些甚至是天翻地覆的(如小行星撞击地球)。激之主体与客体之间,必须具备一定的条件,否则,产生不了变化,如一块石头扔进草木灰中,只会湮没无闻。而磨剪刀、铲菜刀这种传统手工艺,激之双方均是硬碰硬,只不过一方比另一方更硬罢了。还有,那刀与鞘,正如一位刀剑收藏家所言,鞘并不仅是为了保护刀,更是为了刀锋入鞘时,挤对一下刀,让刀经历一次看不见的淬炼,从而保持锋利和活力。

　　激的功用奇妙、独特。因为有激,本是非常危险的事有人去做,甚至有许多人争相去做;本是无名无利的活有人去干,甚或有很多人争相去干。在中世纪的西欧,有一批贵族人也跃上战马,参加了十字军东征。他们不是不知,前往耶路撒冷要穿越敌人的危险地带,而且艰难骑行需持续至少六个月。那他们为何甘愿冒此大险呢?因为有激,即激励:如果能活着回来,他们可以保留战利品;如果死了,他们会得到殉难者应有的好处。激之所至,争之纷起。应当说,争,本是一切生物活着的理由,也是一切生物进化的动力。有了激,一切生物更要去争。别看许多人口口声声说自己与世无争,可一涉及具体利益,则另外一回事。无论从自身需求出发,还是从管理目的考量,一般人难以抗拒激所引发的争。

　　人来到这个世界上很不容易,欲活出人样、活出尊严、活出精彩、活出快乐,必须积极主动,而激可促进这些成为现实。有个故事:一位农夫有头老驴。一天,老驴不小心跌入了深坑。农夫听到它的哀鸣、看到它的困境,断定救不了它。为使它早点脱离苦海,农夫决定往深坑里填土,以便把它闷死。然而,每当农夫把土块打到它的背上时,它就用力抖掉,然后踩着土块,向上走一步。不管土块打在背上有多疼痛,它就是不让自己放弃。如此,不知过了多久,它尽管筋疲力尽、伤痕累累,仍安全地回到了地上。在这个故事里,对老驴来说,农夫填土实际上也是一种激,激得它不能等待死去。在工作、生活中,人积极主动了,就有可能拥有超乎寻常的智慧,就有可能展示超乎寻常的表现,就有可能获取超乎寻常的成功。反之,人消极被动了,面对困境,就很容易退缩、逃避,不是去为成功觅良策,总是替失败找借口。

　　莽莽大地,茫茫人海,使压现象触目皆是。这一方面是自然规律使然,另一方面是社会规律使得。国与国之间,人与人之间,政治上可以使压,经济上可以使压,武力上也可以使压。有使压,就有抗压,包括陈胜吴广起义在内的中国古代历次农民起义便是这样,包括阴晴旱涝在内的寰宇气候变化也是这样。无论自然界,还是人类社会,使压与抗压是一个既互相依赖又互相排斥的矛盾体。正是这种永无止境的相生相克,促使自然界和人类社会的不息不止。在通常情况下,压与激一样,也是一种有目的的主动行为。其目的,要叫被压方服从使压方的指令,或腾挪,或退避,或却步,或奉献。当然,使压的方式和路径多种多样,有直接的、间接的,有强大的、弱小的,有持续的、间隙的。其作用,并不是所有直接的、强大的、持续的使压都好,有的时候,那些间接的、弱小的、间隙的使压反而好。这同样存在因人因事而异、因时因地而异的问题。

怎样看待压?笔者认为,其一,有压比无压好。人在世上,谁都想无忧无虑,甚至有些人还想无法无天。这有可能吗?回答是,不可能!自然界有生物法则,人类社会有管理法规,所有的生物和人类都摆脱不了受约束、受管制。其有所区别的,有些约束、管制是有形的,而有些约束、管制是无形的。有压,说明你生活在集体中;有压,说明你生活在希望里。反之,亦然。事实上,人从出生至死去,一直伴随着压,既在压中成长,又于压中消亡。其二,压大比压小好。在现实生活中,许多人感叹"压力山大"。可是,压力不大,往往动力不大;动力不大,往往行动不大;行动不大,往往效用不大。于是,压力不大,还真的不行。古今中外,那些大有成就的人,在前进的道路上,所承受的压力几乎没有小的。其三,正压比负压好。压有正、负之分。正压,指来自正面、正向的压;负压,指来自反面、侧向的压。相对而言,正压的力点容易平衡,其结果可控一些;负压的力点容易失衡,其结果不可控一些。正压光明正大一些,明人不做暗事;负压非光明正大一些,冷枪冷箭难防。

人有七情六欲,在世上或长或短若干年,缺不了压。诚然,其压的对象,为欲望。欲望可以有限,也可以无限。无限的欲望,不管正当与否,都有可能走向极端,最终害人害己,甚至毁人毁己。在这里,压如同一座节制闸、一件制动器,可作调节使用。人有压,就会宁静。宁静了,则能驱散困惑、失意、烦恼和惆怅,让欣喜、慰藉、满足和欢乐永驻心田。人有压,就会冷静。冷静了,考虑问题也好,采取行动也罢,就不会那么急功近利。无论学习、工作,还是干事、创业,能保持定力和耐性,且在必要时,有着非凡的"慢"的坚守。人有压,就会等待。等待了,可凝心聚力,伺机而动,乘势而上,不会盲目追求不该得、不能得的东西。这些年,"神马都是浮云"这句话流行很广,其意是"什么都缥缈如云"。在事儿纷至沓来、变幻莫测的当口儿,人不妨多一些主动性的等待,这无疑是一种生存智慧。

中国人向来崇尚克己、忍耐,尽管如此,激与压,一不可滥使。滥使后,就不那么灵光、管用了。从某种意义上说,激与压不能成为常态。二不可过使。过激与过压,容易产生强烈反弹,弄得不好,还会"翻船"。有的时候,其不仅前功尽弃,还能霄壤颠倒。人也好,物也罢,忍总是有限度的。如果过激或过压,受体到了忍无可忍的地步,那么,是人或反抗或致死,是物或弯曲或断塌。三不可久使。相对而言,激与压只能作为一种临时性的、短期性的安排,若久使,是金属还会疲劳,更何况是有血有肉的人,故而,如过得去、好可以的话,不必也不能久使。毕竟,使激与使压,在不少时候,会或多或少留下负面的印痕。在这方面,刚柔相济、宽严相济、急缓相济,无疑是明智的选择。

真假与假真

论述真假与假真,笔者并非想玩绕口令。世上真假与假真的人和事很多,有必要论述一番。这里所说的真假,指真的假,换言之,看上去是真的,实际上是假的;这里所说的假真,指的是假的真,也就是说,看起来是假的,其实是真的。

有这么两则故事。一则是真作假的故事:唐朝穷秀才李遇科考失败后,亲戚王安推荐他到一位官员家做了私塾先生。官员赏识他的才华,就招他当了上门女婿。他一直想送礼物给王安,以报答恩情。一天,他听说王安喜欢古玩,便拿着一枚玉石戒指(系夫人的陪嫁之物,价值不菲),去请王安鉴定(其实,是怕王安不肯接受,以此为托辞)。没想到,王安仔细看后却说:"戒指是假的。"他听了,沮丧地说:"那就给你家孩子当玩物吧!"过了几年,王安家道中落,只好卖家产度日。一天,王安拿着这枚玉石戒指到一家古玩店。"我想卖一百两银子!""请稍等,我去请老板。"王安与店里的伙计言去言回。结果从屋里走出来的老板正是李遇。"你怎么会在这?"王安很惊讶。"您为何要卖这枚假戒指呢?"还没等老板把话说完,王安便拿起戒指落荒而逃。原来,李遇后来钻研古玩,成了鉴赏家,还开办了店铺,当然知道这枚戒指的真假,而王安则做贼心虚。既然这样,第二天,李遇还是派人给王安送去了一百两银子,把那枚戒指买了回来。

另一则是假作真的故事:民国初年,湘南蝗虫肆虐,粮食歉收,殷天引一家在镇上最先断了粮,一家人不得不靠吃树皮草根度日。一天,他的好朋友王扬来探望。王扬看到他家的窗台上有只香炉,便喜不自禁地说:"好一只明代的宣德炉!"他听了,心里一惊,万万没有想到自己家里还有明代的东西。王扬继续说:"你知道,我喜欢收藏,把它卖给我吧!"他认真看了看王扬,见王扬丝毫没有开玩笑的意思,这才点头同意。当天晚上,他一家人喝上了香甜的米粥。次日,他去一家古玩店询问,得知宣德炉至少值十石大米,而王扬只给了两石大米。从那以后,他就慢慢地与王扬断了往来。多年后,他终于发达起来了,而此时,王扬病故。他获悉这个消息后,摒弃前嫌,赶去吊唁。在王扬家,他看到在后院的窗台上有只他很眼熟的宣德炉,只是种着几株兰花,觉得很奇怪,便不动声色地询问了王家长子。得到的回答是,"这只宣德炉是仿制品,不值几个钱。当年,家父的一个好朋友家里断了粮,想给予帮助,可又知道这人清高,不会随便接受帮助,于是,家父故意把他家这只炉子'考证'为明代的东西,顺理成章地送了他两石大米。不过,家父在世时一直没告诉这个好朋友是谁。"

以上两则故事,颇有玩味。在一定的条件下,真作假来假也真,假作真来真也假。世上的人和事,很多时候,真真假假,假假真真,真假难分,假真难辨。真假与假真,在政治纷争中有,在经济活动中有,在军事斗争中有,在人际交往中有,在家庭生活中有。为人做事也好,待人处事也罢,谁都明白必须实事求是、表里如一,可为何会出现真假与假真呢?笔者分析,它们既有认识上的原因,也有策略上的原因,还有品德上的原因。有的时候,因受客观条件限制;有的时候,是由主观因素使然。笔者写过一篇《弄虚作假严重危及土地利用和管理根基》的长文,文中列举了弄虚作假的种种表现,并分析了产生弄虚作假的原因,其中有供需矛盾的原因、官场规则的原因、制度滞后的原因、条条块块的原因、"公地悲剧"的原因、"破窗效应"的原因、"形式执法"的原因。不管什么原因,其主观因素往往多于、大于客观条件。在现实世界里,纵然许多东西可能一时难以分辨,但历史地看,其不必也不能立马妄下断语,可以续作观察,同时进行"两手"准备,即做好相应的预案,以随时应对最终显示的真假或假真。

真假与假真,共同的一点是,里面与外面不一样,做的与说的不一样,台后与台前不一样,后头与前头不一样,本质与形象不一样。在表现形态上,真假与假真有很多的不相同:一如有些人口惠而实不至,其嘴上说的、纸上写的都很好,行动上却不落实。二如有些人口蜜而腹剑,口里讲的是好听的话,而肚子里怀的却是坏主意。三如有些人或事"金玉其外,败絮其中",虚有其表,名不副实。真假与假真,在表现程度上也有差异:一如有些人或事一看便可发现破绽,即露出了"狐狸尾巴",或显示了不应有的瑕疵,或露出了弄巧的拙劣;二如有些人或事到了以假乱真的地步,非专业者、非有心人还发现不了问题,长期甚或永远稀里糊涂地被蒙骗着;三如有些人或事来无踪去无影、云里来雾里去似的,不作长期察看很难下定论。

人所生活的尘世极为复杂,各种各样的真假与假真似乎都"大有用武之地",其中对有些真假与假真,乃是见仁见智,像明明是虚伪,可有的人则认为是变通；明明是圆滑，可有的人则认为是灵活；明明是谄谀，可有的人则认为是谦恭；明明是偏激，可有的人则认为是直率；明明是小气，可有的人则认为节俭。在现实生活中，常常是真的东西有缺点、有毛病，假的东西却无缺点、无毛病；真的东西滞销，假的东西却畅销；真的东西藏而不露，假的东西却四处张扬。社会上有一种"摆烂学"。它要求彼此宽松，即使是"烂"货，你卖我买，大家心知肚明，相互也不埋怨。照此逻辑，你以假当真，我以次充好，只要你不揭穿我、不影响我、不危及我，我也不会去告发你、捉弄你、击打你，大家相安无事。常言道，良药苦口，忠言逆耳。人有的时候特别怪异，喜欢听虚情假意的话，乐意看虚无缥缈的景，高兴做虚张声势的事。这些，只不过是一种不恰当的心理满足而已。

真假与假真，在人之计谋中有较多的使用。如：当年，中国工农红军长征途中，为了掩护大部队转移，时而采用声东击西的战术，表面上在攻打这一边的敌人，其实在那一边自己的队伍正悄悄地越关过隘。在"隐蔽战线"，在危险境遇，特务会作化装，名人会找"替身"，藉以迷惑别人，顺利完成既定任务。当然，一些工于心计的人也会较多使用真假与假真。如：有的人出持的学历证书是真的，但学历是假的；有的人的学历是真的，但出持的学历证书是假的。有些人对别人，感情不到礼节到；有些人对别人，礼节不到感情到。有道是，兵不厌诈。人生旅途中，与友人相处，在一定的情势、状态下，为追求自己更多的利益和更好的境况，不来一点真假或假真还不行。这不能简单地以"君子""小人"来作道义上的评判。

人在世上，识别、分辨真假与假真，并不是一件容易的事。其难就难在，策划、实施者与识别、分辨者之间，在斗智斗勇，进行着各种各样的角力。试想，如果真假与假真被别人一眼即洞悉，那么，其策划、实施便无意义，起码在效用上已打了折扣。真假与假真尽管难以识别、分辨，但还是有办法对付。即其在理论上，有规律可循；在实践上，有经验可鉴使。就识别、分辨人而言，当今，随着心理学、行为学的深入研究，越来越多的带来规律性的东西被发现，而且在实践中被证明是正确的，如刑案侦察中使用的测谎手段。早在我国古代，许多名家即有独具匠心的观人术。如《老子》中的人物鉴定法：上德不德，是以有德；下德不失德，是以无德。上德无为，而无以为；下德为之，而有以为。《六韬》中的人物鉴定法：问之以言，以观其详；穷之以辞，以观其变；与之间谍，以观其诚；明白显问，以观其德；使之以财，以观其廉；试之以色，以观其贞；告之以难，以观其勇；醉之以酒，以观其态。人在江湖走，识人、识事、识象、识势，须臾不可离，学问无止境。不论身外多么复杂，人当心有明镜。

有理与无理

我们每个人从懂事起,即与有理与无理结下了不解之缘。小孩甲有一玩具,小孩乙见之,不由分说,便去抢夺;小孩甲就是不肯,且破口骂小孩乙;小孩乙受不了这个气,动手打了小孩甲;继而,小孩甲与小孩乙扭打了起来。此事整个过程,一直纠缠着有理与无理:在这个阶段,小孩甲有理,小孩乙无理;在那个阶段,小孩乙有理,小孩甲无理。不过,此事初起时,小孩乙完全无理,此事终了时,小孩甲也已无理。

世上"理"为何物?通常,理指规律、人性、规则。有理,即合乎规律、符合人性、遵循规则;无理,即不合乎规律、不符合人性、不遵循规则。人知理了,就会知什么事情该做、什么事情不该做、什么事情能做、什么事情不能做、什么事情必须做、什么事情决不做、什么事情容易做、什么事情艰难做。凡事凡情,有有理与无理之别,且贯穿于事情始终。理的种类繁多,有事理、情理,有人理、物理,有法理、哲理,有大理、小理,有正理、邪理,有内理、外理,有新理、旧理,有善理、恶理,有浅理、深理,有死理、活理,有硬理、软理。有理与无理有客观标准,也有主观标准。"哪里有压迫,哪里就有反抗",即强调了客观标准。"公说公有理,婆说婆有理",即强调了主观标准。而主观标准,在很多时候,往往表现出错误。换言之,要么不合乎规律,要么不符合人性,要么不遵循规则。想当年,德国法西斯主义与日本军国主义肆意、疯狂侵略别国,口头上也很有"理",但那些"理"纯属主观标准,是彻头彻尾的强盗逻辑。这告诉我们,人站的角度不同,理的认知也不同。角度正确,认知正确;角度错误,认知错误。国内有家医院的药剂科长收受了药厂医药代表的巨额贿赂。他在庭审时辩称:"我不收钱,不是便宜了他们?"此也成理,岂非咄咄怪事!在现实生活中,有理与无理无不具有客观标准,有些时候,有的人尽管强词夺理,然而,还是有公认。毋庸置疑,在很多情况下,理有着强烈的阶级性、阶层性。也就是说,其政治、功利色彩较浓,用老百姓的话来说,就是"谁的嘴巴大,谁就说了算"。不过,时间是最好的称重器、鉴别仪。那些带着政治、功利色彩的有理与无理,经过历史长河的冲刷和洗涤,其本来面目往往会昭然若揭,即使不能如此,对其是非、功过的评价也可较以往更为客观。

世上"理"从何来?笔者认为,一是从客观规律中来。美国社会学家玛格丽特·米德将人类社会划分为前喻文化、并喻文化和后喻文化三个时代。这种划分有一定道理。前喻时代,指年长者凭着自己日积月累的知识或技能,比年少者晓得多些;故而,有"不听老人言,吃亏在眼前"之说。并喻时代,指年长者与年少者共同学习、生活和工作,尽管阅历不同,但各具优势,相得益彰;故而,有"老中青'三结合'好"之说。后喻时代,指年少者通过高科技手段,比年长者更早、更多地获得新知识、新信息,故而有"长江后浪推前浪"之说。诸如此理,其实是客观规律使然。二是从约定俗成中来。自古以来,中国人的吃饭有不少规矩,如大人没动筷子,小孩不能先吃等。这些规矩,无非说明这些理:一定要尊敬大人。世上浩如烟海的法律、法规、纪律、规则,实质上均是不同组织、不同人群的共同约定。而这些共同约定,即为理。三是从经验教训中来。俄罗斯总统普京小时候在街头第一次被人挨打。不过,他很快悟出了如下理:首先,我不对。当时,那人只是对我说了句什么,而我却很粗暴地给顶了回去。我不该这样粗暴。第二,不论对谁,都应尊重。如果那是人高马大的壮汉,也许我不会那样粗暴,而那人第一眼看上去瘦骨伶仃。第三,在任何情况下,不管我对与否,如能还击,应是强者,可那人根本就没给我任何还击的希望。第四,我该时刻做好准备,一旦遭人欺负,瞬间就应回击。此外,不到万不得已,不能轻易卷入冲突。但一有情况发生,就应考虑无路可退,必须斗争到底。世上像普京这样通过总结经验教训而明白的理,广泛见诸书籍、文牍、口语中。四是从力量勇气中来。据悉,欧洲文明一个最显著的特点,就是对力量和勇气的崇拜。无论谁,只要有力量、有勇气,他们就崇拜。遗憾的是,其崇拜之时,往往甭管这力量、这勇气是否用得在理。在世界范围内,国与国之间,落后了、贫穷了,容易受欺凌、遭打压。可恨的是那些欺凌者、打击者,即使无端,也说有理。中国社会,在"子不教、父之过"的传统理念支配下,父母打骂子女成了理直之事,其中不乏有些父母滥施了淫威。五是从科学技术中来。人类孜孜以求地研究科学技术,根本目的在于探寻物质之理,使物质更好更多地为人类服务,如古今中外灿若繁星的各种发明创造,无一不是经过科学研究认知了其中之理。当然,此属于自然科学范畴之理。

人在世道上,必须充分认清理为何物、理从何来。明白了理的背景由来、内涵作用,也就认清了理的要旨、要义。如是,则有利、有益于为人处事,进而能够丰富自己的人生。笔者认为,一要多听有理的话。别人说了那么多话,其中哪些有理、哪些无理,自己必须立马思辨、掂量清楚。有理的,多听,甚至全听;无理的,少听,甚至不听。这里的听,指采纳。莫将无理当有理,也莫将有理当无理。要知道,一个好点子、一个好主意,有时胜过千军万马;一个坏点子、一个坏主意,有时宛若苦海深渊。二要多说有理的话。我们待人接物,少不了要说话。话从口中出,既会成福,也会成祸。福祸之间,常常取决于话理有无。作为正道、正派之人,对方即使难以理喻,在事情关键、紧要的地方,也应尽可能更多地晓之以理,纵然对方不听,也不能放弃规劝。再说,人会能说理,先要明理。而此,又是人之素质的反映。"狗嘴里吐不出象牙来。"此言虽已爆粗,但也有根据。三要多做有理的事。在世间,对事对情,对人对物,歪歪理尽管会有万千条,然而,正理只有一条。许多正理非常浅显。如:世上什么东西最好吃? 据说,当年隋文帝为此特别写了一个告示,向广大臣民求解。有个讨饭的人叫詹鼠,把榜揭了。隋文帝询问他,他只应答了一个字:"饿"。我们无论做什么事情(惊天动地也好,微不足道也罢),都要做得有理,用老百姓的话来说,都要做在理路上。四要有理也应让三分。诚然,"有理走遍天下,无理寸步难行",但是,有理也不能肆意妄为,必须顾及别人的尊严。有理时的批评人,最终目的是要让人知对错、明善恶,进而吸取教训、改正错误,而不是以理整人、以理制人。倘若不依不饶,恶语相加,即使自己再有理,在效果上也会有适得其反的可能。现实中时而所见,君子理直却不气壮,而小人理不直却气壮。我们当多做这样的君子,而不做那样的小人。

　　正如凡有人群的地方,总有左、中、右一样,理也如此,并非只有有理一种状态,或只有无理一种状态。有些时候,除有理、无理之外,尚有第三种状态,即似有理又非有理,似无理又非无理。其实,有理与无理也是相对的。对第三种状态,需要我们具慧眼、有睿智,而等闲者则难以洞悉。在历史上,有许许多多的事情、人物,当时的认识属于第三种状态,然而,后来被证实是错误的。生活中确有不少东西,一时甚至永远说不清、道不明是有理或无理。莫扎特,生前在家乡屡受排挤,命运多舛,但他却是一个流芳百世的天才,一生中创造了大量脍炙人口的音乐作品。有个服装公司生产的西服一直不好卖,高不成,低不就。后来,老板想出一招,把每套西服的售价从原来的几百元提高到了五千多元,没有想到,效果奇好。西服还是那种西服,先前嫌档次低的富人,也愿意出钱购买,因为他们穿在身上自己觉得有"派"了。"飞蛾扑火"——曾被励志大师们提炼成"心灵鸡汤"——勇士精神、亮剑精神、牺牲精神,然而,科学家经过长期观察和实验,终于揭开了谜底——原来飞蛾根本不想扑火,甚至根本不想趋光,而是由于人为因素,导致飞蛾被错误的"导航"。我们在漫漫人生路上,拎得清的有理与无理比较容易应对,而拎不清的有理与无理则比较困难应对。正是这些后者,才值得我们深探细究,因为那是一座座"富矿",若应对成功,其受用、受益无穷。

有关与无关

自己的一生，少不了要与身外的人、身外的事、身外的物打交道，于是，即与这些人、这些事、这些物有关，否则，即与这些人、这些事、这些物无关。何谓有关？有关系也；何谓无关？无关系也。实际上，关是背景，关是过程、关是联系。在日常生活、学习、工作中，关指关乎、关涉、关联。关有正关、负关，有深关、浅关，有主关、客关。对自己来说，有些关可以带来荣耀和财富，有些关只会招致耻辱和潦倒；有些关可以长长久久，有些关只能蜻蜓点水；有些关可以有意识地为之，有些关只是冥冥中的缘分。还有，有些关有关紧要，有些关无关紧要；有些关急如星火，有些关慢若蜗牛；有些关撕心裂肺，有些关不痛不痒。

因为世间的人、事、物在发展、变化中往往是相互联系的，而且存在着一定的、某种的因果关系，故而，我们例举起有关的人、事、物来，那是太容易、太方便了。不是么？只要谁提职升官了或降职贬官了，很多人便会去议论谁与某人、某事有关。有些人势利得很，谁有了大灾大难，本来是关亲搭眷的，却不愿伸出援手；然而，谁有了大权大势，本来是"八竿子打不着"的关系，却也要拐弯抹角地去沾上点亲、带上点故。"天下熙熙，皆为利来，天下攘攘，皆为利往。"此言所指，人来人往，都与利有关。正如美国学者布莱恩·费根说的，"不正常的气候条件与不正常的历史事件之间，有着非常密切的互动关系。"史上玛雅文明的溃亡和良渚文明的衰亡，都与气候发生重大变化有关。沧海变桑田、桑田变沧海，同属此理。水与生命有关，人体的三分之二以上是水，所以，先人有"药补不如食补，食补不如水补"之说法，《本草纲目》把水放在第一章来论述。参加高考能否被录取，这与录取率有关。如中国 1977 年恢复高考，录取新生 27 万，录取率为 4.7%；2008 年高考，录取新生 600 万，录取率为 57%。据传，胡适与陆小曼情深而未成眷属，与胡适极怕老婆有关，结果出现了"情人结婚了，丈夫不是我"之尴尬。当年,中国大地盛行毛主席语录歌、语录邮票、语录画、语录操,这与《毛主席语录》书的极广普及和深受崇拜有关。该书印行50多亿册。有些人总是把别人想得太复杂,其实,这与其自身也复杂有关。中国战国时期总人口才1000多万,到秦始皇统一六国时,全国人口已翻了一番,这与当时各诸侯国鼓励人民多生有关。诸如以上有关的人、事、物,触目皆是,俯拾即是。

地球之大、人口之众、物资之丰、事务之繁、时光之匆,作为人之生命个体,不允许也不可能对它们都能涉及、牵连。换言之,与己无关的东西,太多太多了。从一定意义上说,我们别讥笑、嘲讽"井底之蛙",相对于世间,人的阅历还是狭窄的,人的见识还是肤浅的,人的经验还是局限的。《左传》中曰:"君处北海,寡人处南海,唯是风马牛不相及也。"此语后被喻为两不相干。俗话"井水不犯河水",说的也是这个意思。有些人虽然个子矮、长得丑、学历低,但是,在科研、经商、仕途上获得了巨大的成功。于是有舆论认为,人的成功与其长相、身高、文凭无关。有些人虽然财物不多、无权无势,然而,天天乐呵呵、美滋滋的,无比快乐。于是,有观点认为,人的幸福与其财物、权势无关。有些人职场上虽然起步艰难、前行缓慢,可是,大器晚成,后来居上。于是,有认识认为,人的收获与其进步时间无关。类似这些无关,在社会上司空见惯,不足为奇。世上的无关有多种情形。如对中国南海的主权声索及其纷争,美国、日本与此无关,却为了一己私利掺入其中捣搅,遭到中国的高度警觉和严加痛斥。中国一向主张有关国家协商解决。又如:一国欲与另一国开展很有针对性的联合军事演习,为防止别国反对,声称其与别国无关,只是例行训练活动。这是虚伪的无关。就时间和空间而言,世间的无关远远多于有关,二者根本不在一个数量级上,前者是无穷的,后者则是有限的。

世间的人、事、物,其相互关系,说简单,很简单;说复杂,也很复杂。有些人、事、物,并非说无关即全无关,说有关就都有关,往往介于二者之间。换言之,就是说无关并不是一点有关也没有,说有关并不是一点无关也没有。这类的人、事、物,在世上并不鲜见。古人久有"毋以货财杀子孙"的训导,指的是,做父母的不可留太多的财物给子孙,因为子孙获得很多遗产而骤然富裕,容易形成唯物寡情的人生态度和骄奢浮逸的生活习惯。其实,这不尽然,世界上有许多的"百年老店",其继承人创造了一个又一个新的辉煌。长期以来被众多媒体妖魔化的沙尘暴,并非全由人类破坏环境而造成,其与气候变迁也有关系。即使是沙尘暴,也并非一无是处。科学家发现,它是全球自然循环中的一个环节,能给海洋浮游生物带来丰富的养料。近年来,中国一些地方出现了一家两制式的新型腐败。即父母从政,儿女经商,父母利用自己的影响,为儿女牟取利益。乍看上去,父母没有直接动用权力,也没有间接去打招呼,并不存在腐败行为,也可说与父母无关;然而,细究起来,儿女是利用了父母的影响。否则,不可能牟取这些利益,也就是说,与父母有关。不时有媒体报道,一对夫妻都患上癌症,或同时发病,或先后发病,其患癌的部位有相同的,也有不同的。患上这种所谓的"夫妻癌",按照至今对它们的认知,其与传染无关,但与生活方式长期趋同有关。人际关系中有强连接,也有弱连接。事实上,有些弱连接等于没连接,一旦有事,一方对另一方并不一定会给予照顾。婚姻是人生中的大事,一对男女结不结婚,一对夫妻离不离婚,常常不是由一个因素决定的,也不是由一个因素否定的,里面往往掺杂了好多似有关又似无关、似无关又似有关的因素。

有关与无关,对人、事、物来说,也是一把双刃剑。如:一个人与不一样的人有关,就会出现不一样的价值;一个人与不一样的平台有关,也会体现不一样的分量。与进取的人有关,行动就不一定落后;与大方的人有关,处事就不一定小气;与睿智的人有关,遇事就不一定迷茫;与聪敏的人有关,做事就不一定迟钝。与宏大平台有关,前程不一定暗淡;与坚固平台有关,行进不一定颠簸;与正规平台有关,发展不一定受限;与新兴平台有关,潜力不一定渺小。古人早就深谙此理,故言"接近好人,可使人变好",又言"棒槌挂在城门口,三年后也会说话"。至于"孟母三迁"的故事,在中国更是人所共知。当然有关也有有关的孬,与不好的人有关,一方面,容易受到影响;另一方面,容易受到牵连。在现实世界里,要做到"入污泥而不受染""入瓜田而不受疑"还真的很难。无关的好,好就好在:若有责任,自己可脱干系;若遇不测,自己可无损害;若有危急,自己可不动兵卒。不过,无关也有无关的孬,如需要获得的难以获得,很想知道的难以知道,甘愿奉献的难以奉献,有意沟通的难以沟通。在人际交往中,一方意欲关心另一方,有时会获这样的回话:"与你无关!"一下子使得一方呛噎不已,真可谓"热面孔贴上了冷屁股"。显然,有关与无关,最重要的是关系内容、关系程度、关系用法,其结果好孬,全取决于这些。

人生是朴素的,处世如此,处事同样。我们应当朴素地去看待有关与无关,不可轻易地把有关当无关,也不能随便地把无关当有关。那些"交浅言深""交深言浅",从一定程度上,在看待有关与无关上,都不够朴素。有关与无关,只是有无关系,往往不涉及本质、核心和要害,所以,对有关与无关,既不可过度重视,又不可过分轻视,怀揣一颗寻常心比较好。在处理日常事务时,既不要不加思索地把别人的"小插曲"作为自己的"主旋律",也不要不切实际地期望别人把自己的"小插曲"当成"主旋律"。"稻草定律"告诉我们,人的身价也像稻草一样，看与谁捆绑在一起，如捆绑了白菜只是白菜价，若捆绑了螃蟹就是螃蟹价，二者相差甚远。此很有道理。无论在仕途上，还是在生意场上，谁结交上了"贵人"，谁就有可能得到"荫庇"。然而，我们务必清醒地认识到，稻草永远是稻草，自己永远是自己。在社会上，人的价值从根本上说，还是由自身素质决定。有关有时可以依靠，但千万不能依赖。想当年，姜子牙、诸葛亮压根儿就不是稻草，他俩并不是捆绑了圣明君主才大显身手。人在世上，见之闻之，言之行之，有关也好，无关也罢，不管怎么样，一切当立足于自身努力，同时须善于借用外智外力。

愚忠与愚孝

忠与孝，这个话题既古老，又沉重。中国自有文字记载起，这个话题的使用频率就特高。这也难怪，每个人都生活在国中和家里，即使有时国不是国、家也不成家，但通常都有管束自己的集体和生养自己的父母，于是，就需要有法律的、道德的准则来规范国中和家里的各种人际关系。早在春秋战国时代，孔子、孟子、老子、庄子就多有论述，如孔子的哲学思想和社会思想，核心是"仁"和"礼"，里面就包括了对社会、家庭秩序的构建。宋代朱熹推崇"三纲五常"，其倡导的标准是：父为子纲、君为臣纲、夫为妻纲，仁、义、礼、智、信。作为中国传统文化的重要内涵，诸如这些，对国家、家庭的建设与发展有着很大的积极意义和良好的推动作用。时至今日，其科学原理、合理内涵在中国的治国理政中仍多有运用，且赋予了具有时代特征的新意，而其中的一些，在全面倡导的社会主义核心价值观中有充分体现。

忠有广义与狭义之分。狭义的忠，就是对君主忠，换言之，对皇上忠。广义的忠，包含了对君主、对上级、对父母忠，还包括了对亲人、对情人、对友人忠。姚雪垠所著《李自成》中写道："有这样忠心耿耿的将士，面前横着天大的困难我也不怕！"郭小川所著《团泊洼的秋天》里叙述："战士自有战士的爱情，忠贞不渝，新美如画。"忠，忠诚也，主要用在对君主、对上级。遥想当年，蜀国国君刘备托孤时曾对诸葛亮明确表示："君才十倍曹丕，必能安国，终定大事。若嗣子可辅，辅之；如其不才，君可自取。"在当时，诸葛亮完全可以名正言顺地取刘禅而代之，然却依然竭诚忠于主子，集贤相、廉吏于一身。在中国漫长的封建历史中，出于强化统治和制度文化的需要，历朝历代都大力宣扬忠君思想、褒奖忠君臣子。为此，身为清朝皇帝的乾隆，于乾隆四十一年（1776年）下诏，为抗清死难者公开平反。这在当时的政治环境下，是一件惊天动地、匪夷所思的事。乾隆之所以要冒巨大的政治风险，根本目的是要大树忠君价值观，并以此来进一步巩固清朝的统治。历史的车轮滚滚向前,而今的中国社会已是民主社会、法治社会,虽然忠的涵义已与封建社会不可同日而语了,但忠在许多地方、许多方面仍居首位,如同数字中的"1"与"0"的关系,忠是"1",没有这个"1",再多的"0"也毫无意义,甚至只有负面意义。

　　忠与被忠,具有主体与客体的关系。毋庸讳言,在中国两千多年的封建社会,大大小小数百个君主,有的是明君、昏君,有的是慈君、恶君,有的是仁君、暴君。作为臣子,当然希望君主是明君、慈君、仁君。笔者认为,忠与被忠的要义是信仰和利益。只有信仰一致、有利可图,才能构成忠与被忠。而且,检验忠与被忠的关键也是信仰和利益。中国历史上著名刺客豫让有言:"士为知己者死,女为悦己者容。"马克思曾精辟地指出:"人们奋斗的一切,都与他们的利益有关。"因此,评价人的忠与被忠,必须从信仰和利益上考量。当然,君主总会要求臣子不顾一切地忠,即使自己再昏庸、再残暴、再荒淫,也要求臣子忠贞不贰,否则,就是叛逆,当予诛杀。这实际上是严重违背人性的。然而,这种残酷,却在中国封建社会不断上演。一代又一代的君主,从最高统治需要出发,大肆颂扬不顾一切的忠,其中包括对昏君、恶君、暴君的忠。这样的忠,无疑是"愚忠",甚至是为虎作伥、助纣为虐。不过,很多时候,这些臣子已深陷其中,身不由己,同上了一条"贼船",纵然明知是穷途末路,也只能鬼使神差,任凭命运摆布。这些臣子,哀哉,悲也。通过浩如烟海的中国史书,我们不难看到"愚忠"的种种情形。

　　孝是中国传统文化的核心理念之一。孝文化在中国源远流长。其基本内涵有三:一是尊祖敬宗,二是善事父母,三是传宗接代。其中,善事父母,要做到有爱、有敬、有忠、有顺。善事父母完全应该,我们每个人均由父母所生,其"十月怀胎"之恩,其"哺乳喂食"之情,必须终生铭记。是父母给了自己生命,没有父母便没有一切。用比山高、比海深来形容父母之恩之情,一点不为过。"百事孝为先",中国各个朝代都把孝置于家庭伦理关系的首位,也把孝作为处理一切人际关系的基础。历史上,"二十四孝"曾广为传播,许许多多的大伟人,既业绩辉煌,又善事父母,不愧为楷模,世人敬之、仰之。而今,孝作为一种"文化基因",仍深深根植于国人身心。每到春节、中秋节、重阳节等,奔波或定居在外的儿女,通常都会以适当的方式表示对父母的孝。随着中国老龄化的加剧,各级政府益发重视"夕阳产业",着力发展养老事业,多途径、多形式爱老、敬老。在全国性的评选表彰"感动中国十大人物"中,也不乏善事父母的典型。需要指出的是,历经时光的变迁和世风的洗礼,今朝之孝与往昔之孝,赋予的内容、方式已不尽相同,有些还具有颠覆性,再也不以父尊子卑、父主子从的不平等关系作为孝的基础,更强调了自由、平等、公正。

不容否定,在孝的问题上,自古以来,有思想糟粕,也有行为糟粕,及至眼下也不能全免。不是么,有些父母依然把儿女当作"私有财产",要求无原则地服从,稍不如意,责备有加,甚至还动用拳脚。事实上,儿女的确有难处,而父母却不体谅。笔者曾见一敬老院的大厅里有一条醒目的标语:孝敬今天的父母就是孝敬未来的自己。作为忠告和提示,此意正确。从法律上、道德上,子女理应孝敬父母,同时,这样做,也给自己的子女树立了榜样。但是,从另一个角度来看,还可加上这样一条标语:渴望今天的孝敬应当反思昨天的自己。这是写给老人的。笔者认为,孝的要义是情感的回报。《三字经》里就说:"子不教,父之过。"培养和教育儿女,乃是父母的天职。在自然界,那些猪、牛、羊和狗、猫、兔等动物,对刚生下来的小崽,都能悉心照料,更何况是人呢,生了儿女必须对儿女负责。可现实生活中,有一些父母在这方面做得太差了,而到了年老,想到念及儿女了,期待儿女来孝敬了。这就有悖于孝的要义。父母与儿女,尽管在血肉上永远割舍不了,但仅仅因为此,就无条件地要求儿女这样或那样孝敬,这也有失公允和合理。行文于此,笔者并不是在苛求老人。还有一些父母,对自己的父母不孝敬,却一味要求儿女对自己孝敬,好像只有他(她)生了儿女、父母没有生他(她)似的。在孝上,从某种意义上说,具有一定的遗传性。有些家庭一代一代孝敬老人,有些家庭一代一代虐待老人。这是好的样子与坏的样子无形中在起作用。

中国人口众多,国力有限,面对风起云涌的"白色浪潮",为促进全民和谐和全面小康,从上到下应当大力弘扬基于互益的孝。我们每个人都要老,老人风烛残年,总体上属弱势群体,现况也确实需要得到关怀。这里所说的互益,并不是指人到老后还得为儿女操劳,而是指人在老前对儿女、对家庭应该多作贡献,即使作不了多大贡献,但须尽到心、尽到力。在孝的理念上,我们一方面要坚持"滴水之恩,涌泉相报",人不能忘本、忘恩。另一方面要坚持"种瓜得瓜,种豆得豆",每个人须对自己行为的后果担责。诚然,单方面的"自损尽孝",难能可贵,那属于道德高地,可以宣扬甚至褒奖,但不必也不能要求人人如此。社会财富总是有定数的,我占用多了,你就占用少了。孔子有言:"老而不死,犹如贼。"此言尽管不对,对老也大不恭,但不能说毫无道理。年幼的得长大;年轻的,要发展;而年老的,该见识、经历的也都有了,且去期一般不会太远。因此,对儿女来说,尽孝须赶早;而对父母来说,受孝应知足。要知道,人类社会发展的一条基本规律,就是对幼的比对老的更重视。笔者认为,社会上,在单方面的"自损尽孝"中,有一些可归属于"愚孝"。做儿女的不计前嫌尽孝,做父母的虽然已经无法弥补、改正,但也应该感念愧疚。"理解万岁!"在尽孝与受孝上,相互的理解同样比什么都重要。

世上无难事,只要肯登攀。从一定意义上说,忠与孝并不像登攀高峰那么简单,需要人们付出更多的心智、财物、体能甚至灵魂和生命。在中国经济社会发生深刻变革中,忠与孝是一个永恒的主题,要求一代一代人去不断继承和创新,做到取其精华、去其糟粕,丰富内涵、完善方式,弘扬奉献精神、积极身体力行,使这一具有中国特色的社会文化和传统道德发扬光大。

尚未发生与既成事实

尚未发生,指(情况)还没有出现;既成事实,指已成为真实(情况)。对任何事物来说,这是发生、发展过程中的两个阶段或两种形态。举例来说:在中国共产党十八大报告中,有既成事实,如"综合国力大幅提升,2011年国内生产总值达到47.3万亿元";有尚未发生,如"在中国共产党成立一百年时全面建成小康社会""在新中国成立一百年时建成富强民主文明和谐的社会主义现代化国家"。类似的尚未发生与既成事实的情形不胜枚举。如:军队作战,"运筹帷幄之中",一般指尚未发生;"决胜千里之外",通常是既成事实。又如新生事物,"起于青萍之末",通常为尚未发生;"木已成舟",一般指既成事实。再如气候变化,"一只南美洲亚马逊河流域热带雨林中的蝴蝶偶尔扇动几下翅膀",通常为尚未发生;"两周后引起美国德克萨斯州的一场龙卷风",一般指既成事实。如上所见,两个阶段或两种形态,均以一个时点为准,从内涵上有着必然的或相关的联系,有单联、串联、环联、网联之分;在表现上展示出多款,有显性与隐性、有形与无形、巨大与微小、群体与个体之别。

在事物发生、发展过程中,尚未发生,很多时候,值得期待;既成事实,许多时候,值得庆贺。当然,值得期待的、应该庆贺的是好的,不值得期待的、不应该庆贺的是孬的。尚未发生往往是愿望,多变的;而既成事实是现实,不变的,起码是难变的。"水向低处流,人往高处走。"世上的人总向往美好,即使绝望的人,此前也向往美好。在人的一生中,从尚未发生到既成事实,有的时候能够心想事成,有的时候却是事与愿违。如自己想勤奋工作、快点升职,结果工作是卖力了,升职却老是遇阻;自己想把这篇论文做出色,并希望获奖,结果撰写尽心尽力了,评奖时却名落孙山;自己想调动工作,换个环境,结果确实活动了,却始终不能如愿;自己想让儿子刻苦学习,起码考个一本,结果儿子学习抓紧了,却仅考出上专科的分数;自己想使女儿婚姻稳定,小两口永远和和美美,结果没少教育,夫妻却老是磕磕绊绊。尚未发生与既成事实之间,不是一个自然的等式,其中的可变因素太多太多,倘按照"人生不如意之事十有八九"的说法,那么,在多数情况下,其是一个不等式。然而,这个算式的结果,主要由规律、人为、机缘在起主导作用。换言之,其常常取决于天时、地利、人和,其中天时、地利为客观,而人和为主观,即人的努力。

世上人间的祝福千千万、万万千,惟有"万事如意"最使人欣喜、慰藉。其"意"中,囊括了对方诸多尚未发生的企盼。不过,有些企盼是合法的、合理的、合情的,有些企盼是不合法的、不合理的、不合情的,还有些企盼是合情不合法或合法不合情,还有些企盼是合理不合情或合情不合理。在这方面,人们容易犯如下毛病:一是,如意了,觉得应该;不如意,觉得委屈。有些人一旦遭遇不如意,便在责备外界的同时也怪罪自己,常言之"为什么偏偏是我""怎么就轮到了我"。君不知,世上本无天生应该的人和事,所有的应该都是有条件的。二是,运气不好的时候,怨自己怎么这样倒霉;运气好的时候,又怨自己怎么这样疏忽。大凡炒股的人、赌博的人,普遍有这种心理。他们常用语是"如果当初""就差一点"。这种心理,在心理学上叫"反事实思维",此往往是幻想。而幻想只能让人自我感觉良好,却没有现实价值。三是,无,想有;有,还想再有。少,想多;多,还想再多。在世上,几乎每个凡夫俗子都有这种心理。其实,这是欲念。如水能载舟也能覆舟一样,此若掌控好了,有益于人生;此若掌控不好,则有害于人生。在现实生活中,有些人特别喜欢打如意算盘,好像事物的发生、发展全由自己设计的游戏程序似的,想咋样就能咋样。这种人往往自以为是,一事当前,一物当前,只想顺利、不想困难,只想成功、不想失败,惟有到碰了壁,甚至被撞得头破血流后,方有所醒悟。事实上,世间任何人都不是神、均不是仙。

尚未发生与既成事实,有些是远在天涯,有些则近在咫尺;有些是能够预期,有些则难以预期;有些是"胎死腹中",有些则势不可挡。笔者曾闻及这样一件真实的事:某机关正在举办廉政专题讲座,一位干部中途退场出去了。讲座刚结束,主持人即被告知,这位干部与一卖淫女约会,被警方当场抓获并拘留了。与会者听罢纷纷惊讶,刚才还见他在会场,怎么一会儿就犯事了呢?是的,许多从尚未发生至既成事实,只是一闪念,只在一刹那。然则,按照量变质变原理,除心血来潮、一时糊涂外,通常都有一定的过程,只不过没有公开显露而已,或表现的形态有所不同而已。有些从尚未发生至既成事实,在时间上有相当大的跨度,一时半刻还认识不了甚或认识不清;在地域上相距遥远,用常规的眼光和思维,难以把它们联系起来甚或不可能把它们联系起来。每位父母对子女都是有预期的,不过,有的确立得高一些,有的确立得低一些;有的把控得紧一些,有的把控得松一些。结果呢,有如其所愿的,也有不如期所愿的,还有超如其所愿的。如:有些父母希望儿女长大后能像自己一样去从政、经商、搞专业,然而,儿女或因为兴趣所致,或由于机缘使然,并没有去干父母所希望的职业。世上有些事,有始无终,甚至始即为终。换言之,没有结果,或始就是结果。但有很多事,始为星火,可以燎原,甚而可以获得意想不到的巨大成功。

相对来说,尚未发生的回旋余地大,它们可以纵横驰骋、来回奔突,而既成事实的回旋余地小,甚至没有回旋余地,它们容易受到多方面的制约。同时,尚未发生的日后希望大,但失望也大;而既成事实的日后希望小,甚至没有希望,但是马是驴已见分晓,作为当事者可以心安神定。因此,尚未发生也好,既成事实也罢,各有各的有利、不利方面。从总体上说,我们待人处事,都应从最佳的愿望出发,使出最大的力量,以争取最好的结果;倘这些悉数做到,纵然最终依然失望甚至非常糟糕,那也务必坦然,并理应积极面对。笔者认为,在事物酝酿、起始、发展、终了过程中,有六点需要注意:其一,慎重决策。有行为就会有后果,每个人都要对自己的行为后果负责,所以,对行为的决策必须慎重。就拿治疗疾病来说,世界上现有1.3万个疾病名称、6000余种药物、4000多种手术操作。对具体的疾病,什么时候治疗、应该怎样治疗,医生很难给出一个明确肯定的回答,只能建议,因为每一种治疗行为均有益处和风险。故而,患者及其家属在作治疗方案决策前要有充分的思想准备。其二,勿为逆势。势,趋势也,常常显示出苗头、趋向、态势、线索等。想当年,面对历史大势,刘邦顺势而为,而项羽逆势而动,其结局可想而知。其三,防芽遏萌。伏尔泰有言:"使人疲惫的不是远方的高山,而是鞋里的一粒砂子。"据说非洲大草原上有一种"吸血蝙蝠",别看它很不起眼,却是野马的天敌。它会像膏药或吸盘一样附在野马腿上,贪得无厌地吸血,使野马在流血中无望地死去。在很多时候,小不等于无害。我们待人处事,关键要看小的性质;性质不好,再小的也有害。其四,管理预期。凡是预期的,均为尚未发生的。在尚未既成事实之前,须加以管理。其本质,是使结果可控。否则,信马由缰,"脚踏西瓜皮,滑到哪儿算哪儿",其结果往往会远离甚至背叛初衷。日常生活中,家人们在一起吃鱼,老人常会对小孩说:"小心鱼刺!"这也属于预期管理。其五,及时调整。事物的发生、发展,许多时候是不以人的意志为转移,尤其是复杂事物更甚。这就需要我们必须根据变化了的情况,主动作出应对。不然的话,有的时候,其后果不可收拾。史料表明,从1951年到1980年的29年中,有大量的大陆居民以偷渡方式从广东进入尚未回归祖国的香港。一股股"逃港"风潮，震惊了中央。1980年8月26日，中央批准在"逃港"最严重的深圳最先建立经济特区，由此揭开了能让全国人民富裕起来的改革开放的序幕。试想，如若不作及时调整，如今的中国不可能这样繁荣昌盛。其六，敬畏事实。有言道，事实胜于雄辩。无论好人好事，还是坏人坏事，事实从法理上、道理上、情理上，都具有独特的地位和显著的功用。人们通常用摆事实的方法，来总结经验和剖析教训，来权衡利弊和考量得失。故而，对好的既成事实，尽可能来得越早越好，且多多益善；而对坏的既成事实，尽可能来得越晚越好，最好能够消弭。当然，既成事实了，不管是好是坏，都得直面。在世上，谁也别幸灾乐祸，谁也不能对所有的既成事实打包票。坦诚地承认、积极地面对，方为正道，才是上策。

逞强与示弱

列举之一,中国"三国"时的刘禅,常被人讥为"扶不起的阿斗"。他降魏后,司马昭在一次大宴时,特意令人奏起了蜀地音乐,借此来试探他。他听得笑逐颜开。后来,司马昭问他想不想蜀。他说:"此间乐,不思蜀。"他真的不思蜀吗?对大半辈子生活在蜀的他来说,这不可能。不过,他兴许深知,此时若流露出忧思,无异于自取灭亡。由此看来,他能主蜀四十一年,成为三国时所有国君中在位时间最长的一个,善于示弱可能是一个重要原因。

列举之二,1860年美国总统选举,道格拉斯倚仗财势,专门准备了一辆竞选列车,还在后边安装一门礼炮,所到之处,都要鸣礼炮32响。然而,林肯始终坐着一辆耕田用的马车,深入基层与选民们亲切交谈。他在演讲中说,如果大家问我有多少财产,那么我告诉大家,我有一位妻子和三个女儿。此外,还有一个租来的办公室,室内有桌子一张、椅子三把,墙角还有大书架一个。我本人既穷又瘦,脸很长。我实在没有什么可依靠的。最终,林肯击败道格拉斯当选总统。依此分析,示弱或许是林肯取胜的重要法宝。

列举之三,1999年12月31日,俄罗斯总统叶利钦突然宣布辞去总统职务,任命普京为代总统。此距新一届总统大选尚有半年时间。在当时,人们普遍认为"叶利钦将采取一切措施维持权力,他不会把权力交给任何人"。叶利钦在辞职讲话的最后,还恳请人们原谅他,因为"有许多理想都没有实现"。笔者管窥蠡测,叶利钦此举是想为他选定的接班人在即将到来的总统大选中创造先天的优越条件,同时对他来说,在严酷的经济社会现实面前,也可以说是一种示弱的表现。

以上列举,说的都是示弱,而且都是政治家的示弱。示弱,自己暴露、显现弱点或弱处。人在世间,通常是,在对方面前,能耐小的会示弱,水平低的会示弱;财力小的会示弱,职位低的会示弱;名气小的会示弱,威望低的会示弱。不过,并非尽然。成功总是青睐强者的,人有多少弱点或弱处,就会有多少失败的可能。一般的人,都喜欢掩饰或隐瞒自己的弱点或弱处。这不仅涉及"面子"问题,而且涉及"里子"问题。为何一些人敢于示弱、甘于示弱呢？他们深知,示弱是人生的清醒,示弱是人生的智慧。人贵有自知之明,明什么？主要明弱点或弱处。鸡蛋碰石头,乃鸡蛋非自知之明,即不知自己没有石头硬,或明知不可为而为之。道家告诫人们示弱、处下,此蕴含仁慈与大爱。通常,示弱不是软弱,更不是无能。它是一种生存哲学：示弱了,就有了喘息休整而东山再起的机会；示弱了,就有了避人锋芒而养精蓄锐的机会；示弱了,就有了博得同情而相安无事的机会。美国心理学家做过这样的调查：一名彪形大汉,在拥堵的马路上横穿而过,愿意给他让路的车辆不足一半,车祸率很高；而一个老弱病残者横穿马路,却是众人相让,大家还觉得自己是做了善事,车祸率为"零"。当年,韩熙载纵情声色而避过了李煜,勾践韬光养晦而忽悠了夫差。在现实生活中,示弱还是一种解决问题的方法。路人因故争吵,亲人有事打闹,友人生隙赌气,到终了时,总要有一方作出退让才行,否则,只会无休无止。从一定意义上说,退让即为示弱。而这种退让又是受人称道的。从康熙年间流传至今的安徽桐城"六尺巷"的故事即是。故而,示弱又是一种美德。在平时,人受委屈的事是经常发生的,如有的人被老师委屈了,有的人被领导委屈了,有的人被父母委屈了,有的人被朋友委屈了。自己受了委屈,为了顾全大局,不去顶撞对方,不去粗暴对方,等待时机去作适当解说。这乍看上去是示弱,然为忍,可赢得驰骋的空间。换言之,拓展了回旋的余地。尽人皆知,拳头缩回来,是为了再打出去更有力量；向后倒退几步,是为了跳得更高更远。缩拳、退步貌似示弱,其实根本不是示弱。

示弱的相反是逞强。逞有显摆、夸耀、放任之贬义,尽管与强组合,仍不受人肯定,更不为人赞许,常遭人嗤之以鼻。逞强与一般意义上的好胜、争强还不尽相同,它更多表现的是虚夸、炫示,有些还不乏霸道、无礼。有的逞强是出于某种目的,"打肿脸,充胖子"；有的逞强是源于过度自信,特别喜欢抛头露面；有的逞强是基于蔑视纲纪,动辄蛮不讲理；有的逞强是由于无可奈何,只能勉为其难。在现实世界里,那些拳脚相加是逞强、威势相逼是逞强、兵戎相见是逞强,还有那些包揽、毒舌、海口、卖弄、抢嘴等都有可能是逞强,而逞强往往没有好的结果。笔者耳闻有位大姐,在众姐妹中属于特别能干的,真像是《红楼梦》大观园里的王熙凤。姐妹们遇到大事小情,她都会主动去跑前跑后,似乎非她莫属。终于有一天,她病倒了,但姐妹们仍然感觉她是个铁人,照常召唤她来做这做那。结果,她累成了大病,而且一病不起。她或许不很清楚,人的血肉之躯并不是铜墙铁壁,绝不会坚不可摧。再说,一个人的力量毕竟有限,人类本身就需要互助。逞强在国际关系中常常表现出以强凌弱,到头来必将招致激烈反抗,自身也将深陷泥淖。如：越南战争持续了八年,美国为此耗费了7,380亿美元,逾5.8万美国军人丧生;美国军队为朝鲜战争投入了3,410亿美元,并有3.4万美国军人丧失。这两场战争,均为美国由逞强而发动,以失败而告终。古往今来,国事家事,大人小人,从总体而言,逞强是需要实力的。没有实力之逞强,要么虚张声势,起初即不堪一击;要么虽可逞一时之强,但不能逞久长之强。可悲的是,那些自负而逞强的人,即使在铁的惨败面前,也总会去寻找自负而逞强的理由。这是部分逞强者的阴暗心理,也是之所以"死不悔改"在品性上的缘由。话再说回来,纵然自己强,对人对事那也不能肆意逞强。肆意逞强,形成众矢之的,结局必败无疑。其教训不可避免。俗话说："一桶水不响,半桶水晃荡。"毋庸讳言,有些逞强者本身就是"半桶水",旨在以"高声"来填补"空虚"。

  大千世界,既有客观世界,又有主观世界。逞强与示弱,是人的主观世界对人的客观世界两种截然不同的反应。其逞的强,其示的弱,有真,也有假。在弱肉强食之丛林法则里,通常是由真强说了算,那些假强,往往是以狐假虎威示人。故而,对真强,切勿等闲视之,以免遭到彻底失败;对那些假强,则可以牙还牙而虚与委蛇,当然也可直接戳穿。在一定的条件下,示弱是件利器,常常屡试不爽。但是,这要看什么对象、什么时间和什么地方,还要看示弱之目的有无可能达到。有一种示弱万不可取,即把弱作为要挟、胁迫社会和他人的道具,好像自己弱得特别有理、弱得特别荣光。人在世上,即使示弱,也要有志气、有骨气,不可把自己变成乞丐或无赖,那样会让人非常瞧不起。还有一些示弱者,心里很不阳光,始于不正确的自尊,终于不应该的记仇。其实,这大可不必,自己日后只要比对方活得更好,自然就会宽容平和起来;反之,日复一日,月复一月,年复一年,自己难以摆脱狭隘灰暗的心绪。笔者认为,逞强者当自量,无论自己的职位有多高、财物有多富、名声有多显,别太把自己当回事。人除了职位、财物、名声,就是一个生命个体,按不雅的说法,只是一副臭皮囊。故而,人要永远保持一颗平常心。自己不管是不是有一点"伟大",一定要弄清楚,其实与常人没有多少区别。所谓的"伟大",也只是相对而言,将随着时间、对象、场合变化而变化。笔者认为,示弱者当自强。示弱不应成为常态。要能如此,必须自强。上帝不相信眼泪,市场也不相信眼泪。倘若不奋发图强,弱者永远只会是弱者。而永远的弱者,距充实的、有意义的人生目标只会渐行渐远。人总希望自己强起来,哪怕是一点一滴。一时一地的弱在所难免,时时处处的弱就很有问题了。若要由弱变强,当靠立志和厉行。

好情绪与坏情绪

情绪指人从事某种活动时产生的好的或坏的心理状态,向外界表现出来的有喜欢、安定、愤怒、悲伤、兴奋、恐惧、爱慕、厌恶、鄙夷、激昂、报复、怨恨等情感。其中,有些是好情绪,有些是坏情绪。有关情绪的事儿,历史记载中有,现实生活里有;社会上有,家庭里有;政治生活中有,经济活动里有;处事方式中有,人际关系里有;老人有,小孩有。一言以蔽之:世上人间,时时处处有。据载,诺贝尔有一个比小他十三岁的女友,他非常爱她,但后来发现她与一位数学家有暧昧关系,并最终与那位数学家私奔。他耿耿于怀,直到生命的尽头,他还是个单身汉。决斗是古时欧洲流行的一种风俗,其实是一种社会毒瘤。史载,最早的决斗发生在法兰克帝国路易二世统治期间,即公元879年。加斯蒂努斯伯爵的夫人早上醒来,赫然发现伯爵死在了床上。伯爵的一个亲戚贡特朗认为伯爵是被其夫人谋害的,因为伯爵的夫人红杏出墙,于是向伯爵的夫人提出了让她找人代表她来与他决斗。结局是,伯爵的夫人的教子安戎伯爵在决斗中刺死了贡特朗。按照预先的约定,伯爵的夫人与他的冤屈由此得以昭雪。事实上,之所以发生决斗,一方面是当时社会法治不健全,另一方面是当事人情绪不理智。骂人是一种坏情绪的发泄,这在《红楼梦》里有不少描写,如王熙凤骂起人来可谓一套一套的。在十六回,她骂平儿:"原来是你这蹄子肏鬼。"同样,她对贾蓉说:"别放你娘的屁!"在三十三回,她骂众人:"糊涂东西。"在四十四回,她骂鲍二和平儿:"死娼妇!你偷主子汉子,还要治死主子老婆!"在六十八回,她又骂贾蓉:"天雷劈脑子五鬼分尸的没良心的种子!"人在世上,不可能一点坏情绪都没有,也不可能每时每刻都有好情绪。所不同的是,对好情绪、坏情绪,在占比上,有些人多一点,有些人少一点;在起因上,有些人正常一点,有些人不正常一点;在表现上,有些人内向一点,有些人外向一点;在时间上,有些人持久一点,有些人短暂一点;在后果上,有些人严重一点,有些人轻微一点。

情绪既可利益人,也可损害人;情绪既有正作用,也有负作用。"我好生气!""我气不过!""我难忍!"在日常生活中有很多坏情绪的产生是出于这些缘由。当然,也都是有前因的,或遭到某种失意甚至失败,或受到某种不公甚至欺凌,或遇到某种曲折甚至不测。当然,也不排除有病态的(如歇斯底里的)、无故的(如突然"短路"的)。就品性而言,情绪可显示出"四气":一是正气。汉臣苏武出使匈奴时,卫律设宴"招待"苏武。席间,卫律对苏武作了一番吹捧之后,便劝苏武投靠匈奴。苏武勃然大怒,站起来指着卫律大骂:"你这个不知羞耻的东西,以前你是汉臣,国家哪一点亏待了你?你不好好报答国家的恩情,反而贪生怕死,你的良心到哪里去了!"卫律当即被驳得面红耳赤,连忙叫来左右把苏武押了出去。二是邪气。报载,北京大妈李女士走到一个十字路口,正好是绿灯,便沿斑马线往家走,不料,一位男子骑着摩托车逆行来了个大转弯,把李女士狠狠地撞倒在地。李女士拉住这位男子,要叫警察来处理。这位男子拼命想跑,还大发雷霆,骂骂咧咧的,十分难听。南京市民李先生曾接到一个向他推销理财产品的电话。第一次,他听明来意后,一言不发就挂断了电话。然而,没过几秒钟对方又打来电话,他毫无疑问把电话挂掉了。没想到,对方第三次打来电话,他不胜其烦,当即冲着话筒吼了一声:"你烦不烦,有毛病吧?"就是因为这句话,对方进行了报复,即每隔三分钟便给他打电话,并恶语相加,且整整持续了六个小时。无奈之下,他报了警。三是刚气。被尊为"中国最后的儒家"梁漱溟,1973年因坚决拒绝参与"批林批孔"运动而被批斗。一次批斗会告一段落时,主持人问梁漱溟有何感想,梁漱溟冲口而出:"三军可夺帅也,匹夫不可夺志!"四是柔气。有个男人不知道心疼老婆,家务事什么也不干,工作之余便找这朋友那个朋友喝酒打牌,有时还通宵达旦。老婆心想,这样长期下去也不是个事儿。一天夜里,老婆故意把家门反锁上。到了深夜,这个男人回家了,多次敲门,老婆就是不去开。这时,这个男人开始说软话了,老婆见势而下,磨磨蹭蹭地去开了门。在房间,老婆一下子来了情绪,又是哭又是诉。这个男人听了心里很愧疚,连忙表示决心,从今之后,一定珍惜家庭,疼爱老婆。

情绪这个东西,像一条河,有急流,有缓流,有静流;急可急得如万马奔腾,缓可缓得如悠扬歌声,静可静得如世外桃源。情绪这个东西,像一座火山,一旦失控爆发,那狰狞的面目将成为别人永远难忘的印象,粗暴的言行将如泼出去的水而无法回收。情绪这个东西,像一个魔,显无形消无迹,来无影去无踪,然而,在待人处事的方方面面都会有所表现。情绪本是个中性词,倘若"化"了,那就成了贬义词。说什么话、做什么事,只要情绪化了,就会难免不出问题。情绪有其共同性,如生气发怒,常常显示出紧皱的眉毛、瞪圆的双眼、扩张的鼻孔、涨红的脸颊,像岳飞怒发冲冠凭栏处是这样,阿基米德怒斥罗马士兵暴行也是这样。情绪的传染性很强,一喜百喜,一忧百忧,一恨百恨,一爱百爱,政治家会利用此,军事家会利用此,企业家也会利用此,如作动员、作演讲、作广告等。人的情绪还可产生连锁反应。有这个例子:某公司董事长为了重整公司,许诺自己上班将早到晚归。事出突然,有一次,他在家里看报看得太入迷以至忘了上班的时间,为了不迟到,便在公路上超速驾驶,结果被警察开了罚单,最后还是误了点。他愤怒之极,到了办公室,为了转移别人的注意,就把销售经理叫来训斥了一番。销售经理挨训后,气急败坏地把秘书叫来,并作了一番挑剔。秘书无缘无故地被人挑剔,自然是一肚子气,于是故意去找接线员的茬。接线员垂头丧气地回到了家,就对着自己的儿子大发雷霆。儿子莫名其妙地被父亲痛斥后,心里很恼火,便把自己家里的猫狠狠地踢了一脚。由此,不难看到,坏情绪一旦产生,如果不能及时作出调整,常常会不由自主地加入到如上的"踢猫"行列中去。而且,这种"踢猫",一般只会沿着强弱、尊卑、贫富组成的社会和家庭关系链条而依次迁徙,由金字顶屋(坏情绪始发处)直至弱小底层(坏情绪消失处)。倘若迁徙只是在言语上,那造成的影响和危害要轻微一些;如果迁徙还付诸行动,那就不能满足善良人们的美好愿望了,有时候会发展到难以收拾的地步。

　　世人普遍讨厌、拒绝坏情绪,普遍喜欢、希冀好情绪,可为什么往往不能遂其心愿呢?分析起来,原因有二:一是如果人的心态不调整好,坏情绪引发因素多,而好情绪引发因素少;二是由于人的劣根性存在,坏情绪管控难度大,而好情绪管控难度小。在这方面,尤其是对坏情绪,加以克制、消解,即使是名人做起来也难。据媒体披露,1966年8月6日,在党的八届十一中全会的小会上,刘少奇与毛泽东发生了一次正面冲突:就群众运动问题,毛泽东大发脾气,严厉批评了刘少奇;刘少奇忍不住,当面顶撞了毛泽东。这也好理解,名人也是人,也有喜怒哀乐,也有欢悲恩仇。作为平民百姓,我们偶尔有些坏情绪不是不可以,但需注意宣泄的时间、场所和分寸,不可不分对象、无休无止地向外倾倒,须尽可能地把坏情绪控制在一定的度量上。这就涉及情绪管理的问题。无论从理论上,还是从实践上,都有充分的依据证明,情绪是可以管理的。社会对公民、单位对员工、自己对自己,通过情绪管理,能够有效地避免坏情绪产生。英国有一家叫霍尔的科技公司,根据每个员工的情绪节律周期,给他们布置合适的工作,如在他们的情绪节律处于最低谷时,不安排他们外出做业务。这家公司坚持"不在最不适当的时候,让员工做最不适当的事情。"情绪管理落实在自己身上,就是能自我调节,而能自我调节的基础,是能把事情想明白、看透彻。三国时期,诸葛亮驻扎在五丈原,与司马懿对阵。司马懿深知自己的韬略不如诸葛亮,故采取拖延战术,久不出兵。于是,诸葛亮派人给司马懿送去一套女人服装,并递信说,你如果不敢出战,便应恭敬地跪拜接受投降;你如果羞耻之心还没有泯灭,还有点男子气概,便应立即定期作战。对此,司马懿的左右非常气愤,纷纷请战,但司马懿却坚守不战。不久,诸葛亮因积劳成疾去世,司马懿则没伤一兵一将,不战而胜。每个人对自己的情绪,包括坏情绪、好情绪,都要有自制力。人不同于动物,有理智,能思考。人在世上,不管碰到什么事情(除非敌我矛盾),要善意不要恶意,要爱心不要祸心,要抓紧不要慌忙,要积极不要消极,一切在理性的轨道上运行。在现实生活中,许多事情处理起来,慢了可以快,而快了难以慢;缓了可以急,而急了难以缓;轻了可以重,而重了难以轻。"旁观者清,当局者迷。"有许多的坏情绪,回过头来看,在当时大可不必发作,完全可以避免。这就特别需要冷静,内心有定力,自我严把情绪这个"开关",即使是好情绪,也不要恣意挥发。乐极会生悲,忘乎所以是大忌。"天塌不下来","面包会有的","没有过不去的坎","风雨终将过去","别以为自己比别人高明",在有可能打破原本平静、安宁情绪时,多想想这几句话,或许对自己大有裨益。

生理与心理

我们每个人，无论是刚出生的婴儿，还是将离世的老人，不管他们显示、表达与否，都既有生理活动，又有心理活动。生理指人的机体的生命活动和各个器官的机能，心理指人的思想、感情、感觉等活动的过程。在无神论者看来，人的生命一旦停止，其生理活动和心理活动也就终结了。换言之，就人类个体而言，世上没有独立于生理之外的心理。在唯物论者看来，人的生理活动是第一位的，人的心理活动是第二位的。换言之，没有生理，何谈心理？生理与心理，本身各为一门深奥的学问，横跨自然科学与社会科学。对人的一生来说，烦恼、纠结是生理与心理，舒服、快乐是生理与心理，折磨、痛苦是生理与心理，幸福、美满是生理与心理。生理与心理伴随人之一生，且与生俱来，与死俱去。

人的生理，正如世界上没有完全相同的两片树叶一样，世界上也没有完全相同生理的人。众所周知，人类具有46个染色体，组成23对。现已知，人的每个染色体含有1250个基因，它们决定着人的遗传性。计算结果证明，父亲的23个染色体与母亲的23个染色体，相结合的数目可能超过800万个。此外，在怀孕前后，还有父亲和母亲生理、心理和生计、环境的不同，个人成长过程中物质、精神条件的差异。故而，两个人生下来乃至长大后，在生理上完全相同，那是根本不可能的。科学技术再发达，也不能帮助人类工厂化地生产在生理上完全相同的人。如今，人类的疾病多种多样，治疗疾病的技术和方法也多种多样。为什么用同样的技术或同种的药物治疗同一疾病，效果却有的好、有的差、有的无呢？其道理之一是，每个人的生理不同。迄今，可以这么说，世界上最精密的仪器，都没有人类生理精密，世界上最复杂的设备都没有人类生理复杂，世界上最神奇的事物都没有人类生理神奇。

人的心理是人类区别于动物的重要标志。人不仅有现实世界，而且有想象世界,而想象世界即是人的心理活动。世上无论多么伟大的思想,都源于人的心理活动;世上无论多么宏伟的建筑,都始于人的心理活动;世上无论多么珍贵的艺术,都基于人的心理活动。当然,这些思想、建筑、艺术都没有违背"存在决定意识"原理。它们都通过思考、构思、策划、设计等心理活动过程,最终得以完成和实现。人的心理活动,形态各异,色彩丰富,而且变幻无穷。常言道,知人知面不知心。其道理即于此。在各种心理活动中,最多的是欲念。这也难怪,人就是向着欲念而生,背着欲念而死。欲念包括想得到什么和怎样才能得到,具体表现,有求生的欲念、权力的欲念、财物的欲念、成功的欲念、体面的欲念、享受的欲念、两性的欲念、幸运的欲念等。围绕诸如这些欲念,要持续、重复地展开心理活动。人们常说的"心累",其实累的是欲念和由此相随相伴的各种心理活动。

生理与心理,二者关系,总体上是生理决定心理,心理又反作用于生理,但具体的,作为不同的人和事,又面对不同的人和事,且在不同的时间和地点,还有或多或少地受到外部或隐或显的影响,其表现的形式、内容、侧重和力道,是有差异的。请人吃饭,往往是"吃得好,说的好"。在不同的位子,说不同的话,常常是"屁股指挥脑袋"。老幼妇孺,年龄不同,其心理活动也不一样。在吃穿上,富人的心理活动与穷人的心理活动不一样。面临负重,力气小的人与力气大的人在心理上不一样。对待事业和家庭中的一个个目标,病重者、肢残者在心理上往往与健康人不一样。自古以来,"门当户对"是男女择偶中的通用法则,其实,它蕴含了生理决定心理的合理内核。世上尽管存在"人不可貌相"与"以貌取人科学"之争,但有一点是无疑的,人的相貌与其性格、品行,不是没有一点联系。关键在于,二者都不能绝对。当年,曾国藩的识人要诀"邪正看眼鼻,真假看嘴唇;功名看气宇,富贵看精神;主意看指爪,风波看脚筋;若要看条理,全在语言中",有一定道理,但似乎有失全面。毕淑敏有言:"生理是心理的镜子。"人的许多行为是由生理驱动心理而发生的,如生理上的饥饿会带来心理上的食欲,生理上的性欲会带来心理上的淫欲,生理上的疾病会带来心理上的恐惧,生理上的缺陷会带来心理上的胆怯。好在人是有理智的,故对绝大多数人来说,即使有生理上的某种需求,也不会去违反法律法规、公序良俗。

生理与心理,在通常情况下,二者不可等量齐观。实际上,相对而言,人的生理需求倒是有限的,而人的心理需求却是无限的。欲壑难填、心比天高是人之无限心理需求的形象写照。人只要有吃有穿有住、无伤无病无痛,生理需求往往就可满足了,而要去追逐人生最大、更大价值的实现,那种心理需求也就无止境了,因为小了想大,大了还想大,没完没了。在不少时候,人的心理需求又比生理需求更重要,"死要面子活受罪"是人间常见之事。当年,崇祯皇帝是个死要面子的人。陈新甲是在他的密令之下,与后金政权私下里"议和"。此事无意间曝光后,群臣大哗,纷纷上疏表示反对。他一看赖不掉,只好把陈新甲骂了一顿。此事后来越闹越大,他感到下不了台,便下令把陈新甲关进大牢,最后还被砍了头。晚清时期也有这类事。据史料记载,那时中国屡受外国欺凌,几乎逢战必败,败了之后,便只好用割地、赔款的方式来"求和"。但在当时的公文中,每每谈及此事,都绝口不用赔款之说,而用"抚恤"二字来代替。为什么呢?朝廷的面子也!因为赔款行为是一种耻辱,而抚恤行为可摆出一副高高在上的姿态。其实,这不过是美其名曰而已。人生在世,最难调适的莫过于心理。欲念是把"双刃剑",用对了,激发奋进;用错了,面临深渊。而如何把握欲念,则不是一件容易的事,许多人学习了一辈子都解答欠佳甚至不好。古往今来,尽管社会上关于养心、调心、舒心、宽心的"心灵鸡汤"不计其数,但说到底,还是要靠自己去悟,并切实付诸行动。

不用否定,科学技术发展到今天,人类对自身生理规律与心理规律的掌握还不甚了了,尚有太多太多的现象需要探究。在这方面,有识之士已经或正在作出不懈努力。食色,性也。性心理是人之本能的活动。重庆有两位艺术家专门研究了男女厕所里的各种涂鸦,发现男人和女人的的确确沦陷在两种不同的欲火中。而且,男人是画家,主要表达希望获得与性相关的身体部分的碰触;而女人是诗人,主要表达渴望得到被人文诗化了的爱。为什么恭维常常令人不舒服?法国有位哲学家用经济学来作研究。他认为自己若接受恭维,就意味着欠下人情。按照市场交换的原则,人不能光接受恭维而不提供某种回报。而在别人恭维时,自己往往没有准备好,用什么去回报,于是,就会产生不自在甚至尴尬的感觉。人们骑自行车,看见前面有块石头或有个坑,越想不碰及或不陷入,结果,越容易碰及或陷入。这用通俗的话来说,就是"怕什么,来什么"。对此类行为,荣格理论和墨菲定律都有所剖析和解说。《三字经》里载:"人之初,性本善。"但也有人认为:"人之初,性本恶。"不过,有人研究发现,人的善良并不总是自然点燃的,也会在被外部设定的情境下自动熄灭,这时候的人并不是人,而是某种模式的一个执行环节,如掌握着核按钮的人,一按下去就会毁灭一座几百万人口的城市。从古及今有一种消遣性的观看行为,即抛媚眼、送秋波,那游移的眼神,总对别人痴痴地欣赏。心理学家研究后认为,这种行为是一种复杂的认知现象,被称之为"注意力黏附",在特种的生存中扮演着不可或缺的角色。当今世界,人们不仅越来越重视人的心理规律的研究,也越来越重视人的生理规律的研究,如研究生命科学以不断推进克隆技术,又如研究癌细胞如何生长、转移以更有效地预防和治疗癌症,再如研究人的衰老机理以使人的寿命更长等。诚然,探索自然科学、社会科学永无止境,研究人的生理、心理也永无止境,而今还有很多很多的人的生理、心理现象没有真正认识,需要一代一代人为之深入研究,任重而道远呐!当然,研究不是为研究而研究,其目的全在于应用。我们每个人,无论做人做事,还是管人管事,都应该学会用科学的生理学、心理学原理来指导。

尺有所短与寸有所长

先讲述一则现代寓言:蜘蛛和蜜蜂就要结婚了。然而,蜘蛛对蜜蜂还是很不满意,于是就去问蜘蛛妈妈:"为什么要让我娶蜜蜂?"蜘蛛妈妈说:"蜜蜂是吵了点,但人家好歹也是个空姐。"蜘蛛说:"可是我比较喜欢蚊子。"蜘蛛妈妈说:"不要再想那个护士了,打针都打不好,上次还把你妈打成了水肿。"此时,蜜蜂对蜘蛛也是很不满意,于是去问蜜蜂妈妈:"为什么要让我嫁给蜘蛛?"蜜蜂妈妈说:"蜘蛛是丑了一点,但人家好歹也是搞网络的。"蜜蜂说:"可是我比较喜欢蚂蚁。"蜜蜂妈妈说:"别再提那个瘦巴巴的工头了,整天扛着东西跑,连台货车都没有。"蜜蜂说:"可那隔壁村的苍蝇哥不错呀!"蜜蜂妈妈说:"他是长得帅,但咱也不能拣个挑粪的。"

这则现代寓言,告诫人们看人看事必须一分为二。古代《楚辞》中即曰:"尺有所短,寸有所长。"说的是,由于用处不同,一尺有时嫌短,一寸有时嫌长。比喻人和事,各有各的长处,各有各的短处。就拿国家政治制度、经济制度、社会制度、文化制度、军事制度等制度来说,虽然世界上在自然科学、社会科学领域里有那么多杰出的、顶尖的科学巨匠,但从未发明过惟有长处、绝无短处的制度来。市场经济尽管有许多优点,但也不是没有缺点;计划经济尽管有不少缺点,但也不是没有优点。在现实生活中,赛短跑的高手,不见得能赛长跑;跑马拉松的健将,不见得能赢百米赛;分数优秀的学生,不见得动手能力强;争争吵吵的夫妻,不见得婚姻亮了红灯;大鱼大肉的美餐,不见得人人适用;最先提拔重用的人,不见得能"笑到最后";闲着无所事事的人,不见得轻松快乐;忙忙碌碌的人,不见得沉重痛苦;低头哈腰的人,不见得没有本事;职位越高的官员,不见得经商能赚大钱;制造飞机、导弹的能手,不见得做得了小玩意儿。上天把每个人生得不一样,从一定意义上说,就是要每个人利用自己的长处,去谋生存和发展。也就是说,各人要扬自己的长。人生之所以各有不同,在一定程度上,是因为各人的短处不一样,同时,各人避短的能力也有差异。例说比利时警察局有一名盲人探员,叫范洛。他双目失明,却有着过人的听力。凭借窃听器里传来的嘈杂的汽车引擎声,他就能判断犯罪嫌疑人驾驶的是一辆标致、本田还是奔驰;当犯罪嫌疑人打电话时,他根据不同号码的有差异的按键声,就能分辨出犯罪嫌疑人打的是什么号码;去监听恐怖嫌疑人打电话时,他通过房屋墙壁的回声,就能推断出恐怖嫌疑人此时身处在机场、餐馆抑或车上。正如范洛常说的:"如果我能看到光明,那我现在可能还是一个平庸的人。正因为我看不见,我才会专心努力地去听,结果我听到了别人无法听到的声音。"这真是"因短得福"。当然,这是不幸、无奈人中的有志。

　　大家都知道,长与短是比较出来的。换言之,没有长,也就没有短;没有短,也就没有长。十个指头有长短、人群个头有长短、相隔距离有长短、林中树木有长短,这些全有赖于比较。在实际生活中,长与短的比较需有意义,否则,便成无聊。如:人的身体共有639块肌肉,而大象的鼻子共有40,000多块肌肉。这样来作比较,除了能说明人的身体肌肉块数少、大象的鼻子肌肉块数多外,就没有更多的意义。长与短的比较需讲科学,否则,便是无知。如:有的人参加一般性的体力劳动,而有的人投入高强度的脑力劳动,相互在劳动时间、劳动报酬上,就不能一味比较。长与短的比较需务实,否则,便为盲目。史上魏源与石昌化,天资都很聪颖,"府试"时两人曾分获冠、亚军。然而,一向争强好胜的石昌化与魏源刻意地比刻苦:魏源读书读到三更,石昌化读书就读到五更;魏源读书读到五更,石昌化读书就读个通宵。结果,石昌化自己把身体搞垮了,学业也就无法继续。最终,魏源成为史上杰出人物,石昌化则成为史上无名小卒。长与短的比较需理性,否则,便属愚拙。如:树木并不是长得越高越好。研究发现,一棵大树再怎么具有生命力,高不过130米。这不是大地撑不起树木,而是树木撑不起自己。

　　世上任何人、任何事、任何物,其长与短都是相对的。也就是说,长不可能永远长,短也不可能永远短。这告诉我们,其一,对自己必须有一个清醒的认识,既不可视短为长,也不可视长为短。即使对自己的长与短,也应该掂量清楚。否则,要么过高地估计自己,容易自以为是;要么过低地估计自己,容易妄自菲薄。要知道,世上每一种生物,都有生发的理由,其中最主要的理由就是它的长。微不足道的苍蝇,人为什么难以击打到它?因为它集多种绝技于一身,如它听觉、视觉的反应速度要比人耳、人眼快好多倍,且具有"飞檐走壁"的特异功能。正是有这些长,它能有效地避免了各种各样的危险。有一些人办事之所以屡屡碰壁，往往是不善于避短，甚至会以自己之短去搏他人之长。其二，必须认清长与短的演化是一种客观规律。世界上的任何东西都不是一成不变的。为什么会变呢？常常是原本的长渐渐变成了短。在世界上，电报的发明者是莫尔斯，其首次发送成功在1844年5月24日。电报发送的信息，在当时被人们尊奉为"来自上帝的思想"。这种简陋和原始的通讯工具，给人类生活带来了翻天覆地的变化。然而，到了20世纪80年代，伴随着通讯卫星的发射成功，电话服务越来越便宜，而且打电话比发电报更直接、更迅速。于是，电报渐渐地被淘汰了。其三，在有的时候，长也是短，短也是长。20世纪60年代，上海的沈京似是中国烹调界公认的权威。他主持编辑了《菜谱集锦》一书，曾多次再版，深受广大读者欢迎。然而，他其他什么都不会，就只会吃，把祖祖辈辈留下的家业全部吃了个精光。上海一解放，他去登记要工作。人家问他"你会干什么"，他说"我会吃"。呸！谁不会吃！后来有人把此事反映给了陈毅市长。陈毅市长让他到国际饭店，专门做菜的品尝工作。从此，他的刁嘴派上了大用场。国际饭店给他开出了每月200元的高工资。事实上，在世上，每个人的本事无所谓长，也无所谓短，只是没有用在恰当的地方。如果把长用在了需要短的地方，那长便成了短，如"虎落平川"；倘若把短用在了需要长的地方，那短就是短，如"鸡蛋碰石头"；假如把长用在了需要长的地方、把短用在了需要短的地方，那是各适其利，大凡一拍即合、正中下怀、无缝对接等均属此类情形。其四，在很多时候，短并非绝对短，长并非绝对长。只要处理妥当，短与长可以共存共荣。中国加入世界贸易组织之前，一部分国人曾有一股悲观情绪，担心几乎样样都比外国落后的中国企业会被几乎样样都比中国先进的外国企业挤垮。然而，事实并非如此。在全球化的时候，中国企业和外国企业各避其短、各扬其长，长与短相融，长与短相长。其五，在一些时候，长并不一定就能战胜短，而短并非总意味着没有出路。如西药中的阿司匹林、青霉素等，尽管现有一些疗效更快的新药出现，然而，它们并没有退出市场。其原因很简单：它们也有长处，而新药也有短处。

在大自然，在人类社会，长与短，无处不有，无时不见。正因有长与短，才有和谐之美、生命之美、活力之美。试想，如果世上的人、事、物都只有长，或都只有短，那将会是什么模样，那将会是何种状态。人是有高等智慧的。古人言："打虎还得亲兄弟，上阵须教子弟兵。"古诗云："深处种菱浅种稻，不深不浅种荷花。"自古道："兵来将挡，水来土掩。"这些，都闪耀着扬长避短的智慧火花。在现实生活中，凡人、事、物，长与短是客观存在的。长与短的成因，既有先天的，也有后天的。长与短的存续时间，长与短的转化时间,也是有长有短。我们既要正确地面对这些长与短,又要积极地利用这些长与短;既不能为一时一地的长而忘乎所以,又不可为一时一地的短而悲观失望;既不能盲目地以己之长比人之短,又不可盲目地以己之短比人之长。一言以蔽之:人生务必十分理智地把握和处置各种各样的长与短。

定量与定性

"请问现在是什么时代?"答案兴许如林如山、如海如云。其中,一种时兴的答案是"数字化时代"。数字,本是表示数目的文字和符号。作为名词,数字倘后缀了"化",即变成了动词。何谓"数字化"? 指某事或某物的各个方面或各个环节,都采用了数字信息处理技术。我们眼观之、耳闻之、身感之、鼻嗅之,确实"数字化"无处勿在、无时勿有。航天、航空、航海数字化,电脑成像、测绘成图数字化,诊断疾病、判别物体数字化,彩电、冰箱、空调数字化,电话、手机、相机数字化,业绩考核、评比奖励数字化,人口管理、交通管理数字化……可以说,以数字计算为基础的新技术、新方法正在全面覆盖人们生活的方方面面。

用数字来计算,用数字来衡量,用数字来比较,即为量化。在现实生活中,量化可以测定各种事物所含因素的数量,可以测定各种物质所含成分的数量。换言之,也就是可以对各种事物、各种物质进行定量检测、定量分析、定量考核、定量评定。进行这样的定量处理,颇为有益。

其一,体现公平。社会要求,法律面前,人人平等;社会也要求,数字面前,人人平等。因此,社会上对许多事物、许多物质进行定量处理,如一年一度的学生中考、高考,用考分来决定录取者;又如承揽工程项目,用评分来决定中标者;再如民主推荐干部,用票数来决定优胜者。进行这样的定量处理,人们普遍认可和满意。

其二,观察变化。在现实世界里,各种事物所含因素、各种物质所含成分,一般不会衡定,常常处于变化之中。对事物、对物质进行定量处理,可以随时观察所含因素、所含成分的变化,有利于及时采取应对措施,如对病人血压、血糖、血脂的定量处理,能方便医生对症下药;又如对粮食、蔬菜等市场价格的定量处理,有利于政府采取调控举措;再如对自然界气温、湿度、灰尘等进行定量处理,以便于向社会公众报告。

其三,甄别性质。任何事物的发展变化,都会有一个从量变到质变的过程。从量变到质变,其中必有一条界线或一个节点,虽然有时界线、节点地带比较模糊。对界线、节点进行量化处理,有利于认清事物的走向,如检验师定量处理病人的肿瘤,可使医生实施不同的治疗路径,因为良性与恶性有天壤之别;又如公安民警定量处理游览观赏地区的人流状况,倘若发现有可能发生踩踏事件时,即可当机立断采取应对之策;再如定量处理全民公投或全民选举,规定一个获票比例,如果超过这个比例,即为通过或当选。别小觑这个比例,它决定事物的性质,当然,这是人为的选择。

其四,进行比较。数字虽然是枯燥的、冰冷的,但可展示人间万象。对世事进行定量处理,可以明辨好孬、优劣,如结婚送礼,给送一百元、一千元、一万元,其礼轻、礼厚显见;又如评审技术职务,定量处理技术人员发表论文、论著的数量和获奖情况,即可比较出谁更符合条件;再如进行田径比赛,定量处理运动员的速度、高度、远度,即可比较出谁是冠军、谁是亚军、谁是季军。

世界的本质是物质的。当然,凡物质的,即可作定量处理。但是,世界上除了物质的,还有精神的。不过,精神的是物质的反映。而精神的,仅用定量的方法来处理,就不大好办,甚至颇难。因此,人间的所有存在,并非只可作定量处理,在有的时候,只能作定性处理。从这个意义上说,定量作为处理事物的方法,并不是万能的。譬如,在爱情上,证明他是不是她的意中人,不能全用定量:他的月薪有多少?他拥有多大的房子?证明他爱不爱她,不能全用定量:他为她买了多少克拉的钻戒?他肯为婚礼花多少钱?又譬如在尽孝上,证明他是否尽孝,不能全用定量:他每月给父母多少赡养费?事实上,带着妻儿常回家看看,多花点时间陪伴父母,比多给父母一点赡养费更重要。再譬如,在官场上,一个人能不能当官、可不可升官,没有一个硬性的定量标准,因为德、能、勤、绩、廉中有许多不能用数字来衡量,尤其是德,更难作定量处理。因此,选拔、考核干部时,有一些表现只能作定性处理。这就从一定程度上使社会上产生了这样的非议:"当官哪,只有当上当不上之差,没有当好当不好之别。""要是给咱当个省长、部长,照样能当得好!"由此可见,选拔、考核干部很难很难。换言之,光定量不行,光定性也不行,必须定量与定性结合,而"结合"的学问确很深奥。还有,在审美上,证明一幅书画作品的美学价值,不能全用定量,因为美需要人去细细领会、感受和体会,而且,在这些方面,个性化的差异也很大,甚至截然相反。故在对一些艺术品的鉴赏品评中,为什么有时评委的意见相左,其原因就在于此。再如,在人际关系上,也不能全用定量。即使是物质上的交往,既不能又不便作精微算计。更何况,那些真诚、包容、善意,是无法进行定量处理的。然而,亲戚之间,在金钱上如果有过频的借贷,弄得不好,易生龃龉,甚至会断绝来往。这是钞票惹的祸,因为钞票有价值,可以量化,按照"来而不往,非礼也"的古训,亲戚之间来往钞票,应该起码等额。如果有差异,第一次没有关系,第二次开始抱怨,第三次就会找出理由予以谢绝。事实上,亲戚之间,有割不断的血缘关系,亲情是不可抛弃的。而这些,都应是非数字化的。在现实生活中,即使是与一般同事相处,倘若时时处处锱铢必较,也是难以建立良好关系的。作为一个正常的心态、一种正常的活法,在待人处理时,切勿小鼻子小眼的,可以宽谅的一定要宽谅,可以马虎的一定要马虎。如果可以宽谅的偏不宽谅、可以马虎的偏不马虎,别人很可能当面不会责备,心底里或私下里则会有怨声,而作为自己也不会增加乐趣,往往是心更黑、性更躁。由此看来,人世间,千万不可一切依赖于数字做判断。人生要做的事,并不是只有采用数字化的方法才能见效。

  与定量处理方法相对的是定性处理方法。二者均为"定",然而,"定"的对象,却一为数量,一为性质。在分析化学上,有定量分析的方法和定性分析的方法。在金属工件或铸件的热处理上,有定性处理的方法。定量与定性,二者互有联系。也就是说,往往性质不同数量也不同,常常数量改变性质也改变。但是,二者有明显的区别。换言之,如果说"大、高、多就是好,小、低、少就是不好"的话,那么,在许多时候,事物的大、高、多反而不好,小、低、少反而好;倘若说"大、高、多就是不好,小、低、少就是好"的话,那么,在很多时候,事物的大、高、多反而好,小、低、少反而不好。举例说,人体肿瘤,良性的,大了也无大碍;恶性的,小了也很可怕。所以,人们在认识事物或物质时,定量需要,定性更需要。《后汉书》中载:"譬犹疗饥于附子,止渴于鸩毒,未入肠胃,已绝咽喉。"附子和鸩毒,就食物和饮料来说,同样的数量,却相反的性质。有的人或许会说"定性容易定量难",或许又会说"定量容易定性难"。这些认识,都是片面的。实际上,定性与定量,只要认真,都是很不容易做好的。相对来说,定性往往涉及原则问题、人品问题,更需要慎之又慎。也就是说,在定性时,对事实上的认定更需要严谨细致,那种"莫须有""想当然"的做法应该坚决避免。尤其是,当数量上的小数目将直接影响性质上的改变时,更需要严而又严、细而又细。否则,容易发生误判。一旦误判,大则性命攸关、前途攸关。举例说,高考、公考、职考,如果以60分为合格线、录取线的话,那么,对59分、58分,主考者最好再核查一下,免得误人子弟。纪检机关、检察机关、审判机关,对违纪违法嫌疑人,在决定要不要立案、要不要羁押、要不要起诉时,在决定要不要提高一个处分、量刑等级时,更需要多一点斟酌,尤其是对违纪违法涉案钱物的数量和性质,须严格依纪依法作出认定,以免影响公正性和公信力。自古以来,一代又一代,前人告诫后人,要防微杜渐。别看"微"在定量上是小,甚至可以小到忽略不计,但是,"千里之堤,溃于蚁穴"。从一定意义上说,一些人之所以在事业上、生活上屡获成功,其过人之处,在于高度重视量变会引起质变、质变始于量变。人在世上闯荡,处置万事万物,定量与定性不可偏废,不能一种倾向掩盖另一种倾向。有所区别的是,有的时候,更要注重定量一些;有的时候,更要注重定性一些。通过既有定量又有定性的衡量,使我们认识事物更加科学。

符号与标志

在中国传统文化中,有符号文化和标志文化。符号与标志,属于同义词,指有某种特征的记号或标记。我们每个人生活在世界上,世界上每个事物的存在,都离不开符号与标志。大千世界,从来没有完全相同的人物,也从来没有完全相同的事物,这主要有赖于符号与标志来衡量和判别。不难想象,倘或世界上没有符号与标志,倘若人们不明符号与标志,那么,社会管理将无法进行,人们生活将无法安排。因此,符号与标志,在人类社会,是漫山遍野、司空见惯的东西。

符号与标志,其作用显而易见。其一,表明身份。在现实世界里,人一出生,实际上就有了身份。如:你叫张三,我叫李四,他叫王五。这些本身就是符号与标志,有利于区别一个个具体的人。又如:您是哥哥、弟弟、叔叔、伯伯、姐姐、妹妹、阿姨、姑妈。再如:您出生于贫寒之家、富裕之家,官员之家,商人之家,城市之家,农村之家。在种族社会里,人一出生,即有黑人、白人、黄种人。在阶级社会里,则有资产阶级、无产阶级。所有这些,还不是完整意义上的符号与标志,主要是人所出生的背景。渐渐长大后,人便有了表明身份的符号与标志。如:学生穿学生服装、佩校徽,军人穿军人服装、佩军徽,警察穿警察服装、佩警徽。又如:厨师穿厨师服装,法官穿法官服装,海员穿海员服装,空姐穿空姐服装。再如:少先队员戴红领巾,共青团员戴团徽,共产党员戴党徽,博士戴博士帽。这些服装、徽章,是身份的符号与标志,其中有些是行业、职业、专业的符号与标志。其二,表明心意。爷爷奶奶、叔叔阿姨、哥哥姐姐……这些都是对别人的称呼,实际上就是符号与标志。我们带着儿女在路上碰见了熟人,如果主动让儿女作长一辈的称呼,熟人顿时会感到受到了尊敬。在参加一项活动时,衣服穿什么、怎么穿,可体现出一个人对这项活动乃至对这项活动召集人、主持人的态度和心情。中华人民共和国国旗无疑是符号与标志。在国际外交活动和体育运动中,国旗的出现代表中华人民共和国派人参加了这项活动或运动。中国共产党党旗无疑是符号与标志。在逝世者的遗体上覆盖中国共产党党旗,其实涉及对逝世者的评价。每到一年一度的全民植树节,许多地方的领导会扛着铁锹、提着水桶去参加植树劳动。这也是符号与标志,昭示着当地党委、政府高度重视绿化造林。每到一年一度的清明节,各地的游子会放下工作或放弃休息,到祖辈、父辈墓地祭祀。祭祀中所用的一切也是符号与标志,以寄托对祖辈、父辈无限的哀思。古人言:"女为悦己者容。""容"包括穿着、发式、妆饰等,这些其实也是符号与标志,但它们无言中表明了对"悦己"者的尊重和喜爱。否则,她不一定要这些"容"。其三,告知事宜。男女结婚,家门、窗棂上要贴双喜,女方身上要穿婚纱,男方家要送彩礼,其实这些是告知对方和外人,"我俩决定结婚了","我们正在办婚礼"。故,人们一看到谁家门窗上贴了双喜,就知道谁家有人结婚了。"吃豆腐"是南方一些地区办丧事所必须的。倘若有人家要购很多很多的豆腐,就知道这个人家可能老了人。豆腐在这里便成了符号与标志。《三国演义》里刘备、关羽、张飞本来是把兄弟关系,而后来又建立了把君臣关系。明末农民起义将领张献忠,他把所有的部下都做他的干儿子。在世俗社会里,兄弟、儿子,当然亲密,当然可靠。现实中为什么生人刚成熟人,一方或双方便会大哥、大姐、老兄、老弟地称呼起来,其原因就在于此。其实,这些称呼只是个符号与标志,在许多情况下,即使这样称呼着,要翻脸时还是会翻脸。在汉语言文字中,有些词人们一听到就会知道下文大意,如"但是""老实讲""仅仅""本来""也许""说真的""不过""然而"等。这些词往往具有转折意义,听起来要委婉一些。如今,人们每每听到这些词,反而会更加认真地听,听其所言中的表扬之后的批评、成绩之后的缺点、好处之后的坏处、优势之后的劣势等。这些词,在一定程度上,已变成了符号与标志。其四,显示实力。在历史长河中,经过文化的积淀和实践的检验,人们对一些事物赋予了某种符号与标志。其中一些以实力见长。如"老虎",作为符号与标志,它的意义是"勇猛威武";又如"青年",作为符号与标志,它的意义是"生机勃勃";再如"骏马",作为符号与标志,它的意义是"奔腾飞跃"。还有,从另一个方面也是显示某种实力的。如"糖果",作为符号与标志,它的意义是"甜甜蜜蜜";又如"鸳鸯",作为符号与标志,它的意义是"恩恩爱爱";再如"玉玺",作为符号与标志,它的意义是"皇权帝威"。世界上的万事万物,都有一种力在支撑,其有所区别的是,力的表现形态多种多样。许多事物,它们以某个符号与标志示人,其实蕴含着某种某样的力。

符号与标志,无论表面,还是内里,可向世人展示不同的前世今生。一是先天与后天。先天,指生物性的;后天,指社会性的。如:地质普查,有时只要发现指示性的矿物,即可找到大矿甚至特大矿。又如:鸡蛋和花生,本是食品,一个由母鸡下,一个从地里长。然而,用到结婚时,则意味着"子孙满堂"。二是有形与无形。有形,指看得见、摸得着;无形,指看不见、摸不着。如:孔子,尽管各地现有孔子庙、孔子像,还有各种各样的藏书和新书,但是,他毕竟是距今2500多年的人,如今绝对无人见过他或摸过他。然而,孔子在人们的心目中已成为符号与标志,他代表着"儒家"、代表着"师表"。三是先进与落后。如前所述,服装是符号与标志。军人穿军装,并不仅仅为了行军打仗,还为了展示雄壮之师、威武之师的英姿。有一则史料云,甲午海战前,日本一个军官代表团参观了中国海军的舰船。当时中国的武器都是从德国进口的,其先进让他们胆怯了。可是,当看到中国水兵身上不洁的服装、看到中国水兵船舱凌乱的被褥,他们窃笑了。或许,他们从中发现了中国水兵落后的一面。后来,日本对中国发起了战争。四是显性与隐性。物体及其影子,都可成为符号与标志。然而,前者显性,后者隐性。同样是影子,也有显性与隐性之别,如高楼、大树的影子显性,而白烟、淡云的影子隐性。五是真实与虚假。符号与标志并非都是真实的,有的是"狐假虎威"的,有的是"外强中干"的,有的是"假模假样"的。当今中国"落马"的一些高官,把"两面人"的言行不一、表里不一、心口不一演绎到了"极致"。有的贪官在"落马"当天,还在全市领导干部大会上作廉政警示教育报告。各种各样的规则也是符号与标志,本来是统一规定以供大家共同遵守的。然而,渐渐地,有的地方、有的单位、有的行业、有的机关却出现了明规则与潜规则并行的局面。那潜规则,即是虚假的符号与标志。六是雅致与通俗。作为符号与标志,华表是雅致的。然而,作为符号与标志,寿衣是通俗的。当然,有的通俗的符号与标志,用得正确了,则会产生惊人的、良好的效果。如:毛泽东把"屁"字入诗词,即"土豆烧熟了,再加牛肉,不许放屁,试看天地翻覆"。"屁",原为俗物俗意,甚至俗不可耐,但"纵观数千年的中国文学史,敢以此字入诗词而不流于卑琐油滑者,唯毛泽东一人"。七是优秀与丑陋。餐桌是人们就餐的桌子。餐桌也可成为符号与标志。有的领袖在餐桌上作出了彪炳史册的阳谋,有的头目在餐桌上却策划了遗臭万年的阴谋。年轻漂亮的姑娘当服务生,站在门口笑迎宾客,这本身不存在非议。然而,当其作为符号与标志时,在"绿灯区"是优秀服务,而在"红灯区"则是丑陋服务。八是长期与短暂。中国城市各有符号与标志,有的是不同的花种,有的是不同的景点,有的是不同的地理,有的是不同的人文。在这些符号与标志中,相对来说,在无始无终的漫漫时光里,那些自然的符号与标志会长期一些,而那些人为的符号与标志则会短暂一些。如：黄山作为黄山市的符号与标志，泰山作为泰安市的符号与标志，一般不会因为时光的迁移而迁移；故宫博物院作为北京市的符号与标志，秦兵马俑作为西安市的符号与标志，不能绝对排除有朝一日会遭毁弃。九是快乐与悲苦。当今中国已建立了一批爱国主义教育基地，其中有不少是以实地、实物来教育后人"毋忘国耻"的。这些符号与标志，不乏表现悲惨苦难。进入20世纪后半叶，沐浴改革开放的浩荡春风，中国一批新兴城市崛起，其中拔得头筹的当是深圳市。在这些新兴城市的符号与标志中，更多展示的是喜悦快乐。十是鲜活与死寂。在中国有文字记载的历史中，出现过五百五十九位帝王，可谓"你方唱罢我登场"，其留下的印迹也是符号与标志，如人们一说到唐朝，自然会想起长安；一说到北宋，自然会想起开封；一说到南宋，自然会想起临安；一说到清朝，自然会想起北平。其实，这些已成了历史，是死寂的了。然而，有些符号与标志，却一直是鲜活的，如连云港市是欧亚大陆桥的东桥头堡，数十年来不断焕发出活力；"县委书记的榜样"焦裕禄逝世已经几十年了，其精神迄今在人们心中仍然熠熠生辉；礼义廉耻早为孔孟所大力倡导，历久弥新，而今作为优秀传统文化，仍具强大的生命力。

在符号与标志这个问题上，仍然存在着唯物主义与唯心主义的分野。唯心主义认为，符号与标志可以是独立于存在之外的意识；而唯物主义认为，符号与标志是存在，即使是意识，那也是由存在反映的意识。符号与标志，不可能万古不变。它只存在于一定的时段、一定的区位、一定的领域。如：在现实生活中，我们如果看到年纪轻的女子左手无名指上戴了钻戒或金戒，这说明她已经结婚了；如果听到年纪大的女子在公交车自动刷卡机上发出的是"您好"声（南京市如此），这说明她已年过花甲了。无名指上戴戒子和老人乘公交车有优惠，这些本身就是符号与标志，而且具有阶段性的特征。因此，人的身上不应也不能随意佩戴符号与标志，否则，是要闹出大笑话的，甚至会产生严重后果的。社会上一些人，爱用符号与标志来说人言物，如"童年时代是问号，青年时代是冒号，中年时代是逗号，老年时代是句号"；又如"春山如笑，夏山如怒，秋山如妆，冬山如睡"。而这些，都呈现出了桑田沧海、时过境迁的景象。一个人一生中的经历，也可以用种种符号与标志来概括：在家庭，先是儿子或女儿，后是丈夫或妻子，再是父亲或母亲，再是爷爷、奶奶或姥爷、姥姥；在职场，先是办事员或助教，后是科长或讲师，再是处长或副教授，再是厅长或教授。就是同样的符号与标志，质量和分量也是不一样的，如法国总统与德国总统的职权不一样，中国共产党现在的总书记与过去的总书记在党内的地位不一样，这个爷爷与那个爷爷在家里受尊重的程度不一样,泰山与恒山在中国"五岳"中的分量不一样。在人生中,我们应当看重符号与标志,否则,生活就没有太大的意义,但又不能唯符号与唯标志,因为那会使人太苦太累。人生中的大多数符号与标志,不仅有名,而且有利。名使人体面,利使人富裕。然而,在追逐符号与标志的过程中,一定要具最强的心、尽最大的力,同时能够坦然接受各种现实。人生中的符号与标志是无限的,而人的生命却是有限的,我们大可不必以有限的生命去追逐无限的符号与标志。从一定意义上说,我们只要尽心尽力已经追逐到了属于自己的符号与标志,也就不枉此生了。

龙多与龙少

先说一个实例,日本议会日中友好议员协会会长古井喜实1979年给邓小平写信,请求中国福建长期提供闽江口淡水河沙,因为东京的水泥厂每年需进口淡水沙300万吨。邓小平批示同意,李先念也表示赞成。没想到,闽江河沙有诸多的"产权拥有者":外贸局认为河沙出口属于外贸,应该归外贸局经营;交通航运部门则认为挖沙与清理航道分不开,应该由他们经营;建材局又说河沙属于建材,国家分工属他们经营;还有集体所有制的闽江河沙队,说历史上他们以挖沙谋生,国家不应与民争利。这些单位之间不断扯皮,一拖六年,日本方面只好作罢。闽江口那些"掉进河里的钞票"最终还是没有捞起来。

中国有句俗语,叫"龙多不治水"。说的是,办事并非人越多越好。为什么?大家在共同完成一项任务时,因为职责不清、考核缺失、奖罚不明,造成你指望我、我指望你的消极局面。与此俗语意思相似的俗语,叫"一个和尚挑水喝,两个和尚扛水喝,三个和尚没水喝。"三个和尚比一个和尚多两个和尚,按理说是"人多力量大",可是弄得没水喝。1968年,美国学者哈定在《科学》杂志上发表文章,首次提出了"公地悲剧"。这个概念的定义是,当资源或财产有许多拥有者,他们每个人都有权使用,但没有人有权阻止他人使用,由此导致资源或财产的过度使用,如草场过度放牧、海洋过度捕捞、森林过度砍伐。后来,国际上又有学者提出了"反公地悲剧"。这个概念的定义是,作为一项资源或财产也有许多拥有者,但他们中的每一个都有权阻止其他人使用资源,而没有人拥有有效的使用权。如在一间房子的大门上安装了需要十几把钥匙同时使用才能开启的锁,这十几把锁又分别归十几不同的人保管,而这些人又往往无法在同一时间到齐。显而易见,打开这间房门的机会极小,房子的使用率极低。"公地悲剧"和"反公地悲剧",问题的症结都在"龙多"。"龙多"了,无论对资源或财产的有效保护,还是对资源或财产的有效利用,他们都感到无能为力,要么抱着"不捞白不捞"的心态,要么抱着"又不是你一个"的心态。看来,古今也好,中外也罢,都对这样的"龙多"加以鞭挞。如上所述,闽江口河沙之所以外销搁浅,显而易见,是源于"龙多"。

别以为"龙多"在社会上老是卡壳、生事,在家庭里"龙多"也常是找茬、犯错。众所周知,旧时有的家庭多达三四代、一二十口,其中兄弟、妯娌有几对。这样的家庭,如果老爷子、老婆子有威,且善管理,兄弟又友恭,那么,持续的时间会久长一些;倘若家境衰落、兄弟失和、妯娌纷争,那么,持续的时间会短暂一些。这样的家庭,尽管有血缘、亲情牵绊,但有一个致命的缺点,即"龙多"。"龙多"了,作为其中的一分子,就会感到在贡献上有无自己无所谓,反正还有那么多成员;而在享用上,自己能多一点就多一点,认为不用白不用;至于家里这片天若要塌下来,那还有老爷子、老婆子顶着。这样的家庭,走向分家是必然的、迟早的、自然的。更何况,天下尚是分分合合,人通常是自私的。在教育小孩上,有的家庭也存在"龙多"问题。中国改革开放后的第一代独生子女,父母对其的呵护已经够多够多的了,有的甚至达到了溺爱的程度。如今,中国改革开放后的第二代独生子女,对其关爱的人更多,许多家庭已呈现出"6+1"的结构,即不仅有爸爸、妈妈,还有爷爷、奶奶和姥爷、姥姥。有的家庭,对其幼时的教育,大家都负责,大家又都不负责。爸爸、妈妈工作忙,指望爷爷、奶奶或姥爷、姥姥帮助教育;爷爷、奶奶或姥爷、姥姥则认为,自己心有余而力不足,自古以来都是"一代管一代"。事实上,对其幼时的教育,要真正落实责任,且要有系统性,尽最大可能,从小培养其良好的品性,从小培养其聪颖的智力。在现实生活中,有一种非正常的现象,即"一个妈妈可以养几个儿女,几个儿女养不了一个妈妈"。虽然原因多多,但"龙多"也是重要原因。如老大期待老二,老二盼望老三,老三期盼老四,老四期念老五。如此,几个儿女去掉的是"孝",而这个妈妈得到的是"冷"。

与"龙多"相反的是"龙少"。如上说了"龙多"的弊端,这并不等于说"龙多"就没有好处,也不等于说"龙少"就一定有好处。"龙多"只要组织、指挥得好,那将威力无穷。"龙少"也只要组织、指挥得好,那将威力倍增。中国共产党军队对中国国民党军队发动的辽沈、平津、淮海三大战役,即是极具说服力的例子。实际上,"龙"的潜力是无穷的。在社会上,在家庭里,无论"龙多",还是"龙少",旨在提高效能、提升效用,必须牢牢把握如下几点:其一,权。我们不妨想一想,人一生下来就有拥有权、争夺权、享用权。这个"权"不是当官的"权",而是诸如生存权、人身权、政治权、经济权等。对"龙"

来说,其关键的,一是要解决产权问题,二是要解决职权问题。倘若这两个问题解决了,"龙"的内生动力自然就会产生。其二,责。我们不妨再想一想,人一生下来就有责。首先,有责活着,爸爸、妈妈尤其是妈妈"十月怀胎",那多不容易啊!其次,有责好好活着,哪个爸爸、妈妈不对自己的孩子抱有厚望啊!对"龙"来说,其重要的,一要解决明确责的问题,二要解决落实责的问题。如果这两个问题解决了,"龙"的主动性就会大大增强。其三,德。中华民族是尚德民族,从春秋战国时代的儒家学说,到改革开放时代的社会主义核心价值观,德一直被人们所尊崇。对"龙"来说,除了守法,还要尚德。"龙"有了德,就能从物质层面上升到精神层面。此时人生追求的目标,既有物质需求,又有精神需求,而且在许多情况下,更多追求的是精神需求。其四,督。我们每个人都会有惰性。解决惰性问题的良策是督。督,督促,督办,督察,督导。在很多时候,那是一督就灵、一督就成、一督就好、一督就会。对"龙"来说,不管做大事小情,也都离不开督。在这个问题上,我们不可对自己的自觉性估计得太高。

经济学原理告诉我们,办任何事,都要以最小的投入获取最大的收益。诚然,"龙多"要做"龙多"的事,"龙少"要做"龙小"的事,这叫量力而行;"龙多"不可随便做"龙小"的事,"龙小"不可盲目做"龙大"的事,这叫知己知彼。但是,不管"龙多",还是"龙小",其出发点和归宿点,都要力求"最大的收益"。"龙"就是"龙","龙"不是"蛇"。群龙无首,一群人中没有领头的人,这固然不好;然而,群龙有首,有些龙却不服从首,那也是不好。每个"龙",既有自己的权利,又有自己的义务,权利与义务是对等的。只想要权利、不想行义务,这在任何时代、任何国家、任何社会,都是不允许的。作为"龙",在克服"龙多"与"龙少"弊端、解决"龙多"与"龙少"问题中,应当从守法上、自律上、崇德上尽到自己的努力。是"龙",就要有"龙"样!

不该问与不能说

人世间有很多东西"不该问"也"不能说"。据载,美国总统约翰逊在刚退休后的一段日子里,在自己豪华富裕的农场里,仍沿用以往的办公室仪式,即每天一早与农场雇工举行早餐会议,决定当天该用哪一辆牵引机;每天晚上要听取农场雇工的成果报告,如大家收集到了多少鸡蛋,或是有多少人参观了他的图书馆等。一个曾经在政坛上十分活跃而充满生气的人,一下子变得这般落寞沉寂,其心绪上发生巨大变化,无疑是可想而知的。试想,即使是他最亲近的人,或许也"不该问"吧;纵然对他最知心的人,兴许也"不能说"吧。那"不该问",自己要么不管,要么揣度;那"不能说",自己要么不想,要么消弭。如此,一切都在无声无息中进行,一切都在无怨无悔中逝离。

在现实世界里,"不该问"与"不能说"的事很多很多。一对夫妻大吵了一场,妻子出走了,丈夫也不理会她去了哪里。过了几天,妻子自个儿回来了。这时,两个人同在一个屋檐下,甚至同在一个床榻上,一个不问,一个也不说,好像什么事也没有发生过。两个青年男女,在大学同窗时互生情愫,然而并没有把关系挑明。一晃毕业七八年了,两人仍为单身。事实上,各自也都有过不止一次的恋爱经历。在一个偶然的机会,两人相见了,一个眉来,一个眼去,汩汩爱意油然而生。于是,两人如同早已断了线的风筝,重又接上了头,而且在双方的共同努力下,恋爱、结婚一路顺风顺水。对以前在感情上有过的风雨,两人都不问、也不说,套用一句曾经颇为时尚的话,叫"一切为了向前看"。两家亲戚,不知是"说不清、道不明"的原因,还是"公说公有理、婆说婆有理"的原因,断交了好多年。一次,因为办一件事,两家走到了一起,开始相见时还感到"不好意",后想了想:毕竟是亲戚嘛,人家都"亲靠亲、邻靠邻",咱为什么有亲不靠呢?于是,两家重新和好了,且对以往发生的事,都你不问、我也不说。记得《加菲猫》里有这样一个故事:加菲和欧迪在逛街中走散了,加菲还被卖到了宠物店。它很痛苦。但在一个清晨,加菲看到原来的主人乔恩走进了宠物店,老板上前询问乔恩需要买宠物吗?这时,乔恩看到了加菲,便激动地立即把加菲买了回去。故事的最后,加菲说了这样一句话:"我永远不会问乔恩,那天他为什么会走进宠物店。"说这句话的加菲,后来世界闻名。

人主要靠言语来交往。尽人皆知,结婚是人生中的大事,其序曲是恋爱,而恋爱谈才行。政治谈判、军事谈判、外交谈判、经济谈判,还有划界谈判、项目谈判、合同谈判、分手谈判等,都离不开谈。"不该问""不能说"势必就不谈了。不谈了,有些内情别人就不容易知道。其实,人间很多时候并不需要谈,在一定的条件下,是"此处无声胜无声"。举例说来:情侣合影,如果女人主动挽着男人的胳膊,还主动把自己的头靠在男人的肩膀上,这可说明女人在感情上很投入;如果男人和女人虽然靠得很近,但显得拘谨,不够自然,这可说明双方尚处于有礼有节的早期接触阶段;如果女方完全靠在男方身上,男方则紧紧搂着女方的肩膀,这可说明两人的关系已很亲密。在人际交往中,关于对方的背景,在许多情况下,也是"不该问"的,也是"不能说"的。这里面,确实玄妙得很。如果问了、说了,反而会不好,不利于当事人私下里搞名堂;倘若不问、不说,"你知、我知,天知、地知",可使当事人有更大的想象、操作空间。要知道,狐假虎威为什么得逞?其根本原因是,百兽没有去问情况,如果问清了,百兽也就不会被吓跑。史载,元末明初,刘伯温隐居于青田的山中。一天,有位村民向他请教,"先生,我姓王,住在王家庄。我卖肉都十几年了,今天却有恶霸来找我收保护费。你说我该怎么办呢?"他想了想,说:"等他们再来时,你请他们好好吃一顿。记住,吃饭时要多叫些族人。"村民走后,书童不解地问"为什么要多叫些族人?"他笑着说:"王姓是个大姓,多叫些族人,可显示家族的势力。这样,恶霸才会不敢轻举妄动。"情况果真如他所料。可见,不问、不说,效用也可立见。自古以来,主人与仆人、长官与部下,一旦有事要办,并非都要去问、都要去说。尤其是那些会拍马屁的仆人、部下,对主人、长官的一个眼色、一个手势,都能够心领神会。如今,好多闺蜜之间,你想的、我知道,我想的、你知道,在一起时,并不需有太多的问、太多的说,这就叫心灵的契合。人是有形体语言的,许多的喜、怒、哀、乐不是通过问、说发现或展示的,而是由脸色、眉头等示人的;很多的首肯、赞赏、否决、针砭等,也不是通过问、说表达或显露的,而是由头、手等告知的。

人从出生到死去,并不是什么都可以问、什么都可以说。不该问的问了,不该说的说了,那是要闯大祸的。在20世纪50年代中国的"反右"运动中,尽管当时搞极"左"了,但也有人在问与说这个问题上分寸失准。在中国改革开放大背景下的政府机关工作中,尽管在大力推进政务公开,但每个从业人员必须始终绷紧保密这根弦。诚然,人在有的时候,"不该问""不能说"是要受憋的,尤其对那些急性子、直性子的人,受憋是痛苦的,但从生存计、从长远计、从大局计,这又没有办法。唯一自己可行的是调整自我或等待时机。调整自我,实际上是调整心态,而调整心态,需要自我抚慰。如被人利用时,可这样自我抚慰:不必懊恼,说明咱还有被人利用的价值,下次注意就是了;受到伤害时,可如此自我抚慰:每一种创伤,都是一种成熟,没有人会击打一棵不结果子的树;烦恼来临时,可这般自我抚慰:烦恼是一种低劣的情绪,别自己跟自己作对,自己折磨自己。有的时候,受憋也是倒逼,即倒逼自己强身健体、养精蓄锐。倘若碰到"不该问""不能说"时,那么,自己可去琢磨,自己可去斟酌,自己可去掂量,只不过自己要多花些时日和精力,这也无妨,权当是个"曲径通幽",权当是番"山回水曲"。不少时候,"不该问""不能说"是具有阶段性的,换言之,并非永远"不该问""不能说"。这正如黎明前的黑暗、放炮前的装药、发射前的安装,"不该问""不能说"是为"应该问""能够说"做准备的、作铺垫的,只是时机未到而已。当然,这是对有志向、有恒心的人而言的。我们横看纵观起来,"不该问""不能说",也是一种均衡,也是一种谐适,也是一种和美。而要真正做到,内省却少不得。柏拉图说过,内省是做人的责任。有内省能力的人,自然会明白哪些该不该问、什么能不能说,而且把此付诸行动。

客观与主观

这个题目似乎太大了,因为人的生存即是客观与主观相互依赖、相互作用、相互影响的产物。没有人,无所谓客观;没有人,主观也不存在。对这个题目,笔者试以纪检检察机关办案人员所总结的经验切题入笔。

"双轨"三大定律:一是"马桶"定律,功效是"散臭"。腐败分子离开"马桶","臭味"会迅速散发出去。二是"树倒猢狲散"定律,功效是"去势"。无论书记、市长、厅长、局长、校长、院长,一旦被查,权力即被中止。依附于这棵大树上的大小猢狲,便会纷纷作逃离状。三是"信息不对称"定律,功效是攻虚。被查之前制订的攻守同盟做得再好,被查后便失去了联系,里外情况一无所知,处于劣势地位,故无法活动发威。"双轨"三大定律,从一个侧面揭示了人之客观与主观的关系。

何谓客观与主观?理论上的解释,前者是实际存在,后者是自我意识;实践中的解释是,前者是环境、状况、条件、物质,后者是感觉、思考、认识、动力。若要说明何谓客观与主观,恐怕连小学生都能随口举出多例。作为成人,我们只要稍作分析,便会发现,人生在世,正确处理和把握客观与主观的关系,直接关涉到事业和家庭的成败得失,甚至自己的生命长短也与此直接关系。科学研究结果表明,决定一个人的生老病死,基因的作用只占百分之三十左右,更多的在于外部环境和后天因素。即使只考虑基因的作用,那些致病基因也需在其他基因和分子的启动下,才能表现和发挥作用。在现实世界里,正确处理和把握客观与主观的关系,乃是一块"试金石",乃是一座"风向标"。处理和把握正确了,即成功;处理和把握错误了,则失败。

世间是客观的。我们放眼望去,那高楼、马路、树木、河流、山峦,那太阳、月亮、星辰、风雨、冰雪,样样都是客观的。除非人为干预,它们不以人的主观意识而改变。也就是说,它们有自身运动、发展的规律。德国科学家研究猫为什么爱吃老鼠。结果发现,猫的体内有一种特殊的物质,这种物质能自行合成一种名为牛磺酸的物质,而牛磺酸正是提高高级哺乳动物夜视能力的化学物质。猫本身偏偏不能合成牛磺酸。显然,猫只有不断地吃老鼠,体内才能有足够的牛磺酸。只有这样,才能使自己保持和提高夜视能力,也才能让自己在自然界存活下去。以上是一些客观存在,世上所有的物质,包括生命体和非生命体,都是独立于人的主观意识之外的客观存在。我们无论在想问题时,还是在办事情时,都要尊重客观存在。否则,必然遭到客观存在的报复。

世间有主观的。人有视觉、嗅觉,若家庭主妇烧出了色、香、味俱佳的菜肴,便会吸引家人胃口大开,说不定小孩子等不及,还会垂涎欲滴,忍不住先用小手抓些尝尝。按理说,自己有多么饿,心里是有数的,多饿就多吃,少饿就少吃,不饿就不吃。可心理因素对食量大小也起重要作用。如果主人给客人用大碗盛饭,客人原本吃不掉,然而,因担心剩下饭菜,既不雅观,又要浪费,故还是吃了下去;倘若主人给客人用小碗盛饭,客人原想吃上三碗,然而,碍于面子,出于客气,吃两碗也就算了。因此,一些颇有社会责任感的生产厂家,对食品包装的容量颇为讲究。也就是说,根据一次消费的需要,在单个容量上,做得既不过大,也不过小。我们不难理解,为什么战前要进行思想动员,为什么对人要进行思想教育,其根本动因是重视人的主观意识。在一定的条件下,精神的力量是无穷的。精神源于人的主观意识。人在世上,做事有三种方式:一种是把简单的事用复杂的方法去做,另一种是把复杂的事用简单的方法去做,再一种是不论事简单还是复杂,都推给别人去做。这三种方法均出自当事人的思维,是思想指挥行动。中国有句古话,叫"一失足成千古恨"。许多驾驶员之所以出交通事故,一时冲动是重要原因。冲动是魔鬼,其出于人的主观意识。古人倡行天道酬勤、地道酬善、人道酬诚、商道酬信、业道酬精。这些品格,作为中国优秀传统文化,正在世世代代相传。而此,表现为人的主观意识,后人通过不断学习而继承。

客观与主观,二者不可或缺。在一定的条件下,有的时候,客观起主要作用,甚至有决定性的作用;有的时候,主观起重要作用,甚至起决定性的作用。但从总体上看,智者会更多地发挥主观能动性,而愚者则更多地顺从客观被动性。中国共产党历来倡导"实事求是",其精髓在于,从实际出发。实际,是客观存在而非主观意识。我们说话,不能"空口";我们办事,不能"空手"。"空",即缺少实际。因为"空",即使豪情万丈,纵然志坚磐石,也难以甚至不能如人所愿。但是,我们也不能唯实际。伟人有言,只要有了人,世上什么奇迹都可以创造出来。创造具有较强的主观能动性,大凡有目的的实践,更容易创造。有目的,即为主观意识。有这样两组人生计算题:1的

365次方等于1,1.01的365次方等于37.8,0.99的365次方等于0.03,其中365代表一年的365天,1代表每天的努力,1.01表示每天多做0.01,0.99代表每天少做0.01。不同的选择,乍一看,差异微不足道;一年后,差异瞠目结舌。进步一点点竟是退步一点点的1260倍！这从一个角度说明,人的主观努力太重要了。中国有句成语,叫"心不在焉",说的是,心思不在这里。心理学上有个"衍射心理论",说的是,先由琐细的事引起,后心里老惦记着这些事。无论"心不在焉",还是"衍射心理论",都反映了客观对主观的作用。随着经济社会的发展,人越来越重视生态环境。从客观上说,一亩树林,每天能吸收67千克二氧化碳,能释放49千克氧气,足够65个人呼吸之用。从主观上说,整个社会都要有实实在在的行动,植树造林,绿化祖国。要知道,如果没有森林,地球上70%的淡水将白白流入大海,许多地区的风速将增强60%～80%。在生态建设上,需要客观与主观的有力、有效的统一。

在哲学领域,客观与主观,都要防止唯心主义。客观唯心主义与主观唯心主义,在客观存在与主观意识上,都过于强调"我"的感觉。古往今来,唯心主义害死人。然而,古人经过一代又一代对大自然的认识,累积了众多闪烁着辩证唯物主义思想火花的智慧。李白诗曰："草不谢荣于东风,木不怨落于秋天。"吴承恩书载："有风方起浪,无潮水自平。"说明事物的发展变化,总是有客观原因的。屈原词曰："采薜荔兮水中,搴芙蓉兮木末。"指出全然不顾客观条件,任何努力都是徒劳的。曹操诗曰："盈缩之期,不独在天。养怡之福,可得永年。"意思是说,人寿长短的原因,既有客观因素,又有主观因素。在世上,有些人遇到事总爱抱怨客观。如在职场上,时常说环境或别人对自己不好,所以老想变换单位,但这些人却很少自我反省。职场上的不如意、不顺畅,不可能都是环境或别人的原因,或多或少甚至主要是自身的原因。如果不主动改变和完善自己,不断地变换单位,那只能是浪费自己的生命。因此,人在改造客观世界的同时,必须改造自己的主观世界。人只有在改造客观世界和改造主观世界的进程中,获得名利,丰富自己,完美自己。

零碎化与完整性

一张白纸，哗啦哗啦几下子，便撕成了不等的碎片；一堆积木，左右捣鼓一阵子，即拼出了完整的物品。这是现实生活中不难看到的情景。其原理，前者是"化整为零"，后者是"零存整取"。说到底，二者都是方法，而且行之有效。这里的"零"即为零碎，在中国成语中用于零打碎敲、七零八碎；这里的"整"即为完整，在中国成语中用于完美无缺、整整齐齐。零碎与完整，既是结果，又是过程。人们既可看见零碎或完整这样的结果，又可看见零碎或完整这样的过程。世间许许多多的事物，正如分分合合、合合分分一样，或是从零碎到完整，或是从完整到零碎。

从零碎到完整：一如人的生命。从妈妈怀孕起，人就开始了自己生命的历程，从婴儿到少年，再到青年，再到中年，直至老年。犹如飞机、火箭一样，不管升得再高、飞得再远，总要落地一样，人的生命无论有多么长久，总有结束的时候。观芸芸众生，都有着一条有始有终的生命轨迹。二如人的生活。一天一天地过去，每天人们都要吃喝、睡眠、漱洗、拉撒、学习、工作、会客、访友、购物……由此构成了一幅完整的生活图景。三如人的事业。人的一辈子在事业上不可能时时处处称心如意，有顺时、逆时，有快时、慢时，有上时、下时，有尊时、卑时，有好时、孬时。正是由这般起起伏伏，绘就了一条比较完整的事业线。四如人的爱情。不管其保持的时间有多长、有多短，都有一个完整的过程，从萌芽、起始，到发展、炽热，再到消减、终了。纵然有的人情未了，然他人已去，不了也要了。五如人的传承。古人有言："不孝有三，无后为大。""无后"，即没有后代，说得难听一些，叫断子绝孙。这虽属封建礼教，但人类社会需一代又一代传承，而传承要靠血脉延续。这在一些人的家谱中可见脉络，于局部地区、短暂时期，其脉络还相当完整。

从完整到零碎：一如人的饮食。一觉醒来，妈妈端来了丰盛的早餐，有面包，有牛奶，有鸡蛋，有杂粮，有小菜，总不会一口吞下吧，得一点一点地吃、一口一口地喝。二如人的阅读。马克思的《资本论》、曹雪芹的《红楼梦》、李时珍的《本草纲目》,大部头,厚厚的,总不会几分钟就阅毕吧,得一页一页地翻、一行一行地看。三如人的工作。开展一项大的调研,总不会一气呵成吧,得从方案拟定、具体部署、实际调研、汇总分析、起草报告一步一步地做;完成一项大的工程,总不会一蹴而就吧,得从规划、设计、施工、验收一段一段地做。四如人的治病。俗话说:"病去如抽丝。"人得了病,尤其是得了重病,总不会用手一拈就拈掉吧,得从检查、确诊、治疗、好转、痊愈、巩固有方案、有步骤地推进。五如人的战争。人的战争常常发生在民族之间、国家之间、势力之间、派别之间。一场战争由一个个战役组成,如中国共产党领导的人民解放战争,其中有世界闻名的辽沈、淮海、平津三大战役;而一个战役又由一系列战斗组成,其中有大大小小不知多少次的战斗。故而,一场战争,不会"毕其功于一役"吧,一个战役不会"毕其功于一战"吧,得一仗一仗地打下去,直至胜利。

　　世上的万事万物,本来就是从零碎到完整、从完整到零碎的不断组合、不断裂变,进而在新的基础上有所变幻、有所进步。在人类社会和自然界,从总体上看,是呈螺旋上升态势。要不然,人类社会和自然界会永远依旧,不可能获得发展。但是,如今许多人苛求于完整、苛责于零碎,或者说,热衷于完整,怨怪于零碎。一如过于追求完美。他们并不深悟"金无足赤、人无完人"的道理,喜欢对别人的零碎缺点说三道四。他们会对自己乃至父母和儿女不够宽容,只要出现零碎不足,便会罚恨(一种"恨铁不成钢"的心绪)。二如厌烦零碎事务。他们向往陶渊明那样,东篱采菊,读书忘忧;向往王维一样,去观松间明月,去看石上清泉。他们总是觉得日子过得零碎:在节假日里,一会儿要给孩子作学习辅导,一会儿要去父母那儿探望,一会儿亲友有喜事要去赴宴,一会儿要到单位里临时加班,一会儿家里那儿坏了要找人来修理,弄得疲惫不堪,厌烦透顶。三如悲叹上帝不公。他们经常一门心思地把自己所做的事想得太好,不考虑风险,不安排预案,好像身外的一切完全应该为他们服务,时时一帆风顺、处处满心满意是理所当然的。但一遇到哪怕是零碎的曲折、困难、瑕疵,便怨天尤人。分析成因,一是他们缺乏辩证思维。他们并不清楚,人生说简单很简单,说复杂很复杂。生活中的零碎是一种常态,不能不分青红皂白地加以抵制。更何况,有些零碎尽管平淡、粗俗、繁琐甚至丑陋,但只要掌控和把握得好,并不会影响完整的幸福生活。二是他们浮躁和功利。在传统的中国社会,我们每个人并不只为自己活着,身上肩负着诸多家庭责任和社会义务。因此,要想过世外桃源式的生活,几乎不可能。在这种境况下,他们自觉或不自觉地、主动或无主动地便会浮躁起来。若想拒绝零碎,那惟有选择功利。三是他们身处客观环境。而今,社会呈现出快节奏的状态,什么都要求快。"快"字当头,现代人的生活不可能像古代人那样慢悠悠。"快"像一条无形的巨鞭,鞭策着现代人只能前进、不可后退。"快"时而会打乱现代人原本的脚步,不得不去投身于零碎。从一定意义说,这也显示出人生严酷的一面。清朝龚自珍诗曰:"四海变秋气,一室难为春。"其意是,大的方面决定小的方面。人处于现代环境,在很多事情上,"独善其身"并不太容易。

  人来到世上,无论钱多钱少、官大官小,生命只有一次。一般来说,人人都想有一个完整的人生,但必须好好规划和设计。《孟子》中曰:"先立乎其大者,则其小者不能夺也。"意思说,办任何事,应该有中心、有重点,不可不分轻重缓急。理论和实践告诉我们,人生是能够规划和设计的。在规划和设计中,不可没有中心、没有重点。围绕中心、重点,即使有些零碎也无妨,关键是要始终紧扣中心、重点。当然,在人生每个阶段,又各有不同的中心、重点。在现实生活中,我们不难听到这样的话:"等我大学毕业以后……""等我做成这笔生意以后……""等我退休以后……""等我买了房子以后……""等我最小的孩子结婚以后……"。这些话,到头来,很多不能兑现,实际上是一张"空头支票"。试想,退休以后,你就真的有时间打牌娱乐了?这不尽然呀!因为有的人身体状况不允许,有的人手头紧还得打工挣钱,有的人兴趣已发生了转移,有的人还得帮带第三代,有的人的性格已有了改变,有的人的配偶不给"自由",若你占其一点,就很难有时间去打牌娱乐了。实际上,人在世上,毋需等到生活尽善尽美之时,再去关注零碎、重视零碎。只要零碎是合适的、快乐的,把握当下,莫盲目、执意、奢望地等。在科学史上,爱因斯坦无疑有一个完整的人生。他被认为是20世纪世界上最伟大的科学家。然而,他在中小学阶段也有痛苦的经历,那些零碎的"不佳"的故事,当时很难让老师和同学喜欢。因此,我们察人观事,一定要看主流和根本,完整才是最要紧的。"人得有个好收场",从一个侧面,说的也是这个意思。中国古代李悝提出的"识人五法",对选拔人才重视完整性、防止零碎化,颇有裨益。第一,居,视其所亲;第二,富,视其所与;第三,达,视其所举;第四,窘,视其所不为;第五,贫,视其所不取。倘若这五个方面都做得好了,那就完全符合中国的传统美德。看来,人生好多的睿智,体现在如何看、如何待零碎与完整这个问题。

毛物与净物

列举之一,早晨提着篮子走进菜场,见有的顾客喜欢毛菜,有的顾客则选择净菜。毛菜,指采摘后未经择洗等加工处理的蔬菜;净菜,指采摘后经过择洗等加工处理的蔬菜。如今,劳动力成本越来越高,对蔬菜进行加工处理,是需要付出一定的劳动力成本的。择拣、清洗蔬菜,势必要去掉一些废物、杂料和泥巴,故或多或少地会减轻蔬菜的重量。因此,毛菜价廉一些、净菜价贵一些,是必然的。当然,百货中百客。那些节约、勤快的人,多选购毛菜;而那些富有、享受的人,多选购净菜。

列举之二,在二手房销售市场上,有两种房源引人关注。一种是毛坯房,即建成后,还没有进行过装修的房;另一种是精装修房,即全部进行了装修,新房主拎着包就可入住。这两种房各有各的好处——毛坯房可任由新房主设计、装修,从而"画最新最美的图画";而精装修房毕竟付出了装修成本,然而新房主不见得就满意。加上,精装修房往往比毛坯房价高,且很可能有人住过;毛坯房价往往比精装修房价低,且是"原生态"。当然,这也是百货中百客。毛坯房和精装修房都各有销售市场。

列举之三,步入大的商店,尤其是步入精品服装店、黄金珠宝店等,那些服务员,一个个干净的面容、干净的眼神、干净的打扮,顿时让人产生一种可信可亲的感觉。而一些穿村走巷做小生意的人,不少是不修边幅、毛毛糙糙的。这也难怪,他们做点小本生意,而且风里来、雨里去,要讲究也很难。职业不同、环境不同、对象不同、效益不同,对服务员的外表要求也就不同,如当空姐的与搞屠宰的不一样,绣花女子与炼钢汉子不一样,在无菌室工作的护士与在地下挖煤的工人不一样。

在大自然,在人类社会,毛与净是一对矛盾,或是一个问题的两个方面;而且,毛与净是相对的,或仅仅有所区别。从其成因上看,毛与净,有的是人为的,如把搁置已久、被尘沙盖满的物体擦拭几下,即由毛变净;有的是自然的,如一场狂风骤雨过后,雾霾浓重的天空会立即变得清新纯净。从美学原理上看,毛有毛的美。今儿大都市一些豪华酒店里的装饰,不乏土里土气的东西;吃惯了大鱼大肉的城里人,会蜂拥而至乡村土菜馆就餐;穿久了华艳飘逸的丝绸、化纤服装,也想换穿一下土布、亚麻之料的衣物。净有净的美。蓬头垢面的人,经修剪、洗理,立即会变得干净利落;心乱如麻的人,经他人条分缕析的一番点拨,思路顿时会清晰起来;小孩玩耍把家里搞得乱七八糟,大人下班回家后作了收拾一下子干净整齐起来。毛与净不可能永恒。换句话说,在一定的条件下,会相互转化。在明清徽式建筑物上,想当年屋顶、门扇上的雕饰一定清净典雅,如今却已残破晦旧了;一段江畔的岩石,原本毛刺般的突兀,历经江水常年冲刷,今日已经相当光净了。一男一女之间的感情,起始时功利色彩浓厚,渐渐地变得纯净真挚起来;上级与下级之间,初始时是单纯的领导与被领导的关系,慢慢地变得混浊、复杂起来。一个人初进单位时,工作起来没心没肺,不计个人得失,时间一长,其脑里想的、心中装的东西,就多起来了,在名利面前,变得不愿吃亏;人到老时,因为经历得多了,岁月也不饶人了,会自觉或不自觉地把生活的多重意义变成单一意义。毛与净有正向与负向之分。做事不沉着、不细心,毛毛躁躁的,当然不行;安装在建筑物门窗上的毛玻璃,虽然表面粗糙,但有独特功用,当然不错。"水至清无鱼,人至察无徒。"如此的净,当然不好;"心底无私天地宽",这样的净,当然不差。毛与净有无意与有意之别。当然,这是相对于人的行为而言的。大自然的鬼斧神工,沧海变桑田,桑田变沧海,或毛或净,那是无意的。人造梯田、人凿隧道、人挖河塘、人垒假山、人采矿物,或毛或净,那是有意的。

世上的毛物与净物比比皆是。孰优孰劣、孰美孰丑、孰取孰舍、孰喜孰厌,从总体上说,取决于人的价值取向。如果说世界上没有无用之物,只是没有用对地方的话,那么,世界上难论毛、净之物,只是需求不同而已。一如垃圾。垃圾为毛物,不是好的东西。然而,在许多时候、很多场所,垃圾并不可少。为某一活动造声势,要举办一些"垃圾讲座";为显示学习内容丰富,得安排一些垃圾学习;为体现珍视和尊重,要进行一些"垃圾礼节"。我们不难发现,在会议报告中,有的人于开场白里,好用"在某某某的领导下""在某某的指导下""在某某某的支持下""在某某某的帮助下"等。其实,对报告的实质内容来说,这近乎废话,即是毛物而非净物。然而,你不这样开场白还不行,因为有关领导、有关方面听了会不舒服;"难道都是你单干的吗?是不是有点自以为是了?"二如婚姻。一般来说,没有爱的婚姻不会幸福。然而,有的夫妻一辈子吵吵闹闹,有的夫妻一辈子和和气气。吵吵闹闹的夫妻不见得没有爱、不幸福,和和气气的夫妻不见得就有爱、就幸福。在一定的条件下,毛与净只是方式不同、感受有异。三如人体。人的器官和肢体,有净的功能,主要是生理活动;也有毛的功能,主要是社会功能。人之嘴,一为吃喝,二为说话。然而,有的人的嘴是"乌鸦嘴",喜欢瞎说、胡说;人之腿,一为走路,二为站立。然而,有的人的腿是"狗腿子",喜欢给有势力的坏人奔走;人之眼,一为视物,二为察看。然而,有的人的眼是"势利眼",喜欢"看人下菜碟";人之脸,一为面相,二为脸面。然而,有的人的脸是"变色脸",喜欢"见风使舵";人之腰,一为直立,二为躯干。然而,有的人的腰是"软骨腰",喜欢卑躬屈膝。可见,在很多境况下,物之毛、净,受作用方的主观意志而采纳或废弃。

人在世上,这个客观规律谁也违背不了,即阳光与风雨同在、鲜花与荆棘相伴、成功与失败并存。要想生活得幸福和快乐,当毛则毛,该净则净。念想毛了、心绪毛了,言语也就会毛、行动也就会毛;念想净了、心绪净了,言语也就会净、行动也就会净。对毛与净,凡人不可苛求。如:原汁原味,尊重毛也;返璞归真,尊重毛也;闻鸡起舞,尊重毛也。风清月皎,尊重净也;无声无息,尊重净也;处之泰然,尊重净也。毛也好,净也罢,崇尚简单是前提。在浮躁喧嚣、尘土飞扬的世道上,为什么许多人毛多净少,原因之一,欲多便毛,一毛即烦,一烦难净。事实上,山默默地耸立,河潺潺地流淌,树圈圈地生长,花静静地绽放。它们并不复杂,它们并不张扬。简单了,天真了,自然了,清净随之而来;复杂了,浑浊了,人为了,毛糙也随之而来。据现代生物学家测算,大自然赋予人类的寿命应该是一百岁至一百七十五岁之间。可现实情况是,鲜有人能活过一百岁,七八十岁就算是耄耋老人了。其中有一个影响人的寿命的重要因素,即人有喜、怒、忧、思、悲、恐、惊等七种情绪的变化。不难想象,人类情绪的变化,势必带来人类身心的毛而不净。在社会发展的历史长河中,大凡统治者,普遍重视有纲有纪的净,坚决反对无法无天的毛;大凡变革者,普遍重视矛盾冲突的毛,坚决反对请客吃饭的净。当世之人,在通常情况下,难免不身陷毛与净之漩涡中。但不管怎样,相遇而安是多数人的自觉选择。当今中国的城里人,活得都不容易:你想净(净化人脉,净化生态),可难以净下来;你想毛(回归自然,回归本真),可难毛起来。然而,无论如何,作为芸芸众生中的一分子,自己应该抱有定见,自己不可迷失方向。

知与智

"小朋友从小就要有礼貌,见了爷爷奶奶要喊人,你知不知道?""知道!"

"融四岁,能让梨。家里有好吃好玩的,要多让给弟弟,你知不知道?""知道!"

"荡秋千的小朋友多,要排队,不要插队,你知不知道?""知道!"

以上是大人与小孩的三番对话。寥寥几句对话,按照中国的传统教育,均为小孩应知应会的内容。知,知道也,明白也,懂得也。人从出生起,面对茫茫世界,便不得不进入求知的漫漫长途。这些知,说到底,是生存之知,主要包括生活之知、工作之知、社交之知。其中,生活之知囊括衣食之知、住行之知,乃至婚恋之知、育儿之知等;工作之知涵盖知识之知、技能之知,乃至专业之知、学术之知等;社交之知包括待人之知、接物之知,乃至法律之知、道德之知等。人在世上,就知而言,的确是学无止境:活到何时,学到何时;想干什么,先学什么。"少小而学,及壮有为;壮年而学,及老不衰;老年而学,及死不朽。"求知是人类的本性。一生好学,生活更有意义,工作更有作为,社交更有深度。

在现实世界里,知是有层次的。小孩识字、数数、辨物是知,乃为表象之知,解决的是"是什么"的问题。学生组词造句、运算数字、区分物性是知,乃为粗浅之知,解决的是"怎么样"的问题。成人审题作文、甄别好孬、懂得事理是知,乃为深入之知,解决的是"为什么"的问题。对人物、对事物的知,对自然、对外界的知,是一步步推进的,其中有的是永远站在巨人的肩膀上,通过学习获得的;有的是用行动架起知识的桥梁,经过实践取得的。知在科学的殿堂里是理论,在鲜活的实践中是经验;落在文字上是书,落在口头上是话;对不知者来说是"心肝宝贝",对知之者来说是"老夫老妻"。人活在世上,不可能也没必要穷尽所有的知,只能对某个领域、某个方面有所了解和领悟,更何况知还是未竟的、动态的。各人对同一知的理解、接受能力不一定相同,各人对不同知的消化、掌握能力也不一定相同。世界上,各种各样的出版物没日没夜地传播着同一知或不同知,让人们尽享知的琼浆。

智来源于知,又高于知。举个例子:清朝雍正初年,抚远大将军年羹尧受命平息西藏、青海的叛乱。一天半夜三更,年羹尧在帐篷内突然听见群雁飞鸣,推断一定是有人惊动了群雁。从群雁停泊的距离和飞行的速度,年羹尧料定四更时会有敌人来劫营,于是命令全体将士立即起床,兵分数队,做好战斗准备。至四更,果然有大批敌军凶猛来袭。然而,年羹尧的伏兵早有准备,纷纷迎头痛击,令敌军伤亡惨重,落荒而逃。这,即是智。有智的人,具有如下品性:能够从人物和事物的一般现象中,发现真相,揭示本质;善于总结经验、吸取教训,通晓原理,把握规律;往往不受常识和习惯的约束,勇于挑战权威、发明创造。在平时,我们遇到的知者太多太多,而遇到的智者却太少太少。巴斯卡说过:"智慧胜于知识。"迈克斯·邦有言:"知识教人判别可能与不可能,理智使人分辨有理和无理。"有的人可以把孙子兵法背得滚瓜烂熟,但未必能够仗仗胜算。智必须有知的背景,但知不直接等同于智。智要把深奥的理融入到生活、工作和社交的点点滴滴中。智与敏也不是一回事,如不吃亏的人是敏者,而能吃亏的人是智者;敏者知道自己能做什么,而智者明白自己不能做什么;敏者靠耳目,而智者靠心灵;敏者懂得什么时候该出手,而智者晓得什么时候该放手;敏者多数是天生,而智者更多靠修炼。

智与知的用处相同,凡生活,凡工作,凡社交,都要用智。政客有政治之智,军人有作战之智,商人有生意之智,专家有研发之智,学者有学术之智,工匠有手艺之智。当然,那些浑浑噩噩、懵懵懂懂的人,知都不必学、不想学,智更用不上、不会用。智是一种力。何谓力?它是改变物体运行状态的作用。这个力包括观察力、记忆力、想象力、思维力、理解力、判断力、决策力等。所谓的智高,所谓的智低,实际上就是表现在这个力有多强、有多弱。

智是一种能。世上物质运动的能,有动能、热能、电能、磁能、光能等。智的能与以上的能截然不同,它主要表现在认识、思想、理论、方法等层面。它是生活的高技巧、工作的大导师、社交的好帮手。在不经意间,它会赋予人战胜困难、解决问题的奇思和妙想。智是一种谋。谋,计谋也,主意也,计策也。"谋事在人,成事在天",事要谋。"运筹于帷幄之中,决胜于千里之外",胜要谋。而谋,必须用智。《水浒》中吴用的绰号,叫"智多星"。后对计谋多的人,褒称为"智多星"。

智是一种悟。悟,觉悟也,领会也,体验也。悟,别人代替不了,只能靠自己。能悟、会悟,悟好、悟多,乃为智。马·波·卡托有言:"智者从愚者身上领悟到的比愚者向智者学到的要多得多。"从一定程度上说,智者之所以智,正因为有悟性。智是一种勇。人生中不可能没有逆境、没有败绩,有所区别的是大小、多少。智者身处逆境、面对败绩,显示出来的是勇气。为什么有的人百折不挠,有智也。在现实世界里,智与勇联袂,有智有勇,智勇双全。智者不回避主观的错误和缺点,勇于自我批评和自我革新;智者不躲避客观的困难和曲折,勇于奋发有为和开拓进取。智是一种谦。谦,谦虚也,谦和也,谦恭也。在现实生活中,有些人少知、无知,却傲;有些人多智、足智,却谦。那些喜欢夸夸其谈的人,往往不是智者。智者深谙慧中敛外、韬光养晦。清朝戴震有文指出:"虽智足以得理,而不敬则多疏失,不正则尽虚伪。"智者又敬又正,"旷兮其若谷",谦谦之样,则更被人尊重和爱戴。

  知与智,对人生来说,善莫大焉。从一定意义上说,无知不能立人,无智不能成事。然而,知与智,倘若不会很好地保养或运用,也有可能走向反面。对知,一容易犯浅尝辄止之错,以为一学习就全懂了;二容易犯上当受骗之错,以为看到的、听到的全是真的;三容易犯经验主义之错,以为局部的、一时的经验便是全部的、永恒的经验;四容易犯先入为主之错,认为先前的印象即可成为后来的认知;五容易犯以偏概全之错,以为瞎子摸象的感觉全是正确的;六是容易犯道听途说之错,以为所有的传闻都有根据的。对智,一容易犯自以为是之错,以为只有自己聪明能干;二容易犯小聪明、太聪明之错,以为别人无智;三容易犯智而用私之错,以为"天不知、地不知、人不知";四容易犯刚愎自用之错,以为自己一向绝对正确;五容易犯"独木不成林"之错,以为单打独斗可以所向披靡;六容易犯盲目崇拜之错,以为圣人贤者都是完美无缺。在知与智这个问题上,我们理当展其长、去其短,既激扬优越性,又防避局限性,使自己真正做知与智的强者,从而在人生的路上收获得更好更多。

穷心与穷劳

中国汉字"穷"为多义,一般用于缺钱少物,如"穷得叮当响""穷得揭不开锅""穷得只剩条裤衩"等;还可用于用尽费尽,如"图穷匕见""穷兵黩武""理屈辞穷";再可用于完全彻底,如"穷凶极恶""穷奢极欲""穷形尽相"等。本文所涉"穷",用的是第二种字义。穷心,用尽心思也;穷劳,费尽劳力也。穷心与穷劳,在社会上是普遍现象。这,不足为奇,人在世上,传统的、世俗的、常规的,为了生计,不可以不尽心,不能够不费劳。尽心费劳是社会人、家庭人、单位人、团体人之安身立命之必需。

然而,有一种非正常的穷心现象。表现之一,不一般地观人察事。据《史记》载,同样见到秦始皇出游的壮观场面,刘邦艳羡至极地说:"大丈夫当如是也!"项羽则大言不惭地说:"彼可取而代也!"如何评论?此可以说是刘邦、项羽志存高远,也可以说是刘邦、项羽野心勃勃。表现之二,不一般地敛财攫物。有的贪官,受贿以千万元、上亿元计。对巨额的不义之财,获取时挖空心思,通过洗钱的、通过套现的、通过期货的、通过转弯的、通过暗渡的……藏匿时挖空心思,放置衣柜的、放置床下的、放置地窖的、放置墙内的、放置屋顶的……表现之三:不一般地谈情说爱。中国《婚姻法》明确规定实行一夫一妻制,中国传统道德反对和抨击婚外情。故有些人便绞尽脑汁地去搞地下的、露水的婚外情,甚至男的去包"二奶"、女的去养"白脸"。表现之四:不一般地求富求荣。有些人不择手段地去追逐财富,总觉得别人比自己富。自己有了新收获,自己心安理得;别人有了新收获,自己生怕落后。于是,自己把自己搞得紧张兮兮。由此,容易动歪脑筋、出馊主意。弄得不好,有时要失去风度,丢掉人格。有些人用尽心机地去猎取荣誉,总认为自己比别人强。一旦有评优评先,便"当仁不让"。评上了,自卖自夸;评不上,怨天尤人。更可恶的,有的人还会去恶意中伤别人。表现之五:不一般的养儿育女。有些人本身不怎么样,要学历没学历,要事业没事业,要形象没形象,但是,对先天并不聪颖、后天并不努力的儿女,却有好高骛远的心态,却用揠苗助长的方式,搞得自己心里很苦很累。如何评论?此,可以说是"可怜天下父母心",也可以说是"自攥头发想飞天"。

然而,有一种非正常的穷劳现象。表现之一,"面子工程"。中国有句民谚,叫"死要面子活受罪"。毋庸讳言,在当代中国"大干快上"年代,不少"面子工程",费劳时只讲政治、不计成本。当年"大炼钢铁",从各地农村征招了数以百万计的青年,没过多长时间,又不得不把他们下放回乡。这种折腾,极为费劳。表现之二,家无定居。一般来说,人心思定。《汉书》中曰:"各安其居而乐其业,甘其食而美其服。"前一句的意思是说,人要安定地生活,欢乐地劳动。可在现实世界里,有些人却爱迁徙、爱搬家。即工种换了又换,单位换了又换,城市换了又换,住所换了又换。越换越好,当然无可非议,因为"树挪死、人挪活"嘛。问题是,有的人越换越差。这样的换,实在费劳。表现之三,小题大做。《红楼梦》中载,"迎春笑道:'没有什么,左不过他们小题大做罢了,何必问他?'"小题大做,比喻把小事当做大事来做。诚然,从关注、重视来说,有些小事不能小看,因为它的意义重大而深远。但是,很多小事只可当小事来做,否则,既多费劳,又多花钱。举个比较常见的例子:如今,有的小宝宝患了感冒,有点发烧,送医院诊治这么个小病,就有几个人陪着。表现之四,洒扫庭除。进入小康社会的中国人,每家都有房子,有人还有庭院,如何洒扫,也是一门学问。什么时间洒扫,洒扫到什么程度,有讲究。有些人费劳过多,变成了"洁癖"。事实上,没有必要那般去苛求清洁。苛求了,太耗时,太耗力。表现之五,虚张声势。明朝冯惟敏有文:"都只是虚张声势,只不过故意穷忙。"虚张声势,指假造声势,用以吓唬他人。社会上这类事情很多。如一些商店的店庆惠客活动,彩旗、花篮、气球,一应俱全;打折、赠券、包换,无所不用;到了某时某刻,鞭炮声起,音乐声起,嘈杂声起。其颇为费劳,搞频了,顾客不领情、还反感,不少人只是去凑凑热闹而已。

穷心与穷劳,一个"穷"字把人的身心累得够呛。如果是为了正道的、正规的、正经的,那么,"穷"有必要,"穷"也值得。而有些人的"穷",其出发点和落脚点,却是有这样或那样的问题。很可能,这些人要到"穷"了以后,甚至要到退休了以后或病重了以后,才会有所醒悟。穷心与穷劳,一般是前者主导后者,后者影响前者。有穷心的人,即使有了半个世界的金子,还会念念不忘另外半个世界的金子。这些人往往是一种病态,心里面有个填不满的黑洞。人一旦背上了这个黑洞,一辈子都难以满足。于是,对不该有的财、物、权、名、色,会变着各种法儿不断地去捞、去掠、去劫。这些人,常常忘却了做人的本来意义,把人生附加的东西看得太重;常常忘却了做事的基本原则,把超自然、非客观的东西估价过高。世间的一切都是宝贵资源,如财产宝贵、物质宝贵、人力宝贵、时间宝贵、人脉宝贵。世界上是山外有山,人上有人。人不管在哪里处所、哪个层面,都要珍惜这些资源,大可不必枉费心机、竭泽而渔,大可不必恣意妄为、鱼肉左右。人最可贵的是知止,知止能知道什么是够了。他们在一定的时候,会对财富说够了,会对名望说够了,会对舒适说够了,会对欣悦说够了,会对痛苦说够了,会对烦恼说够了,会对忧愁说够了,还会对愤懑说够了。老子有言:"知止不殆,可以长久。"知止,说到底,心里先要知足、知安。人应该淡泊名利,名贵没有止境,利厚没有止境。有的时候,"穷"了反而不得,不"穷"反而得了。东汉开国将领冯异,每次打了胜仗,别的将军都去争功,且争得面红耳赤,他却常常端坐在大树下,绝不去争。久而久之,人们便称他为"大树将军"。后来,军中重新分配兵力,士兵们可以自己选择营属,结果所有的士兵都不约而同地聚集到了他的营帐下。冯异因为不争,反而得到了众人的尊重和爱戴。可见,"穷"并不是获得成功的唯一选择。有的人的"穷",往往是一种声嘶力竭的"穷"、孤注一掷的"穷"、不计后果的"穷"。心理学家罗伯特·凯根说过,人生作为一种活动本身,就是创造意义的活动。换句话说,构建意义感这件事,不仅是我们的生物本能,甚至可以等同于生命活动的全部。因此,在茫茫人生路上,哪些该不该穷心、哪些应不应穷劳,必须把考量意义放在最重要的位置。也就是说,倘若没有意义,那就不必去穷心与穷劳。那种明知故犯的做法,实际上自己也会感到沮丧和心虚。我们应该为自己的生命,尽最大可能地画上一幅确定的、有意义的地图。

冷与凉

现象之一，硕大一个地球，一年一轮回，主要的表象是气温变化——春暖，夏热，秋凉，冬冷。"好凉一个秋。"秋天，尤其是秋天的早晨，气温凉丝丝的，人若不添加点衣服，还真不舒服。曹丕有诗曰："秋风萧瑟天气凉，草木摇落露为霜。"冬天，特别是隆冬时节，冰天雪地，气温冷飕飕的，人若不穿足衣服，还真会挨冻。李白诗云："燕山雪花大如席，片片吹落轩辕台。"

现象之二，汪洋人寰，由一个个你、我、他组成，主要的纽带是人情，有亲情、爱情、友情。而且，这些情，有生有灭，有来有去，有浓有淡，有长有短。所谓的"世态炎凉"，说的是，有权、有钱、有势了，就会有人主动去巴结；无权、无钱、无势了，原来巴结的人就会有意去冷淡。在人际交往上，耳畔常闻、目中常睹"人走茶凉"的情景。在一起学习、工作时，大伙儿相处得热和；一旦散开后，包括调离了、退休了等，一些人就会无缘无故地冷若冰霜起来，甚至连信息也不愿来往。

冷与凉的本义，都是指温度。现象之一，二者只是程度上的差异。在温度上，比热低一点的是温，比冷高一点的是凉。当然，温往往温暖，不会像热那样难受；凉往往凉快，也不会像冷那般难过。冷与凉还有引申义，主要用于人世间。现象之二，二者仍有程度上的差异。如用冷，形容冷落、寂寞的叫冷清，形容冷淡、漠视的叫冷漠，形容不使用实物武器的斗争叫冷战，形容开会时没有人发言的叫冷场，形容求人接见而久久等候的叫坐冷板凳。如用凉，比喻说不负责的话叫说风凉话，比喻听了某个消息而灰心或失望的叫心里凉了半截儿，比喻环境或景物悲惨、萧条的叫凄凉，比喻两人关系不再像以往热乎的叫凉了下来，可用来败火、解热的中药如黄连等叫凉药。无论是在自然界，还是在人世间，冷与凉，乍看上去，差异并不明显，有的时候，二者还可互用。换句话说，冷就是凉，凉就是冷。但是，细细分析一下，二者之间，无不呈现出一种趋势。也就是说，从冷到凉，在温度上呈现的是上升趋势;从凉到冷,在温度上呈现的是下降趋势。因此,在日常生活中,冷与凉,有时是有大区别的。人们在盛夏时选用的睡席,只有凉席,没有冷席;使用冰袋来降低体温的办法叫冷敷,而不叫凉敷;比喻很少有人从事的职业叫冷门,而不叫凉门;比喻存放不用的地方叫冷宫,而不叫凉宫;夏天搭起来遮蔽炽烈阳光的棚子叫凉棚,而不叫冷棚;供人消暑乘凉的阳台叫凉台,而不叫冷台。为什么会有如上这些差异,主要是用途上的不同。

人对冷与凉,既会有感性感受,又会有理性感受。他人既然冷言冷语,无疑自己招致讥讽;他人已经冷眼相待,说明自己不受欢迎;他人阴谋施放冷箭,告诫自己防止暗害。在自然界和人世间,并非所有的冷都是不好。有的冷是"黎明前的黑暗",有的冷是"孕妇产前的阵痛",有的冷是事物发展中的必然途径,有的冷是战略战术的重要内涵。在一定的条件下,冷极必热,冰极必火。一年四季的变换,秋凉进入不了春暖,只有冬冷才能进入春暖。冷与凉,也是相对。冷相对于凉来说,是冷的;凉相对于冷来说,是热的。为什么人在"赤日炎炎似火烧"的夏天,只要走到树荫、屋檐下,便会觉得凉爽,道理即在于此。其实,夏天里,树荫、屋檐下的温度也很高,只是比露天里、太阳下的温度稍低了一点。人倘若一直在树荫、屋檐下,仍会感到不舒服。之所以觉得凉爽,那是因为进行了前后对比。相比而言,凉比冷更有诗情画意。凉,是渐变中的,凉是无奈中的,凉是委婉中的。看那四季中的秋凉,其景致,有古堡烽烟的,有平沙落雁的,有渔歌唱晚的,有塞上衰草的,有满山红枫的,有遍地稻香的,有萧萧落叶,有风卷残云的。看那人生中的秋凉,有走上坡路的,有步下滑道的,有丰收在望的,有悲观失望的,有日进斗金的,有坐吃山空的,有稳扎稳打的,有方寸已乱的。凉的变数,既多,又大。对四季来说,其意义,并不比春天、夏天小;对人生来说,其作用,并不比少年、老年弱。人世间,有些事物是可逆的,有些事物是不可逆的。即使是可逆的,同样的事物,已再也不是本来面目,宛若倒流过来的水,纵然是水,那与流过去的水已不一样了。冷可逆后,在人的感觉上,一般不会是凉,而是温。温是冷了加热后的感觉,凉是热了减热后的感觉。从这个意义上说,两个人的关系真的弄僵了,意欲和好如初,那是十分困难的。要知道,最孬的原装,毕竟是第一次的;最好的组装,毕竟是第二次、第三次甚至更多次的。原装是没有比较的,组装是有比较的。人往往有这个劣根性,即好的是应该的,不好的是不应该的。以现今的不好去比往昔的好,那只能生发出怨恨。因此,凉是尤其需要警觉的,别总指望冷了之后再去加热。

人世间的事理与自然界的物理是相通的。在热、温、凉、冷四种形态中,凉与温一样,既不会热得大汗淋漓,又不会冷得直打哆嗦,从总体上是处于不热不冷之中。"凉"必须吸取"温"的教训。"温水煮青蛙"的故事，可谓家喻户晓。青蛙被煮，自己是奈何不得的。人类不难想象，青蛙被煮中自始至终的感觉不会相同，毕竟青蛙也是动物，也有感觉。从自然界推及人世间，我们在处理各种问题时，不可安于凉；不可轻忽凉。其一，对学习的热情。古人告诫的"铁杵磨成针""功到自然成"，都需要持之以恒的热情。我们学一门功课、做一门学问、习一门手艺，必须有持续高昂的热情。如果发现学习热情凉了下来，就不能麻痹大意，不可等到学习热情冷了才引起注意。其二，对工作的热情。从一定意义上说，工作热情决定工作投入，工作投入决定工作收获。要想有工作收获，务需有工作热情。工作热情靠激发、靠保持。倘若察觉工作热情凉了，就不能泰然处之，不可等到工作热情冷了才幡然醒悟。工作热情就是一股子气，而气只能鼓、不可泄。气泄后再鼓，则难而又难。其三，婚姻热情。众所周知，良好婚姻离不开夫妻双方的热情。相濡以沫也好，相依为命也罢，都以热情对待对方为支撑。如若一方甚至双方对自己的配偶凉了热情，那么，虽不会导致马上离婚，但已经潜伏了婚姻危机。对此，不可见之任之、闻之任之。如果等到另一方已向法院申请离婚时，一方才痛悔不已，那么，不如在婚姻热情趋凉时，一方便积极采取改善措施为好。在现实生活中，人们普遍对婚姻热情趋凉问题不够重视，总认为"出不了大事"。然而，无数残酷的事实告诉人们，夫妻关系冷甚至破裂，是从夫妻关系凉开始的。莫待婚姻失败空悲戚！其四，生活热情。我们每个人都向往美好生活，是一个个大大小小的希望和念想，扬起了人生的风帆。"哀莫大于心死"。"心死"，势必对生活失去热情。媒体上不时见有报道，什么什么人自杀身亡了，甚至连乡村里的"留守儿童"也走上了自尽之路。这些人之所以会这样，归根结底是丧失了继续生活的热情。因此，为防患于未然，必经直面生活热情的趋凉，在那"凉风习习"的时候就不放松警惕，毋使凉意吞噬了生活热情。其五，为人热情。大家知道，待人热情是人的美好品性。人要诗意地生活在大地上，人要快乐地生活在人群中，为人热情至关重要。这种热情，实际上是一种爱恋；这种爱恋，实际上是一种心愿。我们不能让这种热情、这种爱恋、这种心愿凉了下来，当出现凉意时，就应该有所作为，以阻止其恶化为冷酷。如果把凉作为处理问题的"缓冲区"、把冷作为处理问题的"禁飞区"的话，那么，我们尤需在"缓冲区"里，更多更好地施展拳脚，别延误至"禁飞区"里，才苦苦挣扎地去"亡羊补牢"。

自瞒与自满

"升官了,恭喜您!""哪里哪里!""您可不要瞒我呀!""岂敢岂敢!"这是一则对话。"发财了,祝贺您!""谁说的呀?""您瞒不了我!""没有没有!"这是另一则对话。两则对话中都有一个"瞒"字。"瞒",指自己不让别人知道真实情况,常与"欺"连用,如瞒上欺下。

"满招损,谦受益。"古人认为"此乃天道"。意思是,骄傲自满会带来损失,谦逊虚心会得到教益。后人推而广之,直白地指出:"谦虚使人进步,骄傲使人落后。"在现实生活中,有的年轻人一有点成绩,便自满起来,飘飘然,不知天高地厚;有的小朋友在大人的指导下,刚刚学搭积木,便满足起来,觉得"会了会了",其实不是一回事。

(隐)瞒、(撒)谎、(欺)骗,三者的共同之处是均非实事求是,均未表里如一,但仍存些许区别。瞒,一般是隐匿真相,个中的情况,可能有,也可能没有,这就让人捉摸不透。而谎、骗,往往是无中生有,或以次充优、以小充大、以坏充好。从道德上说,人们对瞒要宽容,甚至会被允许,而对谎、骗要严厉,通常深恶痛绝。对谎、骗,亚洲人厌恶,欧洲人厌恶,非洲人厌恶,美洲人厌恶,澳洲人也厌恶,世界上没有一个地方不厌恶谎、骗。然而,谎、骗,用对了地方,用对了时间,用对了对象,那就是策略、计谋。其经常被用于政治领域、军事领域、经济领域,在给主动方带来巨大收获和成功的同时,会给被动方造成惊人的损失和失败。俗话说:"兵不厌诈""无商不奸"。谎、骗之用,常常受到特定条件的限制。而瞒,不仅是策略、计谋,而且是权利、义务。政治秘密当瞒,军事秘密当瞒,经济秘密当瞒,商业秘密当瞒。同时,每个公民都有自己的隐私,包括身体隐私、财产隐私、感情隐私等。而个人隐私是受法律保护的。显然,瞒在许多时候是不成其为问题。也就是说,该瞒则瞒,瞒者无罪。

"满"这个字主要用来形容,形容整个、全部、完全等,如满山遍野、满面春风、满腹经纶、满城风雨、满目疮痍等。其在字义上,无所谓褒,也无所谓贬,倘用在正面,即为褒义,如满堂红;若用在负面,则为贬义,如满堂灌。满用在人的行为上,如对别人托办的事满不在乎,这就不好;如深入基层调查研究后满载而归,这就很好。应当说,满是一种状态,包括人的思想状态、精神状态、财物状态、名声状态等。在自然界,下了一场大雨,小河里的水满了;刮了一场狂风,大街小巷满是灰尘;考了一次数学,得了满分。这些,都是以一种状态示意。人对满,既有喜,又有忧。喜的是,自己的这一个目标终于实现了;忧的是,自己的下一个目标如何去实现。而且在实现一个又一个目标的征途上,其难度,往往是有增无减。作为一种状态,满难恒久。如:满池塘的水,如果不予补充,那将干涸。又如:满脑子的知,倘若不予更新,那将落后。再如:满店堂的客,如若不予吸引,那将冷清。因此,求满难;保满难上加难。

人生匆匆几十年,在一定的时候,需要自瞒。自瞒,即自己隐瞒、自己欺瞒、自己哄瞒。有则故事:东汉名士郭泰,一次在街上行走,看见有个人肩上挑着的砂锅坠地摔破了,就上前问他:"你的砂锅碎了,你怎么连看都不看一眼呢?"那个人道:"既是已破,看也无益。"人生有太多太多的不顺心、不如意,如果一味地去缱绻、执意地去勉强,那只能陡增无聊和遗憾,对自己的身心无益,同时于人于事也无助。人应该学习一下水中的小鱼。小鱼在水中,可谓危机四伏,可它仍在自由自在地游弋。倘若小鱼整日整夜地在水中担惊受怕,那它可能一天也活不下去。这就是一种自瞒。凡自瞒的人,心里会自觉阳光。心里阳光了,爱的清泉就会在其中汩汩流淌,即使自己受到了某种伤害,也会感觉到人间仍充满着美丽和温馨;纵然自己一时身处脏污之地,也仍会把洁净和华彩装在心田。心里阳光了,就会在旧物里找到新的美感、在旧情里找到新的甜蜜、在旧人里找到新的智慧、在旧事里找到新的启发。凡自瞒的人,自然会灵活把握自己的所言所行。言行灵活了,待人处事就不会"一根筋",有时还会故意骗骗自己。换句话说,会主动利用感觉上的失真,让自己生活得舒适惬意。有的人家,有的店铺,把一面甚至几面墙上全部装上了镜子,其目的,无非是使人的感觉更好些,帮助消除原有的局促和压抑。言行灵活了,便会自得其乐。进步了、丰收了,当然高兴;不进步、不丰收,也会高兴。"退而求其次"(差些也行)、"譬相不着"(譬如没有),有些人常常以此自己宽慰自己。这也正确,因为人的感觉是自己的,高兴也是自己的,别人不能替代,也无法替代。

人生匆匆几十年,在一定的时候,也需要自满。自满,即自己满足、自己满意、自己满心。因为自己是为自己活的,即使自己最高尚,没有了自己,也就帮助不了别人;因为每个人都有灵魂,纵然缘起于某些情形,自己的灵魂不全属自己,但毕竟仍会有一些原色的灵魂;因为人们的认识都是有局限的,哪怕最睿智的人,也会有失察的地方。更何况,有的时候,人之眼见并非为实、耳听并非为真;因为有句古话,叫"人心不足蛇吞象",如果不加调适,人心永远填不满,倘若填不满,便会为钱所困、为物所困、为名所困、为情所困,因此,人要学会自满、运用自满、享受自满。凡自满的人,不会为一点点钱、一点点物、一点点名、一点点情,而去钩心斗角,会有一种闲云野鹤之态,处之泰然、居之乐然。从一定意义上说,自满既是一种能力、一种智慧,又是一种德行、一种人格。自满的人,不必也无需挖空心思地去说假话、说大话、说空话、说套话、说废话。毋庸讳言,当今社会上的"现代都市病"颇为流行,许多人对自己生活的渴望过于理想,收入要丰厚,住房要宽大,汽车要豪华,甚至奢想,婚姻里一点儿矛盾都不允许产生,职场上时时处处都不能出现波折。事实上,自满对人生有着积极的意义。自满的人,孤独症、恐慌症、忧郁症、焦虑症等心理、精神疾患难以滋生,不必也无需去看心理医生、去上心理热线。

当然,人的自瞒与自满,需要有一定的条件。首先,它必须具备内省能力。众所周知,偏执和自大,是人类不断发作的痼疾。大至一国元首,小及一介草民,这种痼疾难以根治。有许多时候,一个人的思想、一个人的言论、一个人的行为,在各个部分并不是统一的,常常会呈现出诸多复杂和变化。因此,一个人只有坚持不懈地进行内省,才有可能抛弃偏执和自大。尽管我们需要自瞒,但不能隐瞒虚伪、不可隐瞒丑恶、不得隐瞒丑陋;尽管我们需要自满,但不能自满成为井蛙、不可自满成为夜郎、不得自满成为蠢汉。古人有言:"伪诈不可长,空虚不可守,朽木不可雕,情亡不可久。"人倘能作深刻内省,就容易去假存真、去劣存优。其次,它必须具有体验能力。人在世上,由于知识、阅历、品性等的不同,对身外之物的感受不尽相同。一物当前,官员有官员的感受、商人有商人的感受、老人有老人的感受、小孩有小孩的感受、男人有男人的感受、女人有女人的感受、智者有智者的感受、愚者有愚者的感受。联系到自瞒与自满,说到底,也是自己的感受,即自己觉得瞒了就瞒了、自己觉得满了就满了。这是一种体验能力,既具客观性,又具主观性,且在不少时候,主观性要大于客观性。有了较强的体验能力,就会在平凡中选择性地去体验美好、体验快乐、体验幸福,而不是去体验晦暗、体验忧愁、体验悲苦。第三,它必须具有适应能力。自瞒并非什么都可瞒,自满也并非什么都可满。否则,那将与外部世界格格不入。自瞒与自满的目的,不在于麻木不仁,更不在于饮鸩止渴,而在于使自己更好地适应外部世界。天、地、人要和。作为个人,心、言、行也要和。自瞒与自满,在一定的条件下,不失为求和的路径和方略。纵观古今中外,许多灾难之所以发生,均源于相关方不能自瞒与自满。欲火猛于虎。从一定意义上说,自瞒与自满是一种自我节制、一种自我管束、一种自我修整。由此看来,我们对自瞒与自满,应当而且必须有一个正确的认知。

心量与能量

在物质世界,任何东西都能计量,即使重到无法用磅秤称,那也能测定,如古人称象:先把大象牵到船上,刻下船体下沉的标记;后把大象牵回岸上,船体随之上浮恢复到了原样;再用人工把石头或砖块或泥土抬到船上,使船体下沉到当时的标记为止。这就可以计算出大象的重量,因为抬到船上的石头或砖块或泥土的重量就是大象的重量,而这些石头或砖块或泥土是可以称重的。随着科学技术的发展,人们根本不用磅秤,即可对太阳、地球、月亮等天体的质量进行测定。对人类来说,体重可以计量,言行可以计量,财物可以计量,然而心量与能量尽管也都有量,但此量非彼量也。心量与能量,无形无影,无色无味,用眼看不到,用手摸不到,用鼻闻不到,用耳听不到,却实实在在地发生在每一个人身上。心量,指人的肚量、气量、心胸、心怀等;能量,狭义指人所展示出来的活动能力,广义指人的能力、能耐、能为。心量与能量,不是可用磅秤来称的,因为它们不是物质,主要表现在精神上、品性上,需要通过人们的所思所想、所言所行呈露出来,故而更多的有赖于外界对它们的客观评价。换言之,自己说自己心量大,并不一定心量就大;自己说自己能量大,并不一定能量就大。

心量咋样? 先说个故事:唐朝著名的慧宗禅师经常云游各地弘法讲经。有一回,他临行前吩咐弟子们一定要看护好寺院内的数十盆兰花。弟子们深知他酷爱兰花,因而侍弄兰花非常殷勤。但一天深夜,狂风大作,暴雨如注。偏偏当晚弟子们一时疏忽把兰花遗忘在了户外。次日清晨,弟子们后悔不迭:眼前是一片倾倒的花架、破碎的花盆、狼藉的花枝。几天后,他返回寺院。众弟子忐忑不安地上前迎候,准备领受责备和处罚。然而,他得知原委后,神态依然平静安详。他宽慰弟子们说:"当初,我不是为了生气而种兰花的。"言下之意是,大家不必也不要因为这件事而不开心。弟子们听罢,顿时大彻大悟。这就是心量。在现实生活中,人们常常会把心量大的人称作"君子",而把心量小的人称作"小人"。心量大的人,在待人处事时,表现出来的是大气、宽容、诚实、乐观、忍耐、谦和;而心量小的人,在待人处事时,展示出来的是小气、自私、嫉妒、虚伪、怀疑、奸诈。如:人们形容心量大的人,宽若大海;人们比喻心量小的人,细如芝麻。在现实世界里,人的心是有容量的。容量大的人,"不以物喜,不以己悲",对身外,能容欣喜之事、痛苦之事,能容赞美之事、批评之事,能容赚赢之事、亏输之事,能容阳光之事、晦暗之事,能容公平之事、偏颇之事。而容量小的人,凡遇到不遂心、不如意的事,总喜欢埋怨、怪罪别人,总认为别人亏待、欠缺了自己,俟有点好处或收获,不管自己合不合适、可不可以,总念想去争去抢。在很多时候,人的心量之大之小,往往体现在一露脸、一开口、一投手、一举足之间,甚至显露于平时的表情、装束、站相、打扮上。

能量咋样?史载:在历时66天的淮海战役中,中国共产党军共歼灭中国国民党军55.8万人。粟裕一直在最前线指挥作战,功勋卓著。他于1948年9月24日,向中共中央军委并华东局、中原局建议,济南战役结束后,下一步举行淮海战役。翌日,中共中央军委指示"我们认为举行淮海战役,甚为必要"。10月5日至24日,他先后三次主持召开作战会议,讨论制定淮海战役作战方案。11月4日,他与谭震林、陈士榘、张震联名签发华东野战军淮海战役攻击命令……从淮海战役大事日志中,足见粟裕杰出的军事才能。新中国成立后,他荣膺"十大将"之首。这就是能量。能量有强有弱,如成功发射和回收航天飞行器,可见人的能量之强;而有些极微的病毒病菌即可置人于死地,又可见人的能量之弱。纵观起来,能量有正有负,如倡导文明、和谐、自由、公正、诚信、友善等社会主义核心价值观,乃为正的能量;而宣扬"人不为己,天诛地灭"思想,乃为负的能量。能量有显有隐,如"有这个权,作这个主",那是显的能量;利用职务影响或私人关系办事,那是隐的能量。能量有长有短,如世袭王朝或家族企业所显现的,那是长的能量,而"一锤子买卖"所表现的,则是短的能量。能量有虚有实,如外表好像很强大,内里确实很空虚,乃为虚的能量;又坚硬又结实的城墙,乃为实的能量。能量在一个人身上,有时是分裂的,换句话说,有这方面的能量,却无那方面的能量。当年李白,吟诗作赋,登峰造极,后人无法企及。然而,他非经国之才,只在皇帝面前风光了一段不太长的日子,便不甚得意了。

心量与能量啥关系?一言以蔽之:多维的、多元的、多方的。曾任全国政协主席的李瑞环有言:两个地方能使人教育,一个是火葬场,在那里不管是什么人、男人、女人、当官的、老百姓,都一样,往火炉子里一推,一按电钮,立即变成骨灰。另一是医院,一旦病倒住院,什么伟大设想、什么重要工作,都得放下。按说,看到火葬场别人这个情况,换到自己病重住院这个时候,什么东西都会想开,什么外物都会抛开,心胸便会豁然拓宽。然而,许多人一离开火葬场,病情若有好转,想的、做的就不一样了,在处理事务的能量上却会依然如故,原先咋样现仍咋样,甚至还有过之而无不及。在助人为乐上,如果想帮助人就会想办法帮助人,如果不想帮助人就不会想办法帮助人。在许多时候,并不是这个人天生有办法帮助人,而是这个人真的有心帮助人。因此,从一定意义上说,心量就是能量。心量大到何种程度,能量就可大到何种程度,二者成正比关系。换言之,心量倘若大到可与天与地同频共振的程度,那么,能量也能随之发生相应的变化。在不少人身上,因为能量大了,所以心量大了,如有一些企业家发财致富后,则一心热衷于公益事业。说不定,他们在经营起步时,还有过包括缺斤少两、以次充好等行为。这从另一个意义上说,能量等于心量。精品是市场的"宠儿"。若要生产出精品,必须多花些心思。心浮气躁、急功近利,只会离精品越来越远。我们与其说精品生产者在经营手段上有能量,还不如说精品生产者在经营策略上有心量。有的时候,能量也会成为心量的俘虏。好多人的心累、身累即源于此。在古老的凯尔特传说中,有一种鸟叫"荆棘鸟",泣血而啼,直至呕出了血淋淋的心而死。在现实生活中,一些人自己与自己过不去,身陷泥淖而不能自拔,即明知这个东西不是好东西,还是不愿意摒弃,如沉湎于婚外恋,自己不是不知道其会有害身心、有损尊严、有危名利,仍然会鬼使神差地去私交媾合。明朝医家李梴指出:"若识透天年百岁之有分限节度,则事事循理自然,不贪不躁不妄,斯可以却未病而尽天年矣。"其第一句话说的是心量,第二句说的是能量,最后一句说的是结果。这是人之养生方面心量与能量的关系。也就是说,心量可指导和引导能量,心量还可影响和左右结果。当年白居易,长寿之道是"四乐",即仕途坎坷处世乐,感事释怀赋诗乐,陶情冶性山水乐,恬和身心交友乐。心量与能量,不同的物种有异,如燕雀与鸿鹄;同样的物种有异,老马与小马;不同的时间有异,如早晨与晚上;不同的处所有异,如在家里与在单位。因此,二者是动态的。即使是相同人数的两组人进行拔河比赛,身强力壮的与身弱力薄的不一样,齐心协力的与分心散力的不一样,其无不源于心量与能量在客观条件上和主观努力上的差异。

每个世人在或久长或短暂的生命岁月里,心量与能量始终在陪伴着,哪怕到垂垂老矣,一些人还会"老骥伏枥,志在千里",其心量依然远大;哪怕到行将就木之时,一些人还会"春蚕到死丝方尽",其能量仍在发挥。人生的价值,说到底,在很大程度上见之于心量与能量。"心比天高""心如死灰",指的是心量;"力之擎天""力之绵薄",指的是能量。人在世间,无论学习、工作,还是生活,心当尽,但不能妄;能应尽,但不可逾。倘是,人生不管模样如何,则不必抱憾。

人之贱与人之贵

世上的事,在办理过程中,十有八九需花钱。作为计价的凭证,作为交换的媒介,钱在人类社会不可或缺。无论生产劳动,还是生活活动,在国家与国家之间,在集团与集团之间,在单位与单位之间,在个人与个人之间,许多方面都是用钱来核算的。以钱来计价和交换在同种同类物中,数额大的即贵,数额小的则贱,如名贵白酒每斤高达千元以上,而非名贵白酒每斤低至百元以下。

由物及人。芸芸众生,均出自母腹。从生命的原始属性来说,人无所谓贱,也无所谓贵。人之所以有事实上的贱与贵,不是先天,而是后天。换句话说,是社会因素而非生理因素决定了人的贱与贵。人之贱与贵,反映出一定时间段的价值观。在封建社会,王侯将相为贵,布衣庶民为贱。要不然,中国第一次大规模的农民起义——陈胜吴广起义还不会石惊天破地发出"王侯将相,宁有种乎"的质问。即使在新中国成立后的几十年时间里,根据当时比较公认的看法,人们对社会上的职业也是分出三、六、九等的。或者说,有的职业体面、时兴,有的职业卑微、落后。当然,衡量职业为贱或为贵,主要是依据俸禄的多少、风光的程度、劳苦的大小、危险的系数。人之贱与贵,反映出相对时间段的变动性。古人言:"富不过三代。"对任何国家、任何集团、任何单位、任何个人来说,穷与富都是相对的,贱与贵也都是相对的,如财富如何算多、如何算少,名声如何算大、如何算小。而且,贱与贵可以因为政治的、经济的、军事的、文化的原因,要么贱,要么贵。如儒家学说创始人孔子,2500多年来对他的评价,并非全是正面的。又如一些人有的被誉为"民族英雄",有的被贬为"恐怖分子"。再如有的贪官污吏未被查处前"德高望重",被查处后成了"罪大恶极"。人之贱与贵,反映出数量、质量上的微妙性。在很多时候,人之贱之贵,只相差那么一点儿。大凡高考、公考、职考,常常会划出录取分数线。线上与线下,往往只缺少一分,甚至零点几分。

诚然,就这点缺少,并不能说明多少问题。但是,这经常会成为一条不可逾越的"鸿沟"。在贱与贵上,一些人不是输赢在能力和条件上,而是输赢在境界和风度上。当年一场全球电视直播的乒乓球国际大赛,中国的刘国正对德国的波尔。两强相遇,胜负难分。在比赛最关键的时刻,刘国正打出了一个连本人都没有看见的擦边球,而波尔立即举手,指向台边,示意刘国正得分。就这样,刘国正从即将遭淘汰的深渊里被波尔"救"了出来,并最终转败为胜。为此,亿万观众感动不已,顿时对波尔肃然起敬。

在贱与贵上,有两种特殊情形:一种是自贱,另一种是自贵。前者是自作自受的贱,后者是自欺欺人的贵。这些都是主观性的,而非客观性的。就贱来说,一个人由于客观原因造成的贱,不能责备,不能鄙视,不能薄待;而由于主观原因造成的贱,并不可爱,并不光彩,并不正道。就贵来说,一个人由于客观原因形成的贵,值得敬重,值得倡导,值得推崇;而由于主观原因造成的贵,应当约束,应当摒弃,应当收敛。这里的"客观原因",指的是本质的、非人为的东西,如社会公认等;这里的"主观原因",指的是非本质的、人为的东西,如自以为是等。在自贱方面,有人心贱、有人意贱、有人身贱、有人魂贱、有人志贱、有人情贱、有人趣贱。人一旦自贱,便失去了常态。我们在影视里不时观看到一群群"狗腿子",其中有一些就是自贱的人,为了生活得好些,甚至为了所谓的荣光,不惜出卖自己的灵魂。在情场上,有些人为了获得所谓的爱情,达到了痴迷的地步,忍声吞气,卑躬屈膝,甚至失去了起码的自尊。德国社会民主运动的创始人拉萨尔,爱上了海伦,竟与海伦的未婚夫展开了决斗,终被对手的子弹击中倒下而不治身亡。硝化甘油炸药的发明者诺贝尔是位亿万富翁,爱上了维也纳的卖花姑娘,并给卖花姑娘写去了216封情书。然而,卖花姑娘并不真心,后与情郎一起,拿这些情书来勒索诺贝尔。直至诺贝尔死后,这对男女还以此相要挟。最后,诺贝尔遗嘱执行人被迫买断了这些情书。在政治领域,有些人也会自贱,稀里糊涂地上了人家的"贼船",直至自己要掉脑袋还不明白原因。社会上自贵的现象不少,如打肿脸充胖子的有之,自我大吹大擂的有之,故意端着架子的有之,自认为了不起的有之,清高而不随和的有之。其实,这些人的自贵,主要为了满足自己一时的心理需求,既无必要,也无意义。一些真正贵的人,反而不认为自己贵,从内心到外表,显示的是平民之气,表露的是平民之态,然而,却赢得了更多人的敬重和爱戴。

在世间,人权是平等的。也就是说,人权无所谓贱,也无所谓贵。先进、发达国家,尤为重视人权上的平等。然而,在附属于人身上的东西,确实有贱与贵之分。因为人身上的东西与人是连为一体的,所以容易把二者混为一谈。在现实生活中,只要某人身上的东西贱了,有人就会无视他人而不顾某人的人权;只要某人身上的东西贵了,有人就会默认甚至允许某人侵犯他人的人权。贱与贵尽管都是附属于人身上的东西,好像方便和容易直观。其实,并不尽然。千万不能貌相,因为有时是深不可测的。对贱与贵,我们应有一颗平常心。也就是说,不要去欺负贱的、谄媚贵的。做人要有良心,要重德行。再说,"山不转水转",不知哪一天,贱者也会"咸鱼翻身"。当然,自贱也是要有底线的:再贱不能贱人格,再贱不能贱名节,再贱不能贱生命。即使附属于人身上的东西贵了,那也要追求平淡之贵、高雅之贵、精致之贵。许多古人为什么羡慕和称颂出没于风里雨里、波里浪里的渔翁,就因为渔翁不被功名累死,享得坦然和悠然。人与人交往,弯腰侧身,并不等于贱;昂首挺胸,并不等于贵。生命路上,人要防止无谓的自贱和自贵,尤其不能出现"破窗效应"、产生"习以为常"。人们经常可以听到这样的话:"我就是这样!"人世间,没有"就是这样"一说,所有的人和事,都是在一定的条件下形成的,而且这些条件是稍纵即逝的。因此,人每时每刻都要自我把持,包括自贱与自贵。贱与贵,有时是因为放错了地方。所谓的贱,并不是一切都贱;所谓的贵,也并不是一切都贵。有的东西放在这儿是贱,放到那儿就贵;有的东西,置于此处是贵,置于彼处则贱。人也如此。管人用人的科学,就在于扬"贵"避"贱",使之人尽其才,最大可能地发挥效用。古往今来,无财物、无地位,不见得人就贱;有财物、有地位,不见得人就贵。在无始无终的时间长河里,在沧海桑田的自然演化中,真正永久保持人贵的,惟有思想、知识和精神。

  人应有自知之明。必须承认,附属于人身上的东西有贱有贵。十个手指头,伸出来并不一样长。世上万事万物,就是因为有差异,方能互补,从而形成和谐。我们承认差异,是为了科学、合理地加以应对。在日复一日的生活中,我们不时听到一些职场成功者谈及体会时,都会感谢贵人相助。何谓贵人?他们可以是自己的师长和领导,也可以是自己的同事和朋友。也就是说,只要用心,另有因缘,人生处处有贵人。在贵人中,有的可能位高权重,有的可能学识渊博,有的可能经验老到,有的可能专长独特,有的可能人脉广泛,有的可能智慧丰富,有的可能善解人意。这些贵人,有的能够重用和提拔自己,有的能够在事业上引导和帮助自己,有的能够为自己指点迷津和提供智力,有的能够给自己带来精神激励和情感慰藉。李嘉诚说过:"人生最大的机遇,就是遇到贵人。"多遇贵人,重要的是能识人。不识人,再多的贵人也遇不到。遇到了贵人,也要能为己所用,其前提必须真诚和谦恭。总不该冀望贵人来求自己吧!人生路上,各个阶段的贵人要求不一样,同一阶段的贵人种类也不一样。因此,依靠贵人相助是变动的、多元的。当然,凡获得过贵人相助的,不管在任何时候,切勿忘却这些贵人的恩情。走在大街小巷,我们时而可以看到衣衫褴褛的人在乞讨。他们中的很多人是出于生活无奈。对这种客观性的贱,我们应当报以同情和体恤,因为似乎是命运对他们不公,而并非他们没有作出努力。当然,也有一些人的贱,完全是由自己造成的。为什么常言"可怜之人必有可恨之处"呢?说的即是这个道理。"可怜",怜其悲苦哀愁也;"可恨",恨其是铁不成钢也。但是,即使对这样主观性的贱,我们也应该尽力襄助,予之苦口婆心劝导也好,予之添砖加瓦帮衬也罢,不可无视和放弃。地球是个村,人类均为邻。村帮村好,邻帮邻好,让地球上的人类都能快乐、体面、幸福地生活着。

对不起与对得起

"对不起",这是一句表示歉意的礼貌用语。在日常生活中,走在大街上,你若不小心踩到了别人的鞋跟,别人回头看时,你会马上说"对不起";上公共汽车时,你若挤压了别人,不等别人抱怨,你会随即说"对不起";几个朋友相约到饭馆聚餐,觥筹交错之间,有朋友因为一件小事争吵起来,且声响震耳,此时,另外的朋友会给邻座的食客道一声"对不起";通知上午九点开会,迟到的人进门时或落座后,会举起右手表示"对不起";老婆交待老公下班时买只电插座,老公忙乱中给忘了,回到家后才想起来,便赶快回告老婆"对不起";在购票、付款、取物、办证等服务窗口,有的人意欲插个队,会与排在队伍最前列的人好言相商:"对不起,我有急事。"

别小觑一句"对不起"的话语,运用妥帖、巧妙,作用显见。当年,廉颇至蔺相如门,背着荆仗,请求责罚,表达的是真心实意的"对不起",从而促成了被世世代代传为佳话的"将相和"。如今,由于一点儿小矛盾、小误会而弄僵了关系,只要其中一方主动示意"对不起",往往可以和好如初;两个人即使到了大打出手的地步,只要双方冷静下来,且主要过错方诚恳地表示"对不起",也有可能化干戈为玉帛;有些夫妻之间并无根本性的问题,经常只为一些鸡毛蒜皮的事儿,闹得互不理睬,然而,只要其中一方作些退让、迁就,说上一句"对不起"的话语,就有可能涣然冰释。当然,"对不起"有主动与被动之分。主动者显示的是一种风度、一种姿态、一种精神。有的时候,主动者并不是主要责任者,但从整体、大局出发,主动表示出了"对不起"。在这种景况下,非主要责任者一般会感到不好意思继续僵持下去。被动者尽管被动,往往是迫不得已,然而,也应当给予点赞,因为毕竟不会使矛盾、误会再扩大、再严重。这可应验了一句老话:"亡羊而补牢,未为迟也。""对不起"有大有小。大至敌对、交战中的两国关系,只要一方表示"对不起",另一方予以响应,即有望和解;小至人与人之间出现磕磕碰碰的小事儿,只要互谅互让,暖暖的一句"对不起"的话语,就有望和好如初。大的"对不起",要用公文等庄重的方式确定;而小的"对不起",可用静听等随意的方式表达,甚至无语也能表达意思。无论国与国之间,还是人与人之间,表达"对不起"的意思,有的时候是直截了当的,有的时候是含蓄委婉的,而这主要取决于双方矛盾、误会的性质、程度和希求和解、和好的意愿、态度。我们切勿轻视"对不起"这句寻常不过的话语,在重要问题上用之,那是重如泰山;在凡人小事上用之,那是一诺千金。倘若一方后来反悔耍赖,那么,大的涉及国格和国际信用问题,小的涉及人格和个人信用问题。因此,"对不起"不是随便可以出口的话语,也不是任意可以表达的意思。当然,在非原则的问题上,"对不起"也不是讷讷不出于口的话语,更不是即使被打死也不会表达的意思。

在人际交往中,常有人当着面儿对别人说"我对得起你",也有人摸着胸口对自己说"我对得起她。""对得起",又言"对得住",一指没有辜负别人,二指自己没有做错。如何看待做人中的"对得起"?我们必须肯定,能"对得起"别人是值得称道和褒扬的。不管怎么样,"对得起"总比"对不起"好:有"对得起"之心总比有"对不起"之心好,有"对得起"之言总比有"对不起"之言好,有"对得起"之行总比有"对不起"之行好。然而,"对得起"的内涵和外延是有明显区别的:一种是法律层面的"对得起",另一种是道德层面的"对得起";一种是物质层面的"对得起",另一种是精神层面的"对得起";一种是一时半会儿的"对得起",另一种是长日久时的"对得起";一种是表面虚浮的"对得起",另一种是货真价实的"对得起"。其中,前四种"对得起",在现实生活中,存有一些误区。如一些人只注重法律层面的"对得起",而忽视道德层面的"对得起"。就拿你情我愿的情人关系来说,有的人以"并不违法"为理由,而从良心上原谅自己,似乎只要不提出离婚,就"对得起"配偶。其实,从主持公正来说,法律是底线的保障,而道德才是高线的保障。换言之,遵守法律是为人的起码要求,而遵守道德是为人的高尚追求。又如一些人对别人有愧疚,也就是说,说了不该说的话,做了不该做的事,仅仅从物质上给予了补偿,便自认为已经"对得起"别人;或仅仅从精神上给予了补偿,即认为自己已经"对得起"别人。其实,物质与精神具有不同的属性。倘若只有精神上的愧疚,一般只需精神上的补偿,当然,做得好的也给予物质上的补偿;如果是物质上的愧疚,可能只作物质上的补偿不够,还需给予精神上的补偿。通常,愧疚的内容,既有物质的,又有精神的。在许多时候,物质上的愧疚容易补偿,而精神上的愧疚难以补偿。对精神上的愧疚,即使加害方作了必要的补偿,受害方因此也会成为挥之不去的痛。再说,对物质上的愧疚,纵然加害方作了全额悉数的补偿,那也只能说是"十赔九不全"。

"对不起"与"对得起",无不存在于社会生活的各个方面、各种人群之中。作为常人,对父母、对子女,有"对不起"与"对得起"的问题;对亲戚、对朋友,有"对不起"与"对得起"的问题;对领导、对老板,有"对不起"与"对得起"的问题;对国家、对单位,有"对不起"与"对得起"的问题。以上这些,涉及家庭道德、职业道德、社会道德、政治道德、思想道德、生活道德等。中国的传统文化,特别强调忠与孝。忠,忠诚也;孝,孝顺也。忠与孝的本质,离不开儒家倡导的"仁、义、礼、智、信"。这对维护社会秩序、规范人际关系,具有积极的意义和良好的效用。直至今日,其合理内核仍然熠熠生辉,并被赋予了时代新意。忠与孝,同样有"对不起"与"对得起"的问题。在封建社会,君主要求臣民无条件地忠。君主即使昏庸、残暴、荒淫,臣民也要忠心耿耿。在文明、民主程度不高的社会,孝被强调到了不恰当的地步。父母纵然对儿女极不尽责,儿女也要对父母不计前嫌。如上的忠与孝,起码说是"不对等""不相称"。不能这样认为,因为我是君主,即使我再"对不起"你,你也应该很"对得起"我;因为我生下了你,即使我再"对不起"你,你也应该很"对得起"我。诚然,取得政权,极为不易;"十月怀胎",恩重如山。但是,做君主的,你的所作所为应该"对得起"臣民,你不可单向地要求臣民"对得起"自己;做父母的,你的所作所为应该"对得起"儿女,你不可一味地要求儿女"对得起"自己。尔今,在父母与子女的关系上,出现了这样的怪象:自己对父母很不孝顺,却要求儿女对自己很孝顺;自己对儿女很不负责任,却要求儿女对自己很负责任。当今,中国共产党中央一再要求坚持以人为本、执政为民,始终保持与人民的血肉联系,同时,要求人民在思想上、政治上、行动上与中央保持高度一致。这是施政上的相互"对得起"。古人倡导"兄友弟恭",即哥哥对弟弟友好,弟弟对哥哥恭敬。这是亲属间的相互"对得起"。人在世上,十分重要的,自己要"对得起"自己。人的一生中,短的大几千天,长的小几万天,多少分、多少秒都可以量计。"对得起"自己,并不是要当多大官、要发多大财、要出多大名、要获多大利。其最关键的,是在客观条件下,自己主观上尽到了最大的努力。"对得起"自己,包括"对得起"自己的学业、"对得起"自己的事业、"对得起"自己的生命、"对得起"自己的生活。不难想象,显而易见那些蹉跎岁月、不思进取、放荡不羁、自暴自弃的人,是自己"对不起"自己。

　　对人来说,知耻是知"对不起"与"对得起"的前提。换言之,人不知何为羞耻,也就不知何为"对不起""对得起"。朱熹有言:"心之所感有邪正,故言之所形有是非。"言行是心灵之窗,心灵是言行之源。"对不起"的言行常常标志着"对不起"的心灵,"对得起"的言行往往显示着"对得起"的心灵;"对不起"的心灵常常生发出"对不起"的言行,"对得起"的心灵往往产生出"对得起"的言行。事实上,"对得起"是做人的底线。在言行上,每个人都拥有自己的权力,在正常情况下,别人还不好也不便干涉。但是,每个人在施行这些权力时,必须考虑别人的感受。你有权力因故发怒撒气,然而,你不应该恣意践踏别人的自尊;你有权力争取进步成功,然而,你不应该故意损害别人的名利;你有权力要求公平正义,然而,你不应该使用暴止恶的手段。这些,都涉及做人中的"对不起"与"对得起"的问题。因此,你务必坚守住自己的底线、管理好自己情绪、端正好自己的品性。人类的进步、社会的发展,离不开崇上向好,而"上"和"好"更多体现在道德层面。我们去评判"对不起"与"对得起"时,不可仅仅以法律为准绳,而且有必要同时以道德为圭臬。

期望与奢望

"明天股市,兴许会大涨!""儿子高考,有可能获高分。""妈妈的病,看起来在一点点好转。""再加把劲,冠军就可到手了!""保重身体,好日子还在后头呢!""机关在考察干部了,我的职务有可能动一动。"宠物小狗走丢了,或许它会摸回家的。"调动手续即将全部办妥,夫妻两地分居的苦日子马上就可结束了。""双方都有诚意,这笔买卖不会跑掉了。""大风大浪渐渐减弱了,船儿倾覆的危险正在远去。"以上情形,集中到一点,望也。望,指向前方看、向远处看、向高端看,以看到趋利、看到避害、以增强信心、增添乐趣。事实上,人就是要时时刻刻活在有望里。无望,便生痛苦。人在主观上,绝不是为痛苦而来。古人所言的"吃得苦中苦,方为人上人""书中自有黄金屋,书中自有颜如玉"其望也。李白诗曰:"物苦不知足,得陇又望蜀。"其望也。在童话中癞蛤蟆想吃天鹅肉,狐狸想享乌鸦嘴里肉。其望也。在学校,老师鼓励学生们要"好好学习,天天向上""做共产主义事业接班人"其望也。中国共产党确立"两个一百年"的奋斗目标,"实现中华民族伟大复兴的中国梦"。其望也。国家定时定期编制经济社会发展五年规划和年度计划,确定若干目标和指标。其也是望也。望是灯塔,是指针,是标的。望有加油作用,有激励作用,有指引作用。显而易见,无论人类社会、还是自然界,无论一个国家、还是一介平民,都生乎望、存乎望,苦于望、乐于望。

人在世间,正常的望是期望,非正常的望是奢望。期望,指对人或对事的前途和命运,存在合法合理的等待和希盼。奢望,指对人或对事的前途和命运,存在过多过好的期盼和希冀。凡人都有欲念,因此,也都有望意。有所区别的是,同样对一个人、对一件事,有的人表现为期望,有的人则表现为奢望。举例说来:一如在政治上,有的人只期望进步快捷,有的人则奢想"君临天下"。二如在生意上,有的人只期望获微利薄利,有的人则奢望有暴利巨利。三如在感情上,有的人只期望不冷不热,有的人则奢望如胶似漆。四如在学术上,有的人只期望有所建树,有的人则奢望抵达峰巅。五如在生命上,有的人只期望活在当下,有的人则奢望长命百岁。六如在财物上,有的人只期望丰衣足食,有的人则奢望金山银山。世间任何人和事,不可能完美无缺。即使是无色透明的水晶,那也有瑕疵。倘若一点瑕疵也没有,那只能是人造的。世上万事万物,终至尖端的和顶点的,只有极少数,甚至只有一两件,而绝大多数只是平庸的或寻常的。在社会上,无论成人,还是成事,都离不开主观努力和客观条件,二者缺一不可。一个人纵然有好心,如若方法不对,也会办出坏事。人世间事与愿违的东西,太多太多。因此,从一定意义上说,人的期望是理智的,而人的奢望是非理智的。

人有奢望,对自己的身心,不仅痛苦,甚至煎熬。奢望有异于期望。期望一般具有遂愿的可能,而奢望往往注定结果的不可能。契诃夫的戏剧《三姊妹》中描写了这样一个奢望的故事:奥尔加、玛莎、伊里娜三姊妹的最大向往是回到莫斯科,过上美好的都市生活。当旅长的父亲逝世,实际上已宣告她们的这一向往已沦为了奢望。然而,她们仍渴望抓住最后的一根稻草——驻地军官。后来,部队被调离了,她们的这一向往变成了肥皂泡,也不可能实现。通常,人因为有奢望,身心难以安宁,很多时候,会把自己带入或急躁、或烦恼、或悲伤、或忧愁、或嫉妒、或仇视的恶劣心境之中。有了奢望,人最想不开、最放不下的是自己的心,其中有种种又苦又涩的滋味。奢望的结果,常常是"水中捞月",白费气力,不可能成为现实。据载,欧洲国家曾在瑞士洛桑举办过"最完美的女性"研讨会。会后公布的结果是,最完美的女性应当具有意大利人的头发、埃及人的眼睛、希腊人的鼻子、美国人的牙齿、泰国人的颈项、澳大利亚人的胸脯、瑞士人的手、斯堪的纳维亚人的大腿、中国人的脚、奥地利人的声音、日本人的笑容、英国人的皮肤、法国人的曲线、西班牙人的步态……而人间的现实是,这一切的优点绝无可能集于一人之身,只能是一些人的一种奢望。不难理解,如果有人奢望有这样一个"最完美的女性"为伴,那只能使自己的身心深深陷入无望的苦海之中。

诚然,人活在世上,总有或多或少、或大或小的希求。人倘或一点希求也没有,那么,既无法好好活着,即使活着,也没有多少意义。一些人之所以有奢望,是因为他们在认知上有错觉。认知,指认识和知道,按说也是属于理性的东西,然而同样会出现偏差。大凡奢望,当事人在主、客观条件上缺乏与现实有效衔接的根基,对所涉人或事的前途和命运充满了不切实际的幻想。其中,有不少人颇具完美主义情绪。在现实生活中,完美主义尽管也有可能获得一些成功,但从总体上看,它不利于人的身心健康,而且容易损害人际关系。人有奢望,乍看起来,似乎人有理想。然而,奢望不等于理想。

奢望即使也是理想,那也是理想化了的奢望。换言之,那样的奢望也是太理想。理想通过追寻有可能实现,而奢望即使追寻也难以实现。因此,别把奢望当理想。人有奢望,往往缺少辩证思维。珠算中有个口诀,叫"九九归一",现常用来比喻人或事转来转去,最后又恢复到了原状。人生犹如花开花谢、潮起潮落,有得便有失,有苦也有乐。人绝不可企求所有好的都由自己获得。机关、单位里开展评奖、升职、晋级等,自己绝不应有每次都能获得的念想。人倘有这些企求、这些念想,本身就已抛弃了辩证思维。若要去除奢望,"不思八九,常想一二"是个有效办法。即不思人生十之八九的不如意,常想人生十之一二的如意。倘是,人便会有更多的豁达。人之所以有奢望,还可以从人的劣根性上找到缘由。世间"事后诸葛亮"多多,就连亚历山大大帝也不能免。他在去世前把以下三个教训告诉了最喜爱的将军:其一,面对死亡,医生也无能为力。因此,希望人们能够懂得珍爱生命。其二,自己花费了一生去追求财富,但很多时候是在浪费时间。因此,告诉人们不要像自己一样去追求金钱。其三,希望人们明白自己是空着手来到这个世界的,而且是空着手离开了这个世界。人在这方面的劣根性还表现在,奢望尽管容易落空,然而,即使如此,也不轻易放弃奢望。待到奢望落空时,悲戚的有之,叹息的有之,哀怨的有之,但是,一切已成了旧人旧事。

对人来说,期望也好,奢望也罢,无非是想使自己的人生更完美一些。而这个出发点和落脚点,一点儿都没有错。应当肯定,人之向上、向好是积极的,值得赞赏和弘扬。但是,无论向上,还是向好,一定要根植于实际。实践表明,境由心生——正如马斯洛所言:心若改变,你的态度跟着改变;态度改变,你的习惯跟着改变;习惯改变,你的性格跟着改变;性格改变,你的人生跟着改变。如若人的心能遵从于实际,那么,就不会有那么多的奢望。随之而来的,就不会有那么多的烦恼和不安。我们既不是阿Q主义者,也不是欲壑主义者。事实上,人生在世,各人有各人的幸福。幸福没有产权,拥有它不需要购置;幸福没有门槛,拥有它不需要跨越;幸福没有专利,拥有它不需要发明;幸福没有围墙,拥有它不需要拆除。梅·齐亚黛在一文中写了22种人的幸福,其中这样写了穷人的幸福:"因为你摆脱了折磨着刻意追求实现欲望的人的精神瘫痪,也不再受到阴暗中的嫉妒和仇恨,于是,人们不会对你所得到的享受妒火中烧,人们也不会用病态的眼神盯视你的逸乐。"世人既须积极进取,以谋求更好的未来,又须直面现实,以永葆快乐的心境。最佳的选择是:期望当有,奢望别无!

影响力与作用力

在世间,人对人,人对事物,事物对人,事物对事物,有两种力值得玩味:一种是影响力,另一种是作用力。这两种力,主要发生在人与人之间,人与事物之间,且无时不有、无处不在。

影响力有正负。大凡优秀的、先进的影响力,是正影响力;大凡丑恶的、落后的影响力,是负影响力。马克思学说在国际共产主义运动中,显示出灯塔式的正影响力;毛泽东思想在中国社会主义革命和建设中,显示出太阳式的正影响力;曼德拉在南非反对种族主义的斗争中,显示出火炬式的正影响力。负影响力在人际关系中,并不鲜见。河北有位"亿元巨贪"县委书记,把自己的影响力用负了,专职司机利用县委书记的影响力受贿,终被人民法院判处有期徒刑;广东有位"亿元巨贪"市委书记,也把自己的影响力用负了,情妇利用市委书记的影响力向人索要财物,终未逃避法律的制裁。影响力有大小。在近代中国,孙中山领导革命党人推翻了长达两千多年的封建帝制,其影响力之大无与伦比;自然界每隔几年发生一次厄尔尼诺现象,其会使海水异常增温、鱼群大量死亡,影响力之大令人咋舌。人类的一般活动,对包括地球、月亮、行星等一切天体在内的宇宙来说,其影响力之小微不足道;一些所谓的"灵丹妙药",对医治癌症来说,其影响力之小几乎为"零"。影响力有显隐。显影响力,通常,人能见其形,人可闻其声。隐影响力,往往是在无形无声中潜移默化地发生作用。电闪雷鸣,急风暴雨,乃为显影响力;润物细无声,温水煮青蛙,乃为隐影响力。影响力有发受。普遍情况是,人与人之间、人与事物之间,其影响是相互的。换言之,你影响我,我也影响你。但是,在相互影响中,有主动发力方,也有被动受力方。当然,在现实中,主动发力与被动受力,也不是一成不变,有交织,也有转换。在历时十四年的中国人民抗日战争中,起始,日本鬼子,是主动发力方,此乃侵略,而中国人民是被动受力方,此乃被侵略;紧接着,中国人民为民族、正义而奋起抗击,主动发力,而日本鬼子一方面穷凶极恶,另一方面屡遭重创,实际上是被动受力;最终,日本鬼子不得不投降,中国人民取得了胜利。

作用力在词义上与影响力相近,二者有些许区别。一般来说,作用力是此点作用于彼点,此方作用于彼方,此处作用于彼处的力,呈现出主动性、直接性特征。它不同于影之随行、响之应声。如木工钻孔,其速度、方向,全由木工操控。而木工操控的是作用力,其作用力的大小决定钻孔的速度,其作用力的纵横决定钻孔的方向。当年王安石变法,实施"青苗法"如果不走样,的确能调节贫富、充实国库。然而,由于执行力的差异,产生了巨大的反差:王安石做县长时推行"青苗法",得到农民衷心拥护,而做宰相时推行"青苗法",惹得农民怨声载道。何故?王安石前时是具体执行者,有直接的作用力;而后时是决策者,只有间接的作用力。更何况,在后时,一些地方官员肆意以权谋私,一部好经硬被一帮和尚念歪了。在现实生活中,反作用力有时比正作用力还要大。田径运动中的短距离赛跑,运动员的起跑姿势有蹲踞式和站立式。理论和实践证明,蹲踞式起跑的水平支撑反作用力,明显大于站立式起跑的水平支撑反作用力,这就使采用蹲踞式起跑的运动员,能在最短的时间内达到自己的最快速度。有句方言,叫"一脚不到,一脚不了。"其意是,作用力到那儿,那儿才起作用;作用力不到那儿,那儿就不起作用。"为山九仞,功亏一篑",其叹惜作用力仅差那么一点儿。汉朝朱买臣出身贫寒,酷爱读书,一天到晚手不释卷。靠着这种坚持不懈,终于学业大进。直至五十岁时,他才被汉武帝拜为中大夫,不久又当上了会稽太守。这是一种不达目的不罢休的作用力。当代一年一度的高考,不少寒门学子,靠勤奋攻读,成为当地的高考状元,而跨入了北京大学和清华大学。他们在学习上靠的是矢志不移的作用力。在社会综合治理和打击违法犯罪战线上,必须有强大威慑的作用力,否则,"你只要松一松,他就会攻一攻"。党的十八大以来,中国充分运用国际刑事司法合作机制,使海外追逃追赃工作不断取得了新进展。毫无疑问,中国反贪反腐的国际合作,对那些犯罪分子形成了天网恢恢的作用力,海外已不再是他们的"避罪天堂"。

影响力与作用力的定义,其实颇为简单,就是对别的人物或事物拥有进退或左右的力量。这两种力,常常显示出以下特性:一是它们像人的理解力、说服力一样,无法直接观看到,无法直接触摸到,只有通过它们所发生的效果,才能感觉和验证。二是它们的来源多种多样,有的是用言论、有的是用行动,有的是用人品、有的是用声誉,有的是用文的、有的是用武的,有的是用物理的、有的是用化学的。三是世间每个人都或多或少、或强或弱地拥有它们,即使是襁褓中的婴儿,也能从一定程度上影响、作用于大人。四是它们并非无往不胜,有的时候会败得无法收拾,无异于"炮灰";有的时候会"画虎不成反成犬",适得其反。五是它们不会永恒,普遍只能影响、作用于一时,如龙卷风等;而且一般只是点对点地有影响、起作用,如对牛弹琴就不灵。正是有以上特性,这二种力赋予了丰富而变幻的内涵和外延。试举一例:20世纪70年代,有个美国人叫苏曼,他被诊断为肝癌晚期,医生和他都认为只能活几个月,而他也确在几周之后去世。然而,死检结果让所有医生大吃一惊:他的小肿瘤没有感染其他器官,癌细胞也没有转移。他不是死于癌症,而是死于自己即将死于癌症的念想。这个例子可说明两个问题:其一,医生对病人病情的诊断,医生对病人治疗的警告,一定要慎之又慎,因为诊断和警告会深深影响、作用于病人,容易成为医生的诅咒;其二,病人对自己的病情和治疗的预后,一定要正确认识,因为错误认识会深深影响、作用于自己,容易出现可怕的后果。中国战国时代著名的思想家、政治家孟轲,幼时并不喜欢读书,只知道嬉戏玩耍,后来,孟母"三迁教子",使孟轲从小养成了勤学的习惯,终成大业。孟母三次搬迁居住的地方,其实是为了有好的环境能够影响、作用于孟轲。

影响力与作用力都是"双刃剑":接受好的,结果往往是好;接受坏的,结果往往是坏;发出好的,结果往往有好;发出坏的,结果往往有坏。亘古以来,社会上的思潮、习俗、人情、世风,无一不是这样。有古诗云:"上求材,臣残木;上求鱼,臣干谷。""天子好征战,百姓不种桑;天子好年少,无人荐冯唐。"其,全说的是"上有所好,下必甚焉"。在现实生活中,正道、正派的做法应该是:不要发出可能有害于对方的影响力与作用力,不要接受对自己可能有害的影响力与作用力。这是守法遵纪者必须躬行的,也是施仁尚德者必须践为的。世上一些人之所以稀里糊涂地上了贼船、中了圈套,就在于从内因和外因上,没有正确处置影响力与作用力。从这个意义上说,人一定要有主见,人一定要有骨气。人在世上,要说永远不会遭受别的人物或别的事物的影响、作用,那是绝无可能的。问题是,受什么影响、作用,怎样受影响、作用,受影响、作用的程度如何,受影响、作用的后果怎样。对涉及方向性、原则性的影响、作用,必须谨慎有加、处置有方。

对手与帮手

"手"本指人体上肢的一部分,主要用来抓、攀、拉、推物体。"手"有引申义,如对手。人世间,对手一般在以下情形下产生:一是竞赛,包括体育竞赛、劳动竞赛等。一个人竞赛不起来,起码要有两个人才能竞赛。当然,参加同一竞赛的人越多,争夺便越激烈。推而广之,凡有竞争,就有对手。中国传统的端午节,许多地方开展了龙舟赛,其对手有几个、十几个甚至几十个。政府机关里,竞争性选拔任用干部,有几个人同时竞争一个岗位,参加竞争即有几个对手。在江苏卫视《非诚勿扰》节目里,有多少靓妹没有按红灯,就有多少靓妹成为挑选同一帅哥的对手。二是嫉妒。有些人好胜心特强,对才能比自己强、财富比自己多、名声比自己响、地位比自己高、境遇比自己好的人,常常心怀怨恨。很自然,这些人在有意或无意间就把对方作对手,结果,搞得自己疲惫不堪。在曹雪芹的笔下,《红楼梦》里的林黛玉等,就属于这类情形。三是纷争,包括政治斗争、军事斗争等。纷争中的对手,往往是敌手,如中国共产党军队与中国国民党军队等。在现实生活中,如下象棋、捉迷藏、斗蟋蟀等,也属于类似情形。

帮手是"手"的另一引申义。帮手之帮,意为帮助。而帮助,许多时候要用手。人活着,离不开帮手。一如政治较量,其中会有帮手。这些人帮着鼓吹、帮着造势、帮着策应。二如战斗部署,其中会有帮手。这些人配合作战,如民工帮着向前线送粮等。作战中的帮手,则是友军支援。三如生产经营,其中会有帮手。这些人,有的是单位间互通有无,有的是单位里甘当助手。帮手可以是帮原料、帮资金、帮销售、帮管理、帮人力。四如家庭生活,其中会有帮手。这些人,有的是帮调解矛盾,有的是帮照顾小孩,有的是帮操持家务。五如办理事务,其中会有帮手。这些人,包括亲戚、朋友、同学、老乡、战友等。他们或帮着提供信息,或帮着疏通关系,或帮着寻觅门路。六如人生征途,其中会有帮手。这些人,有的帮着指点迷津,有的人帮着出谋划策,有的人帮着舒纾心绪。帮手之帮,虽然在规模上、力道上有大有小,但毕竟是辅助性的,是外因而非内因。帮从外围、侧面、旁道进入,通过内在、里边、中间而起作用。倘若不是这一路径,那就有可能是越俎代庖,替别人做事;也有可能是隔靴搔痒,派不上用处。

在现实世界里,对手现象司空见惯。按理说,亲兄弟,手足情,大家都是从一个妈妈的肚腹里出来的。可有些亲兄弟,为了鸡毛蒜皮的小事而积恶反目,甚至成了无法和解的"死对头"。古人有言:"强妻逆子,王法难治。"尽管其中不乏封建礼教的成分,但现实中也确有蛮横、刚愎的妻和子,令做夫和父的束手无策。在这种家庭关系里,似乎夫与妻、父与子成了互不顺眼的对手。如今,六个大人围着一个宝宝转的大家庭越来越多。爷爷奶奶、姥爷姥姥因为观念上的不同而引发的碰撞时常上演。爷爷奶奶推崇传统育儿方式,姥爷姥姥则欣赏时尚育儿方式,双方有时争得脸红脖子粗,弄得爸爸妈妈左右为难。还有,从宝宝还没有出生起,爷爷奶奶、姥爷姥姥就为选哪家医院生产、宝宝怎样起名、请何种月嫂等争来争去。一旦争得不可开交,有的爸爸妈妈也会剑拔弩张。在这样的大家庭里,要想六个大人带着一个宝宝,一起聚餐,一起出游,那是很难。商店里,"顾客是上帝"的标语到处都是,其实,卖方与买方在商品上讨价还价,也是对手,最后之所以买卖成功,是因为打了平手,也就是谁也不觉得吃亏。相亲活动,包括此后的恋爱活动,实际上存有博弈关系,相互要掂量容貌、年龄、职业、收入、家境等。尤其是女人,在诸多可选对象中,往往是谁能提供更好的生活,谁就有可能被选中。通过这种选,使自己从单身状态中抽离出来,满怀希望地去建设两个人的美好生活。而这,事实上历经了一个从对手到牵手的过程。

一般来讲,有帮手总比没有帮手好。但在现实生活中,也不尽然。帮要帮到点子上,帮要帮到关节处。否则,那是瞎帮,甚至会帮倒忙。有的人不善于劝架,结果适得其反;有的人好事没做好,反而弄成矛盾纠纷;有的人"哪壶不开提哪壶",出现尴尬局面。特别需要警惕的是,帮手不能成为帮凶。帮要讲正义,帮要有原则。德国法西斯主义头目希特勒在自杀前曾授予鲍曼"最忠实的党员"称号。在很长一段时间里,鲍曼在纳粹机器中扮演了重要的角色。作为"元首秘书"和纳粹党的办公厅主任,鲍曼是希特勒必不可少的助手,干了一系列罪恶的勾当,是完完全全、彻彻底底的帮凶,为世人所唾弃。中外媒体上不时报道,有的人出钱雇人杀情敌、杀政敌。毫无疑问,其被雇之人即为帮凶。帮凶同样要受到法律的制裁。《水浒》中有一些江湖义气的帮。这种帮的致命问题,是不问是非、只问兄弟,其结果往往是沆瀣一气,干了一些不当、不良甚至不法之事。通常,帮手之帮,也要知己知彼。在施行前，一方面需考虑对方要不要帮，要帮什么；另一方面需考虑自己能不能帮，会帮什么。一个帮字，大有学问。帮有明帮与暗帮。当年，中国派出志愿军赴朝鲜参战，这是明帮；国内解放战争时期，许多民主、进步人士对共产党是暗帮。明帮与暗帮，各有好处，必须根据需要与可能来作选择。有的时候，暗帮比明帮还更方便、更有利。

　　对手与帮手，在一定的条件下，既是矛盾的统一体，又是一个问题的两个方面。对手与帮手，不是别人，正是自己。在中国古代历史上，一些短命朝代，正因为皇帝穷奢极欲，好大喜功，而招致失败。其对手，实际上是自己。换言之，是自己打败了自己。美国麻省 Amherst 学院曾进行了一个很有意思的实验：实验人员用很多铁圈将一个小南瓜整个箍住，以观察南瓜在逐渐长大时对这些铁圈的压力有多大。他们最初估计南瓜最大能够承受五百磅的压力，结果南瓜承受了超过五千磅的压力后才破裂。后来，他们研究发现，为了压力，一方面，南瓜所有的根已经往不同的方向全方位地伸展；另一方面，南瓜内部充满了坚韧牢固的层层纤维。其帮手，实际上是自己。另外，有的时候，对手也是帮手。日本北海道出产一种味道珍美的鳗鱼，生命非常脆弱，只要一离开深水区，要不了半天就会全部死亡。可老渔民有使鳗鱼不死的秘诀：在整舱的鳗鱼中，放进几条叫"狗鱼"的杂鱼。鳗鱼与狗鱼非但不是同类，还是出名的"对头"。几条势单力薄的狗鱼遇到成舱的鳗鱼，便惊慌地四处乱窜。这样一来，反倒把一舱死气沉沉的鳗鱼给激活了。最后，在一定的条件下，对手也可以转化为帮手。这种情况，在战场上经常发生。傅作义在解放战争时期，曾任国民党对共产党实施军事围剿的华北"剿总"司令，1949 年促成了北平和平解放。新中国成立后，他历任中央人民政府委员、水利部部长、全国政协副主席等。

　　同样都是"手"，对手与帮手，二者不一样。人在世上，必须学会善于化消极因素为积极因素，擅长变消极被动为积极主动，乘势乘力，借势借力，从而更好地成就自己的事业、完美自己的生活。

独力与协力

先说一个"钉子革命"的故事:1995年,一场时速高达150公里的强烈台风席卷了美国圣托马斯岛地区,岛上80%以上的木质建筑物顷刻之间被吹刮得支离破碎。出身于建筑承包商家庭的萨特,凭借独特的敏锐眼光,找到了这些木质建筑物被风吹倒刮坏的关键原因——并非木质建筑物不够坚固,而是钉子没能牢固地把木质构件互相连接在一起。于是,萨特用了11年时间,研究设计出了新型钉子。它的上端部位为螺纹钉身,下端部位为倒挂钩,大的钉帽,并采用高强度的材质制成。使用它,建筑物的构件之间牢固地相互连接,从而可免遭台风、地震的毁损。此后来成为一项名闻世界的重大发明。

这个故事从一个角度告诉人们,人物与人物之间,事物与事物之间,人物与事物之间,只要通过一种科学的办法、机制、介质,就能变独力为协力,形成一个整体,产生一加一大于二的力量。何为独力?顾名思义,单独的力量。何为协力?即协同的力量。在现实世界里,独力与协力的情形比比皆是。您看,在天下称奇的黄山,不仅石奇,而且松奇。在光秃裸露的高山极顶,在侧立千仞的悬崖绝壁,立有一棵棵孤松,向游人展示着独绝的姿容。这些孤松,在石缝间发芽生根,在无援中长大长高,依靠的是独力,即独力向石头争生存空间,独力与自然斗严寒酷暑,拥有极为顽强的生命力。您看,尽管如今大多依靠了机械化作业,但有的时候因为受制于环境和条件,不得不依靠人拉肩扛,如一起把木船拉上岸进行维修,一起把发生机械故障的汽车推到路边停靠,一起定向拉倒一棵用锯锯的树等,人们往往发挥协力的作用,在"一、二、三"或"哼唷、哼唷、哼唷"声中完成既定的任务。

通常,协力总比独力强,因为"一个篱笆三个桩,一个好汉三个帮",又因为"独木不成林",但是,世上办事并非都要协力。换言之,有些办事只需独力。如作家写书,一般只需独力;画家作画,一般只需独力;学者著述,一般只需独力。又如在求知的路上,往往只需独力;在求索的路上,往往只需独力;在求助的路上,往往只需独力。再如人的一生,从年幼到年老,一路走来,属于自己的日子,只有自己过,谁也代替不了;人若想"一览众山小",在攀登过程中,需自我加油,别人替代不了;人经受生活中的喜怒哀乐,需独自承受和体验,谁也承受和体验不了。人从上学起,老师便教导"作业要独立完成";人在成长进程中,父母便告诫"学会独立思考问题";人在职场上,领导便训示"锻炼独当一面"。在现实生活中,独力之所以必要,一是有此需。世上大多数人和事,不用协力。现今中国实行九年制义务教育,正常的人都会接受这些教育。人在这个阶段,如在同一个孵化器内,可以相聚相伴,而在此后的阶段,人犹入了森林、海洋,便是各走各的路,各扬各的帆,直至生命的终结。此后的阶段,更多的是靠自己独往独来。二是有此性。在人的诸多优秀品性中,有一种叫"特立独行"。凡具这种品性的人,常常有自己独到的见解,不随波逐流,不阿谀奉承,不人云亦云。事实上,在研究问题时,在民主决策时,需要有这种品性的人。再说,人的原始本质属于生命个体,有独立的生理结构,有独立的心理活动,有独立的行为方式,有独立的生存周期。就拿治病来说,有两个人,患同样一种病,用同样一种药,疗效却不一样,甚至迥异。为何?各人的病性不一样,各人的吸纳不一样,各人的消解不一样。也正因此,世界上没有包医百病的药。从这个意义上说,在疾病、死亡面前,人人平等,谁也没有特权。其实,这源于世上生命个体的相对独立。

人是群居性、智能性的最高级动物,协力是其与生俱来的生存本能。当年,原始人各自举着树干,协力围击野兽,颇有斩获。中国传统的集市贸易,也是协力。十里八乡,人们约定某一天,去某地摆上一个个小摊贩。清早,乡亲们肩挑手挎去赶集,因为那里有可以交流的物品,倘若去得晚了,集就散了,便会什么也卖不掉、买不到。西方人请客吃饭惯用的AA制,也是协力。16世纪时的荷兰、意大利,是商品海上贸易的发迹之所。终日奔波的荷兰、意大利商人,慢慢地衍生出了聚时交流信息、散时各付资费的习俗来。交流信息,从一定程度上解决了贸易上的协力问题。各付资费,是因为商人们的流动性大,被请的人与请人的人,一旦离席,大有可能这辈子再也碰不到了。为了互不欠下人情,各付资费便成了最好的选择。自从有了人类社会起,协力犹如阳光、空气和水一样,对人类须臾不可缺少,尤其是进入了现代社会,人类协力的内涵和外延,更加丰富多彩。协力不仅表现在生活领域、军事领域、经济领域,而且表现在政治领域、思想领域、文化领域。人为什么有群、有类,人又为什么有党、有派,归根结底,为了协力。革命者需要协力,反革命者也需要协力;先进者需要协力,落后者也需要协力。协力,从力的本质来说,并无对错、好坏,但从力的目的来看,就有对错、好坏。这就如同冷风、热气一样,用对了、用好了,是有益的;用错了、用坏了,是有害的。协力,大有大的协力,如联合国、欧盟、非盟、东盟、"金砖五国"等,那是国与国之间的协力;小有小的协力,如两个幼儿一起玩跷跷板,这头儿往下一压,那头儿则往上一翘,反之,亦然。协力之成效,取决于协。协者,共同也。只有力在同时使,力往一处使,力的功用才能最大。否则,各使各的力,纵然力的总量并不小,其成效并不理想。

人在世上,既不可缺乏独力,又不能排斥协力,二者不可偏废,必须同时发挥作用。那些"啃老族",那些"墙头草",那些"寄生虫",即缺乏独力。那些"鸡犬之声相闻,老死不相往来",那些"各人自扫门前雪,莫管他人瓦上霜",那些"拒人于千里之外",则是排斥协力。人要有独力,必须具备自立自强的意识和能力。不能自立自强,何谈独力?那只会在或闹腾或静默中自取衰亡。事实上,独力与协力,并不存在非此即彼、非彼即此的矛盾,二者可以互为补充。不过,从长远上、从根本上看,独力是主,而协力是次,主次不能颠倒。当年,"刘阿斗"所以扶不起,就因为独力不够。协力可以帮衬于一时、解难于关节,但不能保持于永久,即使得之还会失之,即使来之还会去之。世上的行人,乍看上去,宛若一个个散兵游勇,那为何会协力呢?这得追索缘因。其不外乎内生动力和外在压力。内生动力包括亲情、爱情、友情等,外在压力包括法纪、规矩、世俗等。在协力这个问题上,不必也不能苛求于他人,因为世上没有天生就要协力的道理。作为自己,应该做的,是尽可能多地做有益于、有助于他人的事,且不求回报。人要有"江海不与坎井争其清,雷霆不与蛙蚓斗其声"的胸襟和气度。很多时候,协力他人,既成全了自己,也快乐了自己;不协力他人,既痛苦了自己,也损害了自己。史载,崇祯皇帝在最后的日子里,为挽救江山社稷,放下皇帝之尊,去哀求大臣、亲戚们捐款,给防守京城的士兵们发军饷。结果,满朝文武装疯卖傻,皇亲国戚哭穷耍赖。终了,崇祯皇帝煤山自尽;包括内阁首辅魏藻德、皇帝岳父周奎在内的明末权贵,一个个被攻入京城的李自成的手下施以酷刑,许多人惨死于狱中。笔者在此并非惋惜明亡,也非哀叹帝殒,只想以此说明一个道理:在一定的景况下,不协力他人,也是不协力自己。自古以来,"皮之不存,毛将焉附?""辅车相依,唇亡齿寒",说的都是这个道理。常言道:"牡丹虽好,还须绿叶扶持。"更何况,我们是凡夫俗子,还不能时时处处成为"牡丹",只有在自己的整个生命历程中,坚持在独立的前提下,更多地利用协力,唱响"主旋律",奏好"国际歌",才能健步行进在通向人生峰巅的大道上。

有效与无效

世上的人、世上的事,可谓言必称效。效,效果也,指因为某种因素(包括人为的、自然的、内在的、外界的)而产生的结果。效,一般分有与无、大与小、好与坏。尤其对有与无,人们更加看重,因为没有有与无,便没有大与小、好与坏。因此,人对自己的言和行,会本能地用有效与无效来作甄别或衡量。

人们不难发现,在物质世界,任何人物和事物都不是孤立存在的,都或与此或与彼相互联系和相互作用。之所以我们在待人处事时有的有效、有的无效,从本源上说,其取决于相互联系和相互作用的有与无。换言之,有的相互联系和相互作用,有的不相互联系和相互作用。即使在相互联系和相互作用中,有的联系得和作用得多些、强些,有的联系得和作用得少些、弱些。故,体现在有效与无效上,也是各有千秋,即有的立竿见影,有的则潜移默化;有的方兴未艾,有的则日趋式微。

有效与无效,一如在恋爱中有。有的"高富帅"能拿下"白富美",有的"高富帅"却拿不下"白富美";有的"灰姑娘"能梦想成真,有的"灰姑娘"却不能逆袭成功。二如在学术中有。我国历史上著名的医药学家李时珍穷半生之力,完成了享誉世界的科学巨著《本草纲目》。然而,在这部巨著中,除有大量精华外,也夹杂了若干糟粕,如认为死人枕席、孝子衣帽、寡妇床头可以入药等。显然,这些东西是唯心的、无效的。当然,有若干糟粕,并不影响李时珍的伟大,也并不影响这部巨著总体上的有效。三如在革命中有。革命包括政治革命、思想革命、经济革命、军事革命、文化革命和技术革命、产业革命、工艺革命、方式革命、方法革命等。有的革命有效,有的革命则无效。四如在黑道中有。史载,1923年,手握兵权的曹锟花费巨款收买了参加投票的国会议员,顺利地当选为中华民国大总统。然而,早在1918年,曹锟就贿选过中华民国副总统,只因当时出价太低,而且不是现付,是许诺,不足以让那些善于算计的国民议员动心,所以没有当选。曹锟同样是参加贿选,1918年无效,1923年有效。五如在成本中有。成本包括政治成本、经济成本、军事成本、人力成本、社会成本和管理成本、感情成本、名声成本、实验成本、精神成本等。在这些成本中,有的是必要的、有效的成本,有的则是不必要的、无效的成本。六如在情绪中有。人的情绪有正情绪,如和善情绪、欢乐情绪、惬意情绪、宽谅情绪、充实情绪、安逸情绪;有负情绪,如嫉妒情绪、压抑情绪、愤怒情绪、悲伤情绪、无聊情绪、焦虑情绪等。通常,正情绪对成人成事有效,而且有益;负情绪对成人成事无效,甚至有害。七如在谏议中有。自古及今,有向主子、向长官、向领导、向老板提意见和建议的习惯和规矩。不过,有的有效,被采纳;有的无效,被拒绝。1868年,外国已经有了电报,李鸿章多次向朝廷申请建电报,每一次都被反驳回去了。理由是,电报线埋在地下有电流通过,会惊动祖坟,使祖宗不安。真是荒诞不经。后来,李鸿章提议修铁路,这对运兵很有好处,但招致一片反对声。理由是,修铁路会惊动地神、山神、河神,而这些神灵是保佑大清江山的,若把这些神灵得罪了怎么办?真是无稽之谈。八如在决策中有。古今中外,大至国家,小及个人,并非所有的决策都能行之有效,无效之功多得是,甚至适得其反的也常有,如当年"大跃进"时期的大炼钢铁等。九如在学业中有。同样一种学习方法,对有的人有效,对有的人却无效。如:有的人要靠死记硬背,有的人心领神会即可。十如在执业中有。同样开展一项调查研究,同样采访一个公益活动,同样参加一期学习培训,同样听取一次辅导讲座,各人的效果并不一样。其差别,有的可以当别人的老师,有的只能当别人的学生。综上所述,有效与无效,对每个人来说,伴随着生命的整个过程,伴随着人生的所言所行。每个人一生中的成败得失,都与有效与无效紧密相联,而且是,有效与有效叠加,更加有效;无效与无效累积,更加无效;有效与无效合计,往往抵消;无效与有效融合,往往抵扣。

效的标准、内涵是什么?从根本上说,是名和利。若再细分下去,有财、物、权、情等,有成、全、顺、巧等。发布商品广告,效主要表现在生意是否增长;调处矛盾纠纷,效主要表现在是否已经和解;孩子学习状况,效主要表现在考试成绩咋样;孝敬爸爸妈妈,效主要表现在能否安度晚年;从事某项工作,效主要表现在是否保质保量完成。诸如此类,不一而足。人在世上,从总体上说,无论办任何事,都要注重和追求有效,因为人的生命短而又短,没有多少余地任由自己挥霍时间,去出那些无效之力,去作那些无效之工;又因为人的基本生存需求需靠有效来解决,那些"画饼充饥""海市蜃楼"之举是断断不行的。古言道,人为财死,鸟为食亡。又言,无利不起早。我们在办任何事时,虽不能唯利是图,虽不能急功近利,但注重和追求有效,应当成为必不可少的指针。如何有效地避免无效?首先的也是最大的,是要规划好、设计好、决策好自己的所言所行。事倍功半也好,事半功倍也罢,其重要原因在此。其次的也是很大的,是要确定好方法、路径、战术。功亏一篑也好,欲速不达也罢,其重要原因于此。为能有效地避免无效,无论办任何事,必须脚踏实地,不出花招,不摆花架,不要花拳。诚然,有的时候,为了更多地关照别人的利益,也展示自己的君子风度,或为了自己从长计议的利益,欲取先予,先出或多出一些对自己无效的力,先作或多作一些对自己无效的工,这都无妨。但是,没有人"不食人间烟火",人离不开基本的生活保障,其所言所行不能均无效。"毫不利己,专门利人",那是道德倡导;"我为人人,人人为我",则是普世观念。好多时候,人的主观愿望是想有效,然而,客观效果却是无效。如给医生送"红包",给老师送礼物,对当事人来说,不送心里不安,送了未必有效。医生要面对那么多的病人,老师要面对那么多的学生,你送、我送、他送,说不定,这些医生、老师还弄不清由谁送的。再说,医生、老师都有自己的职业操守,给病人看病、给学生上课,那是神圣而光荣的工作。因此,社会上许多的不良风气,并非由体制机制必然产生,而是由害群之马人为造成。人在世上,不能奢望时时处处都获有效,因为有效既要作主观努力,又要有客观条件。"时势造英雄","时势"是客观条件。美国宇航员阿姆斯特朗成功地跨上了月球,那是主、客观的共同作用。高空惊险行走,表演者不慎摔下,不少是因为主观原因。当然,在有效与无效这个问题上,也存在"有心栽花花不开,无心插柳柳成行"的景况。对前者来说,那是遗憾;对后者来说,那是惊喜。不管结果怎么样,人都应坦坦然然接受。

　　人从出生起,便生活在千丝万缕的家庭关系和社会关系中。人在关注和追求自己的有效时,不能不顾他人的有效。也就是说,要换位考量,共谋双赢。那种把自己的快活建立在他人的苦楚之上,毫不足取;那种用牺牲他人的利益来获取自己的利益,毫不足取。人际关系的久长,在于互有需求、互有效用。人生活在家庭中,人工作在单位里,人活跃在社会上,若想有价值,甚至若想受尊重,必须对家庭、对单位、对社会有效。若是无效,便成"有你不多,无你不少",变得可有可无了。久而久之,即会被边缘化,甚至被敝帚化。因此,从这个意义上说,人无论身居何处,一定要有效。有效,是人之生存、发展之本。许多人有这个体验:有活干、有事办,虽忙碌辛苦,但充实快乐。如果无活可干、无事可办,在单位里,那就离解聘不远了。所以,人活着,一定要珍视自身存在的意义,在有效中呈现出精彩来,在有效中展现出丰满来。

节律与韵味

人在孩提时代,面对大千世界,常因不明事理,时而身作浑噩之态,时而口出懵懂之语。见之自然界,小鸟飞来了,在草地上啄了几下,又飞走了;昨天有太阳,鲜亮鲜亮的,今天没太阳,灰暗灰暗的;小狗爱啃骨头,小猫爱吃鱼儿。见之社会,公共汽车在马路上来来回回奔跑,里面坐着站着好多人;昨天舅舅到了我家,给我买了玩具,今天叔叔来了我家,带给我喜欢吃的樱桃;爸爸开车送我上幼儿园,妈妈给我做饭洗衣。孩子们以上所见,均为一些皮皮毛毛的东西,待渐渐长大了,才发现有不少非物质的东西,节律与韵味便是其中的两种。

节律,指事物运动的节奏和规律。一如我们路过有人在跳街舞的地方,倘若踩上抑扬顿挫的舞曲,自己的脚步顿时更有精神。据报道,英国运动心理学家通过研究发现,每分钟的节拍数在120～140之间的音乐是人体运动时的首选,因为这样的节拍与人体心率吻合,能让跑步者产生美的感觉。如果运动节拍与音乐节拍同步,可让运动者的需氧量减少7%,而且激励感强的音乐还具有消除人体疲劳的功效,能将运动者的耐力提高15%。二如人与人之间的组合、搭配,并非强强组合、正正搭配都好,也并非弱弱组合、负负搭配都不好。实际上,组合、搭配后形成的大大小小的团体,在其运行中自然会产生一种节律。如果二者不和谐,那么节律乱套;倘或二者很和谐,那么节律琴瑟。这里的强、弱,指的是实力、能力;这里的正、反,指的是相同类型、相反类型。就拿婚姻关系来说,要形成琴瑟节律,关键在于男女双方生活要素的最佳搭配。倘若完全是弱弱、负负搭配,可能婚姻的基础条件太差;如若完全是强强、正正搭配,兴许婚姻的凝聚性能堪忧。这需要男女双方根据自己对婚姻的期望来决定采取何种搭配。可以完全肯定的是,古今中外,各种组合、搭配都能形成琴瑟节律。三如每种动物,当然也包括人类,在行为上各有独特的节律,如兔子喜欢按部就班,豺狼喜欢神出鬼没,蚂蚁喜欢穴居成群,老鼠喜欢钻洞夜行。作为食物链上相邻的两种动物,前者往往利用后者的节律来猎取,后者常常防范前者的节律去躲避。四如春夏秋冬,一年四季,周而复始,形成节律;人的生命历程有节律,有年少、年青、年中、年老;万事万物有节律,有萌芽、生长、繁荣、衰亡。这些与生俱来的节律,构成世间一切的新陈代谢和有始有终。五如多一点、少一点、加一点、减一点,也会形成节律。社会上曾流传着这样两道公式:一道是$(1+1\%)^{365}=37.7834$。说的是,如果每天多做 1%,那么,一年下来的收获就会从原来的 1 增长到 37.7834。此为励志公式。另一道是$(1-1\%)^{365}=0.0255$。说的是,倘若每天少做 1%,那么,一年下来的收获便会从原来的 1 缩减至 0.0255。此为消志公式。有些人深谙这样的节律,于是,常施积石成山、集腋成裘等"加"之举,也常做愚公移山、细水长流等"减"之举。六如各级政府定期或不定期地通过各种监测手段和调查方法,及时掌握本区域的经济景气、产业发展、人口变化、贫富差距、物价波动、就业状况等量化数据,作为加强和改进政府工作的重要依据,而这些数据又都形成了各自的节律。如得到世界各国广泛重视和普遍采用的"基尼系数",实际上是一条能反映人们收入分配差异程度且具有一定节律的曲线。从上可知,我们只要留心,透过世间所有事物的表象,都可发现其中的节律。有所区别的是,有些节律我们已经认知,有些节律我们尚未认知;有些节律明显,有些节律隐晦;有些节律比较规则,有些节律不够规则;有些节律单纯一些,有些节律复杂一些。

韵味,指含蓄的意思。通常,见到生人,怕难为情,是一种含蓄;有话不直说,点到为止,是一种含蓄;态度诚恳,语气委婉,是一种含蓄。这是待人接物方面的一些韵味。其实,韵味包含在万事万物中。一如在爱情生活中,情窦初开时的莫名爱情(包括有点意思等)最让人怀恋。西方心理学家契可尼研究发现,普通人对已完成了的、已有结果的事很容易忘记,而对中断了的、未完成的事却总记忆犹新。所以,有些老人每当回忆起自己的初恋,往往自觉或不自觉地陶醉、沉浸于一种韵味中。这种韵味,说不清、道不明,只能意会、不可言传。二如在当今钢筋、水泥筑成的城市森林里,不少人怀有乡愁。乡愁是什么?《现代汉语词典》给出的释义是,怀念家乡的忧伤的心情。实际上,乡愁中充满了韵味。家乡那弯弯曲曲的泥巴小路,那鹅鸭游弋的村边小塘,那农家升起的袅袅炊烟,那问长问短的喃喃村语,别有一番韵味在心头。看家乡的月特别明,看家乡的水特别清,看家乡的人特别亲,看家乡的景特别熟。其中的韵味,真的是有口难言、有笔难书。三如人与人之间也会有韵味。二人一见钟情也好、一见如故也罢,那是一种见面才有的感觉。为什么会有这种感觉,其中不乏相互吸引的韵味。这种韵味,目睹不到,耳闻不及,说来奇妙。与此相反的是,二人一见面,就像好斗的公鸡一样,除非不说事,只要一说事,便会争来吵去,甚至拳脚相加。不难理解,其韵味全无,惟有的是火药味。四如包括学校教育、家庭教育、社会教育等在内的教育也能有韵味。这种韵味,可给人以艺术的享受,具有润物细无声的作用。中华民国一代大师赵元任,善于在陪同孩子嬉戏时教育孩子,使孩子在轻松快乐中接受教育。他的四个女儿,正得益于此,个个在学业上出类拔萃,其中长女、次女先后毕业于哈佛大学。五如夫妻同床共眠,也有韵味显示。英国有项研究成果表明,夫妻和谐看睡姿:二人相距小,关系好;二人相距大,关系差。在现实生活中,夫妻面对面睡,多韵味;夫妻背对背睡,少韵味。六如吃饭、茗茶、饮酒、听歌等,一个人也可在家里悄无声息地进行,也就相当于自斟自饮、自拉自唱吧,可有些人不愿意这样,偏偏要跑到有景致、有众人的地方去从事。为什么?这些人更多追求的是一种韵味,更多享受的也是一种韵味。其韵味,包括气氛、情调、色彩等。我们只要留心,透过世间所有事物的表象,也都可发现其中的韵味。有所不同的是,有些韵味浓些,有些韵味淡些;有些韵味留驻的时间久长,有些韵味留驻的时间短暂;有些韵味一般的人都能感受到,有些韵味只有特殊的人才能感受到。从总体而言,韵味是高雅的、美妙的,对人来说,可愉悦身心、美化生活。

  人在世上,不能不认识节律与韵味,不能不利用节律与韵味。凡有一定素养、修养的人,都不轻忽节律与韵味。毫无疑问,节律与韵味,给芸芸众生带来了福祉、带来了欢乐,从而使每个人生活得更有意义。请看,人类生活在有节律的天气里:有早晨和夜晚,有晴天和阴天,有日出和日落,有严寒和酷暑,有刮风和下雨。而且,它们都相互呼应和关照。人类生活在有韵味的环境里:鸟群在树林里嬉叫,鱼群在江河里畅游,马群在草原上奔跑,羊群在山坡上撒欢,鹅群在田野里高歌。而且,它们都服务于人类。以上的它们,普惠于苍穹之下的人间,并非局限于世上某个国家、某个民族、某个阶层、某个人群。人类何以利用节律与韵味?笔者试述两点:一为等待。自古以来,"塞翁失马""沧海桑田"的故事告诫人们要耐心等待,等待好转,等待变化。凡洞悉事物节律的人,都是等待的高手,其中最著名的当数"卧薪尝胆"故事中的主人公越王勾践。凡不懂事物节律的人,往往不愿、不会等待,其中有被后人笑话的"揠苗助长"故事中的主人公宋人。实际上,人们掌握了事物节律之后的等待,是一种积极姿态,是一种主动作为,主要在等待时机、等待机会、等待火候。二为造势。说起造势,人们很自然地会念想起商场里的各种促销活动。开展促销活动,就是为了制造声势。人们不难发现,韵味有自然的、有人为的。风声、雨声、水声、鸟声,这些天籁之声有韵味,源于自然。

而悠扬的笛声,动情的歌声,遒劲的书法,创意的画作,这些人间艺术有韵味,源于人为。在现实生活中,自然的韵味一般是可遇不可求,而人为的韵味则可以有目的地制造。因此为能使人们的生活更美好,不妨多开展一些群众性的文体活动,让人们在各种文体活动中享受美妙的人为韵味。与此同理,人们在谈判、相亲等活动中,也不妨通过适当的造势,营造良好的氛围,让当事人感受到谐适的人为韵味,从而提高成功率。

前台与后台

作为一样东西,作为一件物品,台子的种类繁多,如瞭望台、写字台、梳妆台等,又如讲台、舞台、锅台等。本文所述的前台与后台,并不是一样东西,也不是一件物品,而是一种比喻。即前台喻指公开的、显露的情形,后台喻指背后的、隐秘的情形。当然,这些情形有有形的,也有无形的;有强大的,也有弱小的;有光明的,也有阴暗的;有闪现的,也有停摆的;有官方的,也有私下的。人的一生中,无论是为人还是做事,大多存有前台与后台的情形。

先说为人。人之形象,前台是外表,个子有高矮胖瘦,长相有俊秀丑劣,姿态有敬谦狂傲;后台是内里,有些外表高贵、内里丑陋,有些外表粗俗、内里精细。人之行为,前台是当人面而作,如握手、鞠躬、鼓掌、拥抱等,显示其热情、真诚、赞赏、亲切等,而后台是其蕴含的意思。有些人的当面之作只是应景,只为场面上过得去而已。人之言语,前台是当人面而施,如称赞、表扬、肯定、夸奖等,使人听起来顺耳、贴己、喜悦、快慰等,而后台是其是否言不由衷。是者,即为虚情假意。人之来往,前台是物理距离,如一起搓麻、一起喝酒、一起玩牌、一起打球等,看起来很亲密,而后台是心理距离,其中有些人真的是好朋友,有些人真的不是好朋友。人之面容,前台是表情,如笑哈哈、笑呵呵、笑眯眯、笑吟吟,望上去很高兴,而后者是其是否"笑面虎"。是者,心地凶狠、阴险也。人之生命,前台是容貌,如稚嫩、青春、老成、衰迈,逝去的岁月会毫不留情地在其容貌上烙刻下印痕,而后台是机体,生理功能自升至顶峰后便自然回落,即使有些人的容貌比机体年轻许多,也改变不了渐衰的现实,其各项生理功能已经不可同日而语。人之结交,有的结干亲,如拜爸妈、拜兄弟、拜姐妹。我们虽然不能一概否定这种做法,但有一点可以肯定,结干亲总是有目的。有一些人,前台是结干亲,后台是构筑政治、经济、军事、文化联盟,甚至是犯罪联盟。即使是同一联盟,前台与后者也不一样。当年,蒋介石与一些军阀拜了兄弟,还有文书为证,实际上各怀鬼胎,只不过是想利用对方而已,一俟情况有变,便同室操戈,欲置对方死地而后快。从一定意义上说,蒋介石利用这种前台与后台,使自己成为国民党军事集团的统帅。

次说做事。人在世上,总是要做事的。人与人不同的是,或做这事、或做那事、或做大事、或做小事、或多做事、或少做事、或做好事、或做坏事。人的一生中,不可能一点事不做。凡是做了,即有前台与后台。一如竞争。每到高考前后,全国数以千计的大学便投入了招生大战,即使属于"皇帝女儿不愁嫁"的北京大学、清华大学,也在各地争取高考"状元"。这些实际上只是前台,其后台是大学扩招后的生存危机。有的单位搞公开招聘,别看前台,该公开的都公开了,其实,在后台,包括招聘者的条件、招聘工作程序、考核人员名单等,早就量身定做了。实际上,前台是个幌子,似乎在演戏,操作则在后台。二如买卖。在人声鼎沸的商场里,顾客忙着挑选商品,营业员忙着推介商品,成交之前,二者还要一来二去地讨价还价。别看这是现货现款买卖,其实这只是前台,还有后台,而后台比的是商品的品质、价格,也就是在权衡性价比。同时,二者还在拼心理,也就是看谁能说服谁。三如婚姻。自古以来,人们信奉夫唱妇随,倡导从一而终,故把婚姻视为终生大事,把结婚作为托付终身。其实,婚姻百态,有前台,也有后台。如有的夫妻在人前显得恩恩爱爱,在人后则是别别扭扭。还有,夫妻之间,前台是平凡的日常生活,后台则是感情基础。还有一些夫妻,一方一旦后台(升职了、发财了等)有了改变,随之而来的是前台(对待对方的态度等)的改变。更有甚者,主动改变前台的一方还会反过来诬说"我们的感情本来就不好"。别人自然会责问:"既然感情不好,当初为什么要结婚呢?"显然,这是一种托词。四如经营。众所周知,亘古及今,中国是个高度重视人情的国度。其利,显而易见;其弊,不可轻忽。弊在凡事都得搞关系;不去搞关系,纵有法律、政策规定,有时还是难办。于是,在经营上,每个厂店,除有法律、政策作后台外,还要有其他关系作后台。尤其是那些黑厂、黑店,本身就缺乏法律、政策这个后台,更要有幕后的、暗地的、非法的势力作后台。在一些机关,从前台看起来,只是一个个男女,也只是张三李四王五,简单得很,然而,后台就相当繁杂。一些初来乍到的人,对本机关里的"水"有多深并不清楚,有的时候,弄得不好,便会"触雷"。

前台与后台的案例,笔者在此择一述之:时任晚清两江总督的曾国藩考虑再三,欲将小女儿曾纪芬许配给老友聂亦峰的儿子聂缉椝。为亲自考察这位女婿人选,曾国藩请聂缉椝到家里谈天,其夫人欧阳氏则带着小女儿去屏风后面聆听。留下来吃饭时,聂缉椝滴酒不沾,津津有味地吃了三大碗饭。吃完饭、喝过茶后,聂缉椝起身告辞。曾国藩指示家人捧出了十匹各种颜色、花纹的洋布,让聂缉椝给自己的母亲和两个姐姐各挑选一匹衣料。聂缉椝则一方面深表谢意;另一方面精挑细选,分别给三位家人挑选了最合适的衣料。经过这番前台与后台的考察,曾国藩和夫人对聂缉椝,不论是外表还是谈吐,不论是体质还是待人,都很满意,真的是"这样的女婿打起灯笼也难找哇!"在现实生活中,前台与后台的案例并不鲜见。如中央一再明令禁止各级官员利用职权支持自己的配偶或子女经商办企业。在此大背景下,有些官员则玩起了前台与后台的伎俩:或暗中参股,或假名持股。随着中国反腐风暴的兴起,这些官员已经或将要受到党纪、政纪和法律的惩处。又如在各级政府机关的一些办事大厅,前台主要是接受申请,后台主要是具体办理。这里的前台与后台,只是办事程序上的不同,并无别的潜在意义。而另一种情形,就与此有所不同了。即处置一些难事,本该这一级干部出面,却让下一级干部出面。换言之,这一级干部躲到了后台,下一级干部则被推向了前台。实际上,在履职中,这是一种不负责任的行为,说严重点,其涉及官品问题。再如:一些官员利用职权违法、违规、违纪,也是通过后台运作的。在前台,其发表的讲话、作出的批示,都是冠冕堂皇,一副严官、实官、清官的形象。然而,或通过秘书,或采用电话,或依靠枕边,给相关人员打招呼,以实现私欲。再如在反腐高压态势下,一些地方规定"正常工作日招待宾客都不允许喝酒"。于是,有的人就变着法儿来招待客人。即早餐、中餐、晚餐都不安排客人喝酒,这是前台;而到了晚上八九点钟,则邀请客人去吃夜宵,在吃夜宵时喝酒,这是后台。

莎士比亚说过:"人生如舞台。"是舞台,便会有前台与后台。前台用来粉墨登场淋漓尽致出演,后台则用来化妆穿衣按部就班备候。如何认识前台与后台的关系?笔者认为,一是前台与后台相连,形成一个整体。也就是说,没有前台也就没有后台;反之,亦然。二者是一个问题的两个方面、一个过程的两个阶段。形象地说,是一只硬币的正、反面,一条河流的上、下游。史载,林肯是一位以解放黑奴而名垂史册的美国总统,出生于肯塔基州的一片原始森林里的一间木屋中。如今当游人走近这间木屋时,有时会听到讲解员这段意味深长的话:"有森林才有原木,有原木才有木屋,有木屋才有林肯,有林肯才有这个国家。"细细想来,其中蕴含着连贯性、递进式的前台与后台的关系。二是前台与后台各有各的功用,而且在很多时候,是谁也离不开谁。没有前台,无法办事;有了后台,办事从容。在许多时候,后台准备妥当,前台仅为形式。前台不可或缺,后台也非可有可无。在不少时候,有了后台,调解、调和、调整的余地便会大增。三是前台与后台是命运共同体。也就是说,前台要演好,后台须撑好。在战斗中,前台是炮火交集,后台是物资输供。好多战斗,败就败在弹绝粮尽,实际上是后台跟不上。四是前台与后台并非一成不变,在一定的条件下,前台会转换成后台,后台也会转换成前台。这犹如做人的思想工作,有时需要一会儿是"红脸",一会儿又是"白脸"。在办事过程中,有的人先是不出面,躲在后台,眼前事儿快要砸锅时,便一下子跳到了前台,露出了尊容。为什么?毕竟前台是公开的,有劲便于使;后台是暗地的,有劲不易使。五是前台与后台并非全真。换言之,有时也有假。麻雀对"稻草人"往往信以为真。百兽见狐狸身旁有虎,纷纷吓跑,其威势非来自于狐狸。在一些地方,使用"鹅警""鹅兵"和"犬警""犬兵",实际上,其前台不是真警、真兵。在现实生活中,有的人自诩有后台,而且很硬,经查验,结果是假的,甚至是子虚乌有。六是前台与后台并非都能成功,也并非都会失败。时下有句流行语:"不能让孩子输在起跑线上!"诚然,孩子需要早期智力开发。但是,孩子最终能否成才,取决于诸多主观的、客观的因素。要知道,一考定不了终身。也就是说,前台好,并不见得后台就一定好。有项调研结果表明,中国各地高考状元的成才率大大低于社会预期。有一个吃馒头的笑话,说的是有人吃六只馒头,前五只都没感觉,吃第六只时饱了。于是,此人说:"早知吃这只就能饱,我何必吃前五只呢?"此人不知其中的道理:无论是工作还是生活,在通往成功的征途中,需要前台、后台交替的努力。我们既不能否定前台的作用,也不能否定后台的作用;既不能对自己的进步充耳不闻、视而不见,也不能不切实际地期盼自己过快获取成功。人在世上,处理前台与后台的关系,同样是门大学问,须学悟不息、践行不止。

同类与异类

说起"类",凡经历过中国"文化大革命"的人都知道何谓人以类分,当时有"毛主席的红卫兵"、"走资本主义道路的当权派"、"贫下中农"、"地、富、反、坏四类分子"、"臭老九"、"右派分子"、"上山下乡知识青年"等。这种分类,主要是基于政治因素。一般在分类时,会把性质或特征相同或相似的人、事、物归拢在一起。凡能归拢在一起的是同类,凡不能归拢在一起的是异类。当然,同类与异类也是相对而言的。鸟对鸟来说,是同类;鸟对人来说,则是异类。即使是同类,也有大类、小类之别,如在人类中,有大人、小人,有男人、女人;在鱼类中,有青鱼、草鱼等,有淡水鱼、海鱼等。同类与异类,有的时候,也非泾渭分明。换言之,在同类中,有的又有点像某个异类,如类人猿,其外貌和举动较其他猿类更像人类。与同类与异类近似的区分,还有同路与不同路、同道与不同道、同群与不同群、同种与不同种、同样与不同样、同款与不同款、同色与不同色、同行与不同行等。

为什么会有同类与异类?我们不妨可从以下两个方面来分析:一个方面,从自然属性来看,相同的人、事、物"同性相吸"。就拿动物来说吧,食色,性也。同类动物食用的东西基本相同,如熊猫主要吃竹叶、竹笋;同类动物一般只能也只会找同类动物交配,以繁衍本种群。同类动物的休养生息也基本相同,人们常说的"鱼有鱼路,虾有虾路"便有这个意思。同类动物在一起,还有利于"抱团取暖""群起攻之""壮大阵势",这对御寒、防护、觅食都有好处。在人类社会,城市发展、集镇发展、产业发展、行业发展,普遍注重发挥集聚效应和规模效用,如中国改革开放以来,各地雨后春笋般地创办了一大批化工、医药、环保、文化等产业园,兴建了一大批颇具特色的农副产品生产基地。其最大的特点是产业同类。此可大大节省成本,提升效益。而其并非全由外力推动,本身有着较强的内生需求。另一个方面,从管理科学来看,相同的人、事、物在一起,方便管理。大千世界,五花八门,倘任其自然属性泛滥,毫无外部管束,那将混沌不堪,完全处于物竞天择的自然状态。因此,作为主导者,凡有人、有事、有物,便会把同类归置于一处,而不随其散乱。对异类,能转化的,则归顺过来;不能转化的,则让其"自生自灭"。如举办大型培训班、研讨会,组织者有时会按参与者的级别、区域、职业甚至年岁、性别"合并同类项",分组座谈交流。这样组织、培训、研讨的效果会更好些,因为同类的话题、同类的认知、同类的感受会更接近一些,更方便相互切磋。又如在百货商店,在农贸市场,同类的物品总是归放于一地,一般不会零零散散。这样摆列,最主要为的是方便买卖,而且有利于管理、有益于环境。从上可知,世上的人、事、物,既有无形的力量,又有有形的力量,在促进和推动着划分同类与异类。

在现实世界里,凡人、事、物,均可分类。分类本来就是一门科学,有多种方法,如归纳法、演绎法等。自然科学也好,社会科学也罢,分类被广泛使用,如学科有分类,图书有分类,信息有分类。人类中的分类,时而颇为明显,时而非常隐蔽,仅凭脸面、服饰有时还看不出分类,但类别是存在的。当年,许世友与张春桥,不是同类人,毛泽东曾为他俩二唱"将相和",未能调和,后矛盾公开化。中华民国头十年,国学大师黎锦熙在湖南办报,当时帮他抄写的有三个人:第一个人,老老实实,遇到错字、别字都照抄不误;第二个人,认认真真,遇到错字、别字都要改正过来;第三个人,仔仔细细,遇到与自己不同意见的,则随手扔掉,不抄一字。实际上,一看,这三个人就不是同类人,此后各自走的路也确实不一样。人间的事,纷繁复杂,有时候让人观之如雾、忆之如梦。其实,好多事,万变不离其宗,形式上变来变去,本质上却始终如一。常事均可分类,如有私事、公事、好事、坏事、大事、小事、难事、易事、前事、后事、阳事、阴事、新事、旧事。就家务事,又可分买菜、做饭、洗衣、打扫、收拾等。再就打扫,又可分抹桌子、拖地板、除灰尘、擦窗户等。大类套小类,类类不一样。同类的事,出发点、归宿点相同或相似;异类的事,出发点、归宿点不同甚或相反。同类的事,蕴含的规律相同或相似;异类的事,蕴含的规律不同甚或相反。同类的事,处理的办法、路径相同或相似;异类的事,处理的办法、路径不同甚或相反。同类的事,意义和作用相同或相似;异类的事,意义和作用不同甚或相反。

关注同类与异类,研究同类与异类,利用同类与异类,对人生极为重要。古人有言:不识字,有饭吃;不识人,没饭吃。识人,即能分辨哪些是好人、坏人,哪些是善者、恶者,哪些是真的、假的。所谓的"识时务者为俊杰""有眼不识泰山",均为"识"的问题。在人生旅途中,对同类与异类,有几点格外需要清楚和重视:第一点,同类是友甚至是兄,异类非友甚至是敌。人在任何时候、任何地方,都要准确识别哪些会对自己有益、哪些会对自己有害、哪些会对自己无妨、哪些会对自己有妨、哪些会对自己有安、哪些会对自己有险。在阶级社会,要分清无产阶级与资产阶级;在战争年代,要分清友军与敌军;在和平时期,要分清建设与破坏。只有分清了,才有可能科学制定出准确的对策,如在政治斗争、外交斗争中,如何进行联合或分化,来实现自己的目的。人生败笔之一,是不会分香臭、良莠。而这,主要是不会分类。第二点,同类也是"双刃剑",用好了,受益;用差了,受伤;用坏了,受害。如一些西方国家在世界上推行所谓的"民主""人权",公开支持别国国内的反对派(这些国家自认为是同类人)发动对现政权的斗争,结果适得其反:这些反对派"成事不足、败事有余",不仅推翻不了现政权,却变成了被国际公认的"恐怖分子"。又如同类聚集到一起即为群体,而群体的力量,犹如水般,既能载舟,又能覆舟。古今中外,有不少实例充分说明了这一点。其发端时,打出的旗号、喊出的口令,往往颇合执政者的心愿,然而慢慢走向了反面。有言道,集体的诉求一旦越出正轨,就像一列脱轨的列车,很难再上正轨。这告诉我们,对群体的力量,必须主动加以引导,别任其偏离正确的方向,尤其要严防遭到反动、黑恶势力利用。第三点,异类有另外的价值和用处。对异类,千万不能一概排斥,也不可一棍子打死,应具体情况具体分析、区别情状区别对待。与人相处,需要求同存异;苍茫世界,需要生物多样;丰盛筵席,需要荤素搭配。治疗某些疾病,有一种方法叫"以毒攻毒",即用毒药来医治毒疮等疾病;控制某个物种过度繁衍,有一种方法叫"生物入侵",即引入另一个对其具有制约的物种生长;解答某道疑难试题,有一种方法叫"别出心裁",即用另一思路去作剖析。这些,大抵用了异类身上对同类有意义的一面。在一定的条件下,有异类不是坏事,可促使同类时刻保持警觉,可促使同类加快自我更新;同时,通过转化,可为同类提供新生力量,可为同类带来一泓活水。第四点,为能最大程度地把不利因素转化为有利因素、把消极因素转化为积极因素,切勿轻易、随意划分同类与异类。倘若轻易、随意划分,既容易犯亲者痛、仇者快的错误,又容易人为地制造不必要的矛盾和纠纷。更何况,在同类与异类之间,尚有"模糊地带",而此正是可以积极争取的对象。在现实生活中,不知好歹地给人上纲上线,不知深浅地与人卿卿我我,都是轻易、随意划分同类与异类的行为,往往要付出或重或轻的"学费"。第五点,允许同类与异类有各自的生存空间。世上的动物、植物,在一定时段内形成了谁也离不开谁、谁也改变不了谁的生物链。作为链中的一节,与其前与其后均非同类,然而,缺了与其前、后的异类,生物链便会中断。因此,从一定意义上说,异类为同类而生,同类也为异类而生。正是由蔚为大观的同类与异类，才构成了繁花似锦的世界。苏轼诗云："太山秋毫两无穷,巨细本出相形中。"无论宏观，还是微观，世界都是无穷无尽的；所有事物的大小，都是相比较而存在的。我们必须明了，异类对同类是异类，同类对异类也是异类；同类中有更同的同类，异类中有众多的同类；同类可以异化为异类，异类也可以异化为同类。显而易见，同类与异类，关系交叉错杂，有时是"说不清，理还乱"。既然如此，我们应当用能动的而不是僵化的眼光去审视和对待同类与异类。

原创与克隆

人类从浑噩愚昧的冥冥世界一路走来,无时无刻不与"创"字相伴。人类由劳动所创,劳动本身就是创。仓颉造字、蔡伦造纸,是创;鲁班制作木工工具,是创;张衡发明地动仪,是创;瓦特研究蒸汽机,是创;爱迪生发明电灯,是创;居里夫人发现镭,是创……尤其是从农耕时期进入工业时期、从温饱时期进入小康时期,人类之创,在内容上更加丰美,在速度上更加快当,在成效上更加显达。永无休止的创,给社会带来了繁荣,给人类带来了幸福。

创,指史无前例、从未有过的人类行为及其成果。世上本无事,均是人为之。为之,即为创。而原创,则指最初的、开始的、率先的创,如现代京戏《沙家浜》,其戏情原创,是发表在《新华日报》上的《芦荡火种》;电视连续剧《推拿》,其剧情原创,是毕飞宇创作的长篇小说《推拿》;现代农业"大包干",其做法原创,是凤阳小岗村的农民们;国有土地公开拍卖,其举措原创,是"领中国改革开放之先"的深圳人……实际上,一切的诺贝尔奖(后来撤销的除外)均为原创,所有的吉尼斯纪录均为原创,全部的打破世界纪录的体育成绩均为原创。再细想一下,人间的每一天均为原创,自己的每一天均为原创。从一定意义上说,开天辟地的即是原创,无与伦比的即为原创。

众所周知,人类的历史是认识世界、改造世界、利用世界的历史,需要一个个累积起来的原创,不断推动人类的发展。原创的内容包罗万象,文坛包括小说、诗歌、散文等,艺坛包括书法、绘画、音乐等,科坛包括数学、物理、化学等,政坛包括决策、执行、监督等,都有原创的东西。原创的方法多种多样,有的采用比较的方法,有的采用归纳的方法,有的采用演绎的方法,有的采用推理的方法。一言以蔽之:靠的是实践、认识、再实践、再认识的方法。原创在人类的历史上,一是具有先导意义。人类认识世界、改造世界、利用世界是从一点点开始的,而且是探索着开始的,有一个由浅入深、由表及里和由小到大、由近及远的艰难过程。而走在最前面的,既是引路人,又是指路人。他们用一次次原创性的实践,为后人引路和指路。如门捷列夫是近代世界著名的化学家。他发现和建立的元素周期率,为近代化学基础理论的形成和发展,作出了重要的贡献。所以,恩格斯称赞他"完成了科学上的一个勋业"。二是具有革命意义。从根本上改变现状,是革命的本义。从大的方面说,有自然领域的革命,有社会领域的革命。在自然领域,革命表现在对天、对地、对物的认识、改造和利用;在社会领域,革命表现在对个人、群体、权力的认识、改造和利用。而不具有颠覆性的,是改良、改进、改善。这些不是从根本上改变现状,故革命的意义次之。当然,世上并不是所有的东西都要革命,革命是在一定条件下发生的。这个条件,包括天、地、人、时等。凡原创的东西,革命意义都较大、较强。而今,两个人相距不管多么遥远,只要接通了手机,便可以听到对方那熟悉的声音,这是多么方便快捷啊!然而,最先发明电话机的是世界著名科学家贝尔。这项发明,无疑具有革命意义,即把人类的听力距离延伸到了几乎无穷。三是具有标志意义。世人的成长、事情的发展、物质的变化,并不都是等速的、均衡的,有时是突变的、凸显的。而突变的、凸显的,即为标志。标志表明某种特征,往往可以区分阶段、性质、能力、进程等。许多原创的东西,即为一种标志。牛顿是17世纪英国著名的科学家,在天文学、光学、数学、力学等方面取得了伟大成就。纵观牛顿的一生,其发现"万有引力定律"无疑具有标志意义。由于这项重大发现,加上还创立了微分学、积分学等,他于27岁就当上了剑桥大学的数学教授。迄今人们一说到牛顿,立马会想起"万有引力定律"。"万有引力定律"似乎成了牛顿的代名词。

  从狭义上说,原创是专利,原创有版权。世界各国的通行做法是,原创的东西,未经允许,未经授权,他人不得复制。复制便是克隆。克隆原指生物体通过体细胞的无性繁殖,复制出遗传性状完全相同的生物体,后泛指事和物进行一模一样的重复。复制的方法当然很多,包括仿、模、拓、印、录、拍等。如今,在不悖逆法律、规则、纲纪、伦理、道德的前提下,克隆是正当的。放眼望去,世上克隆的东西令人咋舌,如有人造雪花、人造心脏、人造鸡蛋、人造革、人造毛、人造肉……甚至还可以人造卫星、人造树叶、人造"壁虎爪"等。人造物品,正给人们的生活带来了翻天覆地的变化。不过,克隆出的东西毕竟与原创的不一样。对当代著名书法家林散之、萧娴、武中奇、欧阳中石、刘炳森等的书法作品,尽管有些人克隆得惟妙惟肖,并在市场上鱼龙混杂地公开出卖,但真的假不了、假的真不了,难以逃过书法鉴定专家锐利的眼光,因为其在纸质、运笔、泼墨、布局、落款上总会有些许差异。在现实生活中,不能克隆的东西太多太多了。这些东西,不是眼睛可以企及,不是耳朵可以捕捉,不是嘴唇可以品尝,不是鼻子可以闻到,即使用最精密的仪器,也对这些无能为力。所以,无法克隆。如森林之静,原版克隆不了;露珠之色,原版克隆不了;列车之声,原版克隆不了;喜悦之感,原版克隆不了;悲伤之情,原版克隆不了;月亮之光,原版克隆不了。因此,克隆是有局限的,其形像不见得神像,神像不见得意像,意像不见得味像,味像不见得气像。尽管这样,克隆出来的东西还是有用处的,有的可派大用场,甚至不可或缺。这是因为对人类有益的原创的东西,在数量上毕竟太少,有的甚至只有一个,不可能满足芸芸众生的现实需求;具有突破性的原创的成果倘束之高阁,那就发挥不了应有的效用,必须转化为生产力;共享是人类社会的基本准则,世上所有的先进性的原创都是一步步走向普及的。从一个角度说,群体学习就是群体克隆,批量生产就是批量克隆。在克隆中,会有一股内生力量在推动着不断扬弃,吐故纳新也好,精益求精也罢,从而不断完善,并再有所创新。

人类要进步,社会要安康,经济要繁荣,生活要美好,原创与克隆,二者必须兼有。我们既不可只肯定原创而否定克隆,也不可只肯定克隆而否定原创。二者在不同时期、不同阶段、不同处所,对不同人员、不同物质、不同事情作用不同。为什么国家既要表彰科学发明奖、又要表彰技术进步奖,既要表彰先进工作者、又要表彰劳动模范,其中的一个重要原因即在于此。相对来说,原创比克隆难,而且难上加难。业内人员悉知,国际上每年研制出来的具有独特疗效的新品药物屈指可数,而只是配方不同、疗效类似的新名药物却举不胜举。在"世界五百强"中,有许多企业就是依靠原创技术而在市场上独占鳌头、长盛不衰。当今一些广为流传的歌曲,也因为既是原创又是原唱而备受众多歌迷的热捧。就连普通百姓,也对这些歌曲和歌手关爱有加。原创不在数量,重在意义。如拉链是不折不扣的小东西,然而却被美国《科学世界》评为"改变20世纪的十大科学发明"之一,且名列榜首。方便面、易拉罐、避孕套、电子表、口香糖、打火机、斑马线、信用卡、透明胶、创可贴等,当初发明时全是不起眼的小玩意儿,但时至今日,已成为人们生活中的必需品。原创来自于人的实践,包括专一、勤奋和刻苦;原创来自于人的智慧,包括知识、谋略和灵感。英国托尼·巴赞在其所撰《大脑第一》一书中指出,人具备九个潜能:创造潜能、个人潜能、社会潜能、精神潜能、身体潜能、感觉潜能、计算潜能、空间潜能、文字表达潜能。其中,创造潜能,位居第一。大凡拥有原创的人,其创造潜能一定发挥出色。他们往往会异想天开、非循规蹈矩,走前无古人之路。许多时候,其原创,常常是"舞蹈中跳错的那一步,石头上凿坏的那一凿子"(法国圣埃克苏佩里语)。克隆尽管比原创相对容易，那也不是轻而易举，那也不会一蹴而就。克隆同样有学问。市场上出现某种紧俏的新商品，顿时克隆者众，为什么有的厂家克隆得活灵活现，而有的厂家却克隆得似像非像，其主要缘故在于没有"学深习透"。人生在世，原创的总归少而又少，克隆的总归多而又多。愿我们在扬生命之帆时，原创与克隆兼顾，从不放弃求索，以争取原创；从不懈怠学习，以精致克隆。

干货与水货

做副食品生意的人，深谙什么是干货、什么是水货。干货，从字面上理解，是晒干、烤干、晾干、烘干、风干的货物；水货，从字面上理解，是潮的、湿的、水的、润的、鲜的货物。除此之外，干货的引申义是真真实实的东西；水货的引申义是虚虚假假的东西。干货与水货，在干与水的程度上有差异，人光靠眼观、手摸、牙咬、鼻嗅还不行，若需要精确的话，得用仪器设备来检测。在保管、储存、运输、销售上，由于品质上的不同，货物有的只能干货，有的只能水货，有的干货、水货皆可。在现实生活中，干货有干货的使用价值，水货有水货的适用范畴，并非干货就一定好，也并非水货就一定不好，主要依据货物的品性、用途来确定。

除了货物，人世间的干货与水货很多。1943年1月12日，沈从文回其故乡湘西时，去桃源看到了一则《寻人启事》。上面写着："立招字人钟汉福，家住白洋河文昌阁大松树下右边，今因走失贤媳一枚，年十三岁，名曰金翠，短脸大口，一齿凸出，去向不明。若有人寻找弄回者，赏光洋二元，大树为证，决不吃言，谨白。"沈从文一连看了好几遍，并不停地赞叹。后来，他还一字不落地誊录在稿纸上寄给了妻子张兆和。不难发现，这则《寻人启事》，可谓句句是干货，没有多余的字眼，没有华丽的词藻，让人一看就懂。人在世上，一天又一天，一年又一年，忙忙碌碌，除了"病有功夫"外，平时难有空闲。在单位也好，在家里也罢，忙了这个忙那个，整个人像车轱辘一样，停歇不下来。然而，静心分析这一天天、这一年年做的事，确实有的是干货，即必要、管用；有的是水货，即不必要、不管用。不必要的，属多此一举；不管用的，系做无用功。在行政管理机关，每个干部或大或小、或多或少都掌握一定的权力。在中国，一切权力来自人民，一切权力为了人民。然而，在一些贪腐官员看来，可以用来谋私的权力是干货，不能用来谋私的权力是水货。于是乎，一些拥有干货权力的官员便引入"市场法则"，或明或暗地进行着权钱、权色交易,而社会上一些不法人员,也会像飞蛾一样扑向那些拥有干货权力的官员,如果这些官员失去了用权的"底线",则会一步步走向犯罪。毋庸讳言,如今一些地方,普遍存在着所谓的"人走茶凉"现象,一些人的权力一旦由干货换成了水货,马上会变得"门前冷落车马稀"。不是么? 社会上流行过这样既是调侃又是讥讽的话:什么是升职? 升职就是升值。转任同一级别的职务,"背心换胸罩,位置更重要"。这些话,无不涉及权力的成色。成色好的、高的,为干货;成色孬的、低的,为水货。其实,所有这些,均为势利人所为,也与久久为功的法治精神不符。俗话说,树要皮,人要脸。明朝有个叫王阳明的人曾与盗贼有如下一番对话:"你说人人都有良知,我们这群盗贼也有吗?""有。""请证明给我们看。"于是,他便要求盗贼照他说的去做。当要脱盗贼最后一条内裤时,盗贼喊道:"这个再也不能脱!"他接着笑道:"这就是你们的知耻良知。"这个"不脱裤子"的故事,从一个角度说明在如何做人上存在着干货与水货的问题。不是么? 有句方言,叫"打也来,骂也来,蚀本生意不能来"。这是生意人的生意经。在一些生意人观之,打、骂是水货,无关紧要;交易、赚钱是干货,不能放弃。说及水货,人们难免想到假货。在信用缺失、假货猖獗的社会里,人们对日常生活会变得多疑:抽烟担心是假烟,喝酒担心是假酒,取钱担心是假钱,用药担心是假药。甚至,对穿着警服并正在值勤的人,也会怀疑其不是警察;对路边可怜兮兮讨钱的人,也会怀疑其不是乞丐。因为这样的水货,带给人们的教训太多了。

干货与水货,并不绝对。何谓干货、何谓水货,有的时候,其标准比较模糊,或者说难以分辨,或者说游离不定,或者说时有变换,或者说犬牙交错。一如众所周知,传单是由机构、集团、个人印成单张向外散发的宣传品,一般为纸质,在政治活动、政治斗争中多见。一般来说,传单是易碎品,免费发送,一次消费,为水货。然而,在特定情况下,传单也可成为干货。1776年,英国在北美大西洋沿岸的13个殖民地与其脱离关系,宣布独立,并发表了著名的《独立宣言》。宾夕法尼亚一位商人将《独立宣言》印成了传单散发。这种宣传品,今天存世极少,1991年一位收藏家以242万美元购得一张,创人类历史上最贵的传单纪录。二如世人一生所做之事,可区分为应该做、可以做、能够做、愿意做、必须做的事,以及与之相背的不应该做、不可以做、不能够做、不愿意做、不必须做的事。在一定的条件下,前者是干货、后者为水货,或前者是水货、后者为干货。举例说来:有些人为了托人办事,先与人有意搞好关系,作很多铺垫,待到"水到渠成"时开口,结果如遂心愿。此也可以这样说,先作的铺垫是水货,后来的成功是干货。三如中国许多地方有个传统习俗,即每到清明时节、农历七月十五、除夕前,都要给逝世的长辈烧些冥钞。这是一项迷信活动,因为世人不知道所谓的阴间有没有冥钞,即使有,是不是这样的冥钞;又因为冥钞不可能送出,不可能拿到,也不可能花掉。尽管此举不实在,可视作水货,但从一定意义上说,也为干货,理由是,世人以此表达哀思,不忘恩情。四如世上的东西并非"多"就是干货、"少"就是水货。现实情况是,最需要的,才是最欢迎的,也才是干货。举例说来,对平时吃腻了大鱼大肉的人来说,炒些时令蔬菜,那会受到青睐,且不认为是主人薄待客人的水货;对平时缺荤少油的人来说,烧些大鱼大肉,那会眼放光芒,且认为是主人厚待客人的干货。五如人人都说送礼难。送礼与受礼,双方都赋予和渗透了复杂的心理意义。对有些礼品,有的人认为是干货,有的人则认为是水货。举例说来,对书法爱好者来说,即使奉上一幅新人书法,也会高兴不已,并被视作干货;而对嗜酒如命的人来说,即使送上一幅名人书法,也会觉得并不实用,并被视为水货(除非马上去卖掉买酒)。六如时间来无踪、去无影,谁都拥有,谁都不多。对争分夺秒投身事业的人来说,你不打扰、不干扰、不骚扰他,他便谢天谢地了,这比赠给他山珍海味还要干货;对游手好闲虚度年华的人来说,即使你辛辛苦苦为他觅得一份很好的工作,他也会认为这是毫无意思的水货。

  干货与水货,笔者在此所作这番议论,集中到一点,即必须从实际出发,当干则干,当水则水。其难点在于何时需干、何时需水,何为干、何为水。我们倘能有杜甫诗云"好雨知时节,当春乃发生"的意境那样,那么,在日常待人处事中就会正确把握干货与水货。从总体上说,干货总比水货好。其最大的好是真实,去掉了水分,留下了质地。《老子》中曰:"信言不美,美言不信。善者不辩,辩者不善。"其意是,诚实的言谈不必华丽,追求华丽的言谈往往并不诚实。善良的人从不狡辩,狡辩的人一定不是善良之辈。在这里,华丽、狡辩是水货,诚实、善良乃干货。干货当取,水货当弃。很多时候,我们在说话、办事时,既有干货,又有水货。这里的水货,不是欺诈,而是方法,往大里说,那是艺术。其干货是本质,有水货旨在使干货更大发挥效用。白居易有诗云:"草萤有耀终非火,荷露虽团岂是珠?"人生在世,对外务必善识真伪,不为现象所迷惑;对己,务必强化学习、深化修养,无论为人为事,做一个真真切切、实实在在的人。

人来疯与掉链子

"宝宝,不要人来疯!"这句话常常出自家长之口,人们在一些场合时而可以闻及。什么是人来疯?《现代汉语》释义是,指小孩儿在有客人来时撒娇、胡闹。不是么,有的小孩儿在人多的场合,一下子变得特别兴奋,乱蹦乱跳、大喊大叫的;有的小孩儿在人多的场合,一下子变得特别执拗,一定要这样、一定又要那样;有的小孩儿在人多的场合,一下子变得特别放肆,对人不讲礼貌,爱去插嘴。对此,家长若要去管,有的小孩儿便会大发脾气,更有甚者,会把原本和谐欢愉的现场氛围搅得不成样儿。

"孩儿,不能掉链子!"这句话一般用来鼓励、提醒、期盼他人。掉链子,原指自行车、摩托车、电瓶车等骑行时,其用作传动的链条断开了,因为链条一旦断开,轮子也就不能传动,随之车子也就不能骑行了。人碰到掉链子的事,会感到扫心。其第一个反应是"怎么搞的",第二个反应是"真的倒霉",第三个反应是"赶快修理"。三个反应,勾勒出骑车人从惊讶到直面再到处置的全过程。人在骑车时,谁都希望一往直前,尽快顺利到达目的地。如果在上坡时或在下雨时车子掉了链子,那种心情别提有多懊恼了。

人世间,类似的人来疯现象有不少。一如在20世纪中叶的中国"大跃进"时期,据说全国有九千万人大炼钢铁,各地上报的粮食产量总数竟达一万多亿斤。其主要原因是刮起了共产风、浮夸风、强迫命令风、平调风,带来的后果是全国出现大饥馑。二如中国"文化大革命"中各地兴起的"早请示、晚汇报"活动,即每天出工、上班前要列队念毛主席语录,向毛主席"请示";收工、下班前要再列队念毛主席语录,向毛主席"汇报"。据时任毛泽东机要秘书谢静宜回忆,毛主席当时并不知道这些事,后来听说了,便说:"荒唐!"三如婚恋中的奇葩,有些男女一见钟情,还没见几次面,甚至见第一次面时,就如胶似漆地黏糊在了一起,然而,只要一句话不合,便马上分道扬镳。有些夫妻,好的时候,恩爱有加,但只要出了一点问题,如生了重病、怀不上孕、孩儿夭亡、家财被骗、公司破产等，便会以实际行动应了那句老话："夫妻本是同林鸟，大难临头各自飞。"有媒体报道，有一对小夫妻，在一起分享新上市的杨梅。分享过程中，妻子惊讶地发现，老公吃杨梅竟然不吐核。对于妻子的惊讶，丈夫也同样表示出惊讶，因为丈夫从小吃杨梅就不吐核。于是，引来了妻子"你真是个乡巴佬"的嘲笑。结果，惹恼了丈夫。二人便大吵大闹起来。最后，妻子居然发短信提出了离婚。四如在人际交往中，有的人不管对熟人还是对生人，特别喜欢夸夸其谈，政治经济、内务外交、天文地理，似乎无所不知。对某件事，有的人一会儿太没反应，好像与己无关；一会儿又太有反应，好像剜己身肉。其前后表现，真的是判若两人。

人世间，类似的掉链子现象也有不少。一如某一公路建设工程竣工，正值欢庆之时，有一路段突然发生坍塌事故，致使原定某月某日通车的计划只能搁浅。二如一对青年男女恋爱几年后正在筹办婚礼，给亲友们的喜帖都发出去了，设宴的饭店包括桌数也都确定了，就在这个时候，两个人却闹崩，女方提出不结婚了，婚礼被迫取消。三如自古道："养儿防老，积谷防荒。""人生三大苦：少年丧父，中年丧妻，老年丧子。""为人父母最痛处，清凉坟前哭几声。"年老失去子女，尤其是年老失去独生子女，那是凄苦之事。据悉，如今，中国失去独生子女的家庭已超过了一百万户。年老了，本想有子女孝顺、孙辈绕膝，却被化为了泡影。他们原有的生活秩序和生活愿景一下子被打乱，随之成为更需要社会帮助和关怀的弱势群体。四如在体育竞技比赛中，尤其在国际大赛中，有的夺冠热门选手，却曝出了冷门，遭到了淘汰，令成千上万的球迷惋惜不已。中外电视上曾直播过刘翔在比赛现场因脚伤而放弃参赛的场景，让亿万观众颇为失望。一些高空行走的著名选手，在万众瞩目中，因失稳而摔下，有的甚至粉身碎骨。五如在日常生活中，由于缺乏睡眠而引起的事故数不胜数。1986年，美国航天飞机爆炸，机上全部人员丧生。据美国国家航空航天局调查，除了恶劣的天气之外，负责发射的工作人员在此前整夜都没有睡觉也是一个重要原因。这样的发射，至关重要，然而，仍出了意外，令观看电视直播的广大观众目瞪口呆，震惊不已。

乍看上去，人来疯与掉链子风马牛不相及，但透过现象看本质，二者有一个共同点：都是在重要的甚或是关键的时刻、关键的场合而出现的异常情况。异常，不是正常也。不在关键的时刻、关键的场合，发不发人来疯、掉不掉链子，那都无所谓，可在关键的时刻、关键的场合，出现了人来疯、掉链子这类异常情况，那就存在问题了，有的后果还相当严重。其防范、解决之道多种。笔者在此择一论之：重在疏解。美国霍桑工厂是一个制造电话交换机的工厂，具有较完善的娱乐设施、医疗制度和养老金制度等，但工人们仍愤愤不平,生产状况也很不理想。为探寻原因,1924年,心理学等方面的专家在霍桑工厂开展了一系列的试验研究。他们找工人个别谈话20000余人次,耐心倾听工人对厂方的各种意见和不满。这一"谈话试验"收到了意想不到的结果:霍桑工厂的产量大幅度提高。后来,心理学家将这种奇妙的现象称为"霍桑效应"。"霍桑效应"启示我们:人在一生中会产生数不清的意愿和情绪,但最终能实现和能满足的却为数不多。对那些未能实现的意愿和未能满足的情绪,切莫压抑、克制,而要千方百计地让它宣泄出来。这无论对人还是对事都有利。如前所述的人来疯、掉链子现象,尽管是出现在关键的时刻、关键的场合,但问题的根源,主要在平时。如果平时注重疏解相关人员的情绪,如果促使相关人员平时更扎实地打好基础,如果督促相关人员平时更全面地做好"临战"准备,那么,到了关键的时刻、关键的场合,发生人来疯、掉链子的概率,就可以大幅度减小。在这方面,大的如国家与国家之间的战争,小的如个人与个人之间的决斗,倘若把包括谈判等疏解工作做深做透了,兴许可以有效避免,毕竟世上的"战争狂人"、"决斗狂人"极少极少。人间万事万物,在出现大的异常之前,总是有征兆、有倾向的,不可能无丝可觅、无迹可寻。任何事或物一旦出现了征兆、倾向,必须尽早找出症结。而症结通常需用疏解的办法来消解。如前所述的婚恋中的奇葩,也不全是"即兴之作",此前相互之间或多或少、或显或隐存在着一些问题。倘若在平时加以疏解,或许不会发生突变,即使意欲突变,那回旋的余地也会大许多。就是小孩耍人来疯,如果在平时给其足够的爱心,使之内心保持安稳和平静,那也不至于会出现令人尴尬的异常情况。人生在世,如草木一秋,应该保持恒久的定势,包括自己的言、自己的行,而此必须使自己永葆一颗平常之心,依靠外力或内力的疏解无疑是一大良策。

错位与归位

万物芸芸,苍生茫茫,事务匆匆,人初识之,多而杂乱,然细察之,则各就各位。位,位置也,地位也,处所也。物有物位,人有人位,事有事位。位有高低、位有上下、位分等次、位分序列,位可固定、位能移动。在物、人、事的位置关系中,有一种变动性的情形:错位与归位。前者是离开原来的或应有的位置,后者是回到原来的或应有的位置,二者均围绕原来的或应有的位置作有去有来的变动。位不仅指空间,空间呈现出长度、高度、宽度,一般比较直观;还指性质,性质蕴含着质的规定性,有时难以直观。因此,真正认清物、人、事是否错位,真正认清物、人、事能否归位,并不容易。

在现实生活中,错位者众。一些人玩命追逐钱财,为了提前成为所谓的富豪,全然不顾自己的身体,天天熬夜,忙得不亦乐乎,即使身体不适也不去求医,只顾赚钱,结果小病拖成大病,不幸英年早逝。毛姆小说《狮皮》里有个叫弗雷斯捷的人,一直冒充绅士,其"一言一语,一举一动,品貌穿着,无一不是如此典型,典型得你都几乎不敢信以为真"。小说结尾,弗雷斯捷为了"展示一下一个真正的绅士该如何为人行事",他冲进着火的房子去救一条狗,最后葬身火海。有些父母,对子女溺爱,要啥给啥,说啥依啥。在家里,似把自己置于臣民、仆役的地位,而把子女当成了皇上、主子。有些人不能科学、合理地利用时间:在作息上,该工作时不工作,该休息时不休息,与自己的生理活动对着干;在对象上,不是用来施爱或被爱,而是用来记仇或行恨;在内容上,不考虑能给世界带来些什么,而只想给世界消耗些什么。有些人花钱的目的,不是为能解决现实生活,而是为能感受某种时尚,其平时十分节俭,甚至对自己刻薄,却不惜用高价去购买奢侈品,即使是冒牌货,也乐此不疲。毋庸讳言,现代人各种各样的压力过大,并由此出现了形形色色的心理精神疾患,如"岳母恐惧症""手机恐惧症""坐下恐惧症""烹饪恐惧症""婆婆恐惧症""食物恐惧症""说话恐惧症""车辆恐惧症""玩偶恐惧症"

等。在人与人的期望中,经常呈现明显的差异,如好学的父母想让厌学的孩子浪子回头,贤淑的妻子想让嗜赌的丈夫金盆洗手;又如年轻的子女想让年迈的父母别太固执,勤快的丈夫想让懒散的妻子忙碌起来;再如创业的老板想让消极的雇员奋发有为,上进的领导想让沉闷的部下振奋精神。然而,有的期望能如其所愿,有的期望则不然。

在现实生活中,归位者也众。回望人的一生,老时是对幼时的归位,如幼小时默默无闻,年老时也默默无闻,不管其壮年时多么威风;幼小时需要人照顾,年老时又需要人照顾,不管其眼下身体何等硬朗。世上万事万物,有升就有降、有起便有落,有兴就有衰、有旺便有败。从某种意义上说,降、落、衰、败是对升、起、兴、旺的归位。在管理科学,任何政策、法规都需适时作出调整,用比较时兴的话说叫"软着陆"。中国的计划生育政策,1980年9月25日,中共中央发表了《关于控制我国人口增长问题致全体共产党员、共青团员的公开信》,自此中国进入了独生子女化时期;2013年11月15日,《中共中央关于全面深化改革若干重大问题的决定》对外发布,自此中国进入了单独二胎化时期。中国人口政策的这一重大调整,是基于中国妇女总和生育率和人口自然增长率的现实。从某种程度上说,这也是归位,即在过去一段时间内采取了急进的办法,而在此后一段时间内采取了缓和的办法,其主线仍然是控制人口、计划生育。

什么是爱情?世上的人,可谓众说纷纭,但不管怎样说,有两点是众所公认的:一点,它是一种感情;另一点,它是一种有爱的感情。两个人产生了爱情,走到终点,要么结婚,继续甚或深化爱情;要么分手,中止甚或断绝爱情。实际上,分手无需痛苦不堪,谈得拢,有缘分,进而成为夫妻;谈不拢,无缘分,退而成为朋友。而后者,这在感情上是一种归位。我们放眼望去,归位之事,时时处处都在发生,如有的人一不小心,一只胳膊脱臼了,得去找医生推、拿、提、捏、揉一下,尽快使其归位;有的人好高骛远,学习不专心,工作不安心,生活不定心,折腾一个阶段后,自己吸取了一些教训,于是,一切归位于常态,即保持定力;作为海外游子,有的人长期漂泊世界各地,或年老了,或功成了,或受难了,思乡之情日炽,甚至留下遗言,故去后还要返回故地,实际上,这是情感上、精神上的归位。

错位与归位,哪个好,哪个不好,在现实生活中,有时不易定夺。事实是,错位有错位的好,归位也有归位的好;错位有错位的不好,归位也有归位的不好,不能一概而论。更何况,有些错位与归位,其功过是非,需用时间来检验。换言之,要靠后人来评判。说不定,有些错位与归位,从当时看,好或不好;从历史看,却不好或好。错位与归位,有的时候,只差那么一点点,即多一点点就错位了，少一点点便归位了。即使是错位与归位，既非一无是处，也非白玉无瑕，在许多时候、许多地方，只是优劣、好孬的占比不同而已。具体说来，谦虚是人的美德，但谦虚也不能过头，若过了头，便成了做作，便成了伪善；凡属正常的人，都会说话，但说话也不能随便，有的时候"当言"，有的时候则"不当言"；节俭是人的美德，但节俭也应适度，若不适度，便成了吝啬。人有多种多样的欲望，而欲望永远大于实际满足。不能满足的欲望，一方面会让人痛苦，另一方面会催人奋进。人的实际能力往往低于所处之位（包括在家里、在职场），尤其是因为升职、升格而履新的人，更为如此。在这方面，倘若处理得好，则可有错位激励之功。错位也能成为宝贵精神。在日常工作和生活中，有的人放下架子，亲力亲为，本该是年轻人、下辈人做的事，然而，他主动去搭把手，甚至去带头干。在科学的领奖台上，不乏错位的"傻子"。他们用自己的身体来做实验，如美国医生克劳德·巴罗研究血吸虫病、德国化学家马克思·佩腾科费尔研究霍乱病；他们不迷信权威，上下求索，如波兰天文学家哥白尼研究"日心说"、德国医学家埃尔利希研究"六〇六"；他们废寝忘食，献身科学，如波兰科学家居里夫人研究镭、瑞典科学家诺贝尔研究炸药。与错位一样，归位也能成为宝贵精神。人类的生活原来比较简单，从生理基本需求来说，有食可以吃喝，有衣可以避遮，有屋可以安息，即可。随着科学的发展、社会的进步，世间物资越来越丰富，由此给人类的生活带来了极大的变化。有些人却过于追求所谓的现代生活，而使自己疲于奔命。如果崇尚简单，生活的满意度、幸福感便会提高。在中国，各级政府官员是人民的公仆。公仆不能高高在上，作威作福，必须与人民群众打成一片。中国共产党十八大以来在勤政廉政建设方面采取的一系列成效卓见的举措，实际上是党中央在大力促进公仆精神的归位。在错位与归位这个问题上，仍然务必坚持实事求是，既不被外界的花言巧语所迷惑，又不被内里的自欺欺人所麻醉。凡物、人、事，都有本质的东西。从一定意义上说，本质决定价值、本质决定用处；本质决定起始，本质决定归宿。我们应当身体力行的，该错位时，以错落有致取胜；该归位时，以返璞归真取赢。

乱弹琴与瞎起劲

中国是当之无愧的琴的古国，有胡琴、口琴、钢琴、提琴、风琴等。在音乐会上，艺术家们少不了用琴来弹奏（当然还配有其他乐器）。弹琴为歌唱服务，万不能乱来，否则，再好的歌唱也只会以失败告终。在现实生活中，就有乱弹琴之说。乱弹琴，常用来比喻胡闹或胡扯，起码是失当、欠妥。一如在中国"文化大革命"期间，无论男女老少，几乎人人都有一本《毛主席语录》。不仅如此，从城市到农村，从北国到南疆，人们唱的是语录歌，做的是语录操，跳的是语录舞。直至林彪仓皇出逃机毁人亡后，曾经风靡一时的"红宝书"时代才宣告结束。二如钓鱼岛历来是中国神圣领土不可分割的一部分。第二次世界大战后，依据《开罗宣言》《波茨坦公告》和《日本投降书》，钓鱼岛作为台湾的附属岛屿应与台湾一并归还中国。可是，在20世纪70年代，美国、日本却对钓鱼岛采取了私相授受的办法。此举激起了海内外中国人的坚决反对和强烈谴责。三如黑心老板为了金灿灿的利润，为非作歹，刻意炮制假冒伪劣食品，如用工业矿物油打磨、抛光霉烂陈米，使其晶莹油亮、雪白光滑，还名正言顺地摆上摊贩；用工业酒精勾兑出假酒，贴上仿制的名牌商标，就大摇大摆地流向市场。四如防病治病中的"过度诊断"和"过度治疗"。全国政协副主席、中国科协主席韩启德一席话发人深省。他说："我们现在的医疗出了问题，不是因为它的衰落，而是因为它的昌盛；不是因为它没有作为，而是因为它不知何时为止。""在宗教强盛、科学幼弱的时代，人们把魔法信为医学；在科学强盛、宗教衰弱的今天，人们把医学误当作魔法。"五如购买车辆中的各种陷阱，如有些品牌车为求销量，车价纷纷"跳水"，消费者担心自己刚买车就跌价，也举棋不定。于是，有的经销商便打出降价补偿的大旗，鼓励消费者买车。消费者一旦买车后发生了降价行为，经销商则以厂家降价为理由拒绝给消费者补偿。六如姓氏使用中的乱象。世界上最早使用姓氏的国家中当有中国，至今有五千多年的历史了。姓氏只是一个符号、一种标记,以方便他人辨别、认识和记忆。然而,时至今日,一些为人父母者却给自己的孩子起了各种怪异的姓氏。国外也有这类情况,如有个国家,"呼吸""屁股""垃圾桶"等也能当姓氏。

衡量一个人的身体状况如何,有一个十分重要的指标,即力气。力气,劲也。大凡身体有恙,即使只是累了,劲自然会减小,甚至全无。故那些生病的人、疲劳的人,经常唶叹"没有劲"。人之劲,可养或蓄,可使可用。"歇会儿,劲就有了。""睡一觉,劲就来了。"这是人们对劲之由来的常识。其意在于,有劲须能使会用,否则,即为浪费。科学技术发展迄今,电可蓄,气可储,可人的劲难存。在劲的使用上,有一种不良现象值得注意,并需尽量避免,即瞎起劲。起劲本指兴致高、力气大,但一旦使错了方向、用错了地方,便成问题了。一如法国作家拉封丹写过一则寓言,讲的是北风和南风比威力,看谁能把路上行人身上的大衣脱掉。北风首先来一个冷风劲吹,寒气凛冽,结果,路上行人为了抵御北风的侵袭,便把大衣裹得紧紧的。南风则徐徐吹动,顿时风和日丽,路上行人因之感觉春暖上身,始而解开钮扣,继而脱掉了大衣。最终,南风获得了胜利。这就是"南风效应"这一社会心理学概念的出处。我们不难分析,北风之所以遭到了失败,是因为方法不对,在瞎起劲。二如古意大利一个小城里有两个好朋友安塞尔模、罗塔琉。安塞尔模娶了美貌贤德的卡蜜拉,幸福得昏了头,不敢相信自己的运气,恳请罗塔琉测试卡蜜拉对他的忠贞。罗塔琉经不住好朋友的苦苦哀求,终于答应假装追求卡蜜拉。经过几番测试,安塞尔模终于相信了卡蜜拉对他的忠贞。这是《堂吉诃德》里的一则故事。从中可以看到,罗塔琉按照好朋友的请求,对卡蜜拉所作的几番测试,那是瞎起劲。三如章鱼是海洋里最可怕的生物之一。它的身体非常柔软,柔软到几乎可以将自己塞进任何想去的地方。它最喜欢做的事,就是将自己的身体塞进海螺壳里躲起来。等到鱼虾走近时,便咬破对方的头部,接着注入毒液,使对方麻痹而死,然后美餐一顿。尽管如此,渔民们还是有办法制服章鱼——把小瓶子用绳子串在一起沉入海底,它们见之,都争先恐后地往里面钻,且不管小瓶子有多么小而窄。结果,它们成了小瓶子的囚徒。从上可以悟出,囚禁章鱼的,不是它物,而是章鱼自己。小瓶子不会走路,更不会去主动捕捉,是章鱼自己瞎起劲,一味地挤进了小瓶子。在现实生活中,那种瞎起劲,有的是瞎起哄、瞎闹腾的事,时而所闻、时而所见。不是么,两个人原本争吵一段时间后停歇下来了,第三个人见之,主动介入其中,添油加醋地说了一通,结果两个人重燃战火,而且更为激烈;某人原本按照既定路径去搞一项科研,有位好友闻及,主动前去,从中乱插一脚,结果越帮越忙;某项政策原本制定得"左"了,且在试行时就已发现存在"左"的问题,有的地方、有些人却不是去及时纠偏,使之更切合实际,而是一味迎合,甚至推波助澜,结果在错误的道路上越走越远,最后进入了死胡同,不得不废止。

乱弹琴与瞎起劲,共同的特征是目的不明确、目标不准确。其造成的后果,要么添乱,要么多事,容易增添无谓的矛盾和纠纷,容易偏离正确的轨道和方向,容易带来一定的外损和内伤。导致乱弹琴与瞎起劲的主要原因,用通俗的话说,是"缺脑子"。再俗一点说,是"脑子进水了"。人的脑子是用来记忆、思考的。倘若"缺脑子"或"脑子进水了",人就不能正常记忆、思考。由此,人之所言所行,难免不出错乱,即不应这样说还是这样说、不该这样做还是这样做。凡这种人,好一拍脑袋,想怎么干就怎么干,在出言施行之前,多凭自己的感觉,少考虑后果和危害。此外,没有规矩和不守规矩,也是导致乱弹琴和瞎起劲的重要原因。人在世上,什么都得有规矩,政治有政治规矩、市场有市场规矩,外交有外交规矩、内政有内政规矩。在古代,只有圆规才能画出圆形,只有直尺才能画出方形。时至今日,尽管只要点几下鼠标,即可画出各种各样的图形,但其蕴含的内核依存,即仍要规矩。也就是说,圆的就是圆的,方的就是方的;既不能把圆的说成方的,也不能把方的说成圆的。张旭编著的《受益一生的智慧箴言:老人言》一书,辑录了古圣先贤们的名言。其实,这些名言,讲的全是为人处世的规矩。世间事事如果有规矩,人人处处如果守规矩,那么,乱弹琴与瞎起劲就没有肆意发挥的空间和余地。换言之,乱弹琴与瞎起劲就不会恣意出现。事在人为。导致乱弹琴与瞎起劲还有重要原因,即个人素质。在气质、风度、仪表、谈吐方面,有些人通过自我修炼,拥有并展示出较高的修养;有些人则不然。这是个体上的差异,其表现在说话做事上,有些人能"恰到火候",有些人则不行。把握火候是烹饪秘籍,里面有硕大的学问。高明的厨师均能从时间上准确把握火候,所烹饪的菜肴,并不是在锅里罐里好了就好,也不是进了碗里盘里好了就好,而是到了客人嘴里胃里好了才好。这段时间,往往不用分而用秒来计算。其显示出厨师技艺上的高下。试想,我们如果个人素质能有高明厨师的技艺那样,那么,在待人处事时,就不会轻易去乱弹琴与瞎起劲。

主与客

说起主与客,人们自然会想起人际交往中的主人与客人、体育比赛中的主队与客队、事物组成部分的主体与客体、意识形态方面的主观与客观、村民姓氏中的主姓与客姓、建筑物布局中的主房与客房等。从上看来,主与客之间,一是有主动与被动的关系,二是有主要与次要的关系,三是有外界与内里的关系,四是有平等与协同的关系。《三国演义》中载:"渊为人轻躁,恃勇少谋。可激劝士卒,拔寨前进,步步为营,诱渊来战而擒之,此乃反客为主之法。"反客为主,指客人反过来变成了主人。此也用来比喻化被动为主动、化消极为积极、化从属为主导。这是主客关系的一种转换。在人际交往中,有一句谦恭的话,叫"客随主便"。其说的是,主人盛情,客人一下子推辞不了,便很有礼貌地领受了。这种主客关系,显得温馨和谐。

在世上,主与客无处不在地发生在人群中、物体中、事件中。对地球来说,人类是客;对人类来说,地球是主。据科学,人类赖以生存的地球已经诞生并运行了46亿年,而我们个人,寿命最长的也只有一百岁冒头,最短的一落地便夭折了。显而易见,我们个人只是地球上的匆匆过客。但从另一方面来看,人类又是地球的主,因为人类有能力改造地球上的山河。以上,一个是从时间上分析,一个是从作用上分析。辨证认识人类与地球的关系,大有裨益。换言之,在一定的条件下,人类虽然是地球的主,但人类的生命毕竟短暂、人类的能力毕竟有限,因此,人类改造地球上的山河,只能适可而止,且是非常有限的,否则将适得其反。与上同理,人与房的关系,乍看起来,人是主,房是客,实际上,房倒是主,人倒是客。这因为,排除房子倒或房子拆,人是暂住在房子里的,尽管暂住的时间有长有短。辨证认识人与房的关系,颇有好处。鉴于这点,人在世上,买房子或租房子均可,有产权好,无产权也好,都无所谓,只要有房子住即可。中国人特别钟情私房,而德国人则不,其只有45%的家庭拥有私房,超过一半的家庭依靠租房。因此,我们大可不必无条件地去当"房奴"。人与时间的关系,也是辨证的:对珍惜时间、利用时间的人来说,人是主,时间是客;而对荒废时间、浪费时间的人来说,时间是主,人是客。前者只愁时间风驰电掣,后者只怨时间慢慢吞吞。因此,我们切不可只悲苦时间无情,也不可仅停留在"千金难买寸光阴"的叹息上,而要用自己的实际行动,去追赶时间,真正做一个勤劳、刻苦的人。

　　主与客,各有各的由来、各有各的背景,各有各的长处、各有的各的不足,各有各的作为、各有各的得失。对主与客,选啥当,怎样当,何时当,一定要因人、因势而宜,一定要因时、因地制宜,不能违背规律,不能脱离实际。否则,要遭到挫折,严重的要受到惩罚。历史上,那些谋反被诛杀的事太多了。在一定的条件下,主与客,二者相反相成,且保持相对的稳定,若有人盲目、刻意要去打破相对的稳定,那是要付出代价的,甚至是一种铤而走险的行为。即使尚未到这种程度,越俎代庖,那也会引来众多非议。主与客,无形中有一条樊篱,在许多时候,不可越雷池一步。这需要主客双方的坚守,若出现问题,则需要主客双方理会和包涵。在现实生活中,别随意把自己当主人,别随意把自己当客人,就是坚守主与客的"底线"。如今,许多爷爷奶奶、姥爷姥姥去带自己的第三代,常有这样或那样的怨言。这本身从认识上就存在误区。具体地说,在儿子、女儿家带小孩,不能认为自己是理所当然的主人,也不能认为自己是像模像样的客人,更不能认为自己是不折不扣的佣人。那是血脉相连的亲情,无法使用行政规矩、市场法则。主与客,一般来说,也只适用于同类,如虎落平阳被犬欺、龙游浅水遭虾戏,其虎与犬、龙与虾,不能区分谁是主、谁是客。之所以出现欺与戏,那是环境发生了变化。在自然界跳来跳去、飞来飞去的麻雀是个挺有趣味的小动物。有人描写,它们落在桔枝上时,是逗号;落在墙头上时,是句号;落在电线上时,是省略号;落在上下枝时,是分号。人与麻雀,完全是两个不同的世界,相互无法深入理解,不存在谁是主、谁是客。在一定的条件下,客是陪。陪,做伴也,襄助也。陪有陪吃、陪读、陪练、陪行、陪舞,还有陪审、陪游、陪喝、陪送、陪祭。除特殊情况外,陪不可能转换成主。倘若陪过了头,那就有可能喧宾夺主。当然,对被陪者来说,陪只是扮演了不同的角色而已,与其自身品质不一定有关。古有匈奴大使来魏,曹操"自以形陋,不足雄远国",叫人替他坐床上,自己则化装成卫士。朝毕,曹操派间谍问对魏王的印象如何,匈奴大使说:"魏王雅望非常,然床头捉刀人,此乃英雄也!"今有婚礼上的伴郎、伴娘,论风度,论长相,有些确比新郎、新娘胜出一筹。

　　主与客,在很多时候,并不是自封的,是自然形成的。自然形成的主与客,向心力强,号召力强,主与客尚能同欲、同心、同力。那些恃才傲物的人,那些刚愎自用的人,往往动辄便把自己放在主的位置上。其实,是主不摆主的谱,是主不拿主的架,那是一种高贵品质,反而更能赢得他人尊敬。有个故事:德国著名哲学家康德在即将离开人世的一个星期里,时常陷入深度昏迷。去世前的第四天,家人见他好不容易醒了过来,便赶忙请来医生为他诊治。当医生快要到时,他艰难地示意家人快些搀扶他起身去迎接。当医生进入病房后,他一字一顿地对医生说:"谢谢您能在繁忙之中抽出宝贵时间来为我诊治,真不知该怎样来表达我的感激之情。"医生见状,赶紧走了上去,要扶他躺下,但他执意不肯,非要坚持请医生先坐下。可见,康德平时怎样认识和处理主与客。他在那般病重的情况下,还这样自降身段,足见他在这方面的品德有多么高贵。人在弄堂里扛长木,横向着扛,走不动;只有竖向着扛,才能前行。换言之,人在有些时候,该委屈时要委屈,该弯腰时要弯腰,一时做客是为了长久当主。孟买佛学院是印度最著名的佛学院之一。在它的正门一侧,开了一个小门,成年人要想进去,必须低头侧身。学院老师给学生上的第一堂课,就是引导学生到这个小门进出一次。其意在于,教导学生学会暂时放下尊严和体面,因为人生通向成功的路上,几乎没有宽阔的大门,有的时候必须低头侧身才能进去。

在人的一生中,是主抑或是客,都是寻常事,但在这些寻常中,从总体上说,需要更多的主。再浅显不过的道理是,人为自己活。既然为自己,自己就要作主,其中包括自己有主见、能主导。"人不为己,天诛地灭",这固然是极端个人主义,但那些愚忠、愚敬、愚孝之举也不足取,因为它们盲从,失去了应辨是非曲直的理智。人在为主上,一如人生规划要为主。人的生命只有一次,去了今天再也没有今天,去了这月再也没有这月,去了这年再也没有这年,去了这生再也没有这生。人不能没有规划。而且,在规划时,一定要是为主规划。在为主规划中,必须突出人的主观能动性。就整体而言,人应当通过为主规划,想方设法地去延长生命的"长度"、拓展生命的"宽度"、加大生命的"密度"和开掘生命的"深度",活出一个真实的、快乐的、充实的、幸福的"大我"。二如时间利用要为主。在自然界和人类社会,时间是普惠的,人类有人类的时间,动物有动物的时间,植物有植物的时间;宇宙有宇宙的时间,星球有星球的时间,沧桑有沧桑的时间。而人类有主观意识和主观意志,最有可能为主利用时间。通俗地说,人在活着的几十个、最多百个挂零的年头中,要做时间的主人,无论是吃饭、睡觉,还是学习、工作,都毫无例外地应该这样。三如行为活动要为主。这里的为主,指自己要有自己的思想、自己的认知,自己要能担当、负责。当然,这些都不是自私自利的。学习要为主。当前,物质主义、功利主义、享乐主义等不良风气正在侵蚀着学习风气,碎片式、快餐式、浅尝式等浮躁方式正在冲击着学习习惯。在学习中,自己一定要立足于"以我为主",真正做到学以致用,牢牢掌握学习主动权。养生要为主。尽管某些生活方式、生活习惯被世人公认为不利于身体健康,但长寿者还是各有各的养生之道。其根本,在于适合自己。因此,人在养生上,别任由他人忽悠,自己要认清自己的身体。家居要为主。花钱买房也罢,出钱装修也好,都只为自己住之舒服、用之方便。即使是房子里的物品,那也只为主人服务。因此,人别为那些毫不需要的东西所累。客观地说,在一生中,人的所作所为,不应该时时处处"以我为主",也不可能时时处处"以我为主",但是,犹如一条弯弯曲曲的线条,万变不离其宗,而其宗即是"以我为主"。对人来说,为主是心脏,为主是脊梁,为主是灵魂。失去为主,等于丢掉自我。所以,纵然身为客时,也不能忘却身为主。哀莫大于心死。人在逆境、苦难中,自己的心仍须惦念为主。不死为主之心,加上用力,加上机缘,为主有可能指日可待。

褒扬与贬责

人在一生中，欲不受人表扬，尤其不受人批评，那是不可能的。从呱呱落地起，人便受人表扬、批评。即使人已故去，有的已经去世了几百年、上千年，还会时不时地受人表扬、批评。因此，人与生俱来是会受人表扬、批评的，且不以自己的意志为转移。其有所不同的是，有的批评严厉，有的批评温和；有的表扬含有批评，有的批评含有表扬；有的表扬在人前，有的批评在人前；有的表扬在人后，有的批评在人后；有的表扬在死后，有的批评在死后；有的表扬会逆袭，有的批评会逆袭。而且，有的表扬昙花一现，有的表扬彪炳史册；有的表扬宏大张扬，有的表扬微小私密；有的表扬事关重大，有的表扬无足轻重；有的批评盛行一时，有的批评遗臭万年；有的批评棍棒相加，有的批评轻描淡写；有的批评恶声恶气，有的批评细声细气。表扬与批评的内容，无所不包，涉及人的所有方面。只要有人的地方，就会有表扬与批评；只要是人做的事，包括言行举止，就会有表扬与批评。从一定意义上说，人长了一张嘴，除了用于吃喝外，便是用来说话，而说话，即少不了表扬与批评。人生如舞台，不管是大人物，还是小人物，都是一个演员。其演出得如何，总会有人来评判，其中就包括表扬与批评。事实上，我们每个人都是公众人物，即公众于他人面前，公众于世道面前。凡公众人物，难以不受人表扬、批评。人就是这样，既会表扬与批评他人，也会受他人表扬与批评。

褒扬即表扬，在日常使用时，多有嘉奖之意；贬责即批评，在日常使用时，多有责备之意。在 20 世纪国际舞台上，经典人物经典之举的"华沙之跪"，颇受世人褒扬。1970 年 12 月 7 日，正在波兰访问的联邦德国总理勃兰特，来到曾经是华沙犹太人隔离区的所在地，走向英雄纪念碑敬献花圈之后，双膝弯了下去，跪在了冰冷的石阶上。这一形象旋即传遍世界各地，成为具有划时代意义的瞬间定格，向世界人民展示出了真心为自己的民族赎罪，并真诚向曾被其奴役的国家请求重归于好。精诚所至，金石为开。从此,联邦德国与东欧国家修好,并于1973年9月加入了联合国。此后,几十年过去了,世界上一些国家的人民每当纪念反法西斯胜利多少周年时,都会异口同声地褒扬勃兰特的"华沙之跪"。这是轰动世界、永载史册的褒扬。不过,在人们日常的学习、工作、生活中,则有许许多多平凡的、细微的褒扬,小到宝宝吃饭不用喂、痴呆老人还会数数、公共汽车上给人让个座等。国际上受人贬责的事层出不穷。美国发动对伊拉克的战争之前,在联合国大会上曾振振有词地指责萨达姆有大规模杀伤性武器。结果呢,通过发动战争,萨达姆被推翻了,后来还被绞死了,然而,美国军队在伊拉克找来找去并没有发现大规模杀伤性武器。这真是开了一个天大的国际玩笑。当然,此并不能排除美国发动对伊拉克的战争本身就是策略,或者说是"阳谋"。时至今日,一些世人每每谈及此事,常对美国颇有贬责。在现实生活中,中国一些地方的人民法院已建立了对付恶意逃债者的"黑名单"制度,且通过公众视频,包括在公共汽车上进行反复滚动播放。此举无疑可以有力、有效地贬责恶意逃债者,促进全社会的诚信建设。如今,人们的守法、守规和守纪、守德意识在不断增强,"路见不平",很多人会勇敢站出来同声贬责。

褒扬与贬责,其标准、尺度、准则,既有传统性的、契约性的、习俗性的内容,又有政治性的、民族性的、宗教性的内容。"老吾老,以及人之老;幼吾幼,以及人之幼。"这是传统性的。"凡是敌人反对的,我们就要拥护;凡是敌人拥护的,我们就要反对。"这是政治性的。查处贪官污吏,古今中外,无不为之。有差异的是,其查处的力度有所不同。世界上几乎没有一个国家、一届政府、一代君主、一个党派是公开褒扬腐败的,至少在表面上是贬责腐败的。因此,反腐具有普世性。然而,反腐自古就艰难。明朝初年,朱元璋反腐非常厉害,对贪污十两银子者就要剥皮揎草。即使这样,还是有贪官。所以,朱元璋在晚年时写了一句话:这些贪官啊,朕一生都在杀他们,杀得朕都累了,可他们还是不改啊!"明知山有虎,偏向虎山行。"而今,为了政权的稳定,为了人民的福祉,世界各国仍在不遗余力地反腐。众所周知,诈自古以来就不是好东西。人与人相处,要守信,切不可诈。但诈用在有的地方,便成了可以褒扬的东西。公元前340年,孙膑和田忌率齐国军队与庞涓所率的魏国军队对阵。两军刚相遇,孙膑就令齐军撤退。庞涓率魏军在后紧紧追赶。孙膑在第一天的宿营地,令士兵们挖出可供十万人煮饭用的灶头;在第二天的宿营地,便使挖出的灶头减半;在第三天的宿营地,又使挖出的灶头减半。庞涓每追至一处宿营地,就令手下去数齐军留下的灶头。数的结果,使庞涓以为齐军胆小怕死,士兵们已逃走大半,胜利已握在自己手中。庞涓随即抛下步兵辎重,只带轻装骑兵,昼夜兼程紧追不舍。孙膑见自己的诈已生效，便在马陵道上设下伏兵，待庞涓带兵赶到，万箭齐发，大获全胜。孙膑因有此诈，获得了齐威王的犒赏。此后，史上各种书籍上也把孙膑作为智慧的化身而大力褒扬。褒扬与贬责，既有客观性的一面，又有主观性的一面；既有普遍性的一面，又有特殊性的一面；既有恒久性的一面，又有短暂性的一面。其非常重要的一点，是站在什么角度、基于什么利益来考量，是出于什么目的、能有什么结果来权衡。因此，可以说，世界上既没有无缘无故的褒扬，也没有无缘无故的贬责。

世上芸芸众生，没有谁能避免褒扬与贬责，尤其是贬责，更是谁也避免不了。物无完物，人无完人。每个人在处人处事中，不会一点闪失、一点过错都没有。人有错并不可怕，可怕的是拒绝贬责。而拒绝贬责是人的劣根性之一。良药苦口，忠言逆耳；人同此心，心同此理。一般来说，谁都喜欢听表扬的话，听批评的话总会感到不舒服，更不愿意受人指责和责备。人们之所以赞赏诤友诤言，只因为直言规劝他人改正过错难能可贵。世人世事表扬与批评无时不有、无处不在，因为它蕴含着丰富的人生哲学，因为它闪耀着独特的科学光芒。如扬善抑恶离不开它，吐故纳新离不开它，凝心聚力离不开它，奖勤罚懒离不开它，干事创业离不开它。从一定意义上说，人是在不断纠正错误中成长起来的，同时，人也是在不断激励中成熟起来的。人的一生，包括人的学习、人的生活，必须积极地而不是消极地、主动地而不是被动地拿起和用好褒扬与贬责这个利器。

抽签与抓阄

列举之一，据悉，抽签是耶鲁大学常用的解决问题的办法。2001年10月5日，耶鲁大学三百年校庆，拟以克林顿演讲作为闭幕式。消息刚发到网上两个小时，就有几千人订票参加。怎么办？校长办公室通知说，抽签。

列举之二，报载，兄弟两人初中毕业时同时考上了县城的重点高中，可家里实在太穷，只能供一人继续升学。接到入学通知的当天晚上，母亲拿出了家里的一个瓷罐，将写好的两个纸条团放了进去，晃了几晃，然后对两个儿子说："你俩抓阄吧！瓷罐里一个字条写着上学，一个字条写着上班，谁抓到了哪个就做哪个。妈妈只有这个能力，你俩不要怪妈妈啊！"

如上，一个是抽签，一个是抓阄。何谓抽签？其指从若干做了标志的签（竹片签、纸条签、细棍签等）中任意抽出一根或若干根，用来决定某些事宜。如今，在电脑、手机上，通过设置相关程序，也可以抽签，且抽签的规模空前、速度飞快。何谓抓阄？其指从预先做好记号的若干纸片、纸条、纸牌中每人任意抓取一个，用来决定谁该得什么东西、该该做什么事情、谁该是什么身份等。抽签与抓阄在性质上具有相同性：其一，二者都是在难以决定事情的情况下采用。换言之，给我、给你、给他都有理由，而东西却不能人人都有。有的时候，大家都不愿发扬风格。也就是说，我、你、他都不想放弃。此外，有权决定给谁者，也不愿因为此事而得罪哪一个。其二，二者看起来比较公平。自古以来，人们不患寡而患不均。意思是，若东西分得少，那无所谓；若分得不平均，那就有问题了。抽签与抓阄比较公平，所涉之人，谁都是任意抽、任意抓，事先并不知底。谁抽到什么、谁抓到什么，必须服气。否则，即为耍赖，而耍赖关联人品问题。其三，二者都是靠去碰运气、撞运气。运气具有偶然性，有的时候来、有的时候去、有的时候有、有的时候无，并不确定。因此，运气只能去碰、去撞。从一定意义上说，抽签与抓阄是下赌注、博输赢。事实上，此举将把自己置于没有退路的地步，其结果不管如何，都不得不认。其四,二者屡试不爽。许多疑难问题的解决,用抽签与抓阄的办法就管用。大到联合国决策一些事宜也采用,小到四人打牌确定两两对家也采用。因此,抽签与抓阄,是除战争、谈判、协商之外的一种可有效解决疑难问题的办法。与抽签与抓阄相似的,还有摇号。摇号更为常用,如新生入学用摇号,买房选房用摇号,车子上牌用摇号,彩票开奖用摇号,游戏博物用摇号等。

辩证法的基本原理告诉我们,任何事物都是一分为二的,有成功就有失败,有顺境就有逆境,有收获就有失去,有长处就有短处,有正面就有反面,有光明就有黑暗,有好的就有孬的。诸如此类,不一而足。实际上,抽签与抓阄是对事物一分为二中的不确定部分进行非此即彼的确定,也就是一锤(这里是一抽或一抓)定音。应当说,无论抽签之举、还是抓阄之举,都是残酷无情的,其结果谁也无法把握。它还不同于做"石头、剪刀、布"的游戏,里面多少还有一点规律性。人在世上,为能自己争取主动,好多事情并不需要用抽签与抓阄的办法来决定,而应注重研究事情的规律性,分析其几率如何,若几率极小,则不必硬要去"不见黄河心不死"。须知,冒险成功,收益巨大;冒险失败,代价巨大。而且,有的冒险失败是"永世不得翻身",是孤注一掷之举。人生不易,只要有一点可能,不去强行冒险为妙。古今中外,世上研究事物规律性的大小成果灿若群星,有的可以用之参考,有的则只可听之而已。研究结果表明,五比一的正、负情绪互动是夫妻间能白头到老的"黄金比例"。合作的人数太多会降低效率,合作的人数太少会影响交流,故合作的人数以一百五十左右为宜,人称"一百五十人定律"。餐饮业里有一种普遍流行的草根智慧,即一家餐饮店的经营面积以七十平方米为佳。其说明一个道理,不管什么,并不是越大越好,恰当的才是最好的。活在世上的人,有的时候,无奈之中需要去碰运气、撞运气,这无可非议,但是,不能忘记一点,要通过自己的不懈努力(包括决策更科学、举措更有效等)来不断提升取胜的可能性,而不是守株待兔式的等待好的运气青睐自己。

抽签与抓阄,无形之中是一场博弈,而博弈就是竞争。这种竞争虽然不用真刀真枪,但结果往往是你死我活的。在参加抽签与抓阄时,必须严防主办者使假。有的时候,抽签与抓阄活动看起来毕肖毕真,其实,主办者早已设定了圈套。这在游戏活动中颇为常见。其目的,不外乎多谋利益、多得好处。这就从根本上破坏了本身应有的公平,对抽签与抓阄活动,无异于自杀。人参加抽签与抓阄,要有端正的心态,即无论结果咋样,都保持一颗平常心,真正做到"不以物喜,不以己悲"。笔者赞成并欣赏重要选择时的一种思考方法——51%原则。其说的是,选择了51%,就意味着放弃了49%。

有得必有失。选择了51％，就不必再为49％费心思，应当全力以赴地去设法把51％尽快转化为100％。由此说来，人既然参加了抽签与抓阄，就不必对结果患得患失，从心态上务必简洁明快，而不是拖泥带水。不可否认，抽签与抓阄具有一定的局限性，容易使人产生投机心理和投机行为，将其长期地、广泛地运用于社会治理中，或多或少地会对人的思维方式、价值导向和文化传承带来负面影响。所以，抽签与抓阄只可偶尔为之。人生在世，无论对待和处理什么事物，最佳的办法是设法实现"双赢""多赢"，而不是弄得"几家欢喜几家愁"。正如国民收入一次分配是按劳分配、二次分配要兼顾公平一样，比较理想的状况是，即使抽签与抓阄决定了一些人的得与失、有与无，但还可以用援助、补救的方式，去解决由公平方式带来的那些事实上的有失公允。当然，这需有一定的主、客观条件。中国人向来善良，面对意外和不顺，一般都会以命中注定来宽慰自己。《论语》曰："不知命，无以为君子也。"但是，作为社会管理者，不管出台何种法则，还得尽可能更加公平，尤其要关注和关心那些"弱势群体"。这也是全面建设小康社会的题中应有之义。

埋头与出头

在人体组成部分,头居于最上部。其不仅通过口、鼻、眼、耳等器官给人带来味觉、嗅觉、视觉、听觉等,而且拥有中枢神经的主要部分,负责管理知觉、思维和记忆。因此,人的头太重要了。脑是头的核心。怪不得,医学界有的把脑死亡作为人的死亡标准。换言之,脑功能永久性丧失即为人已死亡。人在平时,哪怕是下雨,身体其他部位可以不管,首先头不让受淋,似乎头不受淋,其他部位受点淋无所谓。护身先护头,人是这样,其他动物也类似。人头的动作不少,其中有埋头与出头。埋头的本义,是人把头埋在草、叶、沙、雪、土、灰等里,实际上是把自己隐藏起来。出头的本义,是人的头从衣、屋、窗、林、水、地等里露出来,通常是为了显现自己。在现实生活中,埋头与苦干相连,出头与露面相连。埋头与出头,成为人之所作所为及其结果的两种常见形态。

人之埋头,并非无缘无故。其一,生存之道。人活在世上很不容易,若要活得滋润一些,那就更不容易。因此,每个人天天忙来忙去,说到底,尽在忙自己的生存与发展。而埋头,当也如此。其,一为成功。埋头"两耳不闻窗外事,一心只读圣贤书",只求有个功名;埋头在实验室里实验、在古纸里钻研,只求有所发现;埋头在绿茵场上苦练,只求有个好赛绩;埋头拼杀搏击于商海,只求有新业绩。有的时候,包括家贫、力弱、貌丑等的自卑也可成为埋头的理由。"自卑与超越"理论的创始人阿德勒,本身就是一个残障人士。他老是超越不过他那高大健美的大哥。然而,经过埋头奋斗,他终于成为心理学一派之祖。二为保全。人生在世,无论你功再高、业再大,若一味地张扬、骄横,轻者淹没于他人的唾沫之中,重者招来灭顶之灾和杀身之祸。清末身居高位的曾国藩,功成名就之时,依然埋头低调,因为他深谙"树大招风"的哲理。三为期待。人人都知埋头苦、埋头累,有的时候,还要受屈受辱,但是,没有办法,该埋头时须埋头。埋头的过程,是等待的过程,是期盼的过程。越王勾践卧薪尝胆,是埋头,只期待报仇雪恨。邱少云在被敌人投下的炸弹燃起的烈火中煎烤,是埋头,只期待保存战斗力。共产党军队在延安南泥湾大生产,是埋头,只期待战胜国民党的经济封锁。

其二,可贵精神。人既是物质体,又是精神体,不仅活在物质里,而且活在精神中。伟人有言,人是需要一点精神的。精神的力量是无穷的。《左传》中曰:"夫战,勇气也,一鼓作气,再而衰,三而竭。"勇气,为敢作敢为的气魄,也为显示生气和活力的精神。埋头之精神,一为自信。顾名思义,自信,即自己相信自己。凡自信的人,不管身处顺境还是逆境,都能充满信心、坚定信心,埋头专注于自己的事业。不难想象,那些对自己从事的工作缺乏信心的人,怎么能够静心埋头投入呢?二为奉献。有些时候,埋头并不为己,或并不全为己。默默奉献,其默默,则为埋头。而默默,即为无声无息,不为他人所知。1856年,新西兰人希拉里从珠穆朗玛峰南坡登顶,成为征服世界最高峰的第一人。毫无疑问,希拉里的成功在很大程度上得益于向导丹增——一个长年生活在"世界屋脊"地区的夏尔巴人。丹增为希拉里埋头带路,是希拉里冲顶的灵魂和寄托。然而,在官方的所有记录上,丹增没有任何资料可以查考。三为踏实。按说,人生活在地球上,有厚土坚石作基,踏实应是不成问题的。然而,人在处世中,时时处处做到踏实,并非易事。陆游诗云:"纸上得来终觉浅,绝知此事要躬行。"班超有曰:"不入虎穴,不得虎子。"陶渊明诗曰:"不言春作苦,常恐负所怀。"他们从不同角度告诫后人,踏实为要。埋头的过程,也是"厚积"的过程。大凡有成就的政治家、军事家、科学家、实业家,无不埋头而"厚积"。咱们古的不说、外的不说,当今中国研发"两弹一星"的先驱们和元勋们,没有一个不是苦心孤诣、埋头奋斗的。

人之出头,一般指人从苦中熬出来了、从难中闯过来了。古人有言:"吃得苦中苦,方为人上人。""人上人",即为传统观念上的人之出头。在现实生活中,何谓人之出头?那没有标准。科技发展、社会进步迄今,标准化的东西越来越多,如标准时、标准语、标准音等,然而,没法对人之出头确定标准。何故?人之出头是相对的,不是绝对的。人之出头是与人之未出头比较出来的,人之未出头是与人之出头比较出来的。许多时候,人之出头,人之未出头,并不是众所公认的,只是自己的感觉。而自己,对此则有一个如何把握的问题。如果不会把握,官至副省级还觉得未出头,因为官未至正省级;官至副国级还觉得未出头,因为官未至正国级。在发财上,也是如此。家在穷乡僻壤、世世代代都是文盲的农民,只要儿女考上了大学,那立马觉得"烧高香了",儿女出头了,自己也出头了。因此,人之出头与否,不可一概而论,需因人而异、因事而异、因时而异、因地而异。人之出头,好不好?从总体上看,好!因为苦尽甘来、凤凰涅槃、否极泰来。但是,这也要辩证地看。如有的人喜欢显示自己,总想在人前人后表现一番,这叫"出风头"。对好"出风头"的人,社会上颇有微词。又如人之出头尽管风光,有名有利,但容易树敌,容易招致不测。"出头的椽子先烂""枪打出头鸟",说的就是这个道理。再如人一旦出头了,容易自我松懈,似乎感到没有什么盼头、没有什么奔头了。俗话说:"三百六十行,行行出状元。"从一定意义上说,"状元"就是出头。对人生来说,出头表现在方方面面:一项繁重艰巨的任务完成了,叫"出头";一段枯燥寂寞的生活结束了,叫"出头";一个梦寐以求的愿望实现了,叫"出头";就连"多年媳妇熬成婆",在旧时一些人看来,那也是"出头"。实际上,出头是事物发展变化中的一个横断面,其定格的时间有长有短且随着风头起起伏伏:风头欲来,出头有望;风头正劲,出头当兴;风头渐衰,出头趋弱;风头一过,出头便止。由此,人不必为一时一事的出头而忘乎所以。出头是暂时的,出头是局部的,同时,出头有利有弊,出头分现品性。美国称霸世界,是一种出头;基地组织成为恐怖分子代名词,是另一种出头;南非曼德拉成为首位黑人总统,是一种出头;伊拉克萨达姆被绑上绞刑架,是另一种出头。正如有长就有短一样,对所有的事物来说,有平光就有凹凸,有顺利就有曲折,有鲜亮就有晦暗。用另一视角观之,其平光、顺利、鲜亮是正常的,没出头;而凹凸、曲折、晦暗是不正常的,已出头。在事物演化过程中,总有出头的人物,总有出头的时候,总有出头的地方。在中国历史上,每次农民起义都是有领头的,而领头的就是出头的。常言道:"擒贼先擒王。"王,即是头,也为出头。笔者在此论及这些,只想说明一个道理:出头无处不在。颇为难人的是,自己有无必要出头,出什么头,什么时候出头,如何出头,出头之后怎么办。而这些,理当每个人深思了再深思,因为直接决定人的荣辱、人的成败、人的生死。

  埋头与出头,既可有因果关系,又可无因果关系。换言之,有的埋头能出头,有的埋头不能出头;有的出头并不用埋头,有的出头一定要埋头。人在埋头前、埋头中,务必看清方向、讲究方法。胡绳有言:"一事不做,凭空设想,那是'空想'。不动脑筋,埋头苦干,那是'死做'。无论什么事情,工作也好,学习也好,'空想'和'死做'都不会得到进步。"胡绳的话并没有否定埋头苦干,而是告诫人们,埋头苦干的时候必须动脑筋,否则,就不会获得进步。这与世人批评的"只顾低头拉车,不顾抬头看路"是同一意思。出头的事,对我们凡夫俗子来说,不必苛求,"一分耕耘,一分收获",功到自然成最好。实际上,能否出头,也有规律可循。这个规律便是"人在世上炼,刀在石上磨","千锤成利器,百炼变纯钢"。笔者用以下话语对此文作结:人在世上,学习也好,工作也罢,宜埋头而不闷头,需出头而不抛头。

谋定而动与动而谋定

世上万事万物，无一不动。动，改变原来的位置、形态、性质也。在人的行为上，常见两种情形：一种是谋定而动，也就是说，凡事谋定后再行动；另一种是动而谋定，也就是说，凡事行动后再谋定。前者是谋定在先，后者是行动在先。别看二者只是字序上的差异，其对事物乃至人生的走向，影响大矣！有些则具有决定性的影响。

先说谋定而动。人与动物最根本的区别是智力。人有高智力会谋，"眉头一皱，计上心来"，计靠谋。动物低智力，甚至无智力而只会作本能性的反应，故谈不上会谋。人干什么事都会谋，大至治国要谋、理政要谋，小至种田要谋、经商要谋，真可谓无"谋"而不胜。因此，人在小的时候，父母就常常教之"干什么事，都要想好了再去做"。"想好了"，即为谋定。在职场，上级对下级，领导对部下，常常会强调"开展任何工作，都须策划好了再去实施"。"策划好了"，即为谋定。谋定而动是一种重要的科学方法。虽然世界上没有十全十美的决策，但是，如果决策之前能够倾听正反两方面的意见，能够综合权衡各种利弊得失，那么，就有可能将风险控制到最小，而成效或收获有可能获得最大或最多。谋定而动是一个机关、一个单位办事成熟的重要标志。朝令夕改，尽管会有诸多缘由，然而，有一点却是无疑的，这就是，其发令之前没有谋好。朝令夕改会有失信用。《论语》中曰："君子义以为质，礼而行之，孙而出这，信以成之。"谁愿意与不讲信用的机关、单位打交道呢？没有！谋定而动是个人的重要美德。在社会上，有的人遇人不加考虑，脱口而出；有的人遇事不去多思，草率投入。其结果呢，要么说了不该说、不能说的话；要么做了不该做、不能做的事。还有一些人，乍听起来，初看起来，其脑瓜子很灵，说起来、做起来快得很。其结果呢，要么言过其实，不着边际；要么办事毛糙，不得落实。人们普遍喜欢和愿意与说话、办事"丁是丁，卯是卯"的人相交相处。而"丁是丁，卯是卯"的人，一般都会谋定而动。

次说动而谋定。既然谋定而动有那么多的好处,而且从一定程度上成为了真理,那么为何还要动而谋定呢?这可用事物的普遍性和特殊性来回答。一般来说,动而谋定是有某种特殊原因的,如有的事来得急,等不得多去考虑;又如有的事一时半刻看不清楚,只能边干边看;再如有的事时间性特强,稍微放松便会消失,必须马上行动。世上有许多的事,仅仅在谋中,尚不知可否,惟有动起来后才见分晓。常言道:"是马是驴,拉出来遛遛。""拉出来遛遛",即为动起来。有的时候,不动,静止的,什么作为也没有,只有动了,才有机缘,才有力量。世界上牵引力最大的火车头停在铁轨上,为了防滑,只需在它的驱动轮前塞上一块一英寸见方的木块,这个庞然大物就无法动弹了。然而,一旦这个巨型火车头启动,那一块小小的木块便再也无法挡住它了。其缘故不是别的,只因为它动起来了。有的时候,"先开枪,再瞄准",有一定道理。当年,武松见老虎扑来,"说时迟,那时快",一闪,即闪到了老虎背后。如不这样,说不定,武松则成老虎的"盘中餐"了。有些人遇到事,犹豫来犹豫去,脑子里滚来滚去的是患得患失,甚至纠结到了要吐血,奢望由一个包赢不输、包胜不败的神灵出来帮助指点,只有这样,这些人才肯动手。这种自我裹挟,无疑限制了自己的行动,有时也扼杀了自己"咸鱼翻身"的希冀。有的时候,有些东西没法先谋,如意外后果,只有在动的过程中,不断地发现新问题、解决新问题。人生在世,动而谋定的情况经常发生。有一种有趣的爱情心理学效应叫"多看效应",即日久生情。看,眼睛动也。倘若不去多看,就不大可能增加喜爱程度。据说,当年李时珍曾三次参加乡试,但运气都不太好。于是,他一气之下,便干起了父亲的老本行——行医。慢慢地,他爱上了这一行,且经验越来越丰富,名气越来越远大。后来,他进入了楚王府,进而成了太医;再后来,他潜心研究药材资源,著书立说。李时珍能够成为中国历史上的伟大人物,从一定程度上得益于动而谋定。

谋定而动与动而谋定,必须防止一种倾向掩盖另一种倾向。二者之核心是谋,过程是动,目的均为成效或成果。如果不为这个目的,那就无需谋定而动或动而谋定。在动的方面,务必克服盲动。《世说新语》中曰:"盲人骑瞎马,夜半临深池。"其比喻境况极其危险。何故?盲与瞎也。在现实生活中,盲动的事随处可见,如有的家长不辨是非就打骂孩子,有的人不知好歹便跟着起哄,有的人不明就里就鼓起掌来。《水浒》里有许多暴力和血腥,其中也不乏盲动。如何涛奉上司之命带人到石碣村缉捕晁盖等人。阮小二提着锄头,跳上做公的船上,"一锄头一个,排头打下去,脑浆也打出来了"。阮小二与做公的素不相识、无冤无仇,却对做公的如此残忍。还有,守株待兔也是盲动,无事生非也是盲动,抱薪救火也是盲动,自吹自擂也是盲动,疑神疑鬼也是盲动。在谋的方面,有些人动前不谋,动中也不谋。听说海外能挣大钱便蜂拥着去海外,听说炒股能一夜暴富就借高利贷去炒股,听说买卖海滨房能迅速迈入中产阶层即"听到风,便是雨"。有部叫《度》的电影,里面一个女孩,她有再多的男朋友,其实不过是随波逐流,谁出现了,她就与谁在一起,就顺从谁。看上去,她决定与谁在一起是自己拿的主意,其实她根本不去选择。在千百年来的中国社会,"三从四德"禁锢、窒息了年轻女性自己在择偶上的和婚姻中的谋。如今,有些年轻女性在家庭生活中也放弃了谋,大事小情都让别人去操心,有的甚至把婚姻当儿戏,结婚离婚、离婚结婚,一直处于动态之中,抑或连自己也弄不清楚应该选择哪类男人。有的人也谋,但谋的不是奋斗而是傻等,如等录取、等晋级、等差事、等女友、等发财、等召唤等。这种谋,与其有,不如没有。长期以来,关于"国民党为什么打不过共产党"的问题一直是人们热议的话题,无论是学者观点、民间说法,还是历史当事人的回忆、分析和检讨,都可以归结到一点,国民党缺乏深谋远虑。当然,谋要看谋的动机正确与否、要看谋的方法正确与否,如"与虎谋皮",其动机不正确,又如"隔靴搔痒",其方法不正确。谋要周全、要细致、要耐心,事物的前后、上下、左右和主观、客观,都要尽可能琢磨透彻。大凡善谋之人,处事从容不迫,不心浮,不气躁,不功利,不自私,如同闲庭信步,犹有宰相肚量。

　　动中有静,静中有动,这是事物发展变化的普遍规律。谋定而动与动而谋定,二者并无矛盾,更非不二选择。现实情况是,人们在处事时,大的方面须谋定而动,小的方面可动而谋定。二者不能机械断开,而应有机联结,形成一种螺旋形、递进性、滚动式的关系状态。从总体上说,谋要谋好,最好有"运筹帷幄之中,决胜千里之外"的把握;动要动好,最好有"不鸣则已,一鸣惊人"的成效。

爱情与恨意

人生血长肉，非铁非石，自然有情有义。在人之诸多情意中，爱情与恨意是两种截然相反的情意。这里所说的爱情，是广义上的对人、对事、对物的喜爱之情，而不局限于男女爱恋之情；这里所说的恨意，是指广义上的对人、对事、对物的仇视之意，而不包括恨铁不成钢的怨恨之意。在现实生活中，爱情与恨意处于这种情意之轴的两端，在两端之间，则是大量的非爱非恨的情意。如果说非爱非恨的情意是一泓静水，那么，喜爱之情与仇恨之意则是层层涟漪，抑或波涛。我们千万不要小觑这种涟漪、波涛，人生中的成败、得失、功名、福祸，在相当大的程度上就取决于它们。它们随时随地左右着人们的行为，并由此影响行为的结果，从而牵引人生轨迹如何移动。

中华民族是有纯真爱情传统的伟大民族。早在孔孟时期，先哲先贤们就谆谆教导人们要友爱，如"爱人者人恒爱之，敬人者人恒敬之"。众所周知，"孔融让梨"的故事，深深地影响了一代又一代中华儿女。孔融的一个"让"字，饱含着浓浓爱情。"三纲五常"尽管是封建礼教，历朝历代的统治者普遍用来约束和规范人际关系，但不管是胁迫还是自愿，许多的人还是有爱的成分和爱的元素。有道是，第二次世界大战期间，希特勒决意要灭杀犹太种族，所有文明的西方国家都对犹太人关上了大门，不许他们入境。在当时，惟一向犹太人敞开生的大门的只有一个地方，那就是中国上海。正是上海人的爱情，让四万犹太人得以幸存。此事后被写入了以色列国的小学课本，让世世代代的犹太人永远记住。当年，日本军国主义者在中国烧杀掳掠，犯下了滔天罪行。然而，善良的中国人对日本人的遗孤仍关爱有加，最有名的有聂荣臻元帅与日本小女孩的故事。时至今日，随着社会的文明进步、经济的繁荣昌盛，中国人越来越乐施爱心，如某地发生地震造成人员伤亡，某处抢救事故伤员急需用血，某家贫病交加无力供养儿女上学，若经媒体报道，顿时社会各界人士奉献的爱心滚滚而来，因为他们心中有爱。而这些爱,是不设城府、不用世故、不计功利的。东南大学一对耄耋夫妇教授省吃俭用,向自己曾经工作过的学院捐款一百万元用以设立奖学金,只缘他俩爱在心中,尽管已经苍苍白发,内心却依然充满柔情。

恨意与爱情,有的时候若孪生兄弟一样,同时存在,如又爱又恨、又恨又爱;有的时候又犹雌雄变性一样,同时转换,如因爱生恨、从恨到爱。中国向来推崇与人为善,距今2500多年前,孔子就说,(事情没办好),不怨恨天,也不怨恨人。正如有大即有小、有高即有低一样,有爱情即有恨意。世上的恨意,几乎无时不有、无处不在,只不过有的地方、有的人群要多些,有的地方、有的人群则少些,像暴力猖獗的国家恨意要多些,而太平安宁的国家恨意则少些;像处于解体边缘的家庭恨意要多些,而居于寻常状态的家庭恨意则少些。人有"七情六欲",恨为七情之一,故恨是人之常情。问题是,为何恨,恨什么,怎么恨,各人的选择就不同了,有的则大相径庭。当然,其造成的后果也就有别了。世界各国,外交上互致贺电、贺函经常发生,尽管都出于礼节,均表达祝贺,但字里行间,仍能透露出国之国之间关系的冷暖。20世纪60年代,中苏关系恶化。1963年,中国在祝贺赫鲁晓夫70寿诞的电文中,直接指出"我们同你们之间存在着关系到马克思列宁主义一系列原则问题的分歧"。正因为这些分歧,从相当大的程度上,导致了后来的两国边境军事冲突。实际上,破坏中苏友谊的罪魁祸首是当时的苏联领导集团。当今有的国家充当"世界警察",以自己的"普世价值"作判断,一会儿恨这个,一个儿又恨那个,结果呢,要么"养痈长疽,自生祸殃";要么"内斗不息,纷争四起"。中国"文化大革命",无谓平添了众多的"残酷斗争,无情打击",在相当长的时间里加深了社会裂痕。在人之恨意中,有一种因忌妒产生的恨。凡怀有这种恨的人,对别人的成功,包括别人长得漂亮一点、手头宽余一点等,都会愤愤不平。

世界上几乎没有人未经历过爱情与恨意,即使那些终生未涉足恋爱婚姻的人,即使那些与世隔绝置身事外的人,心底里也曾泛起过爱情与恨意。其所不同的,他们的爱情与恨意少许、淡薄、短暂一些而已。对爱情与恨意,笔者有四点认识:其一,务必正视。在一定的条件下,爱情与恨意都是正当的。爱之极,"爱人者,兼其屋上之乌。"此为成语"爱屋及乌"的源出之处,比喻因喜爱某人而连带喜爱与他有关的人或物。恨之极,"蔡哀侯始知中了息侯之计,恨之入骨。"此为成语"恨之入骨"的源出之处,形象对他人的痛恨到了极点。有果必有其因。一般来说,爱情与恨意,不会平白无故地产生。爱出者爱返,恨出者恨返。人宛若一个磁力中心,不同的磁力中心吸引不同的东西。你是爱的磁力中心,爱就容易发生在你身上;你是恨的磁力中心,恨就容易发生在你身上。既然如此,人有爱情、有恨意,不必大惊小怪,而且产生的一方自愿地或强迫地须对自己的行为负责。在一定的条件下,爱情与恨意又是高贵的。爱憎分明是人之优良品性。古今中外,许多名人志士,有爱有恨,敢爱敢恨,会爱会恨,深受后人广泛尊崇。相反,人们对那些有爱不爱、有恨不恨,优柔寡断、趑趄不前的人,颇有诟病。其二,不可轻易。爱情与恨意,一旦付诸行动,必有好的或坏的影响、结果。《墨子》中曰:"爱人者必见爱,恶人者必见恶也。"邵雍有言:"君子好誉,小人好毁;好毁人怒,好誉人喜。"都是说的这个道理。人不可泛爱、滥爱,也不可泛恨、滥恨。许多时候,由爱生恨,从爱到恨,仅是一念之差、一言之差、一举之差。然而,从恨到爱,由恨变爱,就很难了,甚至没有可能,因为一旦红了脸,结了恨,便容易形成成见,而成见往往难以彻底消除,即使表面上消除了,内心里尚会留下阴影。因此,人在日常,不可轻易生恨。再说,生恨对自己的身心也无益处。向人表达爱,尤其是在采取实际行动之前,须慎之又慎,首先要分析合适与否,其次要预测结果咋样,通过综合权衡,再作取舍,再分缓急。在一定的条件下,爱是害,如你认为你是厚爱、亲爱她,而她认为你在贬损、污辱她;又如你认为爱她爱得水到渠成、自然而然,而她认为她根本没有爱上你。其后果是,你不向她表达爱还好,一旦表达了,她马上疏远你了;她不接受你的爱尚能继续正常交往还好,如果你因此无意间对她有所怠慢,那她还会颇有理由地说你不地道。在爱的问题上,人还有个劣根性,你爱她一千次、一万次,他并不觉得感激,甚至还会感到理所当然,但是,只要有一次在他看起来你是不爱他,那他就会有埋怨,有的还会反目成仇。从一定程度上说,人示爱与示恨,宛若在走钢丝,稍有疏忽,便会出现这样或那样的问题。由此可见,人轻易不能投入到"爱河"与"恨海"之中。其三,糊涂不得。如果说有的人生是因为在重要的岔路口没有选对而招致失败的话,那么,有的人生是因为在重要的爱与恨上选错了对象而经历了挫折,甚至带来了灭顶之灾。韩愈有言:"君子当有所好恶,好恶不可不明。"蕴意是,君子应当有自己的喜爱与痛恨,爱与恨不可不分辨清楚。人生之糊涂,分一般的糊涂与最大的糊涂。一般的糊涂是认识不清,稀里哗啦地上了"贼船"、入了"火坑";而最大的糊涂是明知"贼船""火坑",却一意孤行地要上要入。前者尽管错误,但尚可原谅,再多只能哀其不争,而后者则不容宽恕,因为纯属自甘沉沦。在爱与恨上,人糊涂不得,世上至今还没发明后悔药。人也有爱恨交织的时候,旁人好说"当机立断",自己则是"心如乱麻"。对此,一定要分清主次、认清前景,切不可苟且偷"爱",也不可养"恨"成患。很多人在这方面的悲哀,就源于不能决断。其四,讲究方法。如何表达自己的爱情与恨意,有多种多样方法。

方法不对,如缘木求鱼,达不到自己的目的。有的人,对某人爱得不得了,可某人并未感觉如此;有的人对某人恨得很,可某人并不知晓。这里面,就存在方法问题。爱与恨,每个人都有自己的意图。通常,人并不会无故地、纯粹地为爱而爱、为恨而恨,而是拟通过爱与恨,使自己的意图成为现实。方法正确,爱可以更爱,恨可以变爱;方法错误,爱可能失去,恨可能更恨。

可以这么说,人是带着爱情离开母胎降生的,并非怀着恨意来到世间的,而且,人在生命旅途中,总是沐浴着这样或那样的爱情。因此,人没有任何理由不拥抱热爱、怀揣感恩之心去投入生活。即使别人使你产生了恨意,那也大有可能是无意的,故你不必过于计较。更何况,自己或许也存在心态问题。世界大矣,好人多矣,愿天下每一个人,应该有比天空更宽阔的胸怀,尽心尽力去付出或回报爱情,尽心尽力去远离或化解恨意。

本色与着色

色,颜色也。说及色,人们普遍知道有七种,即赤、橙、黄、绿、青、蓝、紫。其实,白、黑也是色,而且是见之最多、最广的色。在中国的传统文化中,色不同则意不同,如红色表示喜庆,许多地方,每每逢年过节,店堂、客厅里"大红灯笼高高挂",广场、楼宇上红旗迎风飘扬。当然,色在不同时代、不同地方、不同人群,其意有所差异,如白色,既可象征反动(白色恐怖、白色政权等),又可表达纯洁(新娘穿的婚纱等),还可用于丧礼(亲人戴的白花、穿的丧服等)。色有本色与着色之别。本色,顾名思义,指人物、事物原有的颜色;着色,见字望义,指人物、事物被涂上、染上、蘸上颜色。从一定意义上说,世间丰富的是色,如鹅在池塘,"白毛浮绿水,红掌划清波";又如美丽景色,桃红柳绿、粉墙黛瓦、蓝天白云等;再如各色人等,有红道之人、白道之人、黑道之人。从一定程度上说,人间奋斗的是色,如把建筑物装饰得富丽堂皇,把自己打扮得漂漂亮亮,把公园建设得无比锦绣,把饭菜烹饪得色、香、味俱佳;又如古时诲人的"书中自有黄金屋,书中自有颜如玉",如今青年男女追求的"高富帅""白富美"。色是自然万象,色是人类百态。对这一点,兴许谁也不会否认。

就做人来说,本色显示特性。当年,杜鲁门当选美国总统时,有人向他的母亲祝贺:"你有这样的儿子,一定十分自豪。"他的母亲回答:"是的。不过,我还有一个儿子,同样让我骄傲。他正在地里挖土豆。"这个真实的事例我们,什么是本色之心。杜鲁门总统母亲的心境如此坦然,既不为成功的儿子欣喜若狂,也不为不成功的儿子怨天尤人。在人际交往中,有一种不为功利、不为目的,只为懂得、只为珍惜的交往叫"素交"。这种交往,正如钱锺书所言"更能体现出友谊的骨髓"。其看起来素淡,两个人交往,并无美言丽色,没有肉香鱼鲜,然而,有真切纯朴的质地,甚至有超越生死的厚谊。人在世上,各有各的坚守。坚守体现本色。如英雄有英雄的本色——一不怕苦,二不怕死,英勇斗争,奋力当先;又如为官有为官的本色——恪尽职守,廉洁奉公;再如婚姻有婚姻的本色——男女真心相爱,并把爱具体落实到生活的本真状态中。世上传承的东西,往往都有本色,有的永远保持了本色,有的却慢慢变了本色。在中国,干爹和干儿子、干女儿古已有之,二者的关系起初并不复杂而微妙,仅为了使二者的关系亲密且方便一些,绝无非分之想。然而,其慢慢被一些人用来达到自己的政治目的、经济目的,抑或二者得兼。时至今日,其被有的贪官或用来拉帮结派,拓展权势,从中牟利;或被用来各取各需、各获所得,进行种种权钱、权色交易。小姐本是对年轻或未嫁女子的称谓,既亲切,又尊重,可后来,在一些场合,却慢慢变成了卖淫女的代名词。这就把小姐这个称谓玷污了。由此,人在外,对年轻子女,须慎叫"小姐",免得遭到白眼、带来尴尬。人之赤膊,本指光着上身,表示自然、天真、质朴、纯洁、敞亮、透明。从一定意义上说,希腊女神的完美,得益于部分上身的赤裸。而后来,赤膊被赋予了诸如毫不掩饰、冲锋陷阵等词义。

　　就做人来说,着色五味杂陈。人赤条条地而来,本色是一动物、一婴儿,后经过若干年的成长,便有了诸多着色,有学识、能力,有名誉、地位,有金钱、财物,有配偶、子女。所谓的"人体光环",即为人着色后的表象。在现实生活中,着色的东西俯拾即是。一如饭局。着色后的饭局,大至庆功宴、小至生日宴,恶之鸿门宴、善之谢师宴。如今,有些饭局成了边吃饭、边议事的工作餐,饭局结束,工作议定。二如鼓掌。着色后的鼓掌,有些带有强烈的政治色彩、浓厚的功利色彩。当年,罗马尼亚齐奥塞斯库时代,把掌声从低分到高分为十九个等级,其区分在鼓掌的热烈程序、时间长度、是否伴随欢呼、起立,欢呼的内容,起立的动作,会场的气氛,鼓掌者的情绪活跃度等。三如宠爱。对人之爱,无可非议,但过了、偏了,即为宠。宠爱是着色后的爱,正如淡汤变成了浓汤。世上的事,谐适为宜,过了、偏了,易成趑趄,易生抵牾。尤其对子女,不可宠爱。在许多时候,这种宠爱是种加害。人类自古就有色之概念,除非色盲者有眼不能辨色。《红楼梦》里即有配色之描写。宝玉问:"松花色配什么?"莺儿回答:"松花配桃红。"在日常生活中,色不仅对人的生理而且对人的心理的影响很大。有一个著名的例子:英国泰晤士河上的波利菲尔大桥原来是黑色的,结果有许多人跑到那儿去自杀。后来,伦敦市政当局听取了心理学家的建议,把桥整个儿用绿色重漆了一遍,自此就再也没有人去跳河自杀了。由自然颜色扩展到人类社会,当年,在旧社会里的上海十里洋场可谓一个"大染缸",凡人进去之后,一个个自觉或不自觉地变成了带色的,如有的变成了地痞流氓。对人来说,在一般情况下,本色原为平淡,平淡气定神闲;而着色变为艳丽,艳丽动心催情。因此,着色与否,着什么色,何时着色,怎么着色,并非儿戏,很多时候举足轻重、至为关键。

　　本色与着色,二者并没有绝对的好,也并没有绝对的不好。就拿做人来说,这要根据自己的内心、品性、情趣和追求。本色的不足之处是,有的不讲策略,有的过于单调,有的缺少自律。着色的不足之处是,有的多此一举,有的过于繁复,有的难以管控。人既要珍惜优秀的、先进的本色,又要善用优秀的、先进的着色。毋庸讳言,在人的本色中,有与生俱来的自私、逐利和妒忌,实际上是人的劣根性,如总觉得自己吃了亏、他人沾了光,又如总高估自己拥有物品的价值,再如总不服气他人的能力比自己强。在人的着色中,也有不少负面的东西,如好大喜功者,爱搞铺张,爱弄浮夸,爱作自诩,爱出风头。还有一些着色,正面说,那是阳谋,反面说,那是阴谋,如狐假虎威者。人之行为上的本色与行为上的着色,有简单与复杂的问题。本色简单,而着色复杂。实际上,有些着色,并没那么复杂。当年,在延安时期,毛泽东问胡耀邦,什么叫军事？胡讲了很多,毛说:"没这么复杂,军事就是,打得赢就打,打不赢就跑。"毛泽东又问胡耀邦,什么叫政治？胡又讲了很多,毛又说:"没这么复杂,政治就是,把支持我们的人搞得多多的,把反对我们的人搞得少少的。"毛泽东把巨大的"着色"说得这般简单。可现实生活中的有些人办事,故意把简单的弄成复杂的,有的还涂上美丽的色彩,看起来玄之又玄、奥之又奥,其实只想兜售自己肮脏、卑鄙的东西。人之行为上的本色与行为上的着色,有求己与求人的问题。本色,本已有之;着色,后才有之。注重本色的人,注重求己;注重着色的人,注重求人。常言道:求人不如求己。很多人会有这个体会:求人难,难求人。既然如此,人惟有多求己。换言之,在一定的条件下,人应该多注重本色,少注重着色,因为本色自己能掌握,而着色有时难掌握,且若着色不妥,"画虎不成反成犬",适得其反。美术设计中有色彩学、配色法,人之行为中也有色彩学、配色法。二者的不同之处,前者是艺术,而后者是做人。色配得好,事半功倍,锦上添花;色配得不好,事倍功半,弄巧成拙。人之行为上的本色与行为上的着色还有坚持与拒绝的问题。优秀的、先进的本色坚持了,人见人爱,人见人赞,人见人学;反之,亦然。对丑恶的、落后的着色拒绝了,方可"出淤泥而不染,濯清涟而不妖"。作为夫妇,夫要守夫道,妇要守妇道,这是婚姻的本色,必须始终不渝地坚持,若不有力而有效地拒绝各种情感上的诱惑,势必会使原本纯洁、真挚的爱情着上杂色,从而亵渎了婚姻本身。正如习惯靠长期养成一样,本色也可吐故纳新,若有机吸收了优秀的、先进的着色,久而久之,又可形成新的本色。我们每个人应该具备这种能力。

归拢与拆零

列举之一，中华人民共和国成立后，在农业集体化时期，一些地方的中、小学校，每到麦收或秋收时节，便组织学生们参加拾麦穗或拾稻穗义务劳动。在老师的带领下，学生们在农民们收割过的麦田里或稻田里，一排一排地低着头、弯着腰，把一株株遗留下来的麦穗或稻穗收拾起来，然后集中起来，交给所在的生产队。这种义务劳动很有意义，不仅增强了学生们爱惜粮食的意识，而且培养了学生们的集体主义精神。同时，也有实实在在的收获，尽可能使农民们的劳动成果颗粒归仓。

列举之二，中国加速推进工业化、城镇化后，涌现出了一支支专业拆迁队伍。哪个地方有旧房老屋拆除，哪个地方就有他们的身影。他们像以宰杀牲畜为业的屠夫一样，把一座座旧房老屋，或扒掉，或推倒，或清除，将其夷为平地、化整为零。对拆下来的东西，他们砖归砖，瓦归瓦，门归门，窗归窗，木头归木头，石板归石板，金属件归金属件，水泥预制件归水泥预制件，分别出卖给需要者，使这些旧东西派上了新用场。

列举之三，中国的大型赛事，无论是 2008 年在北京举办的奥运会，还是 2013 年在南京举办的青奥会，开幕式上，来自世界各个国家、地区的运动员和体育官员汇集在一起。令人难忘的是，他们分别高举所在国家、地区的国旗、区旗，斗志昂扬地绕场一周，与参加开幕式的人们见面。闭幕式后，他们不管斩有多少新获，则踏上了归途，一个个重又回到了所在国家、地区。

以上三例，说的尽是归拢与拆零方面的事。归拢指把分散着的东西聚集到一起，而拆零指把成批的或成套的东西拆成零散的。归拢与归并同义，拆零与拆分同义。在所有的归拢与拆零中，一般具有如下关系特征：一是形与神。归拢与拆零，从外表看，形变了；但从内里看，神尚在。归拢也好，拆零也罢，总有一丝一线相连。通常，不是同一性质、同一类别、同一种族的东西，不会归拢在一起，因为人和物往往是同性相吸、同类相聚、同种相亲；而拆零后的东西虽已不在一起，但曾有过相汇、相组、相合的时候，即使形散了，神也会不散。二是群体与个体。世上的人和物，既有个体，又有群体。个体是群体的一部分，群体是个体的集合体，在一定的条件下，归拢即是把零散的集合起来，拆零即是把归拢的拆分开来。当然，此间不会随随便便地归拢，也不会随随便便地拆分，内有缘故和规则。三是正向与反向。正向又叫顺向，反向又叫逆向。如果从归拢到拆零是正向的话，那么，从拆零到归拢就是反向。反之，亦然。世上好多的人和物，都是分分合合、合合分分。此外，也存有这个规律：分久必合，合久必分。不过，分合的过程，有时是顺利的，有时是艰难的；有时是水到渠成的，有的是拔苗助长的；有的是力所能及的，有的是力不能及的。分合的后果，有的是步入光明的，有的是迈向黑暗的；有的是如鱼得水的，有的是如鱼失水的；有的是水乳交融的，有的是形同陌路的。四是可逆与不可逆。世上并非所有的人和物都可以、都能够分了再合、合了再分。换言之，有的可以、能够，有的不可以、不能够。这就是可逆与不可逆。一般来说，物理上的归拢与拆零，容易分了再合、合了再分，而化学上的归拢与拆零，不容易分了再合、合了再分，甚至没有分了再合、合了再分的可能。当然，再完美的再合、再分，通常已不是原来意义上的人和物了。

　　在世间，归拢与拆零的原理普遍存在。就国家与国家、地区与地区、集体与集体、个体与个体及纵横交织的经济合作关系来说，通过买卖、合伙、雇佣等方式，或建立了某类市场，或生产出了某种产品，或办成功了某个企业。其大至国际间的共同市场，小至区域性的小商品市场；大至跨国生产的品牌产品，小至一家一户小作坊生产的地方特产；大至横跨多国的集团企业，小至个体性质的小微企业。这些，实际上都运用了归拢与拆零的原理。就拿人来说，一如事业，无论是大的事业，还是小的事业，都靠一点点累积、一步步发展。屠呦呦是中国医学界获得诺贝尔科学奖的第一人。她把全部的生命能量都灌注在青蒿素的研究中，历经一百九十一次挫折，终于获得了举世瞩目的成功，直至八十五岁高龄才摘取了世界科技的王冠。二如名声，不管是好的名声，还是坏的名声，都靠一点点累积、一步步发展。政治人物、军事人物、经济人物、文化人物，无不这样。三如身体，不论是健康，还是疾病，都靠一点点累积、一步步发展。人的某些疾病，哪怕是颈椎病、肠胃病、糖尿病等，都与平时的不良生活习惯有关。四如婚姻，不管是好的婚姻，还是坏的婚姻，都靠一点点累积、一步步发展。每个婚姻，婚前的感情基础虽然有异，但婚后只有不断培养感情，才能不断巩固婚姻。否则，婚前的感情基础纵然再好，也会使婚姻逐渐瓦解。从某种意义上说，以上这些一点点、一步步即为拆零，而后来的那些结果则是对拆零的归拢。就拿社会、自然现象来说，"众人拾柴火焰高"，那是归拢；"吹尽黄沙始见金",那是拆零。"顾全大局",那是归拢;"各奔东西"。那是拆零。"心心相印",那是归拢;"离心离德",那是拆零。"群起而攻之",那是归拢;"树倒猢狲散",那是拆零。"见好就收",那是归拢;"分而治之",那是拆零。

大千世界,烟花会灭,笙歌会停,日月流转,时光似箭。人在世上,不可能只有归拢,没有拆零;也不可能只有拆零,没有归拢。人就是在不停歇地归拢又拆零、拆零又归拢中度过或长或短的一生。归拢与拆零是一门重要的学问,是一种重要的方法,连一些野生动物也能琢磨和采用,如中央电视台《动物世界》节目中曾播出过三条小狼狗居然能置一匹大斑马于死地。归拢与拆零的益处不言而喻,当年彭德怀指挥"百团大战",狠狠打击了日本侵略者,大长了中国人民坚决抗日的志气;新四军正确运用毛泽东的抗日游击战的战略思想,取得了一个又一个的辉煌战果。当然,归拢与拆零也不是谁都能掌握好。有例为证:游击战的基本原则是扎根民众、化整为零、灵活机动地相机打击敌人。诚然,国民党军队在抗日抗争中也重视并开展了游击战,但游击战的基本原则却一条也做不到家,以至于在敌后抗战时表现出了严重的"水土不服"。1941年5月的中条山战役,日本侵略者用前后不过30天的时间就大败了国民党军队20万人。蒋介石曾称此役为"抗战史上最大之耻辱"。人在学习、工作和生活中,不仅该归拢、该拆零时就该归拢、就该拆零,而且在归拢、拆零中务必注意方式方法。如果做不到,许多时候还不如不归拢、不拆零。常见的毛病,如"言论的巨人、行动的矮子";又如结果不可控的变革;再如"强扭的瓜"。实际上,归拢与拆零,涉及上层建筑与经济基础、生产力与生产关系的问题。凡是归拢、拆零成功的、完美的,一定是上层建筑适应了经济基础、生产关系适应了生产力。具体到家庭生活中,儿女结婚成家了,该让儿女独立了就该让儿女独立,如硬扯在一起,则弊大于利;夫妻闹大的矛盾了,该分开过些时日就该分开过些时日,这有利于双方冷静思考,否则,仍是天天在一起,针尖对麦芒,互不相让,只会使关系僵持,甚至越来越恶化;家里的钱财、房产、车舆等,该归并在一起就该归并在一起,这有利于派更好的用场。人在世上,应当有这样的智慧和魄力,也应当有这样的成效和成果,想收,收得住,收得好;想放,放得下,放得好。国外研究,当年,有27%的人没有目标,60%的人目标模糊,10%的人有清晰很短暂的目标,其余3%的人有清晰而长远的目标。25年之后,结果是,3%的人几乎全部成为成功人士,10%的人大多生活在社会中上层,60%的人都生活在社会中下层,剩下27%的人总在抱怨他人、社会。不难理解,凡不知道何时、何处归拢与拆零的人,目标要么没有、要么模糊;凡有清晰而长远目标的人,自然是何时、何处实施归拢与拆零的高手。我们当好好向这些人学习。

一元与多元

"一元复始,万象更新。"每到公元纪年新年的第一天,人们爱用这句话来表达祝愿。这里的一元指一年,即地球绕太阳一周的时间,平年为365天,闰年为366天。"元"为多义字,其中一义为元素,诸如一元、多元。一元指单一,又指统一;多元指多样,又指分散。正如有大就有小、有高便有低一样,一元与多元,也是相对存在的。二者既可无序排列,又可相互包容。从总体上看,一元是特殊的,多元是普遍的;一元是暂时的,多元是永久的;一元是少量的,多元是大量的。

中国人普遍知道什么叫"一元化领导",其指统一领导,强调集中,以防止各自为政、政出多门。代数学里有"一元方程",其指只含有一个未知数的方程,如 $6x-2=10$,解答起来比较容易。社会科学中有唯物主义的"一元论"和唯心主义的"一元论",其区别在于世界的本原是物质的还是精神的。自然科学中有"一元酸",其指每个分子在水中能产生一个氢离子的酸,如硝酸、盐酸等,化学反应比较简单。人在家庭里和社会上的位置,许多时候是一元的,如你是谁的儿子、谁的女儿,就是谁的儿子、谁的女儿;又如一国之君、一省之长、一群之首,不会也不能多元(副职不能算);再如特殊的称谓、称号、称呼,往往是一元的,一如国民党的总理、总裁、主席;又如朝鲜的主席、总书记、第一书记;再如中国的朕、孤、寡人。在法律规定实行一夫一妻制的中国,婚姻是一元的,即男方或女方都必须以对方为唯一婚配对象。清朝《西湖佳话·西泠韵迹》中有言:"乃蒙郎君一钟情,故贱妾有感于心。"一见钟情,是一元的,即人对他人一见面就产生了爱情,人对某物一见面就产生了感情。国外科学家还对一见钟情专门作了调查研究,得出的结论是:人的这种能力是在长期进化中形成的。人必须在极短的时间内决定谁值得信任,因为这关涉自身的存亡。此外,从基因角度看,一见钟情也是存在的。人通过嗅觉、味觉、视觉、触觉和听觉等,即可发现与自己基因互补的东西。

倘有互补的东西出现,不管对方是何人、何物,便能使自己顿时产生愉悦感。无论在自然界,还是在人类社会,逐鹿一元的人和物不少,如"一言既出,驷马难追",指话从口中出,无法再追回,喻人说话要算数;又如"一山不容二虎",指想独霸称雄,不许别人染指,喻二者必居其一;再如"一夫当关,万夫莫开",指只要一人守住关口,千军万马也攻不破,喻待人处理要抓重点、抓关键。

世界本身就是多元的,对这一点,恐怕谁也不会提出异议。从宏观方面来说,国家多元,民族多元,宗教多元,文化多元,经济多元,政治多元,军事多元,地理多元,人种多元等。从微观方面来说,多元举目可视。在社会主义市场经济条件下,不仅作为市场主体的企业在投资上实施多元,如合伙、参股、连锁等,而且作为政权机关的政府在公共基础设施建设的投资上也实施多元,包括建设高速公路、江海大桥、地方机场等。就企业而言,在经营上一般都是多元。其最大的好处,可提高抗击和抵御市场风险的能力。观人察事,若多元思考,则可洞悉其中的利弊得失,不被表象和假相所迷惑。对科学家来说,多元观察、分析,可不断有新的发现。1910年,德国科学家魏格纳因病不得不躺在医院的病床上休息。在闲得无聊的时间里,他观察挂在病房墙上的一张地图。经过多元分析,他突然发现,大西洋两岸的地形好像是互补的,其突出的部分与陷入的部分完全可以拼合在一起。于是,他不顾病痛,搜集了大量的地质学、古生物资料,终于证实了一个崭新的理论:大陆板块漂移假说。我们都是人,而人的需求是多元的。许多人既追求学业上的进步,又追求事业上的成功,更追求生活上的完美。就生活而言,人要吃喝、要性爱、要活动、要休息,还要名、要利、要权、要位。就利而言,人需财、需物。就物而言,人要日常所用的油、盐、酱、醋、柴、米、茶。人在江湖闯荡,选择职业是多元的,有的是参加国考进入的,有的是毛遂自荐进入的,有的是请人介绍进入的,有的是通过"后门"进入的。医生治疗疾病的方法是多元的,就对某种癌症的治疗来说,有的用服药,有的用手术,有的用化疗,有的用放疗,且一般不作单用。人的恋情也是多元的,有甜腻黏稠的恋情,有清淡脆薄的恋情;有风风火火的恋情,有从从容容的恋情;有坚如磐石的恋情,有萍踪浪迹的恋情;有终生唯一的恋情,有蜻蜓点水的恋情。

在世间,我就是我,自从有了人类起,就绝无完全相同的我,在今后无限的时间里,也绝无全部一样的我,这是一元。在世间,物质的形态、性状、用途等各有不同,物质的内部结构、组合、元素等可分了又分,这是多元。在对待一元与多元上,笔者认为,须防止两种不良倾向:其一,考虑问题过于简单。运筹时,不听他人言,闷头自思量;决策时,喜非此即彼;施行中,低头按照既定路线走,哪怕前面是断崖或深渊也不回头。其二,考虑问题过于复杂。这个不能少、那个也不能少,这个不能丢、那个也不能丢,这个想要、那个也想要,这个要多、那个也要多。一言以蔽之:心如乱麻,欲比天高。在现实生活中,人务使自己正确地对待欲望上的一元与多元。人若片面地追逐一元(为位、为钱、为名),则遇到的风险和付出的代价太大;人若片面地追逐多元(要权、要名、要利),则拥有的野心和付出的艰辛太大。人海茫茫,众生熙来攘往。其来往的目标,无不自觉或不自觉地在寻求个人利益的最大化。其实,个人利益的最大化是个人幸福、快乐的最大化。而片面地追逐一元或多元的人,都是不会幸福、快乐的,至少是鲜有常人意义上的幸福、快乐。从总体上说,人要善于局限和节制自己,毕竟生命给予自己的时间和个人能够创造的能量极其有限,而繁花似锦的大千世界里各种各样诱人的东西极其无限。以有限去博取无限,结果可想而知。在社会交际中,人务使自己正确地对待他人上的一元与多元。俗话说,朋友多了好办事,朋友少了好吃饭。其意是,有事时,人越多越好,因为帮助你的人多;就餐时,人越少越好,因为耗费你的人少。这句俗话,尽管也有势利的成分,但富含一元与多元的哲理。诚然,多有好的好处,独木不成林;少有少的好处,龙多不治水。不过,在人际交往中,朋友不在于多而在于好。而好的标准,古时孔子认为是"友直、友谅、友多闻",而今许多人认为是"贵人、智人、正道人"。实际上,古今通理。多元的好朋友,多多是福;多元的不好朋友,多多是祸。在一定的条件下,一元的好朋友会引领你走上人生的巅峰,一元的不好朋友会引诱你跌入人生的死谷。而在这里面,既存在数量上的问题,又存在质量上的问题。所谓正确处理一元与多元的关系,实际上是正确处理数量与质量的关系。在思维活动中,人务使自己正确地对待要素上的一元与多元。从一定意义上说,一元苛刻,多元宽容;一元单向,多元多向;一元独占,多元多赢。水至清无鱼,乃一元惹的祸;林大鸟儿多,乃多元造的福。世上的人和事,只有更多,没有最多;只有更好,没有最好;只有更强,没有最强。所谓的最多、最好、最强,是相对而言的,不具备绝对的意义。总的说来,我们为人处事,无论在实施中,还是在成功后,其思考的立足点,出力时要尽可能一元(主要依靠自己),享用时应尽可能多元(让更多的人获益)。有句方言:"夜里想想有千条路,早上起来还是磨豆腐。"意思是空想,具贬义,有时也用来自嘲。其实,在正常情况下,想总比不想好,多想总比少想好。有则寓言,说的是,一只公鸡早晨起来报晓,天亮后,被主人捉出来杀了;又一只公鸡早晨起来报晓,天亮后又被主人捉出来杀了。主人如此保持不变。邻居不解,便问:"这些公鸡每天报晓都挺准时的,你杀了它们干什么?"那人说:"早晨我有晚起的习惯,它们却叫得很早。"邻居说:"这不是它们的过错,报晓是公鸡的天职。"那人说:"这个我不管,我要的是与母鸡交配的公鸡,而不是早晨会报晓的公鸡。"足见,寓言中的那个,其思维活动有多么可笑。在漫漫人生路上,我们对人、对事、对物,经常不得不面临一元与多元的选择,而每每选择,必须好自为之。

回望与反思

望,看也;思,想也。望有多种多样,思也有多种多样。其中,回过来看的,叫"回望";倒过来想的,叫"反思"。回望所及与反思所至,均为时已过、境已迁的人、事、物。与回望同义或近义的词语,有回顾、回眸、回溯、回首等;与反思相同或相近的词语,有反省、反想、反观、反念等。回望与反思都是有目的的,大多为了总结经验与体会,分析问题与不足,谋划出路与未来。回望与反思有主动与被动之分。主动回望与反思是出于自己意愿的行为,而被动回望与反思是受外力压迫的行为。在程度上,有的回望与反思深刻,有的回望与反思则浅薄。

别以为回望与反思只是生理上的用眼与用脑,它具有强烈的综合性。其作用方,一是个人。在中国,凡在体制内的人,每到年终,在其主管的指令下,须进行个人思想、工作、学习等方面的回望与反思,且通常以文字性的小结呈现。这已成为职场上的常规和常态,如同考试就要批卷子、比赛就要排名次一样。如此回望与反思,最普及,最广泛。二是集体。一个月、一个季、半年、一年……某一时段下来,要回望与反思一下。一项课题结题了,一个工程竣工了,一宗案件侦破了……某一工作完成后,要回望与反思一下。政治工作,业务工作,后勤工作……由于某种需要,要回望与反思一下。以上这些,业已成为最通用、最管用的管理手段和方法。三是国家。国家、省、市、县、乡五级政府,都各有年度性的工作计划和阶段性的经济社会发展规划。拥有八千多万党员的中国共产党,通常每五年要召开一次党代会,进行总结和部署,并选举产生新一届党中央。而这一切,都离不开回望与反思。世上几乎所有的个人、单位、集团、地区、国家,没有不回望、不反思的。这是生存之基、发展之源。只有那些不愿更好生存、不想更好发展的,才会不回望、不反思。回望与反思的内容,也是无所不包,通常散见于各种施政报告、领导讲话、工作总结、报章杂志、名人名言、书籍书牍等中。尤其是,回望与反思中不乏感悟,给人以启迪;不乏教训,给人以告诫。笔者在此择例而举。其一,曾缔造了"电脑王国"神话的乔布斯这样论述死亡的重要性:没有人愿意死。人们即使想上天堂,也不会为了去那里而死。但是,死亡是我们每个人共同的终点,从来没有人能够逃脱它。也应该如此,因为死亡就是生命中最好的发明,它将旧的清除,以便给新的让路。其二,曾获得诺贝尔经济学奖的贝克尔这样总结婚姻市场规律:在婚姻市场上,男人的资源是财富与地位,女人的资源是青春与美貌;男人的资源随着年龄的增加而递增,女人的资源随着年龄的增加而递减。根据这一规律,一旦进入中年以后,男女双方的资源就可能失去平衡,在婚姻市场上,男人往往成了"有效率的寻觅者",而女人则成了"没有效率的寻觅者"。其三,曾收获了101岁的著名医学家孙思邈这样论述养生之道:口中言少,心中事少,腹里食少,自然睡少,依次四少,神仙快了。三位名人的回望与反思,各有见地,颇有玩味。

别以为回望与反思只是现象上的叠加与消减,它具有高度的科学性。回望与反思,并非是简单的回过来看、倒过来想。二者必须处理好内与外的关系。一般来说,望之所及为感性的,而思之所及为理性的。毫无疑问,思之所及比望之所及更能深入认识人、事、物的本质。因此,回望也好,反思也罢,不可停留于表层。正如"学而不思则罔,思而不学则殆"一样,回望与反思倘若仅仅停留于表层,即使回望与反思的次数再多、频率再高,在效果上也只会大打折扣。正确的做法是:边望边思,边思边望,一步一步,逐渐深入。回望与反思,必须讲科学。不讲科学的回望与反思,往往是徒劳的,甚至是有害的。许多精明的赌徒,懂得在什么时候离开赌桌,纵然尚有更多的希望,也会见好就收;而许多笨拙的赌徒,赢了还想再赢,输了还想翻本,故不愿轻易离开赌桌。后者不是没作回望与反思,然总是责怪自己的手气不佳,总盼望好运立马就来。1689年签订的《尼布楚条约》首次把两个著名的大帝联系在了一起:康熙大帝与彼得大帝。处于同一时代的这两个大帝,在执政理念上却大相径庭,前者坚持闭关锁国,而后者热衷改革开放。恕笔者妄加评论,康熙大帝并非不作回望与反思,但却吸取了若干错误的教训,如担心民众大量聚集,容易起事,威胁统治,便颁布了"禁矿令",即禁止民间大规模开矿;担心江南反清势力得到西方殖民者的支持,会危及自己的统治,便再度颁布了"禁海令",即禁止内地船只出海贸易。这些政策,严重扼杀了中国资本主义萌芽的发展,并将广大民众长期置于闭目塞听的愚昧状态。可以这么说,晚清政府在日益强大的西方侵略者面前所表现出来的丧权辱国,其隐患便始于世称的"康乾盛世"。在现实生活中,凡人都有婚配的念想。找什么样的人结婚,可谓众说纷纭,周边很多"过来人"基于自己的回望与反思,会作现身说法。这个时候,当事人须作冷静思考,因为残酷的未来,常常会击破当初"只要有情,喝水也甜"的梦想;严酷的未来,常常会碾碎起始"只要有钱,嫁谁都可"的浪漫。事实上,男女结合,尤其是女人嫁给男人,结合的是一种生活理念、一种生活情趣、一种生活状态、一种生活方式、一种生活质量。因此,结婚之前必须想清楚自己要的到底是什么,别盲目崇拜那些所谓的婚姻上的成功学、鸡汤文。人生在世,会有数不清的回望与反思,每次回望与反思,都是对此前经历的归总和梳理,旨在再接再厉,不断进取;旨在奋发图强,勇往直前。通过一次又一次的回望与反思,使自己的思想更加成熟、自己的行为更加理性,从而实现胜者更胜、优者更优、弱者变强、危者变安的目标。科学的回望与反思,是相对的,是能动的,是联系的,是发展的,而不是绝对的、割裂的、僵化的、死板的。虽然"智者千虑,必有一失""愚者千虑,必有一得",但是,无论"智者",还是"愚者",在回望与反思时,应尽可能把问题思忖得更周全一些、把分析琢研得更精准一些,以尽可能最大程度地减少后来可能产生的"空悲戚"。回望与反思,也有时效。许多事,不能死等到某时才去回望与反思,只要许可,随时随地都得回望与反思。如此,最大的益处是可以及时纠偏。季米特洛夫在《论文学、艺术与科学》中写道:"要找出时间考虑一下一天中做了什么:是正号还是负号。假如是正号——很好;假如是负号——那就采取措施。"此言极是。对个人来说,回望与反思,一是贵在"吾日三省吾身",二是贵在"凡事自知之明"。其中,既有数量上的要求,又有质量上的要求。正如法国谚语所说的,人间最大的智慧,在于洞悉本身之弱点。忒梭斯有言,人们的本性是这样的:所有的人对别人的事都较自己的事观察和判断得更清楚。

  回望与反思,既是人的本能,又是人的习惯,运用得法,不仅大益于生活,而且大益于事业。若善于并精于回望与反思,当是人的高贵品质。愿我们在人生的一次次的回望与反思中,不断地提升自我,不浪费生命的一点一滴。

打水漂与放长线

打水漂是人类最古老的游戏之一,笔者小时候在上学途中或放学回家路上,经常与发小们玩这种游戏。这种游戏规则简单:看谁扔出的石子在水面上向前跳跃的次数多,多者则胜,少者则败。据悉,1992年创造这种游戏吉尼斯世界纪录的是美国得克萨斯州人,名叫科尔曼·麦吉。当时,他侧身弯腰,用尽全力扔出的石子在布兰科河上连续跳跃了38下。后来,法国里昂大学利德里克·博凯博士还专门研究出了打水漂的方程式,发表在《美国物理学》季刊上。根据他的研究,石子在水面上连续跳跃38下,石子必须以每小时约40公里、每秒14转的方式扔出,而且应当以20°的"黄金角度"撞击水面。别小看打水漂这种游戏,还真有那么多的学问。不信的话,你不妨试一试。

中国的汉语博大精深,修辞方式多种多样,有比喻、对偶、排比、借代等。打水漂这种游戏名称也被人们日常使用。其意思是,白费劲。换言之,用了好大的劲,只看到一点点效果,却又消失了。在生活中,这种现象多如牛毛。举些凄凉悲怆的例子:一个人从母亲怀孕一直到培养长大多么不容易。人是世间最宝贵的财富。活在世上的人,在不断完善自己、不断幸福自己的同时,既要为国家和社会作出贡献,又要为家庭和父母尽到责任。然而,有些人因病、因情、因事却主动放弃了自己的生命。据世界卫生组织公布的报告,全球自杀死亡人数已经超过战争和自然灾害致死人数之和,相当于每四十秒钟就有一人自杀。对自杀者的家庭尤其父母来说,这是一种打水漂。据中国卫生部发布的统计数据显示,中国每年新增7.6万个五十岁以上失去独生子女的家庭。对失去独生子女的家庭尤其父母来说,这犹如是一种打水漂。每年,世界各地因为自然灾害、政治动荡、军事斗争、人为事故等,使许多无辜平民的生命打水漂。如:日本侵略中国期间,南京有30万无辜平民惨遭日军杀害。又如:一艘长江游轮冒着飓风夜航,刹那间倾覆,使

300多条鲜活的人命顿时消逝。在社会上,打水漂的事经常发生:"偷鸡不成反蚀一把米"的事有之,"赔了夫人又折兵"的事有之,赌博造成家破人亡的有之,治病带来人财两空的也有之。

说及放长线,人们自然会想起钓大鱼。放长线为了钓大鱼,钓大鱼需要放长线。与打水漂不一样,放长线尽管尚处于过程之中,未见收获,但存希望,有些甚或抱有极大的希望。而打水漂时,石子啪、啪、啪地跳跃过去了,直至停下来,便很快沉入了水中,而且永远不会再起。放长线落实在待人处事上,就是要有长远眼光、长远打算,不可短视,不能势利。如:炒股有长线与短线之分,对看好的股,可做长线,也就是说,吃进后,须等待时机再作抛出。有远见的人找对象放长线,他或她主要不看对方的相貌、出身和家产,也主要不看对方当时的地位、名声和收入,而主要看对方的品行、知识和潜能,以及对方的志趣、追求和性格。在人际交往中,凡放长线的人,则会广结善缘。下雨天,若用小车接送小孩上学时,顺便带上同住一个小区、同上一所学校的小孩。从国外旅游回来,带上一些特产,与左邻右舍分享一下。古人有言:"爱人者,人恒爱之。"民间俚语:"行得春风有夏雨。"广结善缘了,回报会随之而来,即使没来,助人则会自乐。这种乐,与知足常乐之乐无异。行为科学家威林研究过人类的互动习性。他得出的结论是,不论从事哪一种行业,只要能学会维持良好的人际关系,其事业成功率可达85%以上,而获得个人幸福的几率,则高达99%。生产经营中有放长线。大凡品牌企业,都十分注重放长线。其中,研发核心技术是最重要的。国际上许多跨国公司凭借掌握的核心技术,如PC业的芯片,在中国市场上大赚其钱。市场从来不相信眼泪。企业存在的价值是企业在由自己的核心竞争力与社会的市场需求所组成的坐标中的位置决定的。核心竞争力,既是企业放长线获取的,又可放长线为企业服务。人与人之间来往,有的人"脸短",一遇不顺心、不如意,便发火生气,刚才还是嬉皮笑脸的,霎时间变得脸红脖子粗。这也是不会放长线。在这方面会放长线的人,自己一定会压得住火、沉得住气。通常,人们都不喜欢"脸短"的人。在政治斗争、军事斗争中,政治人物、军事人物无不普遍重视放长线,如长期潜伏在敌人身边的特务,必须从长计议,巧于伪装,否则,很快便会败露。凡有野心的各式人等,别看他或她一时一地在安安顿顿守着规矩过日子,然而,只要条件成熟,便会立马露出真面目来。"子系中山狼,得志便猖狂",说的就是这个意思。回顾历史,长期以来,日本对中国有侵略野心,早在抗日战争爆发之前,即有日军伪装成和尚、喇嘛等,偷偷地在中国内地测绘了一批地图,那一座山丘、一条小溪、一个村庄、一块水田、一条小路、一处庙宇、一片树林在一些地图上都标示得相当清楚。正如胡平在《情报中国》一书中写道的："可以说,不管是战争年代,还是和平时期,中国都是日本极有兴致、极为认真做的功课。"这从一个方面可以看出,日本侵略中国实施了放长线的战略。

人活在世间,为名为利,为财为物,为情为色,而左右开弓、上下求索,但不管怎么闹腾,也不管闹腾多久,都摆脱不了受自然演化规律、经济运行规律、社会发展规律的制约和影响。打水漂,无论石子在水面上跳跃多少下,总归要沉入水中,因为有万有引力的作用,不允许石子永远停留在水面上。如果把石子与水面的接触看作聚的话,那么,石子离开水面就是散。有聚必有散,如同一部电影、一出戏剧,一旦开演,总会结束;如同一个会议、一项活动,一旦开启,总会闭幕。因此,作为凡夫俗子,我们务必淡定看待那些打水漂的人和事,尤其对那些由客观自然因素和自身力不能及造成的打水漂,更应该想得开朗一些(当然,对由民族仇恨等造成的打水漂除外)。其前提是,在打水漂时,我们确实做到尽心尽力了。放长线本身不涉及政治,是一种追求效率、效益、效果最大化的方法和手段,我们可用,敌人也可用;这个国家可用,那个国家也可用;这个地区可用,那个地区也可用;这个行业可用,那个行业也可用;过去可用,将来也可用;青年人可用,老年人也可用;顺境时可用,逆境时也可用,人多时可用,人少时也可用;成功者可用,失败者也可用。有所不同的是,用的时间、空间和质量、数量显示出一定差异。放长线大有讲究,其中有几点需要认真把握:首先,值不值得放长线。一般来说,对捉摸不透的不能放长线,对毫无潜质的不能放长线,对稍纵即逝的不能放长线,对力不从心的不能放长线,对亲痛仇快的不能放长线。其次,如何是好放长线。在现实世界里,对某人或某事放长线,并不是对某人或某事所有的方面放长线,而是有所取舍的。一般来说,对提纲挈领的放长线,对百年大计的放长线,对荦荦大端的放长线,对方兴未艾的放长线,对向上向善的放长线,而不是对负能量的、腹中空的和糟粕的、落后的放长线。再次,掌控分寸放长线。这里的分寸,指时间、节奏,即何时始放、何时止放,何时疾放、何时徐放,放多长、放多粗,放何处、放何方。从一定意义上说,打水漂与放长线,前者显示的是短效,后者显示的是长效;前者是"秋风扫落叶",后者是"润物细无声";前者图一时之快,后者求久久之功;前者因一时之需,后者为立足长远;前者是兴致所致,后者是心智所致。作为人生之道,对打水漂与放长线,我们既可用不同的视角和视距去探究,又可从不同的时点与时长去寻觅,从而取利去弊,为我所用。

过客与常客

中国是闻名世界的礼仪之邦，热情好客是国人普遍具有的特质。客，客人也。关于"客"的名句，在中国古诗文中有些许。如贺知章："儿童相见不相识，笑问客从何处来？"张继："姑苏城外寒山寺，夜半钟声到客船。"孔融："座上客常满，樽中酒不空。"吴承恩："山高自有客行路，水深自有渡船人。"杜甫："花径不曾缘客扫，蓬门今始为君开。"杜耒："寒夜客来茶当酒，竹炉汤沸火初红。"中国自古以来崇尚礼遇客人，哪怕是陌生的人，到了自己家里是客人，到了自己店里是客人，到了自己单位是客人，即使客人无理，主人也是"有理不伤上门客"。《沙家浜》里的阿庆嫂开茶馆。她有句唱词，叫"来的都是客"。"客"在中国的人际交往中，占有特别重要的位置。

客分过客与常客。一般而言，过客指路过的客人，如在南来北往的车站里，那些行色匆匆的人都是过客；常客指常来的客人，如在乡间小镇的茶馆里，许多边茗茶边听书的人是常客。在人间世事里，类似过客与常客的东西，举目即见，侧耳即闻。有着鲜活生命的人，对自然界来说，本身就是过客，其肉体不可能永存，而其精神、贡献、发明、智慧等，有一些会成为后人书中口里的常客。人之立志，无志之人常立志，有志之人立志长。对志来说，前者立的是过客，而后者立的是常客。每个成人都要选择职业，可有的人很不安心，而且相当盲目，自己的屁股还没有坐热，就忙着去换单位、换工种，结果是换来换去都不满意，总哀其不幸；而有的人却不这样，选取自己喜爱的行业和工作，且持之以恒、始终如一，结果是一步步走向成功。对职业来说，前者选择的是过客，而后者选择的是常客。人有三情：亲情、友情、爱情。有的人的爱情不专，尽管"家里红旗不倒"，总想"外面彩旗飘飘"；有的人爱情多变，老婆或老公换了一任又一任，而且总认为对方不好。这两种人的爱情是过客而不是常客。上海老派女人之间有一种被称为"小姊妹"的情谊。"小姊妹"不同于小姐妹，相互之间没有血缘关系，惟有的是亲密无间的友情。一般来说,这种友情是常客而不是过客,历经风雨而不改初衷,即使"小姊妹"们远在天涯,心中仍然留存着纯净澄澈的情谊。在地质古生物研究中,经常可以发现早已灭绝的古生物化石,一些当时生物的遗体、遗物、遗迹如恐龙脚印等,被埋藏于地下变成了化石,且保存了下来。对已有四十六亿年之久的地球来说,那些灭绝的古生物只是过客,而那些尚存的古生物(不断繁衍,也在进化)即是常客。气象现象如刮风、闪电、打雷、下雨、飘雪等,也有过客与常客。有的时候,如南方的黄梅天,一连半个月、一个月,经常刮风、打雷、下雨。对这些地区来说,风、雷、雨就是常客,而南方一些地区,整个冬季没见一片雪,开春了,却罕见地飘起了雪,然而,整体的气温、地温返暖了,雪积不起来,这些迟到的雪便是过客。人与人之间,有来必有往,有往必有来。互赠礼品,乃为正常来往。把别人赠的礼品留在家里则为常客,而把别人赠的礼品转赠给他人即为过客。钱也是这样,老板收回来一大笔工程款,给工程队施工费,给民工们发工资,给厂家商家还材料设备费,这些钱对老板来说只是过客,惟有留下的钱,也就是净赚的钱,对老板来说才是常客。国家与国家之间,民族与民族之间,也有过客与常客(当然这种客的含义与一般意义上的客的含义不同)。一个国家要永久占领一个国家,一个民族要永久征服一个民族,那是极其困难的,甚至是不可能的。一时的占领、一时的征服只能是过客,而常客永远属于本国家、本民族及其人民。

客是一种社会存在,而且是一个时段、一个场合的社会存在。无论是过客,还是常客,在社会上,都曾存在于一个时段、一个场合。其中,有的是因为必然而存在,有的是因为偶然而存在;有的是因为有意而存在,有的是因为无意而存在;有的是因为了解而存在,有的是因为误解而存在。在存在中,有的欣喜,有的悲伤;有的融洽,有的尴尬;有的凝聚,有的拼凑;有的甜蜜,有的苦涩。过客与常客均为客,绝不是主。当主的有当主的规矩,做客的有做客的规矩,通常是客随主便,不可反客为主。社会上有这样一种不正常现象颇受人鄙夷,即一对夫妻闹别扭,有位好友应邀从中帮劝。结果,自己却变成了"第三者"。再到后来,夫妻以离婚告终。这位好友的做法是反客为主,不讲道德。有句俗话,叫"朋友妻,不可欺"。其意思是,越是关系好的人,在相处时,越要把握好分寸。客与主之间,事实上无形中有一条严格的界线,一旦逾越了,相互关系便会欠妥或失当,甚至主客倒置。过客与常客是相对的:过客相对于常客而言,常客也相对于过客而言。从一定意义上说,过客是一种常客,常客也是一种过客,因为"常"从时段上难作分野。也就是说,多少时间来一次算长、多少时间来一次算短,不好划一,需具体问题具体分析、具体情况具体对待。过客与常客,无论存续时间有多长、有多短,终究都要离开的。如果把过客看作是顿号的话,那么,常客至多是逗号,绝不是句号。过客有过客的好,也有过客的不好;常客有常客的好,也有常客的不好。在好与不好上,过客与常客,不必也不该"五十步笑百步"。就拿婚姻来说,银婚、金婚、钻石婚当然好,但还不能仅仅以存续时间长短来论婚姻之好孬,还要从夫妻关系的质量上来考查。恩格斯说过,没有爱情的婚姻是不道德的。没有爱情的婚姻,纵然存续时间再长,按现代人的理念,那也是不足取的。这样的常客,从某种意义上说,还不如有一段热热烈烈爱情的那样的过客。难怪乎,有人把婚姻质量分为三等:优等是有相濡以沫的爱人,劣等是有同床异梦的爱人,而中等是虚位以待的爱人。过客与常客,有的时候并不是"你唱罢来我登场",而是交织在一起的。人在世上,无不生活在一个个小圈子、一个个小团体里,而且随着时间的迁移其外延和内涵会不断变化,如人在上小学时、上中学时、上大学时有不同的同学圈,人在年幼时、年轻时、年老时有不同的亲人圈,人在这个单位、那个单位里有不同的同事圈。这一个个圈内的人,有的是常客,有的只能是过客。有些同学毕业后,这辈子再也无缘相见;有些同事调离后,这辈子再也无缘相遇;所有的亲人去世后,这辈子再也无缘相聚。相反,这辈子又会有新的同学、新的同事、新的亲人到来。在一个个小圈子、一个个小团体里,人员就是这样有进有出,直至自己的职场和生命结束。

　　认清过客与常客,对充实人生、享受人生颇有裨益。人贵为万物之灵,在地球上蹦跶弹跳的时间极其短暂。对自己来说,身外的环境、身外的财物,都是抓不住的过客,而惟有内心的平静,才是驱不走的常客。钱,说它万能也好,说它万恶也罢,无非就是钱,为人所造,为人所用。在一定的条件下,人大可不必时时为钱操心、处处为钱烦恼,心中满是贪妄嗔痴。充实人生、享受人生全靠自己,别人可以建议,但是无法替代。明朝有人撰文介绍过"餐荔会",告之如何品味:荔枝初上市时新香可爱,不要嫌其味酸,且来珍惜盛会的开始;荔枝盛产时色泽艳丽,不要忌其性热,且来饱享行乐的情趣;荔枝下市时残红可惜,不要厌其冷落,且来完成赏心的美事。人生也像荔枝一样,有上市、盛产和下市的时候,然当永远有颗好客之心,无论对过客,还是对常客,都感恩相见、相遇和相聚,怜而又怜,惜而又惜,并从中品尝无穷的甘洌和甜美。

野生与家养

众所周知,在人类没有形成之前,地球上的动物都是自生自灭的,即自然地生与长,自然地衰与亡。自从有了人类起,地球上的动物,就其生存状态来说,分成了野生与家养两种。人类为了某种需要,渐渐家养起了某些动物,如养猫为了捉鼠,养狗为了看门,养猪为了吃肉,养兔为了取毛,养马为了骑行,养牛为了犁田,养驴为了拉车等。当然,也有为了玩耍和观赏的,如有些人养各种宠物。动物界有其自身的生存法则,那就是达尔文进化论中所含的要义:物竞天择,适者生存。在地球上,各种动物的生存条件并不一样,故并不是所有的动物都可以家养,一些动物只能在野生状态下生息;自然条件并不是一成不变的,故一些动物并不能永远在野生状态下繁衍,于是需要有人工养护措施。按照"存在的就是合理的"观点,每种动物之所以在地球上存在都有各自的理由,不是有这个理由就是有那个理由,而且各种理由看起来又都是合理的。反之,也是这样。不难想象,那么大的恐龙在地球上一下子全部灭绝,不是没有理由,而是有充分理由。为此,科学家们研究提出了各种假说。随着人类驯养水平的提高,同时,也随着人们玩赏意味的调整,一些原本只能野生的动物也逐渐家养起来,如动物园里的珍稀动物。

从总体上看,在动物世界,有些动物适合野生,有些动物则适合家养。凡野外生存能力强,且野外有其生存条件的,适合于野生。如狼,它的食物丰富,有鸟类、野兔、家禽、家畜以及癞蛤蟆、昆虫等,偶尔也吃青草、嫩芽等。而且,它擅长利用群体的合作,捕杀比自己大得多的动物。所以,狼的野生空间和野生本领很大。而那些野外生存能力差,且野外生存条件恶劣,尤其是对人类有某种特殊用处的动物,则比较适合家养。如大熊猫、麋鹿、扬子鳄等,它们在现有自然生态条件下,属于趋向灭绝的动物,需要人类以半野生、半家养的方式予以保护。"让野生动物野!"这是美国"幽岑美地"国家公园给游客的告示。告示上还有这样一段说明,读来令人吃惊:"从'跟踪器'

显示,经过喂食的黑熊,在山林里走了一百六十公里,都不曾主动去觅食,因为它觉得食物反正自己会送上门来。"在当今中国城市的居民小区里,有不少乱窜的猫,原先它们由主人当宠物喂养,可谓无忧无虑,后来由于发情等原因离家出走,加上又缺乏认门回家的本事,故只能沦为流浪猫。然而,它们习惯于饭来张口,在野外无法填饱肚子,颇为可怜。于是,一些有爱心的人便主动承担起了给食的任务。因此,对许多动物来说,从野生到家养易,从家养到野生难。

由动物的野生与家养,说到人类的野生与家养。诚然,每个人的人权是平等的:你有生存权,我有生存权,他有生存权。然而,人出生在什么家庭里,这是不以自己意志为转移的,换言之,自己没法选择出生在什么家庭。这就带来了一个至关重要的问题:每个人的养育条件、环境不一样。当然,一般来说,人类没有野生,即使中国湖北神农架的野人,迄今尚停留在传说阶段,还没有真的捕获到。因此,所谓人类的野生与家养,是指人们在养育条件、环境上的差异。也就是说,野生的指养育条件、环境差劲的,而家养的指养育条件、环境优越的。在封建社会,上至皇家的王子、公主,下及富家的公子、小姐,那都是家养的,而贫家的、贱家的儿子、女儿,那都是野生的。前者养尊处优,后者卑微低下;前者饱食终日,后者饥寒交迫。时至今日,在全民奔小康的路上,尚有一些相对贫困家庭的小孩,缺少良好的生活、学习条件、环境,依然在演绎着当代版的"穷人的孩子早当家"的故事,有的过早地挑起了家庭的重担,而有些相对富裕家庭的小孩,自小主动或被动地养成了骄、娇二气,不愿学习,不肯工作,即使结婚成家了,依然在恬不知耻地"啃老""坑老""刮老",说不定,又难以逃脱"富不过三代"的历史诅咒。

动物的野生与家养,所面临的挑战各不相同。野生的动物整天处于生命危险之中,一方面动物之间有食物链,除了处于动物顶端的老虎、狮子等外,其他动物都有天敌;另一方面它们随时随地都有可能遭到人类或硬或软的捕杀。而家养的动物尽管不愁吃、不愁喝,但失去了自由,有翅不能飞,有腿不能跑,且任由主人摆布和处置,如笼中的金丝鸟等。因此,对动物来说,野生有野生的好,也有野生的不好;家养有家养的好,也有家养的不好。作为人类,不可只从自己的心境、身境出发来评说动物的野生与家养。事实上,每种动物都活得不容易,都有各自的生存压力,只不过人类往往不懂、不识它们的行为和语言而已。科学家们研究发现,大量海豚搁浅海滩并非自杀,也不是环境恶化造成,而是海豚感染麻疹病毒后丧失了导航能力,并且体内脏器出现严重衰竭;鸵鸟有时确实会把头埋进沙子,但并不是因为受惊,而只是为了吃些小石子以帮助消化;响尾蛇用尾巴发出响声,只是向其他动物或人类发出虚假警示信号,其实是它已意识到身处危险,没有足够时间逃跑而作出的本能反应。一般来说,动物从其本性、本能出发,适合野生的还是野生好,适合家养的还是家养好,不可过于违拗。否则,只能以缩短生命为代价。因此,如果是天鹅,就去宁静的湖水;如果是海燕,就去汹涌的大海;如果是肥猪,就去舒适的栏圈;如果是宠物,就去喜欢的人家。

对人来说,野生与家养有如下启迪:其一,人应该到大风大浪中去经受锻炼,温室里的花朵是经受不了风雨考验的。世上伟大人物、杰出人才的成长,无不经历过艰苦卓绝的磨炼。近代,政坛上,如孙中山、毛泽东是这样;科坛上,如李四光、华罗庚是这样;艺坛上,如梅兰芳、徐悲鸿是这样;文坛上,如鲁迅、茅盾是这样。古人有言:由俭入奢易,由奢入俭难。在现实生活中也是,人要养成节俭的习惯并不容易,而要走向奢靡并不很难。不是么,一些贪官污吏本是农家子弟,由于放松约束,走上了腐化堕落的不归之路。苦与成相随,梅花的清香来自于苦寒,登峰的欣喜来自于苦旅,创业的丰收来自于苦心,竞技的取胜来自于苦功。苦尽甘来,人需要在苦中奋斗,因为苦会激励自己,因为苦会带来际遇,因为苦会减少竞争,因为苦会增添希望。其二,对人处事不可做过了头。当年,孔子在与子贡的对话中,指出了"过犹未及"。在家里,不管多富多贵,对儿子、女儿不能娇惯。娇惯儿子、女儿,从一定程度上说,也是一种加害。社会上那些游手好闲、玩世不恭者,好多是因为父母过于宠爱。人对苦难的承受力也是有限度的,苦与难若过了头,则容易压垮身心。社会上一些一蹶不振甚至一命呜呼者,好多是由于担负过重。其三,不能以出身论成败。人生在世,出身当然重要,因为人生的起步不一样。但出身富贵,若不能正确对待,则会成为人生难卸的包袱。反而,出身贫贱,"一张白纸,可以画最新最美的图画。"人生的成败得失,主要取决于后天的努力。而在努力中,又主要取决于路径和方法。

脑袋与口袋

"大学学习期间,要尽量争取'满脑袋',而不要急于'满口袋'。'满脑袋'的人最终也一定能'满口袋'。"这是中国科学院院士王选谈学生休学创业的看法,笔者颇为赞同,于是,以此为题评说一番。

脑袋,一为头脑,二为脑筋;口袋,一为衣兜,二为容器。本文所言的脑袋,系指知识、技术等才能和记忆、思考等能力;本文所言的口袋,系指钱财、物资和名誉、地位等。倘若把活着作为人生的目的和目标的话,那么,脑袋是人生的手段和工具,口袋是人生的内容和介质。人只要活着,尤其是在尚未退休前或有恙在身时,无不整天忙着脑袋和口袋。有所区别的是,有的人忙的大些,有的人忙的小些;有的人忙的多些,有的人忙的少些。忙脑袋的事,一如幼儿学习、在校学习、专职学习等,二如熟读、背诵、强记等,三如搜集、分析、思虑等,四如综合、判断、决策等,五如认知、技巧、经验等;六如会商、讨论、研究等。忙口袋的事,一如生产、运输、销售等,二如上工、上班、上任等,三如进货、购物、置产等,四如职称、职务、职级等,五如荣誉、名声、威望等,六如事业、家庭、婚姻等。从一定意义上说,脑袋无形状,口袋有形状;脑袋是精神,口袋是物质;脑袋为认识,口袋为实践;脑袋管长远,口袋管短期;脑袋系根本,口袋系枝叶。人不能没有脑袋,人也不能没有口袋。

正如许多事都有好孬优劣一样,脑袋与口袋也有好孬优劣。笔者在这里,对好脑袋、优脑袋和好口袋、优口袋就不赘述了,单独说说孬脑袋、劣脑袋和孬口袋、劣口袋。概括起来,邪脑袋、歪脑袋、尖脑袋、笨脑袋属于孬脑袋、劣脑袋,而黑口袋、破口袋、瘪口袋、虚口袋属于孬口袋、劣口袋。举例说来,江苏省南京市某征地服务中心动迁员耿某,为了所谓的朋友义气,利用职务之便,与他人合伙造假,用非法手段骗取数十万元国家的拆迁补偿款,结果锒铛入狱。耿某用的脑袋是邪脑袋。有领导认认真真念着由秘书起草的文稿,把"此处请停顿,估计有掌声"都念了出来。这位领导用的是笨脑袋。有个女孩刚交了个男朋友,尚未摸清对方的脾性和为人,根本没到谈婚论嫁的时候。几天前,家里赶上了拆迁,妈妈劝其先领结婚证,这样,男方入户后家里可以多拿十几万元拆迁费。这位妈妈用的脑袋是尖脑袋。实际上,为了十几万元拆迁费,妈妈草草地把女儿嫁了出去,倘若不合适,那损失不是用钱可以计算的。甲乙两人竞争一个职位,甲不想去比拼能力、业绩和资历,而只想乙此时会节外生枝,如闹出点绯闻来,好让自己胜出。其实,甲用的是歪脑袋。洗钱是把非法获取的钱款,通过改变名义、性质,成为合法的收入。社会上有些黑口袋起到了洗钱的作用。有些男人在外面挣了大把大把的钱,然而,家是夫人管的,而夫人是个破口袋,不会精打细算,钱积攒不起来,都给花光了。有些人辛辛苦苦在外面打工,一年下来,口袋瘪瘪的,春节回家时,真有点"无颜见江东父老"之感。有些人好包装自己,走起路来大摇大摆,说起话来滔滔不绝,其实是"嘴尖皮厚腹中空",要钱财没钱财,要名位没名位,要学问没学问,要技能没技能。此外,孬脑袋、劣脑袋和孬口袋、劣口袋除以上情形外,还有小脑袋、细口袋。小脑袋者,凡事不仅斤斤计较,而且"两两计较",甚至"钱钱计较";细口袋者,凡事吝而啬之,不大方,不体面。

脑袋与口袋尽管不在同一层面,但二者有着紧密的关联。一是相互影响。伟人有言,思想是行动的向导。换言之,思想指导行动。通常,有什么样的思想就有什么样的行动。思想是基于实践,出于脑袋,见于行动。而行动的成效,最终会落于口袋。但是,囊中空空或囊中鼓鼓不会不影响主宰思维、记忆的脑袋。在现实生活中,凡很有脑袋的人,不管做任何事,都容易成功,而且容易取得大的成功;反之,亦然。凡口袋里满满当当的人,思考就容易有底气,做事就容易有勇气,而且容易形成投入产出上的良性循环。二是相互作用。英国培根曾在一文中指出:"父母对子女的零花钱过于苛刻是不好的。这会使他们变得卑贱,甚至投机取巧,以至于自甘下流。后来有了财富,他们也会挥霍无度。父母坚持对子女的权威,但在用钱上不妨宽松。这种方式被证实是最好的。"这段文字,蕴含了作用与反作用。脑袋作用于口袋,这从国内外无数的成功人士身上即可清清楚楚地看到。在正常情况下,满脑袋的人迟早会满口袋的,即使不满口袋,也会比不满脑袋的人要多满些口袋。同样,在一定时候,满口袋的人则会多想办法去满脑袋,即使满不了脑袋,也总会比不满口袋的人多作努力。三是相互支撑。媒体曾经报道,陕西省千阳县"三代人"的"苹果梦"越来越美。其中,当地 67 岁的"土专家"赵润德能管五亩苹果园,亩产平均两千多公斤;42 岁的"大能人"魏小杰能管十亩苹果园,实现了"当年开花、两年挂果、三年丰产";27 岁的研究生胡凌云能管一千亩苹果园,让最前沿的苹果培育理论和信息接地气,亩产已达三千多公斤。这则报道从一个侧面说明,脑袋支撑口袋。许多时候,在政治上要施展某种抱负,在经营上要实施某种战略,在科学上要施行某种探索研究,若口袋里没有一定的实力,则往往步履维艰。对脑袋与口袋,既不可割裂开来看,也不能等同起来看。二者的相互影响、相互作用、相互支撑是有一定条件的。换言之,并不是心想即可事成、信手即可拈来的。同时也应该看到,脑袋对口袋的影响、作用、支撑与口袋对脑袋的影响、作用、支撑,在方式上、在力度上、在效用上也是不一样的,往往有着质的差异。如果看不到这一点,则容易陷入"惟脑袋论"或"惟口袋论"的泥淖。

不可否定,寰宇世间,人人都有脑袋,人人又都有口袋。然而,在精神至上的时代,往往容易轻视口袋;而在物欲横流的时代,则往往容易轻视脑袋。前者,似乎"越穷越光荣";而后者,似乎"一切为了钱"。其实,二者都不能轻视。尤其初涉社会的年轻人,必须从长计议,不应当倚重口袋而应当珍重脑袋。有人总结出自古以来很重要的五种人,即受过专业训练的人、具有整合能力的人、能够创造发明的人、善于尊重别人的人、拥有道德品质的人。这五种人,无疑是脑袋好、脑袋优的人。在现实生活中,口袋总是有量的,而脑袋则是无量的。请看:孙子思维——知己知彼,百战不殆;拿破仑思维——始终保持自己的主见,用自己的目光去审视世界,用自己的方法去解决问题;费米思维——最简单的往往是最合理的;亚历山大思维——成大事者,决不被陈规旧习所束缚;洛克菲勒思维——时时求主动,处处赢生机;奥卡姆思维——舍弃一切复杂的表象,直指问题的本质。这六位大家的思维何等重要啊!那些即使再鼓鼓囊囊的口袋,也根本无法与其相提并论。笔者认为,淡泊地看待口袋、浓烈地看待脑袋,是有志的人,是高尚的人,同时,也是幸福的人、快乐的人。

刻薄与浅薄

先说一则故事：曹操是我国古代著名的政治家、军事家和文学家。有一次，他准备出兵攻打乌桓。战前，他召开了高级军事将领会议，旨在听取大家对这次军事行动的意见。会上，大多数将领发言认为，根据现有条件和具体情况，不同意打这次仗。但是，他坚持己见，执意要打这次仗。结果，这次仗取得了胜利。仗打完后，他专门把那些提反对意见的将领找来开会。这些人原以为自己的意见提错了，非常害怕，但又不敢不去，于是一个个提心吊胆地到了会场。奇怪的是，他没有指责这些人，反而给每个人发了奖品。他说，按照实际情况，这个仗是不应该打。大家提的意见是正确的。这个仗虽已取得了胜利，那不过是侥幸而已。他向这些人保证，今后决不再犯这样的错误。

这则故事，尽管说的是曹操知错即改，但从中不难看到曹操宽厚的气量和风度。在现实生活中，与宽厚气量和风度相悖的是刻薄与浅薄。刻薄，一般指对人冷酷，不热情；对人苛求，不宽容。浅薄，一般指人缺乏才学，不深厚；缺少修养，不庄重。茫茫世界，人等各色，其中不乏刻薄的人、浅薄的人。自古以来，中国的婆媳关系普遍难处。一些婆媳之间，不是婆对媳刻薄，就是媳对婆刻薄。其具体表现在：一方说这个、说那个，另一方听不惯；一方做这个、做那个，另一方看不惯。通常，冷言冷语、吹毛求疵是这些婆媳相处的常态。有些领导对部下颇为刻薄。毛泽东曾经说过，为了一个革命目标，我们走到一起来了。按说，在法治化、民主化的社会里，既然大家都是为了革命，领导与部下共事，既非君子与臣下的关系，也非老板与伙计的关系，应该在讲规矩和纪律的前提下，相互尊重，相互支持。那种动辄训斥部下的领导作风，为众人所不齿。遥想当年，不可一世的项羽兵败，疾奔至乌江边，完全可以渡过江水，重回江东，徐图再起。然而，他毅然决然地选择了自刎。其实，从某种程度上说，也是他对自己刻薄。抗日战争全面爆发后，蒋介石迫于形势勉强同意国共第二次合作,在把红军主力部队改编成"八路军"时,却找了已被撤销的东北军的115师、120师、129师三个败军番号给予红军主力部队。仅凭此点,即可见之蒋介石对红军有多少刻薄。然而,这没有用,红军主力部队的这三个师在林彪、贺龙、刘伯承等名帅的指挥下,均成为屡建奇功、威名远震的雄师劲旅。自古以来,那些所谓的"剩男""剩女",其中有许多并非条件太差而难觅佳偶,实际上也是对自己刻薄。在世间,浅薄呈现出了众生相。当年,乾隆皇帝下江南,临幸灵隐寺,出乖露丑,把繁写的灵字写成了云字。对此,寺中的方丈心里嘀咕,在旁的大臣却连声叫好——天上有云,地上有林,云林禅寺,高!就这样,乾隆皇帝写有错字的匾额至今仍存于灵隐寺。不难分析,乾隆皇帝兴许一时出错,作为大臣应该当好参谋,不可曲意奉承。否则,就显浅薄了。社会上,常见这种不是正常的正常现象:有钱有势时,人就巴结;无钱无势时,人就冷淡。这是人情中的浅薄。在男女择偶上,有的男的以貌决定一切,有的女的以财决定一切,这都是浅薄之举。我们是人,不是一般动物。在海洋馆里表演的海豚,为了得到驯养师赏赐的一条小鱼,会出力地跳跃翻腾。人若只为蝇头小利而左右自己的言行,那就势必浅薄。有些人,无论说话,还是办事,颇为情绪化,不知何时何地,一会儿高兴,一会儿又不高兴,让人莫名其妙。其实,这也是浅薄。如今,非机动车被盗问题严重。究其原因,有些人不知就里,贪图便宜,去购买被盗车,这就在无意间促进了被盗车市场的形成。实际上,这种购买被盗车的行为也是浅薄的。中国自古即有君子与小人之说,而且进行直接对照,二者反差强烈。从祖先所勾画的二者形象来看,凡小人者,必是浅薄者。

　　刻薄与浅薄,从总体上说,是十分有害的。刻薄会加剧人际关系紧张。人活在世上,本就很难,若再加刻薄,那就更难。而且,有些人的刻薄使得无缘无故,无疑是在向他人"倾倒垃圾"。这就很不道德了。刻薄对自己的身体也无益处。凡刻薄之人,自己对自己也缺乏热情,自己对自己也缺少宽容。而热情和宽容,对人之健康有益。浅薄既无助于人的事业,又有损于人的脸面。浅薄之人难以成功大的事业。有些人在事业上功亏一篑,是因为自己在学术上不够深厚。有些人在形象上自受污辱,是因为自己在修养上不够庄重。对刻薄与浅薄的由来,笔者有如下认识。其一,动物性。动物世界普遍是弱肉强食,相克动物之间你死我活,不相克动物之间各顾各的。因此,刻薄与浅薄属于自然状态。人从动物进化而来,动物身上的这些劣质,或多或少地在人的身上留下了印迹。其二,后天性。人的品性形成,既有先天的,更有后天的。刻薄与浅薄也是这样。克雷洛夫曾经指出:"坏事情一学就会,早年沾染的恶习,从此以后就会在所有的行为和举动中显现出来,不论是说话或行动上的毛病,三岁至老,六十不改。"中国也有这句俗语:"从小看看,到大一般。"有些人习惯性地对别人用语尖刻,并非长大之后才形成,自小说话就有尖刻的味道。对这些人,别人只能多作些谅解,要叫他们说话温文,几乎是不可能的。当然,这不能全怪罪他们的家庭和父母言传身教不够,很多是本身个体上的差异。其三,思维性。思维为人类所特有,从实践中产生,又回到实践中去。人由于自身素养的参差、所处环境的不同、占据位置的有别,在思维方式上不一定一样。凡刻薄之人,好以自我为中心,好钻牛角尖,好用消极的眼光,好认死理;凡浅薄之人,好感情用事,好浮光掠影,好轻视别人,好急躁毛糙。那种"总觉别人不好"的人是刻薄的人,那种"见到风就是雨"的人是浅薄的人。刻薄之人,看起来很凶、很毒,其实是缺乏自信;浅薄之人,看起来很精、很灵,其实是缺少积淀。其四,片面性。人有时真的很奇怪,自己穿了一件紫色的衬衣,结果发现街上有好多人也穿同样的衬衣;自己用了某一品牌的手机,结果发现街上有好多人用同样的手机。这种现象,在心理学上叫"视网膜效应"。意思是,我们当拥有一件东西或一项特征时,自己就会比平常人更会注意到别人是否与自己一样拥有这件东西或某项特征。凡刻薄之人,在他们的眼里,往往看到别人也刻薄;凡浅薄之人,在他们的眼里,也往往看到别人也浅薄。于是,他们对自己的刻薄、浅薄也就会不以为然。即使有人当面指出,他们仍会我行我素。

　　刻薄与浅薄,说到底是个人素质修养的问题。中国先哲先贤们崇礼,一再谆谆告诫人们,要重礼节、懂礼貌、善礼让。从一定程度上说,用礼即可消除人对人的不热情、不宽容、不庄重。人用礼了,就会管理好自己的情绪,不会动辄向人发火、对人训斥;用礼了,就会显示出有教养,待人真诚而宽宏,不会怨生恨起;用礼了,就会多去感恩,尽力报答别人给予的情谊、恩惠和德泽;用礼了,就会换位思考,善解人意,不会去伤害别人。但丁《神曲》中曰:"人不能像走兽那样活着,应该追求知识和美德。"是的,此言精妙绝伦!知识和美德,足可以消除人的刻薄与浅薄。

忙情与闲情

人有血有肉,感情丰富,其中因忙、因闲而产生的感情挺有意思,颇具玩味。忙,指要做的事很多;闲,指没有什么事可做。忙,忙东忙西,忙里忙外;闲,闲心闲身,闲言闲行。人生来就生活在感情中,忙有忙情,闲有闲情。

人之所以要忙,要么追求进步要忙,要么职责在身要忙,要么情况紧急要忙,要么谋求发展要忙,要么生理需求要忙。一般来说,人忙都有目的,只不过,目的有大有小、有明有暗、有多有少、有近有远。人忙也可分类,在性质上,有红道的忙,有灰道的忙,有黑道的忙;在种类上,有学业的忙,有职场的忙,有生计的忙;在状态上,有有形的忙、有无形的忙,有有规则的忙、有无规则的忙,有短暂的忙、有久长的忙;在力道上,有主动的忙、有被动的忙,有群体的忙、有个体的忙,有集中的忙、有分散的忙;在心绪上,有自觉的忙、有勉强的忙、有逼迫的忙;在过程上,有真忙的忙、有假忙的忙,有瞎忙的忙、有乱忙的忙,有正忙的忙、有倒忙的忙;在成效上,有有结果的忙、有无结果的忙,有善始的忙、有善终的忙,有圆满的忙、有夭折的忙。由忙而生情,且情呈百态。一种情是"忙并快乐着"。如为了事业成功而不懈奋斗,虽苦犹乐;为了大地丰收而披星戴月,苦中有乐;为了生儿育女而殚精竭虑,乐在其中。一种情是"忙并充实着"。中国已步入了老龄化国家的行列,有许许多多的老人,非常乐观地对待或迟或早将要降临的死神,从不悲叹曾经拥有的昔日美好时光的逝去,而择取能给自己身心带来满足的事儿来做,如有的游山玩水,有的含饴弄孙,有的操琴弈棋,有的弄文挥毫,有的活筋壮骨,有的建言献策,尽最大可能发挥自己的余热,享受生命的滋味。一种情是"忙并无奈着"。当年,老舍有文,指出"人兽不分,忙之罪也"。有些人觉得忙而没有意义,虽不愿去做,但又不得不做——因为不做就没有饭吃。在这种情形中,人就像机器般地工作,忙只为了一饱一睡。而今,也有一些年轻人,心无志向,身无能力,上班只为了混口饭吃,更有甚者,只是受了父母驱使。当然,这种忙情是消极的,毫不足取。在现实生活中,还有一些人,勉为其难,不得不忙。如父母为了儿女能上一所好的学校、能有一份好的工作,不得不去求爹爹、告奶奶、四处托请;看到上班的儿女没日没夜地忙,做父母的即使重病在身,只要手脚还能动弹,便会去帮儿女看看小孩、做做家务。无疑,这种忙情是"可怜天下父母心"。一种情是"忙并痛苦着"。有些人的忙卑躬屈膝,结果是忙得没有尊严、忙得没有自由;有些人的忙无法无天,结果是忙得走投无路、忙得胆战心惊;有些人的忙灰头土脸,结果是忙得躲躲闪闪、忙得无处安身。在现实生活中,有些人真的很忙,但忙的不是正道。如有的人找多个情人,有的人包多个"二奶"。这些人的时间自然不够用,忙完了这个忙那个,然而,其内心也必有痛苦,尤其是在分身乏术、欲壑难填、骗局戳穿之时,其痛苦也惟有自己品尝。不过,这种忙情是自作自受。

人之所以会闲,要么找不到事做、要么不给事做、要么无能去做事、要么无力去做事、要么不想做事、要么不该做事。通常,闲有主动之闲,也有被动之闲;闲的程度不一,有长时之闲,有短时之闲;闲的性状有异,有高雅之闲,有低俗之闲;闲有闲居之闲,也有闲职之闲;闲的主人也有不同,有文人墨客之闲,有山野农夫之闲,有兵营军人之闲,有工匠商家之闲,有师长学子之闲。由闲而升情,且情现千姿。当年,陶渊明在《答庞参军》中曰:"衡门之下,有琴有书,载弹载咏,爰得我娱。"此乃闲情。李白在《静夜思》中曰:"闲前明月光,疑是地上霜。举头望明月,低头思故乡。"此乃闲情。今朝,贵为大国总统的普京,有闲情去开飞机、去打猎、去游泳;平民百姓有闲情去美化自己、去养玩宠物、去摆弄花草。闲情会因时、因地、因人有别,即现代人的闲情与古代人的闲情,东方人的闲情与西方人的闲情,贫贱人的闲情与富贵人的闲情,男性的闲情与女性的闲情,老年人的闲情与年轻人的闲情,健壮人的闲情与病弱人的闲情,既有相同,又有不同,有些甚或有天壤之别。闲情带给人们的,并不一定都是快乐、安逸和福祉,有些则是愁苦、空虚和烦恼,因为闲情也有苦乐,也有忧喜,也有虚实,也有利害。闲情源于境、始于心:与孩子聊天会生闲情。国外一项研究显示,父母与九个月至三岁的孩子多聊天,可使孩子日后变得更聪明,因为聊天会刺激孩子的感官,对智力开发十分有益。同时,聊天也会给自己增添闲情。与父母相处会生闲情。儿女是父母的心头肉,父母是儿女的生命源。社会上所指的家,通常由父母和儿女组成。每个人,不管自己的年岁有多大,一旦回到父母尚在的家,与父母拉拉手、唠唠嗑,那是别有一番闲情在心头。从一定意义上说,人对父母的孝,本身就是一种闲情。这种闲情所展现的是感恩之情、血肉之情、亲昵之情。与自然接触会生闲情。古往今来,有数不清的政要、文豪、俊杰触景而生情。如王勃的"落霞与孤鹜齐飞,秋水共长天一色";岑参的"忽如一夜春风来,千树万树梨花开";还有数不清的诗人、绅士、布衣以各种天象、气候抒发闲情,其中有咏日月星辰的,有咏风霜雨雪的,有咏冷热旱涝的。与世人无争会生闲情。这些人往往由于这样的原因或那样的原因,而不去、不得、不能进取。当然,他们所生的闲情,有的是积极的、乐观的、健康的,有的则是消极的、悲观的、病态的。以史为例:唐朝柳宗元与刘禹锡是一对情投意合的好友,二人同时因为永贞改革的失败,被贬到边远之地。然而,在遥遥无期的谪居生涯中,柳宗元不能超然解脱,备受寂寥落寞的闲情折磨,正如他诗中所言的苍凉的情景:"千山鸟飞绝,万径人踪灭。孤舟蓑笠翁,独钓寒江雪。"而刘禹锡在失意和挫折面前,却豪迈豁达,保持安贫乐道、随遇而安的闲情,正如他在诗中所绘的乐观景象:"沉舟侧畔千帆过,病树前头万木春。"

　　人之忙情与闲情,均为基于客观现实的自我感受,也就是说,一般不会是无中生有,也一般不会是无病呻吟。而且,对感情复杂体的人来说,在有些情况下会产生忙情,在有些情况下会产生闲情。这两种感情宛若两种旋律。忽起忽止,忽强忽弱,时而独奏,时而协奏。其变幻的基础是事有事无、事多事少。不过,难以把握的是,对何谓忙,对何谓闲,不同的人有不同的理会、不同的受感。换言之,对做同样多、同样难的事,有的人觉得忙,有的人却觉得不忙;对做同样少、同样易的事,有的人觉得闲,有的人却觉得不闲。因此,忙与闲的自我感受具有极大的主观成分。心态调整好了,虽忙犹闲;心态调整不好,虽闲犹忙。而且,心态调整好了,生发的忙情与闲情是向上、向善的;心态调整不好,生发的忙情与闲情是向下、向恶的。如"人走茶凉",此语传世已久。有些人从领导岗位上退下来后,总觉得别人不像以前那样对待自己,于是,常常感叹"世态炎凉,没有意思"。实际上,这种闲情既不正确,也没必要,因为无论在人世间,还是在自然界,"人一走,茶就凉"是亘古不变的客观规律。又如"早七晚八,双休日白搭",此语在中国官场曾一度流行,说的是当官太忙太累了。诚然,中国的官员普遍较忙,忙人又忙事,忙会又忙文。但不应忘却,中国的官员是人民的公仆。显然,那些既想占据职位、又想履责轻松的官员,其所拥有的忙情,虽然可以理解,但是不能苟同。坦率地说,官员倘若缺乏全心全意为人民服务的精神,那就主动提出辞职好了,别在那里无谓地感叹"忙、忙、忙"。要知道:"你不干,总会有人干。"当然,对生发不健康忙情与闲情的人,需要深入细致地去作心理分析,并能够有的放矢地帮助调适。对确实存在这样或那样问题的,应当采取行之有效的举措,帮助减轻压力、摆脱困境。我们在世上,有四种人生态度可供选择:

乐观而积极,乐观而消极,悲观而积极,悲观而消极。其中,乐观、悲观是客观,积极、消极是主观。最好的选择是乐观而积极,最坏的选择是悲观而消极。试想,即使是悲观,但积极,那些不健康的忙情与闲情也不易生发。人生在世,太忙与太闲都不足取。太忙易出错,太忙易伤身;太闲易生非,太闲易消沉。忙闲适度较好,即忙中有快慰的闲情,闲中有充盈的忙情。从总体上说,人的生命只能轻拿轻放,不可野装蛮卸;只可风调雨顺,不可冲撞挤压。即使有非人为因素造成的野装蛮卸和冲撞挤压,那也不可过度、不可持久。我们不管在何时何地、不管遇何人何事,还是应该尽量增多充满闲适心情和安逸心绪的情趣,尽量减少甚或避免急迫的心志和乱腾的情愫。自己纵然忙得不可开交,也要忙里偷闲,在辛苦劳顿中寻乐;自己即使闲得百无聊赖,也要闲里逗忙,于空虚无聊中找乐。如是,人生路上,将有可能洒满欢歌。

点赞与点拨

随着时代的进步和社会的发展，人际交往中的点赞与点拨愈加频繁和丰富。汉语中的"点"，释义颇多，其中一义为"指"，如"请你点一点，哪个是牵牛星、哪个是织女星"；又如"他的脑子好使，你一点，他就明白了。"另一义为"触"，如蜻蜓点水中的"点"，又如煽风点火中的"点"。本文所说的点赞，如今用之最多、最广的是在网络世界。我们在手机上，对别人的一篇文章、一张照片，哪怕是对别人的一个观点、一款发型，如想表示首肯、赞成的话，只需手指轻触一下按钮，即可如愿完成。本文所说的点拨，通常用于自己遇及疑难问题时，别人给予的指点，如指点迷津，即帮助自己确定正确的发展方向，不至于在错误的道路上越走越远。又如指点对策，即帮助自己出些主意、想些办法，提出可供选择的最优方案。

笔者曾参加一位至亲孩子的婚礼。证婚人在致辞中突然冒出了一句："请大家点赞一下"，立马引起了满堂喝彩。而今，点赞魅力四射。古有点头之礼，今有点赞之礼；古有点头之交，今有点赞之交；古有点头示好，今有点赞示好；古有点头称是，今有点赞称是；古有点头招呼，今有点赞招呼；古有点头告辞，今有点赞告辞。人们只要稍加注意即可发现，在报章杂志上，有文章为政要们各种各样的"亲民秀"，包括美国白宫的"滚蛋"活动而点赞；电视节目里，有世人为参赛者各种各样的表演，包括歌咏、舞蹈、杂技等而点赞。每到年末岁初，中央和地方媒体便会以系列报道或组合报道的方式，对各行各业取得的年度成就，怀着敬意进行点赞。有关部门和单位在表彰"中国最美乡村医生""中国最美乡村教师"时，其颁奖词实际上就是点赞词。会议中响起的掌声，在正常情况下，除了表示礼节，就是表示点赞，意思是"讲得好""讲得对"。老师有时对学生作业写上一二句表扬性的评语，其实也是对学生作业的点赞。更有意思的是，有些学校老师在批阅学生书法作业时，会在字旁，根据好的程度，会分别打上一个、二个、三个红圈，以致鼓励。而这，是对学生书法作业的点赞。在联合国舞台上，有时表决一项议案前，各国代表要作发言。有些国家代表会在发言中给予点赞，换句话说，本国支持这项议案通过。地方行风评议、单位内部管理、项目评审验收、工作绩效检查等，有时会邀请一些人座谈，其中不乏点赞。至于那些男女之间示爱的信件，更是点赞集大成者。你看，描写美眼的点赞："那双眼睛，如秋水，如寒星，如宝珠，如白水银里养着两丸黑水银。"

《晏子春秋》中曰："圣人千虑，必有一失；愚者千虑，必有一得。"意思之一是，愚蠢的人多次思考，总会有正确的见解。因此，人遇事要多与他人商量。在商量中，一方会受到点拨，或获得启发，触类旁通；或获取点子，随手可使。点拨不仅出现于面谈、通话中，还出现于书籍、媒体上。点拨几乎发生在世上所有人之间，如父母对儿女有点拨，领导对部下有点拨，老师对学生有点拨，长辈对小辈有点拨。而且，点拨本身不分男女、老小和贵贱、尊卑，且相互可以作用，如夫妻之间、同事之间，你可以点拨我，我也可以点拨你。其前提是，一方愿意提供点拨，另一方愿意接受点拨。当然，并不是所有的点拨都是正确的，也有歪点子，甚至是坏点子，如挑拨离间的点拨。点拨可分大小，大的胜过千军万马，小的仅可暂且应急。点拨也有时机问题，"久旱遇甘霖"是一种，"事后诸葛亮"又是一种。因为人生如同"百花园"，所以点拨也如同"百花筒"，在内容上无所不包。远的有《四书五经》是儒家用来点拨如何做人做事；《孙子兵法》是孙膑用来点拨如何行军打仗；《本草纲目》是李时珍用来点拨如何寻医问药；《天工开物》是宋应星用来点拨如何作农事工；《物种起源》是达尔文用来点拨生物如何进化。近的有比尔·盖茨在写给高中毕业生和大学毕业生的书里列有的"十一条准则"，如"生活不分学期"等；104岁的杨绛送给年轻人的十句话，如"你的问题主要在于读书不多而想得太多"等；胡适的"于不疑处有疑"的读书法，如其指出的"对某些经典名言质疑，能够试得出思考的刀刃是否锋利"等。在现实生活中，名人、贵人、智人能给人以点拨，凡人、鄙人、蠢人也能给人以点拨。白岩松在《白说》一书中的目录即为"活着不是非赢即输""得失不是非有即无""世界不是非黑即白""进退不是非取即舍""真相不是非此即彼"。俞敏洪有这样"五句话与你分享"，即优秀是一种习惯；生命是一个过程；两点之间最短的距离并不一定是直线；只有知道如何停止的人才知道如何加快速度；放弃是一种智慧，缺点是一种恩惠。那些日出而作、日落而息的农夫们也有许多用来点拨如何处理人际关系、点拨如何预测天气变化、点拨如何建设美满家庭的话。

人为何需要点赞与点拨，主要因为它们有非同寻常的功用。科学研究发现,人的大脑里专门有一块地方用以掌管被称赞后的行为。这个区域叫做纹状体,只要被称赞,即会被激活。纹状体激活后,即可刺激人更好地执行和完成任务。从心理学上分析,人无论男女老少、尊卑贵贱,都喜欢别人称赞自己。渴望得到称赞是人的一种天性。的确,称赞能给人带来成就感和自信心。人很奇怪,有的时候做事,最大的目的只为了得到一二句称赞的话。从上分析,即可理解点赞盛行的动因。此外,点赞是一种简化版的人际交往方式,既不费工夫,又不出力气,同时,还能表达自己的态度、舒抒自己的情怀。点拨的功用,可用三个成语来形容:一为"茅塞顿开"。原来自己的心里好像被茅草堵塞着,后经别人一点拨,忽然被打开了,对人对事马上明白了。二为"豁然开朗"。原先狭窄幽暗,后经人一点拨,顿时变为开阔明亮,对人对事很快领会了。三为"醍醐灌顶"。宛然纯酥油浇在人的头上,霎时清凉舒适,也就是说,对人对事迅速而彻底醒悟了。在人际交往中,点赞与点拨不可滥用。许多时候,点赞与否涉及原则问题,不是嘻嘻笑笑闹着玩的。若点赞不妥,有时候会出洋相,如在听人作报告时,大伙儿都没有鼓掌,惟独你在用力鼓掌。在大伙儿循声转过身来看看你时,你就会自觉或不自觉地尴尬起来。人在虚拟世界里,动不动就用按钮点赞,从一定程度上说,也是浪费自己宝贵的时光。除特定个别人外,其他人瞧不见你在忙忙碌碌,其实没有多少意义。《孟子》中曰:"人之患,好在为人师。"早在两千多年前的孟子就已如此尖锐地指出。刘少奇在《论共产党员的修养》中也指出:"他自满,好为人师,好教训别人,指挥别人,总想爬在别人头上。"人际互动中的点拨,也切忌好为人师。点拨只能心平气和地、条分缕析地给人提一些参考性的意见和建议,而切勿以教导者自居。作为点拨者,在帮助别人的时候,也不能信口开河,更不能信口雌黄,一定要想好了再说,而且是正能量地说。实际上,点拨只是参谋,而参谋属于外因,内因是自己独立思考。被点拨者,必须自己有脑筋,不能听别人怎么言说你就怎么认为。倘那样的话,不仅于事有害,而且于己无益。还有,作为点拨者,言说完了就完了,至于别人采纳与否,那不是你的事。社会上有些人,认真地帮别人点拨了,别人却没有理会,自己反倒生气,甚至发火。而这,大可不必,因为你并不一定全部清楚真实情况,别人很可能有难言之隐没有告诉你。即使你言说得完全正确,然而,别人还是没有听你的,那你也只能任其自流,反正你该参谋的参谋了,各人的事各人管。社会上有些"懵懂人做懵懂事",有的并非无人给其点拨,而是其不识时务、固执己见。对此,若点拨者"恨铁不成钢",那也已经无济于事,最多只有告诫被点拨者吸取教训罢了。

人生如同茫茫苍穹飞入地球大气层的流星,一条亮线嗖的一下疾驰而去。其实,线由点连接而成。这些点,包括:跨出的每一步是点,吃过的每顿饭是点,睡过的每次觉是点,度过的每秒钟是点,干过的每件事是点,说过的每句话是点,交过的每个友是点,呼过的每口气是点。当然,点赞的点与点拨的点,都不是如上点的意思和意义,但可以此借用。人生路上,我们在人际交往中,不妨多给人点赞、多请人点拨。

短板与软肋

对人、对事、对物，芸芸众生普遍希望完美、完整、完备，然而，世上不可能有完全、纯粹意义上的人、事、物，总会有这样的不足或那样的欠缺，短板与软肋即属于某种、某些不足或某种、某些欠缺。短板，与长板相对，指短的板块、板材，呈片状，多为木质。本来，短板的长处多多，它与长板搭配，广泛使用于建造、装潢上，可因为"木桶原理"中的短板拖了木桶容量的后腿，故短板便变成了缺陷的代名词。人的胸壁两侧有12对肋骨，其有保护胸腔内脏的功用。肋骨本身不硬，易被坚物利器戳折，其保护胸腔内脏的功用有限，故对手或敌方往往视其为容易攻破之处。古时打仗，有条件的话，军人多用盔甲和盾牌保护自身的肋骨，进而保护自身的胸腔内脏。由此，在常人的眼里，软肋也变成了缺陷的代名词。事实上，软和短，在很多时候不用于完美、完整、完备，如用来比喻没有骨气的软骨头、不讲原则的软脚蟹、缺少气力的软棉花等；如用来比喻人有缺点为短处、人只顾眼前为短视、人自己杀戮为短见等。

世间的软肋多种多样。国与国之间的纷争，通常以实力来说话，而在实力上，不仅要看优势，而且要看软肋。如东欧一些国家在与俄罗斯的纷争中，其显而易见的软肋之一是能源依赖。在地理位置和资源禀赋上，每个国家都有软肋。如中国地大物博，但人均起来，便在许多方面显示出软肋，如人均耕地面积仅相当于印度的$\frac{1}{2}$、美国的$\frac{1}{6}$、俄罗斯的$\frac{1}{8}$、加拿大的$\frac{1}{10}$，不及世界平均水平的一半。自然界的动物、植物种类数以万计，各种动物、植物都有软肋，如据说"七寸"是蛇的致命之处，故人若打蛇要打七寸；飞蛾在夜间喜欢亮光，这本是其生活特性，然而，人将其变成软肋，用灯火吸引，将其扑灭；麻雀等鸟类在白雪皑皑的冬日里觅食困难，人利用其饥饿之软肋，用诱饵将其捕杀。每个人在品性、素质、感情上或多或少地都有软肋，如《红楼梦》里林黛玉多愁善感,弄得与荣国府里的许多人关系不睦;三国时代的关羽刚愎自用,以自己的个人好恶和偏激情绪对待关涉军国的大事,最后落了个败走麦城、被俘身亡的下场;著名女作家张爱玲的作品具有巨大而独特的艺术魅力,然而,其在爱情上因盲目而弱智,对既是汉奸、又是采花大盗的胡兰成一见钟情,且如痴如迷,以至于直至去世前,也没有自我反省过这个男人是否值得去爱恋;拿破仑是一个容易发怒的人,一次,听信了间谍的报告:"外交大臣塔里兰密谋造反",便立刻召集所有大臣开会,会上,无法控制自己的情绪,对着塔里兰粗鲁地喊道:"你什么都不是,只不过是穿着丝袜的一只狗。"在现实生活中,有些人的贪婪、吝啬、嫉妒、猜疑、虚荣、失信、浮躁、拖延、懒惰等品性中的软肋部分,便会在无意间显露出来,别人见之,要么不满,要么躲避。

　　世间的短板多种多样。众所周知,战争是国家间综合实力的比拼。据报道,1937年抗日战争爆发前,无论是经济形态、技术形态还是军事形态,日本遥遥领先中国一个时代。当年,日本可以造飞机1580架,中国一架也造不了;大口径的火炮,日本造了744门,中国一门也造不了;日本造了9500辆汽车、320辆坦克,中国一辆也造不了;日本造的军舰是52400吨,中国还是造不了。从中不难看出中国的短板,也可从一个方面认识小日本凭啥长驱直入进犯大中国。一个国家、一个地区的经济社会管理是个巨大的系统工程,作为管理者经常要着力解决经济社会发展中的短板问题。不能像瘸子那样,一条腿长、另一条腿短,因为两条腿不平衡,人就会跌跤。短板问题可广泛出现在人口结构、产业结构、城市结构、就业结构、种植结构、消费结构、投资结构、家庭结构、社会阶层结构中。人有各种各样的短板,如在长相上,有些人身材矮小,有些人面目丑陋;在能力上,有些人不会动手,有些人不会讲话。在不同的职场上,人的素质若不能适应、胜任工作,就会出现短板,如在一定的领导岗位上,若不懂宪法学、管理学、心理学,就是素质上的短板。男女恋爱结婚,其实,在自身条件上也是各有各的短板,如一方的经济条件差些、一方的形象有点"对不起观众"、一方的工作不怎么好。企业是市场的细胞,大至跨国集团公司,小至路边商铺作坊,在生产经营上各有各的短板,如有些没有研发能力,缺少核心技术;有些没有市场前景,缺少营销手段;有些没有资本积累,缺少流动资金。

　　短板与软肋,既有先天成因,更有后天成因。如人的教养,无关出身和背景,却受后天环境影响感染,潜移默化地积淀在骨子里,又无声无息地流露出来。心理学家研究发现,从小被夸奖聪明的孩子,在成长过程中会表现出强烈的与他人竞争的意识,同时,也更容易在困难面前不愿接受挑战,原因是害怕失败后别人会怀疑他不聪明。动物学家研究发现,有些动物也知道自己的短板与软肋,故采取了适合自己的生存之道。如生长在茂林中的鸟,羽毛多半是朴素的,所以它们以悦耳的鸣叫来吸引异性;而生长在旷野里的鸟,鸣叫并不重要,所以它们多半以鲜艳的羽毛吸引异性。短板与软肋是相对的,不是绝对的。换言之,在这个时候、这处场所是短板与软肋;说不定,在那个时候、那处场所不是短板与软肋,甚至还是优势与强项。从这个意义上说,短板与软肋,不是没有用处,而是用错了地方。当然,我们必须高度重视自己的短板与软肋,因为其会构成人生失意、失常、失利、失手、失算、失节得以产生的"基因"和"潜质"。"木桶原理"告诉我们,人生往往败在短板与软肋上。因此,我们对自己的短板与软肋,一要"认"。诚然,承认短板与软肋是要有勇气的,为什么开展自我批评不容易,缘故即在于此。我们千万不能以己之长比人之短,因为这样的比,即使一时得意,那也只是自欺欺人,毫不可取。二要"补"。有针对地补:如果你在婚姻上有短板与软肋,那么,补有短板与软肋的婚姻就是你的道场;如果你在职场上有短板与软肋,那么,补有短板与软肋的职场就是你的道场;如果你在品性上有短板与软肋,那么,补有短板与软肋的品性就是你的道场;如果你在交际上有短板与软肋,那么,补有短板与软肋的交际就是你的道场;如果你在生活上有短板与软肋,那么,补有短板与软肋的生活就是你的道场。三要"巧"。许多短板与软肋,"冰冻三尺,非一日之寒",甚至再怎么补,也可能无济于事。所以,务使用巧劲。巧者,灵敏也,灵巧也,恰好也。可或以己之长避己之短,或借助外力形成内生补力,或挪地改时变短为长,或区分轻重缓急进补。一句话,尽可能减少短板与软肋带来的负面影响和作用。清朝史震林在《西清散记》里写道,"一生有可惜事:幼无名师,长无良友,壮无善事,老无令名。"而这"四无",主要是后天形成的短板与软肋。看来,对人来说,产生短板与软肋,主要不在客观。不过,人有短板与软肋,不必自贱自卑,只要努力,定会有所改善甚至改变;即使不可更新,那也得坦然面对,世上无人无憾事。

加减与乘除

世人都知道数学中有加减与乘除的运算方法。其中,加与减是互逆运算,乘与除也是互逆运算。其实,乘是若干个相同的数连加,除是若干个相同的数连减。因此,从另个意义上说,乘除也是加减,是简单的加减。随着时代的发展,人们越来越热衷于以加减与乘除为基础运算的量化,因为万事万物只有量化之后才好管理。全球化的基本特性是数字化,数字化的基本要求是量化。什么东西量化了,就可以分出成败、得失,分清多少、好坏。量化如同一把快刀,能够删繁就简,去除芜杂和多余;量化如同一枚利箭,能够击中要害,消弭干扰和影响;量化如同一部法典,能够主持公道,阻遏耍虚和使假;量化如同一杆标尺,能够查点计算,阻止含糊和模糊;量化如同一名警察,能够监督检查,防止失序和失范。量化把整个世界和人类看成是可以加减与乘除的数学题。事实上,整个世界和人类也确实可以加减与乘除。

加减与乘除,无处不在,无时不有。物质可以加减与乘除,精神也可以加减与乘除;客观可以加减与乘除,主观也可以加减与乘除。在管理上,有数据治国、数据理政。由于信息技术的不断进步,对人、对事、对物各种数据的记录,在粒度上越来越细、在维度上越来越多、在频度上越来越密。凭借通过加减与乘除后形成的有效数据,可以更有效率、效用地进行管理。在改革上,精简行政审批事项、精简财政供养人员,用的是减。我国历史上的官民之比:西汉时为 1∶7945,唐高宗时为 1∶2613,清康熙时为 1∶912,新中国成立之初为 1∶600,而进入 21 世纪时全国平均为 1∶28。由此可见,当今精兵简政有多么迫切! 强化对党政领导干部违法、违规、违纪责任的追究,用的则是加。中国共产党十八大以来,对其追究的力度越来越大。在资源上,我国实行最严格的耕地保护制度和最严格的水资源保护制度,其中在耕地保护上,法律规定对耕地数量、质量的占用与补充必须做到平衡,即"占一补一",这实际上是一则常见的加减与乘除运算题。在人体上,随着岁月的流逝,人从童年、少年到青年是加,而从青年、中年到老年是减,其中童年时的稚嫩和活泼、少年时的清纯和激情、青年时的生机和活力、中年时的沉稳和皱纹、老年时的白发和寿斑,无疑是加减运算中留痕。在际遇上,常常是,强者创造际会机遇,弱者坐等际会机遇,智者善抓际会机遇,愚者错失际会机遇,这实际上是一则玄妙的加减与乘除运算题。在体育,踢足球射门,球不进的机率是50%;而不射门,球不进的机率则为100%。在婚姻上,那些体谅、关心、容忍等不经意的关爱和那些拥抱、鲜花、赞美等想不及的浪漫,会给婚姻质量加,而那些在许多小地方所表现出来的吝啬、任性、自私、虚伪、失信、凶横等,则会给婚姻质量减。在情绪上,比利时有项研究试图解答有关情绪的时间秘密,结果发现,悲伤需要120小时才能克服,憎恨需要60小时才能消解,快乐一般只能维持35小时,嫉妒则会停留15小时,这实际上是一则变幻的加减与乘除运算题。爱与恨,有时泾渭分明,像自然界的水与火;有时像混合在一起的两滴油,难分彼此。世上有寻常之爱与恨,即没有无缘无故的爱,也没有无缘无故的恨;有非常之爱与恨,即爱得越深,恨得越久;有无律之爱与恨,即爱到深处无怨尤。这实际上是一则复杂的加减与乘除运算题。古今中外,加减与乘除不仅用在有形的物质上,而且用在无形的精神上;不仅用在先天的客观上,而且用在后天的主观上。金钱、房产、投资、做事、读书、作息等可以加减与乘除,名声、感情、欲望、智力、习惯、压力等也可以加减与乘除。人生本身就是一个在有限时间、在特定处所运算的加减与乘除混合大题。只不过,有些人运算的速度快些,有些人运算的速度慢些;有些人运算的路径巧些,有些人运算的路径笨些;有些人运算的结果好些,有些人运算的结果差些。

笔者认为,加减与乘除是计算,不是算计。一般来说,计算是个中性词,而算计是个贬义词;计算是作阳谋,而算计是耍阴谋;计算是根据已知数求得未知数,算计是根据未知数求得已知数;计算是按规则运算,算计是无规则运算;计算者有时快乐、有时不快乐,算计者永远不快乐;计算会知足无求,算计会欲壑难填。美国心理专家威廉经过多年研究,对算计者的所作所为有这样的总结:第一,一个太能算计的人,通常也是一个事事计较的人;第二,爱算计的人,在生活中很难得到平衡和满足;第三,爱算计的人,每天只能生活在具体的事物中不能自拔;第四,太能算计的人,也是太想得到的人;第五,太能算计的人,必然是一个经常注重阴暗面的人。因此,对人生中运算加减与乘除的过程和结果,当坦然处之、泰然受之,"不戚戚于贫贱,不汲汲于富贵",千万不要过分去追逐功名利禄。要知道,通常,是你的,跑不掉;不是你的,争不到。算计者看起来比别人聪明,然而,许多时候,聪明反被聪明误。苍天有眼,老老实实计算的人总体上不会吃亏,而心术不正算计的人反而会搬起石头砸了自己的脚。人的一生,须历经无数次的加减与乘除,在每次运算时,似乎有许多的监控镜头正对着。镜头中,人的一举一动无不在向外人展现自己的品性。即:是正正规规计算,还是歪歪斜斜算计。

　　数学中的加减与乘除运算有学问,人生中的加减与乘除运算同样有学问。加减与乘除,要动态化,不要僵死化;要整合化,不要零碎化;要全面化、不要片面化;要融合化,不要孤立化;要连贯化,不要片断化。世上普遍渴求幸福、加码幸福、享用幸福。幸福从哪里来?有一条途径,从"给予"中来。海明威因小说《老人与海》获得诺贝尔奖的时候,把钱捐赠给了古巴的圣母像。他说:"当你把一件东西拿出去的时候,你才拥有它。"在现实生活中,很多时候,并非独占就能平安与快乐,惟有分享才会强烈地感受到幸福。在中国,投资古已有之,进入现代社会后,更为家喻户晓,普通大众也为之。用经济学家的观点来解释,黄金、房产等是有形资产,而知识、学问等是无形资产。在如何投资这道题前,世人的运算方法不一,当然结果也不尽相同。但就总体而言,投资自己的无形资产比投资自己的有形资产更加重要、更有意义。不是么,犹太人之所以富甲天下,是因为他们最重视投资自己的无形资产;世界上许多跨国经营的百年老厂老店,主要依靠自己的包括技术、管理等无形资产;而国内很多杰出人才辈出的家庭,父母自小给予小孩的,是良好的家风、教育等无形资产。人之欲望和念想也有加减与乘除,有的时候,加一点就太劳累,减一点则很轻松;乘以一点就更劳累,除以一点则更轻松。如一些人为能在退休前再官升一级,"没有条件,创造条件也要上",硬生生地把自己折腾得很苦,结果呢,还是"原地踏步"。又如一些人像窃贼一样,想偷一大把后拔腿就跑;像赌徒一样,想赢一大把后马上就歇。炒股时,几乎没法好好生活,整天在不断憧憬、不断失望中沉浮自己的心绪。后来,要么继续在股市经受折磨,要么割掉股票主动从股市撤离。再如一些人喜欢养名贵花卉,然而,自己又不会侍弄,买后死,死后买,如此周而复始。结果,无谓地把自己的心绪搞得烦乱。我们的先人总结出了各种各样的愚蠢,如"画虎不成反类犬""赔了夫人又折兵""偷鸡不着蚀把米"等,都是自己在待人处事上没有运算好加减与乘除。尔今,也有一些人在这方面有谬行,如吃剩饭剩菜而吃坏了胃肠,拿着电视遥控板无目标、无休止地摁来摁去,夜以继日地玩麻将游戏,出国旅游只是"上车睡觉、下车瞎照",有钱不用而至死空留大笔钱财,小病不看拖至大病一病不起等。世上不乏洞悉人生哲理者,包括那些"老人言"能在关键时刻、重要关头抚慰自己,如"毁灭一个人只需一句话,而培养一个人则需千万句。""飘飘然说明自身的质量很轻,若重一些,就不会飘飘然了。""一团乱麻最佳的处理方法是一刀斩断。只要自己是简单的,这世界就是简单的。"横看纵观世事世物,加减与乘除,无不囊括,无不现形。人到世上走一遭,面对万千个加减与乘除,须看运算是否得法、是否得妙。凡差算、失算、错算者,均因为不得法、不得妙也。愿天下众生,在人生的加减与乘除中,运算好每一个步骤!

对决与妥协

世上一些人或在场馆里、或在影视里,看到过斗牛、斗鸡之类的游戏,那牛与牛、鸡之鸡相斗时的杀气和血腥,令人毛骨悚然。当然,在人的观感上也相当刺激。这是由人操持的以观众取乐为目的的相同种类动物之间的对决。其实,在自然界,动物之间弱肉强食的情况比比皆是。换言之,动物之间无形中有一条客观存在的食物链,如黄鼠狼拖鸡、鸡啄虫豸等。即使不为食物而对决,有时还会为争夺交配权,有时还会为争当群里的首领,有时还会为占据地盘,而展开激烈的对决,如猴群里的猴王战、麋鹿群里的争霸战等。对决的结果,一方如愿取得了胜利,当然自身也难免伤痕累累;另一方则要么落荒而逃,要么俯首称臣,要么遗尸荒野。这种对决,有时也会双方俱亡,如有些动物强行吞食了另一动物后被活活憋死。动物之间的对决,不会像人类那样相约而行,有主动发起一方,也有被动应对一方。后者一般为既得利益者,或为巩固利益者;前者一般为争夺利益者,自认为已具备一定的实力。动物毕竟是动物,只有本能,没有理智,好多主动发起一方并一定就会"得胜回朝",有些便成了对决的牺牲品。

动物之间的对决在人类之间也见怪不怪,有所不同的是,许多时候,人类之间的对决,要文明一些、体面一些、隐晦一些,但同样是残酷的。实际上,军事冲突就是对决,体育比赛就是对决,通过对决,以确定胜负、输赢。其中,决一死战、背水一战、绝地反击,更显示出军事冲突中的你死我活和体育比赛中的你争我夺。人类之间的对决,不仅仅限于军事冲突和体育比赛,众多方面、许多领域在一定的情况下也会发生对决。在西方国家的政治家中,就有一些人因为政治上的分歧上升到了个人恩怨,终于走到了决一雌雄的地步。结果,有的被对手重创而不治身亡,有的直接杀死过对手。商家之间,有时也会对决,其表现在促销手段上,你这样降价,我那样降价;你这般优惠,我那般优惠。结果,弄得两败俱伤。常人与常人之间,类似的对决也时而发生:一如在交通事故现场。一方逆向行驶了、或骑快车道了、或变道速度太快了、或强行加塞了,如果致个歉,至多赔点钱,另一方一般不会不依不饶。然而,负有责任的一方倘还气势汹汹、强词夺理,那么,没有责任的一方就有可能与其据理力争,从而形成对决局面。在相争中,一旦一方或双方失去理智,就会发生身体摩擦甚至械斗。二如在对待出错上。人非圣贤,孰能无过?人非尧舜,谁能尽善?我们每个人,不论学识多么丰富、智慧多么高超、经验多么老到、功夫多么精深,总会有出错的时候。出错了,自己知错、认错、改错当然最好。别人指错,尤其是别人指错时的态度不好、场合欠妥,被指错者若缺乏修养,不能正确对待,那就有可能对决起来。三如在有人摆谱儿时。摆谱儿,是人类的日常行为之一。这种行为,一般为故意,当然也有生性。别看这种行为没有什么了不起,也派不上什么用场,但有时遇到叫板、较真者,双方也会对决起来。也就是说,相互都不买账,即都不肯承认对方的长处或力量,更不愿表示佩服或服从。四如在有些人炫鬻时。正如"一桶水不响,半桶水咣咛"一样,世上有些人喜好"王婆卖瓜,自卖自夸",自己没有多大本事,却不顾场合自吹自擂。这种行为,有时也会"棋逢敌手",互不相让,即先在言语上较量,若一方或双方不克制,有可能发展到"擦枪走火"。无论古时,还是今朝,许多对决就是从一些小事小情开始的,甚至一场大战,也仅仅因为一句不恭的话语、仅仅为了一个世俗的女人、仅仅为着一点蝇头小利。

对决是一种极端的行为。人生在世,不到束手无策、别无选择之时,不要展开对决。通常,到了对决阶段,可以周旋的余地已经很少,甚至全部被堵。它已不是一般的红红脸、吵吵架了。其实,绝大多数矛盾和纷争,是可以采用妥协的办法来解决的。妥协的本质是作出一定的让步。当然,让步也不是想怎么让就怎么让、想让多少就让多少、想什么时候让就什么时候让,其大有学问,且很有艺术。边界谈判的成功,停战谈判的成功,生意谈判的成功,合作谈判的成功,纠纷谈判的成功,都少不了让步。谈判需要让步,而让步无不建立在妥协的基础上。许地山是著名作家。他的作品《落花生》曾被收入中小学语本课本。他治学严谨,写作都要有根有据,然而,其有时则相当固执,且在家庭关系上也表现出来。为了避免夫妻争吵、促进生活和谐,他与夫人订立了"爱情公约"。其内容如下:

一、夫妻间,凡事互相忍耐;

二、如意见不合,在大声说话之前,各自离开一会儿;

三、各自以诚相待;

四、每日工作完毕,夫妻当互给肉体和精神的愉快;

五、一方不快时,他方当使之忘却;

六、上床前,当互省日间未了之事及明日当做之事。

这则"爱情公约",实际上是夫妻相互妥协的结果。有媒体报道,如今,中国离婚率越来越高,20世纪80年代出生的男女青年已成为离婚大军中的主力。究其原因,最主要的是互不谦让。谦让即为妥协。若不妥协,久而久之,最终只能以离婚收场。妥协的表现形式很多,当面口头道歉是妥协,发表书面声明是妥协,主动示好是妥协,含笑点头是妥协。达成妥协的途径和方式也很多,可以是面对面地谈,也可以是文对文地谈;可以是通过第三方谈,也可以是通过介体谈;可以是直接谈,也可以是间接谈;可以是专门谈,也可以是顺带谈;可以是整体性地谈,也可以是阶段性地谈;可以是一次性地谈,也可以是多次性地谈;可以是连续不断地谈,也可以是断断续续地谈;可以是单议题地谈,也可以是多议题地谈。对妥协来说,谈是最重要的基础和条件:谈,有望达成妥协;不谈,无望达成妥协。妥协并不代表无能,妥协并不等同无理;妥协并不失去权利,妥协并不失去尊严。妥协可以实现双赢,而不是单赢或单输。当年,林则徐这样教育女婿刘齐衔:"妥协的意义并不是让步了什么,而是坚持了什么。如果一味地让步,那叫放弃。"在林则徐看来,妥协是一种韧性的坚持,与放弃无关。当然,这种坚持是基于情面上的相互尊重和利益上的相互惠泽。通常,凡妥协者,心中自有不可突破的"底线"。换言之,自有不能放弃的坚持。作为一方或双方,之所以妥协,主要是显示了坦诚和宽容,顾全了大局和面子,避免了对抗和俱伤。同时,也争取了圆满和平安,留下了空间和后路。

对决与妥协,乍看上去,一硬一软。其实,对决是硬中无软,而妥协是软中有硬。对决也好,妥协也罢,说到底,都是为了利益。二者均由利益引起。世上既没有无利益的对决,也没有无利益的妥协。人在世上,没有多少时间可以活着存在,没有什么东西可以永远拥有,待人处事务必认真,但别太当真,需要适量适度的得过且过。利益当前,有些人之所以选择了对决而不是妥协,主要原因是不自量力的得寸进尺,或欺行霸市的惟我独尊,其恣行嫉妒与凶狠,缺乏分享与礼貌。世上有两种人的生命之路难以顺达:一种是过分自以为是的人,另一种是一味巴结讨好的人。前者不大会放弃,后者不大会争取。事实上,对合法、合规、合情、合理的利益,该放弃的应放弃,该争取的应争取。妥协不排除争取,对决也需要放弃。从总体上说,人要多学大雁,大雁在排成"V"字形雁阵长距离飞行时,精诚而紧密合作;别做海鸥,海鸥群里有着肆虐的争斗与抢夺。人大可不必为了一时之利、一点之利而大动干戈,也大可不必因为一时之气、一点之意而兵戎相见。人生如登山,山脚有山脚的风光,山腰有山腰的风光,山顶有山顶的风光,何必挤到一处去观赏风光呢?自然界的植物开花,有的能够繁殖,有的不会繁殖,总不能规定后者就不要开花吧?天空有艳阳、明月、亮星、和风,也有炸雷、暴雨、阴霾、飓风,谁能不让后者出现呢?世上的事,只有相对,没有绝对。既然相对,就应该相互包容,允许各有生存与发展的空间,不是特定情况,不到迫不得已,无需强制性地遏止甚至消灭对方。常言说得好,多个朋友多条路。妥协不仅解决了现实问题,也给自己留下了后步。人若遇到棘手的、难缠的事时,最好选择妥协,而不是对决,起码一开始不能选择对决。对决快,妥协慢,慢了可以加快,快了却难以放慢,等一等、看一看,不失为上策。古人深谙"先礼后兵"之理路,此实际上是一种先妥协、后对决的策略。人活一口气,千万不要作无谓、无度的对决,当然,也千万不要作无须、无底的妥协。

开门与关门

城里人回家,无论是住在平房、别墅里的人,还是住在多层、高层中的人,不外乎先开门、后关门,其中,有些人的动作轻轻,一点声响也没有;有些人的动作重重,"嘭"的声响很大。而在一些民风淳朴、社会安定的乡下,每家的大门并不像城里人的家门一样开了必须随手关上,有些甚至可以达到夜不闭户的程度。门对人来说,一是表明"一家人",二是显示"安全线"。换言之,门内是一家,门外不是一家;门内安全,门外不安全。所以,有言道:"不是一家人,不进一家门""夫子之墙数仞,不得其门而入"。

开门与关门,在社会生活中并不鲜见。这里的开门,一般指的是公开;这里的关门,通常指的是私下。共产党早在延安时期,即开门整风,通过开展批评和自我批评,来整顿作风。"顾客是上帝",这被商家普遍奉为圭臬。于是乎,有些商店每天早上会举行简单开门迎客仪式。"文革"中,许多大、中、小学校开门办学,组织学生走出校门,去学工、学农、学军。自古以来,开门之举还被赋有多种喻意。如:开门见山——比喻讲话、做事、写文等直截了当;开门揖盗——比喻引进坏人,自取祸殃;开门红——比喻在一段时间开始之时或一项工作启动之初,就获取了显著收获或成效。又如:关门弟子——指师傅最后收教的徒弟;关门主义——指不愿接受在某一空间或范围外的人或事,或拒绝听取别人有益的意见或建议;关门打狗——指私下、无理、随性地惩罚或处置对方;关门养虎——指纵容坏人恶人,给自己留下无穷后患。闭者,关也。关门又称闭门。再如:闭门造车——指不顾客观实际,只凭主观办事;关门思过——指一个人静下心来,进行自我反省;闭门羹——指遭到他人拒绝。社会生活中的开门与关门,涉及待人接物、处世为人的诸多方面。

我们不妨深入思考一下,开门与关门,对人、对事、对物,都蕴含着客观规律。换句话说,对人、对事、对物,你不是想开门就能开门、想关门就能关门,而有客观规律在无形地起作用。一如地球的自转。地球自转一周的时间为一昼夜。旧时把一昼夜平分为12个时辰,每个时辰是现在的2个小时,从半夜11点到1点是子时,从中午11点到1点是午时。实际上,子时、午时在计时上也是开门与关门。时辰一到,便会自动开门或关门。这是有规律地运动,具有律动周期。二如动物的孵化。动物母体产出的卵,必须在一定的温度、时间下,其胚胎才有可能变成雏体,然后破壳而出。在温度、时间上,少一点、多一点都不行。这就如同使用数字化的电动门,按错一个数字,就打不开门;也就如同烧制砖瓦,火候不到,成色便会变差。三如植物的生命。据说,戈壁上有一种植物种子,只要下一场雨,它就会立即抽芽,迅速地生根、长叶、开花、结果,仅在八天时间里就能完成全部的生命周期。此后,新一代的种子又会重新归于安静的等待。下一场雨,似乎给这种植物的生命开了门;再干旱,宛如给这种植物的生命关了门。四如战场上的武器。武器按在战争中的作用,可分为战略武器、战役武器和战术武器。世界上名目繁多的武器,实际上都是在矛与盾的对抗中发展起来的。如果把矛比作开门的话,那么,盾可比作关门。有开门就会有关门,有矛就会有盾,有这种武器就会有与之相对抗的那种武器。五如社会的发展。有道是,原始共产主义社会、奴隶社会、封建社会、资本主义社会、共产主义社会是人类社会的五种基本形态。一般来说,每种社会都会有起始、终结的时间,这就类同于开门与关门。在中国,公元前221年,秦帝国建立;1912年,中华民国成立。其间,即为漫长的中国封建社会时期。封建社会的形成与灭亡,就像开门与关门一样。当然,这种开门与关门太严峻、太残酷、太艰难了。

每个人的生命历程中会有很多的开门与关门,只要轻轻一掀,便会把自己带入不同色彩的世界,甚至是天与壤、黑与白的两种世界。当年汪精卫选择投靠了日本、张国焘选择投靠了国民党,在政治上是极大的开门与关门。张国焘在新中国成立前夕,蒋介石坚决不准他到台湾,毛人凤执意要把他留给共产党。他违命飞赴台湾后,国民党对他不闻不问。无奈之下,他只有到香港栖身。在香港生活的20多年里,他内外交困、贫病交加。一个共产党创始人之一的他,因为没有开、关好人生路上生死攸关的大门,而沦落到了这等地步,真可谓"善叛人者,人恒弃之",多么可悲,又多么可恨!"黄河之滨/集合着一群/中华民族优秀的子孙/人类解放/救国的责任/全靠/我们自己来担承……"当年,一批又一批男女青年,从中国的四面八方奔赴延安,高唱着这首抗大校歌,投身于学习,走上了革命道路。对这些男女青年来说,这无疑是人生的重大选择,也如开门与关门。如今,大学生毕业时都面临着何去何从的问题。在大的去向上,是出国发展还是留在国内发展;在国内发展,继续深造还是马上就业;在就业上,是干本专业还是不干本专业;在工作地域上,是去"北上广"还是不管什么地方都可。所有这些,好似开门与关门。这种开门与关门,尽管在选择后的初期并不觉得有多么关键,然而,随着岁月的流逝会愈发紧要,甚而会出现"差之毫厘,失之千里"的情景。不是么,社会上有不少人,在年老回首往事时,总会就择业上的何去何从说些后悔的话。实际上,他们后悔的是开错了门或关错了门,而开对门的或关对门的则会备感欣慰。俗话说:"男性选错行,女怕选错郎。"其含开门与关门之意。从政的、经商的、做学问的,在工作、生活、志向、情趣等诸多方面不完全一样,男的若选取了其一,即舍弃了其二。有的男的有钱而花心,有的男人老实而无用,有的男的俊帅而笨拙,有的男的矮小而聪明,女的若选取了其一,即舍弃了其二。现实生活就是这般冷酷,谁要是不按规则"出牌",谁就会受到这样或那样的惩罚。

人在世上,当好好把握开门与关门的时机。当年,刘备"三顾茅庐"请诸葛亮"出山",这被传为美谈,纷纷称颂刘备诚心诚意。然而,转过来思忖一下,如果刘备只"一顾茅庐"或"二顾茅庐"的话,那么,诸葛亮再有计谋,很有可能也会"英雄无用武之地"。有句方言,叫"人不搀鬼搀"。说的是,人去搀他,他不走;鬼去搀他,他却走了。意思是,不识抬举。从古及今,恃才傲物一向是人生的大忌,许多人在这点上吃了亏,甚至跌了大跟头。有史记载,西汉末年,朱博被任命为琅琊太守。琅琊的官员爱摆架子,特别是每当有新官上任时,下属都会接二连三地上书称病并提出辞职,但只是试图拿新官一把,并念想以此来抬高身价,使新官重视自己。朱博到任后,发现这些官员的做派后,立即下令全部批准了他们的辞职申请,并重新任命了一批官员。这些爱摆架子的官员,这时的肠子都悔青了,但为时已晚矣。显而易见,在仕途上,是这些官员自己关了门,又刚巧遇到了不给他们开门的朱博,他们始料未及,也就只能自怨自艾了。人生路上,要把握好开门与关门,必须审时度势。也就是说,当开门时就开门,当关门时就关门。就人的爱情生活来说,该接受时须接受,不然的话,便有可能出现"当年不肯嫁东风,无端却被秋风误"的景况;该拒绝时须拒绝,不然的话,"当断不断,反受其乱"。尔今,社会上一些人在找对象上之所以拖成了"大龄青年",重要的原因是,该接受时没接受;还有一些人之所以爱情生活混乱,主要原因是,该拒绝时没拒绝。开门与关门的时机,往往就是一刹那、一转眼、一瞬间,稍不留神,便会远离而去;而目不转睛紧紧盯着,则是另一种状况。时机来了,处于"零速率"动态的汽车,一松离合器即可启动;处于"零功率"动态的核电站,一提控制棒就可发电。更何况,开门与关门还有意外的时机,即还会有虚掩的门,看起来关着,实际上没关紧。《三国演义》中这样写道:"今曹操东征刘玄德,许昌空虚,若以义兵乘虚而入,上可以保天子,下可以救万民。"乘虚而入是个中性词,并不含褒贬。人生路上,抓住时机,乘虚而入,有时会有很大的惊喜。人作为个体,通常是孤零零地来到这个世界,又孤零零地离开这个世界。人与人之间,迎面相见是开门,掉头辞别是关门。许多时候,此前不曾有,此后不再有,近乎绝版。因此,每次相见,每次辞别,都是宝贵的时机。人成年之后,无论投身何种事业,都是一种开门;事业干到何时为止,都是一种关门。这种开门与这种关门,也要好好把握时机。当年,范蠡辅佐越王勾践,兴越灭吴,被尊为上将军。他功成名就之后,便急流勇退,得以保全自身。而另一重要功臣文种却因未能早些"知止",没有逃脱赐死的命运。见好就收式的关门,无疑是明智之举。放眼世界,在当代,像文种那样没能适时关门而遭不测的人有的是。形形色色的门,五光十色的门,开启与关门之间,方见成功与失败、光明与黑暗。人生途中,面对一扇扇门,当慎之又慎,务必谨记"一失足成千古恨,再回头是百年身"。

姿势与态度

姿势与态度，原意是指人的身体向外界呈现的模样，包括说话、走路、站立、坐待和神色、情绪等的样子；新意是指人在待人处事过程中，所展示的心思、看法、举动和风度等。原意与新意，从人体行为学上分析，其关联十分紧密，尤其是在社交场合，其一抬手一移足、一蹙额一舒眉，都或多或少地有着某种意味。会见时，倘若一方几次看表，兴许是示意相谈应该快点结束；聚会时，如果一方时不时地把视线射向门外，或许是还有人在外面等候；一方刚进门，满脸显示喜气，说不定有好消息让你分享；作为好友，一方在马路上瞥见另一方，主动上前召唤，而另一方很不自在，则有可能另一方有心事在身；今天单位开会，领导一个劲地表扬某人，这里面也许另有用意；两人是老友，以往见面时总是有说有笑，可今天迎面碰见了，一方却故意对另一方不理不睬，这中间十有八九因为某事产生了误会。

在一定的条件下，姿势与态度决定出路。古罗马有一则寓言，两条大河从源头出发，相约流向大海。它们穿过崇山峻岭，来到了沙漠边缘。正在一筹莫展时，一条大河说："我一定要流过去，找到大海。"另一条大河则说："咱们不如回去等机会，如果继续前进，有可能还没有流出沙漠就干涸了。"结果是，一条大河执著前进，干涸在了沙漠里；另一条大河则回到了源头，等到了机会，最终如愿地流向了大海。有这样一个故事，一个将军到山里打猎。有一天，突然遇到暴风雨，他找不到回去的路，便焦急地在山里到处奔走，心里充满了恐惧，生怕自己会被暴风雨卷进深山，结果不慎掉下了悬崖。直至次日天亮的时候，将军才被士兵们找到。这时，将军几乎已经奄奄一息。将军为什么会成这样？显而易见，眼前的暴风雨使他心浮气躁，他分辨不清形势，在仓促之中迷失了自己，从而酿成了悲剧。现实生活中，如在公务员招录过程中，尤其是在面试环节，某个应试者因为特别认真，考官们便把高分给了他。他由此取得了成功。又如女方条件优越，男方条件差劲，在两人不文不火的恋爱过程中,女方遭遇到了不测,然而男方始终不离不弃。凭着真心真情,男方终于打动了女方。风雨过后见彩虹,两人步入了婚姻的殿堂。再如两人下班前在单位里为了一点小事而大吵了一场。受委屈的一方原想等到第二天一上班报复一下另一方,然而,另一方却提前主动登门赔礼道歉。这使将要发生的干戈顿时化为玉帛。

在一定的条件下,姿势与态度决定高度。近见国外两篇报道。一篇是:保罗二世是450年多来第一位非意大利教皇,而且他是波兰斯拉夫人。在古罗马时期,斯拉夫人就是奴隶的代名词。他被选为教皇后,不辞辛劳地在世界各地访问,坚持和平、仁爱和团结,致力于让人们获取精神上的自由。他以自己的姿态和品格告诉人们,他有着伟大的人格和超凡的魅力。他是人民的教皇,值得人民尊敬和崇拜。另一篇是:日本有个目前世界上最老的"米其林三星厨师",他叫"小野二郎",在东京经营着一家名为"数寄屋桥次郎"的小寿司店。尽管年已85岁,但他在章鱼被加工之前,仍要先给章鱼进行50分钟的按摩,为的是让章鱼的身躯变软,肉质更加鲜嫩可口。他那一双苍老的手,在捏寿司时饱含风情,一捋、一搭、一抹,柔软中带着力道,娴熟中裹着新奇,仿佛梅兰芳饰演女角时娇俏的花指,临风可吐蕊,隔空能闻香。他在制作寿司过程中的姿态,展现出了无与伦比的职业精神。现实生活中,如2014年2月7日,冬季奥林匹克运动会在俄罗斯索契举行,习近平主席亲自出席开幕式,充分体现了中俄两国关系的重要和紧密。又如2014年8月3日,中国云南鲁甸发生6.5级地震,李克强总理立即乘专机前往灾区指导抗震救灾,充分体现了党中央、国务院对灾区人民的高度重视。再如中国共产党十八大以来,周永康、徐才厚、令计划和一批省部级高官因严重违法违纪而受到了严肃查处,充分体现了新一届中央领导集体反腐败的坚强决心。

在一定的条件下,姿势与态度决定智慧。美国联邦航空管理局第16任局长兰迪·巴比特于2009年上任后,推行了一项在当时令人瞠目结舌的制度——重金奖励那些迅速上报自己在工作中犯了错误的飞行员、机械师、地面指挥等航空从业人员,每次奖励金额从200美元到1000美元不等。同时还规定,免于对他们的处罚(致使坠机和蓄意叛逃除外)。这项"只奖不罚"的"倒奖励"制度,极大地鼓舞了航空从业人员勇于"自我揭露"的勇气。他们中的很多人都开始随时记录下自己所犯的错误,然后及时上报。据统计,截至2013年年底,美国民用航空业实施"倒奖励"制度虽然总支出了6100多万美元,然而却极大地降低了飞行事故发生率,避免了由此带来的近3亿美元的损失。1996年春,瑞典人克洛普与其他12名登山爱好者一起攀登中国珠穆朗玛峰。在距离峰顶仅剩下三百英尺时,他计算,如果登顶,那会超过安全返回的时限,便果断决定放弃攀登,返身下山。而同行的其他12名登山爱好者却不认同,不想前功尽弃,毅然继续向上攀登。虽然这些中的大多数抵达了峰顶,但已错过了安全返回的时间,最后却全部葬身于暴风雪中,让人扼腕叹息。兰迪·巴比特和克洛普所表现出来的姿势和态度,足见多么有智慧!什么是智慧?它是辨析判断、出谋划策、发明创造的能力。现实生活中,许多人的姿势和态度显示出了不凡的智慧。如上级领导拟听取某项活动策划方案的汇报。于是,相关人员在既有工作的基础上,又收集整理了许多资料,并进行了深入分析研究,使策划方案渐臻完善。上级领导听取汇报后,给予了充分肯定。而这,验证了一条亘古不变的真理——上帝青睐有准备的人。又如从一定意义上说,男女恋爱也需要斗智斗勇,有的时候,欲速则不达,急了、快了,反而不好;有的时候,过于黏附、讨好、乖巧,还不如来个欲擒先纵。再如有位领导拟"收拾"一位部下。在一段时间里,部下到处肆无忌惮,我行我素。对此,领导并不公开批评。到了一定时候,即在部下暴露充分之后,领导才采取措施。而这,乃是记取了"小不忍而乱大谋"的古训。

时而听人说,"姿势决定一切","态度决定一切"。这种说法,显然是被绝对化了。事实上,姿势与态度不可能决定一切。现实中,真正能使姿势与态度起决定作用的,关键在于能力和时机。姿势与态度要由能力来支撑,这就如同一棵参天大树,面对飓风,不是光靠摆弄样子即可屹立不倒,要靠根深、干壮、基实来"说话"。时机也相当重要,时和则岁丰,时异则事殊。我们的明智之举是有高超的能力,在适当的时机,作出应有的姿势和态度。这样做,大有可能心想事可成、事半功可倍。

草民与精英

笔者写下这个题目,是源于媒体报道的"工地最狠安全标语"——"亲爱的工友们,在外打工,注意安全,一旦发生事故:别人睡你的媳妇、打你的孩子、花你的抚恤金。打工安全,为你自己!"标语一经报道,有些人便认为,这是低俗的、粗鄙的东西。笔者不敢苟同,认为其以情感召,直击人心,是生动的、实在的、管用的做法。在这个问题上,我们千万不能只用自己的而不是工友的视角来作评判。

中国自古即有草民一说,始见于《论语》:"君子之德风,小人之德草。"后,无官职者在皇帝或官吏面前,自称草民,以示卑贱意。在民间,草民乃平民之别称,泛指无权无势、无财无产之人,如"我是一介草民",换言之"我是一个平民"。精英一词最早出现在十七世纪的法国,意指"精选出来的少数"。所谓的精英,包括政治精英、科技精英、军事精英、文化精英、企业精英、管理精英等,几乎每个领域、每个职业、每个专业、每个工种都有自己的精英。倘若按阶级来划分,草民为无产阶级和被统治者,精英则为资产阶级和统治阶级;如果按阶层来划分,草民为贫困阶层或社会底层,精英则为富裕阶层或社会顶层。按照现行通俗的理解是,草民为普通百姓,也就是最广大的人民群众;精英则是在某个领域、行业、职业、专业、工种内具有重要影响和重要作用的人,也就是极少数的高端人群。

应当说,草民与精英有许多方面不同,有的甚至有巨大的鸿沟。笔者分析,一是二者的思维方式不同。草民和精英代表着各自的利益,他们分别为巩固、维护和发展自己的利益来观察、思考问题。有报告说,2014年,中国顶端百分之一的家庭占有全国三成以上的财产,底端25%的家庭拥有的财产总量仅为1.2%;而美国前10%的富人大约占有80%的社会总财富,而前10%的富人占有40%的财富。存在决定意识。不难想象,在思维方式上,处于社会顶端的人不可能与处于社会底端的人一模一样。二是二者人生目标不同。从人生多层次的需求来看,草民主要追求温饱、平安,有可能的话,活得有尊严一些;而精英主要追求功绩、名望,有可能的话,在史书上留下些许痕迹。吃好、穿好、住好、玩好,对草民来说,那是人生梦想;而对精英来说,仅有这些,那就远远不够了。三是二者的语言系统不同。说起话来,精英喜欢文绉绉的,或引经据典,鞭辟入里;或顾左右而言他,拐弯抹角,其中不乏摆弄和炫耀。在他们看来,这显示水平,高雅,有品位。而草民则喜欢直截了当,不加修饰,直奔主题,当然,其中也不乏粗俗和赤裸。在他们看来,这叫"竹筒倒豆子",干脆利落。记得20世纪80年代末90年代初,我国刚刚提出加快建设小康社会,南方少数民族地区就有人这样理解小康的内涵:"白天有酒喝,晚上有奶摸。"乍听起来,俗不可耐;细想起来,通俗易懂。这不就是普通农民世世代代向往的"三十亩地一头牛,老婆孩子热炕头"的美好生活么,没错呀!如果由精英来解说,则少不了要用丰衣足食之类。四是二者的行为习惯不同。精英更注重礼节和仪式,更讲究方式和方法,如即使有某个想法、有某项要求,一般不愿意直往直来,要看时间、地点、人头、心情等。当然,其中也会有迂腐。而草民更讨厌繁文缛节,有啥说啥,想干就干。当然,其中也会有鲁莽。五是二者的圈子范围不同。我们从城市到乡村,再从乡村到城市,所看到的是一个个熙来攘往的人。这些人,虽然没有什么特殊的标志和标记(除穿有工作装、职业装之外),但无形之中基于不同的身份、不同的关系而有着这样或那样的圈子。倘若你不具备一定的身份、一定的关系,你就进不入你想进入的圈子,正如有些人一针见血地指出的"你想跟人家玩,人家不愿跟你玩"。这就是圈子。精英有精英的圈子,草民有草民的圈子。即使有极少数的草民进入了精英的圈子,那也是草民对一些精英有用处,且草民又极为低调。在中国,官场上不同层级的人形成了不同的圈子,职场上不同行业的人形成了不同的圈子,而且有的是大圈子套着小圈子,有的是这圈子连着那圈子,有的是优圈子叠着劣圈子。作为精英或草民,主要是为了自己的生存和发展,自觉或不自觉地进入了各种各样的圈子。六是二者的兴趣爱好不同。主要受生活压力、教育程度、经济条件等方面的影响,精英普遍欣赏阳春白雪类的影视戏剧,一般喜爱高尔夫球等类运动,喜好追逐这个风雅那个风韵,而草民则习惯观看诸如东北二人转、江南滩簧等地方表演小戏,乐意耳闻在乡村茶馆里偶有的说书,高兴参加三三两两在公园、路旁等自发进行的打扑克、下象棋等。

人类社会是人的集合体,有男女老少,有工农商学,各段年龄、各个阶层的人都有,而草民、精英是其中重要的组成部分。精英对人类社会的发展有着重要的影响和作用,而草民是推动人类社会发展的根本动力。两者各有各的历史地位,不可或缺,不能替代。笔者认为,在后毛泽东时代,中国共产党坚持践行"三个代表"重要思想等,从一定意义上说,是正确处理好了草民与精英的关系,充分调动和发挥了二者在人类社会发展中的作用。"三个代表"重要思想,指中国共产党要始终代表中国先进生产力的发展要求,代表中国先进文化的前进方向,代表最广大人民群众的根本利益。似乎可以这样领会,引领先进生产力和先进文化有赖于各种精英,而代表最广大人民群众的主要是草民。毋庸讳言,中国历朝历代都是被各种各样的精英掌控,当今也是如此。精英们比较容易缺乏草民情怀,习惯于使用精英视角。而这些往往会在其制定的法律、法规和政策中体现出来。如在维护被征地农民的合法权益方面,有些地方政府只想尽量降低补偿安置标准;在整治城市小区小巷的市容市貌方面,有的有关部门对如何方便群众、有利生活考虑不周;在整合和优化教育资源上,有些地方政府在中小学的布点上不够科学合理等。笔者分析,中共中央在党的十八大召开后深入开展的以为民、务实、清廉为主要内容的党的群众路线教育实践活动和党的十九大召开后深入开展的"不忘初心、牢记使命"主题教育活动,其根本目的是鞭策各级党员干部更好地立党为公、执政为民。

  当然,笔者并不是说草民所有的东西全是好的,只是觉得,如今社会各界关注草民的喜怒哀乐尚嫌不足。许多精英总希望草民尽快赶上来不要掉队落伍,而许多草民总感到精英离自己越来越远高不可攀。问题的症结是缺乏相互的理解。尤其是作为精英,对草民那些下里巴人的东西,要尽可能少一点自我优越感,多一点裁量平等性。古时,农民起义发出过质问:"王侯将相,宁有种乎?"现代,身居社会顶层的精英绝不能忘却自己的前世今生。有段拟人化的对话颇为寻味。雨伞说:"你不能为别人挡风遮雨,谁会把你举到头上?"雨鞋说:"人家把全部的重量都托付给了我,我还能计较什么泥里水里!"雨伞和雨鞋多么能够设身处地进行换位思考。我们的草民与精英,不妨从这段对话中感悟出人在世上应当持有何种心态、视角和情怀。

以大事小与以小事大

社会生活中，人际之间，包括长辈与晚辈、同辈与同辈、男人与女人、亲人与亲人、朋友与朋友、同事与同事、上司与部下、老者与幼者、大人与小孩、邻居与邻居、同学与同学、战友与战友、老乡与老乡之间等，由古及今，在礼节上，有许多约定俗成的东西，有的还十分考究，过了或不及，轻的会被人认为"不懂规矩""不识抬举"，重的会被人认为"缺少教养""人品差劲"。这些礼节，虽然也有书本教诲，但主要有赖言传，且很多时候需靠本人意会。关于礼节，中国人好在事前指点、事后评点，一般不在事中指导（主要是碍于情面）。这就更需要当事人察言观色，临场发挥，做到既热情又得体。

以大事小，以小事大，是人际交往中常见的两种状态。这里所指的"事"，不是事情，而是侍奉。这里所指的"大"与"小"，不是物体，而是人物。人物当然有大有小。人除了有生理属性上的大与小外，还有后加的社会属性上的大与小。人在世上，所谓的大与小，主要从社会属性上考量。不难理解，孙中山、邓小平的身材并不高大，但社会形象和历史地位非常高大。再从另一方面来分析，大人物与小人物也都是相对而言的。在中国领导集团的高层，总理与部长比，是大人物；司长与部长比，是小人物。在中国人际关系的辈分上，叔叔与侄儿比，是大人物；叔叔与爷爷比，是小人物。再从另一方面来观察，大人物与小人物也有名义上与实质上的差别，如"官大一级压死人"主要发生在本机关、本单位内，其他机关、其他单位对此就不管用；官场上的平级调动或安排，虽然仍然保留原有行政级别，既没升也没降，但是有的系"胸罩改背心"，有的则为"背心换胸罩"，那位置不同，其重要性当然不同；亲属中，亲的伯伯、叔叔、舅舅、阿姨与堂的或表的伯伯、叔叔、舅舅、阿姨，在血缘关系上不一样；社交中，同班同学与非同班同学、同部门同事与非同部门同事、同连队战友与非同连队战友、同村庄老乡与非同村庄老乡，在相互了解和交往的深度上不一样。

在人们的习俗中，以小事大，理所当然。作为小的，觉得自己应该事大；作为大的，认为可以安心享受。于是，一代传一代，以小事大便成为习俗。但是，有些人却乐于以大事小。如《孟子》中曰："惟仁者为能以大事小，是故汤事葛，文王事昆夷。"意思是说，只有仁人才能以大国的地位侍奉小国，所以商汤曾侍奉葛伯，周文王曾侍奉昆夷。在当时，商汤是大国的国君，葛伯只是小国的国君；周文王是大国的国君，昆夷只是个部落小国。然而，前者却愿意侍奉后者。此不管二者之间的因缘，就其现状来看，足见前者的心怀有多么宽广。我们不妨作以下三种假设：倘若是后者有恩于前者，那前者也可能会"子系中山狼，得志便猖狂"；如果二者之间没有瓜葛，那前者一般不会这样傻呵呵；假如前者有恩于后者，那前者通常不必如此"只求奉献，不求索取"。故，先哲便评价商汤和周文王为"圣"，即品格高尚、智慧高超。在现实生活中，以大事小的事经常出现。如：有的大家庭中的长兄长嫂，对弟弟妹妹关爱有加，弟弟妹妹家里有什么难处，主动而又慷慨地去帮助，跑上跑下、跑前跑后，有钱出钱，有力出力，毫不吝啬，故自古以来就有"长兄为父、长嫂为母"一说。又如：某处室接到一项重要任务，领导不是坐在办公室里指挥，也不当"甩手掌柜"，而是身先士卒，带头加班加点地干，即使在工间片刻休息时间，也去嘘寒问暖，故模范地践行了"领导就是服务"。再如：一对老夫老妻，退休这几年来，整天忙着给儿子儿媳带小孩、做家务，儿子儿媳要上班没时间，又对外请保姆不放心，故老夫老妻"像架在石磨上的驴，一点儿松弹不得"，惟有自我解嘲一番："要得好，老做小。"

事实上，"大"别矮化、轻视"小"。为什么？一是世界上任何人物和所有事物，都是由小到大。人母体内的胚胎是小，但可长成大汉；散落旷野的幼苗是小，但可长成大树；狂风大作，但可起于青萍之末；砖石块小，但可建成万里长城；星点火苗，但可引发大的事故。处在萌芽、初始状态下的"小"，在适宜的条件下，自然会"长大"，这是自然规律、客观规律。二是许多时候，小的是好的。中国于20世纪90年代和本世纪初，掀起了大学合并、扩招之风，不少一般性的大学，其在校学生多达二三万。而世界第一流的英国牛津大学几十个学院加在一起才一万多名学生，落在每个学院、每个导师头上，其办学规模可谓"小"矣。位于世界五百强之列的美国通用汽车公司，实际上是由一个个规模适中的小公司组成的。中国于2008年在北京成功举办了奥运会、2014年又在南京成功举办了青奥会，其开幕式上的演出让观众们大饱眼福。然而，这些演出也都是由演员们一唱一和、一招一式集成的。其本身的一唱一和、一招一式都非常出色。三是在很多情况下，看似小东西，实有大作用。1453年，土耳其苏丹率领大军攻打东罗马帝国首都，因意外发现了进城的一个小通道,即凯尔卡门,毫不费劲地进入了内城,引发了守城军的彻底崩溃。由此,东罗马帝国的最后一位皇帝君士坦丁十三世与他的帝国一起同归于尽,其首都也被土耳其苏丹改名为伊斯坦布尔。1786年春天,法国国王路易十六的妃子到巴黎剧院观看演出。观众席上的年轻公爵奥古斯汀自以为风流倜傥,向王妃吹了两声口哨。在当时,吹口哨在法国被视为严重的调戏行为。国王大怒,把奥古斯汀投进了监狱。两声口哨成了奥古斯汀的千古之恨,自己因此遭受了50年的牢狱之苦。四是小有小的好处。如人的个子高大了,多消耗衣服和食物,有时候出行还不太方便;人的个子矮小了,据说可减轻自身的心脏负担,对长寿有益。又如一叶知秋。《淮南子》中曰:"以小明大,见一叶落而知岁之将暮。"比喻可从人物或事物的某些细小微末迹象,预料到人物或事物的发展趋向和变化。再如"会当凌绝顶,一览众山小。"正因为众山小,才成就泰山之大;倘若众山大,那泰山或成盆中之丘。美国加州的德雷格尔市场做过一个经典的实验——购物者光顾"销售大厅"。"销售大厅"里提供各种不同风味的果酱,有时展示24种,有时只摆放6种。一个数据显示,100人走进提供24种果酱的"销售大厅",仅有3个人购买了果酱,而50人走进只提供6种果酱的"销售大厅",却有15个人购买了果酱。这一实验结果令人诧异。心理学家揭示了其中的奥秘:面对选择的数量越大,人们反而担心自己的选择不是最佳的——头脑中已经被太多的这个或那个弄得"选择超载"了,以至于身心精疲力竭;而面对选择的数量越小,人们的心态就会越坦然,选择也就变得轻松自然起来。

　　人生在世,是以大事小,还是以小事大,归根到底是人的心怀问题。凡心中养春的人,不管自大自小、事大事小,都能放宽心怀,追逐明媚;凡心中纳秋的人,不管自大自小、事大事小,都能升高心怀,获取寥廓。如是经营人脉、经营事业、经营生活,随之而来的便是成功和快乐。

情理与法理

1935年,时任美国纽约市长的拉瓜地亚,在一个法庭上旁听了一桩偷窃案的审理。被控罪犯是一个老妇人,被控罪名为偷窃面包。当法官讯问她是否清白或愿否认罪时,老妇人嗫嚅着回答:"我需要面包来喂养我那几个饿着肚子的孙子。要知道,他们已经两天没有吃到任何东西了……"法官答道:"我必须秉公办事,你可以选择十美元的罚款,或者是十天的拘役。"判决宣布之后,拉瓜地亚从席间站出来,脱下帽子,往里面放进了10美元,然后面向旁听席上的其他人,请每个人拿出50美分的罚金,以处罚竟让祖母偷东西来喂养孙子这样的事发生在我们所在城市的过失。每个人都悄无声息地捐出了50美分。

这个案例,说的是情理与法理的问题。情理,即人情和事情的一般道理;法理,指法律和法规的基本原理。如上所述,孙子两天没有吃到任何东西了,祖母偷窃面包来喂养孙子,这从情理上可以说得通,也能够理解;但从法理上绝对说不通,因为是明显的违法行为。现实生活中,这类问题也时而遇见。如在农村,儿子长大了,需要结婚分家。于是,做父母的,便把多年来省吃俭用好不容易积攒起来的钱,用来建造两间新屋。新屋落成了,问题出来了:新屋占用的土地没有报批,属于违法占地,上级有关部门要来查处。对这件事,不难分析:儿子长大了,需要结婚,需要分家,需要建造新屋,从情理上说,这样做,完全应该。但是,没有土地,不去报批,擅自占地,从法理上说,这样做,法律不容。又如在公共汽车里,在地铁车厢内,在街道马路上,见到行动不便抑或不慎摔跤的老人,法理上并没有规定凡路过的人都必须给老人提供帮助,但是,从情理上说,所见之人,除有特殊情况之外,则不可视而不见,袖手旁观。再如某地发生强烈地震,人员伤亡和经济损失惨重。从情理上说,"一方有难,八方支援",各地应该及时伸出援手,帮助灾区人民抗震救灾,重建家园;但是,从法理上说,并没有规定各地必须给地震灾区提供物资或经济援助。从上可知,情理与法理,二者既有联系,又不相同,前者属于道德层面,而后者属于法律层面。道德是高线,主要是倡导,不必个个遵守;法律是底线,主要是强制,人人务必遵守。故,遵守法律,对所有人来说,是最基本的要求。看一个国家、一个地区、一个单位文明程度的高低,首先看其遵守法律情况如何。讲究道德,对所有人来说,是最高尚的追求。看一个人的心灵、品性、情操高尚与否,主要看其道德水准怎样。人活世上,既守法律,又讲道德,那无疑是个大写的人。

2014年中央电视台春晚节目里有个小品叫《扶不扶》,因深接地气而广受好评。现实生活中,类似于这类问题的,还有帮不帮、拉不拉的问题,甚至还有救不救的问题。在中国社会,对这类问题,往往主要从情理方面来考量其应该还是不应该、正确还是不正确。关于这类问题,我们不能不分青红皂白地一味指责其不扶、不帮、不拉和不救。如果其是袖手旁观甚至逃之夭夭,那从道德层面进行强烈谴责是必须的。但是,我们不能轻忽,许多人的人性中尚有一些阴暗隐晦的东西。一如"害怕担责"。大多数拒出援手的人,害怕出了援手便成为承担责任的证据,有的被援者还会没完没了地加以纠缠,甚至一讹再讹。于是,一见前面或周边有人倒在马路上,不管何种情况,一些人就惟恐躲避不及,马上跑离了。二如"群体依赖"。社会心理学研究发现,"见死不救"的科学依据是"旁观者效应"。也就是说,在发生危险时,周围的人越多,有人出手相救的几率反而降低,因为其中有个"责任分散"机制在起作用。三如"幸灾乐祸"。别人遭到灾祸,本该予以同情,条件许可时,应尽力给予帮助,可有人反而会觉得高兴。为什么会幸灾乐祸?有学者通过深入研究后发现,人们大多通过社会性比较来确定自己的优势和在社会上的地位,而幸灾乐祸就来源于社会性比较。不仅人们会作这样的比较,即使是猴子和狗也会与自己的同类比较,并以此来满足自身的狭隘和负面心理。如上这些阴暗隐晦的东西,在一定程度上,指导和影响着一些人在扶不扶、帮不帮、拉不拉和救不救上的行为选择。生活既是轻松的、快乐的,同时也是严肃的、残酷的。我们不能要求人人都能像伟大的国际主义战士白求恩同志那样毫不利己、专门利人,也不能要求大家一点不熟悉水性就跳入茫茫水域去救生、不带任何安全器具就冲入熊熊大火去施救,只是希冀能从人道和情理出发,尽可能多地关心人、爱护人、帮助人,从而在全社会形成无比强大的助人为乐、见义勇为的正能量。

人所共知,法律体现统治阶级和人民大众的意志,由国家和地方的立法机关制定或认可。在中国,对私权,"法无禁止即自由",又言"法无明文规定即允许";对公权,"法无授权即禁止",又言"法无明文规定即禁止"。对助人为乐、见义勇为,我们不仅要大力呼唤和倡导,并从精神上、物质上大力褒奖,而且要建立和完善相关制度,让制度为施援者撑腰和鼓励。在这方面,国外有一些东西可作借鉴。如加拿大安大略省 2001 年颁布的《见义勇为法》规定,自愿且不求奖励报酬的个人,不必为施救过程中因疏忽或不作为对被救人造成的伤害承担责任。德国《不作救助不作为法》规定,在有人受伤害时,周围其他人必须施救,如不作为,或者作为不够,都将被视为违法。新加坡相关法律规定,被援助者事后若反咬一口,必须亲自上门赔礼道歉,并处以相当于本人医药费一倍至三倍的罚款;对影响恶劣、行为严重者,则以污蔑罪论处。如上法律,已把见义勇为从道德层面上升到了法律层面,并作为公民的一项基本义务。这样施行,既从法律上规定了公民必须见义勇为的义务,又从法律上消除了公民在见义勇为时的各种顾虑。行善积德是道德社会的价值追求。对这一点,普天之下的人,不分男女,不分老幼,不分民族,不分肤色,不分信仰,不分贫富,是普遍认同且在努力践行的。毛泽东曾经指出:"一个人能力有大小,但只要有这点精神(注:毫无自私自利的精神),就是一个高尚的人,一个纯粹的人,一个有道德的人,一个脱离了低级趣味的人,一个有益于人民的人。"18 世纪中叶法国著名启蒙思想家爱尔维修曾经指出:"做一个正直的人,就必须把灵魂的高尚与精神的明智结合起来。任何一个在自己身上结合了这两种不同的自然赠品的人,都是以公共利益作为行动指南的。这种利益是人类一切美德的原则,也是一切法律的基础。"两位伟人说得何等好啊!如果助人为乐、见义勇为能成为每个人自觉自愿的行动,那人类社会会更和美、更温馨,人际关系也会更真诚、更包容。

大数据与小数据

进入本世纪以来,数据这个词的运用越来越重视、越来越广泛。数据,既是人们进行各种计算、统计、核查等所依据的数值,又是人们进行工作谋划、科学研究、技术设计等所依托的数量。如今,各机关、各单位对人、对事的考核,几乎均为定性与定量相结合,而定量即用数据来说话。正如任何人和事进行同类比较后都可分出大小与多少一样,数据也是如此,相对来说,有大数据,也有小数据。如长度中的公里是大数据,微米是小数据;面积中的平方公里是大数据,平方厘米是小数据;体积中的立方米是大数据,立方厘米是小数据;容量中的千升是大数据,毫升是小数据;重量中的吨是大数据,毫克是小数据;数目中的兆是大数据,一是小数据。

"大数据时代来了!"尔今,各行各业都是这么认为,现实中也的确这样。一如广泛搜集大量电子信息,从中鉴别各种可疑活动,大数据服务于反恐防暴。二如全国高速公路"电子眼"联网监测,从中发现违章行车,大数据服务于交通管理。三如尽早追踪"非典"、埃博拉等新病毒的传播人群、路径和速度等,可以有力、有效地阻遏这些新病毒的扩散和感染,大数据服务于卫生防疫。四如尽快捕捉包括政治、经济、文化、社会、军事等方面的海量信息,从中按照轻重缓急的原则,分门别类地加以处理,大数据服务于舆情监测。五如从分布在各地的监测点定时获取动态信息,通过汇总分析,进行环比、同比对照,大数据服务于物价管理。六如对易燃易爆点、粉尘密集区、地层复杂处、文物保管地、管线连接点等进行连续实时监测,从中发现事故隐患和险情,大数据服务于安全生产。七如各专业银行全国所有网点联网,从中观察分析各种信贷业务情况,大数据服务于金融管理。八如采用网上点击、随机问讯、发票填写等多种方法,提前了解各候选人的获票预期,大数据服务于公民选举。九如人民法院通过网络系统,可全方位"点对点"地查控"老赖"们在工商、国土、房产、人口、民政、车辆、地税、公积金、养老金、支付宝、保险等十七个领域的信息,从而促使"老赖"们主动履行还债义务,大数据服务于抓"老赖"。十如新闻传媒用大数据重新构建决策、采访编辑、分发、评价等工作体系,使整个生产流程从过去的基于经验升级到基于数据,进而进一步提高新闻传媒的精准性、高效性,大数据服务于媒体宣传。当然,大数据也有局限性,主要是由于监测和统计条件的有限性、事物的变幻性和情形的繁杂性,不是所有的问题都能在大数据中预测到。

大数据时代不早不晚、不慌不忙、不声不响地来到了,为什么?笔者认为,一是经济社会在发展。中国改革开放以来,经济社会发生了翻天覆地的可喜变化。如全国城镇化率已从1978年的17.92%上升到2013年的53.37%。由一个沿海边陲小镇发展成为现代特大都市的深圳,国内生产总值已从1979年的1.9亿元增加到2013年的14500亿元,财政收入已从1979年的0.17亿元增加到2013年的1731亿元。经济社会发展在数量上发生的巨大变化,势必带来大数据雨后春笋般地涌现。此外,中国已成为世界第二大经济体,人口总量又是全球之冠,故对经济社会一些现状进行监测和统计所获取的结果,在其他许多国家是小数据,而在中国都是大数据。二是宏观调控有需求。努力开拓和全面推进中国特色社会主义事业是一项史无前例的伟大工程,中国正在加快完善和发展中国特色社会主义制度。在解放和发展社会生产力、解放和增强社会活力中,各级政府必须不断加强和改善宏观调控,而宏观调控最重要的基础,是来自各种监测和统计获得的大数据。再说,如今产业、行业、专业发展,全球一体化,普遍实行跨国、集团、连锁、多元经营,而这些都离不开大数据作支撑。三是科学技术的进步。计算机技术的发展,从20世纪60年代至本世纪初,已经历了电子管、晶体管、中小规模集成电路、大规模集成电路四个时代,在技术上越来越成熟。其中,互联网具有全球性、海量性、交互性、即时性、成长性等特征,已成为人类迈向"地球村"坚实的一步;以互联网为中心的云计算,使得超级计算能力只要通过互联网即可自由流通成为了可能。近年来,计算机网络获得了飞速发展,已被广泛应用于工商业的各个方面,且正向更深、更宽的方向发展。这些科学技术的进步,破天荒地可以随时随地获取各种大数据。

与大数据相对的是小数据。在大数据时代,小数据依然存在,而且随着科技的发展和管理的深入,有些小数据则越来越小。什么是小数据?简言之,就是个体化的数据。现实生活中,一如中国近十四亿人,而每个人的年龄、性别、受教育程度等则为小数据;二如机关或单位组织职工体检,而每个职工的血象、视力、胸透等情况则为小数据;三如在每年春季召开的全国人大、全国政协大会上,最高检、最高法都要向大会报告违法犯罪案件查处总体情况，而各地案件查处的具体情况则为小数据；四如国家统计局每年、每季都要向社会公布国内生产总值、财政收入、物价指数、进出口总额等方面的大数据，而一个市、一个县在这些方面的数据则为小数据；五如高考成绩出来了，各门功课的总分是大数据，而一个个题目的得分则为小数据；六如夫妻俩月度工资，加上存款利息、房屋出租收入等即为月度家庭总收入，而月内买菜的一笔笔支出则为小数据；七如江苏南京第二届夏季青年奥林匹克运动会，有203个国家、地区派运动员参加比赛，而每个国家、地区派出的运动员数量则为小数据。

小数据有时并不因为数据小而在作用和意义上小。据报道，美国康奈尔大学德波哈尔·艾斯汀是位计算机科学教授。他的父亲在2013年去世前的几个月，不再发送电子邮件，不再去超市买菜，到附近散步的距离也越来越短。这种逐渐衰弱的状态，真的到医院检查心电图，还不一定能察觉出来。可事实上，他每时每刻的个体化数据，已经明显与之前不同了。由此启发了这位计算机科学教授，人身体上的小数据，可以作为一种新的医学证据。现实生活中，许多癌症病人正是依据若干甚至只有一个小数据的些许变化，进而经过深入细致的检查，而在早期发现病变的。由此，每个人身体上的小数据汇集起来，可以得到一幅只属于自己的健康自画像。试举一例：有位学生，初二上学期数学期终考试成绩出来了，一看，填空题、判断题错得多，而应用题、问答题全部准确。从这些小数据上不难发现，这位学生对数学的一些基本概念还没有完全理解，存在模糊不清。对此，利用暑假，这位学生认真作了补习，在上初二下学期数学时，成绩一下子提上来了。

综观起来，大数据与小数据相比，前者从中可以发现普遍性、共性化的问题，而后者从中可以发现特殊性、个体化的问题。利用二者，可以做到点上与面上结合、宏观与微观结合、一般与个别结合、常态与变化结合，从而从大数据中找到规律、从小数据中窥出个性，进而更顺风顺水地待人处事。

有趣与无趣

先说三则故事。其一,一位年轻的写作者遇到大文豪马克·吐温,说他对自己的写作能力正在一点点地失去信心。他问马克·吐温:"您年轻的时候也有这样的感受吗?""有过。"马克·吐温回答:"在我大概写了十五年之后。"他有些兴奋地又问:"那您停止写作了吗?"马克·吐温又答道:"我怎么停得下来?那个时候,我已经成名了。"其二,过春节时,许多人会在门上倒着贴一个"福"字,寓意"福到了"。于是,老张来了灵感,写了个"钱"字,也倒着贴在门上,寓意"钱到了"。老婆回来后看到了,便问:"谁贴的?"老张应道:"我呀。"结果,老婆揪住老张的耳朵,吼道:"我让你倒贴钱,我让你倒贴钱……"其三,男子相亲,与女子在西餐厅里相对而坐。二人在了解了对方的工作、学习、家庭、爱好等后,交流陷入了困境。于是,男子试想调节一下气氛,开始扯些社会话题。男子问道:"您是如何看待房市的?"女子听后愣了一下,脸红着说:"还是,还是不要过于频繁比较好。"

以上三则故事,听罢颇感有趣,不禁莞尔一笑。趣,意趣、兴趣、情趣、志趣也。大凡有趣,一是能让人觉得有意思,吸引去琢磨和回味;二是能使人产生好奇心,吸引去品味和探究;三是能给人感到有兴味,吸引去喜欢和爱好。有趣,主要用来评价人,一般通过言语,如开玩笑、耍幽默、逗闷子、说笑话等来显示。在中国,说这个人有趣,一指这个人见识广,有口才,聊起天来无穷尽,说起话来笑语多,是人见人爱的"开心果";二指这个人有意味,如同与人打牌一样,有时出牌让人费思量,感到有点新奇;三指这个人怪怪的,与众有所不同,虽未直言其不好,但存轻蔑甚至否定之意。实际上,有点反话正说。在西方一些国家,有趣则作为人的必需品。在很多人的眼里,有才还不如有趣,能让人喜欢你,你就是出色的人。因此,他们对一个人的评价,往往不是夸他能干,而是夸他风趣。对有趣的认识,中外由于文化、习俗等方面的差异,不尽相同,但共同点是,说话有趣,能打动人、感染人,即使再严肃的问题,即使再难办的事情,通过有趣的说话,可以即时调节现场气氛,或在欢声笑语中,或在会心会意里,有望实现既定的目的或愿望。

应当说,说话有趣,须因人、因事、因时、因地而异,换言之,须识时务、把分寸,可控结果,不能为有趣而有趣,只图一时口舌之快。有趣须服从于结果,服务于结果,为结果铺路,为结果滋润,为结果添彩。笔者分析,在说话有趣上有八个"禁区":一为嘲笑。用言词笑话对方,即是嘲笑。大诗人苏东坡被谪贬到广东后,听说当地的很多妇女会做诗,很想找个机会比试一下。一天,他路过新会,看到一个袒胸露乳的农妇挑了饭担朝他走来,便触景生情,吟起诗来:"蓬发星星两乳乌,朝朝送饭去寻夫。"农妇抬头一看是苏东坡,忙连声应道:"是非只为多开口,记否朝廷贬汝无?"他一听,自遭人辱,面红耳赤,拔腿就走。以后,他再也不敢轻视妇女了。二为刻薄。说话冷酷尖酸,即是刻薄。西晋人刘道真为生活所迫,为人当纤夫。一次,他看见一位老妇人在旅馆旁边采桑,便说:"女子为什么不在家纺织,反而抛头露面在此采桑?"老妇人顺口就反问道:"大丈夫为什么不骑马挥鞭报效国家,却在这里为人拉纤?"他羞得满口无言。想是他凭着有些才思,不料碰了壁,反而成为世人的笑柄。三为戏言。随便说说,并不当真的话,即是戏言。诚然,在特别要好的朋友之间,有时候相互取笑几句,谁也不会计较。但是,在上下级之间,在并不熟悉的人之间,随意开涮对方,则常会产生不好的效果。春秋时,公子宋在觐见郑灵公前,食指突然抖动起来,就对一旁的同僚子家说:"每当我食指大动时,就是要吃美味了。"他俩一起进大殿前,恰好看到有厨师在杀大鳖。两人不由得相视一笑。郑灵公很奇怪,就问他们为什么发笑,子家就把来龙去脉禀告了国君。过了一会儿,郑灵公也使起了坏,请其他大臣吃鳖,唯独不许公子宋吃。公子宋大怒,站起来用那个抖动的食物蘸到锅里,尝了下味道后扬长而去。这便是"染指"一词的出处。郑灵公见公子宋如此不识趣,还对国君无礼,就动了杀机。哪知道公子宋更不客气,竟和子家密谋,抢先一步动手,杀死了郑灵公。四为愚弄。蒙骗玩耍,即是愚弄。大明蓟辽督师洪承畴被满清俘虏。他的一个仆人跑到北京送信,说老爷被俘后"义不受辱,骂贼不屈",以身殉国。同时,兵部也获悉"洪督师临砍时,只求速死"。崇祯皇帝闻讯后很伤感,下旨为洪承畴建立祠堂,隆重祭典这位大明英烈。正当朝廷悲伤地筹备时,真实消息传来,洪督师已经降清了。好在崇祯还没有亲临祭典,不然,这个乌龙就真的不可收拾了。五为无谓。没有意义,即是无谓。英国幽默大师萧伯纳,有一次被一个美丽的女明星所追逐。她的理由是:"如果我俩结了婚,生出的小孩,美丽像我,聪明像你,岂不是天下第一流的人物吗?"萧伯纳听了后笑了笑,说:"那么,小孩如果聪明像你,美丽像我,岂不是糟糕了吗?"女明星听了,难为情极了。六为耍嘴皮子。光说不做,即是耍嘴皮子。汉文帝刘恒有一次到上林苑视察,回宫后便想擢升啬夫为上林苑总管。有人深知啬夫只会卖弄嘴皮子,并无真才实学,就向刘恒进言:"陛下您只看到啬夫能说会道,就要擢升他。如果真是这样,恐怕天下那些扯顺风旗的人,就光卖嘴皮子,都不干实事了。"刘恒听之,即取消了这项旨令。七为低级。说笑话也好,耍幽默也罢,不能不看场合,不分对象,尽搬弄那些不上台面的田言野语,让人听了哭笑不得。在打比方、作例举、说譬如时,不能牛头不对马嘴,更不能使人觉得你在故意贬损别人。倘若那样做,人家便会认为你是"半桶子水,晃荡得很",甚至人家还会认为你的人品有问题。八为絮叨。说话啰唆,即是絮叨。话有趣,并不在于话多。有趣的话,是画龙点睛,如烹饪时加的佐料,恰到好处,点到为止。要知道,纵然再精彩的话,絮絮叨叨地说,听者也会生厌。尤其是不考虑自己的身份在那儿胡扯乱侃,更为不妥。再说,现代汉语的多义字、多义词不少,同样的字、同样的词用在不同的地方,意思就不一样,更何况一些字、词既有本义,还有引申义,弄得不好,别人还会说你含沙射影,故絮叨起来,难免言多必失或言不达义。

综观起来,说话有趣是一门高超、深奥的学问,而说话无趣是一种低能、少才的表现。有道是,人们对一个人的最高评价是"这个人有趣",而批评一个人最狠的话是"这个人无趣"。可见,有趣与无趣已成为衡量一个人水平与品行的重要标尺。对每个人来说,有趣在更多的时候体现的是一种"软实力"。这种"软实力"在日常的工作和生活中,无疑发挥着难以替代的显性的或隐性的作用。

问路与指路

人类赖以生存的地球,是由点、线、面构成的,点是一座座城镇、一个个乡村,线是一条条陆路、一支支水路,面是由诸多点和线连成的。人生在世,徒步也好,驾车也罢,少不了要经历各种道路,有所区别的是路程长短,这与各人的职业性质、生活半径、生命历程直接有关。经历道路,熟悉的、知道的,当然只用埋头行驶;陌生的、迷糊的,如今虽然车用导航仪已经普及,但有时还不得不请人指路。说起问路与指路,许多人会吟咏起杜牧的诗句:"清明时节雨纷纷,路上行人欲断魂。借问酒家何处有?牧童遥指杏花村。"还有人会诵读起胡令能的诗句:"蓬头稚子学垂纶,侧坐莓苔草映身。路人借问遥招手,怕得鱼惊不应人。"我国唐代两位著名诗人把问路与指路的当时情景刻画得何等活灵活现、惟妙惟肖!

现实生活中,问路与指路,二者虽然是萍水相逢,唯心地说,也是前世的修好,但是,其一问一答却呈现出了自然状态下的人际关系和处事方式。其一是,有的人热情。只要有人意欲问路,他即使骑在自行车上或开着自驾车,也设法停下来给你指路。其二是,有的人精心。笔者有一次在路边准备打车,有个小伙子走过来,笔者便问他这儿离某某地方有多远。结果,这个小伙子告之,你不能在这儿打车,某某地方在相反方向,出租车要往前开一公里多才能折回,你应该到路对面去打车,这样起码可以省上两元钱。其三是,有的人随意。人家虔诚地问路,他却不屑一顾,顶多把嘴巴向哪边一呶,就算是告诉人家如何走了。其四是,有的人自负。被问者好像很有把握地告诉你应该怎么走,结果你走来走去,还是被指错了路。其五是,有的人认真。有的指路者一时指错了路,你已经走离了百米左右,其还会大步流星地追上你,重新告诉你应该怎么走。其六是,有的人漠然。有的被问者不关心除了他以外的事物,你左问右问,他都置之不理,还很不耐烦,冷不丁地还会甩上一句"讨厌!"其七是,有的人假意。被问者不认识路完全可以理解,问者也不会去责怪或埋怨。然而,有的被问者本身不认识路,对问者的请问又漫不经心,还不负责任地随手指了指,结果是南辕北辙,使问者走了不少冤枉路。其八是,有的人恶意。不知出于何种原因,有的被问者本来认识路,可偏偏给问者指错路。是搞恶作剧,使他人难堪,还是在哪儿受了委屈,到这儿报复他人,不得而知。

问路与指路,二者相遇,时光短促;一问一答,寥寥数语。然而,二者既可反映出人情世故,又能显示出世态炎凉。巴斯科里是意大利著名的抒情诗人。可是,他的生活却极为俭朴,穿着打扮完全像一个地地道道的农民。一天傍晚,他和往常一样,同他的妹妹出去散步,向康比亚桥走去。这时,来了一辆豪华汽车。车里的人向他问道:"喂,往巴斯科里教授的村子走哪一条路呀?"他胡乱地给车里的人指了一个方向,然后就与妹妹一起躲到附近的酒店去了。他还风趣地对妹妹说:"这些只重衣冠不重人的家伙,让他去找他们心目中的洋教授吧!"还有,问路与指路,也是智慧的较量。有一天,古希腊著名寓言家伊索在乡下遇到一个过路人。他向伊索问道:"到前面的一个村子去有多少路? 需要走多长时间?"伊索回答说:"你一直往前走吧!"他又说:"我是请问你需要走多长的时间?""你一直往前走吧!"伊索还是这样回答。他一听,认为伊索是个疯子,只好摇着头走了。可是,当他走了几分钟后,伊索突然把他叫住了,对他说:"两个小时以后,你就可以走到了。""那你怎么不早告诉我呢?"他奇怪地说。伊索两手一摊,说:"我当初不知道你走路的快慢呀!"再有,问路与指路,尤其是问路者的面部表情很重要。真诚和谦恭,随意和傲慢,二者给被问者的感觉迥异。德国著名哲学家阿图尔·叔本华这样总结道:"人的面孔要比人的嘴巴说出来的东西更多、更有趣,因为嘴巴说出的只是人的思想,而面孔说出的是思想的本质。"因此,无论是问路者,还是指路者,彼此都要给予更多的尊重,做到和颜悦色。对被问者来说,即使因为自己不熟悉路而指不了路,也要让对方留下良好的印象。

从问路与指路的点点滴滴中,我们可以琢磨出若干人生道理。首先,要多问人。有言道,学问学问,一是学,二是问。我国唐朝时,有一个"一字师"郑谷。当时,有个名叫齐己的和尚,写了一首早梅诗,送去请教大诗人郑谷。郑谷看到诗中有"前村深雪里,昨夜数枝开"两句,便对齐己说:"这首诗写得不错。不过,既然是'数枝开',怎么能说它是'早'呢? 如果把'数枝'改为'一枝',那就贴切多了!"齐己听了,佩服得五体投地,连忙拜倒。我国春秋末期著名思想家和教育家孔子,是个好学不倦、不耻下问的人。他曾经请教于郯子,访乐于苌弘,问礼于老聃,学琴于师襄,并且还向一个只有七岁的名叫项橐的小孩子请教过呢！人生路上，总有不知不识的东西，总有不明不白的事情，总有不清不楚的问题，总有不大不小的难处，要尽可能多问，即多向人学习，多向人请教，多向人咨询。智者千虑，必有一失；愚者千虑，必有一得。更何况我们还不是真正的智者，更应该通过问，去多寻找帮助、多借助外力。其次，要问对人。去医院诊治，是什么病看什么科，是哪种病用哪种药，这叫辨症施治、对症下药。问人同理。问不对人，如同牛头不对马嘴，对外行人问内行事。即使是问对了人，这个人还要尽可能是高人，能给你出高参。所谓的一语破的、一针见血等，都是高人之举。因此，遇到疑难时，不可随便找个人问询。如果那个人给你出的是低劣之招，有的时候先入为主，你会自觉或不自觉地接招，再到发现有问题时，那往往为时已晚了。最佳的选择是，被问者足智多谋。第三，问多思。古人言，学而不思则罔，思而不学则殆。学习了，只有通过思考，才不会被蒙蔽；光有思考，不去学习，那是非常危险的。问路也是如此。人家给你指了路，你别慌慌张张地向前奔，得多作思考，即思考人家指的路合理不合理、可信不可信，毕竟你原先多多少少有些感觉和认知。你的脑子里千万不可"一根筋"，只顾埋头按着人家指的路前行。你要知道，人家指错了路，一般是不负责任的，即使是你的长辈、领导、好友，事后你也不好意思去责备。《论语·公冶长》中曰："季文子三思而后行。"欧阳山《三家巷》中道："终身大事也应该三思而行。"既问了路，也当三思而行。

潜力股与垃圾股

20世纪70年代末,一省级事业单位招录了一批年轻人,其中有五位青春靓丽的妙龄姑娘一起住在单身宿舍楼里,单位里的同事们喜称她们是"五朵金花"。直至本世纪初,她们渐次从单位退休。反观她们的婚姻生活,可谓甜苦酸辣,百味杂陈。其中,一位嫁给了城里"高干"的公子,一位与当年"红旗飘飘"的军官结了婚,一位找了当时颇为吃香的"车轮滚滚"的驾驶员,一位名花之主是从偏僻山村考出来的中专毕业生,一位与看起来笨头笨脑的大学理科毕业生相爱。三十多年过去了,当年这五位姑娘的丈夫,如今有的事业有成,走上了仕途或进入了学界,家里也是风调雨顺;有的事业无成,浑浑噩噩,没有任何长进,家里也是磕磕绊绊;有的则遭遇了不测,英年早逝,给妻儿留下了无限的哀怨。这"五朵金花"的婚姻生活,恍若一面面明镜,给周遭认识和熟悉她们的人感悟了很多。笔者由此入题,试谈一下婚姻中的潜力股与垃圾股。

股,即股票,指股份公司用来表示股份的证券。中国结束"文化大革命"实行改革开放后,股份公司如雨后春笋般涌现,股票市场迅猛发展,从事股票交易的个人投资者遍布城乡各地。与投身其他经济活动一样,股民们买入、卖出股票是想获益的,而获益与否和获益多少从根本上取决于所持股票的价格。久而久之,股民们便会发现有些股票是潜力股,而有些股票则是垃圾股。所谓的潜力股,指在股市上业绩虽平,但有投资潜力的股票;所谓的垃圾股,指在股市上业绩差,没有投资价值的股票。按理说,股民们为了多获益,应该多买潜力股,不买垃圾股。但问题是,一般的股民对每只股票价格走势的认识是靠逐渐深化的。倘有先见之明,那获益肯定很大。可惜,在现实世界里,这样的股民太少太少了。于是,伴随股票市场的发展,便出现了职业股评人和股市分析师等。这些人的工作是为股民们分析和评点股市行情,给股民们买入、卖出股票提供参考。

男女婚姻的序曲是选择对象。在现实性、势利性、快餐性的社会里，许多青年男女只重眼前的、感官的、虚荣的东西，男要"白富美"，女要"高富帅"。应当说，这个要求并没有错，因为"有"总比"没有"好，谁也不愿意"输在起跑线上"。想当年，城里"高干"的公子结婚时即有单独的婚房，就有既清洁又方便的煤气炉使用；而来自农村的"穷小子"们结了婚还只能挤在集体宿舍里，周日相聚时也只有在楼道上点上煤球炉烟熏气呛地炒几个菜。试想一下，前者结婚时在物质生活上的起步比后者不知要优越多少倍。而之所以优越，惟靠父辈呗。看今朝，有爹拼的青年男女总比没有爹拼的强，有老啃的青年男女总比没有老啃的强。即使二人在一个大学同时毕业，有爹拼的和有老啃的与没爹拼的和没老啃的，在找工作的费劲上，在结婚的物质条件上，是有明显差别的。但是，如上这些，对一个人后面几十年的生活之路来说，那是微不足道的，一时物质上的相对优越，只是过眼烟云。有的时候，好事可以变成坏事；有的时候，坏事则可以变成好事。放眼望去，许多当年养尊处优的人，到头来成为事业上的懦夫和生活上的贫民；而很多当年出身贫寒的人，到头来则成为事业上的强者和生活上的富人。从一定意义上说，前者是事业上和生活上的垃圾股，而后者则是事业上和生活上的潜力股。

对女人来说，判断男人是潜力股还是垃圾股，最重要的可看如下三点：第一点，是否尽最大努力。人赤条条而来，虽然给你生命的人会给你提供一定的基础，但附加于你生命的一切主要靠自己。人活世上，一方面是享受，另一方面则是劳动，且前者是以后者为前提的。否则，那对社会、对家庭无益。诚然，人在世上，当官无止境，成才无止境，出名无止境，挣钱无止境。作为男人，则必须尽最大努力。如果尽到最大努力了，成果和效果，未能如其所愿，那也可以问心无愧了。当然，努力包括多方面，既有刻苦、惜时，又有策略、方法，还包括营造对自己、对家庭有利的各种人际关系，创造对自己、对家庭有益的各种机遇际会。而且，在努力上一定要高标准，不是作一般的努力，而是作最大的努力。换言之，是你在惟有此生绝无来生的情形下自己从主观上使出的最大可能。第二点，是否负责到底。在中国传统社会里，无论男的还是女的，恋爱和结婚是件庄重而严肃的事，因为与你恋爱和结婚的人，不管贫穷或富有，不管疾病或健康，是要与你终身相伴的人。而终身是要用负责作保障的。男人有了强烈的责任心，对事业就会认真，对生活就会认真；反之，便容易信马由缰地游戏事业、游戏生活。凡认真的人，都有沉稳、坚定的个性。在人生路上，他们会像股民把潜力股变成绩优股那样，能忍耐涨涨跌跌、走走停停等诸多波折，从而迎来股价升至顶峰的胜利时刻;他们也不会因为外部环境诱惑、个人价值等发生较大变化时,忘却甚至撕毁当年在恋爱中和婚礼上自己作出的爱情承诺。第三点,是否永步正道。正道,即正确的道路。也就是说,做人做事必须通过正当的手段、方法和途径。所谓的正当,指合法合规、合情合理。凡是"笑到最后"的潜力股都是坚守正道的。那些位至省部级的高官,那些富可敌国的有钱人,之所以会在人生的后半辈子栽倒,根由是走了多步甚至是一步歪道。其所带来的是自己的身败名裂,有的还造成家破人亡。到了这等地步,别说绩优股的绩优,那比垃圾股还要垃圾了。

　　对男人来说,判断女人是潜力股还是垃圾股,最重要的可看如下三点:第一点,是否专心和用心。人心是什么?人心既有生理功能,又有社会作用。而社会作用,又作用于事业,作用于家庭。人心对于家庭,一要专心致志。既然选择了这个"终身",就应集中心思对待。二要用心良苦。须用更多的心力去经营大事小情。社会上好多家庭的离散,说到底,均缘于人心问题。人生的一切,全靠自己经营。作为用来遮风避雨的家庭,毫不例外。而且,这项经营几乎要用人的一辈子的心力。不仅如此,还要具备高超的艺术。而经营艺术无疑是体现女人潜力的重要方面。第二点,是否正向和正量。有首家喻户晓的歌唱得好:"军功章里有你的一半,也有我的一半。"可以想见,丈夫在前线英勇杀敌,妻子在家里扶老携幼,共同坚守了正向,共同使出了正量。这是一首感人至深的协奏曲,唱响了家庭和美之歌,也唱响了人生亮丽之歌。然而,毋庸讳言,社会上有些家庭,在一定程度上是因为妻未相夫把好正向、用好正量,而出现了这样或那样的问题。故而,在很多时候,是一个女人管好了一个家庭,是一个妻子管好了一个丈夫。第三点,是否勤俭和贤淑。名著《唐·吉诃德》的作者塞万提斯有言:"规规矩矩的姑娘家,指望着美满的婚姻。她有两件好嫁妆:口碑好;品行端贞。"而勤俭和贤淑,一定会使女人有好的口碑和好的品行。从一定意义上说,勤俭和贤淑是女人一辈子的宝贵财富,取之而不尽,用之而不竭。这对丈夫而言,那可是前世修来的福气。

　　井上先生曾经说过,人的一生只有一秒,因为如果将已有46亿年历史的地球年龄设定为365天的话,那么人的一生只有0.8秒,与朝生暮死的蜉蝣没什么两样。人的一生在浩渺的时间长河里本就短暂,而青年男女在选择"终身"时的时间则更为短暂。在这更为短暂的时间里作出终身性的决定,而且还想找到潜力股而非垃圾股,这确实是件近乎苛刻的事。其至为关键的是,当事人必须有发现潜力股的眼力。有这么一个故事:有一天,一位丹麦警察正在街上巡逻,忽然发现对面有一辆自行车飞驶而来。警察习惯性地打开测速器,结果发现自行车跑的居然是汽车的速度。于是,警察毫不客气地将自行车拦下,车上跳下一个满头大汗的学生。"先生,我要迟到了!"学生紧接着问:"要罚款吗?""当然,你是哪个学校的?叫什么名字?"警察说。然后,警察把交罚款的时间和地点告诉了学生,说完就让学生走了。一周之后,学生所在的学校收到了来自丹麦最著名的自行车俱乐部寄来的信,欢迎学生参加本俱乐部,并将为其自行车训练提供最好的条件。原来,是那位执法如山的警察推荐了学生。数年后,丹麦出了奥运会自行车冠军,他就是斯卡斯代尔。这个故事,对正在择偶中的青年男女来说,可以有一定的启发意义。那就是,年轻时就要练就和拥有一双明察秋毫的慧眼,善于从别人介绍的和自己遇到的未婚异性中发现可以托付终身的潜力股,从而共同开启人生美满婚姻之坦途,并携手分享沿途繁花似锦的风景。

冒险与保险

青春易逝,年轻不再。人到老时,好回忆过去,包括得意的事、欣慰的事,也包括遗憾的事、伤感的事。有三位老人分别后悔不迭地谈了几十年前的往事。其一,当年,我在大学是班长,班上有位女生,清秀、活泼、聪颖,我从内心非常喜欢她,她对我也很好。可一直到毕业,我都不好意思向她表白,更没有勇气去主动追求。为什么?她是城里的小姐,听说家庭条件又好,而我从农村来,父母都是庄稼汉,家里穷。我自卑呀!后来,她找的丈夫还是家在农村的,据说条件比我还差,婚后的生活过得并不惬意。其二,1968年,部队到我们人民公社招"小兵"。所谓的"小兵",就是入伍年龄比正常征兵年龄小上二三岁。当时,我初中刚刚毕业,完全符合招"小兵"的条件。生产大队也给我报上名了,可到体检那一天,我却当了"逃兵",没有去体检。为什么?我担心体检不合格,让别人笑话。那一年,我们人民公社有两人去当了"小兵",后来都升到了团长,转业后又都安排得很好。你看看我现在,什么都不是,还在老家这么混,儿女又不争气,想想自己的晚景真的担忧。其三,我爸爸在方圆十里八里内是个有名的裁缝,初中毕业后我就跟着爸爸学裁缝。儿承父业,父师儿徒,周围的人都很羡慕。改革开放后,有几位在城里工作的亲戚建议我和爸爸开个服装厂,先做些出口加工的生意,再慢慢创自己的品牌。我和爸爸左商量右商量,不敢哪!后来,我们人民公社办起了几家服装厂,一个个搞得不错。再到我和爸爸想办服装厂时,市场却不景气了。你看看,如今,他们是老板,而我还是打工仔。以上三位老人的三段往事,说明了一个共同的问题:有机会,没有抓住,更没有去争取;也给他人发出了一个共同的提示:必要时,宁可冒点险,也不只求保险,别到老时悔不当初。

冒险,指不顾危险地从事某种活动;保险,指避免或减少遭到不幸、发生灾难或受到损失。前者,多风险,即既有可能成功,也有可能失败;后者,较稳妥,即既不会大起,也不会大落。人在世上,经常要面临诸如是冒险一些还是保险一些的抉择。一如高考分数出来了,在一本分数线上,第一志愿、第二志愿、第三志愿填哪一所大学、哪一个专业,包括服从还是不服从分配,其中就存在冒险还是保险的问题。二如购买商品房用于投资,首先就面临增值潜力有多大的问题。城市中心城区的商品房,周边生活设施配套齐全,其价格上升比较稳定,而城市郊区的商品房,往往随着开发强度的大小和社区成熟的快慢,其价格上升比较波动。从投资角度来看,前者比较保险,而后者有点冒险。三如盛夏季节,作为商贩,在出售消暑食品时,是租辆汽车去西瓜产地采购西瓜回来摆摊卖呢,还是按部就班地到饮料批发市场批发一些饮料回来零售呢。显然,从挣钱角度来看,前者弄好了挣钱多,但有一定的冒险;而后者比较保险,但挣钱也少。四如大学毕业了,到几个城市的人才市场跑一跑,只要自己求职的要求不是太高,一般找个工作还比较容易;而要报考公务员,尤其是要报考一些热门职业或热门岗位,常常是百里挑一甚至是千里挑一,要想如其所愿,的确难而又难。从尽快就业而言,前者比较保险,而后者冒险较大。五如有些肿瘤疾病,既可中西医结合保守治疗,也可开膛破腹手术切除。从一定程度上说,前者属于保险治疗,因为生命起码可以延续一段时间,不会马上去世,但有的治标不治本,只可缓解一下;而后者则属于冒险治疗,因为有的会一刀病除,从根本上解决问题,有的则有可能发生意外甚至会下不了手术台。从以上举例不难分析,在通常情况下,冒险越大,获益或效果越大;冒险越小,收益或成果越小。换言之,二者均呈正比,这与"一分耕耘一分收获"同理。

　　客观地说,人活世上,生命只有一次,死后不能复生;机会也不多见,去了难以再有。因此,人普遍珍爱生命、珍惜机会。然而,面对各种利益诱惑,人往往容易冒险。古人言,人为财死,鸟为食亡,说的就是这个问题。人又具有自我保护的本能,面对各种危险,并非不加思索地去横冲直撞,常常会从保险和安全出发。否则,人类社会也不会这样繁荣富强。在动物界,挑战无处不在,危险无时不有。作为动物,尤其是人,应对的方法和形态,从大的方面来说,有如下三种:第一种是被动。里面又分两类:一类是被动地经历。如每年夏末秋初,亚马孙大蛙在河塘上产下亚马孙卵子。在以后的日子里,亚马孙卵子从孵化出蝌蚪到变成幼蛙的过程中,要经历红蜻蜓、水鸟、红扁嘴鱼等天敌一路上的肆意攻击,还要遭遇狂风、暴雨、急流等一连串恶劣环境的无情打击。到后来,一团上万个亚马孙卵子,能有三到五只幼蛙幸存下来,那就已经相当不错了。而这些经历,对亚马孙大蛙来说,命该如此,别无选择。另一类是被动地应战。如在非洲的大丛林里,一群斑马正在河边快乐地喝水。就在这时，一头凶猛的狮子偷偷地靠近了。警惕性极高的斑马们马上意识到危险，立刻四散奔跑。然而，令人诧异的是，其中一匹斑马却凛然地站在原地，准备应战。猛狮怒吼着扑了过来，狠狠地咬住了这匹斑马的咽喉。可临危不惧的斑马，拼命全力反弹起来。狮子失去了重心，蓦然松口。逃出狮口的斑马，非但不离开，反而借机反攻，使出死劲把狮子压在了河水里，并发狂似的撕咬狮子。好一阵子后，斑马突然敏捷地跃上岸，一溜烟地奔向远方；而狮子则一副败象，只能灰头土脸地爬上岸。这是媒体上广为传播的一组图片报道。第二种是主动。里面又分两类：一类是主动地出击。如智利高山上生活着一种圆斑鹿，每年都要经历一次大迁徙，从山的这边翻到山的那边，去寻找水草丰美的地方。山路十分陡峭，许多鹿因为脚下踩空，掉下山崖摔死。翻山中，鹿群通常要伤亡过半。明知充满着危险，可鹿群仍然年复一年这样主动作为。另一类是主动地逃避。如在现实生活中，安静是为了逃避喧哗，折腾是为了逃避乏味，吃饭是为了逃避饥饿，睡觉是为了逃避困顿。第三种是既被动又主动。如美国有一所军校的口号颇有意思："给我一个男孩，还你一个男子汉。"在军校里，男孩要进行超乎常人毅力的训练。正是依靠既为被动又为主动的痛苦磨砺，男孩渐渐变成了男子汉。又如国家统计局数据，2002年，全国在校大学生已达903万人，大学生就业难更为加剧，昔日靠一张大学文凭就可高枕无忧的日子，已经一去不复返了。这对每个大学生来说，是个被动的、严峻的局面，然而，为了自己的生存和发展，即使再艰难，也必须主动去择业。

人活在世上，而且想尽可能活得充实、滋润、潇洒些，无时无处离不开奋斗。人类社会本身充满了竞争，只不过竞争有些文明些、有些野蛮些，有些公开些、有些隐秘些，有些激烈些、有些缓和些，有些重要些、有些次要些。人要想时时处处四平八稳，那几乎是不可能的。与世无争，一般只是理论上的选择和口头上的表达，现实中，有时即使你主观上不想、不愿去争，也会被动地卷入争的漩涡。再说，人生能有几回搏？人和人类社会都是在不懈的拼搏中不断地发展。因此，人是需要冒险精神的，如果尽想百分之百的保险，那任何事情也别干。当然，冒险不等于鲁莽。冒险必须有智有勇。这里的智，既包括情势明，又包括门径巧；这里的勇，既包括意志，又包括毅力。情势明，门径巧，再加上有勇气，能坚持，在许多时候，能把不可能变成有可能，能把小成功变成大成功。古今中外，这类事例美不胜收。对我们每个人来说，与其及至暮年对未曾经历的冒险追悔莫及，不如在青壮之年，该"出手时就出手"，以自己的实际行动，去作番上下求索。

守时与误时

故事之一，1850年的秋天，51岁的巴尔扎克心脏病大发作了。为跟死神争分夺秒，他把医生的劝告扔在一边，还是像往日那样地生活和写作：深夜12点，点起蜡烛，开始写作，一直写到旭日东升；早上8点，休息一会儿，洗个澡，接着处理日常事务；上午9点，又开始写作，一直写到下午5点；晚上8点，上床睡觉，睡4个小时，就起床，又开始了新的一天的生活和写作。他持续了20多年的写作。当离开人世的时候，他留下了96部中长篇小说组成的史诗——《人间喜剧》。

故事之二，到麦当劳店，顾客从付钱到下单，再到拿到食物，这一整套工作流程必须在60秒钟内完成；每隔30分钟，麦当劳店员工必须对店内进行一次全面的清扫；麦当劳店始终将可乐保持在4℃，因为研究表明，可乐在4℃时口感最佳。60秒钟、30分钟、4℃，这一串普通的数字，在麦当劳店却演变成了快捷、舒适、美味的代名词。

故事之三，2011年年底，瑞士首都伯尔尼发生了一起邮件失踪事件：一个名叫泊尔的瑞士男子，给远在英国的女友寄去了一封信，却意外地被丢失了。丢失一封信，本来无足轻重。可泊尔对此耿耿于怀，因为这是一封求爱信，如果信件能顺利到达女友手中，他们可能步入了婚姻的殿堂。然而，由于信件丢失，女友觉得泊尔眼中没有她，于是嫁给了一个英国男子。泊尔痛不欲生，一纸诉状将瑞士邮政告上了法庭。他要求瑞士邮政不仅要赔偿巨额资金，还要求赔偿爱情，即在全球范围内给自己邮寄一个适合自己的女友。审判结果出乎意料，瑞士邮政必须无条件地满足泊尔的要求。此事泊尔如愿以偿，一时轰动了世界。

以上三则故事，毫无例外地涉及时间问题。时间是什么？有一种经典的说法，时间是物质运动中的一种存在方式，由过去、现在、将来构成的连绵不断的系统。这乍听起来，颇为深奥、费解。其实，在世上，尚无人能够说清道明时间的形状和模样,只是仁者见仁、智者见智。不过,依笔者所见,时间既是抽象的,又是现实的。说其是抽象的,无形无影,无声无色,无始无终,且从不见单独存在、单独行动、单独消亡。说其是现实的,体现在世上所有的物质运动中,如节气的春夏秋冬,人身的生老病死,以及工作的起始和终了,婚恋的萌发和绝交等。正如沈从文先生所说的,要说明时间的存在,得回过头来从事事物物中去取证,因为事事物物都可为时间注解和作证。我们不难发现,当花蕾在春风中灿然绽放的时候,当婴儿在产房里响亮啼哭的时候,时间悄无声息地走着,所有的欢笑不能挽留它的脚步。当枯黄的树叶在寒风中飘飘欲坠的时候,当垂危的病人在弥留之际注视亲人的时候,时间一如既往地走着,所有的叹息不能阻止它的脚步。时间就是这样,既神奇无比,又残酷无情;既改变一切,又证实一切。人活在世上几十个寒暑,耗费的是包括学习、工作和生活在内的生理时间,而获得的则是包括幸福、快乐和成功在内的生命价值。因此,时间就是生命,时间就是金钱,时间就是机遇,时间就是速度,已成为世人的常识。

在对待时间上,有两种行为极为重要:一种是守时,另一种是误时。守时,即遵守规定的或约定的时间;误时,即延误规定的或约定的时间。守时,这好理解。包括召开的中共中央、国务院各种重要会议,包括举办的北京世奥会、南京青奥会等大型国际赛事的开幕式和闭幕式;包括举行毛泽东追悼大会等大型集会等,都严格守时。而在现实中,误时的情形经常发生:《通知》上明明写着上午9时开会,可总有人迟到十分八分钟入席,弄得大家众目睽睽,自己也挺不好意思。20个来自各地的人组团出国旅游,每到一个重要景点,虽然导游明确规定几点几分前大家必须在下车处集合,可总有人姗姗来迟,弄得大家左等右等等不来。几个好友相约早上8时准时从高速公路入口处会合自驾出游,可总有人晚到,弄得大家"起早赶了晚集"。几个老同学好久没谋面了,商定晚上6时在一农家菜馆聚餐,可总有人晚来,弄得大家连发信息催促。在一个紧密型的工作链上,有的人抓得不紧,耽误了时间,给在后道工序上的人带来了被动,要么在那儿空等,要么在那儿急赶。发生了车祸,受伤者由于没有及时送往医院抢救,结果不治身亡。在现实世界里,守时与误时,其实有时只相差一二分钟甚至几秒钟,然而效果或后果却大相径庭。这就如同热与冷、饿与饱一样,气温高上二三摄氏度,便感到热,反之,便感到还冷;多吃半只馒头,便感到饱,反之,便感到还饿。守时了,领导满意,朋友满意,亲人满意,同事满意,配偶满意;有利于学习,有利于工作,有利于生活,有利于培养和发展人脉。而与此相反,误时了,咱们不说可导致军败国破,也不说会殃及社会经济,就说眼前的、身边的危害。在有三十人参加的会议上,如果由于你的迟到,晚开了两分钟,即共浪费了六十分钟,也就是说,一个人八分之一的日工作时间给你空耗了;在有三百人参加的会议上,倘若因为你的迟到,晚开了两分钟,即共浪费了六百分钟,也就是说,一个人的一又四分之一的日工作时间给你白费了。至于诸如灭火报警、急救报警、抓贼报警、抢修报警等,时间是以不能耽误秒来计算的。如上所述,均从不同的角度说明了守时之利、误时之害。

  客观地说,人人都重视时间,要么把它用在学习上,要么把它用在工作上,要么把它用在生活上。在生活上,有时把它用在吃喝上,有时把它用在休闲上,有时把它用在睡眠上。不管怎样用,都用了,所不同的是用的目的不同、效果不同、感受不同。那么,为什么有人会误时呢?大抵有如下几个问题:一是认知问题。亘古通今,有关惜时如金的典故、名言和范例不胜枚举。如《论语》中曰:"日月逝矣,岁不我与。"《宋书》中曰:"此万时一时,机不可失。"毛泽东诗曰:"一万年太久,只争朝夕。"更有鲁迅先生直言,耽误别人的时间,与图财害命没有两样。有些人尽管也知守时之重要,可一到具体的行动,则往往会以各种客观原因(如道路拥堵等)为托辞(当然有时也确为实际情况),屡犯误时的毛病。说到底,他们还是没有深谙这个道理:尊重他人,爱护他人,方便他人,必须首先珍惜他人的时间。二是习惯问题。习惯成自然。有的人自小爱磨蹭,每每待人处事,没有作好准备的习惯,且又不会在时间安排上留有一定余地。现实生活中,在参加会议、开展活动时,迟到者常常就是那么几个熟人。不管你这样批评、那样责备,虽然当时他们也会检讨几句,但下一次依然故我。三是意识问题。有的人错误地认为,重要人物不会先到现场。于是,即使是老同学、老朋友相聚,自认为重要人物的人也总是喜欢迟到,似乎不摆点谱心里不过瘾。这种人属于明知故犯,非常要不得!有的时候,这种人也会遭遇"对手",受到比其更"牛"之人的指责或嘲笑。

  说起时间,人们首先想到的是物体上的日历、手表和时钟,除此之外,具体的便会想起每秒、每分和每时。时间是公正的,不管你腰缠万贯、权重如山,还是你穷困潦倒、人微言轻,它都是一视同仁;属于你的,它悉数奉献一分一秒;不属于你的,它决不施舍一分一秒。人世间,没有什么比时间更宝贵了。恭愿我们每个人都能像尊重他人的生命一样,珍重他人的时间,让生命的每秒、每分和每时更有收获、更有意义。

不求人与少求人

人在世间行走,有一件事缺少不得,即求人。请求别人给予帮助,这叫求人。求人,古已有之。早在春秋时期,孔门弟子集结求学,其所求的是学识。在封建社会,臣民求见皇上,小吏求靠大官,其所求的是权势。在民间,一方家庭向另一方家庭求亲,男的或女的向女的或男的求婚,其所求的是爱情。在国际上,战败国向战胜国求和,其所求的是宽恕。在人际之间,一方遇到困难时向另一方求助,有人遇到危险时向他人求救,其所求的是力量。在管理上,招揽人才求贤,其所求的是能人。当今的求人,随着经济社会的持续快速发展,其内涵越来越丰富,当然,其方式也越来越多样。本文不论述职场上的求人,只评说生活中的求人。时下,人们的生老病死、嫁丧嫁娶、衣食住行等,常常需要求人。求人的主体,上至高级官员,下及平民百姓。求人的客体,包括在涉及公共利益岗位上掌握着大大小小权力和多多少少资源的工作人员。而且,求人者求人,被求人者也求人;求人者是被求人者,被求人者也是求人者。如此,相互交织,相互牵连,构成了一幅颇为壮观的中国式求人画卷。于是乎,2013年3月全国政协大会召开期间,全国政协委员周新生作了一次大会发言,题目是《尽量让国人不求人少求人》。他的发言振聋发聩,激起了场内场外的广泛共鸣。

众所周知,人是由动物进化而来。人与一般动物的根本区别在于,人能制造工具并使用工具进行有目的的劳动,而一般动物则无。即使是原始社会的人,只干着原始劳动,只过着原始生活,也离不开求人,如围猎需要求人,捕鱼需要求人,搭屋也需要求人。而到了奴隶社会,许多求人则不是出于自愿了,而是变成了强迫。纵观人类社会发展史,人际关系主要在亲人和熟人之间展开。我国著名社会学家费孝通在《乡土中国》中用"差序格局"这个术语来概括中国传统社会的基础结构和伦理关系。他指出,在"差序格局"中,社会关系是逐渐从一个一个人推出去的,是私人联系的增加,社会范围是一根根私人联系所构成的网络。因此,我们传统社会里所有的社会道德也只在私人联系中发生作用。他还指出,在这种社会中,一切普遍的标准并不发生作用,一定要问清了,对象是谁,和自己是什么关系之后,才能决定拿出什么标准来。"差序格局"现象,深刻揭示了中国传统社会人际关系的基本特征。但是,历史的车轮滚滚向前,社会在发展,时代在进步。今天的中国,市场化、全球化、信息化正在迈向纵深,人流、物流、资金流正在高速运行。倘若仍然沿用"差序格局"来处理人际关系,那势必太落后、太愚笨了。然而,中国传统社会的惯性尚存,一些不顺潮流、不合时宜的东西还有一定的市场,有的时候在一些地区还会盛行起来。如今社会上广为泛滥的求人问题,则是其中的一点。但我们不用担心,这是前进中的问题,这是发展中的问题,这些问题会在不断前进中和不断发展中逐步解决。

众所周知,人都是有局限的,面对世间万事万物,不管是国君、总统、元首,还是布衣、苍生、庶民,也不管是贵人、名人、富人,还是贱民、愚民、贫民,都不可能全知全识、全会全能。凡符合政策法规和伦理道德的求人,那是正常的现象。但问题是,尔今社会上的求人却出现了一些偏差和误区。一如什么事情都去求人。明明是通过正规渠道可以办的事,也去求人;明明是通过正常程序可以办的事,也去求人;明明是不可能办到的事,也去求人;明明是与己毫无关联的事,也去求人。甚至是,明明是违法违纪的事,也去求人;明明是违反常情常理的事,也去求人。比较典型的一件事是每年的高考,考分出来后,为能被自己所向往的大学录取,分数高的去求人,分数低的也去求人。其实,现在的大学录取工作都是在网上进行的,相关人员的自由裁量权已经很小。二如不择手段去求人。求人本是一件谦恭、文雅的事,如今有的却已变味变质。如投其所好,求人者对被求人,喜欢金钱的送金钱,喜好美女的送美女,欣赏名画的送名画,甚至要赌博的送赌博,要毒品的送毒品,要帮凶的送帮凶。只要被求人能给求人者办成事,什么东西都可送,什么东西都敢送。又如求人者能够不要脸面、不要尊严、不要灵魂,可以为被求人干这做那、跑前跑后,有的甚至可到摇尾乞怜、卑躬屈膝的地步。再如:求人也有"潜规则"。有的求人者搞"先礼后兵",先是当面善意拜托;不行的话,托人说情;还不行的话,抓住被求人的"把柄"做文章;再不行的话,由黑道出来威胁。社会上好多的贪官都曾有过这样的遭遇。当然,"苍蝇不叮无缝的蛋","身正不怕影子斜",主要是贪官有"把柄"在人家的手里,自己硬不起来。三如求人乱象害死人。不正当的求人,不正当的办事,首先是破坏了社会公平正义。如同排队买票一样,只要有一个人去插队,而且卖票者非但不加制止，还把票卖给他，就会破坏排队秩序。于是，便会有人效仿。结果是，大家争先恐后地蜂拥去售票窗口。其次是恶化了人际关系。事无巨细，不管有没有必要，你求我，我求他，把人际关系搞得庸俗化、功利化、碎片化、快餐化了。正如有人一针见血地指出的，如今"雷锋叔叔不见了"。此言虽然有失偏颇，但社会上也确有这类问题。再次是毒化了社会环境。不去求，办不成事；被求了，乱办了事。倘若是这样的社会环境，怎不让人忧心忡忡呢？忧的是有的地方缺乏办事规矩，忧的是有的单位缺乏自觉执行规矩的人。不仅如此，求人乱象在社会上还会助长一些不良风气，致使不少人受其污染而走上了歧途。

全国政协委员周新生期盼国人不求人少求人，其出发点良好，值得称道。依笔者之见，其不求人少求人，指的是非正常的事情、非正常的目的、非正常的途径和非正常的方式。为此，有三个问题至为关键。第一个问题，要加快建设法治国家、法治政府、法治社会，根据经济社会发展的现实，全面深化改革，在所有的公共领域，建立和完善体现社会公平、正义的法律、制度和规则。在现实生活中，办任何事都要有规矩，有程度，有相应的纪律要求，而且要有人来监督，谁也不能有例外。要按照政务公开的要求，除确需保密的外，办什么事、怎么办事和由谁办事、为谁办事，都要尽量通过有效的途径予以公开，真正让广大人民群众拥有更多更大的知情权。第二个问题，要充分发挥道德自觉在保证社会公平、正义中的重要作用。中国传统文化中有许多体现公平、合理的范例，其中最经典的兴许要数孔融让梨了。孔融四岁时，父亲让他分梨，他把最大的给了爷爷奶奶，把比较大的给了父母，把其他的给了弟弟妹妹，而把最小的给了自己。这靠什么？靠道德自觉，这不是由父母指令的。由此说到日常生活，我们在执行法律、制度和规则时，不仅要有刚性约束，而且要有道德自觉。推而广之，我们在哪些方面不该求人、用哪种方式去求人，都要从道德自觉上去把握，既不滥求人，又不苟求人；既不死求人，又不恶求人。第三个问题，要有求人的风度。无论是屈尊求人，还是居高求人；无论是难求之事，还是易求之事，都要牢记一个大写的字：求。求者，请求和拜托也。既然如此，必须客气、和善。据悉，我国著名文学家夏衍临终前，感到十分难受。有位身旁人员说，我马上去叫大夫。就在他开门欲出之际，夏衍艰难地说："不是叫，是请。"随后昏迷过去，再也没有醒来。一字之差，改"叫"为"请"，体现的不仅仅是语文素养问题，更是文明教养问题。1907年，英国著名文学家吉卜林创作的《老虎！老虎！》荣获了当年的诺贝尔奖。领奖仪式结束后，他前去皇宫求见新国王。然而，新国王端坐在皇座上，见到了他，却双目低垂，连眼皮都没掀一下。见此，他即不卑不亢地向新国王告辞,且气宇轩昂地走出了皇宫。新国王睁大眼睛,望着他离开的背影,不无感慨地说道:"他是一个真正的文学大师,他能蔑视任何达官权势,他是一个永远值得人们尊敬的人!"以上两个故事,从一个侧面说明,夏衍、吉卜林这两位文学大师对不同的事、不同的人所持有的求人风度,值得后人深思和借鉴。

气度与风度

笔者早在上初中《历史》课时便获知,公元前221年,中国建立了第一个封建王朝——秦朝。为强化统治,秦始皇嬴政在全国统一了度量衡。此处的度是计量长短,也就是指长度。度还有一种含义,指物质的某些性质所达到的程度,如热度、硬度、浓度等。本文所述的气度,指人的气魄和度量,其中有外延上的差异,如有无、大小、多少等;本文所述的风度,指人的举止和姿态,其中有内涵上的不同,如淳朴、儒雅、大气、和蔼、豁达等。实质上,两者都涉及数量和程度。

气度在人们的学场、职场、情场、官场、商场上无处不现,且男士有男士的风度,女士有女士的气度,老人有老人的气度,小孩有小孩的气度。气度在现实生活中是啥样?我们不妨从郑板桥不画梅的故事中感悟些许。郑板桥当年寓居苏州时,住的桃花巷西头有一家画室,主人吕子敬是个落第秀才。他画的梅花栩栩如生,自称"远看花影动,近闻有花香"。每当有人求拜郑板桥画幅梅花时,他总是谦虚地推荐吕子敬画的梅花。有个吏部尚书酷爱书画,愿出五十两银子拜请郑板桥画幅梅花。他却推辞说,吕子敬画的梅花可值一百两银子,我画的梅花不过十钱而已。自从吏部尚书找吕子敬画过梅花后,吕子敬就开始自吹自擂起来,说"我在苏州城里绝对第一"。三年后,郑板桥决定从苏州迁往扬州。吕子敬前来为他送行。这次他赠送给吕子敬的却是一幅梅花。吕子敬看了,愣了半天才嗫嚅道:"郑兄有如此画梅神技,奈何不早早教我?"他则平静地说:"吕兄过誉了。你我是两种画风,我如画梅,必有人喜,那样的话,吕兄的画酬就会少收许多。"郑板桥为了他人,多么有气度。1949年9月30日,中共中央在建国前夕,集合了各党派、各界别的精英人士召开中国人民政治协商会议,会上,由576名代表选举中央人民政府主席。毛泽东以575票当选。众人以为毛泽东谦虚,所以少了一票。但毛泽东是给自己投了赞成票的。显然,有代表没投毛泽东的票。对此,毛泽东从容地说:"缺一票就缺一票,不管什么人,都有选不选毛泽东的权利,要尊重事实。"可见,在当时的时局背景下,在这个问题上,毛泽东多么有气度。

在中国古籍名人名言中,多有以"风"打头来形容和刻画人物的。当年,毛泽东在《沁园春·长沙》诗中曰:"恰同学少年,风华正茂;书生意气,挥斥方遒。"苏轼在《念奴娇·赤壁怀古》诗中曰:"大江东去,浪淘尽千古风流人物。"风度在现实生活中是咋样?请看张爱玲在1954年翻译《老人与海》写下的出版序言:"老渔人在他与海洋的搏斗中表现出了可惊的毅力——不是超人的,而是一切人类应有的一种风度,一种气概。"这里的老渔人并不是童话传说中的英雄人物,并没有无比神奇的本领,既不会飞檐走壁,也不会如来神掌,惟有大海捕鱼的知识和战胜风浪的经验。应当说,对风度,不同的人群会有不同的所指,不同的地方会有不同的诠释,不同的文化会有不同的理喻,不同的民族会有不同的涵义,不同的信仰会有不同的表现。如:在日本北海道,一旦漫天风雪,车辆都会开着车头大灯小心翼翼地前行,可当迎面车辆在隔间线行驶过来时,司机会立即关掉车头大灯,因为这有利于迎面车辆驾驶。这就是日本北海道司机的风度。这个举止微不足道,也不难做,但所显现的是理解、体谅和友善。

气度也好,风度也罢,都需要宽大为怀。不容否定,在现实世界里,缺少气度、匮乏风度的人和事,常可闻及看到。如有的人对屁大那么一点小事,喜欢斤斤计较,周围的人闻之,忍不住面面相觑,往往会摇头,且低声小语地评点其"不值得";有的人与任何人相处,总爱占点小便宜,哪怕是话句上的,周围的人见之,常会投去鄙夷的眼光,且窃窃私语地评述其"太小气";有的人神经过敏、胆小怯懦,看到有人谈话回避她,便会觉得人家在背着她说她的坏话,周围的人知后,就会评论她"小心眼儿";有的人好把别人的隐私当作茶余饭后的笑料肆意传播扩散,且想以此来迎合和讨好对方,旨在润滑个人间的所谓关系,周围的人悉后,便会评判其"小人也";有的人喜爱"交浅言深",即明明自己与他人交往不多、交情不深,却夸夸其谈,好像其与他人亲热、亲切得不得了,事实上根本不是这回事,周围的人听后,常会嗤之以鼻地"点赞""吹牛皮"。以上这类现象,用乡人的话来说,叫不上档次、不上台面;用儒生的话来说,叫不可登大雅之堂。事实上,人在世上,待人处事,应该以善、以诚、以宽。善、诚、宽是弘大气度、优美风度的最基础的动力和最初始的源泉。当年,毕加索对冒充他作品的假画毫不在乎,从不追究,最多只把伪造的签名涂掉。他说:"我为什么要小题大做呢?做假画的人,不是穷画家就是老朋友。我不能和老朋友为难。"他还说:"那些鉴定真迹的专家也要吃饭。"当然，我们在此并不是鼓励或纵容人们可以弄虚作假，而是通过这个故事，告诉人们应该有宽广的胸怀。

气度也好，风度也罢，需要的是处处得体。所谓的得体，指言论和行动得当、合适，也就是恰到好处，正合分寸，达到最适当的程度。在现实世界里，凡是缺乏气度、失去风度的，都存在得体上的把握问题。一如情场上，我们通过收看江苏卫视的《非诚勿扰》节目，可以亲目那些情男情女在言谈举止上是否有气度、有风度。在我们的身边，有的青年男女相恋时，甜蜜得如胶似漆，一旦因为某种原因分手，又变成恶人仇人似的。二如官场上，我们时而可以看到，有的人在台上正人君子，而在台下却斯文扫地。不是么？被中共中央纪委查处的一些省部级高官，开会作报告时，讲反腐倡廉铿锵有力、信誓旦旦，而在私下里却大肆受贿，且生活糜烂、道德败坏。三如职场上，我们偶尔可以发现，有的人对自己不喜欢的人，对曾经与自己闹过不愉快的人，对所谓不是与自己一路的人，在言语上比较尖酸，有时近乎苛刻。四如交往上，有的人永远学不会"鞠躬离场、微笑道别"，人家托你办事，人家向你求情，你不仅不答应人家，反而还加以责备和讥笑。凡有气度、有风度的人，在待人处事过程中，首先表现出得体，落落大方、不卑不亢，敞亮透明、不吭不哈，纵横卑阖、不贱不俗，既使自己开心满意，更使他人开心满意。在其身上，充满了"高山仰止，景行行止"的人格魅力。

气度和风度，绝非一日之养成，有赖于长期的内化于心、外化于形。作为个人，尤其需要自我有意识地强化修炼，从而逐步形成良好的习惯和自觉的行为。

获得与失去

世上许多人知道"塞翁失马"的故事。相传,边塞上一个老头子无故丢失了一匹马,别人以为他很伤心,便纷纷前去安慰。他却说:"你们怎么知道这不是福呢?"后来,这匹马果然带着一匹马回来了。这个故事载于《淮南子》,比喻一时遭受到了损失,日后可能会有更大的收获;也比喻坏事在一定的条件下,可以转化为好事。

天下万事万物,有金钱、物品,有名誉、地位;有无形资产、有形资产,有物质文化、非物质文化;有男人、女人,有亲友、非亲友。以上这些,既可能获得,也可能失去。一般来说,获得是喜事,当然乐哉,如洞房花烛夜、金榜题名时;失去是憾事,当然忧也,如失之交臂、功亏一篑等。

每个做过学生的人,都经历了大大小小的考试,有中考、高考,还有职考、国考。即使是一个学期,考试也有多种,如单元考、期中考、期末考等。人生就好比考试,一卷又一卷,一场又一场。极言之,人生时时在应试,人生事事是考题,从出生到死亡,哪一个时刻不在应试?哪一件事情不是考题?通常来说,答题正确是获得,答题错误是失去。人非圣贤,孰能无过?人生有那么长的应试时间、有那么多的繁杂考题,偶尔答错一些,并非不可原谅,只要及时而有效地加以订正。即使订正不了,那也无妨,只要尽其所力了,下次答题正确即可。

人生之获得,路径众多,如"学海无涯苦作舟"、"书山无路勤为径"、"梅花香自苦寒来"、"吾将上下而求索",这些指的是刻苦和勤奋。这是个颠扑不破的真理,古往今来,已经被雄辩地证明。除此之外,还有好多路径,其中比较关键的有:一是抱负。人必须有志向。志向是个航标灯,有导向作用;志向是个目标器,有引领作用;志向是个加油站,有动力作用;志向是个冲锋号,有激励作用。享誉海内外的新中国研究《红楼梦》第一人周汝昌,一辈子只做一件事,那就是殚精竭虑地从事着《红楼梦》的学术研究。他在近百岁的生命历程中,几乎用全部的时间和精力,朝着心中的圣殿稳步前行。二是远见。人必须有远见。古人言:"人无远虑,必有近忧。"有远见者,必站位高、视野阔。常人看不到的,他看到了;常人看不清的,他看清了;常人看不细的,他看细了;常人看不透的,他看透了。孙悟空是《西游记》里的主角之一。菩提祖师曾问他想学什么,他说但凭师父教什么学什么。结果,师父先后想教他术字门中之道、流字门中之道、静字门中之道、动字门中之道,他都一一问其能否长久,师父一一说不能,他就一一说不学,惹得师父发了大火。后来,他告诉师父,自己在花果山上的时候,猴子们不论青红生熟抢桃子吃,那些见桃就吃的猴子从来没有吃到过最好的桃子。因此,我不吃桃子是要吃最好的桃子,我不学那些是想学最好的本领。师父听后点头,说猢狲可教也。所以,他最终学会了七十二变。三是智谋。眉头一皱,计上心来,这是一句歇后语。人生在世,事业发展也好,家庭建设也罢,要想在常人的基础上,取得某些成功,获得某些建树,方法不可或缺。方法即是智谋。早在中国古代,兵家也讲计谋,军事也重谋略,三十六计即是其科学的总结和宝贵的遗产,其中有金蝉脱壳、抛砖引玉、釜底抽薪、擒贼擒王、远交近攻、声东击西、打草惊蛇、瞒天过海、调虎离山、围魏救赵等。智谋对事业发展、家庭建设来说,有事半功倍甚至反败为胜之效。四是胆略。从某些方面和某种程度上说,人的一生是一场大赌局,每桩事情是一场小赌局,其中有太多太多的东西不可预知,须靠个人的胆略来应对。美国船王哈利曾对儿子说,等你到了23岁时,我要把公司的财政业务交给你。可是,在儿子23岁生日这天,哈利却将儿子带进了赌场。哈利说,赌场是这个世界上角斗最激烈、最无情、最残酷的地方。人生犹如赌场,进了赌场,只有能控制住自己,能在赢时退场的人,才能做真正的赢家。哈利由此还告诫儿子,很多人的失败,并不是因为不懂业务,而是不懂得控制自己的情绪,而是有无休止的欲望。普天下的人,大多不是把握不了财产,而是把握不了自己。这个故事,对我们在人生路上如何获得,无疑有醍醐灌顶的启迪意义。

人生之失去,缘由多多,失去后的态度,也各不相同。自古以来,人们信奉祸福相依。如:祸兮,福之所倚;福兮,祸之所伏。又如:大勇若怯,大智如愚。再如:物盛而衰,乐极则悲。所有这些,既告诫人们任何事情有获得就有失去,有失去也有获得;又警示人们许多事物是相反相成,有排斥性,也有同一性。这些告诫和警示,对我们正确看待和处决失去,极有帮助。现实生活中,一些人面对失去的态度值得称道。美国著名网球明星阿瑟·阿什,在一次输血时感染上了艾滋病,并于1993年不治身亡。患病期间,曾有无数世界各地的球迷写信给他,怨上帝为什么对他如此不公。他却表示,我不怨上帝,也不怪自己,因为我知道,有些事,人无法左右,当不幸来临时,只能坦然面对。心理学家弗兰克在纳粹集中营里受到严刑拷打。有一天,他赤身独处于囚室之中,突然意识到了一种全新的感受:"在任何极端的环境里,人们总会拥有一种最后的自由,那就是选择自己的态度的自由。"凭着这样的态度,他让自己的心灵超越了牢笼的禁锢。1964年,日本松下通信工业公司总裁松下幸之助突然宣布放弃大型电子计算机的开发。公司员工非常不解,认为公司已经投入巨资正在开发,如此半途而废是错误的。然而,后来的事实证明松下幸之助的决定是明智的。公司没有强行与其他公司抗争,而是专注于发展自己的传统产品,从而走出了企业特色之路。65岁的英国老人哈罗德,收到了20年未见的老友奎妮的来信,信上说她已得了癌症,将不久于人世,欲以此信告别。哈罗德想起来,20年前她帮了他一个大忙,因此她丢掉了工作,但他一直连一句"谢谢"的话都没有说过。于是,哈罗德拿着给奎妮的回信,走过了一个又一个邮筒,整整走了87天、627英里的路程,终于走到了奎妮的病床边,了却了自己的心愿。如上这些故事,对既往的和现今的失去,有的不忘本真,安详和静谧;有的不失自我,平和且高贵;有的重整旗鼓,完善和创新;有的重拾美好,弥补和偿付。一言以蔽之:他们是积极地而不是消极地、直面地而不是躲避地处置失去。凡直面的人,对人生有真实的理解,也做好了准备,愿意并能够承受失去,且会选择更成熟的方式,在失去中尽量开拓更大的空间、尽量创造更多的快乐。在这里,选择体现了能力,选择展示了风格。

　　获得与失去本是寻常事。《论语》中指出,有的人"未得之也,患得之;既得之,患失之。"人生在世,我们都会获得一些,同时又会失去一些。对此,我们既要倍加珍惜已经获得的,但又不能拘牵于已经失去的。要想迈出一条成功的人生道路,要想度过一个幸福的人生旅程,需要我们在面临每一回、每一个获得与失去时,务必调整心态、丰富智谋、坚定意志。

向前走与向后走

江南水乡有一种既要耐力又需技术的农活,叫插秧。笔者当年在家乡上中学,每到夏收夏种时节,都要参加插秧劳动。那个时候,不像后来有插秧机,大片大片的水田,全靠人弯着腰,一棵一棵地、一行一行地把秧苗插上,其艰辛可想而知。近读古代后梁时的布衣和尚有首《插秧歌》,颇有同感。其歌曰:"手把青秧插满田,低头便见水冲天。六根清净方为道,退步原来是向前。"此歌虽是再现了农夫插秧时的情景,但尚蕴含着人生的哲理。其一,乍看起来,向后走,仅是方向上的选择。其实,农夫之所以向后走,是受目的所支配,因为只有向后走才能把活干完干好。向后走,不是为了表演,也不是去做游戏。其二,在很多时候,向后走与向前走,无所谓好与坏、优与劣,不存在孰尊孰卑、熟贵孰贱的问题。向后走是一种策略,是一条路径,是为了更好更快地向前走。其三,向后走与向前走,别看只有一字之差,但其事关胜负、决定成败,故在选择前须三思而行,剖析利弊,预见得失,精准决策;选择后则要脚踏实地,凝心聚力,稳健行动,无往不胜。

作为生命个体,人从妈妈一怀孕起,即有向前走不走的问题,如胎儿有先天性疾患,或妈妈自身体质不适应,或超计划生育,或非婚怀孕等,都有可能中止妊娠。人从妈妈肚里一出生起,则更有向前走不走的问题,如患上了不治之症,或遭受了灭顶之灾,或遇到了杀身之祸等,都有可能告别人寰。在现实生活中,人们时时处处都存在向前走、原地踏步、向后走、徘徊等问题。一如,大学即将毕业,是筹划马上就业,还是打算继续深造?马上就业,意味着全日制学习已经告一段落;继续深造,意味着依然行进在全日制的学路上。二如,在一个单位呆的时间久了,是跳槽呢,还是不跳槽呢?跳槽,意味着要去一个新的单位,当然在这个单位的累积资本和贡献也就没有了;不跳槽,意味着仍需留在这个单位,当然也就不要这山望着那山高了。三如,一男一女谈了一年多的恋爱,双方总觉得有点不满意,故相处起来不温不火。自己年龄越来越大,父母也一直在催婚,因此,需冷静地认真地作番考虑,是中断这场恋爱呢,还是向前推进准备结婚呢?对恋情来说,中断,意味着打住;推进,意味着发展。四如,十多年来,夫妻关系比较紧张,两人性格不合、意见不投,可谓同床异梦。以前不离婚,主要是为了孩子有个完整的家,如今孩子考上大学离家住校了,夫妻有时间来好好琢磨下一步的婚姻之路该怎么走。离婚,意味着各奔东西,从此不再共有一个家;不离婚,意味着仍然维护着这个家(要么洗心革面,好好一起度过后半辈子;要么互不干涉,勉强凑合地一起过下去)。五如,开了一家理发店,自己当老板,请来几位师傅和护工,第一年生意不景气,第二年生意还是不景气,第三年怎么办?关,意味着要转行或换址;不关,意味着须想更多的办法扭亏为盈。六如,治疗某种慢性病,中药已服用了几个月,某些西药又不能长久使用,而病情仍不见好转,怎么办?停止治疗,意味着病情任其发展;继续治疗,意味着病况有望改善。当然,在继续治疗时,须对治疗方法和服用药物进行适当的调整。七如,中国"文革"结束后恢复了传统性的高考,自己第一年报考了,榜上无名;第二年又报考了,名落孙山;第三年,怎么办?不报考,意味着无缘通过上大学跳出农门;报考,意味着有可能跨入接受高等教育的殿堂。八如,在短兵相接的战场上,是向前冲杀,还是向后逃逸?向前冲杀,意味着要么取胜,要么牺牲;向后逃逸,意味着要么当逃兵,要么做俘虏。

人在待人处事中,有三种向前走十分危险:其一,进入不良圈子。常言道,人以类聚,物以群分。圈子本是一个中性词,无所谓良,也无所谓不良,但现实中,圈子时而指不良,与团伙词义相近。有某种共同的信仰、共同的志向、共同的情趣、共同的目标的人,或紧密地或松散地集聚在一起,即为圈子。从大的目的上区分,有政治圈子、经济圈子、暴力圈子、文化圈子、生活圈子等。其中有些圈子的性质不良甚至邪恶,如邪教圈子、流氓圈子、偷盗圈子等。如果你进入了这些不良甚至邪恶圈子,你就如同上了一条贼船,迟早没有好的归宿。在中国已经查处的一些省部级高官中,有些早就结成了各种非正当的圈子。正如"树倒猢狲散"那样,这些省部级高官一旦被查处,其圈子中的人常常会是一个接一个地垮台。明智之人,对这样的不良圈子则不会盲目进入,即使一时误入,也会尽早抽身,更不会"明知山有虎,偏向虎山行",把自己的政治生命和身家性命置于不可捉摸的危险之中。其二,进入了不归歧途。人生之路千万条,并不是向前走的都是正道,有些即是歧途。换言之,越向前走路越狭窄,越向前走越难回头,甚至越向前走越要灭亡。如吸毒和贩毒。有的人出于好奇开始吸毒,然后是小数量的以毒养毒,最后走上了大规模的贩毒之路。又如开始打扑克时只是搞点"小刺激"、来些"小意思",慢慢地感到不过瘾了,便赌资越下越大,输赢越来越大,后来发展到经常性的聚众赌博,最后成为了赌博团伙的头目。其三,进入了非常关系。每个人在世上,都有其特定的身份,且不同的身份有不同的言行,不同的身份有不同的相处,倘若越过了界线,便要么违法,要么逾规,要么失德。如性骚扰,其主要有公共交通工具上、中小学校里、亲属之间、职场中四个高发场所。主要是这些场所,人与人之间的交往和联络密切,有客观上的便利条件。之所以叫"性骚扰",说到底,也就是一方越过了本分的底线,而另一方则有异议甚至产生愤怒。别小看只向前走一点点,有时则要闹出大问题,甚至会身败名裂。

大千世界,芸芸众生,在待人处事中,是向前走,还是向后走,主要有六种方式:一是聪明人向前走。如爱因斯坦精于自然,明智地走勤奋、淡泊之路,一生一心从事科学研究,不断创造出了新的辉煌。二是聪明人向后走。如周瑜才智卓然,却走狭隘、妒忌之路,不能心平气和,最终落得个气死的下场。三是笨拙人向前走。如吕布有勇无谋,为了攀升,先后杀了丁原和董卓两大上司;投降后,趁机夺了刘备的地盘;被曹操活捉后,坦然投诚。不过,这种向前走并没有好的结果,最终还是被曹操杀了。四是笨拙人向后走。如郭靖行走江湖不懂计策,无奈走知足、深研之路,几十年浸淫降龙掌,功力自成一家。五是睿智人向前走、向后走交替进行。如中国工农红军在两万五千里长征中,为战胜国民党反动军队的围追堵截所时而采取的行军策略。六是愚顽人要么不知怎么走才好,要么一条道走到黑。如太平天国石达开率领大军,自绝于安顺场。在现实生活中,向前走并不一定一片光明,向后走也并不一定一团黑暗。聪明的人、睿智的人并不一定处处胜算,笨拙的人、愚顽的人也并不一定时时碰壁。如何排列组合,关键要审时度势,不为浮云遮望眼,能识庐山真面目;扬己之长,避己之短;既能伸展,又能屈就;不仅摆脱本本主义羁绊,而且不犯盲动主义错误,精心谋划和走好人生的每一步。

管人难与用人苦

平时与人闲聊时,偶尔耳闻"我不想当领导""我不愿管人"诸如此类的自我表白。其中尽管有些是矫情和卖弄,但是有些确属真意实情。实际上,人类社会是个"地球村",普天之下共为一大家,我们都是生活在一个个群体里。既然是群体,便要讲秩序。在有条不紊的群体秩序里,不仅有管人的人,而且有被管的人;不仅有用人的人,而且有被用的人。二者是相辅相成的,宛如一台各部件匹配的机器和一个各器官健全的人体一样。

管人与用人,既有联系,又有区别。管人,更多的是从建立法制、体制和机制上,调动和发挥人的积极性、主动性和创造性;而用人,则更多的是通过科学、合理地安排和确定人的岗位,使之人尽其能、人尽其力、人尽其才。从宏观上说,管人包括用人;从微观上说,用人体现管人。人只要处于群体中,总会有人来管,因为你是这个群体中的一分子。世上不被管的人基本上没有,因为即使你没有人来具体管,那还有法律、道德等在无形地管。人只要处于群体中,离不开用人和被人用,因为无论是社会化生产,还是社会化生活,都需用人和被人用。人并非生存于真空,要想不管人、不被人管和不用人、不被人用,几乎不可能。稍有区别的是,它们的方式、内容、程度等不尽相同。而这些,不任由你的主观意志所左右。

管人抑或用人,核心是人。而管人、用人的前提是识人,惟有识人,才能因人而管、因人而用。现实生活中,识人是件难上加难的事,其一涉及识人的标准问题,其二涉及识人的方法问题。当今中国,考核和选拔各级干部,以德、能、勤、绩、廉为标准,方法上则更多地体现公认性、民主性、竞争性。而在中国的传统文化中,儒者把识人的标准放在是否君子上,且把"修身齐家治国平天下"作为君子的行为程序和模型。还有,古时有人用"四观"来看此人是否可交,即观人于临财、观人于临难、观人于忽略、观人于酒后。这"四观"深入到了人性的四个方面,即分寸感、意志力、责任心和自控力。世上所有的人,都不可能是全才,只不过是有些人在这方面突出些甚至更突出些,而有些人在那方面突出些甚至更突出些。专门研究神童现象的美国心理学家泰伦鲍姆依据社会需求,把人的才能分成四种:第一种是罕见的才能,如爱迪生、富兰克林、爱因斯坦等所具备的才能,这是人类社会总是需要但却一直短缺的才能;第二种是过剩的才能,如艺术家、文学家等所具备的才能,这是能将人类精神文明带入新的高度,但对人类日常生活的延续并非必要的才能;第三种是定额的才能,如工程师、会计、律师等所具备的才能,这是具有专精技艺以产出社会所需产品和服务的才能;第四种是异常的才能,如有些人具有超常的心算能力或奇特的记忆能力,但这些才能对社会的发展并不具有特别的价值。从一定意义上说,只要是正常的人,都有才能,有的人在这方面有才能,有的人在那方面有才能。现实中常常犯难的是,管人者、用人者在识人的能力上和识人的水准上差异巨大,在很多时候,要么有眼看错了内涵,要么有眼不识泰山。因此,识人是一种不争的"软实力",不管你是为人上级、为人下级,还是为人同事、为人朋友,识人是第一位的。不能识人,别谈管人和用人。

当今社会,人是生产力中最活跃、最积极的要素。在全球化、城镇化、信息化的浪潮下,近几十年来,中国的职业构成发生了翻天覆地的变迁。据不完全统计,目前有职业两千余种,而且正在并将长期处于不断更迭之中,其中有自古以来闻所未闻的数字视频策划制作师、网络课件设计师、电子商务师等。新职业的诞生与发展,既为人们拓展了自主择业、追逐梦想的空间,又为社会注入了完善功能、创新发展的活力。同时,这对管人、用人者来说,必然提出了具备既高又新素质的客观要求。以其昏昏,使人昭昭,管人、用人者若想继续这般,那必将遭受职场上的无情淘汰。在现实生活中,一方面存在管人难、用人苦的问题,另一方面又存在求职苦、就业难的问题。新华社半月谈社情民意中心曾对2014年高校毕业生进行了问卷调查。结果显示,当下,他们最看重的是薪酬待遇和职业环境,其中工资收入和职业发展分列选项中的最高比率。求职人的价值取向、就业者的热切期盼,对管人、用人者来说,无疑带来了不可逾越、无法回避的现实问题。如今社会,人们在物质生活全面小康的基础上,对精神生活的追求越来越丰富、越来越强烈。在职场,许多人更注重体面、更讲究尊严、更渴望自由。因此,对管人、用人者来说,必须真正把"以人为本"的理念落到实处。我国春秋时期的大政治家管仲说过:"为政之要在于迎合民心。"民心既包含物质的,又包括精神的。有的人侧重于前者,而有的人则侧重于后者;有的人会为三斗米弯腰,而有的人则为知己者献身。在一定的条件下,精神的甚至比物质的更重要。

　　眼下世上,随着社会民主与法制的不断推进,除了军队等特殊机构以外,人们绝对服从的意识与行动业已日趋稀罕。作为管人、用人者,务必有硬实力和真本领。要知道,真正的权威和信赖,产生于下属的心目中,而不是上级的任命里。其一,知人善用,须把好钢用在刀刃上,把坏钢用在恰当处。宋太祖赵匡胤,在对官吏的褒贬擢降方面,有其独特的用人之道,概括起来为:忠于己者未必用,忤于己者未必不用;忠于职守者用,失于职守者不用。比尔·盖茨说过:"我编软件比不过公司里的编程高手,经营比不过公司里的理财顾问,管理比不过公司里的行政总管。如果把我们公司里顶尖的20个人才挖走,那么我告诉你,微软会变成一家无足轻重的公司。"这番话,从另一个角度说明,比尔·盖茨十分重视人才的选拔和任用。其二,强健自我。"这个人除了会当领导,其他什么都不行。"这是一句戏谑人的话,用来讥讽有的人缺乏真才实学。凡管人、用人者,最好既有综合素质,又有特殊才华。罗斯福是美国历史上唯一蝉联过四届的总统。他领导美国逐渐走出了20世纪的大萧条,在第二次世界大战中出尽风头。然而,他患过小儿麻痹症,是个下肢残疾的人,但他有着非凡的政治智慧和坚强的自信力量。德国总理默克尔的职业是物理学教授,业余有兴趣参与政治,出来竞选后,结果被选上了。以后不当总理了,她仍可轻车熟路地重执教鞭。在职场,作为管人、用人者,最好是个内行,起码应该懂行,纯粹的外行领导内行总会有诸多不便和不利。当然,这可以在管人、用人中学,但不能永远是个外行,必须尽快实现从外行向内行的转变。人在职场,不能除了管人、用人之外别无能耐。能管人、用人便有了一切,不能管人、用人便没了一切,这是不可取的。其三,关爱他人。《诗经》中曰:"投我以桃,报之以李。"一般来说,人都是有心有意、有情有义的,投桃报李往往是自觉而又常规的行为。1927年9月29日,毛泽东率领秋收起义的部队来到了永新县的三湾。著名的"三湾改编",废除了军阀作风,成立了士兵委,这在革命处于最低潮时,从一定程度上激发了官兵们的斗志。报载,袁世凯当了总统之后,挺能笼络人。他在办公室与土匪出身的张作霖相谈时,发现张作霖的眼睛一直盯着多宝桶上的四块金表。谈完话,张作霖告辞,当回到住处时,这四块金表已经在自己的房间里了。从此,张作霖在袁世凯在世时,从未有过反叛之心。可见,袁世凯对想笼统之人,多么体贴入微,真的挠到了对方的痒处。在现实世界里,上级对下级,老板对员工,领导对部下,以关怀凝心、以爱护聚力的事比比皆是。这不仅是工作开展和事业发展的需要,而且是自身立足和成长进步的需要。

管人者与被人管、用人者与被人用,二者既有矛盾,即前者是作用方,后者是被作用方;二者又有统一,即都是为了某项工作或某个事业,说到底,都是为了一个饭碗,能过上更好的生活。二者应该多些换位性的理解。无论是前者,还是后者,在日新月异的大时代的背景下,都不可忘怀:人生充满了竞争,谁也无法保证永远为上级、为老板、为领导;只要志存高远、锐意进取,即使是咸鱼,也有可能复活、翻身、跃起。人生充满了机缘,芸芸众生,能在一起合作共事,当是难得的缘分;既然相遇并相处,何不将心比心,多设身处地地替对方着想呢?人生充满了角力,在无色无味、无形无影之中,每个人自觉或不自觉地投入了各种比赛;比赛靠实力、靠勇气,故修炼内功是人立于不败之地的永恒主题。

得意与失意

明朝洪应明《菜根谭》中载:"事稍拂逆,便思不如我的人,则怨尤自消;心稍怠荒,便思胜似我的人,便精神自奋。"其意思说,当事业稍有不如意、不顺达的时候,就应该想想那些不如自己的人,这样怨天尤人的情绪就会自然消失;当身心稍有松懈懒惰、迷乱放纵的时候,就应该想想比自己更强的人,这样自己的精神就会自然振奋起来。如上所述,告诫人们要正确地对待得意与失意。

得意,指称心如意。唐代孟郊《登科后》诗曰:"春风得意马蹄疾,一日看尽长安花。"形容考上进士后的欢快心情。《醒世恒言》中写道:"识者皆知其夺嫡阴谋。独杨素残忍深刻,扬扬得意,以为'太子由我得立',威权震天下,百官皆畏而避之。"形容得立太子后的兴奋模样。失意,指不称心、不如意。英国哈代在《远离尘嚣》中描写了一位情场失意人的形象:"由于嫁给了一个本质不如她纯洁的人,她觉得自己似乎遭到了抢劫。这一绝望的发现实在是贬低了她的自尊。她像一头被囚在笼中的豹子一样,烦躁难耐地来回走着;她整个儿的灵魂都在反抗着。"现实生活中,得意与失意的情景和现象不可胜计。一如,中考、高考、公考、职考,各种各样的考试,有的人发挥得好,成绩超出预料,得意;有的人怯场紧张,成绩很不理想,失意。二如,在业绩、功劳、成果等方面,有的人靠投机钻营,获利多多,自鸣得意;有的人因忠厚老实,获利少少,自感失意。三如,从西欧八国十日游回来,有的人说起埃菲尔铁塔、威尼斯水城、科隆教堂、罗马古城堡来,如数家珍,颇为得意,而一些从未涉足海外的听者,则自怨工作忙、腰包瘪而有点失意。四如,在同一办公室工作的两位女士星期天各去商场买了一条裙子,巧合的是,次日都穿着上班了。这就少不了比一比,结果呢,一位女士用较少的钱买了一条品牌的裙子,而且雅致;而另一位女士用较多的钱买了一条非品牌的裙子,而且粗俗。前者得意,而后者失意。五如,在电视鉴宝节目里,经专家现场品评,有的人的收藏是真品,且估价高昂,于是得意地捧着藏品走下台;有的人的收藏是赝品,且估价低廉,于是失意地拿着藏品走下台。六如,战斗中,一方预先设下了埋伏,待另一方中计后,便出其不意地以重拳出击,结果大获全胜,军心激奋,得意;而另一方始料未及,毫无防备,遭受攻击后,死伤的死伤,投降的投降,逃窜的逃窜,军心沮丧,失意。七如,在仕途上,近乎是同样的忠诚和勤勉,有的人遇到了贵人襄助和良缘青睐,一路上顺风顺水,得意;有的人则碰上了逆流和险境,一路上磕磕绊绊,失意。八如,社会进步到今天,无论是法律规定,还是客观现实,生男生女都一样,可社会上还有深受不良传统观念的影响,生了男孩,兴奋不已,得意;而生了女孩,则高兴不起来,失意。九如,某单位新招录了一位年轻、漂亮的女职工,本单位有几个小伙子展开了爱情攻势,一段时间下来,俘获芳心的小伙子兴高采烈,颇为得意,而其他小伙儿像花儿蔫了似的,有些失意。十如,某小村庄里,做弟弟的有三个儿子,个个在大城市里很有出息,子贵父荣,故其在乡里乡亲面前一说到儿子便十分得意。做哥哥的也有三个儿子,个个在小村庄里没有出息,故其在乡里乡亲面前一说到儿子便自感失意。三个侄儿回老家时常常是来去匆匆,顾不上多去看望伯父。于是,其一气之下即在一公共厕所的墙壁上写下了两句古语:"穷在闹市无人问,富在深山有远亲。"以此表达了内心的苦楚和期盼。三个侄儿获悉后,每次回老家,只要时间允许,都会带上礼物去看望伯父。

在许多情况下,得意与失意不是绝对的,而是相对的;不是客观的,而是主观的;不是永恒的,而是短暂的。同样是化纤衣服、棉织衣服,在20世纪六七十年代与21世纪一二十年代,人们的消费观念与穿着习惯就大不一样。同样是当教师、做学问,在"文化大革命"中与改革开放的大潮里,其在社会上的尊重程度就大不一样。同样是一个考分,对一直成绩优异的学生及其父母与一向成绩差劲的学生及其父母来说,其感受就大不一样。古希腊唯心主义哲学家柏拉图在其著作《理想国》里讲了一个著名的"洞喻"故事:囚徒们长期生活在地洞里,他们的脖子和手脚都被捆绑着,不能活动,甚至不能扭头,眼睛只能看到洞穴的后壁。在后壁上,他们看到如同皮影戏一样的表演,且认为这就是真实的生活。大家如此生活,并不觉得悲哀。有一天,一个囚徒突然挣脱了绳索,回头看到了表演皮影戏的操纵者,后又走到洞口,见到了久违的阳光。他庆幸自己摆脱了厄运,并觉得自己有责任向同伴们说明什么是真正的生活。但当返回洞穴时,他遇到了更大的困难——同伴们不相信他说的每一句话,他本人甚至还有丧命之虞。这个故事,从一个角度说明,对同样的现实,人们认识起来有何等巨大的差异,甚至是截然相反。现实生活中,对本是得意的事,有的人感到并不得意,如"位高权重"中的当事者;对一些本是失意的事,有的人觉得并不失意,如"塞翁失马"中的老头儿。

我们每个人的生命历程都不可能一直一帆风顺,既会有得意,又会有失意,有所差别的是,有的人得意多一些、失意少一些,有的人失意多一点、得意少一些。对得意与失意,需作辩证思考:一不要从一时看,如在得意上,要看"究竟谁能笑到最后",一时的得意,并不值得羡慕;二不要从一地看,如打胜了一个战斗,并不表明就能取胜一场战役,世上"东天不亮西天亮"的事多得是;三不要从表象看,现实中"金玉其外,败絮其中"的事并不少,如果不知其中、只看其外,那么总有一天会懊恼不已;四不要从小处看,千万不要有了一点点成绩和进步,就沾沾自喜,甚至得意忘形;同样,也千万不要因为受了一点点挫折和委屈,就"不想活了",整天沉湎于痛苦甚至绝望之中。倘若做不到以上,要么容易盲目,由于认识不清事物的本质和主流,有可能盲目乐观、盲目悲观和盲目行动、盲目停歇;要么容易自满,由于对事物的复杂性认识不足,有可能满足于自己已有的成绩和进步,不再作持之以恒的努力。正确的人生态度是,面对得意与失意,一定要自觉调整好心态:当自己遭遇失意而身陷困境时,要放眼看一看周围还有很多人更加不如自己,这样自己既会增强幸福感,又会激发上进心;当自己赢获得意而享受安逸时,要环视看一看周围还有很多人更加功成名就,这样自己既会认真查找差距,又会继续奋发向上。人,务必淡看得意与失意,不管得意还是失意,都不可丢掉志向和松懈斗志。孔子有言:"三军可夺帅也,匹夫不可夺志也。"在得意之时,仍要夙兴夜寐,争取"百尺竿头,更进一步";在失意之时,务须殚精竭虑,期待"功到自然成"。

幸福与苦难

人自成年以后,单身独行也好,夫妻伴行也罢,幸福与苦难总是如影相随。追求和创造幸福是人生的目的,而避免和战胜苦难是实现人生幸福的举动。远眺近观,人来人往,车去车回,一个个在为幸福而奔忙,一个个又在为苦难而烦恼。人生路上,谁都拥有或多或少的幸福,谁都遭遇或大或小的苦难。

"今天,你幸福吗?"这句话,在公众的口语中,渐次时兴了起来。幸福是什么?这在世界上尚无统一的定义,可能一百人有一百样的认识、一千人有一千种的认识。这个问题之所以多解,主要是,幸福虽然离不开物质条件,但更多的是个人感受。幸福不用说,一切尽在不言中。法国诗人克洛岱尔传世名篇《散步者》中有曰:"我双脚均衡的运动,帮助我度量最轻微的召唤的力量。在我灵魂的静默中,我感到一切事物的魅力。"一个人散步,把清净舒缓与科学理性完美结合起来,而且结合得如此多姿多彩,那是多么幸福呀!有人戏言,因执着一个人散步,成就了如康德那样的哲学家,也造就了如邓小平那样的政治家。在很多时候,内心幸福与物质无关,因为戴200元的手表与戴200万元的手表,计时是相同的;喝80元的白酒与喝800元的白酒,头晕是类似的;住50平方米的房子与住500平方米的房子,睡觉是一样的。如果你的内心调适不好,物质世界永远给予不了你幸福。有许多的人总觉得幸福离自己很远很远,可一个小小的伤病,如牙疼,从一阵一阵袭来,到一点一点消失,人便会猛然一悟,原来幸福就在自己身边。积极心理学之父马丁·塞利格曼认为,幸福可以通过PERMA的方式来实现,其中的P是积极的情绪、E是投入、R是良好的人际关系、M是有意义的生活、A是成就。这似乎是高层次、高质量的幸福,而老百姓的幸福,则发生在一天天的日常生活中,如当你为两个孩儿上大学的学费犯愁,而听到老爸老妈汇钱来的时刻;当你家中发生变故郁悒不堪,而有好友来到身边看望安慰的时刻；当你为一棘手事务焦躁不安，而有人施以援手为之解难的时刻；当你从插队落户向农村返回城里尚无立足之地，而政府帮之安排就业和解决住房的时刻。毫无疑问，类似的这些幸福，人们时而会碰到遇上，尤其是小的幸福，几乎每天都会飘然而至，有时令人不能察觉。

"近来，我好苦呀！"这句话，在人们的闲聊中，偶尔有所耳闻。苦难是什么？这在世界上也许莫衷一是，可能东方人有东方人的认识、西方人有西方人的认识。这个问题之所以多解，主要是，界定苦难的标准不一样，形成苦难的缘由不一样，经历苦难的目的不一样。当今中国，许多人认为美国人富有。其实，美国也有穷人。据报道，2005年美国规定，单身年收入少于9570美元、两口之家少于12830美元、三口之家少于16090美元、四口之家少于19350美元、五口之家少于22610美元为贫困家庭。按照这个标准，美国的贫困人口最近几年基本上保持在3500万左右。铁匠制剑，首先要把钢材放入火炉加热，待钢材通体烧红后，再用重锤击打，直至成为铁匠所需要的形状，然后投进冷水中急速改变温度，以增加钢材的硬度。而且，剑在制成之前，铁匠必须多次重复这个过程。人们每每看到好剑，便会情不自禁地大加赞美。然而，很多人并不知道，倘若钢材无法承受加热、锻造、淬火的处理，那只能扔进废料堆，遭到抛弃，少人问津。《史记》中载："项羽乃悉引兵渡河，皆沉船，破釜甑，烧庐舍，持三日粮以示士卒必死，无一还心。"试想，破釜沉舟，当然苦难，然而，项羽为下最大的决心，不得不一拼到底。小蝴蝶从茧壳里一点点地挣扎着出来，有人怜其痛苦，便将茧壳剪开，让其一下子露出，结果不久死去。实际上，小蝴蝶承受的这种苦难，是必经的成长过程和生命历程。当年红军不怕远征难，为的是天下劳苦大众得解放。对他们来说，吃这种苦，受那般难，虽然是迫不得已，但是深感值得。在许多红军将领的回忆录里，他们对此表现出了无怨无悔的情怀。当然，世上也有一些人，命途多舛，生活上的苦难一个接着一个，甚至是"屋漏偏逢连夜雨"，使人难以招架，但这个问题不具普遍性。

人在世间，从总体上说，幸福与苦难呈现出相对性、阶段性。《幸福奥义》一书中把幸福分成感性幸福与理性幸福。其中，感性幸福的方程式为幸福＝效用/欲望，即人们的幸福与效用成正比，与欲望成反比——效用越高，幸福度就越高；欲望很强，幸福度就会下降。理性幸福的方程式为幸福＝成就/期望，即人们的幸福与成就成正比，与期望成反比——尽管成就不大，但个人的期望不高，那么这个人是幸福的；相反，如果成就不小，却不能满足个人的期望，那么这个人是不幸福的。在强调"丛林法则"的社会，人性欲望中的自私、奢求、冒险、算计等，都可以成为获取感性幸福的途径，这些有可能使人得到的利益最大化,然而,却无法实现属于精神追求的理性幸福。人生的苦难包括挫折、灾患、困境、忧伤、痛楚、愤懑等。苦难有的来自于天灾,有的来自于人祸,且人祸往往多于天灾。许多不必经历的苦难,是人为造成,如中国历史上南唐李煜的离愁,太平天国的"洪杨乱"等。苦难还有大小不一、深浅不一、多少不一、远近不一、前后不一、长短不一。有些苦难将终生挥之不去,如身患严重的无法治愈的先天性疾病,如被胁迫或误入了暗无天日的"黑洞";有些苦难,相对来说,则是一时一地的"过客",如强烈地震发生的片时片刻,如经受以"莫须有"为罪名的政治迫害。有些苦难,向前一步就是胜利,如越过陡坎为坦途;有些苦难,向前一步仍是失败,如笼中鸟从这只笼子进入了那只笼子。有些苦难,退后一步能"海阔天空",如有的人犯错误后改正了错误;有些苦难,退后一步则"跌入深渊",如有的人叛变投敌后仍遭杀害。有的苦难是永远的痛,如世说公认的"少年丧父、中年丧妻、老年丧子";有的苦难是间隙的痛,如许多人身上常有的小毛小病。

  直面人生一个个、一处处、一段段幸福与苦难,笔者认为,应坚持"一个中心、两个基本点"。一个中心,即一切为了有尊严、有内涵、有意义的生存。两个基本点,即一是对待幸福,一定要珍视、珍爱和珍惜。所谓的成功,是你得到了你希望得到的东西;所谓的幸福,是你喜欢了你已经得到的东西。倘若你珍视、珍爱和珍惜幸福,你便会知足、感恩和享受。我们既不要夜郎自大,也不要欲壑难填,应恰当地幸福。二是对待苦难,一要有坚忍不拔之抱负。苏轼在《贾谊论》中曰:"古人立大事者,不惟有超世之才,亦必有坚忍不拔之志。"二要有坚定不移之意志。《资治通鉴》中曰:"推心委任,坚定不移,则天下何忧不理哉!"三要有坚强不屈之精神。朱熹有言:"盖刚是坚强不屈之意,便是卓然而立,不为物欲所累底人。"苦难对人生来说,总不是好的东西,但当没有办法回避时,一定要像狮子、像老虎、像老牛一样,勇敢地去面对、去承受、去抗争、去奋斗。从这个意义上说,苦难是成功的良伴,苦难是宝贵的财富。人生一路走来,有苦难,更有幸福,无疑风光无限。

后悔与庆幸

人的一生,无论长短,不可缺医少药。医是帮助诊断病情且实施治疗的,而药是用来治疗疾病的。明朝李时珍所著《本草纲目》中总共搜集了1892种包括植物、动物、矿物的药物,而当代《中国药典》里总共记载了4567种包括名称、性质、形状、成分和用量的药物。"世界上最难买的药是什么?""后悔药。"这是因为这种药,过去没有,现在没有,将来也没有。此番对白,道出了人们对后悔的无奈。

"你后悔什么?"比利时一本杂志曾就这个问题,在全国范围内对60岁以上的老人,开展了一次专题调查活动。结果显示:72%的老人后悔年轻时努力不够,67%的老人后悔年轻时错误地选择了职业,63%的老人后悔对子女教育不够或方法不当,58%的老人后悔锻炼身体不足,56%的老人后悔没有好好珍惜伴侣,32%的老人后悔一生过于平淡,11%的老人后悔没有赚到更多的金钱。什么是后悔?其指某些人或事过去后,关涉者认识并承认当时言行上的差错或欠缺。后悔有性质上的不同:一类是总结性的后悔、终端性的后悔;另一类是一时性的后悔、阶段性的后悔;再一类是普天性的后悔、个案性的后悔。后悔还有程度上的不同:一种是懊悔不已,即做错了事或说错了话而十分悔恨,甚至到了痛不欲生的地步;另一种是悔不当初,即后悔当初不该这样做或没有那样做;再一种是略显悔意,即已经认识到了自己的过错但还没有公开说出来。"人的一生应当这样度过:当回忆往事的时候,他不至于因为虚度年华而痛悔,也不至于因为过去的碌碌无为而羞愧。"这是奥斯特洛夫斯基在其著作中的一段话,告诫人们要奋发进取,别蹉跎岁月。笔者幼时也常听大人言:"少壮不努力,老来徒伤悲。"这是大人在叮嘱后生要珍惜时光,别放松自己。"我对不起祖国和人民!对不起父母和妻儿!"许多违法犯罪人员在法庭上痛哭流涕,表示深深的忏悔,并请求宽恕,但此悔之已晚矣!有句俗话,叫"不见棺材不落泪。"世界上并非所有的人都情愿后悔，毕竟后悔有时是要丢面子的，甚至要付出代价的。因此，有的畏惧显相，便"死不认账"，结果是"秃子头上的虱子——明摆着"；有的人害怕露丑，便刻意掩饰真相，结果是"越描越黑"。当年，尼克松因为水门事件而被弹劾，而克林顿与莱温斯基有性丑闻却没有被赶下台。为什么？尼克松不承认自己授意安放了窃听器，而克林顿承认了自己的过失。人都会说错话、办错事，重要的是要认错，并加以改正。从一定意义上说，不会后悔，则表明这个人在品德上尚有瑕疵。后悔是一种姿态，而姿态从一定程度上代表了这个人怎样为人。之所以会后悔，是因为能有自知之明总比没有自知之明要好。在处理人际关系中，认错和道歉是常用的方法，而且屡试不爽。

常言说，只有后懊恼，没有前懊恼。懊恼，心里别扭、憋屈也。何故？后悔呀。人普遍容易从众，在后悔这个问题上，也是如此。你不后悔，他也不后悔；一旦有人后悔，其他人也跟着后悔。在现实生活中，有很多的后悔是由集体的、客观的因素造成的，如"文革"中发生在一些红卫兵身上的打砸抢行为，在"张铁生交白卷"时期出现在一些青年学生身上的不愿读书情况。当然，个人有个人的后悔，单位有单位的后悔，甚至地区有地区的后悔、国家有国家的后悔，而且这些后悔，有的是政治上的，有的是经济上的，有的是文化上的，有的是军事上；还有的是人情的，有的是礼节上的，有的是态度上的；再有的是物质的，有的是金钱的，有的是精神的，有的是名分的。现实世界里，有的小伙子明知这个姑娘水性杨花，却不听他人劝阻，还是与其恋爱和结婚，结果婚后不久就出轨了，自己被戴上了"绿帽子"；有的姑娘明知这个小伙子品行不端，却不顾家人反对，还是与其恋爱和结婚了，结果婚后不久便犯了大事被判重刑，自己对外既无脸面还要独守空房。本世纪初，我国房价涨幅惊人，有的甚至一年一个翻番。笔者经常耳闻有的人，老是在后悔当时怎么没有贷款多购几套房子，不然，自己早就发财了。

既然人们后悔表现出或多或少的遗憾，那么，后悔是怎样产生的呢？有没有办法可以有效地避免呢？我们可作如下这样一些分析：第一，认识上的问题。世间万事万物，虽然当今科学技术已经相当发达，但对其规律性的认识，还是太少太少。更何况，事物发展既有必然性，又有偶然性。倘若在认识不清的情形下作出了不切实际的决策，那么后悔就有可能酿成；如果事物发展不以人的意志为转移，而关联和涉及的各方又都预先没有有所准备，那么后悔就有可能接踵而至。第二，心理上的问题。人生如棋局，因为落子不能反悔，所以步步惊心。然而，有的人过于追求成功和完美，结果举棋不定。而越是犹豫踌躇，就越易失误出错。现实生活中，我们如果对某个事物过于重视，心情便会紧张起来，往往就会出现动作失调等多种不良反应。由此，不如意的情况便有可能来临。第三,能力上的问题。人的大脑就像一台高度复杂的计算机,当具有迷惑性的信息前来干扰时,便有可能犯糊涂,出现诸如思维差错、感觉差错和语言差错、动作差错,总体上呈现出了选择差错。这方面的能力,人与人之间,差异很大。很多是因为能力上的巨大差异,最终表现在后悔性质、程度上的截然不同。还有,很多人不会止损。人在处理各种事物时,如果能够及时止损,可以有效避免一些后悔的发生。第四,方法上的问题。好多时候,人们在后悔的时候,少不了自责方法不对或不周。年少好学,强身健体;年轻创业,铺路架桥;年中奋进,花香果硕。有的人在这三个时段里懒怠荒嬉,直至"一头白发催将去,万两黄金买不回"时,徒留悲戚,追悔莫及。有的人身体好时,不加节制,不稍安息,等到疾患来袭、身卧病榻,才开始后悔。倘若无病时就想有病之苦,兴许好多尘心焦思,便会烟消云散。有的人骄奢淫逸,挥霍无度,坐吃山空,等到穷困潦倒时,才发现昔日的所谓朋友兄弟已躲避三舍,甚至已逃之夭夭。以上这些方面,与其说是内容问题,不如说是方法问题。方法正确,好多后悔不会萌生,即使有,其性质和程度也可大为减轻。

与后悔不同的是庆幸。庆,庆祝也;幸,幸好也。后悔是对人、对事意外出现不良结果,在反思时产生出来的情绪;庆幸则是在人、事意外得到好的结局,在盘点时激发出来的情绪。两者均为非常规状态下的表现。2014年3月8日,马来西亚《星洲日报》报道了数名马来西亚人与马航MH370飞机的故事,其中有名叶姓女子,因为一时无法找到保姆照顾家中的婴儿,才临时决定更改航班。对她来说,起初是由于未能与同事们同行而有些后悔,后惊悉了飞机失联,又暗暗庆幸自己逃过了一劫。在人的生命历程中,后悔与庆幸都会发生,而且还不是偶尔发生。发生时,我们对其都不可过度:后悔多了,虽然在一定程度上有利于深刻吸取教训,但不利于重振旗鼓;庆幸多了,虽然在一定程度上有利于振奋精神,但容易使人产生侥幸和投机心理。不管怎么样,面对需要后悔和可以庆幸的人或事,我们都要先思后行、先谋后动,在决策和拍板前,更深入、更细致地去剖析利和害,做到两利相比取其多;两害相较舍其大。要吃一堑、长一智,打一仗、进一步,在再次面临同样或类似情境时,能够作出更为稳妥、更有胜算的选择。

自荐与自弃

人从其妈妈怀胎起,便有了自体与他体之分。前者是自己、本人,而后者则为他人,包括孕育自己的妈妈。人的一生离不开与他人的交流和交往。在交流和交往中,有一种现象颇有玩味,即自荐与自弃。

自荐,顾名思义,自己推荐自己。所谓的推荐,是指把好的人物或事物介绍给别人或组织,希望予以接受或得到任用。而自荐,则是自己赏识自己,自己推介自己,有点"王婆卖瓜,自卖自夸"的意味。说起自荐,人们自然会联想到"毛遂自荐"。毛遂是战国时代赵国平原君的门客。秦兵攻打赵国,他主动请求跟随平原君到楚国求救。到了楚国,平原君与楚王谈了一上午都没有结果,他挺身而出,向楚王陈述利害,终于使楚王答应派援兵。据史载,古人的自荐有很多方式。一如东方朔的自荐。他给汉武帝写了一封自荐书,用了三千片竹简,两个人才能扛得起。汉武帝求才心切,耐着性子花了两个月才读完。二如刘伯温的自荐。他有幸与朱元璋面对面地作了一次彻夜长谈,让朱元璋有了醍醐灌顶、茅塞顿开之感。三如白居易的自荐。当年,十六岁的他带着"离离原上草,一岁一枯荣。野火烧不尽,春风吹又生。远芳侵古道,晴翠接荒城。又送王孙去,萋萋满别情"的诗作去京城拜见顾况。顾况阅毕后大加赞赏,并四处为他延誉。四如刘勰的自荐。他下苦功完成《文心雕龙》后,却无人赏识,于是去求请当时的大文学家沈约,希望能得到推广和提携,但几次都因沈约太忙而被拒之于门外。一天,他打扮成卖书郎,带着书稿在沈家门前盘桓。见到沈约乘车回家,他即高喊"卖书"。沈约是个书迷,听到后马上盼咐停车,他乘机献上书作。沈约读后对他热情鼓励,并提出了许多中肯的意见。此书自此声誉大增。当今社会,随着市场化、民主化的不断推进,自荐活动已遍布各个领域。一如选拔干部的自荐。一些机关和单位,把需要竞聘或提任的职务或岗位公布出来,号召和动员符合条件的人报名,参加竞争,接受挑选。二如企业产品的自荐。有的企业把生产的产品直接与用户见面，既减少了供销环节，降低了售价；又方便了售后服务，可更多地带来"回头客"。有的企业在媒体上广而告之，直接向读者推介生产的产品如何物美价廉。有的企业直接把服务送到客户的家门口，让客户眼见为实、心悦诚服。中国改革开放初期，东部沿海地区的一些乡镇企业和私营业主，正是依靠千方百计、千言万语、千山万水、千辛万苦的"四千四万"精神，卓有成效地进行了产品自荐活动。三如承接项目的自荐。在社会主义市场经济条件下，无论是科研项目的申报和审定，还是工程项目的招标和评标，都有自荐这个环节，让希望承担的单位通过书面的或影像的资料进行自我介绍，有的还到相关现场开展观摩和质询活动。四如承办国际赛事的自荐。当代多届奥林匹克运动会的举办权，在国际上都是通过自荐和竞争方式获取的。中国通过这种方式，已经成功举办了北京奥运会和南京青奥会。这种方式公开、公平、公正，故得到了世界各国的认可。

  自弃，顾名思义，自己放弃自己。所谓的放弃，是指丢掉原有的主张、要求和意见等。说起自弃，人们自然会联想到"自暴自弃"。《孟子》中曰："言非礼义，谓之自暴也；吾身不能居仁由义，谓之自弃也。"形容不自尊自爱，不求进取，甘心落后。古今中外，自弃的内容和方式多种多样。一如自弃功名。战国时代，帮助越王勾践复仇成功的范蠡没有贪图荣华富贵，果断自弃大好前程，隐姓埋名，转战商业，成为一代商神。二如自弃发财。1955年10月，钱学森自弃国外的优厚条件，冲破种种阻力，回到了祖国怀抱。他为中国火箭、导弹和航天事业的发展作出了不可磨灭的巨大贡献。三如自弃地位。爱德华八世在火车上邂逅了已婚的辛普森。他爱上了辛普森，遭到了教会、议会和皇室的反对。1936年，他发布退位诏书说，没有这个我爱女人的帮助，我无法履行一个国王的职责。为了爱情，他自弃了皇位，成为英国历史上唯一一个自弃皇位的人。四如自弃家业。卫国公子卫开方，嫌本国微小，于齐桓公二十年，自弃家业，追随齐桓公来到齐国，拜为大夫。从此，他成为齐桓公身边的宠臣。五如自弃生命。"我们信仰的主义，乃是宇宙的真理！""敌人只能砍下我们的头颅，决不能动摇我们的信仰！""我能舍弃一切，但不能舍弃党，舍弃阶级，舍弃革命事业！"方志敏不幸被捕后，受尽折磨。当敌人以夫妻父子感情诱降他时，他严词回拒。为了革命事业，他只有抛下妻儿，自弃生命，于1935年8月6日在南昌被敌人杀害。六如自弃爱情。现实生活中，有的男子或女子本有笃爱，但因为某些政治的、生活的、世俗的等原因，不得不自弃爱情，顺从父母之命，十分将就地娶妻或嫁人。七如自弃选择。人生在许多时候面临选择。是继续向前进呢还是停留在原地呢？是同意这个呢还是同意那个呢？可是，在很多人患上了"选择恐惧症"，长期停滞在不做选择的状态,因为他们害怕选择,担心一旦做出了选择,就会有某种损失。于是,便自弃选择。事实上,自弃选择所承受的压力很大,其内心保守的一面会希冀自己彻底死心,而激情的一面又会渴求自己充满新鲜。八如自弃性命。有报告显示,近几年来,中国每年有28.7万人死于自杀,其中有63%的自杀者有精神障碍,有40%的自杀者患抑郁症。对自杀者,人们普遍会哀其不幸。九如放弃做官。"三顾茅庐"的故事在中国可谓家喻户晓。当年,刘备请隐居在隆中草舍的诸葛亮出来出谋划策,去了三次才见到诸葛亮。这一方面说明刘备诚心诚意,另一方面也说明诸葛亮有自弃做官之意。十如自弃学业。有的家庭子女众多,生活贫困,无奈之下,长子或长女早早自弃学业,帮助父母做事干活。当然,这种现象现在中国已经罕见。

　　自荐与自弃,通常是人的主动行为。行为之前,在正常情况下,每个人都会作思考。其思考的出发点和落脚点,反映了本人的世界观、人生观和价值观。从总体上说,自荐也好,自弃也罢,一定要掂量值得与否。值得主要体现在正气和骨气上。革命者为天下劳苦大众得解放,砍头只当风吹帽,值得;自私者仅为自己的一点名利而寻短见,不值得;有志者为能在更高的平台上发展自己,勇敢地参与竞争,值得;无志者整天畏首畏尾,即使有机缘也作放弃,不值得。许多时候,你所荐的和你所弃的,其实是同一个对象,只不过是时间不同或地点不同而已,如昨日还是枝头姹紫嫣红的花朵,如今已成为地上遭人唾弃的垃圾;又如昨日还是废弃荒坡的乱石,如今已成为富翁家中的装饰。这说明,自荐和自弃务必把握好时间和地点。俗话说,千里马常有,但伯乐难寻。在职场,伯乐总是喜欢千里马。然而,非千里马肯定比千里马多得多。无数事实表明,非千里马硬实力不够而用软实力补充,同样可以受到伯乐的青睐,同样可以受到使唤者的厚爱。人在世上,非常不易。充满自信,主动作为,这不仅是人生的基本态度,而且是处世的基本方略。而那些轻视自己、糟蹋自己的人,不仅对本身有害,而且对家庭、对社会无益。

平淡与奇迹

说起平淡，人人悉知。其意，即不稀罕、不浓厚，与平常、平凡近义。应当说，人的本原是平淡的，区区肉身，每天睁开双眼，或投入工作，或跨入学校，吃、撒、睡、坐、立、行、听、看、触、思、书、言，凡夫俗子，概莫能外，日子就是这般一天天过去，其中有渐渐长大，也有慢慢衰老；有充满喜悦，也有面临悲哀；有大大小小的成功，也有或多或少的失败。

奇迹是什么？它是一种欲思难成、可望难即的东西，其出现或产生的机率相对渺小。一般来说，机率越小，奇迹越大；机率越大，奇迹越小。有人作过测试，人抛掷硬币时，连续出现六次正面或反面的机率为 1∶64，连续出现十次正面或反面的机率为 1∶1024；在三位数字彩票中，数字、位置全中的机率为 1∶1000；在四位数字彩票中，数字、位置全中的机率为 1∶10000。人常常会被这般或那般的奇迹感叹着，兴奋着，激励着。

怎么看平淡？中国中央电视台著名主持人白岩松对人生的一点感悟，可以作为一种题解。他说，人的一生只有 5％ 的精彩，也只有 5％ 是痛苦的，另外 90％ 是平淡的；人们往往被 5％ 的精彩诱惑着，忍受着 5％ 的痛，在 90％ 的平淡中度过。在白岩松看来，人的一生总体上是平淡的。从这个观点出发，人在世上，切不可老是想着要多么出彩。有一句流行甚广的话，叫"平平淡淡才是真"。是的，古往今来，平淡是本色，平淡是本质。一些著名的历史人物之所以时常被后人纪念。编不尽、拍不完的影视，写不尽、出不完的书文，说不尽、讲不完的箴言，在于他们是平淡中的伟杰，后人可以学到他们的思想、品行和精神。张思德，一个普普通通的战士，1944 年 9 月 5 日在陕北安塞烧炭时不幸牺牲，毛泽东亲自参加了他的追悼会，并即席发表了《为人民服务》的著名演讲。在他的身上，凝聚了勤劳、朴实、谦虚、忠厚、坚忍、肯苦、利他等优秀品质。而这些品质，他能集于一身，且一以贯之，确实难能可贵。聪明的人与愚蠢的人，有一大不同：前者觉得平淡中处处有学，而后者感到平淡中处处无学。2014年2月1日刚卸任的NBA联盟总裁——大卫·斯特恩,执掌帅印达30年之久。他打造成了诸如"飞人"乔丹、"魔术师"约翰逊、"大鲨鱼"奥尼尔、"小飞侠"科比等一批又一批球星,把NBA集团卓越地带入了高速发展的良性循环中。他的秘诀是:"成功是从万事中学来的。"所谓的万事,就是平淡的事。在现实生活中,有很多的人鄙视与自己共事或偶遇的人,尤其是对那些"小萝卜头"的人,更是不屑一顾。这就容易带来两个问题:一个是,人不能轻易小看人。俗话说:"三十年河东,三十年河西。"说不定,被你鄙视的人比你进步得快、发展得好。另一个是,在世上,没有人是无价值的,人人都是一座宝藏,只看你怎么去认识、如何去挖掘。再说,每个人既有长处,又有短处。换言之,世上没有一无是处的人,也没有十全十美的人。从一定意义上说,鄙视别人也是鄙视自己。作为主动方,显示你缺少自知之明。未来经济学家Tyler Cowen有本专著《平均已经过去》,告诉人们,在当今的经济活动中,10%的顶尖人物是赢家,下面90%可能都是输家,贫富差距越来越大。为什么?在现代社会,创新者总是发明为享受创新者代劳的技术,使享受创新者什么都不用干,最终越来越依赖创新者。由此也可分析出,社会上的人绝大多数是平淡的。

怎么看奇迹?詹姆斯·戴森在发明无袋吸尘器之前失败了5126次,托马斯·爱迪生在发明电灯泡之前失败了一万次。这说明,失败是创造奇迹征途上一块块坚实的垫脚石。1992年年初,正在哥伦比亚大学攻读远洋专业的桑塔托通过朋友的介绍,到智利籍五千吨级的"幸运"号轮轮上实习,不料遭遇热带风暴,发动机熄火,船体触礁。其他船员乘救生船弃船逃了,惟独他被困海底船舱。靠船上烟囱缝中透进来的些许空气和舱里的水和食物,他硬是咬牙坚持了1393天,终被救起。他之所以创造了这一奇迹,是永不言弃。美国前国务卿赖斯,短短20年时间,即从一个备受歧视的黑人女孩成为著名的外交官,奇迹般地完成了从"丑小鸭"到"白天鹅"的嬗变。有人问她成功的秘诀,她简明扼要地说,"因为我付出了'八倍的辛劳'。"我们从以上的事例中,可从一个方面悟出奇迹的因缘;但从事物的科学性上进行分析,可从另一个方面悟出奇迹的理该。"八月十五潮,壮观天下无。"这说的是钱塘江大潮。工作和生活在钱塘江两岸的人,大多不看潮,因为潮起潮落、涌高涌低,他们不用看钟表也知道时辰,且早已习以为常。倒是那些不知钱塘江大潮为何物的人,反而能体验到钱塘江大潮的妙处、险处和壮处。而这一切,均与预知、预期和预想有关。人凡无预知、无预期和无预想,一旦事物出现非常规的现实时,便会产生奇迹的心理感受。反之,亦然。还有一些奇迹,并不是真正意义上的奇迹,只是自己孤陋寡闻而已,有的人还会因此而上当受骗。如江西电视台的《传奇故事》节目里播出过名曰"欣赏数学"的方法。四川某地小李,在英超联赛期间陆续收到5封预测次日比赛结果的电邮,直到测出冠军是哪个队,封封奇准无比。来信者说自己掌握了奇妙数学预测公式,愿以1000元价格不断提供这种预测。小李就此损失了1000元。主播这样讲解来信者的骗术:假设给2000人发第一次预测信,两队胜负各半;第二封信只发给收到测准结果的1000人,还是两队胜负各半;以此分解下去,最后至少可以得到30多个被佩服得五体投地的上当受骗者。因此,在日常生活中,我们凡遭遇到了所谓的奇迹,还是应该多问几个为什么,刨刨根儿,探探底儿,千万不要因为无知而轻信和盲从。

平淡与奇迹,既互相对立,又互相衬托。也就是说,没有平淡,显示不出奇迹;没有奇迹,显示不出平淡。不过,在平淡与奇迹的发生机率上,平淡比奇迹多得多,有时甚至只有平淡,不会出现奇迹。作为常人,应当如何正确对待平淡与奇迹呢？一要坚守平淡。生活总是平淡的,要自己去发掘它的意义,学会把平淡的生活过得有滋有味；工作总是平淡的,要自己去开拓它的价值,学会把平淡的工作干得有声有色；学习总是平淡的,要自己去探索它的奥秘,学会把平淡的学习搞得有头有脸。二要创造奇迹。机遇总是给有准备的人,奇迹也总是给有准备的人。这个准备,包括能力、品质、决断、意志……从身外之学到身内之学的全部。他们能够在机遇到来的时候,显示出它们的优势甚至独到之处。居里夫人在世界上首次发现镭元素,虽为偶然,也为必然。三要淡然处之。与平淡比较,奇迹总是稀少的。既要学会平淡、适应平淡,又要安于平淡、乐于平淡。在平淡面前,要真正做到安与乐并不容易,因为每个人都会有欲望和念想,人必须与不切实际的欲望和念想作斗争。现实告诉我们,人生路上,不管顺境与碰壁、赏识与误解、幸运与倒霉、襄助与阻拦、弯路与捷径、收获与失落,都需有淡然之心、淡然之形、淡然之言、淡然之行。如是,即可荣辱不惊,安享人生。

偶然与习惯

列举之一,几乎我们每个人在小的时候,会受到长辈"不要挑食"的告诫。吃饭挑食,容易养成习惯。凡挑食者,面对满满一桌子的菜,这个喜欢吃,那个不喜欢吃,倘赴家宴,有时弄得主人颇为难堪或为难。长辈的这一告诫,无非要求小孩子吃各种食物,以便使体内的营养更全面一些。同时,也便于长大后走遍天下都不怕,只要可吃的,什么都能入口,什么都能消化,生活也就可更随便、随和一些。

列举之二,举办筵席时,有的主人特别好客,喜欢用自己的筷子给客人们一一夹菜。开吃时,主人还只是一个劲地劝客人们举箸吃菜。随后,伴着"这道菜味道鲜美""那道菜营养丰富"的推介声,主人就爱拿那双曾在自己口中冲进冲出的筷子,有挑选地夹上菜,恭恭敬敬地送到客人的碟子或小碗里。客人见之受之,颇为犹豫:吃吧,总觉得不卫生,难以下咽;不吃吧,又怕辜负了主人的一片盛情。

列举之三,人们常说,萝卜青菜,各有所爱。就吃肉来说,有的人养成了吃瘦肉的习惯,总讨厌肥肉,说瘦肉好、肥肉不好;有的人则养成了吃肥肉的习惯,总讨厌瘦肉,说肥肉好、瘦肉不好。事实上,瘦肉和肥肉都是供人吃的,均富有营养。在经济短缺年代,人们普遍欢迎肥肉,因为当时炒菜缺油、肚里少油,而肥肉油多;如今生活丰裕了,许多人担心吃肥肉会出现"三高"(高血压、高血脂、高血糖),于是偏爱瘦肉。实际上,瘦肉与肥肉并没有好坏之分,之所以分出好坏,完全由人的喜恶所致。

以上列举了人们在吃的方面的些许习惯。习惯,指经过多次、反复、长期的运作,而形成的一种自觉和自然。习惯就其性质来说,有好习惯,也有坏习惯。如有的人心态和美,坚持做到"三个乐",即知足常乐、助人为乐、自得其乐,这是好习惯;有的人嗜酒如命,不喝酒不吃饭,一喝酒喝到醉,这是坏习惯。习惯,就其对象来说,一有思维习惯。凡"左"倾主义者、右倾主义者、经验主义者、自由主义者,他们各在思维上深深地打下了有别于其他的烙印。二有语言习惯。我们可从小说里、戏剧里、影视里耳闻各种各样的人物语言,如有的人说话嗓门大、语速快,属于快人快语;有的人说话心不慌、气不急,属于慢条斯理。三有行为习惯。有的人在别人的办公室里,爱乱翻看别人的东西。出于礼貌,别人当面又不便指出,但心中不悦。有的人不管在什么地方,也不管人多人少,爱跷脚在板凳上、桌面上,既不雅观,又散臭味。人就行为习惯来说,还可分睡觉习惯、走路习惯、看书习惯、写作习惯、咀嚼习惯、站立习惯等。可以说,习惯见之于人的所有行为。四有理政习惯。世界上现有228个国家和地区,虽然国情(包括制度、人数、面积、民族、历史等)不同,但有一些是共同的、相通的、类似的。如各国员工的平均退休年龄,规定男性的法定退休年龄为60岁的国家和地区最多,有64个;规定女性的法定退休年龄为55岁的国家和地区最多,有59个。五有职业习惯。国际上现有的职业数以千计,远远超过了世说的"三百六十行"。职业不同,其服务的对象、工作的时间等也不同,故有不同的职业习惯。如理发店、服装店爱营业到夜间,而菜市场、餐饮店爱一早开门。六有传统习惯。传统是世代相传、相沿已久并具有特点的社会因素。在漫长的历史长河中,不同的民族有着不同的传统,并由此在文化、道德、风俗等方面有着不同的习惯。不仅如此,不同的地域也有不同的传统,并由此在民风、民俗等方面有不同的习惯。七有家庭习惯。有的家庭,世代守信重义,答应的就要做到,说好的必须实行,除非出现了非常特殊的情形。有的家庭,世代小偷小摸,村庄里谁家东西遭偷窃了,往往会被怀疑。有的家庭,世代好学上进,尽管家境贫寒,但走出了一个个才子和能人。有的家庭,世代虐待长辈。当儿子、儿媳妇时,不善待爸妈、公婆;等到"媳妇熬成婆"时,其下一代又与上一代一样"重复过去的故事"。这些家庭习惯,其实就是家风和门风。

习惯是人生中的一把"双刃剑"。好习惯,能有益一辈子,哪怕是一点点的生活习惯,可促进人的延年益寿;坏习惯,则会有害一辈子,哪怕是一点点的行为习惯,能妨碍人的成长进步。好习惯用得好,会帮助我们轻松地获得快乐与成功;好习惯用不好,则会使我们的一切努力都变得那么吃力和费劲。研究人员认为,人专心思考的习惯,具有健康效应。它能有效地避免喜、怒、忧、思、悲、恐、惊这"七情"产生的偏激,从而发挥保护心理平衡的功用。有人说,成功是一种习惯,失败也是一种习惯。为何会成功?因为坚持。为何会失败?因为放弃。坚持和放弃,都是一种习惯。而且是,成功与失败,其最大的区别来自于不同的习惯。有人说,种下行动就会收获习惯,种下习惯便会收获性格,种下性格便会收获命运——习惯造就一个人。在很多时候,好习惯难以养成,而坏习惯却难以改变,如随地吐痰、出言冲犯等坏习惯,一旦形成了,欲想完全彻底改掉去除,那要痛下决心,且须费时日。在很多时候,对创新的东西,会一时感到不适,但时间一长,便习惯了。1898年,高达三百米的埃菲尔铁塔在法国巴黎塞纳河左岸建成,莫泊桑、左拉、小仲马等三百多位社会名流联名抵制。他们还组织了一场示威游行,理由是"巴黎不适应这么一个丑陋的铁家伙"。不过,抵制不久后就消弭了。临近2008年,北京为奥运会兴建了鸟巢、水立方和像鸭蛋一样的国家大剧院,许多人竭尽讽刺挖苦之能事。不过到了今天,这些建筑物已成为北京的新标志、新名片,再也无人说三道四了。在很多时候,习惯一旦形成,会自觉或不自觉地产生"路径依赖"。如有的人稍有空闲,便会在大庭广众之下,抠鼻子、挖耳朵、挤眼睛,别人见之还不好意思提醒。又如从达尔文开始,生物学家就发现了蜜蜂采蜜的专一性。一只蜜蜂倘若盯上了某种植物的花,就会对其他花熟视无睹。如今,科学家们发现,蜜蜂单恋一种花,有两方面的原因:一是每种花为了防止蜜蜂采蜜时沾上不同的花粉,把花蜜深藏在花瓣的根部,蜜蜂要想获得丰厚的美食,必须先学会采蜜的本事;二是蜜蜂只喜欢简单、重复的劳动,一旦熟习某种花的采蜜方式之后,就不大爱去问津别的花了。以上可见,"习惯成自然",这在自然界和人类社会具有一定的普遍性。要不然,古人不可能早有认识。《魏书》中曰:"将相多尚公主,王侯亦娶后族,故无妾媵,习以为常。"《孟子》中曰:"行之而不著焉,习矣而不察焉。"《梁书》中曰:"余少好读书,老而弥笃,虽偶见瞥观,皆即疏记,后重省览,欢兴弥深,习与性成,不觉笔倦。"

  对习惯来说,偶然是初始。有些偶然,发展下去便成习惯;有些偶然,只是孤立的事件。偶然指事物发展变化中,不可能这样出现却这样出现了,不一定如此发生却如此发生了。偶然,从力量上分,有人为、自然两种;从作用上分,有主动、被动两种;从性质上分,有好兆、无谓、坏象三种;从程度上分,有显性、隐性两种。偶然往往在不经意间、无意识下发生,常会使人出乎意料或猝不及防。在通常情况下,偶然的背后隐藏着必然,偶然则是必然的一时闪现或集中爆发。因此,对一些事关重大的偶然,千万不可麻痹大意。当然,对一些无关紧要的偶然,也不必大惊小怪。如何处理习惯与偶然的关系?笔者认为,当以事物的性质来决定。习惯有好有坏,故对各种偶然,要有所取、有所舍。凡是有望形成好习惯的,须尽可能使偶然成为常态;凡是有可能形成坏习惯的,要对偶然防微杜渐。

家德与家才

2013年8月26日,在山东省济南市中级人民法院,薄熙来案庭审进入了第五天。薄熙来在最后作的自辩词中有这样一段话:"谷开来(注:他的妻子)当时讲,她要把房子(注:被控受贿来的)留给瓜瓜(注:他的儿子)作产业,让他专心学习。实际上,瓜瓜当年才十五岁,谷开来至于这样吗?而且,我确切地说,她如果这样讲,我会非常愤怒,这不是我们薄家的家风。我希望检察人员也不要侮辱我们的家风。"审判长立即指出:"被告人注意措辞,不要使用这些措辞。"笔者分析,审判长之所以要对薄熙来加以制止,不外乎基于四点考虑:一是在庭审中,不允许随意指责和怪罪检察人员;二是在自辩时,别牵扯到老一辈(注:他的父亲薄一波,是元老级的无产阶级革命家);三是违法犯罪了,无颜再谈什么家风;四是其与本案情无关,不必审理。

一般来说,家庭是以婚姻关系或血缘关系为基础的社会单位,形象地说,是人类社会的"细胞",其有类似的细胞核、细胞质、细胞膜等构成。正如国有国法、国格一样,许多家庭也有家规、家风。尤其在中国封建社会,政治控制和社会管理相对薄弱,家规、家风在很多地区、一些人物身上,发挥着独特的管束作用。即使在当今改革开放时代,一些家庭还有世代相传的家规、家风,尽管其中或许尚有封建的、落后的、低俗的东西,但不可小觑其中有许多积极的、正气的、向上的东西。从总体上说,家规、家风,一方面传承了能够适应时代发展的、具有普世价值的文化、品德和精神;另一方面体现了长辈在总结、吸取历史经验和教训的基础上,并从自己的个性和条件出发,对下辈的期盼和希冀。因此,其可能不尽相同,有的还特色鲜明,但不管怎么样,在正常情况下,都是为了下辈成长得更快、生活得更好。

家庭不仅有家规、家风,还有家德、家才。《资治通鉴》中曰:"才者,德之资也;德者,才之帅也。"意思是说,才是德的支撑,其影响着德的作用范围;德是才的统帅,其决定着才发挥作用的方向。德与才的这种辩证关系,既在人的事业发展上这般体现，又在人的家庭建设上如此展示。家德包括人的思想、道德等方面的品行，具体涵容友善、忠诚、勤劳、节俭等；家才包括人的管护、延拓等方面的能力，具体涵容善理家务、精通理财、会行交际等。家德是家庭建设之根基，是为夫为妻之根本。与家才相比，家德始终是第一位的。作为丈夫或妻子，有家德无家才，难以承担起家庭之重负；有家才无家德，必定深刻危及家庭建设；无家德无家才，所有的家庭建设则无从谈起。一般来说，家才主要通过婚后的学习和训练，不断发展和提升，而家德必须靠自幼逐渐养成。优秀的、上乘的家庭建设，家德与家才务臻兼备，且以家德为先。

家德蕴藏于家风之中。风，一义风气也。风气，指社会上或集体中流行的爱好或习惯。德，一义品德也。品德，指品质和道德。而道德是人们共同生活的行为准则和规范。风气在家庭里形成，即是家风；同理，品德在家庭里形成，即是家德。相对来说，家风要外现一些，而家德要内敛一些。古人在家风中也重家德。北周同州刺史杨智积治家非常严，不让孩子们外出随便结交游玩，要他们每天在家读《论语》和《孝经》。有亲友问杨智积："您太迂阔了，怎么把孩子们管得这么严？"杨智积说，叫他们这样读圣贤的书，一代代能传下去，这是杨家延绵不绝的福气。先祖杨震，人称关西夫子，给我们留下的家风，就是读书。杨家后人有的淡忘了这个家风，而去致力于功名财货，那是他们的事，我还要延续这个家风。可见，杨智积所要延续的家风即是好学。

毫无疑问，婚姻是家庭最重要的支柱。自古以来，人们所说的成家，特指结婚。家德在婚姻中最重要的体现是忠诚和关怀。巴特尔曾经说过，爱情可以一见钟情，而婚姻则需要长途跋涉。很多时候，爱情是一瞬间发生的事儿，只要彼此对上了眼，也就是有眼缘，即可；而婚姻光有眼缘还远远不够，必须有心缘。如果年轻男女既有眼缘，又有心缘，那么，在婚后有家的日子里，二人涉足于爱的江堤上、漫步在情的密林里，将会一道上溅起幸福的浪花，一路上撒下欢乐的呢喃。爱情经营好了，便是金婚、银婚，白头偕老；爱情经营不好，只能中途夭折、分道扬镳。但无论如何，夫妻都要恪守家德。好，要仁善地聚；不好，也要仁善地散。史载，唐代有封著名的《放妻书》，其最后一段写的是离婚祝福："愿妻娘子相离之后，重梳蝉鬓，美扫娥眉，巧逞窈窕之姿，选聘高官之主，弄影庭前，美效琴瑟合韵之志。"二人既已无法相处，不如一别两宽。在离婚之时，他们不是撕破脸皮、情意全无，而是流淌着本已有的人性的温情。当然，从中国传统文化来说，婚姻是件终身大事，除特殊情况外，最美满的，当是经历一趟幸福的"毕业游"，二人相爱相惜，共同游历人生的妖娆和旖旎。

春秋战国时期,流传着这样一个故事:楚太子身体有病。前去帮助治病的吴客对他说,你的病,源于腐朽的生活方式。出门坐车是造成你身体瘫痪的原因,幽深清冷的宫室是你患上寒热病的媒介,妖姬美妾是砍伤你生命的利斧,美味酒肉是腐烂你胃肠的毒药。尔今,我们虽然用不着去考证和辨析这一故事内容的真假,但可以从中感悟到,勤与俭,不仅对自身,而且对家庭,太重要了。勤与俭是家德中的两项主要内容。无数历史的、现实的情况,使我们清楚地看到,大凡家庭建设得好,离不开家庭成员的勤与俭。当然,随着时代的进步和社会的变迁,如今勤与俭的内容和方式,已与往昔不可同日而语了,但其科学的精髓依然鲜活。人勤春早、勤能补拙,细水长流、积谷防饥等,说的均为勤与俭的益处。勤与俭,无论过去,还是现在,乃至将来,都是家德中不可或缺的,而且是历久弥新的。

家才,主要指照应家人、办理家事的才干。对此,我们自小就会接受大人们的教育,包括进行手把手的操练。遗憾的是,在有的家庭,对家才的教与学,"言之谆谆,听之藐藐",即讲的人不知疲倦,而听的人却若无其事。这在相当大的程度上,造成了在家才方面的个性差异。中国自 20 世纪 80 年代起实行独生子女政策,许多家庭形成了"四二一"的人口结构,家里的买买烧烧、洗洗刷刷、扫扫抹抹这些事务已全由老人、大人承包了,这在一定程度上减少了小孩们通过学与练不断提高家才的机会。世事在日新月异,家才也不是一成不变。许多家才自古就有,有些家才已经过时,很多家才业已别用,不少家才尚需掌握。对此,有的人与时俱进,能够跟上社会发展的步伐,有的人则少思进取,慢慢落伍了,即"老的不愿干、新的又不会干"。家庭生活的质量,在很大程度上取决于家庭成员的家才。举个最简单的例子:如果男主人或女主人善于并乐于烹饪,拿手做饭炒菜,那么,全家人乃至来的客人都会有口福。当然,家才不高别担心,因为这不是先天就有的,也不是从天上掉下来的,主要靠后天的学习与实践。有志者,事竟成。家才提高也是这样,关键要有提高家才的志。家才提高,对每个人来说,既是必需,又无止境。

冷言与热语

冷与热,本是用来衡量温度的,而且是一种相对衡量,如30℃,对29℃来说,是热;而对31℃来说,是冷。冷与热,用到言语上,即有冷言与热语。言语传递的是人声,表达的是人意。言语之所以会使人感觉冷与热,一方面其所表达的人意有冷有热,另一方面其所传递的人声也有冷有热。在现实生活中,人意冷出冷言,人意热出热语,这是自然的、正常的现象。但还有两种现象:一种是人意冷出热语,这是精明人的高招;另一种是人意热出冷语,这是糊涂人的笨举。我们时而可以听到这番议论:"我去找他办事,虽然不肯帮助,但他说的话热乎乎的。""我去找他办事,虽然事给办了,但他说的话冷冰冰的。"

众所周知,言语是一种特殊的社会现象,是一门深奥的艺术形态。它的重要性可与行动相提并论。人际交谈,要用言语;领导报告,要用言语;恋人相谈,要用言语;戏剧表演,要用言语;出口骂人,要用言语;夸赞他人,要用言语;老师授课,要用言语;医生诊病,要用言语;法官断案,要用言语;电台播音,要用言语;回答问题,要用言语;问询事务,要用言语。人长了一张嘴,除了用来吃饭和呼吸外,就是用来言语。不难理解,人如果是个哑巴,那是何等痛苦啊!言语为什么比文字更灵活,主要是它比文字多了音响,而音响中有语气和音调。同样的文字,用不同的语气和音调来表达,给人的印象和效果就相异。为什么有的时候"一句话让人笑、一句话让人哭",其语气和音调起了重要作用。不过,无论从这个方面来说,还是从那个方面来说,决定言语意义的还是内容,"内容为王"永远是一条铁律。

在什么时候冷言、在什么时候热语呢?从总体上讲,要根据不同的事情、不同的受众、不同的场合、不同的背景、不同的氛围而定,其中最主要的是,方法、路径和媒介要为目的服务。换言之,冷言与热语切不可率性随心而为,因为如若处理得不好,言语与其目的之间会产生南辕北辙的消极作用。如在人们的日常用语中有"呵呵""哈哈""哦哦""嗯嗯"等象声词。这些象声词,有时使用不当,即为冷言。其中,"呵呵"曾被一个网络调查为"2013年度最伤人聊天词汇";"哦哦"则在另一个网络调查中摘得"不受人欢迎用词"的"桂冠"。笔者分析,可能是因为这两个象声词没有明确作出回应,对人家不够尊重。一般来说,"请"是个礼貌用语。无论在正式场合还是在非正式场合,也无论是说话还是行文,加一个"请"字,会给人以温暖的感觉。然而,这个有热度的字眼,倘若用得不妥,也为冷言。尔今,在一些机关、单位门口挂有"非请莫入"的字牌。尽管其中用了"请"字,但给人的感觉是冷酷的。

　　清朝龚自珍《别辛丈人文》中曰:"我思孔烦,言为心声。"在人际交往中,怎么言语,从一定程度上,可反映出一个人的心灵、胸怀和气质。1932年4月5日,郁达夫请鲁迅夫妻、柳亚子夫妻在聚丰园吃饭。鲁迅是晚年得子,对妻子许广平颇为疼爱。在许广平生完孩子后的两年时间里,鲁迅花费了很大的心血来照顾许广平和孩子。此席间,郁达夫便打趣地说:"你(指鲁迅)这些年辛苦了吧。"鲁迅听了有些腼腆,当场回答说:"横眉冷对千夫指,俯首甘为孺子牛。"妙哉!妙哉!我们从中可以看出,鲁迅爱憎多么分明,即对敌人坏蛋"横眉冷对",而对同志朋友(包括儿子老婆)关爱有加。曾经获得世界冠军的美国拳击手杰克,每次比赛前必先安静地祷告一会儿。一次,有人问他:"你在祷告什么?"杰克说:"我在祷告我们双方都能打得漂漂亮亮,最后让我们谁都不受伤。"作为顶级选手,杰克既为自己祷告,又为对手祷告,足见其内心多么充满人性。如果以此推而广之,我们的生活就会多些笑声、少些泪水,多些温和、少些冷漠,多些友爱、少些伤害。启功的书法闻名遐迩,故假冒者众,有几家书画店还专卖这种赝品。有一次,启功路经其中的一家,便进去一件一件地看。有人认识启功,特地走近问道:"启老,这字是您写的吗?"启功笑答:"比我写得好!"惹得在场的人哈哈大笑。启功言语之间,方显大师风范。可在现实生活中,有些人的言语就是不中听,本是平平常常的事情,只要经其口中说出,便会变味,变得要么酸溜溜的,要么冷飕飕的,要么辣丝丝的。这,与其说是脾性使然,不如说是心怀使然。

　　言语水平对人来说,颇见素质功底。在实践中把言语说好有哪些行之有效的办法呢?笔者在此试举几项:一如换个角度说。负面的言语是"他妒忌我",正面的言语是"我可能不顺他眼"。负面的言语是"我不知你在说什么",正面的言语是"我还没听懂你的话"。二如以牙还牙说。我问他:"你送礼物给人家,人家不收,礼物归谁?"他说:"仍归我。"我接着对他说:"现在你骂我,我不收,那你骂的也就归你。"三如针锋相对说。有一次,英国剧作家萧伯纳派人送给丘吉尔两张剧院的票,并附上一句简短的话:"真诚地希望您能带上一位朋友前来观看,如果您还有朋友的话。"丘吉尔看完这段话,反而仰天大笑。他深知萧伯纳一向以冷峻、尖刻的幽默著称,故不感到意外。于是,丘吉尔马上回信,一方面致以谢意,另一方面表示,"遗憾的是,首演的当晚我有重要的事情要处理,不能前往。但我一定会带着朋友去观看第二场演出,如果他们还能演第二场的话。"萧伯纳看完回信,觉得丘吉尔的智慧果然非同凡响。四如于无声处说。《论语》中载:当年有人问孔子,子产这个人怎么样?孔子答:"他是个宽厚慈爱的人。"又问,子西怎么样?孔子连连说:"他嘛!他嘛!"又问,管仲怎么样?孔子则说:"这是个人才。"以上一席对话,可见孔子评价人,有肯定的,有赞美的,也有"看不上眼"的。只不过,这种"看不上眼",并非用冷言讽之,更没有用秽语辱之,而是不作正面回答,表示出了轻视。五如沉默是金说。有的人当着众人的面会胡乱言语,若遇侠义之士,则会被当头喝一棒:闭上你的鸟嘴!此多么难堪呀!明智人的做法是:可以少言语,就别多言语。六如精益求精说。当年,武则天问宰相狄仁杰,应该立谁为太子。他心向李唐王朝,且与武则天的侄子武承嗣有过节。他知道这个重大问题不好回答,弄不好轻则失去信任,重则丢掉性命。他想了想,说了七个字:"姑者不能进太庙。"武则天马上领悟,不久,即立李显为太子,就是后来的唐中宗。从此,江山又回到了李唐王朝。这是一个"话不在多,在精"的范例,为后人世代传诵。七如小心谨慎说。在医学界,普遍存在两种现象:一是有的医生对一些病人的病情预后言之过早过重,二是有的医生对一些药物服用后的副作用告之过多过大。这就容易使一些病人加重思想负担和精神压力,故正如时有所闻的:"他(她)不是病死的,是吓死的。"因此,病人对医生的话,往往视若皇上圣旨和法官判决,医生如果言之不慎,对病人来说,就像发出了恐怖的诅咒。八如宽大为怀说。俗话说,大人不计小人过。有时,既然人家已经用了很不合适、很无必要的冷言,作为你,无需与人家一般见识,如果这时你以热语回敬,当时的气氛马上可以缓和,说不定,人家反而会觉得不好意思起来。

大千世界,所有物体的运动和变化,靠的是能量,而世上的能量主要是热能,其中包括电能、光能、核能等。人也是如此,如果不从饭菜里吸取热量,生命只会中止。似乎可以这么说,人间万物,无热不生。在人际关系中,就负面评价和负面作用来说,冷比热多得多,如冷傲、冷淡、冷箭、冷眼、冷笑等。愿我们每个人,在动嘴开口时,尽可能做到冷言少些、少些、再少些,热语多些、多些、再多些,千万不可动辄把别人想得太差太坏,自己在言语上应更多地"洒向人间都是爱"。

边缘与核心

世上万物,并非全是一块铁板,用专业术语来表述,也就是物质的密度,即质量与体积之比不会处处等同。世上万物,并非全是一个模样,用数理化的方法来分析,其在数量、品质、性能上是有区别的。世上万物,并非全是一盘散沙,为了秩序和效能,总有它相对稳定的结构和组分。辩证法原理告诉我们,世上万物,矛盾无时不有、无处不在,而矛盾既有主要矛盾,又有矛盾的主要方面,其表现在客观事物内部,则是相对立之间,既互相依赖,又互相排斥。由此可见,世上万物,普遍是,边缘与核心,同时且相对存在。

边缘,顾名思义,沿边的部分。现实生活中的边缘形形色色。一如朋友边缘。老王、老李、老张和老赵是众所周知的好友,有人戏谑地称他们是"四人帮"。后来因为某件事,老张一下子得罪了老王、老李和老赵,于是,在这个好友圈子里,老张慢慢地被边缘了。二如权力边缘。甲、乙两单位合并,主要负责人是原甲单位的主要负责人,其缺少搞"五湖四海"的胸怀,在工作中总觉得原乙单位的领导不是"自己人",便自觉或不自觉地在权力上、作用上和影响上边缘原乙单位的领导。三如政治边缘。因为某种政治斗争的需要,领导集团中的某一些人被另外一些人边缘,渐渐地,有的甚至被逐出了领导集团。四如社会边缘。中国章回小说大家张恨水在民国时期创作的《金粉世家》《啼笑因缘》《春明外史》,最受欢迎,最为畅销,连鲁迅先生每逢张恨水新书出版,都要买回去送给母亲看。然而,1949年后,主要因为他的写作不能满足新形势的需要,他在社会上迅速被边缘,直至1957年才罕见地回到了原创性写作,创作出了长篇小说《记者外传》,虽然如此,也没有再现过去的辉煌。五如科学边缘。边缘还有一种词义,指靠近边界的。在科学的分科体系中,有交叉学科和边缘学科,它们是以两种或两种学科为基础而发展起来的科学,如地球物理学是以研究地球本身及其周围空间的物理性质和物理现象的科学,而地球化学是以研究地壳中各种化学元素的分布规律和发展历史的科学,数学地质学是用数学的方法研究地质运动规律的科学。六如企业边缘。在经济全球化的大背景下,如今的工商企业多种多样,在组织架构、股份组成上,有跨国公司、集团公司和有限公司等。其一些子公司,包括连锁店等,对企业总部来说,可视为边缘性的经营实体,尽管也有紧密型、半紧密型的管理。七如人情边缘。有一些的人情,处于边缘状态。具体表现在:对方生病住院了,可去探望,也可不去探望;对方为儿子、儿媳妇举办婚礼,可去祝贺,也可不去祝贺;对方要出国较长时间,可去送行,也可不去送行。八如贫困边缘。联合国对世界人口的贫困线划定了标准,按1990年美元计价,其贫困线为每人日均消费一美元;按2005年美元计价,其贫困线为每人日均消费1.25美元。凡靠近贫困线的,则处于贫困边缘。九如犯罪边缘。世上几乎所有的法律,包括宪法、刑法、民法等,都规定了哪些事不可为。如果为了,即违法;违法了,则犯罪。事实上,法律划定了底线,划出了红线。人如果临近底线、红线,便有可能处于犯罪的边缘。十如地域边缘。地球上的国土,包括陆地、海洋、山峰、沙漠、草原等,从所有权、管辖权和使用权、经营权上,都是有疆界的。在疆界两旁,即为国家或地区的边缘。不仅如此,每个城市有边缘,每座湖泊有边缘,每条道路有边缘,即使是会场、教室、餐厅,也都有边缘。

  核心,顾名思义,内核和中心。现实生活中的核心五花八门。一如政治核心。各个国家的政党,不管叫常委会、还是叫执委会,不管叫总书记、还是叫委员长,都是政治核心和领导核心。中国深化改革开放后,全党、全国人民先后紧密地团结在以江泽民、胡锦涛、习近平为核心的中共中央周围,为不断夺取中国特色社会主义新胜利而努力奋斗。二如经济核心。我国一些地区的经济发展,有不同的核心产业和支柱产业,有的以重工业为主,有的以矿业为主,有的以轻纺工业为主,有的以烟酒生产为主,有的以金融为主。三如技术核心。有一条广为流传的广告,称"掌握核心技术"。是的,中国每年的专利数量在世界上最多,可惜具有核心技术的专利少之又少。多年来,国内一些大牌汽车制造厂与国外企业合作,在国内生活诸如奔驰、宝马等世界名牌汽车。之所以要合作,主要缺少核心技术。四如家庭核心。在中国传统文化里,男人是一家之主。换言之,男人是家庭的核心。众所周知,孔子有句颇受诟病的话,叫"唯女人与小孩难养也"。不难分析,当时孔子是站在家庭核心地位来作评说的。追溯到母系社会,女人是一家之主,当然,女人是家庭的核心。尔今,社会发展了,在家里,男人或女人都可以成为家庭的核心。五如亲属核心。在父母健在的时候,父母是亲属中的核心。一旦父母去世后,在一些家庭里,便是"长兄为父、长嫂为母",兄弟姐妹们从心里拥戴大哥大嫂为亲属中的核心。还有一些地方,"舅舅为大",兄弟之间有什么矛盾,都请出舅舅来作调解。从一定程度上,舅舅成了外甥们的核心。六如黑恶核心。在社会治安状况差劲的地方,存在一些或明或暗的黑恶势力,其中有所谓的"老大"。俗话说,擒贼先擒王。他们是公安机关打击的重点。2014年10月11日,烟台市中级人民法院依法判处招远"全能神"血案两关键凶犯死刑。七如行业核心。在中国,新闻传媒行业的核心单位是新华通讯社、人民日报社和中央电视台、中央人民广播电台。它们的权威性、影响力、辐射面在国内同行业中不可比拟,具有引领作用。八如价值核心。价值是体现在商品里的社会必要劳动。由于人们的政治立场、经济状况和社会地位不同,对世间许多东西的价值观有所不同,如社会主义有社会主义的核心价值观,资本主义有资本主义的核心价值观。九如学说核心。每个学说,每个理论,都会有诸多内容,但必定有某些核心和精髓。如"仁"和"礼"是孔孟学说的核心,"实事求是"是毛泽东思想的精髓。十如艺术核心。一部电影,一台戏剧,有主角,也有配角,其中主角是核心;一部小说,一篇通讯,有主人公,也有非主人公,其中主人公是核心。

　　对人物也好,对事物也罢,其边缘与核心的地位、作用,不言而喻。作为凡人的我们,怎样面视边缘与核心呢? 笔者管窥蠡测,有如下认识:在茫茫尘世里,核心有核心的亮丽,边缘有边缘的风采。看似名目不同,实则各领风骚。核心是领袖、统帅,是本质、主体。从一定意义上说,没有核心,便没有人群、物群,也就没有边缘。但是,没有士兵哪有将军,没有工蜂哪有蜂王,没有臣民哪有君主,没有党员哪有中央。边缘对核心来说,是基础、支撑,是根基、源头。在人生的大戏里,核心有核心的难处,边缘有边缘的难处,从一定意义上说,都各自为了生存和发展。因此,相互要尽可能增进理解和包容。在错综复杂的人情世态里,要学会并善于抓主要矛盾、把主流方向。对涉及、危及核心的东西,切不可掉以轻心、视如敝屣;对那些无关紧要的东西,切不可争鸡失羊、掘室求鼠。边缘与核心,在一定的条件下,常会相互转换,这毫不奇怪。有上就有下,有主即有次,世上没有永恒的人和事。"发展才是硬道理。"对边缘与核心,不要看一时一地的繁荣和强盛,关键要看其性质是否优良、积极、可塑。对没有发展前途的核心,既不要去羡慕,更不必去钻营;对具有巨大风险的核心(即俗话所说的,要么成者为王、要么败者为寇的人和事),则尽可能远离,因为弄得不好,就会上了"贼船";对具有发展潜能的边缘,身在其位,乐在其位,并利用一切有利的机会,厚积自己,以待来日薄发;对没有发展前途的边缘,也不能敷衍了事,得过且过,理应"守土有责",直至完成使命。"红花要靠绿叶扶。"人生路上,我们有时可能是红花,有时可能是绿叶。但不管怎么样,为了春天更灿烂,为了人间更妩媚,我们都要倾心尽力。

借智与借势

美国前国务卿亨利·基辛格著有《论中国》。书中论述了中国外交的特殊技巧——造成别国支持本国的印象,而实际上别国并未同意,甚至并未接到要其支持的要求。如1958年,毛泽东在赫鲁晓夫不愉快的北京之行三周后,即命令本国军队炮击金门和马祖,造成莫斯科事先同意北京行动的印象。其实,并非如此。艾森豪威尔甚至指控赫鲁晓夫帮助和煽动中国制造了这场危机。又如1979年,邓小平在中国发动对越自卫反击战前高调访问了美国。访美期间,他并没有要求美国帮助中国即将进行的军事行动。他到达华盛顿后也曾通知美国,中国要出兵越南,但美国并未明确表示支持。卡特在与邓小平单独会晤时,曾把一份阐明美国立场(我们不能与中国人联手)的说明交给了邓小平。邓小平在出访回国后不到半个月,中国从云南、广西两省(区)对越南北部发起了多路进攻,旨在遏制越南意欲建立印度支那联邦的野心,切实维持中国眼中的亚洲战略平衡。这就成功地使外界以为中国的军事行动得到了美国的同意,从而吓阻苏联不能直接插手干预中国的军事行动(因苏联刚刚与越南签署了含有军事条款的友好合作条约)。

笔者认为,亨利·基辛格的以上分析,不无道理。当然,他是基于当年的时局。至于当时中国最高领导层究竟是如何决策的,外人无法知晓。但这一分析,说明了一个道理:借势。自古以来,中国人对借势耳熟能详,其中"草船借箭"知之者众。"草船借箭"是中国古典名著《三国演义》中的一个故事。说的是,周瑜为陷害诸葛亮,限定其在十天之内做好十万支箭。诸葛亮急中生智,派了二十只草船驶往曹营。曹操疑有埋伏,便用乱箭射之。等到日高雾散之后,诸葛亮令收船即回。这样,诸葛亮既安全地得到了箭,又挫败了周瑜的暗算。除此之外,人们熟知的"借",还有借风使舵、借水行舟、借题发挥、借花献佛等。不仅如此,"借"在人们的生活实践中常被采用。据说,陕西农村有个目不识丁的农民,在清理自家的祖传宅基地时,挖到了二百多个"破旧碗盘"。这些东西到底值不值钱,如果值钱,能值多少钱,他的心里一点底都没有。怎么办呢?他想了又想,便到市场上去放风,并故意让那些专门到乡下搜旧货的商人听见。一个古董商听后就去他家看货。他让古董商先挑好,然后再谈价钱。古董商从中挑选出了五个小盘子,问他"要多少钱才出手?"他反问"你愿出多少钱?"古董商说"我愿每个出价200元。"他故意开出高价"每个1000元"。古董商觉得太贵,没有成交。但是,他由此知道了这五个小盘子是比较值钱的。后来,又不断有人上门,他又以同样的方法对待。如此一番下来,他知道了哪些有人要、哪些最值钱、哪些是垃圾。最终,他的这些东西都卖出了最好的价钱。这个农民大字不识一个,尚能借助外力来达到自己的目的,可谓无师自通,也足见实践确可出真知。

现实生活中,"借"司空见惯,高雅的有借智、借势,常见的有借力、借钱。为什么要"借"呢。其道理非常浅显。区区一个人、一双手常感势单力薄,力不从心。尽人皆知,人与其他动物的根本区别,在于能够制造并使用工具。而制造并使用工具,就是"借"。实际上,亘古以来所有的科学发明都是"借",如大至原子弹、氢弹、人造卫星、宇宙飞船、航天器、飞机、航空母舰等,小至针线、图钉、别针、电风扇、手电筒、毛笔等。只不过,有的"借"是有形的、物质的,有的"借"是无形的、精神的;有的"借"是巧妙的、高超的,有的"借"是愚笨的、拙劣的;有的"借"是自然的、直接的,有的"借"是人为的、间接的。因此,"借"是一种人生谋略,"借"是一种发展智能,"借"是一种成功法宝。

应当说,"借"既有"借"自然科学成果,又有"借"社会科学成果。在奥林匹克的历史上,1896年美国选手用木杆跳出了3.3米的撑杆跳的世界纪录,而1994年乌克兰选手用碳素纤维杆创造了6.14米的世界纪录。在世界上首次提出"日心说"理论的波兰著名天文学家哥白尼,当年在弗洛恩堡大教堂任职时,利用西北角的一个望楼,作为自己的宿舍和观象台。他亲手制造了各种天文仪器,对宇宙天体进行了长期的、认真的观察和研究,终于在1512年写成了不朽的巨著《天体运行论》,详细论述了以太阳为中心的基本思想和天体运行的基本规律。我国著名经济学家厉以宁撰文阐述了如何解决和尚喝水问题。文中说,有三个庙,离河边都比较远,和尚的喝水成了问题,怎么解决呢?第一个庙,三个和尚接力挑,也就是传递着各挑一段,大家都不累,水也很快挑满了,这叫"机制创新";第二个庙,引进了竞争机制,即三个和尚都去挑水,挑得多的晚上吃饭加一道菜,挑得少的晚上吃饭没有菜,结果大家拼命去挑,一会儿水就挑满了,这叫"管理创新";第三个庙,三个和尚共同想了一个办法,即把山上的空心竹子砍下来连在一起,再买一个辘轳，由一个和尚先把一桶水摇上去，另一个和尚则负责把水往竹管里倒，还有一个和尚可以休息，并以此轮换，水一会儿就灌满了，这叫"技术创新"。

应当说，"借"既有"借"身外的东西，也有"借"身内的东西。一般来说，"借"的东西均为外部的、别人的、异类的。但不能不看到，自己向自己"借"的潜力，可谓大得很呢！您看，"喔、喔、喔……""咕、咕、咕……"，那公鸡和母鸡，在平时只是习惯于用双腿去行走，而且走得是那么悠然。然而，一旦遇到紧急情况，有的公鸡和母鸡还会啪啪啪地飞翔起来，甚至可以飞到树上、飞越小河。你别忘了，它们还长着一双会飞的翅膀。人也是如此。每个人都有潜能，只是没有激发，或者说只是没有迫使。古人言："儿孙自有儿孙福，不为子孙当牛马。"在现实生活中，一些做爹当娘的，总觉得儿女这个不会、那个不行，故为他们操不完的心、费不尽的劲。然而，"宰猪的人去世了，还担心只有连毛猪肉吃吗？"别担心，儿女自有办法。这个办法，也就是借助于自身的潜能。当然，在人际交往中，自身的潜能还包括微笑、精神、警觉等。而这些，相当于人的"隐形的翅膀"，平时看不到，要用时便有。至于能够借助于身外的东西，那几乎是与生俱来不用学习的。一二岁的婴儿喜欢墙壁上悬挂着的物体，也会叫嚷大人抱着他或她去取。求抱便是求助。人间办许多大事，包括发射人造卫星等，也十分重视天时地利。所谓的"择机发射"，可能主要是根据气象条件，而非技术因素。人定胜天，在许多时候，这仅是人们的一种信念和愿望，因有时不得不受制于自然。这些年，各地出现的雾霾，虽然已采取了一些人为措施，但还要靠风雨来净化。"借"身内的东西与"借"身外的东西，二者都大有学问。不过，相对而言，后者要比前者更具复杂性、开拓性、无限性。

世界是物质的，缘由是万事万物都以物质形态呈现。从一定意义上说，世界也是精神的，因为人类社会有生生不息的精神传承。而精神包括文化的、知识的、思想的等。借智与借势不同于借财与借物，借智与借势有时尚能起到"给我一个支点，我就能撬起地球"的作用，而借财与借物有时仅可发挥一时一地的救急、救穷的用处。智者，智慧、见识也。势者，趋向、情势也。拥有智慧、见识的人，明辨趋向、情势的人，均是高人；而能借智、借势的人，更是高人。人类社会的进步和发展，正是一代一代人站立在前人的肩膀上，通过不懈努力，一点一滴地实现的。而这，须臾离不开借智与借势。

跳槽与卧槽

中国人说的"槽",常指盛装物料的器具,在乡下可偶见猪槽、马槽、牛槽等,呈长条形,有木质的、石质的等。按当地人的话说,这些动物越过了围栏或围墙,则为跳槽了;这些动物因为生病或衰老而久久地躺在圈内,则为卧槽了。现今,人们借用了这两个词汇:员工从这个单位调动到了那个单位,或从这个单位辞职应聘到了那个单位,这叫跳槽;某人有足够的意志力,长期在这个单位或一直为这项工作打拼,这叫卧槽。一跳一卧,方显人的世界观、价值观,方见人生走向、轨迹。

一般来说,人之跳槽总是有缘故的:一是为了寻求更大的发展空间。换言之,受到了更大的发展空间的吸引。二是为了摆脱面临的困境和窘况。也就是说,试图改变现状。三是为了获取身心的自由。明眼人便知,其在追逐率性和随意。通常,跳槽是个人自身的主观意愿,非长官或老板的客观决定。倘是长官或老板的客观决定,那叫辞退、解聘,有的还叫开除。当然,跳槽者的有的主观意愿也是出于无奈,甚至是受到了某种或某些逼迫或胁迫。不过,主动方还在跳槽者本身。人之卧槽,也有多种缘由:一是自己觉得合适,心情舒畅,工作顺当,不想离开。说句俏皮话,有点乐不思蜀、乐以忘忧。二是自己认为有发展前途,故能一个身段扑下来、一门心思钻进去,即使枯燥、清贫,仍是日复一日、月复一月、年复一年,奋力前行。三是随遇而安。从正面说,像一棵永不生锈的螺丝钉,长官或老板叫干啥就干啥;从反面说,是胸无大志,"做一天和尚撞一天钟"。四是还没有寻觅到更好的出路。狡兔三窟,说的是,狡猾的兔子之所以容易逃避灾祸,是因为它有多处藏身的地方。有的人卧槽,并非不想跳槽,只是缺少条件或机会。五是一种智谋。古时越王勾践卧薪尝胆,策励自己毋忘国耻;今有华夏韬光养晦,富国强军,也有卧意。但这种卧,是发愤图强的卧,是开拓进取的卧。

《论语》中有言:"温故而知新,可以为师矣。"有人说,历史上跳槽最成功之人当推韩信。"世有伯乐,然后有千里马;千里马常有,而伯乐不常有。"这是萧何月下追韩信经典传奇故事告诉世人的道理。据《史记》记载,韩信刚出道时仗剑投奔了项梁,在项梁麾下一直默默无闻,且闷闷不乐。后来,韩信跳槽到了项羽那儿,而项羽只派他做个卫队队员,相当于保安。韩信不甘心自己的才智被埋没,屡献奇策给项羽,但未被采纳,颇为郁恺。这时,韩信又想跳槽,正巧刘邦要到汉中封地,韩信便跳槽到了刘邦那儿,还是没被重用。韩信寒心。几经挫折,萧何突然发现韩信乃举世奇才,极力推荐,刘邦仍然不信。韩信决定再次跳槽,连夜逃跑。萧何听说后,深夜月下追赶,经百般劝慰,把韩信哄回,然后再向刘邦力荐。此时,正赶上要打一次仗,刘邦派韩信为大将,以试探他的能力。刘邦与韩信作了彻夜畅谈,惊叹韩信奇思妙想点子多,大有相见恨晚之感,于是重用韩信。正如后人所评点的,正因为文有萧何、武有韩信,刘邦才打败了项羽,得到了天下,成就了伟业。我们从这个历史故事中不难看到,韩信尽管有卓越的才能和远大的抱负,如果不视情择机跳槽,如果未能遇上伯乐萧何,再如果没有刘邦后来的开明,恐怕就是另一番人生了。再说下去,恐怕中国那一段的历史是另一回事了。

对人生来说,跳槽可以起死回生、柳暗花明,那不跳槽而卧槽,情况又是如何呢?请看洛克菲勒的成功之路。洛克菲勒年轻的时候在一家石油公司工作。他没有学历,也没有技术,惟一可以做的工作就是每天去检查那些石油罐盖有没有焊接好。这份工作很简单,也很枯燥。他也曾向主管申请换份工作,却被拒绝。他只好继续干着,没有选择跳槽。不仅如此,他每天更加认真仔细地去检查石油罐盖焊接的质量。当时,焊接好一个石油罐盖需要三十九滴焊接剂,可他通过计算得出只需要三十八滴焊接剂。对这个发现,他的同伴们都觉得不可能。然而,他没有气馁,反复实验,并咨询很多有经验的技术人员,终于研制出了只需滴三十八滴焊接剂就可完成一个石油罐盖焊接的焊接机。他的这次研制,不仅为石油公司节约了焊接剂,更重要的是为石油公司节省了五亿美元的支出。这成了他人生的一大转折。之后,他一步一步地建立起了自己的石油王国,成为享誉世界的石油大亨。我们从洛克菲勒的创业经历中不难看到,并非跳槽是发展自我的惟一办法,心安气定,脚踏实地,累积资历和资本,加上一些机缘,同样可以实现人生的最大价值。

在职场上,跳槽抑或卧槽,在决策之前须深入思忖以下四个问题:其一,是否最为适合。世上本无事,全是人为之;有人便有事,有事有人做。在这里,至为关键的是适合,适合自己的才是最好的。有人喜欢当医生,那么在医院工作是适合的;有人爱好执教,那么在学校工作是适合的;有人愿意做买卖,那么投身生意场是适合的。世上的工作,没有贵贱之分,只有合适与否。再多的钱买不来合适。当然,合适也不是一成不变的。但不管怎么样,在职场全程中,合适与否是必须首先考虑的问题。其二,认清职场的冷与热。中国在计划经济时期,国企职工、机关干部、大学教师、部队军官等是公认的"铁饭碗""金饭碗",改革开放后尤其是进入市场经济时期后,这种情形就有了不同程度的改变,昔日"一进定终身""一提定终身"的局面已经一去不复返了。当年,工商银行、农业银行、中国银行、建设银行这四大银行,地位很高,相当牛气,可谓炙手可热。自从股份制银行、地方银行发展起来后,加上外资银行的进入和银行本身的改制,这四大银行的地位和作用似乎今非昔比了。再说,今天的"冷饭碗""瓷饭碗",明天可能会成为"热饭碗""钢饭碗"。说到底,职业主要是随经济走的,经济热到哪里,职业也就热到哪里。人生苦短,选择职业,经不起太多的折腾。倘若经常见异思迁,只能一事无成。其三,机遇并非垂青所有的人。人生充满了竞争。有竞争,便有败下和胜出,所谓的"双赢"是从不同角度说的。有人作过研究,人的成长后劲是:从普通员工升至经理的比率为45%,从经理升至总监的比率为13%,从总监升至副总经理的比率为3%,从副总经理升至总经理的比率不足0.2%。有研究表明,在中国,干部从科员升至县处级的比例为4.4%,从县处级升至厅局级的比例低于1%。显然,机遇对个人的成长和进步,十分重要,有的时候就是"一票肯定"或"一票否决"。其四,拿定自己的主意。神经经济学家认为,人有两个一直在争斗的人格,一个是谨慎且有远见,另一个是冲动且目光短浅。在一些情况下,冲动的那边往往会占上风。这个观点启迪我们,在是否跳槽与卧槽这个问题上,还是要多些谨慎和远见。因为这个问题重大,所以需要谨慎;因为这个问题可变,所以需要远见。一旦形成了自己的主见,那得任尔东西南北风,我自岿然不动,不能再有患得患失,必须义无反顾、一往无前。

跳槽与卧槽,从一定意义上说,无所谓好,也无所谓孬。别人就此向当事人提出的意见和建议,只能用作参考和借鉴。有言道:"树挪死,人挪活。"这不绝对。在现实生活中,"树挪活,人挪死"的情形并不鲜见。其关键要看为何"挪"、怎么"挪"、何时"挪"、"挪"哪里。有言道:"生命在于运动。"这也不尽然。在现实生活中,爱运动的夭亡,不爱运动的长寿,也不稀罕。其关键要看怎么"动"、"动"多久、何时"动"、"动"什么。跳槽与卧槽,同理。千万不能仅从形式上来研判跳槽与卧槽的对与错。若要说其结果有对有错,那也主要在自身的感受。"开弓没有回头箭。"一些选择,既然过去了,那就让它过去吧,更何况,从根本上说,人主要是为自己活的。

人脉与人缘

我们在日常的会话中,时不时地可以听到这样的议论:"某某某路路通,人脉广。""某某某不交际,没人脉。""某某某好相处,有人缘。""某某某爱较真,没人缘。"人脉,指人之各方面的社会关系,包括与同事、老乡、同学、战友、熟人、朋友等的关系;人缘,指跟人相处的关系,一般指良好的关系。人脉主要在"脉"。脉,指像人体血管或经络那样的东西,它要向四周铺展开来。人缘主要在"缘"。缘,指人与人或人与事发生某种联系的可能性,它的来与去,让人说不清、道不明。人是一切社会关系的总和。每个人一出生,即融入了错综复杂的人脉之中。当然,随着自己的不断成长和发展,也会有越来越多的人缘。

中国是世界上人口最多的国家。对芸芸众生来说,人脉有数量上的多少,有的人与成千上万的人有比较密切的关系,有的人只与屈指可数的几个人交往;人脉有性质上的好坏,有的人因为有好的人脉使人生更加幸福,有的人缘于有坏的人脉使自己步入深渊;人脉有效用上的有无,有的人用心经营了有效的人脉,有的人在无效的人脉上浪费了太多的时间和精力;人脉有层次上的高低,有的人的人脉是"高朋满座",有的人的人脉是"难兄难弟";人脉有范围上的宽窄,有的人在许多地方、不少业界有人脉,有的人只有眼皮底下的人脉;人脉在时间上有长短,有的人的某些人脉会保持一辈子;有的人的某些人脉只保持一阵子。对天下苍生来说,人缘有夫妻缘、情人缘、朋友缘,有同事缘、战友缘、同学缘,有父子缘、母女缘、兄妹缘,有叔侄缘、舅甥缘、堂表缘等。这些人缘,有的是与生俱来,有的是后天遇合。但不管怎么样,在世上二者相见、相聚、相处了,这是苍天的恩赐,这是人生的际会。

构建人脉也好,遭遇人缘也罢,最重要的是"人"。而认识"人",乃世界上最难的事之一。冯骥才有文,大度读人。他写道:有的人,在阳光明媚的日子里愿意把伞借给你,而在下雨的时候,却打着伞悄悄地走了;有的人,在你有权有势的时候,围着你团团转,而你离职了,或无权无势了,却躲得远远的;有的人,在面对你倾诉深情的时候,语言的表述像流淌着的一条清亮、甜美的大河,而在河床的底下,却潜藏着一股污浊的暗流;有的人,在你辛勤播种的时候,袖手旁观,不肯洒一滴汗水,当你收获的时候,却毫无愧意地以各种理由来分享你的果实;有的人,注重外表的修饰,且穿着显示出一种华贵,而内心深处却充满了空虚,充满了无知和愚昧。在现实生活,我们有时会碰及和处到这五种不同类型的人。对此,首先,我们要感念这是人缘。为什么?因为这使人有机会看到友好背后的伪善、美丽背后的丑恶、微笑背后的狡诈,可使人更真实、更真切地洞悉人。其次,我们要大度和宽容。为什么?因为这些人也是为自己的生存,可能有的是生性,有的是偶为。因此,对这些人,不要鄙视,不要反感,不要埋怨。再次,我们仍要与之打交道。尺有所短,寸有所长。各人有各人的长短。在与之打交道时,自己的心里须明白,即明白对方的品性,并适当加以防范。与之打交道的最大好处是,说不定,今后有事可以求助他或她,且很有可能其是求助的最佳人选。

  把好的人缘变成好的人脉,最见功底、最有成效的办法是养护。有道是,和田玉要养护。玉石佩戴日久,会吸纳人的温度,通达人的经脉,颐养人的肌肤。同时,玉石本身也会呈现出美丽的光华,展现出迷人的色泽。紫砂壶要养护。其使用之初,要用好茶精心浸泡,让壶充分吸收好茶的精髓。日久之后,壶从内到外,便会浸润好茶的清香,即使不再用好茶,壶也能奉献出好茶的芬芳。宠物狗要养护。主人天天打理,日日侍弄,其会更通人性,竭尽顺从、忠诚和温柔之能事。人脉经营,离不开养护。为什么?建立人脉,要养护;培育人脉,要养护;巩固人脉,要养护;使用人脉,要养护;维持人脉,要养护。在现实生活中,有的人纵然有好的人缘,也形不成好的人脉。何故?主要是不重视养护。其表现在:竭泽而渔,取之不留余地,只看眼前,不顾长远。甚至,湖里或池中,水不多,鱼也少,就想或就去抽水和捕鱼。结果是,人家只会对你敬而远之。还有,人家有了急事、有了难事,你也确有这方面的能力,你却不想也不愿去帮去助,从而使人家心灰意冷,不再有兴致与你来往。再有,不注重用发展的眼光去经营人脉。一株花、一棵树、一只鸟,须靠人去从小养护,长大后才能有花的妖娆、树的茂盛、鸟的精灵。养护人脉,也是同理。有的人却要么急功近利,需要求人了,才去搞关系;关系用过了,转身遗忘了。有的人要么浅尝辄止,每当有了一点在人家面上,就希望人家给予同等甚至多些的回报;每当人家送一点什么东西过来,第二天就会马上给人家回送同等价值的东西。如此功利性的、浅表性的与人交往,怎能发展人脉?养护人脉,通常的做法是,有力出力,有钱出钱;能帮则帮,能助则助。而所有这些,最重要的是要有心,有心就有爱,有爱就有情。对腰缠万贯的富人来说,出钱出物帮助别人,这一点不是难事,也体现有心。对一无所有的穷人来说,用笑颜、赞美、和蔼、谦逊、宽容、随和等,同样可以显示有心。从某种程度上说,这还更真、更善、更美。在人脉上,养护与否,效果立见。去养护,人际关系初始时很好,至结束时仍然很好;初始时并不好,后来越来越好。不养护,人际关系初始时很好,后来越来越不好;初始时并不好,最终还是"拜拜"了。

朋友多,好办事,这是人人皆知的事。但是,世上没有无缘无故的爱,也没有无缘无故的恨。有人言,交朋友是第一生产力。凡是生产,得有生产所需的工具、对象和场所。交朋友也得有条件,如自己希望交、人家愿意交、能有机会交,尤其是人家愿意交,这是重要的前提。要知道,交朋友可不是一厢情愿的事,犯"单相思"的毛病要不得。人家之所以愿意与你交朋友,除了两个人的志趣、脾性相投之外,人家觉得你有某个方面的长处或便利,说白了,人家觉得你有能为他所用的地方,其中包括立竿之用、急需之用、不测之用等。如果你一无是处,那么人家很有可能就会疏远你。如何是好?笔者认为,一要通透自己。也就是说,要把自己看得透彻一些。人通透了,就会隔着繁华看到凋敝,隔着喧嚣看到沉寂。在与人交往中,即可明白自己有多少分量。由此,便会知道什么叫知趣和识相、什么叫非分和僭越。人家既然不跟你玩,自然有人家的理由。如果你认识不到或感悟不出,那就是你的不对了,千万不要责怪人家,世上从来没有谁天生就应为谁做什么。在人际交往中,所有人的人权和人格是平等的,所不同的是后天添加的包括名利等东西。作为自己,既要认清平等,又要分清不同。且在许多时候,更要分清不同。二要势均力敌。人之所以分群,是因为有共同的追求、共同的利益。能"共同",即可不分高低,包括地位、能力、情趣等基本相同。有人通过分析蒋介石与宋美龄、张学良与赵四、钱钟书与杨绛的婚姻,得出了一个结论:持久和牢固的感情关系,双方在各方面大都旗鼓相当。有鉴于此,朋友相处,一定要注重不断提升自己,尤其与高层次的人相处,更应该抓紧从能力上缩短与他们的差距。否则,人家不跟你玩是迟早要发生的事。三要投其所好。世上很多朋友,好就好在拾遗补缺,有的是知识互补,有的技能互补,有的是人脉互补,有的是性格互补。人在世上,各有各的烦恼和困惑,各有各的兴趣和爱好,各有各的痛点和难处。既然要交朋友,就应该主动去做雪中送炭的事,多让对方满意和高兴。常言道,人心都是肉长的。即使对方开始时并不想与你深交,但由于你的精诚,也会感动对方,并进而成为莫逆之交。人在世上,有称心如意的人缘,有深广美好的人脉,能与朋友们共生、共勉、共喜,那是无比快乐、无比幸福的。

阶段与终局

举例之一,世界闻名的米洛斯的维纳斯是一尊大理石雕像,所表现的是希腊神话中爱与美的女神阿佛洛狄忒。这座雕像从被发现的第一天起,即被公认为最美的女性艺术作品,世界各地对它的歌颂和赞美不计其数。然而,维纳斯女神有一明显的缺陷,即她的双臂是残断的。不过,它与栩栩如生的身躯浑然一体。正是这残断的双臂,充满了无限的诗意,更诱发出人们的美好想象,更激发出人们的欣赏情趣。在她面前,几乎一切的人体都会黯然失色。

举例之二,1979年2月17日至3月16日,中国对越南发动了自卫反击战。中国人民解放军在短时间内打抵越南北部20余个重要城市和县镇。然而,在一个月之内,中国便宣布取得了胜利,并主动从越南北部撤回了国内。为什么?因为这场战争,中国是以自卫反击为方针,而不是以占领别国领土为目的。

举例之三,1952年1月2日清晨,中国人民志愿军战士罗盛教和战友一起在河边练习投弹。时值隆冬,河面已被冰封,几个儿童正在滑冰,笑声阵阵。忽然,传来了呼救声:"有人掉进冰窟窿了!"罗盛教一闻讯,立即冲了过去。他飞快地脱掉衣服,跳进了冰河,奋力去抢救。好久,落水儿童得救了,而他却献出了年仅21岁的生命。为此,中国人民志愿军授予他"一级爱民模范"、"特等功臣"等称号,朝鲜最高人民会议常任委员会授予他一级国旗勋章和一级战士荣誉勋章。

以上三个例子,一个说明残断之美妙,一个说明撤回之英明,一个说明牺牲之伟大。通常,对一件物品来说,完整为好;对一场战争来说,占领为好;对一个生命来说,长寿为好。但是,在特定的情形、特定的因素下,其价值判断就大不一样了,甚至有天壤之别。这里面涉及一个美学问题,即阶段与终局。阶段,指事物发展进程中的段落。也就是说,事物从一开始直至结束前,都是阶段性的。只不过,有的阶段多些、有的阶段少些,有的阶段长些、有的阶段短些。终局,指事物发展的终点和结局。也就是说,事物止此已经完成了使命,其要么以一种有形的状态长期存在,要么以一种无形的方式永久传承,要么渐行渐远地湮灭和消失在历史长河中。我们可以把女神维纳斯的双臂残断,看作是整个雕琢构造的一个阶段;把中国人民解放军主动撤回国内,看作是整个对越自卫反击战的一个阶段;把献出年轻血肉之躯践行国际主义义务,看作是罗盛教本该有的整个生命的一个阶段。阶段对于终局,是片断,是局部,是区位,是定格;终局对于阶段,是竣工,是完毕,是全部,是终了。在现实生活中,阶段有可能即成终局,而终局却少不了阶段。

我们只要稍加留心,便会发现,在万事万物身上,都留有阶段。从宏观上说,人类赖以生存的地球迟早是要毁灭的,起源于46亿年前的地球,只是地球生命全程中的一个阶段的形态;世界上现有两百多个国家和地区,其版图划分、疆域大小,只是人类社会发展中的一个阶段的产物;沧海变桑田、桑田变沧海,只是地球地壳运动中的一个阶段的局部现象。从微观上说,每个事物也都有阶段。一如玉米长到七成熟的时候,农民们便把它掰下来运到城里去卖,很受市民欢迎。七成熟对玉米的生长期来说,只是一个阶段。二如家庭室内装潢,主人买来木料请来木匠打制家具,完工后没有刷上任何漆料或油料,以展示和享受原木的自然之美。对那些把家内装饰得富丽堂皇的人来说,这只能算是阶段性的半成品。换言之,装饰尚未完成,还处于某个阶段。三如建造一幢楼房,全部工程包括立项、规划、设计、施工、监理、竣工、验收等,其中每一项都是一个阶段。四如开展一项工作,全部过程包括策划、部署、推进、督导、完成、总结等,其中每一项都是一个阶段。五如经营一场婚姻,其所经历的包括见面、恋爱、结婚、相处、结束等,其中每一段经历都是一个阶段。六如人的成长与成才。专门研究神童与天才的英国EXETER大学心理学教授迈克·侯威得出这样一个结论:"一般人以为天才是自然发生、流畅而不受阻的闪亮才华。其实,天才也必须耗费至少十年光阴来学习他们的特殊技能,绝无例外。"由此可知,天才成长的至少十年间将会有若干个不同的阶段。我们从小到大,全日制在校的学习,就包括了幼儿园、小学、初中、高中、大学、研究生等阶段。七如厨师的烹饪,菜肴在色香味上,鲜有:有点鲜、鲜、很鲜、不太鲜、不鲜;辣有:有点辣、辣、很辣、不太辣、不辣;香有:有点香、香、很香、不太香、不香;咸有:有点咸、咸、很咸、不太咸、不咸;甜有:有点甜、甜、很甜、不太甜、不甜;脆有:有点脆、脆、很脆、不太脆、不脆;酸有:有点酸、酸、很酸、不太酸、不酸;烂有:有点烂、烂、很烂、不太烂、不烂;熟有:有点熟、熟、很熟、不太熟、不熟等。而这些,对菜肴的品质来说,都是一个个阶段。八如人的心情。刚刚获悉某个不好的消息,其所依次表现出来的惊讶、疑惑、悲伤、松气、平静等,即是一个个阶段。九如人从罹患重病直至死亡,有一个个阶段,其中弥留之际,则是结束生命前的最后阶段。十如在职场上,从科员、副科长、科长、副处长、处长到副厅长、厅长,从助教、讲师、副教授到教授,从职员、主管、经理到副总经理、总经理,这些,既是一个个台阶,也是一个个阶段。十一如人交朋友,有孩提时的朋友,有上学时的朋友,有工作时的朋友,有退休后的朋友,人生不同阶段有不同阶段的朋友。十二如人之出行。从南京到北京,一般要经过滁州、蚌埠、宿州、徐州、枣庄、泰安、济南、德州、沧州、天津、廊坊,才能到达目的地。而一段段路程,则是出行中的一个个阶段。

人间万事万物,各个阶段,尽管各有各的利弊、得失,但该经历的必须经历,而且要尽可能更积极地经历;人间万事万物,总有终局,尽管各有各的好坏、优劣,但该面对的必须面对,而且要尽可能更坦然地面对。应当说,阶段有阶段的美,终局有终局的美。在世界上,这两种美都是弥足珍贵的,我们不仅要发现这两种美,而且要爱惜这两种美。人在世上留存的时间和涉足的空间,都是十分有限的。在深山老林,那些树,那些花,那些草,尽管鲜有人去游览和欣赏,但它们依然在阳光、雨露、空气的滋润下,自生、自长、自灭,独个儿享受着生命的过程。人也应该如此。年老了,在回想一生的时候,不光要欣慰终局的美,还要感念阶段的美。现实生活中有很多人,在追忆往事的时候,真正让自己难以忘怀的并不是终局,而是某个或某些特别的阶段。应当指出,在功利化、快餐化的社会里,有些人会更多地关注和重视终局。但作为我们,千万不可轻忽阶段,因为阶段里有无量的空间、有无限的美好、有无穷的乐趣。

赶不及与来得及

人们有时可见如下情形：一辆公共汽车缓缓驰入站台，尚未停妥，有人便挤占到车门口，推推搡搡，火急火燎地要上车，弄得车上的人一时下不来。在影院，观众们适才在聚精会神地观看影片，可当片尾字幕冒出第一行字时，有些人便带头起身准备离开，弄得在其身后的人再也看不成。在十字路口，还差几秒钟变成绿灯，有些人便抢着上了斑马线人行道，弄得后面的人被动地随大溜。在戏场，观众们刚才在静心屏气地欣赏剧情，可当剧目接近尾声，主创人员尚未谢幕时，有些人便匆匆打开手机，边讲话边离场，弄得周围的人想看一看主创人员的模样也不成。出席亲戚、同学、朋友的婚宴，还没有等到新郎新娘前来敬酒，也没有等到主人家来发喜糖，有的人就悄悄地溜走了，弄得有的酒席桌上稀稀落落。在露天广场举行联欢晚会，散场时，有些人便急吼吼地涌向出口，宛若前面有什么东西要去抢，迟一点就抢不到似的，弄得一些妇孺被挤得尖叫不停。老早就知道当地某工程要对外招标，本单位也早有此意，可直至投标截止日的前两天，领导才心急如火地组织人员赶制标书，弄得有关人员手忙脚乱。某地开展某项工作创先争优活动已有好久时间，有的单位一直按兵不动，可到临近总结评比了，却特别积极起来，弄得形式主义的东西到处飞。座谈会上，或与人交谈，有的人习惯于打断别人的话，自己说起来，即使是对领导、对长辈也是这般，这就弄得别人让他插话或不让他插话都不是。几十个人在一服务窗口排队，有的人不愿排队，一下子挤到窗口欲先办理。众怒，他却恬不知耻地谎称"我有急事"，弄得大家议论纷纷。

以上十种情形，反映了一个共同的问题：急。其害处，显而易见。一是容易出安全问题。"十次事故九次快"，这是驾车行船的警示语。大多数交通事故是由车速过快造成的。据报道，阿拉伯国家每年宗教徒都要开展朝拜圣像、圣地等活动，然而，常有人员踩踏事件发生。究其原因，其中不乏有些人不遵守行车走路秩序。人吃鱼虾,性急了,有时会出现刺骨卡喉问题,使人挺为难受,严重的,还要去请医生拔取。二是常会"欲速则不达"。《论语》中曰:"无欲速,无见小利。欲速则不达,见小利则大事不成。"常言道:"性急吃不到热白粥。"其意思均为别急。在现实生活中,有些事,急不得,必须慢慢来。急了,反而办不成、办不好。循序渐进也好,以逸待劳也罢,讲的都是不要急躁、不要冒进。三是有失斯文和尊严。凡是成熟的人,包括男士和女士,一般不会风风火火,听到风就是雨,见到影就是鬼。其对外展现的,是有风度、有气质、注重自身的得体。而在外形表露性急的人,容易使人感到缺少教养、缺乏修养、不懂规矩、不讲礼仪,轻则遭人白眼、非议,重则遭人训斥、动粗。四是无益人体心绪。有消息说,截至2014年6月30日,中国健在的百岁老人达58789人,其中年龄最大的128岁。他们长寿的秘诀,开心、宽心、静心、随心最具普遍性。试想,动不动就着急的人,则难以做到这些。从一定程度上说,难以做到这些的人,对自己的身体健康是有影响的。五是少尝人生滋味。慢工出细活、快刀斩乱麻,说的是慢有慢的益处、快有快的妙处。如人对食物,狼吞虎咽可以节省时间,但少享用滋味;而细嚼慢咽虽需多花工夫,但可多品尝滋味。六是断绝回旋余地。常言道,慢了可以快,而快了难以慢。世上许多事物,并非全是亲眼所见为实、亲耳所听为真,有不少东西是潜藏的、隐匿的。这就需要时间,让它们去暴露、去显示。如果办急了,就有可能办错。古今中外,有好多政治错案、刑事错案、文化错案、经济错案、军事错案、民事错案,即属于这种情况。即使是机关里或单位内要决策某件事、要处分某个人,倘若太急,也容易出现这样或那样的问题,有时还要付出沉重的政治、经济和声誉代价。

一般来说,性急的人会以性格、脾气为理由。这个理由,既能站得住脚,又不能完全站得住脚。为什么这样说呢?之所以能站得住脚,是因为有许多人生来就是急性子、火爆子。他们也想克制、也想忍让,可克制不了,忍让不了,是身不由己。不该急说的话急说了,不该急做的事急做了,即使后悔,也来不及了。对这种人,你给他指出这个缺点,他或她也会诚恳接受,甚至还会深深地表示自责,并表示痛下决心克服。然而,泰山好移,脾性难改。说不好,若干天后,一遇到相同或类似的情况,又故态复萌、故技重演了。之所以不能完全站得住脚,是因为有一些人尚有不够阳光的心理。担心慢了占不到便宜、慢了自己吃亏,故心里表现得不安宁、不平静。还有,这种人往往缺乏人生上的安全感。从一定意义上说,也是缺少自信,总害怕掉队落伍,所以尤其喜欢争强好胜。在为人处事的风格上,这种人换位思考也做得不够。你急,他却不急。但他一急起来,便慌慌张张,是领导、是老板,便会把机关、单位里的人员使唤得鸡犬不宁。此外,有的人为什么故意抢说话、急办事呢?还另有原因,一如可产生"先入为主"的印象。自己即使是错的,也给人留下了难以消弭的痕迹。二如可造成"既成事实"。事实造成了,可使人不接受也得接受;事实造成了,改起来也确费周折。三如可形成"探头探脑"的效果。说对了、办对了,可表明当事人脑子灵、有水平;说错了、办错了,当事人可用"性急了"来自我解嘲。故当事人则会不正确地认为,抢说话、急办事,只有得,少有失,因而继续我行我素,且继续乐此不疲。

诚然,赶不及的人对时间有着强烈的紧迫感,故表现在言语和行动上是抓紧时间。是的,伟人毛泽东诗曰:"一万年太久,只争朝夕。"名人陶渊明诗曰:"盛年不重来,一日难再晨。及时当勉励,岁月不待人。"他们在告诫人们,要做时间的主人,须珍惜每时每刻,别浪费一分一秒。对任何人来说,抓紧时间,不仅不能反对,而且必须倡导。问题是,有些人的抓紧时间到了不恰当、不合规、不讲礼的地步。换言之,走上了抓紧时间的歧路。事实上,"天不会塌下来",人间的事,大都来得及,并不要那么匆忙和急慌,真正需争分夺秒去办的事极少。再说,有些东西,并不是仅靠去争、去挤、去抢就能如愿获取,还有天时、地利、人和的问题。在日常生活中,只要不是紧要的,还是应该多一点从容、多一点闲雅、多一点宽谅、多一点洒脱,何必把自己无谓地折腾得精疲力尽呢?要看到,在很多时候,并不是事情已经急迫到了那个程度,而是自己人为地急迫了再急迫。等到事后回想起来,兴许自己觉得当时的言行确实有点可笑。培根说过:"赤裸裸是不体面的。不论是裸露的身体,还是裸露的心。"不难想象,如果你动不动就显现出急不可耐的样子,尤其是在大庭广众面前,实际上自己已把自己裸露了,而且你所裸露的往往还是一些灰暗、低层、不雅的东西,这就更不应该、更不值得了。倘若把目标、目的比作去高铁车站,我们在为快速到达高铁车站而争上公共汽车,结果没有登上公共汽车的人不得不等下一班,有的人还会骂骂咧咧的,可我们为什么不能去转乘地铁或乘坐出租车呢?再说,我们为什么不能多来几个"假如"(如:假如我晚出家门没赶上这趟公共汽车)呢?还有,我们为什么把去高铁车站的时间安排得那么紧迫呢?在许多时候,换一个思路、换一种方法,也许实现目标、目的,更容易。与此同时,也可有效避免急不可待的样子,从容一些,多一些绅士风度。

羡慕与嫉妒

羡慕与嫉妒是两种截然不同的心理活动,无论是幼小婴儿,还是耄耋老人,都有不同内容、不同方式、不同程度的表现。在托儿所,两个幼小婴儿,会为一件玩具、一块食品,而羡慕与嫉妒;在敬老院,两位耄耋老人,会为退休工资高低、子女探望多少,而羡慕与嫉妒。从总体上说,羡慕与嫉妒,感性成分要多于理性成分,短期存续要多于长期存续,人为因素要多于自然因素。大千世界,茫茫人海。一个人无论有多么成功、多么失败,也无论有多么杰出、多么平庸,难免不出现羡慕与被羡慕、嫉妒与被嫉妒。所不同的,有的只是感觉,有的已成观点。世界上本无羡慕,也本无嫉妒,通常都是经过比较生成的。当然,其中也不乏错觉与偏见。正如泰戈尔在一首诗中所写的,河的此岸暗自叹息:"我相信,一切欢乐都在对岸。"河的彼岸一声长叹:"哎,也许,幸福尽在对岸。"但不管怎么样,羡慕与嫉妒的产生,一般不会是空穴来风,总是有原因的,哪怕是杯弓蛇影的原因。

就羡慕而言,看到人家有某项长处、某种好处、某些条件、某个优势,自己希望也能拥有,这是人们的普遍心理。甲姑娘秀气、苗条,乙姑娘因为自己个矮、身胖而心生羡慕:"我要有她那样的面容和身材多好啊!"老李家既有儿子又有女儿,老王家只有儿子没有女儿。老李家对老王家很是羡慕:"你看,有女儿多好啊!女儿是爸爸妈妈的贴身'小棉袄'。"小张高考失手,刚过一本录取分数线,上了本地一所普通大学;小陈高考发挥正常,还成为当地的理科"状元",被清华大学录取。小张好羡慕小陈喔!A与B同时入院治疗,又是同样的病情。一段时间下来,A痊愈出院了,而B病入膏肓,不仅出不了院,而且已在与死神作最后的抗争。听到A出院的消息,B羡慕不已,责怪命运对自己不公。人生没有回头路。当年同学们一起意气风发地从大学里走出来,有的从政,有的经商,有的搞研,几十年过去了,退休后偶遇在一块,叙友情,谈往事,聊近况,各有感慨,其中有人对他人的成功不乏羡慕之意。每到春节,许多在外地打工的年轻人回到了家乡,今天到你家聚餐,明天来我回家聚餐,觥筹交错之际,相互少不了要谈工作、说收入。很正常,人与人之间少不了差距,甚至差距悬殊。而随之带来的,是一些人对另一些人的羡慕。

　　羡慕好的、多的、优的、大的、快的,这是普世价值观的衡量标准,还有一种非普世价值观的评判尺度,也就是主要以个人的主观感受来掇羡慕与否。平民百姓羡慕政府官员神气风光,政府官员羡慕平民百姓闲暇安逸。不是么,平民百姓看政府官员吃五喝六、灯红酒绿,政府官员看平民百姓自由自在、定心悠哉。周一,几个年轻妈妈,单位午休时聚到了一起,打开各自的手机,相互推荐并欣赏着这个双休日全家人去郊游或购物的照片,边品评,边羡慕,热热闹闹。当然,其中有些羡慕是仁者见仁、智者见智。小孩羡慕大人可以随心所欲,大人羡慕小孩无忧无虑。不是么?小孩看大人想干什么就干什么,大人看小孩家里断炊也不发愁。"看人轻",是人间的一种普遍现象。事实上,在机关内或单位里,各人有各人的职责,谁都不松快,谁都有苦楚。但是,有些人总认为人家工作不烦、任务不重,于是羡慕起人家来(实际上是自己的攀比心理在作祟)。"人家的老婆好,自家的孩子好",也是人间的一种普遍现象。事实上,无论是人家的老婆、自家的孩子,还是自己的老婆、人家的孩子,都不是只有优点、没有缺点。然而,有些人总看到自己老婆的缺点,在狭隘、自私甚至是阴暗心理的支使下,便羡慕起人家老婆的优点。

　　就嫉妒而言,看到人家在某些方面超越了自己,便心里感到不平、不悦。不仅如此,有些人还会用言语来讥讽人家;更有甚者,有些人还会在行动上加以发泄。通常,嫉妒不是人人都有,且即使有,有些人的嫉妒心理和表现要严重些,而有些人的嫉妒心理和表现要轻微些。在现实生活中,凡嫉妒心重的人,明明自己在职场缺乏竞争实力,却还要去挖苦、贬损人家;明明自己在某方面远远不及人家,却对人家还要貌视、轻蔑;明明知道自己的至亲好友家有喜庆之事,却装扮出若无其事的样子。古人对嫉妒也多有解析和鞭挞。莎士比亚在《奥赛罗》中写道:"像空气一样轻的小事,对于一个嫉妒的人,也会变成天书一样坚强的确证。"比喻喜欢嫉妒的人,总爱对别人挑刺儿,尽管是一件很小的事,在他看来,也如天书一样不可更改。培根有一次作演说,用魔鬼总是在夜间偷偷把稗子栽种于麦田间的故事,比喻嫉妒的人总是在暗中施行诡计,破坏别人美好的品德和声誉。中国有句谚语,叫"铁生锈则坏,人生妒则败"。比喻人只要有了妒心,便会败坏自己的品行和道德,这犹如铁生锈会把铁锈蚀掉一样。普列·姆昌德在《舞台》中有言:"茅屋着了火,就像一个人心头的嫉火一样,是扑灭不了的。"以难以扑灭的火,来比喻人的嫉,多么形象生动呀!近些年,我们从媒体上也偶见这类新闻:

两个姑娘同时爱上了一个小伙子,小伙子选择其中的一个交朋友,另一个则妒火中烧,下毒手毁了对手的容颜。两家工厂同时生产一种产品,互有嫉意,效益差的一家择机给效益好的一家制造了一起不小的事故。两个农户同时养鱼,其中一户讲科学,年年高产;另一户粗放,年年低产。后者妒忌,趁下大暴雨时偷偷地使了坏,造成前者的鱼儿大批死亡。因为某件事弄得不愉快,老许对老徐嫉恨。一天,老徐家办喜事,老许便耍花招去触霉头。单位领导班子空出了一个位子,上级要来作民主推荐。有的人嫉贤妒能,自己故意或通过他人放出风来,无中生有地说竞争对手的坏话。

羡慕与嫉妒,虽然心理活动不同,但指向的都是比自己优胜、优秀和优越的客体。人要是把握好了羡慕,可以激发自己的潜能,奋发进取,后来居上。人要是掌控不好羡慕,容易出现以下问题:一是盲目崇拜,胡思乱想。有些羡慕本不应该,也不值得,自己心向往之,实为自讨苦吃。有些羡慕无法实现,自己沉湎其中,乃为自我折磨。而嫉妒几乎是百分之百的错,是龌龊的、灰暗的、阴险的,若不管控,极有可能酿成悲剧。人在世上,何以避免羡慕中的消极,何以力戒所有的嫉妒呢?中国著名社会学家费孝通颇有真知灼见:"各美其美,美人之美,美美与共,天下大同。"其告诉我们,天生万物,各有千秋;人无完人,各有优劣;事无绝对,各有利弊;天无恒时,各有昼夜;地无划一,各有高低。我们既要善察善思,用心发现他人之美,即"美人之美";又要自重自爱,潜心挖掘自身之美,即"各美其美";直至尽心做到相互欣赏、相互赞美,即"美美与共"。世间的不平等是始终存在的,在许多时候,它是不以人的主观意志为转移的。世间的不平等又是相对存在的,任何形式和内容上的不平等都只在一定的时间上和空间里表现。因此,达观者的态度是,不要任意放大有限的不平等,适当淡化和漠视那些不平等,从而使自己纠结的内心舒缓一些,不至于有名莫名地生发出嫉妒来。人生如戏。在小小寰球上,我们每个人不过是在扮演一个角色罢了。等到曲终人散之时,你身穿的绫罗绸缎、你手拿的金银珠宝、你头戴的礼帽翎带、你足登的靴鞠鞋袜,都得脱下来留在戏台上。因此,人大可不必把那些浮华的东西看得太重,一时拥有的财富、地位、权势、美色、利益,不过是一些过眼烟云。人最该倚重的是自己的本事和名声。倘能如此想来和做来,人心中的许多不平、不悦便会烟消云散。人生如跑道。清晨,有人气喘吁吁地在跑千米,有人满脸通红地在冲百米,有人在晃晃悠悠地在踱方步,可谁也不会觉得自己落伍和淘汰。由此,人大可不必无谓地去比这去比那,即使是你走你的阳关道、我走我的独木桥,那也无妨。人最应追求的是自己的充实和快乐。"黎明即起,打扫庭除。"愿我们每个人天天起床,即从内心抛弃一切嫉妒,心安神泰地去拥抱工作、学习和生活。

坐忘与坐驰

《世说新语》里记述了这样一则故事：管宁和华歆是同学。一次，两个人一起在园子里锄草，同时看到一块金子。管宁见之，挥锄无异；华歆却停下来，捡起金子，掷去之。又一次，两个人一起读书，外面经过一辆华丽的轩车。管宁见之，照旧读书；华歆却抛开书，出门观之。从此，管宁便把自己与华歆同坐的席子割开，与华歆断绝了交往。这则故事，耐人寻味：管宁是"坐忘"，而华歆是"坐驰"。两个人的分野，在此判若云泥。

坐忘，顾名思义，人坐在那儿，忘了身外，喻指专心致志。它源于心有定力。在现实生活中，坐忘的人和事，并不少见。笔者熟识的两位女士，在20世纪70年代由内部招工进入了省级机关一事业单位。当时，她俩只有初中学历，年龄还不到20。40年过去了，她俩通过继续教育获得了大学本科和研究生学历，在专业上也颇有成果。不仅如此，她俩于退休前均已晋升为教授级高级工程师。透视她俩的成功，重要的原因是，一直心无旁骛地在一个工作单位、在一个专业领域。中国改革开放后，人文期刊如雨后春笋般地蓬勃发展。与此同时，各种网上读书以磅礴气势席卷全球。然而，由甘肃人民出版社出版的《读者》杂志苦心孤诣，在中国林林总总的人文期刊中独树一帜，于2002年10月市场发行量即突破了600万册。究其成功的原因，主要在于自1981年创刊后，30多年如一日，专注精品文摘的选编，既不受快餐化、碎片化文化的影响，又不受铜臭化、庸俗化文化的影响，注重朴实、精悍、高雅和深邃，从而在中国乃至世界文摘业界形成了公认的品牌。在中国唐朝，官员的考核成绩共分为九个等级，即上上、上中、上下、中上、中中、中下、下上、下中、下下。每到年终岁末，吏部都会公布对官员的考核结果。有一位官员曾经负责运粮，因为天气等原因，运粮的船只沉没了。当年，这位官员被考功员外郎评判为中下。听到这个考核结果后，这位官员什么都没有说，只是很平静地向考功员外郎深鞠一躬，转身就走了。考功员外郎很奇怪,因为官员的年终考核,不仅事关本人的薪俸,而且关乎自身的升迁,所以都会格外紧张、小心。一旦考核不理想,当事人往往会去百般争辩,或用眼泪来博取同情。这位官员的表现,完全出乎考功员外郎的意料。于是,考功员外郎命人把这位官员叫了回来,并告之:"非力所及,考中中。"按理说,这位官员听到这样的重新评判,应该很高兴。然而,在这位官员的脸上,却看不到一点喜悦,他只是向考功员外郎再鞠一躬,一句感谢的话都没说,转身又走了。这位官员这种气定神闲的气度,完全把考功员外郎给镇住了。于是,考功员外郎又急忙把这位官员叫了回来,再次改判为"宠辱不惊,考中上。"从上可见,这位官员有多么难能可贵的得失不较的心态。当今世界,在人们所见所闻、所知所识里,科研领域,如陈景润研究哥德巴赫猜想、袁隆平研究杂交水稻、李四光研究地质力学;工业领域,如美国波音生产飞机、荷兰壳牌生产石油、英国罗罗生产发动机;消费领域,如德国奔驰生产汽车、美国肯德基生产西式快餐食品,瑞士劳力士生产手表、中国张小泉生产剪刀等。他们或它们都是在一个方面、一个领域,短则数十年,长则上百年,专一专力而为,从而在各自的业界形成了权威和物品。

坐驰,顾名思义,人坐在那儿,静不下心,老是东张西望,总想动弹或挪窝,喻指心不在焉。它源于心无定力。喜欢坐驰的人,一般出于如下两种缘由:一种是性格使然。这种人有的已染上了"好动症",自己难以控制自己,刚才别人与其说好的或自己已经想好的,到了现场,一旦出现某些外部因素,便会不由自主地动了起来。另一种是"利"字当头。一事当前,他们往往不是从法律、法规、政策上去考虑该不该"驰",而是完全从个人的利益和喜好上去判断应不应"驰"。其中,有的人还会犯"因小失大"甚至"饮鸩止渴"的错误。喜欢坐驰的人,从一定程度上说,缺少"主心骨",任凭自己被浮华左右、被虚荣牵引,宛若大风大浪中的小草,随波逐流,严重时,还会被狂风恶浪吞没。人世间,坐驰的事并不鲜见。清朝咸丰帝去世后,太子年幼,肃顺独揽大权,有众多官员纷纷讨好肃顺。为了仕途顺达,他们给肃顺送礼献忠或写信表忠。可谓天有不测风云。后来,肃顺被西太后抄家问斩,那些给肃顺送礼的人或写信的人被受到了追究。这就是坐驰带来的后果。当然,也有不喜欢坐驰的,如曾国藩,虽然他在军中收到过肃顺的密函,得知肃顺在西太后面前荐他出任两江总督,但他知道肃顺为人刚愎自用,又知道西太后极富心机,很有可能肃顺的专权做法不能持久,于是,他没有写信向肃顺表示感谢。后来,西太后发现,在众多官员讨好肃顺的信件中,独无曾国藩的只言片语。曾国藩没有坐驰,从一定意义上有效地保全了自己。在现实生活中,坐驰的现象也是比比皆是。中国人特别相信媒体宣传。习近平为体现亲民和节俭,到庆丰包子店就餐,一经媒体宣传,一时间,各地市民蜂拥庆丰包子店,现场吃的、带回家的都有。某商场开展国庆大酬宾活动,一经媒体宣传,几天时间内,妻子拉着丈夫、姑娘拉着妈妈、媳妇拉着婆婆、情人拉着情人、大人拉着小孩,涌向商场购物。有些股民习惯于"追涨杀跌",不考虑股票的"前世今生",哪只股票涨了,就马上去吃进;哪只股票跌了,便立即去抛出。尽管"股市有风险,入市需谨慎",股票市场风云变幻,但一味地去"追涨杀跌",也是不可取的。有些人在职业生涯中,过于频繁地跳单位、跳工种、跳地域,又想多要名,又想多要利,又想多轻松,又想多体面,一言以蔽之,想集人间所有的好处于一身。君不知,天下哪有那么多的好事呀!其结果呢,很难有大的出息,更别说成什么大业了。直至垂垂老矣,只能是空悲戚。男女恋爱,有的人要么"这山望着那山高","吃着碗里的,想着锅里的",甚至连自己也不明白究竟要找什么样的对象;要么过于理想化,有"按图索骥"的味道,对方的个子、学历不谈。其看起来恋爱一场接着一场,甚至同时有几场恋爱,也挺忙乎,但就是"开花不结果",进入不了谈婚论嫁阶段;要么本身只想做"单身贵族",完全是迫于父母压力,才勉强同意去相亲,其结果可想而知。

坐忘与坐驰,有时产生于一念之间。在现实生活中,我们尤应重视这样的一念。有句充满禅意的话:"一念之间便有九十个刹那,一刹那有九百生灭"(见《仁王经》)。其告之,在八万一千个生灭之间,一念成佛,一念成魔。此,我们一方面可以看出,从心动到行动有多么复杂的脑细胞活动;另一方面,我们可以看出,一念之间在后果上有多么巨大的反差。中国"文化大革命"期间,对旧教育批判得最狠的是"两耳不闻窗外事,一心只读圣贤书"。诚然,"两耳不闻"确实不对,毕竟人都生活在花花绿绿的现实世界里,毕竟理论必须与实际结合、主观必须与客观联系,但是那"一心只读"的精神和毅力还是有可取之处。人在一生中,能集中时间和精力做成一二件事,那就已经相当不简单、不容易了,如李时珍写成《本草纲目》、曹雪芹写成《红楼梦》等。如果说坐驰有什么值得肯定的话,那就是一般比较机灵,相对来说,其见人见事的反应比较快。但机灵必须用对地方,倘若用错了,那就是奸滑、刁钻、奸凶。而坐忘,其精神和毅力,无论是过去,还是现在,乃至将来,都是值得发扬光大的。铁杵磨针、水滴石穿,是一种坐忘;抓铁有痕、踏石留印,是一种坐忘;一鼓作气、一往无前,也是一种坐忘。有人说,心随境转是凡人,境随心转是圣贤。我们虽然做不得圣贤,最起码也要做一个心有定力的人。也就是说,凡做事来,要坚持不懈、善始善终。

淡淡的与浓浓的

　　同样是一碗汤,淡淡的有青菜蛋汤,浓浓的有煲熬鸡汤;同样是一片情,淡淡的有若即若离,浓浓的有生死之恋;同样是一缕烟,淡淡的有飘逸的白烟,浓浓的有翻滚的黑烟;同样是一段史,淡淡的是轻描淡写一笔带过,浓浓的是浓墨重彩详尽记载;同样是一炷香,淡淡的会沁人心脾,浓浓的则刺人鼻息;同样是一句话,淡淡的会剥人脸面,浓浓的则感人肺腑;同样是一种求,淡淡的将随遇而安,浓浓的欲志在必得;同样是一些累,淡淡的有萎靡不振,浓浓的有垂头丧气。

　　淡淡的与浓浓的,相对、相反。只有在比较和甄别的环境里,人才能分辨出什么是淡、什么是浓。如:从来没有品茗的人,不会知道所泡茶何谓淡与浓。淡淡的与浓浓的,不仅用来评价物体,如物体成分多少、味道咸淡、颜色深浅等;而且用来衡量心态,如人热心与否、坦然与否、镇定与否等;还用来鉴定社会,如某地淳朴、好客、达礼等民风怎样、民俗如何。淡淡的与浓浓的,既有客观存在,又有主观感受。在一定的条件下,有的人看其是淡淡的,有的人则看其是浓浓的。淡淡的与浓浓的,在很多时候,无所谓好,也无所谓不好。换言之,不能不加分析地说淡淡的就是好的、浓浓的就是不好的,也不能毫无依据地说淡淡的就是不好的、浓浓的就是好的。更何况,淡淡的与浓浓的,通过内因与外因的共同作用,还有可能转化。

　　笔者欣赏淡淡的,因为它本色、自然、至真、至纯。北宋时期,苏轼屡遭贬谪,一生坎坷,却乐观处世。再多的苦、再大的难,在他看来,如同过眼烟云,挺一挺就过去了。他淡然处之遭受的屈辱和跌落。从前,魏国有一位东门吴。他的独子死了,却不忧伤。旁人看不过去,责问他道:"你的爱子,天下不会有第二个,现在死了,你却不忧苦,太没道理了吧?"他回答说:"我从前也没有儿子,那时候并不忧苦呀,现在儿子死了,不过只是回到了没有儿子的年代,为什么要忧苦呢?"他把现在与过去合在一起看透。当然,我们并不赞同他的这种言行,因为人是重情的,自己的独子死了,忧苦也乃人之常情。但是,他在更宽广的范围内,把因果祸福叠在一起加以分析,从而旷达地看待人生,也有其积极的意义。当今,我们每个人都在追求一种社会位置,其中有经济业界的位置、有从政业界的位置、有学术业界的位置、有艺术业界的位置。但我们不难发现,有的人在业界里成就显赫,在社会上却声名狼藉。为什么有那么巨大的反差呢?人品也。孤芳自傲也好,放荡不羁也罢,那都是主流社会不赏识、不允许的。而有一些人,在平凡得不能再平凡的岗位上,默默地奉献自己所有的光与热,那是"世上最可爱的人"和"感动中国的人"。凡是从农村进入城市的人,尽管经过奋斗,如今自己已拥有了高档房、高级车,工作和事业也正如日中天,但是,始终少不了乡思乡愁。在那淡淡的思愁中,忘不了村里的房屋、田地、小路、树木和池塘,还忘不了少年时与同村发小放学或放假后,一起做作业、捉迷藏、逮麻雀、割羊草、打水仗、放风筝、钓青蛙等。在城市森林里,一些晨练的人,几乎是每天在一片薄雾中,宁静地活动着自己的身骨,呼吸着新鲜的空气,倾听着虫鸟的啁啾。人类的笑不仅具有情感呵护的作用,而且具有精神按摩的功效。在人际交往中,人类除了会有哈哈大笑之外,主要展示的是淡淡的笑,如发出嘻嘻、嘿嘿、咯咯等笑声。这些笑声,轻柔柔的、甜丝丝的、醇厚厚的。在熙熙攘攘的人流中,有些女孩的穿戴并不花枝招展,只着了淡淡的裙衫,然而,却显示出了一身的青春、一派的清纯。

　　笔者欣赏浓浓的,因为它深刻、热烈,至诚、至善。全国劳动模范李素丽说过:"认真做事只是把事情做对,用心做事才能把事情做好。"用心,即意味着要耐心细致,倘若没有浓浓的职业之情,那是不可能做到的。作家创作,要把所感所悟、所思所想,蓄聚到心里,待达到了一定浓度后,再由心里传递到笔尖,进而似水汩汩流出,付诸文字,形成作品。流行于明末清初的拔步床,做工考究,雕刻精美,古朴典雅,雍容华贵。有的经历二三百年历史,依旧完好如初。就是这样一张床,据说要采伐回上等木料,先放置四年,待水汽蒸发后,把木料锯开,再放置四年,任其自然变形,然后才请能工巧匠花费万千工时,慢慢地拼接打磨而成。如此等待的过程,便是浓缩的过程,其直接带来了质量提升。用传统石磨磨出的豆浆,因为缓慢,所以黏稠,用它调成的豆汁醇厚香郁,用它点出的豆腐瓷实筋道。水稻中的粳稻,由于生长期长,在品质上比籼稻远胜一筹,用它来熬粥则粥香,用它来做糕则糕腴。结婚是人生的大事。无论是新郎新娘,还是双方父母,通常都想把婚礼操办得隆重、热烈一些,让亲朋好友们共同分享和见证这一美好的时刻。一些大型工程,如三峡大坝、南水北调、西气东输、京九铁路等大型工程,在开工、竣工时都会举行仪式,现场彩旗劲吹、锣鼓喧天,各级领导、各路人马欢聚一起,共同庆祝。在座谈会上,或在分组讨论时,与会者围绕主题,畅所欲言,气氛热烈。大凡生产绣品、雕刻等工艺精品,必须聚焦精气神,力戒心浮气躁,切忌急于求成。即使是玩,不管是专业的玩、业余的玩,还是穷人的玩、富人的玩,乃至小孩的玩、老人的玩,也都有门道。玩里有思维,玩里有智慧,玩里有技能,玩里有创造,最重要的是要专心致志。如此,玩中便有浓浓的情和爱。我们每个人赤条条地来到人间,开始人生的单向行程,总有一天会离开。途中所经所遇,只要怀有一颗感恩的心,那看阳光,阳光是和煦的;吸空气,空气是清新的;饮水分,水分是甘饴的。而这些,离不开对人生本有的浓情蜜意。

综上所述,淡淡的与浓浓的,其优势和益处,各有千秋,难分伯仲。笔者颇赞美苏轼描写杭州西湖的诗句:"欲把西湖比西子,浓妆淡抹总相宜。"人生路上,面对和处置万事万物,是淡是浓,为宜即好。如今中国,许多社会名流都把淡泊作为人生的最高境界。不过,他们追求的淡,不是无味之淡,不是平庸之平,而是有取有弃,有收有放。毫无疑问,淡是一种智慧,淡是一种坚守。淡者质朴、宽容、简约,淡者超脱、审慎、从容。而浓则热,热乎乎、热辣辣、热腾腾。如思乡之浓:"举头望明月,低头思故乡。"又如思亲之浓:"独在异乡为异客,每逢佳节倍思亲。"再如思情之浓:"衣带渐宽终不悔,为伊消得人憔悴。"在现实生活中,我们对待亲友要像春天般的温暖,对待职业要像夏天一样的火热。在妥处人际关系时,哪些应淡、淡到什么程度,哪些该浓、浓到何种状态,都要拿捏、把握好。其好的标准就是为宜,过犹不及,不好;功亏一篑,也不好。人在世上,真正的财富是精神财富,而精神财富的要义是思维方式。思维方式正确了,有助于正确地作出选择,其中包括是选择淡淡的,还是选择浓浓的。

关系思维与法治思维

用法治思维和法治方式，全面深化各项改革。这是 2014 年 10 月 27 日习近平在中央全面深化改革领导小组会议上所作重要讲话的要旨。笔者有感于此，联系关系思维和关系方式与法治思维和法治方式撰写此文。关系思维和关系方式与法治思维和法治方式，并非风马牛不相及。前者传统性、保守性强一些，从孔孟即始倡导崇礼、行义、廉洁、知耻、守信等；后者创新性、先进性强一些，虽然先秦就有法家主张以法为准则来处理国事和统治人民，但有条件、有能力、有基础来实行法治的还是在当代。关系，通常指人与人、人与事、事与事之间某种性质、某些因素的联系和影响；法治，包括立法、执法、司法、守法等，是治理国家和社会的根本制度。从一定程度上说，二者具有扬弃关系，即后者汲取了前者的有益营养，去除了前者的有害因子，且融入了现代管理理念和方法。随着社会的发展和时代的进步，后者必将越来越被国家和全体人民奉为圭臬。

关系思维和关系方式，在现实生活中，笔者试列如下几种情形：其一，给予与索取。关系的建立有主动与被动之分，实际中更多的是主动。在绝大多数情况下，关系是从无到有、从小到大、从软到硬、从弱到强建立并发展起来的，其中还需要不断巩固和维护。这里面要处理好给予与索取的关系。《周书》中曰："将欲败之，必姑辅之；将欲取之，必姑与之。"你想从别人那里获取什么，那你先要给予别人什么。有的人一辈子悟透不了这个道理："贪图便宜，反而没得便宜；不贪便宜，反而能得便宜。"在两人相处中，如果一方一味地只求索取，那就发展不起关系，即使有关系，也维持不长。其二，长期与短期。"咱俩永远是朋友。"这是许多人的心愿。在功利化、快餐化的社会风潮里，要想成为永远朋友，那确实不容易，即使你真心实意，对方也不见得响应。更何况，现实中，有的朋友是长期的，知根知底，情同手足；有的朋友是短期的，萍水相逢，速聚速散。台湾星云把人间朋友分成四类，即有友如花、有友如秤、有友如地、有友如山。人生不能没有朋友。我们应当多选择如山的朋友,因为友谊坚固;多选择如地的朋友,因为不离不弃。其三,大气与小气。在处理人际关系时,大气的人稳若泰山,宽大为怀,令人信任;真诚厚道,大方谦逊,使人尊重。而小气的人,太过精明,斤斤计较,叫人生厌;冷漠吝啬,封闭消极,遭人唾弃。人在世上,千万不可把自己看得太聪明、把别人看得太愚蠢。在待人处事中,谁大气、谁小气,自有公认。事实上,在许多时候,是大舍大得、小舍小得、不舍不得。其四,求人与求己。求人,借助外力也;求己,依靠自身也。常言说得好:求人不如求己。人生在世,没有不求人的。但是,求人之前,务必先求己;求己不成,再去求人。千万不可没有求己,先去求人。求人不是单行线,来而不往非礼也。还有,向谁求、求什么、何时求、求多少,自己一定要心中有数,把捏好分寸。其五,当面与背后。对每个人来说,表里如一是处世的基本准则。然而,通常情况是,没有人后不说人。这个"说",一般指的是包括微词在内的各种批评。在人际关系中,最要命的是背后捅刀。有的人会耍两面,当面甜言蜜语,背后恶语相加,甚至意欲置人于死地。这种人不明了,世上没有不透风的墙。一旦让对方知道了,轻则私下就此了断,重则公开口拳动粗。正确的做法是,千万不要在人后说人坏话,更不能污蔑造谣中伤人。其六,正向与负向。人与人之间的关系,有正向与负向之别。正向,积极、先进;负向,消极、落后。正向人与正向人相交,负向人与负向人相处,其结果可以预知。而正向人与负向人在一起,究竟是近朱者赤呢还是近墨者黑呢,那就要看各自的把握了。有言道,人在世上,三教九流(此指各行各业、各种各样的人)都要交往。但是,要分良莠,不能是"捡到篮里便是菜"。否则,后患无穷。其七,有圈与无圈。圈,本义是用木条、树枝、竹竿、芦席、石块、绳索等围起来,呈环形而中空的范围,泛指个人或集体联络、活动和交往的范围。作为一个社会人,不能没有圈子,其中对自己建设家庭、发展事业最重要的是亲戚圈、同学圈、朋友圈。这"三圈",终生经营,终身受益。其八,远亲与近邻。邻,本义是住处接近的人或人家,泛指自己工作、学习、生活附近和周边的人或集体。俗话说,远亲不如近邻;亲帮亲,邻帮邻;邻居好,赛金宝。人生路上,邻对自己的成长进步、幸福快乐太重要了。睦邻无疑是每个国家、每个集体、每个人家、每个公民的不二选择。

中国在推进法治国家、法治政府和法治社会建设中,法治思维和法治方式必不可少,且须臾不可轻忽。长期以来,中国共产党把依法治国确定为党领导人民治理国家的基本方略,把依法执政确定为党治国理政的基本方式,积极推进中国特色社会主义法治建设,取得了历史性的辉煌成就。但也要清醒地看到,中国特色社会主义法治建设,与党和国家发展的要求相比,与人民群众的期待相比，还有许多不适应、不符合的问题。毋庸讳言，中国特色社会主义法治建设的重要而长期的任务是，完善立法，严格执法。国人或多或少地都会眼见或耳闻，近年来，各地交警重拳整治酒后驾车，很有成效。其始于2011年5月1日起实施的《刑法》(修正案)，把酒后驾车认定为犯罪。据公安部交管局披露，酒驾入刑三年来，全国因酒驾导致交通事故的起数和死亡人数，较实施前的三年，分别下降了25％和39％。可见，完善立法和严格执法有何等重要！近年来，治理、驱散雾霾已成为举国上下关注的话题，尤其是北京等雾霾严重的地区，人们真有点谈霾色变。怎么办？与我国毗邻的日本即有成功的治霾经验可供借鉴。第二次世界大战后，日本随着经济的强劲复苏，在世界上重新成为工业大国，大气污染等问题随之而来。20世纪五六十年代，东京、大阪等工业地带的大气污染状况，比今日中国雾霾重灾地区还要严重，很多人因此患上了呼吸道疾病。为治理雾霾，日本于1967年制定了《公害对策基本法》，于1968年出台了《大气污染防治法》，并根据这些法律制定了汽车尾气排放标准等。在治理雾霾过程中，又把执法必严、违法必究的要求一丝不苟地落到了实处。中国共产党十八大召开以来，中央保持高压态势，深入开展了反腐败斗争，既打"老虎"，又拍"苍蝇"，一大批官员纷纷落马入狱，国人称好。应当指出，并不是我国以前没有相关的法律法规，而主要是在公民守法和机关执法上还存在较多的问题。换句话说，我们国家、政府、社会，用法治的思维和法治的方式，还任重而道远。

　　人在世间，看人看事，必须用"两分法"，对关系思维和关系方式，对法治思维和法治方式，也应这样。深入剖析起来，其前者有糟粕、落后的一面，如容易把关系搞得庸俗化，甚至具有使坏性。不是么，有的人吹吹拍拍，热衷于团团伙伙，待人不能平等，办事不讲原则；有的人特别倚重人情关系，无论大事小情，都去托关系、攀交情、打招呼、走门路，弄得社会上你是我是，普遍都是，形成了不良风气；更有甚者，一些人沆瀣一气，狼狈为奸，干着这样或那样的坏事，或搞权钱交易，或搞权色交易，腐蚀党和国家的肌体。而后者，也不能包治大大小小所有的疾病。法治，一要有法可依，二要有人去治。法本身是把体现公平、普遍认同、成功实践的经验和做法上升而成的，而现今我国有好多经验和做法还只停留在传统习惯、规章制度、约定俗成这个层次。再说，我国执法的人员和时间也是有限的，管得了、管得住、管得好这个，可能管不了、管不住、管不好那个。因此，从完整意义上说，必须把法治与德治结合起来，把关系中的正能量与法治精神结合起来，净化以亲缘关系和情缘关系为根本、以业缘关系和地缘关系为支撑的人情关系，促进整个经济社会按照法治的轨道运行。

诤言与明镜

"人非圣贤,孰能无过?"老祖宗说得太对了。每个人难免会有缺点和错误,有所区别的是,数量上的多少,性质上的轻重,还有持续时间的长短。发现缺点和错误,不外乎有两条渠道:一条是自我解剖,自我反省,自我检点;另一条是外部管束,外部监督,外部评说。而诤言与明镜即属于外部这条渠道。诤言,指直言不讳地规劝别人改正过错的话语。这是一针见血的批评,颇有良药苦口、忠言逆耳的味道。明镜,最早源于《西京杂记》中载。传说,秦宫内"有方镜,广四尺,高五尺九寸",始皇常以此照宫人,能见"胆张心动者"(指人之善恶)。镜子是女人尤其是美女的至爱,可用来自我对照,进行梳妆打扮。故,古人有云:"女无明镜不知面之精粗,人无诤友不知己之有过。"人在职场上、生活中,要去多交道义相研、过失相规、犯错相助的诤友,多用明镜去检查自己的不当、不足和不好,依靠外因,并通过内因,使自己逐渐成熟、完美起来。

人世间,常见那些不许说而说、不该办而办、不能做而做、不可为而为的人和事。一如有的姑娘家,长得有模有样,正值芳龄,不去好好找个人家把自己嫁了,而是鬼迷心窍,与那些不可能给她未来的已婚男人纠缠不清,一天又一天,一年又一年,不负责任地空耗生命中的青春。当然,也有亲戚朋友,或旁敲侧击地提醒,或直截了当地指出,可她总认为自己获得了所谓的真爱,这样活得自在又滋润。结果呢,这些已婚男人只想把她当"小三",不会给她"转正"。即使迫不得已地把她"转正"了,也是难以善终。二如几个熟人一起过城区十字路口的大马路,绿灯只剩下一二秒钟了,其中有一个人非要抢着过去,其他人都叫他等一等,可他却一意孤行。真可谓"不听老人言,吃亏在眼前"。其他人的话音刚落,他就被一辆车子撞上了,而且撞得很重。三如有些人开发房地产,自己没有多少资本,却要拼命扩张,在银行贷款受限的情况下,便向民间大量集资。为吸引别人投资,他抛出了过高的利息。这时,也有亲戚朋友竭力向他建议,注意市场变化,不可盲目扩张。他却充耳不闻。几年后,房地产市场景气指数下降,同业竞争加剧,他的楼盘销售形势持续下滑。于是,企业的资金链出现了严重问题。四如中国改革开放初期,一些人总认为西方国度是"天堂",便铤而走险,花大钱通过黑中介,历尽艰辛,偷渡出国。在酝酿偷渡时,也有亲戚朋友厉言相劝。然而,他却执迷不悟。结果呢,有的人走上了不归之路,命丧偷渡途中。五如有些巨贪,受党和政府教育多年,自己也奋发进取,一步步走上了中高级领导岗位,亲戚朋友以此自豪,父母妻儿更是脸上沾光。随着地位和环境的变化,各种糖衣炮弹接踵而来,各样诱惑献媚包围而来,作为本人,由于自我放松,终被金钱和女色俘虏了。当时,也有父母妻儿、亲戚朋友给予敲打,甚至组织上也作过提醒,要他慎用权力、慎交朋友。然而,他往往阳逢阴违,当面表示"好、好、好",甚至还会发誓,私下里却认为自己有能耐、人缘好,贪点钱、染点色无所谓。结果呢,他被反腐利剑击中,弄得身败名裂,锒铛入狱。六如有些人不幸得了重病,不去正规医院诊治,而是迷信土医、庸医甚至巫医。亲戚朋友见之,也予以劝告。然而,他就是不听。等到病入膏肓之时,再进正规医院,那为时晚矣。笔者有一位好友,咳嗽一个多月不见好转,去省城医院一检查,被告之是肺癌,须立即手术。有人劝其去其他大医院再查验一下。然而,他却深信不疑。结果呢,手术发现不是肺癌,是肺脓肿。他为此身体大伤元气,不得不提前退休。

诚然,对诤言也好,对明镜也罢,人们普遍叫好。而在现实生活中,许多人是"叫好不叫座"。换言之,要么"虚心接受,坚决不改";要么讳疾忌医,有病不治;要么自以为是,依然故我;要么老虎屁股,不许触摸。为什么会出现这些情况呢?笔者在此试作分析:一是源于过分自信。自信,相信自己也。人生在世,不可或缺自信。这是因为:成功来自于自信,快乐来自于自信,圆满来自于自信,幸福来自于自信。自信能为自己引入"正面的声音",即我行、我会行、我一定行;而不自信则为自己带来"负面的声音",即我不行、我不会行、我一定不行。从一定意义上说,人就是活在自信里。但是,过于自信,则走向了自信的反面。很多人不乐意别人批评自己,哪怕提点建议都觉得不舒服,这就有点刚愎自用的味道。二是缺少威严。护士给病人打针,倘不下点狠心,药液是注入不了病人的肌肉或血管的。家长教育孩子,如不来点严肃,孩子的不当不良言行是难以校正的。领导管理员工,若不有点权威,员工的调皮捣蛋是没法制止的。这里面,最怕失之于软、失之以随、失之于宽。还有一点,最怕失之于近。人与人之间,不能一味追求亲密无间,需要保持合适的、恰当的距离。如果亲密无间,距离消失了,则容易对对方的缺点和错误习以为常,那是另一种的"常在桂花树下不知香。"南宋辛弃疾有言:"怨无大小,生于所爱;物无美恶,过则为灾。"他提醒人们爱应有度,亲密不能无间。从一定程度上说,亲密无间容易导致威严的缺失。三是出于自我保护的本能。传播学家诺利·纽曼创立了沉默的螺旋理论。他认为,每个公众在接受一个公众议题时一般会作这样的判断:自己的意见是否与大多数人的意见站在一边。如果觉得自己的意见站在少数派一边,则会倾向于保持沉默;如果觉得自己的意见与舆论主导相去渐远,则会越来越保持沉默。这就使得优势意见越来越占优,而少数派意见越来越沉默。现实情况是,优势意见并非总是对的,少数派的意见并非总是错的。因此,从自我保护的本能出发,人有诤言并不容易,即使是很要好的朋友,也不见得会有诤言。作为当事人,从自我保护的本能出发,也不愿意听到逆耳之话和反对之声。四是"一只手伸出来,五个指头并非一般粗、一样长。"人的感知、认知水平是不一样的。对同样的缺点、错误,有的人会深刻认识、立马改正;有的人却视而不见、我行我素。吴若增在《晴空里有一只大鸟》一书中写道,一般人都认为人是直立着走路的。然而,人类的历史,从来都是直立着走路与倒立着走路交替进行的。世上,有两种人能提前感受或提前看清这一点:一种是按照本真而不是按照概念去生活的人,因为真理的属性就是本真;另一种是能站在历史的坐标上审视今天的人,因为历史就是规律。从现实看来,我们还不能要求每个人都能认识、改正自己的缺点和错误。五是"旁观者清,当局者迷。"古人之所以不识庐山真面目,是因为自己身在庐山中。凡拥有大权的人,其身边势必围绕着一群亲信扈从,在前呼后拥中,其容易看不清楚周围的人;凡特别亲近的人,其与相对人在名、利上会结成命运共同体,在荣辱与共、生死攸关中,容易把感情代替原则。于是乎,即使想施诤言、欲用明镜,也难下决心。

人在世上,诤言不可多得,明镜乃无价之宝。

浮躁与踏实

这是一个你知我知的老题目。浮躁与踏实,非此即彼,非彼即此。也就是说,不浮躁,即为踏实;不踏实,即为浮躁。古往今来,求学、经商、办企、从政、务农、演艺,踏实的人有之,浮躁的人也有之。早在春秋时期,孔子的学生宓子贱被派往单父做县令,临上任前去向阳昼求教。那天,阳昼刚好在门前柳荫下的池塘边垂钓,便以钓鱼现身说法。阳昼言道:"夫扱纶措饵,迎而吸之者,阳桥也;其为鱼,薄而不美。若存若亡,若食若不食者,鲂也;其为鱼也,博而厚味。"意思是说,投钓绳,放鱼饵,马上来吃鱼饵的,是阳桥鱼,这种鱼肉少且味不鲜美。而那些好像接近又好像分离、好像受饵又好像弃饵的,是鲂鱼,这种鱼肉多且味很醇厚。阳昼的这番话,宓子贱听得出来,是告诫自己要做一个似鲂鱼那样的人,踏实而有真才实学,而不要做一个像阳桥那样的人,浮躁而急功近利。在当代中国,尤其在"多快好省"和"大干快上"的年代,如同遍布城镇的快餐食店、便捷旅店、速成培训、现场抽奖等一样,许多人越来越注重"快",即快成名、快发财、快结婚、快离婚、快抵达、快完成等。毋庸讳言,"快"中容易产生浮躁。不是么?因为"快",偷工减料的、弄虚作假的、前功尽弃的、遭遇不测的,时有耳闻。在这样的大背景下,踏实则显得更为可贵。就拿地质找矿来说,新中国成立以来,一代又一代地质人,在深山老林,在戈壁荒漠,在平原旷野,在江河湖海,不避艰险,不畏困苦,辛勤找矿,不能也没有半点虚伪和浮夸。他们尊重科学、严细作风、精心组织、坚忍不拔,终于找到了如大庆油田、东胜煤田、招远金矿、攀西铁矿、赣南钨矿、铜陵铜矿等一大批重大而重要的矿产地,有力地支撑和保障了新中国的现代化建设。

力戒浮躁,务求踏实,要有平常心。不难分析,人之所以会浮躁,主要是心急。为什么会心急呢?主要是心里有事。有什么事呢?主要是有欲望。而且是,欲望越迫切、越强烈,心里越着急、越慌乱。心理学家曾经做过这样一个实验:在给小小的缝衣针穿线的时候,你越是专心致志地努力,线越不容易穿进去。这种现象,科学上称为"目的颤抖",俗称"穿针心理"。意指,趋利性越强就越不容易如愿,目的性越强就越不容易成功。何故?缺少一颗平常心呗!我们通过媒体不时耳闻目睹,在重大的国际体育赛事中,有的世界顶尖运动员不慎"失手",爆出了"冷门";在重要的文艺节目类比赛中,包括比赛唱歌、比赛舞蹈、比赛戏曲等,有的被众人看好的高手,却因为现场表演不佳,而遭到了淘汰;在惊险无比的杂技演出中,包括表演车技、魔术、顶碗、蹬缸和走钢丝等,有的驾轻就熟的名演员,却发生了意外。诸如此类,究其原因,有一个共同的问题或许存在,即对这场比赛或表演过于重视,重视到了只能取赢不能失败的地步,使自己的心情骤然紧张起来,继而出现心跳加快、精力分散、呼吸急促、动作失调等不良反应。倘若即使在最关键、最激烈的比赛和演出中,仍有一颗"成败乃兵家常事"的平常心,也许不会那样失态,也许不会那样落败。

力戒浮躁,务求踏实,要有先之谋。谋,计谋、计策也,计算、计议也。中国南方地区,每年一到春夏之交,小河小塘、小沟小浜里,便有一些浮萍飘来飘去。为何这样?因为浮萍没有"根基",只能随波逐流呀!捕鸟的人,在捕猎时,到这儿放一枪,到那儿放一枪;一些鸟儿便一会儿扑棱一声,飞到这儿,一会儿又扑棱一声飞到那儿。为何这样?因为鸟儿缺乏"主见",只能疲于逃命呀!有些人,看到这个想干这个,看到那个又想干那个,如果是年少时尚可理解,但已步入了中年还是这般。为何这样?因为这些人没作规划,或者说没好好规划,只能浑浑噩噩呀!以上这些,在现象上表现出来的是浮躁,而实际上是无预谋、无准备、无实力。这些"三无",决定了一到临阵、直面时,便会不由自主地浮躁起来。倘若预先有谋划、有准备、有实力,那就不至于一下子手足无措,甚至是惊慌失措。对人处事要有先之谋,应始终坚持以我为主,即充分掌握对人处事的制高点和主动权,不轻易受外部因素而左右,不轻易受主观感觉而制约。如是,浮躁即可大为减少。记得《大话西游》中有一段脍炙人口的台词:"曾经有一份真诚的感情放在我面前,我没有珍惜。等到失去的时候,我才后悔不及。人世间最痛苦的事莫过于此。"坐失良机,会后悔;坐以待毙,也会后悔。人至后悔,常现浮躁。反思起来,那在当时就应该深思熟虑。待人处事如无先之谋,常会一步错,步步错;先见小错,后铸大错。

力戒浮躁,务求踏实,要有认真劲。一般来说,浮躁之人不认真,认真之人不浮躁。有这么一个事例:阿贾尔耶和辛格尔都是印度的耍蛇人。他俩每天靠着在大街小巷表演耍蛇而维持生计。虽然技艺高超,但他俩还是会不小心被毒蛇咬伤。为了防止意外发生,辛格尔苦思冥想后找到了一个法子,即制成死毒蛇来表演,因为死毒蛇的蛇皮是真的,故还没有人看穿他的鬼把戏。他虽毫无被咬伤之虞,但也只能日复一日地流落于大街小巷耍蛇。而阿贾尔耶一直用活毒蛇来表演,时不时地被活毒蛇咬伤。因为蛇药种类少、药效差,所以他在表演之余,花大力气研究起了蛇药。多年后,他研制出了许多特效蛇药,成了一位医药学家。他不仅拯救了很多人,而且给自己带来了不少财富。这个事例告诉我们,脚踏实地,认真负责,能够改变人生命运。"功到自然成,钢梁磨绣针"的故事,在中国广为流传,最早见于元朝虞韶《日记故事》中载:"李白少读书,未成,弃去。道逢一老妪,磨铁杵。白问:'将欲何用?'曰:'欲作针。'白感其言,遂还卒业。"试想,这位老妪如浮躁的话,能在那里这样磨针吗?那不可能!再思想一下,倘是别人强迫老妪这样磨针,老妪会不浮躁吗?那也不可能!从一定意义上说,认真是一剂良药,认真是一把钥匙,只要认真,浮躁方可减少直至消失,踏实方能增多乃至专心。

　　人终其一生,要说时时刻刻都能踏实、时时处处都没浮躁,那是十分困难的,因为人是活生生的,时时刻刻要受到生理与心理、客观与主观、现实与理想的纷扰。但是,人所立足的主要是生理的、客观的、现实的,只能脚踏实地,一步一个脚印,那些心浮气躁与己无益(尽管有些可以理解)。应当说,在尔今注重更快、更大、更高、更远的社会里,弘扬踏实、力戒浮躁更显可贵,然而,又是完全必须的。

气与器

俗话说:"人活一口气,树活一张皮。"这个气就是生命。世上最宝贵的是生命。可见气有何等重要。本文所说的气指气质。气的分法多种多样:从性质上分,好的有正气、雅气、喜气、朝气、和气等,孬的有匪气、傲气、怒气、暮气、邪气等;从性别上分,男的有帅气、义气等,女的有秀气、娇气等;从程度上分,大的有大气、牛气、浩气、霸气、虎气等,小的有小气、酸气、油气、吝气、俗气等。气,虽是无影无踪、无色无味,但可从每个人的待人处事、言行举止上充分表露和显示出来,尽管有的是无意的,有的是有意的。气,在每个人的身上,并非全部相同,可能有的人这种气多一点,有的人那种气多一点;有的人有这种气,有的人有那种气。形成气的条件,虽有先天的因素,但最主要的还是后天的因素,即后天的培养和成长的环境。如:人们常说的大家闺秀、千金小姐和小家碧玉、山野村妇,她们身上的气,最主要的是由后天的因素所形成。气,在一定的条件下,是可以改变或转换的,如大气与小气、灵气与傻气、朝气与暮气等。不过,这样的改变不可能一蹴而就,需要下决心、用韧劲,否则,很容易反弹。气,既有一般的用武之地,又有特殊的施展空间。如:正气,主要用于作风和风气上,在作风上要刚正不阿,在风气上要扬善抑恶。又如:娇气,主要用在女孩子身上,特指意志脆弱、不能吃苦等情形,其外在的表现是喜欢撒娇、爱哭鼻子等。再如:和气,用于形容人的态度,其中男人女人有,老人小孩也有。

透视人生,从一定意义上说,人是为气而活,活在气中。南宋文天祥在狱中写的《正气歌》,感情深沉、气贯日月,直抒胸臆、气壮山河。他虽兵败被俘,处在极其恶劣的狱中,但由于一身正气,各种邪气和疾病都不能侵犯自己,因此能坦然面对自己的命运。鲁迅笔下的孔乙己非常可笑。他的外貌奇特,他的思想迂腐。他不仅不愿抛弃那件又脏又破的长衫,还要摆出满口"之乎者也"读书人的架子,展现在世人面前的是一个丑样、一身酸气、一副穷相。在现实生活中,有些人在朋友深陷困境的时候不离不弃,更是给予照顾和帮助,讲的是义气。如:一方从位高权重到告老还乡,或从身强力壮到病入膏肓,已根本不具备回报能力了,而另一方对一方,非但不故意疏远,还肯尽最大之力,主动施以援手。在偏远山村,一群年轻人,虎虎有生气,上下求索,内联外引,大力发展特色农业,精心打造产品品牌,几年下来,成效显见:村民变富了,山村变美了。有些寒门子弟,父母大字不识几个,靠养猪卖崽、养鸡卖蛋、养兔卖毛等,再加上精耕细作十几亩并不肥沃的田地,供自己上学。他们却很争气,胸有大志,没日没夜,勤奋学习,刻苦钻研,一个个考上了国内的名牌大学。有些人工作业绩突出,或对某项工作贡献最大,然而,在评先选优时却一再谦让,充分表现出了大气。结果呢,这些人越是推辞,大伙儿越要推荐。最终,"少数服从多数",这些人名至实归,只好"恭敬不如从命"。有的人,年轻时就暮气沉沉,到年老时更甚。待人接物,说话办事,他老是打不起精神,引不出兴趣。这或许是他性格使然,或许他感到生活就是这样。不过,对一些充满朝气的人来说,与其相处,或许会有别扭、难受甚至折磨之感。

　　观察人生,从一定程度上说,人的收获、成功是气,人的损耗、失败也是气。一代大文豪苏轼从小就非常灵气。他七岁精读《四书五经》,八岁开始写诗。有一次,父亲吟"轻风细柳,淡月梅花"诗时,觉得诗中各加一个字会更精妙。加什么字呢?他想了想说:"前句加摇,后句加映,便成'轻风摇细柳,淡月映梅花'。"父亲听了摇摇头,说"太一般了。"于是,他又翻来覆去地思索,终于想出来了:他在前句加扶,后句加失,便成"轻风扶细柳,淡月失梅花。"父亲看了不禁暗暗称奇。刘邦的大气,世代传颂。韩信攻入齐国后,向刘邦讨封王。刘邦在会见韩信的使者时对此很生气,因为刘邦当时的处境十分艰难,急需韩信来救援,准备予以拒绝。后,为了笼络韩信,刘邦还是让韩信当了齐王。如果像项羽那样,有功劳不封赏,就会失去人才。如此,就不可能夺得天下。在现实生活中,有些人很讲义气,工作中甘于承担责任和风险,利益上乐于作出牺牲和让步。有付出往往有回报。这些人一旦遇到危急和困难,其他人也愿意主动提供帮助。有些人小气得很,别称"吝啬鬼",用别人的东西毫不足惜,像对待无主产一样,而对自己的财物则锱铢必较,舍不得拿出哪怕是一星半点儿。一般来说,这些人不可能有很多朋友,其他人也看不起这些人,故社会交往十分有限,这不利于自己事业上的成长进步和生活中的排忧解难。有些人乍看上去不聪明、不灵巧,待人处事时显得傻里傻气,有利不去争,做事使蛮劲,见人呵呵笑,即使遭受冤枉和委屈,也是能忍则忍。然而,傻人有傻福。这种人在名利上常常获益不少,是个颇有人缘的好人。

评价人生，从一定要求来说，人被世间褒扬是气，人被世间鞭笞也是气。古往今来，中华儿女用鲜血和生命锻造的民族之魂，是我们必须世代铭记和传承的浩然之气、凛然之气，如古代有岳飞、戚继光、林则徐等，现代有抗日英雄狼牙山五壮士、舍身炸敌英雄董存瑞、抗美援朝英雄邱少云等。在现实生活中，无论是组织考察提拔干部，还是个人年度工作总结，往往少不了"政治立场坚定""工作认真负责""作风踏实勤奋"之类的评语，而这些都各蕴含着一种具有正能量的气。社会上有些人，言谈油腔滑调，举止轻佻浮夸。他们与人打交道，没个准儿，常常不能作数。对这种身染油气的人，世间多为诟病。社会上有些人，只要权在手，便整天吆五喝六地抖威风，喜欢搞"顺我者昌，逆我者亡"，弄得单位里鸡飞狗跳不得安宁。对这种专横又蛮横的霸气，许多人要么气愤、要么蔑视。爱美之心，人皆有之。长得帅气的小伙子和生得秀气的大姑娘走在路上，一些行人不仅会多看几眼，还会品评几句。当然啰，他们的回头率就会高出很多。社会上有些人，粗俗又庸俗，言语爆粗话，做事猥琐样。对这种满身俗气的人，不少人会心生厌恶，且唯恐避而不及。邪，不正当、不正常也。社会上有些人，自小不学好样，三五一群，四六一伙，不走大门正道，偏步左道旁门。对这种沾上邪气的人，做其父母的，通常有恨铁不成钢之感。

器，常指器具、器件、器官。器与气的根本不同是，前者属于物质方面的东西，而后者属于精神方面的东西。不过，在一定的条件下，属于精神方面的气，可以通过器稳定下来；而属于物质方面的器，可以通过气显示出来。人生在世，器和气都能长存，但相比起来，气更能长存。中国人有骨气，几千年前有，现在有，几千年后还会有，那是能够世代相传、生生不息的。而器，只有妥为保存，方可在一定时期内不失不灭。古往今来，一个国家要想攫取另一个国家的器很难，要想变革另一个国家的气更难。相对而言，每个人的器流通起来比较容易，而每个人的气改变起来却比较困难。因此，当今中国，既要用心保护物质文化，又得下劲保护非物质文化；既应着力培养人的非精神素质，又该精心修炼人的精神素质。

懒与赖

说起懒来,几乎是无人不知。早上,该到上幼儿园的时间了,小孩还懒在床上不愿起身,大人便连忙催促,同时帮着料理。领导交待每个人要写一篇学习体会文章,自己静不下心来、抽不出空来,懒得动笔。父母与自己虽然同居一城,但由于工作忙、家务多,加上这方面的意识不强,已有好长时间没有过去看望了,真的懒动。有的年轻人,出差在外几天,都不洗衣服,全带回家让老妈打理,好懒哟!男大当婚,女大当嫁。有的小伙子或大姑娘,老大不小了,却懒于找对象、谈朋友,除了事业、工作外,生活中不知道在忙个啥。看着别人家一个个抱孙了,自己的儿女一天天在大龄起来,做父母的急得像热锅上的蚂蚁,东托人介绍,西请人打听。可是,小伙子或大姑娘一点儿不急,如被催得紧了,还会不近人情地用尖刻的话刺一下父母。有的农民,地没种几亩,杂草不除任其蔓延,更别说去间作间种了,每年的收获当然低薄。何故?人懒也。有的人参加座谈会,按说代表一个单位应该发言。然而,不知是水平问题还是准备问题,他却懒得发言。"向前迈一步,文明进一步",这是一些公共厕所里的提示语。现实生活中,有一些男士在这方面不够注意,懒得多跨一步。在一些机关干部身上,程度不同地出现了懒政,能立刻办的不立刻办,能今天办的不今天办;该出面协调的不出面协调,该担当责任的不担当责任。

懒与勤相对,主要指不爱学习、不爱思考,不爱工作、不爱劳动。懒可以表现在人的各个方面。大至皇帝,懒到连社稷大事都不愿处理。如:明神宗朱翊钧在位四十八年,后期由于种种原因,对朝事不闻不问,即不郊、不庙、不朝、不见、不批、不讲。小到布衣,懒到连自己的生活都不愿理会。如:《懒人吃饼》故事中所说的:古时候有个人叫兰东,有一段时间,妻子要回娘家小住,便给兰东摊了一张很大的饼,足够兰东吃上好几天。妻子还用绳子把饼串起来挂在兰东的脖子上,以方便兰东取用。后,妻子回家,发现兰东已气绝身亡,见兰东只把挂在面前的饼吃了,其他的地方则纹丝不动,显然是被饿死的。这时,妻子恍然大悟,原来兰东已懒得连头都不想转动了。这尽管只是一个民间故事,并不一定就是真人真事,但从中可见懒的危害有多大!懒可以误国,可以误事,可以误人;懒可以坐失机遇,可以停滞不前,可以影响发展。正如马歇尔·霍尔博士认为:"没有什么比无所事事、懒惰、空虚无聊更加有害了。"许多本来可以做成的事,却因为一次又一次的懒,拖延了时间,错过了机会;很多本来可以展示自己能力和水平的时候,却因为一次又一次的懒,耽搁了辰光,失去了机缘;好多本来可以不断完善自我的路数,却因为一次又一次的懒,延误了时光,丢弃了际会。哈佛大学图书馆里流传着很多名言,其中一条就是:Never put things you can deal just now to tomorrow。即:告诫人们,勿将今日之事拖延至明日。

大千世界,人等各色。在懒人看来,那求学上的"穿壁引光""囊萤照雪""韦编三绝"等,是瞎掰,徒劳白搭;那工作上的"焚膏继晷""悬梁刺股""精卫填海"等,是犯傻,糊涂笨拙;那生活上的"夙兴夜寐""披星戴月""见缝插针"等,是折磨,找苦受罪。然而,古往今来,从来不见一味靠懒获取成功的。1975年3月,美国《华尔街日报》刊载了一则消息:墨西哥发生了猪瘟疫并且波及牛、羊等动物。一般人看到这则消息不会引起重视,可当时身为一家小型肉食加工企业的老板默卡尔闻讯后,高兴得从沙发上弹了起来。他想,如果墨西哥的情况果真如此,猪瘟疫一定会传染到美国来,这正是自己做大肉食生意的好机会。于是,他立即派私人医生去墨西哥进行实地考察。消息得到证实后,他果断作出决策,购买大量牛肉和生猪,该加工的加工,该贮藏的贮藏,不到一个月时间,就掌握了足够多的肉类食。正如默卡尔预料的那样,墨西哥的猪瘟疫很快蔓延到了美国。为了防止猪瘟疫进一步扩散,美国政府下令,严禁一切食品从靠近墨西哥的几个州外运。于是,美国国内顿时肉类奇缺,价格暴涨。默卡尔由于事先储备了大量肉类食品,有备无患,仅用八个月时间就净赚了一千五百万美元。此后,默卡尔的肉食加工企业越做越大、越做越强,成为美国的知名企业。类似这种靠勤而不懒取得功名的人和事,在芸芸众生中可谓俯拾皆是。唐朝韩愈有言:"业精于勤荒于嬉,行成于思毁于随。"此言中的一个"勤"字,道破了无数人的成功奥秘。而要想克服和摆脱懒,最直接、最有效的方法是使自己忙碌和勤快起来。人生如白驹过隙,稍纵即逝,懒无异于自杀。法国物理学家皮埃尔·居里曾说:"当我像嗡嗡作响的陀螺一样高速旋转时,就自然排除了外界的干扰。"陀螺不懒,才能高速旋转起来;高速旋转了,才更有价值。人不懒,才能忙碌和勤快起来;忙碌和勤快了,才更有价值。而其十分重要的基础是不懒。

赖与懒相比,只少了一个竖心旁儿。凡是有竖心旁儿的字,大多与心有关,如忏悔、怡情、忧忡等。赖,依靠也。中国有个成语叫"百无聊赖",指生活上极度空虚,精神上无所寄托,自己感到做什么事都没有意义。用之成为名句的,有清朝梁启超《读陆放翁集》诗:"辜负胸中十万兵,百无聊赖以诗鸣。"赖与懒一样,首先源于心理、精神因素。在中国,无论是传统世道、还是现代社会,无论是家庭培养、还是社会教育,对每个人的希望,几乎少不了"有志气"、"要奋斗",也就是,人要往高处走。然而,如今,却出现了一个很奇怪的现象,即有一些年轻人,读书不想越读越好,甚至不想读书;工作不想越干越好,甚至不想工作;挣钱不想越挣越多,甚至不想挣钱;婚姻不想越长越好,甚至不想婚姻;生活不想越过越好,甚至不想生活。一言以蔽之:人要往低处走。究其原因,有人生观上的差异,有世界观上的差异,有价值观上的差异。其共同之处有:一是匮乏必要的人生追求,二是缺少应有的生命运动。这些人把人生和世界看得太通透了,往往在激烈的学习、工作和生活竞争中,一遇到困难或挫折,不是"激流勇进",而是"退避三舍";这些人忘却了大树小树都是从幼苗长起来,幼苗即使长不成大树也要有强劲的"地头力",一碰到艰辛或逆境,不是奋发向上,而是甘愿向下。在主流社会里,这种心懒、身懒的言行,尽管是人各有志,但不被人称道。试想,倘若人人心懒、身懒,那将是一个怎样的世界?人生本是一场有时段、有止境的快速旅行。我们应该有建立在可以坚实基点上的"上流志向",彻底远离悲观失望、好逸恶劳和坐享其成,以激奋的心绪、进取的姿态和主动的作为,去拼搏先无答案、始不知底的人生。人在世上,无论你年少或年老、体健或体衰,绝不可以因为自己出身的卑微和能力的弱小,而放弃坚持人生信念和奋斗目标的努力。懒当戒!

信与不信

信，相信也；不信，不相信也。信，对人类社会来说，无论在古代，还是在现代，都是具有普世价值的道德准则。人，无信不立，这是古人的谆谆告诫。在中华民族的文化基因里，信是孝、悌、忠、信、礼、义、廉、耻的传统美德之一。因为信，世间才出现一些专门职业、物件和人员，如信托、信使、信物、信徒、信史、信据、信贷等。许多孩子从小在大人那里学会了拉钩，即二人用右手食指或小拇指互相钩着拉一下，表示守信，即说定了的不反悔。大人打小孩，不少是因为小孩讲好了的不算数，如在外玩过了时忘记了做作业等。生意场上，有的人翻来覆去，变幻无常。世界上，也有个别国家缺少诚信，签订的条约协议会随意撕毁，作出的历史定论会轻易推翻。信，涉及公民、集体、国家的各个领域、各个方面。

本文论述的信与不信，主要指事理，即对某件事，公说公有理，婆说婆有理，这时，你信这个还是信那个，你不信这个还是不信那个。举例说来，其一，《东周列国志》里有这样一个故事：国王对他的儿子们说："我老了，等我死了之后，我这几个心爱的妃子你们要善待她们，随她们去嫁人。"但国王在弥留之际忽然改变了主意，对儿子们说："这几个妃子是我心爱的，我舍不得她们，我死了之后一定要她们殉葬。"对国王前后两个遗嘱，作为他的儿子们该执行哪一个？执行前一个不错，因为前一个是国王在头脑清醒的时候立下的，而后一下是国王在头脑混乱的时候立下的。如执行后一个也对，因为按照当今的法律，前一个无效，而后一个有效。其二，有人说："女人要早婚早育，以家庭为重。"说这个话的人往往夫妻恩爱、子女优秀、家庭和睦、人生圆满，自然坚信这是宇宙真理。但是，也有一些曾经作出同样选择的人，在不幸遭遇丈夫背叛、子女学坏、家庭离异、人生灰暗后重又回到了职场，并一遍又一遍地反省自己："女人，无论如何不可放弃自立自强的事业。"其三，作为世界五百强之一的总裁，乔布斯曾经叱咤商界，无往不胜，无限得意。然而,他身患重病躺在病榻上,在频繁回忆自己的一生时,却发现自己"所有的社会名誉和财富,在即将到来的死亡面前,已全部变得暗淡无光、毫无意义了。"其四,在中国历史上,越王勾践,卧薪尝胆,自励不屈,逆袭成功,这是光鲜的一面。但是,越王勾践还有阴险的一面,即为了达到自己的目的而不择手段,滥用多种恶毒的损招。如:面对强大的吴军,他在阵前让数百囚徒排成三列当众自刎,并趁吴军目瞪口呆之际发起进攻,一举而克,凯旋而归。自古以来,对越王勾践,人们大加赞赏其光鲜的一面,却从未谴责其阴险的一面。其五,对初恋,有人认为,它是人生中最纯情、最真挚的情感。与初恋结婚的人,婚姻最持久、最完美。而有人认为,初恋时,男女都比较年轻,容易失去冷静和理性,如果匆忙结婚生子,可能会给未来的生活埋下隐患,也许等到再长大、再成熟一点确定情感,才是最正确、最恰当的选择。其六,"爱拼才会赢",这是一句广为传诵的励志语。在现实生活中,有许多人正是靠不计得失、一鼓作气,打拼出了一片天地来。可另外的情形是人倘若选错了方向,不拼倒还好,越拼越没戏。如有的人自认为抓住了某个难得的发展机会,不顾自身条件,不顾家庭状况,下苦功,拼死劲,一条路走到黑,结果搞得事业未成、家庭破碎、健康丧失。其七,美国在中国什么方向?东边。错,是北边。中国与美国之间隔着什么洋?太平洋。错,是北冰洋。这是中国科学院测量与地球物理研究所研究员郝晓光创新地给出的答案,而且答案已被中国军方认可。这两个长久以来存在于中国人印象中的常识误区,在很大程度上与国内长期使用的横版地图有关。在横版地图上,从中国到美国确实需要跨越太平洋,美国也确实在中国的东边;而在竖版地图上,情形则如前所述。郝晓光破除这个误区的方法,就是制作了竖式地图。竖式地图准确地表达了中国与世界的地理关系,如从北京直飞纽约,经太平洋航线是一点九万公里,而经北冰洋航线仅为1.1万公里。其八,中国改革开放以来,最大的变化之一是好些人有了好多钱。有了好多钱,应当怎样花?不少人会疯狂追逐时髦消费,并将此作为自己的幸福取向;而世界顶级富豪洛克菲勒却从不涉足无聊的享乐和奢侈。他相信上帝让他赚钱的目的是要"让我把钱花到应当花的地方",那就是拯救人类。他创办了芝加哥大学和洛克菲勒大学,还资助了其他许多大学和无数科研项目。其九,关于爱情的力量,有人说"大",因为两个人爱上了,共度一生,开始时有性在里面,到后来,没有了性,照样在一起,且像骨肉那么亲;有人说"不大",因为两个人结婚后,生来的脾性改不了,是犟牛还是犟牛,是顽童还是顽童,甚至是好色还是好色,是吝啬还是吝啬。其十,我们从小受到的教育是"有一说一、有二说二",这是做人的基本底线。但是,在一定的条件下,真相有时并不重要。如果这个真相,对最终的结果不会产生本质的影响,对道德不会带来负面的损害,那么,你也可以不告诉对方,或不给对方明确指出来。

世事无数,事理众多,为什么有的类似、有的迥异呢?笔者认为,有如下若干原因:一是人的认识不同。真理有绝对真理与相对真理之别,原理有一般原理与个别原理之分。一个人用相对真理、个别原理去看事论理,另一个人用绝对真理、一般原理去看事论理,其得出的结论很有可能不一样,甚至是截然相反。如民间观察天象,如果早晨或晚上天色灰黄或橙黄,那就可能有雨来临。"天黄有雨"不具有绝对性,只具有相对性。又如世上曾有一种"放血疗法",即当时流行的"体液学说"认为,像糖尿病、脑出血等上百种疾病是由于体内血液过多造成的,故医生在对病人治疗时,先切开动脉大量放血,再将医蛭放在伤口处慢慢吸血。这种荒诞无稽的治疗方式直到十九世纪还常见。这个反面典型说明,人们往往不是在一种理论被证明错误时放弃它,而是在有了更好的理论出现了才放弃它。从一个方面来说,这也是认识上的局限。二是人的经历不同。人普遍具有思考、总结的智慧。人常常会从自身的亲力亲为中悟出若干事理。说个故事:有两个年轻人,一拙一巧。第一次,两人同在一块地里挖井找水,很快,各挖了两米深,但一点没有水的迹象。于是,拙的继续在原地深挖,结果找到了汩汩清泉;巧的不断地更换地方挖,结果一无所获。事后总结,拙的说,应该持之以恒,不应该朝三暮四。第二次,两人又是同在一块地里挖井找水,很快,各挖了两米深,但仍然不见水的迹象。于是,拙的坚守在原地,一如既往,埋头苦干,越挖越深,却始终没有找到水源;巧的挪了一个地方,挥汗如雨,挖而不止,如愿以偿地找到了水源。事后总结,巧的说,应该见机行事,不应该刻板教条。在日常生活中,许多人存在着先入为主的"锚定心理",即往往会对自己的初始经历、会对自己的领导长辈、会对自己的原先学识,自觉或不自觉地放弃了继续思考、总结的权力。换言之,从一定程度上说,这也是经历上的盲从。瑞典有一句格言,叫"我们都老得太快,却聪明得太迟。"很多人要到遗憾的事发生了,才去反思,才去追悔。可是,事到此时,再去说"只怪自己信了"或"只怪自己不信",那已成为往事了。很多时候,信与不信,不售往返票,失去的便永远不再有。三是人的站位不同。有道是,屁股指挥脑袋。站位不同,看问题的角度、方向、视点、重心也有异。当然,站位包括处所、面向、姿势、时段等。纵横管窥国际政治、经济,在对公职人员的管理上,如果信"高薪养廉",国际上有经验可供借鉴;如果不信"高薪养廉",国际上也有教训可资吸取。在对土地所有权的管理上,如果信"自由买卖",国际上有经验可供借鉴;如果不信"自由买卖",国际上也有教训可资吸取。在对国企高管薪酬的管理上，如果信"上不封顶"，国际上有经验可供借鉴；如果不信"上不封顶"，国际上也有教训可资吸取。在国家治理的方式上，如果信"高度集权"，国际上有经验可供借鉴；如果不信"高度集权"，国际上也有教训可资吸取。一言以蔽之，看你的站位咋样。也就是说，各个国家的国情不同、政情不同、民情不同，还有历史不同、文化不同、时局不同。"瞎子摸象"的故事，在中国可谓家喻户晓。瞎子正因为摸及象身上的不同部位，加上眼睛又看不到，才会有那些不全面的感觉。"会当凌绝顶，一览众山小。"这也是站位不同产生的视觉感受。因此，面对错综复杂的问题，我们只要把站位换一换，哪怕是把站位移一移，就很容易想通，不会尽是去埋怨和嗔怪别人。

在诸理面前，我们怎样才能判断自己所信的是对的呢？我们又如何辨析自己所不信的是错的呢？笔者有如下几点认识：第一，坚持实践标准。事理正确与否，要靠实践来检验。检验正确的，信；检验不正确的，不信。这个检验，不是一时一地的检验，而是经过许多人的、长时间的检验。时间是最好的老师，它会告诉你这个事理是否正确；群体是最强的号令，它会指示你这个事理该否接受。一般来说，凡是历久弥新的事理，凡是众所公认的事理，其正确的成分要大些、可信的程度要高些；反之，亦然。坚持实践标准，并非时时处处都要事必躬亲，需乐于并善于学习前人的知识、借鉴他人的经验、听取别人的忠告，而不是直至碰了壁后才转身、吃了亏后才掉头。从一定意义上说，在信与不信上，从众具有科学性。大凡众人的东西，一般不会犯颠覆性的错。第二，坚持冷暖自知。自然界没有完全相同的树叶，人世间也没有完全相同的肉身。同一个事理，可适用于千千万万的人，但不适用于你，因为你有你的特殊情况。如今，一些地方自发成立了癌友会，主要用来相互交流，共同抗击癌魔。事实上，癌症有各种各样，具体患于各人身上，即使是患同一种癌症，其恶性程度、发展进程、危害烈度等，还包括各人的年龄、体质、营养、心态等，都不完全一样。因此，对那些"抗癌明星"的经验，只能用作参考，不可盲目照搬。倘若不从自己的实际情况出发，盲目照搬他人的抗癌经验，弄得不好，将铸成终生大错。在诸多事理面前，信这条、不信这条，信那条、不信那条，都要紧密结合自己的实际，力求以我为主、为我所用。第三，坚持审时度势。在现实生活中，信与不信，有些应当始终如一，有些则需要随机应变。之所以要变，主要是因为环境、条件等发生了变化，并非事理本身有什么变化。变化了的环境、条件等则应顺从与其适用的事理，否则就是"认死理"。故而，我们对事理的信与不信，不可一劳永定。

低调与高标

以史为鉴:梁启超曾在《东方杂志》上读到梁漱溟研究佛学的论文《究元决疑论》,称许不已,进而注意作者。他从欧洲回国后,又见到梁漱溟的新著《印度哲学概论》,很是喜欢。不久,他偕友来到位于北京崇文门外缨子胡同梁漱溟的寓所,屈尊讨教。这次访谈,开启了二梁之间的交往。作为长者,他的这种主动热情,表现出了谦谦君子的风度。胡适是安徽绩溪人,嗜茶;他有一位族叔叫胡近仁,茶商。在美国留学时,他经常让族叔寄些家乡的茶叶,既自己饮用,又馈赠友人。回国在北京大学任教后,二人通信频繁,都愿把心里话告诉对方。1929年,族叔在上海开了一家茶叶店,尽管销售的是徽州的名茶,但生意一直不景气。于是,族叔写信告诉他,已决定把自己所卖的茶取名"博士茶",请他来做广告代言人,还拟好了广告词,其中有一句"凡崇拜胡博士欲树帜于文学界者,当自先饮博士茶为始。"他一口回绝,并专门给族叔回信告之,"万不可发出去。""你知道我是最不爱出风头的。"

眼见为实:从电视画面上看到,在一次体育单项世界杯决赛中,中国有名顶级选手战胜了对手,如愿以偿地夺得了冠军。获胜之后的他欣喜若狂,一边怒吼着发泄心中的兴奋之情,一边跑到场边向观众们挥手庆祝。也许是太得意而真忘形了,他竟激动得不仅撕下了自己的球衣,而且踹坏了场内的广告牌。他的行为,很快招来了国际体育组织的处罚——他获得的巨额冠军奖金被全部取消。在现实世界里,有的人的举止故意炫耀。如:几个人正在一块谈事,或正在一起开会,突然,他的手机响了(他没有把铃声设置在振动或静音上)。他不打招呼,便掏出手机接听,旁若无人地、哇里哇啦地说个没停,话中不乏自诩、摆谱、耍噱的内容。然而,有的人举手投足相当谦恭。如:有位重要客人,出席宴会后准备离去时,对服务员说:"谢谢您啦!我们坐着,您站着;我们说着,您听着;我们喊着,您跑着;我们吃着,您看着。当服务员可不容易啊!"

如上所列几例，明眼人一看即知，在做人这个问题上，谁是低调，谁是高调。调，本指用在语言、音乐上的声调和音调，如古汉语有平声、上声、去声、入声，普通话有阴平、阳平、上声、去声、轻声，乐谱中用1、2、3、4、5、6、7七个阿拉伯数字来表示不同的音长和音高。其有高、中、低之分，如男高音、女中音、上声调、下声调等。调，引申到人身上，便有低调与高调。凡低调的人，一是有低调的姿态，包括姿势和态度。与人相处随和，不摆架子，不甩牌子，既勿盛气凌人，又勿矫揉造作；与人说话，和颜悦色，轻言柔语，既不指手画脚，又不阴阳怪气。在现实生活中，有一种"半桶水现象"，即人肩挑满桶水，因担心会溢出，故步履稳健，结果水在桶里平平静静，而人肩挑半桶水，因无溢出之忧，故大步流星，结果水在桶里晃晃荡荡。有的人也像半桶水，水准不高、能耐不大、资历不深、绩效不优，却盲目自大，不知天高地厚。无论在什么地方，不管在何人面前，都喜欢自我表现。二是有低调的生活。在自然界，低洼之处易蓄水，洪流不拒，细水不择，才成深潭。低调的人，生活俭朴，从不奢靡，纵然活钱恒产再多，也不显贵摆阔，只要日有所餐、夜能所寐即可。相反，那些高调的人，真的是"有条件上，没有条件创造条件也要上"，穷奢极侈，即使钱袋是瘪瘪的，也要"打肿脸儿充胖子"。在现实生活中，许多名人、达官、富豪，一身素净出入于公众场合；倒是那些"土豪"，不是名牌不上身，时不时地还要炫耀一下。三是有低调的为人。这种人总能够设身处地为他人着想，倘若人家该做对而做错、该守信而失信，也会更多地予以理解。在人际关系中，这种人的人缘好，别人愿意与其交往。反而，那些高调的人，常常是口惠而实不至，说得好听，做得差劲；不仅如此，往往"对别人马列主义、对自己自由主义"，别人一旦有个闪失，却会不依不饶纠缠不休。凡是低调的人，无论是与人共同生活，还是与人共同工作，都能宽以待人，表现得很有教养和修养。而高调的人，常常胸无城府，叽叽喳喳的，忙忙乱乱的，让人一看上去即感到沉着不足而外向有余。

　　如果说低调主要是用于做人的话，那么高标则是主要用于做事的。标，标准、指标、标杆也。高标，即为高的标准、高的指标、高的标杆。人从一出生起，就会要求不断进步。如何去激励呢？用高标。生活上要用高标，工作上要用高标，学习上要用高标。凡用高标的人，一有高尚的气质。无产阶级革命者，有"一不怕苦，二不怕死"的气质；主持公道正义者有"打不还手，骂不还嘴"的气质；堂堂男子汉有"恋爱不成，还是好友"的气质；乐于改变自我的人有"山不过来，我就过去"的气质；具有独立人格的人有"不为五斗米折腰"的气质。据说，英国著名作家王尔德到美国旅行，入境时，海关官员问他有什么东西要报关，他回答："除了我的才华，什么也没有。"尽管这也是一种骄傲,但显示出了他那"珍惜内在的精神财富甚于外在的物质财富"的气质。二有高尚的风格。俗话说,同甘共苦易,共享同荣难。碰上了好事,或事成在即时,参与者往往都想多分一杯羹。此时,能克制自己的欲念,能斩除自己的心魔,那是需要高尚风格的。史载,1864年,清军全歼太平军进入了"倒计时",尽管清廷为了早日攻下金陵,下旨让各路人马增援,但李鸿章只供粮饷不派兵,因为他不想抢曾国藩、曾国荃的功劳。正因为如此,曾国藩此后对他特别感激,也愈加器重。如今,各级党政机关告诫部属"要求下级做到的,上级首先做到;要求下级不做的,上级首先不做。"这是一种令人称道的为政风格。三有高尚的灵魂。就人而言,灵魂的高尚是最高尚的。这里的灵魂,不是迷信的人所认为的东西,而是真实的人所拥戴的心灵。灵魂有高尚与低俗之分,有美好与丑陋之别。那些大公无私、孝子贤孙、慷慨解囊的人受人称许,而那些自私自利、孽子孽孙、冷漠无情的人遭人唾弃。在现实生活中,有的人甚至没有自己的灵魂,完全依附于那些丧尽天良的人,而助纣为虐;有的人甚至出卖自己的灵魂,如那些叛变投敌的人,不顾人间还有羞耻和邪恶。但在现实生活中,有许多灵魂无比高尚的人,如几十年悉心照顾病瘫的公婆等。古往今来,很多贤达、名流坚守着自己高尚的灵魂。我们把时间倒推至两千多年前,罗马军队攻入了希腊的一座城,发现有个老人正蹲在沙地上专心研究一个图形。他就是古代著名的物理学家阿基米德。当罗马军人的剑朝他刺去时,他只说了一句话:"不要踩坏我的圆!"在他看来,他画在沙地上的那个图形比他的生命更宝贵。他很快便死在了罗马军人的剑下。阿基米德高尚的灵魂,由此可见一斑。

　　人在世间,怎么做人、如何做事,可有多个维度,且有多种组合。就低调、高调和高标、低标而言,借用数学等式来表示,可列如下:低调做人+低标做事=窝囊型;低调做人+高标做事=实干型;高调做人+低标做事=夜郎型;高调做人+高标做事=强人型。应当说,从人生平安的角度看,低调做人是最好的选择;从人生成功的角度看,高标做事是最好的选择。理想的人生,是低调做人与高标做事的统一,那样可使人生厚重而辉煌。

煲话与煲汤

在中国博大精深的饮食文化中,有一种用煲来煮熟或熬制食物的方法。煲,内壁较陡直的炊具,如瓦煲、铁煲、铜煲等。笔者在写作本文时,刚巧收悉了如下一则短信:"冬天最适合在家煲一锅既温暖又营养的汤,如煲排骨汤、煲鸡汤、煲牛肉汤。在煲汤时放些枸杞,不仅可改善味道,而且有保健功用。因为冬季寒冷、干燥,而吃些枸杞,能提升自身的阳气、抵御寒流,能美容养颜、滋润皮肤。"按照中医食疗的要求,如今一些病后体弱、产后体虚的人,也常常煲汤来补养身子。在上了规模的特色中餐馆里,少不了有多种煲汤供人选择。煲汤之所以长盛不衰,主要是它经过较长时间的煮或熬,味道醇厚,营养丰富。

随着中国电信业的快速发展,人们在传统使用座机、传真等通信工具的基础上,如今运用手机、电脑等进行语言沟通更为便捷,且成本低廉。这就方便了一些人可以通过长时间打电话与对方聊天。这种现象,被世人俗称为"煲电话粥",简称为"煲话"。为什么要煲话?无非是有话要诉说、有事要商榷。一如托人办事会煲话。在电话两头,人不见面,惟有其声;看不见面容,只有话语。为能更好地与对方套近乎,进一步营造亲密,一方在叙说实质性的问题之前,只要另一方时间、心情允许,便会用较多的其他话来作铺垫。二如交流感情会煲话。许多人与恋人、情人、友人打电话,一旦聊了起来,便有说不尽的话,时间在悄无声息中溜走了,你一言、我一语,几十分钟很快就过去了。三如叙拉家常会煲话。尤其是特别健谈的女人,尤其是很久没有联系的好友,有兴致打起电话来,家长里短,没完没了,正如苏南方言所说的:"小鸡没有娘,讲讲话头长。"四如思想劝导会煲话。做人的思想工作是门大学问,需要循循善诱,需要以理服人,需要心平气和,所以,在时间上常常急不得。用电话交流来做思想工作,有时便会煲话,因为交流到紧要处,须耐心细致地听对方诉说,不可立马打断,否则,容易造成前功尽弃的后果。五如报告情况会煲话。人与人之间,有些情况需要报告,包括交办的工作进展情况等。有时候,在电话中报告起来,一五一十,还短不了,尤其是作请示,领导或老板要问明原由和细节,那三言两语还真的说不清楚。六如学习探讨会煲话。常言道,话不投机半句多。但是,脾性相投、水平相当的两个人在电话中切磋起包括学术等问题来,容易越谈越深入,常常会有欲罢不能的感觉。有的时候,一方向另一方请教,之所以选用电话,是因为时间紧迫,又需要相互探讨。交谈中,你一来、我一去,往往结束不了。一般来说,在如上六种情形中,最容易煲话的是第二种、第三种。

煲话不是不可以,而是要合适、恰当。否则,易出问题。报载,山东省青州市的孙女士带着四岁的女儿到集市上买东西。其间,孙女士接到了老朋友的电话,两人便煲话起来。孙女士拿着手机边聊边走,不知不觉间把女儿抛到了脑后。等挂了手机,孙女士突然察觉本来牵着手的女儿不见了,便四周张望,还是没有看到女儿的身影。这下子,孙女士紧张起来了,浑身冒出了冷汗。情急之下,孙女士拨打了110报警电话。随后,当地派出所民警给孙女士打来了电话,告知民警正陪着一个走丢的小女孩在集市北头的十字路口等着。孙女士听到这个消息,赶紧向民警指定的地点飞跑过去。"妈妈!妈妈!妈妈!"见到孙女士,女儿惊喜地大喊起来。看见孙女士抱起小女孩亲个不停,民警便叮嘱,以后带孩子出门,一定要小心看护。孙女士愧疚地说:"只怪我与老朋友煲话了。"另见报道,有位梅女士正背着自己的小孩路过一个十字广场,没想到丈夫打来电话,说他已看中了一套二手房,因卖方要急于出手,便打电话与梅女士商量,意在马上购买。梅女士考虑是二手房,坚决不同意,二人就在电话里激烈争吵起来,而且是互不相让,话越说越多。时间一长,梅女士搂住孩子的双手越发酸软起来,从而导致孩子从自己的背上摔下并骨折。

煲话并非全在私人之间发生,有的时候,两国之间可架元首热线,两军之间可设军事热线,媒体与社会可建听众热线,前方与后方可架指挥热线,井下与地上可设联络热线,航天员与地面可建通话热线。热线两头,有可能有热话。2014年9月27日,美国总统奥巴马与伊朗总统鲁哈尼实现了历史性的"电话外交",从而打破了美伊两国元首34年来无直接对话或直接接触的历史。不少广播电台的热线电话,不但热,甚至烫,它会响个不停。热线两头,有听有说,有问有答,内容包括婚姻介绍、情感倾诉、物品转让、求医问药、寻找亲人和车辆估价等。每年中央电视台主办的春节联欢晚会,都会设观众热线,主持人时而手持纸条播报,来自美国的华人打来电话怎么怎么说,来自祖国边防哨所的战士打来电话如何如何说,来自南极科考船上的同志打来电话咋样咋样说。不过,这些热线电话一般不可能让言者占用太多时间,要求直奔主题,言简意赅。但也有言者唠叨、啰唆,使得听者、受众不得不说"对不起!时间关系,您就先说到这儿吧",意思是告停。

由煲话联想到如何打电话。这个问题,属于人际交往中的礼仪、礼节范畴。笔者有如下几点认识:其一,打电话,该长则长,当短则短,不能无休无止。其方法为内容服务、路径为目的服务。说话时间的长或短,主要根据内容和目的。其二,打电话,应知趣、识相。诚然,在所有的人际沟通方式中,打电话是效率最高的。电话拨号出去,对方情愿的,接了高兴;盼望的,接了兴奋;忙着的,接了心烦;静音的,听不到接;人机分离的,不知道接。尤其是,对一些电话,有的人不愿、不肯接,因为电话里有催促的、指令的甚至胁迫的成分,有人因此还患上了"电话恐惧症",即一听到电话铃声,心与神便不安起来,于是故意充耳不闻,甚至干脆关机。这从另一个方面启迪我们,在每次主动给人电话前,务必多多提醒自己:"我是谁、他是谁",藉以更好地知己知彼,使每次通话更富成效、更为愉悦。平时打电话须注意:求人与帮人不一样,商量与告诉不一样,正面与负面不一样,领导与同事不一样,长辈与下辈不一样,私密与公开不一样,公事与私事不一样,工作与休息不一样,急的与缓的不一样。鉴于以上这些,用何种通信工具、在什么时候打、通话多少时间、用怎样的口吻,就大有讲究。如:一般来说,求人办私事的电话,最好不要用公家的座机打人家的手机;商量工作的电话,最好不要在晚上九时后或早晨八时前打;连续打人家的电话最多不要超过三次,如要很快联络,可发信息告知;求人办事期间,最好少打电话,因为人家常会感到是在催促,从而产生不悦;非正常关系、非正常办事的电话,交谈要把握好分寸;对对方有可能录音的电话,交流中更要注意严谨、准确。要知道,在许多情况下,面谈比电话方便,面谈比电话温和,面谈比电话私密,面谈比电话中肯,面谈比电话轻松,而对方的脸色、动作,氛围、环境,点头、摇头、微笑、生气等,往往只有在面谈中才能感受到。在电话中更多感受到的是对方言语的热与冷、多与少、快与慢、柔与刚等,而现实中确有不少东西"只能意会,不可言传","此处无声胜有声",故电话绝不是"万能胶"、绝不会"包医百病"。其三,打电话要有能力和水平。电话交谈切忌不分对象,好为人师,夸夸其谈,弄得不好,会自曝其短;人家属于隐私方面的问题,不可随意问询,弄得不好,双方显得尴尬;时间宝贵,不可无端闲扯。因打电话而无谓浪费时间,"这与图财害命没有什么两样"。打电话用的是语言,而语言是人的一种能力和水平。世上的事,既是做出来的,也是说出来的。说,当然包括用电话交流。有的人说话迟钝并非是"讷于言而敏于行",而是不爱说话、不会说话,即使脑中有思想、心里有想法,想表达而不能表达、想说好而不能说好,宛若"茶壶嘴里倒饺子,有饺子倒不出来"。这就需要学和练,不仅要学和练现代汉语,而且要学和练网络语言,有条件、有必要的话,还要学和练民间方言。语言是人际交往最常用的工具。两个人在同一个频率里聊得来,无疑是一种美好的享受;而两个人有同一个心愿,但又不会聊,那简直是一种无形的折磨。一些人不爱说话,或许是建立在这样一个文化预设上的,即说得多的人,往往会做得少。事实并非全部如此,那些说得少的人,常常会做得少,因为兴许其连多说的资本也没有。长期以来,在许多人的心目中,沉默寡言者忠厚老实,能说会道者巧言令色。时至今日,对这种认识,需作辩证分析。实际上,有的沉默寡言者不会说,有的能说会道者素质高。

总而言之,煲汤应汤浓有味,且越有营养越好;煲话当话实有物,且越有用处越好。

爱情与友情

一般来说,男女相爱的感情唤作爱情,朋友相交的感情谓之友情。爱情与友情,共同之处在于,二者都是人的感情,而且是互相作用、互相影响的。二者均为喜欢、关切、友好的心情,而且是由表及里、由心及行的。二者又都难以恒定,而且亘古以来有太多太多的人为情所困所累。似乎每个人都是为情而生,自始至终心中萦绕着情愫。爱情与友情,不同之处在于,两者的主体身份有些许差异。一般而言,爱情仅萌发于异性之间,而友情的产生则不分性别。两者的实质内容有较大差异。爱情几乎不会缺少两性关系,而友情则没有这方面的行为。如果两性之间跨越了这方面的界限,那已不声不响地把友人变成了情人。二者的前行方向有明显差异。通常看来,爱情是婚姻的基础、铺垫和前奏,爱情的最佳归宿是组建家庭,而友情就是友情,如果说有区别的话,那只是程度上的不同,如点头之交、一面之交,抑或刎颈之交、莫逆之交。爱情与友情的共同之处和不同之处,在人世间构成了两种既有关联又具特性的情感。

爱情是什么东西？古今中外,人们对此可谓仁者见仁、智者见智。但不管有几千种几万种解说,有一点是被公认的,那就是:爱情是美好的。否则,历朝历代,人们不会这样热烈地去追逐爱情,也不会这般热情地去讴歌爱情。笔者认为,爱情具有如下一些基础:第一,生理基础。人的性意识随着自己身体的长大而逐渐显化起来,到了成年,便趋于成熟。那些或明或暗、或强或弱的性意识,会促使人有意识或无意识地关注异性、爱恋异性,进而去接近异性、讨好异性。这里面,性意识是最大的动力。德国著名人类学家海伦·费希尔把性的需求作为人类关于爱的第一种需求。在现实生活中,虽然也有无性爱情、无性婚姻,但首要的还是两性相悦。再说,男女之间的性活动也不仅仅限于性交,除性交之外的性活动也能得到性感受、性满足。人们为什么常常把爱情与性爱等同起来,道理就在于此。第二,情感基础。

《圣经》中载:"上帝说:'这个男人(亚当)太孤单了,这不好,我要给他造个伴侣。'于是,给他造了一个女人(夏娃)。"这说明,爱情对人来说,有一个最原始的动因,即人是群体动物,需要有人相依相伴。婴儿在童床上啼哭,需要大人去抱一抱,哪怕是去拍一拍或摸一摸。成人遭到磨难、受到歧视或遇到委屈,需要他人去安慰一下、问候一番。人老了,尤其是在丧偶独居之时,最害怕的是孤独和寂寞。而爱情,特别是坚贞的爱情,对满足人的情感,至为关键。在现实生活中,两个人一生共度,开始爱上时一定有性欲在里面,可是到后来,性欲就不那么重要了,甚至也没有性欲了,但依然同睡在一张床上,相偎相傍,有说有笑,那是一种在爱情之上的亲情,淳朴而真挚。第三,经济基础。人的生活是现实的,爱情生活也是如此。人世间,尽管有一些男女为了爱情,不讲任何经济条件,但毕竟这些人太少太少了。爱情中注重经济条件,不仅是为了婚后能有更好的生活保障,包括能更优越地养育后代,而且是为了能填补以往内心的空洞感,从而带来婚后的安全感。因此,爱情中有物欲,无可非议,只是不可有过分的、短视的、非分的、违法的物欲。在现实生活中,"贫贱夫妻百事哀"的情形比比皆是。故,如今男人追求"白富美"的女人,女人追求"高富帅"的男人,共有的一点是"富",这也就不难理解了。第四,社会基础。对人类来说,人是社会的一分子,谁也不可能脱离社会。人在世上,其爱情常常会被打上社会的烙印。社会上什么行业、什么职业吃香,什么便容易成为恋爱市场的"抢手货",如"文化大革命"中的"红旗飘飘"(指军队干部),改革开放初期的大学毕业生,进入21世纪的公务员等。社会上什么时尚、什么稀罕,什么便是恋爱男女挑剔的对象,如中国计划经济时期的户口,分农村户口和城镇户口,两者似有天壤之别。城镇的男人与农村的女人结婚,生育的孩子报不上城镇户口,因为政策规定孩子的户口随母亲。而孩子上不了城镇户口,在城镇就难以立足,因为城镇不供给粮油、燃煤等,报名上学则须凭城镇户口。于是,有城镇户口的男人便好找对象,即使是个瘸子、瞎子,在城镇找不着对象,到农村也有女人愿意。社会上有什么样的大变动,便会伴随着什么样的爱情,如解放初期转业从政官兵的爱情、屯垦戍边生产建设兵团官兵的爱情、上山下乡知识青年的爱情、进城打工者的爱情、出国留学人员的爱情等。故而,有人这样说,爱情从来不只归人体"荷尔蒙"管,社会"荷尔蒙"也要插上一腿。第五,生活基础。人生匆匆不过百年,父母、女子均为阶段性的至亲,因为父母要老去、儿女得成家,惟有夫妻可以相伴更久。人有爱情这"馅",外裹婚姻这"皮",生活会更滋润,即使在生活中时而有吵有闹、有怨有恨,但终究富有弹性和韧性。就人类整体来说,我们每个人都有传宗接代的义务,而惟有把爱情作为起始点才有可能合法、合理地解决这个问题。不是么？几乎在所有的青年男女结婚时，亲友们都会祝福新郎、新娘"早生贵子"。而生活在一起，是最起码、最重要的基础。第六，境遇基础。在现实生活中，那些志同道合、情趣相投的人容易萌生爱情，这里面包括政治信仰、宗教信仰、道德信仰相同的人。还有，人所处的不同环境，包括出生地、居住地、学习地、工作地等的不同，会对爱情的萌生带来这样或那样的际遇。故，有人如此道，我是在合适的地点遇到了适合的人。

爱情是个时说时新、常说常新的话题。古往今来，关于爱情的名人名言难计其数，关于爱情的各种咨询不胜枚举。我们每个人自小起即可闻及爱情的故事和训导，长大后又将面临爱情的袭扰和选择。人会谈情说爱，与人会吃喝拉撒一样，几乎是不要经过学习指导也能施行，其有所不同的是觉悟、程度和方式、方法。然而，我们每个人的爱情并非完全相同，有的美妙、有的凄苦，有的明爱、有的暗恋，有的永恒、有的短暂，有的双向、有的单向，有的热烈、有的平淡，有的守德、有的失德。事实上，爱情这个东西，并不容易琢磨，也并不容易把握。之所以说不容易，主要是感情本身属于精神，在客观世界里难以固化，加上又有太多的容易发生变化的外因。再者，感情是两个人的"事业"，还容易受到双方家庭直接或间接的干扰。还有，人是活生生的，其身体健康状况也会影响爱情的发展。谁都知道"前车覆，后车诫"的道理，可一代又一代的许多人还是会去"重复过去的故事"，到头来，有的痛悔，有的认命。究其原因，一如日本渡边淳一所言："人类社会几千年来迅猛发展，但有一种东西是完全没有进步的，这就是人与人之间的爱。"他认为，男女关系不是一门学问，而是一种领悟。由此，爱情经营不是靠学来的，而是靠悟来的。二如中国有句谚语，叫"糊涂脸睡聪明枕"。人在早晨初醒仍眠枕席之时，想想过去的事，念念将来的事，尚能一一了然于心；然而，等到盥洗完毕，原先是非明辨的事，立马十忘其五。西方哲人还有言："就是神在爱情中也难保持聪明。"爱人的这种弱点，不仅在外界人的眼中，就是在被爱人的眼中，都是显而易见的。此说明，人在爱情中常会犯糊涂。三如美国《华盛顿邮报》有个新栏目，叫《爱情是个睁眼瞎》。不是么？"情人眼里出西施"，身在爱情中的男女容易无限放大事物的美好，而轻视、忽略明摆或潜在的问题和危机。有的人在茫茫爱情中六神无主地东奔西突，结果是无疾而终。四如有学者认为爱情学与经济学相通。在经济学中，一次创业成功的比率不到10%，一般人往往要到第四次创业时，才能真正成功。在爱情学中，初恋成功的比率只有6%，超过一半的人要经历四次甚至更多次的恋爱，才能走向婚姻。五如有经营头脑的人所说的，谈恋爱如同开公司一样。

开公司不可能包赚不赔,谈恋爱也不可能包成不败。六如冯仑所指出的:"有一种美德被高估了,那就是爱情。"法国有位作家编辑过一本书,书名即为《爱情没那么美好》。这些观点尽管悲戚,但也蕴含着哲理。那就是:世界上没有尽善尽美的东西,包括人的爱情。不是么?有的人为了所谓的爱情走向了极端,古时候就有为了一个女人而发动一场战争的惨事。常言道:"前事不忘,后事之师。"爱情不可强求,爱情也不可强留。求不来的爱情就放下它吧,留不住的爱情就随它吧。正确的态度是,吸取必要的教训,满怀希望和激情去迎接新的爱情。当然,我们每个人既然爱上了他人,就一定要付出自己的真爱,包括厚道而不是浅薄、包容而不是苛求、担当而不是失责等;还要想方设法使得爱情保鲜和长驻。人生最难是相遇。既然相遇了,又相爱了,不到万不得已的地步,还是要相融相合地携手共渡人生长河。

在科学技术高速发展、世间万事万物可以量化的今天,对爱情与友情的"情"尚难确定尺寸和斤两。这说明,爱情与友情,一方面难有标准,另一方面难以考核。这还说明,爱情与友情,一方面美妙无穷,另一方面变幻无常。在悠长的生命历程中,有许许多多的人,朝自己迎面而来,与自己擦肩而过,甚或相扶有过一段时间的按辔徐行,然后各奔东西。这些人,换了一茬又一茬,走了一拨又一拨,从陌生到熟悉,又从熟悉到陌生。然而,总会有一些人,因为有情,或成为朋友,或结为爱人,很多竟至一生一世,长久驻留。笔者认为,凡朋友,有赖于相互信赖、相互尊重,有距离地亲近;凡爱人,有赖于相互认真、相互欣赏,可持久地依恋。无论是爱情,还是友情,都是人生缘分。缘分当前,惟有珍惜、珍惜、再珍惜。

顾世潮评

——新时代人生哲学随笔三百篇

（下卷）

顾龙友 著

商务印书馆

目 录

道具与面具	507
传染与感染	511
小细节与大事业	514
名堂与花样	517
两由之与居其一	520
命与运	523
情商与智商	527
因与果	530
远了与近了	534
配错与配对	537
闹与静	540
余味与余音	543
逗号与句号	546
自负与自谦	549
又爱又恨与无爱无恨	552
小家子气与大家子气	556
游戏规则与规则游戏	559
有时有刻与无时无刻	562
得之与失之	565
人间与事间	568
争与让	572
人面与人心	576
般配与合适	579
多心与少心	583

本真与功利	586
荒与熟	590
外炫与内敛	593
说出来与做出来	597
阿庆嫂与祥林嫂	601
流动与固定	604
外包与自产	608
过得去与过不去	612
独处与众聚	616
忘掉与记住	620
方法与门道	624
争先与滞后	629
任性与管束	632
先知先觉与后知后觉	636
泪水与汗水	640
面子与里子	644
拒绝与接受	647
微学习与宏学习	650
借钱与还钱	653
甩与被甩	656
概率与反概率	659
差异与共同	662
喜爱权与讨厌权	665
瘾头与兴趣	668
之交与之间	671
话中有话与言外之意	674
说谎话与说实话	676
厌烦熟人与喜欢生人	679
先入与后入	682
放松与收紧	685
为敌与为友	688
忽视与重视	691
清零与累积	694
讨好与得罪	697

等待与走开	700
保守与勇敢	703
重复与重新	706
拎不起与撒不清	709
职来与职往	712
小聪明与大糊涂	715
愚笨与机敏	718
老年人生与人生老年	721
中年危机与危机中年	724
意思与意义	727
先发布与后发布	730
空间与时间	733
多之多与少之少	736
本能与本事	739
将就与顶真	742
还嘴与还手	745
摆谱与噱头	748
正情绪与负情绪	751
小事与大事	754
明明病与心理病	757
柔性与刚性	760
落魄与得意	763
服从与违拗	766
意念与依赖	769
掉链子与紧箍咒	772
给予与接受	775
悦己与悦人	778
半与全	781
没地位与没本事	784
习惯与性格	787
清空与占满	790
一与二	793
生气与争气	796
差一点与多一点	799

不以为意与不以为然	802
合成与单个	805
忙碌与清闲	808
虚伪与虚荣	811
好做与做好	814
偏见与正见	817
极端与居中	820
红面与白面	823
遵从与违抗	826
中看与中用	829
性价比与利用率	832
刚好与不巧	835
传统与新潮	838
天花板与无底洞	841
起始与终了	844
情趣与意味	848
招手与挥手	851
冒牌与正宗	854
起跑与冲刺	857
隐秘与公开	860
调味品与火药筒	863
隔座山与隔层纱	866
交换与独占	869
傻与不傻	872
养生与养心	875
舌尖与心尖	878
情之困与物之困	881
决断与选择	884
独角戏与双簧戏	888
烦闷与苦恼	891
实话实说与巧言巧语	894
一定与也许	897
瞬间与永驻	900
冷知识与热知识	903

聚缘与散缘	906
因人废言与以言举人	909
放下与提起	913
女汉子与软妹子	917
作与做	920
味道与感觉	924
俗与雅	928
合群与离群	932
单一与多元	936
能屈与能伸	940
相吸与相斥	944
靠谱与离谱	948
排队与插队	951
好脾气与坏脾气	955
撑腰与拆台	958
发怒与迁怒	962
吃相与站相	966
穷开心与富作乐	969
技能与智能	972
然与不然	975
个体自由与集体囚禁	978
干货与水货	982
攒与撒	985
感与受	989

后　记　　　　　　　　　　　　　　　　993

道具与面具

人赤条条地从母腹出来,与世间的万物本无联系。正是由于自身生存和发展的需求,人才与世间万物难以割舍。在现实生活中,人四周的东西常"为我所用",如房屋是用来住的,粮油是用来吃的,书画是用来看的,道路是用来走的,玩具是用来摸的,茶水是用来喝的,柴禾是用来烧的,板凳是用来坐的,刀具是用来割的,风筝是用来放的,锣鼓是用来敲的,马车是用来拉的,轱辘是用来滚的,箱柜是用来装的,高铁是用来运的,鲜花是用来赏的,床铺是用来卧的等。然而,在戏剧表演或影视摄制时,常用器物作为道具,如墙壁、门窗、桌椅等叫大道具,纸烟、茶杯、针线等叫小道具。这些道具,是为某种艺术服务的。人们熟知的川剧变脸,其采用的也是道具。它是川剧表演的特技之一,用来揭示剧中人物内心的变化,即把那些不可见、不可感的抽象的情绪和心理状态,变成既可见、又可感的具体形象——脸谱,其常见的有四十五种。艺术表演中的道具与现实生活中的物品,有时尽管同样为真品,但用处迥异。艺术源于生活,又高于生活。现实生活中的物品是满足人的物质需求,而艺术表演中的道具是满足人的精神需求。

人生宛若舞台,每个人始于出生、终于去世,都在作各种各样的表演。其有所不同的是,有的人在时间上表演得长些、有的人在时间上表演得短些,有的人在品质上表演得优些、有的人在品质上表演得劣些,有的人在数量上表演得多些、有的人在数量上表演得少些。即使是国家元首、地区首脑,施政理事也是一种"表演",如出席会议、视察灾情、接待来宾、出外访问等,都是在按照一定的理念、方式在表演。"铁打的营盘流水的兵。"军营里的官兵换了一批又一批,都是在遵从一定的使命、职责在"表演"。常言道,山不转水转。政府机关里的公务员来了又走、进了又出,都是在执行一定的岗位、任务在"表演"。而在诸如此类的表演中,有些物品就像道具。这些物品已经从物质层面上升到了精神层面。哈佛大学的大门是黑色的铁栅门,极为普通。在大门两边已经灰黑的红砖垛上,嵌了刻着校名的石头。然而,这所大学从1636年创办以来,从这扇大门里走出了无数的政治家、科学家和文学家,其中有7位美国总统、40位诺贝尔奖得主、30位普利策奖获奖者等。在这扇大门里进出的许多人的一举一动,决定着美国的政治走向和经济命脉。这扇大门向世人昭示了这所大学立校兴学的宗旨:求是崇真。从一定意义上说,无论是现场目睹,还是影视闪现,这扇大门即是哈佛大学的象征。剑与刀一样,均为古代兵器。剑可以杀人,许多刺客使的便是剑。当年,鸿门宴上,项庄舞剑,意在沛公。然而,渐渐地,剑的审美功能多于实战。剑给人的意象首先是飘逸,出鞘、挥舞,一招一式,出神入化。似乎剑只与有身份、有地位的人结缘,像《水浒传》里那些生于草莽的汉子惟有拿刀、举斧、使棍的份。在一些场合,佩带宝剑如同摆设道具。有些物品,一旦在人的心里形成某种阴影,便也像戏剧和影视里的道具一样,只要出现,关涉之人即会有某些异样的感觉,有的会噤若寒蝉,有的会暴跳如雷,有的则会大惊失色。听说,有一个富豪,不能闻鱼腥味。原因是,贫寒时代的他,曾替人家卖鱼、送鱼、杀鱼,弄得每日浑身上下全是鱼腥味,家人、邻里、路人都躲避他,只有猫喜欢接近他。后来,经过奋斗,他成了富豪。当闻到鱼腥味时,他就会想起自己的过去。因此,他决不让家人买生的鱼,也决不到卖活鱼的地方去,甚至终生回避猫这种动物。香烟是种消费物品,许多男女至喜最爱,尤其是男人,更甚更广。在众多场所,香烟是个道具,可以有效地探测人际关系,是远是近,是亲是疏,是良是莠。二人之间甚或多人聚会,递烟、接烟、点烟、抽烟,只要有香烟来回,即使起初并不客气,慢慢地,其气氛、脸色、语气就会温和起来。有的时候,托人办事,对方接不接香烟,便可知其愿意帮助与否。有的地方结婚闹洞房,要新娘给男性亲友点烟。别小看这点烟,也是对新娘的一种测试。新娘必须介于青涩与大方之间,既开得起玩笑,又压得住场面,做到不疯癫、不轻佻、不傲慢。只有这般,才能被男性亲友高看。在一些影视节目里,男子独自坐着或立着,口里叼上一支烟,或手指间夹着一支烟,意在沉思;女子浓妆艳抹,坐在沙发里或藤椅上,跷起二郎腿,衔着一支烟,意在风情。几年前在国际上出现了一种比特币。顾名思义,它是一种用户自治、全球通用的加密"电子货币"。其本质上是一串二进制代码,由一串二进制密钥来支配。它打破了传统的由国家主导货币发行的惯例,完全由用户来自己把握。它毫无"使用价值",汇率取决于用户对比特币的"主观价值"。如一枚比特币可以值5000元人民币,也可以值5000万元人民币,还可以一文不值。其交易无休无止,起伏波动巨大,如一枚比特币可在两小时内从7000跌至5000,又可在两小时内涨回至6000。实际上,比特币在一些投机者的眼里,已成为一种用来赚钱的道具。故,中国人民银行等五部门在当时就发布了《关于防范比特币风险的通知》,明确指出了比特币"不能且不应作为货币在市场上流通使用"。法国有句谚语:"告诉我你吃的是什么,我就能说出你是怎样的人。"对法国人来说,饮食不仅关乎消化系统,而且象征文化脸面。在中国也是这样,饭菜体现出人情冷暖和人身尊卑。至于各国的国宴,不同的菜单设计还凸显出不同的政治用心。简言之,一菜一酒,如同一兵一卒,一些鲜明的政治信号时而以婉转的方式传递出来。这个时候,菜和酒已成为了道具,醉翁之意不在吃喝,而在政治。

与道具有所相似的是面具。望文生义,面具是戴在或罩在面部的用具。一是为了防飞尘、防毒气、防辐射、防伤害等,要用特制的面具。这主要属于劳动保护范畴。二是为了美容,如由于伤残、病残等带来的面部不雅观,而用较为逼真的面具,使之尽可能"对得起观众"。三是为了某种特殊需要,如从事特务工作、实施地下活动等,有时需要戴上预制的全部或局部的面具,用于迷惑,以防止他人辨认出其真面目。以上是物质的、有形的面具。在现实生活中,还有精神的、无形的面具。一如政治面具。美国一向充当"人权警察",每年都要公布别国的人权报告,无端指责别国人权。然而,美国却长期在国际上推行霸权主义,肆意粗暴侵犯别国人权。自"9·11"事件后,美国更是打着反恐的旗号,恣意践踏别国人权,如在阿富汗和伊拉克,美军的虐囚、"误伤"平民、甚至虐尸等丑闻不断。这些所作所为,充分暴露了美国在人权问题上的虚伪,其所谓的维护人权只是一种假面具。二如人品面具。中国近年来揪出的一批贪官,包括正国级、副国级的,正部级、副部级的,上将、中将、少将的党、政、军高官。他们中的许多人在台上时,讲反腐慷慨激昂,讲倡廉口若悬河,然而,在私下里,大搞权钱、权物、权色交易。他们外在上的表现,实际上是假面具。社会上还有一些男盗女娼,走在街上,有模有样;公众面前,中规中矩。然而,在背地里,在心底里,卑鄙龌龊。在人际交往中,有时也会遇到一些"小人",当面一套、背后一套,说的一套、做的一套,好时一套、不好时一套。这种人,使人生厌,遭人唾弃。其当面的、公开说的、好时候的,常常是假面具。三如施舍面具。一般来说,世上没有无缘无故的爱,也没有无缘无故的恨。在现实生活中,有些人为什么容易上当受骗,主要是经不起对方的诱惑。如市场上有的店铺搞的试穿试用,一些药托、医托开展的免费体检或体验活动,网络上通知的所谓获这个奖、获那个奖,有些流动维修人员所作的无偿服务等,乍听初看起来都是好事,其实就是"放长线钓大鱼",其中既有阳谋,也有阴谋。阳谋是,把顾客吸引过去,任其摆布,从中牟取利益;阴谋是,先设上一个甚至几个圈套,让顾客钻进去,任其宰割,居间获取利益。这些面具,表面真诚、亲切、和善,里面充满心计、暗道甚至陷阱。

  道具也好,面具也罢,都是具。具者,器物也。器物的价值在于使用,使用了就有价值,不使用即没有价值,或者说那是另一种价值。道具与面具,都应"听我使唤",正如过程是为结果服务的一样,其使用须为目的服务。故,我们无论在职场上,还是在生活中,一定要清醒头脑、擦亮眼睛、明辨是非、洞悉善恶,千万不要稀里糊涂。我们虽然有时出于某种考虑而不去直接揭穿说破一些道具与面具的虚伪和假象,但是自己务必做到心知肚明,切不可无原则地、无底线地去加以信任或服从。毋庸讳言,世上不少人之所以待人处事出现悲哀,往往在于明知不可为而为。这比不知可为与否而为,还令人痛心和惋惜。当然,作为常人,也要学会恰到好处地去使用道具或面具,从而把人脉打理得更丰满一些、把事情办理得更圆满一些。

传染与感染

　　幼儿园里的小朋友,一到天气忽冷忽热时,便容易生病,且常常是这个感冒了、那个又感冒了,这个咳嗽了、那个又咳嗽了,弄得阿姨老师好烦心,搞得年轻妈妈好操心。为何这样?小朋友之间相互传染呗!传染,本义指病原体在生物体之间的传播和沾染。在这方面,与此近义的有感染,指受到传染,如"社会上流行红眼病,怎么回事,我也被感染了"。二者在词义上虽然没有太大的区别,但也有所不同,其中一个是传而染,一个是感后染;前者的并列关系稍强些,后者的因果关系稍强些;前者的被动性强些,后者的主动性强些。二者均为染。染,着上了,附上了,蘸上了,熏上了,黏上了。二者的后果也有异,前者还会传,甚至传无止境;而后者不一定传,有可能传此为止。当然,传也好,感也罢,前提是易传、易感。换言之,主体与客体之间具有内在的关联性。

　　从传染与感染的本义说开去,在社会领域,发生传染与感染的现象不胜枚举。一如笑声可以传染与感染。笑声是人类最原始的交流方式,婴儿不会说话前就会发出诸如"咯咯咯""嘿嘿嘿""哈哈哈"的笑声,这几乎是无师自通。人类的笑声大多兼顾了生理、心理和社会三个层面,内涵极为丰富。英国伦敦大学有位神经科学家设计并实施了一项试验。结果显示,自己听到别人的笑声后,大脑皮层特定的区域便会开始活跃。这个区域的功能,正是控制与发出笑声相关的肌肉。于是,自己就会觉得有难以克制不发出笑声的冲动。由此,笑声便会在人群中相互传染与感染。其所带来的是哄堂大笑和笑成一片。二如哈欠可以传染和感染。美国马里兰大学有两位生理学家研究发现,哈欠源于人的大脑中的"哈欠中枢"。当一个人受到劳累、觉醒、睡意等因素的刺激时,相关分子便会大量分泌,进而引起"哈欠中枢"兴奋,随即向人的肌肉发出"指令",有关的肌肉马上严格遵照"指令"运动。于是,一个哈欠诞生了。这时,倘若打哈欠的人在一群人中间,则周围的人容易被传染与感染,紧跟着,一个个便会打起了哈欠。这种现象,在夜间的火车站候车室和轮船码头候船室尤甚。三如奢侈可以传染与感染。何谓奢侈?无节制地、炫耀性地消费,过高要求地、过多希望地享受,即为奢侈。奢侈是一种现代病,极易传染与感染。其源于不正确的比较和无休止的欲望。在许多时候,奢侈的精神意义远远大于物质意义。有些人之所以追求奢侈,是因为其关注"相对处境"超过了关注"实际处境"。也就是说,已脱离了客观的、现实的需要,而盲目地、无谓地去与别人攀比。奢侈病的传染与感染不分对象,男女老少、亲朋好友和家里家外、生人熟人都可以传染与感染。其最容易染上那些怕少花钱而丢面子的人。四如氛围可以传染与感染。氛围本是戏剧术语,如今却普遍用到了日常生活中,且有把氛围取代气氛的趋势。氛围的一般释义是,周围的气氛和情调。其传染与感染的现象,如在某处干干净净的公共场所,如果有人带头吃起了零食,并把剩下的纸壳随意扔在地上,那么,就可能有人效尤;在某位人士的遗体告别仪式上,倘若有人率先哭出了声,那么,就有可能出现哭声一片;在某个安安静静的集体场所,假若有人领头拿着手机叽里呱啦说个没完,那么,就可能有人跟着这样做;在某个争争吵吵的场合,倘或有人起先骂娘,那么,就可能陡然气氛紧张甚至开打。五如牵挂可以传染与感染。父母对子女会牵挂,子女对父母会牵挂;丈夫对妻子会牵挂,妻子对丈夫会牵挂;男友对女友会牵挂,女友对男友会牵挂。牵挂是联结亲情、联结爱情、联结友情的纽带。在有情人之间,相互传染着,相互感染着,且存精神缠绵,且生心理磁场。六如乐观可以传染与感染。众所周知,乐观的心态,对人的健康、保持年轻,大有裨益。而乐观,有一个十分重要的来源,即有赖于人际传染与感染。人生病了,尤其是患了重疴绝症,在接受药物、手术等治疗的同时,必须有乐观的心态。从一定意义上说,心疗比药疗还重要。故,在中国许多城市,民间自发成立了抗癌协会。这个协会,最大的功用就是相互鼓励,即在鼓励中乐观、在乐观中斗魔。七如节奏可以传染与感染。人的工作、学习和生活,有的是快节奏,风风火火;有的是慢节奏,慢慢吞吞。意大利人喜欢玩走钢丝游戏。假如急性子、暴脾气,那是万万玩不了的,就连站在旁边的观众也不得不慢下呼吸,宁静地欣赏。意大利人慢节奏的生活方式,在国际上是出了名的。中国实施改革开放政策,像深圳等一批现代化的国际大都市迅速崛起。人身在其中,不能不去适应快节奏的工作方式。否则,迟早要遭淘汰。八如勤俭可以传染与感染。勤,勤劳也;俭,节俭也。勤俭是中华民族的传统美德。李商隐咏曰:"历览前贤国与家,成由勤俭破由奢。"毋庸讳言,在中国自给自足的农耕时代,相对来说,南方人比北方人勤劳,这固然有气候、地质等方面的缘由,但与当地的村风、民俗密切相关。俗话说,村看村,户看户,人看人。人家一年到头在忙忙碌碌,惟独你要么"猫冬"要么"歇夏",则会成为另类,久而久之,自己也觉得不好意思。

人类社会是人间关系的集合体。在人类社会,社会性的传染与感染可谓司空见惯。但我们务必清醒地看到,许多传染与感染是负面的,甚至是破坏性、灾难性的。从小的说,在某条马路,一男一女不知为啥在对骂。于是,不少走路的、骑车的行人,纷纷停下驻足。结果呢,人越围越多,把交通都堵起来了。从大的说,在某些地方,或因为征地拆迁,或因为补偿安置,或因为医疗事故等,发生了或大或小的群体性事件,有的是上街游行,有的是绝食静坐,有的是打人砸物等。无论是小的传染与感染,还是大的传染与感染,作为社会管理者,都应对其追根溯源。佛教信奉今生种什么因,来生结什么果,善有善报,恶有恶报。我们是唯物论者,坚信世上万事万物都有或大或小、或多或少的因果关系。如果社会管理者能够及早有针对性地采取对策来防范和化解那些易传、易感因子,那么,各种各样负面的传染与感染就有可能不会发生,即使发生了,也只是局部的、微弱的、短时的。反之,倘若公共政策失误、社会制度失范、政府职能失位,任由某些易传、易感因子滋生扩大,那么,迟早会发生负面的群体性事件。据媒体报道,某地农民因有关部门治理污染不力而去找当地政府,开始时也就十多个人,后来扩大了,主要因为当地政府没有及时处置,酿成了有一万多人参加的围攻事件。在人与人之间,传染与感染,也有正向与反向两种作用,这就是人们所熟知的"近朱者赤、近墨者黑"。从这个意义上说,朱与墨是易传、易感因子。由此,我们在培养子女上、在管理员工上,自己在养成品性上、在增长才干上,均应深刻领悟、科学辨析哪些是易传、易感因子,哪些不是易传、易感因子,从而施以积极的应对之策,尽可能让具有正向作用的易传、易感因子多些、多些、再多些,而使具有反向作用的易传、易感因子少些、少些、再少些。如是,尤其是后者,好多负面的传染与感染即可避免。在现实生活中,诸如非血缘关系的乱伦行为、男女非正常的办公室恋情、不自觉地上了某种"贼船"等,究其原因,或多或少地存在具有反向作用的易传、易感因子。这些因子,最好是不存在,如果存在了也不可怕,可怕的是缺乏应有认知和没有严加防范。传染与感染,对人类、对自然、对社会、对个体、对精神、对物质,往往是无形的、渐变的。因此,更容易使人失去警惕,而无意识地任其进行。一俟发生质变,或出现难堪,再去审视和检讨既往,那就只有懊悔了,再多只能"亡羊补牢"。正确的做法是,对具有反向作用的易传、易感因子,应防患于未然。

小细节与大事业

关注细节、重视细节,时下,不少人无论在管理工作中,还是在诲人励志时,常常如此强调。细节,指细小的环节、细小的情节。其细小到一个眉来、一个眼去,一个举手、一个投足,一个语调、一个用词,一个迎来、一个送往。人生在世,除了世纪伟人,常人不可能有惊天动地的大事,即使有大事,那也是相对而言的。日落日出,年复一年,常人一天一天面对的、经历的,尽是一些细节。纵然是世纪伟人,其所成就的大事,也是由一个一个细节递进累成。古人荀况即有言:"不积跬步,无以至千里;不积小流,无以成江海。"跬步、小流,乃为细节;千里、江海则是大事。相对于关键、根基、宏大来说,细节是无关紧要、微不足道的,像高耸树木上的枝条和小节。但是,细节又不可或缺,即使长成了大树,或缺了枝条和小节,则难以长期存活。大至一个朝代的开启和衰亡,小及一顿盛筵的操办和消费,那都离不了细节,其中有些细节需要精雕细琢,有些细节需要渐次生发。因此,从一定意义上说,细节决定成败,细节决定生死,细节决定胜负。

众所周知,在事物发展中,主导演化的是其内部的主要矛盾和矛盾的主要方面,也就是内部的大矛盾和大方面。在评价一个人的是非功过时,主要看其是与非、功与过的占比,倘若是、功大于非、过,那其是正面人物;如果非、过大于是、功,则是反面人物。在衡量一个家庭的幸福指数时,许多人要么过多地追求物质、要么过多地追求精神,容易用大倾向掩盖小倾向。在处理诸多事务时,普世的认知是必须注重"大体"和"大局"。一言以蔽之:小不如大好。诚然,在很多时候,大确实好,天大地大当然是好。但是,对大与小的评判,并非惟独一个"好"字。换言之,并不是越大就越好,也并不是越小就越好。在不少情况下,其无所谓好,也无所谓不好,只是合适和适合与否。我们千万不要一看到大的就认为好、一看到小的就认为不好,也不能一看到小的就认为好、一看到大的就认为不好。也就是说,小有小的好处、大有大的好处,小有小的坏处、大有大的坏处。毋庸置疑,人从自身生理上、心理上的需求出发,普遍会去追逐同类中的大,这就带来了一个显而易见的问题:同类中的小容易被人忽略和轻视。从这个意义上说,人能更多地去注视和对待小,那更显得难能可贵。

  如果把人生喻作大舞台的话,那每天所见所闻、所言所行的细节只是一个个节拍、一个个音符。而这些细节,则不同程度地影响和左右着世间各种各样相对中的大事的存废。一如小决定。一般来说,我们很容易高估大决定的重要性,而低估在日常近乎不加思索作出的小决定的价值。但是,我们所有的习惯,无论好坏,不管大小,都是长期由许多小决定逐渐形成的。凡做一件事,开始时,选取提高一点或降低一点,基本上没有区别,但是,随着时间的推移,也由于惯性的作用,这些细微的提高或降低叠合在一起,则会惊奇地发现,二者之间已经有了硕大的差距。在每天的饮食中,荤菜多一点、少一点,食量大一点、小一点,都会潜移默化地作用着人体的健康。二如小欢喜。人在日复一日的平淡生活中,大欢喜并不是太多,而小欢喜却是随处可见。在菜场,摊主刀起刀落间,把一条活蹦乱跳的鱼儿刮得干干净净。其间,摊主的脸上露出了又做成一笔生意的小欢喜。在小区里的走道上,老头儿手捏一把自制的大毛笔,蘸着清水,在地上一撇一捺、一横一竖地练习书法。其间,老头儿的脸上写满了自我欣赏、陶醉的小欢喜。在河边,男孩抓起一块石片向水面甩去,石片"咻咻咻"地向前漂了几下,便消失得无影无踪。其间,男孩的脸上荡漾了几分得意、神气的小欢喜。由此可见,小欢喜风情万种,无处不有。人活着,理应更多地发现和拥有小欢喜,并使这些小欢喜像点点小花那样簇拥成片。三如小实业。做实业,许多人总想有"大手笔",因为小打小闹赚钱不多。然而,小实业做精了,同样有大发展。日本有个小企业,只生产哨子。其最贵的哨子卖到了两万美元。在世界杯足球赛上,所有裁判用的哨子都出自这个小企业。更令人称奇的是,其生产的哨子多达上千种。小小的哨子,可以说让这个小企业做绝了。四如小气量。人的气量有大有小。气量大的人,能容纳不同意见,不介意丁点儿小事;而气量小的人,心胸极其狭窄,像被人瞪了一眼那样极小的仇恨,也一定要去设法报复。西汉名将李广吃的就是气量小的亏。他以公报私仇的方式,下令斩杀了霸陵尉,导致汉武帝对其十分反感。五如小研究。许多人总是喜欢投身于前沿、尖端科学的研究,因为一旦取得成功,便会名垂青史。然而,小研究也有大学问。研究小小的蚊子,在国际上竟有四位科学家获得了诺贝尔奖。他们的主要贡献是,揭示了蚊子与疟疾的关系。据报道,小小的蚊子自古以来夺去了数以千万人的生命,甚至影响过国家的兴衰、战争的胜负和工程的进展。而这四位科学家对小小蚊子的研究,为人类防治疟疾开创了新路。六如小气候。毛泽东有言,人民,只有人民,才是创造历史的动力。综观人类社会史,有的时候,小小的一个气候变化也能改变发展进程。1812年,拿破仑组建了欧洲有史以来规模最大的军队,因未考虑俄国的冬季异常寒冷,在进攻俄国的60万大军中,最后只有15万士兵踉踉跄跄地返回了法国。从此,法国拉开了其庞大帝国走向覆灭的序幕。七如小礼节。一般性的人际交往,有通常性的礼节。然而,也有一些特殊性的情形,其中不乏照顾性的细节。欧尔曼是美国总统柯立芝多年的好朋友,柯立芝经常邀请欧尔曼陪同自己一起出席各种公开活动。但是,柯立芝有一个"癖好",每次柯立芝与欧尔曼会面交谈时,柯立芝总是站在欧尔曼的左边。原来,欧尔曼年轻时曾因一次意外伤害,导致右耳永久性失聪。关于这件事,欧尔曼仅与柯立芝说过一次,没想到柯立芝却始终记着。柯立芝之所以站到欧尔曼的左边,只为了照顾欧尔曼的听力。这个小细节,每次发生,都让欧尔曼由衷地感动。八如小差错。世间差之毫厘、失之千里的事并不鲜见,小小的文字也是这般。据报道,民国时期,军阀混战,阎锡山、冯玉祥结成联盟,发动中原大战,计划在冀豫交界处的沁阳会师,以便歼灭驻豫蒋介石军队。计划天衣无缝,但做梦也没想到,冯玉祥的参谋在拟定作战命令时,将"沁阳"写成了"泌阳"。两地相隔千里,冯玉祥军队误入了泌阳,贻误了时机,导致合围蒋介石军队的作战彻底失败,史称"败于一撇的战争"。

　　列举如上,笔者意在说明,人生在世,千万别小觑小细节。小细节,对大事业来说,有可能导致大胜绩或大败绩;对大人生来说,有可能带来大圆满或大灾难。古人说过,不要因为善小而不去做,也不要因为恶小而去做。无论善小,还是恶小,均属细节;不管去做还是不去做,都必须认真对待。作为凡夫俗子,我们在待人处事时,切不可随意和故意用小细节来原谅自己的错误,因为在很多时候,小细节并不是小节,小细节并不是小过,小细节并不是小岔。在现实生活中,小细节毁掉大业绩的事常有耳闻。有的人在仕途上、学术上苦心孤诣几十年,因为一时没有处理好个人感情问题,而身败名裂;有的品牌好不容易从市场上冲杀出来,因为一时出现局部质量问题,而从此一蹶不振。诚然,社会上倡导不计前嫌、悔过自新。事实上,社会的包容度十分有限,一旦失足、失察、失策、失算,要想不留下负面影响,那几乎是不可能的,有的甚至就此被舆论"一棍子打死"。因此,从这个角度上分析,人无论何时何地,都不能轻视忽略小细节。我们行走在茫茫人生路上,为能更多一点完善自己,务必拥有如履薄冰之心,去应对和处置各种小细节,并尽可能使失误和损失减少到最低程度。

名堂与花样

现象之一,有言直白:上有政策,下有对策。意思是说,你有办法管理、控制我,我也有办法对付、应付你。这是消极的甚至是违抗的做法。就拿违法违规管地用地来说吧,有的地方以建体育公园为名,建高尔夫球场;有的地方以土地流转为名,建"小产权"房;有的地方以发展生态为名,挖地成塘;有的地方以设施农用地为名,搞楼堂会所;有的地方以"村村通"为名,建开发园区道路;有的地方以政府融资为名,抵押公益性、基础性建设用地;有的地方以发展城镇化为名,侵犯被征地农民的土地合法权益;有的地方以临时用地为名,建永久性建筑物和构筑物。

现象之二,《论语》中曰:"巧言令色,鲜矣仁。"在现实生活中,的确有一些人精于巧言令色。这种人的所作所为,常常使人感到"不知葫芦里卖什么药"。其惯用的手法是,用卑贱的姿态、亲善的脸色、动听的言语,去巴结、讨好、奉承别人。明智之人见之听之,心里知道,肚里明白;糊涂之人见之听之,云里雾里,美哉乐哉;朋比之人见之听之,称心如意,臭味相投。巧言令色之人,虽然言谈举止巧妙,但万变不离其宗,善用欺骗人、蒙蔽人、蛊惑人的狡猾手段。

以上叙述的现象,一曰搞名堂,二曰耍花样。据《汉语大词典》释义,名堂由明堂衍变而来。而明堂是古代的一种建筑物,为"古代帝王宣明政教的地方。凡朝会、祭祀、庆赏、选士、养老、教学等大典,都在此举行"。后来,由于明堂在结构上、在名称上、在功用上有许多不同的说法,故渐渐衍生出花样、名目等意思来了。花样的本义,是指花的式样或种类,后来,延伸到了包括人的行为上的各种各样的花招,其中有人们熟知的花样滑冰等。名堂与花样,在词义上基本相同,如"搞什么名堂",也可以说"搞什么花样";"名堂真多",也可以说"花样真多";"没看出什么名堂",也可以说"没看出什么花样"等。但是,在不同的语境里,名堂与花样在意思上也有所差异,如名堂要庄重一些,故多用"搞";而花样要诙谐一些,故多用"耍"。汉语言中的"搞"是个中性词,干、做、办、弄、使,都可以用"搞"。世间万事万物,无论褒义的,抑或贬义的,都可以用"搞"。而"甩",多有轻视、故意之意,如"我们等一等他吧。天快要黑了,别把他甩在后面。""你看,他不高兴,又给咱们甩脸子了。"在这里,"耍"与"搞"并不通用。在一些地方,名堂常被说成"名堂经",花样则常被唤作"花样儿"。

名堂与花样,只要有人有事的地方,就有它们的身影。政治可以有名堂与花样,经济可以有名堂与花样,军事可以有名堂与花样,文化可以有名堂与花样,外交可以有名堂与花样,体育可以有名堂与花样,工业可以有名堂与花样,农业可以有名堂与花样,教育可以有名堂与花样,医疗可以有名堂与花样,科研可以有名堂与花样,贸易可以有名堂与花样。诸如此类,不一而足。名堂与花样,一在于标新立异。2011年5月3日,基地头号人物本·拉登被击毙,《纽约时报》当即刊登了一篇近万字的讣告。开头写道:"本·拉登于周一在巴基斯坦被美军击毙。他出身于沙特阿拉伯的一个精英阶层,欲通过激进的暴力运动重建一个7世纪的穆斯林帝国。同时,他也重新定义了21世纪的恐怖主义威胁。"这一天,几乎所有的美国读者都把这一讣告的页面默默地珍藏了起来。二在于出奇制胜。面条本是个家常食品,差不多每位家庭主妇都能制作,可日本安藤百福却把面条食品做绝了,达到了登峰造极的地步。他发明了方便面,并使其跨出国界成为世界性的商品。据悉,2003年全世界的方便面产量高达632.5亿包,其中日本54亿包、中国277亿包、印尼112亿包、韩国36亿包,全年方便面产值已达140亿美元。三在于别出心裁。汉武帝治贪在中国历史上是有名的。他发明了一个整治受贿官员的好方法,叫"羞愧疗法"。这种方法,果然灵验,能使贪官不敢再贪。战国时韩昭侯发明了一个可知大大小小任何事的好方法,叫"恐吓疗法"。他培养了一大批耳目,散布在政府各个部门和民间各个地方,连鸡毛蒜皮的事都会有人向他汇报。所以,他死后得谥号为"昭"。四在于怪诞不经。这方面的情形,在科幻小说、侦探小说中常见。在现实生活中,有各地的"闹鬼"现象,一些人报称见到鬼魂或感觉有鬼。其实,世界上并没有鬼。所谓的"闹鬼",不过是人心在作怪,正是那些特殊的环境因素,给人以一种心神不安的感觉,于是想到了鬼,继之,似乎耳闻甚至目睹到了鬼的活动。五在于发人深省。常见的墓碑上,一般只刻着死者的姓名、生卒年月日,但也有刻着新奇文字的墓碑,如"人生最大的满足来自于对目标的追求""成功其实是世界上最可怕的事""与其折磨一个生命,不如安息一个生命"等。六在于藏而不露。名堂也好,花样也罢,倘或被人一眼看穿,那"含金量"就会大打折扣。20世纪50年代伊始,十万解放军官兵在新疆大漠解甲屯田。为解决他们的婚姻问题,王震将军请求从自己的家乡湖南开始,征招女兵前往新疆。于是,从1950年7月至1952年5月,大约有八千湘女上天山。当时的《新湖南报》不断刊登报道,动员女青年报名。然而,当时并没有把奔赴新疆最重要的婚配事宜说出来,只是说若到了新疆后"可以进俄文学校,可以做纺织女工,可以当拖拉机手"。所以,湖南全省各地的女青年争先恐后地积极应征。七在于丰富华丽。世间大多数人,普遍厌烦生活中的单调、贫乏和粗俗,对相同的资讯、相同的路径、相同的面孔、相同的话语,总缺少兴致,或兴致递减,一旦接触到了新的东西,便会陡增兴趣。商品生产者和经营者正是摸准了大多数人求新、求实的心理,殚精竭虑,源源不断地为社会提供了更高质量的服务,而大多数人则在不一样的服务中体会和享受到了不一样的快乐。八在于故弄玄虚。失真、失当的名堂与花样,往往是有的人有意识地去耍弄花招,迷惑甚至欺骗别人。这种行为要不得!近年来各地频频曝光的非法集资案,多为注册公司,多用高息引诱,起始时还照样分红或付息,到头来则"欠款失联"或关门破产,从此留下了一大堆的社会问题。

名堂与花样,从积极意义上说,是一种创意,是人的计策和谋划能力的体现。我们每天工作、学习、生活的内容、对象、过程、结果,都会有许多名堂与花样。从某种意义上说,如果没有这些名堂与花样,社会就难以进步,人类就难以发展。但是,世上任何事物,都有两面性。名堂与花样,倘若出发点、落脚点不正确,那就有可能走进歪门、步入邪道,要么沦成笑柄,要么招致失败。我们对名堂与花样,在指导思想端正的大前提下,既要敬慕,立足于创新;更要敬奉,注重于创新。《郑板桥集》中有言:"四十年来画竹枝,日间挥写夜间思。冗繁削尽留清瘦,画到生时是熟时。"愿我们能像郑板桥画竹一样,在人生的长途跋涉中,去恶从善,又好又多地追逐正经、正道的名堂与花样。

两由之与居其一

尽人皆悉,"一"是最小的正整数,"二"是一加一后所得的数目。有时,"二"与"两"通用,如一个加一个是两个。这里所说的"一",是二者必居其一的"一";换言之,须在两个中选择一个,也就是非此即彼,或非彼即此。这里所说的"两",是任由这样或那样;换言之,不管怎样,都依顺,都听从。因此,居其一,是没有讨价还价的余地;两由之,是富有取舍捭阖的弹性。

两由之与居其一,看起来是一对矛盾,其实是人在整个生命历程中,根据不同的对象,而采取的不同的方法。其包括脑中想的、心里藏的、口里说的、手里做的。两由之与居其一,均为人的主动作为,受制于对相对方的认识,包括对其过去、现在和将来的认识,同时,也体现出作为人的判断和决策能力。两由之,不是放任自流,不是无为而治,也不是作为人不负责任。换句话说,不是作为人失职或渎职。居其一,不是作为人生性偏激,不是作为人行事固执,也不是作为人姑而妄之。换句话说,不是作为人思维单向或绝对。

世间万事万物都在按照一定的规律有声有息或无声无息地运行。规律是什么?它是事物之间的内在的、必然的联系,是客观现实而非主观意志而存在的。一如花开与花落两由之。无论是桃花,还是樱花,时节到了,便会含蕾、绽放、凋落。尽管花开美丽、花谢苍凉,但它们从来不会考虑人的意愿。二如大城市生活与小城市生活两由之。相对来说,大城市发展机会多,生活丰富且方便;缺点是工作压力大,生活成本高。小城市日子安逸,生活成本低;缺点是人际关系复杂,就业机会少。显而易见,大城市与小城市,各有优点、缺点。作为我们常人,如果没有预先设计的愿景和向往,换言之,如果没有对自己生活的定义和规划,那么在选择上就可以两由之。要知道,人在世间所有的选择,最终都归结为"你想要什么"。三如快节奏与慢节奏两由之。节奏的本义,是指人类声乐和器乐中交替出现的具有规律性的高低、快慢、长短、强弱的现象。在现实生活中,有的人习惯于快节奏,有的人则习惯于慢节奏。其形成,既有先天的因素,又有后天的因素。快节奏与慢节奏,各有好处、坏处。正如"宋太宗请苏易简讲述《食经》,他问世上的食物何为美味?苏易简回答说,物无定味,适口者珍"一样,你是适应、喜欢快节奏还是适应、喜欢慢节奏,在这个问题上,你千万不要勉强自己,一般以两由之为好。四如发火与止火两由之。这里的"火",指怒气。喜怒哀乐,乃人之常情。发火虽然会伤及对方感情,但只要从内心取得理解,也无大碍,且有火憋着不发,反而有害于自己的身体。亲人之间,朋友之间,熟人之间,有火不必强行遏止。对发火,关键要看对不对、妥不妥、值不值,且发火之后是否记恨。人与动物不一样,人具有理性的自控能力,但是,自控应控制在适当的范围内。常言道,癞蛤蟆被踩在脚下,也会"咕咕咕"地响几下。意思是,这属规律,这为合理。因此,在绝大多数情况下,人有喜怒哀乐,还是率性一点表现、发泄出来好。换言之,由着性子一点好。而这,一方面彰显了真实的人性,另一方面则有益于身心健康。五如动与静两由之。纵观许多人的长寿之道,尽管有一些大概率的兴趣和爱好,但都不绝对。换句话说,并不是爱动的人就一定长寿,也不是爱静的人就一定长寿。由此说开去,并不是爱吃荤菜的人就一定短寿,也并不是爱吃素菜的人就一定长寿。寿命的长与短,是由诸多因素综合决定的。因此,我们每个人要根据自身的情况,找到科学的长寿之道,切勿刻意委屈了自己的生理和心理。

  人生在世,客观地说,并不想动辄去作你死我活的斗争和非白即黑的拣择。但是,在很多时候,人自觉或不自觉地会置身于二者必居其一的境地。一如婚配。在寻觅对象阶段,有的人或许同时谈了两个甚至更多数目的异性朋友。恋爱的目的是结婚。按照中国现行的《婚姻法》,婚姻是排他性的。也就是说,一男一女,才能结婚。由此,如果你谈了两个甚至更多数目的异性朋友,那只允许你从中确定一个异性朋友作为结婚对象。在这个问题上,不能有企图,不能搞暧昧,不能犯犹疑。否则,将贻害无穷。这方面的前车之鉴,太发人深省了。二如物竞。世界上所有的物质都有存在的理由,世界上所有的鲜花都有盛开的理由,世界上所有的相聚都有发生的理由。但是,其理由是不可缺少的、不能取代的。否则,物质就不会存在,鲜花就不会盛开,相聚就不会发生。在非洲中部干旱的大草原上,有一种体形肥胖臃肿的巨蜂。它的翅膀非常小,脖子也很粗短,但在大草原上能连续飞行250公里,且飞行高度也是一般蜂类所不能及的。根据生物学和流体力学的理论,在世间能飞行的物种中,它的飞行条件是最差的,甚至连鸡、鸭都不如,但事实却不是,它是飞得最远的物种之一。哲学家对此给出了合理的解释。简单地说,它天资低劣,但必须生存,若是不能飞行,只有死路一条。这就叫"置之死地而后生"。三如处世。从古及今,家庭也好,社会也罢,都是劝人为真、为善、为美。即倡导相信科学、反对迷信,倡导坚持正气、反对邪气,倡导勤劳节俭、反对奢靡,倡导真诚善良、反对虚伪等。这也是一种居其一的取舍。古人告诫后人,要记人之善,忘人之过;记人之长,忘人之短;施人勿念,受恩勿忘。这说的也是居其一的道理,不过,其选取的是正能量而非负能量。四如考题。在学校考试试题中,常有选择题。其要求考生在对与错、是与非之间进行着并不轻松的选择。考生必须用心审题,深入分析,精确计算,反复核检,去伪存真。否则,很容易出错。人生也是一场考试,经常会遇到各种各样的选择题。只有在一道道选择题上填写了正确的答案,人直至回忆一生时才不会问心有愧,也才会尽最大可能地减少、免除一些遗憾。五如方向。方向,指位置、情势。方向是个大前提,方向是个大战略。方向正确,用的心越多,下的力越大,产生的成效就越显;反之,亦然。古代南辕北辙的故事,喻指行动与目的相反,其根本问题出在错误地选择了方向。在现实生活中,一旦目标确定,除了有客观上的限制和策略上的考量,通常来说,其方向必须居其一,不能含糊。有的人之所以事倍功半,其中有一个重要原因,是在方向上出了问题。换言之,劲没有使对地方。不难理解,水滴石穿,水滴的地方必须相对固定。这也是方向问题。从一定意义上说,方向不得商量。它是具有刚性的居其一。

　　面对纷繁的世事,我们是两由之还是居其一,说到底,务必清楚自己是谁、能成为谁,想要什么、能要什么。考虑清楚了,当决断时别犹豫,当推敲时别鲁莽,当前行时别退缩。不管是两由之还是居其一,千万不要走极端。有的人愚蠢地用"无机会"去给"有机会"殉葬,欲强人所难、夺人所爱,结果未成,自己却成了罪人,有的还自杀身亡;有的人工作无目标、生活无头绪,浑浑噩噩,庸庸碌碌,今日有酒今日醉,甭管明朝无米炊;有的人为了生命中那些不重要、不值得的东西,而轻率地丢掉了那些真正重要、真正宝贵的东西,且这些东西在自己的余生中再也无法找回或弥补;有的人曾经夫妻一场,到了分手时刻,却成了仇人恶人,水火不相容,弄得两败俱伤。从来世人百样人,全凭各人自己做,或随波逐流,或特立独行,倘该两由之时不两由之、该居其一时不居其一,那就成什么样的人了?!这不能不是一种人生失误,怜哉惜哉!为了人生更幸福、更美好,我们每时每刻跨出的每一步,尤其是跨出的每个具有关键和节点意义的步,当细细斟酌是两由之还是居其一。

命与运

这是一个古老的话题,这是一个沉重的话题;这是一个人人都能说的话题,这是一个人人都难说的话题;这是一个玄之又玄的话题,这是一个莫衷一是的话题。这个话题,便是命与运。

世间几乎所有的人,都会感觉、感受和感叹命与运。为什么?笔者分析,其一,渴望公平。乍看起来,人与人,有鼻有眼,有手有脚,大家都相差不多。于是,从人的本性出发,没有哪个不渴望公平,如渴望机会公平,渴望财富公平,渴望起点公平,渴望结果公平。然而,现实是冷酷的。所谓的公平,其实有不公平的一面,如机会公平,财富并不一定公平;起点公平,其结果并不一定公平。公平只有相对,没有绝对。世间的公平掩盖了不公平,世间的不公平显示出公平。面对各种各样的不公平,人们往往会用命与运来消释心中的不满。其二,平移心境。英国有位科学家叫甘珀森,提出了一个反概率的理论。核心内容是,概率具有矛盾的一面,即越有可能发生的事情并不一定能够发生,而越不可能发生的事情却有可能的发生。如你从轿车里随手扔出一根刚刚燃烧过的火柴,看似熄灭了,竟引发了一场森林大火;你在家中,用了几盒火柴、一摞报纸,居然没能点着堆满了干木柴的火炉。对此,有的人会用命与运来解说。实际上,人的天赋不一样、后天不一样,当然,其结果也不一样。俗话说,十个手指头伸出来,也不一样长。作为优者、强者,一般不多言说;而作为劣者、弱者,有的会归咎于命与运。从一定意义上说,命与运是一些人发生意外、出现差错最好的托辞,也是一些人掩耳盗铃式的自寻安慰的借口。其三,难逆客观。人类社会,有客观世界,有主观世界。客观世界,既包括自然界,又包括身外物。在很多很多时候,在好多好多地方,人算不如天算。这个天,即是客观世界。客观世界有其客观规律,虽然有时会遭受主观世界的重大影响,但总的趋势和进程是不可能改变或不可能扭转。民间有句戏谑的话,叫"天要下雨娘要嫁人",说的也是这个道理。

人无回天之力,日子却要一天天过下去,怎么办？遵从天意吧！于是,用命与运可自圆其说,因为命与运来无踪去无影,谁也没见过是啥模样,用虚无缥缈的东西来作解释,那也无法考证。再说,人人都爱面子,把那些不称心、不如意归罪于客观,总比归罪于主观,在面子上要好得多。事实上,有的情况是,主观原因大于客观原因,甚至完全是主观原因。但有的人只会一味地责备或埋怨客观原因,而客观原因,便是命与运。

命有命途,运有运道。环顾左右,有的人命途多舛,事不顺遂；有的人运道不佳,事有磕绊。为什么？笔者分析,其一,理想与现实发生矛盾。"人有多大胆,地有多大产。""只有想不到,没有做不到。"这两句话作为激励人的口号,尚可理解；但要完全实现,那是不可能的。如果只是理想化地去办事,那注定要以失败而告终。相对来说,理想是淡白的,现实是浓墨的；理想是单薄的,现实是丰盈的。理想可以想入非非,而现实必须脚踏实地。由于现实与理想之间存在落差,故对当事人来说,难免感到命途多舛、运道不佳。其二,上当受骗和中计遭殃。世上好多人的苦命和厄运是别人故意使之,如别人故意设置了圈套、做成了骗局、构造了陷阱等,倘若当事人毫无防备,则难以避免。笔者在马路边曾偶见一个骗人的"免费游戏"。冷眼观之,应试的大多数人不仅摸不着奖,还要受罚。这些人一个劲地在骂自己的手臭,他们哪里知道,这本身就是"局"。从数理上说,应试者受罚的几率要远远大于获奖的几率（试想,若反之,骗子肯定不会在那儿做"免费游戏"）。其三,遭遇意外后果。世间有一条定律频频影响着人们的生活,那就是"意外后果定律"。氟利昂本来是一种安全、无毒、稳定、有效的制冷剂,然而它会在阳光照射下分解,从而破坏地球臭氧层；美国"9·11"事件发生后,人们普遍不愿坐飞机,而宁愿自己驾车出行,从而导致死于车祸的人数大增。毋庸讳言,人在命与运上的一些不测,则是受到了"意外后果定律"的影响。成语"速欲则不达""乐极生悲""祸无双至,祸不单行"等,就蕴蓄了这条定律的含义。其四,麻木不仁。世事尽管难料,但毕竟有"势"可觅。势者,势头也。俗话说,旁观者清,当局者迷。一些人在命与运上或早或迟出现的不良拐点,其实,旁观者早就看清楚了,只是当局者没有观察到,或者说,即使观察到了,还不愿直接面对,或还心存某种侥幸。人如能多些机智和敏锐,做到见"势"早、应对巧,那可有效避免不少背运。《宋书》中曰："此其乐祸幸灾,大逆之罪一也。"在这方面,切勿对别人的不幸却感到高兴。有的时候,某些灾祸,别人先予遭受,说不定,你就是下一个（此并非咒语）。其五,从不恰当的比较中来。世上的命与运,本无好坏、优劣之分,因为有了某种比较,才现出某些差异。从某个方面说,人不知道命与运,也就无所谓命与运；人无所谓命与运,也就不计较命与运。每个人在社会上、家庭里无不追求一种位置。其包括水平上的位置和垂直上的位置。位置只有通过一定的比较,才能从质和量上确定下来。可有的人喜欢作不恰当的比较,结果使自己产生了许多不必要的苦恼。不仅如此,这种人还会把命与运鞭笞一番。如今社会上一些自认"劳碌命"的人,无休止地去与别人比金钱、比物质。为了填补无底洞的欲望,他们只得没日没夜地"玩",把自己的神经绷得紧了又紧。就这样,还是跑不赢欲望,于是,只有哀叹起命与运来。

　　古今中外,关于命的争议不绝于耳。有一种唯心主义理论,叫"宿命论",它认为事物的发展和变化,人的生死和贫富,政权的兴衰和更迭等,都是由天命预先决定。但是,随着自然科学和社会科学的发展,颇有历史源远的"宿命论"越来越站不住脚。事实上,它不是上天意志,而是客观规律。"王侯将相,宁有种乎?"这是古代起义农民对那些死抱"宿命论"(即认为生死由命、富贵在天)的统治者的强烈责问和根本否定。而运,指运气,实际上是机会。换句话说,是在一定的时候、一定的地点,遇到某些人、某些事。倘若恰巧了,那就是好运气;如果不恰巧,那就是坏运气;倘若"见了鬼",那就是厄运。从一定意义上说,人是无法控制命与运的,因为它是受不以人的主观意志为转移的客观规律所支配的。但是,从一定程度上说,人的命与运的钥匙又把握在自己的手中。笔者分析,一是从坚持中把握。科学家发现,孤悬于南太平洋深处的圣查理岛,面积只有 1500 多平方米,离最近的岛屿也有近 2000 公里。然而,在这块与世隔绝的荒岛上,蜗牛却是唯一常住的"居民"。蜗牛没有翅膀,更不会游泳,依靠自身的力量根本无法抵达。科学家经过深入研究,终于揭开了这个谜。原来,飞鸟没有牙齿,只能囫囵吞下整只蜗牛。许多蜗牛在飞鸟的肚里扛不住漆黑和气味,就从硬壳内缓缓舒展开柔软的身躯,结果——葬身在飞鸟胃里的消化液里。只有少数的蜗牛,任凭如何挤压和腐蚀,始终将硬壳闭得紧紧的,直至飞鸟到达岛上,随着飞鸟的粪便排出了体外,从而活了下来,并渐渐繁衍开去。对蜗牛来说,这无疑是一场厄运,然而正是凭借自己的临危不惧、临难不乱,坚持、坚持、再坚持,最终化险为夷、劫后重生。有一句名言这样说的,"要在这个世界上获得成功,就必须坚持到底,剑至死都不能离手。"是的,如果你选择了放弃,也就放弃了成功的机会。自古以来的许多英雄,并不比普通人更有运气,而只是比普通人更能坚持。二是从拼搏中把握。一般来说,命与运是傻等不来的,如像"守株待兔"故事中的那个农夫那样,在侥幸地希望得到意外的收获,这自两千多年来被人们传为笑话。无数成功人士的实践告诉人们,通过拼搏可以从一定程度上把握自己的命与运。1977 年中国"文化大革命"结束后的第一年高考,让几十万农家子弟通过拼搏跳出了"农门"。如果没有那场"千军万马过独木桥"的拼搏,他们中的许多人不可能有今天这样的成功。三是从求索中把握。"路漫漫其修远兮,吾将上下而求索。"这是古人的经验,也是古人的教诲。求索的过程,是运动的过程,是探索的过程,也是寻找、发现、利用机会的过程。获得过诺贝尔和平奖的前美国总统国家安全事务助理基辛格每次回忆往事时,总会微笑地说:"就是那张冒昧的纸条,改变了我的命运。"当年,基辛格在军队当士兵时,曾给名叫克雷默尔的列兵写了并递了纸条,克雷默尔由此发现基辛格"有一副不同寻常的政治头脑",于是决定培养基辛格。从此,基辛格一路扶摇直上,走上了事业的巅峰。四是从磨难中把握。世间绝大多数人,并不想生来就当"苦行僧",因为人并不是只为了苦难而来到世上的。通常,在风调雨顺的环境里,人对机会的竞争会更激烈,要想出人头地确实难而又难。但在凄风苦雨的环境里,人对机会的竞争会趋弱化,这就给那些"立志不求容易,做事不避艰难"的人提供了发展的可能。在中国新民主主义革命时期走出来的一大批将帅,哪一个没有经历过枪林弹雨?随着国家命运的改变,他们也改变了自己的命运。中国社会主义建设时期,按照国家的统一部署,经济发达地区一茬又一茬地选派干部支援西藏。这些干部除积极响应国家的号召外,还有一个你知我知的重要原因,即试图通过一段时间献身"世界屋脊"而改变或改善自己在职场上的命与运。从一定意义上说,艰难、苦难、磨难,每种难都是资本、资历,而且是可以累积的。经受这些难的人,在命与运上很有可能"柳暗花明"。五是从逆袭中把握。凡动用过船的人都知道,越是逆水行进,船越易把握;越是顺水行进,船越难把握。在人的命与运上,也有类似道理。而今,一些久居都市的人,又开始返回乡村;一些穿多了各类名牌服装的人,又开始追求布衣;一些吃腻了大鱼大肉的人,又开始怀念五谷杂粮。在这番逆袭中,人的命与运也在发生着或大或小、或多或少的变化,而且这些变化是一种逆水行舟般的作为,其主观能动性较强。

人在世上只活一次,死了不可复生。人从娘肚子里瓜熟蒂落地出来,从此走上了茫茫人生路。这就如同一叶扁舟离开了停泊的港湾,驶向了无边无际的湖海;这就如同一个学童举起了七彩画笔,准备在一张方方正正的白纸上涂鸦。其结果或归宿是多种多样的。人活在这种状态中,不会晓得那种状态是否更美好;活在这个旅程里,不会知道那个旅程是否更舒适。以上这些,给人的命与运带来了太多太多的变数。但不管怎么样,自己的命与运,有赖于自己去把握,同时,有赖于自己去品读。

情商与智商

先说一则真实的故事。有一个男青年,自称是天才。初中时学校做智商测试,他的智商高达120以上。大学一毕业,他立即创办了一家公司,做得顺水顺风,业绩扶摇直上。可是,他在爱情生活上,却是一路坎坷,直至35岁还是孑身一人。他先后喜欢上了三位女下属,然而均遭到了拒绝。其中一位说:"你的条件太好,我配不上你。"另一位说:"我不需要像你这样太有能力的男人。"再一位说:"你太优秀,与你在一起,我感到有压力。"为此,他非常苦恼,便向情感问题专家咨询。专家一针见血地指出:"你喜欢的三位女士,智商也许比你差,但情商远远超越你。你把她们这些为了摆脱你而说的恭维话,当成了真心话。你这样对自己,还能有准确的判断吗?"这则故事告诉人们,智商高不等于情商高,智商不高不等于情商不高。

智商就是智力商数,是人们认识客观事物并运用知识解决实际问题的能力。一般来说,智商包括观察力、注意力、记忆力、思维力、想象力、判断力、应变力等七种能力。人智力的高低,通常用智商来表示。智商测试的方法,由法国比奈和他的学生所发明。根据测试结果,正常人的智商大多在85~115之间,100为平均智商。而情商又称情绪智力。早在20世纪三四十年代,国际上就有心理学家提出了类似的概念。直至20世纪90年代中期,哈佛大学丹尼尔·戈尔曼出版了《情商》一书,一下子使情商这个概念风靡世界,在中国也不例外。情商一般包括五项内容,即能认识自身的情绪、能妥善管理自己的情绪、能进行自我激励、能认知他人的情绪、能管理人际关系。智商与情商,两者都是智力,一种是智力中的智力,另一种是智力中的非智力。情商不能像智商那样可用测试的分数表示出来,只能根据个人的综合表现进行判断。

说起智商,人们很容易联想起《西游记》里的孙悟空。它把智商中的七种能力展现得淋漓尽致。一天,唐僧师徒路过镇元大仙在万寿山上的五庄观。镇元大仙叮嘱仙童用人参果来款待唐僧。人参果万年才结三十个,人若有缘,冲果子闻一闻,就能活三百六十岁;吃一个果子,就能活四万七千年。在仙童摘人参果款待唐僧时,孙悟空和猪八戒偷吃了人参果,还斗气把果树推倒,并施法放倒了仙童,怏然不辞而别。镇元大仙知道后,几番捉拿唐僧师徒意欲问罪,全被孙悟空巧弄神通逃脱。后来,镇元大仙转念一想:我们为何在这儿打斗,不就是为了一棵树吗?孙悟空知道镇元大仙"少不得还我人参果树"的底线后,给予了积极的回应:"若要活树,有甚疑难!"这时,镇元大仙也见好就收:"你若有此神通,医得树活,我与你八拜为交,结为兄弟。"就这样,孙悟空与镇元大仙共同大事化小、小事化了,免却了一场你死我活的恶斗,足见其充满了智慧。说起智商,人们还容易联想起《三国演义》中的诸葛亮。蜀将马谡失守街亭后,魏将司马懿率兵直逼西城,诸葛亮无兵迎敌,但沉着镇定,大开城门,自己在城楼上弹琴。司马懿怀疑设有埋伏,遂引兵退去。这被后人公认为一种化险为夷的谋略。中国古时的《孙子兵法》中,多有这类谋略。说起智商,人们还容易联想起电视连续剧《双面胶》中的上海人。在许多人的印象里,上海人精明。你看,《双面胶》中的岳父、岳母是上海人,他俩总给观众以精明的感觉。精明的人,往往智商高,且精明常常与能干如影随形。如今,上海人对人对己的最高评价是"拎得清"。所谓的"拎得清",即是指人在处理各种人和事时,哪怕对极其微妙的地方,都能清楚前因后果、利弊得失,从而采取恰当的举措,使相关各方都能满意。它闪烁着智慧的光芒,需要当事人有很高的眼见力、领悟力、推断力、决策力。说起智商,人们还容易联想起现实生活中出现的各种可恶、丑陋现象。如商品生产和销售中的"假品牌""假优质""假高效""假低廉"等。又如行政管理中的"假程序""假民意""假竞争""假成效"等。诸如此类,相关人是把智商用到邪门歪道上去了。这不仅毫不足取,而且理应严加谴责,必要时,必须追究相关人的刑事责任。

  时代前进到今世,人们越来越重视情商。情商除有高有低外,还既有先天的、又有后天的,既有显性的、又有隐性的。心理学家认为,情商高的人社交能力强,外向而愉乐,不易陷入恐惧或伤感,对事业较投入,为人正直,颇有同情心,情感生活丰富但不逾矩。进入本世纪以来,考量到情商的好处,社会各界也开始认识并利用情商的价值了。一如培养、选拔和任用干部。笔者曾担当过国家公务员招录面试的考官和竞争性选拔领导干部面试的考官,深感其面试的过程,也是测试情商的过程。其中,情商高的人在答题中能比较好地处理各种复杂的人际关系,而情商低的人控制自己情绪的能力则相对弱些,如在小组讨论时,常常表现出易急易躁的情绪,甚至还动辄批评或责备人。考官们会根据"标准答案"给予加分或减分。二如招聘员工。

人离不开欲,欲是人生的"发动机"和"推进器"。人不仅有食欲、性欲等,而且有名欲、利欲等。从一定程度上说,企事业单位招聘员工,用的就是应聘者的欲。一般而言,情商高的人不满足于现状,求进的欲相对强些。他们希望有大一些、好一些的平台,锤炼和施展自己的才干,以便"有所发现、有所发明、有所创造、有所前进"。因此,睿智的招聘者往往青睐情商高的应聘者。三如防病治病。人的疾病,既有器质性的,又有精神性的;既有内在性的,又有外在性的。当今社会,抑郁症是一种严重危害人体健康的疾病。据美国一项研究发现,患抑郁症的原因,女性多是"自己的努力没有获得应有的回报",男性多是"工作压力过大"。正因为此,美国某喜剧影星、中国某董事长等自杀身亡。更可怕的是,男性患抑郁症更不容易被察觉,更会导致自己杀死自己。而抑郁症并没有器质性的病变,只是身体不舒服,影响正常生活,然而,在严重时即会走上极端。情商高的人,能比较正确地认识自己,能更好地从人生的挫折和低潮中恢复过来。心理学家还发现,高情商似乎也与良好的健康状况有关。诺曼·卡曾斯在所著的《疾病剖析》一书中,讲述了自己是怎样用笑声来战胜疾病的。四如社会管理。加拿大有项研究测试了四千人的情商。结果发现,年纪越大的人独立思维的能力越强,同时也更重视他人的感受、更有社会责任感,应付压力和变化的能力也更强。研究表明,五十多岁是情商的最高峰。鉴于此,在社会管理中,诸如信访工作、调解工作等或许更适合五十多岁的人从事。一般来说,情绪控制能力差的人容易发生争吵、打架甚至暴力犯罪。因此,在单位内部管理中,应注重对这种人多做情绪疏导、排遣工作压力,避免引发大的矛盾和纠纷。要知道,一个单位,如果有几个这种人,弄得不好,常常不得安宁。

情商与智商,两者不一定等同,也不一定相背。换言之,情商高的人不一定智商高,智商高的人也不一定情商高;情商低的人不一定智商高,智商低的人也不一定情商高。在现实生活中,我们不难发现,一些高智商的人,却表现出了低情商,有的举措甚至颇失风度、颇掉身价;一些低智商的人,却表现出了高情商,有的举措甚至颇有见识、颇具智慧。此外,如同许多事都有周期一样,如生命有周期、政权有周期等,智、情也有周期,即这个时候强些、那个时候弱些,这些地方强些、那些地方弱些。因此,高智商、高情商的人,并非时时处处"高";低智商、低情商的人,并非时时处处"低"。不过,情商高总比情商低好,智商高总比智商低好,因为从人的行为学上分析,这是基础的基础。当然,人的情商与智商,最重要的要依靠后天的培养与训练。无论是情商的五项内容,还是智商的七种能力,都离不开学习与实践。情商与智商,好比鸟之两翼,缺一翼不可,弱一翼也不行,惟有双全、双强,人格才更健美,人力才更遒劲。

因与果

我们每个人都有这个经历,在自己很小的时候,尤其是上小学时,老师会教这个造句:"因为……所以……"于是,一个个学着造起句来,如"因为我肚子饿,所以要吃饭"等,其中造的句子不乏牵强、肤浅和稚嫩,弄得不好,还会使人哭笑不得。我国是一个诗的国家,古诗中也多有"因为……所以……"的句子。如王维的"草枯鹰眼疾,雪尽马蹄轻"。简文帝的"叶密鸟飞碍,风轻花落迟"。李绅的"春种一粒粟,秋收万颗子"。温庭筠的"萍皱风来后,荷喧雨到时"。屈原的"孰无施而有报兮,孰不实而有获?"作为世界上主要宗教之一的佛教,其教义中也有"因为……所以……"即今生种什么因,来生结什么果。换言之,善因得善果,恶因得恶果。在现实生活中,无论时局还是天象,无论工作还是学习,无论对人还是处事,无不具有因果关系。种瓜得瓜,种豆得豆,这是普遍性的客观规律。人,既是自然人,又是社会人。人,必须对自己的行为负责。而行为,有什么因在前,结什么果在后。换句话说,之所以结什么果,是因为有什么因。伟人所言的,世界上没有无缘无故的爱,也没有无缘无故的恨,其基本原理也是因果关系。艾青在黑暗岁月里写的名诗:"为什么我的眼里常含泪水,因为我对这土地爱得深沉。"在中国深入开展的反腐斗争中,一大批官员受到了纪律和法律的追究。为什么?是因为他们严重违反了纪律、触犯了法律。在世间,因与果,果与因,几乎是无处不在、无时不有。运用自然科学或社会科学的观点和方法,近观远瞻,前思后想,便会发现,一方面世上无无因之果,另一方面世上有果有其因。

透视和剖析因果关系,对我们走好人生的每一步,大有裨益。笔者分析,因果之间,粗浅地看,一有时间上的长与短。美国第 20 任总统加菲尔德从 13 岁起,就经常莫名其妙地遭受养母斥骂,甚至被扇耳光。养母因患有精神病,每次发病便会找人发泄。他便主动向养母跪地求饶,直到养母安静下来。只有这时,养母才肯罢手。直到50岁,他参加了总统竞争,结果民意并不高。他失意地向民众做最后的演讲。就在这时,养母突然来到了现场,没等他反应过来,就抽了他一巴掌,并大骂起来。他以为养母旧病复发,再度跪地求饶。可养母突然停下来,挽起了他,告诉大家一个惊奇的秘密:她的养子就像刚才这样承受了37年,且无怨无悔。养母这样做,是想告诉大家,选择让他这样的好人当总统,将是国家的福气。她的一席话顿时震撼了所有人,他的选票迅速攀升,一举赢得了竞选。由此可见,加菲尔德取得如此辉煌的"果",历经了37年的"因"。当然,在实际工作、学习和生活中,立竿见影的情形众多。二有数量上的多与少。有的时候,一个"因",会产生若干个"果";有的时候,若干个"因",只产生一个"果"。如中国媒体上不时曝出楼房倒塌的新闻。其实,这只是一个"果",其"因"有多个,包括设计、砂石、钢筋、工期等方面。又如职场上的性骚扰是个令人头痛的问题。一般来说,之所以遭到性骚扰,或多或少总有一些原因,如随意向异性谈自己婚姻生活中的不幸福,不明缘由地收下异性的贵重礼物,非工作时间过频地与异性单独接触,平日衣着装饰过于时髦且又暴露,与异性相处时有不当的嬉皮笑脸等。三有质量上的好与坏。人口干舌燥了,则须及时补充水分。倘若喝上清洁的水,那对身体有益;如果饮了有毒的水,则对身体有害。饮鸩止渴,虽能解决眼下急需,但会出现严重后果。同样是晴朗天气,一处是幸运,另一处是厄运。1945年8月6日,日本广岛上空天气晴朗。正因为此,广岛成为美军投放原子弹的首选目标,而其他的备选目标则逃过了劫难。有的男女,仅为了某些名和利而放弃了追求真爱,与并不合适的异性结了婚,结果是渐行渐远,以离婚收场。有那么一些人,在各自的职场上,只为了某些短暂的名和利,而不去走正道大路,最后步入了死胡同,甚至断送了前程。四有成效上的大与小。一般来说,大"因"对"果"的影响大,小"因"对"果"的影响小。当然,也有小"因"由于产生多米诺骨牌效应而主导了"果"的形成,也有大"因"由于出现消磁作用而"免疫"了"果"的形成。在现实生活中,因小失大是成效上的小,以少胜多是成效上的大。举例说来,穿衣与心理有着直接的关系。男人穿上正装后,容易觉得自己更成功,内心更有自豪感,行动上更为进取。古人有句名言:"最大的奉承,人总是留给自己的。"然而,人只有在爱情追求上,才有例外。不是么?一些颇为恃才傲物、专横跋扈的人,反而甘愿在自己的情人面前自轻自贱。

　　世间形态五光十色,社会生活斑驳陆离。在万事万物的因果关系中,也呈现出了复杂现象。其一,有意与无意。我们有的时候,主观上并不想得罪或贬低某些人,然而,在其行动过程中乃至结果上,客观上却已得罪了或贬低了某些人。你想更能干、更廉洁、更勤奋、更孝顺、更漂亮,无意中便会把别人摆在了相形见绌的位置。这,一方面说明,突出或出色,容易遭人妒嫉;另一方面说明,能时时处处做到谦恭,有何等困难。世人普遍在追逐名和利。然而,古人诗曰:"井甘枯必早,木直伐必先。"世上有名、有势、有才、有财、有貌的人,能有多少人真正做到时时处处谦恭的呢?其二,不惟"果"。人生有好多事,最美好的不是"果",而是"因"以及由"因"引发的过程。世上广为流传的最经典的爱情故事往往是没有"果"的,如罗密欧与朱丽叶、梁山伯与祝英台、杰克与露丝等。在这些爱情故事中,"因"是一方对另一方或双方之间的深爱,虽然没能成就世俗中的"果",但在其相恋、相依、相亲的过程中,已感受到了那种忘我、激动、甜蜜的情爱。从某种意义上说,男、女主人公退而求其次,也是一种心满意足。俗话说,养儿防老,积谷防荒。如果说养儿对父母来说,有防老的作用,那么养孙对爷奶来说,一般不具有防老的意义。然而,在现实生活中,许多爷奶对孙的爱护并不亚于父母,甚至有过之而无不及。事实上,爷奶乐在养孙的过程(经历),而非养孙的结果(防老)。其三,必然性与偶然性。世上,有的时候,本来八竿子打不着的事儿,却出人意料地发生了密切关联。13世纪末,威尼斯人马可·波罗游历东方归来,向人讲述了"印度后面的一个岛"盛产香料,那正是现今印尼的班达岛。受此启发,西班牙航海者扬帆远航。他们到达班达岛时,船长遇难不说,三艘船也只剩下两艘,后来因为香料装得太多又沉没了一艘。最后一艘船从西班牙一直向西行驶,又回到了西班牙的经历,却首次证明了"地球是圆的"。一种香料与一项地理学上的重大发现,本来不具备因果关系,却就此永远联系在一起了。在现实生活中,"无心插柳柳成荫"的事很多,如某些科学研究成果的取得,某些事物产生的副作用,某些始料未及的人生收获,与他们的初衷,并没有直接的因果关系(从现有的认知能力和水平上考量)。其四,作用力与反作用力。外科医生阿费烈德在解剖人的尸体时发现,那些患病的器官在与疾病抗争中,往往要代偿性地比正常的器官机能更强。他把这一现象称为"跨栏定律",即一个人的成就常常取决于他所遇到的困难程度。我们不妨试想一下,觉得有的就是这么一回事。如人因为有飞的愿望,才发明了飞机;因为有跑的愿望,才发明了汽车;因为有远距离说话的愿望,才发明了电话。又如一些颇有成就的钢琴家、书法家、画家,正是受了生理缺陷的影响,而使他们一个个走上了艺术之路;一些有眼看不见东西的盲人,其听觉、触觉和嗅觉,却比一般人灵敏。再如我们都知道,蛇是青蛙的天敌,那么,去掉这个天敌,青蛙的世界就能完美吗?否也。因为蛇是青蛙前进的鞭策者和驱动力。有了蛇,青蛙才有生存的压力,才有进步的助力。因而,从一定意义上说,即使是天敌,也是"因我而生"。由此可见,"因为……所以……"在许多时候是互动的,是你中有我、我中有你的,是你离不开我、我也离不开你的。其五,显性与隐性。因果关系显示在万事万物中,有的是风驰电掣,有的是潜移默化;有的是秃头之虱,有的是蛛丝马迹;有的是天翻地覆,有的是悄无声息。如独生子女在家庭中的地位特殊。有的家庭喜欢让独生子女吃"独食"——好的食品放在他的面前一人享用;过"独生"——只给他过生日,且买大蛋糕、送许多礼物;作"独玩"——以他为中心,大家围着他转。结果呢,使独生子女从小养成了自私的性格。又如用凡夫俗子的话来说,夫妻是搭伙过日子。在长期的搭伙过日子中,夫妻可以互相造就。爱撒娇的老婆会造就没脾气的老公,懒散的老公会造就勤快的老婆,怕带小孩的老婆会造就会带小孩的老公,爱玩的老公会造就顾家的老婆等。而诸如这些变化,在因果关系中,有的呈现出显性,有的呈现出隐性。其六,正向与负向。常见情况是,人们会从事物的因果关系中,正确地总结经验、吸取教训,从而少走弯路、提升效用。然而,也有例外。有些贪官并不是一开始就是贪的,甚至起初很廉,由于某些人或事,使其错误地认识到"不贪白不贪",于是,一点点贪了起来,直至不可自拔。史载,臭名昭著的清代和珅即是从反贪走向巨贪的。当然,这主要不是外因,而是内因。如今,一些人跟着别人玩"潜规则",结果玩进了监狱。其也有"理由":"因为唯独自己清正的时候,自己就有可能被孤立,轻则遭人嘲笑,重则受人排挤。"显然,这种"理由"完全站不住脚。

纵看横览世间千态万象,因果关系比比皆是。笔者分析,其说到底,是一种能量转换,其中包括力量、热量、活量、气量等的转换。如何清醒认识这些能量转换,并"为我所用",的确深奥玄妙,需要我们每个人在学习借鉴中应用、在应用中学习借鉴。

远了与近了

列举之一,在苏联卫国战争期间的一次激战前夕,苏军的一位侦察兵被派往前沿阵地侦察敌情。当时的天气很不好,不停歇地刮着一阵阵寒风。侦察兵用望远镜从远处看,阵地前面的那片树林,树枝随风摇曳着;然而,靠近后观察,发现有个树枝在逆风而动。这引起了侦察兵的警觉:树林里很可能埋伏着德军。于是,侦察兵果断地向指挥部作了报告,并提出了炮击树林的请求。指挥部采纳了侦察兵的建议,并在侦察兵的引导下,准确无误地炮击了树林,从而消灭了一批精锐的德军特种兵。

列举之二,中国南北朝时有个叫李德林的人,既有政治头脑,又有军事才能。当初他在北齐当官时,还是北周大臣的杨坚就对他赞赏不已,一心想收为己用。等北周灭了北齐,杨坚对他更是着意笼络。他在杨坚登基坐殿中立下了汗马功劳。杨坚曾许愿,待一统天下后,要把他打扮成菩萨金身,让全中国的人都羡慕他。可就是这样一位大功臣、大才子,真的成了杨坚近臣后,居然十年不给提拔、不涨工资,最后还被找了个"公务员非法经营"的碴儿外放了。

列举之三,有些年轻、貌美的姑娘,按理说,觅得个称心如意的郎君,应该不成任何问题。然而,事情并不那么简单:她不是没有男人肯娶,肯娶她的男人不少,但那些肯娶她的,她又不肯嫁——因为她如果肯嫁那些男人,则须走很远很远的路(物质条件不够理想,需要不懈奋斗),不知道要吃多少苦,才有她认为的福享;她不是没有男人追求,追求她的男人很多,但那些她所中意的男人,往往到了谈婚论嫁之时,却以这样或那样的理由告退——因为男人已经近距离地看清了她的品性:"她其实只想找条通向幸福的捷径,只能同甘,不会共苦。"

以上列举,有古有今,有中有外,说的都是远与近的事。远,一般用来形容时间或空间的距离长;近,一般用来形容时间或空间的距离短。在现实生活中,远与近,首先体现在物理距离上。南京到北京比南京到上海远,距离上要长七百多公里;这件古瓷器是明朝万历年间的,那件古瓷器是清朝康熙年间的,前者距今比后者距今久远,二者要相隔八十多年;身处上海"东方明珠"之巅远眺,全城风光一览无余,然而,若站在一条狭长的弄堂里,至多看过去几百米,因为人的站位不同,视野当然有异。如今,随着科学技术的不断进步,远在数十公里、数百公里、数千公里外的物体,通过信息传输,也可看到它活生生的影像。一般来说,物理距离,不管是远是近,都是实实在在的,在许多时候,还是可以目测的。远与近,其次体现在心理距离上。常言道,人心莫测。现实情况,也确实如此。我们每个人都会有这样的亲身感受:看到张三,心平如镜,毫无表情;看到李四,心花怒放,喜形于色。具体在交谈中,与张三在心理上保持着一定的距离,基本上不涉及敏感的话题,更不涉及隐私的话题;与李四在心理上基本上没有距离,有什么说什么,想什么说什么,可以是无话不说。而且,人的心理距离通常不受物理距离的影响。一个人喜欢、欣赏、爱戴另一个人,即使另一个人远在天涯,也会"执迷不悟";一个人厌恶、嫌弃、憎恨另一个人,即使另一个人近在咫尺,也会"不改初衷"。远与近,再次体现在认识上。何谓认识?它是人的头脑对客观世界的反映,有理性与感性之别。洞若观火也好,明察秋毫也罢,都关涉到认识的宽度、广度和精度。远与近,第四体现在胸怀上。胸怀,本义是指人的胸膛、胸脯,引申义是指人的抱负、气量。无论是家长,还是师长,都教导我们胸怀要远大、要坦荡、要宽广。有了远大的胸怀,就会有远大的志向。儒家历来倡导的"修身齐家治国平天下",所体现的是儒家的远大胸怀,而共产党人始终坚持的"立党为公、执政为民",所体现的是共产党人的远大胸怀。胸怀的远与近,用肉眼不能鉴定,但历史可以甄别。自古以来,有远大胸怀的人,能"先天下之忧而忧、后天下之乐而乐"。《史记》中有言:燕雀安知鸿鹄之志。鸿鹄振翅飞得高远,有远大的胸怀;而燕雀闪羽飞翔之低近,则无远大的胸怀。

人生在世,拿捏准确远与近,确实很不容易。在有些时候,常常会出现"远不得、近不得"的情景。换言之,远了有远了的问题,近了有近了的问题。在许多时候,往往会呈露"想远远不得、想近近不得"的情形。换句话说,受到了诸多客观因素的制约,由不得自己。还有,在有的时候,时而会显示"远了不能近、近了不能远"的况味。也就是说,已先入为主了,一旦形成了定规、成见、阵势,意欲改变,不太容易。再有,在一些时候,时常会存在"无所谓远、无所谓近"的情况。也可以说,相互之间是平等的、公正的、透明的。为了有助于理解如上四种现象,笔者在此论述一些有关远与近的事理。毛泽东有句诗,叫"红军不怕远征难"。远征,指远道出征或长途行军。谁都知道,稳固地占据一地总比开展游击活动安逸。但是,在敌我力量悬殊的情况下,还不得不舍近求远;或出于某种战略考虑,只能由远及近。中国有十分庞杂的股民大军。股民在股市买进卖出,都是为了赚钱。在股市赚钱,也有远与近。对那些"潜力股",需长远式的经营;对那些"西瓜股",需短近式的经营。但是,有的股票一旦被套牢,那就为难了:马上抛吧,说不定后面会涨了又涨;留在手里吧,有可能一跌再跌。由此,"远"了不是,"近"了也不是。到餐馆聚餐,吃头几个菜肴时津津有味,于是赞不绝口。然而,随着饥饿感的渐渐消失和新鲜感的渐渐淡漠,越吃越感到不怎么样,待吃完了,这个缺点、那个不足便都出来了。从入席到离席,只有一二个小时,但对菜肴的评价相差很远。这不能说,远的就好,近的就不好。有人分析认为,这是"饥饿效应"。当然,也不尽然。之所以有的人更痛苦、有的人更幸福,除确属物质条件等存在巨大差异外,至为关键的是对幸福与痛苦的不同领悟。心里远离了痛苦,幸福就来到;心里接近了幸福,痛苦就走开。谁都知道,在政治上、经济上、文化上、军事上,"远视"总比"近视"好。但是,有的时候,"近视"是不得已而先为之,"远视"是受制约而难为之。这就需要拿捏准确,做到既有战略眼光,又有实干精神;既能高屋建瓴,又能脚踏实地。大家知道,有一种朦胧美。为什么?观之远呗!距离产生了美。有不少的人和物,处之近了,反而感到不美。为什么?看得清楚了,并非想象中的那么美。因此,在很多时候,要从目的和结果出发,来考虑是远还是近。

  人世间,人与人、事与事、物与物、人与事、人与物、事与物在相互关联上,有远有近,且远与近也是动态的,有的渐行渐远、有的渐行渐近,有的若远若近、有的若近若远,有的由远及近、有的由近及远。一般来说,相互离得远,关联要疏松;相互离得近,关联要紧密。但也要分什么人、什么事、什么物,还要看什么时、什么地。有的时候,相互离得远,关联很紧密;相互离得近,关联很疏松。一句话,这因为受主观和客观多种因素的综合作用。如何当远则远、当近则近,远有多远、近有多近,何时远、何时近,需要靠我们自己好谋善断。

配错与配对

"配"这个字主要功用,即为了某种目的,把两个及两个以上的人、物、事组合、调和、安装、凑集在一起。其中,有婚配,如牛郎配织女,才郎配美女。中国在自给自足时代,"三十亩地一头牛,老婆孩子热炕头",是农耕式的婚配;在改革开放时代,"一家两制"(一方在全民或集体所有制单位工作,另一方从事私人、个体经营),是市场版的婚配。有料配,如生产水泥需黏土等配料,制作混凝土需石子、砂子等配料,烹饪沸腾鱼需辣干、豆芽等配料。有药配,如把两种或两种以上的药物配合起来同时使用,一种药物由几个或十几个药物成分配制而成,几味或十几味中药配制成一帖汤药。项配,如若干体育运动项目集成一个体育运动会,一次会议由若干项议程组成。

配是一种主动行为,尽管有一些人与人、物与物、事与事之间具有内在的吸引和必然的关联,配在一起有其固然的、天成的因素,但有些还是需要用外部力量来推动。配的对象,有的品性有异,有的外形有异,有的时限有异,有的关系有异,至于目的,那是各不相同。正因如此,配的情形千姿百态,配的效果参差不齐。其中,有的初衷是对的、好的,归宿也是对的、好的;有的初衷虽然也是对的、好的,归宿却是错的、坏的。还有,有的能够善始善终,有的只会中途夭折;有的能够相得益彰,有的却会"水土不服";有的能够融为一体,有的却会形同陌路;有的能够荣辱与共,有的却会"林中之鸟"。一般来说,配的出发点和落脚点均为有利于各方,许多还是经过反复论证的,否则,也不会有此动议,更不会有此行动。问题是,有些配却是事与愿违。究其原因,要么脱离实际情况,只一厢情愿;要么情况发生变化,却一意孤行。最可怕的是,明知故犯,即不能配而配、不可配而配、难以配而配。

在世界上,配错的东西很多很多。一如人员配错。"鲜花插在了牛粪上","两个人门不当、户不对",这是一些人用世俗的眼光,对他人婚姻作出的评判。言者其言不一定正确,但确流露出了惋惜之意、忧愁之情。在现实生活中,有的婚姻是配错的,一开始就没有被亲友们看好。二如职业配错。明朝朱由校,"天性极巧,癖爱木工,手操斧斨,营建栋宇,即大匠不能及。又好髹漆器皿,朝夕修制,不惮烦劳。"其最标配的职业应该是木匠,却配错做了皇帝。为了干木匠活,其无心过问国家大事,听任大太监魏忠贤肆意妄为、擅权乱政,结果成了误国之君。三如角色配错。角色,原指在戏剧或影视中,演员扮演的人物;泛指在工作或生活中,人的身份和地位。我们不能发现,现实世界里有一些角色是配错的,如政府机关里的越权行政、家庭生活里的"老变小"和"小变老"等。四如班子配错。每个单位的领导班子都是"车头",都是"核心",如果配得不优不强,甚至配错,那将殃及工作开展和事业发展。一些单位之所以衰落式地运行或塌方式地腐败,与领导班子的配错不无关系。五如时机配错。时机是一种重要的客观条件。正当其时,是配对了时机;生不逢时,是配错了时机。有的姑娘,错过了寻觅配偶的最佳时机,成为了"剩女";有的干部,错过了晋升的有利时机,只能抱憾终身;有的病人,错过了治愈的时机,留下了残疾;有的烹饪,错过了起锅的时机,弄成了糊糊;有的出行,错过了登机的时机,延误了旅程。六如物体配错。一枚火箭,如果有一个零件配错,发射时就会失败;一台机器,倘若有一个部件配错,运行时就会卡壳。小马拉大车,不中用,那是一种配错;大马拉小车,太浪费,那是另一种配错。在一定的条件下,风马牛不相及,那是一种配错;眉毛胡子一把抓,那也是一种配错。

　　为什么会配错?细作分析,有思想局限、认识局限的问题,有科学欠缺、技术欠缺的问题,有谋划不周、举措不力的问题,有发生意外、出现变故的问题。诚然,我们应当尽量减少甚至避免在判断、决策、实施中出错。即使有了错,那也不必大惊小怪。正确的态度是,知错、认错、改错。这种态度,历来令人尊敬。1942年,毛泽东在延安,向在整风运动中受到错误对待的同志,摘下帽子,深鞠一躬,表示道歉。领袖都能"过则勿惮改",那我们没有理由拒绝或回避知错即改的态度。在现实生活中,有的人却一错再错。根据心理学家和行为学家的研究,其中一个原因,是进入了"一致性"的误区。一个人一旦作出了某项选择,就会立刻遭到来自内心和周围的压力,于是,迫使自己按照最初的承诺去做,试图显示自己是言出必行、始终如一的。这种"一致性"现象,往往导致"一个错接一个错",甚至一错到底。事实是,世界很复杂,有的时候,"一配定终身",容易犯更大的错。出了错,躲避、推卸、逃遁、抵赖均不可取,应该吸取教训,不断加以修正。倘若实在不行,长痛不如短痛,推倒重来,从头做起,以免步入"死胡同"。如此,于己于家,善莫大焉。

　　人与人、物与物、事与事,究竟是配错了还是配对了,这仍需用实践来检验。世上有好多人、事、物,乍看上去,配错了,结果呢,配的是对的。世上有一些人、事、物,因为某种机缘,配在了一起,既无所谓对,也无所谓错,只能用"存在的就是合理的"来解释。世上还有不少人、事、物,从不同角度看,其配得是对还是错,难以甚至不能得出一致的结论。陶渊明官运不通,却是他人生的大幸,也是中国文化的大幸。不难设想,他如果继续在仕途"为五斗米折腰",那不可能有《桃花源记》《归去来兮辞》等名著传世。众所周知,官员李白很失败,诗仙李白很精彩。他的官瘾很大,"天生我材必有用"。然而,他试图通过仕途建立盖世功业的念想没能如愿,却拥"斗酒诗百篇"的仙才登上了中国诗坛的峰巅。刘少奇夫人王光美,天资聪颖,喜爱读书。她在辅仁大学一直攻读到硕士学位,专业是宇宙射线。1945年,她考取了美国斯坦福大学和芝加哥大学原子物理系博士。此时,时局巨变,组织要求她奔赴延安。面对这个重大抉择,她经过几番思考后,决心以国家利益为重,于次年毅然来到了延安,从此开启了职业革命家的生涯。不难想象,她如果当年在美国完成博士学业,那将又是一种人生。"是金子,总是会发光的。"有许许多多的人,在职场上,不管这样配那样配,都会出彩,都能成功。温家宝从北京地质学院毕业后被分配到甘肃省地质局区域地质调查队工作,从地质员一步步地晋升到了副局长;进入中南海后,又从中共中央办公厅副主任一步步地擢升到了中共中央政治局常委、国务院总理。

　　世界上所有的人、事、物,都是相互联结的,其联结的需求、联结的过程和联结的结果,就是配的需求、配的过程和配的结果。世人所有的喜怒哀乐、成败得失,都源于联结和配。从总体上看,配要适合。对人来说,适合就是量才录用、因才施用。具体在职场,自己不乐意、不喜欢的事,自己做不了、做不好的事,不必硬着头皮去做(特殊情况除外);具体在家庭,父母不可不顾子女的禀赋和兴趣,去专横地为他们设计包括学业、家业、事业在内的人生。配要管用。在现实生活中,管用,有解一时之需的、有解长远之计的,有扑灭火苗的、有根除火种的,有和谐局部的、有调适全局的。不管怎么样,对配来说,管用是第一位的,否则,配就没有前提,就缺乏基础。这也是我们"凡事要多问几个为什么"的重要原因。配要坦然。一般来说,人、事、物,谁都不愿意配错。配错了,即使纠了错,那也走了歪路、花了代价、付了成本、留了印痕。但是,我们不可能时时处处都能把人、事、物配对。这就需要我们有良好的心态。只要我们尽职尽能、尽心尽力了,至于结果,那是另一层面的事了。俗话说:"谋事在人、成事在天。"在很多时候,客观对主观的影响是猛烈的、巨大的、长期的。我们理当更多地在人与人、事与事、物与物相配谐适的氛围和境况里,去更好地感受和享用稍纵即逝的人生。

闹与静

双休日,笔者一天端坐在自家寓所的阳台上,看着川流不息的车流,听着嘈杂刺耳的声音;一天端坐在郊外山坳的水塘边,看着水面泛起的涟漪,听着鸟儿啁啾的声音。一闹一静之间,笔者浮想联翩:世间的原色是闹还是静?人类的至爱是闹还是静?社会的动能是闹还是静?

说起闹,人们一口气可以举出很多例子来,如闹别扭、闹洞房、闹矛盾、闹饥荒、闹情绪、闹笑话、闹肚子、闹意见、闹脾气、闹革命等。在现实生活中,人似乎就是为闹而生、为活而闹。逢年过节,许多大人、小孩喜欢放鞭炮;家有喜事,很多主人、客人喜欢放鞭炮。尽管噼里啪啦的声音震耳欲聋,但大伙儿仍然乐此不疲,不少人即使捂着耳朵、眯上眼睛也酷爱在现场观看。人的喜、怒、哀、乐,除非哑巴,都会发出声音,只不过声音有所不同而已。纵然是哑巴,急了也会声嘶力竭地叫。儿女参军、立功,人武部、村子里的人敲锣打鼓来欢送、祝贺,那热闹劲,别说了。商场开张,彩旗猎猎,声乐阵阵,逛者摩肩接踵,一派闹忙景象。召开大会,领导讲话,"会场响起了经久不息的掌声",其实也是闹,表示赞成,表示高兴,表示欢迎,表示拥护。平日,你见到谁,问一句:"最近干什么?"对方的回答常常是:"忙啊!"忙,离不开闹,每天得像拧紧了的发条一样,处在紧张状态,搞得既焦头烂额又一塌糊涂。大妈跳街舞,音量越高昂越好,音调越激烈越好,她们要的就是闹的感觉。美国癌症学会一项研究结果显示,那些每周仅仅进行一百五十分钟走路的人,也会平均增加三四年的预期寿命。故,许多长寿老人的养生之道是闹,即多活动,包括参加文体活动,找点事儿做做等。婚礼现场,那是越闹腾越好,歌唱声、嬉笑声、音乐声、碰杯声、交谈声,汇成了声的海洋。站在人造瀑布前,听着哗哗的水声多么心旷神怡啊!机器厂的工人和技术人员,殚精竭虑,夙兴夜寐,为的就是生产出可以发出正常轰鸣声的机器。闹既体现在人类的所作所为上,又体现在自然的生生息息中。杨柳依依,春意闹也;

荷花绽放,夏意闹也;稻穗低垂,秋意闹也;蜡梅傲雪,冬意闹也。还有,闪电过后,惊雷滚滚;雨点打窗,吧嗒作响;雀在枝头,叽叽喳喳;钱塘江潮,轰轰隆隆;北风怒号,呼啦呼啦;黄河洪水,奔腾咆哮等。

说起静,人们一口气也可举出许多例子来,如安静、清静、宁静、冷静、平静、沉静、镇静、寂静、僻静、幽静等。在现实生活中,静是许多人的奢求。相对于大千世界来说,生命本来就是悄无声息地来,又悄无声息地去。世上的功名利禄,太吸引人去"上下求索"。尤其在功利化、快餐化的年代,欲静难能,因为从某种意义上说,静似乎要平庸,静似乎要清贫。有时候,正如"树欲静而风不止"那样,主观上想静,客观上还不允许。如居住在车水马龙的闹市区,你想像郊外那般静,那是不可能的;退休了,按理说,有时间静了,然而,儿女在上班,孙辈要帮带,见之闻之,你还欲罢不能;在仕途,双休日你想静一下,往往不可能,因为"星期六保证不休息,星期日休息不保证"已是一些机关的常态。相对而言,静是闲,匆匆忙忙静不下来,忙忙叨叨静不下来。自古以来,凡带上个"闲"字头的人或事,经常要挨批评、遭指责。事实上,闲是人类文明进步的重要标志。早在蒙昧和野蛮的时代,人类整天要为自己的生存而拼搏,谈不上有什么闲。只有在物质丰富的时代,人类已不再为衣食住行而忧,才有闲的可能。因此,闲静是尊贵的、高雅的。意大利传奇导演费里尼说:"独处是种特别的能力,有这种能力的人并不多见。"独处,静也。它拒绝了急迫,去掉了焦躁,剥除了浮华。独处之所以特别,是因为人活在当今的环境里,有太多的理由、太多的方式可以逃避独处。静的另一种状态是寂寞。古往今来,许多创造出辉煌和灿烂的人,都是耐得住寂寞的。毫无疑问,寂寞可以显示出一个人的成熟,它必须在生命过程中不断地加以历练和升华才能具有。凡是耐得住寂寞的人,能给自己的心灵腾出一方又一方静的空间,从而实现有效的自我超越。在现实生活中,静乃美轮美奂:在大学图书馆里,同学们静悄悄地在看书、在作笔记,尽情地吸吮着知识的琼浆;在机关,干部们早上来上班,晚上回家去,按部就班,各司其职,一切的决策和部署全在静中作出;夏晚,月儿遥挂长天,人们在月光下漫步、在月光下歇凉、在月光下回忆、在月光下展望;热恋中的男女,有时候在一起,没有话语,惟有对视,此时无声胜有声,约会后分开时,一方走远了,另一方还在原地不动,浓情目送;节假日里,一家家开着自驾车,远离喧嚣的市区,来到山坡水畔"安营扎寨",尽享静的氛围和乐趣。

人长了眼睛是用来看的,长了耳朵是用来听的,长了鼻子是用来嗅的,长了舌头是用来尝的。而闹与静,主要靠听觉和视觉来感受。闹与静,是一对矛盾的统一体,没有绝对,只有相对;既有主观,又有客观。王籍诗曰:"蝉噪林逾静,鸟鸣山更幽。"苏轼诗曰:"若言琴上有琴声,放在匣中何不鸣。若言声在指头上,何不于君指上听。"韦应物诗曰:"水性自云静,石中本无声。如何两相激,雷转空山惊。"这些古诗告诉我们,闹与静都不是孤立的,它是事物相互联系的产物。由物及人。闹勿闹心,静要静心。心主宰人的思想、言论和行动。俗话说:"心静自然凉。"此说的是人的消暑原理。其实,人在待人处事的许多方面,也适用这个原理。好多的不顺遂、不满意,都始于闹心。而静心了,就不会浮躁,就不会仓促,就不会慌乱,就有时间和精力去运筹帷幄,随之而来的,可大大减少决策上的失误和实施中的偏差。很多时候,正如"慢了可以快,快了难以慢"一样,静了可以闹,闹了难以静。因此,轻易不要闹,闹要有合情合理的理由,闹要有效率效用的结果。当然,静也不能像守株待兔者那样,愚弄自己、欺骗自己、麻木自己。无目的、无追求的静,常常会沉没自己、死寂自己、戕害自己。世上没有不散的筵席,所有的闹不可能无休无止;世上没有永恒的东西,所有的静不可能万古不变。别看同样是闹与静,其意义有不同、层次有不同。有的是胡闹、瞎闹,如不经批准的上街游行、干扰机关工作秩序的群体上访等;有的是智闹、勇闹,如总统候选人电视辩论、在法律允许范围内向执政当局要民主要自由等。有的是自暴自弃的静,即自己鄙视自己,自己糟蹋自己,实际上是一种苟且偷安;有的是足智多谋的静,即尽管有能力,但不显山不显水,于外部表现得静若止水。从总体上说,人来到世上,应该闹的必须闹,因为闹中自有"黄金屋"、闹中自有"颜如玉"。做到即使是流星,也要在天上划一道而消失;虽然是飞鸟,也应在空中鸣叫一下而消逝。人来到世上,需要静的应当静,因为厚积薄发需要静,养精蓄锐需要静。面对闹与静,人生最优的选择是闹中取静,尤其需要追求精神之静、心态之静、灵魂之静。

余味与余音

在人们的日常生活中,余的贬义颇多,如没有被消灭的党羽,叫余党;残留的毒素或祸害,叫余毒;事后还感到的恐惧,叫余悸等。即使不是贬义,中性的,如老年人的晚年,叫余生;名额中余下的空额,叫余额;傍晚的阳光,叫余晖等。纵然是褒义的,有的也五味杂陈,如退休人员发挥的作用和作出的贡献,叫余热;吃用之后留下的口粮,叫余粮;还有剩余的力量,叫余勇等。本文所要歌颂的是余味与余音,因为这两种余是鉴别东西好坏的重要标准。无论什么东西,倘若是真的好,就该在经历之后、结束之后、拥有之后、享用之后,还能像余味无穷与余音绕梁那样,留下美好,难以忘怀。

笔者在此举些含有余味与余音意味的例子。之一,蟹黄汤包是一些地方有名的小吃。懂得食用的人,都知道不能狼吞虎咽,得蘸着酸醋,伴着姜丝,先在表层咬上一个小口,把里面的汤汁一点点吮吸掉,以慢慢享受那份美味。一些人食用之后,还会用手把嘴一抹,来一番啧啧称赞。之二,史载,当年哥伦布在每天的航海日志上的最后一句总是写着:"我们继续前进!"这句话俗了又俗,但蕴含着无比的信心和毅力。凭着这股大无畏的精神,哥伦布带领船队,横跨惊涛骇浪,历经蛮荒之地,克服了无数的艰难险阻,终于发现了新大陆,完成了人类历史上的惊人壮举。之三,上乘的茶一定要慢慢地品。只有这样,才能喝到淡淡的香和淡淡的甜。如果缺少耐心,就像没有体验到爱情的美好那样就草草收场,让人感到平淡,继之扫兴。之四,在非洲,土著的采蜜人只有被一种小鸟引导,才能在茫茫丛林中发现哪棵树上有蜂巢。为此,采蜜人必须遵守两个规则:一是蜂巢中的蜂蜜取完后,要给蜜蜂留一点食用;二是一定要在附近低矮的树丛中扔下一点富含蜂蜜的蜂巢,以供引导他们的小鸟食用。之五,认真的西方人认为,一口葡萄酒饮下之后,口腔中的味道若在十秒之内消失,这酒就不怎么样;若能在口腔中持续20至30秒,便是一款不错的酒;若味道能在口腔中停留45秒甚至1分钟以上,那酒就厉害了。之六,人的教养一般指人在文化、道德方面的修养,其养成,在小时候主要受家长的言传身教和环境的耳濡目染。如今,我们时而会听到某人批评某人"没教养"或"缺教养"。教养是一些品性和习惯的综合,具有一定的稳定性和流传性。有教养的人,在日复一日的具体生活中,会自然而然地显示出来;反之,亦然。之七。李鸿章是清末重臣、洋务派首领。而今,在南京市秦淮区长白街旁,仍存留着李公祠,祠内大殿门口的立柱上,有他亲撰的长联:"享清福不再为官只要囊有钱仓有粟即是山中宰相,祈新年无须用药但愿身无病心无忧便称地上神仙。"此联读来令人回味不已。之八。1973年,美国科学史研究者默顿把一种社会心理现象命名为"马太效应"。这种现象是:"对已有相当声誉的科学家做出的科学贡献给予的荣誉越来越多,而对那些未出名的科学家则不承认他们的成绩。"其前者,实质上是余威在发挥作用。之九。人生在世,要给自己留一些空间、一些时间、一些希望、一些寄托,不要把自己安排得太满太足。日本知名"作家医师"志贺贡博士,曾提出过一个关于健康与人生的关键数字——零点八。他认为,心脏每零点八秒跳动一下,是人体循环的最佳状态。他进而指出,人生需要一些舒缓的空间与余地,而不是让身心一直处于紧绷的状态。之十。无缘做夫妻,真心做朋友。一些古人的分手信、离婚书,也写得深情款款,没有丝毫的怪怨指责,更无点滴的漫骂攻讦,只有衷心的祝福和诚挚的叮嘱。两人曾经相爱,现今不管哪一方有错,既然去意已决,在分手、离婚时,何必相憎相恶呢?一日夫妻百日恩,爱情不在友情在,还是留一些念旧之情比较好。十一。烹调中的余温,有独特的功用。用干柴烈火的余温,慢慢地煨、慢慢地炖、慢慢地熬,能把食物蕴藏的美味一点点取出来。而用微波炉,开了速热,关了速冷,所以,其烹调的食物便寡淡一些。二者的差异,就在于有没有、用不用余温。十二。好的文学作品和影视节目,看了还想看。何故?情节生动,寓意深长。如曹雪芹所著的《红楼梦》,世世代代的人争相阅读,不仅如此,还形成了一门国际性的"红学"。

以上十二例,无论是本义的余味与余音,还是引申的余味与余音,都具正能量。古人、今人常常教导我们,说话、做事要留有余地,切不可走极端。李商隐诗云:"秋阴不散霜飞晚,留得枯荷听雨声。"李翊有诗:"美酒饮教微醉后,好花看到半开时。"陈与义诗曰:"莫遣西风吹叶尽,却愁无处着秋声。"毛泽东在《论持久战》中指出:"如果避免了战略的决战,'留得青山在,不怕没柴烧',虽然丧失若干土地,还有广阔的回旋余地。"在现实生活中,"宁不及勿过",大有好处。为什么?笔者分析,其一,"不过",起码是恰好,甚或还有余。这就不会勉为其难。如此,可以从容不迫一些。如此,则不会犯急性病、作急就章。其二,"不过",可使人进退自如,主动权掌握在自己手里。而"过了",往往把自己陷入了被动。而且,"过了"容易招致来自多方面的压力,甚至是攻击。其三,"宁不及"不是不能及,而是能及而不及。这是一种高姿态,这是一个大智慧,需要有宽广的胸襟和战略的眼光。其四,在好多时候,欲速则不达。"过了"难免不快,快了难免不错。"不过"可使自己有时间精细、有时间严密,还有利于自己见机行事,不至于"无可奈何花落去"。其五,凡"最""最最""最最最",即抵达了巅峰,已无与伦比。然而,这既有积极的一面,又有消极的一面。攀上巅峰之后,便是步入下坡之路。更何况,已使尽了全身力气,有待于补充和恢复。许多时候,事情做过了头,如同做得不够一样,这就叫"过犹未及"。本文所述的余味与余音之余,并非次品、残货之余。之所以能有余味与余音,是因为它有魅力和魔力。具体说来,一是品质醇厚。如清汤寡水,仅仅可以满足人的口腹之欲,不值得饮食者回味体会。只有好的食物、好的声音,人在饱了口福、耳福之后,能意犹未尽,甚至还能从心灵上得到某种或某些慰藉。二是品质独特。政治家、军事家、科学家在历史上的地位,并不全靠数量,最主要靠质量。如孙中山只当了几十天的中华民国临时大总统,却可永载中国和世界史册,因为他领导人民推翻了中国两千多年的封建帝制,开启了中国历史的新纪元。因此,人能否在历史上留下名声,不是仅仅看当时干得是否轰轰烈烈,而是主要看其所干之事对后世是否有大的影响。三是品质美妙。每个人都会有选择性的记忆,平凡的东西容易忘却,美妙的东西容易铭心。在现实世界里,余味与余音之余,有的可历久不衰,有的如白驹过隙。这既有内因的问题,又有外因的问题。东西再好,也要有人去欣赏,也要有人去使用。惟有好东西遇上欣赏、使用它的人,才能两全其美、各得其所。换言之,其所发挥的功用和获取的效益,才最好又最多。为余味与余音讴歌!

逗号与句号

我们每个人出生以后,从接触和认识汉字的第一天起,就少不了要与逗号与句号打交道。据《现代汉语词典》释义,逗号表示句子中较小的停顿,句号表示一句话完了。这样的释义,简洁明了。观察人生中的万事万物,也有逗号与句号。认清逗号与句号的意义和作用,可以使人生少走弯路、多见收效。

年轻子女与年迈父母之间的相聚与相散,较长时期是逗号,因为子女为了事业走南闯北,偶尔去父母那儿匆匆拜望一下即可,反正以后还有很多机会,加上父母身体尚健也可放心。然而,不知哪一天,则出了句号,父或母突然病逝了。于是,子女悲痛欲绝,后悔少回家了。大学同窗四年,毕业离校时,同学们普遍认为来日方长,今后总能谋面。然而,有的同学就像茫茫大海中的沙子,散了,那就永远散了。从逗号到句号,并不遥远。相爱的人一旦错过了,各奔东西,时过境迁,日后别说再聚首,就是再见一面也难。中国古训告诉我们,滴水之恩,涌泉相报;结草衔环,生死不负。尽人皆知,没有阳光雨露就没有五谷丰登,没有父母双亲就没有我们自己。在做人上,永远感恩的是逗号,其不会忘记别人给予自己的帮助和支持;不会感恩的是句号,其或许也会有一次性买断式的感谢,但从此会把恩人忘却,即使有时也能念想一下,然而最多也只有口惠。我们面对仇恨和误解、忧愁和烦恼,有两种截然不同的态度,即一种是逗号,永远耿耿于怀;一种是句号,淡然一笑而过。在人际语言交流中,有些词是句号,如好、行、对等,一锤定音;有些词是逗号,如但是、不过、还有等,言犹未尽。人的生命有逗号,"让我们一起快快长大","让我们一起慢慢变老"。诚然,成长意味着一个人不断认识世界、认识社会,增长知识、增长才干;变老意味着一个人不断老态身体、老态心理,减少时光、减少享受。人的生命也有句号,即与世界、与社会、与家庭诀别,要么入土为安,要么化为灰烬,即使留下来的身体也只叫遗体了。"什么什么永远在路上",这是我们经常可以听到的一句话。如反浪费永远在路上,反腐败永远在路上,爱学习永远在路上,爱劳动永远在路上。毫无疑问,这些永远在路上就是逗号,其意是表示或要求一直坚持。在这方面,也有句号,如穷奢极侈,坐吃山空;贪赃枉法,罪大恶极;不学无术,浑浑噩噩;懒惰懈怠,一事无成。人情账也是一种账,账有账单、账有账簿、账有厚薄、账有盈亏。一般来说,有来有往是逗号,来而不往是句号。人生总有沉浮,然而,后果迥异。有的人,官被贬了又复、复了又升,这是逗号;有的人,官被贬了就贬了,犹如被人打了重重的闷棍,再也不能起来,这是句号。作为一种非常严厉的惩罚,在古代中国,被流放几乎等同于被判死刑,它只是让被流放的人多了一点苟延残喘的时间。然而,被流放人的最终命运也是不一样的,其中有的历尽千辛万苦,还能回归社会、回归家庭,这是逗号;有的则无可奈何,只能悲苦地抛尸荒野,这是句号。父母给儿女的遗产也有逗号与句号,如美国芭芭拉·布什的父亲认为:"你能给你孩子的只有三样东西:第一样是给他们最好的教育;第二样是给他们树立一个好榜样;第三样是给他们世界上所有的爱。"这些礼物,对孩子的一生,甚至对孩子的孩子的一生,将是不竭的精神遗产,这是逗号;如果仅仅给了孩子物质遗产,孩子不会做人、不会谋生,那将不可持续,这是句号。

人活在世界上,如何面对逗号与句号,怎样处理逗号与句号,乃是永无止境的一门学问。应当说,最积极、最充实的人生,是无休止地、最尽力地把句号变为逗号。有例为证:第二次世界大战初期,盟军舰船在德国潜艇神出鬼没的袭击下,损失惨重。为了反制德国潜艇,盟军急需对已有的雷达系统加以改进,研发一种波长较短的雷达。英国伯明翰大学的两位教授很快设计出了一种叫作"磁控管"的器材部件,它可以产生大功率微波。1940年,两位教授带着"磁控管"样品访问了美国著名的雷达设备制造商"雷声"公司,以期寻求合作。在这里,他们遇到了优秀的雷达工程师斯本塞,双方一见如故,很快就展开了"短波雷达"的合作研发。斯本塞是个非常勤奋的人,在实验室工作时,他惊奇地发现,玉米放到雷达的"磁控管"旁边,很快就成了爆米花,香气四溢;鸡蛋放在"磁控管"的喇叭口前,受热后突然爆炸了。于是,创新的火花在他的大脑里飞溅而出。1947年,他与"雷声"公司合作,推出了第一台用微波热量加热食物的炉子——微波炉,一种造福亿万家庭的神奇电器就这样诞生了。不难分析,作为20世纪新技术杰作的微波炉,其实不过是第二次世界大战的衍生品。之所以有此巨大的创新,源于两位教授、斯本塞和"雷声"公司在研发中不断地把句号变成了逗号。日本有这样一则民间故事:一个猎人出门打猎时碰碎了瓦罐,大家认为这代表了坏运气,劝猎人不要去打猎。猎人不信,去打猎时打中了一只野鸭。结果呢,野鸭挣扎的时候,将一条大鲤鱼拍打到了岸上;猎人去抓鲤鱼时,抓住了躲在草丛中的野兔的后腿;野兔拼命挣扎,扒掘出了25个芋头;猎人去捡芋头时,又捡着了一只野鸡;猎人捡起野鸡时,下面有13个野鸡蛋;猎人捡起野鸡蛋时,下面又有好多蘑菇;最后猎人回到家时,脱下肥裤时,里面又蹦出了一大群湖虾。由此可见,幸运的猎人之所以能够满载而归,也是不断地把句号变成了逗号。逗号与句号,都是标点符号。逗号表示一个阶段、一段进程;句号表示一种完成、一次告竣。二者的形态完全不同:逗号是行进式的,句号是止动式的。二者的前景也不一样:句号即使最大,不可能再大;逗号纵然最小,但有可能变大。这就如同黍子,"春种一粒黍,秋收万颗子",那是黍子作逗号用;"户有百担黍,不日耗殆尽",那是黍子作句号用。尽管世上有太多太多的东西,不可能不会停止,不可能不会终结。也就是说,拒绝不了句号。但是,即使最终还会停止、还会终结,我们在其存在的过程中,还是要不断地去奋斗、去抗争,以努力实现一个又一个超越,争取有更丰硕、更靓丽的停止和终结。也就是说,不允许放弃对逗号的不懈追求。

人生万事万物中的逗号与句号,既有政治性的、军事性的,又有经济性的、社会性的,还有自然性的、生理性的。从一定意义上说,逗号是一种客观规律。刘禹锡诗云:"沉舟侧畔千帆过,病树前头万木春。"这一名句说明,事物总是不断发展的。即使有个别的停滞,并不会影响全局的前行。叶绍翁诗曰:"春色满园关不住,一枝红杏出墙来。"这一名句说明,自然规律不可抗拒。我们既制止不了已去的,也阻挡不了要来的。为什么人类社会薪火相传、生生不息?为什么大千世界繁花似锦、变幻莫测?就是因为人类社会和大千世界是逗号而不是句号。人生路上,我们需要的是,在主观上的永远逗号,除非客观上强行叫停,不得不面对句号。这就是古今中外具有共同价值观的自强不息。劳模、先进那种"小车不倒只管推"的精神,长江、黄河那种"奔腾向前不回头"的精神,植物、作物那种"地头力"的精神,所显示的是完完全全的逗号。人生中的许多乐趣是从奋斗、抗争中获得的,并不是所有的享受和安逸,都能给人带来乐趣。事实上,逗号召唤的是信念,展示的是希望,提供的是机缘。人在世上,应当无时无刻坚定信念、充满希望、寻觅机缘,而真要做到这些,必须时时刻刻亲热和拥抱逗号。从一定程度上说,舍此,别无他途。

自负与自谦

在这个世界上,人认识客观难,永无止境;认识主观难,毕其一生。人认识别人难,有道是,知人知面不知心;认识自己难,俗话说,电筒照人不照己。在人际交往中,有两种姿态给人的印象深刻:一种是自负,另一种是自谦。自负,就是过高地估计和评价自己,此属于无知人范畴。自谦,就是自认不足而表现虚心,此属于明白人范畴。每个人都有自我意识。自我意识主要包括自我认知、自我感觉、自我体验。而自负与自谦,均建立在自我认知的基础上。自我认知负向了,则自负;自我认知正向了,则自谦。换言之,自负具有负能量,而自谦具有正能量。人们常说,人贵有自知之明。可见,贵者,难也。能透彻地了解自己(多指缺点),多么值得珍视。自负之人,短少的就是自知之明。而自谦之人,不仅能自知,而且具睿智。

自负在现实生活中,表现的行为有多种。首先是惟我独尊,也就是只有自己最了不起,有时显得狂妄;其次是藐视别人,也就是不把别人放在眼里,有时显得特牛;再次是过度防卫,也就是老担心别人看不起自己,有时显得妒忌。在此,笔者不妨举些例子:社会上一些年轻妹子似飞蛾扑火地爱上了年龄堪比自己老爸的大叔。在谈婚论嫁时,有的老男人还故意"考验"一下年轻妹子。如果年轻妹子不是看上他这个人,而是看上他那个钱,那他就要告吹。事实上,这些老男人在这个问题上还真有点自负。诚然,成熟男人有成熟男人的可爱。但是,岁月不饶人。在大多数情况下,成熟男人已没有越老越性感的帅气,没有越老越生猛的精力,没有越老越聪明的头脑,没有越老越美好的前景。老男人与小伙子所比拼的资本,往往只有钱(包括事业和名望等)。因此,年轻妹子之所以看上老男人,主要是因为老男人有钱(包括事业和名望等),同时,其他的条件也说得过去。如此,老男人还要挑剔,那就有点矫情了,即故意违背常情,显示出有点与众不同。有些人在单位里,难以与人合作共事,喜欢自吹自擂,且大事做不来、小事又不做。有朝一日,工作出现失误,这些人常常要上怪天、下怪地,中间还要怪空气,惟独不从主观上找原因。有些人学习很自负,中考、高考屡屡碰壁,不是这一门没考好,就是那一科没考好。学习来不得半点虚伪,偷奸耍滑不行,一分耕耘,一分收获,平时要下真功夫,把原理、概念、公式、定义等全部吃透,且能融会贯通、举一反三。在中考、高考面前,分数是个硬道理,没有坚实的功底,没有严谨的学风,光靠喊口号、拍胸脯是上不去的。有些人的自负,则表现得心胸、气量极为狭隘,对分配的任务,自己无能为力做好,却又不允许别人提意见,还听不得别人的意见,更不允许别人插手,哪怕是善意的帮扶。从一定意义上说,这对分配的任务及其赋予的单位,莫不是一种悲哀。

  自谦在中华民族传统文化中具有独特的地位。它与君子相连,如谦谦君子。君子,原指地位显要的人,后指人格高尚的人。《庄子》杂篇中有这么一段记载:正考父(孔子十代祖)一任士职,就曲着背;再升大夫,就弯着腰;最后任卿职时,就俯着身、顺着墙走路了。其足见多么谦卑。如今,我们也能遇见自谦的情形:有些人硬笔书法见长,誊写些材料,柳是柳体,欧是欧体,颜是颜体。别人见之,发自内心地给夸奖几句。然而,他们便自谦起来:"哪里,哪里!信笔涂鸦,信笔涂鸦!"有些人足智多谋,策划活动方案、酝酿工作安排、考虑项目设计,那都是有板有眼、周密细致。别人见之,难免会赞美一番。然而,他们常常会用"千虑一得"的自谦之词来作回应。有些人别看年轻,作起国学讲座来,那引经据典、深入浅出,真像个大学者,常常博得全体听众喝彩。讲座后,听众如主动上前称赞一下,他们很有可能回以"在下年轻,才疏学浅"的自谦之意。有些人确实给别人帮了忙、解了困,别人特地去致谢,他们往往会用"区区小事,何足挂齿"的自谦之语。某地要招聘专门人才,有些人各方面的要求都完全符合,于是踊跃报名。然而,他们面对招聘考官,时而会用"不揣冒昧"的自谦之词。有些人天资聪颖,加上不懈努力,干工作,业绩出色;搞学习,成绩优异。别人见之,多施美言。然而,他们常用"以勤补拙"的自谦之意来表达。普天之下,时时处处自抱谦逊态度,绝非容易。为什么?人普遍有种表演欲,有了能力、做了好事,总生怕别人不知道。而今,竞争无处不在、无时不有,你如果不"王婆卖瓜、自卖自夸",有的时候,自己的自谦还可能成了别人的福气。自尊心是人的正常需求,即自己既不愿意向别人卑躬屈膝,也不允许别人歧视侮辱自己。而对自尊心特强的人来说,要做到自谦,那不可能心甘情愿。由此看来,自谦是一种优秀品性,不是所有的人都能拥有的。

  自负与自谦,有两个界域必须划清:一个是自负与自信;一个是自谦与自贱。自负的概念及其表现,通过如上的分析,已经比较清晰了。自负不是自信。美国马瑟·麦凯、帕瑞克·范宁著有《完美自信手册》。这本自信心理学的开山之作告诉我们,自信的本质在于真正认识自己。一个真正自信的人,得意时瞧得起别人,失意时瞧得起自己。而自负是盲目地相信自己,即自己没有这个能力却认为有这个能力,自己不具备这个水平却认为具备这个水平。如此估计和评价自己,是一种"负面的声音",不是真正认识自己。能真正认识自己的人,对自己的估计和评价是全面的、客观的、积极的,是一种"正面的声音"。因此,自以为是不是正确地相信自己;而刚愎自用是主观自是且相当固执。世上还有一些人,自己会作践自己,即自贱。自贱的前提是自卑,即过低地估计和评价自己,自己都看不起自己。而自谦不是自贱。自谦的人,对自己有几斤有几两,那是心知肚明的。其之所以自抱谦逊态度,一方面展示的是厚道、宽容的姿态,另一方面注重的是温文尔雅的礼节,再一方面表现的是留有余地的智慧。自贱的人,要么本身从素质上、心态上和行为上就不贵不重,要么本身就不思向上、不求进取和不愿劳碌。在通常情况下,自贱是一种消极的人生态度(用于计谋的除外)。

  世上任何事物都需作辩证观察和分析,自负与自谦也是这样。《庄子》外篇中记载了这样一件事,阳子到宋国,住在旅馆里。旅馆的主人有两个妻妾:一个美丽,一个丑陋。但是,丑陋的受人尊敬,美丽的受人鄙视。阳子问是何故?旅馆的小童回答说:"那美丽的自以为美丽,因此大家就不以她为美;那丑陋的自谦丑陋,大家反而不认为她丑陋了。"从道家的观点来看,是"自见者不明,自是者不彰,自伐者无功,自矜者不长。"所以,有道之人,决不炫夸争胜。在当今世界上,如男女相亲,媒人倘先把对方吹得神乎其神,有时会起适得其反的作用;倘先把对方的不足实告,有时会有欲擒故纵的效果。又如在事业、工作中,有许多人自强而不争,不与人争名,不与人争利。结果呢,该得的还是得,该有的还是有。而另有一些人,则削尖着脑袋,见到有好处,便不惜丢弃斯文去争。结果呢,不该得的还是没得,不该有的还是没有。再如有的人虚怀若谷,并不希望别人夸奖他,别人却常常夸奖他;而有的人自高自大,总希望别人恭维他,别人却并不买账。人在世上,如何对待自负与自谦?在此,让我们以伟人毛泽东的一席话作答吧:"即使我们的工作得到了极其伟大的成绩,也没有任何值得骄傲自大的理由。虚心使人进步,骄傲使人落后,我们应当永远记住这个真理。"

又爱又恨与无爱无恨

"哇"的一声，人从母体离开，便进入了人间。这个时候，人无所谓爱，也无所谓恨，因为他或她不知道什么是爱，也不知道什么是恨。后来之所以知道爱与恨，主要因为：一是所感。他或她需要时，别人给了，如饿了，给吃的了；冷了，给穿的了。其爱的感觉，便会自然而然地产生。他或她需要时，别人不给了，如想多看电视，不给多看；想多玩一会儿，不给多玩。其恨的感觉，便会不由自主地萌发。二是所学。父母是儿女的第一任老师。从稍能懂事起，父母即会对子女现身说教，你应该喜欢什么人、你不应该喜欢什么人，什么事对你好、什么事对你不好。进入学校后，在爱与恨方面，老师对学生的教育，就更多更细了，而且渐渐地从生活层面扩大到了社会层面。三是所见。在生命历程中，人可以见识到许多活生生的爱与恨。别人的爱与恨，对自己来说，是经验，可借鉴；是教训，可吸取。四是所悟。如果所见、所感是感性的话，那么，所悟就是理性的了。理性的爱与恨，对其产生的原因和造成的影响，有着透彻、深刻的认知。人之所悟，全靠自己，别人无法代替，也代替不了，而且每个人所悟的东西，也不尽相同。

从古今中外的情形来看，人间的爱与恨包罗万象。一是具有政治性。政治是经济的集中表现。它产生于一定的经济基础，并为经济基础服务。当年，世界上分社会主义、资本主义两大阵营；如今，世界上还分东方、西方。在联合国的各项表决中，各国基本上是从政治上、经济上考量本国的爱与恨，从而决定是投赞成票、反对票、弃权票。二是具有军事性。双方为什么要交战？因为敌对，而且到了势不两立的地步。敌对本身就是恨，而且往往是一种你死我活的大恨。在战争中，友军之间如果需要，经常会协同配合，有时还会火速驰援。为什么？因为有爱。刚刚诞生的中华人民共和国应金日成的请求，于1950年10月25日派出中国人民志愿军赴朝鲜参加抗击以美国为首的所谓"联合国军"，至1953年7月27日参加签订"板门店协议",有15.6万余名将士牺牲在朝鲜战场上,另有38.3万余名将士伤残。三是具有经济性。大到国家与国家之间、集团与集团之间,小到工厂与工厂之间、店铺与店铺之间,在生意场上,常常充满了各种各样的爱与恨,而且还会不断地发生变化。通常是"利益"这根魔棒,在左右着相互之间的爱与恨。四是具有文化性。文化有大概念和小概念,大概念包括物质财富和精神财富,小概念特指精神财富。由于文化上的差异甚至对立,会导致人群与人群之间、民族与民族之间、国家与国家之间,在爱与恨方面的不同。世界上许多的冲突,源于文化上的相背;世界上很多的友好,源于文化上的认同。五是具有生物性。生物包括动物、植物和微生物。生物与非生物的根本区别在于,它具有生命,由活质构成,能新陈代谢。生物对外界的各种刺激,一般会有本能的反应,其中包括喜、怒、哀、乐。人是能制造工具并使用工具进行劳动的最高等动物。人的爱与恨,其中许多是出于生物性,尤其是亲情,也就是人与人之间的血缘关系在相当大的程度上决定着是否应该爱,如果应该爱,那爱应该有多深浅。五是具有社会性。在建设中国特色社会主义的道路上,中国共产党和中国人民有自己的核心价值观,那就是:富强、民主、文明、和谐,自由、平等、公正、法治,爱国、敬业、诚信、友善。这24个字,实际上已经明确了应该爱什么、应该恨什么。这些爱与恨,具有鲜明的社会性。人是一切社会关系的总和。生活在社会中的人,在爱与恨的大是大非上,必须自觉自愿地服从于普世的共同价值取向。

　　行走在世间的人,不管男人女人,无论大人小人,自生至死,不可能没有爱与恨,起码是曾经有过爱与恨。总的来说,世上有目的的爱与恨,也有用手段的爱与恨。如帅气小伙子相中了靓丽大姑娘,这样的爱是目的,即为爱而爱;英俊小伙子看上了富有老太婆,这样的爱,不能完全排除是手段,即非爱而爱。一般来说,世上没有无故的爱与恨,也没有无谓的爱与恨。除亲情没法选择外,在世上,你是人,我也是人,你是半斤、我也是八两,大家之所以相见相聚,完全是因为有某些机缘。直白地说,就是萍水相逢。其有所不同的是,相逢的时间长度与交往的深浅程度。因此,不是因为资源数量的稀缺和资源品质的差异,而不得不在相关的利、权、名、色上相争;不是因为"同在一片蓝天下""同在一个屋檐下",都有更好更多的生活需求,那每个人活着,就既不必有爱,也不必有恨。问题是,每个人不可能无念无想、无欲无求。于是,在许多时候,爱与恨则在所难免。兴许有人会说,人与人之间只要有爱、不要有恨就行了。事实上,爱与恨常常是形影不离。如"恨铁不成钢"是人们对其子女不上进、不争气、不成器而发出的喟叹。为何恨呢?爱也。而且,爱之越切,恨之也越切。又如夫妻之间,在没有非正常的情况(如外遇等)下,一方老是对另一方责备,一方老是对另一方呵斥,乍看起来似乎有恨,有时甚至还恨得咬牙切齿。原因何在?那是一方深爱着另一方,一方特别在乎另一方。在现实生活中,有的时候,并不是你不想爱就不会爱、你不想恨就不会恨,常常是爱恨交织,真有一种"剪不断、理还乱"的感觉。苏曼殊诗曰:"与人无爱亦无憎。"毫无疑问,这是一种理想化的人生境界。这种境界,一是确实难以达到,毕竟生灵有血有肉,而且并不生活在真空里;二是即使能够达到,那也是弊端丛生,而且并不符合主流社会的发展规律。著名歌手韦唯演唱的《爱的奉献》中有一句歌词写得特别好:"只要人人都献出一点爱,世界将变成美好的明天。"人在世间,有没有爱是一回事,献不献爱是另一回事;有没有恨是一回事,发不发泄恨是另一回事。有爱奉献是高尚的,有恨发泄并不明智。有的人在世上爱多,总感觉外界充满阳光;有的人在世上恨多,总感觉外界布满黑暗。显然,前者心绪奋发,后者心绪颓废。还有一些人,对别人慷慨给予的不求回报的爱,非但不能领情,还要反唇相讥,甚至恩将仇报。这与中华民族的优良传统相差了十万八千里。与此形成鲜明对照的,还有不少人,具有如毛泽东称赞白求恩的"毫不利己、专门利人"的精神,用行动"洒向人间都是爱",即使别人有恨于自己,也是坦坦荡荡、一如既往地爱着别人。

  在把握爱与恨的分寸上,我们应该认真考究。待人也好,处事也罢,爱憎分明是必须的。爱什么、恨什么,态度明朗,界限分明。尤其在原则问题上,如果认敌为友、姑息养奸,那将后患无穷。然而,在日常生活中,并非所有的人和事都需要爱憎分明。现实情况是,绝大多数的人和事是中和的、中庸的,可以通融的、调和的。因此,从一定意义上说,人与人之间的关系,并不是以互有爱为贵,而是以互无恨为贵。正如法律是底线、道德是顶线一样,互无恨是底线,互有爱是顶线。在职场上,我们如果处理不好爱与恨,便容易出错,甚至犯罪。许多贪官利用职权及其影响,为所谓的哥儿们、妹儿们违规、违纪、违法办事,并从中收受钱、物、色的好处。诚然,每个人都会有朋友。朋友之间相处,也要坚持原则。涉及原则的事,即使是最要好的朋友,也不能随随便便办,就是给变通、间接、插边地办了,那也是要冒风险的。在家里,我们倘若处理不好爱与恨,便容易出乱,甚至起祸。父母对儿女不能有"糊涂的爱"。尤其是对儿童,父母爱的方法不对、爱的程度过头,那就是对儿童溺爱。溺爱会直接摧残儿童的身心健康。如处处给予特殊待遇,会使儿童变得自私自利;轻易满足各种要求,会使儿童养成不珍惜财物、不体贴别人的坏习惯;包办代替一切,会使儿童失去勤劳、善良、上进的优良品德。在情场上,我们设若处理不好爱与恨,便容易出现要么苦恋或滥情、要么恶对或绝情。社会上好多的殉情、情杀等都存在爱情纠纷或瓜葛。在爱与恨上,多一点,便会走向极端,如爱屋及乌,又如恨之入骨。在现实生活中,每一种关系都是一次给予和接受。给予产生接受,接受产生给予。在很多时候,接受与给予的是同样的东西,而且在质量和数量上也是相差无几。懂得这个道理,我们就应该这样做:自己假若需要别人的爱,那就必须先付出自己的爱;自己倘或不需要别人的恨,那就先不要恨别人。这是人际交往中的常识。然而,就是这点,也并非人人为之。人活着,常常是有爱就有恨,有恨就有爱,即可能在同一个人或同一件事上又爱又恨,也可能在不同的人或不同的事上又爱又恨。人活着,如果从佛教排除杂念来说无爱无恨,那是可以理喻的,但是,在现实世界里,要能完全做到无爱无恨,那是难以如愿的。我们是凡人,爱与恨,乃为凡人凡事的题中应有之义。

小家子气与大家子气

人们在日常交谈中,有时会听到一方议论另一方是"小家子气"。小家子气通常用来形容人的举止、行动等不大方。什么是"不大方"？一指计较、吝啬财物,二指言行、姿态拘束,三指心胸、气度狭隘,四指模样、色泽俗气。人们在评价人时,主要指的是前三种;而在评价物时,主要指的是后一种。乍听起来,用于批评人的小家子气,对旁边人也好,对当事人也罢,不算太刺耳。然而,这个词有时类似于"小气鬼",甚至有时还会与"小人"画上等号。无疑,这就与性格、气质、品德联系在一起了。评价人,涉及人的性格、气质、品德问题,那就非同小可了。故而,有的当事人听之,心里很不舒服,有时还会反诘,甚至开骂起来。

说起现实生活中的小家子气,那可不少,现择其几例。有的人耳朵长、嘴巴大。王家的驴踢到了张家的狗,赵家的女爱上了许家的儿,别人不去理会,他或她却铭记在心。不仅如此,还特别喜欢总结归纳,时不时地根据不同的对象,要么添油加醋,要么断章取义,制造出收听率颇高的路边新闻来。据报道,在俄罗斯斯维尔德洛夫斯克地区的一个咖啡馆里,有两个老友发生了激烈的争吵。一个是教师,诗歌的忠实拥趸;一个是商人,坚决捍卫散文的重要地位。两人开始还是心平气和,后来则大打出手。最后,教师失手把商人刺死了。在中国,文人相轻,自古而然。文人之间因故燃起怒火的事,并不鲜见,如清代学者汪中与洪亮吉同舟论学,在争辩汉宋时,汪中因口才不及对方,一冒火,竟将对方推入江里,幸好舟子救得及时,对方才没被淹死。"兄友弟恭"是中华民族的传统美德。人人都这样说,手足之情,血浓于水。然而,在现实中,不少亲兄弟并不和睦,甚至还成了"死对头",弄得"鸡犬之声相闻,老死不相往来"。何故？其中有一个普遍的原因,那就是,一方或双方小家子气。现今有的夫妻离婚时,尤其是做丈夫的,在财物分割时,不该那么斤斤计较。在动物世界里,也有小家子气的,如食蜂鸟的儿子结婚以后,老食蜂鸟会千方百计地破坏子女的婚姻。其用心,只是为了把已经成人的儿子骗回家去照顾弟弟妹妹。

　　查阅《现代汉语词典》,并没有"大家子气"这个词。笔者把"小家子气"相对为"大家子气"。说起"大家子气",人们自然会联想到大家闺秀、大将风度、落落大方、宽宏大量等。在此,笔者信手拈来几例叙议。第二次世界大战期间,有一次,英军打了一场胜仗,俘虏了大批德国兵。首相丘吉尔飞抵前线慰问,官兵们向他建议,处决这批德国兵。丘吉尔没有发表意见,而是讲了发生在他身边的一个故事。他然后说:"当你们作战的时候,你们在履行战争的责任;当他们放下武器的时候,他们在履行善良的责任。你们如果用最极端的方式去惩罚战俘,那就是在惩罚善良。"官兵们被丘吉尔说动,最后选择宽待德国兵。中国古时老子主张大气做人做事,"大丈夫处其厚,不居其薄;处其实,不居其华。"处厚不薄、处实不华,一要反对自是、自伐、自矜,二要力戒逞强、逞能、逞勇,能够养大气、做大事、成大器。媒体报道,中国近代宋美龄与蒋介石结婚后,给大家的印象是平易近人。她总是面带微笑,说话委婉适度。工作人员与她接触,不会感到拘谨。她从不大声叫嚷,更不颐指气使。韩国三星集团创始人李秉喆,小时候家境不好,为了生计,年纪很小就得去卖报纸挣钱。别看他只是个孩子,可肯动脑筋啦! 他在车站卖报纸,不像别的小孩那样四处叫卖,而是不停地往候车乘客手中塞报纸,等一个区域的候车乘客发完了,才回来收钱。然后,他再到另一个地方去如法炮制。结果呢,尽管也有极个别的候车乘客拿了报纸不给钱跑了,但与那些把报纸卖不掉而砸在手里的报童比,算起总账来,他还是卖得最多。20 世纪 30 年代,时年 25 岁的梁实秋与年届 47 岁的鲁迅展开过一场大论战。这场大论战,给初涉文坛的梁实秋留下了终生未愈的伤痛。但在鲁迅逝世后的几十年间,梁实秋并未"君子报仇",对鲁迅杀个"回马枪",而是一直充满了敬意,并曾说"鲁迅的文章实在是写得好"。这无疑是一种大家子气:交锋时不留情面,背后却虚怀若谷。尤其是,决不计较宿怨,而敬对手之优点。当今社会上,有许多老板特有大家子气,在建立并完善了管理体系、管理机制、管理制度以后,即不随便干涉下属的权限,以充分调动下属的积极性、主动性和创造性。即使是下属有时失误了,给企业造成了损失,老板也只把这些当成了选人用人的成本。

　　是小家子气还是大家子气? 说到底,是人的心量和气度问题。诚然,财物与小家子气与大家子气有一定的关系,但财物绝不是唯一的、决定的因素。纵然给予的财物有无、多少至为关键,但也是由人的心量和气度使然。有一段穷人与佛的对话,很有意思。穷人问佛:"我为何这样穷?"佛说:"你没有学会给予别人。"穷人说:"我一无所有如何给予?"佛说:"一个人一无所有也可以给予别人七种东西:颜施,微笑处事;言施,说赞美安慰的话;心施,敞开心扉,对人和蔼;眼施,善意地看着他人;身施,以行动帮助别人;座施,谦让座位;房施,有容人之心。"这段对话,针砭了因为缺钱少物不能大家子气的片面观点。清朝尚镕曾解说了文人相轻的原因:一由审美口味不同而导致见解分歧,二由长期厮混而造成轻视心理,三由政见不同而势如水火,四由心胸狭窄而一味苛责他人。这"四由"中,都没有涉及财物。凡具有大家子气的人,在其人格基因中似已注入了谦恭、谦让、谦和的元素。当年的孔融让梨,即可从一定程度上说明这个问题。古往今来,只要大家子气的人相遇在一起,即可出现辉煌的历史气象,如诸葛亮之于刘备,魏征之于李世民,刘伯温之于朱元璋,周恩来之于毛泽东等。人生在世,倘若仅仅播下一点点小家子气的轻视,就会面临如山的路障;而只需撒下一点点大家子气的尊重,则会收获似海的感激。无数历史的经验和教训启迪我们,在待人处事的方方面面,还是要少一些小家子气,多一些大家子气。

游戏规则与规则游戏

众所周知,有一种用来指导并规范家里人、单位人和社会人言行的制度、规定、准则、章程、指南和公约,叫"规则"。大千世界,规则无时无处不玩:人人玩规则,家家玩规则,国国玩规则,行行玩规则,业业玩规则,事事玩规则,似乎真的把"没有规矩,不成方圆"的古训落实到了极致。不是么?理政要讲规则,当官要讲规则,谈判要讲规则,经商要讲规则,科研要讲规则,学习要讲规则,出行要讲规则,就是打牌也要讲规则,聚餐也要讲规则,约会也要讲规则。好像是,有了规则就有了公允,有了规则就有了秩序,有了规则就有了合理。然而,现实中的情况却各有千秋,非一言而能蔽之。

正如"世上本无事,均是人为之"一样,世上本无规则,都由人制定。这就出现了如下问题:规则由谁制定,制定为了什么。在阶级社会里,无产阶级制定的规则与资产阶级制定的规则,绝对不一样;在殖民统治时,殖民者制定的规则与被殖民者制定的规则,绝对不一样;在封建社会里,皇族阶层制定的规则与平民阶层制定的规则,绝对不一样;在专制社会里,集权分子制定的规则与民主分子制定的规则,绝对不一样。就是在现实世界里,穷人与富人制定的生活规则,也大不一样。经济学有个名词叫"恩格尔系数",指一个人的食品支出占总消费支出的比例。"恩格尔系数"越大的人越贫困,反之,则越富裕。"恩格尔系数"大的人,用于购买食品的花费在总花费中占比大,一旦食品价格上涨,往往只能勒紧裤带过日子。而"恩格尔系数"小的人,则完全不同,他们一般不会去计较食品价格的上涨,因为这些在他们的总消费中几乎可以忽略不计。故而,社会上有这样的流行语:穷人看着钱买东西,富人看着东西花钱;穷人买跌不买涨,富人买涨不买跌。以上这些,我们都不难理解,因为所有的规则制定者制定的所有规则全是为自己及自己代表的阶级、阶层服务的,一般不可能"为他人做嫁衣裳"。其有所区别的是,有的公正一些、有的偏袒一些,有的柔性一些、有的刚性一些,有的完善一些、有的欠缺一些、有的简明一些、有的复杂一些、有的显性一些、有的隐性一些。此外,有的规则制定者在规则之外,尚作些补充、给点倾斜,意在尽可能在规则的实施中再公正一些。有的规则在实际运作中,更巧妙一些。如一些国家、集团制定并实施的某些贸易规则,乍看起来,是在同一起跑线上竞争,甚至还美其名曰是作支持,然而,实际上也是一种不平等竞争。一些行业、单位制定并实施某些规则,初看起来,与以前相比变化不大,因为规则中有"老人老办法",还有若干过渡举措,这就使得许多人像吃了"定心丸",然而,实际上其影响相当深远,调整改革而将发生较大变化已不可逆转地迈上了"单行线"。

茫茫世间,地域之广、人口之多,无论是统治者与被统治者、管理者与被管理者之间,普遍希望用规则来指导并规范自己及他人的言行。因此,规则对国家、对单位、对家庭、对个人来说,把其说得再重要,都不为过。可以说,无规则不立国家,无规则不立单位,无规则不立家庭,无规则不立个人。但是,规则要正不要伪,因为规则的作用是匡正;要明不要潜,因为在规则面前必须人人平等;要硬不要软,因为软的规则即会形同虚设。伪规则是不公平规则,是"假面具",甚至是"帮凶"。史传,古罗马有位皇帝叫"康德茂"。他爱好在角斗场上与人格斗。然而,格斗的规则却由他亲自制定,即他上场时可以手执利刃,而对方只能手握木器。借助这个规则,他在角斗场上亲手杀死了上万人。笔者不得而知,后来人们常常用来批评的"不能既当运动员又当裁判员"是否与此血的教训有关。在近年来被查处的贪官的劣迹中,有卖官受贿这一条。在贪官未查处之前,这是潜规则在作祟。如某县委书记意欲提拔谁,先设定一些条件,其中包括性别、年龄、现有级别,甚至包括若干特定经历,组织部长一听便心知肚明,于是,按图索骥似的,一个程序也不少地,搞所谓的民主推荐、组织考察、班子票决、对外公示等,似乎整个过程严格按照德才兼备的要求来选贤任能,而且认真贯彻了民主集中制。实际上,这位县委书记把选人的规则当成了自己以权谋私的"挡箭牌"和"遮羞布"。在现实生活中,有些规则并不需要公开宣示,也算约定俗成吧,如开会鼓掌,很多人鼓掌而你不鼓掌似乎不好,很多人的掌声大而你的掌声小似乎不好,于是鼓掌不是一种单纯的个人行为,而是一种集体的社会行为。事实上,在一片热烈的掌声中,不乏被裹挟的、不情愿的掌声。这是无形规则释放出来的力量。

世上制定的所有规则,都必须靠人来实施和执行。否则,乃是一纸空文、一钱不值。在现实生活中,规则实施得、执行得好坏,相差悬殊。为什么?一方面,所有的规则不可能都制定得十全十美,需要实施者和执行者根据实际情况,趋利避害,不断完善;另一方面,在所有的规则的实施、执行中,人的"自由裁量权"很大,换言之,倘在这方面没受监督、不被约束,那么,人容易各取所需、各行其是。这两个方面,都涉及人的问题。当今社会,正因为大量存在人的问题,许多法律、法规、政策、纪律在实施、执行中偏了向、走了样。如土地管理,中国正在实施世界上最严格的耕地保护制度和最严格的节约用地制度,而且保护耕地、节约用地被列为中国的基本国策。毫无疑问,土地管理不能说不重要、不能说不严格。然而,现实情况是,一些地方违法占地、粗放用地依然屡禁不止。按职责说,在执行土地管理法律、法规、政策上,地方政府与中央政府的出发点和落脚点别无二致。但是,有的地方违法占地、粗放用地的背后常常有地方政府的"影子"。又如中华人民共和国的法律对公职人员的违法行为都有严格的规定,中国共产党的纪律对共产党员的违纪行为都有明确的规定。然而,毋庸讳言,一些机关、一些个人在实施、执行这些法律和纪律的过程中,不同程度地存在着失之于宽、失之于软的问题或现象。中国共产党十八大以来之所以能够查处那么多违法、违规、违纪人员(至十九大召开之前,全国有四百四十多名省军级以上党员干部及其他中管干部、八千九百多名厅局级干部、六点三万多名县处级干部受到了惩处),执法必严、违法必究是主要原因。再如中国随着改革和法治的不断深入,中央和地方有关部门对某些行业、单位在市场竞争中的"霸王条款"持续进行了清理,尽可能做到该取缔的取缔、该规范的规范,有力、有效地促进了市场经济的持续、健康、快速发展。

  世间是个舞台,人生也是个舞台。我们如果把舞台上的表演比拟成做游戏一样,那么这些表演必须有游戏规则。否则,即使登台表演,也是一团糟,别说有效率和效用了。因此,任何否定游戏规则的言行,都是绝对不允许的。否定游戏规则,就是鼓动无政府主义,不要组织,不要纪律,不要规矩,不要威严。中国在全面推进依法治国的过程中,务必继续加大力度,进一步建立并完善包括政治、经济、文化、社会等方面的规则。在此过程中,还要谨防规则的制定者和执行者从事法规游戏。大家知道,像做捉迷藏、猜灯谜等游戏,主要供人逗笑取乐。而规则,无论是制定还是执行,都是一件严肃的事,不能成为嘻嘻哈哈的游戏。凡是从事规则游戏的,他们把规则当成了"橡皮泥"和"稻草人",要么是以规则为幌子,我行我素;要么是以规则为招牌,摆设玩弄。从一定意义上说,从事规则游戏的比不从事规则游戏的,对国家、对单位、对家庭、对个人,更具蛊惑性,更有危害性。游戏地对待规则,要不得,该完全、彻底休矣!

有时有刻与无时无刻

先说个离奇而哀矜的爱情故事,那是爱因斯坦与玛加丽达发生在第二次世界大战期间的旷世之恋。一个是世界杰出的物理学家,一个是苏联派出的色情间谍。初次相见,玛加丽达异常漂亮的容貌和身材、性感诱人的一颦一笑、超凡出众的艺术修养等,即把鳏居已久的爱因斯坦搞得神魂颠倒。之后,他在普林斯顿大学的一间小办公室里,与她建立了秘密爱巢。他把她看做是不可离开的爱侣,快乐和安慰的源泉。之后,她利用他对自己的极度迷恋和依傍,通过他窃取了美国研制原子弹的绝密情报,尽管这些现今尚存争议,但有一点是确凿的,她成功地安排了他与她的克格勃上司、苏联副领事的秘密会谈。之后,她奉命回国。他曾无数遍恳劝哀求她,甚至以死相威胁,终未能挽留住她,只得泪眼相别。之后,他写出了人类情爱史上最动人的越洋情书,至死也没有再见到让他销魂蚀骨、令他魂牵梦萦的她。这个故事中,有有时有刻与无时无刻,其中他与她有时有刻地在他的小办公室里幽会,甚至彻夜不归;她与他分别后,他无时无刻不在思念牵挂着远隔重洋的她。

时与刻,均为时间。有时有刻,指有的时候,换言之,不是一直,也就是不是按照一个方向、一种状态、一样动作始终不变或始终不断。无时无刻,指时时刻刻,换言之,永无终止,也就是每时每刻都坚持既有的一个方向、一种状态、一样动作。时间这个东西,无影无踪,无色无味,无声无响。在自然界,它是物质运动的一种方式,由过去、现在、将来构成的连绵不绝的系统。在人类社会,它通常表示一个时段或一个时点,如春天是播种的黄金时段、现在是 2015 年 2 月 15 日上午 10 时。

在现实生活中,有的需要有时有刻,有的则需要无时无刻,并不是有时有刻就比无时无刻好,也不是无时无刻就比有时有刻好,甚至为关键的是看有否需要。举例说来:有的时候,我们为何好心办坏事?其根本原因是,不切实际地按照自己的思维去判断别人的事,一厢情愿地根据自己的好恶去安排别人的事,而不考虑别人的愿望、感受和选择。抚摸是一种爱护、一种亲近、一种安慰。芸芸众生对它无不需要甚至渴望。然而,抚摸并不是可以乱来的。对人来说,有时有刻,不经许可而为之,轻则还以颜色,重则属流氓犯罪;对狗来说,有时有刻,陌生人随便而为之,轻则还以狂吠,重则狠咬一口。一件古董,今是无价之宝,人人都想收藏;明被鉴定为赝品,它又不值几文。一只股票,今大家都想买进,它的价格一路飙升;明被曝前景堪忧,它的价格又一落千丈。亲吻在欧洲街头可谓司空见惯,同性之间可亲吻,异性之间也可亲吻。这似乎是无时无刻都存在。但也可能出现意外,即有时有刻拒吻。一般人的拒吻只是礼节上的问题,并无大碍。然而,名人的拒吻,就会惊天动地了。20世纪90年代初,戴安娜与查尔斯一同出访。当查尔斯礼节性地送上自己的嘴唇时,戴安娜为了报复丈夫,在大庭广众之下公然把脸扭向一旁,令丈夫扑了个空。为此,查尔斯现了国际大眼。这一拒吻,首次向全世界证实了这对金童玉女般的婚姻已亮起红灯。有人或许会问:美女与丑女,在择偶问题上哪个更容易?这主要靠各人的智商、情商,还有运气。现实中,美女无时无刻有一批人在追求,甚至多如过江之鲫。美女挑来挑去,常常挑花了眼,她要的是更为稀缺、更为高贵的爱,结果呢,难以达到自己的目的,自觉或不自觉地成了"剩女"。而丑女,颇有点自知之明,身边有时有刻有一二个男士在追求,往往就会喜不自禁。于是,选一个优一些的,便心满意足了。人在世间的角色,并非一成不变,如有时有刻是父母或儿女,有时有刻是老板或伙计。一般来说,是什么样的角色,有什么样的言论和行动。如在法庭上,检察官是站着说话的,他或她发表的公诉词具有鲜明的立场,而法官是坐着说话的,他或她则不持立场,保持中立,观察和听取控辩各方。

在现实生活中,有的有时有刻好把握,有的有时有刻不好把握;有的无时无刻好把握,有的无时无刻不好把握。举例说来:人在官场上摸爬滚打几十年,有时有刻保持清正廉洁易,无时无刻保持清正廉洁难;有时有刻保持高尚道德易,无时无刻保持高尚道德难;有时有刻保持奋发进取易,无时无刻保持奋发进取难。人能够有时有刻不发牢骚、不说气话,但难保无时无刻不发牢骚、不说气话。就是像孔子这样的圣人,有时有刻也会发牢骚、说气话,其中就有一句几乎成了全体女性公敌的话:"唯女子与小人为难养也,近之则不孙,远之则怨。"孔子还说过子路"无所取材",骂过宰予"朽木不可雕",开除冉求并呼吁众弟子"鸣鼓而攻之"。我们每个人在任何公共场所应该无时无刻地讲礼貌、守规矩,因为这不仅显现出社会文明程度,而且展示出个人素质修养。然而,现实中,在一些公共场合,喧哗、吐痰、吸烟、乱扔、践踏、插队、推搡、摘折、骂咧等,一向者有之,偶为者也有之。不管怎么样,有之了,起码是有时有刻做了。如是,就不能无时无刻没有这些陋习。人在追求财富的过程中,很容易混淆生活的目标,也容易迷失生活的方向。财富对人来说,倘若运用得当,可无时无刻不在获得快乐;如果运用失当,会有时有刻失去快乐。婚姻一旦真的破裂,一方与其总是扯不下那层无法遮挡的幕布,无时无刻不在郁郁寡欢,还不如勇于承认相爱已不复存在,然后自己去寻找和迎接新的生活。尽管作出这样的抉择,有时有刻是艰难的、痛苦的,但有可能换来的是此后无时无刻不在的轻松和无时无刻不在的幸福。人的事业一旦真的登顶,接下来便会自然下落。若想无时无刻不在保持高位或高效,那不能不有时有刻转向调整,要么向左,要么向右。否则,将会在事业中痛苦地挣扎,而且还难以如愿。人有时有刻做好事易,无时无刻不在做好事难;有时有刻有激情易,无时无刻有激情难;有时有刻坚持易,无时无刻不在坚持难。就连在世界科学上作出过不可磨灭成就的牛顿,也有并不被人称道的另一面。他在科学上的巨大贡献,绝大部分是在30岁之前完成的。他后半生对推动科学进步的贡献寥寥无几,其中还潜心研究了荒诞不经的炼金术,撰写了大量的百无一用的神学研究手稿。

综观人生,相对来说,是有时有刻好呢,还是无时无刻好呢,这主要须看是什么人、什么事,两者不能错乱。对坏人,好的是无时无刻远离;对好人,好的是无时无刻亲近。对好事,好的是无时无刻践行;对坏事,好的是无时无刻不为。这里的无时无刻不是一般意义,它是一个信念、一种精神、一股毅力,绝非轻而易举。对有时有刻,倘若只是有时有刻处好人、有时有刻做好事,那最多是个后尾儿的,甚至是个坏分子;如果偶尔有时有刻处坏人、有时有刻做坏事,那最多是个中不溜儿的,甚至也是个坏分子。因此,从这个意义上说,我们不能因为恶小而有时有刻去为,也不能因为善小而无时无刻不去为。有这么一段流行语:有计划—没行动=零;有机会—没抓住=零,有落实—没完成=零,有能力—没发挥=零,有创造—没推销=零,有知识—没应用=零,有目标—没胆量=零,有付出—没效益=零,有原则—没坚持=零。以上之所以是"零",不是没有"有",而是因为"没"。人在世上,务必好好把握有时有刻与无时无刻。

得之与失之

得之与失之，是普天之下所有的人面对万事万物必须需要面对的问题和作出的选择。《吕氏春秋》里就记载着这样一则故事：楚王去云梦泽打猎，一不小心把自己心爱的弓弄丢了。侍从们欲循原路去寻找。楚王说，算了吧，不必去找了，楚人失之，楚人得之，到不了别处的。侍从们都很佩服楚王的豁达。孔子闻及此事后说，这句话如果去掉"楚"字就好了。老子听说孔子的评论后说，这句话如果再去掉"人"字会更好。楚王、孔子、老子对丢弓的看法总体上是一致的，但有所区别的是，楚王是就事论事，说的是一般道理，也有可能是懒人心理作祟；而孔子和老子则是借题发挥，将此上升到了天然道理和客观规律。人活世间，得失本是寻常事，因为父母生了子女，对父母来说，便是得之；子女迟早要死的，对父母来说，又是失之。有得之有失之，有失之有得之，这是人所皆知的道理，而且是俯拾皆是的现实，既不深奥，又不鲜见。中国古代哲学即认为宇宙间的一切事物，都有阴阳两大对立面。哲学在发展过程中，逐渐形成了唯物主义与唯心主义两大派别。直至马克思、恩格斯创立了唯物辩证法，科学地揭示了物质世界本身的对立统一规律。得之与失之，二者之间的关系，按照唯物辩证法的原理来分析，乃是普遍联系和相互作用的，而且一直处于运动和变化中。

观察历史、现实生活中的得之与失之，有一些现象值得格外关注。一是奋力与否。史载，东汉末年，天下大乱，曾出现"十八路诸侯反董卓"的乱局。这十八路诸侯占据当时各路要地，合起来人马有四五十万，然而大多数却只想自保，任朝廷如何作乱，权当看客而已。其中惟有曹、刘、孙三路人马奋力向前，而后形成了魏、蜀、吴三国割据，而其他十五路人马则全部灰飞烟灭。人世间好多的失之，并非缺了原力，也并非没有机缘，而是少了奋力，也就是没有尽到最大努力。二是轻信与否。如今一些人为何遭受电信网络诈骗，其中一个重要原因是，贪便宜，又好奇。通常，骗子总是针对人的心理弱点，来设置一个又一个的陷阱。我们如果不相信"天上会掉馅饼",即使骗子再会忽悠自己,也不会轻易上当。人世间不少的失之,并非自己使力不够,也非不尽全力,而是心理不够健康。换句话说,心里总存某些企图或侥幸。三是公开与否。有些好端端的姑娘,自觉或不自觉地当了别人的地下情人,甚至还私下里生子,最终呢,误了自己的青春,毁了自己的名声;有些原本不错的男人,有钱或有权后,便暗地里在外寻欢,甚至还包养起了"二奶",结果呢,弄得人财两空、身败名裂。人世间许多的失之,并非缺了规则,也非匮乏共识,而是少了公开,换言之,没有发挥"阳光是最好防腐剂"的作用。四是理性与否。奥地利心理学家瓦兹拉威克在所著的《幸福人生指南》中指出,今天世界上大家都在谈"幸福","幸福"是什么,却没有统一的定义,一百个人有一百种谈法。大家都在谈"幸福",反而越觉得"不幸福"。因此,他认为,可以改变一下,从谈"不幸福"切入,进而认识"幸福"。事实上,对幸福的客观标准和主观感受,一千个人有一千种认知。人世间很多的失之,并非缺了感性的东西,而是少了理性的成分。五是坚持与否。有些女人时常对生活不满意,老是假想着另外一种可能,如已辞职回家的,听说原先的下属晋升了,暗自心想,如若自己不退出,无论如何也轮不到这个小字辈;在职场拼搏,看到闺蜜在家相夫教子、恃宠而骄,心中不免郁闷:自己为何不能像她那样欢乐无忧呢?!人世间众多的失之,并非缺了条件,也非没有际会,而是少了坚持。六是互存与否。世界上的万人万物都是相互依赖、相互依存的。你给别人一个快乐,别人也会给你一个快乐;你给别人一个烦恼,别人也会给你一个烦恼。你不随意践踏园中的小草,小草会给你送去一眼新绿;你不赶尽杀绝林中的小鸟,小鸟会给你奉上美妙的旋律。人世间好多的失之,并非外界何等刻薄,也非他人生来不善,而是少了互存。也就是说,自己与外界和他人相融相爱得不够。七如避短与否。美国密歇根州的丛林里,活跃着大量的豪猪。它们属于啮齿类动物,不仅有发达的门牙,而且全身长满了棘刺。然而,体型只及豪猪一半的渔貂,却能有效地对付和杀死豪猪。何故?豪猪也有破绽,即它的腹部柔软。渔貂与其搏斗时,只要抓住时机,紧紧咬住豪猪的腹部,即可使其开膛破肚,自己也可享用美餐。人世间大量的失之,并非缺了长处,也非没有充分施展的时机,而是少了避短的方法和举措,换句话说,发扬长处、规避短处不够。八是向正与否。有家省级电视台曾邀请一位热爱写作的农民朋友,讲述他如何勤奋写作的故事。那位农民朋友已写作了三十多年,手稿装满了几十麻袋,虽然勤奋写作、不断投稿,然而没有一篇发表。说着说着,这位农民朋友禁不住流下了泪水。主持人问他今后有何打算?他擦干眼泪铿锵有力地回答:更加勤奋地写作。他的回答,赢得了全场观众的掌声。这些掌声,尽管是激励和祝福,但掌声之外也有惋惜和无奈。人世间些许的失去,并非缺了信念,也没有放弃守望,而是在弱项上固执己见,"一条道走到黑",也就是说,没有把握好方向、选择好路径。

　　得之与失之,古今中外,凡夫俗子,均明白其中的哲理。中国古代有首民歌,这样写道:"门前一株枣,岁岁不知老。阿婆不嫁女,那得孙儿抱。"其既通俗易懂,又风趣幽默。说的是,世上一切事物,都是欲得必失的,没有只得不失的。有所不同的是,得之大小、多少,失之大小、多少;得之好坏、优劣,失之好坏、优劣。愚笨的人和睿智的人,在认定和掂量得之与失之时,大相径庭。有时候,愚笨的人仅得之蝇头小利后,便欣喜若狂;只失之秋毫小利后,便痛心疾首。睿智的人已得之恢弘大利后,却谦虚谨慎;已失之现成大利后,仍沉着冷静。这是为什么呢?因为愚笨的人是从表面、眼前来看待得之与失之,而睿智的人则从内里、长远来看待得之与失之。事实上,在对待得之与失之这个问题上,我们既不能枉被浮云遮望眼,也不能不知好歹犯糊涂。要防止两种倾向:一种是盲目乐观,另一种是盲目悲观。盲目者,眼睛看不见东西也。得之是好是坏,失之是好是坏,倘或认识不清,就容易摔跟头,严重的甚或会致命。当然,社会上的贤达们,面对得之与失之,自会泰然处之、荣辱不惊。这是做人的一种高境界,非一般人能够持有。人生茫茫,世事茫茫,得之不骄,失之不馁,这是我们应取的正确态度。

人间与事间

倘若以"间"来组词的话,人们很容易想到"时间"和"空间"。世界上一切物质及其存在的方式包括时间和空间。时间由过去、现在、将来构成,空间由长度、宽度、高度构成。"间"者,空隙也。时间的"间"主要表现在连续性,空间的"间"主要表现在伸展性。本文论述的是人间与事间,拟就人与人之间、事与事之间、人与事之间如何处置,发表一些陋见。

先说人与人之间。人们常常会用"亲密无间"来形容某种人际关系。果真亲密可到无间吗?事实是,此既无必要,也不可能。在自然界,太阳与地球之间46亿年来一直保持着合适的距离(约为1.5亿公里),不远不近,从而使地球上的生命既不会因为过热而死光,也不会因为过冷而失尽。农民耕种小麦、水稻、玉米、棉花、油菜、花生等庄稼,其株距也得保持合适的距离,并不是越密匝越好。同理,人与人之间,即使是夫妻、婆媳、翁婿、父子、母女等,也只需要适度的亲密,更何况是与朋友、同学、战友、同事等,双方的距离不必也不可过于亲近。这是因为,距离产生美感,如水中望月、雾里看花等,其迷人的魅力就在于距离。在市场经济大潮中,企业首先体现的是一种文化,也就是说,什么样的人适合什么样的公司,什么样的公司集结什么样的人,如有些公司职责明确、运作高效,同时团队意识强烈,那么,老板往往不喜欢只会干活、不懂生活、性格内向、不善交际的员工;有些公司官商合一,用人不正,缺少监督,那么,老板一般不欣赏虽具有正义感,对公司也挺忠诚,但常常会跟领导唱反调的员工。在现实生活中,人与人之间的关系也很微妙。《新概念英语》里有这样一则故事:一个当清洁工的小伙子一直向他的妻子隐瞒任何有关他工作的情况。每天早上,他穿着一身考究的黑西装离开家,然后换上工作服,当八个小时的清洁工人。晚上回家以前,他先洗了澡,再换回黑西装。就这样干了两年,直到他找到了在办公室当小职员的工作。为什么?因为在世俗社会里,白领受尊敬的程度远远高于蓝领。

即使是白领,情况也不一样。有位成就卓著的老科学家和一个初出茅庐的年轻歌星同机到达某市。他俩一道走下飞机舷梯时,年轻歌星被围得水泄不通,而老科学家则孑然一身,无人问候。人与人之间,攀比害苦了人,如出生后,一群小孩比爸妈;上学时,一群学生比分数;毕业了,一群学生比工作;结婚后,一群朋友比配偶;有孩子,一群家长比孩子;年老后,一群老人比体质。正确地比,无可非议,比出上进,比出快乐,比出信心,比出幸福。问题是,错误地比,则比出消极,比出伤感,比出气馁,比出痛苦。有些人看人用"势利眼",与人交往倚重对方的地位身份或财富名声。实际上,益友与这些"显性资源"并不完全画等号,益友可以共鸣思想帮助成长、相互扶掖鼓励进步、交流情感分享生命。古往今来,包括君臣之间、主仆之间等,其关系的组合方式也是多种多样。当年司马懿抓住蜀国的小兵,问他诸葛亮每天在干些什么,小兵说凡是责罚20杖以上的军法高官,丞相都要亲自监督。司马懿便知道诸葛亮肯定会被累死的。故而,很多后人认为诸葛亮并不是很好的丞相。如今有些老板总是抱怨员工对自己忠诚度不够,刚刚结交几个客户就自开公司去了,刚刚学会一些业务就自择新枝走了。这里面的原因比较复杂,既有员工、老板的,又有社会、家庭的。近见一文,题目是《一生四句话》,说的是,人活着怎样才能使自己愉快又能给别人快乐。其第一句话是"把自己当成别人",即这样可以减轻自己的痛苦、平和自己的狂喜;第二句话是"把别人当成自己",即这样可以同情别人的不幸、理解别人的需要;第三句话是"把别人当成别人",即这样可以在任何情形下都不侵犯别人的核心领地;第四句话是"把自己当成自己",这句话理解起来太难,需要自己慢慢回味。笔者读后颇为赞同。

次说事与事之间。有句俗话叫"桥归桥,路归路"。其意是,一件事就是一件事,不搅和在一块。换言之,事与事,并不是无间。在世上,之所以是这件事而不是那件事,因为每件事各有物质、各有特性。事实上,事与事之间,物与物之间,保持合适的距离,美妙无尽,精彩无穷。如跨江、跨河、跨海大桥桥面相连处有缝隙,机械轴承钢珠与轴圈相合处有间隙,人体骨骼与骨骼相关处有空隙等,其神奇的魅力就在于距离,距离产生了和谐。世间许多同样的或类似的事,在不同时间,派不同用处,效果大不一样。史说,春秋时期,一个商人在吴越之地做生意,从当地土著手中得到一个秘方,那是一种护手霜的制作方法,其产品可以让人在冬天里不生冻疮。这个商人后来制作了很多这种护手霜,把它卖给了吴王。当时吴王正与越国、楚国打仗,吴军有此免生冻疮,从而提高了战斗力。因此,这种护手霜可以卖得很贵,还成了被限制出售的军需品。当地土著和那个商人同样生产护手霜,而后者赚的钱要比前者多得多。人间好多的事,乍看初想起来,并不关联,甚至风马牛不相及,然而,二者之间却有着十分密切的互动关系。经济学界有所谓的"一度效应",即气温相差一摄氏度或降水量增减一毫米,反映到客流上和销量上都有明显变化。相关统计表明,流通类销售额的65%取决于天气,因为天气直接影响人的生理和心理,支配人的消费行为。气候条件也能改变人类历史。当年,波斯帝国正处于鼎盛时期,完全有能力征服希腊大陆。然而,人算不如天算,在公元前480年的萨拉米斯海战中,一场海风扭转了战争的形势,在数量上占绝对优势的波斯舰队未能如愿以偿,希腊文明由此赢得了发展繁荣的可能性。世上很多相同或相似的事,其前世今生各不一样。也就是说,不可相比。因此,要充分尊重个性。人的结婚与否,不可妄加评论,结婚当然是好,但不结婚也应允许。如詹姆斯·布坎南是目前美国历史上唯一一位没有结婚的总统,被誉为"万婴之母"的林巧稚终身未婚;曾写下无数童话的安徒生,诺贝尔奖获得者特雷莎修女,泰坦尼克号上年龄最小的幸存者米尔维娜·迪安等,其一生也都没有结婚。然而,他们都有着传奇的人生。在现实生活中,"行大欺客,客大欺行"的事司空见惯。同样是买卖房产,供大于求时,卖方要作推销;求大于供时,买方要去促销。同样是买卖蔬菜,上市时,卖方"一口价",不让买方还价;散市时,即使卖方一再降价,买方还要还价。

　　再说人与事之间。人的所作所为,都是事;事的来龙去脉都是人。人与事,事与人,二者如影随形,尤其是人,不可或缺。人有鲜活的生命,其养活离不开物;事非独立存在,其与物不能分离。人既有活命的等身之物,又有活身的身外之物。命与物之间有一条看不见、摸不着的界线。线内,往往会以命来换物;线外,常常会以物来搏命。人与物,倘能从精神上达到自在境地,那是另一番情景。法国小说家乔治·桑曾这样来描述"物我合一"的体悟:"我俨然变成一棵植物,觉得自己是草木、是飞鸟、是树梢、是浮云、是流水、是天地相接的那一条横线;觉得自己是这种颜色或那种形体,瞬息万变,来去无碍。我时而走、时而飞、时而潜、时而吸露。我向着太阳开花或栖在叶背安眠;云雀飞翔时我也飞翔,蜥蜴跳跃时我也跳跃,萤火和星光闪耀时我也闪耀。"我们不妨左顾右盼周遭的人与事,有的时候,人死了,事终了;有的时候,事终了,人散了。人的聚聚散散,事的有有无无,都有因缘际会,绝非空穴来风。人因为有事,才为人父、为人母、为人子、为人女、为人夫、为人妻;也因为有事,才为人官、为人民、为人友、为人敌、为人亲、为人疏。事因为有人,才使之活、使之死、使之进、使人退、使之闹、使之静;也因为有人,才使之好、使之孬、使之多、使之少、使之优、使之劣。同样的人对不同的事不一样,同样的事因不同的人不一样。如有些人就是不理睬陌生人无缘无故派送来的所谓的大奖,有些人就是不领受陌生女不明不白抛过来的媚眼眯笑,有些人就是对商人们时不时地推出的特别让利活动缺乏兴趣和没有热情。人同样是向外扔出一件物体,因为物体的性质不同,结果大不一样。倘扔出去的是石,它基本上可以按照人用力的方向和大小自然落地;倘扔出去的是鸟,它最终怎样落地,那不仅包含了人的意愿,而且体现了鸟的能耐。而且,有的时候,在作用上后者还比前者更加重要。从一定意义上说,事在人为,并非绝对。我们既不能夸大人的主观能动性,又不能轻忽事的客观复杂性。在一定的条件下,时世可造英雄,英雄也可造时世,并非只有前者没有后者,也并非只有后者没有前者。从根本上说,人与事,事与人,人是有决定意义的,而且是最活跃、最有变数的。因此,人应该主动而非被动、积极而非消极地引导事沿着正确的方向发展,并尽可能使其结果可控,倘若结果中有出乎意料的喜那就更好。人生中出现了事与愿违甚至南辕北辙的情况,那是痛苦的、难堪的。当然,这首先必须从主观上查找不足,同时,也要从客观上分析原因。泱泱大中华,在人们逢年过节的相互祝福中,"事遂人愿"是使用频率很高的词语。笔者愿这一美好的祝福,都能成为每个人的现实。

争与让

小朋友们在一起玩耍,经常会发生争的情形:乐乐想玩跷跷板,新新也想玩跷跷板;笑笑想玩滑滑梯,甜甜也想玩滑滑梯;敏敏想玩荡秋千,芬芬也想玩荡秋千。于是,大人们会马上过去,教育小朋友要排好队轮着玩。对大一点的小朋友,大人们还会教育他或她要让着小弟弟、小妹妹。这一争一让,大人们给小朋友灌输的,即是礼貌,即是秩序,即是风格。

争的主要词义是,力求得到,力求实现,力求达到,力求改变。对人类来说,争几乎是与生俱来、无师自通的。这最原始的是出于动物的生存本能。在动物界,食物上的争主要包括两个方面:一个是天敌性的争,如猫抓老鼠、蛇吞青蛙、鸟捉虫豸等;另一个是抢夺性的争,这主要在食物相对短缺时同类之争,如群狗争食等。而人类之争,内容则大为扩展,主要是为资源而争。资源包括食色、名利、财物等。人类如今在为资源而争中,争食的占比则越来越小,而占比越来越大的是为金钱而争、为脸面而争、为人色而争、为恒产而争、为名分而争、为权势而争。争的要义,往往是占据,是独享,是拥有。人类之争,不仅表现在男女之间、老少之间争,而且表现在单位之间、地区之间争。最小的争,是两个小朋友为了一个玩具而争;最大的争,是两个国家为了一点领土而争。从一定意义上说,人类之争比动物之争更残酷,动物之争最多是把对方从肉体上消灭,而人类之争不仅限于此,还有株连九族、父债子还,还有精神折磨、文化围剿。正向、正道的人类之争,极其必要。从大的方面来说,社会发展要靠争,科技进步要靠争,经济繁荣要靠争,民族昌盛要靠争;从小的方面来说,优秀人才从争中来,优质产品从争中来,优异业绩从争中来,优化设计从争中来。

让是把好处或方便给予别人。对人类来说,让是一种理性行为,让是一种高贵品德,主要靠后天自觉养成。古时候,用来从小教育孩子的《三字经》中,即包括了这方面的内容。从孔子起,历朝历代的贤士,都有关于让的教海。中国许多的成语故事、寓言故事、童话故事中,都有关于让的情节。在动物界,让的情形极少,因为动物遵循的是丛林法则、信奉的是弱肉强食。有些动物,看起来是让对方,实际上是怕对方,而且这种所谓的让,是天性的、感性的。人类社会,人口众多,资源有限,人们惟有用让的思想、让的理念、让的言语、让的行动来匡正,才能使社会更有秩序、更有规矩、更有效率、更有效用。不让即争,争而易乱,这是人类社会发展规律所揭示的一种普遍现象。人类的让,有把帝位让给别人的禅让,有不与别人争名夺利的退让,有驾车时让开行人的避让,有用礼貌的言行谦让别人的礼让,有出卖或转让财物的出让等。当然,这些让,一般都是有规则的,也就是说,并非无缘无故。但从总体上说,其体现的是一种精神、一种气度。在中国传统文化中,礼贤下士是让,大公无私是让,韬光养晦是让,含而不露是让,与世无争也是让。

怎样用哲学的眼光来作争与让?其一,争与让是一对矛盾,有争就有让,有让便有争。前者的争是主动性的,后者的争是被动性的;前者的让是被动性的,后者的让是主动性的。如果有争不让或有让不争,那么,有好多的问题不好或不易解决。争与让,在一定的条件下是可以转换的。这些条件,包括时过境迁、峰回路转等。其二,争与让是相对而言的,稍稍随和、迁就就是让,稍稍计较、顶真便是争。形象地说,进一步悬崖绝壁,退一步海阔天空。一步之差,争让显示;争让一步,后果异样。一般而言,人不会一味地争,也不会一味地让,争与让会有限度。就争来说,如飞机起飞总要降落,帆船升帆总要落帆;就让来说,如癞蛤蟆踩在脚下也会发生咕声,狗被逼急了也会跳墙。其三,争与让各有价值,争显现的是强势,让显现的则是弱势,二者互补。争有弊端,让也有缺陷。故而,该争时该争,当让时当让。众所周知,送与奖,两者的意义不同:白送东西给人,属于施舍,带有侮辱;而奖给人东西,属于鼓励,带有褒扬。由此看来,在许多时候,用争的办法远比用让的办法好,不仅争的效果好,而且争的名声好。如我是竞选上台的,我是竞争上岗的,我是竞拍中标的,我是竞考录取的,说起来有多么自豪!当然,由于这类争比较公平、公开、公正,也就容易服众。笔者认为,这如同社会财富有一次分配、二次分配一样,争可列为一次分配,让可列为二次分配。换言之,在一定时候,二者不在同一层面,尤其是在高度市场化的国家、社会里更是这样。

在现实生活中,争有争的艺术,争有争的路数,新华书店里也多有这方面的励志书、营销书。在如海的商场,即使是生意上的"死对头",也并非都要拼杀得你死我活,在很多时候,完全可以施行和谐相处的姿态,采取"你方唱罢我登场"的轮流促销,从而使双方的收益最大化。在变幻的官场,纵然是瑜亮之争,也并非都要争夺得两败俱伤,在许多时候,完全可以摆出高风亮节的姿态,采用不搞"窝里斗"的办法,从而使双方都能有良好的发展。常言道,人多力量大,争也是这样。如一些信访人员深谙此道,明明只有本人对这次征地补偿不满,却非要鼓动别人,一起到政府门前举牌上访。许多地方发生的群体性事件,多有相同或类似的情况。战争中的争,更少不了兵力,如今发展信息战、导弹战、经济战,当年则多用人海战术。在自然界,有一种微不足道的昆虫——行军蚁,体型比蚂蚁略大一些,身体呈褐色。别看它貌不惊人,但足以令其它动物胆战心惊。行军蚁队伍庞大,数以万计,在原始丛林里的枯叶败草上,整齐划一地唰唰地行进。行军蚁的性格就是进攻,从不退缩。即使遇到沟壑或河溪,它们也会抱成一团,渡过险阻。行军蚁所过之处,小到蚱蜢,大到羚羊、蟒蛇,都会只剩下一团白骨。现实中所有的争,都是有时间的,倘若采纳拉长时间看问题的方式,那么,世界上有好多的争并不需要。事后回望,当时的不争是最大的争。这,一方面,当时的不争给了对方面子,按照礼尚往来的世规,此后对方也应还以面子;另一方面,当时的不争只是非针锋相对的争,并不是最终意义上的不争,属于"放长线、钓大鱼"的做法,而且这样的不争,不至于把事情一开始就弄僵搞砸;再一方面,当时的不争只是在时间上与对方错开,用坊间的话说,叫"君子报仇,十年不晚",时间一从容,考虑问题便可更周全,争之胜算也可更大。

在现实生活中,让有让的风范,让有让的门道,古时"四书五经"、现时"马恩列斯"多有这方面的至理名言。从一定意义上说,让是一种自信。争的人常常不自信,总是生怕别人会抢走自己应得的东西。而让的人,则心知肚明,凭自己的实力,该得的东西一点儿也跑不了。这种人,对眼前的、肤浅的、虚荣的、附属的东西,那是能让则让;而对长远的、根本的、实质的、紧要的东西,那是当仁不让。人有睿智,面对万事万物,自有一种"山不过来,我就过去"的胸襟。换句话说,如果改变不了别人,自己就主动改变。主动改变即是让。许多时候,人只有主动改变自己,才会最终改变别人;与其"头撞南墙",不如"退而结网"。人有睿智,面对万事万物,自有一种"输赢乃兵家常事"的心态。换句话说,赢了,不趾高气扬;输了,不怨声载道。而且是,争之前即看清楚目标是什么,倘不是自己真正所需要的,那争之前就主动让。人之让,不是没有底线。当年林则徐发现女婿刘齐衔终日沉迷于逗遛鸟,而荒于学业,很是失望。问缘由,女婿说:"您老不是教导我要学会妥协吗?艰难的学业让人生畏,我决定妥协了。"林则徐面对笼中之鸟说道:"这只鸟倒挺听话,愿意待在笼子里呀!"女婿接口道:"哪里呀,前两天还一直撞鸟笼,今天才消停了一会儿。"于是,林则徐信手打开了鸟笼,鸟顿时呼呼地飞走了。女婿只会急得直跺脚。林则徐以事说理:"妥协的意义并不是让步了什么,而是坚持了什么。如果一味地让步,那叫放弃。这只鸟的消停只是暂时的妥协,因为在它心中有着自己从未放弃的坚持。"女婿听着听着羞红了脸、低下了头,之后便发愤读书,终有大成。林则徐在此所说的坚持,实际上也是信仰。这是人之让的一条底线。人之让还有一条底线,这就是尊严。人的尊严并不全与人的身份、地位画等号,每个人都有自己的尊严,即使是最穷困潦倒的人也享有基本的人权。人应该有尊严地活着,无疑,也应该有尊严地让。人之让,不是无原则的退,不是强压下的缩,不是苟且式的避。我们如果真能领悟让的真谛、精通让的学问,那么,在困境中,将会"柳暗花明又一村";在顺境中,将会锦上添花更美好。

人面与人心

我们每个人都有面和心,面在体表,心在体内。二者又都各有物质意义和精神意义。面的物质意义是人的脸蛋,既有眼、鼻、颊、口等器官,又有喜、怒、哀、乐等表情;面的精神意义是人的脸面,既有个人的表面光彩,又有人间的情分面子。心的物质意义是人的心脏,每个人各有两个心房、两个心室,依靠它们的舒张和收缩,推动血液循环全身;心的精神意义是人的心情,包括思想、情感、意愿等,用来支配言论和行动。二者对人来说,又十分重要:脸蛋是决定人是否漂亮的重要因素之一,心脏是决定人寿命长短的重要因素之一;脸面是决定人有否尊严的重要因素之一,心情是决定人作为大小的重要因素之一。

众所周知,人面是人的招牌。因此,身份证、工作证、学生证、毕业证、代表证、退休证等,几乎所有证件上的照片都是面部照,而不是胸部照,更不是臀部照。每个人早晨起床,少不了要洗个面,主要是为了清洁干净,以便出门后"对得起观众"。换言之,这既是本人的卫生问题,又是对人的礼节问题。在现实生活中,最重视面孔表面的是整形和美容,尤其是那些"抛头露面"的从业人员,包括影视演员、政治人物、公关职员等,更注重对面容的修饰。人面,有生面、熟面、黑面、白面、热面、冷面、喜面、愁面、老面、新面、善面、凶面等。面子是人生中的一道大的障碍,有的人"死要面子活受罪",过分爱面子;有的人卑微至极,一点儿不顾面子。与人交往,有的人公事公办,不讲面子;有的人阿谀奉承,不要面子。据载,林语堂有一绝招,叫"相面打分"。他所教的英文课程,从来不举行考试。凭借着自己超强的记忆力,并通过在课堂上随时点指学生回答问题,他平时对每位学生的学习情况,已做到心中有数。每当学期结束前,为了评定学生成绩,他便坐在讲台上,拿出学生名册,一一唱名。被点到的学生,依次站立起来。他像相面先生一样,看一看学生,便定下了分数。他对没有十分把握加以定分的,便请学生到讲台前,与其略谈几句,即可确定分数。在市场经济条件下,对许多创业者来说,创业初期所面临的最大难处之一是面子问题。为了资金,为了场地,为了原料,为了销路,他们不得不到处"求爹爹、告奶奶",有时甚至"狗洞也要钻"。这些人正因为摘掉了且抛弃了虚荣的面具,终于走上了通向成功之路,其中不乏是从"破烂王""臭皮匠""跑龙套"干起而发家致富的。有位大企业家认为,不把自己当回事,不把面子当面子,视面子为虚无,这是一个真正干大事的人应有的风度。这番话,虽有些偏颇,但不无道理。

尽人皆知,人心肉做、人心莫测、言为心生、行系心使。世间全部的人和事,都与人心相关相联。人心,有黑心、红心、恒心、死心、坏心、好心、苦心、悦心、精心、粗心、真心、假心、私心、公心等。无论是英雄模范人物的壮举,还是狐朋狗党的恶行,都可从人心上深入剖析,找出根源。自古以来,许多名人贤士,就人如何保持一颗平常心,留下了不朽的著述,如朱熹所说"事理通达心气平和,品节详明德性坚定",如王阳明所说"随遇而安,随心所欲而不逾矩",如洪应明所说"宠辱不惊,闲看庭前花开花落;去留无意,漫随天外云卷云舒"。心主人的认识、欲望、性格、意志、观念、道德、品行、眼光、魅力等。哀莫大于心死,说的也是这个道理。中国数以万计的成语,所含典故,很多与人心关联,如杨时的程门立雪、勾践的卧薪尝胆、刘禅的乐不思蜀、廉颇的负荆请罪、文与可的胸有成竹、孔子的韦编三绝、刘备的三顾茅庐、岳飞的精忠报国、荆轲的旁若无人、梁冀的专横跋扈、孙思邈的胆大心细、包拯的铁面无私、司马迁的奋不顾身等。心也有"四季",春心芳香,夏心炽热,秋心萧瑟,冬心冷峻。心不仅有种,而且有量。心量大可大到与天地同频共振的程度,小可小到跟人发同模共样的地步。人在处世中的诸多表现,也都可从心中找到注脚,如人有同情之心、包容之心、仁慈之心、感恩之心、蛇蝎之心、宁静之心、慌乱之心等。明朝王廷相著有《潜心篇》,专门论述了潜心笃志的重要性。其曰:"潜心积虑,以求精微;随事体察,以验会通;优游涵养,以至自得。"在现实生活中,也确有一些人真能把心潜下来,不狂热,不浮躁,如巴金的"闭门谢客"、费孝通的"关门盘点"等。安东尼·罗宾说过:"你有什么样的感觉,你就有什么样的生活。"有的人时时处处心存感激,既给自己带来了好的心情,又给自己带来了好的人脉;反之,亦然。心不仅有情,而且有境。心境有的是浅浅的,有的是盈盈的。前者只会浮光掠影,而后者则可包罗万象;前者只会心血来潮,而后者则可气定神闲;前者只会心急火燎,而后者则可泰然自若。人心之于事业、之于工作、之于婚姻、之于家庭,是树之根、影之形、水之源、禾之土。大至得人心者得天下,中至得人心者得选票,小至得人心者得爱情,微至得人心者得人助。

对个人来说,人面与人心虽有一段物理距离,但自然集于一身。笔者认为,人面与人心,关系比较复杂,非三言两语即可言明。其一,正作用与反作用。我们每天通过视觉、听觉、嗅觉、味觉、触觉感受身外的人、事、物,继而把捕获到的各种感性信息入脑,然后通过所思、所想、所念、所悟、所记入心。这是人面对人心的正作用。古人有云:"心悦则物美,心悲则事哀。"今人常说,思想是行动的向导。古文中载,洗心而革面者,若清波之涤轻尘;今文里道,把高兴写在脸上。如上这些,说的是人心对人面的反作用。法国大文豪雨果也认为,人的面孔常常反映他的内心世界。在现实生活中,许多人的面部会自觉或不自觉地流露出不同的内心情感,如愁锁眉头、喜上嘴角、傲聚鼻尖、苦挂颊部、恨咬牙关等。其二,现象与本质。世界上所有的人、事、物,在其发展、变化过程中,既有现象,又有本质。不过,现象是外部的形状表现,本质是内在的根本属性。在大多数情况下,人面是现象,人心是本质。人们之所以常说"知人知面不知心",就是因为人面公开,容易窥见;人心隐蔽,不能直观。在生活万象中,我们可以透过人面看按照心理学家的解释,一个人最基本的习惯性态度,如自信或自卑、乐观或悲观等,往往能"凝固"面部的表情肌肉,使其变成经常性状态。因此,我们在待人、处事、观物中,千万不可只看现象、不识本质,尤其不能被假象所迷惑。如中国古代寓言中的中山狼,先向东郭先生求救,被藏于书囊之中,终于骗过了猎人,后却要吃恩人,其教训极为深刻,故为世代传诫。其三,普遍性与特殊性。一般来说,有什么样的人心,就有什么样的人面;反观之,有什么样的人面,可知有什么样的人心。但是,世界上的人、事、物绝无可能均为表里如一。有的人口是心非,有的人人面兽心。有的物貌似坚强,实则虚弱;有的物金玉其外,败絮其中。有的事有始无终,有的事昙花一现。相对来说,人面与人心具有一定的稳固性。如人的外部模样,所谓"从小看看,到大一般";人一旦形成自己的看法,就不易改变,尤其是产生了成见,则更难改变。然而,也有一些特殊情形。就人面来说,由于长期的朝夕相处,丈夫与妻子会越来越像,养子与养母会越来越像,爱徒与高师会越来越像,秘书与首长也会越来越像,虽然不会完全相同,但在某些方面会类似,其主要是因为双方的相互感染和相互模仿。中国人民解放军是所大学校。军旅生涯也会磨炼人面。有些人尽管已经退伍多年,然而在其脸庞上依然留存着军人的气质。就人心来说,也有不具普遍性的东西,如有的人抛弃浮华遁入空门,有的人心思飘荡变幻无常,有的阴险狠毒丧尽天良。究其原因,有些是生情使然。按照中国社会主义核心价值观的要求,我们每个人都应当诚实守信。而要做到这些,离不开人面与人心统一,而且是阳光性的人面与阳光性的人心的统一。

般配与合适

凡业余红娘或专业红娘给男的或女的介绍对象时,经常会说,您俩挺般配,您俩很合适。其实,般配与合适用在这里,即为同一个意思:双方相称。在中国传统文化中,郎才女貌、帅哥靓妹是世人公认并称羡的优秀相配。说起衡量男婚女嫁的条件,人们自然会联想到"门当户对"。"门当"与"户对"最初是指古代大门建筑中的两个重要组成部分:"门当"是在大门前的左右两侧相对而置的一对呈扁形的石礅或石鼓,"户对"是位于门楣上方或门楣两侧的圆柱形的木雕或雕砖。为什么"门当户对"会逐渐演变成男女相亲的条件呢? 其因为,根据建筑学上的和谐美学原理,凡有"门当",必有"户对",故"门当户对"常常被并称同呼;又因为,在"门当"与"户对"上往往雕刻着适合主人身份的图案,且"门当"的大小、"户对"多少又显示主人财势的强弱,故"门当户对"是主人家境的重要标志。说到底,男女择偶讲求"门当户对",就是要求双方在长相、品性、财产等条件上般配与合适。

在现实生活中,般配与合适并非仅仅表现在男婚女嫁上,在其他许许多多方面都有相同的表现。在自然界,在人类社会,无时无刻不在追逐和实现一个"和"字。这个"和"就是般配与合适。在国际上,大国与大国的关系,大国与小国的关系,小国与小国的关系,随时随地都有可能出现不般配、不合适的问题。之所以这些关系要作不断调整,就因为二者之间时不时地会不般配、不合适。管窥蠡测第一次、第二次世界大战发生的成因,也有这方面的问题,当然,其主要是由战争发动者的侵略本性使然。一般来说,一国之内,政权非正常更迭的根源,在于当时的经济、社会关系中出现了严重的不般配与不合适。一年四季,为何春夏之交、夏秋之交、秋冬之交、冬春之交气候变化多端,其不外乎气温上的不般配与不合适。也就是说,冷了要来热,热了要来冷,在冷与热的不断交替中求得气温上的相对稳定的般配与合适。我们每个人,在不同的年龄段,在不同的场合,做不同的事情,其穿着打扮、言行举止,都要与自己的身份般配与合适。否则,轻则引人非议、令人生厌,重则遭人唾弃、激人非礼。夫妻朝夕相处、久长相聚,其所思、所说、所做,必须尽可能般配与合适。否则,便容易产生不协调、不和谐,长此以往,即会带来不良后果。在现代夫妻生活的般配与合适上,那种"夫唱妇随"或"妇唱夫随","女主内、男主外"或"男主内、女主外",都是不错的选择。如今,人们随着物质生活的大幅改善,乔迁之喜业已习以为常。家居装饰也要般配与合适。否则,在效果上,要么稀奇古怪,要么杂乱无章,要么俗不可耐。

  世间的般配与合适,既有定式,又有变式;既有共性,又有个性。换句话说,般配与合适的目标和目的都是相同的,而实现般配与合适的方式和方法却不一定相同。笔者分析,试列如下六种:一是如胶似漆型。胶、漆均为黏性材料,用其可使黏结的双方无缝对接、牢靠稳固。在现实生活中,一些情爱甚笃的伉俪尚能做到如胶似漆。如此,他们在家庭生活中的大事小情上,即极少出现不般配、不合适的问题。二是有分有合型。分分合合是世人世事的常态。大至一个国家,围绕一个中央,各行政单元有序运行;小到一个项目,围绕一个主题,各子项目分工运作。国家与各行政单元之间,项目与子项目之间,实际上是一种有分有合的般配与合适。三是相安无事型。有些人或物聚集在一起,并不般配,并不合适,甚至还会互不相容,然而,采用一些防范的规则,却可以相安无事。喀麦隆生长着一种斗树。它的枝丫上长有许多三角形的棕黑色的硬刺,如果邻近遇到别的小树,便会毫不留情地钩缠住小树,并被刺得遍体鳞伤,最终难免一死。原来人们认为,只要斗树栽在一起,一定长不成林。后来人们发现,斗树之间只要留有适合生存的空间,照样可以长成斗树林。四是势均力敌型。在现实世界里,在势力上,彼此相等相当,不分高低伯仲,也是一种般配与合适。从一定意义上说,器物上的"三足鼎立",朝代上的"三国分立",即得益于此。倘若有朝一日打破了这个局面,那就会祸乱、纷争骤起。因此,在一定的条件下,和平靠斗争而来,团结靠批评而来。双方在斗争中、批评中,求得势力上的平衡,从而在一段时间里相互般配、合适起来。五是貌离神合型。中国有个成语,叫"貌合神离",用来形容双方表面上很合得来,内心里却不一致。然而,在世人世事的般配与合适上,有许多的却是貌离神合,如恩爱的夫妻虽然因为工作而分居两地,但在情感上从来没有外心;销售人员四面八方奔跑,虽然自由空间很大,但对企业从来没有二心;兄弟姐妹有好几个,为了事业,虽然天各一方,各忙各的,但血脉亲情把大家的心拴在了一起。这些般配与合适,仰赖的是"神"而不是"貌"。六是求同存异型。一般来说,般配与合适的前提是

"同",但是在很多时候,有"异"也能般配与合适,关键是,相互要弱化"异"、宽容"异"、化解"异"。人与人之间,再怎么般配,再怎么合适,也会有矛盾,因为即使是本人,有时候也会自相矛盾。有矛盾并不可怕,只需正视它、消弭它,就行了;纵然一时消弭不了,加以淡化,加以体谅,也就成了。综上所述,般配与合适,各有各的招。而且是,在相当大的程度上,般配与合适,重要的是双方本身的感觉。许多时候,在愿否和能否般配与合适这个问题上,双方出于自身利益的考虑,还会及时作出自我调节。马路上车子生堵了,既会有警察来疏导,驾驶员也会自行退让;电闪雷鸣,狂风暴雨,特殊的气象摧毁不了大地,猛烈一阵之后,重又回归到了温和,季节在平顺中更替,植物在如常中枯荣;夫妻吵闹得不可开交,不管有多么激烈,也无论耗多长时间,总有消停的时候,因为吵闹到后来,双方感到既没有了气力,又没有了意义。

人与事,人与物,人与人,事与事,物与物,事与物,都是希冀有般配与合适的状态和氛围。不过,现实并非全可如愿,总会有这样或那样的不顺甚至违逆。如何解决这个问题,笔者认为,依次有三个良策:其一,符合。同样是一个人,源于先天、后天的不同,在能力、品行等方面是有差异的;同样是一件物,源于品质、性能的不同,在用途、归属上是有差别的;同样是一桩事,源于时间、空间的不同,在作用、成效上是有差距的。因此,作为前提条件,在考虑能否相互配合时,务必"量体裁衣",确实符合双方实际情况和客观需要,而不是生拉硬扯拼凑或搅和在一起。在这里,俗话所说的"强扭的瓜不甜"很有道理。其二,互补。在很多时候,相配、相合的双方并非一开始就丝丝入扣、水乳交融,而是"尺有所短,寸有所长",各有优点和缺点。再加上,有些时候,也不能完全排除因为有某些特殊原由而使双方不得不"走到一起"。这时,双方惟有互补,扬长避短,拾遗补缺,才能实现般配与合适。双方倘或已经先天不足,还"各吹各的调",那到头来只有分崩离析或分道扬镳。著名瑞士学者马克斯·留舍尔认为,人主要有四种色彩类型:黄色——酷爱自由和独立;绿色——追求自由价值;红色——积极进取;蓝色——追求宁静。在一个单位里,在一个家庭里,具有不同色彩类型的人,是可以互补的。事实上,许多夫妻,许多朋友,许多主仆,在性格上是互补的。正是仰仗互补,双方显得十分般配与合适。其三,调适。世上的人和事没有永恒不变的。时过则境迁,这里的"境"包括了人和事。所以,为了保持般配与合适,双方必须不停顿地调适。在这方面,林语堂经营婚姻颇有妙招。即太太喜欢的时候,他跟着喜欢;太太生气的时候,他不跟着生气。把婚姻当饭吃,把爱情当点心吃。正因为如此,他得意地对别人说,"我把一个老式的婚姻变成了美好的爱情。"人在世上,一遇到问题,一出现麻烦,常常喜欢置身事外找原因。这或许是人的一个劣根性。在调适关系时,双方都必须从自己身上寻找不足,而不要去埋怨"天不蓝、地不绿、山不清、水不秀"这些客观的或别人的问题。常言道,适者生存。从某种意义上说,双方既然已经"有缘来相会",只要真心愿意,并善于调适,就没有不般配、不合适的问题。

多心与少心

中国汉语中的多心，多指乱起疑心。乱起又分主动与被动，前者为自己乱起，后者系担心别人乱起。举例说来，有的人到朋友家里玩，即使上卫生间，也要把随身携带的包儿拎着。这就容易使朋友多心："是不是生怕我拿他（她）的东西。"有位领导召来三位部下开会。从头到尾，他只肯定性地表扬了其中的两位。这时，另一位多心起来："领导对我不欣赏、不满意呗！"老板邀约几个人聚餐。席间，主宾出餐厅一下，老板随即跟上。其他人不免有点多心："可能私下里塞红包了。"多心的问题，并非当今才有，其实古已有之。《古乐府·君子行》中载道："君子防未然，不处嫌疑间，瓜田不纳履，李下不整冠。"其意是，在瓜田里走，不可弯腰提鞋；路过李树下，不可抬手扶帽。瓜田李下，易生嫌疑。为了避免嫌疑，勿行纳履整冠之举。

心眼儿是中国汉语中的多义词，其中一义是聪明机智。少心眼儿，也可以说是少心，即考虑问题不周到。在现实生活中，这种情形并不鲜见。举例说来，约请几位好友全家到饭店相聚，而几位好友中有一个三四岁的宝宝，如果考虑周到，在好友们尚未到达之前，就请服务生准备一张宝宝椅，好让宝宝与大人们围坐在一起有说有笑地吃喝。然而，就是这么个小事，许多主人考虑不到，非得等大人们入席了、宝宝没法坐时，才会想到。结果呢，宝宝椅都被他席用上、没有空的了。有些人办事不够灵活，不会变通，只有一个心眼儿，一旦难以如其所愿，便马上乱了方寸，不知所措。中国有个成语，叫"狡兔三窟"，说的是，狡猾的兔子也懂得藏身之处多，便于逃避灾祸。然而，在现实世界里，确有一些人，凡事少心眼儿，办法不多又不巧，更不会去深入细致地预测风险，并制订出防范风险的预案。

世间的人，在社会上也好，在家庭里也罢，乱起疑心的多心与考虑不周的少心，都应当避免，因为多心与少心的危害大，而不多心与不少心的益处多。远说古人，如曹操因猜疑而杀人，最著名的有三次：第一次是谋刺董卓不成,逃亡途中误杀吕伯奢一家八口;第二次是所谓的"梦中杀人";第三次是囚杀给他治病的医生华佗。近说今人,如媒体上不时报道,丈夫无中生有怀疑妻子"红杏出墙",妻子捕风捉影怀疑丈夫"招蜂惹蝶",而导致凶杀事件发生。在群体里共事,那些老是怀疑这怀疑那的人,一般难以与别人平和相处。更有甚者,那些"疑心病"重的人,有时候即使别人完全出于一片好心而给予无私帮助,也会无端臆测别人是包藏了祸心。在同事中,在夫妻间,谁都愿意与那些不多心的人相处。与不多心的人相处,轻松、自由、无虞,对方不会误解、曲解自己,对方不会算计、祸害自己。一般来说,大大方方、大大咧咧的人不多心。"三思而后行"的古训出于《论语》,教导我们要自觉养成事前多思的好习惯。大凡少心的人,总不能"三思而后行",在言行上往往表现出草率、鲁莽、浮夸。换言之,常常显示出不够成熟,长不大似的。与少心的人相处,时而会提心吊胆,害怕跟着踩窟窿、步歧途。少心对个人来说,有害于恋爱婚姻,有害于家庭建设,有害于事业发展,有害于人际交往。少心对领导来说,有害于决策部署,有害于管人用人,有害于效率效益,有害于民风士气。而不少心的人,通常是事半功倍、心想事成,顺境时会获取更多收益,逆境时可减少更多损失。2008年5月12日,中国四川汶川发生了特大地震。其灾后恢复重建,是人类救灾史上罕见的浩大工程,在党中央、国务院和中央军委的坚强领导下,经过三年的顽强拼搏、奋发图强,灾区生产生活实现了大变样、大跨越、大提升。之所以能创造这一世界奇迹,在组织指挥上,无疑得益于科学决策和周密部署。不难设想,倘若少心,那是绝对不可能实现的。

  多心与少心都是"心"的问题。翻开《现代汉语词典》,与"心"组成的词条有一百多个,可见"心"义之丰。多心与少心,我们切不可简简单单地看其数量。这里的问题是,其数量没有用对地方。对的用法应该是待人处事应该"多用点心"。笔者认为,有以下三点需要注意:第一,纯正心里。从前,有个乡下人丢了一把斧子,在家里到处找都找不到,便怀疑是被邻居的儿子偷去了。他也知道,没有证据不能乱讲。于是,他就仔细地观察邻居的儿子:看那人走路的样子,像是偷斧子的;看那人脸色的表情,也像是偷斧子的;听那人讲话的样子,更像是偷斧子的。总之,那人的一举一动,无不像偷斧子的。过了几天,他到地窖去储存物品时,发现自家的斧子正躺在那里。次日,他再去看邻居的儿子的时候,他的一言一行,就连笑的神态,一点儿也不像是偷斧子的样子了。这个"疑邻盗斧"的故事,告诫我们在不顺心、不遂意时,千万不要疑神疑鬼,"以小人之心,去度君子之腹"那是要不得的。人只要心里纯正了,就不会胡乱猜疑。如此去"多用点心",就会在正道上越走越好、越走越远。第二,尽其所能。"多用点心",要求我们遇事不能少心,要尽可能把形势研判得更清楚一些、把困难分析得更透彻一些、把标的确定得更合理一些、把办法考虑得更科学一些。"多用点心",要求我们遇事须做"有心人",胸有志向,肯动脑筋。古往今来,许多成大事业者,都有这方面的习惯。如美国第三十一任总统赫伯特·克拉克·胡佛,在6岁时,所在镇上从天而降了陨石。为了解陨石知识,他请父亲查到了美国最好的天文学家皮克林。在寄给皮克林的信中,他用稚嫩的语言询问了关于陨石的一些疑问。结果,皮克林回信给他详细地作了解答。史载,凡事尽可能地去求教最专业、最懂行的人,这个习惯伴随了他的一生。"多用点心",要求我们遇事不能稀里糊涂。这样做,方向对不对;这样走,路子对不对;这个现状,满意与否;这个前景,喜欢与否。诸如此类,都须提前深思熟虑。一些人的恋爱谈得很累很惨,为了男朋友或为了女朋友,丢掉了自信,失去了自尊,有的人甚至明知对方品行不端、用情不专,还要死皮赖脸地跟对方厮混在一起,最后还是以分手而告终。这种失公平、没营养的恋爱,直接受害的是自己。究其原因,没有"多用点心"。第三,讲究方法。在现实生活中,不少多心是因为一方不讲方法。如果能多懂得一些心理学,作点换位思考,说上一二句看无必要、实有必要的话,可能另一方就不会多心。有些少心的人也缺方法,不善于用联系的、发展的观点去观人察事。倘若"多用点心",很多困难是能够春风化雨的,许多问题是可以迎刃而解的。

  总而言之,人在世间,无论身在社会,还是身在家庭,多心不要有,用心不能无;少心不可有,潜心不应无。

本真与功利

人是什么？如果过滤了社会性、抛弃了文化性，人或许与一般动物无异：有血肉之躯，有喜怒哀乐；会吃喝拉撒，会繁衍生息。人在童年时代，多是本真的，想干什么就干什么，想说什么就说什么；什么高兴就高兴什么，什么不高兴就不高兴什么；想要什么就要什么，想不要什么就不要什么。慢慢地，大人们会教小孩哪些该、哪些不该，该的为什么该、不该的为什么不该。在世界上，无论哪个民族，不管何种肤色，人的童年多是本色的、真性的。放眼望去，复活节岛上的巨石人像、阿尔塔米拉的洞穴壁画、红山文化遗址上的女神雕塑、大足摩崖石刻中的造像等，无不或多或少地表现人类童年的纯真。中国人爱用"童言无忌"来评论小孩说话的率真，爱用"两小无猜"来肯定小孩交往的单纯，爱用"童心未泯"来赞美拥有童真之心的成年人，爱用"鹤发童颜"来形容老年人的面部气色好。因此，有的人会禁不住地想："人要是永远也长不大，那该有多好啊！"不过，本真并非小孩们的专利，大人们也有本真。高官放下了端起来的架子，卸去了装起来的样子，与家人、好友在一起，照样可以无话不说，也会像小孩们那样调皮；老人忘掉了自己的年龄和病痛，不矜持，不摆谱，同样会像小孩们那般嘻嘻哈哈天真浪漫。

人是什么？倘若除去自然属性、生理需求，人是社会成员，分属于不同的社会区域和不同的社会单位，不得不与各种各样的人打交道，如上学时要与老师、同学打交道，工作时要与领导、同事打交道，出行时要与生人、熟人打交道，结婚后要与配偶、子女打交道，交际时要与亲戚、朋友打交道。在现实生活中，每个人打交道的方式方法不尽相同，其中有一些人特别功利，即通常以实际功效的大小和实际利益的多少来决定自己的行为；还有一些人特别势利，即往往看对方的地位、财产、相貌等分别对待。这些人比较典型的表现有"人走茶凉""看人下菜碟""见钱眼开"等。据说，鲁迅当年在厦门大学任教时,有一天路过一家上等的理发厅,便随意走了进去。理发师见他身着一件褪了色的长袍,脚穿一双布底鞋,头发乱蓬蓬的,心里瞧不起他,就给他很随便地修剪了一下。但出乎理发师的意料,他随手从口袋里抓了一把钱给了理发师,且一言不发地走了。理发师仔细一数,这些钱竟比规定的价格多了好几倍。过了一个多月,他又去这家理发厅理发,正巧又碰到了那位理发师。他还是那身打扮,却受到了非同寻常的接待。可令理发师惊讶不已的是,这次他并没有像上次那样,而是认真地按照价格付了钱。理发师颇为不解,问他缘由。他笑着回答说:"上次你胡乱给我理发,我就胡乱给你钱;这次你认真给我理发,我自然要认真付你钱。"理发师听后,一下子羞得满脸通红。

一个人风尘仆仆地活在这个世界上,为什么会由本真、天真变成功利、势利,又为什么有时本真、天真、有时又功利、势利呢?笔者认为,可从如下几方面端倪成因:一是从生物法则来看,这是生存需要。小孩尚未长大,主要与家人相聚,没有进入社会,加上衣食无忧,可以不劳而获,又因见闻平面,认识肤浅,不会理性思考,故自然而然会表现出本真、天真。这就如同一张白纸,在没有成图成画之前,可任由主人想象。但人随着身体的渐渐长大,懂的东西越来越多,尤其是步入社会后,面对资源短缺造成的激烈竞争,不得不从自身利益出发,决定本人的行为方式。此中,有些过于精明的人,便近乎无师自通地功利、势利起来。在动物界,有些凶残的动物在幼崽时不失单纯,也非常讨人喜欢,长大后即渐渐显露出了害人的本性。这种本性,一般不会逆转和消逝。人类社会不同于动物界,因为人不仅是自然人,而且是社会人,既有先天生物性的东西,又有后天管理性的东西;又因为人是具有高等智能的动物,既有本能性的欲望,又有调节欲望的意识和能力,所以,人类社会有文明,并由此,许多人的本真、天真不会随着自己的长大而消失,可以贯穿终生。二是从行为哲学来看,这是应变需要。在20世纪50年代、60年代、70年代生活过的农村人,普遍不会忘记,那个时候,人与人之间的关系,相对比较纯朴,没有那么多的铜臭味。哪家要盖房搭屋了,只需一召唤,村里的人纷纷出工出力不要报酬,最多管饭就行了。谁家有大人生病要送医院,只需喊一声,左邻右舍便会立即丢下手中的活,帮助用竹匾抬或用船儿运,而且全为义务,不要分文。农忙时,大清早或近黄昏,哪家自留地上要插秧或割稻了,有人会主动前去搭把手,并不求回报。这种尚处于自然经济条件下的人际交往,闪耀着单纯、简朴的光芒。毋庸讳言,在此后持续推进的市场经济大潮中,一些人作为一种对外部环境的应变,渐渐地熟悉、适应、学会了功利、势利,而且慢慢地习以为常起来。三是从群体差异来看,这是因人而异。美好的,常常是公认的、永恒的,如天的湛蓝、云的洁白、月的光华、水的清澈,人的本真、天真也是。在现实生活中,有的人坚守生命本性,拒绝世俗浊流,自己的心灵不受外界的不良影响而被扭曲、异化,依然保留着真诚和善良;而有的人由于过分看重薪酬的厚薄、名声的大小、职务的高低、事业的成败、物质的多少,在与天斗、与地斗、与人斗的过程中,鄙视和放弃了源于生命的质朴和淳厚,变得狡诈、刻薄起来。事实上,人在世上,真诚、善良也好,狡诈、刻薄也罢,到头来,是你的,跑不掉;不是你的,求不来。而且,人走到生命尽头时,再回溯既往,共性的感觉是,浮华褪去还本真,在自由和快乐上,没有哪个可与之相比。是本真、天真,抑或功利、势利,因人而异,即使是同胞翻子、同窗学子、同门弟子、同师徒子,也各不相同。而这,主要取决于本人的修炼和造化。换句话说,主要由个人不同的世界观、人生观、价值观所决定。

有诗曰:"人,诗意地栖居在大地上。"这句诗,非常深刻,触及了人类生命、生活的本质。生命、生活要有诗意,必须葆有纯真的心地、率真的性情,必须没有故意的做作、使假的虚伪。而若能做到这般,又必须掌控好自己的欲望。常言道:无欲则刚。人活在世上,无欲是不可能的,少欲是可把握的。七情六欲,凡人均有。要说有差别,就在于"贤者能节之,不使过度;愚者纵之,多至失所。"欲望是一匹马,驾驭好了,是良乘,大有助益;驾驭不好,似恶犬,为害甚烈。古今中外,不少人多欲涉险,有的是自取其祸,有的则自亡其身。那些缺乏本真、天真,盛行功利、势利的人,往往受制于不合情、不合理的欲望。为了一时之名、半点之利,不惜改变自己原本堂堂正正的心地和性情。这是何等的悲哀啊!不是么?当今有的女孩恋爱的功利色彩十分浓厚。她们不是以爱情为基础,也不是以找归宿为目的,而是通过所谓的恋爱来解决眼前的某种或某些需求。"今朝有酒今朝醉",只要有可能,便毫无羞耻地匆匆与人交换自己的青春和身体。如今有的女孩恋爱的势利眼光颇为强烈。她们不是以责任为支柱,也不是以道德为准则,而是把商品生产中"没有最好,只有更好"的理念错误地移植到恋爱上,即使已经到了谈婚论嫁之时,倘若有条件更好的男士出现,也会毫不留情地抛弃原已感情日炽的男友。应当说,功利、势利,并非"新病",也属"旧疾"。《史记·廉颇蔺相如列传》中有载:"天下以市道交,君有势,我则从君;君无势,则去。此固其理也,有何怨乎?"可见,势利在一些人的认识里并无不妥。《红楼梦》里的诸多女人,是亲戚,是主奴,命运把她们放置于同一个时空里,有嬉闹,有怨愁,经历着人间的世态炎凉和悲欢离合,其中不乏浸染功利、势利污浊的人和事。事实上,人类在演进的过程中,就有功利、势利现象存在。说到底,功利、势利来源于人的自私自利,根植于人的自私自利。诚然,人在世上,不为自己考虑,既不符合常理,又有违于常情。问题是,一事当前,惟为自己考虑,那就与人类文明背道而驰了。从总体上,在人际交往中,我们需要自觉抗拒世俗世界中某些阴暗、丑陋的诱惑,尽可能更多地享受由本真、天真带给自己的欢畅和陶醉,而有意识地远离由功利、势利带给自己的麻烦和痛苦。

荒与熟

人类赖以生存的地球为太阳系八大行星之一,赤道半径有6378.2公里,地壳平均厚度约为30公里~40公里。地球表面上有田地、海洋、山脉、河流、湖泊、戈壁、沙漠、草原等。在没有人类出现之前,整个地球表面是荒芜的,换言之,均为蛮荒之地。毕竟地球太大了,即使如今世界人口已经70多亿,但无人类活动的荒凉之地仍然不少,当然许多地域不适合人类生活。笔者认为,这是中国汉字"荒"的本义。说及"荒",人们脱口便会冒出"杳无人烟""杂草丛生"等词儿。自然界的"荒"无不与人类活动有关,人是止荒最活跃、最积极、最重要的力量,只要有了人,再荒的地方也会不荒。从远处说,美国两百多年来国家大发展的历史实际上主要是人口大迁徙的历史;从近处说,中国始于20世纪80年代的城市化实际上主要是人口城市化。从历史看,一些资本主义强国侵占弱小国家或地区,并向其大批移了民,进行了各种各样的掠夺;从现实看,一些逐渐强大起来的国家,为了区域协调发展,进一步提升国际竞争力,而采取激励政策向贫穷、边远地区移民。从一定意义上说,无论国际国内,不管地广地狭,止荒就是止穷,止荒就是止弱。

荒在人类社会中的表现多为贬性,按当今流行语,叫"负能量"。自古以来,人们向往国泰民安,而对兵荒马乱,普遍感受时世维艰。韩愈在《进学解》中曰:"业精于勤,荒于嬉。"说的是,人的知识、技术、手艺、门道、窍门、本事、能力,由勤奋而精通,因嬉戏而荒疏。在这里,"荒"与"精"相对。古人言,读书破万卷,下笔如有神。"破万卷"务须"勤",而"嬉"是做不到的。大人告诫小孩,不要荒废学业。意思是,要珍惜美好而又宝贵的时光,认真、刻苦学习。人的言论和行动,倘极不合情、极不合理、极不合法,即为荒谬、荒唐、荒诞。毛泽东在《新民主主义论》中指出:"因为共产党员的最低纲领和三民主义的政治原则基本上相同,就狂叫'收起'共产主义,岂非荒谬绝伦之至。"人如果迷乱于淫乐,贪恋于酒色,那就是荒淫。在中国两千多年的封建社会里,不少君主荒淫。《周书·晋荡公护传》中载:"自即位以来,荒淫无度,昵近群小,疏忌骨肉,大臣重将,咸欲诛灭。"荒淫不仅是古代统治者的大敌,而且是当代执政者的大敌;不仅是人际交往的忌讳,而且是自身养生的忌讳。荒还可用来衡量财物的多寡,如家里的粮食不够吃了,闹起了粮荒;企业里的钱短缺了,闹起了钱荒;社会上的燃油吃紧了,闹起了油荒;上市的商品房少了,闹起了房荒;长期干旱或遭受污染,闹起了水荒;购车上牌难了,闹起了号荒;时令菜蔬量少价高,闹起了菜荒;用电高峰时常常拉闸停电,闹起了电荒。在这里,缺了,少了,便是荒。

与荒相对的是熟。在自然界,经过人们多年耕种的土地叫熟地,熟地往往比生地易耕种、收获多。人们曾经耕种过后来荒芜了的土地叫熟荒地,熟荒地常常比生荒地易开垦、收成好。漫山长着郁郁葱葱的人工林,就种植来说,这座山叫熟山。使用江河湖海的部分水域,人工养殖鱼类、贝类等,这些水域相对于自然养殖的水域叫熟水。水稻、玉米、小麦、花生、苞谷、黍子、棉花、油菜、蚕豆等农作物可以收获了,即为成熟。在人类社会,熟的东西很多。如世上本无路,走的人多了,便成了路。熟路是人走出来的。从未谋过面的人叫生面,两次或多次见过面的人叫熟面。熟人是交际起来的。熟悉某项或某种工作的人叫熟手,如纺织厂的挡车工等,而熟手是自己练就的。采用生铁制成的具有韧性、延展性的铁叫熟铁,而熟铁是精炼出来的。人经常看、多次看、反复看某个事物叫熟视,中国有个成语叫"熟视无睹",指对身外之物不关心、不用心、不上心。人睡得很沉、很香叫熟睡,熟睡是人生的一大享受。

荒与熟,自然里有,社会中有;两条路径,不同结果。中国西汉匡衡,苦于无书可读,便到处借书披览。当时,书只有富人家有,穷人很难无偿借到。有一次,他打听到附近一个大地主名叫文不识,家里藏书很多,便去做工,且不要工钱。文不识颇为奇怪,问其缘由,他就提出了借书的要求。文不识被他的这种求学精神感动了,便把全部藏书借给他看。他得到书后,如饥似渴地读起来,不长时间,就把文不识家的全部藏书熟读了。由此,他终于成了一个很有学问的人。这就是世代相传的"凿壁偷光"的故事。秦始皇是中国第一个想求长生不死药的皇帝。他认为自己平定六国,统一天下,功勋无人可比,应该永远享受这些荣华富贵。于是,他派人去海外寻长生不死药,结果受到了方士们的愚弄。唐朝,在皇帝的推动下,炼制长生金丹之风盛行。有好几个倒霉的皇帝,想长生吃金丹,结果中毒而死。他们不知道,天下哪有长生之药呀!想靠吃药长生,实在荒唐透顶。新中国成立后在各条战线上涌现出来的一批又一批劳动模范,在工作和生产岗位上,勤学苦练,形成了各自的硬功夫、真本领,如北京百货大楼售货员张秉贵练就了"一把抓",即顾客要买多少糖果,他的动作非常熟练,一把抓准,一斤就是一斤,两斤就是两斤,不多也不少。当今社会,一些"官二代""官三代""富二代""富三代","贵二代""贵三代","红二代""红三代",或躺在父辈、爷辈的身子上,或钻入父辈、爷辈的影子里,游手好闲,不务正业,荒废了自己的青春年华,也辜负了父辈、爷辈的殷切期望。

人光溜溜地来到世间,宛若一片荒地,需要不断地开垦、耕作、追肥,培养地力,并在渐趋肥沃的土壤里,不断地种植、锄草、除虫,从而能有更多更好的收获。由荒变熟,全靠干。不干,荒的仍是荒的。人勤春早,事在人为,说的就是人的主观努力。古人有言:"天下事有难易乎?为之,则难者亦易矣;不为,则易者亦难矣。"古人又言:"不闻不若闻之,闻之不若见之,见之不若知之,知之不若行之。"古人还曰:"良农不为水旱不耕,良贾不为折阅不市。"这些至理名言,均告诫人们要能作能为、敢作敢为、善作善为。人在世上,总会遇到这个或那个难,有难并不可怕,可怕的是畏难。只要肯干,难可变易。人在世上,认识事物,既需要见之,又需要知之,更需要行之,三者结合,认识方可由浅入深。人在世上,无论做什么事,都要相信坚持、学会坚持、运用坚持。坚持是人类进步和成功的必由,是生命意志和毅力的表达。在纷繁复杂的际遇里,人要乐于按捺住心中的悸动、把守住可贵的寂寞,不与别人比奢华、比享受,要与别人比能力、比奉献,脚踏实地朝着美好的明天迈进。想当年,拿破仑是从干炮兵起始的,卓别林是从跑龙套起步的,曾宪梓是从卖纽扣起家的。倘若他们当初缺乏务实精神,会有日后所获的巨大成就吗?万丈高楼平地起,如果建楼没有坚实的基础,谁能保证它稳若泰山呢?在自然界,企鹅身躯笨重,又无可以攀爬的前臂,但具有静心下沉、蓄力上升的本领。它会猛然低头扎进并潜入海中,再迅疾抬头向上跃起,依靠海水的压力和浮力,如同离弦之箭从水面穿出,落于海滩陆地之上。企鹅的这一本领,对我们为人做事来说,不无启迪,即只有沉下去,才能浮出来。沉浮之间,勇者胜。笔者试想,人生之荒,人生之熟,如上这些,无疑具有借鉴价值和参考意义。

外炫与内敛

世间的光线,有强有弱,有明有暗,有刚有柔。笔者小的时候,夏晚常与小伙伴们到田间地头捕捉萤火虫。这种虫,白天伏在草丛里,晚上飞出来,能发出微弱的带绿色的光。高中毕业回乡务农期间,笔者在铺有水泥的打谷场上干活,那盛夏正午的阳光相当刺眼,然而,戴上副墨镜即舒服好多。在自然界诸多光线中,有的强烈得炫眼,有的晃动得炫眼,有的变幻得炫眼。如今,搞舞台演出,灯光设计十分重要,灯光可以置景,灯光可以添彩;灯光可以提升艺术水准,灯光可以提高演出效果。每年中国中央电视台的春节联欢晚会,都会给全球华人送上灯光艺术大餐。五光十色的灯光,有时令人炫眼。城市里的隧道,均科学设置灯光,驾车的人出入其中,眼球不存在调适的问题;而郊外的隧道,往往从节约出发,灯头稀拉,灯光昏暗,驾车的人入后出时,时而会有炫眼的感觉。如上所述的炫,源于使用的光线不自然、不常规,致使人的眼睛一时接受不了。

炫表现在社会上,多种多样。这里的炫,是炫耀,是炫鬻,即故意显示自己的本领、知识、才华、功劳、地位、势力、技能等。不过,有的炫是公开明显的,有的炫是含蓄隐晦的。笔者分析,列举如下九个种样的炫:一是炫武。在世界上,帝国主义国家喜欢炫武。它们一方面有那么多的航空母舰、轰炸机、远程导弹、核潜艇等;另一方面出于维护霸权地位、获取战略利益的考量。一旦哪个地区形势出现异常,有可能发生战事了,便会派航空母舰等去游弋,既是炫武,又是待命。二是炫美。在冰天雪地里,有些年轻貌美的女子,反季节地着装。为了显示出美胸、美腿、美臂,宁愿挨些冻、受点凉。这就应验了一句俗语:"要得巧,冻得昂公(一种淡水鱼,全身无鳞,头大而扁,能发出昂昂的声音)叫。"三是炫富。社会上的一些暴发户,动不动便显奢华、摆阔气,仗着有几个钱,常常对人颐指气使。更有甚者,有的子孙也跟着学、跟着做。还有一些并不富裕的人,由于某种需要,也会炫富。四是炫忙。

当今社会,有不少人认为,成功的人就是忙碌的人,就是没有时间的人。于是,在他们的心目中,忙碌仿佛成为成功的代名词。所以,这些人常常炫忙:没有时间吃早饭,没有时间睡午觉,没有时间娱乐,没有时间锻炼身体,没有时间探望父母,生病了也没有时间去打"点滴"。五是炫苦。有一些经历过1960年前后生活困难的人,有一些经历过1970年前后"上山下乡"的人,有时会自觉或不自觉地在年轻人面前讲述当年如何苦其心志、劳其筋骨、饿其体肤。其中,不乏炫苦的成分,言外之意,我们是苦过来的,你们要对我们多一些尊重。还有一些头脑特别灵活的人,办成了事,爱在领导面前炫苦,目的不外乎是想取得领导的肯定和表扬。六是炫穷。在现实生活中,穷并不值得显示,更不值得赞美。然而,在某些情况下,炫穷也有必要,也要理由。有个资产过亿元的老板,在酒席上说,他们这些人,穷得只有大把大把的钱了,要名声没名声,要权势没权势,要面子没面子。这,一是抱怨,二是炫耀。还有那些申报或保留国家级贫困县的,还有那些申请某些补贴补助的,还有那些遭受自然灾害的,也往往会有意或无意地炫穷。至于那些在街头行乞的人,更是故意把炫穷推至顶峰。七是炫文。文是人类社会发展到较高阶段呈现出来的状态,如文化、文明、文物等。一个人如果有文才、有文气、有文治,那是有知识的人,受人崇拜尊敬。有的人喜欢舞文弄墨,好在人前吟几句诗、耍几个字。有的人不论对象,口中不时叽里咕噜说几个外文单词,似要显现出与众不同。有的人的家庭装修,搞得文化味特浓,自己从来不看书,却买了几个大书柜并装满了古代名著和当代潮书。有的人大字不识几个,给小孩起名时,却爱用冷僻字,仿佛很有学问。八是炫爱。爱本是双方的事、心底的事,有些人却好在人前晒和秀,其中有的人可能是性格外向,有的人可能是别有用心。有的企业,喜欢用党和政府的领导人与本企业负责人的合影,而且放得很大,置于显处,似乎要告诉来人,上级对他们特别关爱。有些人喜欢自吹自擂,与他人只是一次谋面握手却被说成是亲戚关系,甚至从未谋面握手,经七捣鼓八捣鼓,却被说成是好友。九是炫廉。贪腐是人民的公敌,谁都痛恨贪腐。于是,有些人贪腐了,还要装出廉洁样。无论会上讲话,还是与人聊天,都不忘自我标榜,好像是最好的清官,实际上,往往是当面一套、背后一套,或专拣好的说。有的时候,一些爱好炫廉的人在一起聚谈,越比越廉,甚至廉到了不近人情。有的贪官,已经受贿了几百万元甚至几千万元,为了对外表明自己清廉,主动向纪委上交几个只有二三千元的小红包。

　　人之炫,究其成因,既有动物性的,又有社会性的,且后者是主要的。研究人员发现,一些动物的炫耀主要是为了求偶,如雄性缎蓝亭鸟、雄性孔雀等。在很多物种中,耀武扬威的惟有雄性。在一定的条件下,它们是在推销自己,以吸引异性与其交配,从而繁衍后代。人是有主观意识的,所言所行的目的性强。其炫耀的驱动力在于追逐名和利,当然也包括色。此外,还有一种叫"橱窗人"的人,他穿时尚衣是为了让别人看,他开高档车是为了让别人看。总之,他的所思所想都是以别人的眼光为惟一标准。人之炫,有没有好处呢?从短期、局部来看,有时有益;但从长期、整体来看,为害不少。动物学家经过长期跟踪调查,发现生活在印度北部的藏原羚能在几秒钟内使自己奔跑的速度达到每小时80公里,且能一连跑上几个小时,而狮子的最快时速却不足70公里。藏原羚在面对天敌追赶时,喜欢不定时地向上跳跃。这似有与人类一样的弱点,那是在炫耀自己的实力。然而,炫耀的结果是,天敌出其不意,一下子即把藏原羚扑倒在地。人之炫,极易趾高气扬,极易言过其实,常遭人反感。人与人之间,有一种匀势。如果不心平气和,炫了,必定打破匀势,使对方感到咄咄逼人。常言道,言多必失。炫了,少不了自夸,自夸较易掺水。从根本上说,人之炫,在一定程度上,是失去了分寸。有失分寸,易成笑话。人有大才、中才、小才。一般来说,怀有大才者不炫,炫的人不怀大才;怀有小才者会炫,炫的人仅怀小才。在现实生活中,有的人炫了,炫得难以自圆其说,炫得自己下不了台,好难堪,好尴尬,好受罪。中国当年"大跃进"时期,一些地方领导上报粮食产量时喜炫,实际上刮起了"浮夸风",结果是造成不少人饿死。一户人家受到了异姓人家的欺负,便纠集起多户宗族,到异姓人家门前炫武,顿时紧张了气氛,双方剑拔弩张,稍不注意,便会擦枪走火。有人本不富裕,可喜爱自诩而泄露了隐私,引来了小偷光顾,家财不保。人之交往深浅,并不需要尽向外人道。尽道,且为炫,有时则会招来不测,如被另看、贬低、压制、孤立、冷落等,甚至引来杀身之祸。

  一般来说,炫在外,在别人面前,在公共场所。外炫不是好事。苏轼以诗批评吹大牛:"单于若问君家世,莫道中朝第一人。"杜甫以诗批评调门高:"此曲只应天上有,人间能得几回闻。"与外炫相对的是内敛。内,向内也;敛,收起也。内敛是人的一种修养。内敛的人,不张扬,不癫狂,纵然内在很丰富、很优秀,外表却显得很平静、很普通。正如杨万里诗中所云的那般:"外面看来真璞玉,胸中雕出许玲珑。"内敛的人,自制力强,即使外面的诱惑再大,却"我自岿然不动",不会见风使舵,不会人云亦云。李白有诗曰:"大贤虎变愚不测,当年颇似寻常人。"说的是,德高才大的贤者,平日谦虚不露,同寻常人一样,非人们所能测知。内敛的人,一般"不失足于人,不失色于人,不失言于人"。当今世界,信息爆炸,物欲横流。人真能做到内敛,确属不易。俗话说,爱哭的孩子有奶喝。在许多时候,叫比不叫好。有些人信奉

"表扬别人与表扬自己相结合,宣传别人与宣传自己相结合"。这种做法,且还屡试不爽。哗众取宠是贬义,有的人却热衷于此,自己在言论或行动上完全迎合他人,以骗取他人的称赞或信任。这在时间性、竞争性、过渡性强的景况下,往往得益。时过境迁,不管他人如何评说,反正自己想得的宠跑不了了。世上许许多多的事,不可能推倒重来,过去了就永远不再。这是一些人的投机性、快餐化。因此,能够内敛,并不是轻而易举,作为个人,那要舍弃一些名和利,不断与私欲作斗争。内敛也是人的一种智慧。内敛不是保守,内敛不是愚笨。内敛的人,具有审时度势的禀赋,明为明,不明为不明;能为能,不能为不能;是为是,不是为不是;非为非,不非为不非;知为知,不知为不知;识为识,不识为不识。内敛需要学习,内敛需要训练。从一定程度上说,内敛体现出人的综合素质。内敛的人,会自觉养成"视思明、听思聪、色思温、貌思恭、言思忠、事思敬、疑思问、忿思难、见得思义。"古人言,当言而不言失人,不当言而言失言。内敛的人,对此能内化于心、外化于行,对内注重强身健体,对外拒绝张牙舞爪。

外炫与内敛,一放一收,颇见功底。人只要没有非分的欲望和企求,大可不必去炫这炫那,炫得自己苦不堪言,炫得他人非议纷起。面对万事万物,内敛一点,矜持一点,于己于人,好处常见。相对来说,炫了,原形毕露,覆水难收;敛了,韬光养晦,游刃有余。我们务当,不以炫小而为之,不以敛小而不为。

说出来与做出来

　　自然界众多动物都能发出声音，也可以说它是动物语言，如小狗"汪汪"、小猫"喵喵"、小鸡"叽叽"、小鸭"嘎嘎"、小羊"咩咩"等。只不过，当前受科学研究水平的局限，人类对动物语言的认识还十分肤浅，甚至仍是空白。事实上，有些动物也会像人类一样发挥语言功能，如烈狗在咬人之前，往往也会"有言在先"，即上蹿下跳、狂吠不止，似乎既为警告，又是示威。人类也是动物，因为有至高无上的智能，故对语言的运用登峰造极。尤其是，作为同一个物种，人类凭借绝对的优势，可以大范围、广深度地研究、发掘、学习和普及语言。人之初，虽不会咬文嚼字，但也能咿咿呀呀。对婴儿来说，咿咿呀呀也是语言。人之说，是用话来表达意思，而话是通过说来表达意思的声音。人离不开柴米油盐等物，而说是交际之必须，因为语言是交际的工具，除非哑巴不会说话、病重不能说话、独处不用说话。

　　话需要说出来的，有话不说，别人无法知晓。然而，同样是说话，其表达的性质和传达的内容是不一样的。如评论别人的好坏和是非，那是说长道短；说话有根据、有数据，那是言而有据；话虽说得浅显，但含义深远，那是言近旨远；随意评论别人的言论和行动，那是说三道四；说话简单而意思概括，那是言简意赅；对人没说一句正经话，那是言不及义；表示重新和好，那是言归于好；说话不讲信用，那是言而无信；话说得很清楚，那是说明道白；并不是说的内心话、真心话，那是言不由衷；意思虽没明说，但能使人察觉出来，那是言外之意。说话是人传递思想、意图、情感的媒介，是人投身学习、工作、生活的手段。人的所思所想、所好所恶、所获所失、所能所力，在相当大的程度上，都会从说话上体现和反映出来。领导报告要说话，老师授课要说话，下属汇报要说话，男女恋爱要说话，闺蜜交流要说话，会议研讨要说话，公民咨询要说话，法庭调查要说话，人员会见要说话。即使对别人无可奉告，有的时候，自己也会自言自语。

话，在自己的肚子里，是隐秘的、私有的；一旦说出来，即是公众的、社会的。古人有曰，一言既出，驷马难追，说的就是这个道理。人之说的极端重要性，在此无需也不必赘述。国内国外，古往今来，因说得福、因说得祸的经验教训太多太多了。话要说出来，得有技巧，得有胆识。同样的一个意思，表达的方式方法、语气语调可有不同，当然，产生的效果效益、结果后果也会不同。有的说是直白地说，有的说是婉转地说；有的说是正说，有的说反说；有的说是直接地说，有的说是间接地说；有的说是枯燥地说，有的说是形象地说；有的说是本真地说，有的说是艺术地说；有的说是喜悦地说，有的说是悲伤地说；有的说是诚恳地说，有的说是虚假地说；有的说是深刻地说，有的说是表面地说。不管怎么说，说都是为目的服务的，即使是无中生有地说，也是有目的的。当今，在现实生活中，多给人家说好话与少给人家说好话，多给人家说坏话与少给人家说坏话，只给人家说好话与不给人家说坏话，只给人家说坏话与不给人家说好话，那意义和作用也是不同的，甚至有天壤之别。人生在世，在许多时候，成是说出来的，败也是说出来的。一次好的发言，一场好的演讲，可给人带来好运；反之，亦然。一次好的聚谈，一场好的交流，可使人步入佳境；反之，亦然。相对而言，说出来总比不说出来好，好好说总比不好好说好。有的时候，话在口中，如箭在弦上不得不发一样，不得不说。然而，说出来的话，有的时候又似一把"双刃剑"，既有积极一面，又有消极一面。故而，自古以来，说话难，会说话更难。

世间的一切都是人做出来的。毫无疑问，做是一种有意识、有目的的劳动，只有人行，其它动物不行。人从母胎里出来，即会哭叫、吸吮、动弹。这些均为做，而且是与生俱来、无师自通的。随着一点点长大，人想做、要做、学做、会做的东西越来越多。世上的每个人，在做的内容、做的方式、做的路径、做的结果上，尽管有些是相同或类似的，但很多是迥异甚至相背的。中国有数以千计的职业，不同的职业即是不同的做。中国有一千多万名人民教师，虽然教师的职业是相同的，但教师的岗位是多种多样的。在"做"上，有的人为眼前蝇头小利而做，有的人为长远宏伟发展而做；有的人做的是叛徒、内奸，有的人做的是英雄、义士；有的人鬼鬼祟祟地做，有的人大大方方地做；有的人做的事倍功半，有的人做的事半功倍；有的人所做的遗臭万年，有的人所做的流芳百世；有的人做了幸福快乐，有的人做了痛苦悲伤；有的人做的是帮助，有的人做的是帮凶。世上的人无时无刻不在做。小的做，如幼儿有了个新玩具，玩得真开心；大的做，如有志者在竞选总统、党首、总理等。当年，刘邦做了汉朝的开国君主，项羽做了威震天下的西楚霸王。这些都是永载中国史册的做。在中国红军两万五千里长征路上，毛泽东与张国焘,同样都在做,一个是正确地、进步地做,一个则是错误地、反动地做。结果呢? 一个是建立了中华人民共和国,开创了人类历史的新纪元,一个是像丧家犬似的逃离了大陆,为中国共产党和中国人民所不齿。

人之做太难了,尤其是在你争我夺激烈之时,尤其是在即将取得成功之时,尤其是在客观条件并不具备之时,那就更难做了。一条大江横贯人的面前,目的只有一个:过江。可各人做的并不一样:有的是渡船过,有的是架桥过,有的是飞跃过,有的是游泳过,有的是隧道过。这说明,同样的事,各有各的做。在通常情况下,有的做会快速一些,有的做会经济一些;有的做会安全一些,有的做会冒险一些。但也有这种情况,只要能过江,无所谓快速、经济,也无所谓安全、冒险,只在于见机行事、率性而为。做之结果,是大是小,是多是少,客观现实有标准,但主观感觉有差异。正如马克思所说的:"马有大有小。只要邻居家的马比较小,居民的一切社会要求就满足了。可要是在这房子旁边砌一座宫殿,这座可爱的房子立刻缩成了小破棚子。"人之金钱、地位、财产、名声等也是如此,怎样才算好、怎样才满足,也常受"左比右比、上比下比"的欲望所驱使。古人言,千里之行,始于足下。这告诉我们,走总比不走好。再抽象一些说,做总比不做好。正因为世上的事太复杂了,现实中那些不讲条件的走,并不好,起码说并不都好。说不定,那是南辕北辙的走,越走距目的、目标越远。人之做也有现象与本质的问题,如同样是飞,飞机的飞与风筝的飞,尽管都是人做的,但绝非一回事;又如金钱,有的人用之可以生儿育女,有的人用之不能繁衍子孙。人应该尽本分,即做自己应该做的事。尽本分并不仅是自扫门前雪。自扫门前雪往往被指自私自利。尽本分讲的是,做官员要把官员做好,做工作要把工作做好,做事情要把事情做好。当年,盖茨做商时,在商言商,毫不留情,所以成为世界首富;转成慈善家后,则又慷慨解囊。他若在经商时,只想当"好好先生",可能不得不破产,最后世界上也得不到他的好。在现实生活中,我们经常会遇到"好人陷阱"问题,如有时领导勤快了,员工反而会偷懒了;又如有时父母善干家务了,儿女反而不会干家务了;再如有时自己在公共汽车上主动谦让座位了,有人反而会毫不客气地坐上座位了。更为危险的是,出入海关,一方答应帮另一方拿包裹。说不定,另一方是贩毒分子。这一帮,则帮出了大祸。人的能力有大小,人的身体有好坏,但既然已经来到了世上,不管世态人情如何,有三点务须做到:一是做好事、善事,不做坏事、恶事;二是尽其心,尽其力,尽其情;三是只求、多求奉献,不求、少求索取。

中国是一个注重伦理道德的礼仪之邦,从古及今都把言行一致作为观察、评价一个人的品行和操守的重要标准。言行一致,即说到做到。换言之,即做不到的不要说。说了又做不到,往往比不说又不做更糟糕。诚然,说出来有说出来的好处,如动员宣传是舆论造势,典型宣传是舆论引导,总结宣传是舆论推广,但是,说出来永远代替不了做出来,做出来永远比说出来更重要。古人言,身教重于言教;其身正,不令亦行;以身教者从,以言教者讼。这些,都告诫人们,一定要以身作则,自己仅仅用说大道理来教育别人,那么别人不会服气、服帖和服从,教育的效果也会差劲。在现实生活中,说出来与做出来常见如下不良状态:有的人"开弓不放箭",虚张声势,没有实际行动;有的人"空口说白话",似天桥的把式,只说不练,只说不做;有的人"雷声大,雨点小",所造声势虽然很大,却没有行动或行动很少;有的人"千呼万唤始出来",许诺的行动,迟迟才见实施,让人久久等待;有的人酷当"事后诸葛亮",事前不说,事后乱说;有的人"做的少,说的多",做的时候轻描淡写,做了之后任意拔高;有的人"说的多,做的少",喜欢做说话的巨人、行动的矮子;有的人"说一套,做一套",当面奉承,背后捅刀;有的人"心不在焉",无论在说的时候,还是在做的时候,思想都很不集中;有的人"有头无尾",说话、做事,有开头,无结尾,以不了而了之;有的人是"黄梅季的天,变得快",话刚说出口,事刚起个头,即这个要变、那个要变,没有定盘星。诸如此类,总体上属于言行不一的问题。人在世上颇为不易,长难过百年,短屈指可数,还是遵从自然为好。说出来与做出来,应该是说与做相一致,不扩大,不缩小。坐言起行,说了就要做,而且要在既定时间里做,尽可能以踏实示人;做得多,而且要说得少,尽可能以谦恭示人。

阿庆嫂与祥林嫂

20世纪,中国有两个嫂子型的文学艺术形象备受关注:一个是现代京剧《沙家浜》中的阿庆嫂,另一个是鲁迅短篇小说《祝福》中的祥林嫂。阿庆嫂以"春来茶馆"为基点,秘密而热情地接待南来北往的抗日同志。她的艺术形象笑容可掬。祥林嫂勤劳、善良、质朴、顽强。可在那万恶的旧社会,她不但不能争得做人的起码权利,反而成为被践踏、遭迫害、受歧视的对象。她的艺术形象孤苦伶仃。排除政治、社会因素,阿庆嫂与祥林嫂,在性格和情感上,一个是喜脸样,一个是苦脸样。

人有七情六欲,包括喜乐和愁苦。几个月大的婴儿,只要大人逗一逗,便会露出笑意、展开笑容;有时不知何故,又会"哇哇哇"地哭起来,哭久一些,还会眼泪汪汪。喜乐和愁苦,是人的正常情感。随着人生阅历的不断增加,喜乐和愁苦的缘由、内涵便越发丰富起来。就喜乐而言,中国人向以"四喜"为乐,即洞房花烛夜,金榜题名时,久旱逢甘霖,他乡遇故知。唐朝孟郊诗曰:"春风得意马蹄疾,一日看尽长安花。"瞧那事情成功后一副得意、欣喜的心情和神态。在人们的日常生活中,谁家儿女光荣入伍了,哪项科学试验成功了,某个工程竣工投产了,要发一喜报;自家儿女要结婚了,得请亲戚、朋友好好喝杯喜酒;长久干旱,地里的庄稼开始萎蔫了,突然下了一场喜雨。见到了久违的亲人或情人,一下子激动得热泪眼眶;儿子高考高中,自己心里高兴得像盛开的鲜花一样;某人的一句话,引得大伙儿大笑不已,一个个连双脚都站立不稳了;盛传了相当长时间的一个大贪官终于被查处了,全省上下,大快人心;长期遭猜疑、受排挤,最终查明了真相,可以扬起眉头,吐出胸中憋着的那口气了;国家领导人出国访问,邀请国组织人员到机场一边唱歌、一边跳舞,表示了热烈欢迎。就愁苦而言,新中国成立前,中国人民吃尽了帝国主义、封建主义、官僚资本主义"三座大山"的苦头。新中国成立后,广大受剥削、受压迫的农民,在中国共产党的领导下,纷纷起来斗地主、分田地,开展忆苦思甜活动。中国古时许多达官显宦、文人墨客,以诗词为载体,抒发了心中的愁苦。如李煜诗云:"问君能有几多愁,恰似一江春水向东流。"形容自己的忧愁无穷无尽,难以自解。又如李清照词曰:"寻寻觅觅,冷冷清清,凄凄惨惨戚戚。"形容人处境孤独,内心悲怆愁苦。再如李白诗云:"白发三千丈,缘愁似个长。"形容内心愁苦极深。当然,还有不少忧国忧民的英雄志士,在诗词中慷慨激昂。如屈原词曰:"长太息以掩涕兮,哀民生之多艰。"意思说,我长声叹息而掩面垂泪啊,为人民大众的生活多灾多难而悲痛不已。在人生旅途中,自古以来被公认为有"三苦":少年丧父,中年丧妻,老年丧子。这些苦,既有现实性,又有传统性,随着时代的发展,其苦的深度和广度已有所变化,但苦味尚存,谁也不愿品尝。中国当今的"失独"家庭已是一个不小的群体。人到50岁上下,自己的独生子女或因病、或因伤、或因灾死亡,内心痛苦得像刀割一样。一些人原本生活得浓情蜜意,或因丧偶、或因失恋,顿时陷入了痛苦之中,且因此而罹病的很多。儿女的学习不自觉、不勤奋、不刻苦,学习成绩在班上总处下游,做父母的心里愁得像火烧一样。当然,有一种愁苦大可不必。史载,杞国有个人,担心天要崩塌下来将无处存身,便愁得觉也不睡、饭也不吃。后来,用杞人忧天比喻那些不必要的或无根据的忧虑。

从上不难分析,人之表现在脸上的喜乐与愁苦,一般不是空穴来风,总有其因其缘。早在"三国"时,刘劭就对此深有研究。他说,人的各种性格如刚强、柔顺、简约、畅达、坚定、稳固等特征虽然很微妙,但都流露在体态、容貌上,表现在言辞、神色中,伴随着各种情感倾向而展现。他又说,人有和谐平缓的声调,有清亮流畅的声调,有曲折繁杂的声调,各种声调都是不同心情通过气息自然流露出来的。所以,真实的心情必然体现在容貌、神色中。在刘劭看来,人的喜乐与愁苦,源于人的性格和情感。这话不错。问题是,人的性格和情感又是怎样形成的呢?性格是对人对事的态度(包括言论、行动、脸色、姿势等)上所表现出来的心理特点,情感是对身外人和事所持褒性、中性、贬性的心理反应。二者都是一种心理活动。不过,这种心理活动主要基于某些客观现实,如遭受天灾人祸,再麻木不仁的人也不会感到喜乐;儿女成长进步,再不知好歹的父母也不会感觉愁苦。此外,这种心理活动还会受到主观思维方式的影响,而这又取决于各人的世界观、人生观、价值观。唯物辩证法原理告诉我们,存在决定意识,意识又反作用于存在。心理学家提出,人可以给自己的心理"整形",即有时不妨假装快乐、假装幸福,这样坚持去做,结果大多改善了心境,不仅如此,还改变了命运。据说,埃莉诺·罗斯福之所以能成为美国历史上最有气质、最有才华,对美国社会生活也最有影响的第一夫人,是因为受到了富兰克林·罗斯福的话语鼓励和激励,而把自信的光芒遮住了自卑的窗口,从而释放出了惊人的能量来。大家知道,顺利、成功、如愿是喜乐的孪生兄弟。但是,这并不意味着,不顺利、不成功、不如愿就只会与愁苦形影相随。在现实生活中,有些人就有化愁苦为喜乐的能耐和本事。他们多受磨难,但总是笑脸相对。笔者有位挚友,从小丧母,靠奶奶长大,中专毕业后,在不到十年的时间里,又先后去世了奶奶、妻子、岳父、岳母、唯一的兄弟,在家里可谓多灾多难。然而,他一直很坚强。笔者每次相见相聚,他的嘴里、脸上从未表示出丝毫的愁苦。他满怀希望,把儿子培养起来,同时发展了事业。对他,我每每想及,敬佩之情油然而生。笔者揣摩,他何以如此,或许悟透人生,或许心怀博大,或许美德高尚。尤其是最后一个"或许",更是难能可贵。具备崇高美德的人,深知嘴里、脸上表示出不愁苦,不仅有益于自己,而且有益于别人。若把那些"垃圾情感"倒给别人,既解决不了自己的问题,又让别人无故受到了连累。因此,在嘴里、脸上表示出不愁苦,无论对自己、对别人,都是一种负责的、亲善的举止。环顾左右,有的人稍有不顺利、不成功、不如愿,便会一脸春秋战国似的去影响别人的情绪。要知道,情绪是可以相互传染的。按照当今流行的说法,我们理所当然地必须传染展示喜乐的正能量,而不要一无所得地恣意传染表现愁苦的负能量。

古人言,笑一笑,十年少。俗话说,愁一愁,白了头。其足见笑与愁对人的生命有多么重要!喜乐的人爱笑。只要不是讪笑、苦笑、冷笑,真诚的、善意的、友好的笑,会给人带去温暖。这样的笑,通常会获得更多的社交朋友,通常会带来更好的家庭氛围。笑,牵动着人的千万条神经,会给自己的身心带来愉悦和舒畅。愁苦的人爱哭。纵观人的一生,起始是自己哭着而来,终了是别人哭着把自己送走。一个"哭"字,贯串于人的一生。《庄子》中曰:"(人)除病瘐、死丧、忧患,其中开口笑者,一月之中不过四五日而已。"此言兴许不够准确,但有一定道理,即人生多愁苦。对世间大多数人来说,可能并不拥有"先天下之忧而忧,后天下之乐而乐"的胸襟,但是,人只要活着就是胜算、只要活着就是幸运。人不是为愁苦而生,而是为喜乐而生。若有回避不了的愁苦,应该坦然面对;倘有毫无意义的愁苦,应当主动拒绝。要把一时的愁苦作为长久喜乐的铺垫,要把长时的愁苦尽可能在短时里消除,要把深厚的愁苦转化为轻微的愁苦并尽快解脱出来,不断充实和快乐着自己的人生。

流动与固定

人到了一定的岁数,目睹的、经历的事情多了,经常会有一种物是人非或物非人是的感觉,诸如指着一片建成区,说,我生活在这里时,原是一个村庄;指着一幢老校舍,说,三十多年前,我在这里上过学;指着一条小河说,小时候,我与小伙伴常来这儿游泳。一一指去,又一一说来,无非是,在似水流年的日子里,一切都在变化。只不过,有些变化大些,有些变化小些;有些越变化越好,有些越变化越差。还有,有些主方变化大些,有些客方变化小些;有些客方变化大些,有些主方变化小些。笔者理解,这就是一种流动。流动,一为流,一为动,二者相辅相成,即流了会动,动了会流。在自然界,在人类社会,流动不仅是液体、气体的本质特性,如水会流动、油会流动、酒会流动、空气会流动、沼气会流动、氧气会流动;而且是万事万物的固有属性,如人员会流动、岗位会流动、机关会流动、企业会流动、奖牌会流动、旗帜会流动。是的,辩证唯物主义认为,世上一切事物都处于不断运动、变化和发展之中。因此,没有流动就没有宇宙,没有流动就没有世界,没有流动就没有人间,没有流动就没有事物。

细细想来,在现实世界里,流动是自然规律,流动是客观规律,流动是发展规律。俗话说,人往高处走,水向低处流。山里持续下了大暴雨,雨水遇到了阻塞,一时没法流淌,于是不断积蓄,伺机而动,要么决口而流,要么绕道而流,要么下渗而流。一些地方发生的泥石流灾难,主要成因之一就是雨水下渗。人的志向,有长期的,有中期的,有短期的,即使每期的目标已经确定,也会因人因时根据实施中出现的新情况而不断作出适当的调整。换句话说,确定人的志向,不可也不能一蹴而就,它是一个流动的过程。不难理解,古今中外,许多国君、总统、主席、总督,并不是一生下来就念想有这个地位,也并不是一下子就到了这个地位。不过,他们流动的轨迹,通常是向上的。与其相反,一些恶霸、强盗、流寇,包括贪官污吏等,也不是一开始就是那个模样,也不是忽然间就变成了那个模样。不过,他们的流动轨迹,一般是向下的。《吕氏春秋》中曰:"流水不腐,户枢不蠹,动也。"意思说,运动着的东西,不容易被腐蚀、被侵蚀。为什么社会前进中的问题、发展中的问题要用继续前进、继续发展的方法来解决呢?为什么年轻人、中年人、老年人要用不断锻炼身体的方法来养生延寿呢?为什么小孩在玩陀螺时要用不断抽绳的方法使其直立旋转而不倒地呢?其道理或多或少都在于此。见报道,美国加州大学洛杉矶分校人体运动学教授摩尔豪斯博士做了一项实验,让20个学生先坐在柔软的沙发上读书,过了一段时间,又让他们改坐在很不舒服的硬椅子读书。结果发现,他们坐硬椅子时,因为不舒服而不断调整坐姿,看起来好像是躁动不安,然而,学习成绩却比坐沙发时好得多。无数事实告诉我们,人在低谷低潮的时候,在无策无助的时候,在困境险境的时候,只要流动起来,往往可以柳暗花明。从一定意义上说,流动是解决问题的钥匙,流动是克服困难的法宝,流动是消解矛盾的良药。

固定,即不变动,不移动,不流动。在人、事、物上,固定都有显示,而且是一种重要或主要的状态。如政策、制度不能朝令夕改,要把它们固定下来,以利于人们共同遵守、认真执行。大学毕业后,青年人这儿找工作,那儿找工作。当今社会,人才竞争激烈,人才流动方便,工作多找找无可非议。但是,经过一定时期的择拣后,工作还是要快些固定下来。否则,自己的经验、资历、人脉累积,会有耽搁。在中国的沙荒、沙漠地带,为了固定流沙,可以力所能及地造一些防护林。人登上了飞机、坐上了汽车,要遵照交通规则,主动系上安全带,把自己固定在座位上。许多在交通事故中伤亡的人,由于没有采取这项措施,本可以皮肉无损的却受了重伤,本只会受点轻伤的却意外死亡。江堤、海堤、湖堤、河堤,只要按照高一点的防洪标准来筑就,并使之坚实地固定下来,即可更多地减少发生洪灾的风险。战斗中,一方固定地守住一个阵地,用猛烈的火力遏制另一方,这对战局走势至关重要。中国有个成语,叫"一夫当关,万夫莫开"。说的是,一人坚固地守住一个关口,敌方千军万马也攻不破。

琢磨起来,在人、事、物上,固定是一个时段、一个阶段表现出来的一种状态,而且它具有以下特征:一是相对而言。在时间长河中,固定不是绝对的。对活人说,永远健康;对死人说,永垂不朽。这,只能是一种祝愿、一种祈祷,不可能真能如此。不难分析,活人倘若永远健康,那就不会死亡了;死人若能永垂不朽,那就不会湮灭了。二是比较出来。两个物体一起移动,如果等速,二者的位置,给人的感觉是固定的;如若异速,二者的位置,给人的感觉是变化的。在机关里,同时被聘的两位公务员,职务一直都在升迁,可因为升迁的速度有所不同,自我的感觉就有所差异。换句话说,一位职务升迁得快一些,一位职务升迁得慢一些,后者便觉得自己的职务固定了一些。三是容易误判。白昼太阳高悬天空,黑夜月亮高悬天空,人在地上,一时半会儿还看不到它在流动,以为是固定的,其实,完全错误。安装在汽车上的座位,汽车行驶,人在车外观之,还会以为其座位不是固定的,其实,绝对荒谬。四是暂时现象。世上的人和事不可能永远固定,都是匆匆过客,有所区别的是,存续时间长短不一而已。世上的物体兴许一千年、一万年、一亿年固定,但不可能永远固定,因为地球上沧海桑田类的突变时有上演。五是并非铁板。即使人、事、物相对固定,甚至牢固了,从整体上看起来没有变化,但是,其或大或小的局部仍会有些微变化。为什么有的固定物体一下子会倒塌、断裂,原由即在于此。按照唯物辩证法的原理,叫"从量变到质变"。《黄帝内经》中论述了人从十岁、二十岁、三十岁、四十岁、五十岁、六十岁、七十岁、八十岁、九十岁、一百岁的内外功能的变化,如"三十岁,五脏大定,肌肉坚固,血气盛满,故好步。""六十岁,心气始衰,苦忧悲,血气懈惰,故好卧。""九十岁,肾气焦,四脏经脉空虚。"在现实生活中,今天的我、你、他与昨天的我、你、他,从形体上、容貌上是相对固定的,然而,日复一日,月复一月,年复一年,却构成了人之生、老、病、死的大变化。

　　流动与固定这道人生中的难题如何解好?笔者认为,重点要把握好以下三点:其一,在选择时防止非此即彼。世上的事情,好与坏、优与劣,都是在选择中产生的。只有拥有一定数量、质量的方案和设想可供选择,才可比较准确地判断它们的好与坏、优与劣。对流动与固定的选择,也是如此。在选择时,如果只有"是""非"两种方案和设想,那么,这是一种没有选择余地的选择。换言之,这是一种非此即彼的选择,其准确性往往存疑。如今,好多人的职业流动与固定、婚姻流动与固定,出现了这样或那样的大问题,究其原因,常常犯了在选择时非此即彼的毛病。其二,在流动时防止无序、无益。任何人、事、物的流动,不是一时兴起的流动,不是杂乱无章的流动,不是害人害己的流动。流动必须有志向、有目标、有念想,确定自己注重什么、追求什么、渴望什么,而不能像天上的浮云、水上的浮萍那样,飘到或漂至哪里算哪里。益处少、害处多的流动,近有益、远无益的流动,只损人、不利己的流动,都是盲目流动。就婚姻来说,合理流动是在双方实在不能继续共同生活,而且维持现有婚姻只会伤害双方身心的情况下进行的离异,而盲目流动是在用情不专、浑浑噩噩、受诱遭骗的情况下发生的离异。按照中华民族传统的伦理道德,有恩有爱、从一而终备受推崇,而无恩无爱、变了又变为世所诟病。尽管今天社会上对离婚的宽容度已经很大,但离婚毕竟容易引人非议。笔者赞成"婚姻是趟毕生游"的观点。结婚好比男女两个人已经携手进入了一个景区。景点与景点之间的通道尽管有高、有低、有曲、有直,两个人的兴致、感觉也会不断呈现变化,但只要互敬互爱、互谅互让,夫妻一定能够享赏景区里的各种风光。康德有言:"自由不是想干什么就干什么,而是不想干什么就不干什么。"流动也是。那种无序的流动,那种无益的流动,要不得!其三,固定时防止一成不变。世上之人、之事、之物需要相对固定,但不能因循守旧,也不可固守成见。倘形成了思维、行为、语言定势,往往会受原有知识和过去经验的影响,不自觉地用以往相同的思维、行为、语言来认识、处理问题,结果容易发生偏差甚至出现错误。人类社会已经发展到了今天,要想用一味固定的思维、行为、语言来应对复杂多变的社会生活,显然大大落伍了。解决的良策可以是:在流动中有固定,在固定中有流动。既不能为固定而固定,也不能为流动而流动,必须把需要与可能、短期与长期进行统筹考虑,在思考时不头晕目眩,在决策时不优柔寡断,在实施时不率由旧章。

外包与自产

先说些现实生活现象：如今一些餐馆都有外卖，包括早点、中餐、晚饭、夜宵，都可给顾客送餐上门。于是，一些人到了双休日，家里不做饭，一个电话打过去，餐馆服务生便照单送餐。这些人，在上班的日子里，自己也不下厨，至多动用一下微波炉，反正单位有食堂、外面有餐馆、路边还有小吃铺，填饱肚子的问题不难解决。娃娃出生后，年轻的妈妈有奶不给喂，托人花高价买进口奶粉；家务活则全交老人、保姆去做，即使过了双满月，还是四体不沾。有的父母不给幼儿讲故事、数数字，这些全让早教机构负责，甚至到上幼儿园有亲子活动了，自己也不去，叫奶奶或外婆给顶上。上大学了，一些人远离妈妈，洗衣指望不上了，怎么办？送洗衣店洗呗，反正也挺方便。有的人下班以后，说起来也有时间，然而，去菜市场，原菜不买，只买精菜，以免回家后自己还要拣择。一些人家，擦窗户，拖地板，只要是卫生上的事全请保洁公司派人来，自己仅动动嘴，甚至过问一下还嫌烦。

诸如这些，属于外包现象。外包，顾名思义，就是把自己的事包出去，叫人家来做。当然，前提是自己得出钱。没有钱，一般外包不了。无钱而外包，那是赊欠或是让人家垫资。而这，弄得不好，便生纠纷。诚然，中国随着改革开放的不断深入，人们的物质生活日益丰富，生活方式也日益多元。作为一种纯个人的行为，对外包现象，人们通常不加评判。说得直白一点，各人有各人的活法，你有钱你就去外包。事实上，外包现象并非当代才有。在中国封建社会，即有御窑，俗称官窑。何谓御窑？就是专门为皇家烧制陶瓷器具的窑。按照现行的说法，是为皇家量身定制陶瓷器具的窑。除此之外，还有一些专门为皇家生产贡米、贡橘、贡酒、贡茶等的地方。当代中国，领改革开放之先的，是产品生产的"请进来""走出去"。中国之所以享有"世界工厂"称誉，是因为为国外企业加工生产各种产品，且规模宏大、数量壮观，形成了气候，在世界上举足轻重。应当说，而今家庭生活中出现的外包现象，其原因是多方面,其中最主要的是人们的手里有了钱,于是,便有了更多更好的追求。有人要外包,有人想外包,正如周瑜打黄盖一样,一方愿打,一方愿挨,便形成了市场,并促进了社会分工的细化,同时,也带来了许多新职业的产生。而且,随着生产的进一步社会化、生活的进一步便捷化,外包现象只会越来越广泛、越来越普及。

　　说起自产,人们很容易想起自产自销。中国有历史记录以来,就是农业社会。农业社会的特征是人们生产生活上的自给自足。当然,相对来说,其生产低效、生活贫穷。中国晚清时期,在相当长的时间内,人们的生产生活落后于西方经济发达国家。何故?除了政治上的不同,人家搞工业革命,我们仍闭关锁国。笔者认为,在当时的历史条件下,中国的自给自足并没有错,错就错在闭关锁国。中国有这么多的人口,什么东西尤其是满足人的基本生活需要的物品,若想主要靠进口来解决,那是不可能的,即使有的物品有此可能,那也存在着巨大的风险。中国必须坚持自力更生,自力更生是一切工作的出发点和落脚点。但是,自力更生并不与改革开放相悖,改革开放是为了更好更快地发展。众所周知,毛泽东领导中国共产党在延安奋斗了十三年,培育出了历久弥新的延安精神,其中包括自己动手、丰衣足食的南泥湾精神。1960年前后,中国遭遇了历时三年的困难时期,在中国共产党的领导下,各地坚持自力更生,最大地减少了困难的程度、缩短了困难的时间。在20世纪60年代、70年代生活在城里的青年人,大多记得当时颇有宣传性的一句话,叫"我们也有一双手,不在城里吃闲饭"。在毛泽东"广阔天地,大有作为"的号召下,全国有数以千万计的知识青年上山下乡。笔者在此不去评论知识青年上山下乡运动的是是非非,但想说明的一点是,其对磨炼知识青年吃苦耐劳的意志和毅力功不可没,许多当年的知识青年如今在回首这段经历时都充分肯定了这一点。

　　自产对自己的好处,那是太大太多了。人从本质上说,是为自己活的,世界上没有谁生来就必须为谁活,即使是生我养我的父母,做儿女的,也并非只为父母活;纵然是别人主动为自己活,自己也应该回报别人。这些道理,非常浅显。至于奴隶社会、封建社会那套反动的、糟粕的东西,其实是用来欺骗、蛊惑平民百姓的。古今中外,鼓励自产、讴歌自产的故事不胜枚举。如世界银行前经济学家奥古斯都·奥登的儿子罗伦佐·奥登,在5岁时不幸患上了罕见的肾上腺脑白质失养症,医生估计只能再活2年。为了治好儿子的病,没有受过任何医学训练的奥古斯都·奥登提前从世界银行退休,在家里与妻子一道开始阅读大量的医学期刊,并向医师求教。后来,奥古斯都·奥登读到一篇文章受到启发,于是研发出了饮用三油酸甘油酯与三芥子酸甘油酯的混合油疗法。结果,儿子因此比医生预期的多活了22年。这种油因此也被为"罗伦佐的油"。这个故事后被拍成了电影。试想,奥古斯都·奥登如果不是这样自产,能发明"罗伦佐的油"吗?他的儿子能活这么长的时间吗?答案是显而易见的。人类社会发展到了今天,都说男儿当自强、女儿当自强。自强,自己努力向上也。自己努力,则会自产。女人坚持自产,不一味地依附于男人,可有更多的自尊,可有更大的快乐。老人坚持自产,"不苟于人",不挑剔人,晚辈反而更乐于为之服务,晚景也会更美好。孩儿坚持自产,从小打下扎实的自己学习、自己动手、自己管理的基本功,长大后可在康庄大道上走得更好、更稳。男人坚持自产,德才兼备,可负更大的担当,可有更大的作为。

人在现实生活中,外包也好,自产也罢,各有各的理由。而这,主要看从哪个方面注重。如果从精神和基点上看,当然不能抛弃自产;倘若从效益和条件上看,当然不能拒绝外包。笔者在此不拟妄加评论外包与自产孰好孰坏、孰优孰劣,但想探讨如下六个问题:一是人生观问题。我们千万别以为只有地图上才有坐标,其实,每个人长大以后乃至生命终结前,在社会上、在家庭里、在朋友圈、在亲属间,都各有自己的坐标。你对自己生存目的和意义的看法及在此指导下的所作所为,决定了你在各个方面的坐标。坐标不同,思维方式、行为方式也有异。从相当大的程度上说,外包与自产,取决于各人的人生观。二是价值观问题。世界上的万事万物,各有用途,各有作用。每个人面对它们,要看用什么标准、用什么尺度来衡量。而此,源于人的价值观。就拿幸福来说吧,如有的人感到坐拥金山并不幸福,有的人感到能吃红薯就是幸福;有的人感到父母在牵累自己并不幸福,有的人感到能有机会孝顺父母就是幸福。正如亚里士多德所说的:"幸福意味着自我满足。"外包与自产也是这样,有什么样的价值观,便有什么样的选择。他觉得外包幸福,那他就去外包;他觉得自产幸福,那他就去自产。三是荣辱观问题。文明古国中国有着传统意义上的荣辱观,其中"劳动光荣"直至今日仍然熠熠生辉。在自然界,一些地方的海边浅水里生长着小海蟹。这种蟹若能爬回大海里,也能长得如盘子那么大,可它们赖着不回大海,靠着每次涨潮带给它们一些可怜的食物,且时断时续、时多时少,故很难长大。这种蟹,当地人叫做"寄居蟹"。在人类社会,有一些人好逸恶劳,自己老大不小了,甚至成家有孩了,仍靠父母养着,且不以为耻,反以为荣。这些人,是众所周知的"啃老族"。显然,人之荣辱观不同,势必左右其思维方式、行为方式。曾有古人尖锐地指出富贵之人有十种毛病:"夜当眠而饮宴;早当起而醉卧;心当逸而劳;身当劳而逸;各束脩不请师教子弟,而以大钱雇教声伎;药饵无病而服,有病不肯服;果蔬尚新不待熟;食物取细失正味;山水不喜真境,而喜图画;器用不贵金银,而贵铜瓷。"诸如富贵之病,多为矫情。而这些矫情,反映了这些人在荣辱观上的取向。四是收支观问题。大家知道,中国人口红利时代已经过去,每年的新增劳动力人口数量自2012年达到顶峰后正在逐年减少,每年普通劳动力的工资上涨幅度都比较大,很多行业的蓝领工资早已超过了普通白领。由此,将带来家务等外包的成本越来越沉重。经济学家特别强调一个原则:资源是稀缺的。通常,我们在采用一种方法使用某种资源时,也就放弃了采用其他方法使用某种资源。这就促使我们在利用某种资源时究竟选择哪种方法,必须斟酌再三。否则,成本与收益不匹配。换言之,成本太大,收益太小,这叫得不偿失。用老百姓的话说,叫"不划算"。五是人情观问题。我们每个人都有对自己、对别人的感情。怎样表达感情?各人的方法兴许不一样。采用事事外包溺爱子孙是一种方法,采用事事自产锻炼子孙又是一种方法。事实上,舍得让其所爱的人受些苦,不失为明智之举。在自然界,蝴蝶必须从蛹里痛苦地挣扎出来,这个过程是蝴蝶成长中无法避免的过程。如果有好心人把蛹剪开,让蝴蝶舒舒服服地出来,那么,等待蝴蝶命运的是,连自己的翅膀都张不开,结果不得不夭折。六是快乐观问题。人之快乐,缘由不一,程度不一,表象不一。人在世上,并非饭来张口就快乐,也并非汗流浃背就不快乐。鸟笼里的鸟,有吃有喝,快乐吗?不见得!马儿在大路上奔跑,昂着头,喘着气,不快乐吗?也不见得!人之快乐与否,也是同理。在精力上,自产往往比外包付出得多,毕竟外包有别人帮着出力,自产则全靠自己,但是,自己亲力亲为中会有成就感的快乐。这种快乐,外包者是无法体验到的。人生本是过程,过程包括劳动和享受,不劳而获的享受缺乏本质意义上的快乐,劳而所获的享受兼有生理、心理和物质、精神上的快乐。劳动的快乐,无疑是快乐人生的题中应有之义。

过得去与过不去

在人们的日常聊天中，有两个词常用：一个是过得去，另一个是过不去。前者的意思是，可以，凑合，将就；后者的意思是，不可以，无奈何，没办法。如闺蜜一方问曰："您家儿子学习成绩怎么样？"闺蜜另一方答曰："过得去。"相亲回到家，妈妈关切地问儿子："姑娘长得怎么样？"儿子不冷不热地回答："过得去。"单位里进行年度绩效考核，事后，好友关心地问之情况，得到的回答是："过得去。"听说好友的老父、妻子近患重病，花钱多，其好友想给予资助，告知："您需要钱的话，随时开口呀，千万不要客气！"好友回告："还可以，过得去。"又如年底快到了，老板的应收款老是收不回来，应付款又不得不付，手头的资金十分紧张，总在愁这个年关过不去。老汉推着一辆装满货物的独轮车来到一座小桥前，左看看右看看，权衡来权衡去，还是觉得危险，看来车子过不去，只好把货物卸下来，一件一件或拎着或拖着过桥。飞机在高空遇到了恶劣气候，颠簸得非常厉害，有乘客心里犯起了嘀咕："这下子过不去了，要完蛋了。"所幸，十多分钟后，飞行又恢复了正常。近段时间，两个人在闹矛盾，而且越闹越凶，在一些事情的处理上，相互过不去，总是你卡我我卡你，结果弄得两败俱伤。

在人的一生中，这类过得去与过不去无时无刻不在自己的面前或身上萦绕。蒋介石领导的国民党与毛泽东领导的共产党进行了长期的较量，最终，国民党败给了共产党。何故？历史当事人的回忆、民间的说法、学者的观点，各有各的表述。张学良有着特殊的经历，在评述这个热点话题时，认为，国民党没有"中心思想"，国民党的杂牌军不满中央军，蒋介石只用奴才不用人才。在他看来，这是国民党在与共产党的较量中过不去的根本原因。古今中外，有许多科学家在科学实验中，充满了冒险精神。1979年4月，澳大利亚生物学家沃伦在一位胃炎病人的胃黏膜活体标本中，意外地发现了一条奇怪的蓝线，再用高倍显微镜观察，原来是一种螺杆菌紧贴在胃上皮沃伦马上意识到,这种细菌与胃炎的发病可能有关。于是,生物学家马歇尔和莫里斯医生自愿进行了人体试验。结果,马歇尔大病了一场,莫里斯花了好几年的时间才治好。这一试验,使螺杆菌引发胃炎的机理得以探明。沃伦和马歇尔因此获得了2005年诺贝尔生理学或医学奖。试想,如果没有冒险精神,他们在探索胃炎机理发病的过程中,那不可能有这样的过得去。

《圣经》里告诉我们一个道理——耶稣说,如果你去做客,千万不要贸然占据上座,到了之后,最好选择最下座。如果你是主人家今天请来的最尊贵的客人,那么,主人家会跟你说,请你坐到上座去。这时,你就获得了荣耀。假如你到了之后,自认为是上宾,坐在了主席上。结果,主人家今天请了更尊贵的客人,便不得不对你说,对不起,请你换坐下座。这时,你就蒙受了羞辱。在现实生活中,我们好多的过得去与过不去,其中,有面子问题,有知趣问题,有礼节问题。倘若这些问题妥处了,那么,诸如此类的过得去与过不去的问题,即可不复存在。

在许多时候,过不去与过得去是源于自己的心态。常言道,人心不足蛇吞象。象的块头那么大,而蛇的躯干那么小,为何蛇还想吞象呢?心态变了也。如今,人们的物质生活空前提高,中产群体日益庞大,社会财富的占有人群显示出了橄榄型结构,全面建成小康社会指日可待。然而,有一些人还是感到不幸福、不快乐,总爱找出这个理由那个理由,与自己过不去。有道是,忘记过去,就意味着背叛。他们一是不甚了解过去,或是对过去的东西置若罔闻;二是进行脱离实际的比较,甚至作了错误的比较;三是对人活着的意义,缺少正确的认知。美国大卫·欧文在《真正的富足》一文中写道:"大约九百三十年前,征服了英格兰的威廉一世拥有大量的财富、至高无上的权力和一支残暴的军队。按照那个时代的标准,他可以说是富甲天下,无人能敌了,但以现在的观点来看,他连抽水马桶这样的生活用品也没有。"不是么?中国在改革开放之前,人们能有一辆自行车代步就相当时尚、相当自豪了。时至今日,有些人家里缺一辆小汽车,出行时便感到不方便、不体面了。笔者曾经闻及这个故事:新中国成立后,国家给每个干部定级定薪。有一位干部比另一位干部参加革命的时间稍早一些,就因为这一点,向上级闹着二人的工资不能一样高,自己的工资哪怕比另一位干部多定一分钱也行。此事早已成为过往,不仅旁人乃至后人,恐怕连本人后来再想一想,也会觉得没有意思。之所以当时会那样,无疑是心态上出了问题。

人生在世,在做人做事上,过得去与过不去,常常在精神追求上分野。精神这个东西,无形无影,无声无息,却体现在做人做事的所有方面、全部空间,凝聚在做人做事的所有阶段、全部过程。人之精神,包括人的思维、人的心理、人的气势。精神对人的学习、工作、生活，都是支柱，都是动能。如果缺少了它，人的学习、工作、生活，要么索然寡味，要么希望渺茫。笔者推崇工匠精神、钉子精神和器物精神。对人来说，这三种精神都可落脚在如何对待物件上，也可延伸至做事时所持的情操和姿态上。工匠，包括木匠、铁匠、瓦匠、铜匠、石匠，均为手艺人。匠人，一要用心巧妙，也就是匠心独运；二要用力坚持，也就是磨杵成针。钉子是用来固定物体的。它意欲打入物体，必须钻进去、挤进去，不能有丝毫的松懈。"庖丁之解牛，伯牙之操琴，羿之发羽，僚之弄丸，古之所谓神技也。"他们对器物之钟爱，已经到了无以复加的地步。中华民族自古就有这三种精神，最能体现的是瓷器和丝绸，把原本用来盛饭装菜和遮身盖体的功能艺术化了，令一代又一代的西方人为之叹为观止、称羡不已。不难理解，在学习上、工作上，只要有这三种精神，别说过得去，优秀也很有可能。有些人之所以在学习上、工作上过不去，十分重要的一点，是缺少精神追求。

应该说，过得去与过不去，尚属低的标准。许多时候，我们做人做事，马马虎虎也能过得去，只需满足基本要求就可过得去。"60分万岁"是那些只求过得去的人的口头禅。如今，在社会上，有一些年轻人游手好闲，没有理想，缺失信仰，或随便干点非正儿八经的事赚一点小钱，或仰赖父母经济上给予一些资助，生活同样能够过得去。有的时候，过得去与过不去，仅为一步之遥。也就是说，再使点劲就过得去，不再使点劲就过不去。我们做人做事，无形之中有条界线，过得去与过不去有时就只差那么一点儿。宋朝汪藻诗云："方尝勾践胆，已补女娲天。"意思是说，仅仅像勾践那样，刚尝了尝苦胆，立下了决心，还没有经过艰苦实践，就认为自己像女娲补完了天那样，大功告成了，心愿了却了。此用来批评那些做人虎头蛇尾、做事浅尝辄止的现象。很多时候，过得去与过不去，在一定的条件下，是可以相互转化的。换言之，世上没有永远的过得去，也没有永远的过不去。过得去与过不去，不仅受制于主观因素，而且受制于客观条件。因此，我们大可不必为一时的过得去而欣喜若狂，也大可不必为一时的过不去而懊丧消沉。如职业和岗位选择，在自己现有过得去的职业和岗位时，就应提前考虑如果有朝一日这个职业和岗位过不去了自己怎么办？又如经济效益考量，在企业眼前有过得去的经济效益时，就须及早谋划有朝一日这些经济效益过不去了企业怎么办？众多时候，过得去与过不去有严格的是非标准。对该过不去的，就不能过得去，如与吸毒人员、贪污人员、受贿人员、失职人员、渎职人员，不能与之过得去。倘若与之过得去，轻则违规、违纪，重则违法。历史的和现实的教训值得高度注意，不少原本有才有能的人，由于放松了对自己的要求，后与不能过得去的人和事过得去,而步入了犯罪的深渊。由此看来,过得去与过不去,一定要分清是什么人、是何种事,千万不可犯糊涂。些许时候,对一些非原则的人和事,是过得去还是过不去,大可不必太为难自己。人生苦短,自寻烦恼、作茧自缚的傻事别去做。要知道,世上没有过不去的坎,风雨再大终有停歇的时候。在待人处事时,尽可能要把自己的心态放平、放平、再放平。"天地为我炉,万物一何小。"若有此种心宽,还有什么非原则的人和事不能过得去呢?!

独处与众聚

现象之一，窗外，或小雨淅沥，或大雨滂沱，一个人斜躺在沙发上，静静地听着滴滴答答的声音，似有一种妙不可言的乐感，沉迷而陶醉。在机场、车站、码头等候出行，一个人捧上一本书，找个稍静的地方，阅览古今传奇故事，似有一种身临其境的感觉，流连而忘返。周日，一个人或去曾经居住过的地方，或去曾经就读过的校园，或去曾经劳作过的田块，或去与初恋情人第一次约会的场所，似有一种逆走时光隧道的感受，怀旧而喟叹。一天繁重的劳动或紧张的工作下来，一个人炒几碟菜、买一瓶酒，坐在靠窗口的桌子上，边喝着边看着南来北往的各式人等，似有一种翻阅人生画卷的味道，深思而感悟。夜深了，妻儿入睡后，一个人伏案埋头写作，把白昼已经琢磨好的思想、观点、方案、计划付诸文字，似有一种农夫在水田里插秧的快感，乐此而不疲。近阶段，家里的事，单位的事，事事烦心费力，弄得人饭吃不香、觉睡不好，若长此以往，会把身子搞垮。于是，选个时间，一个人跑到旅游胜地好好休闲一番，似有一种恍若隔世的感触，释重而轻松。

现象之二，约邀几位同事，下班后一起去活动一下，或打场篮球，或打场排球，或打场乒乓球，既锻炼了身体，又切磋了球艺，还增进了感情。申请重要科研课题，或申揽重大工程项目，或申办重大体育赛事，组织一大帮子人，共同研判形势，共同策划方案，共同准备实施。大凡结婚、治丧，抑或生日、满月，或是上学、参军，告请爷奶公婆，告请伯叔舅姨，告请堂表同辈，一起聚一聚，吃顿饭，其情切切，其意浓浓。研究事项，部署工作，商讨业务，组织学习，或几人，或十几人，或几十人，或几百人，如果通过电话、视频、网络等，则可多达几千人、几万人、几十万人，相聚在一起。学校举办体育运动会，各年级、各班级的同学都去参加。是选手，积极参赛，争取最好成绩；非选手，热情观赛，帮助鼓劲加油。战场上，尤其是打歼灭战，为了消灭全部或大部敌人，集中优势兵力，层层包围，狠狠打击。"人民公社"时期,早晨,生产队长把哨子一吹,社员们一个个从家里出来,手提肩扛着农具,参加集体生产劳动。工厂里的金工车间、纺织车间、装配车间、编织车间、缝纫车间,工人们凝心聚力,埋头劳作,一片繁忙景象。当年,人工开挖河渠,从四面八方召集来的民工,"一"字摆开,挑的挑,抬的抬,推的推,拉的拉,来回奔忙,人山人海。放眼望去,整个工地,不是山峦胜似山峦,不是海洋胜似海洋。

　　如上现象,一为独处,一为众聚。独处者,一个人在那儿也;众聚者,大伙儿在一起也。人生在世,离不开独处与众聚。只不过,有些人独处的次数多一点,独处的时间长一些;有些人则众聚的次数多一点,众聚的时间长一些。独处之独,用之正面的有独当一面、独具匠心、独辟蹊径、独具慧眼、独树一帜等。众聚之众,用之正面的有众擎易举、众望所归、众志成城、众星捧月、众目昭彰等。要说独处之妙,清朝王国维总结得十分精到。他曰:"古今之成大事业、大学问者,必经三种之境界:'昨夜西风凋碧树,独上西楼,望尽天涯路',此第一境也;'衣带渐宽终不悔,为伊消得人憔悴',此第二境也;'众里寻他千百度,蓦然回首,那人却在灯火阑珊处',此第三境也。"三种境界,无一不是独处。在人类生活中,勤学苦练需要独处,如中国的孙康映雪苦读,外国的达·芬奇天天画蛋;科技攻关需要独处,如中国的祖冲之推算圆周率,如外国的牛顿发现"万有引力定律";文学创作需要独处,如中国的曹雪芹创作《红楼梦》,外国的巴尔扎克创作《人间喜剧》。在人类生活中,戮力同心需要众聚。常言道,众人拾柴火焰高。每个人都往火堆里添把柴,火便会越烧越旺。四川汶川特大地震发生后,来自全国各地的救援人员火速赶赴灾区。我们从当时的电视、网络、纸媒、广播上即可随时看见,那真是一场波澜壮阔的抗震救灾的人民战争。有条不紊需要众聚。倘若把社会比作人体的话,那么,每个行政区、每个机关、每个单位、每个家庭、每个公民,都是人体里的脏器、骨骼、血液和水分,乍看起来它们是分散的、无序的,然而,是有机的、统一的。国家重点科研项目、国家重大建设工程,在内容上、在人员上、在管理上,都围绕一个中心,分层次、分阶段开展,实际上是一种集成化、大兵团的作业方式。人是一个生命个体,不管世界上有多少人,你就是你,我就是我,他就是他,不可复制,独一无二。然而,人又是家庭的人、单位的人、社会的人。一般来说,每个人都生活在一定的社会构造里。因此,人生就是在时而独处、时而众聚中度过的。独处是为了生存和发展,众聚也是为了生存和发展。相对而言,对个人来说,独处的时间远远多于众聚的时间,独处的场合远远多于众聚的场合,独处的用处远远多于众聚的用处。有道是:世上没有不散的筵席。意思是,众聚总是要受时间、场合、用处限制的,而独处在通常情况下,是可以随时随地、自由自在实施的。从这个意义上说,众聚离不开际遇,离不开因缘;而独处主要是个人行为,很少受到外力迫使或强制。当然,这也是法律所赋予的人身自由和民主权利。

　　正如世界上任何事物都可一分为二的一样,独处与众聚也不尽善尽美。先说独处吧。独处之独,负面的意义有独断、独裁、独揽等,均为专制、专断、专行。笔者认为,独处必须防止三种倾向:其一,个人主义倾向。个人主义是一种把个人利益放在集体利益之上,只顾自己、不顾别人的错误思想和错误行为。个人主义涉及的内容、表现的形式多种多样。独处倘若把握不好,容易走向封闭、狭隘、自私,常见的现象有不合群、不开朗、不大气。独处绝不是个人主义,更不是极端个人主义。我们在采用和享受独处时,需有意识地信守集体主义道德原则。其二,监督缺位倾向。独处往往远离群体,容易缺少监督。而且,人还有这样一种与生俱来的劣根性,即不愿受人管。而且,人希望不受管时,还会找出这样或那样的理由。而且,人养成不愿受人管后,很难自觉扭转过来。一言以蔽之,在管好自己方面,我们不要太相信自己,监督不可缺,监督不能软。古今中外,先哲、圣人、贤达,都教导人们要慎独,包括要慎言、慎行、慎交等。中国共产党诞生近百年来,对党员干部的律己要求,不能说不严,也不能说不细。然而,不少人还是严重违法违纪。究其原因,其中不乏监督不力,甚至监督缺位。因此,从一定意义上说,独处不是"避风港",也不是"避雷针",更要接受来自方方面面的监督。其三,孤立无援倾向。独处与孤独有差异,通常情况下,独处是主动的、积极的行为;而孤独是被动的、消极的行为。独处与孤立也有差异,一般情况下,独处随时随地可以得到别人的援助,而孤立难以得到别人的援助。因此,在独处时,千万不要自己封锁自己。再说众聚吧。众聚之众,非正面的意义有众口铄金、众叛亲离、众说纷纭、众盲摸象、众矢之的等。均以群体的力量形成不正常的氛围。对此,笔者认为,众聚必须强化管理、正确引导、严防失控。俗话说,林子大了,什么样的鸟儿都有。换句话说,要警惕别有用心的人在众聚中煽风点火,从中浑水摸鱼。众聚是个宏大工程、系统工程、风险工程,对组织者的领导能力是个严峻考验。一些地方发生的群体性的踩踏事件,教训极为深刻。正如中国有十几亿人口,什么东西乘以十几亿,什么东西除以十几亿,其影响都硕大无朋一样,众聚起来的积极作用、消极作用和众聚形成的正面效益、负面效益,或势如破竹节节胜利,或波涛汹涌充满风险。现实中的多米诺骨牌效应、破窗效应、从众效应等,都蕴含有这方面的道理。所以,我们对越大的众聚,越要高度重视。作为个人,对该不该参加众聚,在众聚中怎样作为,什么时候进入退出众聚,如何分享或担当众聚的收获或后果,自己都要掂量清楚。一句话,必须为正义而众聚、为效能而众聚。

每个人对独处与众聚的理解不同、感受不同。迄今,世界上还没有教科书告诉独处与众聚的方程及其求解的公式。不过,从宏观上看,独处与众聚,务必根据不同的生活方式,根据不同的职场内容,根据不同的效果追求。

忘掉与记住

人之大脑,功能有三:一为记忆,存储信息;二为思考,分析判断;三为决策,拿出主意。一般情况下,人的一生中有两个阶段,这三项功能是有所缺失的,一个是婴幼儿阶段,另一个是年老病重阶段。在这三项功能中,记忆是基础,而记忆在以上两个阶段,缺失得更厉害一些,三四岁时的事到长大后根本记不得,年老后的记忆尤其是记越来越差。人的记忆,既有先天,又有后天。先天,生来就有;后天,训练而来。记忆有力,力有大小,力有强弱。记忆力是人的重要素质,大凡认人识字、读书看报、做事作业、说话交谈,都需要有记忆力。再往深处看,人的睿智、精明、洞晓、聪颖,都离不开记忆力。从一定程度上说,人生的成败得失,取决于各人的记忆力。

忘掉与记住,是人之记忆的两个方面,有记得住的,就有记不住的。在记不住中,有先记住、后忘掉的,有时记住、有时记不住的,也有自始至终记不住的。人在世上,毕竟时间和精力有限,毕竟需要与可能受限,并不是所有的东西都要记住,也不是所有的东西都得忘掉。正确的选择是:记住应该记住的,忘掉应该忘掉的。《战国策》中曰:"前事不忘,后事之师。"意思是,记住过去的经验教训,并将此作为以后的借鉴。中国决定每年的北京卢沟桥事变、南京大屠杀发生日,都要举行国家级的纪念、祭祀活动,缘由就在于不忘前事,引为警鉴。宋人有文曰:"君子不记旧恶,以德报怨;而小人忘恩背义,至以怨报德。"不记恶和会忘恩,显示出人的不同修养:前者忘掉别人对自己的恶行,而后者忘掉别人对自己的恩德。人倘能宽大为怀的话,不记恶;人若能善良真诚的话,不忘恩。《司马法》中曰:"国虽大,好战必亡;天下虽平,忘战必危。"当年,毛泽东号召"备战、备荒、为人民"。一个国家,即使是太平盛世,也不能忘记战备,忘记了战备,一定会产生危机。在现实生活中,一些人确会忘记生命、忘记年龄、忘记身份,如不顾生命危险而冲锋在前的忘生舍死、不拘年岁辈分而交为朋友的忘年之好、不问身份形迹而成为朋友的忘形之契。当代巴金有文曰:"开始写《第四病室》的时候,因为'记忆犹新',我的确有'重温旧梦'的感觉。"过去的事,至今还记得清楚,就像新近发生的一样,这叫"记忆犹新"。人们常说,滴水之恩,当涌泉相报。对别人给予的哪怕是一点点好,自己都要记住,而且尽力偿还。这是做人做事的基本准则。人心是秤,口碑是秤,时间是秤,历史是秤。凡是优秀的、先进的、科学的东西,一定能够记在人心里、口碑里、时间里、历史里;反之,亦然。如果一些丑恶的、落后的、反动的东西尚在人心里、口碑里、时间里、历史里留有痕迹,那是作为经历、背景而存在的,有些是被钉在耻辱柱上的。人在江湖,有许许多多的事经不起时间的碾压和涤荡,即使你看得澄明、记得清晰。也许,被你无意中小小伤害的人,十几年、二十几年、三十几年过去了,仍然耿耿于怀,没有忘掉;也许,你曾给予巨大帮助的人,早已把你忘掉,好像什么也未曾发生过。然而,对一个大写的人来说,并不应该这样。人在世上,总有你不喜欢的人,也总有人不喜欢你。这两种不喜欢,都会让你心里不舒服。人生苦短,何必死磕硬拧着在世俗的泥淖里扑腾挣扎呢?不喜欢的就是不喜欢的,没有什么了不得,把不喜欢的忘掉就是了。

人为什么在忘掉与记住上有很大的区别呢?笔者试作如下分析:一是天生。诚然,人只要一生下来,即享有平等的人权。弃婴、虐婴之所以是违法犯罪行为,道理就在这里。但是,毋庸讳言,人的身体状况,并非一样。其中,人的记忆力,天生的成分相当大。有的人,认人过目不忘,读书一目十行;有的人,视物烟云过眼,看人熟视无睹。实际上,前者的记忆力超强,而后者的记忆力过弱。记忆力一旦过弱,往往是一种病态,如老年痴呆症等。电视节目中演示的"超强大脑",其实就是演示者在某个方面有超强的记忆力。二是生理。人的一生,生理上不断发生着变化,其中有的变化是可逆的,有的变化是不可逆的。反映在记忆上,一般来说,年老了,容易健忘,而且是,远的忘不掉,近的记不住;而年纪小了,又不易记住,大人即使教来教去,也常常会忘掉。研究人员还发现,在生理上,人对音乐的感受与对其他的感受不尽相同。大脑中负责音乐的区域的活动方式,不会受曾经有过的经历的影响。换言之,不会对已有的了解达到饱和程度。所以,人们喜欢百听不厌老歌。研究人员还发现,专门负责语言功能的颞叶脑在男人、女人的左脑、右脑分布不同。男人的颞叶脑差不多集中在左脑,而女人的颞叶脑在左脑、右脑都有分布,且相差无几。另外,女人大脑中的胼胝体——负责维系左脑、右脑之间的联合纤维,要比男人的更宽广。据此认为,女人具有先天的语言优势。这可用来解释女人为何爱唠叨。从一定程度上说,女人爱唠叨有着"身不由己"的原因。三是需求。对这个人、这件事,为什么有的人会记住、有的人会忘掉,为什么有的人印象深刻、有的人印象淡漠,我们不妨从他们自身的需求上进行一番考量,即可大悟。人生有三情,亲情、友情、爱情。情生情存,那是有缘有故。自己的生命是父母给的,没有父母也就没有自己。自己对父母的生养之恩,那是永远记住的。人活在世间,个个都要寻找,都会珍爱那至真至诚的精神场所和心理磁场。而这些,须臾离不开记住,而且是永远记住。不是么,昔时梁山伯与祝英台的故事、孟姜女哭长城的故事、孔雀东南飞的故事,无不闪耀着永远记住的悲凉美色。这些主人公之所以永远记住,是因为有一颗心对另一颗心的深深眷念和浓浓牵挂。1725年,叶卡捷琳娜加冕成为俄罗斯帝国女皇,把一位名叫查理的英国厨师留在了身边。查理擅长做香津可口的皇家奶油鸡,曾服侍过先皇三十年。叶卡捷琳娜继位后,每当国家发生大事,查理总要亲自下厨,精心做好奶油鸡呈献上来。后来,查理退休了,再有国家大事发生,其他厨师做好了满桌菜肴,叶卡捷琳娜却迟迟不动筷子。侍从紧张起来,叶卡捷琳娜叹了口气,说:"许久没吃到查理的奶油鸡了,心里像缺点儿什么。"侍从慌忙赶紧去找查理。查理听到叶卡捷琳娜还惦记着奶油鸡,一改往日的萎靡,精神焕发地进宫去做奶油鸡。这则故事启迪我们,在一定的条件下,记住有记住的理由,平平常常不容易让人记住,而忘掉则相对容易一些,无恩无怨容易让人忘掉。有专家研究发现,父母财富越多,子女越不孝顺。其中有个重要原因,富人家的孩子老是记住父母的财富,且往往只会付出确保其获得一份合理比例的遗产所必需的孝顺,而穷人家的孩子没有父母遗产可以继承,兄弟姐妹之间也不存在争夺父母遗产的问题,且自小就深知生活的艰辛,故会给予父母更多的孝顺。这是另一种意义上的需求决定记住。当然,作为有才有能的人来说,并不赞同富人家孩子这样的需求决定记住。四是情操。不可否定,轻视、忽视、漠视别人,是人的一个劣根性。也就是时而听人嗔怪的"看人轻"。凡"看人轻"的人,总是觉得自己所做的最苦、最难,别人所做的既轻松又容易,故往往只会记住自己所做的、忘掉别人所做的。事实上,大家都尽了努力,只是每个人站在什么角度、境界来认识自己和别人。再说,通常,世界上没有无价值的人,人人都是有用处的,哪怕是一个乞丐、一个弱智,关键要设法去修正、去挖掘。人有感谢的记忆、不感谢的忘掉,有反省的记住、不反省的忘掉,有自责的记住、不自责的忘掉。在一定的条件下,忘掉了既往仍记住既往,记住了现今又忘掉了现今,是人生的真谛。世上有些东西,追求到了,就不会记住;追求不到,反而会记住。这些主要看每个人如何把握准确。五是奥妙。忘掉与记住,无时无刻不在拷问着世间的每个人,且又呈现出变幻无常、快速更迭的状态。这是一个大学问,每个人从生到死,都在探究和追索。印度泰戈尔有诗云:"世界上最遥远的距离,不是生与死,而是我就站在你面前,你却不知道我爱你;世界上最遥远的距离,不是我就站在你面前,你却不知道我爱你,而是明明知道彼此相爱,却不能在一起;世界上最遥远的距离,不是明明知道彼此相爱,却不能在一起,而是明明无法抵挡这股想念,却还得故意装作丝毫没有把你放在心里;世界上最遥远的距离,不是明明无法抵挡这股想念,却还是故意装作丝毫没有把你放在心里,而是用自己冷漠的心对爱你的人掘了一条无法跨越的沟渠。"诗中的"不是""而是",把记住中的有意与无意刻画得栩栩如生。人生中的许多纠结,始于忘掉与记住。忘掉了,有时洒脱;记住了,有时伤痛。忘掉了,有时伤痛;记住了,有时洒脱。忘掉有忘掉的好,记住也有记住的好;忘掉有忘掉的不好,记住也有记住的不好。从一定意义上说,记住是记住,忘掉也是记住,而且是更高层次的记住。忘掉是永恒的,记住仅为忘掉间的隙缝,是短暂的,是即逝的。诸如这些,需要生活中的每个人,从理论与实践的结合上,不断地总结经验、吸取教训。

世人行色匆匆,或聚或散,或东或西,每时每刻都在记住,每时每刻又都在忘掉。正因为记住的远远多于忘掉的,人才有知识的丰富、经验的积累和才干的增长。本文以董仲舒所言作结,我们做人做事,都要专心致志,"目不能二视,耳不能二听,手不能二事"。

方法与门道

在人的知识结构里,方法极端重要。思想有方法,工作有方法,生产有方法,学习有方法,生活有方法;研究有方法,施政有方法,教育有方法,医疗有方法,经营有方法;烹饪有方法,休息有方法,娱乐有方法,锻炼有方法,出行有方法。人的所有行为,都离不开方法。正因为方法极端重要,古今中外,一代又一代的名士贤人,呕心沥血地、不遗余力地研究做人做事的方法。众所周知,形而上学与辩证法都是关于思想方法的学说。前者认为,一切事物都是孤立的,永远不变的;如果说有变化,那也只是数量的增减和场所的变更;这种增减和变更的原因,不在于事物内部,而在于事物外部。而后者则认为,一切事物均处在不断运动、变化和发展之中,而且这些都是由于事物内部的矛盾斗争所引起的。当然,前者与后者是相对立的。中国古代的儒家、道家、法家,实际上所传达的也都是做人做事的方法。还有,人们熟知的《孙子兵法》《三十六计》《朱子家训》等,无一不是以方法而流传至今。在近代、现代国际,资本主义、资产阶级与社会主义、无产阶级两大阵营,在如何认识世界和改造世界上,显现出了不同的方法。正是方法上的不同,在国家治理方式上有明显的不同。在书店的各种书籍里,许多是在做人做事的方法上给人以启迪和指导。我们从小到大、从大到老,父母的教诲,领导的教导,朋友的告诫,同事的挚言,有好多是属于做人做事的方法。每个人每天从早晨醒来,直至晚上睡去,一切的行动缺不了方法,方法是行动的向导;一切的行动显示出方法,方法是行动的灵魂。

方法有正、负和稳、险。爱是人类与生俱来的感情,即大人有大人的爱、小孩有小孩的爱,男人有男人的爱、女人有女人的爱。爱的方法正了,是美好的;爱的方法负了,是丑恶的。如帅男爱上了靓女,正的方法有热情、真诚等,负的方法有胁迫、算计等。采用了正的方法,倘结为秦晋之好,二人如鱼得水,和美甘甜;采用了负的方法,即使已拜为夫妻,二人尚存芥蒂、留有阴影。人际交往,同一个人在不同人前、不同时候、不同场合的态度,可体现出这个人的品性,并可据此识人。有的人前恭后倨,有的人上恭下倨,有的人是恭非倨。凡事,单枪匹马、单打独斗总没有集思广益、众人拾柴好。然而,实施后者,也要注意方法。方法不对,容易产生"南郭先生",容易出现大轰大嗡。法国工程师林格曼曾进行了一项拉绳实验。结果显示,二人组的拉力只是单独拉绳时两人拉力总和的95%,三人组的拉力只是单独拉绳时三人拉力总和的85%,而八人组的拉力则降至单独拉绳时八人拉力总和的49%。由此可见,即使是正方法,也要设计得科学、合理。媒体开展报道也有正方法、负方法。如美国《华盛顿邮报》前主编本·布拉德利坚持不懈地跟进揭露"水门事件"等轰动全球的丑闻,不仅把《华盛顿邮报》从一份默默无闻的早报打造成全美最具影响力的纸媒,而且使自己成为世界新闻史上举足轻重的人物。为表彰他在新闻领域作出的杰出贡献,美国总统贝拉克·奥巴马还在白宫向他颁发了"总统自由勋章"。中国新华社内蒙古分社记者汤计,历经九年持续采访,在推动呼格吉勒图案重审中作出了突出贡献,被新华社记个人一等功,并被中华新闻工作者协会授予"全国优秀新闻工作者"称号。然而,也有国外媒体因采取非法和卑劣手段,被告上了法庭,成为世界新闻史上的丑闻。正如弈棋也有稳与险一样,方法也有稳与险。这在打仗、商战、投资等领域表现得尤为明显。一般来说,稳方法风险小,获益也少;险方法风险大,获益也多。不过,在正常情况下,稳妥总比冒险好,好在遭遇的困难小,即使失败,遭受的损失也小,因为我们在很多时候,赢得起、输不起,不怕慢、只怕站。中国各地在推进改革开放时,为什么普遍强调稳妥,道理就在于此。古希腊医学家希波克拉底有句名言:"凡事如果过度,皆违背自然。"险方法往往超越了现实可能。当然,稳方法并不是死方法、呆方法。之所以稳,是从实际出发,见机且量力而行。险方法也不是懵懂鲁莽、一无是处。之所以险,是为了抢占、为了突破、为了飞跃。在现实生活中,是采取稳方法还是采取险方法,说到底,由成本和收益来决定。与此相伴的是,要考虑自己身心的承受力。

方法有软、硬和巧、笨。待人处事,既有软方法,又有硬方法,还有软硬兼施的方法。究竟采用何种方法,需因人因事而异。城市里有个公共花园,每当春暖花开的时候,都会有大批大批的游客前去观赏。然而,游客中总有一些不自觉的摘花者。开始,公园里写了许多牌子,如"摘花可耻""禁止摘花"等,收效甚微。后来,公园管理者咨询了心理学家,重新写了牌子,如"你欣赏花的美丽,花欣赏你的高贵""你给花朵一个花期,花朵给你一份赞美"等,结果,摘花的人骤然减少。有个女子学校的女生们特别喜欢打扮,在学校的洗漱间涂完口红后,会习惯性地用嘴唇吻一下镜子,由此镜子上留下了一个个唇印,很是刺眼。校长曾发出通告,鉴于唇印给清洁工增加了负担,希望大家改正这一陋习。然而,唇印在销声匿迹一段时间后又出现了。校长很生气,一声令下,把女生们全部召集到了洗漱间,并让清洁工当面演示擦拭镜子的困难。但调皮的女生们拿出很多理由进行狡辩,校长只会无奈地摇摇头。然而,临散时,清洁工却拿出了一个拖把,故意若无其事似的先在马桶里蘸了一下,然后一本正经地擦拭了镜子。女生们见此,颇为震惊。从此以后,镜子上再也没有唇印了。以上两则例子,咱们不去评论行为高雅与否,就其方法来说,有软与硬之别。在现实生活中,方法上的巧与笨,可谓司空见惯。在一定的条件下,巧方法有将计就计、将错就错、若即若离、欲取先予、以毒攻毒、以攻为守、以牙还牙、以眼还眼等,笨方法有欲盖弥彰、守株待兔、缘木求鱼、因小失大、寅吃卯粮、掩耳盗铃、作茧自缚、自欺欺人等。就拿说话来说吧,会说话的人,是顺着听的人的心思去说;不会说话的人,是顺着自己的心思去说。娴熟的说话技巧,可以让人魅力非凡,可以使人心想事成。这些说话技巧,包括捆绑术、援引术、旁敲术、嫁接术、悬念术、归纳术、推理术、比拟术等。而笨嘴拙舌的人,好话还会说孬,好经还会念歪,甚至是,一句话轻则使人不高兴,重则自己掉脑袋。

方法有巨、细和土、洋。世界上的事,有大有小,有难有易,有急有缓。对其处理的方法,既有巨的,即大手笔,又有细的,即小儿科。作为平民百姓,相互之间,兴之所至,时而会晒晒美食、晒晒穿戴、晒晒儿子、晒晒女儿、晒晒老公、晒晒老婆、晒晒游览、晒晒玩耍等。而这些,涉及的方法,往往都是细的,没有什么可以大惊小怪。但是,作为领导者、管理者,其与职位相关行为的方法,相对来说,常常都需巨的。《新唐书》中记载了这样一件事:有一年,皇上亲自挑选官吏担任京兆府的郡、县长官。对此,大臣们纷纷说:"皇上知人善任,应该祝贺!"只有兵部侍郎柳浑说:"陛下应该做的事,是挑选大臣直接辅佐陛下。然后,由大臣再挑选人去任京兆尹。至于选拔郡、县长官,那是京兆尹应该做的。"皇上一听,马上认识到了自己的不妥,连连点头称是。就企业管理来说,当企业初创阶段时,领导者尚可事必躬亲;而当企业越做越大时,领导者倘仍事必躬亲,那就有问题了。大的企业,领导者必须设法去创建企业文化,由企业文化来影响和引领企业不断发展。相对而言,事必躬亲,是细方法;企业文化,是巨方法。在现实生活中,方法有土的,有洋的,还有土洋结合的。自古以来,中国各地颇具特色的老行当如琢玉、烧窑、锔碗等,老玩艺如踩高跷、木偶戏、抖空竹等,老美食如火烧、汤包、炝虾等,老风情如脚炉、捻线、油灯等,虽然方法土,但管用、实用,故世代相传。而今,世界是个"地球村",科学技术正以迅雷不及掩耳之势快速发展,随着市场化、信息化的推进,许多新技术、新方法、新工艺、新设备似雨后春笋般涌现。一些西方国家采用的PPP模式,可以从一定程度上解决财政融资难题;中国正在力推的"互联网+",旨在把互联网和包括传统行业在内的各行各业结合起来,在新的领域创造一种新的生态。这些,相较于土方法,即是洋方法。此处的洋,并非西洋的洋,而是现代化的"洋"。中国乃至世界上每年产生的诺贝尔奖项、吉尼斯纪录、发明专利等,许多是原创性的洋方法。

方法有美、丑和显、隐。诚然,方法本无美、丑之分,但于恰当的时候、恰当的场所,在恰当的人员身上,采用了某种方法,即会显示出方法之美;于不当的时候、不当的场所,于不当的人员身上,采取了某种方法,即会显示出方法之丑。锦上添花、雪中送炭、未雨绸缪等,是美方法;而"下三烂""三只手"、恶作剧等,是丑方法。在现实生活中,一方的事都已做完了,另一方才说要去帮忙,那叫"马后炮",这种方法非美;一方有了急事、难事,另一方立即伸出了援手,那叫"及时雨",这种方法是美。搏击市场,有的企业"小而美",有的企业"大而丑"。如坐落在纽伦堡附近小城赫洛尔德伯格的施万·斯特比洛化妆品公司,生产了全世界近一半的眼线笔和唇线笔。这是"小而美"的范例。而别看有的大企业总资产量、年销售额有多少多少亿美元,实际上已渐渐中虚,不知哪一天,突然间会宣布破产倒闭。人与人之间的空间距离,也并非越近越好、越远越好。距离恰当,美了;距离不恰当,丑了。这看起来是距离问题,其实是方法问题。我们只要稍加留心即可发现,方法有显、隐之分。显,露在外面也,使人容易看出来;隐,藏在里面也,让人不容易看出来。举个例子:崔朴是唐代某州刺史,贪图享乐,喜欢游玩。有一年春天,他从本州所在地出发,乘船沿江而下,一路观赏风景,饮酒作乐。船经过益昌的时候,需要人来拉船。于是,崔朴通知益昌县令,让他征召百姓前来拉船。县令何易于是一个很正直的官员,对崔朴这种劳民伤财的做法,早就想规劝,但又担心直接规劝会引起崔朴的反感。此时,何易于认为是个规劝的好时机。第二天,到了拉船的时间,崔朴看到只来了一个拉船的人,那个人穿着农民的衣服,吃力地向前拉船。崔朴好生奇怪,便细细打量,结果发现这个拉船人竟然是何易于。崔朴忙问:"县令,你怎么亲自来拉船了呢?"何易于趁机说:"大人,目前正当春耕大忙时节,老百姓不是耕地就是喂蚕,挤不出时间来拉船。我是县令,又不种地不养蚕,正好可以担当拉船这个劳役!"崔朴听完,当即羞愧得无地自容。从那以后,崔朴再也不作劳民伤财的出游。在这个例子中,县令规劝刺史的方法,是隐非显,换句话说,是间接的,而非直接的。在现实生活中,那些借古讽今、指桑骂槐、说东道西等,实际上采取的是隐方法。其说得中听一些,叫"含蓄";说得难听一些,叫"刁钻"。当年,有些文人利用小说进行反党活动,即被批挨整。咱们不去评论其政治上的是非,就其方法来说,也是隐而不显。

门道,从字面上理解,是门的道,用于人之进出和来往。门道的引申义,系方法。方法与门道的同义词和近义词有门路、门径、方略、方策、路径、路数等。世界上的人和事,无不是多层次、多侧面的,无不是既有独立性又关联性,无不是协作与争斗相反相成。因此,每个人要想如其所思、如其所愿,必须特别重视方法与门道。如你虽然不能全然决定自己生命的长度,但采用方法与门道,可以扩展自己生命的宽度;你虽然不能全然预知自己的明天,但采用方法与门道,可以充分利用自己的今天;你虽然不能全然掌握自己的命运,但采用方法与门道,可以有自己最大的成功。聪明的人,善于思考、擅长运用方法与门道。智慧的人,在方法与门道上,更会好中选优、棋高一着。方法与门道,人须一生为之苦苦追寻和实践。

争先与滞后

苍茫世间,自古以来,争先已成人们的优良传统。杨维桢诗云:"万花敢向雪中出,一树独先天下春。"此诗咏物,寓意人要有不惧打击、不怕挫折,敢为天下先的品质。关汉卿《单刀会》中曰:"到来日我壁间暗藏甲士,擒住关公。便插翅也飞不过大江去。我待要先下手为强。"对人处事,凡先动手者,则可取得有利地位。这叫"先下手为强"。孙中山在《民族主义第四讲》中写道:"列强之所以攻击列宁,是要消灭人类中的先知先觉。"对认识事物较一般人早的人,谓之"先知先觉"。人们对传道授业者,对知识分子,对有一定身份的人,往往会用"先生"尊称。在军事斗争中,指挥者常常会派出先锋等先头部队用于侦察、开路等。当年,诺曼底登陆,成功开辟了欧洲第二战场,使第二次世界大战的战略态势发生了根本性的变化;阿波罗号登陆月球,使人类成功地迈出了向太阳系扩张的第一步;罗纳尔·阿蒙森登陆南极点,为人类实现南极科考梦奠定了坚实基础。这些登陆,无不是先行。在现实生活中,我们不难看到这样的情景:在电影院出口,在公园入口,在展销会进口,还有,在地铁、飞机、汽车、轮船乘客上下时,只要门道一打开,人群便会瞬间涌动,有些人就会奋不顾身地去争先。

苍茫世间,芸芸众生,滞后的情形比比皆是。《庄子》中曰:"且子独不闻夫寿陵余子之学行于邯郸与?未得国能,又失其故行矣,直匍匐而归耳。"这是中国成语"邯郸学步"的出处。其比喻自己模仿他人不成,反而丧失了原有的技能。盲目崇拜,一味模仿;欲求先进,反遭落后。这是"邯郸学步"给后人留下的深刻教训。《史记》中曰:"且强弩之末,矢不能穿鲁缟;冲风之末,力不能漂鸿毛。非初不劲,末力衰也。"此言道出了事物发展的规律:再强大的力量,也有衰竭的时候;再艳丽的太阳,也有黑暗的时候;再美丽的花朵,也有凋谢的时候;再威猛的汉子,也有孱弱的时候。而衰竭、黑暗、凋谢、孱弱,在时间长河中,在生命历程里,都处于后期。纵观世界风云,近两百年来,"落后就要挨打"的苦情戏在一幕又一幕地上演着。不过,如今的落后更多地体现在经济上、军事上的落后。换言之,如今落后的标准已发生了变化。滞后,相对停滞,落在后面也。人的思想会滞后、观念会滞后、言论会滞后、行动会滞后。大凡无志的人会滞后、懒散的人会滞后、空喊的人会滞后、卑怯的人会滞后。对一个地区、一个部门、一个单位来说,则管理会滞后、发展会滞后。

争先与滞后,必须认清先与后的内涵和外延。先与后,是相对存在的。苏轼诗云:"视下则有高,无前孰为后?"先与后,在许多时候,无所谓好,也无所谓孬,之所以分出好孬,乃为一种价值判断。不是么,有的体育竞技项目是比先,有的体育竞技项目则是比后。谁在比先中先了,就胜出,谁在比先中后了,就淘汰;谁在比后中先了,便淘汰,谁在比后中后了,便胜出。在一定的条件下,先与后,只显示出一种状态,并无价值上的优与劣,如河流有上游、中游和下游之分,三者各有各的作用;山峦有山峰、山坡、山脚之别,三者各有各的用处。先与后,均为方位词,表现人和事在时间上或空间上的不同。在通常情况下,先是少数,甚至只有一个;而后则为多数。马拉松赛永远只有一个人先,先者为冠军,而其他人都是后;乒乓球赛不管有多少选手参赛,而先者也永远只有一个人。从一定意义上说,这些体育竞技项目,反而成为了后者的乐园。先与后,就其本质来说,有名上的先与后,有利上的先与后;有主动性的先与后,有被动性的先与后;有可逆的先与后,有不可逆的先与后;有全局性的先与后,有局部性的先与后;有渐进式的先与后,有突变式的先与后。先与后,无处不有。其既有涉及人的先与后,又有涉及事的先与后;既有关联物的先与后,又有关联情的先与后;既有牵连数量上的先与后,又有牵连质量上的先与后。

争先与滞后,必须摆正先与后的位置和关系。长期以来,包括理论界、学术界,也包括经济界、文化界,普遍对先尊崇有加。这没错,因为创新、发明、突破均需先,第一、冠军、头号均为先。然而,毋庸讳言,也有一些管理者和社会人过于强调先,也就是说,把先摆到了"左"的位置上,似乎只要是先,就代表着先进,就显示出进步。在现实生活中,有些人由此不正确地派生出了恐后,喜欢不切实际地去追风潮、去赶时髦。受其影响,中国早期的人民公社化时期付出了惨重的代价。而后,在许多人看来,其与落后、反动有关。这也没错,因为效率低下、成果不佳、业绩欠缺均为后,消极低沉、畏首畏尾、无作无为源于后。但是,必须指出,也有一些管理者和社会人热衷于后,也就是说,把后摆到了右的位置上,好像只要是后,就代表着沉稳,就显示出风范。受其影响,中国闭关锁国时期遭受了被侵略、被欺凌、被压榨的厄运。

综上所述,在对待先与后这个问题上,我们既要反"左",又要反右。而且,在相当多的时候,反"左"比反右更重要,反"左"比反右更艰难。众所周知,位置和关系是为人做事必须首先考虑的基点。换句话说,有什么样的位置和关系,便有什么样的为人做事。在先与后这个问题上,把位置和关系摆正了,就能明晰哪些当先、哪些当后,该先多少、该后多少,何时须先、何时须后,并以此来指导自己的言行。

争先与滞后,必须讲究先与后的方式和方法。套用一句"一枝一叶总关情"的话,那是"一先一后亦关情"。情,情感也,情面也。大千世界,时时处处充满了竞争,包括有形的竞争、无形的竞争。竞争面前,当事人须有君子风度,做到守规则、不欺诈,凭本事、拼实力,同时还要讲风格、重友谊。即使是参加惨烈的竞争,也要先得光彩、后得服气,千万不可忘却一切地去不择手段。范仲淹《岳阳楼记》中有言:"然则何时而乐耶?其必曰:先天下之忧而忧,后天下之乐而乐乎!"当然,这里的先与后是关心人民大众的疾苦,展现出以天下为己任的胸怀。这样的先与后,表达的是一番深情。先与后,在一定的时候,是一种需要,其中大至时代的需要、祖国的需要、人民的需要,小至集体的需要、家庭的需要、个人的需要。在发现人和培养人的时候,务必发扬"长江后浪推前浪"的精神,甘当后浪,乐作后浪,做好后浪,通过后浪推动,使前浪"一浪更比一浪高"。早在春秋时期,齐国的晏婴在论及音乐的"和"时,就指出要做到"清浊、小大、短长、疾徐、哀乐、刚柔、迟速、高下、出入、周疏,以相济也"。此说明,艺术要在矛盾中求和谐、在对立中求统一。先与后,也同理。如果把人生比作一场万米长跑赛的话,什么时候需要奋力争先,什么时候需要适当滞后,那是大有讲究的。在现实生活中,始先终后、始后终先、始先终先、始后终后的例子,不胜枚举。在哲学家的眼里,科学的做法是,当先则先,当后则后,有先有后,先后相济。先不是盲动、不是冒险,后不是害怕、不是退缩。先与后,都基于认真负责的综合考量,绝非出于一时的心血来潮。从一定意义上说,见先与见后,也是人的一种能力。既能见先,又能见后,无疑是理智的人,具有远大的眼光和卓越的见识。具备了这种能力,在自己做出任何行为时,就会明辨是非、曲直,不至于浑浑噩噩而手足无措、无序和无力。

任性与管束

我们都是凡人，凡人都有性子。性子，性情也，脾气也。古往今来，关于人之初是性本善还是性本恶的争论，从来就没有停歇过。传统的说法是性本善，因为《三字经》的首句就这么说；非传统的说法是性本恶，因为人间有些现实可作佐证。性子，人之初是本有呢还是本无呢？这也不能一概而论。应当说，从总体上看，人既是自然人，又是社会人，故有些性子是先天带来的，有些性子是后天养成的，且在主观和客观的双重作用下，有些性子被削弱了，有些性子却萌发了。从这个意义上说，人不可能没有性子，所不同的是，有的人性子显些，有的人性子隐些；有的人性子急些，有的人性子缓些；有的人性子大些，有的人性子小些；有的人性子好些，有的人性子坏些；有的人性子纯些，有的人性子杂些。在许多时候，性子难以用一种统一的标准来衡量，更多的则是给予对方理解和尊重。

近几年来，或许是领导人的批评，或许是传媒人的爆料，人们突然发现，这个世界刮起了各种各样的任性风。任性，指放任自己的性子，不加任何的管束。一如有些游客任性，在好端端、鲜亮亮的景物上，乱写、乱画、乱刻各种东西；在平坦坦、光溜溜的景道上，乱吐、乱丢、乱弃各种废物。二如有些官员任性，在决策、指挥上，不讲规矩，不按程序，不受约束，我行我素；在勤政、廉洁上，不讲政治，不守法纪，不受监督，放松放任。三如有些国企老总任性，利用职权，吃里扒外，损公肥私，有的甚至沦为监守自盗的"败家子"、无法无天的"土皇帝"。四如有些父母任性，孩子一不听话，要么喋喋不休地骂，要么重手重脚地打，甚至造成了严重后果，触犯了法律，受到了惩处。五如有些孩子任性，家长稍作批评，就赌气离家出走，甚至踏上了不归之路；家长只要不给满足要求，就发脾气，大吵大闹，把家里搞得乌烟瘴气，谁也不能安生。六如有些老师任性，动辄体罚学生，包括拎耳朵、打屁股、敲脑袋、站墙角，甚至关禁闭、挨冻饿，学生回家向父母哭诉后，父母便火冒三丈，跑去学校与老师发生言语、肢体冲突。七如有些"土豪"任性,不惜扔掷上千万元甚至上亿元,为儿女办婚礼、置房产、去旅游。甚至,据报道,中国有一"土豪"重金购买了外国一座小岛,给自己的孩子当"玩具"。八如有些国家的国王任性,如非洲一国国王趁登基之际,任性了一把,向全国人民发放了 210 亿英镑(约合 320 亿美元)的红包。当然,其前提是,本国国库充盈,且国王有权支配。九如有些男人任性,自己尽管已有家室,然而,在那热情似火的身体里,始终扑腾着一颗不甘寂寞的心。于是乎,情感上的任性像病毒一样蔓延开来,放肆地去追逐婚外恋,甚至去嫖娼狎妓。十如有些女人任性,在家里,对丈夫,对孩子,一不高兴,就怒目吼叫起来,甚至还会动手动脚;或去商场购物,或在网上购物,由着自己的性子,想买什么就买什么,不顾需要与否、合算与否。

事实上,任性并不是现代病,古已有之。中国有一则"雪夜访戴"的千古传说。说的是,1600 多年前,在一个大雪纷飞的夜晚,有位叫王子猷的人睡醒了,见屋外银装素裹,再无睡意,便喝酒吟诗。忽然,他想起了一位姓戴的好友,遂唤仆人备船挥桨。他不顾路迢遥,不怕夜色晚,连夜启程匆匆前往。船行一夜,终于到了好友门口。可他不去会见好友,却命仆人打道回府。有人便问他:"为何如此折腾?"他则说:"吾本乘兴而行,兴尽而返,何必见戴?" 1200 多年前,李白来到京城赶考。考官是宰相杨国忠,监官是权宦高力士,二人皆为爱财之辈,考生倘不送礼,纵有天下的本事,也得落第。李白偏偏一文不送。考试那天,李白一挥而就,交了头卷。杨国忠一看李白的名字,提笔便批:"这样的书生,只好与我磨墨。"高力士则说:"磨墨算抬举了,只配给我脱靴。"说完,便将李白推出了考场。一年后的一天,有个番使来唐递交国书,上面全是密密麻麻的鸟兽图形。玄宗帝命杨国忠开读。杨国忠如见天书,哪里识得半个?满朝文武,无一人能予辨认。玄宗帝大怒。后来,有人推荐了李白。李白走上金殿,接过番书,一目十行,然后,冷笑地说:"番国要大唐割让高丽一百七十六城,否则,就要起兵杀来。"玄宗帝一听,急问文武百官有何良策。大家面面相觑,一个个吓得目瞪口呆。无奈,玄宗帝转问李白。李白说:"这有何难,明日我面答番书,令番国拱手来降。"玄宗帝大喜,拜李白为翰林学士。次日,玄宗帝宣李白上殿。李白见杨国忠、高力士站在二班文武之首,便对玄宗帝说:"臣去年应考,被杨太师批落,被高太尉赶出,今见二人押班,臣神气不旺。请万岁吩咐杨国忠给臣磨墨、高力士与臣脱靴,臣意气才高,方能口代天言,不辱君命。"玄宗帝用人心急,顾不得许多,便依言传旨。杨国忠、高力士只好忍气压火遵旨。李白这才舒了一口气,写了一封陈述厉害的诏书,番使听罢吓得魂飞魄散,连连叩头谢罪。以上二则历史故事,足见当事人有多么任性。当然,很多任性,弄得不好,是要付出惨重代价的,古今中外许多残害案例,均源于当事人的一时任性。

人在世上学习、工作、生活,任性好不好?任性要不要?对这些问题,同样需要辩证思考。我们每个人,虽然都是自然人,但是,更为家庭人、集体人、社会人。家庭、集体、社会需要正常运转,不仅如此,还需要不断发展。这就必须建立一些规则,并在此基础上上升为法律,要求一定范围内的自然人遵循。纵观古今,横看中外,概莫能外。我们每个人身处家庭、集体、社会之中,不可也不能不受这些规则乃至法律的管束。否则,缺少秩序,家庭要乱套,集体要乱套,社会要乱套。正常运转是硬道理,不断发展是硬道理,而乱套却背离了这些硬道理。若问在什么情况下容易任性?笔者认为,有权容易任性,有财容易任性,有才容易任性,有貌容易任性,有势容易任性;还有,不受监督容易任性,缺少管束容易任性,放任自流容易任性,不求进取容易任性,遭受感染容易任性。总体上看,任性不符合社会主流,任性不符合社会传统。不过,对少数任性,人们尚有一定的宽容度。一如小孩在父母面前的任性,有些属于撒娇,父母虽有嗔言,但还能容忍。二如情人在情人面前的任性,有时很随意、很放肆,虽显得咋呼,但也不乏可爱。三如好友在好友面前的任性,闲聊之间,偶尔任性一把,不伤尊严地调侃一番,他人虽有不悦,但也不会责备。四如自己在自己面前的任性,不假思索地一会儿干这、一会儿干那,因不会干扰他人,更不会危及他人,故无需他人允许和认可。即使是以上四种任性,也一定要把握分寸。过分的任性,宛若性格树上的刺儿,不经意间,最容易刺及的,就是亲人、朋友和同学、同事。在婚姻的鲜汤里,在闺蜜的鲜羹里,在至交的鲜汁里,过分的任性如同一颗人见人恶的老鼠屎。不管怎么样,任性在陌生人面前、在严肃场所、在关键时刻,是使不得的。缘由是,其不会得到他人的理解和宽容,且容易带来不良甚至恶劣的影响。

如何对付任性?这也得多管齐下,其中离不开法律约束、纪律约束、制度约束、道德约束、舆论约束等。通过诸如此类约束,让当事人真正长记性。就拿防治旅游不文明行为来说,长期以来,中国大部分景区均实施了警示牌、口头警告、罚款等管理办法,然而,收效仍不理想。2015年,国家旅游局依据《旅游法》等法律法规,为回应民意期待,出台了《游客不文明行为记录管理暂行办法》,旨在用"拉黑"制度强行拽住任性游客那涂鸦或摘折的手。可以想见,只要有强制性的"雷池",任性的人就会有所收敛。生活在家庭、集体、社会上的人,切不可恣意任性。信口开河、信马由缰、信步所之,在绝大多数情况下,是不足取的。谁也不能想说什么就说什么,谁也不能想干什么就干什么。而且,还必须认认真真地"从娃娃抓起"。对孩子的任性,万不可视而不见、见而不问,更不可纵容、袒护。对孩子的任性,有些大人总认为孩子小不懂事,再加上对孩子爱之切,故不是抓住不放认真教育,而是采取和稀泥、装糊涂的办法应付一下。事实上,三四岁的孩子已经知道谁宠谁不宠。孩子一次又一次地任性,大人一次又一次地放任,造成的后果不堪设想。对付任性,最直接、最有效的路径是管束。管束,管控、约束也。人要做到不任性,除了靠外部的法律、纪律、制度、道德、舆论管控,以及始于孩提时代的熏陶、言教外,十分重要的是自己务必管好自己,坚持不该说的话不说、不该做的事不做,甚至杜绝任何非仁之想、非礼之想。对付任性,既是一个系统工程,也是一个艰难工程。这是因为,一时的不任性,不能保证永久的不任性;这种景况下的不任性,不能保证那种景况下的不任性;这方面的不任性,不能保证那方面的不任性。对付任性,不能毕其功于一役,需要打持久战。

先知先觉与后知后觉

大千世界,变幻莫测。然而,尽管如此,而今人间先知先觉的东西越来越多,且先知先觉的内容和方式多种多样:一如天象预报、地震预报、海啸预报、台风预报等;二如股票市场走势预报、服装流行趋势预报、房产景气指数预报、车业发展态势预报等;三如战场形势预报、斗争前景预报、国力变化预报、谈判前途预报等;四如疾病治后预报、稻麦产量预报、图书销量预报、成果孵化预报等。诸如这些预报,涵盖了自然和社会的方方面面,且精准度越来越高。如今的天气预报,预报升温就升温,预报刮风就刮风,预报下雨就下雨,预报打雷就打雷,人们据此可合理地安排自己的工作和生活。天气预报对人们来说,其功大矣,其益大矣。

知与觉是人们对外事外物的两种感受。前者,知道也,懂得也,理解也,认识也,了解也。后者,觉得也,感到也,发现也,醒悟也,察觉也。相对来说,前者更理性一些,后者更感性一些。在现实生活中,"先见之明"属于先知先觉,"事后诸葛"属于后知后觉。这里的先与后,包括时间上的先与后、进程上的先与后、势态上的先与后、空间上的先与后等。先知先觉与后知后觉,均涉及人们对客观世界的认识与实践。倘若认为认识是第一性的,那就陷入了唯心主义认识论的泥淖;如果认为实践是第一性的,那就自觉坚持了唯物主义认识论。一些迷信的东西,经常自我标榜为先知先觉,事实上却是唯心主义的东西。崇拜一些人物,如若过了头,则容易形成唯心主义的认识。而后知后觉,按照实践论的观点来看,其要比先知先觉科学。不仅如此,即使时过境迁、物是人非,那也可以吸取教训,以利于今后和未来。正如《战国策》中所言:"亡羊而补牢,未为迟也。"然而,在现实生活中,常常有人好放"马后炮"、喜说"风凉话",这就把后知后觉强调到不恰当的地步了,自然会遭到他人的反感。剔除唯心主义的成分,先知先觉与后知后觉比较起来,前者做到困难,后者做到容易。先知先觉者是战略家,常人没有看到,他却看到了;后知后觉者是实干家,他客观面对现实,脚踏实地地干事。从这个意义上说,人生和社会,既要先知先觉,又要后知后觉,二者互为补充。当然,为了尽可能地少走弯路、规避风险、减少不必要的损失,多一点先知先觉与后知后觉总比少一点先知先觉与后知后觉好。

先知先觉从何而来?其一,从学习中来。毛泽东不仅是杰出的政治家,而且是杰出的军事家。他的许多用兵真的是"料事如神"。农民出身的他之所以能够这样,重要的在于学习。1927年9月29日,他率领秋收起义部队来到永新县境内的三湾村。入睡前,他在借住杂货店的货柜顶上,瞥见了落满灰尘的《三国演义》,顿时睡意全无,第二天一早便向店主借阅。在此后漫长的岁月里,他于著书立说、报告演讲、漫谈闲聊中,经常运用"三国智慧"。在《三国演义》里,他似是读出了"自然辩证法"和"军事辩证法",自此对事物的发展和应对的策略有了过人的先知先觉。其二,从洞察中来。洞察,指观察透彻而深远。洞察是人的一种极为重要的能力。洞察力,实际上就是眼光。眼光有战略眼光、战术眼光,政治眼光、经济眼光,农业眼光、工业眼光,识人眼光、识物眼光,长远眼光、短期眼光,高雅眼光、世俗眼光。有眼光的人,往往能先知先觉;没眼光的人,不可能先知先觉。其三,从推理中来。世上任何事物的发展都是有规律可循的。只不过,有些规律显性一些、有些规律隐性一些,有些规律简单一些、有些规律复杂一些。辽沈战役期间,东北野战军攻克锦州后,迅速挥师北上。按照林彪的一贯要求,所属各部队每天必须上报当日战况和缴获情况。一天深夜,值班参谋正在宣读某师上报的数据,林彪猛然叫停,连问了三句:为什么那里缴获的短枪与长枪的比例比其他战斗高?为什么那里缴获和击毁的小车与大车的比例比其他战斗高?为什么在那里俘虏和击毙的军官与士兵的比例比其他战斗高?在场的人还没来得及思索和回答,林彪就指着地图上的那个点说:"我断定,敌人的指挥所就在这里!"果不其然,廖耀湘这条"大鱼"即在胡家窝棚附近被逮了个正着。其四,从迹象中来。常言道:若要人不知,除非己莫为。这说明,世上万事万物的变化都是有迹象可寻觅的。只不过,有些迹象长久一些、有些迹象短暂一些,有些迹象明显一些、有些迹象隐匿一些。就拿男女恋爱来说吧,究竟爱不爱对方,也是有"来电显示"的,如是否有意识地主动配合对方的情趣和爱好,是否一有好的消息就会第一个想到与对方分享,是否对对方发来的信息看了一遍又一遍等。通过分析这些"来电显示",即可对恋爱的前景有所预料。换句话说,可有一些先知先觉的认识。

后知后觉从何而来?其一,从总结中来。俗话说:吃一堑,长一智。受一次挫折,长一分见识。这个长,有赖于总结;不总结,绝无长。"过劳死"一词最早源于20世纪七八十年代的日本,是指有的人长期连续加班,不幸猝死在工作岗位上。如今,中国每年"过劳死"的人数多达几十万,人们屡屡可从媒体报道中见之闻之。对造成"过劳死"的原因,人们通过不断地反思总结,渐渐地,后知后觉的东西多了起来。也就是说,要缓解和减少"过劳死"现象,仅仅设法改善个人的生活习性还不够,必须从整体上改善人类生存的社会背景。因此,作为一种已经看得见、感得到的威胁,必须在公共层面上更加重视"过劳死"现象。其二,从求真中来。人在世上,有的时候,办事之所以会犯糊涂,只缘"一时浮云遮望眼",当时并没有认清真实面目。有好多事,当初并不完全知情,经历了一番实践,方知该不该办和怎样办才会更好,因为"实践出真知"。有一些事,在真实与非真实之间,只隔着薄薄的一层纸,只要把这层纸捅破,便会真相大白。世上不少的后知后觉,就是如上而产生的。第二次世界大战时,鲁尼在英国空军部队当后勤兵,负责给战斗机做保养。部队规定,战斗机的皮革座椅要用骆驼粪来保养。半年后,参加过第一次世界大战的父亲来部队探望,看见鲁尼正忙着用骆驼粪擦拭战斗机的皮革座椅,便疑惑地问:"你们怎么还这样做保养?"鲁尼理直气壮地说:"我们一直如此,这是规定!"父亲想了想,笑着说:"当年我们在沙漠地区作战,有大量的物资需要骆驼来运输,可驾驭骆驼的皮具是用牛皮做的,骆驼闻到那种气味,就会赖着不肯走。于是,有人想到用骆驼粪来擦皮具,这样就能盖住牛皮的气味。果然,骆驼就乖乖听人使唤了。哪料三十年过去了,你们却把这个方法沿用到保养飞机上。这真是太可笑了!"听罢父亲这番话,鲁尼将信将疑,随即去翻阅史料,结果正如父亲所言。其三,从比较中来。比较,即俗话所说的比一比,是把两种或两种以上的同类事物放在一起,比一比高低、多少、大小、轻重等;或把两样或两样以上的不同事物放在一起,比一比外延、内涵、功能、作用等。常言道,有比较,才有鉴别。古往今来,有许多后知后觉是从比较中得来的。古代春秋时齐景公继位之后,便把前朝卿相晏婴派去治理东阿边陲。过了三年,齐景公想了解东阿的治理情况,听到的却都是晏婴的坏话。齐景公很生气,便找来晏婴问罪。晏婴检讨说:"臣错了,请大王再给我三年时间,保证大王听到的都是好话。"三年之后,齐景公果然听到了朝臣们都在夸赞晏婴,于是准备重赏晏婴,可晏婴拒绝了。齐景公追问原因,晏婴道出了真相。原来,前三年,晏婴可谓尽职尽责。他花大力气修桥建路,重拳打击贪赃枉法,受到了当地百姓的拥护,却得罪了不少富绅。而之后的三年,晏婴则反其道而行之。晏婴对齐景公说:"前期,臣是真作为,大王对臣本该奖励反要惩罚;后期,臣是滥作为,大王对臣本该惩罚却要奖赏,臣实在难以接受啊!"齐景公这才知道自己听信了逸言,错怪了晏婴,于是将晏婴留在身边,委以重任。不难理解,齐景公这是经过比较之后的后知后觉。其四,从铺垫中来。铺垫,本义是在地上或床上,铺上或垫上一层东西;引申义是为事情的发展打下基础。很多后知后觉,并非突然涌现,也有一个逐渐演进的过程,甚或也有一个"从量变到质变"的过程。宾尼希小的时候,由于父母不让他随便打电话,就自己想办法,用两个罐头盒和一根紧绷的长绳子制作了一部土电话机。当其他孩子能够用这部土电话机在相邻房子之间清楚通话时,他感到了成功的快乐。后来,他因研制成可以拍摄到原子结构的光栅隧道显微镜,而获得了诺贝尔物理学奖。倘若把他后来获取的这一巨大成果看作是一种后知后觉的话,那么,他小时候制成的那部土电话机可认为是一项重要的铺垫。

　　生活在现实世界里的我们,都不是神灵。在人间,先知先觉也好,后知后觉也罢,都绝无可能毫无因由地从天上掉下来、从地下冒出来,一切都得仰仗于客观规律的作用、科学理论的指导和鲜活生计的实践。

泪水与汗水

人的身体内有一些可用来分泌某些化学物质的腺体组织,其中有泪腺与汗腺。泪腺分泌泪液,俗称泪水;汗腺分泌汗液,俗称汗水。正如眼药水与池塘水毫不相干一样,泪水与汗水也是根本不同。通常情况下,泪腺不会无缘无故地分泌泪水,汗腺也不会无缘无故地分泌汗水。人的一生,不知要流下多少泪水,也不知要流下多少汗水。泪水与汗水,对每个人来说,无一例外地会贯串和伴随一生。不是么,几乎每个人都是伴着啼哭声来到这个世界的,最后许多人又都是在别人流着泪水中告别世界的,其中不乏有些人是自己流着泪水离开这个世界的;几乎每个人的身上天天会产生汗水样的分泌物,要不然,衣服就不会那么容易脏,至于那些干重活的人、急赶路的人、搞运动的人、受惊吓的人,更容易汗水涔涔。可以这么说,泪水与汗水,从一定程度上和一定意义上,活生生地见证了人一生中的苦乐、悲欢、难易和祸福。

泪水是什么?这个问题,可谓太简单了。泪水,不就是人的眼睛里流出来的水么。这样的回答直白,没有错。倘若在电视比赛中做抢答题,那是"回答正确,加 10 分"。然而,倘或细细探究起来,泪水的意义和作用,那就洋洋大观了。一为,泪水是一种生理活动的产物。襁褓中的婴儿并不知道什么是社会行为规范。换言之,他或她并不明白在何时或哪里不应该哭泣和流泪,动不动便会号啕大哭,且泪水涟涟。兴许他或她的肚子饿了,兴许他或她睡得或被抱得不舒服,兴许他或她要便溺了,兴许他或她的嘴里有渴感了。一句话,均为一些生理上的原因,于是不由自主地哭了起来,如果大人不去应对,则会越哭越凶,随之而来的是一大把一大把的泪水。科学研究发现,哭泣和泪水,可帮助婴儿得到健康成长所需要的东西,如刺激肺部张力、抵御角膜感染等。二为,泪水是一种情感活动的表现。人有"七情六欲",即激动了会有泪水,感动了会有泪水,悲伤了会有泪水,委屈了会有泪水,恐惧了会有泪水,思念了会有泪水,同情了会有泪水,痛恨了会有泪水,后悔了会有泪水,痛苦了会有泪水,矫情了也会有泪水。甚至,联想了也会有泪水,如杜甫"感时花溅泪,恨别鸟惊心";苏东坡"相顾无言,唯有泪千行"。如若不牵不挂、不思不想,也就没有什么泪水好流的了。人不仅面对亲人死亡、爱情幻灭、自感无助等会自觉或不自觉地流下含有不同意味的泪水,而且在见闻一部煽情的影片、一曲抒情的音乐、一段逗乐的相声等也会感同身受地、情不自禁地流下蓄有不同滋味的泪水。同样的泪水,所表现出来的是不同样的情感活动。三为,泪水是一种解决问题的方法。世间的人,普遍同情弱者。不是么,看到路边身残的讨钱人,一些行人会自觉自愿地伸出援手。不少哭泣者正是借助自己的泪水,成功地摆脱了所处的困境,因为此举可更多地吸引别人的关注,并获得怜悯和支持。我们不难发现这种情形:一个哭泣并流着泪水的人,当另一个人去安慰时,会借势趁机说出平常难以启齿的想法,而往往可获得解决或满足。在许多家庭,女的只要眼噙泪水,男的心便会软了下来。有句俗话,爱哭的孩子有奶吃。这说的是,孩子哭了,大人主动会去安慰。反之,孩子不哭,大人则认为无事,一般不会多去安慰。哭泣和泪水,在这里,如同呼唤,宛若命令。四为,泪水是一种人际交往的方式。人与人之间,用言语、用肢体、用眼神、用表情,都可作交往。除此之外,用眼泪也能交往,因为泪水也可表情达意。如一方遭遇某种不测正流着痛苦的泪水,另一方见之,眼睛顿时也红红的、湿湿的了,这说明,两个人的关系相当亲密,甚至是闺蜜。在庭审现场,假若犯罪嫌疑人流下了悔恨的泪水,这在一定程度上表明,他或她有悔过自新的意愿。中国大陆与台湾的关系"解冻"后,相隔两岸的亲人久别离重聚首,喜极而泣,夺眶而出的泪水向对方宣示了"血浓于水",那夫妻情、父子情、母女情、兄弟情、姐妹情一下子全部写在了脸上。五为,泪水是一种舒心健身的"良药"。有医学研究成果表明,泪水可帮助人释放体内的不良情绪,有利于健康。故而,刘德华所唱的"男人哭吧哭吧不是罪",是有科学道理的。有的时候,人只要哭泣和流泪一番,一切的思想负担和精神压力就会冰消雪融。流泪好比排毒,会去掉人体中的某些有害物质。从一定意义上说,能流泪是相当奢侈的。在现实世界里,好多的人,即使有诸多的不快,因为顾虑种种,所以总是忍着憋着,不愿也不会放纵般地去哭泣和流泪一番。而这样,对自己,不仅会有害于身心,而且会影响到学习、工作和生活。因此,无论是男汉子、男强人,还是女汉子、女强人,为有益于自己的身心,当哭泣时当哭泣,该流泪时该流泪。

汗水是什么?顾名思义,汗水是人体皮肤汗毛孔排泄出来的、具有某些化学成分的水体,常呈汗丝、汗珠、汗滴等样。古往今来,名人名著中常见有出汗的描写。如钱钟书在《围城》里写道:"曹元朗穿了黑呢礼服,忙得满头是汗。我看他戴的白硬领圈,给汗浸得又黄又软。我只怕他整个胖身体全化在汗里,像洋蜡烛化成一摊油。"又如福楼拜在《萨朗波》中写道:"汗流得像海绵一样,把药膏按在他身上的各处关节上。"汗水第一个象征意义是付出了体力。闲坐在温暖如春的空调房间里,人不大可能有汗水,只有参加了那些较强的劳动和锻炼,尤其是在天热季节和着衣较多的情况下进行,人难免会出汗水,甚至会大汗淋漓。正如古诗中所写的"锄禾日当午,汗滴禾下土"。事实上,人出汗是正常的生理活动,可帮助消耗体内热量,可促进体温平衡,在适度的范围内,对人体健康是有益的。汗水的第二个象征意义是投入了艰辛。前几年,中国有句流行语:"苦不苦,想想红军两万五;累不累,想想革命老前辈。"想当年,中国工农红军为了中国劳动人民翻身得解放,不知洒下了多少汗水,而且是冒着被杀头的危险。历史上的唐僧毅力超凡,在为时十七年的西行取经途中,他遇到了数不清的艰难险阻。然而,他以实际行动践行了"不到印度终不东归一步"的誓言,汗水洒满了一路。牛顿小时候并不聪明,而且身体也不好。由于好学和勤奋,后来他在天文学、光学、数学、力学等方面获取了伟大成就,对人类自然科学作出了卓越的贡献。好学和勤奋,当然须以汗水为代价。世人如此,概莫能外。汗水的第三个象征意义是注入了心血。汗水与心血,心血与汗水,二者形影相随。每个做爸爸、妈妈的人都会有深切的感受,生养和培育一个孩子,多么不容易,那可真的是呕心沥血呀!要不然,人们不会这么说"养儿方知父母恩"。在世界著名的南京地质古生物研究所里,那些搞地质古生物研究的专家,一辈子面对着死寂的地质古生物标本,说有多少枯燥就有多少枯燥,说有多少乏味就有多少乏味。然而,他们乐此不疲,把自己的整个工作生命全部投入其中。功夫不负有心人。在注入了巨大心血之后,一项项石破天惊般的地质古生物研究成果问世。时代已进入了21世纪,如今互联网技术发展迅速,这给人们的学习、工作和生活带来了极大的便利。要知道,在中国古代,那些有志于某项事业的人,如李时珍、徐霞客等,须心力俱殚地、一点一滴地去实践、去研究、去记载,其注入的心血,那是常人无法理解和企及的。汗水的第四个象征意义是显示出紧张。在生活中,汗水也有冷热之分,平时我们出的是热汗,但遇到紧张,就会冒冷汗。在中国当年"一考定终身"的年代,有的考生碰到分值高而自己不会做的题目后,眼睁睁地看着老师收卷在即,难免不急出一身冷汗。汗水的第五个象征意义是促进了代谢。人的生命,始终依靠的是不断地新陈代谢,即不断地从体外获取必需的物质,同时又不断地把体内产生的废物排出体外。人的汗水,在相当大的程度上,也是体内的废物,抑或是废物的载体。如感冒发烧,服用药物后,汗流浃背,体温马上降了下来。而今,城市里的许多人热衷于慢跑、快走。这种锻炼身体的方法之所以行之有效,微微出汗是重要原因。出汗消耗了体内多余的热量,促进了人体生理平衡。由此看来,同样是流淌、抛洒汗水,其出发点和落脚点不尽相同。这或许是事物的多面性在出汗问题上的表现。

总体而言,泪水与汗水,前者主要涉及情感,后者主要涉及劳作。在人类社会,流泪并不是女人的"专利",男人也有;出汗并不是男人的"专利",女人也要。泪水与汗水,对人类来说,其分量千差万别,即有的颇有分量,有的则毫无分量。有道是,一颗沙粒进入了张开壳的贝体内,贝不断地分泌液体来包裹沙粒,以期去除巨大的疼痛。久而久之,一颗珍珠便在贝壳内形成了。以此推论,如果我们注重砥砺,即使是痛苦的泪水也可变成昂贵的珍宝;即使是无谓的汗水,也可变成璀璨的珠玑。人类有别于其它动物,最主要的原因是,会有目的地制造工具并投身劳动,同时,会有意识地表露并施用情感。人生的许多成败得失,即取决于当事人的情感和劳动。

面子与里子

近日,笔者家乡中学一位同窗好友的妈妈去世。闻此噩耗后,笔者偕夫人驱车专程前往吊唁。返回后,这位同窗好友给笔者发来了短信,告知:"感谢兄嫂,给足面子。"

面子是汉语言文学中的一个十分古老的词语,在中国可谓妇孺皆知。查阅文籍,面子有六种解释:一曰脸面。如《游仙窟》中载:"辉辉面子,荏苒畏弹穿;细细腰支,参差疑勒断。"二曰体面。如《旧唐书》中载:"贼平之后,方见面子。"三曰情面。如《官场现形记》中载:"这份贡礼就托王爷替我们带了进去。有了王爷的面子,还怕上头不收?"四曰表面。如《红楼梦》中载:"一时湘云来了,穿着贾母给她的一件貂鼠脑袋面子、大毛黑灰鼠里子、里外发烧大褂子。"五曰外表。如《霜叶红似二月花》中载:"面子上,店是赚钱的。"六曰药面。如《红楼梦》中载:"前日薛大哥亲自和我来寻珍珠,我问他作什么,他说配药……我没法儿,把两枝珠花儿现拆了给他。还要了一块三尺长上用的大红纱,拿乳钵乳了面子呢。"

在中国社会,人们向来重视面子问题。常言道:"树活一张皮,人活一张脸。"这实质上道出了人之面子的极端重要性。现实生活中,面子的象征意义重大。其一,有没有面子,被用来衡量和判断人的权力、地位、声望、成就和财富的大小、多寡、强弱和高低。一言以蔽之,有面子的人,即为能人、强人、贵人。其二,给不给面子,被作为尊重人还是不尊重人的重要标志。似乎是给了大家面子,就是尊重了人家;扫了人家面子,就是伤了人家尊严。其三,讲不讲面子,被视作人之素质和修养如何的试金石。好像是去各种场合,凡不讲面子者,其素质不高、修养不好;反之,亦然。总之,面子已成为社会运行和人生经历的"潜规则"之一。

从深层次上分析,面子的核心是自我价值。而在世俗社会里,确认自我价值的关键是赢得他人和社会的认同。一般来说,位于人际网络内圈的人如家人,对个体自我价值的认同是稳定的,故个体在家人面前不易产生面子问题;位于人际网络外圈的人如陌生人,因陌生人对个体自我价值的认同与否难以影响个体的生存与发展,故个体在陌生人面前必须顾及面子问题;位于人际网络中圈的人如熟人,由于熟人可能影响个体的生存与生活,又可能对个体自我价值的认同具有不确性,故个体在熟人面前较易产生面子问题。基于以上分析,个体在熟人面前,源于认同上的差异性,故日常会有诸如保全面子、赢得面子和不顾面子、撕破面子等不同的行为。

面子问题有着明显的两面性。人既不能不要面子,又不能太要面子,这里面有个度,需要很好把握;人的哪些面子值得维护,哪些面子应该舍弃,这里面有个标准,需要科学设定;什么时候给人留面子,什么情况下给人留多少面子,这里有个方法,需要认真学习。现实生活中不讲、不给面子的人很多。如当着众人的面,有的人无原则、恶狠狠地批评他人;儿媳妇在婆婆面前,没完没了地数落自己的丈夫这也不好那也不行;大庭广众之下,有的人做些与身份不相称的举动。现实生活中,太想、太要面子的人也很多。有的人为了证明自己学识渊博,与人交谈时,胡诌自己通读了多少多少古典名著;有的人"死要面孔活受罪",火车票紧张时,自己深夜去排队买票,还说自己多有路子;有的人家里并不富裕,对外却表现得很有钱。事实上,这种太想、太要面子的人,在世上活得很累,一点儿也不轻松,有时候说的大话被人戳穿了,还会成为人们的笑谈。

里子本义是指某些东西如衣、冠、履的内层,如《子夜》中载:"女的是一身孔雀翠华尔纱面子,白印度绸里子的长旗袍。"里子还有一些喻义,如喻指事物的本质,如《老残游记》中载:"凡道总分二层:一个叫道面子,一个叫道里子。道里子都是同的,道面子就各有别了。"里子与面子相比,它具有明显的私密性,并不是所有的里子都是可以公开的:一如隐私。在许多时候,人的家庭情况、身体情况、财产情况等,除了人际网络内圈的人知晓的,其他的人并不很清楚。这些,除了本人主动报告,其他的人也不便问询。个人隐私是受法律保护的,也是人权的重要组成部分。二如核心。机关需要保密的政务、企业的商业秘密、研发单位的技术机密、军队的军事秘密等,都是里子,从有利于工作开展、有利于参与竞争、有利于斗争胜利,应当也必须保密。三如策略。里子厚薄、真假、虚实,从工作、经营和斗争策略来说,也不能随便和轻易外露示人。《三国演义》中写道:"蜀将马谡失街亭后,魏将司马懿大军进逼西城。诸葛亮无兵迎战,反大开城门,沉着镇定,在大城楼上饮酒弹琴。司马懿恐有伏兵,遂引兵退去。"这是"空城计"的源头出处,指因力量空虚,为迷惑蒙骗对方而设的计谋。四如互补。在人际交往中,有的时候,里子与面子可以互补,如给他人的面子不够,则多给一些"里子"(也就是实惠);如给他人的里子不够,则多给一些"面子"(也就是虚情)。二者互补,皆大欢喜。

面子与里子,前者更多的是外表、形象、形式,而后者更多的是内在、核心、实质。二者相辅相成,那表里如一、外圆内方者,多令人推崇和向往。当然,世间也会有"金玉其外、败絮其中"的不良现象。在人与人的相处中,面子更多的是礼仪。英国著名教育家约翰·洛克有言:"礼仪的目的与作用本在使得本来的顽梗变柔顺,使人们的气质变温和,使他敬重别人,和别人合得来。"如果人人都注重礼节,那么所谓的面子也就不成问题。在人生经历中,里子更多的是实力。宋代杨万里写藕诗曰:"外面看来真璞玉,胸中雕出许玲珑。"其寓意,人不仅要外美,还要内秀。人与人之间的竞争,说到底是实力的竞争。人生在世,机遇要有,但最重要的要靠实力。国际上,弱国无外交。人世间,无能难言强。实力,包括知识、技术、体能等,人的一辈子就是为了发展实力、壮大实力、保存实力和延续实力,因此,应当终生学习、全身练就。

拒绝与接受

人生在世,主观对客观,是拒绝多呢还是接受多呢？这可能莫衷一是。先讲述一个故事:东汉末年有两个人,一个叫华歆,一个叫管宁,两个人是好朋友。然而,二人的性情却很不一样。华歆容易接受富贵功名的诱惑,无论锄地,还是读书,心不在焉,不能专心致志;而管宁坚决拒绝外事外物的干扰,即使面对金银财宝,纵然身处繁华喧闹,仍然坚守淡泊宁静的内心世界。二人惟其处世方面的巨大差异,所以后来"割席绝交"。这个故事,贬责了华歆的三心二意,讴歌了管宁的一心一意;告诫人们,要想事业成功和生活圆满必须全身心地投入。

笔者认为,人在一生中,选择拒绝远比选择接受多得多。这是因为,人的生命只有一次,而且是十分短暂;人的生命是单行线,过去了也就永远过去了,不会重来;人的生命非常单薄,只能"择其一点",不可能"全面出击"。常言道,世上三百六十行。工作上,你如果接受了某一行,那么也就拒绝了其他的三百五十九行。中国实行一夫一妻制。婚姻上,你如果接受了某一男子或某一女子,那么你就拒绝了数以千计、数以万计的男子或女子。百货商场里各种商品琳琅满目,美不胜收。你在选购一台洗衣机时,如果接受了某种品牌的某台洗衣机,那么也就拒绝了其他任何品牌的任何洗衣机。俗话说,一年之计在于春,一日之计在于晨。你如果当年的春天、当天的早晨接受了某种安排,那么也就拒绝了其他任何安排。在学习上也是如此。你如果在这个学期接受了某些专业课的学习,那么也就拒绝了其他专业课的选择。工作出差,你如果接受了去北京办事,那么在这个时间里也就拒绝了去其他任何地方。人的饭量毕竟是有限的。你如果这顿饭的主食只是接受了米饭,那么也就拒绝了包括馒头、饺子、面条等面食的点选。

拒绝与接受均为人之权力,不管你官大官小、钱多钱少,也不管你是男是女、是老是幼,都有这个权力。世人崇尚"有所为、有所不为",实质上就是

"有所拒绝、有所接受"。笔者分析,拒绝与接受,从性能上解剖,一有主动与被动之别。有的是主动的,如商场里的导购小姐推荐你买这买那,你不为所动、不为所惑,自有主张;有的是被动的,如有的女子或男子,对恋爱对象并不很满意,然而因为谈的时间长了、岁数也大了,在双方父母的一再催促下,被动地结了婚。二有良性与恶性之别。有的前景光明,如接受了去国内顶尖学府或国际名望大学的求学之路;有的则后果灰暗,如接受了与不务正业者或低级趣味者为伍。三有重大与细小之别。有的是小是小非,无关紧要,如中午就餐时是吃碗米饭呢还是吃碗面条呢;有的是大是大非,影响深远,如职业上是选择从政呢还是从商呢。四有局部与整体之别。有的只是有所取、有所舍,如找对象,找的只是其本人,而不是其家族;找的只是其素质,而不是其家产。有的却是整体、全体,非此即彼、非彼即此,不当"骑墙草",如共产党人选择了共产主义远大理想。五有从容与急迫之别。常话说得好,不打无准备之仗。然而,人在作出各种各样的选择时,有的先前有预案,从思想上、精神上、物质上都有准备,应对起来比较从容且周全;有的先前少考虑,一旦面临选择,既胆怯,又迟疑,甚至束手无策。六有冷峻与热烈之别。有的人或许对选择的后果心中无数,或许本人的性格脾气就不活泼,则在作出选择时,往往热情不足。如突然有选拔出国深造的机会,有的人热烈处之,有的人冷峻待之;自己即将要成为新娘或新郎时,有的人激动不已,有的人却冷静不已。

人在世上,对待和处理万事万物,是拒绝还是接受,这是一门深邃高深的学问,也是一门玄机无限的学问。就经营人脉来说,并不是所有的人都要去交往。意大利经济学家帕累托认为,在任何特定的群体中,重要的因子通常只占少数,而不重要的因子则常占多数。因此,我们只需控制重要的少数,即能控制全局,反映在数量比例上,大体就是2∶8。根据帕累托的"二八原理",我们在经营人脉时,要区别对待,择善而交。现实生活中,有的人只是萍水相逢的人,有的人本是品行不端的人,有的人原是无益无助的人,我们在拒绝抑或接受这些人时,应当慎重甄别和把握分寸。就发展事业来说,并不是各行各业都要去投身。美国有位博士,曾对1500名男女进行了长达20年的跟踪研究,最终数据显示,其中只有83位成为百万富翁,其他人的成就则或大或小。而那些成为百万富翁者,几乎每个人都很早就下定决心专攻某一件令自己痴迷的事。就男女关系来说,并不是所有的异性都能去来往。为什么当今社会"情人现象"如此易发、多发呢?其中一个重要缘由,一些人滥交异性,且萌生非分之念想。现实生活中,有的人严肃,有的人轻佻;有的人死板,有的人开放;有的人检点,有的人放荡。作为自己,一定要从思想上、言语上和举止上作出鲜明的而不是含糊的选择。

相对来说,接受不易,拒绝更难。许多时候,拒绝是要付出巨大代价的,甚至要付出自己的生命。如:坚定的革命者,如果拒绝了敌人的威逼利诱,就将走向刑场英勇就义;初涉职场的年轻人,如果拒绝了上级领导的提亲做媒,就有可能与灿烂辉煌的前程擦肩而过;有一笔大买卖或一个大项目,如果你拒绝了某些人提出的条件,就有可能泡汤,你甚至将继续守着清贫;在有的学术领域,如果你拒绝了某些"高人"的投机取巧,就可能永远进不了那个看似风光的圈子。然而,世上任何人都是为自己活的。在这个最低的人生境界上,人要活出个性、活出自在、活出滋味,与其摇尾乞怜、苟延残喘地接受,不如坚守名节、自强自立地拒绝。在人生舞台上,我们理应唱对拒绝之歌、唱响拒绝之歌、唱好拒绝之歌。

微学习与宏学习

亲爱的读者,你听说过有一种叫"微学习"的学习方法吗?可能有的人闻所未闻。然而,这种学习方法有些人已经付诸实施了,有些人正在接触并开始熟悉了。说到微学习,自然会想起美国的可汗学院。其创始人为萨尔曼·可汗。2007年,可汗学院以在线微课辅导为主的在线学习网站面世,很快,其每月的平均点击量达到200多万次。可汗学院制作并上传精细的教学视频,讲解不同科目的内容,并解答点击者提出的问题。其视频是运用电子黑板,由授课者把授课的内容用软件录制下来。与常规的课堂实录所不同的是,其视频只是针对某一个细小的点进行讲解,直奔主题,而且只出现授课者的声音,不出现授课者的头像。这种以点为单位的微课,易学易用,深受学习者的欢迎。

笔者姑且把相对于微学习的学习方法,称作为宏学习的学习方法。宏学习大致表现在如下几个方面:其一,课堂学习。说起课堂,中国早就有私塾,即私人设立的教学的地方,一个老师教授若干个学生。课堂学习最大的好处,一是人数多。有集体学习的氛围。二是可互动。授课老师提问,一个学生回答,其他学生听着;一个学生提问,授课老师作答,其他学生听着;由授课老师主持,围绕一个问题,全体学生参与讨论。三是有美感。眼见为实。学生们在课堂上,如果能够听到授课老师那行云流水般的讲解和板书,那也不失为一种艺术享受,可大大提高学习效果。其二,工作学习。在工作中学习是人之谋生必要。在工作中,要学习专业知识和专业技能,要学习自然科学知识和社会科学知识,要学习现行的方针政策和法律法规,要学习公关知识和社交礼仪。在工作中学习,实际上是在上"开放大学"、上"社会大学",也实际上是在上"专业大学"、上"技能大学"。其三,生活学习。在生活中学习,是人之生存本能。生活无止境,学习也无止境。人从学习吃饭、学习走路、学习穿衣开始,一直到离开人间,无时无刻不在学习生活的本领,真可谓"活到老、学到老"。

古往今来,许多名人特别注重宏学习。鲁班是我国古代一位优秀的手工业发明家。有一次,他和徒弟上山砍木料,一连砍了几天,累得精疲力尽,木料还是供应不上,心里非常着急,一不小心,手被野草划破了。他摘下一片叶子轻轻一摸,原来叶子两边都长着很锋利的锯齿。这时,他又看到一棵野草上有条大蝗虫,正在快速地吃着草叶,于是捉来一看,原来蝗虫的大板牙上也排列着很多小锯齿。他从以上得到启发,便用竹子做成了一条带齿的竹片,在树上一试,几下就把树皮划破了,再用力拉几下,就现出了一道深沟。但竹片上的这些齿经不起拉试,不是断了,就是钝了。于是,他就下山请铁匠打了一条带齿的铁片,再去试验,效果很好。他据此发明了锯子,接着又发明了钻、铲、墨斗、曲尺和刨子。出生于德国一个贫苦农民家庭的高斯是世界杰出的数学家。他在读小学的时候,有一天,算术老师在黑板上了个算式:"$1+2+3……+100=?$"他写完后还严厉地对同学们说:"谁算不出来就别想回去吃饭!""老师,我算出来了!"老师刚一坐下,高斯就把写在小石板上的"5050"的得数递了上去。老师看了后大吃一惊,说:"这是你算出来的吗?你是怎么算的?怎么算得这么快?"高斯便一五一十地说了。原来,高斯发现其一头一尾二个数挨次相加的和都是一样的,即101,一共有50个,50乘以101,得数就是"5050"了。高斯用的这个方法就是"求等差级数的和"的方法。

与古人宏学习相比,如今微学习正以不可阻挡之势向我们疾步走来。尤其是微课,已经被越来越多的老师和学生所熟悉和接受。它可以让人快捷而又轻松地选学优秀的课程,可以让原本抽象的枯燥课本内容变得生动,可以让一些在课堂学习上存在短板的人有的放矢地补习功课。而今,不仅各地学校正以前所未有的热情研究和制作各种微课,而且各地影视机构也正积极、主动地推介微学习学习方法,如江苏电视台江苏教育频道有一个《微讲堂》节目,其推介词即为:"一个看得见的个人专栏,一档闻得到的专题频道。"据悉,我国教育部已开展电子书的试点,不断研发学习终点;英国独立学校考试院计划在未来十年内,中学升学考试将全部改为电子试卷。这些,都在为微学习大行其道而蓄势。当今世界,一些政要也开始借助于微学习的学习方式来宣传自己,如英国首相卡梅伦在访华前夕,于2013年11月29日注册了新浪微博账号,第一条微博发出十几分钟后,就收到了超过一万条评论。以上这些,应当感谢网络传播的便捷,它为微学习的学习方法提供了技术上的支撑。

当今社会,知识爆炸、信息爆炸、技术爆炸,在学习方法上,笔者认为,把微学习与宏学习有机地、互补地结合起来,无疑是最佳的选择。就目前而言,微学习还只能用来补充宏学习。尽管比尔·盖茨说过,"教科书的概念将慢慢消失,它将被网上可以轻松找到的最好的讲座和课程材料所取代",然而,包括课堂学习、工作学习、生活学习在内的宏学习,因为其有不可替代的作用,而将长期存在,甚至永远不会消失。这就如同电子媒体与纸质媒体的关系一样。更何况,在作用上,宏学习比纸质媒体还更具不可替代性。不过,微学习作为一种新兴事物,我仍必须顺势而为,好好加以掌握和运用。

借钱与还钱

人与人之间,借钱与还钱是常有的事,因为一般人的手头总有一时紧缺或不便的时候。然而,笔者是在少年时,时而听到父辈这样的告诫:亲友来往,"要得断,弄几个钞票在中间缠"。其意是,钱在相互的借与还中,容易产生不愉快,甚至出现矛盾和纠纷。更有甚者,还会导致法庭上相见。而更多的不愉快,则会从此疏远对方,甚至一刀两断。在旧社会,春节前的日子叫"年关"。凡借钱者,不管是新账(当年)、老账(往年),都要有个说法,即要么马上还钱,要么继续欠账(当然必须征得对方同意)。借钱如不按期还钱,往轻里说,是礼节问题;往重里说,是品质问题。因此,一到"年关",借钱的人愁着如何还上钱,被借钱的人愁着能否要回钱,真可谓"一个'钱'字,愁煞众人"。时至今日,元旦、春节前,单位与单位之间、人与人之间,结清经济上的往来,还是常规、常理。应当说,随着经济活动的不断活跃,也随着打工队伍的不断壮大,借钱与还钱的规模正在不断扩大,借钱与还钱的难度也在不断增加。正因为此,一些地方的政府和法院,从保护公民合法权利和促进社会和谐稳定出发,设法要求"老赖"们抓紧按时还钱,并帮助打工者催讨工钱。

由古及今,借钱与还钱原本是件凡人凡事,却在不知不觉间变得敏感、为难、微妙起来。笔者粗略分析,其有如下八种形态:一是亲戚之间的借钱与还钱。谁家要砌房造屋了,谁家要婚丧嫁娶了,根据亲疏远近向一些亲戚开口借些钱。其实为支持。其中有的亲戚把钱借出去了并不要求还,或无期限地借给。二是朋友之间的借钱与还钱。常言说得好,我们每个人,"在家靠父母,出门靠朋友"。朋友相处相交,谁缺钱急用,只要手头方便,数额又还大,一般都会襄助。其实为帮助。三是儿女与父母之间的借钱与还钱。有些父母对儿女要求严格,俟儿女立业成家后,不再无偿给钱,而是采取借钱的办法,有的还要儿女打上借条。然而,有的儿女即使这般借钱,从心底里压根儿就不想还钱。其实为讨钱。这与亲戚之间、朋友之间的借钱完全不一样。四是男女情人之间的借钱与还钱。有的男女情人之间,开口也是说借钱,其实为要钱,甚或是要挟。2014年1月24日《现代快报》报道,南京市水利局某副局长到某夜总会唱歌,认识了一个小姐。二人认识月余后,便成了秘密情人。后来,这个小姐想开个服装店向叶松要10万元。再后来,这个小姐想与人合伙经营酒店,又向叶松要30万元。无奈之中,叶松只得找一些老板帮助"买单",由此犯了受贿罪,受到了法律制裁。五是行贿者与受贿者之间的借钱与还钱。近几年来,这类案例多有耳闻。二者之间,有的还真的有借条,但实际上根本就不会还钱,纯属遮他人耳目,意欲钻法律的空子。六是恶人与善人之间的借钱与还钱。在社会治安状况不好的地方,有的恶人向善人口头上也是说借钱,其实为敲诈,"肉包子打狗,有去无回"。七是夫妻之间的借钱与还钱。在封建社会,大户人家几房儿媳在一起生活,儿媳们往往会藏起"私房钱"。家里一旦有大事、要事、急事,老爷子也会动员儿媳们把"私房钱"先拿出来,说是借钱,到时候再还钱。如今新社会,经济上AA制的家庭越来越多,夫妻之间常常会有借钱与还钱的情况发生。八是赌徒之间的借钱与还钱。在赌场,要么有人故意设了鬼局,要么有人特别晦气,时常出现一人输得很惨的情况。为了赌局继续进行,也为了有人好翻本,就会有人借钱给另外的人。赌场上的借钱到后来有时会演变成悲剧。以上八种形态,都直奔一个主题:钱。然而,却有各种不同的理由。世上,钱不是万能的,但不能没有。从一定意义上说,钱是胆量,钱是能量。就人与人之间的关系而言,钱与性一样,具有实质性和根本性,如结婚前男方要给女方彩礼、出席婚宴时要送上贺礼。因而,人与人之间一说到要借钱,便容易变得微妙起来:给也不是,不给也不是。就是亲戚之间、朋友之间的正常借钱,事后相处相交也难如以往那样自然,尤其是到了临近还钱的时候,即使自己家里急需这笔钱,也不敢约对方吃饭,也不敢打电话给对方,更不敢去登门拜访对方,生怕对方误解,以为在暗示、提醒还钱。如果稍有催促,弄得不好,便会变成陌人甚至恶人。

  人生几十年,一般来说,总会遭遇借钱与还钱的境况。笔者认为,此须把握三点:其一,最好不借。车到山前必有路,船到桥头自然直。有的时候,只要坚持、忍耐一下,或降低要求一点,暂时的困难也就可以过去了。借钱总是求人的事,说不定人家也有难处。借钱以后,无形之中欠下了人情。其二,及时还钱。人无论干什么,都要守信用,借钱也是,说好何时还钱就是何时还钱,即使手头仍拿不出来,最好是设法周转一下,先把钱还上。应当明白这个道理,纵然人家让你宽限时间还钱,有的心里还会不悦,尽管嘴上并不言说。再说,"有借有还,再借不难。"其三,换位思考。钱这个东西,在市场经济条件下,是可再生钱的,也就是说,具备投资功能。因此,在正常情况下,借钱者必须考虑被借钱者的利益。毋庸讳言,有的人在这方面考虑欠缺,并由此使对方产生了怨意。

从宏观一些思忖,笔者认为,借钱与还钱须牢记三点:其一,救急不救穷。借钱主要是救急,你有急事开口,又有偿还能力,人家容易答应。如果你贫穷而借钱,借一次、二次,可能还行,再去借,人家往往会回绝你,如果给你一点面子,顶多藉以一些貌似正当的理由。再说,拯救贫穷的立足点不能放在借钱上,而应立足于自力更生。借钱的前提是能还钱,而且是能信守诺言,而绝不是那种"千年不赖,万年不还"的借钱。在此,讲个名人趣闻:苏格兰诗人罗伯特·彭斯曾给英国诗人詹姆士·汤姆生写了如下一封借债信:"尽管我屡次夸耀自己的经济独立,可是,可诅咒的贫困,却迫使我来向你借五镑钱。我欠一个杂货铺老板的一笔钱,这个狠心的坏蛋,不知怎么以为我要死了,竟告了我一状。这势必要将我关进牢狱。看在上帝的份上,千万借给我这笔钱,并请交下一班邮差带来。原谅我的情急,可是对于铁窗生活的恐惧,快要使我发疯了!我并不是白向你借的,因为,一等身体复原,我一定设法,还给你相当于五镑钱的、你从未见过的璀璨的诗才。"不难理解,这种救急的事可以并应该做。其二,借好不借坏。借钱给人去贩毒、去嫖娼、去赌博,虽然有偿还能力,有的还会有高额回报,但这万万使不得。从一定意义上说,这种借钱便是纵容。倘若人家要办好事而缺钱,借钱即是积德。在此不妨举个借好不借坏的例子:艾柯卡大学毕业后进入福特汽车公司实习,从一个小小的推销员干起,在36岁就当上了本公司的副总裁。他在做推销员时,为了扩大本公司最新款的56型车的销量,推出了"56元换56型"的销售计划。顾客买一辆1956年的福特新车,先付20%的钱款,以后每月付56美元,三年付清。这种最新的销售方式,实际上是一种创新了的借钱与还钱方式,一经推出,大受当地居民的欢迎,仅仅三个月不到,福特汽车在费城地区的销售量竟然奇迹般地从原来的最末一名一跃成为第一名。其三,借优不借劣。在相当大的程度上,借钱也是一种经营策略。与人活同理,钱也要活。当然,活有优劣。有个长期投资的范例:道·琼斯工业指数从1899年12月31日的六十六点上涨到1999年12月31日的一万一千四百九十七点,一百年间上涨了一百七十三倍,涨幅非常大。投资者只要凭借企业的繁荣持股,就可以稳定大赚。现实生活中,有些人正是借钱做了启动金,从而成为千万元富翁甚至几十亿元富翁。

小小借钱还钱事,大大人间世态情。

甩与被甩

甩者,扔掉、抛弃也。人发脾气时,有时会甩东西。城里的出租车司机,有时会甩乘客。幼儿园里的阿姨,有时会甩打幼儿。坐在公共汽车里,有的人会往窗外甩瓜皮果壳。这些甩都不是好事,有的还涉嫌违法。笔者在此论述的是夫妻婚姻关系和男女朋友关系中的甩与被甩。

客观地说,谁遇上甩与被甩的事,心里总不是滋味。笔者分析,甩与被甩有如下特性:第一,主动与被动。一般来说,甩是主动的选择。主动甩的人,常常是不真诚的。这种人有的从一开始就搞欺骗,有的则是向来不愿承担责任。如有个男的找了个女的交朋友,没过几天就"生米煮成了熟饭",二人不清不白地同居了三年,男的一句"性格不合"的话,就想轻飘飘地甩掉女的。又如有个男的找了个女的处对象,一开始女方父母就坚决反对,但男的仍一个劲地去追求,私下里二人有性生活一年多。后来,男的却以自己的父母要"棒打鸳鸯"而想甩掉女的。在许多情况下,被甩是被动的,且相对来说,男的被甩有时要多于女的被甩。这是因为,在谈情说爱中,男的多为主动,男的追求女的,如果女的起始就不同意处对象,则二人本不存在甩的问题,只有在同意处对象的存续期内,有一方提出中止关系,那才出现甩的问题,而其作用方,有时多为女的。人在一厢情愿的景况下,被甩是十分痛苦的,倘若处理不好,就容易走向极端。第二,和平与暴力。甩与被甩,通常是男女二人之间的事,在私下里就可以和平方式了断,无须大惊小怪,因为其中有一个重要原因,二人后面还要各自寻找新的归宿。但是,在有的时候,如一方欺人太甚,或主要是一方过错,或一方性格偏执等,在甩与被甩时,也会出现暴力行为,严重的还会生出人命案件。"温故而知新。"在处对象、谈恋爱中,如果掺入了一些政治成分,那么在甩与被甩时,更易导致包括动武等方面的纷争。古今中外,这类例子并不鲜见。第三,无奈与故意。人不是神仙,谁也有糊涂的时候,谁也有犯错的时候。人不是生活在真空中,思想上、精神上可以展翅自由翱翔,而客观上、物质上会受到这样或那样的制约和限制。处对象、谈恋爱也是。有的时候,确实无奈,如一方父母很不明智,执意想要按图索骥地物色儿女的对象,或因为对儿女对象起初的一点不满意而放大了不好的印象,把"是要父母、还是要对象"这种不二选择摆在了儿女的面前。作为儿女,有的无奈地选择了甩。也有的时候,确实故意,如在业已预见到前景不妙、结果不佳的情况下,尽早选择了甩。实事求是地说,这种甩是明智的。在这方面,可不能"明知山有虎,偏向虎山行"。如果勉为其难,如果曲意而为,结婚了再离婚,这不仅对自己不负责任,对对方也不负责任。"白头偕老"是人们的美好心愿和衷心祝福,正常的人,不会结婚时就想着要离婚。从一定程度上说,离婚对女人来说,影响和危害更大。从这个意义上说,故意甩,尽管是迫不得已,但也是一种不坏的选择。

笔者认为,就总体而言,甩与被甩务必拿捏时机、方法和分寸。其一,要有风度。既然相好或相处过一段时日,只缺"从一而终"的缘分,那也要好聚好散,切不可做不成亲人便是仇人。再说,毕竟相爱或相恋过一段时光,姻缘不在情意在,做不成夫妻也可做成朋友。以史为鉴:唐太宗李世民的一生可以说是风度翩翩、魅力四射。别说朝野上下,诸国藩王,就连亚洲、欧洲及拉美等地的国民,也对他言听计从。他之所以有翩翩风度,就因为他具有非凡的气度,包括他重用对手、厚待功臣、善待生命和"海纳百川"。触类旁通:人无论在甩与被甩时,也无论在甩与被甩后,都要有风度,真正做到宽大为怀。如不要对外诉说对方的不是和不足,更不要挖苦或诽谤对方,也不要对对方有幸灾乐祸之心态;若对方遇有困难和危难,只要需要,尽可能伸出援手,并表现得慷慨大方一些;二人相见时,坦然以待,尽可能给予笑脸,切不可像仇人一般。其二,讲究方法。毛泽东说过,我们不但要提出任务,而且要解决完成任务的方法问题。我们的任务是过河,但是没有桥或船就不能过。不解决桥或船的问题,过河就是一句空话。不解决方法问题,任务也只是瞎说一顿。甩与被甩也同理。甩与被甩是目的,而如何甩与被甩则是方法问题。以史为鉴:金末元初的著名诗人元好问有个妹妹,不但美貌多才,而且品德高尚。有一次,有个姓张的大官想娶她,便先托人去探听元好问的口气。元好问回答说:"这件事要由阿妹自己作主。只要她同意了,我们还有什么话说呢?"姓张的大官一听大喜,连忙亲自登门拜访她。这时,她正自补天花板,姓张的大官便问她近来有何新作?她立即赋诗一首,说:"补天手段暂弛张,不许纤尘落画堂。寄语新来双燕子,移巢别处觅雕梁。"那姓张的大官一听,自讨没趣,只好告退了。他山之石:在甩与被甩时讲究方法,重要目的之一是要给对方以面子,不至于因此而翻脸,把矛盾激化,把问题闹大,弄得双方不好收场。当然,方法有多种多样,如情欠了,物来补;不可说要断就要断,允许有个过程,慢慢来,并假以些时日;请出第三方从中做些劝说和解释工作,使之心平气和一些。

作为被甩者,也应该想通。或许你付出了真情而没有得到应有的回报,或许你延误了时间而浪费了青春,或许你不识时世而受到了蒙骗,但理应明了:一是被甩也是一种解脱,与其让对方不死不活地拖着,与其对方不能给你美好的未来,不如早作了结,使无谓的牺牲少些、少些、再少些。二是"天涯无处不芳草"。人,向前是一种进步;有的时候,向后也是一种进步,而且是为了更好更快地进步。现实生活中,恋爱、婚姻重新作了选择,终于找到了能够托付终身的真爱。这类例子,俯拾皆是。三是坚定不移地走自己的路。俗话说,强扭的瓜不甜。在恋爱、婚姻里,强求的情,也不可能持久。人必须有这种胸怀;逝去的,就让它永远逝去吧;昂起头来、挺起胸来,迈向美好的未来。说不定,人被甩后,因为有教训在先,有可能更想逞强,在往后的日子里,兴许会更有活力、更加幸福。

概率与反概率

说起"概率",众人并不陌生。随着统计等学科的迅速发展,各种概率都能以数字化的形式表达出来。如人体肾脏肿瘤的恶性检出率有多少,百万吨产煤的人员死亡率有多少,某型号飞机的飞行事故发生率有多少,某重点中学的高考升学率有多少,某省一个时段内的县委书记平均在位多少年即可升任,某新闻媒体的自由来稿采用率有多少。应当说,概率具有科学性,反映了某种事物发展的一般规律。当然,具体到个人,落到了自己头上,其概率是百分之百;没有落到自己头上,其概率便是百分之零。从另一个角度来说,这就是运气。

与概率理论相左的是反概率理论。早在第二次世界大战期间,英国科学家甘珀森在《变革的时代》杂志上发表了一篇文章,提出了自己经过多年研究而总结出来的反概率理论。其核心内容是:概率具有矛盾的一面,即越有可能发生的事情并不一定能够发生,越不可能发生的事情却有可能发生。甘珀森列举了大量的事例来证明自己的这一理论。如你从轿车里随手扔出一根刚刚燃烧过的火柴,竟引发了一场森林大火,而你在家中,用了几盆火柴和几乎所有的报纸,居然没能点着堆满干柴的火炉;买了最多彩票的那个人,中奖的概率居然低于很多远没有他买得多的人;一个男孩整天与一群孩子在外面追逐嬉戏,被其父母勒令老老实实待在家里,却把自己的脚崴伤了。更有说服意义的是,甘珀森还以自己的亲身经历验证了这一理论。在伦敦日夜遭受纳粹德国轰炸的日子里,他曾四次与死神擦肩而过。在战后的伦敦,人们一方面全力重建自己的家园,另一方面尽情享受着难得的和平。每天傍晚在家门前那条公路上散步一个小时,成为他日常生活的一部分。然而,有一天傍晚,在他身后的一辆轿车竟然驶入了人行道,重重地撞向他,结果他不治身亡。反概率理论告诉人们:在这个世界上,什么事情都可能发生,什么事情也都可能不会发生。因此,没有什么事情是绝对的、必然的或应该的。

纵观横瞻概率与反概率,笔者认为,对常人的生活有如下三点启迪:第一,尊重科学,减少风险。人世间的万事万物,均有其萌发、生存、发展、衰减乃至消亡的过程及其演化规律。如今,科学技术的不断进步,这些规律越来越多地被人们所认识和掌握。经过长期深入研究而得出的概率,无疑也是一种不以人的意志为转移的客观规律。作为常人,应该尽最大可能去回避概率中的不利。要知道,老天爷不会独独钟情于你,你切不可心存侥幸。又如社会上不乏始乱终弃的男女关系之悲剧。一般来说,未婚男子找离婚女子,婚姻的稳定性要比未婚男子找未婚女子差;相对而言,离婚女子面临的风险要比未婚男子大得多。因此,离婚女子在再婚时,最好多考虑些门当户对,使日后的家庭更实在、更稳定些。还有一些男子或女子,在情场上从不专一,看到另一方后,便花言巧语,百般追求,另一方还信以为真,结果全身心地投入后,最终还是遭受抛弃。如果这些男子或女子注意了这些概率中的不利,把如何规避不利尽早考量得更周全一些,或许可以大大减少婚姻失败的风险。第二,面对现实,坦然处置。笔者对反概率理论的合理性也有些许体验。有的时候,在骑自行车时,明明看到前面有条小沟或有块石头,主观意识是想绕过去,然而,越注意了越避不开。人生不如意事十之八九。在处理任何事时,应当有最坏的打算,要作出最好的努力。只要未雨绸缪了,只要尽到努力了,不管结果如何,都要勇敢而积极地面对。反概率理论告诉人们,并不是所有的付出都会有好的回报,并不是所有的辛劳都会有好的收获,总会有概率之外的情况发生,这毫不奇怪。每个人必须接受和适应那些不可避免的事,坦然地处置人生旅途中所遇到的一切。有这么一个故事,英国首相乔治有一天与朋友一起散步,每经过一扇门,他便把门关上。"你没必要把这些门关上。"这位朋友说。"哦,当然有必要。"乔治说:"我这一生都在关我身后的门。你知道,这是必须做的事。当你关门时,也将过去的一切留在后面。然后,你又可以重新开始。"这个故事启示我们,不管在概率之内还是在概率之外,你都必须学会忘却过去的不如意,振作精神,坚强起来,去努力争取美好的未来。第三,机智灵活,避免死板。人须防止两种倾向,一种是"一日被蛇咬,十年怕井绳"。不正确地吸取受挫折的教训,致使该作为时不作为,时时处处畏首畏尾、惧这怕那,这就难有大的长进和获得。另一种是"守株待兔"。不正确地运用以往经验,脱离实际,脱离形势,照搬照抄,其结果是事与愿违,有的甚至还会南辕北辙。凡明智之人,不管对概率内的情形,还是对概率外的情形,都会作实事求是的分析,既看到其必然性,也看到其偶然性,绝不把必然当偶然,也绝不把偶然当必然。试想,倘若按照把必然当偶然或把偶然当必然的思维方式去待人处事,那么,有关人士要么是过分乐观,要么是过分悲观。因时因地、因人因事地去观察分析和对待处理,兴许在人生路上的跋涉会更顺畅一些,所获取的幸福和快乐会更多一些。

人没有理由不相信概率与反概率,但不能惟概率与反概率。毕竟,理论是抽象的、苍白的,而实践之树常青。无论如何,我们在待人处事时,一定要注意扬长避短、化险为夷,在平平安安中收获自己可要、该要、能要的东西。

差异与共同

名人有言,世界上没有两张相同的树叶。这就是说,世上万事万物,都是有差异的。而共同,也只是相对的,不是绝对的,即使最精密的仪表和器件,用数量来衡量,也是有极细微的差异。

笔者分析,差异大抵有如下几种区别:其一,巨大与细小。如不是同一物种的差异是巨大的,同一物种的差异是细小的。涉及生死后果的差异是巨大的,不涉及生死后果的差异是细小的。体制性障碍的差异是巨大的,机制性障碍的差异是细小的。不同型号商品的差异是巨大的,同一型号商品的差异是细小的。不同集团的差异是巨大的,同一集团的差异是细小的。其二,显性与隐性。如青蛙与熊猫之间的差异是显性的,青蛙与青蛙之间的差异是隐性的。男人与女人之间的差异是显性的,女人与女人之间的差异是隐性的。电视机与洗衣机之间的差异是显性的,洗衣机与洗衣机之间的差异是隐性的。其三,虚拟与实在。如精神上的差异是虚拟的,物质上的差异是实在的。文化上的差异是虚拟的,武器上的差异是实在的。政治上的差异是虚拟的,经济上的差异是实在的。其四,活化与固化。如思想上的差异是活化的,物体上的差异是固化的。收获上的差异是活化的,失去上的差异是固化的。观念上的差异是活化的,法律上的差异是固化的。其五,可逆与不可逆。如有些病情差异是可逆的,有些病情差异是不可逆的。有些夫妻之间某些方面的差异是可逆的,有些夫妻某些方面的差异是不可逆的。有些地区之间的差异是可逆的,有些地区之间的差异是不可逆的。以上五种区别,也都是此与彼的相对而言。自然领域的一切和人类社会的全部,差异本身实实在在地存在着,所不同的只是性质、程度、规模、形态等有些出入而已。故而,早在《楚辞》中即曰:"尺有所短,寸有所长;物有所不足,智有所不明。"喻意是,作为万事万物,各有各的特点。特点便是差异。

现实生活中,差异无处不在、无时不有。据说,在美国做人体模特,不着装模特要比着装模特的收费低一些,因为他们认为,那些着装模特要根据学生们的要求,不时地更换服装,当然要多收"劳务费"。而我国恰恰相反,不着装模特要比着装模特收费高一些,因为模特脱下衣服就意味着面子受到了损害,所以要收"精神补偿费"。摄影师罗斯·费舍尔研究认为,人们因为不同原因流出的眼泪,其成分与形态有天壤之别。就名人读书的习惯也有差异,如鲁迅读书时喜欢嚼一嚼辣椒,钱钟书读书时喜欢泡泡脚,华罗庚读书时先要苦思冥想一番。李银桥撰文指出,人做事的动机也有差异:第一类是想使自己的生命伟大一些,第二类是出于对他人的同情和怜悯而帮助人,第三类是所做之事能给自己带来巨大的欢乐。动物的睡姿也是百态:马一直站着睡觉,不像人瞌睡时没个依靠定会摔倒;河马经常抱团睡觉,一组成员最多时能有30头;刺猬睡觉时,嘴和鼻露在外面,身体蜷成球形,棘刺直立,全副武装。飞机飞行时突然遭遇强劲气流,颠簸十分厉害,随时都有机毁人亡的危险。这时,有的乘客会尖叫嘶嚷,有的乘客则会沉默无言。寿星的长寿之道也有差异,如启功从不温习烦恼,杨绛不争、低调和简朴,郑逸梅不与富交、不与贵交。人的思维方法也大有差异,如爱迪生在寻找电灯丝材料时,曾试验了几千种看来不可能的物质,包括软木塞、钓鱼丝、沥青等,最后使他成功的是一块碳化了的厚纸板。这实际上是胡思乱想,想象各种各样的可能性。

　　虽然万事万物都有差异,不等于说就没有共同。差异之中有共同,共同之中有差异,这应是唯物主义的基本观点。世界上自然科学、社会科学研究人员所从事的研究,不外乎从差异中寻找共同、从共同中寻找差异。也就是说,既要发现偶然性的东西,又要发现必然性的东西,其中包括规律性的东西。我国各级政权机关所从事的工作,不外乎为了最广大人民的利益,其所出台的法律、规定的纪律、制订的政策,都是要求人们共同遵守和执行的(除特殊情况外)。这些用来规范人民行动和指导工作开展的法律、纪律和政策,可以这么说,它们是各种个体差异中的最大公约数。这些最大公约数,绝大多数人民应该也能够接受。笔者近见媒体上刊出了《中华礼仪用语》:"头次见面用久仰,很久不见说久违。认人不清用眼拙,向人表歉用失敬。请人批评说指教,求人原谅用包涵。请人帮忙说劳驾,请给方便说借光。麻烦别人说打扰,不知适宜用冒昧。求人解答用请问,请人指点用赐教。赞人见解用高见,自身意见用拙见。看望别人用拜访,宾客来到用光临。陪伴朋友用奉陪,中途先走用失陪。等待客人用恭候,迎接表歉用失迎。别人离开用再见,请人不送用留步。欢迎顾客称光顾,答人问候用托福。问人年龄用贵庚,老人年龄用高寿。读人文章用拜读,请人改文用斧正。对方字画用墨宝,招待不周说怠慢。"这些礼仪用语,对绝大多数人来说,听起来耳顺、亲切,会觉得使用者有教养、懂礼数。这无疑是大家的共同感受。由此看来,万事万物尽管有差异,甚至有特大的差异,但毕竟有许多的共同,否则,就难以同一个地球、共一片蓝天,无论从自我生存,还是从社会管理,都须臾离不开共同。

对差异,我们既要承认,又要善待。就拿夫妻相处来说,贪吃懒做的老婆造就了厨艺高超的老公,优柔寡断的老公造就了敢作敢为的老婆;会打扮的老婆造就了会审美的老公,精明能干的老公造就了难得糊涂的老婆;干事业的老婆造就了贤内助的老公,心细如发的老公造就了大大咧咧的老婆。从一定意义上说,那些"模范夫妻"是在差异中相互影响、相互促进的,同在一个共同的屋檐下,为了更幸福、更快乐地生活,当然也必须如此。事实上,我们对万事万物的差异,不必也不能太过认真。每事每物在世上存在,都有其充分的理由。对这一点,明智人无师自通。人应该想得开,动物们也包括所有的人,都是自己活自己的寿命(除非其他力量加以剥夺)。笔者经常耳闻,有些人在对待工作上过于强调所学所干的专业性。诚然,专业分工是人类社会化大生产的产物,"隔行如隔山",专业分工是必不可少的。但是,理当看到,除了专业技能之外,还需要很多东西,包括有什么样的思想、品德、精神、毅力,还包括有没有创造和享受快乐、幸福的能力。而这些,又往往比专业技能上的差异更大。为什么有些人没有学过所学专业,或刚刚转行从事新的专业,由于在这些方面优异,很快在工作上赶上了甚至超过了那些所学所干专业的人。更何况,精神、毅力和快乐、幸福是不分专业的,也不隔行业的。显而易见,对差异必须重视,但不用害怕,重要的是如何利用差异、解决差异。

喜爱权与讨厌权

英国有一个拓展训练游戏,名称叫"组合彩虹"。游戏是这样玩的:将16个人分成2组,每组8个人,每组推选出一个组长,组长给每个人发一张纸,大家分别写出在"赤橙黄绿青蓝紫"七种颜色中自己最喜欢的一种,然后每人手持一张写好的纸,按照七种颜色的以上顺序站成一排,哪组先组合成功哪组便获胜。在这种游戏中,常常会出现两个及以上的人在同一组内同时喜欢一种颜色的情况。此时,组长则会试图说服其中一个及以上的人重新选择。在说服中,有时会遇到有的人对自己的喜爱太过执著,不愿为了集体的利益而作出让步,好像是捍卫了自己的喜爱,也就捍卫了自己的尊严。这涉及喜爱权的问题。

有资料显示,世界上有7000多种职业,其中18个职业会是10岁以前小孩们的理想,另外7000多个职业都是成年人所选择和从事的。中国每年有700多万名大学毕业生要找工作,而且还有2600多万名农民工要不断地再找工作。他们之中,有的会讨厌这些职业,有些会讨厌那些职业,这无可厚非。他们都是从适合与否、薪水高低、有否发展、尊严如何、轻松怎样和路途远近等诸多因素,来作综合考量的。这涉及讨厌权的问题。

喜爱权与讨厌权都是人的基本权利。对这种基本权利深入观察思考一下,不难发现,其源于人之世界观、人生观、价值观。在许多时候,这不存在正确与错误的问题,如你在家里饲养的宠物是狗还是猫,你到商店购物时习惯于用现金支付还是用手机支付,你是某球星的"粉丝"还是某影星的"粉丝",你吃面包时是先吃上面的配料还是先吃边上的面皮,你买电器产品后是先看说明还是先自己试用,你是喜欢基督教还是天主教,你睡觉是喜欢用软床还是硬床等。从一定意义上说,人之所以有了喜爱权与讨厌权,世界才变得如此丰富多彩。

先说喜爱权。虽说喜爱与否是人的基本权利,但在人类社会和在自己家里，必须受制于法律、法规、纪律和道德，并不是你想喜欢什么就可以喜欢什么。再说，有的喜欢与否还要考虑社会影响和自己身体的承受能力。喜欢有多种：一是一见钟情的喜欢，二是无可奈何的喜欢，三是渐变性的喜欢，四是突变性的喜欢，五是浅表性的喜欢，六是深层次的喜欢，七是阳光性的喜欢，八是阴暗性的喜欢，九是局部性的喜欢，十是全体性的喜欢，十一是短暂性的喜欢，十二是永久性的喜欢。举个所谓喜欢的例子：报载，山东省某县税务局原副局长在《忏悔录》中说："刚开始的时候，对这些朋友送来的东西我感到不踏实，担心被人知道后会落个腐败分子的坏名声，于是我推却拒收。但是，老板们有的是计谋，他们变着法子把钱物留下来。后来，我对他们送钱送物慢慢习惯了，都欣然接受。再后来，我对给我送东西的人记不准了，对不送东西的人却记得很牢。"这是一种渐变性的喜欢，其根子是没有把好能不能喜欢、该不该喜欢的红线和底线。《爱在午夜降临前》是一部讲述夫妻怎么吵架的电影，其中有一段吵架的内容：男人说，你为什么就不能把八分之一的抱怨时间用来干点别的，像以前那样弹弹吉他唱唱歌，我喜欢那样的你。女人勃然大怒，你以为我不想那样，我要照顾孩子，永远有一堆家务要做，我根本没有空也没那个兴致来弹琴唱歌。这段吵架的对话，一方面说明了相互理解和体谅不够，如果换位想一想，那就好了；另一方面体现了把自己的喜欢建立在对方的不喜欢上，如果能找到共同点，那就好了。

再说讨厌权。讨厌这个词曾经风靡一时，用于女人对男人的撒娇和娇嗔。虽说讨厌与否也是人的基本权利，但在待人处事时，还是要尽可能更多地考虑建立在法理、人性之上的对错和是非，千万不可只凭意气、仅靠感觉来言与行。否则，后患无穷。早在先秦时代，有一次，鲁哀公问孔子："怎样做才能使百姓顺从？"孔子答曰："举用正直的人，置于邪曲的人之上，百姓就服从；如果把邪曲之人置于正直之人之上，百姓就不服从。"为什么这样？因为正直的人在上，合乎公平、正义；邪曲的人在上，违背公平、正义。孔子的这一观点历经两千多年，至今仍有积极意义。倘若当官的不勤政、不廉洁，百姓就会讨厌，严重的，则会群起而攻之，甚至推翻之。当然，讨厌权也切不可滥用。滥用了，容易影响党内民主集中制的实行，容易影响社会民主化进程；对个人来说，也会影响自己的正面形象。从人的心理学上分析，滥用讨厌权，也是一种疑病症的症状。这也讨厌、那也讨厌，一切讨厌、讨厌一切，那么，人在世上就不能正常地待人处事，也就不会阳光、不会快乐。讨厌至极，就是厌世，厌世者的后果很可怕。不过，作为旁观者，对他人行使的讨厌权，只要法律、纪律、道德和政策允许，应当给予理解和尊重。正如法国伏尔泰所说的："我不同意你的观点,但我誓死捍卫你说话的权利。"

　　喜爱权与讨厌权,我们每时每刻都在行使,然而,无形无影之中,其行使的后果在一定程度上决定了人生的走向和成败。让我们好好行使这两项与生俱来的权利吧!

瘾头与兴趣

一些婴幼儿喜欢时不时地把小手放入嘴里吮吸。大人见之,轻则言语提醒,重则拍打训斥。在一些影视节目里,有的男人,还有女人,或嘴里叼着一支香烟,或手头夹着一支香烟,一副悠然或沉思的样子。有的小孩,长到四五岁甚至六七岁了,在屋外玩耍得正欢的时候,突然拔腿跑回家去,猛扑到妈妈的怀抱里,还想吸口奶水。

细细观察和分析,这里面有个瘾的问题。瘾的释义是,由于神经中枢经常受到某种外界刺激,而形成了某一较特别的习惯。瘾,又泛指深厚的兴趣。兴趣,兴致、趣味也。而瘾头,则指瘾的程度,其有大小之分、强弱之别。如上所述三种情形,实质上当事人已有瘾头,自觉或不自觉地反复为之。报道说,鲁迅一生为香烟所累。1925年,才44岁的他已显现出明显的症状,经医生检查,原因即是吸烟太多、喝酒太多和睡眠不足。非常可惜,他一直未能戒烟,虽然也有强烈的戒烟愿望。1936年,55岁的他死于肺疾。无疑,对他来说,吸烟的瘾头很大。长期吸烟,正是他过早去世的重要原因。

心理学中有个专业名词,叫"心理异常",它是对许多不同种类的心理和行为失常的统称。心理异常有很多的类别,其中有一种由精神活性物质依赖性所致的精神障碍。从宏观上说,人类那些成瘾的不良行为即属于此范畴。人类成瘾的不良行为主要有:其一,烟瘾。中国既是烟草大国,又是吸烟大国。在吸烟队伍里,既有老的又有小的,既有男人又有女人,而且不分地域、不分民族、不分宗教,而且不分贫富、不分贵贱、不分职业。有的人已把吸烟作为生活和生命的一部分,一天吸一包香烟的有之,一天吸两包香烟的也有之。有的人一天到晚,香烟不离手,早晨醒来,先坐在床上吸一支烟,然后才下床。有的人不仅自己吸,而且见人就发烟,表现得很慷慨、很大气。其二,酒瘾。人们打开电视经常映入眼帘的是酒类广告,甚至把酒与"中国梦"紧密联系起来了,把酒与"男人味"挂起钩来了。有的人追求喝酒后那种飘飘欲仙的感觉,天天沉醉于大小酒场,无酒不成席,一喝就喝高。有的人特别追求酒精给人带来的那种刺激,嗜酒如命,喝了这场喝那场,喝了上场喝下场,真的是"喝坏了肚子喝坏了胃,喝得老婆背靠背"。有的人一点不会把握自己,不管身体如何,不分场合哪里,不计时间多少,一喝就是酩酊大醉,而且酒量越来越大,直到难以自拔。其三,赌瘾。人与生俱来有一种博弈心理。此向正面引导,紧抓机遇,决一雌雄;迎接挑战,应对风险。此向负面诱导,投机取巧,不劳而获;混沌懵懂,鬼迷心窍。有赌瘾的人,整天醉心于赌博,只要有时间就去赌,只要有地方就去赌;再骂再打也要去赌,再劝再说也要去赌;赢了钱时期望再赢要去赌,输了钱时总想扳回来要去赌;有钱的时候不顾一切拿去赌,没钱的时候借了钱甚至借了高利贷拿去赌。其四,网瘾。有的人整天沉迷于网络世界,与电脑和手机形影不离、如胶似漆,或迷恋于刺激的游戏,或痴迷于虚拟的恋情,或沉湎于海量的信息。其饭可以少吃甚至不吃,觉可以少睡甚至不睡,网络不能不上,而且上了不能自觉下来。其五毒瘾。此毒,乃鸦片之类也。如今,人们翻阅清末和民国时期的书报,常见有这类记载。那些人只要毒瘾一来,鼻涕、眼泪俱下,一副萎靡不振、狼狈不堪的样子;只要吸食了鸦片之类,毒瘾一过,顿时神气活现。新中国成立后,党和政府一直严厉打击吸毒、贩毒行为,尽管明目张胆的吸毒、贩毒已经销声匿迹,但暗地里的吸毒、贩毒尚有一定市场,由此不能排除存有毒瘾的人。不仅如此,有些地方民间传统种植的可用来制作鸦片的罂粟,人若食用得多了(如放在火锅里作为调料),也会产生依赖性,而依赖性则是成瘾之前奏。

众所周知,成瘾的不良行为,对社会、对家庭、对自己的危害很大。烟草中含有4千多种化学成分,其中已经有50种成分被证明可以导致吸烟者患上癌症。吸烟不仅自己深受其害,而且还会连累他人,包括自己的家人。科学研究结果显示,吸烟者吐出的烟雾,还会影响被动吸烟者的呼吸系统健康。近见一文说,中国女人到了30岁风韵犹在,楚楚动人,可俄罗斯女人到了30岁就变得臃肿不堪,风韵毫无,如同中国女人50岁时一般,据说都是酒精闹的。有的家庭之所以出现妻离子散、家破人亡的悲剧,就是因有成员嗜赌成性。至于吸食鸦片带来的危害,那是近代中国的一大耻辱,迄今人们仍然记忆犹新。要不然,中英之间不会爆发第一次、第二次鸦片战争,中国也不会逐步沦为半殖民、半封建的国家。当今社会,离婚比率高、暴力行为多发,这与鱼龙混杂的网络信息不无关系。一些人不辨好坏地沉迷于网络,已经遭受了黄色、黑色信息的毒害。一些家庭走向解体,一些男女受到情骗,都源于沉湎在网恋。

兴趣是一种喜好的情绪,有浓厚与淡薄之分,有高雅与低俗之分,有众多与少许之分,有宏大与细小之分。相对于瘾头来说,兴趣一般是能控制在理智范围内,不会无节制地去对某些人和物迷恋或追逐。正常的人,应该有这个能力,发展并节制兴趣,防范并限制瘾头,把自己的言和行掌控在适量、适时的境地。

之交与之间

汉语言文字中的"之"是个助词,一是可以用在定语和中心词之间,组成偏正词组,如无价之宝、经营之道、缓兵之计等;二是可以用在主谓结构之间,使其变成偏正结构,为战斗之烈、人员之众、地势之险等。粗略查阅,与之交组合的词语有忘年之交、刎颈之交、莫逆之交等;与之间组合的词组有亲戚之间、同胞之间、战友之间等。之交与之间在这里都是说的人与人的相互关系。诚然,人与人之间的关系,情形复杂,名目繁多,最常见的有知己之交、萍水之交和同事之间、领导之间等。

人作为一个生命个体,从父亲的精子与母亲的卵子结合成胚胎后,即与客体即母体建立了紧密的依存关系。出生以后,一方面完全依靠自己的生理活动,使自己一点点地成长起来;另一方面自己与母体内的其他客体即逐步建立起了关系。这种关系,随着人的进步,越发丰富起来;同时,也随着人的不断变化,日益活跃起来。人与人之间的关系,从大的分类来说,一种是一般关系,这相当于"综合性大学",基础学科、公共学科和专业学科都有;另一种是特定关系,这相当于"专业性大学",主要只有专业学科。一般关系与特定关系相处的原则、方法,有相同之处,也有不同之处。

先说一般关系。中国传统文化源远流长,其中蕴含着博大精深、科学辩证的做人道理。远在先秦时代,孔子、墨子、老子等先贤圣人,已就如何处理人际关系,留下了极其宝贵的忠言良告。其中,那世俗传承、家喻户晓的有"礼仪之道""君子之道"和"中庸之道"。稍有些古文功底的人随口便能说出"君子坦荡荡,小人长戚戚""君子喻于义,小人喻于利""君子求诸己,小人求诸人"等。有句谚语,曰:"送人玫瑰,手有余香。"著名作家萨克雷说:"生活就是一面镜子,你笑,它也笑;你哭,它也哭。"香港凤凰卫视的《锵锵三人行》的节目主持人窦文涛曾经说过,在这个江湖里头混,你总得通晓人情世故,什么话能说,什么话不能说,什么话得那么说。美国著名人际关系学家戴尔·卡耐基曾经说过,一个人事业上的成功,只有15%是由于他的专业技术,另外的85%要依靠人际关系、处世技巧。世界著名富豪保罗·盖蒂曾经说过,一个人在做事情时,永远不要靠一个人花100%的力量,而要靠100个人花每个人1%的力量来完成。单靠自己在黑暗中摸索,成功的希望微乎其微,善假于物者才能登高望远。以上这些,只是数不胜数的名人名言中的沧海一粟。但是,我们可以管窥蠡测到处理人之一般关系的一些基本遵循。这里之所以说是基本遵循,是因为还有很多千变万化了的外延和内涵。

再说特定关系。人与人之间,在某种需要或某些利益基础上,建立了某种特定关系。其主要有:一是君臣之间。中国两千多年封建社会,前前后后共有几百个皇帝。皇帝即为天子;天子之下,便是臣民。古今中外,君臣之间的关系,一直非常微妙、敏感和险恶;要不然,世上也不会有"伴君如伴虎"之说。总体上说,君臣之间,臣民要服从君子,君子要体恤臣民。要不然,社会便没有秩序。当然,这是不谈阶级性的理想化说法。飞鸟尽,良弓藏;狡兔死,走狗烹。历史上,以各种方法和手段杀害功臣的皇帝举不胜举。二是上下之间。人类社会进入了近现代,生产单位和管理机构迅猛增加,隶属于这些单位和机构里的人越来越多,由此在同一个单位或机构里,人与人之间,要么是平级关系,要么是上下级关系。上下级之间相处,尤其要处理好尊重与被尊重的关系。上级喜欢下级对自己忠诚,并在工作或生产上能干;下级喜欢上级在工作或生产上带头,并能更多地关心自己。三是夫妻之间。常言道,哪家都有一本难念的经。这说明夫妻之间的相处,说易也易,说难很难。有一点必须具备,夫妻是生活伴侣,身心和脾性应当合节合拍。其最好的关系,如同两个人一起跳恰恰舞,你一步、我一步,你一转、我一转,配合十分默契。四是亲戚之间。人与人之间之所以有此关系,因为双方互为亲戚。亲戚之间相处,应当更看重"亲"这层关系,尤其是血亲,那是祖祖辈辈难上又难修来的缘分呀!因此,我们在处理亲戚关系时,必要时需要有点无私精神的。为什么古时崇尚"长兄为父、长嫂为母",其中也包含了这个道理。五是朋友之间。互利互惠、互帮互助是处理朋友关系的基本准则。不过,势利之交不可取。《史记》载,汉人翟公居高位时,宾客盈门,贬官后,门可罗雀。于是,他在大门上贴出了"一死一生,乃知交情;一贫一富,乃知交态;一贵一贱,交情乃见"的通告,彻底揭穿了那些势利鬼的真面目。现实生活中,朋友之间相处,也不能有事有人、无事无人。六是主客之间。当今社会,许多人是从事服务性的工作,包括教师、医生、售货员、售票员等。服务于人,要尽职尽责,要耐心细致,要技高艺精。环顾左右,不少在服务上出了问题的人和事,大多缺少这些基本素质。据报道,一西方大国,每年因医疗事故死亡的人数多达十万。近年来,由医患矛盾引起的伤害医生和打砸医院的事件在中国也时有发生,有的性质十分恶劣。七是善恶之间。现实生活中,有些是突然间发生的特定关系。有人不小心落水了,有人遭到歹徒袭击了,有人被小偷偷了东西,有人病倒在路边了等,这顿时与这些对象发生了特定关系,应该要"说时迟,那时快",立即果断妥善处置。总体上说,每个人都要有见义勇为、救死扶伤的精神。当年,志愿军罗盛教在朝鲜救了落水少年,自己却光荣牺牲了,充分体现了国际主义精神。八是法人之间。单位与单位的法人代表之间,也属特定关系,相互展开竞争时,要守法规,要讲道德,要重信用。国际上微软创始人比尔·盖茨被公认为开创了创业成功的神话。他的创业成功并非依赖运气,而是在计算机研发领域,与同行之间,勇于竞争,善于竞争。

　　人与人之间的关系应该如何处理,这可谓仁者见仁、智者见智,宛若世上那些成功学大师一样,各有各的成功秘诀和要领。笔者认为,人在世上,与人相处,最根本、最关键的是两点:其一,善。古时流传甚广的《三字经》,其一开头即为"人之初,性本善"。人是否"性本善",笔者认为,这需作全面分析。应该说,人既有善的一面,也有恶的一面,而后者则源于动物的自然属性。在一些食物面前,哪个吃了就能活,哪个不吃就要死,动物们只要有机会,肯定就会去争抢,这时候,不会发善心,不会讲斯文。人只要有善心、善意、善情,就有可能做到正如李开复所言的:"我不能决定生命的长度,但我可以控制生命的宽度;我不能改变天气,但我可以改变心情;我不能改变容貌,但我可以展现笑容;我不能控制他人,但我可以掌握自己;我不能预知明天,但我可以利用今天;我不能样样胜利,但我可以事事尽力。"春秋战国时代的政治家管仲说过:"善气迎人,亲如兄弟;恶气迎人,害于戈兵。"事实上,付出友善,则会收获友善。有些人的人际关系不好,完全是因为他们经常与人争斗造成的。人不是一般动物,在正常情况下,完全有理智控制住自己的言与行,做到凡人凡事善为贵。其二,真。父母对儿女,自幼便教育"要说真话,不要撒谎"。工作中,领导也要求属下"坚持求真务实"。中国延安干部学院大门迎面巨石上即镌刻着"实事求是"四个大字。可是,在现实生活中,要真正做到真并不那么容易。真无疑是医治虚伪、丑恶、卑鄙、诓骗、荒诞、阴毒、无稽等的灵丹妙药。另有些人的人际关系不好,主要是因为他们时不时地不说真话、不办实事产生的。笔者穷尽思索,认为一个善、一个真,如同一个人之站立的双脚,缺一不可。有了这两点,人与人之间,呈现出的便是尊重、礼让、谦和、包容和体贴、同情、赞美、倾听等。太平盛世,政通人和。愿普天下的人们,都能尽心尽力地献出善和真。

话中有话与言外之意

说话是人在满足基本生理需求（吃喝拉撒等）之外，与行动同为重要的两大行为之一。关于说话的技巧，人之教之，书之载之，洋洋大观，美不胜收。俯拾即是，如"逢人只说三分话，未可全抛一片心""假话不能说，真话不说全"等。关于说话有多么重要，实践告知，"一言兴邦""祸从口出"。现实生活中，人的说话，既有本义，又有他义；既有显义，又有隐义。直白地说，明确地告诉，这是本义和显义；另外还有意思，再往深里说，这是他义和隐义。而他义和隐义，则为话中有话和言外之意。

话中有话，指言语中含有未曾明说的内容。如曹雪芹《红楼梦》中载："邢夫人等听了话中有话，不想到自己不令凤姐便宜行事，反说：'凤丫头果然有些不用心？'"言外之意，指虽没明说但能使人觉察出来的意思。如茅盾《春蚕》中载："老宝通又提到那猪棚，言外之意仿佛就是：还没有山穷水尽，何必干那些犯'王法'的事呢！"二者所说其义，不明朗，逶迤婉转，要靠听者加以辨析和领悟。为何会这般？一是不方便明说，怕影响说话氛围；二是情况不太清楚，不便于明说；三是对象不同，明说了容易产生负面效果；四是考虑说话艺术，不明说为好。

说话是否话中有话，说话有否言外之意，在职场上和社交上，是斗智斗勇的具体表现。史载唐玄宗夜访王维家，孟浩然避之不及。唐玄宗让孟浩然赋诗。孟浩然有句诗云："不才明主弃，多病故人疏。"语念怨艾。唐玄宗怒而曰之："卿不求仕，而朕未弃卿，奈何诬我？"孟浩然终不见用。有一次，普希金在一家饭馆里请客。一位客人走进来，对他说："亲爱的普希金，一望而知，你的腰包是装得满满的！"普希金饶有风趣地说："自然，我比你阔气些！你有时候闹穷，必得死等府上寄款给你，而我却有永久的进款，是从那36个俄文字母上来的。"如今，在人们的日常交往中，有些词语明明是这个意思，但容易被人理解为那个意思。如球迷，本义是指特别爱好某种球类活动，并对某些球星特别崇拜的人;而现在的球迷,似乎成了傻帽的代名词。其主要源于20多年来,中国足球一点进步也没有,而球迷钱也出了、泪也流了、时间也花了。又如娱记,本义是报道娱乐新闻的记者,可因为近年来有些娱记一味为满足市民并不雅的口味,随意炒作,故造成很多人对娱记的认识是无聊。

笔者认为,说话有话中有话和有言外之意,尽管比较策略,但副作用也很大。其一,容易使别人对自己产生缺少真诚之感。有句俗话,叫"有话快说,有屁快放"。一般人都不喜欢他人说话拐弯抹角、拖泥带水。如果有话不能直说明说,要么是想回避问题,要么是想浪费时间。人们普遍欢迎说真话、说短话的人。现实生活中,有的人说起话来,先"话说怎么怎么",后"话又说回来怎么怎么";有的人说起话来,吞吞吐吐,说半句、留半话,让人费思量;有的人说起话来,耍花腔,打马虎眼,甚至故弄玄虚、含沙射影。这些,容易让人感到虚伪和不实。其二,容易使别人对自己的话语过于敏感。心理学原理告诉我们,过于敏感的人常常生活在情感过于充沛的海洋里,对一些敏感的话甚至别人认为并不敏感的话喜欢对号入座,而且容易联想起很多并不存在的问题。倘若遇上过于敏感的人,即使你的话中并无此话、言外也并无此意,还会使他烦恼不已、猜疑不止。其三,容易影响待人处事的进程和收效。如果在讨论问题、研究工作时,有意见、有看法、有建议不明说,势必会影响民主、科学决策。个人在面临重大抉择时,如果不明说,组织上和他人便不清楚你的真实意图,想帮忙也帮不上忙,要帮忙也不好帮忙,这就容易错过有望发展或成事的机缘。

威廉·詹姆士说过,人类天性中极其重要的一点就是渴求被人重视。这一渴求,反映了人类最原始、最朴素的心愿。重视他人,一方面必须体现在行动上,另一方面必须体现在说话上。人生短暂,时光疾逝。在浩瀚的宇宙里,光速最快,光每秒要跑三十万公里。我们每天早晨所见到的第一缕阳光,其实已经跑了八个小时。鉴于以上两点,笔者认为,在与人说话时,只要没有特殊需求和愿望,最好还是不话中有话、言外之意,把自己的观点、认识、看法,明白无误地告知对方,并与其坦诚地进行沟通和交流。"一句话让人笑,一句话让人跳。""木不钻不透,话不说不明。"这些俗话俚语,都告诫我们,说话的学问大得很。即使在外交上,作某种表态时,也是该婉转时婉转,该明说时明说。1982年9月24日,邓小平在北京人民大会堂会见英国首相撒切尔夫人。在谈及香港主权回归时,邓小平明确告诉撒切尔夫人:"中国在这个问题上没有回旋余地。坦率地讲,主权不是一个可以讨论的问题。"这个表态清晰明了,掷地有声。在人与人的交往中,大凡说话,直白简洁,可让他人更轻松、自由些。人在世上已经活得很累很累了,何必说起话来还给听者带来不必要的烦恼和痛楚呢?!

说谎话与说实话

说实话、不说谎话,这是做人最基本的要求。孩提时代,大人会给讲一些像《狼来了》之类的故事;学生时代,老师会给说一些像"民无信不立"之类的道理;工作时代,领导会给提一些像"说老实话、办老实事"之类的要求。然而,现实生活中,说谎话、不说实话的现象似乎见怪不怪。当然,说谎话、不说实话,也会遭受这样或那样的惩罚。有的小孩撒了谎,受到了大人的责罚;有的学生作了假,受到了老师的处分;有的员工弄了虚,受到了领导的批评。说谎话、不说实话尽管为人所不齿,但还是难以消弭。这无疑是人的劣根性之一。要想彻底根除,须从小抓起,恩威并用,综合治理。

加拿大康考迪亚大学的学者发表的一项研究成果显示,刚刚才十八个月大的婴儿居然能洞察大人的行为是真情流露还是刻意伪装。他们还通过另一项实验发现,婴儿只会模仿诚实者的行为,而不会模仿撒谎者的行为。这些表明,人类天生具有识伪本能;人会说谎话,并非与生俱来。著名心理学家马斯洛经过研究许多著名人物,总结出有杰出成就者的健康个性,其中十分重要的一点是,厌恶虚假的东西和人际关系中的不真实行为。人们普遍敬仰关羽可贵的诚信品质。他铭记"桃园结义"的誓言,"身在曹营心在汉","千里走单骑",历尽千辛万苦也要回到蜀主刘备身边。显而易见,从理论到实践,从名人到凡人,从古时到今朝,都验证了一个颠扑不破的理路,人一定要说实话,不能说谎话。

事实上,人爱说谎话可追溯到孩提时代。许多孩子,年纪小小就开始说谎话。这个问题怎么看待?笔者认为,第一,父母和老师要做说实话的模范践行者。诚然,父母和老师也都知道要教育孩子从小不说谎话,可为什么有的时候就做不到呢?其中,毋庸讳言,有些父母和老师在实践中混淆了诚实与灵活的界限,有时把孩子的不说实话错误地当成了灵活,甚至还错误地认为聪明,这就要命了。一次、二次、三次,孩子便会产生错误的感觉。立德先立师,正人先正己。要让孩子养成说实话的习惯,做父母和老师的,要用自己的实际行动来教育和影响孩子。"勿以善小而不为,勿以恶小而为之。"父母和老师有时在孩子面前不得已或不经意的不说实话的举动,或许无形中就会给孩子说谎话树立了坏的榜样。这就需要父母或老师在孩子面前注意适当回避,以免对孩子这方面的成长造成负面影响。当然,最根本的是,父母和老师时时处处都能秉承"诚信为本"的做人处世原则,从言与行上严而不严、细而又细地要求自己。"其身正,不令而行;其身不正,虽令不从。"在教育孩子这个问题上,也是如此。第二,对孩子持续进行说实话、不说谎话的教育。孩子毕竟年纪小,性格和品行都还没有定型,其可塑性很强。因此,作为父母和老师,要结合实际,多给孩子讲为什么要说实话、不说假话,并在教育方法上力求循循善诱,切忌简单粗暴。即使孩子一时犯了错,父母或老师应与孩子平等对话,通过摆事实、讲道理,帮助孩子充分认识它的危害。在教育中,要注意多从正面引导。如与孩子讲《狼来了》的故事,应告诉孩子为何不能说谎话,而不能教导孩子怎么欺骗。第三,从小事抓起、从点滴抓起,既高度重视又审慎对待孩子的说谎话。孩子说谎话可能有多方面的原因,有的可能是做错了怕父母或老师责怪甚至打骂,有的可能是受到社会上不良风气的影响,有的可能是从反面吸取了因说实话而遭惩罚的教训,有的可能是由外部压力迫使而说谎话,但不管怎么样,说谎话是决不允许的。尤其是要抓住孩子第一次说谎话的时机,必须给予毫不留情的批评,必要时还得给予适当的惩戒。当然,在批评和惩戒时,千万不要伤了孩子的自尊心和自信心。

　　说实话、不说谎话是人的一生中最重要的资本之一。培根有言:"人之人之间最大的信任是关于进言的信任。"只有说实话、不说谎话,才能赢得别人的信任。大凡言而有信的人,感情是纯真的,意志是稳定的,品性是健康的。《庄子·齐物论》中有个故事:有个养猴人对猴子们说:"我早上给你们三个栗子,晚上给你们四个栗子。"猴子们听了一个个龇牙咧嘴,嗷嗷乱叫。养猴人转动了脑筋,马上对猴子们说:"好了,别生气了。我早上给你们四个栗子,晚上给你们三个栗子。"猴子们顿时高兴起来了。天长日久,机灵的猴子们自然会感悟到养猴人的狡诈和卑鄙,从而不再信任他,甚至会仇恨他。在现实生活中,许多说谎话的人自以为聪明,结果往往是"聪明反被聪明误"。有的人,就是明明说谎话,还美其名曰"出于善意"。有许多时候,即使是所谓的"善意谎言",对别人也有较大伤害。这类例子,世间并不稀罕。我们每个人均由父母恩赐了一张嘴巴。嘴巴,一是用来吃饭,二是用来说话,三是用来啃咬。别小看说话,大至决策国家大事,小至商议家庭小事,都是靠说话。"一言既出，驷马难追"；"运筹于帷幄之中，决胜于千里之外"，其足见说话之分量。说话，实际上是在展示自己，展示自己的思念，展示自己的心灵。莎士比亚在《哈姆雷特》中说："对自己要诚实，才不会对任何人欺诈。"因此，为能一辈子只说实话、不说谎话，必须首先纯正自己的思念和心灵。思念和心灵纯正了，说话自然实在了。

厌烦熟人与喜欢生人

在人际交往中，有一种特殊现象：厌烦熟人，喜欢生人。熟人，熟识的人，包括亲戚、朋友、同事、同学、老乡、战友等，当然也包括家人。生人，不认识的人，即除了熟人之外的人。此外，还有不生不熟的人，实际上只是一面之交的人。一般来说，这应该归属于生人之类。举例说来，有的人明明看见前面走着一位熟人，甚至是中学时的老师、大学时的同学，尽管好长时间没有相见了，也不愿意赶上几步，与其打个招呼，更不愿意与其唠叨唠叨。有的人去专科医院看病，好不容易打听到有位熟人在这家医院工作，便想请这位熟人提供一点方便，却是"热面孔碰到冷屁股"，从对方话语间即可感受到厌烦，更不会用行动来帮助。旅游组团出去，有的人因为熟人知其有几斤几两，于是找上生人，整天厮混在一起，好生表演一番，想怎么自吹就怎么自吹。有的人去一地出差，虽然熟人不少，时间上也允许，却不愿与他们电话联系，更不会设法谋面晤谈。有的人去一机关或单位公干，尽管有大学同班同学在那里任职，别人也建议其去照个面，然而，其不想也不愿去走动。有的人上下班经常来往于一亲戚家门口，两家本没有任何矛盾和不睦，可从没有进屋去坐一坐聊一聊，好像熟视无睹。

如何看待这个问题？笔者认为，其一，欣赏疲劳。马斯洛是人本主义心理学的创始人之一。他把那些能发挥自身遗传限度内最大可能力量的人，称之为"自我实现者"。他把这类人的特点归结成十四种表现，其中一种是"欣赏的时时常新"。他认为，这类人是人类中的楷模。熟人相处多了久了，也会产生这样或那样的欣赏疲劳，即视而不见、见而不闻（并非故意为之）。再说，根植于每个人内心的有激情、有欲念（其强弱、多少则因人因时而异）。故而，对那些新鲜的、好奇的人和物，容易引起并激荡起兴趣和感动。而生人往往有这方面的特质，容易使相对人产生体验。其二，利益需求。"无事不登三宝殿"，这句话常用于人际交往中。人与人之间有来有往，一般都是有事相求、相助,即使没有急事、实事要办,谈心、聊天也并非无事。熟人之所以厌烦相对人,很有可能是二者互无需求,或熟人即使有某种需求,相对人也办不成、办不好。倘若熟人一次又一次地麻烦相对人,而相对人不能为熟人做点什么,那么,相对人就很容易厌烦这熟人。此外,之所以叫"熟人",二者有过交往也。在以前的交往中,很有可能在情分上已经"两清",即你不欠我,我不欠你;也有可能已经充分"认识"了熟人,即知道对方待人处事不大气,故而,基于利益上的考量,不愿去找熟人。生人则不一样。在生人的本职岗位或人脉圈子里,大有可能蕴藏着无限的潜能,兴许会给相对人带来过去从未有的机遇或好处。从这个意义上说,欢喜生人就是抓住时机、珍惜缘分。再者,常言道,木匠家里没有凳子,铁匠家里缺少锅子。为何?其中一说,因为木匠给自家做凳子、铁匠给自家打锅子拿不到工钱。此从一定意义上也可印证何以厌烦熟人而欢喜生人。其三,客观原因。近见英国牛津大学一项研究报告称,尽管人们可以借助社交网络实现好友遍天下,但真正的密友屈指可数,而且数量基本保持不变,即结交一位新朋友,往往会冷落一位老朋友。其主要原因,一是现代人用于人际交往和沟通的时间有限,整天为了更好地生存而奋斗;二是维系亲密关系需要付出极大的认知和情感努力,而这种努力又往往受制于客观条件。不难想象,与好友交往都是这样,别说与熟人交往了。相对人要想挤出很多时间和精力与熟人热情交往,既无必要,也没可能。加之,有时相对人去找熟人,说不定熟人正忙着这、忙着那,是无意之中冷落了相对人。

　　世界上的人和物都是客观存在的,为什么相对人会有厌恶与喜欢的不同感觉呢?这是从比较中产生的,是相对而言的,是主观对客观的异样反应。在许多时候,其无法甄别对与错、好与孬,用一句常用的话,是不以人的意志为转移。如骆驼对人类没有任何要求,只是默默地奉献,即使睡觉,两腿都不敢伸直,天一亮就起来,少吃少喝,甚至不吃不喝,且背上负着重,一步步走,一天天走,直至病死或老去。对此,不管人厌烦它还是喜欢它,都是这般。在自然界里,如孔雀想谈恋爱时,就开屏跳舞;云雀有了爱意,便引吭高歌;鸵鸟在一起,时不时地展开赛跑。它们哪管人厌烦抑或欢喜呢!而人类社会,就要复杂多了。对有的人和物,"萝卜青菜,各有所爱";对有的人和物,则"人见人爱"或"人见人恨"。不过,从总体上说,还是有普世价值标准的。如人家在举办婚礼时,你不要说不吉利的话;男人长期找不到工作,在他面前,你不要挑起"没出息"这个话头;女人太胖,在她面前,你不要说"苗条为美"之类的话;人家不会生育,当着人家的面,你不要说"有孩子真好";人家想延期退休,你不要问人家"年龄多大"。这些话题,对有些人来说,颇为敏感，相对人如果不加留心，不经意间便会得罪人，起码会使人家不高兴。因此，人还是应当用宽容、善意的心态去看待厌烦熟人和喜欢生人。

结交生人，不忘熟人，这无疑是处理人际关系的一条基本准则。陀思妥耶夫斯基有句感人至深的话，在人生路上，"第一要真诚，其次要善良，最后还要我们永不相忘"。让我们无论对熟人，还是对生人，欢喜多些、多些、再多些，厌烦少些、少些、再少些。

先入与后入

有个小孩随大人第一次到堂伯家走亲戚,不小心把一只花瓶打碎了。堂伯尽管嘴上说"不碍事不碍事",心里自此对这个堂侄留下了"毛毛糙糙"的印象。有个小伙子与一姑娘谈恋爱,第一次单独见面一起就餐时,小伙子点菜显得小气巴巴,又不主动征询姑娘的意见。此后,姑娘便与小伙子"拜拜"了。上级机关新任主要领导首次到一下级机关检查指导工作,通过座谈交流后感到,下级机关的这位主要领导"工作思路不够清晰,有些情况不够清楚"。刚刚结婚的女子随丈夫第一次到婆婆家小住,几天下来,婆婆心里就犯起了嘀咕:"儿媳妇有时不懂事理。"有位老朋友带来了一位新朋友,聚餐时,这位新朋友仿佛是在自己家里吃饭似的,不太懂礼貌,不太讲卫生,第一次即给大家产生了"不怎么样"的形象。

如上所述,人在与他人相处交往中,先入的感性认识十分重要。德国科隆大学博尔特·英纳夫和托马斯·穆斯魏勒,在2001年开展的一项研究中,以刑事审判的法官为研究对象,想了解他们在判决中是否会出现"锚定效应"。所谓"锚定效应",就是指人们在判断时,会受到第一印象的影响。这是日常决策中常见的现象。研究结果发现,不管法官的审判经历是否丰富,他们都会受到"锚定效应"的影响。中国有一成语,叫"先入为主",释义是,以先前的印象为主,后来的意见听不进去;比喻对人或事抱有固定不变的看法。《汉书·息夫躬传》中曰:"唯陛下观览古戒,反复参考,无以先入之语为主。"朱熹《朱子语类》中曰:"便说道自家底是了,别人底都不是,便是以先入为主。"李宝嘉《文明小史》中曰:"……便有他同寅一个韩主事异常开通,已在堂官面前先入为主,极力赞说这改法律之举是好的。"当今,在职场面试中,先入的感觉与测试的结果常呈正向关系,因此,应聘者都很重视面试。有人把应聘者在面试中的形象归纳成六种:一是阳光型(无论遇到什么事,都能从乐观处着想),二是泼辣型(动作麻利,雷厉风行,像来自深谷里的山菊花和野山椒),三是沟通型(温和文雅,总能说动地位比其高、性格比其暴的人),四是智慧型(是恋爱专家、谈判专家、美食专家、搞怪专家,谁有难事都想向其求助),五是大哥型(不太张扬,甚至有时比别人还要低调,在同伴中有号召力),六是沙僧型(低调、忠厚,从不使奸耍滑,放到哪里都放心)。这些不同的形象,先入以后,将会给主考官带来不同的感受;主考官根据自己的喜好,将会给面试者不同的评分。

与先入相反的是后入。这里的后,从时间上说,是晚一些的;从次序上说,是靠末尾一些的。说后为好的,如后起之秀、先人后己、前赴后继、先公后私、光前裕后、后出转精、后生可畏等。当然,也有说后不好的,如瞻前顾后、前倨后恭、退有后言、先斩后奏、末学后进、后顾之忧等。笔者在这里主要阐述的是情绪方面的后入。其一,报复情绪。在茫茫人生中,每个人在名、利、情上,难免不与他人发生争抢、争执和争斗,只是程度不同、形式不同和数量不同。如果处理不好,便会后入报复情绪。不少研究成果显示,报复并不释怀甜美,报复只会叠加痛苦。2008 年,凯文·卡尔史密斯与其研究团队进行了实验,发现复仇者复仇后的感觉比不复仇者不复仇后的感觉还要差,复仇者反而容易陷入负面的不愉快的情绪中。报复情绪是被公认的不健康情绪,它不仅会对被报复者造成伤害,而且会对自己的身心带来折磨。再说,被报复者常常会认为自己受到了不应有的对待,因而又会想报复报复者。"冤冤相报何时了",报复对自己、对他人,都是有相当大的危害。怎么办?释迦牟尼有言,以恨对恨,恨永远存在;以爱对恨,恨自然消失。每个人千万不要后入报复情绪。其二,压力情绪。人在世上,就其肩负的使命、承担的责任,命中注定是要背负十字架的。适当的、合理的、正向的压力,是人生不同阶段所必须的,没有压力的人生是不存在的。问题是,有的人经常会因焦躁、发怒、紧张、贪婪和使坏而产生压力情绪。这种后入的情绪容易引起身心性疾病。心理学家研究发现,一个人在大发雷霆时,身体产生的"压力激素",足以让小鼠致死。《黄帝内经》中曰:"百病生于气也。怒则气上,喜则气缓,悲则气结,惊则气乱,劳则气耗……"其三,邪恶情绪。何谓邪恶?一味地追求外物为邪,没有恻隐之心为恶。人并不是时时处处都有邪恶情绪,很多时候是突然产生的。这样后入的情绪,就其本质来说,是彻头彻尾的坏,如果不把它遏制在萌芽状态,任其付诸行动,后果不堪设想。况且,对别人邪恶的人,往往会自食其果。美国有位生命伦理学教授通过研究,发现了"回声"的本质:"付出与回报之间存在着神奇的能量转换的秘密,即一个人在付出的同时,回报的能量正通过各种形式向此人返还。"倘若你付出了邪恶,那么,回报的就很有可能是邪恶。

人是有独立思考能力的,不管是对先入的情况和问题,还是对后入的情况和问题,必须用理智去明辨和处置。如果做不到这一点,不好的情况和问题,虽然在进入的时间上和次序上有所不同,但所带来的后果不会因此而有所差异,有时先入的严重,有时后入的也严重。毛泽东真的是个伟人,他自幼就读《论语》,对《论语》中的思想,他并不是"先入为主",全盘接纳和吸收,而是既有所传承,又有所批判。如《论语》中,"学"字讲了64次,"行"字讲了72次。他对"学"和"行"颇为认可。他强调,对自己学而不厌,对人家诲人不倦,我们应取这种态度。他还批评那些不"行"(与实践脱节)的人,是头重脚轻根底浅的墙上芦苇和嘴尖皮厚腹中空的山间竹笋,是接不了地气的。又如延安时期,他领导开展了轰轰烈烈的大生产运动。在大生产运动中,他批判了孔子不喜欢劳动的缺点。《论语》中载:"吾十有五志于学,三十而立,四十而不惑,五十而知天命,六十而耳顺,七十而从心所欲,不逾矩。"他不赞成孔子的这段话,尤其批评"七十而从心所欲,不逾矩"的说法。他指出,青年会犯错误,老年就不会犯错误?孔子说,他七十岁干什么都合乎客观规律了,我就不相信,那是吹牛皮。由此看来,从根本上说,对人或事的认识,其有关的情况和问题,是先入还是后入你的脑际是次要的,主要取决于当时你的思想水准和思辨能力。

放松与收紧

近见一个关于岳阳楼的故事：当年，毛泽东批示郭沫若为岳阳楼题字。郭沫若十分重视，写了数百幅字，并从中挑选了自己觉得比较好的三幅，呈寄给了毛泽东。可是，毛泽东却选中了郭沫若写在信封上的字。如今，人们游览岳阳楼时，看到的"岳阳楼"三个金色大字，便是郭沫若写在呈寄给毛泽东信封上的字。毛泽东是国内外公认的书法大家，书法造诣深湛，选字眼光独到。后来，有人揣测，那信封上的字，很有可能是郭沫若在身心最放松的状态下写下的。

放松是相对于收紧而言的，放了才有收，收了才有放；松了才有紧，紧了才有松。放松对自己来说，有生理上的放松，有心理上的放松；对他人来说，有管理上的放松，有要求上的放松。放松从作用力来说，有主动性放松，有被动性放松；有战略性放松，有战术性放松。放松从其客体来说，有物质性放松，机械性放松；有精神性放松，心源性放松。在竞争越来越激烈、节奏越来越快速、压力越来越增加的今天，我们要想放松生命之弦，更加轻松快乐地生活，那不是唾手可得的事；对一些人来说，这简直是一种奢望。

放松可以愉悦我们的身心。不难想象，一只绳线经常绷得过紧的风筝不会飞得太久，一个马力经常加到最大的车辆不会用得太久，一把琴弦经常拧得太紧的二胡不会拉得太久。因此，善放风筝的人不会经常把绳线绷得过紧，善用车辆的人不会经常把马力加到最大，善拉二胡的人不会经常把琴弦拧得太紧。人也是如此，一个身心日夜紧张的人容易招致病患，而善养身心的人不会日夜紧张自己的身心。兴许有许多人会说："我哪有时间和精力去'放松'自己呀?!"事实上，这全要靠自己去挤甚至是强迫性地、有意识地去挤。第二次世界大战期间，英国首相丘吉尔不能不是大忙人，可他坚持经常放松自己，如即使在战事十分紧张的周末还是照样去游泳，即使在选举白热化的时候还是照样去垂钓，即使工作再紧张、再忙碌也不忘在嘴边叼上一支雪茄放松一下身心。凡是自觉放松的人，神经就松弛，心情便轻松，能过上当今西方人所崇尚的"普通人的生活"，使自己的生活更加幸福、快乐一些。

　　放松可以简单我们的生活。细细想来，为什么有些人的生活过得很沉重，主要是这些人对生活上的要求一点儿也不放松。在生活上，过于精细、过于考究、过于精明，往往会给自己带来这样或那样的不轻松。1921年，爱因斯坦一度受邀执教于荷兰莱顿大学。学校要给予他许多高规格的待遇，他均一一婉言谢绝。对他来说，所要的只是一些牛奶、饼干和水果，再加上一把小提琴、一张睡床、一个写字台和一把桌子。放松可以还原我们生活的自然形态，如在饮食上，可以去除多重繁杂的烹饪步骤，同样能够收获美味的食物；在穿衣上，可以省去跑来跑去的购衣步骤，同样能够穿上舒服、得体、亮眼的衣装；在说话上，可以省略拖泥带水的语言步骤，同样能够准确表达自己的意见和建议；在住房上可以简化繁文缛节的装修步骤，同样能够享用舒服、合意、美观的空间；在作息上，可以省掉精确计时的安排步骤，同样能够实现科学、合理、健康的养生；在出行上，可以不要特别精细地准备步骤，同样可以平安、快捷、顺利地到达自己的目的地；在运动上，可以不要过多的装饰和辅助，同样可以起到强身健体的作用。一言以蔽之，放松了，简单了；简单了，放松了。

　　放松可以放飞我们的心灵。《庄子》中有一个美丽的寓言：庄周做了一个梦，梦见自己变成了蝴蝶，飞翔于花草之间，怡然自得，十分惬意，完全忘记了自己是庄周。过了一会儿，梦醒了，自己又变成了庄周，又完全不是蝴蝶了。那么，到底是庄周做梦变成了蝴蝶，还是蝴蝶做梦变成了庄周了呢？到底哪一个是真实的、哪一个是虚幻的呢？二者必定是有区别的，这就叫做物我之间的交合和变化。人的一生，赤条条而来，两手空空而去。在整个生命历程中，一切的拥有，包括金钱、地位、名誉等都是暂时的外物。人只有不拘泥于外物，身心才能放松，也才能给自己的生命一分从容、给自己的生活一片娴雅、给自己的生存一些闲逸。"庄周梦蝶"的故事告诉我们，人生在世，关键的是自己的心境，只要心境闲适且有定力，外力再怎么骚扰和干涉，也影响、左右不了自己既有的情绪。放飞心灵，得以放松身心开始。

　　放松可以促进我们的重整。据说，茧里，蛹在变成蝶的过程中，有些许时间看上去是空空的，因为蛹已去，留下了活的有机物质，而蝶还未成。这说明一个道理，在新的成形之前，必须放弃原有的东西，坦然地接受什么也不是的瞬间。放松也有这个道理。在很多时候，放松是为了收紧。中国有个成语，叫"欲擒故纵"，意指为要捉住他，故意先放开他，使其放松戒备；比喻为了更好地加以控制,故意先作放松。《二十年目睹之怪现状》中载:"大人这里还不要就答应他,放出一个欲擒故纵的手段,然后许其成事,方不失了大人这边的门面。"在现实生活中,有的时候,我们越想紧越紧不了,越想松越不会松,这既蕴有"退一步、海阔天空"的哲理,又含有"顺势而为、乘势而上"的理路。在战场上,有一种战术,叫"战略性撤退"。这种撤退不是溃败,而是通过迂回而取胜。在现实生活中,很多时候,一时放松了,可以更好地前进,有张有弛、能进能出,乃是人的大智慧。

放松与收紧是人的习惯、人的品性,需要逐步养成。学会宽谅、学会微笑,克服烦恼,克服猜忌,弃去虚名、弃去奢物,可以让自己的身心放松;反之,亦然。人行走在世间,从生命的本义计,从生活的要义计,从生存的主旨计,在条件允许的情况下,应该多些、多些、再多些放松(在法律法规和道德纪律许可的范围内)。正如人活着不需要理由一样,人之放松也不需要理由。

为敌与为友

敌,指有利害冲突而不能相容的;友,指有友好关系的。这二者,用之于人际关系,有敌人、友人;用之于国际关系,有敌国、友邦;用之于军事关系,有敌军、友军。在人际关系中,为敌、为友是处于两个顶端的两种状态,其中更多的、主要的状态是为友。在为敌者与为友者之间,是熟人和陌生人,其中陌生人又是更多的、主要的状态。总体上说,为友者大大多于为敌者,陌生人大大多于熟人,熟人和陌生人又大大多于为敌者和为友者。

人"哇"的一声从母腹里出来,除了亲人之外,本无为敌者和为友者。正是由于生活、学习和工作上的交往,才逐步分出为敌者和为友者。这里的为敌,主要属于人民内部矛盾,不存在肉体上的生死对决,呈现出的形态主要是相互竞争。这里的为友,主要根据相互需要和亲密程度而定。中国先哲指出,人伦中有五个是最主要的,即君臣、父母、夫妻、兄弟、朋友。父母、夫妻、兄弟是家庭中的人伦,君臣是社稷中的人伦,而朋友这个人伦比较特殊,没有法律地位,没有血缘关系,全靠自我认定。中国汉语言文字内涵深邃,一字多义、一词多义常见,文艺相声作品中多利用此,引得听众捧腹大笑。朋友这个词也是如此,含义宽泛而丰富,人人都可以使用,就连一二岁的幼儿也能分出哪个是我的好朋友来。人慢慢长大了,随着并依据利用价值的大小、性格脾气的好坏、来往密度的高低,便会自觉或不自觉地对朋友进行直接的分类或间接的分类。如:有的人把朋友分成推心置腹类、一面之交类、相敬如宾类、同病相怜类、如兄如弟类、貌合神离类、刎颈之交类、不即不离类等;有的人干脆把朋友简单分成可以深交类、不可深交类;有的人则把朋友分成挚友(亲密无间的朋友)、诤友(能直言规劝的朋友)、酒友(只在一起吃喝玩乐的朋友)等。把朋友分类,确有积极的意义,旨在区别对象,不同对待,既防止在人脉经营中犯这样或那样的错误,又可以提高朋友交往中的质量和效用。

现今社会,在人民内部和市场竞争中,为敌即为对手。有对手绝非坏事,可以促使自己变得更加智勇,可以促使自己不再安逸懈怠,可以促使自己不断成长进步。有报道说,挪威著名剧作家亨利·易卜生即把自己的敌人——瑞典剧作家斯特林堡的画像放在桌子上。他不是天天怒视着它、折磨着它,而是一边写作,一边看着它,从而激励自己创作。他说:"他是我的死对头,但我不去伤害他,把它放在桌子上,让它看我写作。"他就是在死对头目光的注视下,完成了《培尔·金特》《社会支柱》《玩偶之家》等世界戏剧中的经典之作。在自然界,就像没有鲶鱼,沙丁鱼长期在鱼槽里,就会容易窒息死亡;没有狼的追捕,鹿群就会渐渐丧失活力,一天天萎缩下去;没有泥鳅,黄鳝就会在缸盆里不活动,时间一长,便容易一条条死去。在商界,正是由于可口可乐与百事可乐之间的相互竞争,使这两个对手迄今仍然牢牢占据了世界碳酸饮料行业数一数二的地位;正是由于斯特林商店等对手的激烈竞争,使得沃尔玛从美国中部的一个小城崛起,在商品销售业创造了一个又一个神话。在封建社会,一些具有远见卓识的统治者也有意留下或容忍对方,从而使自己成为明君,而不是昏君。如康熙皇帝在千叟宴上,敬了三杯酒,其中第三杯敬的是自己的对手吴三桂、郑经和噶尔丹等,希望来世再相为敌。他敬的不仅仅是对手,还有对英雄气魄的深切怀念。由此,人应该感谢各种各样的竞争对手,因为对手能映照出自己的不足,能找到自己的前进方向,能坚定自己的信念和毅力。正如索尼公司创始人所言:"尽管竞争有一些较为黑暗的东西,但在我看来,它是成功的推动力。"

　　为友之道,名人、哲人、智人多有论述。笔者认为,其最重要的是要正确处理好贡献与索取之间的关系。贡献者,培养也。索取者,利用也。时至今日,常人与常人,谁也不笨拙。你多付出了、你多占有了,你是真心诚意的、你是虚情假意的,你主动吃亏了、你过于精明了,别以为他人心里不清楚。朋友相处,务必多培养情谊。情谊不一定就是物质的,不一定就是办事的,必要时一次探望、一句问候,便会使对方感激和感动。"爱人者人恒爱之,敬人者人恒敬之",讲的就是这个理。朋友之间的情谊,像篝火,只有不断地添加柴火,才能持久地熊熊燃烧;像水缸,只有不断地注入水,才能不至于干涸见底。这里面,一定要贡献大于索取,否则,再好的情谊也有淡化甚至断绝的一天。朋友之间,相互传递的必须是正能量,而不是负能量,这就需要慎重择友。古人说:"与善人交,如入芝兰之室,久而不闻其香;与恶人交,如入鲍鱼之肆,久而不闻其臭。"笔者主张人应当多与贵人、能人、贤人交友,尽管有时自己的自尊心、好胜心会在有意或无意间受到伤害,但是,"功夫不负有心人",由贵人、能人、贤人相助,能使"麻雀"变"凤凰"。这类的例子,可谓俯拾皆是。在为友之道中，尚有一点需要注意，即"害人之心不可有，防人之心不可无"。朋友之间应当保持适当的距离。心理学家霍尔用许多案例证明，个人关系（朋友、熟人之间）的距离一般为四十六至七十六厘米。霍尔讲的是空间距离，实际上还有交往的频率、交往的深度等也要把握好分寸。而这，一方面是为了客气友好地保持各自的隐私。要知道，即使最要好的朋友，也没有人喜欢对方太多太细地介入自己的秘密。另一方面是为了对某些风险有所防范。因为，世上最难的是认识人。有位高层首长曾在大会主席台上面对着会场里黑压压一片的部下说，说真的，我对大家尽管熟悉、了解，其实，并不完全熟悉，并不完全了解。有的人平时看起来都是好好的，不知哪一天却被"双规"了，大家都感到震惊。朋友之间，倘若交往过密、过深，有的时候便会丧失自我、身不由己。与朋友相处，千万不要办歪门邪道之事，说不定，哪一天他人"出事了"，作为朋友的你就会被牵连进去。到那时，悔之已晚！

　　世间万事万物，有利也有弊，有长也有短，有好也有坏。在人际关系中，除非客观造成的，如职位竞争等难以回避以外，总体上说，能不为敌的不要为敌，可以为友的尽力为友，毕竟，人在世上，多个朋友多条路么。再说，"山不转水转"，说不定哪一天，两个人又会一起共事；说不定要办哪件事，自己需用到对方。还有，在一定的条件下，为敌与为友是可以转化的。尤其是前者，有的一开始为敌，交往后为友。这说明，结识朋友的路径、方式是多种多样的。让我们以林肯的话为本文结尾吧："人生最美好的东西，就是他同别人的友谊。"

忽视与重视

在人与外界接触中,有一种现象不动声色地发生着,叫"熟视无睹",即经常看却像没看到一样。晋朝刘伶《酒德颂》中曰:"静听不闻雷霆之声,熟视不睹泰山之形。"当代毛泽东《整顿党的作风》中写道:"商品这个东西,千百万人,天天看它,用它,但是熟视无睹。只有马克思科学地研究了它……"现实生活中,我们对太多太多的东西熟视无睹,如在公共场所,有个烟头,或有张纸片在那儿,只要有人动脚踢一下,或俯身捡一下,便可清洁干净,然而你来我往,没有人会动动手脚。在家里面,早上老婆或老公出门时急了点,厅堂里的桌椅没摆放好,老公或老婆下班早到家,却不去收拾,任其横七竖八,自个儿在那儿上网玩游戏。

从心理学上分析,之所以熟视无睹,是人在思想认识上忽视,即不重视,由此也就不注意、不在意,不要说有行动、有表现了。有的人从名牌大学重点专业毕业出来,三年五年过去了,八年十年过去了,别的同学大大小小都有些建树,可其因为忽视去做基础的、容易做的事而依然两手空空。有的人从乡镇长干到县市长,政绩突出,提拔很快,可其因为在廉洁上忽视防微杜渐,而受到了党纪政纪处分。有的丈夫干事创业上可谓风风火火,在外面有地位,给家里钱不少,可其因为长期忽视妻子感情上的需求,而导致婚姻走向终结。有的父母对孩子生活上百依百顺,要什么给什么,关心体贴,无微不至,可其因为忽视对孩子思想上的从严从细教育,而使孩子变差变坏。有的子女身在国外,忙着自己的工作,护着自己的小家,可因其长期忽视对老人必要的关怀,而终使老人绝望自尽。有的人工作上干得并不差,可因其忽视处理好人际关系,而每次评选先进都没有份。有的人拼命三郎地干工作,长期加班熬夜,可因其忽视养生,小病拖成了大病,而过早地丧失健康。

笔者分析,人为何会出现种种忽视现象呢?大致有如下缘由:一是无心无意易忽视。世上无难事,只怕有心人。在条件许可的情况下,只要有心,没有什么不可能办成。列夫·托尔斯泰有一本随身携带的笔记本。不论是独个儿在散步,还是坐下来与客人们喝茶,甚至在球场上与孩子们在一起,他都不时地拿出笔记本来记下一点什么。正因为他时时处处有心有意,乐于并善于搜集各种素材,故在他长达一千五百页的巨著《战争与和平》写成后自豪地说:"这本历史小说中人物的一言一语、一举一动都是有根据的。"二是无利无害易忽视。说到底,人与人之间永远存在着利益交换关系。先哲有言:"来而不往,非礼也。"在一般情况下,人会依据其人其事与己利益攸关的程度来决定是否忽视。与己有关的,当然不会忽视;与己无关的,自然不会重视。三是无作无为易忽视。在现实生活中,许多严重后果,包括校车出交通事故造成学生死亡、公共娱乐场所发生火灾引起人员伤亡、年久失修的大楼倒塌带来灾难等,都可追究到无作无为的责任人。很多时候,对一些事,并不是你没有看到,也并不是你没有想到,而是你没有马上采取行动,拖沓了,延宕了,以至于出现了你所始料未及的严重后果。四是无胆无识易忽视。人有战略家与实干家之分:战略家是你没有看到他看到了,你没有想到他想到了,你没有动手他动手了;实干家则是有板有眼、按部就班地做事,脚踏实地、勤劳刻苦是其显著的本色。社会上这两种人都需要,最好是二者兼备。在现实生活中,有的人正是缺少胆识,随波逐流,人云亦云,没有领悟其潜伏的风险,没有洞悉其发展的趋势,从而忽视了这个或忽视了那个,更有甚者,其全都忽视了。

或许有人会说"因为我忙",或许有人会说"因为事小",忽视了某一点或某一事。事实上,这个理由不能成立。克林顿时任总统时,每天晚上睡觉前,会在一张卡片中列出自己当天联系的每一个人,并注明其重要细节、时间、会晤地点以及与此相关的一些信息,然后输入由秘书为自己建立的政治关系网数据库中。克林顿为了保持和发展自己的政治关系网,在公务十分繁忙的情况下,都没有忽视这些细枝末节。世界推销大师乔·吉拉德从未忽视小小名片的作用。他常常提着一万多张自己的名片去看棒球赛或足球赛,而且当比赛进入最高潮的时候,兴奋无比地站起来,将手中的名片大把大把地撒向空中飘入人群,进而让更多的人知道他是谁、干什么。由此,他持续地积累了大量的人脉资源,为他推销汽车创造了许多机会。他一生总共销售了一万三千零一辆汽车,至今仍未有人能打破这一纪录。看来,"因为我忙""因为事小"不是忽视的理由。在一个单位,在一个家庭,有些人和事之所以速定速办,是因为主人权衡利弊得失后,对这些人和事重视了。只要重要,即使自己再忙,再小的人和事也不会忽视。

人体某些疾病能相互传染,如果控制不住,一旦泛滥起来,便会成为灾难。当年"非典"在全国流行,人们迄今仍然记忆犹新。忽视也像一种传染病,假若任其发展,会感染人的意识指挥系统,进而越来越麻痹。解决这个问题,很重要的一点是,不断激发人的兴趣。兴趣是成功事业、圆满家庭、幸福人生的源泉。人,活就活在希望里,活就活在兴趣里。要是没有了希望和兴趣,人生便缺少了价值和意义。对人对事,有兴趣了,特别是有了浓厚兴趣,随之而来的便是重视,重视了,便会积极起来,而不是被动应付和消极对待。人生苦短。我们每个人不可能对人人都重视、对事事都重视,当然,也不应该对人人都忽视、对事事都忽视。从一定意义上说,人就是在忽视与重视的拿捏中,把握人生的活动,决定人生的走向。季米特洛夫有言:"要找出时间来考虑一下一天中做了些什么,是正号还是负号。假如是正号——很好;假如是负号,那就采取措施。"在茫茫人生路上,尽管很忙很累,但我们也应时不时地静下心来,对已经过去了的人和事,好好回顾和检讨一下,哪些不该忽视,哪些无需重视,以便总结和吸取经验教训,把下一步的人生之路迈得更稳健,也更有滋有味。

清零与累积

中国中央电视台有个《开门大吉》节目，主持人为尼格买提。按照节目规则，挑战者登台，先自选哪号门，等听毕几声歌曲，主持人便请挑战者在15秒钟内说出其歌曲名。说对了，即为挑战成功，主持人给挑战者记上一笔家庭梦想基金；说错了，即为挑战失败，主持人则把挑战者此前累积的家庭梦想基金全部清零。在人们的心目中，累积好的东西，总是高兴的，多多益善么，故挑战者挑战成功，即欣喜若狂、欢呼雀跃；清零，则把原本获得的东西一点不留，心里总是不乐的，功亏一篑、前功尽弃难免有些懊恼，故挑战者挑战失败，情绪顿时便会低落下来。这是在电视节目中现实版的运用清零与累积原理而策划并实施的游戏，让广大观众在笑声中获得感悟、陶冶情操。

清零是对既有的一种否定，有主动与不主动之别，有自觉与不自觉而别，有彻底与不彻底之别。清零的对象，不仅有物质的，而且有精神的；不仅有健康的，而且有龌龊的；不仅有必要的，而且有无需的；不仅有社会的，而且有家庭的。清零的方式，有和平的、武力的，有渐进的、激进的，有文明的、野蛮的，有内部的、外部的。清零的目的，有的是进步的、有的是反动的，有的是前进的、有的是倒退的。而累积是对既有的一种肯定。积，累加也。由于积的对象不同，其结果迥异，如积土成山、积水成渊、积习成常、积劳成疾。总体上，积的方式是积微成著、积铢累寸。好的积，功德无量，如积厚流广；坏的积，贻害无穷，如积重难返。清零与累积，对不同对象来说，有的时候是先后进行、有的时候是同步开展，有的是等量进行、有的是差额开展，有的是良性进行、有的是恶性开展；对同一对象来说，则是依据主观上的不同目的，或遵循客观上的自然法则，因人因事和因时因地加以选择。

笔者分析，从积极意义上说，在现实生活中，有如下十个方面要清零：其一，事业发展要清零。人的一生，要进入好多个学习阶段，要从事好多个职业岗位,要调换好多个工作单位,成绩只能说明过去,进步不能代表未来。为了事业的发展,作为个人,在新的起点上必须从头做起,从小做起,从无做起。当年毛泽东即有诗曰:"雄关漫道真如铁,而今迈步从头越。"如果你不把过去的成绩和进步作一番清零,则很容易成为包袱,进而影响自己的进取和前行。其二,人情交往要清零。无论是亲戚之间,还是朋友之间,在人情方面,马虎不得,糊涂不得。人要长交,账要短算;人要久共,账要算清。人人心中都有一本人情账,只是没有显化而已。人们常说,千欠万欠,不欠人情。而不欠人情,唯有清零。当然,在清零时,要注意时机和方法,不能锱铢必较,不可太直来直去,并要从维护和发展情谊出发,尽可能多做些奉献和付出。其三,和睦夫妻要清零。男男女女,每个人都有一定的隐私。结婚以后,夫妻必须对各自过去在情感方面存有的东西来一番恰当而有效的清零。作为二婚、三婚等多次婚的男女来说,更要在这点上高度重视。否则,轻的,影响婚姻质量;重的,危及婚姻稳定。君不见,一些夫妻之所以离婚,就是因为一方或双方对过去的男友(女友)或丈夫(妻子),在感情上藕断丝连,甚至暗中同居。其四,化解怨恨要清零。人在与他人交往中,可能会有意或无意地与他人结下或多或少、或大或小的怨恨。如何化解这些怨恨,清零是个好办法。《红楼梦》里的宝钗在这方面是个榜样。孤傲清高的黛玉,对宝钗与宝玉的亲近颇为嫉妒,因而每有机会,黛玉总要对宝钗贬损一番,但是,宝钗总能用适当而巧妙的办法予以化解。因为,宝钗心里是清零的,她与黛玉是"同病相怜"的,不存在你争我夺。其五,摆脱绝望要清零。人的一生,既会有心花怒放、春风得意的日子,也会有垂头丧气、萎靡不振的时候,有的人甚至还会有悲观绝望的辰光。若想摆脱绝望,最有效的办法是对已经产生的不幸从思想上进行清零,怀揣希望坚强地站立起来,去争取美好的未来。"哀莫大于心死"。人不能清零过去的不幸,只会渐渐失去继续生活的信心,任其发展,有的还会自己走上不归之路。其六,化解压力要清零。压力人人都有,从生下到死前。人有好多压力是由自己过高的要求引起的,并不是在物质上饥寒交迫、在精神上卑躬屈膝的处境下产生的。如果对既得的名誉、利益和感情进行合理的清零,或许会大大化解压力。其七,知识积累要清零。李大钊有言:"知识是引导人生到光明与真实境界的灯烛。"杜甫诗曰:"读书破万卷,下笔如有神。"人的一生必须是学习的一生,通过学和习,不断积累知识。实际上,每次学和习,既是站立在已有知识的肩膀上,使自己看得更加高远辽阔;又是经过认真清零而储存已有知识,使自己日益厚积起来。如果不作这样的清零,很容易骄傲自满起来,即使仍在学和习,也容易浅尝辄止。其八,虚怀若谷要清零。爱因斯坦成名以后,各种荣誉和礼遇纷至沓来。他不但获得了诺贝尔物理学奖金和富兰克林奖章,而且还成为一些国家总统或国王的座上客。但他却没有沉溺于这些荣誉和礼遇上,而是保持着清醒的头脑,更加谦虚谨慎、艰苦朴素和忘我工作。笔者揣度,这是这位伟人清零心态的显露。在现实生活中,凡虚心谦逊的人,他的胸怀往往会像深广的山谷那样清零,而不会自命不凡,满足于已取得的成绩。其九,驱除忧郁要清零。忧郁,愁闷也。忧郁大多从扫兴、生气和苦闷中产生。忧郁这种情绪发展下去,就会出现忧郁病症。它常常使人感到不快乐、不顺心、不满意。怎么办?好好来一番清零吧,向家人或好友倾诉一下藏匿自己心中已久的苦处、委屈和烦恼,说不定就会"阴转多云,进而放晴"。其十,自强自立要清零。世俗意义上的人生是从剪断脐带那一刻开始的,正是一个一个地通过学和练,逐步使自己摆脱了对父母的依赖,直至长大成人和立业成家,成为完全自立于社会的人。可以这样说,人不断成长的过程,就是不断清零的过程。事实上,依赖是对生命的一种束缚,其所呈现的是一种寄生状态。不断清零的过程,也是不断斩断寄生的过程。人是需要逼的,不管是直逼还是倒逼,不管是内逼还是外逼,也不管是上逼还是下逼,逼是一种强迫,逼是一场革命,不做不行,不依不行。在自强自立的人生路上,必要的清零也是需要逼的。

　　清零与累积,对每个人来说,并不是一路春光,很多时候是非常艰难的。尤其是清零,许多人对既得的名誉、利益和感情,有时不想、不愿也不敢随意放弃。但是,这没有更好的办法,该忍痛时就得忍痛,该弃舍时就得弃舍,为了让自己活得更真实、更自然一些,也为了让自己过得更充实、更快乐一些。只要不可或缺,空灵的感觉是十分美好的。

讨好与得罪

人生六十,是花甲之年、耳顺之年。笔者喜迎孙辈将临。好友问之,感觉如何?笔者答曰,幸福无比。何以见得?笔者娓娓道来自有五种心绪,即传承(有了薪火相传人)的心绪,希望(期盼一代更比一代强)的心绪,补偿(年轻时忙于事业欠下儿辈的情、到年老时还给孙辈)的心绪,讨好(只要儿辈高兴、父辈干什么都行)的心绪,寻乐(尽享人间祖孙天伦之乐)的心绪。有人对其中讨好的心绪有点费解,笔者以"过来人"的身份告知:待到尔辈亦此时,自知其意毋需师。

讨好是什么?它指在人际交往中,为取得别人的欢心和赞扬,故意使自己的言语和行动合乎别人的心意。在日常生活中,它基本上属于一个中性词,使用得好,效用美好。其一,用在孝敬父母上。人老了,最怕孤独。怎么办?做儿女的要多从这方面去讨好。如"常回家看看",多打些电话问候问候,多安排父母与其他亲人聚会,时而陪父母出去游览,鼓励父母多参与社区活动等。其二,用在对待配偶上。夫妻相处时间长了,对方所有的喜好也知道了。作为配偶,要尽可能投其所好。如妻子周末想去逛商店,丈夫去陪同;丈夫晚饭后想打乒乓球,妻子随同一起去;妻子把结婚纪念日给忘了,丈夫给妻子来一个莫大惊喜;丈夫出远差回来,妻子给丈夫来个热烈欢迎。其三,用在关怀儿女上。有人说,爱到深处是犯贱。有许多父母退休后,衣食住行,无忧无虑,而且家境殷实富裕,却埋身于儿女家,不是保姆,胜似保姆,买菜、烧饭、洗衣、带孙子、搞卫生,无活不干,且乐此不疲。真可谓,又一种"可怜天下父母心"。其四,用在朋友交往上。有的男闺蜜或女闺蜜,投对方所好,真是不遗余力,其甚者,已达到自轻自贱的地步。还有的人,尽管不会讨好,但很尽力。如电影《北京遇上西雅图》里,吴秀波演的"落魄叔"被前妻嫌弃没本事而遭到抛弃。而他,在前妻再婚婚礼的前一天,还为了能讨得前妻欢心而贱贱地跑去为她取婚纱。其不可思议的心甘情愿,由此可见一斑。

人生于世,按说不必过于强迫自己,率性而为,随遇而安,这样可以活得洒脱自由、真实自然一些。但是,因为这样或那样的需要,人身在江湖,有时还不得不讨好。据报道,美国哈维·麦凯在一项募捐活动中见到了总统的女儿,想去主动认识她,但他又不能确定她是谁的女儿,因为杜鲁门、罗斯福、肯尼迪、约翰逊、里根、布什和克林顿都至少有一个女儿,如果唐突地问她是哪位总统的女儿,那会非常尴尬。他为了讨好她,主动走向前去与她搭话。他没说别的,只是简单地告知,在总统选举时,自己曾资助过她的父亲,并把最后一票投给了她的父亲。这一下子使她与他在心理上接近了不少。后来,哈维·麦凯的事情成功了,其中这位总统的女儿为他提供了帮助。有史载,少年时,晏殊以"神童"著称,宋真宗想测试他。他见之试题,如实说:"皇上,这试题我练习过,请皇上另外出题。"宋真宗笑着对群臣说:"晏殊品质多好,你们学学。"群臣不作声。他忙跪下说:"不是的,皇上。其实我就年轻点,记性好。这些前辈大臣们才是我学习的榜样。"他的一席话,既赢得了宋真宗的信任,也赢得了群臣的心。他接过皇上另选题后,短时间内便做完了,宋真宗看了十分满意。后来,宋真宗把他提升为陪太子读书的贴身秘书。从上可见,晏殊既能坦白,又会讨好。讨好在中国现实社会里,也是不可或缺。笔者分析,在职场上,为了讨好领导或老板,作为部下和员工要做到"四个一点"。即领导或老板说的,你要干好一点;领导或老板没有说的,你要多干一点;出了问题,追究责任,你要多担一点;有了功劳,上级给予奖励,你要多推一点。这"四个一点",对领导或老板颇能讨好。

俗话说,马屁不能拍在马脚上。讨好必须讲究对象和方法。世时有"三教九流"(儒教、佛教、道教,儒家、道家、阴阳家、法家、名家、墨家、纵横家、杂家、农家),讨好须各有千秋,千万不可机械教条。倘若弄得不好,便是啼笑皆非,甚至适得其反。孟子有言:"胁肩谄笑,病于夏畦。"说的是专意取悦别人,缩着肩膀,讨好媚笑,这种状态比在夏天烈日下的田堤上干活更难受。孔子有言:"巧言令色,鲜矣仁。"指的是一个人说话一味地力求中听、面色一味地力求和善,以装点成一个受欢迎的人,这种过于讨好的人往往内在缺乏仁德。笔者认为,在讨好这个问题上,务须把握好如下两点:一是要分清对象。对老的、少的,对男的、女的,对生的、熟的,对上的、下的,对内的、外的,其讨好的方法是不一样的。在社会上和家庭里,一定要知道"你是谁、在哪里"。在讨好他人时,一定要明白"为了谁、怎么为"。有这么一个故事,颇耐人寻味。英国女王维多利亚与丈夫阿尔伯特相亲相爱,谐适真挚。作为一国之王,维多利亚每日忙于公务,而阿尔伯特却不太关心政治,对社交缺乏兴趣。因而,夫妻之间有时也难免闹点别扭。一天,维多利亚忙完工作深夜才回卧室,见房门已经关闭,便敲起门来。"谁?""我是女王。"门内门外,一问一答。门没有开,维多利亚继续敲。"谁?""维多利亚。"门还是没有开,维多利亚再继续敲。"谁?""你的妻子。"这时,门一下子开了,阿尔伯特热情地用双手把维多利亚拉进了卧室。二是要注重方法。总体上,人际交往必须展示出真诚、善良和美好,千万不可惹被讨好的人厌烦。要深入了解被讨好的人的心理,真正做到好话好说、好事好做,勉为其难、强人所难是向人讨好之大忌。我们在影视节目里,不时会收看到有关讨好的故事情节,其中有的是由于讨好者的方法不对,结果事与愿违。

得罪与讨好,二者从出发点到落脚点,都判然不同。得罪,指言论或行动没有礼貌,冲撞了对方,遭人不快或怀恨。诚然,人在世上,要一点不得罪人是不可能的,因为你做不到时时处处都能使对方满意和高兴;更何况,好多时候,得罪人是在不自觉、无意识中发生的;再说,有的得罪人还确实难以回避。但是,不管怎么样,人还是要尽量少得罪人,起码的,不要恶意地去得罪人。其实,地球不大,世界很小。冤家路窄。说不定在哪一天,得罪人的人还不得不与被得罪的人相共相处。不难理解,那是多么不好意思呀!真是的,早知今日,何必当初!然而,为时已晚,被得罪的人的心里总会有抹不去的阴影或除不了的伤痛。每个人来到这个世界上都很不容易,即使不为来世只为当今,即使不为他人只为自身,也应当多讨好、广积善,少得罪、不积恶。

等待与走开

中国汉语言文字中的等待，使用频率很高，其意指不采取行动，直到所期望的人物或事物或情况出现。诸如：等待出生，等待长大；等待上学，等待毕业；等待恋爱，等待成家；等待就业，等待升职；等待来电，等待来信；等待表扬，等待批评；等待道歉，等待责备；等待续缘，等待断交；等待成熟，等待收获。人之短短一生，不知要花多少时间放在等待上头。在各种各样的等待中，有人欣喜，有人忧愁；有人自然，有人无奈；有人成功，有人失败；有人主动，有人被动；有人希冀，有人绝望。

笔者分析，等待有如下六种情形：第一等待时机。时机是具有时间性的客观条件，稍纵即逝，瞬息万变。时机一向青睐和钟情有准备的人，而有的人则一直瞄准和等待时机。泰德·威廉姆斯是美国棒球史上最伟大的击球手之一，是过去70年来惟一一个单个季赛打出400次安打的棒球运动员。他的击球技巧是：将击球区划分成77块小格子，每块小格子只有棒球那么大。只有当球落在最佳方格里时，他才会挥棒击球。沃伦·巴菲特是全球著名的投资大师。他的投资业绩有目共睹，无人所及。他一直对泰德·威廉姆斯敬佩有加，经常把投资比喻成击球：要想取得高于平均水平的业绩，必须等待。第二，等待贵人。在生命旅途中，每个人都需要他人帮助。在现实生活中，人与人之间能力和水平上的差异，说小很小，说大巨大。在某段时间、某件事情上对您的帮助，有的人可以起到关键性或决定性的作用，有的人只能起到细微性或辅助性的作用。前者，即可谓生命中的贵人。贵人不是时时处处都有，需要我们等待，有时甚至需要我们经年累月耐心等待。第三，显示韧性和坚强。韧性是一种勇于对抗挫折的能力。坚强是一种不可动摇或不能摧毁的意志。在坚持韧性和保持坚强中，等待必不可少。南非第一任黑人总统曼德拉，是一位享誉世界的民族斗士。他在狱中27年，无论精神上还是肉体上，都受到了摧残，可他却从来没有丧失过斗志。在斗争中等待,在等待中斗争。1991年,他终于迎来了南非第一次不分种族的总统选举。第四,显示忍耐和宽容。孔子曰:"小不忍则乱大谋。"俗话说:"人要宽大为怀。"在坚持忍耐和保持宽容中,等待不可或缺。别人一时说错了话、做错了事,你应该等待,等待别人自己能够认识和改正错误;别人说话礼貌不够、做事礼节不到,你也应该等待,在等待中理解和谅解别人。在这点上,哲学家蒙田有段话意味深长:"若结果是痛苦的话,我会竭力避开眼前的快乐;若结果是快乐的话,我会百般忍耐暂时的痛苦。"第五,等待变化。人们深化认识,务求去粗取精、去伪存真、由此及彼、由表及里。事物质量演化,少不了一个个节点、一分分时光。在此量变质变、以逸待劳、集腋成裘的过程中,等待缺少不得。如一些动物生存中的等待。在澳大利亚,围巾蜥蜴会在夏季食物不足的时候进入半休眠状态。此时,它们新陈代谢的速率只有正常状态下的三分之二,每周才进食一次。依靠这种假死状态,围巾蜥蜴度过了整个夏天。第六,等待安宁。当今社会,有的人物质越丰富,期盼越高涨;只作横向比,不作纵向比;生活越优渥,烦恼越增多;名利越获多,牢骚越不少。其结果是,自认为不合理的事情、不公正的待遇越来越多。这实质上是一种利己主义,万事当头,先考虑甚至只考虑自己,少顾及甚至不顾及别人。如今,我国公职人员违规、违纪、违法现象多发、高发,原因之一是,这些人耐不住寂寞、守不得清贫。换言之,这些人不能坚守应该坚守的,不能等待应该等待的。从一定意义上说,人若能等待,心里便会安宁,身体便会安全。《辛夷坞》是王维的诗作,其中写道:"木末芙蓉花,山中发红萼。涧户寂无人,纷纷开自落。"诗意是,在辛夷坞这个幽深的山谷里,辛夷花自开自落,平淡得很,既没有生的喜悦,也没有死的悲哀。人应该像辛夷花那样,永远保持着真实的自我。近见网络新语:"20岁以后,故乡与外地都一样;30岁以后,白天与晚上都一样;40岁以后,有没有学历都一样;50岁以后,漂亮与丑陋都一样;60岁以后,官大与官小都一样;70岁以后,房多与房少都一样;80岁以后,钱多与钱少都一样;90岁以后,男人与女人都一样;100岁以后,起不起床都一样。"其言之,虽然有些失之偏颇,但蕴意确有一定道理。人看开了、想通了,在自己的生命中,不管遇到什么事情,该加快时得加快,该等待时得等待,该放缓时得放缓,每种状态缺少不了,每种状态都有精彩。

"三十六计,走为上策。"此谓之,人身处困境时,一旦不用等待,必须主动走开。因为只有这样,才能摆脱困境。走开,实质上是一种战略性的放弃,也是一种战术性的放弃。巴尔扎克有言:"学会放弃也是一种能力。在人生的大风浪中,我们常常学船长的样子,在狂风暴雨之下把笨重的货物抛掉,以减轻船的重量。"人不能死等、瞎等。其道理很简单,一则岁月不饶人。

生命忽忽几十年，很多时候，人真的等不起。虽然有些等的精神可嘉，但是等的办法实不足取。二则客观难改变。笔者认为，等待必须看清对象、分别对象，如果这件事已成定局或是大势所趋，那么，不论眼下情景如何，明智之举是死等、瞎等；如果个人与一个国家、一个集团、一个机构去争，那么，不论当前形势如何，明智之举是别死等、瞎等。在无力改变客观的情况下，如果你再等，要么是不自量力，要么须冒风险。三则规律人难违。世上任何事，在发生、发展过程中，既有外力干预，又有内在规律。一事当前，我们必须认清规律，而且是越早认清越好。如果不顾规律地去等，即使是等到地老天荒，也没有什么好结果。因此，死等、傻等，既是弱智的表现，也是固执的表现，缺少灵活，缺少科学，应尽可能避免。当你预计千方百计都无法实现目标时，当你预计倾其所有都不能成功时，当你预计艰难险阻都不可战胜时，那你务必作出新的选择，即义无反顾地放弃。此时，你大可不必灰心丧气，因为这时的放弃并不意味着失去，更不意味着失败，而是量力而行地去谋求另一种成功或另一项成果。

的确，人的生命历程是一个等待与走开相互交织的过程。如何等待与走开，直接关系到人生丰收与欠产，每个人应当好自为之。

保守与勇敢

只想维持现状,不求革故鼎新;不愿接受新鲜事物,跟不上形势发展;对不利条件估计过高,对有利条件预判太低;死板地按老规矩办事,不知变通处理。诸如此类,都是保守的表现。

在中国社会,保守这个词贬义远远大于褒义。在政绩考核中,干部仍担心被扣上保守的帽子,因为这顶帽子与开拓创新、敢作敢为背道而驰,很不利于职务提拔和级别晋升。在推进城镇化中,各地担心被上级批评或被群众指责为保守,因为这种批评或指责,说明这个地方未做到"有条件要上,没有条件创造条件也要上"。在人际交往中,许多人担心自己说话保守,故此刻意性地时尚起来,如称照相人员为摄影师,再见为拜拜,结账为埋单,小姑娘为美女,小伙子为帅哥,爹为爹地,妈为妈咪,甚至称局长为老板,科长为核心等。据报道,在国际社会,保守这个词并不都那么厌恶,起码是个中性词吧!不是么,在外国就有保守党。意大利文里,保守的本义是为了保存过去的一些伟大的东西。笔者愚见,这个释义可能就是保存和守护的意思。难怪乎,意大利艺术家库奈里斯前些时候来中国北京举办作品展,有媒体记者问他:"如果有人用'保守'来评价你现在的作品,是否会令你感到不快?"他答道:"我不只是保守,是非常保守。"

笔者认为,对保守既不能一概否定,也不能一概肯定,主要看其保守什么。当年中国"大跃进"时期,许多地方不顾实际情况,纷纷建起小高炉大炼钢铁,甚至把家家户户的炊用铁锅也砸了来作原料。如果当时有人保守一下,恐怕可以减轻不少人为灾难。前些年,有些地方不从实际出发,以发展新城、新区为名,搞大拆大建,弄得老百姓怨声载道,单人访、群体访持续不断,有的地方还发生了械斗,出了命案。如果此时有人保守一下,也许能够缓解一些社会矛盾和纠纷。有的建筑物、构筑物之所以出现裂缝甚至倒塌,也有可能是因为在勘察设计和施工建筑时偷工减料。如果那时有人保守一下，兴许不至于出现严重的后果。在医疗上，有个众所周知的"保守疗法"，即患上了肿瘤之类的毛病，不采取手术切除的办法，而是通过中西医结合的办法进行治疗。这种办法，对有些人、某些病还真的挺有疗效。在做人与处世方面，从一定意义上说，能保守乃是有定力。孟子曰："富贵不能淫，贫贱不能移，威武不能屈，此之谓大丈夫。"在现实生活中，一个人于贫贱之时能保持平常心态是很难做到的，一个人于富贵之时能坚持不骄不傲更是很难做到的。这就需要学会自我控制。怎么自我控制？知足常乐也。中国有个成语，叫"欲壑难填"，说的是，人的欲望一个接一个，得寸进尺，得陇望蜀，贪得无厌，永无休止。这种人在名欲、物欲、情欲上，不可能保守，到头来，会像中国古代传说中的怪兽饕餮那样，由于贪吃，吃得太多，而被活活撑死。在家里，也有个保守的问题，夫应守夫道，妇要守妇道，如果一方或双方都是"性解放"的崇拜者，在外面有"第三者"，甚至养"小蜜"或"小白脸"，这个家庭便难以和谐。在家庭教育方面，父母对儿女既要精心培育，又要根据天赋。有的父母对儿女的学习成绩期望值太高，只要儿女稍有疏忽，不是热情鼓励，而是横加指责，弄得儿女产生逆反心理。如果父母在这方面保守一些，或许不会出现适得其反的效果。

当然，保守绝非尽善尽美，社会要发展、人类要进步，一味保守，那是毫无出路的。在保存和守护积极的、先进的、科学的东西的同时，应当勇敢地面对现实，勇敢地开拓创新，勇敢地奋力前行。这是因为：其一，当机立断要勇敢。一个复杂问题摆在面前，作为领导者，应该透过现象看本质，分析其什么是主要矛盾，什么是矛盾的主要方面，进行由此及彼、由表及里的科学研判，在坚持民主集中制的前提下，果断拍板，形成决策。遥想当年，毛泽东决定组织中国人民志愿军抗美援朝，在新中国刚刚诞生、反动势力亟待肃清、资金物质严重匮乏的情况下，面对强大的以美国为首的所谓"联合国军"，要作出这样的决定需要有何等勇敢啊！其二，抓住机会要勇敢。我们每个人的心中都有梦想，有的梦想这、有的梦想那，有的梦想大、有的梦想小，有的这个时候有这种梦想、那个时候有那种梦想，只要有机会，一定要抓住，争取梦想成真。但是，在现实生活中，许多人面对机会，缺乏必要的勇敢，总是瞻前顾后、患得患失，结果呢，任由一个个机会擦肩而过。其三，战胜困难要勇敢。托尔斯泰说过："当困难到来的时候，有人因之一飞冲天，也有人因之倒地不起。"试想，要一飞冲天，缺乏勇敢只能是奢望。人生路上，不可能到处莺歌燕舞，总会遇到这样或那样的困难，在困难面前，惟有鼓足勇气，才有可能踏平坎坷成大道。其四，参与竞争要勇敢。人生无期奋斗不止，而奋斗便是竞争，其中有学分的竞争、岗位的竞争、职级的竞争、生意的竞争，还有情场的竞争等。很多时候，在竞争中能否胜出，就取决于勇敢与否。其五，改正错误要勇敢。孔子曰："君子之过也，如日月之食焉；过也，人皆见之；更也，人皆仰之。"列宁说："不怕承认自己的错误，不怕一次又一次地改正这些错误，这样，我们就会登上山顶。"先哲和导师告诫我们，有了错误，决不能害怕他人批评，也不能不作自我批评。同时，要勇敢地去改正错误，而且是改正得越迅速、越彻底越好。其六，探索科学要勇敢。在人类历史上，几乎所有重大的发明和发现都是勇敢者的行动和作为。古时如居里夫人发现镭、牛顿发现"万有引力"、门捷列夫发现和建立"化学元素周期律"、张衡发明"地动仪"、祖冲之研究出精确的"圆周率"，当今如杨利伟、景海鹏、费俊龙、聂海胜、刘洋（女）等航天英雄的飞天壮举。他们无不是科学研究领域领军式的"勇敢"者。

笔者撰写本文的目的，是想说明一个问题：人切勿不分青红皂白地反对保守、批判保守、不许保守，也切勿不辨是非地倡导勇敢、宣传勇敢、坚持勇敢。

重复与重新

相传,唐朝诗人李白读书之时,曾遇一老媪,磨杵不辍,便问何为。老媪答曰:"欲磨作针。"李白深受感动,由此奋发,终成大业。雨水降落至房舍,流下时滴答滴答不止,年复一年,把地上的一块块石板滴成了一个个浅窝。木匠手工锯木,一片亮晶晶的锯条来来回回抽动,一点一点地把木头锯开。渔民织渔具,一梭一梭地上下窜动,不一会儿便成一片渔网。春耕、夏种季节,农民翻耕农田,一锄一锄地落下,一天下来,一二亩农田便翻耕完毕。如上情形,有一个共同的特质:重复,即同样的动作一次又一次地进行,其体现的是一种持之以恒的精神。

重复,指相同的东西又一次出现、相同的情况又一次发生,或又一次做相同的事、又一次说相同的话。总体上说,人们对重复并不太喜欢,因为容易枯燥乏味、容易生烦生厌。然而,在自然界,在人类社会,重复的现象太多了,太多到无处不见,太多到无时不有。在所有的空间、领域里,都广泛存在着重复。读书时,要一遍一遍地习字,要一遍一遍地背书;工作时,相同的活儿要一次一次地干,相同的会议要一次一次地开;在家里,一日三餐,早上稀的,中午干的,晚上不稀不干的,要日复一日地做;教育儿女时,"时间抓紧一些""路上注意安全"之类的话,要一次一次地叮嘱;去医院看病时,这个楼、那个楼,这个窗、那个窗,要一个一个地跑;打扑克牌时,五十四张牌,几个人围坐在一起,要一张一张地抓。生活中,即使是做不同的事,里面也有相同的细节。从这个意思上说,人们须臾离不开重复。

重复有重复的必要,重复也有重复的益处。其一,科学研究少不了重复。伟大的化学家诺贝尔夜以继日、废寝忘食地工作,终于试制成功了炸药,为多国的工业建设和国防建设作出了杰出贡献。其临终时把开设炸药工厂赚来的钱献给了瑞典科学院,并以此为基金,建立了著名的诺贝尔奖奖金。其二,成就事业少不了重复。《变异》一书中提出了"一万个小时定律"。

书中分析了许多有名的成功人士,如比尔·盖茨、泰格·伍兹等,凡在某个领域成为杰出的专家,一万个小时是最基本的投入(泛指刻苦而又专业的练习)。其三,重复之中有契机。据说,在1948年辽沈战役时,林彪每天深夜都要求听取每日军情汇报,其实都是重复着一堆诸如歼敌多少等数据。然而,林彪从一些时日的某些数据的微妙变化中,判断出国民党王牌司令廖耀湘的指挥所就在附近,于是调整了军力部署和作战方案。其四,社交之中需重复。曾担任美国邮政总监的小吉姆,在帮助罗斯福参加总统选举时,每天总是重复地询问每一个陌生人的名字、家庭环境及政治立场,回到家后,连夜给这些陌生人发出私人信件,因此赢得了无数选民对罗斯福的倾心。小吉姆用此重复,记住了五万个人的全名。其五,深交新友靠重复。我们所有的朋友,都是从初步认识到再次联系再到深入交往发展起来的。在这个过程中,既有时间上、地点上的重复,又有事情上、人头上的重复。其六,调解矛盾少不了重复。有同事、朋友、同学、亲戚、老乡发生矛盾了,你去帮助调解,有些话要一遍一遍地重复说,动之以情、晓之以理。在这里,重复的力量在润物细无声中累积。其七,重复之中见性格。日本心理咨询网研究发现,人们出现在公共场所时,所选的座位会无意中透露个人的性格。一般来说,性格消极的人喜欢坐在靠近门口的地方;性格积极的人喜欢往里坐,远离门口。同样的道理,在聚餐时,喜欢坐中间位置的人,具有主导或带动席间气氛的气质,而其他的人,其席间参与交流的积极性,依距坐中间位置的人的近远而递减。其八,坚持到底要重复。如果你家住在大楼20层,一旦电梯坏了,一时半晌又修不好,那就不得不重复步子向上攀登。没有这样的重复,你甭想回到家。还有,参加单位组织的长跑比赛,主持人或裁判长一声令下,你就得加劲重复步子向前奔跑。其九,思考问题要重复。剑桥大学的心理学家戴邦纳博士总结了一套改善思维的方法,其中包括如何把优、缺点摆出来、如何估计后果、如何明确目的、如何寻找替代办法、如何考虑其他观点等。所有这些,都有一个反复思考的过程。其十,亲戚团聚须重复。如除夕之夜,合家老小围炉谈心,通宵不眠,以待天明。一年一年有除夕,除夕之夜年年过。在这般重复中,人间亲情得以醇厚和传承。苏东坡的《守岁》诗,古今闻名。诗云:"儿童强不睡,相守夜欢哗。晨鸡且勿唱,更鼓畏添挝。坐久灯烬落,起看北斗斜。明年岂无年,心事恐蹉跎。努力尽今夕,少年犹可夸。"这是诗人在重复的除夕之夜对"人生苦短,光阴易逝"的感观之作。其十一,开拓市场靠重复。宗庆后在《非常营销》一书中写到,他不厌其烦地在全国走访上千家经销商和代理商,一遍又一遍地讲重复的话,一个又一个地打动每个经销商和代理商。其十二,经营婚姻要重复。丈夫出差在外,妻子每天要打二三个电话,重复地问候丈夫"好不好""多保重"。"我爱你""我想你",这些亲昵的情话在夫妻之间重复使用,有着神奇的效果。当然,重复的坏处也不少,如喋喋不休地唠叨,如重蹈覆辙地走路,如再三再四地讲话,如没完没了地叫唤等。

重复不能简单化、机械化、木偶化。务必在重复中形成有新意、有价值、有潜力的积累,否则,这种重复的必要性、可行性、有效性便会大打折扣。这里有个与此相关联的重新的问题。重新,指变更方式和内容,从头另行开始。如果在重复中看不到理想的前景,那就得想方设法对重复的内容和方式进行必要的调整优化,实质上是重新,从而在新的重复中有更见成效的收获。

拎不起与撇不清

拎,属于方言,意为提也,如他拎了个桶到河边去打水。撇,抛弃、丢开之意,如把老一套都撇了。拎不起与撇不清,对个人来说,前者是因为太沉重,自己独个儿处理不了、承担不起;后者是因为太复杂,自己与别人搅和在一起,分不开。二者最大的不同是,前者是对内,后者是对外。在人生中,拎不起和撇不清的情形经常发生。不过,有的时候是外力所加,身不由己;有的时候是自寻烦恼,难以自拔。

先说拎不起。清朝诗人沈德潜在世时,极得乾隆皇帝的宠爱。乾隆皇帝每有诗作,都会交由沈德潜来润色。然而,沈德潜不但不把帮助改诗作的事保密,还到处炫耀自己。更让人惊讶的是,他竟然把代为乾隆皇帝写的诗作收入了自己的诗集。后来,此事终于有人禀报给了乾隆皇帝,乾隆皇帝大怒。虽然当时沈德潜已经去世好几年了,乾隆皇帝还是非常生气,亲笔降旨追夺了沈德潜的太子太傅官衔,收回了赠予沈德潜的所有恩赐,还将其坟墓铲平。从上可见,皇帝的御诗尊严高贵,沈德潜这般抢功,确实太自不量力。近见《老大的幸福》中由范伟饰演的主人公失恋一幕,令人心酸飙泪。主人公被其所爱的人拒绝,独自失魂落魄地走在街上,后上了一辆出租车,司机问他去哪里,他说"随便",司机说"随便的车费怎么算",他便掏出五十元递给司机,说"走完了五十元就停车"。于是,这辆出租车绕着一个大花坛转,转了一圈又一圈。从上可见,爱情是强求不来的,既然对方已经不愿意,自己应该知道进退,否则,自己只会在身心上给自己套上沉重的枷锁,难免痛苦不堪。在现实生活中,拎不起的情形时有见识和耳闻。如酒席上,在觥筹交错、情绪激昂之际,有的人会站起来发宏论、夸海口,好像其什么人都认得、什么事都能办。在查处大片违法违规用地现场,有的"小人物"会主动把责任都揽过去,然而其根本承担不了、担当不起这么大的责任,事实上也主要不是其的责任。如今,各地"留守儿童"不少,爸爸妈妈远在外地打工挣钱，没有时间也没有条件顾及，只好由爷爷奶奶或外公外婆在老家带养。然而，对这些"留守儿童"在教育上、亲情上的要求，老人们难以满足（也就是拎不起），故而，容易出现这样或那样的问题。

  拎不起怎么办？量力而行呗！货物太重了，会把担者压垮，或把扁担压断。人也是同理，切不可长期过于负重（包括思想之重、精神之重、工作之重、家务之重等），长期过于负重了，会压垮自己的身体，同时也会连累家人。人活于世，被诸多事和物（包括金钱、爱情、财产、事业、名誉、学业等）缠身，这些东西看起来都很重要，舍弃哪一个都不可以。但正是由于人的欲望无止境，才生发出了"得不到"的烦恼和"比不上"的苦闷。对此，人必须学会舍弃。在力不能及的情况下，惟有选择舍弃，才能解除忧虑、怨恨和失望，才能获得身的舒适和心的舒展。有人提出了"老三哲学"，即"上帝第一，别人第二，我永远第三"。这很有哲理。有了这个人生信条，在单位，你就能尊重领导、被领导赏识，你就能欣赏同事、被同事尊敬；在家里，你就能关怀配偶、被配偶肯定，你就能爱护儿女、被儿女敬重。

  再说撇不清。齐桓公在治国上依靠管仲，率先成就霸业，这是他明智的一面，但他还有另一面，即喜欢溜须拍马、抬轿提鞋的小人。第一个小人叫竖貂，第二个小人叫易牙，第三个小人叫开方。管仲病重卧床时，曾特别警告齐桓公，说他死后一定要驱逐这三个人出宫，不然这三个人必然为乱。管仲死后，齐桓公听从管仲之言把这三个人逐出了宫。但离开这三个人，齐桓公食不甘味、寝不安席，缺少刺激，觉得活着没劲，于是复召这三个人回宫。其时，齐桓公年事已高，已面临立储之事。这三个人极力主张立长子。后来齐桓公生病，这三个人为了矫托王命，把王宫用高墙围起，只留一个小洞供小太监送饮食，并很快连饭也不送了，齐桓公在饥渴中悲惨地死去。齐桓公死后，众公子忙于争夺王位，直到六十七日后才发丧，其时，齐桓公之尸已腐烂不堪。以上可见，齐桓公撇不清，喜欢与小人为伍，犯了非常低级的错误。据报道，在20世纪初优生学发展的早期阶段，西方许多生物学家走上了歧途，认为只有北欧人才是人类中优秀的种族，要防止他们的血统被"劣等民族"污染。这些观点后来与纳粹的反犹主义结合，成为纳粹实施种类主义和人种灭绝政策、进行骇人听闻大屠杀的理论依据。从上可见，科学技术知识如果与政治上、军事上的反动撇不清，则会成为反动者的帮凶。现实生活中，撇不清的情形常有见闻。如一些地方曝光的违法案件窝案，有的几个嫌疑人，有的几十个嫌疑人，在案情上相互撇不清，你中有我、我中有你，或你连着我、我连着他。某处发生特大火灾，有关部门查处后发现，相关责任人一个个都脱不了干系，有的责任本来就属于"模糊地带"，互相撇不清，造成你推我、我推你。有的夫妻离婚后,尽管各自又结婚了,然而还有那些撇不清的关系,结果弄得新家不得安宁,甚至又走向分崩离析。

　　撇不清怎么办?坚决果断呗!俗话说,当断不断,必有后患。人在世上,要活出个性,活出骨气,活出率真。在大是大非面前,爱憎必须分明,大不能患得患失、畏首畏尾,与人相处相交,堂堂正正,光明磊落;大不必自我矮化,唯唯诺诺,战战兢兢。"物以类聚,人以群分。"有人说,在左右逢源的人那里,找不到纯美的人性;在蝇营狗苟的人那里,找不到纯净的人格。时任北京大学校长蔡元培,为不与社会上的腐化合流,提出了不做官、不纳妾、不打牌的"三不"原则。清朝郑板桥的诗书画造诣过人,索求者如过江之鲫,然而他有独特的"三不卖"规矩:达官贵人、盐商富豪不卖,够生活了不卖,自己不喜欢的人不卖。人至无求品自高。品高了,人就能活在自己的世界里,就不会随时随地生怕说错什么、做错什么而变得左顾右盼、八面玲珑甚至趋炎附势起来,更不会违心违意地去与那些乌烟瘴气的人和事撇不清。

职来与职往

江苏卫视和中国教育电视台有一档节目《职来职往》，为职业招聘者与应聘者之间提供了一个具有导向性、操作性和观赏性的平台。诚然，中国古代处于农耕时期，在普通百姓眼里，务农不算工作，只有官吏、工匠、商贾等才是工作。进入近现代，中国随着商品经济和工业生产的快速发展，职业分工越来越细化，人员迁徙越来越广泛。不过，在新中国成立后的相当长的计划经济时期，工作安排要由国家和地方分配，人员调动须经双方尤其是调入方的批准同意。进入改革开放时期，随着工业化、城镇化和市场化、国际化的迅猛推进，中国人的就业、择业观念和方式发生了翻天覆地的变化，不再是"一锤定终生"。正因为此，社会上的招聘活动一个接一个，媒体上的招聘广告一条接一条，就连车站、码头等人员流动集中的地方也常见有人等候应聘。

笔者分析，职来与职往，相当于应聘与解聘，也相当于就职与辞职，通俗地说，便是找到工作与更换工作。人生在世，要有基本的生活，要有很好的生活，要有体面的生活，要有尊严的生活，必须拥有自己的职业、工作。否则，便成无源之水、无本之木（除非是"啃老族""富二代"）。因此，这个道理，尽人皆知，无须赘述。为什么有人要变动自己的职业、工作呢？大致有如下四种情况：其一，为了事业发展。一代哲学巨擘康德，在家教之路上踟蹰九年后，毅然选择了回归柯尼斯堡大学。在那里，他厚积薄发，完成了《纯粹理性批判》《实践理性批判》和《判断力批判》这"三大批判"巨著，建立了惊世傲人的哲学体系。其二，求得身心自由。《说文解字》中曰："槽，畜兽之食器。"顾名思义，跳槽是指从一个食槽跳到另一个食槽。世上常常把更换职业、工作唤作跳槽。动物跳槽为了生活，人类跳槽也是为了生活，而且都是为了自由自在地生活。既然自己的职业、工作不如意、不开心，既然自己与领导、同事相处得不快乐、不舒心，既然自己感到收入不能体现自身价值，那么，不管是主动解聘还是被动解聘,都是未尝不可的。其三,受到某种惩罚。在职场,选择是双向的。有的时候,机关和单位可以某种原因辞退员工,如违规、违纪等原因。近几年来,我国纪检监察机关查处了一批严重违法违纪的公职人员,有的还是省部级及其以上高官。这些人因为贪污受贿、失职渎职、腐化堕落而被开除党籍、开除公职,有的还被判处期限不等的徒刑。这种更换职业、工作甚至失掉职业、工作是一种极端情况,是外力所强制,但是这些人犯错、犯罪在先。其四,适应变化需要。在市场经济条件下,企业的生命周期并不长,中国每天都有大批企业关停并转,每天又有大批企业兴办开业。作为企业员工,不得不随之而不断更换职业、工作。就是不是企业员工,单位与单位之间,地区与地区之间,甚至国家与国家之间,也会有分分合合、合合分分。作为从业者,违背不了这个大局、大势。所以,人的一生,一般都要变更好几次职业、工作。

职来固然很不容易,职往当然颇有讲究。这个讲究即为艺术。现举两例:我国清朝末期最为有名的"红顶商人"胡雪岩,在未发迹前,有过两次跳槽,第一次是从大阜杂粮行跳槽到金华火腿行,第二次是从金华火腿行跳槽到杭州的银庄。每次跳槽,胡雪岩都不动声色,自然而然,而且能使老板欣然乐意地应允他离去。1974年8月9日,美国总统尼克松辞职。辞职信是写给国务卿基辛格的,只有一句话:"本人谨辞去美国总统之职。"被迫辞职的人,心中难免有怨气,但他在辞职信里没有一丝表达。他把辞职的感受,留在了对国民的电视广播中。在电视广播中,他也没有诉苦喊难,没有宣泄冤屈,没有攻击他的政敌。那场辞职演说,他端坐在美国国旗下,神色凝重,说话节奏徐疾有致,展示出了第一流政治家的风采。胡雪岩的跳槽与尼克松的辞职,尽管不是一个国度、不在一个年代、不是一个职业、不在一个层面,但注重方法的原理是相通的。现实生活中,有的人更换职业、工作时,显得草率随意,要么在自己还不知道喜欢干什么的情况下即不顾一切地把原有的职业、工作废掉了,要么在自己还没有落实下一个职业、下一份工作时即毅然决然地离去了,结果是,常常弄得对方甚至多方不欢而散。

人生是个舞台,职场也是个舞台,职来与职去本是寻常事。但是,身在职场,务求好好把握三点:一是自己须有才干。歌德有言:"如果是玫瑰,它总会开花的。"李白说过:"天生我材必有用。"一个人光有职来与职往的愿望还远远不够,必须具有职来与职往的基本素质,包括虚心好学的进取心等。那些好大喜功、好高骛远的人,不管有多少次数的职来与职往,终难成就人生事业的辉煌。到头来,只会空悲切、徒伤悲。二是从最基础、最基层干起。"万丈高楼平地起。"职场经营也是如此。放眼望去,那些商界巨富、官场显贵,无不是一步一个脚印地成长起来。据报道,20世纪50年代,余彭年从湖南背井离乡,只身一人闯荡上海滩。为了生存,他拉过黄包车,摆过地摊,打过很多种零工。他在16岁那年,为能出人头地,又从上海滩来到了人生地不熟的香港。正是这位从勤杂工做起的小伙子,若干年后创办了香港著名的彭年酒店。汤姆·布兰德20岁的时候进入美国福特汽车公司一个制造厂当杂工,经过坚持不懈的学习和锻炼,没有多久,就成为该厂装配线上最出色的员工,并因此晋升为领班。32岁那年,他升任美国福特汽车公司里最年轻的总领班。在职场,要想一步步进步和成长,必须从一件件小事、一桩桩琐事干起,由简入繁、由易及难,积小成多、积微成著,从而一次次实现由量到质的飞跃。三是须做机遇"明白人"。常言道,机不可失,时不再来。人在职场,面对一次次机遇,得注意两点:一点是不要轻易放弃自己在本机关或单位里的累积资历,如果意欲更换职业、工作,需认真掂量掂量自己的机会成本;另一点是不能做"亏本的勤奋",即切勿在自己的弱项上固执己见,沿着一条路走到黑。不把握好这两点,既对自己的人格不尊重,又对自己的人生不负责。

小聪明与大糊涂

现象之一,据媒体报道,某地为应对土地卫片执法检查,在违法占用耕地建成的水泥路面上,铺上了一层泥土,并栽上了时令的油菜。这样一来,卫星在太空向下拍摄,便发现不了这处违法用地。此事被公开曝光后,理所当然地受到了有关部门的严肃查处。

现象之二,某男子香烟抽得特别厉害,其夫人既出于对他身体上的考虑,又为了节省家庭开支,每月给他的烟钱有一定限额。他认为太少,无奈之下,利用每天早上由他去菜场买菜的机会,采取虚报冒领的方法,套取一点烟钱。此后被其夫人发现。少不了,两人大吵了一场。

现象之三,某学生不用功学习,成绩很差,但家里富裕,父母特别宠爱,要钱给钱,不打回票。然而,他想出了一个"妙法",每天的家庭作业付钱请同学代做,自己既不用动脑,也可多出时间来玩耍。但纸包不住火,一到考试,便"露馅"了。老师把此告诉了他的父母,毫无疑问,他遭到一顿毒打。

以上现象,都是有人耍小聪明。聪明,指人的智力发达,记忆和理解能力强,是褒义。聪明前面加个小,即常为贬义,指过于精明。其,好投机取巧,好华而不实,好欺上瞒下,好阳奉阴违,好搬弄是非,好推诿扯皮,好文过饰非,好花言巧语。

小聪明,害死人。有这么一则寓言:一个猎人进山狩猎,与一只黑熊相遇。这时,猎人只要举枪即能击毙黑熊。然而,黑熊说,如果要想获得完美的熊皮,你就应该把枪口对着我的嘴巴。听后,他停止了举枪,因为完美的熊皮油光发亮,让他陶醉了。于是,黑熊把自己的嘴巴往他的枪口上放,他也顺其所为。结果,猎枪在黑熊嘴巴里移动的一刹那,他便被黑熊吃掉了。本来,作为猎人,狩猎能打到一头黑熊本该心满意足了,如果不与黑熊谋得完美的熊皮,那绝不可能是这样的悲剧。此真可谓:"机关算尽太聪明,反误了卿卿性命。"

小聪明，大糊涂。社会上广为流传"难得糊涂"这句话，那是郑板桥写的。应当指出，难得糊涂，既有积极的一面，即表现出了不与黑恶势力同流合污的骨气；也有消极的一面，即反映出了看破红尘、悲观厌世的思想。糊涂，常指不明事理，对事物的认识模糊或混乱。人在世上，在带有原则性、根本性的大是大非面前，是不能糊涂的。当年邓小平与撒切尔夫人谈判香港回归时，什么都可以让步，什么都可以糊涂，惟有香港进驻中国军队、悬挂中国国旗、应用中国法律这三点不可动摇。而要小聪明者，不管必要不必要、合适不合适，总会生发出有违常规、常纪和常理、常情的事儿来，轻则令人啼笑皆非、哭笑不得，中则冒犯、得罪他人，重则招来杀身之祸。遥想三国时期，杨修好耍小聪明，一次次触及曹操的痛处，终成大糊涂，弄丢了自家性命。

聪明与糊涂，有真聪明与假聪明之分，有真糊涂与假糊涂之别。人在待人处事时，须来点真聪明和假糊涂。相传，尉迟敬德是唐太宗身边的一员猛将，战功赫赫，曾在战场上多次救过唐太宗的命。唐太宗登基后，他居功自傲，有恃无恐。一次，唐太宗举行宴会，因为有人坐在他的上首，他便大打出手，搞得宴席不欢而散。此时，唐太宗来了个假糊涂，待到席终人散后，耐心细致地做他的工作，这让他佩服得五体投地。如果唐太宗不这样做，其结果就是另一番了。笔者曾听人讲述这事：那是20世纪70年代末、80年代初，作为一种福利，省级机关有时候也给大家分点鲜鱼。机关里一个部门几个人，共分到十几条鲜鱼，没有秤，怎么给大家；再说，即使有秤，把鲜鱼砍成一块一块的，又脏又腥。于是，负责内勤工作的同志，便把这些鲜鱼大小搭配一下，放成几个堆，供大家自选。部门主要领导每次都让大家先选。结果是，大家都不好意思挑多些的，最后留给这位领导的，常常是最多的。而且，大家由此更敬佩这位领导。部门另一位领导就不是这样做了，他总喜欢自己先选。结果是，他虽然拿得多些，然而，也只比别人多了一点点。而且，大家由此从心里更鄙视这位领导。在现实生活中，有些人自认为聪明，还以此津津乐道，其实是假聪明，不懂韬光养晦，不知深藏不露；有些人自认为是学着郑板桥所言搞糊涂，还以此夸夸其谈，其实是真糊涂，不懂大智才能若愚，不知糊涂只可难得。

人在江湖上闯荡，小聪明，使不得。习近平总书记要求各级领导干部做到"三严三实"，即严以修身、严以用权、严以律己，谋事要实、创业要实、做人要实。笔者认为，这"三严三实"无疑也是治疗和戒除小聪明的灵丹妙药。我们宁愿让别人说自己死板，也不能靠小聪明去阿谀奉迎；我们宁愿让别人说自己平庸，也不能靠小聪明去捱风缉缝；我们宁愿让别人说自己失败,也不能靠小聪明去蝇营狗苟;我们宁愿让别人说自己傲慢,也不能靠小聪明去奴颜婢膝。在为人处世时,切勿不问青红皂白地来糊涂,应当在弄清真实情况的前提下,该糊涂时则糊涂,可糊涂时就糊涂,当然,不能糊涂时,必须鲜帜鲜明,执着坚持。千万不要耍小聪明、犯大糊涂,造成人生遗憾。

愚笨与机敏

凡经历过"文化大革命"的人,对毛泽东的《愚公移山》著作记忆深刻。《愚公移山》本是中国古代寓言故事,说的是,愚公门前有两座大山挡住去路,便带领一家人全力以赴开山。有人讥笑愚公。愚公说:"虽我之死,有子存焉;子又生孙,孙又生子;子又有子,子又有孙;子子孙孙,无穷匮也,而山不加增,何苦而不平?"于是挖山不止,终于感动上帝把山移走了。毛泽东在著作中借用这个故事,号召全党、全军、全民弘扬不怕困难、顽强奋斗的精神。

愚笨的本义指人的记忆、理解、动手、执行、表达、交际能力差。在现实生活中,愚笨既有本义,又有他义,而且他义的内涵丰富。笔者分析,有如下八种愚笨:其一,常规性的。好多人聚集在一起,学打个西服领结,或学跳个"慢三"友谊舞,或学写个繁体中文字,有的人总是领会得慢,弄得施教者不耐烦地嘀咕起来:"你怎么这么笨啊?"此为一种常规意义上的愚笨。其实,人家生来反应不快、手脚不灵。其二,智慧性的。当之无愧的"世纪股神"沃伦·巴菲特曾坦言,他不会开收音机,不会发动汽车,甚至不太知道如何开灯。他的穿衣也极马虎,总是皱巴巴的,领带常常太短,鞋子也磨损得厉害,头发用手随便一撸就出门。但他却拥有超常的记忆力,大脑如同"百科全书",投资分析的本领无人能出其右。像沃伦·巴菲特这些精英,或许是他们太专注于某一项事业,而忽略了另一些技能的发展。也许正因为这种愚笨,使他们的思维和精力不为生活琐事所羁绊,才可以天马行空而创造出非凡的奇迹。其三,策略性。从甲地到乙地有一条距离最近的路,可某人故意不走近路,绕个大圈。为什么?原来某人是先动身,可边走边等,反正已与他人约好了在某地见,时间上充裕。再说,也可活动筋骨,锻炼锻炼身体。还有,多逛一下,可多见识见识。这种愚笨,实质上是想获益更多、见效更大。其四,执着性的。法国有位老人叫奥里昂,从 20 岁起就决心做一名画家。他一直勤奋地画呀画,但所画的画却一直无人问津。40年过去了,他在画了9998幅画之后,终于卖出了一幅画。他欣喜若狂,因为自己画的画已得到了别人的承认。这种愚笨,实际上是一种具有顽强毅力的勤奋。其五,暧昧性的。男女之间有一种关系说不清、道不明,其在用意上、态度上、方法上都模糊,但又不是那种情人关系。他(她)可以无私地帮助她(他),包括出力办事、赠钱送物和提供精神慰藉。在旁人看来,似乎他(她)在犯傻、犯贱,其实不然。从一定意义上说,这种愚笨在人际交往中,是纯洁的、高尚的。其六,爱恋性的。人若爱至深处,有的在心思里会忐忑不安、如坐针毡,有的在行动上会手足无措、不讲斯文。言情大师张小娴反反复复嘱咐和告诫那些在情网中苦苦挣扎的"可怜虫":"爱一个人是很卑微很卑微的,如果他(她)不爱你。我不介意卑微,但我要在伟大事物面前卑微,而不是在没有答应的爱情前卑微。""当爱情缺乏的时候,你要学聪明些。笨蛋永远不会明白聪明是一种幸福。"这种愚笨,有时会沦陷到甘愿为对方舍弃一切,包括自己的生命;有时会堕落到甘愿向对方俯首称臣,并受尽各种欺凌。其七,忘物性的。人们常说:"人傻钱多。"对此,由美国哈佛大学、普林斯顿大学和英国华威大学的科学家们组成的科研组,分别进行了室内、田野两项不同而互补的实验。结果显示,人的手里缺钱可加重大脑的负担,影响其十三个智商点。不过,此只能说,贫困能够妨碍认知功能,并不能解读为"贫困令智商下降"。一旦摆脱金钱的烦恼,智商就会恢复。由此看来,有钱人的所谓愚笨之举,主要是受思想、精神所左右,而并非全由财富多少来取舍。不难理解,为什么有的人钱不多却乐于慈善,而有的人钱很多却颇为吝啬,道理即在其中。其八,先天性的。分生理、心理。生理上的愚笨即是先天性的疾患,具体表现为痴呆、迟钝、呆滞等。其愚笨的程度不一,有的患者虽然个子成年了,但认知能力尚停留在婴幼儿阶段。而心理上的愚笨一般是后天性的疾患,如癔病可带来认知水平的一时性的或永久性的下降。其愚笨程度,则依病种或病情不同而异。生理上的愚笨和心理上的愚笨,惟有通过药物、手术、心理、精神方面的治疗才可缓解和改善,最理想的状态则是能够恢复到正常人的认知模样。

机敏,乃机警、灵敏。凡机敏之人,有准备、有智谋,不呆板、不拘泥,能对眼前发生的细小变化或微弱刺激,随时或迅速地作出反应。相传春秋战国时期,宋国有一人家,世代以漂洗为业,会做一种保护手不龟裂的药。一位游客听说此事后,愿用百金来买他的药方。这家便聚集在一起商量:"我们世世代代在河水里漂洗,也挣不了几个钱,现在一下子就可卖得百金,还是把药方卖给他吧!"这位游客得到该药方后,便献给了吴王。正巧此时越国发难，吴王便派他统率部队，冬天跟越军在水上交战，该药方使得吴军将士的手都没有被冻裂，战斗力大大提高，从而击败了越军。吴王大喜，割地封赏了这位游客。这个故事蕴含的道理很多，如同样的资源用于不同的地方，其效用、效益迥异。但有一点不可轻忽，这位游客机敏，懂一些经济学、政治学、军事学原理。如果他十分愚笨，一不一定会看到该药方的潜在价值，二不一定会采用交换的方式，三不一定会用该药方去攀关系，那也就根本不会有后面那些轰轰烈烈和功成名就的事了。

"智者千虑，必有一失；愚者千虑，必有一得。"这是司马迁《史记》中所言，其辩证阐述了智与愚的关系。在愚笨与机敏上，笔者认为，人最可怕的是，愚笨而不自知，并不机敏而自以为机敏。实际上，知其愚笨者而非愚笨也，知其不机敏者而机敏也。

老年人生与人生老年

中国一年一度的全国"两会"(人大会、政协会)期间,一些代表、委员出于高度的政治、社会责任感,把参政、议政的目光聚焦到老年人的问题上。确实,中国现已步入老龄化社会,全国60岁以上的老年人已逾2亿,各地的"银发浪潮"已渐成规模。虽然有人提议,鉴于当今人的寿命普遍延长,可把人的老年起算点年龄从60岁提高到65岁,但是,不管怎么样,人的生命就宛若一台机器一样,已运行了几十年,毕竟各种器官已经衰老。这是自然规律,不以人的意志为转移。要明白,世上没有永恒的东西。随着时光的流逝,所有的东西,灿烂也好,枯萎也罢,都会如过眼烟云,不复存在。人也是如此,度过了少年、青年和中年,势必进入老年,仿佛花树上的花,有花蕾、花开、花艳和花落一样。由此,人应当直面人生,顺其自然,安然知足、安乐于老年这个阶段、这种状态。

让我们一起先听听一些名人怎么论述人生和老年。《庄子》中载,盗跖说,人高寿一百岁,中寿八十岁,下寿六十岁。在不到百年的时间里,还有生老病死等无数痛苦,真正开心快乐的日子并没有多少。天地是无穷的,人总有死的时候。既然人生如此短暂,就应该率性而为,并妥善养生。认识不到这一点,就不通晓大道。奥斯特洛夫斯基所著《钢铁是怎样炼成的》中载,"人最宝贵的是生命。生命属于每个人,只有一次。当他回首往事的时候,不因虚度年华而悔恨,也不因碌碌无为而羞愧。""必须赶紧生活,因为不幸的疾病或什么悲惨的意外,随时都可以让生命突然结束。"季羡林曾说:"每个人都争取一个完满的人生。然而自古至今,海内海外,一个百分之百完满的人生是没有的。"人生已至老年,该努力的,努力过了;该奋斗的,奋斗过了。务须坦然面对人情冷暖,淡泊面对荣辱得失,满怀新的希望,追寻新的乐趣,义无反顾地步入人生"第二春"。

人老了,一般来说,事业不再,社交不再,慢慢地将在世上销声匿迹,但须保持高尚的而非低俗的节操、优秀的而非卑劣的德行。"树活一层皮，人活一张脸"，不要因为自己的晚节不保，而让他人在老脸上指指戳戳；"屋漏在上，知之在下"，不要因为自己的晚节不保，而让后人在遗像前骂骂咧咧。以史为鉴。明代高官文人董其昌，以书画及鉴赏名世。然而，其年过六旬后仍迷恋美色，强抢民女作妾。人们到处张贴声讨董其昌的大字报和漫画，说其是"兽官""枭孽"。坐化庵大雄宝殿的大匾，因落款"董其昌书"，人们见了，纷纷砖砸刀砍。18世纪初，德国匹兹堡大学哲学和医学教授白令葛，历经数十载的辛劳，终于出版了专著《匹兹堡石志》，内含21张精美的化石石版印刷图书。然而没过多久，他发现，他所耗尽毕生心血进行研究的客体，竟然是伪造的。这不仅仅是学生们所做的恶作剧，也是其他教授在暗地里戏弄他。在遭受这一严酷打击后不久，他将走完人生。在将要离别人世的时候，他尽自己最大的努力去回收那些已经售出的《匹兹堡石志》，并把它们付之一炬。从上可见，一个是成功者的最后堕落，一个是失败者的最后挽救，能否保持节操和德行，清清楚楚，自有公论。

　　人老了，并不等于没有价值。一个总是在学习和工作中讨取生活的人，是不会察觉自己老之将至的。只要精力许可，只要还有兴趣，人老了，可以做些力所能及的事，继续发挥各种各样的余热，为社会再做奉献。"活到老，学到老"，是许多老年人的座右铭。人老了，可以随心所欲地遵从自己的爱好，去学习这样或那样的知识和技能，在不断学习中充实生活、完善人生。老年人在不同的领域里，经过几十年的摸爬滚打，阅历和经验都很丰富，可以悉心传授给"中生代"和"新生代"，使灿烂的人类文化薪火相传，熠熠生辉。"长寿在于工作"，这是2014年1月7日以107岁高龄辞世的著名慈善家邵逸夫先生的养生之道之一。直到90岁前，他还坚持每天上班。100岁时，他还出席每两周一次的无线高层会议。按他自己的话说，就是每天晚上只睡5个小时，中午小睡1个小时，其余时间都在工作。笔者分析，持续工作可以不断激发活力，而持续活力又可以不断工作，二者相辅相成、相得益彰，从而形成奔向高寿的列车，铿锵而不止。

　　人老了，身体各方面的器官和机能在快速地老化、退化下去，这就需要尽快寻找到适合自己的保健方法（当然，保健应当从年轻时就开始）。如何保健？这千差万别，但有几点比较公认：一是和睦的人际关系。美国有两位心理学教授积20年的研究发现，在影响寿命的决定性因素中，排第一位的是人际关系。他们说，人际关系比经常锻炼、多吃水果蔬菜和定期体验更加重要。人老了，人际关系主要体现在家庭里，夫妻恩爱、子女孝顺，加上亲友和美、邻里友好，十分有益于延年益寿。二是适当的活动锻炼。这要根据自己的身体状况、兴趣爱好,选择强弱、快慢锻炼都可以,选择琴棋书画、舞唱垂钓都可以,选择室内野外都可以。一句话,适合自己的,才是最好的。三是良好的生活习惯。生活习惯主要包括吃什么、吃多少、什么时候吃,睡多少时间、什么时候睡、睡的质量如何,还有是否狂赌、酗酒、嗜烟等。良好的生活习惯,可使营养平衡、精力充沛、心绪和缓,对增进健康有百利而无一害。四是恰当的医疗保健。笔者曾聆听江苏省人民医院院长所作的养生保健讲座。其核心内容是"健康掌握在自己手中",毕竟医生的能力、药物的作用、手术的效果是非常有限的。因此,老年人更要依靠自己的日常保健,随时关注和监测身体的细微变化,及时采取相应的医疗和饮食措施,因为最知道自己身体状况的不是别人而是自己。即使有了毛病,哪怕是重病绝症,也一定要坦然面对,积极配合治疗,千万不要被这样或那样的问题吓死。

唐朝传奇中,有这么三个小故事,叫做《纸月》《取月》《留月》。第一个故事是讲有一个人,能够剪个纸月亮照明;第二个故事是说另一个人,能够把月亮拿下来放在自己怀里;第三个故事是讲还有一个人,把月亮放在自己的篮子里,待黑天的时候拿出来照照。人对老年,可不能犯"月亮缺乏症"。不管遇到什么风浪,哪怕将要覆舟,老年人的心中一定要有月亮。人的生命历程,说到底是心理历程,心理光亮了,生命也就光亮了。人生老年,尽管物质条件、家境状况各有千秋,但是,没有任何理由不怀揣月朗月润的心理,行走在可以无比灿烂的生命晚霞里。

中年危机与危机中年

人至四五十岁,步入中年了。岁月不饶人,中年是个坎。许多人,原本工作可以没日没夜地干,即使加班到深夜,早晨起床后也没事,现在就感到有些缓不过劲来了;原本攀爬十层八层楼梯,一溜烟似的,不觉得吃力,现在有点气喘吁吁、腿酸脚软了;原本与朋友们餐聚,喝起酒来,随意多一点没关系,纵然酩酊大醉,睡一觉也就过来了,可现在不行了,得需几天时间缓冲;原本夫妻之间的性趣比较浓,现在有时感到力不从心了。诸如此类,都是人到中年出现的情形。

有人说,人之童年是一个梦,少年是一支歌,青年是一首诗,而中年是一部小说。笔者认为,人之中年,既是春天,又是秋天。春天,要播种、耕耘、栽培;秋天,要长大、成熟、收获。放眼望去,决定人生完美与否的时段,主要在中年。在职场上,无论是办实业、去经商,还是在仕途、搞科研,人到中年,都有了程度不一的收益,有的已经处于巅峰。在生活上,无论是亲情建设,还是财富建设,人到中年,都奠定了相当的基础,有的已经丰盈厚实。在身体上,无论是生理方面,还是心理方面,都进入了自然循环,有的已经为自己的健康长寿获取了先决条件。简言之,中年真好!好在:若扬手,便是春;若落手,便是秋。人生不就是春秋么?中年是人可以而且能够大有作为的绝好时候。

当然,人至中年,也有危机。毕竟,时间在不知不觉间流逝,去了不复返。毕竟,有希望也有失望,有欣慰也有遗憾。毕竟,有很多东西本来就不能强求,如今更不可强求。毕竟有许多条件随时随地都在发生变迁,不可能永驻和静候。男人的中年危机有:在事业上,似有看到或碰到"天花板"的感觉。如在官场上,即使已在正厅级岗位,想想自己已过50岁,不大可能再有上升空间了,心中不禁泛起淡淡的不服和无奈。在身体上,似有风光不再的感觉。如不大可能再像年轻时那样没痛无痒,故时不时地会流露出对青春铅华的眷恋与不舍。在家庭里,夫妻关系、儿女养成等已基本定型。是从一而终的婚姻还是离异再婚的婚姻,儿女数量上的多与少和成长上的好与孬,家景特别富裕、富裕还是小康、贫困,所有这些,要么已有定论,要么已有定势。如果是苦者、弱者、衰者,惟由自己默默地去承受那些酸楚与缺憾。女人的中年危机有:在容颜上,肌肤不大可能像年轻时那样白里透红,衣着上不大方便像年轻人那样鲜亮时髦,故时不时地会羡慕年轻人那些紧绷了的身体曲线和充满活力的肌肤弹性。在家庭里,儿女成家的事越来越要操心,稳定婚姻的事不可轻视,经济上开源节流的事不能马虎,孝顺年迈双亲的事则不应懈怠。在事业上,告老回家的归宿一天天地渐行渐近。中年男人与中年女人的如上这些危机,许多是不以自己的主观意志为转移的,且大多是在不经意间发生着。在日积月累中,它们从一个阶段走向另一个阶段,从一个层面跨入另一个层面。

  人至中年,不要轻易被"只要心理年轻就会生理年轻"这种看似正确的话所忽悠,应该坚持"在什么年龄做什么事情"的现实态度。其一,须更自觉地践行"平平淡淡才是真"。人世间,淡淡的花朵很美,淡淡的天空很高,淡淡的友情很纯,淡淡的恋意很醉人。时值中年,务必从实际出发,调整好奋斗目标,调整好工作重点,调整好生活习惯,尤其要有意识地调整好心态,把苛求调整为宽容,把慌乱调整为从容,把浮躁调整为淡定,把虚妄调整为务实,把贪婪调整为节制。其二,既不为难自己,也不放弃努力。人生是在希望与失望、欣慰与遗憾之中逐步完成了成长、成熟的蜕变和升华。人活于世,必须怀揣希望、追求欣慰,否则,人生的意义便大打折扣,人生的快乐即无从谈起。因此,人至中年,在为难与放弃之间,务必张弛有度。最理想的状态是:适度的难度。这就如同逛公园坐过山车一样,既有极度的惊险、极度的刺激,又有极度的安全、极度的顺利。人至中年,在工作和生活上,一方面,要不求不可取、不求不可得;另一方面,要不弃有望取、不弃有望得。人生的列车尚在中途,未及终点,一切均是顺其自然,可能为期尚早,最后的冲刺,看来不可或缺。其三,未雨绸缪,及早规划好老年生活。凡事预则立,不预则废。那种"哪天有酒哪天醉"的人生态度,不足取。要知道,从中年到老年,并不遥远。你心愿过怎样的老年生活,你就要规划怎样的老年生活。如何规划?脚踏实地,既追求更好,又随遇而安。只要你的脚还踩踏在地面上,你就别把自己看得太轻;只要你的身还活动在地球上,你就别把自己看得太大。如果我们把规划制订好并实施好,就能承上启下,平安顺利地度过中年,进而安康快乐地进入晚年,在安定享用事业硕果和家庭福祉中,迎来别有洞天的"夕阳红"。

陈道明《话人生》一文中引用了我国西北某庙门口的一副对联："在高处立,着平处坐,向阔处行;存上等心,结中等缘,享下等福。"在高处立,是说要站高了看问题;着平处坐,是说要平等待人;向阔处行,是说胸怀要开朗;存上等心,是说要有善良之心;结中等缘,是说朋友相处要保持一定距离;享下等福,是说要能吃苦耐劳。笔者认为,人至中年,应该有这副对联所言的做人与处世的境界。人生之每一步,都只有一次选择机会,不可能像数码播放机那样倒带播放。人至中年,青春年华虽然已成过往,但只要善于化危机为良机、变劣势为优势,既不自我沉醉于年轻时获取的荣耀和财富,也不过分自责于年轻时出现的过错和亏欠,那通向成功和幸福的道路,依然如故地就在自己的脚下,并向前不断地延伸着、延伸着。

意思与意义

中国汉语言文字中的"意思"是个多义词：一曰语言文字所包含的内容，如节约就是不浪费的意思；二曰送礼所代表的心意，如春节快到了，带点农副产品给您，意思一下；三曰愿望，如您说去逛街，我也是个这个意思；四曰趋势，如谈兴正浓时，他站了起来，意思是想离开了；五曰情趣，如这个玩具，很有意思。中国汉语言文字中的"意义"主要指价值、作用，如这件事，对我们很有借鉴作用；这个指示，对我们很有指导意义。意思与意义，相对来说，前者含义宽泛，后者含义狭窄，而且前者还具有后者的含义。二者都有一个"意"字。在中国成语中含有"意"的有：心慌意乱（意：主意）、心灰意懒（意：意志）、心荡意足（意：意愿）、心猿意马（意：心意）、意气洋洋（意：意气）、意味深长（意：意义）、春风得意（意：得意）、差强人意（意：满意）、情投意合（意：心意）、全心全意（意：意欲）等。二者所不同的是，前者是思，即想法、念头；而后者是义，即人对事物认识到的内容。

在历史和现实中，意思除了以上本义外，还有许多引申义。一如我们要过有意思的生活。什么意思？可谓仁者见仁、智者则智。有的人会理解为安逸舒适，有的人会理解为有尊严，有的人会理解为光宗耀祖，有的人会理解为升官发财。可见，这里的意思即是活法。二如给县长意思意思。什么意思？本人想承揽个建设项目，或想解决个职级，或想调动一下工作，向县长送些钱物。可见，这时的意思即是行贿。说好听一点，叫"搞关系"。三如几个人与市长到南方海滨城市招商引资，大家没大没小似的无拘无束，嘻嘻哈哈。可招商引资结束，回到市里后，市长又像往常一样板着一副冷脸。也许市长并没有在意自己的这些变化，而其他人却感到这个人真有意思。这里的意思即是"三副头面孔"（方言，指同一个人的多种面孔）。四如老子说过，治大国，若烹小鲜。什么意思？做菜既不能太咸，也不能太淡，要调好作料才行；而治国就如同做菜，既不能操之过急，也不能松弛懈怠，只有恰到好处,才能把国家治理好。可见,这里的意思即是策略。五如1174年,成吉思汗的父亲统治的部落打了一个胜仗。为了庆祝胜利,特意安排了一场赛马,比马慢,即最后到达终点的马才能得奖。骑手们想方设法,一个比一个慢。眼前夕阳不等人,比赛难以结束。怎么办呢?成吉思汗的父亲想了一会儿,下令道:"谁有办法尽快结束比赛,给予重赏。但是不能改变原定的优胜条件,即跑得慢的马才是胜者。"众人绞尽脑汁,仍然想不出一个万全之策。这时候,有个人真有意思。他只有12岁,跑到赛马队伍前,进行了一番新的安排,即让骑手们相互调换坐骑。这样一来,每个骑手都希望自己所骑的别人的马跑得最快,不能得奖,而使自己的马落在最后,取得胜利。此举一下子打破了众骑手们踯躅不前的僵局。这个人就是成吉思汗。他的"有意思"是,原先用比马慢的办法,没能把最慢的马选出来,现反其道而行之,用比马快的办法,轻而易举地把最慢的马选出来了。可见,这里的"真有意思"即是计谋。六如张某和陈某是一对非常好的朋友。张某的儿子结婚时,张某邀请陈某去参加婚礼。而陈某的女儿结婚时,陈某没有邀请张某去喝喜酒。张某纳闷了:这是什么意思?可见,这里的意思或许即是断交。七如一男一女谈恋爱,实际上女方已经想分手了,但还在应付着。她想让男方先提出不谈,自己则顺水推舟。在这种情况下,男方时而感到困惑。后来,他才明白了女方的意思。可见,这里的意思是告吹。八如王某拜托李某办一件私事,又不好经常打电话问询"办得怎么样了",故而,几乎每天原创一段带有励志或感悟的信息发给李某。可见,这里的意思是催促。

人在世上匆匆几十年,应当过有意思的生活。笔者认为,一要读有意思的书。作为共产党人,要多学习革命导师、革命领袖的著作,从中掌握革命的理论、革命的思想、革命的方法、革命的政策。作为工作人员,要多学习从业领域新的知识、新的技术,从而不断提高自己的职业水准。人的时间和精力十分有限,务必有目的地精选书,无需多花时间去读那些没意思的书。二是要做有意思的事。20世纪20年代,浙江大学扩建校区,需要买几块地,地皮已经找好,价钱也已谈妥,在成交之前,校长示人写了一篇公告,刊登在报纸上,其主要的意思是采取广而告之的言式,谨慎成交,以免买到存在纠纷的不动产。三是要说有意思的话。妻子累了一天吃完晚饭后便上床睡觉了,丈夫坐在客厅沙发上看电影。突然,妻子说:"老公,有蚊子!"丈夫闻讯后马上拿起电蚊拍,走进房间,噼噼啪啪地一阵电光火石,把所有的蚊子消灭了。"好了,亲爱的,您好好睡吧。"丈夫走出房间,关上了灯,轻轻地说了这句有意思的话。四是要交有意思的朋友。谁都知道,朋友的种类很多。每个人出于不同的目的,处于不同的时段,所交的朋友也会不同。笔者深感,有一种朋友很有意思,即相互在做人与处世上能够"如切如磋,如琢如磨"。这种朋友,无论在事业上还是在家庭里,都可发挥正能量的作用。五是要执有意思的业。人之所以要执业,无非是为了温饱地生活、体面地生活、快乐地生活、幸福地生活。有意思的职业,必须具备这四点。为什么有的人总感到工作没意思,与这四点缺失有直接关系。六是寻有意思的乐。从另一个角度说,寻乐就是寻找刺激,包括寻找精神刺激和感官刺激。刺激有正道的、非正道的,健康的、非健康的,节制的、非节制的,文明的、非文明的。毫无疑问,有意思的乐,是正道的、健康的、节制的、文明的。笔者认为,那种没日没夜地打牌,绝非有意思的乐;而品赏一些名人诗句诸如"采菊东篱下,悠然见南山",倒是一种有意思的乐。七是要吃有意思的饭。"民以食为天",吃是人的第一需要。但吃必须有意思,其主要体现在科学性、合理性。那些暴殄天物的吃,那些腐败糜烂的吃,是没意思的饭,千万吃不得;那些不三不四的吃,那些无缘无故的吃,是没意思的饭,尽量不去吃。八是要到有意思的去处。慎行,是人之慎独的重要方面。不该去的地方不能去,否则,要么容易产生瓜田纳履、梨下整冠的嫌疑,要么容易出现近墨则黑、河畔湿履的问题。有意思的去处,应该是正当的、高雅的、净化的、纯真的、先进的、向上的。

从一定程度上看,人的一生中,遇上真正有重要而重大意义的人和事并不是很多,而最最多的是要天天面对仅有一些些、一点点意思的人和事。人生的真谛,不仅在于正确处理了有重要而重大意义的人和事,而且在于理性对待了平凡而有意思的人和事。万人万事当前,是多考量些意义呢,还是多考量些意思呢?笔者认为,短期和现实的态度,应该是少些前者、多些后者;长期和历史的态度,应该是多些前者、少些后者。

先发布与后发布

芝加哥大学经济学教授奚恺元是前景理论研究的高手。他有一套"给消息原则"，即如果有几个好消息要发布，最好分开来发布，因为根据前景理论，几次好消息分别带来的愉悦之和，要大于几个好消息合并带来的愉悦程度；而如果有几个坏消息要发布，最好把坏消息合并发布，因为几个坏消息合并带来的痛苦程度，要少于几个坏消息分别带来的痛苦之和。

前景理论是经济学家们研究出来的，它是一套发布好消息和坏消息的理论（这里的坏消息是依照规定或迫不得已必须发布的）。在现实生活中，我们自觉或不自觉地在践行着前景理论。一如，同时有一个大大的坏消息和一个小小的好消息，怎么发布？先发布坏消息，对方听了更为震惊，要么发怒，要么哀伤，即使后来听了好消息，远不足以抵消负面情绪；先发布好消息，对方听了有些许欣慰，在心里稍作了铺垫，再听到坏消息，尽管也会有震惊，但发怒或哀伤的情绪在程度上会缓和一些。二如，同时有一个大大的好消息和一个小小的坏消息，怎么发布？当然先发布好消息，尽享获胜、获益或成功、成就之喜悦。至于坏消息，则可在此后的不经意间发布，即使这样，危及或影响不了大局。三如，同时有一个一般性的好消息和一个一般性的坏消息，怎么发布？可视具体情形而定。一般来说，应该把这两个消息一起告诉对方，这样好消息带来的喜悦就会减轻坏消息带来的痛苦。四如，同时都是好消息，怎么发布？倘若有政治等方面的考量，或想追求轰动效应，则集中发布比较好；倘若从稳健、冷静出发，可有先有后地发布，防止有人"被胜利冲昏了头脑"。五如，同时都是坏消息，怎么发布？世界之大，谁都不情愿听到坏消息，对一个机关来说，负面的东西多了会影响外树形象；对一个企业来说，负面的东西多了会影响经营效益。因此，出现一个大的坏消息或一连出现几个小的坏消息，则须迅即采取行动，加强舆情监测，设法公关传媒，以防止被恶意炒作和被曲意传播。如果可以的话，"长痛不如短痛"，与其欲盖弥彰,不如全部、如实、及时发布。张艺谋非婚生三个孩子的事,经国内外媒体大量报道,被传得沸沸扬扬。后来,张艺谋偕妻子公开接受媒体记者采访,告知实情、吐露心迹、承认错误、作出道歉,社会舆论很快平息。

　　诚然,好消息、坏消息,不管是先发布还是后发布,对人的行为有影响。有这么一则笑话:某位老公获得了8000元年终奖,先听说是本单位最高档次的,非常高兴,便打电话请老婆晚上到大宾馆去嘬一顿,以庆祝庆祝;后听说是本单位中等档次的,多数人都拿到了8000元,颇为扫兴,再打电话给老婆,说是节约点吧,晚上请老婆到小饭店吃一顿;再后来听说这8000元在本单位是最低档次的,感到好没有面子,再次给老婆打电话,谎称自己有事,晚上需要在家加班,还是不出去吃吧。请看,这位老公前后三次获得了不同的信息,尽管自己还是8000元,然而作出了不同的反应。有一个男人被判处死刑,在监狱等待行刑。一个医生走进去,蒙上他的眼睛,用手术刀割开了他手腕和脚踝上的皮肤,让血一点点流出来;同时在置于他身旁的一个水袋上扎出一些小洞,使水落在铁碗里发出滴滴答答的声音。接着,医生哼唱着一首简单的歌曲,且声音越来越小。渐渐地,滴水声越来越慢,男人也没有了声息。他被自己血已流尽的错觉吓死了,实际上他流的血还不满一烧酒杯。这个残忍的实验即发生在20世纪30年代的印度,它被作为"负面感觉和想象的力量"的极端例子载入了医学史。笔者有一位亲戚和一位好友,被两家大医院分别确诊为肝癌和肺癌,根据医生意见,动了手术,结果原先一周内可出病理报告,直至10天后才被告知均为良性,真可谓虚惊一场,但遭遇的损伤重大。当今各地常见发生医患矛盾,究其原因,有一点不容忽视,即有的医生诊疗不负责、不用心,或诊断和用药出错了,或没有及时向家属通报病情,或抢救病人不及时。这里面,就其诊疗信息而言,有先发布与后发布的问题。

　　由先发布与后发布说开去,现实生活中,诸如此类的情形很多。一如男女谈恋爱,一方有婚史,甚至还生了小孩,如果见面之时或初谈之时,一方即如实相告,可能另一方愿意接受这种现实,相谈下去,直至结婚;如果一方刻意隐瞒,甚至欺骗,另一方后来才知道,则可能马上告吹,即使结婚了,也可能会闹分手。二如接受领导安排的工作或向领导汇报完成任务的情况,如果被领导者一开始便乐意接受或一完成即马上汇报,较之于被领导者到后来才勉强接受工作或任务完成后很久才作汇报,领导对被领导者的感觉要好得多,因为前者体现出被领导者踏实肯干、忠诚可靠。每个领导都是喜欢既听话、又能干的被领导者。既听话、又能干,往大处说,这叫德才兼备。三如人际交往中,凡至亲、好友,须坚持常来常往,事实上也是越走越亲。在现实中,有些人可不是这样,有事有人,无事无人。有了难事、急事,他们赶紧去找至亲、好友,事情一旦办妥办好了,也就全忘了。当然,这些人或许多多少少也给送点礼物以表示感谢,但其在指导思想和实际行动中,自认为这样做已经两清了。他们的所作所为,常常引起相对人的非议。在实际交往中,常来常往(哪怕是逢年过节打个电话、发个信息问候一下),远比有事有人给对方的感觉好,前者是有真感情作铺垫,而后者则为急功近利。

空间与时间

现象之一,夏天天气炎热,女士们穿的衣服单薄、飘逸、短少,尤其是在城市地铁和公交车厢里,人挤人、人挨人,这就给"咸猪手"带来了猥亵女士的空间条件。有记者观察并作报道,有的女士把美腿裸露在外、把美胸袒露在前,地铁一晃,那些"咸猪手"便顺势感受了一把。

现象之二,在印度中央邦,有几千人挤在通往拉坦加寺庙的一座桥上,突然传来桥快要被压垮的声音,霎时引发惊慌。有的人被推挤跌倒后,又被人不断踩踏;有的人跳桥逃生,结果被汹涌的河水卷走。这次踩踏事件,造成了115人丧命,多数罹难者为妇女和小孩。

现象之三,京藏高速公路吴忠市关马湖段由中卫向银川方向,因大雾有34辆车子追尾。这场重大交通事故,造成19人不同程度受伤。在事故原因中,少数车子行驶时相距的空间过近,前面的车子相撞了,后面的车子来不及刹车。

在人们的日常生活中,涉及空间的问题不少。空间是物质存在的一种客观形态,有长度、宽度和高度。人之生命个体,从其母亲孕育起,即有空间,且随着一点点长大,其空间一点点扩充,直至成年后才相对稳定下来。这是人之身体空间。此外,在某种意义上是更重要的,人在做人与处世中有很多空间。一如,人与人之间的地理空间。人在吃饭、走路、说话、上课、购物等时,都有一个与他人保持多大空间的问题。二如,人与公共环境之间的空间。人出差在外、坐办公室里、游览在景点、与亲友相聚等,都有一个坐标和方位的问题,也就是处于什么地方。三如,人与人之间的心理空间。这种空间无形无影,但确确实实存在。在现实生活中,大家相见了,大家相聚了,你好、我好、他好,虽然是同样的寒暄、同样的客套、同样的礼遇,但人与人之间在心理上的空间距离不尽相同。有时,二者相见相聚时,越是殷勤,越是热情,越是周到,心理之间的空间距离反而越大。四如,在处理具体事务上一方留给另一方面的空间。一方拜托另一方办事,另一方说"此可以考虑",这就留下了可能办成的空间;如果另一方说"不能办",那就把办成的空间给堵死了。一对男女相亲后,媒人问女方"是否谈",如果女方说"谈谈看吧",那就有谈成的空间;如果女方说"不见面了",那就把谈成的空间压没了。从上可知,人的空间问题,既涉及物质层面,又涉及精神层面;既有数量上的差异,又有质量上的差异;既有可变的东西,又有不可变的东西。

空间的效用具有两面性。一方面,人有了空间,可以宽阔心态、净化心境。"宰相肚里好行船。"在待人处事时,人就容易宽容、宽谅,不会那么斤斤计较,不会那么粗暴狠毒。人有了空间,便有了机遇。要想有所成功,即可抓住这个机遇;要想有所创造,即可利用这个机遇。人有了空间,就会虚心好学,因为知其不足。凡骄傲自大的人,总是自满自负的。人有了空间,办事有望灵活变通。当年庖丁解牛游刃有余,是因为其解牛的技术娴熟,能在无缝的结构里观察到软和的空间,从而下刀如无遇骨头一样。好多事之所以好沟通,主要是有空间可以周旋。人有较强的公共空间意识,就不会做诸如随意在竹子上刻字、随意在岩洞上题字、随意在城墙上留字等颇遭人厌恶的事,就不会在车站、码头、路边等公共场所做损伤周围环境、影响他人休息和妨碍别人行动的事。自然而然,人的修养也就提高了。孙隆基在《中国文化的深层结构》一书中写到,华人舞蹈队在美国纽约十分活跃。在布鲁克林的日落公园里,越来越多的华人在音乐的伴奏下大跳集体舞和交际舞,引起了那些不堪噪声杂音骚扰的公园周围居民的抗议和抱怨。另一方面,人有了空间,如果处理不当,容易作茧自缚、画地为牢和墨守成规,遏制了自己的创业热情和创新激情,进而影响到自己事业的开拓和进步。

从总体上说,人不仅自己对自己要留有一定的空间,而且对他人也不能不留一定的空间。作为领导,要给部下留下一定的空间,好让部下充分发挥主观能动性、创造性地开展工作;作为配偶,要给配偶留下一定的空间,好让配偶有适当的隐私和自由的天地;作为父母,要给孩子留下一定的空间,好让孩子自加压力、自我锻炼和加速成熟、加快成长;作为朋友,要给朋友留下一定的空间,好让朋友之间相处自由自在、无拘无束。人的空间感主要靠自觉养成。虽然父母在教育和老师在教导时,也从注重礼节方面给孩子讲到一些空间问题,但这还远远不够。更何况,人都有自尊心,别人指出你在把握空间方面存在这个或那个问题时,你很可能会不高兴。既然如此,不如自己有意识地强化这方面的意识,并在行动上时时处处稍加注意。还有,较之于物质上、数量上的空间,精神上、心理上的空间更难把握,因为这类空间用眼看不到、用耳听不到、用鼻闻不到、用舌尝不到、用手摸不到。这类空间,对人的事业发展、家庭幸福影响更大、更广、更深、更远。因此,人在把握精神上、心理上的空间,更要主动一些,更要积极一些。

时间,乃一切物质不断变化或发展所经历的过程。它与空间一样,也有长度、宽度和高度,有所区别的是内涵和形式不同。郭沫若有言:"年轻人求知欲很旺,而忍耐性不足。即以读书而论,尚未开卷时,每有吞食全牛之概,然一遇到困难,则不禁颓然而气馁。于是浅尝偷巧的习惯油然而生,在未用自己脑力去求理解之前,或先读别人的评论而自圆,或仅读一书的序言而了事。有的人更以其一知半解,从而道听途说。这是我们年轻人最容易传染的一种通病。"郭沫若一针见血地指出了年轻人在读书时间利用上存在的长度、宽度和高度方面的问题。巴尔扎克20年勤奋笔耕,写出了90多部作品,说明其利用时间有长度;鲁迅把喝咖啡的时间用在了工作上,说明其利用时间有宽度;李清照夫妇晚饭后一边品茶一边读史,说明其用足了时间的高度。时间与空间互为影响。心理学家霍尔认为,人们之间所保持的空间距离是人际关系的表现。他用许多案例证明:亲密关系的距离一般为15厘米,个人关系的距离一般为46厘米至76厘米,社会关系的距离一般为1.2米至2.1米,公共关系的距离一般为3.7米至7.6米。不难想象,时间、地点不同,这些空间距离也是会有变化的。时间上的长度、宽度和高度与空间上的长度、宽度和高度,可以有机地构成多维的、立体的图形。我们若把这些学问琢磨透了,人生将更加多姿多彩。

多之多与少之少

笔者信手拈来一些用数据说理的人和事:2014年1月国际乐施会一份《为少数人打工》的报告显示,如果将全球最富有的前85位亿万富豪的财富加在一起,这个数字相当于35亿最贫穷人口的财富总和。英国出版的《你真的很有钱,只是你还不知道》一书中报告,据他们统计,健康的身体,约值180万元;一方出于真心、另一方乐于接受的"我爱你"这句话,得到的快乐价值160万元;稳定的感情,价值约155万元。德国农学家劳力贝克发现,在黑夜翻耕的土壤中,仅有22%的野草种子日后会发芽,但如果在白天翻耕,野草种子的发芽率会高达80%。管理学上有个著名的"8020定律",即通常一个企业80%利润来自于它的20%的项目。心理学家说,20%人的身上集中了人类80%的智慧。人生气10分钟所耗费掉的精力不亚于参加一次3000米的赛跑,且生理反应剧烈,其分泌物比任何时候复杂,并具有一定的毒性。一分钟里人能做多少事?答曰:可阅读一篇五六百字的文章,可浏览一份40版的日报,可跑400米路,可做20个仰卧起坐等。美国经济学家泰勒·考恩在《平均已经过去》一书中指出,在当今的经济中,赢家只是顶尖10%的人才,下面90%可能都是输家,贫富差距会越来越大。

以上所述数据,多之多,少之少,颇能说明一些问题,其中包括性质上、程度上的差异。笔者分析,这些数据之所以多、之所以少,主要说明以下情况:其一,反比。用两个事物或一个事物的两个方面作反向比较。有黑才有白,有硬才有软,有快才有慢。同理,有多才有少,有少才有多。其二,正比。用两个事物或一个事物作正向比较。你黑我也黑,你白我也白。同理,你多我也多,你少我也少。其三,横比。用同类事物在同一时间作比较,分辨出多与少。其四,纵比。用同类事物在不同时段作比较,可见多与少的变化。其五,类比。用不同类的事物在某些特征上的相似,进行推理性的比较。其六,对比。用两种事物进行相对比较。古与今、新与旧、中与外,通过在某些方面的相对比较,分辨出数量上的多与少。总体上说,多之多、少之少,都是相对而言的。就拿赚钱来说,赚多少钱算多,赚多少钱算少,当年"万元户"可不得了了,如今上千万元户也不算什么(即使扣除物价上涨因素)。再拿家庭财产来说,多少算富,多少算穷,当年结婚时有个"三件套"(手表、自行车、缝纫机)可不得了了,如今有楼房、汽车算不了什么。当官也是一样,当多大的官算大,当多小的官算小,在中央国家机关,处级干部被认为是个小官,而在许多村民眼里,村书记、村主任就是个大官。

怎样看待多之多、少之少?笔者有如下五点认识:一是重质量。无论是大还是小,无论是多还是少,在很多时候,质量是最重要的。2011年的诺贝尔文学奖获得者是诗人托马斯·特朗斯特罗姆。他从1954年出版诗集起,至今总共只发表了163首诗,其中写得最久的一首诗耗时整整十年,赶上曹雪芹写《红楼梦》的时间了。二是重特色。一般来说,大的、多的,人们会更关注些,但是,如果没有特色,人们也会熟视无睹。反之,尽管是小的、少的,也会吸引人们的眼球。位于美国怀俄明州的布佛特,占地10英亩,海拔2400米,始建于1866年,当时因附近兴建铁路很多人聚集而来,随着历史的变迁,慢慢只剩下一位居民、一座仓库和一栋房屋。不久前,有个越南小伙子以90万美元买下了这个小镇,开了个颇具特色的咖啡馆,很快吸引了世界各地的游客纷至沓来。三是重细微。无论是正面的还是反面的,无论是良性的还是恶性的,别小觑细微。在一定的条件下,细微既可以消失,也可以疯长,尤其是反面的、恶性的,如不能遏制在萌芽,其后患无穷。而人又往往容易重多轻少、重大轻小。日本有位学者专门研究了人使用筷子的力学结构,结果发现,人使用筷子要牵涉人体30多个关节和50多条肌肉的运动,而且和脑神经活动关系密切。他呼吁,长期使用普通的筷子,对人大有裨益。四是重适量。在很多时候,并不是多多益善,也不是越少越好。清朝钱泳有文指出:"银钱一物,原不可少,亦不可多;多则难于应用,少则难于进取。盖运用要萦心,进取亦要萦心,从此一生劳碌,日夜不安,而人亦随之衰惫。须要不多不少,又能知足撙节以经理之,则绰绰然有余裕矣。"五是重把握。相对来说,口中言少,自然祸少;反之,亦然。腹中食少,自然病少;反之,亦然。心中欲少,自然忧少;反之,亦然。身上事少,自然苦少;反之,亦然。

人面对多之多、少之少,还有三点需要特别注意:第一,注意渐变与突变。好多时候,多之多、少之少,并没有绝对而明显的界限,它往往是在于无声处渐渐地发生着从量到质、由表及里的变化。哲学上有个"秃头论证"的理论。人成为秃头的界限是头发一万根?一千根?一百根?十根?一根?

这无法确认。但可以肯定的是,当头发尚剩下一百根或十根时,人们已毫不迟疑地公认其为秃头了。突变是在不知不觉的渐变中发生的,当人们惊醒、惊觉时,事物的性质、形态早已走向了反面。第二,注意真相与假象。现实生活中,一些人之所以上当受骗,是把假象当成了真相,如参加非法集资,因为利息特别高,便蜂拥而去,结果弄得本息全无。有这么一个故事,颇耐人寻味:房东拟作规定,克雷洛夫如果不慎丢了房东的钥匙,赔偿房东15000卢布。克雷洛夫看完契约后,拿出笔在其数字的后面加了两个零。房东惊喜,克雷洛夫说:"这样,对你来说你可以得到更多的赔偿;对我来说,多也好、少也好,反正都赔偿不起。"房东傻了眼,随即把15后面的零都划去了。不难想象,如果克雷洛夫不这样还价,房东信以为真,结果很有可能"千年不赖、万年不还",即使法庭判决,也难以如期执行。为什么有的人借了很多钱没有办法还,然而,心里并不着急呢,很可能就是应了"虱多不痒"之理,当然也有可能本身就是欺骗行为。第三,静态与动态。多之所以多,少之所以少,都是在一个时间节点上进行比较后产生的。多之多、少之少,不会是永恒的,也不可能是永恒的。既然如此,我们不仅要看到多与少的相对性,而且要看到多与少的可变性。对此,我们一方面要平静心态,不管多与少,快乐每一天;另一方面要奋发进取,在动态中发挥优势、保持优胜。

本能与本事

世间所有的动物都有本能,即不学就会的性能,如蜜蜂会酿蜜、蚕儿会结茧、蜘蛛会织网、蝎子会蜇人、猫会捉老鼠、蚂蟥会吸血、蝉儿会蜕壳、鸭子会游泳、鸟儿会飞翔等,其中有的动物除了本能之外,还有一些本事,即通过学习和训练而掌握一些技能,如动物园里的海豚表演、老虎表演、猴子表演等。人是能制造工具并使用工具进行劳动的最高等动物,既有本能,如人一生下来就会哭会吃,长大些就会抓会爬,再长大些就会思会行,又有本事,如有的人会建房子,有的人会做木工,有的人会搞管理等。人与人之间的区别,既有先天本能上的区别,更有后天本事上的区别。

怎样认识人的本能与本事之间的联系,笔者在此略述一二。一是感性与理性。在南非的一个大峡谷中,有一天,人们发现那里横七竖八地躺着2700多只羚羊的尸体,其惨状令人唏嘘。羚羊的死因,引起了各方猜测,大家众说纷纭。后经开普敦大学动物学家贝拉教授的细致勘察和深入研究,终于破解了羚羊死因之谜。后来,这种羚羊有一个习性,每年的秋季都要进行集体迁徙。每次迁徙的时候,由羊群中个头最大的那只担任领头羊,领头羊怎么走其它羊就怎么走。不幸的是,这次集体迁徙时,领头羊患了眼疾,当它领着羊群跑到大峡谷上方的开阔地时,由于峡谷边缘有半米多高的草,所以它没能发现前面是万丈深渊,一下子就冲了过去,结果后面的羚羊跟着它一一掉下了悬崖。羚羊的这种盲目无疑是出于本能。人的随波逐流、亦步亦趋,也是一种本能,如果能够明察秋毫、审时度势,那就是一种本事。二是欲念与智慧。有个科学家为研究动物心理,养了几只猴子做实验。他把一个高的玻璃瓶拔去木塞,放两粒花生米进去,花生米自然落到瓶底,从玻璃瓶外面可以看见,然后递给猴子。猴子接过,乱摇许久,偶尔摇出花生米,才得以食之。接着,这个科学家教猴子,只要将瓶子一倒转,花生米便可立即出来。然而,猴子总不能领教。猴子求食无疑是出于本能,它不具备也学不会轻松取食的本事。人要吃喝拉撒,这无疑是本能上的需求,如果能够既优质、高效又体面、顺畅地满足本能上的需求,那就是本事。三是个体与集体。古时候,有兄弟俩各自带着一只行李箱出远门,一路上,重重的行李箱把兄弟俩压得喘不过气来。他俩只好左手累了换右手,右手累了换左手。忽然,做哥的停了下来,在路边买了一根扁担,将两只行李箱一前一后挂在扁担上,肩挑起来上路,顿时觉得轻松了很多。不难分析,从某种意义上说,自己的事自己干,这是出于本能,如果能把个体行为变成集体行为,那就是本事。四是劳动与创造。众所周知,犹太人很能挣钱,但在相当长的一段时间里却不被欧洲人尊重,直至18世纪以后出了大量的科学家和艺术家,人们才对犹太人肃然起敬。不难理解,人在世上,像鸡啄食一样,为活着而忙忙碌碌,这是一种本能,如果能有创造力和创新力,那就是一种本事。五是活力与目标。在自然界,有的鱼喜欢逆水而上,在河畔渠边,只要有垂落或下流的水声,这种鱼便会去跃跃欲试。在人们的认识里,这是这种鱼的一种本能。在世间,人只要身体无恙或不受限制,大多喜爱活动,哪怕是无意识地作来回走动。从某种程度上说,这是人的一种本能。然而,人如果能为某种理想和目标而不懈奋斗,那就是一种本事。

时下有句颇具哲理的话在坊间流行,即"把脾气拿出来,那叫本能;把脾气压回去,才叫本事"。毋庸讳言,如今社会上,有的人错把本能当本事。有些人待人处事总想占尽便宜,常常损公肥私、损人利己,其实这是贪婪,却被有的人视为有本事;有些人在主要领导岗位上嗜好"一言堂",喜欢说一不二,甚至搞"顺我者昌、逆我者亡",其实是专横,却被有的人视为有本事;有些人在社会上结交不三不四的人而横行霸道于一方,其实这是邪恶,却被有的人视为有本事;有的人不认真而负责地谈情说爱,肆意玩弄异性,其实这是欺骗,却被有的人视为有本事;有的人习惯于挑拨离间,人前说人话,鬼前说鬼话,其实这是奸诈,却被有的人视为有本事。

笔者认为,把本能转化为本事是人区别于其它动物的重要标志,因为人有思维意识,会学习模仿;有知识文化,会创造创新。在现实社会,把本能转化为本事的人和事比比皆是。一如,把吃苦耐劳的本能转化为矢志不移的本事。沙漠中的骆驼忍饥耐渴甘愿为主人当好运输工具,这是骆驼令人称颂之本能。作为人类,也有吃苦耐劳的本能,在自己的人生路上,只要确定好每个阶段的目标,并矢志不移地向前迈进,便可不断丰富和完善自我。二如,把食欲、性欲的本能转作为奋发进取的本事。食色,性也,前者主要为了自己的生存,后者主要为了种群的延续。在自然界,几乎所有的动物都有这些天性,这是动物本能的必然反映,人也毫不例外。人如果处理得好,即可把这种本能升华成一种精神力量,不再以解决食和色这些基本生活需求为最高人生理想,而是在事业上永不懈怠地追求。三如,把人之初的本能转化为创造美好的本事。笔者认为,人之初的本能中,既有真、善、美的东西,也有假、丑、恶的东西。人类社会进步到今天,我们应当更坚定地弘扬真、善、美的人性,更坚决地摒弃假、丑、恶的人性,这就需要本事。四如,把率性而为的本能转化为主动掌控的本事。能自我节制言和行,是人作为最高等动物所独有的品性。如果从本能上说,人和其它动物没有两样,在不受外物、外力约束的情况下,想吃就吃,想走就走,想睡就睡,想叫就叫。然而,人不是其它动物,有观察能力,有思辨能力,因此可以自我有意识地决定言和行,这就是本事。其在这方面本事的大小和多少,在很大程度上影响自己的决策,进而影响人生的质量。五如,把捣乱破坏的本能转化为建设发展的本事。世界上最难的事,不是摧毁一个世界,而是建设一个世界。破坏永远比建设容易得多。人和其他动物一样,从本能上说,很容易把现有的东西弄坏搞砸。但是,人不仅仅有这个本能,还有修复甚至更新的本事。凡是名人、伟人、哲人,在这方面往往出类拔萃,如改朝换代、创建理论、科学发现等。

将就与顶真

夫妻俩同在一个屋檐下，天天一起就餐、一起就寝，有时还一起逛街出游、一起探亲访友，即使再相敬如宾，难免有在心理上、言语上、行为上的磕磕绊绊，毕竟是活生生的人。许多相濡以沫的夫妻都有这一相处之道，即凡事将就些，别顶真。何谓将就？指勉强适应不很满意的人物、事物或环境，也就是较随意、随和、随便。何谓顶真？指对人物、事物或环境的要求很高，也就是很认真、很讲究、很严厉。大千世界，芸芸众生，相遇是缘、稍纵即逝，笔者认为，在人与人的相处中，只要不涉及原则性、根本性的问题，还是将就一些好。

首先，将就体现善良。中国传统文化是以"性本善"为轴心来施教于民，不像西方一些国家是以"性本恶"为假设来加强法治。将就本身就是"性本善"的具体表现。没有善良之心，难以有将就之举，因为之所以要将就，即有不满意的地方，倘若不满意即耍脾气，甚至恶言相对，那就是背离善良。明朝万历年间刑部侍郎吕坤在《呻吟语》中说："有过是一过，不肯认过又是一过；一认则二过都无，一不认则二过不免。"不满意还不能算有过，即使算有过，如果一方已经表示歉意，另一方就应该顺水推舟了，大可不必再作计较，惟有相遇而安才是。我国春秋初期政治家管仲有言："善气迎人，亲如弟兄；恶气迎人，害于兵戈。"而将就，则有善气，展示的是有事好商量、有难共担当。

其次，将就体现宽容。有这么一则故事：一个未过门的女婿准备去拜见未来的丈母娘，路过正在销售某知名火腿的食品店门口，顿时想起女友说过她母亲喜欢用这种火腿煮汤喝，便决定去购买这种火腿以讨得未来丈母娘欢心。于是，他使出浑身解数，终于插到了队伍前列。不料，一位大娘不小心踩了他一脚，他脱口就骂，把那个大娘气得快快而去。他如愿以偿地提着这种火腿敲开了女友的家门，谁知开门的正是被他恶骂过的那位大娘。试想,这个未过门的女婿被大娘踩了脚后如果能够将就一些,便不可能出现后来那种十分尴尬的局面。人宽容了,也就会容得下对方的缺点和不足,也就会将就那些不很满意的人和事。波斯诗人萨迪有言:"不论你是一个男子还是一个女人,待人温和宽大才配得上人的名称。"人应该宽大为怀,倘能如此,即使有不满意的人和事,也能将就过去。

第三,将就体现大气。大气,大的气度也。凡大气的人,不会是小家子相,不会去追逐蝇头小利,不会在私下里对人说三道四。爱因斯坦是世界杰出的物理学家,但在婚姻问题上确有做得不够大气的地方。他与表妹相爱后,给妻子写信要求离婚,妻子坚决不同意。于是,他大为恼火,以书面形式通知妻子,如果要保持婚姻,必须满足四个条件,如"别希望我对你好、不发火""不要让我在家里跟你坐在一起""放弃我们之间的一切关系"等。这些条件,近乎苛刻。尽管如此,三年后,他还是与妻子离了婚。离婚后,他娶了第二个妻子,后来又有了第三个、第四个女人。"人非圣贤,孰能无过?"作为伟大的科学家,爱因斯坦有某些缺点和不足,这毫不奇怪。凡能将就的人,遇人见事,只要不是太非礼、太无理,能过去的则过去,能马虎的则马虎,不纠缠于细节,不计较于虚荣,即使对方有这个不是那个不妥,也好商量、好处置。在家庭关系上,许多大哥、大姐表现得很大气,对弟弟、妹妹关爱有加,弟弟、妹妹对大哥、大姐也敬重有加,由此,其情切切、其乐融融。反之,一个比一个小气,形成恶性循环,纵然是同胞兄弟姐妹,也是如同路人,甚至"鸡犬之声相闻,老死不相往来"。

第四,将就体现理智。在正常情况下,将就不等于无知,将就不等于麻木。有些人之所以会将就,是因为辨别了是非、利害关系之后,有意识地控制了自己的言行,这是主动作为式的而非被动应对式的。尤其是人活到中年,对人处事应尽可能将就一些。在现实生活中,尚有很多人偏爱那种不得式的指令性的言行模式,如不得发表不同意见、不得违抗领导指令、不得随便花钱、不得与异性交往等。事实上,很多时候,你管得越严,越是严不起来;你过于追求完美,反而不会完美;你越是狠力压制,越会强力反弹。更何况,你提出的要求、发表的看法、作出的决策,也不一定全部实事求是,也不一定都能科学、合理。因此,根据需要与可能,能将就的,就将就一些。"识时务者为俊杰。"从一定程度上说,将就就是识时务。面对他人他事,识时务者会完全明白自己想要什么、该要什么和能要什么,绝不会去硬求什么、奢求什么和苛求什么。

对与将就形成反义的顶真,也得一分为二来看。如果从积极方面来考量,做人与处事必须认真和讲究。毛泽东说过,世界上怕就怕"认真"二字,共产党就最讲认真。惟有认真,才有信用;惟有认真,才有力量;惟有认真,才有成效。但是,如果从消极方面来考量,对有些事或对有些事的某些节点,过于认真了,则容易走向反面。就拿减肥来说,英国一家饮食公司最新的研究结果显示,为了更好地减肥,吃早饭以7:11为最佳,吃午饭以12:38为最佳,吃晚饭以18:14为最佳。试想,如果严格按照这样的时间来安排饮食,岂不是太费心劳神了,现实中也是难以做到持久。人世间,同样的东西因环境不同可生变异,如南橘北枳;同样的物体因需求不同可致存废,如水之利和水之害;同样的事物因时间不同可成霄壤,如一些职业的前世今生。人行事的方法有几千几万种。一些人认为是天经地义的事,另一些人则认为是倒行逆施的事;一些人认为是天公地理的事,另一些人则认为是伤天害理的事。真的是,世若繁星,人各有志。你如果这也顶真那也顶真,怎能适应世态况味,怎能松快自己身心,怎能和谐人际关系呢?

  将就与顶真,宛若人之舌头与牙齿。人到垂暮老迈,只见牙齿落光,没见舌头掉落。何故?刚者易衰,柔者易存。人生几十年,对人对己,既不必也不应祈求或乞求十全十美。尤其对外事外物,务必看得通透一些。笔者颇为赞同陶行知先生的一句话:"听过听过,就是听完就过去了。我们要用宽容的态度去面对别人无心的过错,甚至没必要把它们放在心里,更不必揪着别人的过错不放。"可以想见,人在世上,无论遭遇什么样的不满意、不顺心的事,无论碰见什么样的不友好、不顺眼的人,只要有将就之心之情,只要有将就之言之行,就一定会黑夜之后是白昼、风雨过后有彩虹。

还嘴与还手

"借东西要还。"父母对儿女自小就这般教诲。"夫妻双双把家还。"黄梅戏里有这段脍炙人口的曲词。"数风流人物,还看今朝。"毛泽东的这句诗句气势磅礴。《土地还家》,山西有这样一首流行甚广的民歌。"朝辞白帝彩云间,千里江陵一日还。"李白这句名诗千百年来传诵不衰。"以眼还眼,以牙还牙。"这句成语比喻用对方使用的手段来还击对方。汉语文言字中的"还"有多种字义,其中有,回报别人对自己的行动,如还嘴、还手。还嘴,指受到指责时进行辩驳,或挨骂时反过来骂对方;还手,指因被打击或受攻击而反过来打击或攻击对方。还嘴与还手,前者用的是言语,后者用的是行动。在使用时,有的人动嘴不动手,有的人动手不动嘴,有的人则既动嘴又动手。

在现实生活中,或许受古训"君子动口不动手"之影响,还嘴现象较多发生。如小孩本身做了错事,大人知道后严厉训斥了一番。这时,倔强一些的小孩即会还嘴。当然,有的小孩并非是要反过来骂大人,而是作些解释,想减轻一点错误程度。有的小孩则会恶狠狠地回应粗话甚至脏话。对此,有的大人便火冒三丈,把桌子一拍,指着小孩说:"好啊!你还敢还嘴。"马路上,甲骑自行车撞了乙,乙不高兴,嘟囔了起来:"你骑车不长眼呀!"甲觉得乙说得太重了,回了一句。这时,乙更不高兴了,指着甲说:"你个人真是的,撞了人,不认错,还还嘴。"在政界,在职场,类似还嘴的现象也常有。1961年初,陈云来到上海,找副市长宋季文了解上海养猪的情况。宋季文正在汇报时,柯庆施也来了。当宋季文汇报到长兴岛有个叫冯二郎的人养了70头猪,赚钱很多,而郊区"大跃进"时搞起来的国营养猪场全部亏本时,柯庆施说:"你懂得什么。我就是要公养为主,不能私养为主。"陈云说:"公养猪养的是多,但是养得那么瘦,没肉吃。""养猪就不能像我这么瘦,要养得像柯庆施那样壮。"宋季文当场为之一惊。

在现实生活中,或许受常理"谁先动手谁先错"之影响,还手现象出现相对较少。如今在公共场所人群集聚的地方,有的人因为一丁点小事就会动手动脚,如果对方不加克制,便会开打起来。在幼儿园里,有的小朋友为了争抢一个玩具,先打了对方一个巴掌,对方不让,马上还以拳脚。这时,老师赶来先把他们拉开,再给他们讲道理。在国外,议员们开会,也有打架现象,即一方打了过去,另一方还手过来,我们在电视里时而也可饱此眼福。史见报道,我国戊戌变法前,由康有为幕后策划、梁启超任总主笔的《时务报》,请来章太炎担当撰述。章太炎为人狂傲,可以从死掉的学者一直骂到在职的大总统。在报馆,康派极为强势,自然招来章之反弹,加上双方从学术思想到政治观点均有分歧,遂至开骂。章斥康派为"教匪",康派则骂章为"陋儒"。后骂架升级,竟成打架。康派一群人由梁启超带队到报馆,拳击章太炎;章太炎也不是木头人,立即动手还击。这个斗殴事件发生后,章太炎则离沪赴杭。

应当说,人的还嘴与还手有其动物的本性。我们到动物园里不难看见,两只猴子、猩猩等,弄得不高兴时,也会打斗起来,有的还会向对方嗷嗷大叫,用两只前蹄拼命踢打对方。怎么正确认识人的还嘴与还手?笔者认为,首先要看到其有必然性和偶然性。一般来说,之所以会还嘴或还手,前提是必有一方先骂了人或先打了人。从总体上说,还是被动的,是对方责备人甚至冤枉人在先,或是对方不讲文明甚至撒野蛮横在先。从一定程度上说,还嘴或还手有一定的必然性,是可以理解的。再说,有的时候,对方或一时情况不明,或一时兴起,骂了人、打了人或又骂人又打人,这也有一定的偶然性。其次,骂不还嘴、打不还手是上策。甲方已经开骂了、动手了,如果乙方再对骂、再对打,势必进一步激化矛盾,倘若再有亲友不知好歹地拔刀相助,那就很容易使混乱局面加剧甚至失控。再说,人们常言"一个巴掌拍不响",如果还嘴了、还手了,即使你再有理,也少理了。因此,还嘴或还手都不足取。如果甲方一直在骂骂咧咧或一直在推推搡搡,而乙方不还嘴、不还手,周围的人看到了也会批评甲方。更何况,有的时候,骂人、还嘴,打人、还手,本来只为一点点小事,甚至还是相互误会而造成,那更无必要去斗气斗力了。第三,不还嘴、不还手是智者、强者、贤者的风度。在发生争斗和矛盾时,开口骂人的人、动手打人的人,其实是变相承认了失败,因为你有理可以讲、有冤可以申,为什么要骂人或动手呢?不还嘴、不还手,从另一个角度讲,它是胜利者的标志,即"我不跟你一般见识"。常言道:"风水轮流转。"说不定,那些原先骂人的人、原先打人的人,后来真有了事不得不去求曾经受过骂、受过打的人,那该有多尴尬呀!在发生争斗和矛盾时,人家不还手、不还嘴,从一定意义上说,自己反而显得理屈。再说,在发生矛盾和纠纷时,如果对方不讲礼貌爆粗口、不讲规矩动粗手,自己坚决不回嘴、坚决不还手,则可斩断一个恶性循环的开端。这样的做法,不失为有风度。

在现实生活中,尚无哪条法律规定不许还嘴、不许还手。这主要靠自律和公理。许多团体和单位的领导班子订有《议事规则》,许多地方的村民自治组织订有《村规民约》,许多城区的公共场所张贴有《游人须知》,许多学校的教学楼墙上书写着《学生守则》。这些属于人民内部的约定俗成,已就人与人之间如何防范相关矛盾纠纷,作出了若干规定。20多年前,捷克的哈维尔等人撰写了《对话守则》,在布拉格四处张贴,其中要求"不搞人身攻击""辩论时要用证据""尽量理解对方"等。美国的罗伯特于1876年出版了《议事规则》,书中提出了有关会议主持人、会议秘书、普通与会者的规则,有关会议议题、辩论、表决的规则等。在一定时候,民间调解人与人之间的矛盾纠纷,具有独特作用。诺贝尔经济学奖获得者奥斯特罗姆研究认为,只要参与者充分发表观点,沟通畅通,那么,公众治理公地的效率,就会高于政府管制与公司拥有。笔者衷心期盼,眼前和耳畔永无骂人声、永无打人景,人间更安宁、更美好。

摆谱与噱头

又是一个清明时。马年清明节,新华社记者在湖北、河南、河北等地走访发现,一些本是追思、怀念先人的祭奠活动,却出现了负面、低俗的不良风气。在一些祭扫现扬,"洗衣机""冰箱""彩电",个个不少;"名表""豪车""别墅",样样都有。在火舞烟飞中,一件件外观精美的纸质祭品化为灰烬。还有"代祭扫""代磕头""代痛哭"等,有的人花费数百元甚至数千元,请人代行。有祭祀者,甚至不惜高价,为先人烧"仆人"、烧"美女"、烧"冥币"等。如上这些,乃为祭奠中的摆谱也。

摆谱,方言摆谱儿,也就是摆门面。在现实生活中,一如吃饭摆谱。因为某种需要,如谈情说爱、请求托付、犒劳赏赐、巴结奉承、炫示显耀等,主人超常规地款待客人。本是路边简餐小酌即可,非入大馆子不可,尽享山珍海味、鱼翅燕窝、名烟名酒一番。更有甚者,还要来点玄乎。大仲马《基度山伯爵》中载:基督山伯爵同时把天南海北的两条鱼搁一盘子里,然后轻描淡写地说,最爱的是想象"这两条鱼如何天南海北聚在一起"。唐格拉尔不信,基督山伯爵即唤人把活鱼端上来给他看,以示"兄弟我有的是钱,一买就是两条,一条吃,一条看"。显然,在这里,激发客人口腹之欲已退居次要,主要的是主人在耍酷摆谱。二如穿衣摆谱。有段时间,一些影视界的名流出入机场时,像刚开过统一着装会一样,戴着酒瓶底的圆形太阳镜,黑到极点,似盲人的功能眼镜一般,兴许因为她们感到时尚和潮流,不这样打扮,显示不出尊贵的身份。如今,有的赶时髦的美女在昂贵的真丝碎花连衣裙上,系一条宽大的黑色皮腰带,裹着细腰随风飘荡。她们已经瞧不起在连衣裙下面穿黑色七分裤了,尽管晚上回家洗澡时,看到腰间被皮带勒了一天的那一圈都长痱子了。三如经商摆谱。有的小饭馆,墙挂名家字画,门悬五色彩灯,那个摆谱得像开着好几十家希尔顿饭店一样。有的小三轮车,车身闪闪发光,前后和上下还饰以彩灯,而拉车人戴着一副墨镜颇为得意地在吆喝,其神情比开一辆劳斯莱斯车还神气。据载,国外有家宠物店的玻璃窗上贴着"宠物给主人的十大叮咛",如"把我带回家之前,请记得我的寿命约有10至15年,若你遗弃我,会是我最大的痛苦。""请别对我生气太久,也别把我关起来当作惩罚。你明白吗?你有你的工作、娱乐、朋友,而我,你是我的唯一。"可见,这种谱摆多新奇。四如办事摆谱。有的人在亲戚、朋友面前总是喜欢摆谱,明明不用太大力气即可办妥的事情,事先非要讲得多么为难、多么繁琐,好像不这样做,显示不出自己路子广、门道宽,也显示不出对人讲情谊、重义气。五如官场摆谱。一是为了追求所谓的政绩,搞"形象工程",动辄建大马路、大广场,办公楼越造越高,办公室越扩越大。二是为了追求所谓的品位,大手笔地请来各界名流,动辄隆重而阔气地办这个节办那个会。三是为了追求所谓的客气,迎来送往时搞形式主义,动辄用警车开道、摆豪华宴席。四是为了追求所谓的霸气,无论在主席台作报告时,还是在饭桌上闲聊时,动辄出言不逊,好像是一家之主一样可以任意颐指气使。笔者曾多次耳闻一些地方、一些单位的"一把手",说起政绩、业绩来,便会自吹自擂起来,如"我一年要给教师发多少多少亿工资""我今年给职工发了多少多少元奖金"等。乍听起来,这些教师、职工都是他的臣民,他多么恩赐。这种谱摆,不谓不大。

噱头,方言摆噱头,一指采用巧妙的手法,二指采取狡猾的手段,三指采取逗笑的言行。其作用,要么是故弄玄虚,要么是引人关注,要么是曲径通幽。有的人调解民事纠纷很有一套,原本双方剑拔弩张的气氛,经他几句话一说,顿时缓解了下来。在一个庞大的游行团里,有一位能说会道的人,在同伴们于行驶中的车子上昏昏欲睡时,编造出一则小故事,经绘声绘色地一说,霎时,逗得大家笑得前俯后仰。一对男女谈恋爱,好久时间确定不了关系,有位知心"红娘"从中这边说道说道那边说道说道,很快给定下了婚期。有位博士生导师要招收博士生,报名者众,其中有位报名者主动禀告导师,他如被录取,可带科研项目来,且资金充裕。有人向领导请示一项工作,起初并没同意,后经好说歹说,领导终于首肯了。如上这些,都或明或暗地、或多或少地摆了噱头。

从总体上看,无论是摆谱儿,还是摆噱头,有一点共同之处,即比较爱虚荣,尤其是摆谱,往往好大喜功,经常过高估计自己,不懂却要自命不凡,贫寒却要大手大脚,自错却要推卸掩饰,有功却要极力炫耀。有的时候,摆谱或摆噱头,摆得不好,反而会弄巧成拙,如"乞儿卖富,反露穷相"。有的时候,摆谱或摆噱头的出发点和落脚点都是好的,结果是弄得下不了台,自讨没趣。在现实生活中,时尚的、潮流的东西,并不一定就是最优的东西;价格贵的、派头大的东西,并不一定就是最佳的东西。在待人处事中,我们务必不被虚荣所奴役、不为浮华而追慕,坚守脚踏实地的思想作风、工作作风和生活作风,做一个弃去一切低劣心理、卸掉一切伪善面具的大写的人。是的,"口袋里装着一瓶麝香的人,不会到十字街头去叫嚷让别人都知道,因他身后飘出的香味已说明了一切"。

正情绪与负情绪

情绪为何物？它是人在从事生活、学习、工作活动时产生的各种心理状态。就其形态来分，有外向、有内向，有激烈、有平缓，有显性、有隐性。就其作用来分，有正向、有反向，有积极、有消极，有向善、有向恶。情绪的爆发力强，变幻快。在现实世界里，有的人的情绪，一会儿是笑逐颜开，一会儿则会痛哭流涕。尤其是有的小孩，刚才还咯咯咯地笑，稍不顺心，立马便变成哇哇哇地哭。有的男人或女人，情绪也不稳定，喜怒无常，稍不如意，便"翻脸不认人"，人们私下里则会批评其"脸短"。这些人这样的情绪变化，就如同南方的黄梅天，一阵子晴，一阵子阴，一阵子雨。诚然，每个人都会有情绪，所不同的是，在什么时候流露出何种情绪，某种情绪持续时间是长还是短，由此会在一定程度上影响到待人处事的质量和效果，再延伸下去，会影响到自身的思维方式和行为方式。

正情绪，即积极性的情绪。一如见到朝思暮想的亲人，有的热情相拥，有的热泪盈眶，有的欢呼雀跃。二如战斗动员时，指挥官问列队士兵"准备好了吗""有没有信心"，得到的是群情激昂的回答。三如誓师大会上，一个个血气方刚的男子登台表决心。四如年轻妈妈看着抱在怀里的婴儿安静地睡着了，露出了惬意的笑容。五如好不容易登上万里长城，与同伴们一起振臂高呼"不到长城非好汉"。六如站立在黄山之巅，远眺近观，顿时发出了"一览众山小"的感叹。七如遇到漂亮、贤淑的姑娘，小伙子的眼神里立即放出了爱恋的光芒。八如一件颇为棘手的事办好了，便自言自语"我的一颗心终于放下来了"。九如"毛毛考上清华了！"当爷爷的闻讯后，见了亲友便这样兴奋地告诉。十如"我行！我能行！我一定行！"碰到一件难办的事，有人信心满满地告诫和勉励自己。人世间的正情绪很多，如敬仰、顾惜、乐观、喜悦、自豪、佩服、谦让、知足、舒畅、安静、欣慰、感恩、宽容、谅解、尊重等。人的正情绪，一是可以激发兴趣、激扬热情、激昂干劲。瞿秋白有言："如果人是乐观的,一切都有抵抗,一切都能抵抗,一切都会增强抵抗力。"乐观的人,心态就会阳光,凡事会去多想积极的方面,也能够快乐地与人相处。二是有利于成学、成事、成才。戴尔·卡耐基说过:"在人生的道路上能谦让三分,即能天宽地阔,消除一切困难,解除一切纠葛。"谦让的人,首先展现自己的是一种美好的风度和姿态,让人觉得可敬可亲;其次能方便当事各方化解矛盾和解决问题,而不至于相互间继续争来斗去甚至大动干戈。三是可以愉悦身心。周国平有言:"人生最好的境界是丰富的安静。安静,是因为摆脱了对外界虚名浮利的诱惑。丰富,是因为拥有了内在精神世界的宝藏。"安静的人,会有清静的心,会有宁静的情,会有恬静的言,会有沉静的行。安静,既是一种修身养性之道,又是一种大智大慧之道。

负情绪,即消极性的情绪。一如男人失恋之后,心中常会愤愤不平,于是向好友发泄;女人失恋之后,惟恐让人知道,免得被八卦和宣传。二如作为最摧残和消耗人类的疾病之一,全球抑郁症患者数目触目惊心。一项调查结果显示,全球现有抑郁症患者高达3.5亿。这是一种精神疾病,常表现出十分害怕、万念俱灰、动辄哭泣、行为迟疑等。三如巨大的压力、难解的心结、险恶的处境等,使一些人群中的自杀情绪有所蔓延。据报道,中国每年有10万名左右的自杀者,多处于15岁至34岁,其中近一半是精神健全者。四如全国现有逾2亿年龄在60周岁以上的老人。有些老人因为子女死亡、出国、远行等,其孤独情绪越来越强烈。一项调查结果显示,老人最害怕的是孤独,没有亲人陪伴。五如我国各种形式的高等教育人数规模多年来居世界第一,近几年每年全日制普通高校毕业的人数高达700万左右,许许多多的毕业生为找工作而焦虑不堪。六如有的女人特爱抱怨,上怨天,下怨地,中间还怨空气。对前前后后、里里外外、左左右右、上上下下,她什么都看不顺眼,总觉得自己是世界上最可怜、最不幸、最受伤、最冤屈的人。七如减肥恨不得今天锻炼明天掉膘,挣钱恨不得今天穷汉明天富翁,就业恨不得今天伙计明天老板,从艺恨不得今天跑龙套明天成明星,所表现出来的是身心浮躁。八如1956年,一篇颂扬朱德艰苦朴素精神的文章——《朱德的扁担》被编入了中国小学教材。然而,1967年,同样一篇课文,却被篡改成了《林彪的扁担》,文中除了姓名换了外,其他全无变化。古今中外,历史书、教科书和公文、公函里也不乏谎言。九如一女子与一男子勾搭成奸后,心里特别嫉妒这个男子的妻子,后来甚至发展到了企图杀人灭口、取而代之的地步。十如交通繁忙的城市中心十字路口,一女子抢"红灯",慌不择路,结果命丧车下。人的负情绪,所产生的危害、带来的恶果,是显而易见的。可悲的是,社会上有许许多多的人,明知不可为而为之,自己也想克制排解,然而束手无策,任由负情绪吞噬、腐蚀自己健康的身心。

  "情绪"不能"化"。按照现代汉语的语法,化加在名词或形容词之后便构成了动词,表示转变成某种性质或状态。我们待人处事,要理智,不能情绪化,一旦情绪化了,便容易不讲原则、不按事理、不守规矩。在现实生活里,通过换位思考、找人倾诉、运动释怀和听乐舒缓等,来有意识地调节自己的情绪,尤其是在负情绪萌发之时,更要清醒头脑,深入细致地思考一下产生这种情绪应该不应该、值得不值得。安东尼·罗宾斯说过:"成功的秘诀就在于懂得怎样控制痛苦与快乐这股力量,而不为这股力量所反制。如果你能做到这点,就能掌握住自己的人生。反之,你的人生就无法掌握。"愿天下之人,面对世间繁复冗杂的人和事时,都能调节和控制自己的情绪,善于化消极情绪为积极情绪,并促进积极情绪效用最大化,从而拥有豁达敞亮、健康快乐的心态,形成成功和圆满人生的精神力量。

小事与大事

世上本无事，都是人为之。有人，便有事；无人，便无事。事分大与小，大有巨大、硕大、宏大，小有微小、细小、渺小。而大与小，又都是相比较而言的。有的事，对这些人来说，是大事；而对那些人来说，则是小事。有的事，对这些人来说，是小事；而对那些人来说，则是大事。有的事，在这个时间，是大事；而在那个时间，则是小事。有的事，在这个时间，是小事；而在那个时间，则是大事。有的事，在这个地方，是小事，而在那个地方，则是大事。有的事，在这个地方，是大事；而在那个地方，则是小事。有的事，参与者少，是小事；参与者众，则是大事。有的事，参与者众，是小事；参与者少，则是大事。有的事，面广量大，是大事；面广量小，则是小事。有的事，面广量小，是大事；面广量大，则是小事。

人在世上，千万不要轻忽恶小。先说个故事：南宋时，宋高宗赵构无生育能力，不得已，便在赵匡胤的子孙中海选太子。挑来挑去，最后剩下一胖一瘦两个孩子。赵构喜欢胖小子伯玖，拟立伯玖为太子，但也不亏待瘦小子伯琮，赏给伯琮三百两白银。伯琮受赏后拖不动装银子的袋子，就请周围的人帮忙。赵构看在眼里，喜在心头。就在这时，一只猫跑到了伯玖脚边。伯玖很厌恶它，便抬起脚把它踢得很远。赵构脸色立马变了，顿时觉得这个孩子没有一点仁爱之心。于是，赵构决定立伯琮为太子。这一脚，踢变了两个孩子的命运。后来，伯琮即位。他没有辜负赵构的期望，成为南宋一位很有作为的皇帝，即宋孝宗。有人说："细节决定成败。"古人云："勿以恶小而为之。"显然，在许多时候，小事不小，细节不细。无数事实证明，决定个人学习、生活和工作命运的，往往是那些乍看起来的小事。如男女谈恋爱时，一方的一些小事（气量小、小心眼等），会使另一方失望，从而告吹。职场面试时，有的应试者的一些小事（夸夸其谈、自以为是等），会给考官们留下不太好的印象，从而不能胜出。选拔干部时，有的人的一些小事（人际好搬弄是非、工作喜挑肥拣瘦等），会在民主推荐时少票。

人在世上，千万不要莫为善小。先说个故事：1949的10月1日，北京天安门广场上一片欢腾。30万军民汇聚于此，庆祝新中国的诞生。毛泽东在天安门城楼上向全世界庄严宣布："中华人民共和国中央人民政府今天成立了！"此时此刻，朱德猛然发现新华社记者陈正青为了拍摄完整的画面，身体倚着城楼上的汉白玉栏杆，而且不断地向后仰去，已经快要跌下城楼。眼见陈正青忘记了危险，朱德就一步跨过去，抱住了陈正青的双腿。在朱德的帮助下，陈正青顺利地完成了拍摄任务。然而，原本在毛泽东身后的朱德却因此留在了具有重大现实意义和深远历史意义的《开国大典》照片的镜头之外。朱德的这一抱，小事一桩，却向世人展示了伟人的胸怀和境界。常言道："于细微处见精神。"古人云："勿以善小而莫为。"显然，细微不细，善小不小。在现实生活中，有许许多多友好与善良的小事需要人们在一举手、一投足间为之。如在公共汽车上，为老人、小孩、孕妇让个座。上楼时，进入电梯，稍等片刻，再关门，看看有没有紧挨其后的人需要同行。有人不慎摔了一跤，如有可能，顺手扶人家一把。上火车时，看到有人负重需要帮助，则主动上前。在单位食堂就餐时，吃喝结束后，用手中的餐巾纸给清理一下桌面。这些小事，并非需要投入很大或很多的时间、金钱和体力，然而，它既给别人带来了温暖，又给自己树立了形象。

人在世上，千万不要因小失大。先说个故事：1952年春，主持大西南工作的邓小平，觉察到进城一年多来，干部队伍中腐化堕落、另觅新欢的现象日益严重。这些人进了城，见了年轻美貌的姑娘就花心了，再也瞧不起当年同甘共苦的结发妻子。他们以"婚姻自由"为借口，无视党纪国法，不顾家庭妻儿的幸福，使用威胁、欺骗甚至流氓手段，以达到自己的卑劣目的，在社会上造成了极为恶劣的影响。国民党散布说："共产党进城，要不了几年，就会'红的进，黑的出'。"其中，时任贵州省绥阳县县长李民，是个南下干部，当上县长后不久，思想观念发生了严重变化，一方面利用手中的职权逼迫刚从师范学校毕业、出身资本家家庭的女教师与其成婚，另一方面丧心病狂地拒认千里迢迢从老家前来的妻女并加以迫害。邓小平亲自过问了这一典型案件。李民最终以重婚罪被判处有期徒刑5年。按说，婚姻属于个人私事，然而，倘若处理不好，则也会葬送自己的政治前途。俗话说："冰冻三尺，非一日之寒。"奥斯特洛夫斯基有言："只为家庭活着，这是禽兽的私心；只为一个人活着，这是卑鄙；只为自己活着，这是耻辱。"显然，人应该从大处着眼，从小处着手；大处应该抓住，小处不可漠视。现实生活中，那些因小失大的事常有见闻。有的父母自小教育儿女凡事不能吃亏，结果呢，使儿女养成了自私、各啬的品性，进入社会后，与人难以相融。有的人贪图一点小利，或帮他人运送毒品，或为他人违法违规办事，或给敌特分子搜集情报，使自己身陷囹圄。有的夫妻，常常为一些鸡毛蒜皮的小事争吵不休，互不相让，久而久之，感情淡薄，一方或双方各有外遇，终以婚姻上的分道扬镳而收场。

大事小事，小事大事，事事关涉人生。尤其是小事，因为其小，人们容易忽略；又因为不容易立竿见影，人们往往对其重视不够。但是，现实生活中，很多时候，成功的机会就隐藏在小事中，失败的可能就潜伏于小事中。人在一生中，遇到轰轰烈烈的大事并不多，更多的则是平平凡凡的小事。对并不多的大事，我们当有战略家的眼光，在思想上不可有丝毫的糊涂；对更多的小事，除了毫无意义、毫无价值的，我们得有实干家的劲头，在行动上不可有些许的懈怠。岁月易逝，生命易消，在有限的生命历程里，倘能恰到好处地处置、料理所有的大事和小事，人生便可更加多姿多彩。

明明病与心理病

而今,网络用词,日新月异。笔者近见网络新词:明明病。此病非病,是指一系列明明知道不可为却无法阻止自己继续下去的行为。比如,明明知道自己太胖了,应该减肥,却总拒绝不了美食的诱惑,常常大烹五鼎;明明知道自己应该珍惜时光,努力工作,争取有所进步,可还是得过且过,当一天和尚撞一天钟。这种明明病,实际上古已有之,如明知故犯,即明明知道不对,却有意识地去做。鲁迅《狂人日记》中载:"最可怜的是我大哥,他也是人,何以毫不害怕,而且合伙吃我呢?还是历来惯了,不以为非呢?还是丧了良心,明知故犯呢?"又如明知故问,即明明知道,却故意问人。罗广斌、杨益言《红岩》中载:"'是养斋吗?你讲什么?'徐鹏飞眉头一皱,明知故问。"现代政治生活中也有明明病,如知法犯法、执法犯法。一些司法机关的人,大学时学的是法律,工作时干的是执法,却在明里或暗地做犯法的事,最终受到了法律的惩处。

明明病,害死人。先说远些的。在中国近代史上,李鸿章是洋务派的代表人物,急切改造中国社会,希望祖国尽快富强,然而,一到治国理政的大事上,有时却是另一回事了。1887年,英国传教士李提摩太曾向李鸿章建议进行教育改革。为此,清朝每年要在教育上投入100万两白银。对这位英国传教士的建议,李鸿章的答复是:中国政府承担不了这么大一笔开销。这位英国传教士又说:"那是'种子钱',必将带来百倍的收益。"李鸿章又问:"什么时候能见成效?"答曰:"需要20年才能看到实施现代教育所带来的好处。"李鸿章又说:"我们等不了那么长的时间。"笔者在此并非苛究古人的过错,而是后见之明地说,虽然当时中国正遭受内忧外患的困扰,但是李鸿章明明知道进行教育改革的好处,却未能采纳这位英国传教士的建议,推动中国实施现代教育,而继续沿着闭关锁国的老路走下去。

明明病,害死人。后说近些的。夫妻的基础是婚姻,婚姻的基础是爱情,爱情的基础是情愿,情愿的基础是共鸣。古往今来,人们普遍向往纯真、美好的爱情生活。在传统观念里,正常情况下,男女恋爱结婚是一件希冀白头偕老的终身大事,夫妻相亲相爱是一件需要永久经营的家庭大事。然而,环顾左右,因为一方或双方发生婚外情而导致家庭破裂的案例比比皆是。不管是丈夫还是妻子,尽管发生婚外情的原由多种多样(如经不起钱物的诱惑、希望填补情感上的空虚、满足不了性欲、缺少家庭温暖等),但一旦出轨后也会为自己的不忠感到良心不安。不过,这些出轨之人随后又会自我平衡心理,如当年的成龙因为私生女作了这样的道歉:"我错了,我犯了全世界男人都会犯的错误。"又如老虎伍兹对自己出轨的解释是:"在做那些事的时候,我认为自己可以不留痕迹地抽身而出。"许多丈夫或妻子,明明知道不能玩外遇游戏,却身不由己地一步一步地陷入了爱情的漩涡。如"晚上有空吗?出来喝杯咖啡吧?反正一个人在屋子里也没事,不如出来一起开开心。""你爱人不在家,这么晚了挺寂寞的,咱俩聊会好吗?""你还没休息,肯定和我一样很无聊,要不,咱俩视频一下吧?"诸如此类的情感越狱暗语,有的丈夫或妻子的警惕性不高,还自认为能够把持,结果神不知鬼不觉地迈上了歧途。

明明病,害死人。再说现实的。韩剧《来自星星的你》里有个令人神魂颠倒的都教授金秀贤,在他的身上集合了女性对异性所有美好的期望与幻想。他英俊超凡,又多金;他在你需要的时候,会立即出现在你的面前;他学识过人,各个领域的知识在他那里都成了"小儿科";他十分可爱,有着少年面孔大叔样的包容心等。一句话,他没有缺点,你可以放心地去依赖他。在现实社会里,一些芳龄已逾"而立之年"的姑娘,也知道世上并没有这样完美的小伙子,然而,总希望有一天能出现类似的"白马王子",而日复一日、月复一月、年复一年地等候下去。成年人,只要没有特殊情况,每个人都有着自己的事业和工作。那些从政当官的,权势在握,好有风光,好有实惠;那些泛舟商海的,富可敌国,多么神气,多么快乐;那些献身科研的,学富五车,何等丰硕,何等荣耀。可有些人明明知道自己既不是那块料,又没有下那番功力,还奢望、痴念那些不可能得到的东西,到头来,只能是自寻烦恼。

明明病也是一种心理病。美国北卡罗来纳州立大学的心理学家迈克·凯恩,曾在一天的八个随机时间里采集了学生的思维样本,结果发现,部分学生80%至90%的时间都在思考别的东西,而并没有关注自己正在做的事。我们都会有这样的体验,明明是很严肃的场合,却不由自主地喜形于色,因为当时的思绪早已飘逸了。对人类来说,思想和行动分别属于两个范畴,在正常情形下,思想是行动的向导,思想指导行动;然而,一旦二者不协调时,明明病便容易产生。有的时候,明明病还受到心理上的感染,如婚恋专家研究发现,出轨具有较强的家族遗传性特征,在两代人之间最容易感染。假如上一代人发生了严重的外遇行为,那么,他们下一代发生外遇的概率将高达67%。这种传染不是通过基因来遗传,而是通过心理上的"黑色记忆"来影响下一代。所谓的"黑色记忆",是指心理上承受的痛苦记忆。常言道,习惯成自然。犯明明病的人常常有一种下意识,或不知不觉地、或随波逐流地、或放荡不羁地实施自己的行动。这里面,既有懒惰的问题,又有侥幸的问题,还有任性的问题。我等行走在人生路上,理应少犯甚至不犯明明病,多用理性而不是感性去处理面临的各种人和事。

柔性与刚性

众所周知，在待人处事的诸多方式方法中，刚柔相济是个上乘的选择。《三国演义》中曰："凡为将者，当以刚柔相济，不可徒恃其勇。"这里的刚，硬也，指坚强、坚毅；这里的柔，软也，指柔和、温顺。与此相似的方式方法，有恩威并行、恩威并用、恩威并重。《三国志》中："鲂在郡十三年卒，赏善罚恶，威恩并行。"陈白尘、贾霁《宋景诗》中云："我一向倒是恩威并重，以德服人的。"联想到人类饮食，也需要刚柔相济。一桌饭菜，有鱼肉，有海鲜，有菜蔬，有煲汤，有炒面，有米饭，还有水果，中国人使用的工具是筷子和羹匙，而筷子主要用于夹的，羹匙主要用于舀的，如果只有筷子没有羹匙或只有羹匙没有筷子，饮食起来就会有所不便。别看这个筷子，古时叫"箸"，还是中国之国粹。1972年尼克松首次访华，周恩来举行国宴时亲自教尼克松如何用筷；1986年英国女王访问中国，出席国宴时也使用了筷子。是否可以这样认为，使用筷子是刚性手段，使用羹匙是柔性手段，照此，有刚又有柔，饮食问题即可如人之所愿解决。

在柔性与刚性之间，柔性有着独特的作用。俗话说，树干捆不住树干，而稻草可以捆住树干。何故？以柔克刚也。在这方面，各种案例都有。一如人员管理上。领导如果能对部下给予更多的关怀和爱护，既可以更好地赢得部下对自己的真心拥戴和忠诚跟随，又可以更大地激发部下加倍努力工作的热情和干劲。《史记》中载，战国时的名将吴起领兵出征时，一直与军士们同甘共苦，吃住都在一起。他睡觉不铺床，行军不骑马，粮食、武器也都是自己扛，因此深受军士们的尊重和敬仰。有一次，有个士兵的背上长了毒疮，挤不出脓血，他便用嘴帮士兵吸出毒血，士兵被感动得不能自已。他上善若水的举止，使军士们发自内心地要用生命来报答他。每次打仗，军士们都奋不顾身。素有"经营之神"之称的松下幸之助对员工们的关心和爱护是出了名的。日本经济大萧条时，其他公司都纷纷裁员，松下幸之助却采取发半天工资的办法，坚决不裁一个人。二如婚姻生活上。有的女人生来脾气暴戾，在家里，动不动就毛手毛脚，动不动就骂骂咧咧。与之相伴的男人，兴许在谈恋爱时能容忍、默认这种类型的女人，但是，结婚成家以后，长此以往，有的男人也会益发感到厌烦。《水浒传》中就记载有位"母老虎"。她长得眉大眼粗、胖面肥腰，有时怒起，提井栏便打老公头，二三十人都近不了身，一副火暴模样。而在每个"母老虎"背后的阴影里，往往站着一个战战兢兢的"可怜虫"。笔者绝不赞成这样的夫妻相处。在现实生活中，这种夫妻并不见好。物极必反，很多时候，一方管控越严，另一方则虚伪越多。相对来说，女人应该多用温柔来打动、感化男人，一个微笑、一口亲吻、一句"谢谢"，那能抵得上"千军万马"的力量。三如从业经商上。人们常说，生意不成人情在。有的店铺，客人问了价又还了价，店主便不依不饶地要客人与之成交。事实上，或许客人一时兴起，随便还了价，后转而一想，不愿买了。做店主的，此时宽容一点并无害处，说不定，客人以后还会来，倘若弄僵了，那只能是惟一一笔、也是最后一笔生意。清朝同治年间，王炽创办的"同庆丰"号粮店，乐善好施、信义为先，历经三年的人气厚积，迎来了生意上的爆发，深得官、商、民之众赞。他由此成为中国封建社会惟一的"一品"红顶商人，在封号上超出了胡雪岩的"二品"红顶商人。

  人类是有情众生。常言道，虎毒不食子。最凶恶的人，也有柔情的一面。但是，柔要看用在什么地方。用对了，是好人一个、好事一桩；用错了，是坏人一个、坏事一桩。那么，我们如何把真、善、美的柔留给人间世道呢？笔者认为，其一，心中有柔。自然界充满了柔和，否则，万千物种不可能这般相互依存；人类社会充满了柔和，否则，亿万人民不可能这般相互关爱。心中有柔，便会"洒向人间都是爱"。其二，眼里有柔。眼睛是心灵的"窗口"，也是传递情意的"工具"。务用一双柔情之眼，去观察芸芸众生。惟有此，才会感受到人间真的无限好。世上有没有恶人？回答是肯定的。但从总体上说，还是好人众多，恶人极少。其三，耳中有柔。大千世界，有清音、也有浊音，有纯音、也有杂音。耳听之，如果用柔去判别，很多的理解和感受就大不一样。其四，口里有柔。一句话，口若刀剑，别人受伤并记恨；一句话，口德芬芳，别人欢喜并赞扬。倘若柔从口出，可以化解许多矛盾和纠纷，可以赢得很多信任和好评。其五，手里有柔。一只小动物，如小猫或小狗，你轻柔抚摸一下，它会显示亲近；你用劲掐捏一下，它会迅即逃离。无论是用手抓物，还是用手办事，施之以柔，是人即笑逐颜开，是物即欣欣向荣。其六，脚下有柔。人行走在苍茫大地上，迈步要注意爱护益虫益鸟，尽可能不让它们无谓伤亡。为他人服务，多提供一点方便，哪怕是帮人指路，自己多走几步、多说几句也无妨。人在世上,经历惊天动地的大事件并不多,更多经历的是微不足道的小举动。而此,当应注重发辉柔性的作用。在许多情况下,慢了可以快、快了难以慢,柔了可以刚、刚了难以柔。话不说死,事不办绝。待人处事多给对方一些体谅和包容,既可展示自己的胸襟,又能深得他人的内心,还会给身边的亲朋好友留有后路。此何乐而不为呢?

落魄与得意

故事之一，中国人每到端午节，在吃米粽时，便会自觉或不自觉地想起屈原。屈原早年深得楚怀王的信任，经常与楚怀王一起商议国事。然而，他自身性格耿直，其一系列为国利民的政策遭到了其他官员的嫉妒和排斥。这些官员经常在楚怀王那里说他的坏话，于是，他逐渐被楚怀王疏远，并不断地被放逐。"众女嫉余以蛾眉兮，谣诼谓余以善淫。"这是屈原对遭受朝廷众人排挤而发出的感慨。

故事之二，春秋时期，晋国大夫赵简子在中山举行狩猎，遇到一只狼，便去拼命追赶。狼遇到东郭先生，并说："先生，能借你的口袋让我苟延残喘躲一会吗？躲过这场灾难，我会报答你的大恩。"东郭先生是个滥施仁慈的人物，于是帮助了狼。后来，狼安全地从口袋里跳出，却扑向了东郭先生，并想吞噬他。

以上两则故事，分别向世人展现了落魄与得意之形。落魄，潦倒失意也。得意，称心如意也。前者与其他词语组成的成语有失魂落魄。旧称，离开人体的精神为魂，依附形体的精神为魄。此用来形容人心神不安或惊慌失措。而后者与其他词语组成的成语有得意忘形。《晋书》中载："嗜酒能啸，善弹琴，当其得意忘形骸。"此用来形容人高兴得忘乎所以，失去了常态。两条成语，均为贬义。

在现实生活中，落魄的人和事见怪不怪。有的人，昨天还位高权重、声名显赫，今天则遭到了公安机关的批捕或纪检监察机关的"双规"；有的人，昨天是大款巨富，过着纸醉金迷的生活，今天便一贫如洗；有的人，昨天是娇生惯养的贵夫人，今天已成了可怜兮兮的怨女或弃妇。还有，有的人，身强力壮时不可一世神气活现，病缠身时则是烂鱼一条、死蟹一只；有的人，在单位里一向仗势欺人，一旦"树倒猢狲散"，顿时变得灰头土脸起来；有的人，在家里老是犯"女王病"，俟丈夫真的要与她"拜拜"了，便服软告饶起来；有的人,生意火爆时,顾客要找关系、开后门去央求他,乃是昂首挺胸,市场冷清时,则会低三下四地恳请顾客照顾生意。在现实生活中,得意的人和事,也是见怪不怪。有的人,一旦升了职,便飘飘然起来;有的人,一旦发了点小财,便不知天有多高、地有多厚;有的人,一旦参加某项竞争并取得了成功,便觉得"老子天下第一";有的人,情感上周旋于几个异性人之间,便自以为是起来,甚至还会在众人面前吹嘘一下。

落魄与得意,有的是因为政治原因、有的是因为经济原因,有的是因为思想原因、有的是因为工作原因,有的是因为感情原因、有的是因为品德原因、有的是因为主观原因、有的是因为客观原因,有的是因为直接原因、有的是因为间接原因,有的是因为有形原因、有的是因为无形原因。尤其是人落魄之后,普遍会有一种失意、灰心、哀怨的感受,觉得世态那么炎凉、世情那么不测、世人那么功利。事实上,人生如同植物一样,总有荣枯兴衰的阶段,花儿即使开得再鲜艳也有蔫灭消失的时候;人群如同植物群一样,在同一个时间节点上,总会呈现出各种形态,即有的人落魄、有的人得意、有的人寻常。因此,人世间有落魄之人,人生中有落魄之时,都是十分正常、自然的。

我们在做人与处世中,千万不可自鸣得意,纵然一时得意,也千万不可忘乎所以。这是笔者对得意的理解和态度。对落魄,笔者有如下几点认识:其一,同情落魄者。我们应该更同情那些因不可逆的原因或其他客观原因而出现的落魄,对那些主要由于自身原因特别是对那些因为执迷不悟、我行我素而招致的落魄,恨其自不争气。其二,友待落魄者。主要因为,落魄者往往在名声、利益上已发生了剧烈变化,自尊心、自信心严重受挫,物质待遇、人际关系一落千丈,故而,我们无论基于公德考量,还是从私德出发,都应友好而非冷淡待之,千万不能落井下石。更何况,察人观事,不可只看一时一地、一点一滴。世上一度失意、失着的人,在某种机缘下,翻身爬起甚至腾飞的例子举不胜举。其三,善待落魄者。对落魄者的态度,不仅可以检验一个人的为人品德,而且可以提供重塑新的人际关系的机会。造成落魄的原因非常复杂,显现落魄的情形也千差万别,我们应该区别不同情况,有针对性地给予具体的帮助。如果做到恰到好处,即可产生"滴水之恩、涌泉相报"的效果。要知道,世上那些刎颈之交、莫逆之交等,常常是在极端艰难危险的情况下形成的。

以一颗平常、平和之心去应对万事万物,符合天意,顺从人性。明朝宋缧在《古今药石》中载有寇莱公的《六悔铭》,教导人们要及早悔悟改之。其曰:"官行私曲,失时悔。富不俭用,贫时悔。艺不少学,过时悔。见事不学,用时悔。醉发狂言,醒时悔。安不将息,病时悔。"时至今日,这《六悔铭》仍有指点迷津的意义。其中,"官行私曲,失时悔"启迪我们,要全心全意为人民服务,不能因个人的私利或个人的喜怒而在公职岗位上有所偏失和曲护,更不能贪赃枉法、贪污受贿。否则,待到东窗事发时,后悔则晚矣!"安不将息,病时悔"启迪我们,无病要想有病之苦。在现实生活中,人生病时,大多有所悔悟,然而,病情一有好转,又把节欲养生之事抛到九霄云外了。笔者认为,人务必吸取悔时的教训,在落魄之前好好想想会不会落魄,在得意之时好好想想该不该得意,从中择善而行之。

服从与违拗

芸芸众生，只要精神正常、神志清醒，都会随时随地表达自己的意愿，其中服从与违拗是最常见的选择。如家有大龄姑娘待字闺中，好友帮助介绍了一位英俊小伙，父母征求姑娘意见，愿意不愿意去相亲，姑娘表示同意，此乃服从。奶奶带小孙子到社区幼儿游乐场玩耍，有一熟识的小女孩很想要小孙子手里的玩具玩一下，奶奶几番动员，小孙子始终不肯，此乃违拗。服从与违拗，先于思，后于行，有主动与被动之别，有自愿与逼迫之别，有明显与隐晦之别，有故意与无意之别，有严重与轻微之别。

服从是职场的品性。人生在世，无不活跃在不同的职场上。古今中外，在军队里，军人以服从命令为天职。想当年，红军万里长征途中，张国焘不服从中央指挥，拉着部队西进，惨遭挫折。战争年代，毛泽东、朱德主要通过电报传达指示，各路大军坚决服从命令，奋勇战斗，捷报频传。新时代，各级党政机关都非常注重执政能力和行政效能，而此有赖于不断提升决策力和执行力。执行的前提是服从，不服从也就不会执行，不执行也就谈不上服从。少数服从多数，下级服从上级，这既是中国共产党民主集中制的基本要求，又是中华民族实现伟大复兴的基本要求。服从对企业至关重要。作为员工，必须有服从的思想和行动，因为如果没有员工的服从，企业任何的经营战略都无法有效实施，企业任何的管理理念都无法有效落实。沃尔玛创始人沃尔顿说得十分直白："我们要的不是和领导作对的员工，而是服从领导决策，在第一时间完成任务的员工。"

服从是交际的品性。人生在世，少不了人与人之间的往来和接触，而服从是融洽关系所必须的。为什么呢？其一，每个人由于所处的位置不同、所关注的重心不同，故而，所思所言所行会有差异。念想求同存异，不可缺少服从。换言之，一方对另一方必须有所迁就或谦让。否则，各吹各的调，就不能弹奏出优美的协奏曲。其二，每个人由于阅历、经验、知识、技能等不同,故所想所说所做会有差异。更何况,智者千虑,必有一失;愚者千虑,必有一得。相互要想取长补短,不能没有服从。换句话说,你的主意好,就听你的;我的主意好,便听我的。择其好的而从之。其三,每个人由于所代表的群体不同、所考量的背景不同,故而,其所知所识所悟会有差异。若想站在同一条起跑线上,不能拒绝服从,也就是说,要搞五湖四海,既与善者相处、又与恶者相处,既与君子相处、又与小人相处,既与智者相处、又与拙者相处。当今社会,有一种叫"闺蜜"的人际关系,其中有男闺蜜和女闺蜜。互为闺蜜的二人可以达到无话不谈、无事不助的程度,其中那些全天候男闺蜜,可是服从型的典范,在时间方面,可做到"24小时服务不打烊",女性有需求,男闺蜜随叫随到,可谓有求必应、有险必赴、有难必当;在内容方面,事无巨细,无论是在单位加班后没发加班费,还是在谈恋爱时谈崩了,女性有需求,男闺蜜都给予安抚。在现实生活中,凡服从方面把握得好的人,多为和善,有话好沟通,有事好商量,别人乐意与其相处和交往。所以,人缘好,人际广,朋友多。

服从是婚姻的品性。世人之间,就其本质来说,都是平等的,即平等的人权、平等的法纪、平等的生死、平等的机遇。夫妻之间也是如此,男女二人之所以步入婚姻的殿堂,是因为有建立在平等关系基础上的相悦和相爱。忆往事,看今朝,有很多东方女性一辈子秉持"我听您的",即恋爱结婚后听丈夫的,孩子长大后听孩子的,"自作主张、自己做决定"在她们的人生词典里似乎并不存在。"妾本丝萝愿托乔木"虽是一句动人心弦的情话,但更是一种具有传统意义的道德。社会在发展,时代在进步,这种一辈子就是"我听你的",不可全盘提倡,因为有瑕疵,而且盲从有时还会产生恶果。夫妻之间应当增强服从意识。不过,这种服从不是单向、不是迫使,通俗地说,就是"谁对的听谁的"。在现实生活里,有些夫妻为什么小吵小闹天天有、大吵大闹月月有呢?其中有个重要原因,那就是谁也不服谁、谁也不听谁。这种现象,缘起于"霸王病"或"女王病"。这二种病非生理病,指丈夫或妻子把自己想象成霸王或女王,在家里总是表现出高傲而强势,习惯于对妻子或丈夫颐指气使。如荣获第八十六届奥斯卡金像奖的《蓝色茉莉》中的女主角(由凯特·布兰切特饰演),即是一个重度"女王病"患者。她因为长相姣好、气质大方,早早地嫁给了事业有成的银行家,从而跻身于上流社会。婚后过着贵妇生活的她,为自己的优雅和自己的家庭而骄傲。直至有一天,丈夫当面承认了不忠,并因破产和诈骗选择自杀,她的人生被彻底倾覆了。笔者所见所闻,凡是幸福美满的婚姻,夫妻双方在服从上无不是相互做得更好一些。

概而述之,服从显示出人的综合素质,体现在为人与处世的方方面面,贯穿于生命存续的自始至终。而违拗,相对来说,具有更大的挑战性和故意性,尽管其中不乏人体生理本能的反应。在做人与处事中,只要不涉及原则性和根本性的问题,只要合理照顾了双方的关切和利益,应该多些服从。其实,服从也好,违拗也罢,关键在于人的心。心胸狭窄的人,违拗就多;心胸宽广的人,服从便多。《孟子·梁惠王》中有这样一段话:只有仁人才能以大国的地位侍奉小国,所以商汤曾侍奉葛国,文王曾侍奉混夷;只有智者才能以小国的地位侍奉大国,所以周太王曾侍奉獯鬻,勾践曾侍奉吴国。不管是以大事小,还是以小事大,都需要有宽广的心胸。只有具备宽广心胸的人,才能自觉自愿地选择和遵守服从。许多时候,我们把自己的身段放低,别人看反而更伟大;我们把自己的身段放高,别人看反而更渺小。低与高、大与小,见证的是心胸的宽与窄。行为心意,心至而行。面对世间错综复杂的人和事,是服从还是违拗,我们当三思而行。

意念与依赖

现象之一,一婴儿在奶奶的怀抱里哭得很凶,左哄右骗都不是。突然,在旁的阿姨一声高喊"妈妈回来了",婴儿立马止住了哭声。奇怪?原来,妈妈在婴儿的心目中是个"神"。婴儿本是妈妈身上掉下的一块肉,有生理上的先天联系,加上婴儿生下来后妈妈给予的哺育和爱抚,使婴儿心理上对妈妈的依恋特别强烈。只要妈妈在身边,婴儿的心里便安宁。

现象之二,一农村青年在省城某事业单位干临时工,开始时无依无靠、无亲无友,可工作踏踏实实、任劳任怨,颇受众人好评。然而,他的工资低薄又缺少尊严。此时,一些老乡便积极鼓动他去售楼,那里既有工资又有提成。他却始终没有答应。何故?因为经过长期朝夕相处,他在这个单位里已经有了一位忘年交的朋友。这位朋友在他心中似为"神",常常给他指点迷津、排忧解难。

现象之三,据报道,高音歌王帕瓦罗蒂有个很有意思的癖好。他每次演出前,必定要在后台找钉子,如果找到一只生锈的弯钉子,便大喜过望,演出也会很出彩;如果找不到钉子,他会很郁闷,甚至拒绝演出。钉子在当地具有迷信色彩,即金属象征着好运气,弯头可以避邪,钉子能够钉住魔鬼,钉子已在帕瓦罗蒂的心目中虚幻成"神"。

一位妈妈,一个朋友,一只钉子,对诸如婴儿、农村青年和帕瓦罗蒂来说,在生理之外,心理上已添置了一个意念。这个意念像个"第三者",可以是人,也可以是物,且力量无穷。有了这个意念,心里便有了依赖。不是么?有的人见了生人容易紧张,于是叫上好友一起去;腼腆的姑娘第一次去相亲,总会让妈妈或好友陪着;初谈恋爱时,为了消除心理上的忐忑不安,不忘带上一本书籍或一册画报;项目谈判中,一旦沉默无语时,相互发支香烟点上火,双方在烟雾缭绕中消释疑虑或尴尬;遭遇自然灾害时,总会想念起以往人定胜天的同类经历,顿时信心倍增;古诗中的"曾经沧海难为水,除去巫山不是云",也是受到意念支配和驱使。

从总体上说,意念属于精神和意识范畴。哈利·爱默生·佛斯迪克博士说:"生动地把自己想象成失败者,这就使你不能取胜;生动地把自己想象成胜利者,将带来无法估量的成功。伟大的人生以你想象中的图画——你希望带来什么成就,做一个什么样的人——作为开端。"在现实生活中,意念极为重要。"共产主义一定能实现!"这是一代又一代共产党人的意念,并为此披荆斩棘,奋勇向前。"我们一定能胜利!"这是一批有识之士发出的呼唤,在这个意念指引下,他们会不断排除和战胜前进道路上的各种艰难险阻。"坚持!坚持!再坚持!我一定能获救!"这是一些被压在塌楼里的人的意念,凭借这个意念,他们从未放弃生存下去的希望。"明年我一定能考上大学!"这是一些高考落榜生的意念,有了这个意念,他们会全身心地投入到复读之中。"我这个病一定能治好!"这是许多身患重病者的意念,他们以此满怀信心地去积极配合治疗。显而易见,意念即是信念,意念即是信仰;意念给人以鼓舞,意念给人以力量。

人一旦确立了意念,也就明确了目标。目标是纲,纲举目张。因此,意念的准确与否,对目标的性质优劣具有先导性的意义。想当年,日本军国主义疯狂侵华,也有它的意念,即为建立所谓的"大东亚共荣圈",为把华人从白人的侵略中"解放"出来。然而,这个意念是极端反动的。从1931年至1945年,日本军国主义在华犯下了滔天罪行。德国法西斯主义在欧亚发动了一系列的侵略战争,也有它的意念。不过,其意念"一个元首、一个政党、一个民族"是彻头彻尾反人类的。我国先哲孔子有曰:"君子周而不比,小人比而不周。"其意是,君人做人处世,对每个人都一样,不是对张三好,对李四就不好;而小人则跟自己要好的做朋友,张三跟自己合适,就对张三好,如不大喜欢李四,就对李四不好。孔子又曰:"君子怀德,小人怀土。"其意是,君子想的是道德,违背道德的事不干;小人想的是财富,只要有财富就干。按照孔子的理论,君子与小人在意念上是截然相反的。如今各地查处的贪腐分子,普遍存在思想蜕变、理想缺失、贪图金钱、贪恋女色等。换言之,其本人在意念上发生了异化,违背、触犯了法律和纪律。

从一定意义上说,意念是立志的源泉。在中外历史上,许许多多的名人志士彰显了爱国主义的意念。列宁说:"爱国主义就是千百年来巩固起来的对自己的祖国的一种最深厚的感情。"班固曰:"爱国如饥渴。"车尔尼雪夫斯基说:"爱国主义的力量多么伟大呀!"文天祥曰:"人生自古谁无死,留取丹心照汗青。"董必武说:"血染沙场气化虹,捐躯为国是英雄。"鲁迅曰:"我以我血荐轩辕。"在现实生活里,人往往是活在意念里,有意念便会有盼头,有意念便会有奔头。人生是充满希望的悲剧。从呱呱落地,到奄奄一息,人活着的每时每刻都向往着美好,即美好的希望,其中包括美好的收获、美好的生活、美好的身体、美好的家庭,而最终又都逃脱不了生命的死亡和消失。人生路上,每个人必须有意念,且随时随地有所更新。这个意念,既是精神支柱,又是情感寄托。不管结果如何,人的意念不可或缺。否则,无异于行尸走肉。常言道,哀莫大于心死。这个"心"便是意念。人一旦放弃了意念,通常在事业上无追求、在生活上少乐趣,只会稀里糊涂地混日子、无所作为地度时光,其拥有生命的意义便大打折扣了。

积极向上的意念是人生的动力,引领着人们向着光明的前景奔跑。但有一点不可麻痹大意,别把意念当依赖。意念,想法也,念头也。它对行为来说,主要起到指导、引领、激励和鞭策作用。如上所述的一位妈妈、一个朋友、一只钉子,只能是心理上的依恋,不可成为现实中的依赖。依赖是对创造的束缚。人生的过程本是创造的过程。依赖于某些人、某些物,便容易泯灭创造,常常使自己不能独立,因为依赖会形成惰性、依赖会失去自我。人在生活中,过分依靠意念,极易陷入虚无主义的泥淖,在一定程度上,则显示出自身思想上和行动上的不成熟。准确地树立意念、运用意念,当是人生中的一个重要课题。

掉链子与紧箍咒

"关键时刻,你可不能掉链子哟!"这句用来叮嘱和告诫人的话,时常能够耳闻。俗语掉链子,指由于松懈、慌乱、粗心或技能欠佳、火候欠缺等原因,功败垂成或功亏一篑,而令人惋惜。一如某高中学生,平时摸底考试、模拟考试的成绩不太稳定,高的时候可进入班里前三名,低的时候在班里只属于中游水平。临近高考了,父母叮嘱其要沉着冷静,发挥出最大潜能,切勿掉链子。二如一辆面包车突然在某铁路道口上熄火了,驾驶员几次发动均未如愿。眼前一列火车即将飞驰而来,一辆大卡车说时迟、那时快,猛然加足马力,从后面撞击了那辆面包车。幸好,面包车、大卡车都离开了道口,火车平安地通过了道口。可见,那辆大卡车在紧要时刻,没有掉链子,否则,后果不堪设想。三如某航空公司的一架飞机起飞后不久,一发动机突然起火,地面上的人都能看到机翼上拖出了长长的火舌。飞行员头脑清醒,积极应对,立马关掉了这一发动机,紧急返航迫降,取得成功,机上所有人员无一伤亡。足见,这名飞行员技高一筹,面对危险,没有掉链子。

凡是看过影视剧《西游记》的人,对紧箍咒印象深刻。在《西游记》里,唐僧时而发出用来制服孙悟空的咒语,能使孙悟空头上套的金箍缩紧,从而头疼不已,因此唤作紧箍咒。此常用来比喻束缚人的东西。一如在医院里,每天都会出现医护人员没有多加考虑说出的话,有的可能是表达不准确,而患者则断章取义地加以理解;有的可能是言之过重了,而患者则胡思乱想。其轻者,加重了心理负担;重者则引起了无可挽回的后果(指自杀)。对有的患者来说,这些医护人员不是很负责任的话,似乎就是紧箍咒。诺贝尔和平奖获得者、美国心脏病工程师伯纳德·劳恩在著作《痊愈的遗传艺术》中叙述了自己亲身经历的一件事:年轻时,他做医生助手。有一天,主任医师的情绪很糟,在匆匆探视病人后,便在病床边对其他医生说,这位病人患的是典型的 TS。TS 在医学术语中是三尖瓣狭窄的意思,实际上大部分都不会带来很大的身体损害,绝不是致命的疾病。女病人聚精会神地听着。探视之后,女病人对他说:"看来一切都结束了,TS肯定意味着晚期。"尽管他马上向女病人解释了这个缩写字的含义,并告诉她不需要担心,但她的身体状况还是迅速恶化。她呼吸困难,肺中的液体越积越多,数小时后,便死于肺积水。二如中国"文化大革命"结束后的1979年,自上而下在思想上存在着许多紧箍咒。正是邓小平"不管白猫黑猫,抓住老鼠就是好猫"的重要论述,指引着中国开始推行经济体制改革。20世纪80年代末90年代初,中国改革开放进入了关键时期,各地在市场经济、农村改革等问题上存在着认识上的分歧,似有紧箍咒禁锢着人们的思想。1992年1月18日~2月21日,邓小平南巡发表了振聋发聩的重要讲话。自此,中国改革开放的巨轮开启了新的历史航程。三如因为事业发展需要,有对夫妻不得不分居两地。妻子对丈夫说:"工作上我不管你,生活上你要自我检点,如果你弄出点绯闻来,别怪我不客气,咱俩离婚,你净身出户!"这似是紧箍咒,妻子要求丈夫在感情上不可越雷池一步,否则,你去追求你的"性自由"。

笔者分析,掉链子喻指松懈,应该成功时招致失败;紧箍咒喻指束缚,意欲放松时受到限制。掉链子更多的是主观因素,紧箍咒主要的是客观因素。二者都可在思想上、精神上和言语上、行动上展现和显示出来。如果把掉链子比作一种疾病的话,那么医治掉链子的良方是专注。专注,专心注意也。一百年以前,有道数学题难倒了全世界的数学家。它是2的67次方减去1是质数还是和数。破解这道数学题的难度一点不逊于"哥德巴赫猜想"。出人意料的是,1903年10月在美国纽约举行的世界数学年会上,有一个叫科尔的德国数学家成功地破解了这道数学题。这在国际数学界引起了巨大的震动。令人更为惊奇的是,科尔并不是专门研究数论的数学家,研究数论只是他的业余爱好。然而,他用了"三年内的全部星期天"来论证这个题目,终于获得了成功。在现实生活中,凡是在关键时刻掉链子的,大多松松垮垮,思想、精力不集中。专注的力量是无穷的,如有专注的工作理念,就不会好大喜功、好高骛远;如有专注的工作态度,就不会马马虎虎、得过且过;如有专注的工作方法,就不会心猿意马、朝令夕改。专注的效果有时可以扩大好多倍,使原本难以实现的成为现实、难以企及的如愿实现。人生活在法治、道德社会,不可也不能在任何事情上我行我素,不受管束,这就离不开紧箍咒。从这个意义上说,每个人都需要有紧箍咒。譬如,公民要受国家法律和社会道德约束吧;公职人员不仅如此,还要受廉政纪律约束吧;国家安全人员不仅如此,还要受保密纪律约束吧。但是,紧箍咒的设定务必遵从自然法则和社会规律,不能是落后的、过激的、反动的、消极的。否则,好心会办坏事。不过,不能把束缚变成压抑。在正常情况下,必要的束缚是必须的,但压抑毫不足取,起码是不值得提倡,因为压抑易使身心疲惫、憔悴,从而影响自己的执行力和创新力;压抑易使自己背负更加沉重的"十字架",成为追名逐利的奴隶,从而影响自己的健康、快乐。

人生在世,掉链子的事不可能不发生,但应尽量避免;紧箍咒虽大多为外力使然,但应更多地锤炼自觉自愿。如是,人可活得更自由自在一些,更心满意足一些。

给予与接受

给予,一方帮助或施舍另一方;接受,一方收取或容纳另一方。二者在形态上,一是呈现出精神性,如"给我们送来了精神食粮",包括精神奖励、口头致谢、言语慰问、荣誉称号和出谋划策等;二是呈现出物质性,如"拯救我们于饥寒交迫之中",包括人之食、住、穿、行等所需的物品。二者在内容上,一是呈现出正当性,如父母给予儿女无微不至的爱,儿女理所当然地接受了父母的爱。二是呈现出友善性,如"一方有难,八方支援",全国各地纷纷给予人力、物力、财力上的支持,帮助地震灾区人民抗震救灾和灾后重建;地震灾区人民接受了全国各地的支持,并表示衷心感谢。三是呈现出敬重性,如对鳏寡孤独的老人给予精神上的慰藉和物质上的帮扶,老人心存感激地接受了,并逢人便说"共产党好,社会主义好,人民政府好"。四是呈现出投机性,如"一人得道,鸡犬升天",某人得势后,他的亲戚朋友也跟着沾光,与他很少来往的人也争先恐后地去溜须拍马,给予这给予那,而他则忘乎所以地欣然接受。五是呈现出投机性,如房价上涨进入快速通道后,"中国大妈"出手不凡,给予开发商以强烈的购买力,开发商则欢欣鼓舞地接受。六是呈现出欺骗性,如垂钓、捕猎时给予的诱饵,鱼儿、猎物一旦接受了,即会招来"杀身之祸"。七是呈现出趋利性,许多人热衷于做锦上添花的事,而不愿意做雪中送炭的事。这种给予与接受,往往具有趋利性。八是呈现出无私性,如"为了人民获解放,粉身碎骨也心甘""毫不利己,专门利人""把自己的一切献给祖国和人民"。这样的给予,展示出了无私无畏的胸襟,伟大而崇高;而与之相应的接受者,则是大众和社稷。二者在方法上,一是呈现出主动与被动,即主动地或被动地给予与接受;二是呈现出直接与间接,即直接地或间接地给予与接受;三是呈现出集中与分散,即集中地或分散地给予与接受;四是呈现出显性与隐性,即显性地或隐性地给予与接受。

别小看每次的给予与接受,对双方来说,实际上都赋予了一次机遇。据报道,印度的米西川矿山很难生长植物,因为它满山均为坚硬的铁矿石,几乎没有土。只有尖叶草是个例外,它就生长在铁矿山上。只要给予它一星星泥土,它就会想方设法抓住机遇生存下来。我国探险队员曾去斯莫尔考察,当时阴雨连绵。一天,阳光终于穿云拨雾,照射了下来。有位女队员从身上掏出了小镜化妆。谁料,此时一束阳光正好照在小镜上,又恰恰折射到了一棵紫兰花上。紫兰花竟然借助这一点点给予,瞬间开花。这让所有在场的人一片惊呼。在现实生活中,你说一句暖心窝的话,你做一件讨人喜欢的事,说不定能改变对方一生的命运,起码能使对方一时感动和感激。一如温家宝之所以最终能成为大国总理,其中极为关键的是,孙大光给予他奉调地质部的机遇,胡耀邦给予他选调中南海的机遇。二如春节期间,一群年轻的朋友相约餐聚,给予一对男女相见的机遇,后有情人终成为眷属。三如好长时间没有给某位老朋友打电话了,突然间,与他拨通了电话,聊天中,他给予一个机遇,做成了一笔大大的买卖。四如有一对中年高知夫妻没有生育,无奈之下接受了别人送来的一个婴儿。经过悉心培养教育,这个婴儿长大后很有出息。一送一养,给双方带来了机遇。五如某硕士研究生在医科大学学的是毒理学,毕业后好长时间没有找到理想的工作。某科研所因要拓展科研领域,急需招用这种专门人才。经过笔试和面试,这个机遇给予了某硕士研究生,使他能在环保、医学的交叉学科建设中大展宏图。

别小瞧每次的给予与接受,对双方来说,实际上都显示出一种品性。据报道,1997年8月31日凌晨,英国王妃戴安娜在法国巴黎的一个地下隧道中遭遇严重车祸。她在车祸发生后一直有意识,是被送达医院几个小时后,因抢救无效而死亡。车祸刚发生时,尾随的"狗仔"在现场拍摄了大量照片,亲眼看到倒在血泊中的戴安娜在挣扎,却没有及时通过报警或其他方式施以援手。法国警方事后将这些"狗仔"一一逮捕,并把他们告上了法庭,罪名是"见死不救"。试想,这些"狗仔"当时如果给予戴安娜以施救,或许戴安娜不会是这样的悲惨结果。另据报道,德国某大公司经理在去开会的路上亲眼看到一起车祸,并下车察看。然而,在报警后,他即离开了现场。不幸的是,等警察赶到时,车内的一名女子已死亡。法医报告表明,这名女子因遭驾驶台挤压而死,如果当时他及时给予帮助,这名女子就有生还的希望。最终,他被提起刑事及民事起诉,入狱2年并罚款。在现实生活中,一如盛夏,路上有片西瓜皮,前面走的人发现后如能踢除,后面走的人不至于不小心踩上后摔一跤。二如截至2011年,中国的独生子女约有1.5亿。作为父母,如果过于娇惯宠爱独生子女,给予的东西太多太滥,很容易适得其反。有的"红二代""富二代""官二代"走上邪路,便是教训。三如一些不法商人,意欲谋取不正当的利益,想方设法给予握有生杀予夺大权的人以钱和物,而握有生杀予夺大权的人又心存侥幸地接受了。"若要人不知,除非己莫为。"最终,给予者以行贿罪、接受者以受贿罪受到了法律追究。

　　在是否给予与接受这个问题上,笔者认为,有三点需要把握好:首先,给予要看对方是否真正需要。什么是最好的?对方最需要的才是最好的。饿极了,给予食物是最好的;渴极了,给予饮水是最好的;困极了,给予睡眠是最好的。千万注意,在给予上,不是你认为最好的就是最好的。而接受,则要看给予的理由和来历。合情、合理、合法的给予,在权衡利弊后,可以考虑是否接受。否则,即使再诱人、再私密、再细小,都不能接受。其次,不可图一时之快、任一时之意、逞一时之强,给予或接受。有言道:覆水难收。通常情况下,给予与接受,只是一次交割活动,更重要的是,给予或接受了以后怎么办,也就是说,如何有力、有序、有效地进行调适、利用和转化。要知道,娶回(接受)一个美女,只是一个男人的本能,而让妻子变得更优秀,这才是一个男人的本事;嫁给(给予)一个成功的男人,只是一个女人的初衷,而使丈夫变得更成功,这才是一个女人的归宿。再次,人生路上,每次的给予与接受,都是有缘。既然有缘,切勿噗嗤而过。给予与接受的过程,本可丰富多彩。如宴请,主人既要让客人吃美味、吃环境、吃手艺、吃尊严,还要让客人吃法味(即由主人或客人在席间说些富含人生哲理的话,令人觉悟或释怀)。给予或接受中的相互切磋和共同分享,十分重要,颇为必要。

悦己与悦人

悦，高兴、愉快、喜欢、满意也。与悦组合的词语有和颜悦色、心悦诚服、赏心悦目、悦耳动听等。而在人际交往中，以悦为出发点和落脚点的，有悦己与悦人，换言之，悦我与悦他。悦己，喜欢自己或使自己喜欢；悦人，喜欢他人或使他人喜欢。悦己，包括对自己后天品行优点、缺点和事业成功、失败的接纳，也包括对先天身体美丽、丑陋和出身富贵、贫贱的接纳。有一则新闻众所周知：我国著名作家莫言在诺贝尔文学奖颁奖典礼上说自己长得丑。小的时候，村里很多人当面嘲笑他："你瞧你那个熊样！"学校里，曾经有几个霸道蛮横的同学还为此打过他。莫言因此常常流泪。母亲安慰他说："儿子，你不丑。你不缺鼻子不缺眼，四肢健全，丑在哪里？只要你心存善良，多做好事，即使是丑，也能变美。"悦人，包括当面、背后和公开、私下用言语赞美或首肯他人的长处、成绩，也包括以行动支持、帮助或满足他人的需求、渴望。如领导作完报告后，一部下主动上前告知："首长您讲得真好，高屋建瓴，提纲挈领，听了振聋发聩、醍醐灌顶。"领导笑纳。又如老王的姑娘快30岁了，还没有合适的主，做妈妈的真的很着急。老李所在的单位今年新录用了一位公务员。经打听后，老李觉得其与老王的姑娘很般配，于是帮助牵线，终于成了小两口。老王如释重负，高兴不已。再如大热天，丈夫出外办事满头大汗，一进家门，妻子便笑脸相迎，递上毛巾，又切西瓜送上，丈夫喜形于色，直夸妻子"真疼人"。

悦己与悦人，虽均为悦，但主体不同，一个是自己，一个是他人。故而，为何悦，悦什么，怎么悦，大有学问。笔者观察，有三种悦不可取：一是一味地放低自己的身段，而不分青红皂白地满足他人的需求，甚至为了取悦他人，自己到了卑躬屈膝、仰人鼻息的地步；甚至在自己力不能及的情况下，都不敢拒绝他人的要求，也就是常言的"死要面子活受罪"；甚至为了一味地讨好他人，明知此事不可为，为了便犯法，仍铤而走险、孤注一掷。二是不公平的爱情单相思。所谓的单相思,即指男女间仅一方对另一方爱慕,而不是双方爱慕。但丁在《新生》中描述了他初遇贝阿特丽采的震撼:"苦哉!苦哉!从此我将再不能安静了!"爱情从此成为主宰他灵魂的主人,但他一直不敢表白,只能远远地看着她,甚至为了掩盖自己的真实想法,故意装作喜欢她的同伴。又正如艾伯特·哈伯特在《爱情的肖像》一书中所写道的:"所有善良的男人和女人在某个时间都会单相思,被爱的人意识不到爱,如同一颗星星意识不到发现它的天文学家一样。"三是夜郎自大,自以为是。有了一丁点成绩和进步,即沾沾自喜,似乎是给了一缕阳光便感到灿烂,送了些许雨露就感到水丰。这种悦己充斥了盲目。有位哲人说过,弱而愚者,不知谁看得起他、谁看不起他;弱而智者,最在乎谁看得起他、谁看不起他;强而愚者,以为无论是谁,都看得起他;强而智者,看得起他、看不起他都一样,他对别人也没有看得起、看不起。盲目乐观者,往往是强而愚者,故而,自我感觉特别的好。

　　在悦己与悦人这个问题上,我们必须有正确的认知。其一,一个人不可能同时取悦于所有人。茫茫人海,芸芸众生,在通常情况下,大可不必因为某人或某些人不喜欢自己而黯然神伤。人在世上,归根结底,是为自己活的,即使是自己的父母和儿女,虽然有永远割舍不了的血缘和亲情,但毕竟是属于阶段性、过渡性的亲人,不可也不能代表自己的全部,更何况是他人呢,您不应也不能全部任由他人的喜怒哀乐而左右。其二,悦己即可悦人。那些让自己活得洒洒脱脱、高高兴兴的人,其亲友与之相处,也会觉得快快乐乐、开开心心。懂得珍爱自己的人,方能获得他人的喜欢;懂得喜欢自己的人,方能获得他人的欣赏。从一定意义上说,我们在喜欢自己的同时,也在喜欢他人,因为喜欢了自己,便会由衷地生发出喜欢他人。很难想象,一个连自己都不喜欢的人,怎么能喜欢他人呢?其三,悦人不可滥施。悦人的前提是他人有这个需求和意愿。雪中送炭之所以好,是因为天冷受寒,倘若改成暑中送炭,那就适得其反了。悦人的立足点必须基于人格上的独立性和人权上的平等性,否则,难以获得完整意义上的亲情、爱情和友情。我们切不能因为喜欢、爱恋他人,而忽略、自贱甚至迷失了自己。悦人本是平等的买卖,如果他人能十分廉价、非常轻易地获得你的好感和帮助,说不定,他人并不会看重和珍惜你所给予他的东西,即使会,也有可能只是表面的、一时的做作。

　　世上悦己与悦人的内容包罗万象,世上悦己与悦人的方法五花八门。限于水平和笔墨,笔者在此不多论述,但有言在喉,不吐不快。悦本身是一种感觉、感知、感念,属于心理活动,而且个性差异极大,甚至相反。所以,要因人因事、因时因地而异，不可生搬硬套，不能机械教条。要更多地去作换位思考，尽可能去投其所好，尽可能去急其所急，"该出手时就出手"，并牢记古训"己所不欲，勿施于人"。相传，1900年8月14日，慈禧逃出北京城，其后两日，滴水未进，粒米未沾。直到慈禧来到河北怀来，县令吴永冒雨奔波几十里在榆林堡接驾，进献了一碗小米绿豆粥、五枚熟鸡蛋，便让慈禧涕泪交加。吴永在慈禧西行中一路相伴，忙前忙后，颇受慈禧器重。就连曾经给吴永做饭的县衙厨子周福，也被慈禧唤去做了御厨，并赏六品顶戴。可见，取悦要恰到好处。现实中，许多老人不缺钱、不少物，仅仅期盼儿女"常回家看看"，足矣。在这种景况下，倘若儿女不"常回家看看"，即使给再多的钱和物，老人的心里依然苦楚。在人际交往中，取悦并不一定非用物质，也并不一定非给办事，很多时候，主要是用言语和态度。如果一方说话说得不妥当、不中听，样子又是恶狠狠、酸溜溜的，另一方势必不高兴、不乐意。因此，说话技巧和态度选择，至为关键。美国著名推销员吉拉德在长期的工作中发现，每一位顾客的身后，大体上都有250名亲朋好友，这些人又会有同样多的各种关系。他把这一现象命名为"250"定律。其告诫人们，开罪一名顾客，将会失去几十名、数百名甚至更多潜在的顾客。反其道而用之，在人际交往中，若能取悦一个人，则会产生同样大的正能量和正效应。在现实中，我们还不可把他人的悦己一概而论为自私。自私是只顾自己，不顾别人或集体。而悦己，是在法律、纪律、政策、道德允许下的身我关怀。人类为之共同奋斗的是，让世上每个人都呈现阳光、充满快乐，而悦己蕴含了这一真谛，因此需要大力倡导。

半与全

请先观察以下三种情形：其一，在国际大都市上海外滩，矗立百年的洋房如今依然那么雍容华贵，那是挺拔雄浑，保留着半旧的历史，供人们流连沉醉；而隔江对岸直上云霄的高楼，沐浴在中国改革开放的春光里，展示着全新的现代风采，让人们熙来攘往。其二，在一些城市群众性的万米长跑比赛中，许多力不从心的男女选手在半途上停下退出了，而不少训练有素的男女选手却健步如飞地跑完了全程。其三，当年参加生产队夏收夏种时，生产队长为了加快生产进度，给每个男劳力分配一块麦田翻耕。有的人力大如牛，半天就完成了任务；而有的人身单力薄，用了全天才在亲人的帮助下完成了任务。

半与全，常常用来计算物体、时间、事件等的性质、程度、面积等，其中有的是定数，如半年、半斤、半块等；有的则是约数，如半山腰、门半开、半夜里等。在中国成语宝库中，有一些涉及半与全的典故，如半壁江山、半路出家、半面之交和半死半活、半信半疑、半推半就等，如全神贯注、全盘托出、全力以赴和全心全意、全始全终、全知全能等；还有一些与半或全组合成的典故，如徐娘半老、求全责备和事半功倍、事倍功半等。在中国汉语言文字中，有些用半或全来形容人或事，如半彪子（形容不通事理，行动鲁莽的人）、半吊子（形容说话随便，举止不沉稳的人）、半拉子（形容事情还没有办好或工程还没有完工），如全天候（形容在任何气候条件下都能用的物体）、全家福（形容一家大小的合影或多种菜蔬的合盘）、全等形（形容两个几何图形各部分重合或两个家庭成员各方面类似）。

半在做人与处世中有多重意义。首先，它是一种人生哲学。半实质上是适度、适时和适量。凡追求半的人，会自觉自愿地感恩、随时随地自省，做到知足常乐、随遇而安。凡追求半的人，不会去说言过其实的话，不会干力不能及的事，因此活得更轻松一些、过得更坦然一些。"万事只求半称心"，乃中国人的"半"字哲学,其所追求半忙半闲、半醉半饱、半苦半乐、半明半暗。其次,它是一种处世之道。半,实质上是中和、中庸和中常。德国哲学家尼采曾作诗曰:"别在平野上停留,也别去爬得太高。打从高处观看,世界显得最美好。"在现实中,有些半是故意为之,目的在于留有余地,好作周旋,而不是使事情到了不得不做或使话到了不得不说的地步;有些半是明智之举,要么自身实力有限,要么客观条件有限。凡注重半的人,待人处事会亲善一些、圆融一些。再次,它是一种生存法则。古人说"行百里者半九十",意在激励人们不可放松懈怠。正如半开的花,既羞涩又热情,可多几分妩媚和韵致;正如半酣的酒,使人徜徉于似醉非醉、似醒非醒之间,可多些惬意和舒畅。

全在做人与处世中也有多重意义。其一,它是一种人生目标。在事业上,许多功成名就的人,是在坚持不懈地追求全的过程中,收获了名利;在学习上,许多出类拔萃的人,是在持之以恒地追求全的过程中,增长了才干;在生活上,许多幸福快乐的人,是在毫不动摇地追求全的过程中,采撷了甘甜。其二,它是一种精神境界。凡追求全的人,胸有宏图大略,为能完璧归赵,宁愿粉身碎骨;凡追求全的人,办事精益求精,尽可能做到至善至美;凡追求全的人,待人真心诚意,没有虚伪和奸诈;凡追求全的人,注重名声节操,不会去做"狗腿子"或当"骑墙草"而苟且偷安;凡追求全的人,坚持自强不息,不会甘心落后或被边缘化。其三,它是一种生存谋略。凡追求全的人,总能站高望远,不为位卑所困,不因身贱所怨;凡追求全的人,"乱云飞渡仍从容",能锲而不舍地去博得进步和成功;凡追求全的人,大事讲原则,小事讲风格,在大是大非面前不糊涂,在小是小非面前不计较,以宽容之心、厚道之情团结和帮助他人。

追求半与全,各有各的利,各有各的弊。从总体上说,世间之事,无不是祸福相倚、顺逆相随、圆缺相生、得失相伴,再加上生命短暂、日月跳丸、机缘疾逝、天意难违,人应该更多地去追求半。要知道,心想事成,万事如意,这只是人们对未来的美好祝愿和对现实的自我慰藉。如果凡人凡事苛求完善和圆满,那么,必然会带来无端的痛楚、招致万般的无奈。正如杨绛先生所说的:"得到了爱情未必拥有金钱,获得了金钱未必能拥有快乐,拥有快乐又未必能享受到健康,即使是健康,也未必一切如愿以偿。""不贪婪,不强求,不攀比,明了自己的幸福,活出真实的自我。"范敬宜先生说过:"人生追求,宁求阙,不求全;宁取不足,不取有余。"他是我国著名报人,曾告诫记者:"无论采访谁,都要把人家放在比你高半级的位置上,去对待,去尊重。"常言有道:"人心不足蛇吞象。"人最可怕的是贪欲,贪欲宛若洪水猛兽,一旦沾有,肆虐下去，难以自拔。在现实中，一些人任由贪欲支使，用尽各种非法手段去巧取豪夺，最后陷入了深渊。我们无论做人还是做事，不要去谋求霎时的大紫大红，也不要去谋求短促的大轰大鸣，多一些淡定，多一份安宁。记得有位领导在本机关由副职晋升为正职，许多人建议他调到好一些的办公室，然而，他坚持不搬。为什么？他说得很中肯："职务变化是工作需要，没有什么了不起。人在前呼后拥时要想到形单影只时，在大富大贵时要想到贫寒卑贱时。我现在的办公室够用。"

世上万事万物，因差异而共存，因不同而互补。半与全也是同理。半并非残缺，而是位正，从这个意义上说，半也是全。人生离不开希望，而一个个希望如同一个个湖泊，要靠一条条细流，从这个意义上说，全包含了半。人在世上，必须尽心尽力唱好这首"半全之歌"。

没地位与没本事

乘坐出租汽车与驾驶员闲聊,说起城市马路经常开膛破肚地用来埋设水管等而饱受世人诟病时,驾驶员颇为生气,责备政府没本事,就这么点事还管不好,要是自己有这方面的权力,这个问题肯定会解决好。某单位就开展某项重大活动向职工们征询创设何种自选动作时,有的年轻人很不以为然,认为自己是个小萝卜头,在单位里没地位,建议提了也是白搭。网络上就某项公益事务征求民意时,一些网民感到自己人微言轻,不愿参加投票。几个人在一起议论某企业年度业绩时,有的人夸经理管理有方,有的人则表示出一脸的轻蔑,并说"要是叫我当老总,我也有这个本事"。如上列举,无一不与地位和本事相关联,似乎地位与本事是画等号的。

世间真的是"没地位,没本事""有地位,有本事"吗?对于这个问题,答案不是非此即彼、非彼即此那么简单。地位,在自然关系中,指物体所占的地方;而在非自然关系中,指人、团体或国家在家庭关系、社会关系或国际关系中的位置。本事,在文学创作中,指作品主题所根据的故事情节;在人员素质中,指人从事生产、学习、工作的技术和才能。诚然,有地位,有利于在更高的平台上施展拳脚,实现自己的宏愿;有利于在更新的舞台上开拓进取,锻炼和提高自己。但是,有地位并不一定就会有本事,因为它要受到诸多因素的影响。古今中外,有地位、没本事的人,数不胜数,俯拾皆是。中国两千多年的封建社会,历朝历代累有皇帝数百个。他们可谓一国之君,统治着广袤的地区和无数的人民,不能说没地位。然而,历史上却不乏昏君、庸君、暴君,人民被他们剥削压迫得走投无路,而揭竿而起。在现实生活中,读大学时同为一个专业、一个班级,起点是同样的,然而,二三十年过去了,有的人担任了省长、部长、院士、将军,有的人却什么也不是,默默无闻。1980年,中国建立了第一批经济特区,分别为深圳、珠海、厦门、汕头等四个城市。时至2013年,在这四个城市中,GDP最高的城市比最低的城市多出近九倍,比排在次高的城市多出近四倍。当然,这四个城市的自然地理、人文历史、经济基础等不尽相同,但与后天的努力(包括产业结构调整、高新技术发展、经济体制改革、引进人才、吸引外资等)有着直接的关系。诚然,没地位,在一定程度上会影响自己技术和才能的提升,也会影响自己技术和才能的发挥。但是,没地位并不一定就是没本事,因为所谓的地位都是相对的,如主与次、高与低、贵与贱,倘若人人均为主、高、贵,那就分不出次、低、贱,而在现实里,也不可能人人样样相同,如果样样相同,那也不符合社会、生产发展规律;因为有的时候给一些人以所谓的地位,那只是象征性的举动,并没有实质性的意义,故此不必去苛求这些人,而有些人尽管很有本事,但由于受制于某因素,而不可或不便给其以相当的地位。在生活中,没地位有本事的人,不胜枚举。"人民,只有人民,才是创造历史的动力。"毛泽东的这句名言,道出了世上一个颠扑不破的真理:人民伟大,人民英雄。乍看起来,一个个具体的人民并没有多少地位,但是,在人类历史长河中,一个个具体的人民汇成的力量是巨大的。"水能载舟,水也能覆舟",讲的也是这个道理。再说,本事的高低、大小、强弱,也是相对的。"三百六十行,行行出状元。"一个没地位的木工可以有生产极品家具的本事,一个没地位的清洁工可以有快速净化环境的本事,一个没地位的邮递员可以有投递百万件邮件无差错的本事。诸如此类,不一而足。我们可以这样说,中央电视台每年评选出来的感动中国的人物,都是没地位、有本事的杰出人物。

人在世上,地位与本事,尽管互有作用,但是,切勿夸大地位的作用,也切勿贬低本事的作用。本事与地位,如同存在决定意识,意识反作用于存在一样,先要有本事,而不是先要有地位。举例一,现在,人们一提到"苹果",自然会联想到乔布斯;一提及"微软",自然会想起盖茨。当今,人们吃的、喝的、玩的、乐的、看的、闻的,各行各业都离不开计算机、互联网。如果没有这些发明和创造,整个世界将会是另一番景象。然而,乔布斯和盖茨无不是依靠自己非凡的智慧和杰出的才能,演绎出从平民百姓到世界巨富的不朽传奇。举例二,"喜剧之王"周星驰,从不成功的跑龙套开始,屡受挫折,但他坚信"我是一个专业的演员",仍每天去学习、去改正、去尝试、去表现。当所有的失败都无法冲击和消灭他内心的信心时,他终于成功了。举例三,1974年2月15日,香港廉政公署正式成立。两个月后,时任香港总警司葛柏在英国的家中被当地警方拘捕,后被引渡判刑。据此,香港廉政公署一举在民众心中建立起了声誉和威信。在香港廉政公署40年的努力下,公平、公义、诚信如今已成为香港人共同的核心价值,也在一定程度上因此造就了香港在世界经济中的竞争优势。显而易见,一个人、一个团体、一个国家要想在家庭关系、社会关系或国际关系中有地位,必须有本事。从长期来看,有没有地位,完全取决于有没有实力。如果没有本事、没有实力,即使因为某种原因获得了地位,久而久之,也会削弱甚至丧失。古往今来,这样的例子不胜枚举。在现实世界里,许多时候,越是想有地位的人,越没有地位;越是不想有地位的人,越有地位。何故?前者忽视了本事,而后者重视了本事。因此,对我们每个人来说,在做人与处世中,应当先考虑有没有本事,而不是先考虑有没有地位。通常情况下,有了本事就会有地位。更何况,本事主要靠自己获得,而地位则主要靠他人认可。在有没有本事上,自己更有主动性;而在有没有地位上,自己则更具被动性。

笔者时而听到有些人对自己目前的处境和地位怨声载道,要么埋怨自己没有靠山,要么埋怨自己的命运不好,要么埋怨自己没有机遇,惟独不埋怨自己努力不够或没有持续努力。对此,笔者忍不住要反问,温家宝从甘肃省地质局一名普通工程师成长为一个泱泱大国总理,难道是生来就有靠山吗?难道就全靠命运吗?在这个问题上,我们不能有"宿命论"。罗曼·罗兰说过:"宿命论是那些缺乏意志力的弱者的借口。"美国著名作家托马斯·沃尔夫说得好:"任何人,不管他出身如何……他有权生存,有权工作,有权活出自我,有权依自身先天和后天条件成为自己想成为的人。"人在世上行走,毫无疑问,必须根据先天条件,并通过后天努力,在不断提高自己的真才实学上狠下工夫,而不要把时间和精力放在无谓而无聊的怨天尤人上。

习惯与性格

　　一小孩在邻居家里玩耍，随手拿了人家的东西，不辞而别。爸爸发现后，对他狠狠地教训了一番。一小孩吃饭时老是掉饭粒，弄得桌上、地上到处都是。妈妈三番五次地加以教育，她总改不了。无奈之下，妈妈对她发了火，目的是让她长长记性。某人很不注意公共卫生，随地乱扔烟头。有一次，他遭到管理人员的严厉批评，并责令他把烟头捡起来放到垃圾箱里去。某人喜欢插队，还谎说些理由。有一次，他挤入队伍后，被排在前后的人一起袭了出去，弄得灰溜溜的，好没有面子。某人洁癖，在公共厕所大完便，用水洗手后不关水龙头。管理人员看到后，不客气地批评了他。某人出外旅游，喜好题写"到此一游"。有一次，他在路过一根生长中的毛竹上题字，被管理人员罚了款。诸如此类，有的是已经形成了某种习惯，有的是某种习惯正在形成之中。

　　习惯，习性也，习气也。习惯的形成时间相对较长，如果形成，一朝一夕还难以改变。人之习惯，有好习惯，有不良习惯，还有坏习惯。"习惯成自然"，这句众所周知的话，告诫人们必须警惕，不要形成不良习惯，更不要形成坏习惯。日常生活中，人之某种行为、倾向一旦成习，便会被固化下来，且会产生某些不应有的后果。一如习而不察，即习惯了某种事或某些人，便会觉察不到某种事或某些人存在的缺点和错误，如古人所说的，与善人交，如入芝兰之室，久而不闻其香；与恶人交，如入鲍鱼之肆，久而不闻其臭。二如习非成是，即习惯了错误的东西，反而以为它是正确的，如一些地方有的饮食并不科学，但因世代相袭，反而觉得可口、营养。三如习与性成，即长期的习惯，便会形成某种性格，如古文所言的，余少好读书，老而弥笃，虽偶见瞥观，皆即疏记，后重省览，欢兴弥深，习与性成，不觉笔倦。四如习以为常，即经常如此，就成为常规了，如典籍所载的将相多配公主，王侯亦娶后族，故无妾媵，习以为常。五如习以成俗，即长期沿用，成了习俗，如举办婚宴，有的地方是在中午,有的地方则在晚上;春节拜年,小辈见到长辈,有的地方须行磕头礼,有的地方只用点个头。

性格,品性也,品行也。性格通过对人对事的态度和方式(包括言语和行为)表现出来,具有心理上的特点,而对人对事的态度和方式,有些是偶发性的,有些则是习惯性的。一般来说,偶发性的不是性格使然,而习惯性的则源于性格。举例一,有的人一不如意就横眉怒目,不仅骂不离口,还动手动脚。从性格上说,这是粗暴。举例二,有的人唯唯诺诺,树叶掉下来还怕砸了头,见到难事绕着走,遇到恶人躲起身。从性格上说,这是懦弱。举例三,有的人长期以来心情不好,总是独往独来,没有知心朋友,常常感到前途渺茫,一切都不顺心,老是想哭,但又哭不出来。从性格上说,这是忧郁。举例四,有的人对人对事总不放心,往往无中生有地起疑心,搞得左邻右舍难以安宁。从性格上说,这是猜疑。举例五,有的人缺乏自信,总认为自己比不上、赶不上别人,一遇竞争(包括考学、求职、觅偶、选拔等),便退缩不前。从性格上说,这是自卑。举例六,有的人自以为是,总觉得自己的看法和做法是正确的,不接受别人的意见。从性格上说,这是自负。举例七,有的人对别人的才华、成绩、荣誉等总感到不舒服,甚至对别人的姣好容颜、苗条身材、活泼气质等也是如鲠在喉。从性格上说,这是嫉妒。举例八,有的人豪放直爽,言语和行动有气魄、无拘束,如果谁有急用而缺少钱,只要找到他,便会鼎力相助。从性格上说,这是豪爽。诸如此类,都遵循着这样一条且行且就的轨迹:从偶发,到养成习惯,再到形成性格。

不难分析,习惯对人生举足轻重。常言说,细节决定成败。许多细节即属于习惯,如吐痰。英国普利茅斯大学社会学教授罗斯·孔伯于2013年5月自费到中国、日本、韩国、印度、印度尼西亚、马来西亚等亚洲六国进行了专题调研,发现吐痰行为在这些国家很普遍。痰是传播病菌的元凶。1882年,德国生物学家科赫发现了肺细核杆菌,并指出痰是传染的重要媒介。1886年,法国卫生部颁布了全世界第一个禁止随地吐痰的法令。据报道,我国晚清、民国时期,也都呼吁、推行禁止随地吐痰。1984年,上海在全国率先禁止随地吐痰,违者处以罚款。小小的吐痰行为,偶尔为之,可情有可原,倘若形成习惯,这就不讲文明了。以此推而广之,容易使人认为你缺少教养。说不定,在初恋时,由于随地吐痰,使恋爱进行不下去;在谈判时,由于随地吐痰,使对方产生厌恶情绪;在社交时,由于随地吐痰,使他人对你敬而远之。好习惯,如勤劳、节俭、礼貌、诚信、谦虚、好学、朴素、守时、感恩、乐观、仁爱、运动、忍耐、宽容、豁达、专注、坚韧、服从等,可使人生获益无穷;而不良习惯和坏习惯,如懒惰、懈怠、懒散、奢侈、狡猾、奸诈、浮躁、畏惧、悲观、骄傲、虚伪、死板、放纵、浪费、怨恨、拖沓、贪占、虚荣等,会使人生减色不少。尤其是对不良习惯和坏习惯,我们一定务必抓早、抓小,千万不要以"年纪轻""事情小"为理由而原谅和迁就自己或儿女。克雷洛夫有言:"坏事情一学就会。早年沾染的恶习,从此以后就会在所有的行为和举动中显现出来。不论是说话或行动上的毛病,三岁至老,六十不改。"

世上万事万物,离不开内因与外因、主观与客观。习惯之形成,也是这样。《淮南子·齐俗训》中曰:"素之质白,染之以涅则黑;缣之性黄,染之以丹则赤。人之性无邪,久湛于俗则易。"此言比喻人的品性本来是洁白的,但受环境的影响,便会改变。人之痼习、恶习,并不是从天上掉下来的,也不是一天一夜就变成的,有一个从量变到质变的过程。而量变,既有内在的原因,又有外在的缘故。我们别轻忽环境对习惯的影响。某些不良习惯在某种环境里形成后,即使后来摆脱了某种环境,也会打下深深的烙印,要想彻底改变,那就很难了。正如潜伏在池塘底端的田螺,我们把其捞回家去,置于清水中,放入几滴香油,慢慢地其内里的肮脏便会吐出来。即使这样,此举依然无法清洗掉池塘里的混浊污水对其肌体的侵犯。因此,从一定意义上说,好习惯成于环境,坏习惯也成于环境。在现实生活中,我们理应重视客观环境在习惯养成乃至性格形成中的潜移默化的作用。

清空与占满

笔者拜望了两位好友,两家的住房面积差不多,各为130多平方米。然而,一家房子里的物品摆得满满当当,另一家房子里的东西放得稀稀拉拉。笔者先后走进这两家,感触颇为不同。实在说,尚未觉得前者富有、后者清贫。如果今日还处于短缺经济时代,或许会感到前者殷实,尚有羡慕之意,但是,尔今普遍进入小康,房子里添置些家什并非难事,故而,对后者反倒心生赞美之情。

在现实生活中,清空与占满的物件或现象浩如烟海。清空,如空竹,一种用竹木制成的玩具,随着快速的旋转,可发出"嗡嗡嗡"的声音;空心砖,一种中心空的砖,既可减轻建筑物的重量并节约制砖材料,又具有较好的保暖和隔音性能;空翻,一种体操动作,身体腾空向前、向后或向侧面翻转一周或一周以上。占满,如满堂红,形容全面胜利或处处兴旺;满天飞,形容到处乱跑或到处都有;满负荷,比喻人所承受的最大工作量。这些物件或现象,要么利用了空(里面没有东西或没有内容),要么利用了满(里面全部占有或完全充实)。空与满,均为人服务,发挥着各自独特的作用,本无高低、优劣之分。

为人处事中,清空与占满的情形或状况成千累万。清空,如空城计,一种掩饰力量空虚,以假象欺骗对方的策略;空白点,常指工作没有达到的方面或没有做好的部分;空喊,即只是口头上叫嚷,并无实际行动。占满,满面春风,形容愉快和蔼的样子;满载而归,形容收获极为丰富;满不在乎,完全不放在心上。这些情形或况味,有的是外象,有的是性状,无不告诫或启示为人之道和处事之理,其中不乏成功的经验和失败的教训。

在人们的物质生产生活和精神生产生活中,清空与占满是两种截然不同的追求和境界。从一定意义上说,占满难,清空更难。这是因为:其一,在常人的认识里,满往往代表着全,满常常显示出多,如满心满意与全心全意,满坑满谷与多才多艺。其二，人都有占有欲。这种欲念，好的方面是可激发人的进取性，不断前行；坏的方面是可导致人的贪占性，走向邪路。故此，人往往重满轻空。其三，清空需要决心和勇气。人之患得患失，主要不是担心得到，而是忧患失去，如人在仕途，常常是上任时信心满满，卸任时内心空落。其四，相比较而言，清空比占满更需要方略和技艺。如请人进来容易，请人出去很难；装满东西容易，清空东西很难。其五，满了，没有余地了，到顶了，人在主观上会自觉或不自觉地放松；而空了，寂寞寥廓了，虚无了，客观上会迫使人去有所作为。故而，对不思进取者来说，愿满而不愿空。

  清空在人们的物质生产生活中具有重要意义。经过改革开放40年的持续、快速发展，中国经济社会取得了举世瞩目的骄人业绩，但也带来了不可忽视的生态恶化、资源短缺等问题，如有的地方粗放用地，不考虑"留白"；野蛮采矿，不考虑"留白"；狂滥取水，不考虑"留白"。这种竭泽而渔的做法，急功近利，难以为继。因此，在促进人与自然和谐发展上，必须尊重自然、顺应自然，坚守"红线"和"底线"，确保为子孙后代留足空间。2007年，玉雕大师马学武的一件名为《灵芝瓶》的和田玉作品，荣膺中国玉雕作品"天工奖"的金奖。其获奖的重要原因是"留空"，即不在瓶身雕刻任何花纹，使这块人见人爱的黄玉充分表现出滋润、纯净。的确，如果给本身已经非常完美的物件上"涂脂抹粉"，那就是画蛇添足了。

  清空在人们的生存和交际中也具有重要意义。清朝末年赫赫有名的大太监李莲英，曾告诉传膳太监，他伺候慈禧老佛爷几十年了。这么多年里，老佛爷不知杀了多少太监，数都数不过来。他为什么能全身而退？是因为他时时记着一句话："好处莫占尽。"这些年来，奉承巴结他的那些大臣，给他送的金银财宝能堆成一座山，可他每次只拿一二成，退八九成。明代王祖嫡《缺陷说》中认为，缺陷是世界的本质。因此，天地间与人世间，一切不能圆满，乃是势之必然。人只有随着缺陷而顺从，才能清心省事，才能惜福保身。铃木俊隆禅师在著作中写道，人应该保持一颗空空如也的新鲜的心去做每一件事，即使做过一万次的事情，也像第一次一样兴奋而好奇。涤净对于过去的留恋和对于未来的幻想，深沉地活在具体的每一个时刻里，才能最逼近生命的真相。200年前英国诗人布莱克写了一首关于悟道心得的好诗："一沙一世界，一花一天堂；握无穷于掌心，窥永恒于一瞬。"是的，宇宙空间很大，人类的立足之地很小；宇宙时间很长，而人类的一生很短。清空是人生一道独特的风景线，是成功的引渡，是幸福的体验，是生命的传承，是一个人成熟的重要标志。

  清空是减法，占满是加法。在物欲横流的年代，占满已成为人类的本能和本相,而清空则需要人类的智慧和毅力。在当今熙熙攘攘的人群中,甘于并善于清空者不是多了而是少了,在有些群体中甚至少得寥若晨星。在现实生活中,一些人的闲暇,一些人的谦让,一些人的恬静,是在把清空赠予生命,使自己在心无羁绊、思无杂念中享受人生的乐趣。这样的人,是珍惜生命的人,是升华人生的人。

一与二

人类社会已进入了数字化时代。如与人联络,须拨上若干数字(电话号码);存钱取款,须按下若干数字(银行账号);入住宾馆,须填写若干数字(身份证号);走亲访友,须记下若干数字(门牌号码);上网聊天,须按下若干数字(口令密码)。还有,应用数字的技术、方法和产品不计其数。如数字电视,即通过编码把图像、伴音的模拟信号转换成数字信号传输的电视;数控机床,即用数字控制的机床;数码相机,即能够将拍摄对象的影像转变成数字信息的相机。数字,乃表示数目的文字,其中一,乃最小的正整数;其中二,乃一加一后所得的数目。别小觑一与二,在芸芸众生的为人处事中颇有学问。

古人讲"天人合一",其言生命的本原和生命的意义。人之孕育、出生、成长、衰老、死亡乃至消失,既来源于自然,又回归于自然。如同冰,其接受了热能量后便变成水,具有流动性;再接受了热能量后便变成汽,具有升腾性。反之,其接受了冷能量后变成了水,具有下落性;再接受了冷能量后便变成冰,具有稳定性。世上万物,一切都是这般循环往复,以至无穷。我国先秦道家代表人物庄子,其智慧殚见洽闻、博大精深,在论述人世间的道理时多处围绕了一,如"万物齐一",曰:"天地与我并生,而万物与我为一。既已为一矣,且得有言乎?既已谓之一矣,且得无言乎?"又如"抱元守一",曰:"纯素之道,惟神是守;守而勿失,与神为一;一之精通,合乎天伦"。再如"人生一世",曰:"人生天地之间,若白驹之过郤,忽然而已。注然勃然,莫不出焉;油然漻然,莫不入焉。已化而生,又化而死,生物哀之,人类悲之。"

人在世上,注重并践行一,天经地义。因为:一、这是科学的世界观。世上万事万物,无不遵循着自身的规律,在运动着、变化着、发展着,且不以人的主观意志而转移。人间任何事物,无不由一个个一累积和组成。万米长跑,要靠双足一步一步奔跑;万里长城,要靠一砖一砖垒起、一段一段连成;

万众一心,要靠每个人向着一个目标凝心聚力。二、这是科学的方法论。我国先秦儒家代表人物孔子,对其高徒曾参说:"吾道一以贯之。"笔者理解,一讲的是整体,其意,一是告诫我们观人察事,必须看到他(它)的前世今生,不可只看一时一地;二是告诫我们说话办事,必须用同样的理念、思路和原理,不可前后矛盾或杂乱万章;三是告诫我们待人接物,必须一心一意,不可东摇西摆或前倨后恭。据报道,新加坡前总理吴作栋有一养生之道,即一遇到压力和痛苦的时候,他的办法就是找一个安静的地方,自己躺下来,闭上双目,让床承受自己的身体,消除所有的思想,只想一个"一"字,让自己的心进入无我无人的状态,慢慢地,整个身心就会轻松起来。三、这是科学的人生观。一为专一、同一,表现在职场上为大公无私;否则,不是一,便出现胡思杂念,表现在职场上为小我无公。唐朝王昌龄有诗云:"洛阳亲友如相问,一片冰心在玉壶。"其形容人之心地纯洁或性情淡泊,不虚慕名利。宋朝张来有诗云:"一尘不染香到骨,姑射仙人风露身。"其形容人很纯洁,丝毫不受坏人坏事的影响。四、这是科学的价值观。如人之生命,健康是1,如果没有这个1,后面再有多少"0",也没有价值。人之做人,端正是1,倘若缺乏这个1,后面再有多少"0",也没有意义。又如人之做事,"一不做,二不休。"既然事情业已开启,就必须进行下去。否则,中途而废,前功尽弃。"一步一个脚印",比喻做事踏踏实实。"一丝不苟",形容办事认认真真。人之为人,"一诺千金",比喻说话算数。"一视同仁",比喻同等待人,不分亲疏远近。"一往情深"形容对人感情深厚浓烈。"一"这个字,从形状上看,颇像一个人,紧贴大地,仰望苍穹,坦坦荡荡,实实在在。我们在为人处事中,倘能像"一"这个字的外延和内涵一样,那成功与喜悦便会随之而来,即可大大减少曲折或周折。

　　二在中国的传统文化里,负面的东西不少。如"二把刀",形象有的人对某项工作,经验不足,技术不高,知识不多。"二百五",口语中常常用来讥笑那些傻里傻气的人。"二流子",泛指那些游手好闲、不务正业的人。"二元论",一种企图调和唯物主义和唯心主义的哲学观点,认为世界的本质是精神和物质二个实体。"二五眼",方言中用以形容那些能力差的人和质量差的物。"二郎腿",一种并不雅的坐姿,坐着的时候,把一条腿搁在另一条腿上。在现实生活中,人们形容那些谈恋爱不专一、学习不专心的人,是三心二意;告诫人们心无二用,做事必须集中注意力;形容有的人对配偶、对主人不忠(包括想法、念头乃至言论、行动),为怀有二心。事实上,二并非一无是处,有的二是势在必行。如"一国两制",即中国共产党提出的完成国家统一大业的基本国策,如今,在一个中国的前提下,大陆继续实行社会主义制度,香港、澳门继续实行资本主义制度。又如"一分为二",系哲学用语,是指事物作为矛盾的统一体,都包含着相互矛盾对立的两个方面。其通常指,要全面、正确地看待人和事,既要看到积极的方面,又要看待消极的方面。再如"一举两得",指做一件事情,得到了两种收获,如骑车上班,与坐车上班相比较,既节省了开支,又锻炼了身体。还有"一刀两断",比喻态度坚决、行动果断,如与坏人交往、与情人来往,在认清了弊端、祸害后,坚决而果断地断绝关系。

　　古代哲学家、数学家普洛克拉斯说过:"哪里有数,哪里就有美!"今有人对数学之美作了研究。认为从数学涉及的内容上看,有符号之美、线条之美、形象之美等;从数学的方法及思维上看,有简洁之美、朴素之美、意境之美等;从数学的狭义美学意义上看,有对称之美、奇异之美、和谐之美等。一与二,无疑是数目,当然也有美。笔者认为,一具有统一性、稳定性、连续性,二具有可分性、灵活性、间断性。由数目之一与二,推论人生之一与二,人在世上既要有科学的一,又要有睿智的二。换言之,既要一是一,又要二是二。如是,人世便会展现出坦途,生命才会显露出美景。以此来处理人际关系,可以广结善缘;以此来处理夫妻关系,可以琴瑟和谐;以此来对待学习,可以见贤思齐;以此来对待工作,可以事半功倍。

生气与争气

"气"这个东西,在自然界呈现的是空气和气体,如香气、臭气、毒气、煤气等;在人身上显示的是气息和习气,如官气、娇气、勇气、朝气等。还有两种气,既有别于前者,又不同于后者,它们是生气与争气。

说起生气,在历史上有两个人不能不提及:一个是周瑜。人们普遍认为,周瑜如果能够大气、大度一些,没有"既生瑜,何生亮"之恶劣心绪,或许不至于被诸葛亮活活气死。另一个是王羲之。王羲之是天下无双的书法大家,却偏偏喜欢与名不见经传的王述比书道、比官阶、比美誉,结果竟以狭隘心气而英年早逝。在现实生活中,社会上有的人也爱生气,要么整天整天地不理睬人,好生闷气;要么整天整天地抱怨人,好发脾气。正因为常常生这个气生那个气,给自己创造了一副特有的面相,如年纪不大,即在眉宇间形成了横一道竖一道的皱纹。夫妻之间,有的人也爱生气,要么日复一日地生闷气,给对方施以冷暴力,要么日复一日地发脾气,给对方施以热暴力。正由于时时生这个气生那个气,给自己塑造了一个特有的形象,如暴躁模样、怨艾相貌。

生气根由有多种:一如遭遇不公。当年戴安娜在电视上说出自己内心世界的时候,全世界的普通人都与她一起颤抖——这是一个为丈夫另有所爱而痛苦,甚至想到要自杀的风姿绰约的女人。世人谈起梦露,都以为她靠性感与绝色赢得人心。然而,她穷尽一生在努力克服内心被弃的恐惧,以至于付出了巨大的代价。她的丈夫米勒说梦露是他所见过的"最可怜的女人"。二如心中嫉妒。有的人先天已有不足,后天又不竭力,然而,常常会为他人取得一点进步而气愤不已,甚至形成成见,只要他人有了些许成绩,便会感到莫名其妙的烦恼。三如焦躁使然。有的人开车上路,每每遇到交通违规行为,总是一副不能容忍的样子,张口便是一串脏话。有的人骑车赶路,有时遭到碰碰擦擦,总是一种不可宽贷的态度,满脸写满"气愤"二字。

四如不满现状。常言道,金无足赤,人无完人。然而,有的人好与自己过不去,做什么事都追求尽善尽美,一旦出现不如意的情形,便心里极不舒服。有的人要求他人过严过细,如果不能如其所愿,便气鼓鼓甚至气冲冲起来。有的人好所谓的仗义执言,凡是看到不公平、不合理的事,便气不忿儿。五如后悔使然。俗话说,世界上只有后懊恼,没有前懊恼。有的人因为自己说错了话、做错了事而后悔不迭,于是自己生自己的气,甚至会自虐。六如遭遇不测。有的人在政治上遭到同党或朋友有意或无意的出卖,心里极其痛苦;有的人在生意上受到竞争对手的欺骗或诽谤,胸中愤愤不平;有的人在情场上突然遇到"第三者"插足,内心气恼至极。

说起争气,古往今来,许多范例,耳熟能详。我国西汉伟大的历史学家、文学家司马迁著述:"文王拘而演《周易》;仲尼厄而作《春秋》;屈原放逐,乃赋《离骚》;左丘失明,厥有《国语》;孙子膑脚,兵法修列;不韦迁蜀,世传《吕览》;韩非囚秦,《说难》《孤愤》;诗三百篇,大抵圣贤发愤之所为作也。"凡争气者,主要为三种情形:一为身残志坚。高士其瘫痪著书。他在美国留学时,一次做试验,病菌进入了他的小脑。从此,他全身瘫痪,言语完全不能自如,生活完全不能自理。如此残酷的折磨,并未能摧毁他的意志。他以惊人的毅力,用只有和他朝夕相处的个别人才能听懂的所谓语言,由别人记录下了大量的科普作品,为提高中国人民的科学水平作出了突出的贡献。二为逆境奋进。"艰难困苦,玉汝于成。"我国著名画家徐悲鸿有句座右铭:"人不可以有傲气,但也不可无傲骨。"1919年,他在巴黎学美术,有个外国学生对他说:"中国人太愚昧无知,生就的当亡国奴的材料。"这下可把他激怒了,说:"先生,你不是说中国人不成材吗?那好,我代表我的祖国,你代表你的祖国,我们比试比试。"为了给祖国争光,也为了给中国人争气,他勤学苦练,在多次竞赛和考试中都是名列前茅。那位外国学生在事实面前,不得不承认中国人富有聪明才智。三为后来居上。也就是,后起的超过先前的。在现实生活中,我们可以亲眼看见、亲耳闻及这些类例。有的家境贫寒的农家子女,初入大学时成绩平平,但珍惜来之不易的学习机会,刻苦钻研,且锲而不舍,终获飞跃,成为全班的学习尖子。有的没有背景的平民子女,跨入职场后,虚心好学,勤奋刻苦,业绩傲人,深得领导赏识,也颇获同事好评。单位里每有评先、升职的机会,他(她)都有份,进步很快。十年八载下来,其已令人刮目相看。

当然,争气源于动力。其一,立志。志,志向、志愿、志气也。无论是志存高远,还是志在必得,都在于志。志如同总阀门、总开关,在一定程度上决定了人生的走向。"我想当科学家!""我想当航天员!""我想当警察!"大人们问起小孩们常常会得到这样的回答。尽管小孩们的心智尚幼稚,但这些无疑也是志。有的人自小立志从政,学生时代便很活跃,既是班干,又是团干,专业爱好也偏重文科。有志者,事竟成。在组织的培养下,其一步一步地登上了仕途的高峰。其二,毅力。争,争夺、争抢、争取也。其本义,乃力之较量。凡争气者,必具备"苦其心志、劳其筋骨、饿其体肤、空乏其身"之毅力。在做事时,倘若怕苦,倘若一曝十寒,那难以有大的成就,更别说会有创新创优了。其三,机缘。机,机会、时机、机遇也。人生在世,机缘虽然是来无影去无踪,但确实客观存在。有的时候,你一门心思想出人头地,该尽力的尽力了,然而,依然不能如其所愿。为什么?这有个时运的问题。不过,机缘从来都是垂青有准备的人。只有那些缺乏志向、缺少毅力的人,才会把自己的不成功、不圆满一味归咎于没有机缘。凡争气者,机缘未到时,蓄势、厚积;机缘来临时,紧抓、尽用。

　　英国人拍摄的《亚马孙蝌蚪的一生》的影片,向世人展现了亚马孙蝌蚪屡遭劫难、艰难曲折的一生。这部影片在西方之所以深受欢迎,是因为每个人观看后便会豁然开朗。原来,作为生命,能够活着已经是相当不容易了;所庆幸的是人活在世上,已经多么有福气和运气。为能更好地珍爱自己,我们可作有意义的争气,但勿行无意义的生气。

差一点与多一点

人老话多。随着岁数的增加、阅历的增长,许多人自觉或不自觉地加入了"命运回忆族"。"1977年第一年恢复高考,我报名参加了,数学分数低了点,没有考取。现在想想,还好后悔喔!""刚改革开放,我下海经商,一笔生意原本可以赚个大钱,结果市场行情稍有变化,没有成功。要不然,我当年就成'万元户'啦!""我的初恋对象,各方面的条件都不错,按照现在的标准,属于'高富帅',就因为他的气量小一点,我跟他'拜拜'了。"一些老人,如是发出差一点之感慨。现实世界里,差一点的情形不胜枚举。如前些年,一些跨设区市的县与县交界处,常常有"断头路",即两县之间的公路连不起来,总差一点。此被媒体批评为"一公里现象"。高质量的照相机,成像清晰,色彩真实,而低质量的照相机在许多方面要差一点,真的是"一分价钱一分货"。有的人自小养成了小家子气,猥猥琐琐的,在待人接物上不大方,总差一点。虽然多次提醒,还是不能改变。

在人类社会,在自然界里,多一点的现象不计其数。事实上,世界上的万事万物,原本无所谓多,也无所谓少,多与少则是相对而言。有的时候,多仅仅比少稍多一点,少仅仅比多稍少一点。然而,正是这多一点,方显示出特别和特色。如许多人都知晓"先天下之忧而忧,后天下之乐而乐"为范仲淹所言。据史载,他在任时,经常赤膊上阵地与当权者对着干。庆历年间,他帮助宋仁宗改革,大刀阔斧地整顿吏治,对贪腐官员,便大笔一挥,把名字划掉了。有人戏称,他手中的笔比阎罗判官手中的笔还狠。不难分析,此比一般性的整顿吏治多了一点严厉。有个"白(领)骨(干)精(英)"的女士,几乎所有的相亲方式都尝试过了,也挑选过多位男士进行试谈,然而芳龄已过了30,依旧"名花无主"。何故?她的要求比别人多了一点,即她的"白马王子"必须每天都有惊喜给她,而且相处时要求永远充满热情。中学同学、大学同学相约聚会,是人一生中的难忘时光。聚会过后,有些同学会给大家多留下一点印象。为何？要么是穿着光鲜，头发整洁；要么是言语谦恭，笑貌示人；要么是带来了颇具纪念意义的小礼物。有些老人一生十分节俭，真像个葛朗台，近乎吝啬，从来没乱花过一分钱，每天守着粗茶淡饭过日子，即使有了小毛小病也不去医院。缘何？他们要为自己多积攒一点养老钱。

人生路上，并非所有的差一点就不好，也并非所有的多一点就不好；并非所有的差一点就好，也并非所有的多一点就好。这要看对象，要看时间，要看场所，要看用途。唐朝杜甫有诗云："自寄一封书，今已十月后。反畏消息来，寸心亦何有。"诗句意谓：信寄出去已经过了十个月，没有回信，现在反而怕有信来，因为生怕得到坏消息。由此可见时间上的差一点、多一点，对主人情绪上的影响有多么大。清朝龚自珍写诗道："未济终焉心缥缈，百事翻从缺陷好，吟到夕阳山外山，古今谁免余情绕。"其认为，世间自有缺陷之美。缺陷，即在某些方面差一点、多一点也。测谎是警方侦查破案和调查审讯的辅助手段，对认定和排除犯罪嫌疑、缩小侦查范围、提高侦查效率，特别是对疑难案件中的有关证据、嫌疑人的口供甄别，能起到非常重要的作用。测谎的原理，实际上是警方通过仪器或肉眼，观察、分析和比对被测者的心率、脉搏、血压、呼吸和眼神、手势、嘴巴、肌肉等的些微变化。也就是说，与不说谎者相比，被测者有哪些差一点，有哪些多一点。人到用餐时，饥肠辘辘，一个、二个、三个馒头吃下去，还是觉得饿，第四个馒头刚下肚子，马上就有饱意。其实，饿与饱之间，也只差一点、多一点。

世上的人熙来攘往，在经营人生、经营事业、经营婚姻中，是差一点好呢还是多一点好呢，那需足智多谋。如今，很多人习惯于甚至热衷于多一点，因为多多益善么。现实情况是，并非完全如此。几年前，美国普林斯顿大学的有卓，在一些实验老鼠中加入额外的NR2B基因，培养出了一种比普通老鼠更聪明的转基因鼠。这种鼠在学习和记忆方面，大大超过了普通鼠。然而，这种鼠对慢性疼痛的耐受力，显然比普通鼠差。在人际互动中，也不是距离越近越好，要保持适度，倘若多一点，有时会产生负面影响。即使是夫妻关系，也不是时时处处黏糊在一起就一定好，要有适当的私人空间，有时"距离产生美"。不是么？人们常说，夫妻要互敬互爱。敬，尊敬、恭敬、敬重、敬仰也。敬，必须有一定的空间距离。否则，合二为一，要敬也敬不起来。从一定意义上说，人的生命也不是越长越好。人活着为了什么？这可能是仁者见仁、智者见智。普遍的共识是：人活着要快乐，人活着要有用。毋庸讳言，有的人虽然还有一口气，但生活完全不能自理，更谈不上对社会、对家庭会再有贡献。这从人性和情理上说，应当给予足够的关怀和照顾。不过，实事求是地说，其活着并无太大的意义。人生既要注重长度，又要注重宽度,还要注重高度。从某些方面考量,人生的宽度和高度要比人生的长度更重要。

人生如棋局。每个人的成长过程,每个人的奋斗经历,便是棋局。其一步步走,如同一手手棋,经过之后,每个人都会留下生命的棋谱。在这一过程中,哪些该差一点,哪些该多一点,其必修之课便是如何打好谱。这就需要学习、研究和借鉴他人的成功经验,并善于结合自己的实际,不断地认识和实践,尽其可能地丰富自己的人生。

不以为意与不以为然

现象之一,有的人在繁华市区的马路上骑电动车,喜欢行进在公交车道上,甚至在长长的地下隧道里也是这样,一股脑儿地开足了马力,"呼呼呼"地疾驰。在旁的人为其担忧,安全第一哪,其却不以为然,还自鸣得意,好悠然呀!好骁勇呀!

现象之二,有的人多嘴多舌,别人稍有点隐私,她打听到后,便与这个说说那个道道,结果屁大那么点小事,弄得满城风雨。后来主人闻及,真是哭也不是笑也不是。有人批评她不该这样,她却不以为然,还自诩"消息灵通"。

现象之三,有的家庭,婆媳不和或丈夫出轨,做丈夫的或做妻子的,却视而不见、充耳不闻,任其发展,结果越来越糟,就像把感冒拖成了肺痨一样。当初,有人曾建议他或她要认真对待,他或她却不以为意,还奢想"无为而治"。

现象之四,有座20世纪70年代建造的房子,年久失修,屋漏墙裂。有人曾提醒主人要抓紧搬出去住,因为房子已有倒塌的危险。然而,主人不以为意,一日又一日,照样居住,结果被墙体砸成了重伤,不得不送医院抢救,真的是"既损兵又折将"。

如上,一种是不以为意,另一种是不以为然。不以为意,指不把它放在心上,也就是不重视它;不以为然,指不认为它是对的,也就是不同意它。两种均含有轻视之意。人为什么会有这两种情形,主要缘故有:一是认知上的局限。有研究人员在坦桑尼亚的原始部落进行了一项调查。哈扎部族是地球上最后的游牧社会之一,他们至今仍然完全公有地分享所有的财产。在哈扎部族聚居的地方,有一个巨大的湖泊将他们一分为二,湖泊一侧的哈扎部族人几乎过着完全与世隔绝的日子,而另一侧的哈扎部族人虽然仍然保持着原始的社会习俗和天然的生活习惯,但由于能够频繁地在与游客或商人交往，故而在许多方面的认知上已经发生了变化。前者选择交换物品的几率为50％，而后者选择交换物品的几率只有25％。为什么？因为后者随着私有财产的出现，萌生了逐利心理，即意识到一件东西为自己所有后，便觉得贵重起来，换言之，可以升值。一把破扫帚，自己当宝贝珍惜，其也源于认知上的不同。对有的人或事，如果你认识不全面、不清楚，也会作出误判。宇宙间有的现象或事物，由于受制于科学技术能力和水平，也会只知其一、不知其二。二是品性上的差异。有的人向来严谨细致，有的人向来马虎粗心。而后者，遇到人或事，常常会活泼有余而严肃不足。在众人眼里，对这个人或对这件事，应当重视，不能轻视，而有的人却不这么认为、也不这样对待。童话故事《狼来了》，说的就是该重视而不重视的事，其教训相当深刻。英国毛姆《克雷杜克夫人》中写道："一窍不通的人以为无窍可通，因而也就认为他已无所不通，于是心满意足；要叫他相信他并非无所不知，还不如叫他相信月亮是用未熟的干酪做成的来得容易。"社会上许多人之所以不以为意或不以为然，在很大程度上是因为他或她自以为是。三是思维上的不同。有的人的思维是唯物辩证的，有的人的思维是唯心死板的。而后者，面对人或事，更多的是凭主观印象和自我感受，因而容易把认识停留在表面上，缺乏由表及里、由浅入深的思考，时而会随心所欲地去肯定或否定一些人或事。人如果唯心死板地思维，那就难以避免置自己于尴尬或危险的境地。

　　诚然，对有些东西，应当倡导不以为意、不以为然。一如对涉及有损于守法、遵纪、名声、节操、信义、道德等方面的东西。有的人拉拢、唆使你去做坏事，给你这样或那样的好处，你千万不能心动，更不能去行动。有的人为了谋取自己的私利，用金钱、财物、美色去贿赂你，你千万不能应允，更不能去实施。民国初年，著名的美国地质学权威葛利普应邀来到北京大学任教。当时，学校常常拖欠教授的薪水。有一回，拖欠薪水达半年之久，葛利普的生活极端困难。恰在那时，罗家伦出任清华大学校长。出于对葛利普的尊重和同情，他主动聘请葛利普做清华大学地质系专任教授，而且给予每月高达600元的薪水。这无异于雪中送炭，可解葛利普的燃眉之急。然而，葛利普只同意利用业余时间在清华大学兼课，而且也只象征性地接受一点车马费。葛利普的不以为然，体现的是一个著名学者的高风亮节。二如在历经坎坷、身处逆境的时候。人的一生不可能时时处处顺风顺水，总会遭遇这样或那样的困难和曲折。识时务者为俊杰。面对困难和曲折，一方面要承认现实，放宽心态；另一方面要积极向上，主动作为。史有记载，苏轼一生数次被贬，官越做越小。如果是一般人，或许还会被气死。但是，苏轼对此不以为意，每到一地，把酒交友，广结良士，享用风物，教诲弟子，日子过得不亦乐乎，还曾有"此心安处是吾乡"的感喟。三如在待人接物的过程中。与亲戚、朋友、同事相处，对一些无关紧要的小事，以不以为意为好。否则，人际关系便易吃紧。虽然说"人情不可欠"，但作为主动方，对施与的人情，还是不以为意更好。这展现的是主动方的胸怀和气度，更可令接受方尊敬和称颂。

在充分肯定人生中的一些不以为意、不以为然的重要性的同时，必须高度警惕人生中的另一些不以为意、不以为然的危害性。人的一辈子并不长，如果去掉上学前的那段时光和病重后的那些日子，真正好手好脚、有思有想的岁月，还是屈指可数的。所以，人千万不能对生命的每一分钟不以为意，要活在当下，去努力、去奋斗、去爱恋、去欢乐。尤其对时间，能够今天做的事不要拖延到明天去做，立马可办的事不能推迟到它时去办，要知道"光景不待人，须臾发成丝。"即使人老了，对年轻时没空阅读的书籍、年轻时没空成行的旅程、年轻时没空照顾的亲情、年轻时没空学习的艺术，也可以为时未晚地去作弥补、重拾或修补。还有，对自己的身体，千万不可不以为意。曹植有言："善养者终之，旁扰者半之，虚用者夭之。"梅兰芳告诫："精神畅快，心气和平。饮食有节，寒暖当心。起居以时，劳逸均匀。"身体是人生一切的基础，人之不能到丧失健康时才知道养生重要。对所有的不良生活习惯，对全部的恶劣心绪，都应该不以为然，主动地而不是被动地、积极地而不是消极地去加以克服或消除，让生活展示鲜亮，让生命增添活力，让人生呈现华美。

合成与单个

2014年上半年,南京市几乎在同一时间对台城大厦、太阳宫进行了削顶改造。台城大厦坐落在太平北路北端,共12层,高约48米。从单个来看,其规整、典雅;从合成来看,其破坏了鸡鸣寺一带的天际线。太阳宫位于玄武湖东岸,为上半月形建筑物。从单个来看,其像个"皇冠",颇具特色;从合成来看,其与周边的山体不够协调。通过削顶,台城大厦、太阳宫不再那么碍眼了。

美国著名经济学家、诺贝尔经济学奖获得者萨缪尔森提出了"合成谬误"这个概念。意思是说,虽然每一个从局部看都是理性的、正确的,但加在一起却是一个谬误。他举了一个很生动的例子:在一个非常简陋的露天剧场里,大家可以坐在地上看。然而,坐在后面的人觉得看得不够清楚,便不自觉地站起来。他们一站起来,坐在更后面的人也站了起来。结果,大家都站起来了,但站起来后还是看得不够清楚。聪明的人又想出办法来,站着不行就踮起脚来。结果,全场的人都踮着脚看。如此循环往复,即是"合成谬误"。显然,之所以出现"合成谬误",是因为没有处理好局部与整体的关系,或者说,局部与整体各有各的好处。

单个,一为独自一个也;二为成套、成群、成双中的一个也。这很容易理解。而合成,有的是机械性的合成,有的则是有机性的合成。在物质材料上,如有合成橡胶、合成树脂、合成纤维、合成染料等。在现实世界里,合成与单个的事物无所不有。如一个大单位,由一个个小单位、一个个小部门组合而成。一个大家庭,由其父母、夫妻二人、若干子女组合而成。一个国家或地区,由一个个地区或一个个区域组成而成。单个是合成的组成部分,合成是单个的集合体。单个有大有小、有优有劣、有软有硬、有同有异,故而,对合成的贡献也不一样。合成的内容、方式、路径、目的、用途有区别,所以,对单个的要求和选择也不一样。世界上的万事万物,通常是分分合合、合合分分,因此,相对来说,没有永恒的单个,也没有永恒的合成。

古今中外,能人贤人,无论在战略战术上、还是在治国理政上,无论在生产经营上、还是在科研教学上,均为发挥合成与单个优势的高手。现代战争,有的是实施多兵种集团作战;有的是只运用战略导弹力量。当年,毛泽东号召"人民公社好",全国农村走上了集体化的道路。"文化大革命"结束后,安徽小岗村在全国率先拉开了分田单干、包产到户的序幕。唐朝是中国历史上称雄世界的朝代之一,唐太宗注重对外改革开放,欢迎外国人来中国投资兴业。那时候,西方许多人普遍以能侨居中国为荣。贞观二年,仅广州城内就有外国侨民20多万。在长安城内,当时聚集了来自世界各国的人才。而今,中国改革开放的伟大成果,使出国留学人员掀起了回国就业的热潮。统计数据表明,中国不久将迎来回国就业人数反超出国留学人数的历史拐点。科研项目,尤其是国家重大科研项目,其技术路线、内容设定、组织方式等,都是围绕一个主题、一个中心,既有分、又有合,单个突破、有机合成。现代企业走多元化、集团化之路,也都在搞"一业为主、多种经营",也都在建内贸外贸、城市乡村统一市场。

其实,合成与单个,从认识论和实践论来说,它是一种思路、一种方法,也是一种路径、一种制度。失恋,顾名思义,就是失去恋人或恋情。失恋人最大的痛苦,莫过于"我这么喜欢你,你为什么不喜欢我?""我为你付出了那么多,你为什么不答应我?"然而,君不知,或者说,君不愿意明白这个理:恋爱是双方感情的融合。失恋人的感情无疑是单个的,起码说,对方与其在感情上有明显的落差。二者的感情且行且远,没有朝着一个共同的方向合成。旷达的人,通晓事物和人情在时间、空间上的变幻,善于并乐于把现在与未来或当今与昔日合成起来看,而不是也不会单个地来看。史载,庄子病危的时候,弟子刘之哭得很厉害。庄子告知:"我现在死,虽然是比你先走,但百年后再生的时分,你却在我的后头了。得失难说,何必只贪跟前这片刻的便宜呢?"庄子所言,尽管有唯心的成分,但其看破了人之生死,把因果祸福合成在一起,统为一观,故此,心胸十分开阔。否则,单个地看,人死了,不可能再生,那不悲怆才怪呢!在国家治理和社会管理中,各方面的力量合成起来便成合力。如今,我国对党政机关和公职人员的监督,有党内纪律监督、人大法律监督、政协民主监督、行政效能监督、媒体舆论监督、社会群众监督等。在现实生活里,在执法执纪中,倘若我们只发挥单个方面的力量,很容易出现孤立无援或单打独斗的现象。世上每一个人都不能也不能成为独往独来者,必须处于集体里,必须落在组织中,因为集体、组织是一个有机的合成,合成中的单个势必会受到相应的管束。想当年,巴顿将军是第二次世界大战的大英雄,而希特勒是第二次世界大战的大恶魔。原因何在？形象地说,希特勒这部汽车,制动装置失效(没有人可以约束他),结果是一路狂奔,一头撞在了山崖上,粉身碎骨,且遗臭万年。而巴顿将军这匹野马,有强大的制度在紧紧地束缚他(如他说话时常常口无遮拦,被上级艾森豪威尔不断地警告:"闭上你的臭嘴!"),故而能成为世所公认、享誉寰球的大英雄。

话再回到萨缪尔森提出的"合成谬误"这个概念上。世上任何事物,既相生相克,又相辅相成。"乌合之众"也是合,这种合一盘散沙,与其有,不如无。"貌合神离"也是合,这种合同床异梦,与其存,不如废。所以,合要有必要,要有意义;合要有力量,要有良效。对"合成谬误",萨缪尔森创建了一个理论,叫"公共改进"。譬如,剧场内的阶梯设计,便是一种"公共改进"。从现象上看,它是一种结构设计;从实质上看,它是一种制度设计。有了阶梯,观众不至于陷入集体性的谬误之中。说及人之婚姻,男人或女人觅偶,千万不可"捡到篮里就是菜"。在传统社会里,婚姻那是一辈子的事,不是随随便便地"想退货就退货""想换物便换物"。而且,"鞋子穿得是否舒服,只有自己的脚才知道。"婚姻持续期间的感受如何,只有夫妻二人才明了。因此,婚姻并非是两个单体的简单累加,而是两个单体包括主体与客体、物质与精神的有机合成。很多时候,男女两人都非常优秀,有才有貌,然而,结成夫妻,就犯傻了,总是磕磕绊绊。解决之道,或许也要安排一种"公共改进",即使已经木已成舟,也可作些类似于南京市台城大厦、太阳宫的削顶改造。

忙碌与清闲

春回大地,万物复苏,花园枝头姹紫嫣红,成群的蜂蝶穿梭其间,忙得不亦乐乎。育秧时节,和风丽日,春燕来了,三三两两,飞来飞去,活跃于农舍田头,忙不迭地觅食做窝。鱼池水畔,树影婆娑,有人投食喂料,一群群鱼儿马上游了过来,忙乱地你争我抢。大雨将临,干燥闷热,数不清的蚂蚁在地上连成长线,忙活着搬这运那。散养鸡场,荒山野岭,密密麻麻的草鸡在忙叨地扒拉食物,连头也不抬。

早上时分,在城区要道上,车流滚滚,一个个职场中人行色匆匆,都正在赶路,以免上班迟到。候车大厅,人山人海,拎着大包、背着小包的旅客忙着在排队检票进站。夏收时节,务农人群,不分昼夜,加紧收割,为了抢抓时间,好让谷物颗粒归仓。医院诊所,男男女女,川流不息,挂号、看病、付钱、取药,忙前忙后不停。服装厂内,缝纫车间,女工们手脚并用,做完这个做那个,一点儿也不懈怠。

放眼望去,人世间真是一片忙碌。为何忙碌?不外乎为利禄、为功名、为情爱,为生活、为学习、为工作。人生在世,不同阶段有不同阶段的忙碌,不忙碌是不可能的(除非无志、无求、无力者)。即使是幼儿园里的小朋友,玩完这个玩那个,跑了这儿跑那儿,也很忙碌。纵然是退休在家的老人,帮儿女带小孩、做家务、看门儿,也挺忙碌。时代列车铿锵进入了21世纪,不断扩大、深化的改革开放宏观环境,为人的各种追求提供了实现的可能。于是,主动也好,被动也罢,人更加忙碌了。有人这样针砭时弊:当今,功利主义的基础教育,工具主义的职业教育,实用主义的学校教育,繁华主义的网络化生活,训练出来的人,一个字:"忙"。

"想必您最近工作很忙,请多保重!"好友联络,一句亲切问候的话。"怎么样,您忙吧?"老友见面,一句嘘寒问暖的话。"您忙不忙?得空时,咱们打个牌。"熟人相遇,一句有心有意的话。这些话,都少不了一个"忙"字,似乎人除了忙还是忙。忙确实好,它好在有收获,好在能长进,好在有欲念,好在能奉献。不过,人要看为什么而忙。在动物世界,蜜蜂整日忙碌,为人类酿造甜蜜;益鸟整日忙碌,为人类捕捉害虫。而蚊子不停奔波,则给人类带来痛楚;老鼠不停奔波,则给人类造成祸害。在人类社会,有的人整日忙碌,为了贩毒、施暴;有的人整日忙碌,为了偷盗、抢劫。而有的人不停奔波,则旨在创业、创新;有的人不停奔波,则旨在公益、公共。因此,为什么而忙,涉及人的世界观、人生观和价值观。1931年爱迪生以84岁的高龄逝世时,全世界的人民都悲痛地哀悼他,因为他勤奋刻苦,从一个贫苦的农家孩子成长为杰出的发明家,为人类作出了巨大贡献。他说:"我的人生哲学是工作。我要揭示大自然的奥秘,并以此为人类造福。"如今,世上90%以上的人忙在正道、正当、正事上,但尚有一些人的忙的确是无谓之忙,换言之,是缺少意义、没有作用之忙,是投入极大、获益甚小之忙。一句"不要让孩子输在起跑线上"的广告语,弄得许多年轻的父母去忙着做拔苗助长的蠢事;一句"今年你四十,明年你三十"的广告语,弄得一些热衷于整容美容的女士既出钱又挨刀地忙个不停;一句"把吃出来的病吃进去"的广告语,弄得不少治病心切的人四处奔忙。显然,人有多忙碌并不重要,重要的是为什么而忙。

应当指出,人忙碌首先是心忙碌,即心里缺少清闲。清闲,清静闲暇也。心里老是惦记着这个挂念着那个,甚至还有非分之想,即谋非分之名、非分之利、非分之情,那自然不能清闲。人之需求很多,最基本的需求是生理需求,即吃、穿、住;最高层的需求是价值需求,即求取功名。人的每种需求又各有大小、优劣,如山珍海味可以满足人之吃的需求,而粗茶淡饭也可以满足人之吃的需求。倘若人的心里老是不切实际地左比右比,当然在言语和行动上也就不能轻松,因为总要为那些比上不足而忙碌。人应该给自己的生命多留一些清闲。清闲是人之心灵世界对生活的一种感觉和体验,也是人之精神家园里弥足珍贵的一种境界和情怀。人完全没有必要日复一日、月复一月、年复一年地投身于无谓的忙碌,应当给心灵世界和精神家园尽可能多地腾挪出一些清闲的空间,让人在心无羁绊、思无杂念中更多地享受生命的情味和乐趣。

人的许多忙碌,源于思路不对头、方法不正确、技术不先进。北宋时期,许元在造船厂任发运判官。他在审核时发现,造船官员可能在铁钉使用上造假从而敛财,便想查出真相。于是,他来到工地上日夜监督,每用一枚铁钉都做好记录,果然发现新船造好后用钉数量减少。他便找到造船官员对质。造船官员狡辩说,大量铁钉钉进了船板夹层,这样数当然数不清所有的钉子。他非常气愤,决心深入追查,经一番冥思苦想之后,下令拖出一艘旧船,当众点火焚烧,烧完之后再清点铁钉,结果发现铁钉的使用数量仅为登记数量的十分之一。造船官员只能低头认罪。现实工作、学习、生活里,有些人的忙碌,有点像幼儿初学加减法时要依靠一根一根数火柴棒那样,既费力气,又不出功。好的做法是,要不断使用正确的方法、先进的技术来减少忙碌。摄影爱好者都知道,最近 20 多年来,胶卷相机已被数码相机所颠覆,数码相机正被智能手机所颠覆。其理由是:方便。后者使用时不需要你像前者使用时那样忙碌。

忙碌与清闲,既是过程,又是结果;既是水平,又是能力。有的人或许随口会说,谁都会忙碌、谁都能清闲。其实,不然。一些人离开办公桌不会想工作,躺下身马上会睡着;一些人干时干得认真,玩时玩得痛快;一些人面对繁杂的工作,不慌不忙、有力有序地处置。究其原因,内含忙碌与清闲的能力问题。俄国托尔斯泰有言:"没有智慧的头脑,就像没有蜡烛的灯笼。"法国拉罗什弗科有言:"智慧对于心灵,犹如健康对于躯体。"人之忙碌也好、清闲也罢,不能少了智慧,不可缺少理性。智慧、理性地对待世间的忙碌与清闲,人生一定会更饱满、更充盈。

虚伪与虚荣

在为人处事中,虚是力戒的。中国传统文化,源远流长。在人们的历史印记里,虚多为人不齿。一如清朝洪昇《长生殿》中曰:"一味虚情假意,瞒瞒昧昧,只欺奴善。"二如《庄子·应帝王》中曰:"乡吾示之以未始出吾宗,吾与之虚与委蛇。"三如《三国演义》二二回中曰:"吾亦知非刘备对手,权且虚张声势。"四如明朝冯梦龙《醒世恒言》中曰:"到底老人家,只好虚应故事。"五如唐朝白居易《长恨歌》中曰:"忽闻海上有仙山,山在虚无缥缈间。"六如郭沫若《羽书集·把精神武装起来》中曰:"假使虚有其表,而陷溺于因循苟且之旧习,目前的救亡建国的大任是断难担负的。"七如明朝汤显祖《牡丹亭·谒遇》中曰:"饥不可食,寒不可衣,看他似虚舟覆瓦。"八如《旧唐书·越王贞传》中曰:"不可虚生浪死,取笑于后代。"在人们的现实生活里,虚多为人不屑。一如有的人好大喜功,徒有虚名,并无真才实学。二如有的人当一天和尚撞一天钟,虚度光阴。三如有的地方政府为了追求所谓的政绩和形象,虚报GDP和财政收入。四如有的人精神虚空,颓废迷惘,整天沉醉于靡靡之音之中。五如有的人一看就是虚胖,身体不结实。六如有的人神经过敏,一碰到问题,便虚妄猜测,怀疑这个怀疑那个。七如有的人好虚夸,听到风便是雨,喜欢添油加醋地传播小道消息。八如有的人工作作风虚浮,缺少踏实。

人生虚有百态,其中的虚伪与虚荣别有洞天。虚伪,不真实、不实在也。虚荣,外形、表面上的鲜亮和光彩也。二者的共同之处是,表里不一,言行不一,心口不一,内外不一。众所周知,做人要实,说话要实,办事要实,交际要实,可究竟为什么许许多多的人在日常生活中要舍实为虚呢?除了那些迫不得已的计谋、策略之外,好多情况是为了面子,即为了社会上的声名、相貌上的美丽、交往中的形象和私人间的情分。这方面的例子,比比皆是。如远子在一家书店工作,"一天,一个一身名牌的中年女子幽幽地走到前台,嗲声哆气地对我说:'我想请你们帮个忙,我最近在海边买了一套别墅,我想用书摆满客厅背海的那面墙,你们帮我挑一下吧。'我立刻用对讲机叫来了几位同事帮她挑书。她一口气买了13万元的书。"有的品牌衣服,同期同样的款式和质地,在普通服装店里只要300多元一件,而到了服装品牌专柜,则要800多元一件,售价翻了一番还多。难怪业内人士不无感慨地说,卖衣服是一场心理战。几乎在所有的生意场上,并不是东西越便宜越好卖,做销售的要给那些爱虚荣的人以心理上的自我满足。史载,南宋时期有个俞姓四川举子,千里迢迢到杭州赶考,不幸落第,只好当南漂。他腰包干瘪,无钱回乡,心气胸闷,打算海吃湖喝一顿犒劳自己,再跳入西湖了却一生。他来到酒肆,招呼小二尽管拣好的上,他从晌午一直吃喝到傍晚,一结账要五两银子,相当于现在的1500元。摆了谱,虚了荣,吃是吃了,喝也喝了,却没有死成,因为他的精气神上来了,突然觉悟,好死不如赖活着。

虚荣与虚伪,有违于真实,有悖于常理,有背于诚信。物换星移,时过境迁。当今社会,虚荣与虚伪仍然遭人唾弃。在中国深化改革开放和推进现代化建设的过程中,依然必须坚持实干兴邦,要坚决摒弃那些不讲实际速度、实际效率、实际成本、实际效益的形式主义,要坚决杜绝那些说空话、说大话、说假话、说废话的恶劣习性。有新型的现代人际关系中,依然必须坚持"三老四严",即说老实话、办老实事、做老实人,有严格的要求、严密的组织、严肃的态度、严明的纪律。那些使奸耍滑、贪慕虚荣的人,或许可以在一时、一处、一事、一人上讨得便宜,但不可能恒久。不管时代如何进展,务实永远是人立于不败之地之根本。人来到世上,总是希望在社会上有些地位、在形象上光鲜一些,尤其是那些出身卑微、家境贫寒且好胜心特强的人,这些渴望更会强烈。然而,归根结底,这要凭实力,包括学力、能力、财力、智力;这要有品位,包括品质、品性、品行、品味。现实世界里,我们不难发现,有的阔太或富婆,腰包鼓胀后,便奢想轻而易举地进入上层社会让人仰慕,于是,便无不用尽心思去打扮自己,如戴太多的首饰、化太艳的妆和穿过于讲究的衣服、烫过于复杂的发型。结果呢,反而弄巧成拙、事与愿违。君不知,上层社会众多女士的着装向来素净雅致,穿戴相对比较低调、简单,没有累赘的饰物和过度的搭配。显而易见,追求虚荣与虚伪是舍本逐末,只求短期的繁荣和华丽,没有很好的未来和结果。

公元18世纪英国著名作家菲尔丁的一席话,深刻揭示了虚荣与虚伪之本质。其说:"虚荣促使我们装扮成不是我们本来的面目以赢得别人的赞许,虚伪却鼓动我们把我们的罪恶用美德的外表掩盖起来,企图避免别人的责备。"说到底,虚荣与虚伪,是作为者为防范不完美而采取的主动行动。这种行动本身是反科学的。世界上没有绝对的完美,只有相对的完美。天然水晶,光亮而透明,但或多或少会有一些杂质。如果是纯而又纯,完美无缺,那十有八九是人造水晶。身为凡人,我们大可不必为追求完美而故意为难自己,应该以真实和诚实的态度做人与处世。自然的,才是最美的。去掉虚荣与虚伪,返璞归真,回复自然的状态,那该多么美啊!对自己来说,这不仅有益于释解压力,开阔胸襟,而且有利于与人交往,和睦关系。

好做与做好

一年一度的春节是亲人相见、亲情相聚的大好时光。甲午春节期间，笔者回了趟老家，饱尝了充满乡愁的年味，颇为欣慰。随着工业化、城镇化的迅猛发展，家乡发生了翻天覆地的巨大变化。这不仅体现在镇村风貌景观上的日新月异，而且显示在人们思想观念上的更新飞跃。乡亲们碰到了一起，自然而然地谈论起各自的工作和生意。一如"我开了一个服装门面，现在的生意不好做。"其意是，市场竞争激烈，钱不好赚。二如"如今公务员不好做，既不能失职，又不能渎职。"其意是，工作责任重，不轻松。三如"给老板打工不好做。没工打难过，因为赚不到钱；有工打也难过，因为怕讨不来工钱。"其意是，人活着真难，做也不是，不做也不是。相互谈论之间，难免还会有这样的问话或如此的请托："老兄，你那里有好做的生意吗？""老弟，给我找个好做的事，我会做好的。""叔叔，帮我介绍点好做的业务。"一番涉及工作和生意方面的谈论，没有离开好做与做好这个话题。

好做与做好，从心理学上分析，属于自信范畴。自信，相信自己也。拥有自信的人，一般具备积极进取、奋发向上的人生态度。自信是取得成功的关键因素，有助于自己把一个个梦想变成一个个现实。但不可否认，自信的主观色彩浓厚，如果在主观与客观、理想与现实的关系上处理失当，则很容易产生盲目自信。什么事好做、什么事不好做，什么事能做好、什么事不能做好，尽管从相对性上有公认，但也是仁者见仁、智者见智。对同样一件事，有的人说好做，有的人却说不好做，何故？一是源于二者认知上的差异。有的人认知正常，发出的是正面的声音；有的人认知扭曲，发出的则是负面的声音。二是源于二者能力上的不同。对一副100公斤的重担，身强力壮的人会说好做，体质孱弱的人则会说不好做。前者是力所能及，而后者是力不能及，于是便有截然不同的喟叹。三是源于二者预期上的明显差别。有的人之所以说好做，是基于自信能做好；而有的人之所以说不好做，是因为自卑不能做好。面对一件事,从初始认为好做,到终了真的做好,其中的历程,并非全为顺风顺水,有的颇是艰难曲折。作为当事者,必须有心理上的充分准备。这里套用一句流行语,世界上不是缺少美,而是缺少发现美的眼睛。发现好做也是人的一种重要能耐,需要人有超常的远见卓识。

现实世界里,好吃的食物,购买者众,人头攒动,有时会把店铺挤得比肩继踵;好走的道路,车水马龙,人声鼎沸,有时会把交通堵得水泄不通;好玩的场所,争相前往,稠人广众,有时会把现场塞得满满当当。好做的事,要么有人捷足先登,已经揽在了怀里;要么竞争激烈,你的实力不够、运气不佳,没能抢来。管理学上有个概念叫"进入壁垒",指潜在进入或刚刚进入的企业,若与既存企业竞争时,可能遇到的种种不利因素。管理学上还有个概念叫"进入障碍",指新的企业若想进入某一行业相当困难,存在包括销售渠道等许多进入障碍。再套用古人所言"木秀于林,风必摧之;堆出于岸,流必湍之;行高于人,众必非之",你要争做好做的事,有时会遭遇到来自多方面的压力,难以甚至不会让你唾手可得。在许多情况下,要把事做好很不容易。就拿企业经营来说,按照马克思的剩余价值理论,劳动者创造的剩余价值的多少与社会生产力水平的高低成正比,即社会生产力水平越低,劳动者创造的剩余价值便越少;而社会生产力水平越高,则劳动者创造的剩余价值便越多。企业欲想获得更大的利益,也就是所谓的欲把事做好,必须千方百计地缩短必要劳动时间,从而生产更多的剩余价值。在市场竞争日趋尖锐的情形下,欲想这样把事做好,绝非轻而易举。

人有生老病死,作为必然规律,我们无法选择,也无法逃避。在短暂的人生中,我们不可尽想来好事、有好事,这是脱离实际的;同时,我们也不能把遇到的、揽到的所有的事做好,那也是脱离实际的。俗话说,一招鲜,吃遍天。人的一生中,能真正做好一件事,已经很不简单。世界科学史上鼎鼎有名的荷兰科学家万·列文虎克,初中毕业后,只在一个小镇上找到了一份看门的工作。他选择了打磨镜片作为自己的业余爱好。他磨呀磨,一日又一日,一月又一月,一年又一年,一磨就是60年。借助打磨的镜片,他发现了当时科技界尚未知晓的另一个广阔世界——微生物世界。从此,他的名声大振,被授予了巴黎科学院院士的头衔,连英国女王也到小镇上拜会过他。1961年出生于我国浙江慈溪农村的徐思众,家境贫寒,初中毕业后辍学务农,后疯狂地迷上了珠算,现已成为蜚声国际的珠心算教育专家,把珠心算事业做到了极致,不仅著书立说,出版了《中国心算大全》等著作,而且传道授业,把珠心算培训搞得风生水起。他说自己的成功秘诀就在于"一生做好一件事"。由此看来,能有好做的事,当然好,因为有利于快出、多出成果;如果没有好做的事，选择一件寻常的事甚至是不好做的事，锲而不舍，钻深钻透，或许能别有洞天。

如同机缘可遇不可求一样，好事也不是欲求即有的。我们日复一日、月复一月、年复一年面临的或处置的并非全为好事。然而，作为我们，完全可以主动的，是自己有一往无前的毅力和不屈不挠的精神。法国左拉在《劳动》中写得好："像母亲有时为她所分娩的亲爱生物而牺牲一样，我们的事业若要我们耗尽精力，我们就不应该爱惜自己，就应该准备为它的成功而捐弃我们的生命。"人不管做什么事，都要像母亲分娩那样尽心尽力。

偏见与正见

偏与正常用于描述物体的位置，如太阳偏西了、太阳正当头。人的见解一旦偏于一方面，那就成为偏见。如果人的见解正，合情、合理、合法，那可称其为正见。思想指导和引领行动。人的一生，其所作所为大多是在偏见与正见的指导和引领下实施的。从一定意义上说，人的偏见与正见决定了人生的走向、得失和成败。

人的偏见有诸多种类。一如政治偏见。资本主义对社会主义有政治偏见，总认为社会主义就贫穷和落后。当年，国民党宣传共产党是"共产共妻"。在"文化大革命"中，林彪、江青一伙肆意污蔑各级领导是"走资本主义道路的当权派"。美国等西方国家总指责中国的民主与人权。二如专业偏见。马克·吐温曾说："如果你唯一的工具就是一把锤子，那么你会把所有的问题都看成钉子。"这句话是对专业偏见的最好概括。倘若存在专业偏见，外科医生会希望对每个医学问题采取外科手术来解决，军人会首先想到采用军事手段来解决各种问题。三如人员偏见。三国中的陈宫真的不想跟曹操混。有一天，白门楼下，曹操看着被押解而来的陈宫感慨万千。这个人，原本是跟着自己的，投奔吕布后，如今却落得如此下场。曹操想趁机把这位重要的谋士再拉拢至麾下。然而，陈宫不愿，理由很简单，受不了曹操的诡诈多变。最后，陈宫从容赴死。比尔·盖茨于1973年考进哈佛大学，本应于1977年毕业，却于1975年中途退学创立了微软公司，并最终成为全世界最富有的人。然而，2007年，在他与当年哈佛大学同班同学的首次聚会上，却遭到了一些同学的讥讽和抵制。有位同学毫不客气地说："如果你真的很喜欢聚会，就应该去找你的中学或小学同学，那样的同学才叫真实，也才没有打丁点儿折扣。"他不得不黯然地离开了哈佛大学同班同学聚会地。四如学业偏见。世界上并非所有的人都能学好数学，许多人甚至对其望而生畏。英国《卫报》称，全世界约有四分之一的人患有"数学焦虑症"。

经合组织（OECD）2013年进行的国际学生评估项目（PISA）显示，突尼斯15岁少年的"数学恐惧症"指数在65个国家中最高，紧随其后的是阿根廷、巴西和泰国。患有"数学恐惧症"的人讨厌数学，无法在课堂上集中注意力，甚至不知道老师在说什么。这种对数学的恐惧还会引起人的头痛甚至身体疼痛。五如事物偏见。1895年，汉尼马出生于荷兰鹿特丹市一个热衷于艺术收藏的富裕家庭。然而，他的父亲在一次孤注一掷的古董收购中，看走了眼，最后是活在别人的嘲笑中郁郁而终。在学校，他因家道中落受到了同学们的嘲笑和欺侮。但是，他有他的快乐，他迷上了梵高的作品。1975年，他去乡下发现了一名叫《布吕特芬风车磨坊》的品相并不佳的画作，然后以6500法郎购得。他坚称这是梵高作品。但艺术界都认为他患了癫痫，又在幻想。他要收藏一幅梵高真迹的想法，也遭到了朋友们的一致反对，认为他没有从父亲的失败中警醒。然而，35年之后的2010年，他收藏的这幅梵高画作，经过上百次的高科技鉴定，被证实为"毫无疑问"是梵高于1888年2月的真迹。经过专家组评估，这幅画作的价值至少一亿美元。

人的偏见，危害不小，有时甚巨。见解，乃是本人对他人他事的认识和看法。诚然，每个人由于知识、技能、阅历等不同，也因为思维方式、观察程度、所处位置等不同，在评价和判别他人他事时，有时会不尽相同。但凡偏见者，大多不能充分认清他人他事的本来面目，抓不住主要矛盾或矛盾的主要方面，往往是"只知其一、不知其二"，时常会犯以点概面、以己度人的毛病。在政治上有偏见，便会恶意和恶毒地攻击对方，甚至会以此来否定和消灭对方。明朝冯梦龙《东周列国志》二十九回中写道："里克曰：'不有所废，君何以兴？欲加之罪，何患无辞？臣闻命矣！'"在学术上有偏见，便会"抓住一点，不及其余"，容易静止地而不是变化地、孤立地而不是联系地去探索、发现和研究问题，不利于在更大的广度和深度上形成"百花齐放、百家争鸣"的学界氛围。在经营上有偏见，便会局限和拘泥于现有的市场，容易要么孤芳自赏，要么瞎子摸象，认识不清包括潜在问题等在内的走势。在识人上有偏见，便会看错了人，即明明是缺点，却认为是优点；明明是优点，却认为是缺点。在夫妻间有偏见，便会心生芥蒂，累积嫌隙和不悦，有害于感情的增进和家庭的和谐。在职业上有偏见，便会对工作产生歧视，即倚重或倚轻于某项工作或工作的某些方面，不利于自己的全面发展和与他人的协作配合。偏见的危害，有时等于是慢性自杀，有时等于是自投罗网，在自觉或不自觉间逐渐或迅速地走向反面，这于人于己、于事于物，有害无益。在现实生活中，还有类似于偏见的情形。如有的女人在做了母亲之后，会把自己的丈夫像孩子一样对待；有的男士当了老师之后，会像训斥学生那样训斥女友；有的职员成为领导之后,与配偶或子女说话时会用官场上的口吻;有的青年习惯于使用微博、微信之后,会要求他人用同样的方式方法与其保持联络。在现实生活中,还有比偏见更有负面作用和影响的情形,如邪门歪道之见、歪风邪气之见、颠倒错乱之见、信口雌黄之见等。

人世间的正见,揭示了事物发展的客观规律,昭示了人物自身的本质原形,有时是需要付出巨大的代价,在吸取了深刻教训后才能获得。据说,鸦片战争前夕,英国贸易使臣阿美士德出使中国商谈对华贸易,结果被嘉庆皇帝一棍子打了回去。翌年,一无所获的阿美士德回国途中经过圣赫勒拿岛,一世枭雄拿破仑当时就关押在那里。于是,拿破仑说出了那句广为传颂的名言:"中国并不软弱,它只不过是一只睡着了的狮子。这只狮子一旦被惊醒,全世界都将为之颤动。"古往今来,我国一代代圣人、贤人和智人、能人,给后人留下了无数的真知灼见,指导着后人一步步去实践。那些见解,正确而透彻,用其指导,可以有效避免失败祸害,有力战胜艰难险阻。但在现实生活中,总有一些人,"不听老人言,吃亏在眼前",同样的事,已有教训在先,却毫不记取,依然我行我素,到头来,摔了跟头,鼻青眼肿,后悔莫及。笔者在此套用一句时尚的话,"人生不缺快乐,缺的是寻找和感受快乐",世上不缺正见,缺的是秉持和用好正见。

偏见与正见,见解不同,结果不同。见解,有的是初见对立,践行后则判若云泥;有的是始失毫厘,实施后则差之千里。不管初始如何,见解之于行动,其重要性是不言而喻的。因此,我们在形成见解的过程中,理当尽可能地慎之又慎、优中选优。

极端与居中

现象之一,世界气象组织的兰达尔·切尔韦尼向世人展示了极端天气纪录,其中世界最低温度是1933年的冬天,俄罗斯奥伊米亚康的西伯利亚村的气温达到-68℃;世界最高温度是美国加州的死亡谷,那里每年七月的平均气温为46.7℃度。

现象之二,《福布斯》杂志基于各品牌过去三年的盈利情况及在所在行业的重要意义,评选出了世界上最具价值品牌,其中有苹果,品牌价值为1043亿美元;微软,品牌价值为567亿美元;可口可乐,品牌价值为549亿美元;麦当劳,品牌价值394亿美元;三星,品牌价值为295亿美元。

现象之三,1929年10月29日,星期二,对美国经济和股民来说,是最黑暗的一天。上午十时,纽约证券交易所一开市,猛烈的抛单便席卷而来,交易大厅一片混乱。随之而来的是道·琼斯指数一泻千里,股指从最高点的386点跌至298点,跌幅达22%。以此为发端,美国乃至全球进入了长达十年的经济大萧条。

现象之四,英国作家理查德·哈伯在《蛋疼的法律》一书里,指出了250条世界上最奇怪的法律,其中有泰国不穿内裤违法,瑞士晚上十时以后禁止冲马桶,文莱不能在公共场合吃榴莲,新加坡禁止吃口香糖。

现象之五,有人说,最苦恼的中国人是贪官太太。她们不敢大把大把地花钱,怕露富;她们忧虑老公突然不回家,怕纪检委、检察院找老公"谈话";她们担心家里被盗窃,怕曝光财产。她们的梦想是,带着大笔钱去一个谁也不知晓的地方,一切从"零"开始。

以上列举了若干极端的例子,散见于经济、社会、自然等诸多领域。极端,常指顶点、尽头,常用"最"字来描述。一如用于军事斗争。投掷原子弹是极端手段。二如用于体育比赛。获得冠军是该项目竞技的最高荣誉。三如用于心理活动。某人遭人暗算,心里极端痛苦。四如用于动作行为。某人安抚男友,言语极端温柔。五如用于生产经营。某公司生产的出口产品受到国际金融危机的严重冲击,海外销售市场陷入了极端困难。六如用于政治斗争。某国执政党与在野党、掌权派与反对派长期纷争,国内一片混乱。于是,军队采取了极端办法,实行政变,实施军管。七如用于人际交往。某人评价他人,要么一无是处,要么洁白无瑕,好走极端。八如用于经济活动。某商店拟转行,所售商品极端便宜,连进货成本都收不回来。九如用于社会管理。为做好国家卫生城市迎检工作,某市开展了新世纪以来最大规模的拆违行动。十如用于自然领域。从1903年10月至1918年1月,智利港口城市阿里卡滴雨未下,在世界上创下了干旱期最长的纪录。

极端需不需要,极端追不追求,这应该具体情况具体分析,不同情形不同对待。对待工作、对待家庭、对待人生的态度必须认真,而且必须极端认真。毛泽东说过,世界上怕就怕"认真"二字,共产党就最讲认真。万事万物,在时间、空间上和数量、质量上,都会有两端,即会有最大与最小、最长与最短、最高与最矮、最多与最少、最优与最劣、最快与最慢。对此,许多名人都有名言。如友谊,爱因斯坦有言:"世间最美好的东西,莫过于有几个头脑和心地都很正直的朋友。"林肯有言:"人生最美好的东西,就是他同别人的友谊。"又如乐趣,布鲁诺说道:"为真理而斗争是人生最大的乐趣。"谢觉哉言说:"人生最大的快乐是自己的劳动得到了成果。"再如希望,伏尔泰有曰:"人类最可宝贵的是希望。"陈毅有曰:"我们是世界上最大的理想主义者!我们是世界上最大的行动主义者!我们是世界上最大的理想与行动的综合者!"再如聪明,周恩来说过:"世界上最聪明的人是最老实的人,因为只有老实人才能经得起事实和历史的考验。"世情变幻,世态复杂。世上尚有许许多多的极端为害甚烈。如极端宗教主义、极端民族主义、极端分裂主义会给国家和社会带来严重伤害。恐怖组织、暴力组织、贩毒组织、邪教组织都是极端组织。即使不同于以上的极端,其他的一些极端也为主流社会所不容。正如列宁所言:"在市场上常常可以看到一种情况:那个叫喊得最凶和发誓发得最厉害的人,正是希望把最坏的货物推销出去的人。"现实生活中,有的人极端自私,面对利益和名誉,只考虑自己的,不考虑别人的,甚至本该是别人的,还要占为己有。

中国传统文化中蕴含中庸之道。余秋雨在《何谓文化》中指出,中国文化在本性上不信任一切极端化的诱惑。中庸之道告诫世人,在待人处事时,必须警惕痛快和爽利,而应当去寻找合适和恰当;必须放弃僵硬和狭窄,而应当去寻求弹性和宽容。中国改革开放初期,邓小平一再强调中国要韬光养晦,也就是要保养精神、积蓄力量,即使拥有了实力,也不要轻易外露。中庸之道说到底,乃为居中之道,即居间折中,不偏不倚。无数历史的和现实的教训告诉我们,人若灭亡,必先疯狂。疯狂,极端也。快乐是美好的,但也不可过,乐极会生悲呀。生活中物极必反、泰极而否的事比比皆是。有的人,在仕途上,既能钻营,又有贪性,结果呢,招致举报,锒铛入狱。显而易见,居中是一种值得推崇的人生态度,可以使人平衡、平和、平妥。好多人在经历了包括政治上、经济上、生活上的大风大浪之后,始而顿悟"平平安安才是真"、"平平凡凡才是好"。然而,人生没有如果,一失足成千古恨。此时的顿悟,为时已晚。人生路上,除非因为某种缘由不得不为之,一般来说,还是应该多一点居中的心态,当然这也不排斥最好、最多、最快、最大、最高、最长的努力。极端,常为程度上不能再超过的界限。而要达到极端,力量必须竭尽。否则,难以如愿以偿。而竭尽力量,如果不能得到及时而有效的补养,那么,势必不可能持久。为人和做事,从一定意义上说,结果并不最重要,最重要的是,自己须尽其所心、尽其所能、尽其所力。如是,人生不必愧疚或悔恨。

红面与白面

红面与白面是中国南方的方言。红面，指严肃、严厉的说话、办事模样；白面，指温和、温柔的说话、办事模样。二者配合采用，具有独特的功效。在一些家庭，爸爸和妈妈在教育儿子、女儿时，分别扮演了红面与白面的角色。如儿子或女儿做错了一件事，爸爸会大发雷霆，严加训斥，甚至会动手打几下。停歇后，爸爸气呼呼地离开了现场，妈妈则会过来，在给儿子或女儿擦干眼泪的同时，加以好言劝导，动之以情，晓之以理，使儿子或女儿真心认错，并表示不会再有下次。爸爸的红面，体现的是威严，是一种爱，令儿子或女儿长记性、能警醒；妈妈的白面，体现的是温情，是另一种爱，令儿子或女儿被感动、会自责。二者可谓异曲同工。试想，如果爸爸、妈妈同为红脸，那么，说不定儿子或女儿固执己见，愈加倔强，不会去认错，更不会去纠错；如果爸爸、妈妈同为白面，那么，说不定儿子或女儿因缺少压力而避重就轻，更加放任，不会去悔过，更不会去改过。因此，红面与白面，二者不可偏废。

作为一种策略，红面与白面，不仅在家中常被采用，而且在政界也不鲜见。美国总统尼克松的白宫办公厅主任霍尔德曼曾经说过："每个总统都需要一个被人咒骂的狗娘养的，而我就是尼克松手下的这样一个角色。我是他起缓冲作用的人，既要设法把他想做到的事情搞成功，又要代他受过挨骂。"从某种意义上说，在一些事情的处理上，霍尔德曼和尼克松分别扮演了红面与白面的角色。在中国，也有类似的情形。据史料披露，秦桧原本是个力主抗金、反对求和的强硬派代表，后来，他号准了主子赵构的脉搏，摇身一变，成为著名的投降派人物。他确认了主子赵构的议和心坚定不移，然后才正式写下了奏章。为了帮助主子赵构实现偏安江南的心愿，他果断地从后台跳到了前台，疯狂地陷害主战派将领，搞得朝廷乌烟瘴气、奸佞横行。若论罪魁祸首，当推主子赵构。秦桧的这种红面，颇有成效，使得主子赵构的权力和权威免受当时朝野政治风暴的直接冲击。作为皇帝，赵构依然圣明，仍以所谓的白面昭示世人。

在社会上，在职场上，由红面与白面构成一体，用以息事宁人或办事求人的情形，举不胜举。一如在中国半殖民地半封建的社会里，一些沿海商埠，即有所谓的黑道、白道，黑道敲诈勒索，受者如能拐弯抹角地找到白道，白道则会出面，甚至还会对黑道训话，从而从轻发落受者。事实上，有的时候黑道与白道演的是双簧。二如有的主官意欲提拔干部，实际上，他的心底里早已定了对象。然而，他先要让人事部门去作考察。凡对上的，他立马高调考虑；凡对不上的，他则暂时搁置一下。这样提拔上来的干部，如果出现了问题，他则指令人事部门去做工作，自己还会冠冕堂皇地说"这是群众意见，集体决策的"。结果，弄得他倒是白面，而人事部门却成了红面。三如某男苦苦追求某女，某女不愿不允，某男无奈之下设计了"英雄救美人"的套路。一天，某女在街上遭遇到几个痞子骚扰，某男刚巧路过，于是，奋不顾身地赶上去主动帮助某女，某女心存感激。事实上，几个痞子扮演了红面，而某男则扮演了白面。或许，某女事后还不会明了其中的奥秘。四如某女被某男牢牢盯上，因为某男条件差，某女不想与其谈对象。于是，某男一方面不让某女与他人相亲，甚至还会动用威胁手段对付他人；另一方面对某女死皮赖脸地纠缠，今天送这个，明天送那个。如此，功夫不负有心人，某女后来还真的嫁给了某男。不难想见，某男一个人就扮演了红面和白面，宛若川剧的变脸一样。五如某单位建造了一幢职工宿舍，在分配宿舍时，"一把手"不出面，单位成立了由"二把手"任主任的分房委员会，具体负责处理各种矛盾和问题。然而，在实际运作中，尽管也采纳了些许民意，但对有的人的宿舍安排，"一把手"则在后头完全主导。一旦有人大吵大闹，扮演红面角色的是"二把手"，而扮演白面角色的则是"一把手"。很多时候，"二把手"还被弄得里外不是人。

由红面与白面说开去，为人和处世中，还有许多类似原理在自觉或不自觉地去运用。其一，刚柔相济。《三国演义》七一回中载："凡为将者，当以刚柔相济，不可徒恃其勇。"在现实生活中，人在处理一些事情时，则需一手拿大棒、一手拿萝卜，也就是刚强与柔和调换使用。其二，内外兼修。内，里子也；外，面子也；兼，同时涉及或同时具有也；修，修理、修炼、修整也。有的时候，内外可以不一；有的时候，内外必须一致。前者在一定意义上说，即有红面与白面的意味。其三，一张一弛。《礼记》中曰："张而不弛，文武弗能也。弛而不张，文武弗为也。一张一弛，文武之道也。"强，拉紧弓弦也；弛，放松弓弦也。在日常管理中，作为管理者，对员工也要宽严互相补充、交替使用，如在工作和生活中要安排员工劳逸结合。这里的严，类似于红面；这里的宽,则类似于白面。其四,先礼后兵。《三国演义》一一回中载:"刘备远救援,先礼后兵,主公当用好言答之,以慢备心;然后进兵攻城,城可破也。"此,指先以礼貌相待,如果行不通,则采取强硬手段。在现实世界里,某人动手打人固然错误甚至违法,但此前某人也曾耐心劝导过对方,然而对方非但不听,还更加变本加厉,促使某人一气之下拳脚相加,施以对方。这儿的动手打人,类似于红面;这儿的耐心劝导,则类似于白面。其五,软硬兼施。张扬在《第二次握手》中写道:"……一唱一和,软硬兼施地劝告苏冠三结婚。"此,指软的、硬的一齐用。在好多的政治、军事、经济、社会谈判中,往往采用了这一策略。其硬的一手为红面,软的一手则为白面。我们不妨静下心来细加琢磨,人在求生、求名、求利、求学、求职、求爱中,红面与白面同时使用、交叉使用、单独使用、前后使用、反复使用的频率很高,几乎无时无处不在选择性地使用。

遵从与违抗

在2014年4月16日发生的韩国"岁月"号客轮沉没事件中,有个残酷的细节引起了世人的广泛关注:这艘客轮严重倾斜后,其乘坐的300多名学生中的大多数,仍然按照客轮方反复播放的广播要求留在舱中待命,结果与客轮一起沉没死亡,而一些没有听从指示的学生,包括一些私自跑到甲板上抽烟的学生,不顾一切地拼命逃生,反而因此获救。这一震惊世界的特大海难事件,留给了人们诸多的反思,其中有不少人拷问:在危难关头,该不该遵从,要不要违抗。

遵从,遵照并服从也。违抗,违背和抗拒也。在现实生活中,遵从与违抗,每时每刻都在我们身上或身边发生着。2013年11月12日党的十八届三中全会通过的《中共中央关于全面深化改革若干重大问题的决定》,全国上下应当遵从。世界青年奥林匹克运动会开幕在即,作为举办地,南京市委、市政府要求奋战一百天、古城展新貌,全市上下必须遵从。班主任老师要求每个同学利用节日时间,各写一篇清明踏青游记,全班同学务必遵从。一道军令下来,如开赴前线投入战斗,官兵们不得违抗。打篮球时不能带球跑、拳击球、脚踢球等,这是比赛规则,谁违抗了,必将遭受处罚。一件紧要公文,领导指令迅速办理,谁违抗,耽误了时间,那责任可是"吃不了,兜着走"。女儿从小喜欢当老师,爸爸妈妈遵从她的意愿,让她报考了师范大学。进入主汛期,连降暴雨,江水猛涨,必须派人昼夜巡查江堤,发现并排除管涌等险情,不得违抗命令。以上列举的遵从与违抗的对象,有的是某种意志、意见、意愿,有的是某些规定、规矩、规范。在自然界,也有许多必须遵从的、不得违抗的东西,主要是一些客观规律。如:一天24小时,有白天、黑夜,有早晨、晚上;一个月30天,有新月、有半月、有圆月;人的一生,有出生、成长,有衰老、去世。这些客观规律,谁也违抗不了。

应当说,遵从是中华民族的传统美德。由古及今,天下大乱,必然匮乏遵从;天下大治,必然崇尚遵从。无论是社会、集团,还是家庭、婚姻,都务必有秩序、守纪律,而具备这些,离不开遵从。遵从能够增强向心力、凝聚力;遵从可以提升执行力、创造力。中国拥有五千多年的文明历史,儒家文化根深蒂固。人从诞生,到上学,再到就业;从年头,到年中,再到年尾,经常受到遵从方面的教育,如要听爸爸妈妈的话,要听老师的话;又如要听党的话、要听领导的话;再如要听老公的话、要听老婆的话。在和谐的社会环境和温馨的家庭氛围里,遵从发挥着举足轻重的作用。执行和落实中央决策,"一个声音喊到底",这是一级一级遵从;执行和落实城市建设规划,"一张蓝图绘到底",这是一届一届遵从;古时候的愚公,挖山不止,这是一代一代遵从。在现实生活中,国内外一些地方在歌厅、舞厅、广场、楼梯、桥上不幸发生的人员踩踏事件,缺少的是有秩序的遵从。人是社会的人,从离开母腹、剪断脐带的那一刻起,其就进入了社会。遵从是人活在社会上最起码的要求和最基本的保障。

笔者认为,遵从有两个重要前提:一个是目标性的共同,另一个是价值观的一致。不难想象,目标不同,一方肯定不愿遵从;一方即使受强迫或胁迫而遵从,其质与量势必打折扣。此还不排除有的人会阳奉阴违,甚至暗中使坏和吃里扒外,条件适宜时反戈一击,即掉过头来公开反对自己原来遵从的对象。世上万事万物,有形或无形地显示出价值。而人的所有行动,在正常情况下,均不同程度地受作用方的价值左右。当然,人的价值观的形成,与人的家庭背景、人生阅历、社会地位、受教状况、个性差异等直接相关。不妨分析一下,当年,为了"让世界成为民主的乐土",伍德罗·威尔逊让美国人卷入了第一次世界大战;当年,一句"抗美援朝、保家卫国"的号召,使得中国人民志愿军官兵雄赳赳、气昂昂地跨过了鸭绿江。倘若没有共同的目标性和一致的价值观,就不可能出现那样声势浩大、波澜壮阔的遵从。

笔者认为,遵从有两个主要风险:一个是权威的错误,另一个是情况的意外。从一定意义上说,你选择了遵从对象,尤其是选择了重要的遵从对象,那你即把自己的部分或全部的成功、业绩、成果,乃至自己的政治生命、身家性命、名誉节操都搭进去了,具有"一损俱损、一荣俱荣"的意味。这个遵从对象,对你来说,便是权威。然而,"人非圣贤,孰能无过?"权威也是人。有的权威,本身就名不副实,甚至是假的权威。有的权威,缺乏发展后劲,渐渐落伍,甚至面临被淘汰的危险。常言说,世界上,什么样的事情都有可能发生。这就包含意外。有些意外,未雨绸缪,事前加以防范,一旦真的出现,有惊无险。而有些意外,难以有万全之策,一旦真的出现,只能命该如此。在韩国"岁月"号客轮沉没事件中,那些遭受厄运的300多名学生,无疑同时遭遇到了这两个风险,即船员职业素养的低劣和公德良心的缺失;整个船体的意外倾覆和快速沉没。面对这两个风险,人需要做的,一要充分尊重权威,但不绝对遵从权威,必须拥有自己的独立思考,必须保持自己的警惕觉悟;二要顺应客观规律,只要自己用尽了心思、竭尽了全力,不管最终是什么结果,都应该坦然地去接受。

在是否遵从、是否违抗这个问题上,深思熟虑乃为明智之举。心理学家研究发现,人脑中最古老的边缘系统主管情绪,而最晚进化来的大脑皮层则主管认知。任何事情发生后,边缘系统会在第一时间产生情绪反应,如恐惧、愤怒、喜悦等,约6秒钟后,大脑皮层才能做出认知处理。也就是说,冲动是原始人的行为,而深思熟虑才是文明人应该做的。无数事实启迪世人,深思熟虑可强化理性。理性强化了,盲目则减少了,随之胜算便增多了。愿我们每个人,倘有可能,每句话都能仔细斟酌之后再说,每个行动都能缜密权衡之后再做,既不盲目遵从,又不轻率违抗,一切好自为之。

中看与中用

有这样一则故事：森林里的鸟儿们正在举行"鸟中之王"竞选活动。众鸟儿一个个登台表演，无非是各自展示自己的长处。轮到孔雀时，它趾高气扬地翘起了尾巴，呈现出了美丽无比的彩屏。见此，众鸟儿认为孔雀可以成为"鸟中之王"了。就在这时，喜鹊有点犹豫，便开腔了："请问孔雀先生，如果您当上了'鸟中之王'，假如有敌人来侵犯我们，您能用什么办法来保护我们？"孔雀遭此一问，不知道如何回答才好。看到这样的局面，众鸟儿开始怀疑推选孔雀为"鸟中之王"是否合适。最后，众鸟儿经过细致磋商，决定放弃孔雀，选举雄鹰为"鸟中之王"。

这则故事涉及一个基本问题：中看与中用。中，适于、合于也，有方言为"管"。中看，指好看、养眼、耐看；中用，指顶用、有用、好用。中国传统文化中一向崇尚表里如一、言行若一。对那些中看不中用的事物，世人常加鞭挞和反对。一如花里胡哨，即表面鲜艳夺目，里面却不实在。其谓之物体，则为浮华；谓之声誉，则为浮名；谓之金钱，则为浮财；谓之作风，则为浮萍；谓之性情，则为浮躁；谓之语言，则为浮夸。二如色厉内荏，即貌似强硬，而内心怯懦。其用之于言语，则为口是心非，即嘴里说的与心里想的不一样；用之于物体，则为金玉其外，败絮其中，即外表华丽而内质败坏；用之于社交，则为阳奉阴违，即当面一套而背后另一套，或表面上遵从而暗地里不执行；用之于行为，挂羊头，卖狗肉，即用好的东西做招牌，去兜售伪劣物品，或用好的名义做幌子，去做坏的事情。三如以己度人，即用自己的心思去猜度别人。此类的中看不中用，系引申义。之所以说其中看，即听起来、看上去像那么回事；之所以说其不中用，则实际上根本不是那么回事。类似的情形，还有饮鸩止渴，即用毒酒来解口渴，比喻用错误的办法来解决眼前的困难或问题，而不顾其会产生严重的后果。这种中看不中用，迷惑性更大，危害性更大，尽管世人对其警觉和痛恨，但在现实中也有发生。

世界上的事和物，分析起来，不外乎既中看又中用、只中看不中用、只中用不中看这三种主要形态。笔者认为，如果要作选择的话，那么，首先选择既中看又中用，其次选择只中用不中看，再次才选择只中看不中用。这里所说的看，包括能给人之感官带来愉悦的东西。实际上，能够愉悦人之感官也是用。因此，用的内涵丰富，囊括精神和物质的方方面面。我们到宾馆饭店就餐，普遍追求色、香、味、料俱佳，其中的色主要是中看，其中的料主要是中用。我们参加亲友的结婚典礼，喜欢既中看又中用，其中的中看主要是婚礼要隆重、典雅、喜庆、热闹，其中的中用主要是婚宴要上档次，有品质，享口福。我们找对象，中看与中用也不可偏废，如果一味注重中看，那是选择花瓶；如果一味注重中用，那会出现委曲求全现象。因为结婚成家，除了延续生命这个需要以外，双方既要相互欣赏，即"你看看我对、我看看你像"（笔者老父语）；又可相互依靠，从精神上、生活上、工作上等对万事万物，退而求其次的是只中用不中看。人是有理智的最高等动物，所思所想，所言所行，其目的性很强。在诸多目的中，最根本的目的是中用。我们要去北京办事，不管是乘飞机还是坐高铁，到达目的地是最根本的，至于旅途是否舒适，则属于中看范畴。我们写文章，把汉字的形体、笔画摆弄得端庄漂亮，那只是中看，最根本的是要把文章的内容待弄得丰富、新颖、深刻和实在。我们请亲友帮助办事，别计较对方的态度如何，那是属于中看范畴的东西，最根本的是要把事办成办好。人生在世，常常出现遗憾。人不可以因为一丁点不如意的事而抱憾终生，应该作自我调节、自我解脱。而要做到这些，其中十分重要的一点，是再退而求其次，即中用不行，中看也行。世上为他人做嫁衣裳的事是经常发生的，对自己来说，为他人做嫁衣裳只是中看（赚取工钱除外），并不是为自己中用。与此相似的，如我们参加群众性大游行，对自身而言，中看的成分远远大于中用；家里要来客人了，主人赶紧打扫卫生，对客人而言，中看的意义大大重于中用的意义；上级领导要来本单位视察工作了，本单位中层以上的干部到大门口迎候，这是一种礼仪，但从另个角度来看，它只是中看不中用。

毛泽东有言："我们必须学会全面地看问题，不但要看到事物的正面，也要看到它的反面。在一定的条件下，坏的东西可以引出好的结果，好的东西也可以引出坏的结果。"中看与中用，二者并非断然割裂，既可以相互依存，又可能相互转化。倘若运用得法，会相得益彰，如2008年7月在中国首都北京举办的世界奥林匹克运动会，那是既中看又中用、既中用又中看，其中的中看主要体现在各项体育竞技，精彩纷呈，美不胜收；其中的中用主要体现在中国的国际形象大提升，京城及周边地区的体育设施大改善。倘若运用得法，在政治上、军事上和工作上、生活上都是一种计谋和策略，如遥想诸葛亮当年，大开城门，并在城楼上沉着镇定地弹琴，施出了世世代代传诵的"空城计"。而此，对蜀军来说，是只中看不中用，然而，完全迷惑了魏军。在中看与中用的关系上，有一点不可轻忽，即形式主义的东西必须坚决摒弃，因为形式主义害党害国、害人害己。但是，在许多时候，一些必要的形式还不可或缺，因为必要的形式显示的是对人的尊重和对事的重视。这从某种意义上说，也是既中看又中用。由此，我们在待人与处世中不能以一种倾向掩盖另一种倾向，应有的形式必须有，而且要尽可能把形式做得更好，如果一时有所疏忽，或在中看上有所欠缺，那要在中用的方面给予对方更多，以此来争取最大的成效。

性价比与利用率

如今是市场经济时代,报刊上、影视中、道路旁、楼宇间乃至电梯里、地铁口、卫生间、餐厅内的各种各样的广告铺天盖地,其中"性价比"这个词使用频率较高。性价比,指商品的款式、功能、配置、形状等与其价格所形成的比率。譬如,完全同样的一种商品,在甲商店的售价为100元,而在乙商店的售价为800元。这就显示,在乙商店购此商品,其性价比低;而在甲商店购此商品,其性价比高。完全同样的两件夏衣,一件在春季买,另一件在秋季买。如果是同一个价格,前者的性价比高,因为当季就穿用;而后者的性价比低,因为需留待来年才能穿用。还有,完全同样的一种商品,在同一个时段里,一件因为是最后剩下的样品,仅售300元;另一件因为是刚上柜台的售品,价格为500元。显然,相对来说,前者的性价比高,而后者的性价比低。故此,商品广告大肆宣传性价比,无非是为了促销。似乎是,讲性价比,就是讲打折,就是讲优惠。

我们不妨留意观察一下,性价比不只用于商品上,人生和社会的许多方面也有性价比。一如手机依赖。在信息化的浪潮中,成年人几乎人人都在使用手机。手机给人之工作、学习、生活带来的便捷不言而喻,但也有一些副作用,如过于依赖手机,可能会对人的实际交往能力、语言表达能力等造成一定程度的损害,而且由于人在手机上获得的信息大多是碎片化、快餐化,可能会对人的思考、分析、判别、决策的能力和水平带来或多或少的冲击。因此,如何使用手机,即需考虑性价比。二如离婚代价。根据经济学家阿克洛夫的"柠檬市场理论",离婚过错方难以在再婚市场上成为很有竞争力的婚姻候选人,因为很容易被舆论贴上道德品行有瑕疵、性格脾气有缺陷的标签。如歌星、影星、球星等由于出轨导致离婚,将会使公众形象受损,有可能贬损自身艺术或球术的价值。所以,是否下决心离婚,也需权衡性价比。三如"剩女"现象。在中国,20世纪80年代,人们会把30岁以上未结婚的女人,称之为"老处女";到了20世纪90年代,人们爱把年龄大些的、尚未婚嫁的男女,善意地调侃为"单身贵族";进入本世纪以后,人们则把年龄过27岁还没结婚的单身女性,赋予了"剩女"这个专有名词。诚然,形成"剩女"的原因诸多,其中不乏因为要求过高而一再错过或延误了时机,也就是说,没有把握好在确定对象时的性价比。四如违法成本。一些官员,上至党和国家领导人,下及基层普通公务员,利用自己的职权或影响,徇私舞弊,贪赃枉法,失职渎职,腐化堕落,其违法的成本高昂,倘若计算为之付出的政治代价、经济代价、亲情代价、名声代价、自由代价,那可太不值得了。五如工作质效。人在世上,老天爷给予每个人的单位时间是没有差异的,一分钟为60秒,可为什么有的人能够事半功倍、有的人却是事倍功半呢?其中,除了一些难以改变或不可预见的客观原因以外,方法和路径极其重要。而方法和路径的选取,常常是基于对所办之事性价比的考量,即哪些该紧抓、哪些该暂缓,哪些是重点、哪些是次要,哪些是眼前、哪些是长远。有的人之所以老是不出活、常做无用功,其很重要的缘由在于此。六如道义成本。道义,道德和正义也。自古以来,主持正义、弘扬正气为世人所推崇和赞赏。然而,这也是需要付出成本的,轻则被领导边缘、遭好友疏远,重则丢掉饭碗、被迫走开,有的时候,甚至不得不献出自己的头颅。凡主持正义、弘扬正气者,都把对社会是非的判断压过了对个人利害的考虑,而不是相反。七如真情权衡。笔者并不赞成"世间只有永远的利益、没有永远的朋友"这句话,在现实生活中,海枯石烂的真情有的是。瞿秋白在妻子因病去世后,与有师生之谊的杨之华相爱。他俩将初始时的真情浪漫各自谱写到了生命的最后时刻。瞿秋白即使是在福建长汀的刑场上,也无限不舍地牵念着杨之华。后来,杨之华坚持不懈地通过自己细腻的笔端,把一个鲜活、立体的瞿秋白形象留存于世。为什么古往今来"士为知己者死?"其都是作了性价比上的考量。八如生产成本。企业的投入与产出,实际上,经营者也在作性价比的权衡。性价比高的,便干;性价比低的,便不干。这是市场法则。马克思曾一针见血地指出过:"如果有百分之百的利润,资本家们会铤而走险;如果有百分之二百的利润,资本家们会藐视法律;如果有百分之三百的利润,那么资本家们便会践踏世间的一切。"在这些资本家的眼里,利润即是指挥棒,利润即是身家性命。为了利润,可以不讲天良、不择手段。而利润,说到底,也是由性价比派生或衍生出来的。

性价比与利用率关系密切。在世界上,所有的人、所有的事、所有的物都是有用处的,不然,它们不可能存在,更不可能长期存在。只有没有认清的人、事、物,没有毫无用处的人、事、物。在一定意义上说,性价比的高低决定了利用率的大小,利用率的大小决定了性价比的高低。然而,在人生旅途和社会经历中,人不能片面地追求性价比,尤其不能过于追求短期性的性价比,否则,容易误入歧途。举例说来:有的女人见商场里的商品价格打折很多,便买回来了不少并不急需甚至用处极微的商品,塞得自家房间里和阳台上到处都是。时间一长,这些商品便成了旧货孬物,不得不作清理。有的人结婚成家的功利色彩特别浓厚,吃了碗里的,想要锅里的;得了这样的,想获那样的。结果呢,婚结了一次又一次,家破了一次又一次,到头来,连自己也不清楚需要什么、也不明白情为何物,还一个劲地责怪别人不好、抱怨命途多舛。有的人凡事不是从长计议,而是盯住眼下。一旦对方拽其讨价还价,便会不由自主地被对方套住。至后来,才发现自己上当受骗了。诺贝尔经济学奖得主、美国著名经济学家谢林认为,从博弈论的角度看,讨价还价是一个非零和博弈。在效率曲线上,博弈当事人的利益是对立的,任何一个人效用的增加都会损害另一个人的利益。对此,明智的人如果不需要这些东西,绝不会信马由缰地去与对方讨价还价,因为弄得不好,容易落入所谓的性价比的圈套。有的人之所以心甘情愿地参与非法集资活动,也是只看见眼前的投资性价比高。在很多时候,短期性的性价比像浮云,不着边际,转瞬即逝;像陷阱,具有欺骗性,是一种阴谋。因此,人生在世,对人、对事、对物,不可不重视性价比与利用率,但也不可无原则、无条件地苛求性价比与利用率。

刚好与不巧

刚好，正合适、正相合也；不巧，不凑巧、不恰好也。人们在现实生活中，经常会遇到刚好与不巧的事。打掼蛋（扑克牌的一种流行玩法），三缺一。你来得刚好，我正要去找你呢。你向我借由陈广忠撰的《淮南子斠诠》，抱歉，不巧，这本书几天前给人借走了。夫人给我买了一双新皮鞋，一试穿，不大不小，刚好。早晨路上太拥挤，叫的出租车开不快，我赶到长途汽车站时，不巧，头班车已经开走了。在高铁候车大厅，两位老同学碰到了，一问，刚好可以同行。多年不见的哥哥明天出差到南京，不巧，我明天要去北京公干，这回兄弟俩又聚不起来了。你真的赶上了，我单位今天刚好有车去常州，还有空位，你可以搭顺风车。我和老李约好"五一"去九寨沟玩，机票都订好了，不巧，老李的侄儿"五一"结婚，这下子，双人游游不成了。稀罕稀罕，老张的儿子和儿媳妇刚好是同年、同月、同日出生，真是天造地设的一对。今天早上，我慕名去省人民医院挂专家号看病。不巧，这位老专家因有紧急会诊任务不能按时出诊。无奈，我只有改日再来了。爸爸，你的这笔奖金，刚好够我买台新的电脑，怎么样？就送给女儿吧！打羽毛球，劲用得太大了，不巧，球飞到树上，还难以取下来。这次参加会议，王处长刚好也来，我有事求助，这样可以当面拜托了。侄孙今年想报考某重点大学建筑艺术专业，不巧，该校这个专业今年停招了。

刚好与不巧，主要区别在时间、地点、质量、数量、体积、面积、外形、色泽、功用、程度、位置、分量等，有大小、高低、轻重、深浅、宽容、多少、好孬、优劣、明暗、强弱、快慢、早晚等主要差异，二者主要在巧这一点上分出伯仲。说到巧，人们往往首先认为这是运气。换言之，刚好，表示幸运；不巧，则表示不幸运。不管事大事小，巧，即有运气；不巧，则没有运气。众所周知，哲学上有两大派别：唯物主义和唯心主义。在如何分析和看待刚好与不巧这个问题上，我们必须坚持唯物主义、反对唯心主义。世上有没有机缘和运道呢？有,确实有。这不必怀疑,也不能否定。要不然,唐朝冯用之或许不会集积自己的政治经验,专著《机论》,深刻论述机遇、机智、机术等事理,并告诫后人,机是一把"双刃剑",要取机之利、避机之害。应当指出,机缘和运道绝非游离于物质世界之外或先于物质世界的意识、精神,也就是说,它不是空穴来风,也不是无中生有,其有自身的客观规律。打个比方来说吧。一天,我们要去会客,在路旁等车前往。这时刚好有辆出租车空驰而来,我们随即招手搭乘。不难分析,这并非我们的心愿指使这辆出租车开来,而是这辆出租车在正常运行之时经过了我们身旁。

　　人生在世,谁都想有好事。"踏破铁鞋无觅处,得来全不费功夫。"心仪已久,无意之中见到;心早向往,无意之中来到;心里急迫,无意之中碰到。此等好事,当然是多多益善。但是,机缘和运道,常常是可遇而不可求。我们在日常工作、学习、生活中,如果像守株待兔中的那个宋人那样,一味坐等意外收获,那就惨了。有言道,可怜之人必有可恨之处。在现实世界里,有的人一事无成,有的人两手空空,有的人老来凄凉,其中不乏坐等原因。正确的做法是,不可奢望刚好,应该主动作为。毕竟,许多刚好是随机的、偶尔的、单个的。要想成就一件大事,把一切希望寄托在刚好上,那是不可靠、不现实的、不应该的,惟有脚踏实地、勤勉刻苦才是。鲁迅有言:"伟大的成绩和辛勤的劳动是成正比例的,有一分劳动就有一分收获,日积月累,从少到多,奇迹就可以创造出来。"颜元说过:"圣人亦人也,其口鼻耳目与人同,惟能立志而用功,则与人异耳。故圣人是肯做工夫庸人,庸人是不肯做工夫圣人。"正如机遇是青睐于有准备的人那样,刚好也是钟情于有准备的人。这个准备不是傻等瞎候,而是不断奋发有为。华罗庚指出:"科学的灵感,决不是坐等可以等来的。如果说,科学上的发现有什么偶然的机遇的话,那么这种'偶然的机遇'只能给那些学有素养的人,给那些善于独立思考的人,给那些具有锲而不舍的精神的人,而不会给懒汉。"华罗庚说得多好啊!他是从自己的实践中获得如此真知灼见的。由此看来,人别对刚好情有独钟。

　　不巧在现实使用中有多种词义。第一种,轻描淡写地说不巧,此仅仅表示有点遗憾,如日常人际交谈中的对不起那样,属于礼仪;第二种,后悔不迭地说不巧,此有点自认倒霉的意味;第三种,怨天尤人地说不巧,此流露出生不逢时的情绪。毋庸讳言,世上确有一些人经常把事情办不成、办不好都归咎于不巧。因为不巧多为客观原因,以此作托辞,似乎可以免除自己的责任,起码可以使自己心安起来。因此,不巧往往成为一些人办不成、办不好事情的"挡箭牌"。更有甚者,有的人把自己一生的不顺、一世的不为都怪罪于不巧。如有些人说:"几十年了,不是我不努力,而是不巧,总没有机遇。"

不难想象,老天爷不会这样不公平地对待这些人吧。事实上,人的一生中,不巧会有的,或许有的人多些、有的人少些,但绝非全是不巧。再说,狡兔三窟,人在办任何事情时,都要对可能出现的不巧有所防范,也就是说,对有可能发生的不测提前做好预案,以免出现决定性、颠覆性的错误。古人言,前事不忘,后事之师。记住过去的教训,可以作为以后的借鉴。再说,人生中即使有一个又一个不巧,那也不应怨恨。要知道,天有阴晴,地有凹凸,月有圆缺,路有弯直,生命的历程不可能一帆风顺。我们大可不必过于责备不巧,而要对不巧有所反省、有所醒悟,并在此基础上,奋力地且行且珍惜。

传统与新潮

人类繁衍生息,世代相传,永不停歇。其间,无论是官方的约法三章,还是民间的约定俗成,渐渐地形成了一些特点鲜明且可因循相袭的社会元素,即为传统。一如传统风俗。春节期间要向尊敬的长辈拜年,清明时节要向逝世的亲人扫墓。二如传统道德。人与人相处要讲仁、义、礼、智、信。三如传统思想。业精于勤而荒于嬉,行成于思而毁于随。四如传统作风。艰苦朴素、谦虚谨慎、踏实肯干,都是历朝历代倡导的优良作风。五如传统艺术。京剧是全国性的剧种,而黄梅戏、越剧、秦腔等是流行于地方的剧种。六如传统制度。民以食为天。无论哪个国家、哪个朝代,其统治者都高度重视人口的粮食问题,从土地的分配和使用、粮食的生产和流通等方面,逐步建立并不断完善了相关的制度。七如传统礼节。人与人相交,讲究礼尚往来。如果来而不往,则不合礼节,那容易遭人非议。八如传统习惯。夫妻闹离婚,过错的一方要多补偿给非过错的一方。九如传统社会。一家一户、自给自足的小农经济是中国传统社会的主要特征。十如传统文学。中国以汉语言文字为工具,生动而形象地反映客观生活的诸如小说、诗歌、散文等文学作品表现形式,博大精深,历久弥新。

传统需要传承。大凡优良传统,对自己有益,对他人有益,对社会有益,对后人有益,故而,能一代又一代言传身教。如孝顺父母是中国的传统美德,其核心要义是报恩。父母赋予自己生命,父母抚养自己成长,真可谓"天大地大不如爹娘恩情大"。作为儿女,没有任何理由不去孝顺父母。各个朝代,从先秦的孔子,到南宋的朱熹,都竭力宣传孝道。即使在加速市场化、国际化的当代中国,也把孝顺父母作为家庭美德予以大力褒扬。中国科学院院士、南京大学校长陈骏在本校2014年毕业生毕业典礼上,深情嘱托学子重塑和弘扬新时期的孝道。他说:"无法想象一个不念父母养育之恩的人,怎么可能去真正热爱祖国、感恩生活、帮助他人?"又如节俭是中国的传统美德,其核心要义是惜物。上帝恩赐万物以养育人类,"一粥一饭当思来之不易,半丝半缕恒念物力维艰。"人类必须尽其所能地珍惜每一粒米、每一滴水、每一张纸、每一度电。中国战国时的荀况,即谆谆告诫后人:"强本而节用,则天不能贫。"唐朝诗人李商隐诗曰:"历览前贤国与家,成由勤俭破由奢。"当今中国,在全民奔赴小康的征途上,党和国家一再号召加快建设资源节约型、环境友好型社会。即使在物资空前丰富的时候,我们也不可肆意挥霍,因为不仅要为眼前、当代计,而且要为长远、后代计。

传统需要融合。当今世界,信息越来越发达,交通越来越便捷,人员越来越流动,物资越来越流通,天下似成一座大屋宇,人间若为一个大家庭。中国汉时西南部有个夜郎小国,其夜郎侯自以一州王,不知汉广大。当时交通闭塞,此或许可以理解。如今,倘再有人这般夜郎自大,兴许只能受人鄙视和嘲笑。传统具有空间上的、时间上的局限性,各个国家、各个地区、各个民族、各个群落,在不同的历史时期,传统上或多或少地会显现出不同的特点和特色。社会发展了,时代进步了,一些好的传统会在人际交流中不断地相互融合。如西方人过的圣诞节、情人节,而今已在中国大地上尤其是在大中城市里普及起来;东方人过的端午节、中秋节,如今已在西方国家里尤其是在华侨、华裔群体里盛行起来。又如中国各地人在饮食习惯上有很大的差异,如有的喜辣,有的喜甜,有的喜酸。就是喜辣,在程度上也有不同,江西人怕不辣,湖南人不怕辣,四川人辣不怕。随着中国改革开放的持续深化,各地人在饮食上的传统习惯也在加速融合,一向喜甜的苏南人现不排斥辣味,那辣味十足的重庆火锅、北京二锅头酒,在一些人群中已颇有市场。

传统需要更新。应当说,世上的传统并非全是先进的,有一些传统,或许由于时人认识上的局限,或许由于当下政教方面的原因,很可能是落后的。这就需要推陈出新或吐故纳新。在中国两千多年的封建社会里,没有离婚之言,只有休妻之说。直至中华民国建立,大批新式男女才向婚姻的"围城"发起了冲击,有些女性还主动提出了离婚。1931年,末代皇妃文绣则登报公开表示与溥仪离婚,从而成为中国历史上唯一一个与皇帝离婚的女子。今日世上,无论是参加会议、出席宴会,还是合影、登台亮相,都有一个令人头疼的排位、排序问题。尽管也有常理和传统,但有时也会遭遇尴尬。怎么办?必须有所创新。据报道,1989年,日本昭和天皇逝世,有163个国家拟派代表参加葬礼,其中包括美国时任总统布什。如果按照常规,以国名英文字决定各国元首的礼宾位次,那布什将排在后头。这与日美关系的实际状况不符。于是,日本礼宾部门想出了一个点子:凡天皇出访过的国家代表优先。昭和天皇出访不多,但到过美国。由此,布什堂而皇之地被排在了最前面。

　　传统需要创造。不难想象,在混混沌沌的世界里,人类不可能有这个传统那个传统。传统是在时序的不断更替中由一代又一代的人创建并逐步完善起来的,正如"世上本无事,都是人为之"那般如出一辙。就拿人之便溺来说吧,长期以来,它属于不登大雅之堂的私密行为,那时没有条件也没有必要建造厕所,随便找一个他人不容易瞧见的地方,屙泡屎撒泡尿即可。这是那时便溺的传统。后来,在乡村逐渐搭起了茅厕,有了男士与女士、大便与小便的区分;在城里逐渐建起了厕所,要么在路边旮旯、要么在胡同深处,开始有了专用的排泄场所。人一旦膀胱胀疼了、肛门垂胀了,有了便意,便立马去寻觅和赶赴茅厕或厕所。这是这时便溺的传统。再后来,茅厕和厕所,尤其是发达城市的厕所越来越奢侈了,一下子,有的变成了西洋式别墅,有的变成了中国式庙宇,厕所之名也分别改成了"卫生间""洗手间""化妆间"。上厕所这个传统意义上的隐秘而自然的举动,顿时被现代仪式化、高级享受化了。这似乎成了当今便溺的传统。人间的诸多传统,随着社会的发展、科技的进步、生活的富足、经济的繁荣、政治的清明,会有新的创造,"长江后浪推前浪",这是不可阻挡的前进态势。

　　新潮,时尚、时兴、时髦也。它与传统相比,突出表现在一个"新"字,即新鲜特别、新颖别致。其所涉及的几乎涵盖了传统所囊括的全部领域。不过,出新相对容易,成潮则不容易。潮,要有规模,要成趋势,并不是星星点点即为潮。有些星星点点可以燎原成潮,有些星星点点则只会昙花一现。其取决于是否拥有科学、先进的内核,是否符合人们与时俱进的普世价值观。新潮与传统,既有传承的关系,又有更新的关系。在许多时候,新潮是站立在传统这个巨人的肩膀上的。从一定意义上说,新潮是由传统脱胎换骨形成的,所以是渐进的、递进的。

　　《老子》中曰:"道,可道,非常道;名,可名,非常名。"我们对传统该坚守的要坚守,该扬弃的要扬弃;对新潮,该顺应的要顺应,该舍弃的要舍弃。这无疑是身处五彩缤纷世间的人应有的为人处世态度。

天花板与无底洞

在人们的日常用语中,时而以物喻事,时而以物喻情。天花板原本是物,指建筑物室内的天棚,有的上面有雕刻或彩绘,故为此名。社会生活中的天花板,则别有新意。一为人的学识、技术和能力。譬如,他最多只能负重80公斤,再加重一点,他就会被压垮,即使尚能站立起来,也无力跨出步子。所以,80公斤对他来说,即是负重上的天花板。二为人的发展潜能。潜能,潜在的能量、能力、能耐也。人毕竟是人,不是神,在个人发展上不可能无穷无限。例如,根据他的能力(包括预判中的机遇),正常情况下,在仕途上最高可至正县级职务,在技术上最高可至副高级职称。因此,正县级职务或副高级职称,对他来说,即是事业上的天花板。一个新组建的机构,开始时按照经过批准的"三定"(定机构、定职能、定编制)方案,呼呼呼地进人,几年下来,人员编制满员了,领导职数满员了,便出现了天花板现象,即都配足了,没有调入或提拔人员的余地了。三为人的心态、胸襟、气度。常言说,宰相肚里好撑船。这说明,宰相的心胸宽广,船行其中,碰不到天花板,可以自由自在。而有的人,心里缺少高度,做不到"宠辱不惊,闲看庭前花开花落;去留无意,漫随天外云卷云舒"。还有一些人,小心眼儿,气量狭小,胸腔缺少空间,要么爱较劲,要么好嫉妒,要么喜顶牛,要么善怨恨。四为人的情感、关系。人与人之间,身体距离可看得见,而心理距离则看不见。这二者,有的时候是相等的,即有多少心理距离,即会有多少身体距离;反之,亦然。有的时候是相反的,即心理距离近的,身体距离反而远;心理距离远的,身体距离反而近。一般来说,前一种情况是自然的,而后一种情况是故意的。在现实生活中,二人的情感、关系也有天花板,一旦顶破了这个天花板,换言之,一旦逾越了无形中既有的界线,那就犯难和尴尬了。轻的,二人弄得不欢而散,从此心存芥蒂;重的,二人闹得相厌相恶,从此宛若仇人。

在客观世界和主观世界,有一种情形叫无底洞。其顾名思义,即永远填不满的洞,或者说,不知道有多深的洞。一为自然之洞。重庆市奉节县有个小寨天坑,呈椭圆形,直径626米,已知深度662米,总容积1.9亿立方米。据专家考证,它是世界上迄今为止发现的最大的"漏斗",被誉为"天下第一坑"。广西乐业县为石灰岩地貌,长期被水溶解,形成了纵横交错的地下暗河,深度还在不停加深,至今没有人能够知道它有多深。二为欲念之洞。俗话说,人心不足蛇吞象。如果不加主动节制或被动节制,人的欲念也是无底洞。有的贪官,非法敛财几百万元、几千万元甚至上亿元;有的贪官,非法占房十几套、几十套甚至上百套;有的贪官,道德败坏,拥有情妇几个、十几个甚至几十个。在一些非法的男女关系中,男方无穷无尽地贪色,女方无穷无尽地贪财,双方陷入了财与色的深渊。在一些非法集资案中,诈骗者正是利用了人的投机心理,施以高额利息加以引诱,使不少被诈骗者在明知有诈的情况下欲罢不能,一步一步地走上了自吞苦果甚至恶果之路。三为贫困之洞。在现实社会里,虽然全国人民的整体生活水平有了根本性的提高,但尚有一些人群或因为所处自然条件极其恶劣、或因为自身既缺少劳动技能又不愿吃苦耐劳、或因为连遭天灾和人祸,至今仍然贫困。通过帮扶,这些人中的绝大多数可以脱贫解困,并进而小康起来。但是,不能排除其中也有极少数人好逸恶劳,"今朝有酒今朝醉",只依赖"输血",不想也不会"造血"。这就在贫困上形成了缺乏生机、没有希望的无底洞。四为无聊之洞。人在世上,要有念想、要有盼头、要有作为、要有奉献,否则,活着缺少意义。清朝梁启超《读陆放翁集》诗曰:"辜负胸中十万兵,百无聊赖以诗鸣。"在现实世界里,也有一些人,年纪轻轻的,身体好好的,精神空虚,无所事事,自甘堕落,无聊至极。这就在人生追求上形成了空落落、冷清清的无底洞。

　　天花板与无底洞,实际上所言均为空间。有空间,便有体积或容积。世间万事万物,有的是创造或开拓空间,如建造房屋、挖掘隧道、通畅沟渠和扩张人体血管等;有的是充斥或填满空间,如夯实路基、围湖造田、修筑堤坝和进行人体美容等。以上所述,尽为物质性的空间,其作用方是有形之力。对人来说,精神上的空间,有的需要拓展,有的则需要抑制,其作用方是无形之力。有趣的是,自然物质性的空间对人体精神性的空间也有影响。美国明尼苏达大学梅尔斯莱维教授等做过一个实验:他们招募一些志愿者分别进入四个天花板高度不同的房间,结果发现,在高度为2.4米的房间内,志愿者们反映心情压抑、烦躁不安,而在高度超过3米的房间内,志愿者们普遍感到心里包容、自由、活泼、积极。其实,人体精神性的空间与自然物质性的空间相类同,人通过自我调节,完全有可能进入或达到理想的状态。在学识、技术、能力的空间上,要锲而不舍地去扩展,并使之越高大越好、越坚实越好;在心态、胸襟、气度的空间上,要主动自觉地去舒展,并使之越豁达越好、越宁静越好。在欲望、念想、索求的空间上,要恰到好处地去管束,并使之越理智越好、越淡定越好;在灰暗、阴冷、低俗的空间上,要积极热情去作为,并使之越鲜亮越好、起和煦越好。生活在世间的人,其成功与否、圆满如何,从一定程度上说,有赖于自己拓展或抑制什么样的空间。

起始与终了

起始,起点、开端也。终了,结束、完了也。二者相连,对人来说,则为一个生命周期;对事来说,则为一个办理过程。芸芸众生,悠悠万事,有起始必有终了,有终了必有起始,此乃自然规律,此乃客观规律。即使是宇宙星体,其存续的时间,有过去,有现在,还有将来。其中,过去中有起始,将来里有终了。就地球而言,自转一圈,从起点到终点须用 24 小时,也就是说,得花一整天。

对世上所有的人、所有的事来说,起始与终了,尽管称谓有所不同,但性质和形状是一样的。简言之,生发了,始作了,消逝了,完成了。不过,起始与终了的内涵和外延,可谓千差万别。起始,有的是顺顺利利;有的是艰艰难难。有的是方能燎原的星星之火;有的是缺乏生命力的地头小虫。有的是毒苗,长成繁衍开来,将会贻害无穷;有的是良株,得益于地利天时,可成参天大树。有的是期盼风调雨顺,有个好收获;有的是只想无疾而终,应付了事。终了,那可是形形色色。譬如,幸福的家庭是相同的,不幸福的家庭各有各的差异;安全生产的情形是相同的,不安全生产的情形各有各的差异;廉洁官员的行为是相同的,不廉洁官员的行为各有各的差异;诚实人的表现是相同的,不诚实人的表现各有各的差异;谦虚人的姿态是相同的,不谦虚人的姿态各有各的差异。起始与终了,如同做梦与圆梦,之间所经历的则是追梦。

一般来说,起始是美好的,否则,不会有人去起始。怀揣美好的希望,积极地投入或自信地从事起始,这是人们的普遍意愿和通常做法。起始是重要的,一年之计在于春,一日之计在于晨;男怕选错行,女怕嫁错郎;上言若丝,下言若纶;少壮不努力,老大徒伤悲;手莫伸,伸手必被捉;虚心使人进步,骄傲使人落后。这些言论,无不说明起始重要。起始是不容易的,"万事开头难",开头之前的准备工作千头万绪,如要建造一座摩天大楼,须全部做好了选址、规划、设计等事项后,才能开挖地基和施工基桩。起始是做梦。一生共获1300多项发明专利的爱迪生,儿时在邻居家的碾坊里看见大人正在用气球做一种飞行装置,便突发奇想:要是把人的肚子里充满了气,人也一定会飞上天,那该多美呀!儿时是人生的起始。尽管几天后他亲手做了试验却遭到了失败,但他儿时的这种梦想激发起了强烈的好奇心和创造力。正如阿基米德所说:"给我一个支点,我可以撬动整个地球。"套用言之,"给我一个美梦,我可以有好的起始。""千里之行,始于足下。"同样首次迈出的双脚,其站点的高低、方向的对错,事关重大。这个站点,包括人的受教育程度,怎样的世界观、人生观、价值观,天资、灵巧、聪慧的分值,进入何种行业、单位,周遭的环境、人员等。这个方向,包括指向准确与否,有没有偏离;发展潜力如何,有没有前途;实现几率多大,有没有把握等。因此,在很多时候,起始决定成败。如:百米短跑,起始慢了,后要赶超,十分困难;男女婚姻,基础不牢,后欲提质,确属不易;进入中学,成绩差劲,后想冒尖,举步维艰。

无论生物(包括动物、植物、微生物)生命,还是世间事情(包括公事、私事、名事、利事、学事、情事等),其所经历的多为丰富而变幻,是好是坏,是多是少,是快是慢,是优是劣,对终了成果或结果的质与量,有着决定性的意义。总体上说,一要奋斗过程。梁漱溟认为,人生态度有三种:第一种是"逐求",即人在现实生活中逐求于名、利、声、色、食、货等,此为人对物的问题;第二种是"厌离",即世俗之愚夫愚妇回转头来反观现实生活,觉得人生太无意思,此为人对己的问题;第三种是"郑重",即"自觉地尽力于当下的生活",此为人对人的问题。他认为,"逐求"是世俗的路,"厌世"是宗教的路,"郑重"是道德的路。我们在为人处事中,既要"逐求",更要"郑重",坚持永无止境、永不懈怠地去奋斗。在用心和用力上,能使十分的,绝不使九分;在路径和方法上,能更有序、有效的,绝不马虎丝毫。二要享受过程。奋斗是一种能力,享受也是一种能力。年老的爷爷奶奶、外公外婆帮助儿子女儿带孙辈,有的起早贪黑地干,颇像保姆,很辛苦。其实,老人们并不指望孙辈长大后给多少孝顺,而是在有限的时间里更多地感受和享受含饴弄孙的乐趣,故而,过程比结果更重要,也更现实。过去,我们倡导与天奋斗其乐无穷、与地奋斗其乐无穷、与人奋斗其乐无穷;如今,我们在各种各样的奋斗中,应该是发现其乐无穷、创造其乐无穷、享受其乐无穷。事实上,只要有心有意,过程中有许许多多、大小不一的惊喜,值得欣赏和玩味。倘若木然地面对和处置,闪忽一下,便会驰离和消失了。因此,享受在过程中,无疑是上乘的选择。三要感念过程。人生在世,能经历这类、这些过程,不管一路上是日丽风和还是凄风苦雨,已经是很有运道的了。世界上几十亿人,你有幸经历这件事或那件事,你有幸遇到这个人或那个人,应该感念苍天的安排。我们高考中榜,来自祖国四面八方的学子会集到一所大学、一个班级,同窗四年,朝夕相处。然而,毕业离校后,大家各奔东西,许多同学这辈子再也无缘谋面。所以,大学同窗的过程,永远值得怀念。其经历的过程,对每个人来说,是追梦的过程。追者,追赶,追求,追寻;梦者,梦想,渴望,理想。追梦的过程是感奋的、艰辛的,然而又是甜蜜的、慰藉的。

终了对于起始,这是必然的归宿。如同飞机、火箭、飞船,即使飞得再高再远,也要降落或坠落下来。这不仅是自然界的地球引力所致,而且是事物发展的客观规律所致。终了的意义,一为收获。宛若农民种植作物到了秋收季节一样,春天播出去的种子,夏天洒下去的汗水,到了秋天,则会有丰硕的回报。二为交替。常言道,旧的不去,新的不来。在现实生活中,生物和事物的新陈代谢,都是在终了时最后完成的。我们不妨到敬老院、幼儿园去看一看、听一听,立马会感受到新陈代谢之必要和迫切。到了终了了,不管结果或成果咋样,把以前了断一下,便于新的开启。三为解脱。事情一直拖着,老是办不成,与其无休止地延宕下去,不如做个结束,好让相关人士解脱出来。有人年老病危,已经多方治疗,始终不见好转,却越发沉重,甚至到了生不如死的地步。那么,对他或她来说,平静、体面地结束生命,不失为不错的选择。他或她由此可以解脱,在天国里永远安享。四为中断。有些事运作了一段时间后感到情况不妙,预计非但不会有好的结果,还会给其他事带来祸害。这时,明智的做法是中断。中断后,总结经验,吸取教训,重新起始,说不定会"柳暗花明又一村"。在现实世界里,有的人把不可能有好的结果的事,死死地撑着、拖着,到最后,其招致的损失和危害只会更大、更深。这是何苦呢? 五为交待。办任何事,有始要有终,有头要有尾。否则,要么不成熟,要么缺信心,要么不完整。恋爱相亲时,如果你同意与对方见面,见面后感到不满意,不想继续交往,那你得抓紧给对方一个说法。人家请托你,不管事办得如何,你需给人家一个交待。领导安排你一项任务,不管紧迫、重要与否,你都要适时向领导汇报和反馈进展乃至结果。面对终了时的各种情况,无论如意还是失意,我们在心理上、言语上、行动上均应坦然。有文章指出,如今社会进入了"众症时代"。众症,即人群中出现的焦虑症、囤积症、强迫症、拖延症、狂热症和纠结病、厌世病、公主病、迷茫病、女王病等,种类多达475个。之所以有这么多病症,其中一个重要原因是,有关人士不能正确地看待和处理世事,在一定程度上,错定了坐标,迷失了方向。被称为精神分析社会学奠基人之一的心理学家弗洛姆有一个著名观点:安全和自由不可兼得。过去的时代是安全但不自由的时代,而现在的时代是自由但不安全的时代。是的,在过去的时代,可选择的东西太少,于是,人们常常心安理得;而现在的时代,可选择的东西太多,于是,人们总感若有所失。事实上,人生在世,能够圆梦的只是一部分,从概率上分析,也仅为一半,至于是在这个一半,还是在那个一半,那惟有靠你的努力和运气了。

  歌德说过:"能把自己生命的终点和起点联结起来的人是最幸福的人。"人世间,生命也好,事物也罢,发轫于起始,经营于过程,圆成于终了,那该多么欣慰和惬意啊!而要有这般光景,人得像蚂蚁一样勤奋,像骆驼一样承受,像奶牛一样付出,像蝴蝶一样欢乐,像蚕儿那样圆满。

情趣与意味

民居毗邻的小河畔有一大片树林,每到夏秋时节,知了声声,此起彼伏。一天又一天,只闻知了欢唱,未见知了惆怅。有位老翁有一爱好,喜欢养蝈蝈。蝈蝈身呈褐色,腹部大,翅膀短,善于跳跃,尤会发出清脆的声音,令人陶醉。山麓小溪,流水淙淙,不时还可见小鱼悠然游历;溪边丛草葳蕤、野花斜逸、乱花杂陈,溪水飞溅其上,晶若珠玑。春天到了,鸟儿出双入对地飞来飞去,一会儿共同觅食,一会儿一起嬉戏。还有那鸟妈妈,衔着蚯蚓等昆虫,飞临鸟窝,给嗷嗷待哺的鸟宝宝喂食。晚间,城里马路上,出来散步的市民一个个牵着宠物狗。熟人相见,聊上一番。宠物狗见主人停下脚步,便相互撒欢起来,乐得你追我逐、东奔西突。这些是来自自然界的情趣与意味。

晚饭用毕,一对白发苍苍的老爸老妈,靠坐在厅堂里的沙发上,正在看韩剧,难得回家的女儿,细心地削上苹果,笑盈盈地分送上,还不时地给做着解说。就这样,女儿陪伴老爸老妈度过了一个温馨无比的夜晚。天寒地冻,夜寐时,刚钻入冷冰冰的被窝,老婆便把冻僵了的脚,搁到了老公暖融融的肚皮上。老公一声不吭,抱住老婆的脚帮助暖和。在这一刻,老婆情不自禁地被感动了。一对年轻的夫妻,每天下班回到家,妻子系上围裙淘米、洗菜、做饭,丈夫脱下工装坐在小孩身旁指导做作业,一家三口虽忙忙碌碌,但多有甜蜜的温存。《红楼梦》里有段这样的描写:王熙凤故意给刚进大观园的刘姥姥一双四楞象牙镶金筷,沉甸甸的。刘姥姥用它来夹鹌鹑蛋,滑溜溜的,左右不顺手,惹得众人哄堂大笑,随后又换了一双乌木镶铝的筷子。这些是家庭生活中的情趣和意味。

村庄与镇上相距2里多,几个同岁"发小"天天结伴去镇上上学。一天,路边田里的红花草盛开在大好春光下,蜂飞蝶舞,煞是好看。在回家吃了午饭回校的路上,大家跑到红花草地里尽情地玩耍,却忘记了午休的时间。到校后,老师严肃批评大家不守纪律,其中一人还不服气,谎称是家里的午饭做迟了。于是,老师便叫大家相互看一看屁股,只见每人的裤子上都留下了在红花草地里坐卧打滚染上的绿色。大家无可奈何地"噗噗噗噗"地一笑,面面相觑。这时,老师批评得更严厉了。赵元任是中华民国的学者大师。他特别珍惜平常过日子的滋味,其教育孩子的过程也充满了嬉戏。在轻松快乐的成长环境里,他的四个女儿在学业上个个出类拔萃,其长女赵如兰长大后成为哈佛大学有史以来第一位华裔女教授。如今,在一些城市的路边小公园里,不少大伯老妈,一圈一圈的,一批一批的,一帮一帮的,有的在学歌习舞,有的在下棋打牌,有的在甩石锁打陀螺,有的在写蘸水书法,有的在练武功拳术,好一派恬静、悠闲的景象。夕阳西下,一对老夫老妻手挽着手、肩并着肩,在欣赏园林里的美景。知情人知道,这对夫妻相识相恋于一地,后来为了各自的事业长期分居两地,直至退休才相依相偎于一地,真可谓"爱情适才开始的时候,把咫尺变成了天涯;爱情行将结束的时候,才把天涯变成了咫尺"。这是人生路上的情趣和意味。

  情趣,情调、趣味也;意味,意思、味道也。中国当年极"左"时期,一说及情趣、意味,那不分青红皂白,便被指为资产阶级的或小资产阶级的东西,无疑属于被打倒、被扫除、被消灭之列。改革开放的浩荡春风,吹遍了神州大地,富裕起来的中国人和"喝过洋墨水"的"海归",越来越重视、越来越广泛地讲究起情调、意味来,于是乎,茶楼、酒肆、会所、食府多起来了,跳舞、足疗、茗茶、沐浴多起来了,还有那休闲游、度假游、夕阳游、海外游也多起来了。中国有句古话,叫"小隐隐于野,中隐隐于市,大隐隐于朝",讲的是人要诗意栖居、寄情山水、唱酬隐逸,以获取心灵的舒适和自由。如今,中国从上到下,更加注重生态,老百姓的居住不再一味追求闹市,也不再一味追求面积,而更多地考究起房舍的结构、院落的环境和周边的人文。也就是说,开始不同程度地关注和重视起居住的品位来了,甚至崇尚和张扬起"仰观山、俯听泉、旁睨竹"的审美情趣来了。过去,客人来了,都由主人在家中招待;如今不同了,一般会下馆子接待。这不仅是为了省去买菜、洗刷、烹饪、整洁之累,而且有些主要是为了让客人去享用餐饮的环境和氛围。昔日,结婚当天,邀上亲朋好友,有的在家里,有的在饭店,摆上几桌、十几桌吃顿饭,算是喜筵;而今,结婚正日,许多年轻人的婚礼越来越重视情调、趣味,有的近乎猎奇。

  正如人生不缺快活、舒适,只缺发现快活、舒适一样,人生并不缺情趣、意味,只缺发现情趣、意味。笔者认为,人除了基本生理需求之外,情趣、意味是更高层次的需求,其最主要的是体现在精神层面。皖南宁国在山里建了一批木屋,以供游客栖息。山里木屋,对尚未解决温饱的人来说,只能代表贫困;而对已经腰缠万贯的人来说,这可视为享受。酒足饭饱,心满意足,躺在山里木屋里,呼吸着清新的空气,静听着啁啾的鸟鸣,那是多有情趣、意味呀。对情趣、意味,首先要会享受。常言说,人不能身在福中不知福。在好多情况下,人处于情趣、意味之中而浑然不知。爷爷奶奶、爸爸妈妈带上小宝宝去郊外踏青,在水塘边的草地上,架起一顶帐篷,一家五口三代,既有膝下之欢,又有孝顺之和。这时,老的、壮的、小的,都应享受到各自的情趣、意味。其次要会创造。在这方面,今天的年轻人多乐于此道。十天半月没有去坐饭店了,跟老爸老妈说一声,今天晚上不做饭,一起下馆子喂一顿。老爸老妈结婚三十周年了,请上亲朋好友,在一家五星级酒店,给补办一个隆重、热烈的婚礼。当年,老爸老妈"上山下乡",结婚时只是给大家发了喜糖,把两张单人床搬到一起就得了。再次要会珍惜。有情趣、有意味的事,有时是稍纵即逝,过去的就永远不会复返了。世上许多人都这么说,孝敬要赶早。可现今,有的年轻人忙着事业、忙着挣钱、忙着妻儿,对父母不问不顾,倘等到自己年老了,有钱了,有闲了,再想去父母身边撒撒娇,恐怕是事过境迁、物是人非,父母已经离世了。

有否情趣与意味,在相当大的程度上,取决于人的价值观、审美观,取决于人的性格、品位,取决于人的客观条件、主观愿望。诚然,一个人最大的不幸,是他不知道自己幸福;一个人最大的有幸,是他不认为自己不幸福。用这个观点来看情趣与意味,似乎更有蕴意。

招手与挥手

情形之一：我国自20世纪80年代初起，全面实行了独生子女政策。进入本世纪初，一些独生子女逐渐进入了婚育年龄。作为双方均为独生子女的夫妻，其小孩一出生便由爸爸妈妈、爷爷奶奶、外公外婆这六位最亲的亲人笑迎。他们对宝宝百般呵护，可以说是"捧在手里怕摔，含在嘴里怕化"。然而，人的生命不可能永恒。若干年过去了，这六位亲人或早或迟地先后离开了宝宝。人类社会就是这样生生不息、代代相传。这一来一去，对宝宝来说，便完成了招手与挥手的过程。

情形之二：兄弟姐妹五个，当年上班时各忙各的，退休后有了时间，便相约到老大居住的城市聚与玩。老大安排了自己的儿子、女儿，分别到机场、车站迎接。相聚在一家高档宾馆，五个兄弟姐妹都很兴奋。白天，结伴逛逛公园；晚上，相互拉拉家常。共同的话题是，逝去的父母，小时在一起的时光，老家的面貌；不同的话题是，个人的经历，儿女的现况，人生的感悟。世上没有不散的筵席。三天过去了，大家一个个依依惜别。在一片"多保重多保重"的相互嘱咐声中，大家分别踏上了回家的路。这一来一去，对五个兄弟姐妹来说，便完成了招手与挥手的过程。

情形之三：由于工作需要，老张受命赴外地担任县委书记。初来乍到，他分别找各部门主要负责同志了解情况，深入各乡镇调查研究，召集县委"一班人"学习和研究，积极谋划地方经济社会新的发展。三年过去了，在他的领导下，县里各项事业获得了长足的进步，群众赞扬，上级满意。如同"铁打的营盘流水的兵"一样，一纸任命下来，他升任了副市长。地方的山山水水和勤劳的乡里乡亲，给他留下了永不磨灭的印记。这一来一去，对老张这段仕途来说，便完成了招手与挥手的过程。

招手，举手作前后摆动，叫唤或示意人来也；挥手，举手作左右摆动，表示向人告别。人从出生到死亡，不知要作多少次招手与挥手。其应用广泛，如有的用于生命,有的用于情感,有的用于人脉,有的用于职场,有的用于心灵,有的用于欲念。其程度不一,如有的激动,有的平静;有的悲痛,有的喜悦;有的决绝,有的暂且;有的有形,有的无形。招手是起点,挥手是终点,二者之间的时间间隔有长有短、距离间隔有远有近。招手与挥手,有始有终,便成为完整的过程;始终缺一,便成为局部的片断。二者的发生,有的自觉自愿,有的被迫被动;有的好心好意,有的坏心坏意;有的无关紧要,有的意义深远。从一定程度上说,人的一生,招手与挥手,无时不有,无处不在。

  面对一次一次招手与挥手,我们当有如下三点认知:珍惜。从百度上摸索,世界现有60多亿人口,相遇的概率约为千分之五,相识的概率约为千万分之五,相知的概率约为十亿分之三,相爱的概率比中彩票的概率小得多。每个在你生命中出现的人都有他或她存在的理由。因此,我们要十分珍惜上帝给我们的每次因缘际会。说不定,一次驻足,你会遇见了梦寐以求的那个人;一个眼神,你会遇见望眼欲穿的那个人;一个回眸,你会遇见了朝思暮想的那个人;一次抬头,你会遇见期盼许久的那个人。有时候,一些人相遇了,我们却来不及相识;相识了,我们却来不及相知;相知了,我们却来不及相爱。何故?因为时光不等人,机缘不再来。离别也是这样,有时候,离别即永诀,别以为惟有参加追悼会才有永诀。实际上,在人与人不经意的挥手之间,有时候,永诀已经成为现实。所以,挥手常会出现动人心弦的一幕,因为它触及了人之心灵中最柔软、最脆弱的地方。

  淡定。招手与挥手,刹那之间,主人此刻的心境和情态,会自觉或不自觉地溢于言表。因为其显示的某种结果,或预示的某种前景,会不同程度地影响主人,故而,有的兴高采烈,有的惆怅寥落,有的愤懑幽怨。人生苦短,世事难料。事实上,我们有幸活着的时候,不管面对什么样的招手与挥手,都要淡定。在这方面,文豪苏轼值得我们学习。他一生在颠沛流离中不停不止地被贬,即使当了黄州团练,还能写出这样的诗句:"老夫聊发少年狂,左牵黄,右擎苍。"如今,社会上许多人缺乏这样的乐观和开朗,不管做任何事,都一门心思地只想成功,一旦遇到不顺或不测,便怨天尤人。据悉,中国现有各类精神障碍的患者1亿多,其中重性精神类疾病患者1600万。试想,如果能像苏轼那样,面对一次次被贬,表现得那么轻松自由,或许有很多人不会患上或重或轻的精神疾病。

  回望。人生的阅历很重要。一般来说,凡亲眼见过的、亲耳听过的、亲手做过的事,印象比较深刻。有的人自诩说,我走过的桥比你走过的路长。此不管是真是假,说的即是阅历。人在世上,一次次招手,又一次次挥手,阅人无数,阅事无数,只要做有心人,在每次招手或挥手后,都能平心静气地回望一下,有哪些经验,又有哪些教训,兴许下次的招手与挥手会更好。人不怕出错,只怕有错不认、知错不改。换言之,不怕在上次的招手与挥手中有错,只怕在这次的招手与挥手中犯同样的错。人经常会自己原谅自己,如明明是把有限的时间浪费在无谓的事上了,或花费在毫无意义的事上了,却不能很好地反省自己,还一股脑儿地在抱怨时间太少。因此,我们在弥补以往招手与挥手中的不足时,勿有非正当的推辞理由,更无非理智的拒绝借口。陶渊明有言:"悟已往之不谏,知来者之可追,实迷途其未远,觉今是而昨非。"在人生不停顿的招手与挥手中,回眸有益,回望有获。

冒牌与正宗

先说个有关冒牌的真实故事：舍勒是18世纪瑞典著名化学家，14岁起，即在一家药店当学徒，利用业余时间做了大量的化学实验，发现了许多新元素。舍勒在欧洲化学界名声大噪，可瑞典国王却没听说过舍勒。一次出国旅行时，瑞典国王才得知自己国家出了这么优秀的科学家，便决定授予勋章嘉奖舍勒。消息很快传到舍勒工作的药店，同事们都感到无比荣耀，而舍勒只是笑了笑，又继续埋头做化学实验。半年过去了，勋章迟迟未有。同事们一打听，原来国内还有个同名同姓的舍勒，糊涂的国王竟然把勋章发颁给了那个冒领者。

古今中外，冒牌的东西从未绝迹过，有的时候、有的地方还相当猖狂。冒牌，冒充名牌也。这是冒牌的本义。中国改革开放以来，生产力获得了史无前例的大解放，各种商品越来越丰富。然而，茫茫商海，泥沙俱下，鱼龙混杂，一些冒牌的东西也随之多了起来。有冒牌烟、冒牌酒、冒牌车、冒牌衣、冒牌药、冒牌玉、冒牌奶、冒牌茶、冒牌纸等，几乎无所不有。于是，国家为加强质量管理，专门组建了质量技术监督局和食品药品监督局。如今，这两个部门已经与工商行政管理局合并，成为一个正部级的政府机构。由冒牌本义引申出来的冒牌，在现实生活中也屡见不鲜。有人冒充军官，到处骗钱骗色；有人学历作假，混迹于大小官场；有人作品剽窃，抄袭模仿他人；有人年龄虚报，为了一己私利；有人隐瞒已婚，坑蒙拐骗异性；有人专业使假，玷污科学殿堂；有人作风做作，只想沽名钓誉；有人自吹自擂，口惠而实不至。显然，冒牌的东西，既有物质产品，又有精神产品；既有事情事态，又有人格人品。

冒牌，有违于法律、法规、政策、情理、道德，尤其是对那些性质恶劣、危害严重的冒牌，人们深恶痛绝。当然，以下三种情形例外：一是有的人为图便宜，明知冒牌，也不多言；二是有的人为图虚荣，有意受用冒牌；三是有的人贪腐,故意"睁一只眼闭一只眼"。冒牌的危害极大。它破坏市场公平,损害公民权益,影响建设质量,危及地方形象。为什么有关部门要下那么大的力气去打击假烟假酒,为什么有关机关要用那么严的手段去治理黑车黑户,其原因就在此。在建筑界,用海砂建成的房子被称为"癌症房",因为海砂里含有较多的氯离子,会腐蚀钢筋。海砂只有经过严格、规范的清洗后才能用于建筑,且公共建筑物与高层建筑物不宜使用。有专家在20世纪90年代作过调研,发现中国一些沿海城市存在用海砂制混凝土的情况。时至今日,这一现象仍没有完全杜绝。2013年,深圳的一些建筑工地被媒体曝光大量使用了氯离子超标的海砂。冒牌猛于虎呀!一些地方频频出现楼房倒塌,其中不乏偷工减料、以次充好等冒牌问题。

作为一个社会,冒牌的东西一点儿没有,那几乎是不可能,但如果颇为盛行,起码反映了以下三个问题:其一,诚信缺失。凡是搞冒牌的人,不管出于什么考虑,不管自有何种理由,都是不讲诚信的表现。人家历尽艰辛创出的品牌,拥有知识产权或技术专利,你随便假冒,那太占便宜了,这与抢劫掠夺人家的财产没有什么两样。再说,你假冒的东西能与正宗东西完全一样吗?更为可恶的是,有些冒牌的东西品质恶劣,是食品,吃了慢性中毒;是药剂,注射后死了人,这类案例不是没见报道。顾客花购正宗东西的钱买回了冒牌的东西,你说气人不气人!其二,监管缺失。人普遍有劣根性、懒散性、自私性,受约束、受管制总是不舒服。而人类社会是一个宏大的家庭,有规矩、有秩序才能正常运行。在现实世界里,总有一些人不讲规矩、不守秩序。所以,加强监管是治理社会之必须。真金不怕火来烧,假的毕竟是假的。只要严格市场监管,那些冒牌的东西便会无处遁形。需要指出的是,有的地方冒牌的东西多,与相关部门监管失职不无关系。其三,市场扭曲。或许长期受到不良风气的影响,有的地方造假成风,不以为耻,甚至反以为荣,且认为"有本事"。当地某些人的消费观也有误区,使用冒牌的东西无所谓,甚至自感时髦,即使穿戴冒牌的东西还在招摇过市。在这种环境里,冒牌的东西,有人生产,有人销售,有人消费,自然形成了一定的市场。正如法国唯物主义哲学家狄德罗所言:"如果道德败坏了,趣味也必然会堕落。"

正宗,即正统的、正规的、正牌的。正宗的东西,人们乐于接受。这不仅源于优良传统观念、普世价值取向,而且符合市场运行法则、人类行为准则。在现实生活中,我们不难耳闻目睹到,酒席上,主人拿了茅台酒,在开瓶前会绘声绘色地告诉客人们:"这可是正宗的呀!"到中央部委办事,事毕,邀上几位好友,到全聚德吃一顿正宗的北京烤鸭。去逛电子书店,请服务员给帮选几张原版的碟片。诸如此类,反映了人们对正宗东西的喜好。在任何一个国度里,崇尚正宗与否,在一定程度上,反映了其文明、进步、先进、发达的程度。我国现代政论家邹韬奋说过:"自觉心是进步之母,自贱心是堕落之源,故自觉心不可无,自贱心不可有。"是选择正宗还是选择冒牌,从一定意义上说,其检验着自己是选择自觉心还是选择自贱心。毕竟,正宗的物品,使用起来,放心无忧;正宗的人物,与之相处,坦荡敞亮;正宗的情感,与之来往,自由自在;正宗的环境,融入其中,安全可靠;正宗的事物,处置起来,便捷顺当。

　　人生如舞台。行走在世间的每个人,在无意间展示出自己的品相。好品相怎么样?笔者认为,要有模样、有尊严,是一个大写的人。而守信正宗、拒绝冒牌,无疑是获取好品相的题中应有之义。

起跑与冲刺

我们从上小学起,每次参加学校体育运动会,常有短跑比赛项目。老师和裁判自然而然会告诉参赛者,在这里起跑,在那里冲刺。什么是起跑?就是说,参赛者先在起点做好预备姿势,待裁判一发令,即迅即拔腿向前跑,并尽可能使最大的劲跑在最前面。什么是冲刺?就是说,参赛者临近终点时,尽可能用最大的力拼命向前冲,旨在获取更好的名次。对参赛者来说,起跑与冲刺,都十分重要。起跑时,尤其需要在不犯规的前提下开步早,不能有哪怕零点零几秒的慢。否则,比赛一开始便少了优势。若想后来居上,则困难特大。冲刺时,终点近在咫尺,时间只有瞬间,一路下来,差距已见,赛伴疲惫。这时,关键要看自己有没有爆发力。如是强者,落后可以超越,超越可以领先,领先可以率先。换言之,看谁笑得最灿烂。比赛现场,许多"黑马"是在冲刺时见分晓的,许多"冷门"是在冲刺后爆出的。一场激烈的短跑比赛,从起跑到冲刺,无论是参赛者还是观赏者,无不惊心动魄。

这是说的赛事,人生也类似。从大的方面说,如我这一辈子与你这一辈子可作比较,谁平安顺利,谁危险曲折;谁充实丰盈,谁干瘪平淡。从中的方面说,如我的婚姻家庭与你的婚姻家庭可作比较,谁美满幸福,谁不美满幸福;谁和谐快乐,谁不和谐快乐。从小的方面说,如我与你承担同样一项工作任务,在成果或成效上可作比较,谁收获多一些,谁收获少一些;谁收益好一些,谁收益差一些。人生如赛场。尽管世上有许许多多的人一心想着要看淡甚至看破人生,嘴巴上也会经常这样说,实践中也会一时这样做,但一遇到具体的人和事,则往往难以持久做到,毕竟人要吃喝、有脸面,谁都想过得更好一些。在现实世界里,一天又一天、一月又一月、一年又一年,别以为人与人之间一点儿没有竞争,实际上在悄无声息中正进行着或强或弱、或多或少、或快或慢的竞争,一旦公开、直面竞争了,则竞争的程度加剧了,甚至进入了对决的阶段。每个人的心中都有一杆秤,在正常情况下,孰好孰孬,是有客观标准的。在一个机关、一个单位,中层干部经常被召集在一起议事,其议事的过程,实际上也是比水平、比智慧的过程。作为每个中层干部,应该说的必须说,那是显示自己水平、智慧的场所。要知道,你一次不说可以,两次不说也可以,如果三次还不说,那就自我放弃了让领导和同事认识和欣赏你的机会。这就是古人所说的,当言而言,不当言而不言。在有的人身上,不是缺赛马的机会,而且缺参赛的勇气和行动。

起跑固然重要。起跑前,准备工作做得越充分越好,精神状态调得越激奋越好。但是,世上之事,并不都会遂你心愿,因为既受主观上的影响,又受客观上的制约。古今中外,无数实践告诉我们,起跑时差一点并不可怕。爱迪生小的时候只上了几个月的学,就被老师辱骂为"愚钝糊涂"的"低能儿"而退学了。他眼泪汪汪地回到家里,要妈妈教他读书。然而,他有决心"长大了要在世界上做一番事业"。托尔斯泰在青年时期曾有不务正业的放荡生涯。他不好好读书,考试不及格,老师还把他降了班。然而,他后来醒悟了,改正了错误,跟随哥哥从军,并逐步走上了文学创作之路。有人研究,在大型马拉松比赛中,从来没有看到起跑时领先的人最后拿了冠军的。最后拿了冠军,往往开始时都特别淡定,亦步亦趋地跟在别人后头,调整好自己的身体状态,保持住自己的力量,等到冲刺时,全力出击,决一高低。因此,从这个意义上说,今天年轻的爸爸妈妈,大可不必盲从"不要让孩子输在起跑线上"的广告宣传。的确,有的孩子幼儿时期学习基础打得好一些,有的孩子则不然,并造成了刚上小学时学习成绩有差异。但是,决定孩子中考、高考成绩的,决不仅仅是幼儿时期学习的基础,而主要是后来的努力。一些年过半百的人,在回首昔日培育孩子的经历时,常有这种体验和感悟。

冲刺极为重要。是人生,到冲刺阶段,已经步入中年;若办事,到冲刺阶段,已经十之七八;是婚姻,到冲刺阶段,已经年近花甲;是育儿,到冲刺阶段,已经即将成年。大学毕业是人生的关键节点,经过16年小学、中学、大学的学习,在人生的事业上将要作出冲刺。近百年来,中国一些著名大学校长,在大学生毕业典礼上,常有经典的致辞。其中:胡适认为,人的闲暇时间怎么利用,决定个人成就大小;竺可桢推荐,"大学的目的,不再使学生得到面包,而在使所得到的面包味道更好"(注:此句话出自美国大文豪罗威尔氏);李培根提醒,虽然人生在不断地告别,但有些东西不能告别,如亲情不能告别,学习不能告别。人在冲刺阶段,有一点不可轻忽,即须选择最佳的路径,瞄准目标,直奔主题,切勿走钢丝。到了这个阶段,得"说时迟,那时快",不能有任何的迟疑和犹豫。冲刺阶段对人来说,已成为获取胜利的最后机缘,真可谓"过了这个村,就没有这个店"。如有的乒乓国手,虽然在多种国际大赛中多次获得过亚军和季军,曾经也有过向冠军冲刺的时候,然而,直至告别乒乓球坛前一直没有如愿,只能带着遗憾转入人生新的阶段。因此,"人生能有几回搏?"人到了冲刺阶段,务必拿出"吃奶的力气"竭尽全力地去拼搏,这不仅是对国家、对社会负责,而且是对家庭、对个人负责。在特定的景况下,悠悠万事,惟此为大。

起跑与冲刺,是过程,也是经历;有苦难,也有甘霖。人生本身就是一个过程,就是一场经历,尽管其结果非常紧要,但对自己来说,比此更紧要的是个人的践行。只要我们自己践行,当即将离世回忆人生过程和经历的时候,不至于因为虚度年华而悔恨,也不至于因为碌碌无为而羞愧。

隐秘与公开

隐秘,顾名思义,隐藏秘密。隐藏,躲避起来,潜伏下去,掩蔽起来;秘密,不让人看到、听到、碰到的东西。最近几年来,通过媒体报道,中国官场不时曝出惊天大案,一批高级领导干部受到了查处。其中,有的人在公众场合展示的是清正廉洁的美好形象,没想到私下里竟如此贪腐;有的在公众场合展示的是正人君子的美好形象,没想到私下里竟如此糜烂;有的在公众场合展示的是刚正不阿的美好形象,没想到私下里竟如此黑恶。以上这些,让人们从活生生的现实中,更深切地认识到人的两面性,即既有光鲜的一面,又有阴暗的一面。

公开,不加隐蔽的,不仅指路径,而且指内涵。如政务公开,既包括如何公开,又包括公开什么。中国改革开放以来,尤其是近几年在全面深化改革、加快对外开放中,老百姓在公开方面遍尝了甜头。一如发挥市场机制的作用。老百姓要项目找市场、要业务找市场、要用地找市场,去参与各种招标拍卖挂牌活动。二如发挥竞争机制的作用。老百姓想就学去竞争、想就业去竞争、想升职去竞争,在竞争中发展和完善自己。三如发挥问计于民的作用。老百姓有什么迫切需要解决的问题,可随时去向政府反映,政府也会在第一时间里予以关注。四如发挥监督机制的作用。老百姓有什么重要的意见,包括民生、反腐等方面的问题,都可以公开反映或私下举报,有关部门会及时加以处置。以上这些,让人们从贴身的现况里,欣喜地感受到公开的力量和公开给公众带来的好处。

隐秘与公开,各有各的长处,当然,也各有各的短处。这是一种方式方法。以刺探到敌方政治、军事、经济等方面情报为职业的谍报人员,其工作方式方法必须是隐蔽,不可能以公开身份从事活动。而开展如"世界地球日""世界环境日""世界爱牙日"等街头宣传,其活动方式方法必须是公开,否则,获取不到应有的效果。这是一项目标目的。为了查明一个案情,纪检监察人员要在保密状态下进行深入、细致的调查,其保密也是目标目的。否则,打草惊蛇,不利于调查工作顺利、有序开展。国家从上到下建立了一支专门的统计队伍。他们对经济活动的数据进行周密而严谨的搜集、整理、计算和分析等,为的是向中央报告或向社会公开有关情况。否则,这些统计数据将被束之高阁,作用颇为有限。这是一个计策计谋。何时隐秘、何时公开,隐秘什么、公开什么,隐秘多少、公开多少,一切要服从于和服务于需要,其主动权必须掌控在自己手里。有心人不难发现,中央主要媒体在某个时段里集中公开宣传某人某事,其不是没有背景、不是没有目的;单位主要领导在某个时段里经常公开表扬和夸奖某某人某事,其不是没有意思、不是没有考虑。

隐秘这个东西,说怪也怪,说不怪也不怪。不管什么人,在正常情况下,都会有与生俱来的羞耻感。大庭广众之下,人的上衣可让脱,长裤可让褪,但用来遮挡阴私的那块布不让揭,因为其是自己的阴私,不能随便让人看到和碰到。几乎所有的动物,都有自私的一面,有好吃的东西,有喜欢的物品,都会设法藏匿起来,以图自己独享。其藏匿的办法,即是隐秘的办法。从一定程度上说,人之所以喜欢隐秘,有着一定的生理学基础。小学低年级的有些女同学,两个三个地会有一点共同的小秘密,一般不对外人说,只有等到某个时候、由于某种原因才会说出来。在家庭里,她们从小就喜欢和妈妈咬咬耳朵说说悄悄话。长大后,她们往往会有彼此分享小秘密的伙伴甚或闺蜜。柏拉图在《共和国》里有一则经典的故事:在小亚细亚古国吕底亚,有个牧羊人叫盖吉士,有次牧羊时,因为大地震动,他掉进了一个裂洞里,且在洞里捡到了一枚戒指。他戴了以后发现,如果把戒面朝外,他就会被人看到;如果把戒面朝内,别人就看不见他。发现这枚戒指的这种魔力后,他隐身进了皇宫,诱拐了皇后,后又与皇后合谋,杀了皇帝,自立为王。由于有这枚戒指,他做尽了坏事,别人却看不到,因此可以为所欲为。这个故事说明,如果一个人做事不会被他人察觉,那么他就有可能做坏事。从现实意义上说,许多的坏人坏事都是在隐秘状态下实施的。在光天化日之下,坏人坏事见不得阳光。因此,对付坏人坏事,阳光是最有力、最有效的办法。

既然公开益处多多,为何这么难公开呢?从正面来说,隐秘为了取胜,如军力及其部署;隐秘为了顺利,如在作出决策前的谋划;隐秘为了效益,如企业研发新的产品;隐秘为了安全,如在完成某项特定任务时;隐秘为了效率,如在尽力减少或避免某些外来干扰时;隐秘为了成功,如在探索某些未知领域过程中。从反面来说,隐秘方便做违法、违规、违纪的事。就说婚外情吧,自己有婚姻家庭,已完全没有资格去与他或她谈情说爱。然而,有的人一方面隐秘自己已婚有家,另一方面却私下里发展所谓的恋情爱意。其隐秘的动机,不外乎作非道德、非情义的自我保护和自我防御。在现实世界里,一旦办事公开、竞争公开了,要想玩猫腻就要不成了,因为有众人的眼睛在有形或无形地监督着。再说,公开势必强化了严肃。原先,私下里的东西可以随意一些,反正知道的人不多,要想纠正也容易;如今,东西公开了,抓铁有了痕,踏石留了印,想改改不成,欲赖赖不掉。由此,对那些心怀鬼胎、心有余悸者来说,公开简直是做恶梦。故而,他们总是不情愿,总是会抵触。

　　人在世上几十年,身心务必坦坦荡荡、亮亮堂堂,不能窝窝囊囊、猥猥琐琐。而要如此,在一般情况下,除了必保的隐私和秘密之外,宜多作公开。为什么有的人际关系处不好,因为私下里好嘀咕,不该说的乱说;因为暗地里好运动,不该为的乱为。古人说得好,若想人不知,除非己莫为;平日不做亏心事,半夜敲门心不惊;心底无私天地宽。这些,无不告诫我们,要心地纯洁、襟怀坦白。

调味品与火药筒

笔者写下这个题目,读者过目时或许难喻其意。调味品的本义,是指能增加菜肴的色、香、味,促进人的食欲,有益人体健康的辅助食品,包括咸味剂、酸味剂、甜味剂、鲜味剂、辛香剂等,如食油、酱油、味精、八角、茴香、花椒、芥末等。火药筒的本义,是指火药点火后在筒中燃烧,产生大量气体,形成强烈的反作用力,助推火箭向前发射。本文所述的调味品,是指人际关系中轻言轻语的争吵,其不伤和气;火药筒是指人际关系中恶言恶语的争吵,其有伤和气。按照传统的认识,二者有雅俗之分、文野之别。根据现代的观点,二者各显理性与非理性、文明与非文明。

争吵,一为争,二为吵。争者,争执、争论、争夺也;吵者,乱说、乱嚷、乱叫也。对人来说,争吵是无师自通的事。托儿所、幼儿园里的小朋友,常常会因为对方无意中碰撞了一下,或因为不小心把水泼向了对方等,而互不相让地争吵起来。托老所、敬老院里的老年人,也会因为对方在言语上有点不尊重,或因为活动时对方有点不礼貌等,而话不投机地争吵起来。争吵,无论古今中外,还是童叟妇孺,都是司空见惯的事。中国圣人孔子也曾说过气话、发过牢骚。施耐庵在《水浒》中,浓墨重彩地描写了骂人、打人、伤人的情景,其中不乏争吵的场景。据报道,2013年9月,两个俄罗斯工人讨论哲学,当谈到他们共同的偶像、德国哲学家康德时,因意见不同而翻脸,其中一人向另一人开枪,击中头部,饶幸生还。在现实生活中,如骑自行车到十字路口等红灯时,后行者想右拐弯而被前行者所挡。于是,有的人会因为多等几秒钟而骂骂咧咧。倘前行者也是个火爆脾气,便会立马争吵起来。一些小夫妻,动不动就会使性子,你一句我一句地争吵起来,甚至还会摔盆砸碗。

世上没有无缘无故的事,争吵也是如此。争吵起码要有两个对象,如同一个巴掌拍不响一样。当然,还有群体性的争吵,或两个人为之争吵,其他人附和或掺和;或几组两个人分别争吵,形成乱哄哄的氛围。争吵的起因多种多样:一如为不同的思维模式而争吵。老婆今天重感冒且伴有发烧,没去上班,在家休息。丈夫下班回来,遭到老婆一番责备。老婆的想法是,既然你爱我,就应该知道我生病了需要什么。好啊,你却不闻不问。丈夫赶忙解释,你只是感冒,吃点药,休息休息就会好的。再说,我今天工作特别忙,没有顾上打电话问候你。抱歉!然而,妻子不依不饶,二人便争吵起来了。二如为不同的生活方式而争吵。丈夫是个"夜猫子",晚饭后忙这忙那,睡得迟;妻子是个"睡眠虫",央视《新闻联播》一过,便想上床休息。二人常常因为作息时间上的差异而争吵,结果是你不听我的、我不听你的,只是二人稍作克制、稍加注意而已。三如为不同的观点而争吵。这在西方一些国家议会开会时常见,持不同观点的双方唇枪舌剑,有的还大动干戈。国内也有单位的领导班子不够团结,一到研究具体人的问题时,常会引发争吵,结果弄得不欢而散。四如为不同的利益而争吵。势利人说,人不为己,天诛地灭。只要涉及自己的利益,有的人便缺少风格,不讲斯文,与人争吵得面红耳赤。"文化大革命"期间,有的人为了晋升半级工资(区区三元钱),去与领导、与同事争吵,使得大家从心底里都鄙视他或她。五如为不同的面子争吵。有的争吵,既不为财物,也不为名誉,仅仅因为一句话不中听、一个礼不到家。事后,自己想想也感到不值得。有的争吵,只因为对方直接拒绝了他或她的请求,不留面子,而恼羞成怒,且胡搅蛮缠地开骂起来。争吵的起因,有直接的,有间接的;有显性的,有隐性的;有巨大的,有渺小的;有持久的,有短暂的。人们普遍反感那些发无名火的人、发间接火的人。你无缘无故地发起火来,与你并不相干的事你也发起火来,这让人匪夷所思,丈二和尚摸不着头脑,好诡异。

人世间,争吵常有,不足为怪。问题是,争吵权作调味品尚可,千万不要成为火药筒,因为火药筒会伤人伤物,甚至会杀人灭物。有人说,争吵是个技术活儿,学问大得很哪!笔者对此赞同。何以做到?其一,争吵不要故意揭短。每个人都有短处,护短是人之本能。而且,有些短涉及人品,有些短涉及祖宗,有些短涉及隐私。因此,在争吵时,不能不顾对方的自尊来翻旧账、戳疮疤,也不能不顾对方的感受而使用恶毒、尖刻的语言。其二,争吵不要"上纲上线"。有的争吵,只为一些鸡毛蒜皮的事。这时,争吵的双方都不可展开自由联想,本来只是言行举止上的不恰当,别广泛联系到家教、人品、素质等方面。正确的做法是,就事论事,是什么问题就是什么问题,有什么问题说什么问题,不要把过去那些陈芝麻、烂谷子的事都搬出来。其三,争吵不要人身攻击。有的争吵,发展到激烈阶段,便有可能全盘否定对方,如常用语有"我总算看透你了!""你这一辈子不会有出息!""你是坏蛋!"等。

试想,使用这种言语,怎么能不刺伤对方呢?对方一听就心寒。即使日后和好了,也难以完全抹去心理上的阴影。其四,争吵不要"犟牛喝水"。倔强的牛,人按下它的头,让它喝水,它就是不从。人在争吵时,要学会忍和退。要知道,忍一忍风平浪静,退一退海阔天空。再说,有时候,以退为进比以进为进更好。世界其实不大,双方抬头不见低头见,何必在争吵时弄得都下不了台呢?人倘能做到推己及人、宽大为怀,就不愿也不会去嘲笑、挖苦对方。医学上有个词叫"带瘤生存"。说的是,人患上了肿瘤,并非一定要做手术切除,留着它,并采取其他治疗,同样有可能长期活着。争吵时,留了点气,也无所谓,只要事后作些调适,即可消弭。其五,争吵不要遗下冷战。冷战,常指国际间进行的不使用武器的斗争。有的好友,有的同事,一次争吵之后,便长时间互不理睬,即使迎面碰上,也视若无睹。有的夫妻,有的父子,一次争吵之后,便好多天互不搭理,即使一方主动示好,另一方也是冷脸相对。这是不明智的做法,只能加深隔阂和伤害。不能忘却,人生不是赌场,家庭不是赌场,职场不是赌场。如果冷战式的相赌,赌掉的是感情,赌掉的是耐心,赌掉的是快乐。

总体而言,生气、争执大可不必,偶尔为之,尚可理解,因为有时人的牙齿还会与舌头过不去;但是,不可常有,毕竟它易伤情感,起码一时心里不快。众生共在一个天幕下生存,夫妻同在一个屋檐下生活,应该彼此尊重、彼此宽容,用好调味品,不做火药筒,永远让爱普照,永远让爱沐浴。

隔座山与隔层纱

中国民间坊里有句俗话，男追女，隔座山；女追男，隔层纱。意思说，男人的求爱之路充满了艰辛，必须坚持不懈地作出努力；而女人的觅爱之途则相对轻松简单，只要自己满意或愿意，随时随地即可告成。这是以不同的性别进行的比对。还有以不同的血缘进行的比对，如"隔层肚皮隔座山"。说的是，儿媳妇对自己的妈妈和对自己的婆婆，在情感上、言语上、举止上是有差别的。即使是说同样一句话，自己的妈妈听了无所谓，自己的婆婆听了则会生气；反之，亦然。再有以不同的职业进行的比对，如"隔行如隔山"。指的是，不同的行业有不同的门道，在这行并不深奥的知识或技术，在那行看来简直是本"天书"。

如上这些，均以山作喻。山，地面上或水面上由石、土等形成的高耸的部分。山，在人们的心目中，一是难，如登山难、进山难，"蜀道之难，难于上青天"；"明知山有虎，偏向虎山行。"二是重，如恩重如山，指深厚的情义像山一样分量重；泰山北斗，喻德高望重而受众人敬仰的人。三是高，如以高山景行喻指崇高的德行，以高山流水喻指知音难遇或乐曲高妙。四是恒，如山盟海誓，比喻男女相爱，像山和海一样永恒不变。五是大，如压力山大，指人在工作、学习、生活中的负担，像山那样沉；中华人民共和国成立之前，中国人民身上压着"三座大山"，即帝国主义、封建主义、官僚资本主义。六是多，如千山万水，形容山水众多，路途艰难遥远；千山万壑，喻指层峦叠嶂，山势连绵起伏，山峰一个接着一个。在中国悠长久远的历史上，有许许多多的文人墨客留下了脍炙人口的诗句，写山形，写山景，写山色，写山风；寓情于山，寓理于山，寓人于山，寓事于山。如苏轼的："横看成岭侧成峰，远近高低各不同。不识庐山真面目，只缘身在此山中。"又如张养浩的："云来山更佳，云去山如画，山因云晦明，云共山高下。"再如孟郊的："南山塞天地，日月石上生。"

人生在世，山是人的品质。为人处事，要像巍巍昆仑那般厚实。人的一生是学习的一生，从牙牙学语起，即不懈怠、不停顿，直至生命终结。换言之，活到老，学到老，终生学习。习近平总书记在论述学习时指出，要有"望尽天涯路"那样志存高远的追求，耐得住"昨夜西风凋碧树"的清冷和"独上高楼"的寂寞，静下心来通读苦读；要勤奋努力，刻苦钻研，舍得付出，百折不挠，即使"衣带渐宽"也"终不悔"，"人憔悴"也心甘情愿；要坚持独立思考，学用结合，学有所悟，用有所得，在学习和实践中"众里寻他千百度"，最终"蓦然回首"，在"灯火阑珊处"领悟真谛。这番谆谆教导，强调了学习的路径和精神。人不断学习的过程，就是不断夯实自己才学的过程。才学夯实了，人就不会像毛竹一样"腹中空"，而会像山体那样"实打实"。众所周知，人要说老实话，办老实事。老实是人立身处世之根本。一个人如果一向使奸耍滑，领导不喜欢，同事不喜欢，朋友不喜欢，即使亲戚也不喜欢。正如徐特立所言，一个人最怕不老实，老实是一个人最可贵的作风。人生活在现实世界里，工作也好，学习也好，生活也好，务求扎扎实实，不可虚头花脸，不能虚情假意，不必虚与委蛇。人与人之间的交流和往来，特别忌讳斤斤计较。自己做错了，一笑了之；别人做不好，则指责不止。真可谓"对自己自由主义，对别人马列主义"。人应该宽厚一些，这不仅对对方有益，而且对自己有益；这不仅于人有补，而且于事有补。

　　人生路上，山对每个人来说都是个考验。这里的山，是困难，是危机，是艰险，是挫折，而攻坚克难，必须有愚公精神。传说中的愚公，家门前有两座大山。这是自然形成的，先天就有的，不以愚公的意志为转移。但是，愚公为了拓平出路，下决心带领子孙挖山不止，其毅力感动了上帝。北冰洋，这是一个神秘莫测的浮冰世界。冰块挤着冰块，终日在海上流荡，且相互撞击，不时发出震耳欲聋的轰响。挪威探险家司蒂芬森率领的探险小分队，以异乎寻常的毅力，前后在北极圈内探险了 11 年之久，其中有 6 年是单靠猎取野生动物肉赖以生存的。司蒂芬森由此成为世界上第一个胆敢在没有粮食和燃料的情况下，艰难到达北极并长期坚持的杰出探险家。司蒂芬森是身处别的国家、攻坚不同领域的愚公。现实生活中的愚公也是数不胜数。陈景润为了攻克世界尖端数学难题，长期潜心研究哥德巴赫猜想，终获成功。媒体上不时可见报道，有的妻子或丈夫，为了唤醒植物人的丈夫或妻子，几年甚至在十几年不离不弃，精心照顾，功夫不负有心人，植物人终于渐渐醒来。无疑，对陈景润来说，哥德巴赫猜想就是山，只有发挥愚公精神，锲而不舍，才有可能攻克；对妻子或丈夫来说，植物人就是山，只有发挥愚公精神，坚持不懈，才有可能被唤醒。当然，物质的山，看得见，摸得着；而精神的山,看不见,摸不着。更何况,物质的山,既有先天的,又有后天的;而精神的山,没有先天的,惟有后天的。不过,战胜精神的山,同样需要愚公精神。如人一旦患上了抑郁症,需要用坚强的毅力和勇气,经过一定时期的心理、药物治疗,才有可能被治愈。即使被治愈,还要进行巩固,尤其须在心理上重塑自我。

　　人在世间,无论是事业之路、工作之路,还是生活之路、情感之路,都不可能永远平坦,有高山、陡坡,有急流、险滩,一般在所难免。人们有时说,山不转水转。意思是,要尊重客观规律,要留有后路,要学会变通。是的,现实生活中,你遇到这座山,碰及那座山,要想全部搬掉它们,那是不可能的。有一种办法,就是通融和迂回。有时候,我们解一个绳结,或找一件物品,或想一个问题,或办一件事情,摆弄来摆弄去,不成,然而,稍过些许时间,再去摆弄,一下子茅塞顿开。如上所述,婆媳关系难处是尽人皆知的事实,对隔层肚皮隔座山,唯一的办法是,以真心换真心,以真情换真情。遇到认识、意见不统一时,双方坐下来好言好语切磋、商榷,而不是动辄责备或埋怨对方。好多婆媳关系之所以闹僵,就是因为双方的理解和沟通不够。尚需指出的是,在人与人之间关系上,别认为隔层纱就一定比隔座山好。很多时候,隔座纱比隔座山更难处理,因为山比纱明显。从一定意义上说,对付明显的比对付不明显的容易,对付明显的也比对付不明显的方便。再说,捅破纱比搬掉山容易,故而,有些人会不太珍惜。当然,山与纱毕竟在重量上、硬度上迥异。相对而言,面对二者,应更重视搬山。当然捅纱也不轻忽。人生路上,我们当用理性、当有睿智,去搬掉甚或去翻越、包抄、洞穿那一座座山,以争取有诗情画意般的生命旅程。

交换与独占

人类是群居动物，打从进化为人以来，交换即是最常见的沟通、协作方式，最初主要是以物易换，也就是双方各拿出东西给对方，如用这种猎物换取那种猎物。以物易物的交换方式，直至今日还在普遍使用。如幼儿园里的小朋友，有的是玩具交换着玩，有的是书本交换着看，且老师把此作为公理经常教育小朋友。倘有哪个小朋友抢了其他小朋友的东西，老师即会用此公理加以训导。若有哪个小朋友不肯与其他小朋友换着玩或换着看，老师则会用此公理加以劝导。20世纪中国"人民公社"时期，商品短缺，市场萧条，流通稀少，许多东西是以物易物。如1斤小麦换4斤菜瓜，1斤稻谷换5斤红薯；农村有的中小学生因自家没有钞票而便背上几捆稻草，到学校食堂换取几张蒸饭票。人类随着社会关系的越来越紧密、越来越复杂，交换的东西也就越来越丰富，交换的途径也就越来越多样，交换的范围也就越来越广泛，交换的速度也就越来越快捷。尤其是有了货币之后，人类活动包括政治活动、军事活动、经济活动、文化活动、社交活动等，则主要采用货币交换或以货币为主要结算方式。大至一个国家或一个地区经济社会发展规划，小至一般物品的生产和销售，即使是行军打仗，也是从货币上进行预算和决算。当然，这里面也会出现泛货币问题，即什么东西都用货币来交换，如人的感情、人的器官，虽然也涉及货币，但只是补偿，不是价值；如人违反了法律、法规，虽然也涉及货币，但只是处罚时的部分内容，不代表全部的处罚，因为有些东西是无法用货币来衡量的，也不是仅用罚款即可冲抵所有责任的。不过，交换已不可抵挡地渗透到了社会的方方面面，包括正道和邪道。

交换的基本准则是等价、公平。在现实生活中，这一基本准则几乎无处不在。一如国与国之间的首脑互访。中国国家主席习近平与俄罗斯总统普京，美国总统奥巴马与日本首相安倍晋三，法国总统奥朗德与德国总理默克尔，他们之间的国事访问是你来我往、我来你往。二如人与人之间的日常交往。你家儿子去年考上大学了,我去表示祝贺;我家女儿今年考上大学了,你来表示祝贺。你家造房砌屋办酒席,我去送礼喝了酒;我家买房置地搞宴请,你去祝福送了礼。这些,有形或无形中形成了一种交换,而且是一种等价交换。如果一方礼数很不够,另一方则会感到"不够意思"。三如命运中的平衡法则。或许有人认为,如今世道不公平,即有的富有,有的贫困;有的健康,有的病弱;有的快乐,有的忧愁。实际上,在这些不公平的背后,总会存在某些公平,如有的人拼命挣钱却损害了健康,有的人娇惯舒逸却造成了贫困。故而一些世人到后来便会出现这样的奇想:富者愿拿全部的财富去换穷者的健康,穷者愿拿身体的健康去换富者的财富。这实质上是做不到。四如一分耕耘一分收获。人的学识、技能不可能从天上掉下来,人的素养、名望不可能从地下冒出来,全靠自己的努力。举目望去,充耳听去,这类例子俯拾即是。想当年,毛泽东为什么要让儿子毛岸英上抗美援朝、保家卫国的最前线,不妨可作这样猜想:是想通过战火纷飞的严格锻炼,使毛岸英更快地增长才干和资本,从而在今后的治国理政中有更大的作为。无独有偶。英国皇室把哈里王子先送到陆军军官学校学习,毕业后又被派到阿富汗战争前线,做一名机枪手。英国皇室对哈里王子与毛泽东对毛岸英,在培养的方向上和目的上似有异曲同工之处。五如施教上的等价交换。据报道,瑞典全面禁止体罚儿童的法律于1979年生效。自此后,瑞典的父母不敢随意惩戒子女。这既有好的一面,即孩子拥有了更大的自主权;又有坏的一面,即在过分宽松环境下长大的孩子,成年后反而会发现自己难以适应社会。中国的父母,如果对孩子缺少必要的管束,会使孩子缺少教养。如入筵席后,孩子会不懂礼节,只顾自己大吃大喝;大人在谈话时,孩子会在一旁大吼大叫,还要不断打断大人的谈话;客人来自己家,孩子随便去翻客人的包囊,有中意的还会悄悄留下。而这些,正应了中国的一句古话:严是爱,宠是害。六如日常生活中的公平交换。车到高速公路出口处,你得掏出计程路牌、付出一定费用后,方被放行,交换便在片刻中完成。客人到饭店就餐,服务员笑脸相迎,一番点菜、上菜和举箸、畅饮后,服务员再送上账单,客人便去收银台刷卡付款,然后起身离开,交换即在来往中告竣。

与交换有异的是独占。说起独占,人们普遍会想到念及中国的独生子女。诚然,国外也有独生子女,但由于历史传统、文化背景、家庭观念等的不同,其与中国的独生子女不一样。中国的独生子女,其父辈、祖辈给予的关怀和寄予的期许太大太多了。父辈、祖辈自己不吃不喝,也要倾其所有给他们,而他们一方面缺乏分享的教育,另一方面也没有分享的必要,故此,自小养成独占的习惯,即"我的就是我的""都是我的"。这绝非人见人爱的好习惯,其长大后容易产生自恋、自恃、自负和自私,即使其也深知人际交往须本着等价、公平的基本准则,然而,到了现实生活中,会自觉或不自觉地萌发独占的心思,甚至出现独占的行动。这种自小养成的独占的习惯,在长大后的生产经营中也有害处。有人分析,南方一些人,面对一笔生意,可以赚10元,自己只能净得1元,也做;而北方一些人,面对一笔生意,可以赚10元,自己能净得9元,不做。为什么?前者认为,有钱应该大家赚,毕竟要靠大家支持,自己做成这笔生意还能净得1元,如果不做这笔生意,1元也净得不了;而后者则认为,我赚的钱就是我的,因为是我做成的,不能也不必让你分享。二者都有道理,但是,后者是短视之举。在许多时候,独占看起来完全可以,别人也没与你争要分享。然而,其已在不知不觉中埋下了隐患,别人会认为你"不厚道",因为别人从中也为你提供了一定的支持和帮助。此后,别人也就不愿与你打交道了。这是过于精明者在市场上的表现。

交换与独占,既涉及人品,又关联人脉。好的人品,好的人脉,无不注重交换,并在交换中舍得吃亏;而坏的人品、坏的人脉,不少是因为贪得无厌、锱铢必较,不顾及对方的利益或脸面。事实上,交换中体现了爱与被爱。爱与被爱之间,需要相互认知、相互需要、相互协商;而独占,则只有自我,欠缺相互。世上从来没有与生俱来的必尽的义务,即使是对生身父母,也主要凭自己的良心去孝敬,那更何况对他人他事无缘无故地尽义务呢。因此,人在世间,几乎是无时无处不在交换中感受、享用着爱与被爱,而独占则往往与之相悖。清朝有一则"六尺巷"的故事,笔者曾去故事发生地游历过。张、叶两家在安徽桐城是邻居,原先和谐,后因砌房造屋带来的院墙问题发生了争执,互不相让。一气之下,张老夫人给时任宰相的儿子张英去信,让他来主持"公道"。张英看罢来信,不禁莞尔一笑,立即写了回信。信的内容是一首诗:"千里修书只为墙,再让三尺又何妨?万里长城今犹在,不见当年秦始皇。"张老夫人见到回信后豁然开朗,马上让人把院墙退后三尺;叶家见此情景,惭愧不已,也把自己的院墙让出了三尺。一场纷争,瞬间化解了。这样,张、叶两家的院墙之间,便有了一个六尺宽的巷道。此之所以被世人传为美谈,最重要的是张英有宽容的胸怀和豁达的睿智,影响所及,叶家也显示出了明智的识趣和自觉的退让。这种已上升到精神层面上的交换,所产生的效用和蕴含的意义,那是不可估量的。而仅仅停留在物质层面上的独占,无论从哪方面与其比较,都是有天壤之别的。

傻与不傻

中国人在评价别人时,有时会用到"傻"字。"傻"字的本义,要么是先天智力低下,本来就愚蠢笨拙;要么是后天脑筋不够用,动不动会犯糊涂。然而,现实生活中的傻,则不一定均为傻的本义。

情景之一:1981年,澳大利亚消化科临床医生巴里·马歇尔与罗宾·沃伦合作,推断幽门螺旋杆菌可能是胃炎和消化性溃疡的病因。为了验证这个假设,巴里·马歇尔先在自己身上做实验,把一支试管放进喉咙,让它滑入胃中,蹭下几片胃黏膜来做检查,以确认自己既无肠道感染也无螺旋杆菌。过了一段时间等胃壁愈合后,便吞下了事先培养好的幽门螺旋杆菌,这顿科学大餐真的起效了。后来,根据一系列活检报告,显示巴里·马歇尔出现了严重的肠炎和胃炎,接着便是溃疡。对此,他们深入研究后采取了措施,证明只要除去幽门螺旋杆菌后,肠胃溃疡的症状即可消失或康复。这一研究成果,使得溃疡病从原先难以治愈、反复发作的慢性病,变成了只需采用短疗程的抗生素和抑酸剂就可治愈的疾病,被誉为国际消化病学研究领域里程碑式的革命。2005年,诺贝尔生理学或医学奖授予了这两位科学家。无疑,这是世界级的"神农尝百草"的故事,他们是科学领奖台上的"傻子"。

情景之二:肖复兴在一篇文章中写到,美国尼亚加拉大瀑布,号称世界七大奇迹之一,和中国的万里长城并驾齐驱。然而,游览其并不收费。据说,每年来自世界各地的游客有千万之多。而假如在中国,大有可能会筑起一道围墙或栅栏,四周设立几个门口,卖票收费,因为有世界七大奇迹之一这块金字招牌,完全有收费和多收费的理由。如今在国内,将旅游变成赚钱的工具,越是有名的景点,越是成为吸金石和摇钱树;景点门票价格一涨再涨,有名的景点,涨得更是疯狂,没有节制。文章中问及,美国人是真的比我们傻吗?后来,作者从当地人的口中得到了答复,瀑布是大自然给予全人类的馈赠,不仅仅属于美国,而且属于全世界。你看,回答得多好啊!国内的景点收费,且涨价失据,那是因为我们发财致富的欲望失度了,已疯狂到了觊觎老祖宗和大自然留给我们宝贵的遗产上面来了。

情景之三:在一些小说、戏剧、影视里,有这样类似的情节,在车站,或在码头,男的提着行李或拉着箱包,头也不回地往前走,女的紧紧地跟在后头,一把鼻涕一把泪地诉说着:"你别走,好吗?你让我做什么都行,只求你别离开我。"男的转过身来,显示出满脸的厌倦,冷冷地说:"别跟着我。强扭的瓜不甜,感情是求不来的。"女的马上追上去,扯着男的衣袖不放,泪如泉涌地说:"我做得不好。我改,我改!改了,行吗?"男的愤然甩掉了女的手,厌恶地说:"你怎么这样傻?过去的就永远过去了。"在人的感情世界里,有时爱到深处便犯傻。中华民国奇女子张爱玲,在明知胡兰成三番五次地另结新欢后,仍默默地承受着一切,而且还满怀爱意地四处帮衬他。为了自己的这一爱情,张爱玲甚至走到了低及尘埃的地步。她用自己血汗获得的稿费接济胡兰成,因为她生怕胡兰成在流亡的路上吃苦受罪。在现实生活中,为什么有的女人明知对方是个刑事罪犯,还死皮赖脸地与他纠缠不休?为什么有的女人明知对方是个爱情骗子,还摇尾乞怜地与他难舍难分?其缘由,从中可窥及一二。

芸芸众生,天生就会机灵,尤其是当今,许多人在出生前有胎教、出生后有早教,既有先天的、又有后天的,教来教去,不聪明才怪呢。社会上之所以有傻的,大多是从甄别中来,也就是说是相对的。这就如同人的五个手指头有长有短一样,本无区别,只因比较。现实中,为何有的人会犯傻呢?一是智慧。对有些人,对有些事,尽是直来直去还不行,有时需有点傻呵呵、傻乎乎。其实,当事人的心里非常清楚。这是一种变通处理的方法。二是感觉。傻与不傻,这是别人对自己的认识。作为自己,有时只为感觉。如傻等,自己知道所期盼的人并不一定会来,但还是去默默地、静静地等候。别人体味不到,自己却在等候中享受到了不可名状的感觉,虽然等候不来,心里却满足了。三是精神。在生命路上,有许多人并非本义上的傻呆,而是闪耀着高山仰止的精神。这种精神,贵在坚持,贵在执著;乐于吃苦,甘于奉献。当代英雄模范人物身上,无不具有这种精神。这样的傻,傻得高尚,傻得尊贵,傻得可爱。四是痴迷。在人间,度量衡可用来计量物体的长短、容积和轻重。对任何一件物体,只要度、量、衡一下,便可知其规格和规模。在日常生活中,对人对事,无形之中也有度量衡,过头了、过火了,即为傻,傻是表象,痴迷是根由。五是追求。尽管日有所思、夜有所梦,梦是基于现实的反应,但是,梦毕竟不是现实,是虚幻不定的、不可捉摸的。在很多时候,犯傻即在做梦,为了圆梦,必须追求。因此,犯傻是在追求。如某男对某女一见钟情,而某女则不以为然。于是,某男犯起傻来,其他人给其介绍别的对象,其一概婉拒;即使某女不愿继续交往,其还不死心,仍紧追不舍。这就是追求,在追求中寻找乐趣,在追求中希冀成功。

　　世上有好多的人和事,其内涵,其蕴意,并不是一目了然,需要去深刻感悟和领会。车尔尼雪夫斯基说过:"要是一个人的全部人格、全部生活都奉献给一种道德追求,要是他拥有这样的力量,一切其他的人在这方面和这个人相比起来都显得渺小的时候,那我们在这个人的身上就看到崇高的善。"人生途中,我们该傻当傻,在傻中显示出崇高的善,并以这种崇高的善,服务社会、温暖人间,成就别人、完善自己。

养生与养心

笔者有个老友退休后回到坐落在城市近郊的老家，租种了一亩多土地，与老伴一起，隔上一两天，开着自家车，像农民一样地辛勤劳作，一茬又一茬，一季又一季，播种、浇水、施肥、除草、收获，乐此不疲。菜蔬瓜果下得多的时候，他还请老友们分享。当然，他会时不时地向大家畅谈所获所感。诸如："自己种的与城里买的不一样，那是有机食品、绿色食品、健康食品。""上学进城多年了，退休后再回到地里，重操旧业，那感觉真的不同。""人老了，也要有寄托、有希望。看着自己亲手种下的菜，一天一天长起来，那心里可高兴啦！""如今，城里尘霾多，空气不新鲜，有时闷得慌。在农村种种瓜果蔬菜，吸吸乡土气息，看看田野风光，做做有氧活动，那多惬意啊！"由此看来，这位老友重视养生。

养生，保养身体也。众所周知，高速公路修了，要保养；森林公园建了，要保养；飞机、汽车买了，要保养；空调、彩电用了，要保养。父母给了我们身体和生命，当然也要保养。对身处水深火热的人来说，养生是件不会想也不能想的事，因为其最基本的温饱问题还解决不了。古时候，士族尤其是皇族，特别注重养生，包括吃、喝、用、住、医、性等许多方面。有的皇帝为了长生不老，甚至寻找和炼造所谓的仙丹。李时珍《本草纲目》也是一部养生巨著。当代邵逸夫以107岁高龄去世。他有六大养生之道，即护足、坚持工作、心胸宽阔、饮食百无禁忌、勤练气功、善于抒发感情。养生是个世界性的、全人类的话题。各个国家，上至总统首脑，下及平民百姓，普遍把养生作为要务。美国人爱健身养生。在美国街头、公园，随处可见人们运动的身影。日本人爱饮食养生，有"健康十训"，即少肉多菜、少盐多醋、少糖多果、少衣多浴、少车多步、少烦多眠、少怒多笑、少言多行、少欲多施、少食多嚼。印度爱静坐养生。瑜伽是这个国度最知名的养生方法，早在五千年前，古印度的高僧们为求进入心神合一的最高境界，经常居于原始森林静坐冥思。

而今,瑜伽已逐步衍化出一套完整的养生体系,且已在世界普及开来。

养生最重要的是养心。这里的心,包括心态、心情、心绪、心胸;这里的养,包括颐养、滋养、培养、涵养。笔者认为,养心要把握好如下八点:其一,想得开。世上没有完美无缺的人物,世上也没有完美无缺的事物。幸福是相对的,收获也是相对的。人之发财无止境,人之当官也无止境。苏轼的乐观和豁达在中国历史上是有名的,即使被贬到蛮夷之地,还能"日啖荔枝三百颗"。其二,满怀爱。爱是温馨的,爱是柔软的。爱能养心。有了爱,你就会乐于奉献与给予,并在其中获得心的滋润。平时不做亏心事,半夜敲门心不惊。爱是补养品,爱是营养液。养心需要爱。有了爱,即使你这也不顺意那也不如意,而它能疗养你的心。仁是中国儒家创始人孔子思想的精髓,而仁的精神实质是爱。爱不仅是处理人类社会各种关系的根基,而且是去除人们内心各种污物的法宝。其三,静下来。有句俗话,叫心静自然凉。这说的是消暑方法。养心也是如此。人的心是活的,有时如高空坠物,有时如骏马疾奔,得设法安抚乃至弹压。什么叫"荣辱不惊"? 即不管是获得荣光还是遭受耻辱,都不足为奇,心静如水。如此,怎么不能养心呢? 其四,少去争。许多时候,不从实际出发的争强好胜,是人之养心的大敌。倘若你想得到又得不到,势必揪心;如果你迫切想得到而根本得不到,那更揪心,甚至是受煎熬。中国晚清名臣张之洞平生有"三不争",即一不与俗人争利,二不与文人争名,三不与无谓人生闲气。其显示了张之洞的心量。其五,少去比。世上,人比人,气死人。为什么多以知足常乐来自勉和劝人呢? 道理很简单,自己感到满足了,心里就安妥了,由此高兴劲也来了。如今,许多年轻人特别心累。为什么? 比出来的呀! 我们不说一些西方国家的中等收入者并不以购买产权房为首选目标,中国不少年轻人,大学一毕业,刚刚有个工作,很快就恋爱、购房、结婚、生子,一下子有了各种压力。这就把本应十年八年后才有能力办的事,大幅度地提前办了。这种在消费结构、时序上出现的压力,不使年轻人特别感到心累那才怪呢。其六,看得淡。自然界、人世间,其实,万事万物都是有浓度,既有浓重的、浓厚的,又有淡薄的、淡雅的,当然还有介于二者之间的。养心必须看淡万事万物。北宋李昉从不刻意去求什么官职。皇帝钦点几个名臣上朝叙谈。对这个礼遇,其他人都是快马加鞭前往,而他则是骑着毛驴悠然前去。后来,他对皇帝任命的每一要职,几乎都是再三辞让。其七,放得下。从外形上看,人的心呈悬挂状。现实中,人们常用"不放心""放不下心"来说人说事。放,放弃、丢掉、抛却也。人本身就是赤条条来,光溜溜去。也就是人们常说的,生不带来,死不带去。因此,放得下,既是人生的客观规律,又是养心的必然需要。恋爱应该是件幸福、快乐的事,一旦这件事让你伤心、戳心,你就得尽快中止。人大可不必为半死不活的恋情而折磨身心。很多时候,"当我们放弃一棵树,才会发现一片森林。"其八,急不得。常言道,心急吃不到热豆腐。事态,有个过程;办事,有个程序。在自然条件下,任何人并不能呼风风就刮、唤雨雨便下。以史为鉴:中国元末,陈友谅、张士诚每攻下一个巴掌大的地方,即宣布定为国都,并自立为帝,结果四方群起而攻之。朱元璋则遵照高人指点,高筑墙、广积粮、缓称王,从而一统中国江山,创立了大明王朝。看来,只有耐心的人,才能最终取胜。养心,当然不能急,如颇有养心功效的喝茶,是小壶小壶地泡、小杯小杯地品、小口小口地啜,急不得,也不能急。否则,那叫饮水,不是养心,而是解渴。

养生的根本目的是为了健康、快乐、长寿。心主身,心主情,心主思,心主行。从相当大的程度上说,心养好了,身养好了,生也养好了。养心是养生的主要矛盾和矛盾的主要方面。古代一些修行人把对心的训练,形象地比喻为牧牛,如明朝普明禅师作有《牧牛图》。他用几幅图和几首诗,形象、生动地展示了如何一步一步地调伏心性。第三幅图和第三首诗,表现初步学会了自我控制,其中诗云:"渐调渐伏息奔驰,渡水穿云步步随,手把芒绳无少缓,牧童终日自忘疲。"事实上,牧心也是养心。如果人的心性能够达到道家创始人庄子所说的"逍遥游",那养心的质和量可就硕大了。人在世上,无论工作再繁忙、再艰难,不管生活再困顿、再琐碎,都要注重养生,尤其要把养心放到第一位。心在,身在;身在,生在。健康、快乐、长寿,始于人心,现于人身,成于人生。

舌尖与心尖

舌尖，舌头的尖端也，俗指吃，即吃什么、怎么吃。有人称中国是舌尖上的民族，不仅有悠久的烹饪历史，而且有丰富的菜肴种类。中国菜的菜系多多，至清末时已形成了川菜、粤菜、鲁菜、闽菜、浙菜、湘菜、苏菜、徽菜等八大菜系，至于各地的土菜则难以计数；中国菜的做法多多，有炒、煎、蒸、熘、拌、炖等50多种，仅炸还分干炸、清炸、酥炸、脆炸、板炸等；中国菜的口味多多，有甜、咸、酸、辣、辛、苦、麻、膻、腥、臭、鲜等；中国菜的口感多多，有滑、脆、黏、软、嫩、凉、烫等；中国菜的用材多多，有包括荤、素、冰、活、水、干等在内的主料，还有与之相配的诸多调料，仅做鱼香肉丝就需15种调料；中国菜的吃法多多，有盆菜、汤菜、羹菜、熟菜、冷菜、生菜、热菜等，仅常规汤菜就有鸡蛋汤、青菜汤、萝卜汤等数十种。中国舌尖文化博大精深，西方人的确难望项背。

心尖，心脏的尖端也，此指内心深处。心尖与舌尖是人体器官的两个部分，位置不同，功能迥异。我们从古今中外的众多实例中不难发现，二者的联系、相互的影响十分紧密，且有的显示出有条有理，有的则现行得扑朔迷离。而二者之间的作用方，有时主要是舌尖，有时主要是心尖。换言之，有时主要由舌尖引起和生发，有时主要由心尖引起和生发。本文论述的是前者。

舌尖与心爱。相对象、谈恋爱，是构筑人间爱巢的序曲，只要时间、场所允许，男女每次相见相叙，都会安排舌尖活动，或宴请，或小酌，或野餐，或零食。一些男女之所以能共同走进婚姻的殿堂，其中有个重要原因，就是能吃到一起。即一方是美食家，另一方是烹饪师；或双方有同一些喜好，如爱吃辣、能喝酒、喜面食等；或双方可互补，一方不吃肉皮、鱼皮，另一方则全部笑纳、大快朵颐；一方不吃肥肉，另一方则肥的瘦的统统吃。有人作过研究，为什么有些夫妻的长相会越来越像，长期相同的饮食是个重要原因。当然，为什么有的夫妻老来会患同一种癌症,其与相同的饮食也有关系。当年巴尔扎克把婚恋与舌尖紧紧挂起钩来。他曾写信向他的妹妹求助:"留神一下,看看能否物色到一位有巨额财产的姑娘,哪怕是富媪,并且为我向她吹嘘一番——一个超群出众的青年,仪表非凡,一身似火,真是上帝烹调出来的充当丈夫的最佳美味。"巴尔扎克不是"高富帅",却不影响他追求"白富美"。他把自己形容为最佳美味,愿意给心目中的她品尝和享用,足见舌尖对心爱来说有何等重要。

舌尖与心意。笔者小时候在家乡,时而见到大嫂小婶们在给宝宝喂食。在宝宝快要断奶前和断奶后的一段时间里,她们会给宝宝喂米糊。这是自家用稻米碾成米粉后精心制作成的。怎么喂呢? 宝宝太小,不会端碗拿匙自己吃。她们便一只手把宝宝抱着,让其头面仰上人斜躺在自己的腿上,另一只手则用一个手指,从碗盆里挖取些许米糊,先从自己的嘴里和舌尖上过一道(即含一含,以探一探烫不烫),再纳入宝宝的口中。她们对宝宝的慈母心意,那是不言而喻的。有人这样说过:一道美味,如果只尝一口就给另一个人吃,那是父母对孩子;如果吃到只剩下一口才给另一个人吃,那是孩子对父母;如果非要等到另一个人来了后才一起吃,那是恋人对恋人。此言或许有些不公允,但从另一个角度说明舌尖与心意密切关联。有的姑娘第一次去相亲,小伙子自告奋勇请客,倘若在点菜时小伙子不能充分尊重姑娘的意见,或小伙子点的菜不够丰盛不遂姑娘心意的话,那很有可能这顿饭后,姑娘会主动地与小伙子"拜拜"了。其理由很简单:他小气巴巴,他不热情,他不会做人。如此,姑娘上纲上线了。可见,在这里,舌尖等同于心意。

舌尖与心计。心计,心里的打算也。心计与舌尖紧连的人和事,古今中外,指不胜屈。其中有的是宫廷斗争,如汉朝景帝刘启与丞相周亚夫之间,君臣矛盾越闹越大。为了对付功高盖主的周亚夫,刘启煞费苦心,决定宴请周亚夫。宴请时,如果周亚夫姿态恭顺,那就让其做辅政大臣;反之,这顿饭就成为"鸿门宴"。周亚夫哪里知道这是刘启设的计呢。结果,在饭局上,因为索要一双筷子,君臣翻脸,一方怏怏,一方愤愤,不欢而散。正是这顿饭,使一代名将周亚夫丧命。有的是外交活动,如 2014 年 4 月,美国总统访问日本。奥巴马甫一抵达,日本首相安倍晋三便陪其来到一家品牌寿司店,以非官方的形式设宴款待。据说,二人席间的谈话相当正式。显然,奥巴马无意美食,单刀直入地急与安倍晋三面谈贸易问题。二人依然各说各话。可以想象,这场"寿司外交"看起来轻松温馨,实则非也。有的是市场竞争,如两家公司经营业务相近,平日里老总之间还称兄道弟,有时也相约聚餐。实质上,二者坐在一起吃饭闲聊,与其说是相互切磋,不如说是相互试探,各有各的心计。

舌尖与心思。有心人稍加留意，主人为客人点菜，常蕴含心思，如孩子要高考了，给点上"鲤鱼跳龙门"；孩子过来玩，给点上"多宝鱼"；亲朋好友相聚，给点上"全家福"等。福建有道菜叫西施舌，其实就是蛤蜊。其还有来历呢。传说，越王勾践灭掉吴国后，他老婆怕他被西施美色迷惑，便偷偷地派人把西施绑了石头沉入大海，结果她死后冤魂不散，化身在贝壳里，向路过的人吐露冤情。男子捡到这种贝壳，往往会直接咬住舌头吸吮，幻想与西施接吻，其鲜美无比。在当世与齐白石并称"南张北齐"的张大千是个美食家，既懂吃又会做。他画过很多蘑菇、萝卜、竹笋、水果、白菜等，这无疑与他对食材的喜好有关。画作里，他无不寄托了自己的心思。在现实生活中，凡有意张罗的舌尖活动，不会没有主题或目的，总有心思或心意，或答谢，或请托，或议事，或庆贺，真有点"无事不登三宝殿"的意味。有人调侃，即使是应酬性的饭局，请吃的是《阴谋与爱情》，吃请的是《傲慢与偏见》，最终双方是《理智与情感》。实际上，请吃的与吃请的，各怀心思，有时只是不明说、不点破而已。

舌尖与心尖，物理距离近在咫尺。然而，尽管舌尖上的活动有百般滋味、千样享受，但切不可肆意妄为。要知道，成也萧何，败也萧何。有时候，即使好吃，不可多吃；纵然难吃，不可不吃。方法为效果服务，路径为目的服务，这应是明智之举。

情之困与物之困

大凡生物,包括动物、植物和微生物,普遍喜欢自由自在地活着。海阔凭鱼跃,天高任鸟飞,自由自在也;花儿向阳开,草儿迎露长,自由自在也;好雨知时节,当春乃发生,自由自在也。人也是这样。世上没有人愿意被束手束脚,使自己的言论和行动受限。各国政法机关对罪犯的惩处,都主要是剥夺罪犯的自由。诚然,生命是人最重要的东西。在现实世界里,自由有时比生命还重要。没有自由的苟延残喘,宛若活着的死人。大千世界,无奇不有。在男婚女嫁自由、物质生活丰富的今天,一些人却常常为情所困、为物所困,搞得自己狼狈不堪,甚至痛不欲生、生不如死。

中国南方某地级市的政协主席,年近七旬,在位时官至正厅,有婚姻,育二子。然而,与一比自己年轻35岁的女人长期姘居,还生养了小孩。尚不知什么原因,他把这个女人杀死了,自己则投案自首。不难想象,作为一名受共产党教育培养几十年的领导干部,不管从法纪、党纪、道德哪个方面来看,都是绝不允许这样做的。再说,自己这么大年纪了,精力也有限,应该是享受含饴弄孙的时光了,然而,去干这种鬼鬼祟祟、偷偷摸摸的事,那不为情所困才怪呢。他即使与自己的老婆离婚与这个女人结婚,也很有可能因为年龄、情趣等的不同,再加上身体、经济等的不支,晚年的生活并不会幸福。

中国人的传统观念是"居者有其屋"。也就是说,要有完全属于自己的房子,租房往往不算自己有房。于是,生了儿子的,要早一点给备上婚房;生了女儿的,要男方有房才肯应允嫁出;大学毕业后刚谋得一份收入低薄的工作,不管父母那儿积蓄多少,总想去买房,真的是"有条件要上,没有条件创造条件也要上"。这里面,尽管有房价持续上涨的客观原因,也有寻找栖身之处的客观需要,但是,有一点被大大忽略了,即一切从实际出发。诚然,人在抓取位于上方的物品时,伸手即抓到,不费力气,当然好。不过,从奋发有为、开拓进取来考量,最好是要向上跳一跳甚至跳几跳才能得到。问题是,对于那些已经买了面积较大房子的年轻人来说,20年甚至30年的对银行的分期付款,无疑给自己构成了一个持久的、巨大的经济压力。这就迫使自己和亲人,不得不主动放弃自由自在的时间,以延长工作时间或多做兼职工作来赚取更多的钱。更有甚者,一旦这些人工作收入大减,很有可能会发生家庭经济危机。常言说,贫贱夫妻百事哀。如果到了这个地步,虽然也有房产,但平日生活捉襟见肘,不能排除出现家庭不睦问题。这是当前一些人为物所困的例子。

困,从字形上看,木被严严实实地包围着,一点不得动弹。困,常常用来形容陷入艰难苦楚泥淖而难以自拔,或遭遇危险恶劣处境而无法摆脱。对人来说,困,近乎是与生俱来。有的婴儿之所以动不动就哭和嚎,受困也,不舒服呗,要么饿了,要么拉了,要么痛了,要么吓了。那么,人为什么会被困呢?其一,苛求。说话、办事,倘若过高(如过严、过细、过大、过好等)地要求自己和他人,便容易作茧自缚,弄得自己和他人的身心格外疲惫。那些洁癖者,过分讲究卫生,自己和外界有一点脏、污、乱、杂,便像眼睛钻进了沙灰那样难受,不除不快。其二,非分。不能要的不要,不该得的不得,如果有这样的心态和举止,可以减少和避免许多困扰。老鼠被困在捕鼠笼里,是因为贪也;犯受贿罪的人身陷囹圄,是因为贪也;男人被"小三""二奶"纠缠甚至举报,也是贪也。其三,失算。俗话说,人算不如天算。许多时候,有的人为什么受困,是因为没有对如果发生意外做好相应的预案,没有设法如何规避可能出现的异常情况。如严寒冰雪季节进入或路过深山老林,御寒的物品、车子的保养、油料的安排、人员的食品、联络的工具等,是否准备充分并留有余地。否则,一遇到雪更暴了点、路更滑了点、冰冻更大了点,便有可能受困。出国旅游,应避免去战乱地区,乘坐国际民航班机,也应避免飞经战乱地区。人有个侥幸心理。好多受困,正是由这样或那样的侥幸所致。其四,自恃。过分相信自己,无本领还自以为是,这种人也容易受困。他们往往自鸣得意、自命不凡,看不起别人,同时也固步自封自己。人在世上,无论工作还是生活,均需要相互帮助。一片篱笆要三根桩,一个好汉要三人帮。在许多情况下,单靠孤军奋战,那是力所难及的。自恃者,倘若受困后仍自恃,不愿接受他人帮助,那很有可能路越走越窄,甚至进入绝境。极言之,有的最终只能以自戕了事。这种悲剧,必须尽力避免发生。其五,郁积。这实质上是一种病态。患者往往把愤懑、哀怨、牢骚、冤屈,积聚并压抑在心底,不对外发泄、疏解、稀释、转化。如此,自己困自己。对这种人,我们应该给予更多的同情,并尽力从精神上、物质上予以帮助,并进而解困。

情之困与物之困,二者既相互独立,又相互关联。在关联上,又既相互影响,又相互转换。我们不难从媒体披露的一些情杀案中悉知,有的罪犯经历了情之困——物之困——情之困这一个过程,并非单一的情之困或物之困。在现实生活中,许多情人关系始于财物。在情人关系延续期间,又是不断地用财物作支撑。一旦这个支撑动摇了,情人关系的根基随即就会弱化甚至倒塌。不少这样的罪犯受到了情之困和物之困的双重煎熬。情之困与物之困,就危害性来说,孰重孰轻?这要具体情况具体分析。情之困与物之困,二者弄得不好,都有可能走向或走到极端。色令智昏,情之困也;穷则思变,物之困也。有的时候,情之困比物之困更危险、更厉害。情之困极,即为痴迷,而痴迷是与贪爱、嗔恨一起成为人世间"三毒"之一。情之困是物之困的根源。人生如白驹过隙,情和物都是匆匆过客。理智的做法是,我们无论在舍弃和回望旧情、旧物时,还是去寻觅和拥有新情、新物时,都要洒脱一些,尽可能避免或减少主动受困和被动受困,使自己的身心享用无穷无尽的自由。

决断与选择

又到一年高招时。笔者的侄儿、外甥从外地打来电话,征询小孩该读哪类哪个专业,是否可让小孩出国出境读。作为长辈,只能从原则上提些建议,如要看小孩的潜力和兴趣,要根据小孩的考分和今年的录取分数线,要看你们做父母的期望和希冀什么。孩子12年寒窗苦读后将进入人生另一个重要阶段。虽然不是"一考定终生",人生后面的路很长很长,但是,对小孩来说,对家庭而言,高考无疑具有重要的意义,千万不可轻忽。

选择,挑选择取也。人世间,选择无时不有,无处不在。人之生命,从孕育到消亡,有选择的问题;人之就学,从上幼托到读博,有选择的问题;人之就业,从初涉职场时到退休离职前,有选择的问题;人之婚姻,从恋爱到结婚,有的还有从离婚到再婚,有选择的问题。至于治国理政方面的选择、凡人琐事方面的选择,那就太多太多的了。国家一切的一切,家庭一切的一切,人生一切的一切,是成是败,是好是孬,都不同程度地始于选择。举个坏的例子,一个姑娘家,年纪轻轻,有学历,有姿色,倘若在诱惑中选择了当"二奶",那么后面的生活之路就与常人不一样了。她要想像常人一样夫妻出双入对、天天耳鬓厮磨,那就成为奢侈品,几乎是不可能了。举个好的例子,当年中国工农红军在国民党反动军队的围追堵截下,历尽千辛万苦,艰难地到达了甘肃的哈达铺。毛泽东等从邮局的废旧报纸上获悉陕北还有苏区、还有红军后,便毅然决然下令把部队带向陕北。这一具有重大现实意义和深远历史意义的选择,又一次挽救了红军、挽救了共产党。自此,中共中央在延安领导全国革命斗争13年,并从延安走到了西柏坡、走到了北京,推翻了国民党的反动统治,建立了伟大的中华人民共和国。

选择是人的决策行为,既无影,又无踪。然而,选择是个方向盘,选择是块试金石。运筹于帷幄之中,决胜于千里之外,是选择产生的奇功。身陷险境,要么绝地反击,杀出一条生路;要么坐以待毙,等人任意宰割,是选择带来的后果。心里想往南去,却驾车往北走,是选择出现的困惑。"其未得之也,患得之;既得之,患失之",是选择遭受的尴尬。后悔当初不应该这样做或没有那样做,是选择招来的痛楚。一人当了官或升了官,他的同伴好友互相庆贺一番,好像自己也将当官或将升官,是选择获取的幸运。世上有一些人,总责备自己的命途多舛,总埋怨自己的好心没有得到应有的回报,总哀叹自己的人生艰难曲折。诚然,有世事难料的一面,但并非没有规律。这个规律,便是"种瓜得瓜,种豆得豆"。一是你是谁,谁就来,你就会选择谁。共同的理想,共同的志向,共同的兴趣,会像艺术家的指挥棒那样,把那些共同者召唤、聚集在一块。俄国十月革命胜利后,中国一批年轻的知识分子,选择信仰马克思主义和共产主义,终于走到一起,创建了中国共产党。当然,在物以类聚、人以群分中,也会鱼龙混杂。一些品行不端的人,包括吸毒、嫖娼、赌博等的人,或抱团结伙在一起,这就是所谓的臭味相投。笔者赞同张小娴在一文中所说的,我们的生活,已经决定了我们的爱情,就像是一个人一路走来,沿途留下了做记号的红丝带,那么,自然会有追逐这些红丝带而来的人。不是么?一个女人如果选择了无需明天的生活,那么爱上她的男人,也与她一样过着没有明天的生活;反之,一个女人倘若选择认真地生活,既不游荡,又不颓废,那么爱上她的男人,也与她一样对生活认真。二是你作出了选择,就要对选择负责。大海航行靠舵手,在360°的方向盘上,舵手些微的变化,都会改变海轮的航向。这绝非儿戏之事。人在作出了某种选择之后,必须对后果有所准备。笔者有个好友,其儿子在国内读完大学后出国学习,原本是想出去镀镀金回来的,如果在国外有更好的发展,那么留在国外也行。然而,其儿子尽管在国外没有好的工作,也不愿回国,因为在国外,工作自由选择,想怎么干就怎么干,即使赚不到钱,也没有父母在耳边唠叨,再加上国内需要处理那么多复杂的人际关系,国外的自然环境相对优美,当然是"乐不思蜀"了。作为父母,出去吧,难得可以,长期不行。那语言不通、习惯不同,人生地不熟,两眼一抹黑,自感不是养老的好去处。无奈,多年来父母与儿子的联系方式主要靠网络,待到除夕团圆时,更多的是用网络传情。笔者在此没有任何否定的意思,所要说明的是一个道理,即我们在作任何选择时,必须对可能出现的各种后果有心理上的准备。换言之,倘若你不想过那样的养老生活,那么你在为孩子作出就学和就业选择时就应该明了这一点,千万不要等到木已成舟之时,再去悔这悔那、怨这怨那。三是选择有风险。有句广告语,股市有风险,入市需谨慎。事实上,在现实生活中,有的时候,再谨慎的选择,也会出现问题。不过,作为当事人,谨慎总比不谨慎好。明代哲学家王廷相著有《潜心篇》,其中有言:"潜心积虑,以求精微；随事体察，以验会通；优游涵养，以致自得。苦急则不相契而入，旷荡则过高而无实。"这段话启迪我们，在面临任何选择时，尤其是在面对重大选择时，必须对需要作出选择的客体，进行由表及里、由浅入深的观察和分析。即使作出的选择有误有错，只要尽心尽力地去研究了，那也应该认其命、随其缘，大可不必再自己与自己过不去。

选择是个大学问。遵从领导决策，是选择；按照父母意见，是选择；听取配偶想法，是选择。笔者认为，在选择时有三点值得注意：其一，尽可能注意长远。人在世上，有不少一时之需、一时之念，也有不少一时之计、一时之谋。如果仅仅为了眼前的、短期的、临时的、细碎的利益，去作事关长远的、根本的选择，那是不足取的。倘若只是顾及他人脸面的权宜之计，并不会动摇和危及自己长远的、根本的利益，那是可以理解的，属于变通或通融。但不管怎么样，必须提防因小失大，即仅仅因为一点蝇头小利，便使自己在莫测的暗河里"翻船"；必须提防错上"贼船"，即在不知不觉中使自己的身心俱缚。这方面的人生教训，车载斗量也无穷尽。其二，尽可能注意主动。主动与被动，虽为一字之差，但蕴意大不相同。在商场上，待价而沽与清仓抛售，完全不同。虽然有些选择不用你主动，你也无法主动，但是，尽管如此，你自己必须早作筹划，因为倘若对方一时兴起让你先作选择，你如果没有筹划，那你就会手足无措或莫衷一时，弄得不好，还会作出有违自己心愿的选择来；因为倘若对方先作出了较大损害你的利益的选择，如果你没有筹划，那你还会由于缺少正当理由而来不及申辩，这就少了讨价还价的余地。其三，尽可能注重精神。物质总有用尽的时候，而精神则没有穷尽的时候。在作任何选择时，不能只把眼光局限在物质上，即考虑能获多少利上，应当注意提升自己的精神境界，关注事情本身的意义，以及对自己名誉、形象的影响。孔子所言的"君子喻于义，小人喻于利"，在一定程度上，也是说的这个道理。

决断，对选择来说，既是过程，又是结果。决断，对人来说，既能体现办事魄力，又可显示选择内容。在作出决断这种选择时，尤其要注意时间。当机立断固然好。在许多情况下，作出决断时的时间并不重要，重要的是时机，即既不早也不晚地作出决断。不过，有的时候，晚决策比早决策好，因为可让事情进展中的不利、困难有个逐渐暴露的过程，这可方便决策者在作决策时更好地趋利避害。当今社会，许多男女，相爱了便同居，用时尚的话来说，叫"试婚"。这完全不同于传统观念。对这种"试婚"，社会上尚有争议，因为会给那些玩弄女性、道德败坏的人提供庇护。不过，客观地说，"试婚"后结婚，也是一种晚决断。从一定意义上说，这比草草结婚、匆匆离婚好。

时代的高速列车已经驶入了必定会发生天翻地覆变化的21世纪。在大变革、大变动、大调整、大发展的时代,我们面对的客观世界,许多时候呈现出的是扑朔迷离,常常会搅得人眼花缭乱。我们应当多观察、多思考,在作出任何选择时,认真辨明虚实,科学定夺取舍。"心不动于微利之诱,目不眩于五色之惑。"洗尽铅华,抛弃短浅,崇高真切,满怀热情地去选择那有收有获的大事业和有滋有味的悦生活。

独角戏与双簧戏

自古以来,中国人民在长期的生产、生活实践中创造了璀璨夺目的文化,其中包括品种繁多的戏剧、歌舞和曲艺等。作为一种戏剧、一种曲艺,独角戏和双簧戏,在一些地方颇受欢迎,可谓历久弥新。独角戏,顾名思义,即只有一个角色的戏。与此相关的,还有独幕剧,望文生义,即不分幕的小型戏剧,一般情节比较简单。而双簧戏,在演出时,则一人登台表演动作,另一人藏在幕后或是说或是唱,互相配合默契。人生也是舞台,有时出演的是独角戏,有时出演的则是双簧戏,如何演出精彩、演得成功,确实值得深入探究。

首先,独角戏也好,双簧戏也罢,各有各的需求,各有各的功效。人在有的时候,必须出演独角戏。如学习和复习功课,尽管有老师在课堂里讲授,在班里也有集体练习、实验的机会,但总体上要靠自己听得懂、记得住,也就是要靠自己来掌握。在这方面,老师包办不了,父母也包办不了。家庭作业题目不会做,找到同学抄袭一下,那并不能说明你就真正理解了。人在有的时候,又必须出演双簧戏。如父母教育小孩,传统的方法是严父慈母。小孩一旦做错了事,尤其是做了伤风败俗的事,当父亲的往往会在家里严厉训斥,而当母亲的则在一旁附和配合:"小孩呀,你爸爸批评得对!"反之,当父亲的在那儿声嘶力竭地训斥,而当母亲的在一旁不知好歹地护着,那教育小孩的效果,便与前种方法大不一样了。人在有的时候,还必须既出演独角戏,又出演双簧戏。如研究重大人事任命事项,作为单位法人代表,一方面要在领导班子内先进行单独酝酿,以尽可能形成比较一致的意见;另一方面要主持召开领导班子会议进行集体研究,必要时还要票决一下。这种方法,充分体现了民主集中制的原则。

第二,独角戏也好,双簧戏也罢,各有各的基础,各有各的条件。在许多时候,出演独角戏相对容易,因为主要由你自己决定;而出演双簧戏就并不容易,因为除了你出演外,还有对方的配合。换言之,出演独角戏可以一厢情愿,出演双簧戏不能一厢情愿。在中国儿童寓言故事中,有很多的由两类动物或两个动物共同参与的活动。如龟兔赛跑,说的是天生爬得慢的龟与天生跑得快的兔集合在一起赛跑,常理应该是兔胜龟败,然而,因为龟的勤勉和兔的松懈,改变了常理,结果是龟胜兔败。试想,如果兔或龟中有一个不愿参赛,那就形成不了比赛。又如乌鸦和狐狸的故事。蹲在树下的狐狸为能吃到歇在树上的乌鸦嘴里的肉,便一个劲地夸奖乌鸦唱的歌好听,不明就里的乌鸦则不假思索地唱起了歌,结果把叼着的肉掉了下去,狐狸顺势接了给吃掉了。试想,如果狐狸或乌鸦中有一个不愿对话,尤其是只要乌鸦不予理睬,那就不会有这个故事。之所以两个人共同出演双簧戏,一定有这个原因或那个原因,如要么是互利互惠,各有收益;要么是友情配合,支撑襄助;要么是师徒教学,如切如磋,要么是耍弄计谋,明里暗里。而其中最主要的,是互利互惠、各有收益。

第三,独角戏也好,双簧戏也罢,各有各的心思,各有各的苦衷。从一定意义上说,出演独角戏,自己想怎么演就可怎么演,反正人在台上,只要能自圆其说,即使出了点差错,也容易作出应对;而出演双簧戏不一样,有既定的情节、既定的台词、既定的节奏、既定的步功。在出演时,一方如果有变化,另一方便会乱套,即使再有演技,也容易露出纰漏。作为双簧戏演员,最重要的是要潜心于研究并实践,尤其是在幕后的那一方,更要积极主动地配合。大凡集体诗朗诵、大合唱等节目,相互配合、协调一致是第一要务。当然,从另一个角度看,独角戏演好,主要是一人之功;而双簧戏演好,主要是二人之功,仅仅有主次之别。出演双簧戏,关键是二人要同心同力,最好还要同艺同术。如此,配合默契更可似鱼水交融。凡是涉及协调配合的事,同与不同,真同与假同,在效果、成果上相差很大,有的只能达到一加一等于二,有的却可达到一加一等于三甚或更多。在相互配合中,最要命的是有一方言行不一、表里不一。这无异是一种自杀行为。从某种意义上说,其还不如不配合,因为倘若一方不真心出演,那另一方还可另择他人。说句不雅的话,那叫"占了茅坑不拉屎"或"乱拉屎"。

从独角戏、双簧戏说开去,人在世上,还是少一点独、多一点双好。人与人之间,那是有缘来相遇或相聚,并非是你冲着我抑或是我冲着你才来到这个世上的。有言道,五百年前是一家。也就是说,四海之内皆亲戚。有人考证,三国时的魏蜀吴,刘备、孙权、曹操三人之间也有亲戚关系;隋唐时的杨坚、武则天等,还是司马迁的后代。普天之下,雨露阳光,万物生长,那是上帝赐予人类众生的财富。地域之大,人躯之小,所谓的"人口爆炸"尚未到为了自己的食色非而要进行你死我活搏斗的地步。既然如上所述,人在待人处事时,大可不必势不两立。偶见影视节目里有这样的场景:黑帮之间相争相斗,一方老大对另一方老大阴沉着脸恶狠狠地叫嚷:"从今日起,有我没你,有你没我!"然后,双方立马进行了一场腥风血雨的搏杀。回溯历朝历代的重大战事,敌我双方都是势不两立,不仅死伤了双方的士兵,还殃及了无辜的平民百姓。从隋王朝过渡到唐王朝,有持续18年的大混战,大混乱使全国2/3的人民死于非命。据柏杨在《中国人史纲》中所说,公元606年,全国有4600万人口;至公元626年,全国只剩下1600万人口。如果说军事斗争、黑帮争斗、生物相克等避免不了势不两立,那么,我们凡夫俗子的共存真的不必势不两立,而应该追求双赢或倍增。在世间现实中,这类正面的例子很多,如可口可乐与百事可乐、宝马与奔驰、沃尔玛与家乐福等。人生路上,在一次次有意或无意、主动或被动的竞争中,独占鳌头当然喜悦,名落孙山当然忧愁。有的时候,因为某些客观条件,由于某种主观因素,在竞争时不排列出名次来还不行,其中会有优胜者,也会有淘汰者,这些均为正常现象。一方面,作为涉事方,一定要直面现实、平静心态,做到胜不骄、败不馁;另一方面,作为非涉事方,一定要给淘汰者以更多的宽容和理解。常言道,独木不成林。一个人的力量毕竟有限。凡成就大事业者,无不依靠了集体的力量。再说,独木也难支呀。纵然你看到是一根柱子或一条钢索,支持着某个巨大物体,那是有坚实牢固的根基,而根基即是集体的力量。就整个人类社会来说,为了文明、自由、和谐、幸福,共享永远比独占好,民主永远比独断好,宽松永远比独揽好,相伴永远比孤独好,合力永远比独力好。

烦闷与苦恼

有对青年男女，大学毕业后南下北上，相聚并相恋于金陵，在谈婚论嫁之时，为能购得一套称心如意的新房，着实折腾了一番。先是在城区看中了一套两室一厅的新房，周边生活设施齐全，又邻近女方单位。正准备签单，男方犯嘀咕了：婚后有了孩子，要老人来带，这两室一厅的房子咋住呀！于是，二人分析来分析去，达成了共识：到近郊选购一套三室一厅的新房。双方父母凑一些，二人银行贷一点，终于如愿以偿。过了不久，听好多同事说，孩子上小学、初中是按学区的，户口不在这个学区，就上不了这个学区的小学、初中。而名校本部大多在城区，要想让孩子上名校，那只有购买学区房。学区房尽管都是老旧房，其售价却比一般房子高许多。这对青年男女又为难了：最好是再给孩子准备一套学区房，哪怕只有四五十平方米的，但是，哪有那么多现钱呀！二人本来是为筑爱巢而快乐地购房，谁知考虑得越多越细，烦闷和苦恼也就益发添加起来。

烦闷，心里不舒服、不畅快也；苦恼，心里不乐意、不痛快也。在现实生活中，人们常常把这两种情绪合二为一，即烦恼。人生本就多烦恼，正如民间俚语所说，凡人，就是烦人。对芸芸众生来说，烦恼不是有与无的问题，而是多与少的问题。面对烦恼，有的人尚能及时排遣和消解，有的人只会纠结和忧戚。烦恼于内心，有时显见于表情。美国俄亥俄州立大学的研究人员报告说，他们利用面部运动编码系统的计算机软件，对5000张有面部表情的照片进行了分析研究，发现人脸至少有21种表情。笔者注意到，其中的厌烦、生气、厌恶这三种脸部表情直接与内心烦恼有关。

人为什么烦恼？一为非分欲念。如偷情会生烦恼。据载，美国前总统克林顿被指背着妻子希拉里，于1995年11月至1997年3月间，9次和白宫女实习生莱温斯基发生不正当性关系。意大利前总理贝卢斯科尼与首任妻子结婚后，于1980年"劈腿"，搭上了女演员韦罗妮卡·拉里奥，5年后与元配离婚。英国王子查尔斯婚后与旧爱卡米拉藕断丝连,于1992年正式与王妃戴安娜分居,婚外情由此被彻底曝光。不难想象,这些西方政要尽管在世人面前风光无限,但也不得不为自己的偷情而烦恼不已。二为一味求取。如希望报答会生烦恼。人世间,没有人无需别人帮,也没有人未帮过别人。问题是,有的人对别人帮过自己的不记得,而对自己帮过别人的常记住。"不记得",自己就不会去感恩;"常记住",自己则希望来感恩。社会上这种现象,可谓司空见惯。如果我们把别人对自己的报答作为必须的话,那么,就很容易产生这样或那样的烦恼来。三为心急气躁。如火暴会生烦恼。中美洲和南美洲的河流里生长着一种能放电的电鳗。这种鱼虽然营养价值极高,但是,由于它释放出来的电压足以强烈地刺激人,故而,常人不敢轻易去招惹它。后来,捕捉者发明了对付它的办法,即捕捉前先把水牛赶下水。它见到不速之客,十分狂躁,便马上大量放电。久而久之,它体内所有的电量耗光了。这时,捕捉者便可安然悠哉地下网捕捉了。人世间的好多烦恼,也是源于烦恼。事情还没进展到那种程度,即火急火燎起来,去找这个关系,去通那个路子,结果不仅于事无补,还会陡生烦恼。四为过分企求。如单相思会生烦恼。相思,多指男女相互爱慕而又无法接近所引起的思念。相思是恋人间感情炽热时的正常反应,而单相思同是男女间仅一方对另一方爱慕且又难以靠近所产生的思绪。在现实生活中,单相思的人非常烦恼,往往是心不定、神不安和食不甘、夜难眠,长此以往,严重的可致精神疾患。五为盲目积累。如追名逐利会生烦恼。在现实世界里,有许多人认准这个死理:有名了、发财了,便幸福快乐了。其实,不尽然。没有名气的人,不能像名人那样呼风唤雨,总幻想有朝一日能一举成名,所以烦恼;稍有名气的人,不能像名人那样风光旖旎,总幻想有朝一日能大红大紫,所以烦恼;名声稍大的人,不能像名人那样独占鳌头,总幻想有朝一日能众星捧月,所以烦恼;很有名气的人,不能像常人那样自由自在,总幻想有朝一日能回归自然,所以烦恼。这些人,错把手段当目的,误把路径当归宿,为了不断囤积名和利,而持续地陷入了烦恼之中。

烦闷与苦恼,从字面上解析,一个有"火",另一个有"心",心中有火或火由心生,不管是有名之火,还是无名之火,一时难消,故起烦闷和苦恼。何以减少和摆脱烦闷和苦恼?第一,洞彻人生,热爱生活。我国著名画家黄永玉一生命运坎坷。他经历过多次政治运动,被批判过,被毒打过。在那段"以阶级斗争为纲"的岁月里,人们的身心难免受到或多或少的扭曲,而他始终以艺术家的性情,尽量使自己的生活过得春风满面。他是个名副其实的乐天派,自称是"无愁河的浪荡汉子",即使身在泥淖,处世亦携春风。人活在世上,生命的真谛告诉我们,苦难和痛楚是生活中难以避免的东西,遭遇到了,惟有直面笑对才是。而要做到这点,必须热爱生活。热爱生活了,你便会感受到,田野上吹来的每一缕风都带着芳香,天空中飘落的每一滴雨都夹着甘露。热爱生活了,你便会意识到,乌云暴雪只会肆虐一时,尘埃雾霭只会笼罩一时。第二,洞悉人生,简约生活。人的生活本是一个万花筒,色彩纷呈。不过,作为凡人的我们,大可不必去追求灯红酒绿的奢华,而应注重返璞归真的简约。人生在世,许多烦闷和苦恼是随着人的欲望增加而增加,很多不必要的烦闷和苦恼是由于人的不必要的欲望而产生乃至疯长。尤其是个人主义、功利主义、消费主义的滋生和蔓延,导致一些人原为一泓清水的心灵变得混浊起来,导致一些人原为气定神闲的心理变得焦躁起来。崇尚简约,我们便会发现,先前所追逐的一些奢华不过是梦幻一场,而真正需要的则是内心的平静和淡泊。第三,洞达人生,轻松生活。人生主要因为后天附加的东西太多了,才使自己变得越发沉重,如拥有了这个想再拥有那个,得到了些许想再得到更多。放下包袱,轻装上阵,这被经常用来劝导那些犯有错误的人改过自新。人生也是这样,轻装才能轻松,轻松便会告别烦闷和苦恼。人还是需要耐得住寂寞一些、适当懒散闲逸一些。要知道,寂寞和懒散,不仅可以轻松生活,还可以成就事业。马克·吐温是在床上写下大部分作品的,塞缪尔·约翰逊很少会在中午之前起床。事实上,时间还是减少和摆脱烦闷和苦恼的良药。对时间上没有过分要求,人便会轻松;人轻松了,烦闷和苦恼就会远离。这里,我们不妨染点庄子之气,给欲火过旺的心灵降温,给生性急迫的心理调治,让自己的身心更加自由逍遥、平和安宁。如是,烦闷和苦恼便会自行消遁。

实话实说与巧言巧语

走进中国延安干部学院的大门,迎面一块巨石上镌刻着四个金光灿灿的大字:实事求是。实事求是,即从实际情况出发,在对待和处理各种人和事时,有一是一,有二是二,不夸大,不缩小。它是毛泽东思想的精髓。早在1947年至1948年,共产党解放区的新闻界就深入开展了反"客里空"运动。"客里空"是一个虚构的文学典型人物,出自苏联作家考涅楚克于1942年9月发表的话剧《前线》。他是一个脱离实际,靠捕风捉影甚至编造事实来写报道的记者。习近平总书记在2013年召开的党的群众路线教育实践活动工作会议上的讲话中,严肃批评了为政中的种种形式主义,其中指出,有的地方"仪式一场接着一场,总结一份接着一份,评奖一个接着一个,最后都是'客里空'。""客里空"的本质背离实事求是。回望历史,新中国成立以来,中共中央历代领导集体,正是高擎实事求是这面大旗,引领中国社会主义革命和建设事业从一个胜利走向另一个胜利。实事求是践行在人们的工作、学习和生活中,即要实心实意、实话实说、实事实办,也就是"说老实话、办老实事、做老实人"。

实话实说是做人之道、立身准则、成业之基中的重要方面。这是一个常识问题,也是一个原则问题,尽人皆知。同时,无论在待人接物时,还是在办事求学时,除了施诈行骗者之外,几乎人人都希冀言者实话实说。再同时,在各种官场、职场、学场、情场上,颇为响亮的一句口号是实话实说。既然实话实说何等非同小可,为什么人世间有时就不愿、不能实话实说呢?笔者分析,其中有如下一些原因:一是有此种需求。每个人都喜欢听好话,好话入耳毕竟要舒服一些。然而,有的时候,说坏话还难以避免。于是,为中他人之意,有的人便会尽说好话,甚至把坏话颠倒过来说,也就是胡诌。男女恋爱时,尤其是女方,容易犯糊涂,爱听所谓善意的谎言,男方编造几句鬼话,便会把女方哄得满心欢喜,如"没有你,我活不下去!""我每天早晨一睁开眼睛只想到你!""你比西施还西施啊!"二是有由此受益。在现实生活中,有的人尽干溜须拍马之事,向上级、向领导报告工作时,把小进展吹嘘成大业绩,把预计成果吹嘘成既有现实,言语之间"到处莺歌燕舞"。结果呢,上级肯定,领导满意,受重用、被提拔便成顺理成章的事了。史上奸臣均好谄媚逢迎。登上"中国历史十大奸臣榜"的李林甫,"口蜜腹剑"这个成语就是专门为他创设的。天宝六年,唐玄宗搞了一次唐朝版的"达人秀",规定凡是尚未考中进士的人,且有一技之长,都可参加,旨在共同为大唐帝国建设尽力。这当然是一件大好事,备受老百姓欢迎。只可惜,这次"达人秀"的评委选错了人,是大奸臣李林甫。他害怕这些达人会在皇上面前口无遮拦地乱说一通,便先下手为强,在中国开创了"厚黑评委"的先河——一个也不通过,全部淘汰!唐玄宗为这次"达人秀"花了不少心思,他连一个达人也选不上来,那怎么向皇上交代呢? 于是,他用"野无遗贤"四个字解决了——在皇上您的领导下,全天下的贤才都通过科举考试收到了您的帐下,民间不可能有漏网的贤才。可见,他让唐玄宗打心眼里美了一把:当年曾祖唐太宗宣称"天下英雄尽入吾彀中",现在我也不差! 由此,他更受皇上垂青器重。三是有从众心理。"上有所好,下必甚焉。"有的领导不分好歹,下级做得好的不表扬,下级做得差的不批评。于是,就会有人耍滑头、搞投机,甚至弄虚作假。一个这样,另一个也这样,蔓延开来,便坏了机关、单位风气。家里的小孩撒谎也是如此,倘若哥哥撒谎,爸爸妈妈非但不严加训斥,还百般呵护,那么,弟弟妹妹也容易效仿。四是有人性软肋。每个人都爱面子。老话说,树活一张皮,人活一张脸。爱面子,这无可非议。问题是,一方面,人人都有隐私,尤其是那些不具普世价值的东西,总喜欢躲躲藏藏、遮遮掩掩,一旦有别人闻及、观及、触及,那可不得了了。于是乎,便会用以点概面、以明说暗、以次充好的办法来应付和敷衍别人。另一方面,人人总有矛盾,尤其是既想亲友帮助解愁去闷,又不愿把藏匿在心底里的想法如实告诉亲友。如有的人觉得自己的工作空落落的想征询亲友如何改变现状,实际上是她或他在单位里与同事们关系不好,已被孤立。对这个实质性的问题,她或他又不肯和盘托出。又如有的人觉得自己的工作不投入想征询亲友如何摆脱这一困惑,实际上是他并不喜欢这份工作,缺少热情和责任。对这个实质性的问题,他又不肯坦然告知。人性中的这些软肋,也在一定程度上造成一些人不愿、不能实话实说。五是有缺乏勇气。实话实说是需要勇气的,世上并不是所有的实话在所有的场合都可以实说,这还不包括保密与失密,只是指合适与不合适、恰当与不恰当。因为实话实说,遭受打击报复甚至掉脑袋的事,古今中外并不鲜见。其实,作为凡人,纵有实话而不能实说,那是很痛苦的,其欲言又止的味道相当酸楚。再说,越是实说实话中的实质,因为遭遇的阻力越大,故而越需要勇气。社会上有许多人,正源于缺乏必要的勇气,所以就不愿、不敢实话实说。

与实话实说相对应的是巧言巧语。这里的巧言巧语,不是指油嘴滑舌,不是指擅长说虚假而动听的话,而是指言语时充满了机智和灵秀。巧言巧语者,善于审时度势,会根据不同的听者、不同的事情、不同的时间、不同的地点,用巧妙的言语和优美的语调,既完全、准确地表白了自己的真实想法,又能使听者心里欢畅舒适。这可是一个大学问。要不然,无需有国际性的演讲与口才专业。环顾上下左右,谈判需要巧言巧语,说情需要巧言巧语,报告需要巧言巧语,讲话需要巧言巧语。巧言巧语的本义仍是实话实说,只是充分运用了各种语法、修辞手段,使枯燥的事实载上了生动、形象的言语。在此,列举一例:明成祖朱棣看到僧人法琳所写的《辩正论》后,便联想到自己的皇位"不正"。盛怒之下,竟派人抓来法琳将其关进大牢,并恐吓道:"朕听说念观音者刀枪不入,现在让你念七天,然后试试朕的宝刀。"七天一到,朱棣带上宝刀,准时来到牢房。法琳便赶紧叩头表白道:"这七天,我可是一直没念观音,只念陛下啊!""哦,这是因为什么呢?""俗话说:'万物命在天。'陛下乃'天之子',我当然要念陛下以救我一命啊!"听到这话,朱棣便没有抽出宝刀。在危急关头,法琳的这番言语满载了智慧,把"万物"与"天子""陛下"与"我命"巧妙地嫁接关联,而且对皇上恭维至极,故朱棣也就不好再为难法琳了。巧言巧语,学问深奥。为能恰到好处地把话语说巧言妙,我们每个人都应当学而不止。

一定与也许

试举如下四组对话：A."明天下午三点,咱们一起打个扑克。说好了喔,您参加!""好!我一定准时到。"B.甲小孩在学校欺负了邻居家的乙小孩。晚上,邻居家上门向甲小孩的爸爸作了诉说。听罢,甲小孩的爸爸责令:"你赶快去给乙小孩道歉!"甲小孩生性倔犟,回答:"绝不!"C."怎么样,后天下午咱俩一起去逛街,看看有什么东西好买的。""我还不能说定,也许小孩奶奶后天下午要从乡下来。"D."老弟好长时间没见面了,好想念!这样吧,或者我去您那儿,或者您来我这儿。""不用劳驾老兄了,我去您那儿!"

如上四组对话,运用了四个副词:一定,绝不,也许,或者。现代汉语中的副词主要用来修饰或限制动词和形容词,表示范围、程度、性状等。这四个副词,均具有选择性。一定、绝不,是一种不可变的选择;而也许、或者,则是一种可变的选择。这四个副词,在待人处事和为人处世中用之极广。一如在决策中要用。这件事情办不办？要么"一定"办,要么"绝不"办,要么"也许"办(还有一些希望)。二如在交往中要用。咱俩能做好朋友吗？要么"一定"做,要么"绝不"做,要么"也许"做(还有可能做)。三如在职场中要用。这个工作干不干？要么"一定"干,要么"绝不"干,要么"也许"干(视情而定)。四如在教育中要用。某人犯了那么大的错误能否挽救过来？要么"一定"能(充满信心),要么"绝不"能(把人看扁、看死了),要么"也许"能(尚存有期待)。五如在定向中要用。大学毕业后出国不出国深造？要么"一定"出,要么"绝不"出(人各有志),要么"也许"出(权衡利弊得失之后再说)。

人生在世,在许多时候,务必坚持"一定""绝不"。一是信仰。对某个人物、某类主张、某些主义、某种宗教的极度信任和尊敬,即为信仰。人在信仰面前,其言其行便会选择"一定""绝不"。如不管遇到多么巨大的艰难险阻,绝不背叛党和人民;不管遭受多么凶残的刑讯逼供,绝不出卖组织和战友。二是底线。底线,原为足球等球类运动场地两端的界线,此指最低的条件、最低的限度、最低的要求。做人要有底线,做事要有底线;当官要有底线,经商要有底线;为友要有底线,婚姻要有底线。在底线之上的事,那可以"一定";在底线之下的事,那必须"绝不"。在社会上,凡是违法犯罪的事,涉及自己的身家性命,即使是最尊敬的领导、最要好的朋友前来请托、诱导或劝说,也"绝不"允诺、投身或参与。在现实生活中,我们所表现出来的底线还必须高于底线,正如商务谈判的铁律那样:"如果你想得到100%,那么你最好提出200%的要求;如果你只提出100%的要求,那你最多能得到80%的满足。"三是尊严。人要体面地工作、学习,有尊严地生活、成长。在社会上,有许多的人都在为尊严而战。2009年5月23日傍晚,郑州一大学女生在教室自习时,遭到了一追求她的男生的突然袭击与强暴。她两次受辱,并惨遭割喉,血洒教室。然而,她以惊人的毅力与其斗智斗勇,终于逃脱魔掌,成功报警。因为抗暴得法,她有效地保护了自己,并仍顽强地完成了大学学业,还以优异的成绩考取了全国重点大学的研究生。她面对尊严,"绝不"屈从。四是个性。人活在世上,各有各的活法。在一定的社会条件、家庭影响和自身作用下,每个人在不经意间会形成比较固定的个性,这在日常的待人处事中会显现。美国才华横溢的大律师韦伯斯特一生信奉的"三不"原则为:绝不偿还任何可能逃过的债务,绝不做任何可以拖到明天的事情,绝不做任何能找到别人替自己做的事情。爱默生总结:"正是这些,让他走向了成功。"

人生在世,在很多时候,务必采取"也许""或者"。一是在处理非原则性问题时。人在世间,涉及原则性的问题毕竟很少,主要涉及非原则性问题。对非原则性的问题,有人倘若与其好言商榷,则尽可能更多地尊重对方的意见,在"也许""或者"中作出随和、宽谅的选择,而不要随便、轻易地表示"一定""绝不",弄得对方下不了台,或搞得双方不欢而散。二是在考虑战略战术时。在现实景况中,处理人和事不能"一刀切"。若"一刀切",其结果只能是有利有弊,有时还会弊大于利。当年,刘邦在沛反秦自立后,有个随从叫雍齿。这个人一向看不起刘邦,多次折辱于他,且在他最困难的当口倒戈。刘邦坐定江山后,最痛恨、最想杀的人就是雍齿。当听了张良的劝告后,他不仅没有杀这个人,还封其为什邡侯。此举一出,所有担心自己命运的前朝文官武将都安定了下来。不杀雍齿,这是运用"也许""或者"之术。事实说明,刘邦接纳了这个异己,却产生了巨大的正面效应。三是在选择人生道路时。人生道路有万千条,各人有各人的选择。在选择前,对其前途,只能也只可作出预判;经历后,反思当时的选择,则或许有不同的感怀。在选择前,对其前途,只能也只可作出预判;经历后,反思当时的选择,则或许有不同的感怀。据说,乔布斯有段病榻遗言:"现在我明白了,人的一生只要有够用的财富,就该去追求其他与财富无关的、应该是更重要的东西,也许是感情,也许是艺术,也许只是一个儿时的梦想。"从社会意义上说,乔布斯为人类社会作出了划时代意义的贡献。然而,从个人意义上说,乔布斯虽然获得了巨大成功,但也留下了些许遗憾。四是在处于犹豫不决时。三思而行,这是一条古训,也就是说,人在实施行动之前须经反复考量。当然,考虑的内容不外乎这个"也许"、那个"或者"。譬如,大学毕业后,是再深造呢还是去工作呢?是在北京发展呢还是去上海发展呢？是当公务员呢还是去经商呢？诸如这些选择,对大学毕业生来说,常常徘徊于"也许""或者"之间,甚至趑趄于"也许""或者"之间。

"一定""绝不"与"也许""或者",虽然只是现代汉语中的副词,但功用非凡。它们好比是人生中的方向盘,关系到归宿与结局。这些副词的负重不言而喻。美国波士顿的犹太人大屠杀纪念碑上,铭刻着这样一段碑文:德国牧师马丁·尼莫拉说:"他们追杀共产主义者时,我没有说话——因为我不是共产主义者;他们追杀犹太人时,我没有说话——因为我不是犹太人;他们追杀工会成员时,我没有说话——因为我不是工会会员;他们追杀天主教时,我没有说话——因为我是新教教徒;最后他们奔我而来,已经没有人能为我说话了。"笔者在此引用,意在我们无论在作出"一定""绝不"时还是在作出"也许""或者"时,都要勇于和乐于担当。换言之,能认真接受并承担责任。

瞬间与永驻

据报道，一对夫妻听说本国的十二门徒石在海水长期的冲刷下将要消失，便带着15岁的儿子从悉尼远赴墨尔本去观看。殊不料，就在他们连续拍下的两张照片里，却出现了截然不同的画面——在按动快门间隔的一分钟里，原为游客赞叹不已的十二门徒石瞬间倒塌成了一块砂石。此前科学研究者曾告诫说，由大自然鬼斧神工形成的十二门徒石，正在日夜不断地消瘦，总有一天会撑不住而倒塌。

1795年的冬季，荷兰和法国正在酣战。荷兰的海军很强大，自以为天下无敌，不可战胜。荷当时急于要消灭法军，派出了强大的舰队浩浩荡荡向苏达海开去。然而，荷舰队到达苏达海之后，突然遇到了寒流，一夜之间海上全部结冰，有半尺多厚，舰队无法动弹，完全丧失了自由。法将军皮什格鲁听到这个消息后大喜，马上命令骑兵集结，在冰冻的海面上包围了荷舰队。肉搏之中，荷兰水兵哪里打得过法国骑兵呢，于是纷纷举手投降。此役，直接导致了荷兰战败，其政府垮台。

如上所述的两个故事，一个是发生在一分钟里，一个是发生在一夜之间。一分与一夜，在人类历史的长河中，则为瞬间。在人类社会，你会耳闻目睹到许许多多瞬间来临或逝去的事。在很多时候，人的生命比薄胎瓷还容易破碎。我们只要打开互联网，便见各种各样的、大大小小的人间悲剧纷至沓来，一个个鲜活的生命，在瞬间，以不同的形式倾覆、陨落、枯萎和凋零，其中有的是飞来横祸，有的是病魔忽袭，有的是闪遭厄运。凡听之、见之，好有一番"众生可爱、众生可悯"之感。

瞬间定格即为永驻。何谓定格？电影、电视包括摄影、摄像中的活动画面，突然停止在一个画面上，叫做定格。何谓永驻？永，永远也；驻，停留也。瞬间发生的一切，即使再轰轰烈烈，即使再分崩离析，即使再惊天动地，终究要变成常态的东西。这些常态的东西，在世间要停留很长很长的时间，相对地说,也就是永驻,要永远地成为历史。如日本广岛原子弹爆炸,美国"9·11"事件,中国唐山大地震,韩国客轮沉没,马来西亚飞机失联等,尽管发生在瞬间,但已深深地载入了人类历史。除非地球毁灭,它们将在人类历史上永驻。从这个意义上说,你所看见的、听到的瞬间,都将成为历史,并在不同的载体(包括官方或民间、正史或野史)上永驻。因此,瞬间的爆发力是巨大的,瞬间的影响力是深远的。

　　瞬间所发生的一切,从表象上看,宛若昙花一现,如同天河流星。然而,其本质上则会出现裂变,即在数量上可呈等比级数样的增长,质量上可现掀天揭地般的旋转。诚然,从自然规律来看,世间万事万物均有因与缘。什么是因? 一粒种子进入土壤,这粒种子就是因,而土壤就是缘。只有因与缘同时具备,种子才会萌发生命的活力。用唯物辩证法来分析,外因是变化的条件,内因是变化的依据,外因只有通过内因才能起作用。众所周知,佛教里有个因果报应说,即今生种什么因,来生结什么果,也就是说,善有善报,恶有恶报。当然,我们是无神论者,只信人,不信神,但可以置信的是,起因与结果,二者之间一定有着相联的关系。近据媒体报道,科学家业已发现了因果报应的重大秘密:当人心怀眷念、积极思考时,人体内会分泌出令细胞健康的神经传导物质,免疫细胞也变得活跃,人就不容易生病,正念常存,人的免疫系统就强健;而当人心存恶意、负面思考时,走的是相反的神经系统,即负向系统被激发启动,而正向系统被抑制住,身体机能的良性回圈会被破坏。因此,世界上所有在瞬间发生的变化,都有因有缘,而且,又都有外因有内因。

　　中国有个成语,叫"人定胜天"。宋朝刘过《襄阳歌》中写道:"人定兮胜天,半壁久无胡日月。"其说的是,人的智慧和力量能够战胜大自然。事实上,人面对瞬间发生的事,往往都是无能为力的。惟一能够做到的,是在瞬间来临之前,抓住最重要、最关键的机会。有这样一个故事:杰克和约翰想一起去某个海岛寻找金矿。前往海岛的游船半个月才有一班。两人相约从家里出发,日夜兼程,走了好几天,又饥又渴,希望能赶上这班游船。但当他俩赶到码头时,游船已经起锚了。这时,有人推着一辆茶水车经过。约翰见之,马上买了一杯,心想喝了也来得及,而杰克只是瞟了一眼,径直飞快地跑向游船,纵身跳了上去。约翰因为喝茶耽搁了几秒钟,等赶到时,游船已离岸五六米了,再怎么跳也跳不上去,只好眼睁睁地看着游船远去。杰克到达海岛后,很快找到了金矿,几年后,便成为了亿万富翁。而约翰在半个月后才到达海岛,此时岛上的金矿已被别人瓜分了,为了自己的生计,只得在杰克手下当一名普通的矿工。我们不时可在媒体上见有这类报道:飞机突然遭遇恶劣气流或突然发生机械故障,千钧一发之时,驾驶员沉着冷静,机智勇敢,积极应对,有效地避免了灾难的发生。强烈地震造成楼房严重倾斜,江河上的渡船遭碰撞而倾侧,危险紧急关头,由于及时组织疏散、救助,虽然一两小时后楼倒船沉,却无一人员伤亡。由此可见,瞬间发生尽管恐怖,但面对即将发生的瞬间,人仍然可以有所作为,甚至可以大有作为,其中作用大的可改变质量,作用小的则可改变数量,那种坐以待毙的做法,绝不可取。

瞬间发生在一眨眼、一呼吸之工夫。人世间的许多美好发生在瞬间。如一见钟情,青春年少的小伙子对情窦初开的姑娘,甫一见面,即有感于心,日后纵然不能成为眷属,其美好的情愫将会身不由己地永驻心间。如此短暂的瞬间,全然只是心灵上的感受,而无世俗的考量。因此,相对来说,其美好是纯洁无瑕的。瞬间发生的美好感觉,似乎无比清晰,如同聚焦精准的摄影杰作。对事关方来说,身临瞬间,心跳顿时加快,甚至会感到窒息。然而,瞬间毕竟是瞬间。对美好的瞬间,我们务必珍惜,即珍惜那些曾经的拥有。在一个个平常日子里,我们有着太多的美好瞬间,只是因为没有引起足够的关注,才熟视无睹。高尔基有言:"世界上最快而又最慢,最长而又最短,最平凡而又最珍贵,最容易被忽视而最令人后悔的是时间。"瞬间乃时间的定量,量至微乎其微。瞬间发生的一切美好,我们当终生感念并永远铭记。

冷知识与热知识

2014年8月4日,《扬子晚报》刊载了六百年南京明城墙六个你不知道的冷知识,其中包括清凉门城墙嵌有"阿弥陀佛"碑,城墙砖外表有多种颜色,城墙夹缝处有糯米成分,下雨天紫金山龙脖子段的城墙会吐水,光华门城门规格最宏伟,城墙整体布局是"南斗北斗"聚合形。此前《中国青年报》也有类似报道,日本北海道大学研究鱼类系统发育和进化的李昂博士热衷于发现并传播冷知识。他替人类操心起了"带鱼在水中为什么要立着"的问题——有人猜测认为,它们是为了隐蔽自己;也有人猜测认为,它们是为了节省消耗。他还喜欢向朋友们解释:为什么人刚吃东西时就会觉得热呢?这不是人在消化时产生了热量,也不是食物的热量传到了人身上,而是人吃东西的行为本身会让自己的肝脏产生热量。

冷与热相对,首义是用以衡量温度,即温度低的为冷,温度高的为热,如今拿来揣量知识,即根据不同情形,分出所谓的冷知识与热知识。人类所要研究、学习、了解和掌握的知识,主要包括自然科学知识和社会科学知识。自然科学知识又包括天文学、地理学、生物学、数学、物理学、化学等,社会科学知识又包括政治学、经济学、法律学、历史学、文艺学、伦理学、心理学等。相对来说,热知识有更多的人关注,有更多的人熟悉,司空见惯,习以为常;而冷知识,既不能解决人的吃穿住用的实际问题,又不是众人欲知的新闻热点,也不是需要大力普及的科学技术和人文知识。从一定意义上说,发现并传播冷知识,是人类发展、社会进步的具体体现,可以更加丰富人们的精神生活和物质生活。

冷知识从哪里来?笔者分析,一是从公开中来。长期以来,人们只知道有雾、尘,不知道有雾霾,更不会去探究雾霾的成因。前些年,随着媒体的宣传,人们才知道空气中有时出现的混浊现象是由大量的烟、尘等微小颗粒物悬浮而形成的,它的名称叫"雾霾"。如今,它的微小颗粒物形状都有了放大一千倍的图片。现在,说起它,普天之下,男女老少,童叟妇孺,几乎尽人皆知。二是从实践中来。衣服前面淋雨,后面却没有,这是在雨中跑步的证据;用石头的回声来判断前方的路,如果回声大的话就表示前方没有路,倘若回声小的话则说明前方还有路。三是从发现中来。埃及国家博物馆内有一件奇怪的展品:一只用精美白玉雕刻的匣子,大小约与常用的柜子抽屉差不多,匣内被十字形玉栅栏隔成四个小格子,洁净通透。玉匣是在法老的木乃伊旁发现的,当时匣内空无一物。从所放的位置来看,匣子一定十分重要。可它是盛放什么东西用的呢?为什么要放在那里呢?谁都猜想不出。这个谜,让埃及考古学家们在很长一段时间里百思不得其解。后来,他们在埃及中部卢克索的帝王谷,于卡尔维斯女王的墓室中,发现了一幅壁画,才破解了这个玉匣的秘密。原来,它是用来盛放人的心灵的。四是从非常中来。按照常识,人的性别只有男与女两种。然而,前不久,美国广播公司有篇报道称,某社交网站为适应少数用户的需要,从"自我认定"出发,共列出了58种性别。当然,这既包括生物性别,又包括社会性别。而社会性别的划定标准是基于思想意识,而不是生理特征。更为惊奇的是,加利福尼亚州2013年竟然通过了一项法令,允许公立中小学学生以"自己认定"的性别来使用公厕和浴室。五是从创新中来。近年来,随着网络科技的迅速发展,互联网语言突飞猛进,网语已与方言并驾齐驱,形成了包括游戏、QQ空间、二次元、剧迷、微博、球迷等网络六大语系。其中,"直男癌"一词也是来源于网络。此类男人永远活在自己的世界观、价值观、审美观里,时时流露出对他人的苛责、打压以及种种的不顺眼,并略带有大男子主义的特征。还有,"暖男"一词也来源于网络。此类男人具有善解人意、温柔体贴的美好特质,虽然没有"高富帅"那么成功和富有,却更切中和满足一些女人的精神需求,已成为越来越多女人择偶的新标准。六是从未知中来。一个国家是否进入人口老龄社会,当前有三种划分方法:第一种是美国的划分方法,即65岁及以上老年人口比例在10%以上的国家是老年型人口国家;第二种是联合国的划分方法,即65岁及以上老年人口比例在7%以上的国家是老年型人口国家;第三种是发展中国家的划分方法,即60岁及以上老年人口比例在10%的国家是老年型人口国家。中国1999年起就已步入了老龄化社会。第六次全国人口普查显示,60岁及以上人口为1.78亿,占全国总人口的63.26%。七是从总结中来。有位老先生为自己的爱徒留下了这样的题词:待人应守儒家之忠诚,治事应持法家之严明,创业酌用兵家之权变,养心可奉释家之超脱,读书当如墨家之兼爱。美国一网站整理发布了十种最令人匪夷所思的恐惧症,其中包括坐下恐惧症、玩偶恐惧症、烹饪恐惧症、食物恐惧症、过马路恐惧症、餐桌交流恐惧症、婆婆岳母恐惧症等。八是从研究中来。中国历史上有三大外来蔬菜帮派：番派、胡派、洋派。番派有番薯（红薯）、番茄、番石榴、番木瓜等；胡派有胡萝卜、胡瓜（黄瓜）、胡豆等；洋派有洋葱、洋白菜、洋花菜等。研究发现，这些均为传入品，传入中国的时间，早在西汉，迟至民国。

  应该看到，知识本身无所谓冷，也无所谓热。之所以分出了冷与热，主要是因为人们对知识认识程度的深与浅，对知识使用频率的多与少，对知识掌握状况的厚与薄。倘若某个知识被越来越多的人所认识、所使用、所掌握，那也就不冷了；如果某个知识越来越不被人所认识、所使用、所掌握，那也就不热了。再说，世间所有事物的大小、优劣，都是相对的，知识的冷与热也是同理。这就如同路，世间本无路，走的人多了，便成为路，某个知识被人听多了，便不冷；反之，亦然。其实，无论是冷知识，还是热知识，都是有用处的，有的是用来指导生活的，有的是用来制造产品的，有的是用来赢得名声的，有的是用来获取利益的，有的是用来调节情趣的，有的是用来丰富精神的。一言以蔽之：只要是知识，不管冷与热，都是在一定时段、一定人群、一定范围内有用的。随着时代的进步，知识在不断更新，且更新的速度越来越快；随着社会的开放，知识在不断繁荣，且繁荣的程度越来越高；随着人类的发展，知识在不断拓展，且拓展的领域越来越宽。为能更有质量、更有效率地工作、学习和生活，我们必须通过毫不松懈的努力，钻研和掌握冷知识，跟踪和熟稔热知识，在知识的冷热交融中，持续增强自己的才干。

聚缘与散缘

情景之一：一些相邻国家由于战争等原因，造成许多亲人几年、十几年甚至几十年阻隔，天各一方，不能相见。后来，因为两国关系解冻化暖，政府之间便有组织地启动离散亲人团聚。我们在电视画面上看到，亲人们乍一相见，一个个情不自禁，有的是儿子抱着妈妈，有的是女儿抱着爸爸，有的是妹妹抱着姐姐，有的是弟弟抱着哥哥，边诉边泣，无不动容。

情景之二：一些战友，一些同学，一些老乡，当年朝夕相处、摸爬滚打在一起，后来，为了事业、为了家庭，为了工作、为了生活，相继或同时各奔东西。是战友情，是同学情，是老乡情，使他们魂牵梦萦，时不时地相约相聚。离别时，大伙儿或站或坐围在一块，言犹未尽，情还未了。在一片"多珍重""下次见"的祝福声中，一个个踏上了归途。有的人不无伤感地说，大家见一次少一次啊！

情景之三：老爷爷安详地离开了人世。在其遗体告别仪式上，各路亲戚、朋友悉数来了。大家一边倾听着主祭人在致悼词，一边回想起自己当年与老爷爷相处之事，虽然十分悲痛，时而还呜咽抽泣，但都心知肚明，老爷爷是驾鹤西去，到了应该去的"天国"了，现在惟一能做的，是为老爷爷送上最后一程。

人与人之间，有的时候相聚，有的时候相散，像天上的云彩，像水中的浮萍，像山边的羊群，像林中的雀鸟，短时的如家人早出晚归，永久的似亲人生离死别。聚聚散散，散散聚聚，似乎神秘莫测。于是乎，常人都将此归结为缘分。事实上，根据人们对客观世界的了解和理解，现今也只有这种解释比较合理。

缘分是什么？迷信的人会认为那是命中注定，不迷信的人则认为那是自然巧合，虽然二者在时间上都是不早不晚、在方位上都是不偏不倚，但一个是唯心论，另一个是唯物论。大千世界，缘的种类繁多。从对象上分，有人缘,其中包括夫妻缘、父子缘、母女缘、情侣缘、同学缘、战友缘等;有物缘,其中包括居处缘、物品缘、财富缘等。从性质上分,有善缘,其中包括遇到贵人、好人,碰及喜事、善事;恶缘,其中包括碰到小人、恶人、碰及孽事、恶事。从影响上分,有宏缘,其中包括对人生走向具有转折意义的相遇;有微缘,其中包括对个人仅有一抬头、一挥手、一举足作用的相见。

人与人之间,聚是有缘,散也是有缘。从本质上说,聚与散虽然发生在有意或无意间,但有其内在运动的客观规律。换言之,聚与散,偶然中显示出必然。聚散一场,如电影的片头至尾声,如飞机的起飞至降落,如长官的上任至卸任,如宴会的开席至散席。

从一定意义上说,聚是短期的,散是长期的;聚是欢乐的,散是苍凉的;聚是故意的,散是随意的;聚是美妙的,散是遗憾的;聚是热闹的,散是平静的。而不管怎么样,聚与散,似有一种神奇的力量在无形无影地操纵和主导,那就是众所周知的缘。要不然,人们不会常常有这句口头禅,叫"随缘"。其意是,人生在世,凡事不必强求、不可苛求。谋事在人,而成事则要靠天时、地利、人和。当然,此并不排除人之主观努力和主动作为。

因为有缘,相聚了;同样,因为有缘,相散了。聚与散,本是寻常事,作为常人,大可不必过分看重。一是在许多情况下,聚与散,尤其是散,乃大势所趋,仅凭个人力量,难以违拗和扭转。二是聚与散,没有绝对的好,也没有绝对的坏。梁山泊当年如果真的娶了祝英台,婚后难免生出嫌隙;Jack 和 Rose 当年如果能从"泰坦尼克号"上如期归来,婚后未必有那么浪漫。三是人从根本上是为自己活的,虽然自古离别多悲伤,但每有悲伤,不能过度,不可至极。要正确地面对现实,倘若过度或至极,那势必会摧残自己的身心。在现实生活中,人们时而可以看到,在机场入口,在吊唁大厅,在远航码头,有些人在向对方告别时哭成了泪人。四是有时的散是为了更好地聚,正如"旧的不去,新的不来"一样。亲朋好友天天耳鬓厮磨在一起,并不觉得有多么美好;一旦久别重逢在一块,其感受会更加亲密。五是许多散是有目的,而且是有长远目的的。当年,毛泽东坚决纠正共产党军队的"左"倾冒险主义错误,根据敌我双方力量的对比,制订并实施了"农村包围城市"的战略战术,从而挽救了中国革命。试想,如果当时继续集中弱小的革命力量去攻打由国民党军队盘踞的大城市,那只能把中国革命引向死胡同。由此看来,从一个角度来说,我们相聚要安,相散也要安;聚之坦然,散之也坦然。以"乱云飞渡仍从容"的心态,去笑对人生中的聚与散,当是我们应采取的。

人在世上,相聚与相散,其主观感觉千差万别。相聚时,彼此"相见恨晚"是一种感觉,彼此"狭路相逢"是另一种感觉。相散时,相互"难分难解"

是一种感觉,相互"如释重负"是另一种感觉。有的时候,双方既渴望相聚,又害怕相聚;既不愿相散,又盼着相散。相聚与相散,可谓五味杂陈。如张爱玲在《半生缘》里有这样一段描写:"重逢的情景他想过多少回了,等到真发生了,跟想的完全不一样,说不上来的不是味儿,心里老是恍恍惚惚的,走到弄堂里,天地全非,又小又远,像倒看望远镜一样。使他诧异的外面天色还很亮。她憔悴多了,幸而她那种微方的脸型,再瘦些也不会怎么走样。也幸而她不是跟从前一模一样,要不然一定是梦中相见,不是真的。"世上有些相散,既微妙,又深沉。如心里时时牵挂,尽管彼此知道对方在哪里,然而互不联络,你不找我,我也不找你,形同陌路,但会从内心深处默默地祝福对方。这类情形一般发生在曾经的情侣间。又如两位"发小",几十年来一直以好友相处。一方患了绝症后,虽然也想把此不幸告诉另一方,并想另一方面能来见上最后一面,但又不愿真的这样做。一方面不想让另一方忧伤,另一方面又想让自己生前的美好永存于另一方的记忆里。

  对人来说,相聚与相散,留下最多的是思念与感怀。有人这样赠言师长:"今天,我在遥远的地方,把您给予我的昨天,折叠成记忆的小船,任其飘荡在思念的心湖里。"有人这样赠言好友:"岁月的脚步越走越远,心灵的怀念却越拉越近。尽管时光无情,与你相处的日子,却是我人生中最令人心醉的诗篇。"有人这样赠言伉俪:"您的身影在我忆念的脑海里永久地浮荡,比清晰梦幻里的旖旎风光,比优美艺术里的绚丽图景,更要动人百倍。"人在世上,有缘才能相聚与相散,尽管时间残酷。但一定要倍加珍惜,用最真的心、倾最浓的情、使最大的劲,去直面和妥处,尽可能让自己的生命更加多姿多彩。

因人废言与以言举人

先说两则故事。一则是：丰子恺曾画过一幅《牵羊图》，画中每只羊的脖子上都有一根绳索牵着。他的一个佣人见之，忍不住笑了起来，说"只要用一条绳子就行了"。他恍然大悟，不禁叹道："真是'巧匠何曾弃樗栎，刍荛之言或有益'啊！"另一则是：曾国藩攻破天京后，有一次与几位幕僚评论当今英雄。他说："彭玉麟、李鸿章都是大才，为我所不及。"有一幕僚说："此二公各有所长，彭公威猛，人不敢欺；李公精敏，人不能欺。"曾国藩问："你以为我怎样？"此人微微停顿，说："曾师仁德，人不忍欺。"这句话正合他的心意，当场拍板，命此人督造船炮。哪里知道，数日后，这家伙便携巨款玩了"蒸发"。这两则故事，告诉人们一个道理，对人待人，不能仅仅因为他说的好就重用他，也就是不能仅仅以言举人；也不能仅仅因为他身份卑微就不在意他说的，也就是不能仅仅因人废言。

人从襁褓之中的牙牙学语到病重临终之前的痛苦呻吟，无不贯串着一个"说"字。说是人在满足基本生理需求之外，与做相互关联的生命特征。人只要没有生理上的缺陷或没有外部强迫的原因，从早晨睁开眼睛直至晚上安然入睡，时不时地会说，个别人甚至夜寐时还会说（梦呓）。通常，说是想的表达，说是做的先导。有所想会有所说，有所说会有所做。当然，也有边说边想、边做边说的。没有想好就说，往往会出错，更甚者，会胡说、瞎说；想好了硬是不说，弄不好，会失责、失德甚至失人。"说起来容易，做起来难。"现实生活中的很多事，好说不好做。从行为学上分析，说所投入的力一般比做所投入的力小，故而，社会上多有"说话的巨人，行动的矮子"。不过，并不是所有做的重要性都比所有说的重要性大。有些说可谓一言九鼎，有些说却是空口白话；有些说可以君令天下，有些说只是自言自语。人之想、说、做三者中，说居于十分重要的位置。正如实践、认识、再实践、再认识一样，说也是想了说、说了做、再想了说、再说了做，且不断地使自己聪慧起来。

诚然,通常的说属于狭义,即用人的口嘴来表达,如领导动员讲话是说,老师课堂授课是说,医生把脉问诊是说,家人闲聊交谈是说,男女示爱表白是说。对狭义之说,人们特别难忘,当年毛泽东在天安门城楼上庄严宣告中华人民共和国中央人民政府成立了;也特别难忘,当年邓小平南巡发表重要谈话。说还有广义。广义之说,往往是落在文字上而无声音之意。如"文化大革命"中,把毛泽东著作中的有关论述摘编成《毛主席语录》,即源于此理。又如孔丘《论语》中曰、孟轲《孟子》中曰、老聃《老子》中曰,均为此理。再如爱因斯坦《社会和个人》中言、孟德斯鸠《论法的精神》中言、伏尔泰《形而上学论》中言,亦出于此理。有的时候,说不见得非要有声音。此时(此处)无声胜有声,指虽无声,但有声,且胜过有声。有的时候,说起来不见得非要有大声音。如耳语仍可面授机宜,私语仍可高谈阔论,嘀咕仍可强词夺理。有的时候,说,不见得非要连连发声。如一语破的、一言为定、一鸣惊人,都不是滔滔不绝。点到为此,是聪明人之说。有的时候,说,不见得非要直直出声。如旁敲侧击也是说,甚至隐语暗示也是说,指桑骂槐也是说,含沙射影也是说。

说之作用多多、效用大大。不可想象,人间若无说,将会减少很多甚至基本断绝正常交流,更不会有面对面、口对口的交流。在现实生活中,有其说与无其说不一样,当面说与私下说不一样,前面说与后面说不一样,人前说与人后说不一样。笔者粗略归纳,人之说有如下 12 种:一是表达,即向别人告诉自己的所见所闻和所思所想,如谈说、谈天、谈心等。二是议论,即对身外之人之事之物发表个人的见解,如评点、评骘、评判等。三是劝告,即用道理去说服对方释疑、改错、警惕、同意等,如劝导、劝解、劝和等。四是说教,即向对方传播知识、传授学问、传导经验等,如教诲、教导、教化等。五是指示,即领导机关、领导干部向下级机关、下级干部部署安排工作,如报告、讲话、发言等。六是理论,即经过深入研究后得出的定见、形成的定论、确立的定理等,如学说、学问、学识等。七是艺术,即为戏剧表演中的品种或节目,如说书、说唱、说白等。八是安慰,即与亲人或友人、老者或病者聊天消闲,如话旧、话疗、话别等。九是激动,即在情绪不正常时表现出来的似说非说的情状,如哭诉、嚎叫、嘶吼等。十是宣传,即通过说明和讲解,使对方明白就里,或相信并跟着行动,如宣讲、宣告、宣扬等。十一是离间,即从中挑拨是非,使人不团结、不友善、不和睦,如逸言、诋毁、污蔑等。十二是职业,即指从事咨询业的工作人员,如中介、顾问、媒介等。

俗话说,人嘴两层皮,可以这样说,也可以那样说。这表明,说有很大的不确定性。说的对象有不同,说的立场有不同,说的目的有不同,说的内容有不同,说的方法有不同,说的场合有不同,说的时机有不同,说的境况有不同。与此相对应,听的对象、立场、目的、内容、方法、场合、时机、境况也有不同。同样内容的说,不用有多个因素不同,只要有一个因素不同,就会在效果上表现出差异。不是么,对牛弹琴,用来讽刺说话不看对象。一针见血,用来比喻说话直截了当。天花乱坠,用来讥笑说话过分夸张。鞭辟入里,用来形容说话深刻透彻。信口雌黄,用来比喻说话罔顾事实。闪烁其词,用来比喻说话吞吞吐吐;絮絮叨叨,用来形容说话啰里啰唆。因此,每人说、每回说、每段说、每场说,都显示出说者的能力和水平,都体现出说者的素质和智慧。故而,人不能随随便便、马马虎虎地说,不能偏听偏信、偏激偏颇地说,更不能闭着眼睛、塞着耳朵、昧着良心地说。遥想当年,秦桧以"莫须有"的罪名加害于岳飞。"文化大革命"中,一些老干部被打成"叛徒、特务、内奸",后来获得了彻底平反。美国以伊拉克有"大规模杀伤性武器"为名,发动战争推翻了萨达姆政权。国内也有个别地方法院,定错了案,杀错了人。要知道,一句话可说得人笑,一句话可说得人哭;一句话可说得人喜,一句话可说得人忧;一句话可说得人静,一句话可说得人闹;一句话可说得人爱,一句话可说得人恨。一句话可说得事办成,一句话可说得事办砸;一句话可说得事变大,一句话可说得变小;一句话可说得事变好,一句话可说得事变坏;一句话可说得事了了,一句话可说得事不了。许多时候,说与水、火一样,既无情,又不逆。无情在于稍有不慎,祸从口出;不逆在于一言既出,驷马难追。

说之世界,纷繁复杂。我们每个人,上至一国元首,下及一介草民,每天都会听到别人说。其实,听的过程,既是了解的过程,也是思索的过程,还是考察的过程。据载,德川家康、丰臣秀吉、织田信长,同为日本战国时代的枭雄。有一日,他们三人齐聚醍醐寺饮酒,因为各怀心思,饮至半酣后皆无语。见此,丰臣秀吉打破沉默说:"栖息在树上的夜莺,啼叫声极其美妙,请以鸟鸣以助酒兴。"夜幕降临,他们三人期待中的夜莺却未鸣叫。织田信长紧皱眉头说:"杀之不足惜。"丰臣秀吉微笑着说:"诱之使其鸣。"德川家康悠闲地说:"莫急待其鸣。"他们三人对夜莺鸣叫的问题,有着截然不同的态度。事实上,这反映出了他们三人在追逐和寻求不同的人生目标。在正常情况下,自己听别人说的时候,不能不听,但也不可全听。尤其是在听别人说了之后需要自己拿主意、作决策的时候,既不可无动于衷,如不是,那对别人不够尊重;也不可"听到风就是雨",如不是,那容易出现失误。毕竟,听其说,只是考察的一个方法,也不是考察的全部方法。一味地因人废言、以言举人,在实践中是犯了经验主义的错误,在理论上是犯了绝对主义的错误。我国古人即有"察言而观色""听其言、观其行"的忠告。实际上,古人作出了这样的告诫:无论组织,还是个人,凡考察人,必须采取综合评价的方法,既要看其说的,又要看其做的,特别是要提防那些口惠而实不至、说一套而做一套、口蜜而腹剑、雷声大而雨点小、口中是而心里非的人,在人前人后迷惑人、忽悠人、恍惚人。人在世上,在许多时候,不能不说,不得不说;不能不听,不得不听。与其他很多物体一样,说和听也有正向和负向两面。正确的选择是:用好正向的,防范负向的。说,是一种软实力,但从某种意义上说,也是一种硬实力。作为组织和个人,尤其在激烈的舆论战中,务必敢于发声、善于发声。历史的教训,值得记取。古今中外,无数人次的失败,均源于有关方没有牢牢把握话语权。换言之,或没有说,或没有及时说,或说得不好,或说得不到位。作为世人本身,在需要发声的时候,务必审时度势地说、深思熟虑地说、尽心尽力地说、恰如其分地说。人长一张嘴,除开吃饭和呼吸,便是用来说。说当有道,说当管用。古往今来,有太多太多的人,成在说,败也在说。但愿普天下的人,都能把说说好,为自己、为家庭、为单位、为社会,增添正能量,发挥正作用。

放下与提起

在日常生活中,放下与提起是常有的事。一如,你早上拎着篮子去买菜,因为买得多,篮子沉。在回家的路上,你会提起篮子走一段后,再放下篮子歇一会,依此循环,直至到家。二如,俗话说,远路无轻担。你不管挑多重的东西,只要走很远的路,就会觉得不轻松。或许你开始挑担子时并不感到重,慢慢地,肩腰腿脚就要"抗议"了。于是,你不得不放下担子休息一下,待喘过气缓过劲来,再挑起担子继续前行。三如,近段时间,家里的事颇为繁杂,既要忙小孩的事,又要忙老人的事;既要忙兼职的事,又要忙买房的事。夫妻俩忙得不可开交,只恨分身乏术。怎么办?看看轻重缓急,凡重的、急的事,先做;凡轻的、缓的事,暂放下。四如,参加考试,见易做的题先做,见难做的题放下后做。如此安排时间,比较合理。否则,死抠硬啃难题,弄得不好,会来不及做易做的题。五如,人生或多或少将遇到各种各样的机缘和际会,大的如选择职业、对象,小的如选择路线、商品,自己经过综合考量,其中有的被放下去了,有的则提起来了。

放下与提起,对人来说,既涉及思想问题,又涉及行为问题;既涉及事业问题,又涉及家庭问题;既涉及工作问题,又涉及学习问题;既涉及精神问题,又涉及物质问题;既涉及待人问题,又涉及处事问题;既涉及历史问题,又涉及现实问题。1920年9月,我国著名诗人刘半农在英国伦敦求学期间,写下了一首脍炙人口的诗歌《教我如何不想她》。如下:"天上飘着些微云,地上吹着些微风。啊!微风吹动了我头发,教我如何不想她?月光恋爱着海洋,海洋恋爱着月光。啊!这般蜜也似的银夜,教我如何不想她?水面落花慢慢流,水底鱼儿慢慢游。啊!燕子你说些什么话?教我如何不想她?枯树在冷风里摇,野火在暮色中烧。啊!西天还有些残霞,教我如何不想她?"我们从中不难看出,这是一首青春恋歌,作者借景抒情,诗性地表达出了对"她"念兹在兹的爱恋,实际上是作者在心底里对"她"放下不了。古老的湖北黄梅五祖寺前有一道山溪,终年流水淙淙,游人欲进寺门,必须经过一座廊桥,走近廊桥,抬头即可看见门楣上有三个醒目的大字:放下着。在现实中,放下与提起,尤其是放下,并不是人人都能适时、适势、适度做到,它是人生中的一种大智慧、大境界。史载,我国西晋军事家羊祜文韬武略,才华横溢。他为西晋统一全国,立下了大功。正当鼎盛之时,他却急流勇退。有人问他,为何放下功名利禄?他说:"我以角巾装束回到故里,享受田园日月,不亦乐乎!"他的放下,赢得了一片美誉。我们每个人,无一不是一丝不挂地来到这个世界,最后又无一不是两手空空地离开这个世界。其间,面对难以计数的人、事、物,不得不要么放下要么提起。从本质上说,放下是减法,提起是加法。人就是在这加减运算中,度过一日、一月、一年和一生。

2016年,韩国总统朴槿惠的"亲信干政"事件不断发酵,且越闹越烈。人们记得,她在第三次发表对国民讲话中表示,自己已经放下一切,只希望国家尽早摆脱混乱,重回正轨。还有,人们不时可以闻及,那些遭到灭顶之灾而死里逃生的人说,活着真好;那些罹患绝症即将走到生命尽头的人说,我什么都不要了。以上的放下,主要有客观原因。换句话来说,是外力促使、推动本人放下。事实上,人最在乎自己已经得到的东西。曾于2002年获得诺贝尔经济学奖的美国心理学家丹尼尔·卡伊曼对此作过专门研究,并得到了证实。他发现,减少100元带给人的痛苦,远远大于增加100元带给人的愉快。不是么?在人际交往中,收别人的钱时很多人可以少收一角,给别人钱时很多人却不愿多付一分;钱没到手时很多人不愿意伸手,钱到手后很多人却舍不得出手;很多人宁肯少挣100元钱也不愿与别人吵吵嚷嚷,很多人为了少付10元钱都不惜与别人斤斤计较。人与生俱来有一种"大了还想大、多了还想多、强了还想强、好了还想好"的心理。故而,对大的、多的、强的、好的,普遍习惯于提起,而不情愿放下。加上世俗社会里存在的些许势利现象,又反过来强化了人的这种心理。应当说,在总体上,放下与提起同等重要。但在具体情况下,有时候放下比提起更重要,有时候提起比放下更重要。遗憾的是,有些人往往把该放下的提起了,把该提起的放下了,而且还自以为"多多益善"或"少少为妙"而放下,人生在世,正如在思想、政治、军事斗争中既要反"左",又要反右,更要反"左"一样,面对万花筒中的名和利,既要学会放下,又要学会提起,更要学会放下。要知道,人除了生理和安全两大刚需外,其他的均为奢侈品。换言之,是可有可无的,或有了更好一些、无了也坏不到哪儿去。人生宛若一个人背着一只竹篓子行走于茫茫天地间,切莫贪得无厌,总喜欢把中意的提起,以至于肩负越来越重,成为累赘。古人有言,见兔而顾犬,未为晚也。人生路上,知道自己哪些东西不该提起,时间上也不太迟,还来得及放下,如果能早些知道该放下的不提起,而且采取了行动,那就更为理性和明智了。从这个意义上说,被动比不动好,主动又比被动好。

放下与提起,没有绝对的好,也没有绝对的不好。放下并不一定等于失败,提起也并不一定等于成功。关键要看放下什么、怎么放下,提起什么、怎么提起。元好问《梨花》诗曰:"梨花如静女,寂寞出春暮。春色惜天真,玉颊洗风露。"其实,满树的梨花有一部分是"谎花",虚虚地开几天,不结果。因此,主人届时会去摘掉一些"谎花",以便让更多的养分去滋养那些能结果的花。有言道,漂亮的失败是另一种成功。同理,漂亮的放下是另一种提起。在当年,项羽看起来是失败者,岳飞看起来是失败者,林则徐看起来也是失败者,然而,时至今日,他们仍是很了不起的大英雄。很多时候,放下并非是随意的、恒久的放下,提起也并非是随意的、恒久的提起;前面的放下是为了后面的提起,前面的提起是为了后面的放下。如亲友餐聚,有的人席初时这也不举箸那也不动匙,其实,他或她并不喜欢吃面前的,想待后有喜欢吃的再大快朵颐,因为自己的胃就一个,前面不好吃的吃饱了,后面有好吃的也就吃不进了。世上的人没有不经历放下,也没有不经历提起,放下与提起是常态而非偶然。必须把握,放下或提起,结果与初衷要相互符合,也不能相互抵消。如今,那些既是"穷忙族"又为"月光族"、既是"过劳族"又为"过俭族",在这方面就存在一些问题。别以为放下就比提起一定容易,如果处理不好,都会"闪到腰子",为稳妥计,都得顺势而为。在生活中,人一旦背上思想包袱、一旦对人产生成见,还真的难以放下,有时别人再怎么劝说、再如何开解,都难以奏效。故而,从一定程度上说,精神性的放下与提起比物质性的放下与提起还要难。人在世上,有时会让一些不是问题的问题羁绊住自己的手脚,实质上,是自己提起了一些不是问题的问题,身陷其中而不能自拔。通常,这些人活得累,属于自讨苦吃,其根源在于心眼太小、索求过多。

人之生命过程,本身就是一个提起、放下、再提起、再放下的过程。古人即知此理。有言道,人死为归,"精气归于天,肉归于地,血归于水,脉归于泽,声归于雷,动作归于风,眼归于日月,骨归于木,筋归于山,齿归于石,膏归于露,毛归于草"。又有言道,人生如寄。寄是暂存的意思,有时间限制。时间一到,尽管你还想再存,也不能再寄,有时一时半刻都不能耽搁。还有言道,人生如旅游。人从"家"里出发,无论你怎么游历,不管你见识多少,最后还是要回到"家"里。游历只是短暂的,"家"里才是永恒的。看,古人的想象力多丰富啊!对人之生死的认识,有助于谨严把握现实中的各种放下与提起。人不能有贪心,即使对生命里最好的东西,也只能适可而止。好多东西之所以放下不了,主要是没能做到删繁就简。生活原本是简单的,因为人的欲求多了,便复杂起来。有些人自从当了领导以后,自己就把自己提起来了,总觉得自己如林中秀木气宇不凡,似鸡群之鹤风度翩翩。其实,现在的自己还是原来的自己,用官方语言来说,"权利是人民给的";用百姓语言来说,"不就是一张纸么"(指任命)。这些人往往没有把自己想明白。江山代有人才出,长江后浪推前浪,山外青山楼外楼,有些人并不真正理解这些,而一味地去追求为人做事的完美无缺,更有甚者,还想去拼搏"天下无敌"。结果呢,很多是以失败而告终,有的还落得个凄惨的下场。对任何的提起,必须量力而行。再好的愿望,如不量力而行,也难以实现。史载,1898年我国戊戌变法,在103天的变法时间内,清廷发出的变法诏令竟超过了110道。这些变法诏令,数量太多、涵盖太宽,又缺乏实施细则,这从相当大的程度上注定了这场变法不能取胜。有人说,人间所有的命运赠送的礼物,都暗中标示着价格。是的,世上所有的放下与提起,也都蕴含着代价,有所不同的是,有的公开,有的私下;有的眼前,有的后现;有的直接,有的间接。因而,我们面对所有的放下与提起,均应多一点理性、多一些睿智。

女汉子与软妹子

自古以来,人们对男人、女人有着不同的性别定位。每每描写女人时,常常用亭亭玉立、如花似玉、国色天香等;每每描写男人时,往往用高大威猛、气宇轩昂、风度翩翩等。然而,正如许多事物并非全为非黑即白、非白即黑一样,人之外貌、人之行为、人之身份,也不是绝对的、划一的。换言之,依世俗之见,有的男人是男扮女装,有的女人是女扮男装;有的女人干了男人干的活儿,有的男人干了女人干的活儿;有的男人的说话、做事风格像女人,有的女人的说话、做事风格像男人;有的女人去了女人不该去的地方,有的男人去了男人不该去的地方;有的男人消受了只有女人才能消受的东西,有的女人消受了只有男人才能消受的东西。时至今日,仍有时会用男子汉来要求男人,男子汉所强调的,是男人身体的健壮和意志的刚强;仍有时会用女人家来要求女人,女人家所强调的,是女人身体的柔弱和脾性的温和。诚然,就体质而言,女人通常不能与男人比。故而,凡是拼体质的事,女人一般不宜与男人比。这是由先天决定的。但是,时代不同了,社会不同了,男女在政治上、经济上、文化上享有的权利既已相同。放眼望去,女总统、女主席、女首相、女总理的有之,女部长、女省长、女市长、女县长的有之,女院士、女将军、女教授、女博士的有之,女航天员、女飞行员、女董事长、女总经理的有之。可以这么说,世上三百六十行,行行都有女人做。

必须肯定,当今中国,无论从法律、制度上,还是在实际、实践中,男女于家庭之外的权利,基本上都可一样。这是时代发展和社会进步的重要标志。但是,几千年来男尊女卑的余毒还或隐或现地存在着。史上不乏彪悍的女人,像中国的武则天,像俄罗斯的叶卡捷琳娜二世,像古埃及的哈特谢普苏特,像英国的伊丽莎白女王等。她们不仅拥有非凡的美貌,而且掌控了巨大的权力。而今,有些人习惯于把彪悍的女人称作"女汉子"。其特点是:自信、独立、果断、坚决。如果说史上的女汉子是在社会发生巨大动荡时因为男汉子缺少等而产生的,如赫赫有名的杨门女将,那么,现今所谓的女汉子是在男女平等大背景下源于社会呈现出多元化、多极化特征而出现的。当前,与女汉子同时出现的有男主内。诚然,中国的传统家庭,一般是男主外、女主内。而此可追溯到人类原始社会,那时的男人靠勇猛在外打猎,女人因生养在内料理。现在,男主外、女主内的传统观念已经极大淡化,甚至不复存在,尤其是在年轻人的脑海里就普遍没有这一观念。不是么,电视连续剧《两面胶》中的上海小男人就喜欢并善于做家务,常常见其腰间系着围裙在厨房里忙个不停。对这种男主内,社会上尚有一些人不屑一顾,总觉得有失男人自尊,甚或还在迷信"男做女工,越做越穷"。另有一些人,则视女主内为封建的、过旧的东西,不能正确地理解女人的翻身解放。所以,社会上有一些年轻夫妻,要么因为不能男主内而分道扬镳,要么因为不能女主内而各奔东西。与女汉子相对应的是软妹子。所谓的软妹子,最显著的特点是,既能勤勤恳恳,又会忍气吞声,尤其是在受到欺负和委屈时,不会去闹,不会去争。当年一些封建家庭里的小媳妇,即为软妹子模样。毋庸讳言,迄今,社会上仍有相当多的男人在期盼和欣赏所谓的软妹子。

怎样看待女汉子与软妹子现象?首先,理应分清人在社会上和家庭里的功用。如前所述,人在社会上、家庭里的地位是一样的,男人是人,女人也是人;没有男人的社会不是正常的社会,同理,没有女人的社会也不是正常的社会;没有男人的家庭不是完整意义上的家庭,同理,没有女人的家庭也不是完整意义上的家庭。人在社会上,不管男人、女人,都得学习、工作、生活,其功在国家、集体,利在自己、家庭,包括创造财富、服务别人,也包括养家糊口、繁衍生息,而且相互体现出有序的分工合作。在这些方面,男人与女人、女人与男人没有多少差别。一般来说,除了生育,女人能做的,男人也能做;男人能做的,女人也能做。人在家庭,尤其是由夫妻组成的家庭,男人与女人虽在许多方面是相同的,但在少数方面是不同的。这主要因为生理、心理因素有不同,而这正是男女为何恋爱、结婚的根本原因。所以,同样是女汉子、软妹子,在社会上,对其的评价并不完全一样。换言之,女汉子在社会上或许会有人称赞,而在家庭里或许会有人责备;软妹子在家庭里或许会有人欢迎,而在社会上或许会有人批评。其次,女人不能把自己设计成或变化为男人的附属品。自古以来,人们赞美郎才女貌、倡导夫唱妇随、渴望夫荣妻贵、崇尚男耕女织,然而,随着经济社会的持续、快速发展,传统意义上的男人与女人,在社会上、家庭里的地位及其作用,已经发生了巨大的变化,甚至出现了根本性的变革。女人们在追求更多、更大的独立自主。在这一大背景下,每个女人应当也必须拥有"我能""我行"的自信。当然,这个自信不是自欺欺人的,不是夜郎自大的,不是孤芳自赏的,而是有自小即有的、持之以恒的上进,从而使自身素质变得不软而硬。第三,适合的,即为好。男人与女人,人生观、价值观不一定一样,性格、脾气也不一定一样。如有的男人、女人重名,有的男人、女人重利;有的男人、女人暴躁,有的男人、女人温顺;有的男人、女人外向,有的男人、女人内向。同在一片蓝天下,有些是同在一个屋檐下,自己适合做女汉子的,就去做女汉子;自己适合做软妹子的,就去做软妹子。一般不要勉为其难,因为勉为其难,既心有不甘,又力不从心,对自己无疑是一种折磨。当然,社会是人生的大学校,家庭也是人生的大学校。我们进入后,经过自觉或不自觉的磨合,也可以变不适合为适合。第四,承认区别。男人与女人在家庭里的角色不同,如女人,她永远是妻子的角色,有了孩子后,永远是小孩母亲的角色。相对来说,女人心细一些,男人力大一些。男人娶妻与女人嫁夫,在其目的上也并不完全相同。男人更多的希望妻子贤淑、温柔一些。故此,有言道,婚姻不需要女强人。还有言道,找对象不等于选干部,建家庭不等于办公司。而这,有一定的道理。大凡聪明的女人,即使在外再强势,对内也表现出了克制。她知道,在家里,丈夫需要的是妻子,孩子需要的是母亲。世上不乏这样的女人:在外,与男人一样打天下,甚至权倾一方;对内,为人妻,为人母,尽职尽责。第五,只要夫妻是恩爱的、家庭是和美的,女汉子也好,软妹子也罢,也都无所谓。俄国著名的唯物主义哲学家赫尔岑有言:"难道男人的全部目标就是为了控制某一个女子,而女子的全部目标就是为了左右某一个男子吗?从来不是!"为了一个共同的婚姻,也为了一个共同的家庭,一对有情人终于携手走到了一起。从此以后,男人与女人乃为"命运共同体",一路上要相互帮助、相互温暖、相互依存,不管谁强谁弱,并无贵贱之分。从这个意义上说,女汉子是为了对方、为了家庭好,软妹子也是为了对方、为了家庭好。既然如此,自己就不应有怨言,旁人也无需非议。

在此尚需指出的是,女汉子绝非凶恶、蛮横的泼妇。即使在女权主义盛行的地方,女汉子也不等于不婚不育。女汉子强的是内在而非外表。那些把魔鬼身材包裹在没型的男式衣裤里,嘴上还叼着香烟,倚墙抖着二郎腿的女人,绝不是女汉子;那些稍不遂自己心愿,便口出粗话、脏话,甚至动手动脚的女人,也绝不是女汉子。在此还需指出的,社会上有些人生性并不希望做女汉子,也有做随风摆动的杨柳般的或小鸟依人般的软妹子的梦想,只是客观环境、条件不允许,迫使她们为了更好地生存而变身女汉子。对于这些人,人们应当给予理解,甚至表示同情。尽人皆知,因为有了人类,才有人类社会。人类中有女人也有男人,女人中有女汉子也有软妹子,男人中有男强人也有软汉子。俗话说,夫妻是一块馒头加一块糕。意思是,二人是天生搭配好的。看来,人类社会运行颇具多样性、融合性,而如上这些成分,无疑是题中应有之义。

作与做

在多达 85568 个的汉字中,一字多义的很多,一义多字的也不少。其中,有些相反,有些近似;有些常见,有些冷僻。以字组词后,有些成褒义词,有些成中性词,有些则成贬义词。即使是褒义词、中性词、贬义词,也有程度上的差异。而且,字与义,有的因为地区不同,如粤方言、吴方言等,还与标准语有所区别。这些,正是中国汉字博大精深之所在。本文论述的作与做,乍看上去,似乎可以通用,如作工与做工、作文与做文、作媒与做媒、作东与做东等,但深究细琢起来,还是有差别的。笔者发现,做,多用于正向;而作,则多用于负向。如作,弄虚作假、兴妖作怪、装模作样、装腔作势、流窜作案、作恶多端、始作俑者、作壁上观、作奸犯科、作茧自缚等。其所作的,均非正向。这些作,多为故意的、假装的、过分的、乱来的。其形态,其结果,当然与常法、常理、常情有违。

——国家有作。报载,秘鲁历史上曾有一个大富大贵的"鸟粪时代"。从 1840 年到 1880 年,秘鲁以平均每吨 10 英镑的价格出口了约 1080 万公吨鸟粪,以此赚取了约 1 亿英镑,成为拉丁美洲最富有的国家之一。秘鲁政府本可以用鸟粪贸易带来的巨额收入建设现代化的国家,不幸的是,大量的鸟粪财富却用于建立挥霍的国家官僚体系,或浪费在宏大的铁路项目建设上。更糟糕的是,秘鲁政府还把未来鸟粪生产作为抵押,在国际金融市场上大规模举债,从而导致了一场严重的金融危机。到了 19 世纪 80 年代,持续了 40 年的"鸟粪时代"终于走到了尽头,秘鲁政府宣告破产。直至今日,秘鲁仍在现代化的道路上艰难前行。

——集团有作。史载,太平天国内讧,洪秀全因嫉生恨杀死杨秀清。1856 年 5 月,天京城外炮声隆隆,十余万大军鏖战方酣。石达开、秦日纲率部猛攻紫金山等清军营盘,杨秀清出奇兵焚烧清军马队,趁乱破清军 20 余座营盘,清军江南大营崩溃,钦差大臣向荣自缢身亡(一说病死)。千里长江中下游各重镇，一时尽归太平天国版图。然而，对洪秀全来说，这场胜利，既喜又忧。忧来自于东王杨秀清。早在刚入天京城不久，杨秀清主持的科举考试试题居然是《四海之内有东王》，杨秀清的野心毫不避讳地公之于众。几年来，杨秀清又以各种理由压制、打击诸王，甚至假借"天父"下凡的名义杖责洪秀全。1856年7月，东王部下密告洪秀全一个惊天动地的消息——杨秀清欲杀洪夺位。洪秀全一见形势大恶，密诏韦昌辉、石达开、秦日纲诸王杀了杨秀清。"天京事变"后，太平天国内部局势继续恶化，外部战局急转直下，直至1864年6月，随着洪秀全病重死去、天京被湘军攻占，势力曾经发展到17个省的太平天国运动失败了。

——个人有作。在清代被称为"天下廉吏第一"的于成龙，在广西罗城任知县时，挽救了一桩婚姻。城关村杜文云的儿子杜少云，娶妻刘氏，而刘氏十分泼悍。杜少云又是有名的"妻管严"，平日一见刘氏，双腿就开始发抖，说话也有些不利索。一天，杜少云从表姐家回来，表姐托他带一双绣花鞋给其表妹。未曾想到，刘氏一见，竟怀疑杜少云有外遇，这双绣花鞋便是互赠的"表记"。于是，刘氏上前连扇三个耳光，再罚杜少云抟起裤子跪搓衣板，若再不从实招来，更有大刑"侍候"。杜文云见儿子受到如此虐待，于心不忍，便走过去证明儿子的清白。哪里料到，刘氏连公公的情面也不给，反诌老子袒护儿子，居然还敢来作伪证。刘氏连骂带闹，把公公的胡须也给揪去了一把。杜文云气愤至极，投诉到公堂，找于成龙判案，要休了刘氏。于成龙经过细致审问，祭出判词，劝诫他们各自检讨，修复婚姻。其中有这样一句判词："少云要服丈夫再造丸，重塑男人形象；刘氏宜泡醋缸三月久，恢复女性温柔。"

——做事有作。韩国总统朴槿惠因"亲信干政"于2016年12月9日遭国会弹劾，并停止行使总统职权。然而，外传这一切，竟只是因为一条小狗。高永泰经营一家手提包与服装公司，2012年因业务关系而结识朴槿惠的闺蜜崔顺实。崔顺实对高永泰非常信任，还帮忙安插职务，使之事业越做越大。不过，到2014年就变了。当时，崔顺实要高永泰帮忙照顾女儿的小狗，可高永泰把小狗留在家里就外出打高尔夫球了，回来后就遭到崔顺实责备，二人因此发生了激烈冲突，从此关系恶化。高永泰感到愤怒与受伤，决定报复崔顺实。为此，高永泰花了几个月时间搜集崔顺实对朴槿惠政府耍特权的证据，并将相关证据交给媒体。高永泰更讽刺说崔顺实最喜欢做的就是"编辑总统的演讲稿"。自此，"亲信干政"案不断发酵，首尔持久举行"倒朴"群众集会游行活动，朴槿惠不得不多次通过电视向国民道歉，韩国政坛陷入了空前的危机。

——为人有作。山东省济南市人大常委会原主任段义和是一名官至副省级的高级领导干部,却谋杀了情妇柳海平。当年段义和挂职聊城市委副书记时,与其常住招待所的服务员柳海平勾搭成奸。后来,在段义和的一系列运作下,柳海平由农村户口转为城市户口、再转为公务员,直至被安排在济南市国土资源局工作。段义和还先后给柳海平买了4套房子、2辆轿车。过着金屋藏娇的生活,柳海平并不满足,要求"转正",并威胁要去告发段义和。在柳海平的苦苦相逼之下,段义和最终接受了其侄女婿陈志的方案:用爆炸的方式除掉柳海平。2007年7月9日晚,陈志与其好兄弟陈常兵一起,用一枚汽车遥控炸弹,将正在下班驾车回家的柳海平炸得粉身碎骨,另有一辆路过的轿车和一名路人受伤。这起颇为山寨的爆炸杀人案很快告破,段义和、陈志被判处死刑,陈常兵被判处无期徒刑。

"作"这种言行,古有之,今有之;中有之,外有之;男有之,女有之;老有之,少有之。作,有主动之作与被动之作。"我和老公结婚十年了。当初,我们非常相爱。可是,时间改变了他,也改变了我。我知道,他在外面有了别的女人。以前,我对爱情极度苛刻,不能有一点瑕疵,但现在,即使他那样,我也只想装幸福过日子。我害怕一旦捅破了,就真的要离婚了。"给某媒体自曝情感问题的这位女士,其"装幸福"是被动之作。"我的男朋友在英国读书,还要一年才能回来。今年我28岁了,家里一直在安排给我相亲。他们根本不看好我的男朋友,说他出国还要贷款,没出息。可他们给我介绍的都是40岁左右的事业成功人士。现在我很为难:等男朋友吧,不知道未来在哪儿;找个条件好的嫁了吧,又不甘心嫁给大叔。"实际上,给某媒体说掏心话的这位女士,其"很为难"是主动之作。作,有真的之作与假的之作。中国舞台上有过一副对联:"是我非我,我看我我也非我;装谁像谁,谁装谁谁就像谁。"其意是,演戏要把体验与表现熔为一炉,角色与自我化为一体。不过,演戏只是在舞台上,下台后即可依然故我。这是假的之作。2016年12月13日,家住南京市江宁区的李某报警称,自家2岁娃在家门口走失,下落不明。随后,警方派出大量警力寻找。此消息一出,引发网友广泛关注。最终查明,实际上是李某通过策划孩子"走失"事件,想把因闹夫妻矛盾而回娘家的妻子引回来。李某因报假警被治安拘留7天,并处以200元罚款。李某的行为是真的之作。作,有有意之作与无意之作。幽默的人都风趣。近年来,幽默渐渐出现了新的形式,叫"自黑"。自黑之人喜欢自曝"黑点",往往在人前夸张自己某个非优特质,如唱歌跑调、跳舞摔倒、拍照扮丑等,而这些都是"自黑"之人的有意之作。有的女人出道后便在仕途上闯荡,慢慢地养成了颐指气使的习惯,回到家里,有时调整不好,也会摆出当领导的派头儿。其实,这是她的无意之作。作,还有无奈之作与有奈之作。有些领导喜欢搞吹吹拍拍、团团伙伙,你在手下,如果不去奉承、不给送礼,日子就好过不了,轻则给你"水晶鞋"穿,重则叫你淘汰出局。而你为了生存与发展,只得去迎合他,从一定程度上说,此乃无奈之作。克雷洛夫曾写过一则寓言《狐狸建筑师》。讲的是一头狮子特别喜欢养鸡,但鸡舍不好,总是丢鸡。于是,狮子决定请最好的建筑师狐狸来建一个坚固的鸡舍。结果,鸡舍建得极为精美,看起来固若金汤,但鸡仍然一天天减少。原来狐狸就是偷鸡贼,它把鸡舍建得非常严密,谁也进不去,却把一个秘密通道留给了自己。狮子本有办法解决丢鸡问题的,鸡舍之所以不起作用,是因为狮子错误地选择了狐狸。显然,狮子是有奈之作。

世界著名传记作家茨威格著有《命丧断头台的法国王后——玛丽·安托瓦内特传》。传记中的法国王后,在宫中作来作去,最后作上了断头台。古往今来,人在世上,还是本本分分、规规矩矩的好,按现今倡行的说法,应该坚持"说老实话、办老实事、做老实人"。必须明了,人生中所有的作,或迟或早都得由自己来承担。如有些人开车,一向不守交规、狂奔、乱窜,最终把自己的命给送了;有些人求婚,一点不为对方着想,无谓地使对方受罚、受辱,结果适得其反;有些人生活,很没有规律,且多有恶习,喝酒烂醉、打牌通宵、饮食无度、作息无常,最终英年早逝;有些人当官,什么样的钱都敢拿,什么样的礼都敢收,结果成了"阶下囚";有些人处世,一会儿这儿树敌,一会儿那里树敌,最终成了"四面楚歌";有些人待人,今天碰到这个人,好得跟三生有幸似的,明天遇见那个人,又好得跟海枯石烂似的,然而,都是虚情假意,结果成了孤家寡人。由此看来,人间的作,均为有因有果,且没有谁可替谁开解。故而,在一生中,人应当踏踏实实地去做,而千万不能不负责任、不计后果地去作。

味道与感觉

过年啰！过年啰！对中国人来说，过年是个十分重要的文化传统。其非同寻常的，是有过年的味道。味道之一，不管男女老少，无论身处何地，一到过年，都要设法赶回家去团圆。在中国，每逢过年，都会有数以亿计的人口大迁徙。味道之二，家家户户，尤其是乡村，年前要做好多准备。进入腊月，过年即开始预热，有准备过年用的，有准备过年花的，有准备过年吃的，有准备过年玩的。尤其到了除夕，准备达到高峰。味道之三，各地有不同风俗的拜年活动。特别是过年当天上午，同宗、亲戚之间的走动尤为频频。时至今日，一些地方尚兴小辈给长辈磕头。味道之四，伴随着亲人们的团圆和拜年，地方上还会有一些民间游乐等活动。这些过年的味道，尽管是传统的、老旧的，但一代一代中国人并不生厌怕烦，而普遍心向往之、乐此不疲。

过年的味道并不是味道的原义。味道是指物质所具有的能使人的舌头、鼻子、眼睛、肌肤得到某种的味觉（包括酸、甜、苦、辣、咸、涩、香、臭、麻、腥、膻、臊等）。由此推而广之，世间味道杂陈。举例说来，人有人的味道：男人有男人的味道，女人有女人的味道；不同男人有不同男人的味道，不同女人有不同女人的味道；老人有老人的味道，小孩有小孩的味道；黑人有黑人的味道，白人有白人的味道。花儿有花儿的味道：不同花儿有不同花儿的味道，不同花期有不同花期的味道。人生不同时期有不同时期的味道：儿女成群有儿女成群的味道，子孙满堂有子孙满堂的味道，新婚燕尔有新婚燕尔的味道，老夫老妻有老夫老妻的味道。不同城市有不同城市的味道：海滨城市有海滨城市的味道，山林城市有山林城市的味道，沙漠城市有沙漠城市的味道，草原城市有草原城市的味道。不同生活有不同生活的味道：家常小菜有家常小菜的味道，山珍海味有山珍海味的味道；住别墅有住别墅的味道，住平房有住平房的味道；住顶层有住顶层的味道，住底层有住底层的味道；乘飞机有乘飞机的味道，坐火车有坐火车的味道。不同职业有不同职业的味道；当领导有当领导的味道,当下属有当下属的味道;当老板有当老板的味道,当伙计有当伙计的味道。诸如此类,不一而足。

味道是一种客观现实,是被人感觉出来的。也就是说,前者是存在,后者是意识。感觉是人对客观事物最简单、最肤浅的认识,以此为基础,可加以不断深化,最终形成定见。客观事物不仅通过人的舌头、鼻子、眼睛、肌肤直接给人以感觉,而且通过人的视力、听力间接给人以感觉。前者主要是感性的,只要味觉不失真、不失灵即可,而后者要多一些理性,因为或多或少增加了人的心理活动(活动中难免没有以往的认知,有些甚至有了一定的成见)。在中国美食中,凡用砂锅烹调的各种菜肴均称作砂锅菜。其方法为,原料下砂锅后先用大火烧开,然后用小火使之微开慢炖而成。砂锅菜软、烂、酥,味道鲜美可口。如同样是牛肉,用砂锅炖的与用铁锅炒的,在吃的感觉上不一样。《西游记》第八十六回中写道,乡野樵夫以野菜为原料,办了一桌野菜宴。摘录如下:"嫩焯黄花菜,酸齑白鼓丁。浮蔷马齿苋,江荠雁肠英。燕子不来香且嫩,芽儿拳小脆还青。猫耳朵,野落荜,灰条熟烂能中吃;剪刀股,牛塘上,倒灌窝螺扫帚荠。碎米荠,莴菜荠,几品清香又滑腻。油炒乌英花,菱科甚可夸;香麦娘,娇且佳,苦麻台下藩篱架。雀儿绵单,猢狲脚迹,油灼灼煎来只好吃。斜蒿青蒿抱娘蒿,灯娥儿飞上板荞荞。羊耳秃,枸杞头,加上乌蓝不用油。"读罢这些,字里行间使人感觉出这些菜肴原汁原味。

在日常生活中,我们时而说这个有味道那个有味道,其实,是在说这个有特性那个有特性。有特性,才有味道。特性是指某人某事某物所特有的性质。换言之,是指惟某人某事某物才有的这种性质。如鸡、鸭、鹅、马、牛、羊,各有各的特性。特性具体表现出差异。我们所说的这个味道那个味道,实际上是在说这个与那个的差异。如爸爸有爸爸的味道,妈妈有妈妈的味道。爸爸妈妈在味道上不同,不仅因为爸爸妈妈在性别和体形上有差异,而且由于爸爸妈妈在家里的地位和作用有差异。在江苏卫视《非诚勿扰》节目里,经常可以听到女嘉宾对男嘉宾说,你很优秀,但是,你不是我的菜,所以抱歉要灭你的灯。女嘉宾所言,指两人口味不对,男嘉宾不适合本人,也就是本人对男嘉宾的特性不中意。南京大学校长陈骏在2016年全校新生开学典礼上表示,南京大学要培养具备四种"南京味道"的一流人才。他所说的"南京味道",之一是,理想如"钟山之崇高";之二是,精神如"大江之雄毅";之三是,内涵如"玄武之深静";之四是,个性如"雨花之斑斓"。钟山,即紫金山;大江,即扬子江;玄武,即玄武湖;雨花,即雨花石。它们各有各的特性,也就各有各的味道。

味道还体现意义。某些时候,甜味被当作脆弱的、下等的东西,而苦味则被认为有品位、有潜能的东西。实际上,脆弱的、下等的和有品位、有潜能,那是给味道赋予了意义,或者说,那是把意义形容成味道。晋时陆机有诗曰:"鲜肤一何润,秀色若可餐。"女人貌美,男人有时候会用"秀色可餐"来形容。貌美怎能餐用呢?实际上,这是从意义上说的。人在世上,由于出身背景、受教育程度、从事职业等的不同,其有不同的味道。不同味道的人,往往有不同的人生态度。有报道说,在美国,什么样的人读什么样的报。如读《基督教科学箴言报》的人,不屑于操纵这个国家,却有一肚子的政治高见;读《纽约邮报》的人,不在乎谁在操纵这个国家,只要他们每天都有花边新闻就行。有的时候,一次演讲,一个报告,一篇文章,一个节目,即显现或隐含着强烈的政治味道。如当年《光明日报》发表的《实践是检验真理的唯一标准》。一件衬衣,生产成本只有100多元,加上广告、销售费用,最多不过300元,然而,放在高档精品店里,售价可达2000多元,再由富翁大款买了穿在身上,其意义便非同一般。穷人与富人在美学上经常交换场所,如穷人爱上了富人的皮鞋,富人却爱上了穷人的布鞋;穷人爱上了富人的鱼肉,富人却爱上了穷人的野菜;穷人爱上了富人的沙发,富人却爱上了穷人的木凳;穷人爱上了富人的精粮,富人却爱上了穷人的粗粮;穷人爱上了富人的楼房,富人却爱上了穷人的土屋。穷人与富人所爱的东西,原本味道丝毫没有改变,但所追逐的意义不一样。2016年11月30日,中国"二十四节气"被正式列入联合国教科文组织人类非物质文化遗产名录。"二十四节气"是中国古代随季节变化而制订的、用来指导农事的补充历法。每个节气各有味道,如长江中下游地区广为流传的农谚"霜降到,齐脚倒",说的是,一到霜降节气,所有的水稻均可均需收割。渐渐地,"二十四节气"与人类品格、与社会文明产生了联系,发生了作用。从某种意义上说,"二十四节气"就是中国人过日子的"方圆之道":有根有脉,有因有果。用来记录人之语言、表达人之意思的文字本来是枯燥的,可经作家们一捣鼓,便有了种种味道,其中有的麻辣,有的甘醇,有的苦涩,有的酸溜,有的油腻,有的香艳。这种种味道,其意义并不一样,如有些是讴歌,有些是讽刺,有些是美化,有些是揭露,有些是赞颂,有些是鞭挞。

　　味道有好味道、怪味道,有浓味道、淡味道,有正味道、邪味道。人们品尝物品,总是希望有味道,如有则广告语,叫"盱眙龙虾,有滋有味",因为物品有了味道,人们对之就能生发兴趣,反之,像嚼蜡一样毫无味道,人们也就只会弃之。当然,仅仅有味道还不够,最好有合乎自己心意的味道。人们对味道,那也是"萝卜青菜、各有所爱"。就原义的味道而言,如苏南人爱吃甜,四川人爱吃辣,山西人爱吃醋;就引申的味道而言,像有些人爱看京剧,有些人爱赏杂技,有些人爱听相声。中国有一成语"臭味相投",原指一些人脾气、爱好相同,很合得来,现常指作风不正派的人,不正常地结合在一起。人在世上走一遭,待人处事,总体看来,有味道总比没味道好,好味道总比怪味道好。而这些味道,尽管无形无色,但别人是可以通过视觉、味觉、听觉、触觉和嗅觉而感受出来的。因此,自己必须谨言慎行。有句俗话:"鸟过留声,人过留名。"其实,鸟和人所留下的,即为味道。而这些味道,或留在各类史料中,或存于各种口传里。从一定意义上说,人活的就是味道,包括物质与精神的味道,生理与心理的味道,事业与家庭的味道。

俗与雅

世上对人、事、物的评语很多,其中常用俗与雅。俗,一般指大众的、流行的、通常的,也有指不规范的、无文化的、非正式的,还有指低级的、粗野的、无聊的,如俗人、俗气、俗话、俗事、俗物、俗心、俗味、俗名、俗字、俗套等。雅,一般指高尚的、优美的、精致的,也有指规范的、正式的、有文化的,还有指宽厚的、大气的、文明的,如雅兴、雅观、雅致、雅趣、雅量、雅意、雅座、雅正、雅驯、雅教等。在日常生活中,人们时而用俗与不俗、雅与不雅,来评论身外之人的品性和言行,来评述身外之事的性能和结果,来评析身外之物的外观和影响。

先例说俗。例一,政界有俗。据载,晚年的勃列日涅夫在某次主持召开阿塞拜疆党代会时,由于秘书疏忽给错了讲稿,在众目睽睽之下,竟毫无察觉地拿着错稿念了整整两页。惊慌失措的秘书见此匆匆忙忙地给勃列日涅夫换了正稿。对此,勃列日涅夫嘟哝着:"同志们,这不是我的错。"于是,勃列日涅夫又从头念起。例二,喝酒有俗。在酒席上,有些人特爱套近乎,本来相互都很陌生,不到一个小时,便亲热得不得了了。其套路——先问邻座:"您贵姓?"答曰:"敝姓张。"接着,开心地说:"张先生,咱俩喝一杯!"应道:"好!"没过多久,拍了拍邻座的肩膀,欣喜地说:"张哥,咱俩再来一杯!"邻座虽嫌快,但不便推却。又过一会儿,把头靠到了邻座身上,兴奋地说:"亲哥!来,咱俩干第三杯!"就这般,称呼一次又一次升级,杯酒一杯又一杯下肚。"三下五除二",二人很快就晕乎起来了。例三,吵骂有俗。刘荒田有篇文章,题目是《中国式吵架》。他指出中国式吵架有三大弊病:一是不会就事论事。常常喜欢"拔出萝卜带起泥",又爱好"无限上纲"。二是不留口德,必欲置对手于死地。往往逞一时口舌之快,哪句击中要害选哪句。三是事后不反省。吵过架后,少有当面道歉的习惯。笔者分析,中国式骂人有九种:一是直截了当地骂,二是指桑骂槐地骂,三是凶神恶煞地骂,四是泼妇骂街地骂,五是疼爱惋惜地骂,六是恨铁不成钢地骂,七是阴阳怪气地骂,八是无中生有地骂,九是无缘无故地骂。这些吵与骂,许多入俗。例四,话语有俗。古时,人们在生产、生活中渐渐形成了一些区域性的俗语,如上当、借光、露马脚、倒霉、东西、书香等。而今,人们在网络上形成了一些流行性的俗语,如530、520、584,意为我想你、我爱你、我发誓;又如1314,意指一生一世;再如770、880,意是亲亲你、抱抱你。还有,现时,人们在日常交往中渐渐形成了一些隐晦性的俗语,如无可奉告,这句本出现在正式场合的外交辞令,却被一些人用来保护自己的隐私了。例五,人心有俗。报复之心、嫉妒之心,许多人有,一些名人也不例外。史载,千古圣人孔子在曲阜办学时,与同行少正卯为争夺生源而结下了梁子,后来一当上代理丞相,就找了个理由把少正卯杀了。史说,一天早晨,朱元璋爱将常遇春接受侍姬端洗脸水伺候。睡眼蒙眬的常遇春忍不住在侍姬的手上抚摸了一把,说了一句"好白的手",就出门上朝去了。哪会知道,晚上,常遇春下朝一回到家,夫人就派人送来个精美的礼品盒。他打开一看,立刻吓得魂飞魄散,里面竟盛着他早晨才称赞过的美女的双手。例六,世事有俗。"子系中山狼,得志便猖狂",俗也。"有事有人,无事无人",俗也。"穷在闹市无人问,富在深山有远亲",俗也。"无利不起早",俗也。"行大欺客,客大欺行",俗也。"没有无缘无故的爱,也没有无缘无故的恨",俗也。

再例说雅。例一,风雅。因古《诗经》中有《国风》《大雅》《小雅》等部分,后用风雅引指言行有礼貌、不粗俗,如谈吐风雅、举止风雅等。但此不可卖弄,否则,便会变味。如欧洲中世纪许多贵族,因生姜贵重,就在葡萄酒里放入生姜喝,引以为风雅。当年,刘姥姥进了大观园后才知道,茶水是用来饭后漱口的;王敦当了驸马爷后才知道,枣子是上厕所时用来塞鼻子的。例二,优雅。优雅是一种气质、一种姿态、一种氛围、一种环境、一种品性。人应当优雅地对待吃喝拉撒,优雅地对待生老病死,优雅地对待世人世事。在这方面,常人往往认为:"没有一定的物质基础,怎么优雅得起来呢?"其实,这是认识上的误区。在现实世界里,凡是生活的智者、生活的强者,即使一贫如洗,即使饱经磨难,即使身陷绝境,也能优雅地面对。例三,高雅。文康《儿女英雄传》中有言:"这部评话,原是不登大雅之堂的。"大雅之堂,常指高雅的场所或场合。高雅更多地是用来形容人的气质、形象、谈吐、步履等。高雅不可盲目追随,否则,将会贻笑于大方之家,给人笑话,被人讥笑。雅有雅气、雅量,雅有雅色、雅姿,雅有雅兴、雅意。雅是看不见的教养和修养。如有些人住宾馆,把房间搞得乱七八糟,离开前也不作整理,更有甚者,还把床单、毛巾弄得脏兮兮的;有些人赴宴,习惯把菜盘当锅、把筷子当铲,翻来覆去地去寻找自己喜爱吃的。这些人的举止,均为不雅,缺乏应有的教养和修养。人之雅量,看不见,摸不着,但确有大小之分、高低之别。大雅量的,相逢一笑泯恩仇;小雅量的,君子报仇十年不晚。高雅量的,以德惠报答怨仇;低雅量的,惹不起你,我躲得起。还有那些没雅量的,则会立马以眼还眼、以牙还牙。更有稀罕者,像唐朝名相狄仁杰的雅量之极,即使武则天私下里拟向他告发谁经常打他的"小报告",他都直言"臣请,不知"。他并不是不相信武则天,而是不相信自己,怕听后心中留下疙瘩。在当代,像"毫不利己、专门利人"的人,像"吃的是草,挤出来的是奶"的人,也都极有雅量。世上的雅,如一缕和煦的阳光,明媚亮丽;似一朵清新的莲花,沁人心脾;若一泓浅浅的山泉,澄澈清凉。现实生活无不告诉我们:人温和善良了,即会雅;反之,就不会雅。人从容大气了,即会雅;反之,就不会雅。古时白居易对冬天晒太阳颇有雅兴,并加以诗赞:"初似饮醇醪,又如蛰者苏。外融百骸畅,中适一念无。"这说明,心雅了,情就雅;情雅了,身就雅;身雅了,行就雅。

  人们每每说及俗与雅,最厌恶俗不可耐,即最反感那些庸俗得叫人受不了的言和行;最称道雅俗共赏,即最喜欢那些不论文化水平高低都能欣赏的东西。其实,对生活中的俗与雅,有如下六点需把握好:其一,并不是俗就不好。世人常说某人某事"伤风败俗"。这早在《汉书》中即有言:"伤化败俗,大乱之道也。"可见,自古以来,俗是非常值得敬重的。我国著名歌星蔡琴讲过一个故事:她离婚后,一个人居住。一天外出,她看到一个穿工装的男人在街头吃盒饭,一个女人捧着一杯水,坐在他的身边看着。也许是男人吃得快了,噎着了。女人连忙将水端给他。这一幕,突然让蔡琴感动不已。这样的场景浪漫吗?不浪漫。这样的生活平凡吗?很平凡。但这样的俗,是一幅画、一首诗,令无数人向往。其二,俗与雅是不可分离的集合体。正如海明威所言:"只有阳光而无阴影,只有欢乐而无痛苦,那就不是人生。"引言之,只有俗没有雅,或只有雅而没有俗,那也不是世间。俗与不俗、雅与不雅,各具相对性。换言之,因为有俗才有不俗,因为有不俗才有俗;因为有雅才有不雅,因为有不雅才有雅。观之世间,人、事、物,概莫能外。其三,俗与雅有其特定性。在中国,穿打了补丁或破洞的"乞丐服",在"三年困难"时期,无疑很俗;而进入改革开放时期,在年轻人看来,似乎颇为雅。常言道:"情人眼里出西施。"因为唐玄宗是有情人,才能使杨贵妃"后宫佳丽三千人,三千宠爱在一身"。杨贵妃的颜值真的至高至极吗?并不一定。换句话说,兴许是唐玄宗最中意杨贵妃此类颜。同样谈钱,不是工作需要,张口闭嘴谈钱,就俗;反之,就不俗,如会计和出纳。同样斤斤计较说钱,像收废品的大叔或买白菜的大妈,就不俗;反之,就俗。其四,俗与雅是可以转化的。人之情感,既奥妙,也微妙。一如异性朋友。男的可有女闺蜜,女的也可有男闺蜜。闺蜜本雅,但不能有性关系,否则,便成俗。二如男女暗恋。诚然,暗中爱恋不为俗。暗恋现多种多样,有一时与永久之暗恋,有已知与未知之暗恋,有势利与无私之暗恋。然而,一旦被挑明了,也就不雅。三如免费服务。社区免费为老人测血压、作讲座本雅,但延伸推销相关商品,则就落俗。其五,俗有很大的局限性。在现实生活中,俗时而与鄙、劣相连。其鄙,为无人道;其劣,为无羞耻。一些俗气,往往和傲气与媚气、霸气与奴气、刁气与贱气混合在一起。为什么有些人俗得可恶可恨,其缘故即于此。俗,毕竟多为平平常常、普普通通的,故而,人若要有大的建树,务须超尘拔俗。而且,俗气是小市民意识中最顽固的遗传基因。对此,人们多有诟病。其六,虚假的雅当戒当防。《道德经》中有言:"天下皆知美之为美也,斯恶也。"这个道理,在俗与雅上同样适用。如果大家都知道这个雅,那么,就会有人来攀附。不是么,社会上不乏形貌似雅的人,也多有带雅标记的商品。其实,他(它)们都是虚假的雅,或是摆弄的雅。他(它)们与时髦并不等同,与时尚更有区别。人活一生,随俗化雅当是上乘的选择。不过,俗也好,雅也罢,都要有所扬弃,务必坚持一定的品位。

合群与离群

群,众也;众,多也。群一般有三个及以上,一个、两个不能称作群。通常,群用于人或物,如人群、牛群、菌群、群星、群山、群岛。就用于人来说,群可按年龄、性别、籍贯、形貌来分,可按学历、职业、专业、职务来分,可按思想、阶级、民族、教派来分,还可按品性、距离、形态、色彩来分。人群中有同学群、战友群、老乡群、作家群、官员群、老人群、小孩群、男人群、女人群、车友群、驴友群、牌友群、生产群、消费群等。因此,古言"物以类聚、人以群分"极富哲理。

人类赖以生存的地球,现已变成了"地球村"。世上的人不管有多少,无不生存于"地球村"里。村里的人,有大范围的、小范围的合,也有大范围的、小范围的离;有长时间的、短时间的合,也长时间的、短时间的离;有远距离的、近距离的合,也有远距离的、近距离的离;有众多人的、些许人的合,也有众多人的、些许人的离;有高兴的、痛苦的合,也有高兴的、痛苦的离;有实体的、虚拟的合,也有实体的、虚拟的离;有正义的、邪恶的合,也有正义的、邪恶的离。

合群与离群的形式多多,内容多多。一种是对家庭,豪门结亲叫合群,豪门断亲叫离群。一种是对组织,加入组织叫合群,脱离组织叫离群。一种是对团队,进入团队叫合群,辞别团队叫离群。一种是对汇聚,聚集一起叫合群,分散开来叫离群。一种是对宗族,认祖归宗叫合群,弃祖别宗叫离群。一种是对职场,迈进职场叫合群,离别职场叫离群。一种是对信仰,认同信仰叫合群,背弃信仰叫离群。一种是对习俗,融为一体叫合群,游离开来叫离群。一种是对流派,投入附和叫合群,另立门户叫离群。当年中国工农红军井冈山"朱毛会师"是合群,而今世界各国纷纷加入世贸组织也是合群;当年中国"闭关锁国"是离群,而今英国"脱欧"也是离群。

众所周知,人"哇"的一声来到世上,便入了群。这时候的群,主要是亲人群。马克思说过:"人的本质不是单个人所固有的抽象物,实际上,它是一切社会关系的总和。"亚里士多德也说:"不能过社会生活的个体,或者自以为不需要因而不参加社会生活的个体,不是鲁莽就是上帝。"荀子早就有言:"人生不能无群。"人之所以喜欢和追求群,不难从生理学、社会学、心理学、民族学、伦理学、宗教学等方面寻找到理论与实践的依据。

　　人应该合群。为什么?首先,集聚的力量大。群,可以群策群力。一事当前,一物当前,大家心往一处想、劲向一处使,便能发挥集体的作用。群,可以群威群胆。战斗中,人多成威势;行夜路,人多胆子大。如在中国人民抗日战争中,中国共产党领导和依靠广大人民开展了游击战、运动战,有力而有效地沉重打击了日寇。其中,地道战是一大创举。其次,避险的能耐大。在这方面,就连动物也有天性。野牛、野马、野象、野狼、野狗,只要成群,在遭遇敌手时,取胜、免灾的概率很大,因为它们可"群起而攻之"。一些敌手,尽管自身强大,但看到它们,甚至近在咫尺,也常常无可奈何,只能在其周遭转悠,偶尔有个偷袭动作,抓捕那些走散的、掉队的、幼小的、病伤的个体。第三,互补的功用大。人没有三头六臂,不会是全才,即使最能干,也不可能不求人。无论工作上,还是生活上,每个人都会遇到这样或那样的困难和问题,而只要入群,许多困难和问题是可以迎刃而解的。试想,一个人独居深山老林,既难以得到别人帮助,也难以帮助别人。第四,激励的能量大。一般来说,个体容易懒散或懈怠,而群体则可相互学习、相互促进。人在群中,能有一种比、赶、超的氛围,迫使自己不得不上进。人是希望体面的,落后了,总有失体面。第五,幸福的源头大。诚然,幸福是由个人感知的,独处者有幸福。但是,也要看到,众多的独处者永远享受不到幸福。同时,还应看到,人在群中,如喝酒、品茗、跳舞、唱歌、演奏、聊天、比赛、聚会等众合,可令人获取独处时所难以感受到的幸福。

　　人不能离群。为什么?首先,离群容易脱离社会。《礼记》中曰:"吾离群而索居,亦已久矣。"此乃成语"离群索居"之源出处。社会生活是鲜活而火热的,人离开了群,势必自我脱离、自我封闭,难以分享到社会变革和发展的成果。其次,容易遏制人性。人活着,哪怕是老人、小孩,普遍不喜欢孤独。不是么,在幼儿园里,在小区楼下,原先闷闷不乐的几个孩童聚到一处,很快就会有说有笑起来。人如果故意离群,本身就背离了人的本性。每个人都会有喜怒哀乐,尤其在遭遇焦虑、愤怒、悲哀、埋怨等时,总想有个倾诉、发泄的场所、管道和对象。而离群,就难以甚至无法实现。第三,容易缺失帮衬。人之孤独一般可分遭受灾殃、怀才不遇、自惭形秽、客观限制、主观压抑等五种类型。孤独则会离群,离群或成"独木","独木"势必难支。《鲁滨孙漂流记》中的鲁滨孙漂流到一座荒岛上,孑然一身,只能靠自食其力。第四,容易缺乏监督。离群常会独处,独处则无人监督。人们常说,阳光是最好的防腐剂。从一定意义上说,群具有强大的监督力。社会上有些人,正因为思想上离群了、信仰上离群了、言论上离群了、行动上离群了,结果,犯了错,甚至犯了罪。要知道,人之慎独很难,在无人监督下形成自觉,那须有坚强的意志和毅力。媒体报道一些官员离群后去做坏事,这样的教训太深刻了。第五,容易走向极端。有些离群的人,心理悲观消极,性格古怪孤僻,由于得不到关爱、疏导和救助,容易做出有违法理、有损情理的事情来。韩愈有文言:"新旧不相保持,万目睽睽,公于此时能安以治之。"人在群中,一举一动往往有人注意,如果出现异常,也容易被人察觉。人不离群,对许多问题、隐患和危险,就容易发现于初始、解决于萌芽。

　　客观地说,时至今日,世间出现的一些新情况、新问题,从一定程度上对人之合群与离群产生了一定影响,甚至造成了巨大冲击。如经济全球化和人口城镇化。当代的合群与离群,在内容和方式上,与近代大不一样了,与古代更不一样了。过去,"徽商""浙商"走向国内;今日,"徽商""浙商"走向世界。昔日,一个宗族,群居一乡一村;今朝,一个宗族散布天南海北。又如网络和移动通讯。因为有虚拟空间,而今的合群与离群,并不均需人体的实际接触与脱离。更为可观的,横空出世不久的微信,已经超出了通讯工具的范畴,而其伴随的负面东西,已对传统的人际关系带来了破坏。有些合群与离群,功利主义浓厚,"金钱至上","利益至上"。其忠不忠、孝不孝、亲不亲、友不友,全在金钱上分、利益上分。再如现代理念。当今,民主、自由、平等、公正是社会主义核心价值观的重要内容,如果再想用封建礼教来约束人际关系,那就不适应时势了。许多的合群与离群,已不拘泥于传统的伦理和观念,而注重追求人性的解放。

　　时代不同了,社会不同了,现在,国家有人造卫星、原子弹和航空母舰;作为平民百姓,拾破烂的也揣了手机,卖萝卜的也网上交易,买房子如同买白菜,到国外好似出家门。然而,人之合群与离群的内核,却始终没有变,也永远不会变。换言之,在正常情况下,还是合群好;在一般情况下,还是离群孬(特殊情况除外)。当然,合群首先必须认清对象。古有名言:"近朱者赤,近墨者黑。"这说明,合好人之群可使人变好,合坏人之群可使人变坏。为有一个健康、平安的人生,人需积极地融入守法守纪、有情有义的人群,而切勿误入沉瀣一气、狐朋狗友的人群。人生重要的修行,不仅要让自己出类拔萃,而且要善于并乐意与出类拔萃的人在一起,并使自己更加出类拔萃。在与人合群中,须防止"水清无鱼"——责人太苛,总是"端着"——孤傲清高,予取予求——不愿奉献;切勿做"吝啬鬼"——过分爱惜自己的财物,"势利眼"——看财产、地位分别对待人,"长舌妇"——喜欢说三道四、搬弄是非。人应当有自知之明。世上没有十全十美的人和物,有优点也有缺点,有长处也有短处。自己即使权高位重、富可敌国、才华盖世,也不能趾高气扬。人在群中,特别需要有大局意识和绿叶精神,这就如同一部好机器须有好零件、好螺丝一样。当然,群龙不可缺首,首是核心,首是灵魂,首是旗帜。当然,首须有向心力、凝聚力,惟有此,才能带领群龙有目的、有计划地行动。人类社会本质上是由一个个个体组成的群体,而每个个体又生性具有群体性。但愿世上所有的人,都能在各种各样正向、正能的群中,更多地寻找和获取生命的充实与快乐。

单一与多元

中国每年从高考前些日子起,至大学新生跨进校门止,身为父母的几乎是"人人自危":孩子成绩拔尖的,担心考不上北大、清华等国内一流名校;孩子成绩优秀的,担心考不上"一本"中的重点大学;孩子成绩一般的,担心考不上好点的"二本";孩子成绩不稳定的,担心考本科砸锅;孩子成绩差些的,担心只能上个高职。经过前前后后两个月左右的身心折腾,每个孩子都有了学上,做父母的也终于歇息安顿了,真可谓"一切又恢复了平静"。

诚然,"可怜天下父母心"。这些父母企盼孩子能上更好的大学,全在情理之中。然而,不可忽略一点,人的社会价值是多元的,不是单一的。对孩子的前途,绝不能仅仅看能否考上好的大学。国家图书馆藏有清朝这样两份名单,一份名单是:傅以渐、王式丹、毕沅、林稆堂、干云锦、刘子壮、陈沅、刘福姚、刘春霖;另一份名单是:李渔、洪升、顾炎武、金圣叹、黄宗羲、吴敬梓、蒲松龄、洪秀全、袁世凯。有人把这两份名单给100人看,问他们对这些人是否熟悉。结果,在100人中,对前一份名单上的人一个都不知道的有90人,对后一份名单上的人则大多数知道。事实上,前一份名单上的9人,全都是清朝的科举状元,而后一份名单上的人,全都是落榜考生。这从一个视角告诉人们,高考及第还是落榜与人生成就大小并非必成正向关系。这类例子,在现实生活中,也是比比皆是。

单一,只有一种或一样;多元,有多种或多样。单一与多元,不仅表现在社会价值上,还表现在其他方方面面。实际上,世界的一切几乎都不是单一的,而是多元的。例说若干:爱情这档子事,人们赞赏门当户对、郎才女貌,好像这样的男女结合最般配。可在周围世界里,那些被人认为是"鲜花插在牛粪"上的男女结合也很般配,那些被人认为是"癞蛤蟆吃到了天鹅肉"的男女结合也很般配,那些被人认为是"急性子碰到慢郎中"的男女结合也很般配。事实上,夫妻之间,并非只有观念相似、条件相当、性格相近、脾气相投、目标相同的,才会美满、幸福。真相这样的事,有时也不单一,从不同的角度看,有不同的真相,其中有的全面,有的表面,有的侧面,有的片面。在世道上,正义里面或许暗锁了邪恶,善良背后可能躲藏着自私,高尚底下也许隐含着卑劣;反之,亦然。恐怖主义这种事,人们普遍深恶痛绝,然而,其真正的含义也是多元的。如有的把恐怖主义作为一种政治标签,以此把对手或敌人去合法化和被妖魔化;有的把恐怖主义看作是一种战术,属非正常情况下的非正常手段;当然,在正常情况下,恐怖主义有其客观标准,即为了某集团或某些人的利益,而采用包括爆炸、暗杀、绑架等暴力手段。时间这些个事,人们通常认为,时间即为有起点、有终点的一段光阴。倘若如此看时间,那么,它的内涵是单一的;如果换个角度看时间,那么,它的内涵是多元的。即时间有明时间、暗时间,也有强时间、弱时间,还有慢时间、快时间。明时间很好理解,指从事某项工作、学习和生活所实际占用的时间;暗时间是专业术语,指用来思考的时间,我们在吃饭、走路、坐车、如厕、逛街、洗脸等时,都有暗时间。对人来说,时间的功能并不完全相同,在工作、学习和生活的紧要、关键处,所显示出来的是强时间,那一分一秒都十分宝贝;反之,就是弱时间,不妨可以虚度一下。人们常常形容时间"稍纵即逝",又常常比喻时间"度日如年"。实际上,时间的单位长度是恒定的。然而,主要由于自我的感觉,时间又有快与慢之别。如倘若焦急地等候人,那么,时间就过得慢;如果自己的日子过得非常舒服,那么时间就过得快。故而,利用时间,包括利用明时间、暗时间、强时间、弱时间、快时间、慢时间。人际关系也是多元的。就拿情人关系来说,有"易拉罐"的,有"出租车"的,有"牛皮糖"的。离婚证的效用也不是单一的。一对男女,如果有了离婚证,那么,从法律上已确定双方解除了婚姻关系。然而,由于社会赋予离婚证其他效用,它就不仅仅用来证明这对男女不存在婚姻关系。如一些城市在商品房销售中,政府用离婚证来抗衡高房价,而用户用离婚证来抵御高房价。具体而言,如果一对夫妻已经有了一套房子而且有了贷款的话,若想买第二套房子,其首付比例要达到四点五成,但如果二人办了离婚手续,其中一人就能以首套房的名义贷款,其首付的比例可下降到三成。二者比较,大约少了三分之一,那可是一个不小的数目呀!人的毛病、缺陷也是多元的。有言道,歌德怕死,达·芬奇多疑,大仲马古怪,毕加索胆小,俾斯麦迷信,安徒生敏感;齐白石愚顽,林黛玉脆弱,阮籍狂,刘伶丑,米芾痴,王安石拗。人的收入来源,过去并不单一,如今更加多元,其中有一种叫"睡后收入",即你无需干什么就可有的收入,如利息、房租、版税等。

　　世间为何如此多元？笔者分析,按照矛盾论的观点来看,世上的人、事、物都是对立统一的,有东就有西,有南就有北,这是一条颠扑不破的客观规律。按照认识论的观点来看,人的站位、视角不同,对人、事、物的认识也不同。按照实践论的论点来看,"世上没有过不去的坎","条条大路通罗马","天无绝人之地"。进一步分析,世间多元的因素还有:其一,社会多元。当前,我国工业化、城镇化、农业现代化和信息化、市场化、全球化发展迅疾,由此带来了社会的多元。如所有制有全民、集体、股份、合伙、个体等多种形态,产业、行业、职业不断分化、细化和优化。其二,需求多元。由于利益多元引起需求多元。如有些人想走仕途,有些人想去经商,有些人想做学问。就是做学问,有些人想做自然科学领域的,有些人想做社会科学领域的。就是做自然科学领域的,有些人想做物理,有些人想做化学,有些人想做数学。就是做化学,有些人想做有机化学,有些人想做无机化学。其三,发展多元。人、事、物的发展,是指它们由细小到宏大、由贫乏到丰富、由简单到复杂、由手工到自动、由灰暗到鲜亮、由低级到高级等变化。如在事业上,有些人只想搞实业,办工厂,做个老板,足矣;有些人只想当老师,教书育人,为人师表,职业安稳,乐也;有些人只想当领导,谋个一官半职,有点权力,好指挥人,风光一些,行啦。其四,感受多元。人生幸福与否、大小多寡,主要取决于自我感受。何谓自我感受?它指自己接近、碰着、挨上身外的人、事、物后,通过视觉、听觉、味觉、嗅觉等,再与此前所经历的进行比较,而从内心认知和接受的某种或某些影响。如有些人即使已成亿万富翁,仍认为自己并不富裕,还整日愁眉苦脸;有些人尽管并不富裕,但想想已得到很多,心里总乐滋滋的。所以,同样的物、名、位、财,对不同的人来说,其感受不一定相同。

世界是多元的,多元的人,多元的事,多元的物。在如此多元的世界里,我们应该怎么应对,换言之,应该如何适应?笔者认为,其一,从方法论来说,我们在认识世界、改造世界中,务必看到人、事、物本身及其相互关系是复杂的。倘若简单地甚至孤立地去看,说轻点,那是一厢情愿或不谙世故;说重点,那是掩耳盗铃或愚不可及。世间的丰富多彩,让我们直觉天空之宽广和大地之辽阔,由此,也让我们在人生路上的任何选择从单一变成了多元。其二,从行为学来说,每个人都必须对自己的行为负责。多元的选择,其好处是择拣的余地大,其坏处是犹豫的可能多。大凡后悔者,均是在多元的选择中出现了失误。宋代宰相寇准以拳拳之心作了著名的《六悔铭》:"官行私曲,失时悔;富不俭用,贫时悔;艺不少学,过时悔;见事不学,用时悔;醉发狂言,醒时悔;安不将息,病时悔。"人在世间,切勿被多元看花了眼。面对多元,必须扪心自问,自己究竟想要什么或最想要什么。在这方面,作为人,虽可委曲于一时，但不可委曲于长远。其三，从策略上来说，人既需狡兔三窟，又需未雨绸缪。世上的人、事、物，多元必呈多变，结果必显多样。多元当前，我们无论从思想上，还是从行动上，都要做好必要的准备。世上什么情况都有可能发生，包括预想到的、未预想到的，正常的、非正常的。我们能够做的，就是尽心尽力。谋人、谋事、谋物在人，而成人、成事、成物在天。对我们来说，谋当尽可能更周全一些。其四，从心理学上说，面对多元的世界，我们务必正确地把控自己的欲念和需求。人活着，各有各的理解，各有各的追逐，但心里一定要明白，世上好的东西，不可能都属于您。许多时候，有单一就已经足够了。像猴子捞月、竹篮打水、缘木求鱼，均为不切实际的徒劳之举。我们应如诸葛亮所言之，淡泊以明志，宁静以致远，在单一中享受人间无穷的乐趣。

能屈与能伸

笔者写作此文时,首先想到的例子是曼德拉。他为了推翻南非白人种族主义统治,进行了长达50年艰苦卓绝的斗争,曾被关押在监狱服刑27年。他于73岁时从一名阶下囚一跃成为南非首位黑人总统。就职那天,他特意邀请了三名曾虐待过他的看守到场。当他起身恭敬地向看守们致敬时,在场的所有人都安静了下来。他说:"当我走出囚室,迈过通往自由的监狱大门时,我已经清楚,自己若不能把悲痛与怨恨留在身后,那么我仍在狱中。"他为南非开创了民主统一的新局面,还荣获了诺贝尔和平奖。

掩卷沉思,曼德拉真的能屈。为了神圣的、正义的事业,他忍受了难以想象的屈。这种屈,从身心上要承受巨大的压迫,而且历时久长。如果没有坚强的意志,那肯定做不到。古往今来,历史的、现今的、国内的、国外的,一批批志士,为了信仰,为了主义,为了真理,百折不挠,坚贞不屈。像屈原:"亦余心之所善兮,虽九死其犹未悔。"像于谦:"粉身碎骨浑不怕,要留清白在人间。"像文天祥:"人生自古谁无死,留取丹心照汗青。"屈在政治斗争、军事斗争中不胜枚举,如韩信胯下之辱、勾践卧薪尝胆、刘邦逃命弃儿女、孔明挥泪斩马谡、慕容翰装疯归国等,均受到了这样或那样的屈。不过,都是为了大局,为了未来。在科坛、文坛和艺坛,也有这样或那样的屈。像李时珍与《本草纲目》、瓦特与蒸汽机、居里夫人与镭、梅兰芳与京剧表演、姚雪垠与《李自成》等,他们为了各自事业的成功,忍受各种艰难困苦,锲而不舍,勇往直前。屈在人际关系中也是司空见惯。委曲求全是一种。其意是勉强迁就,以求保全。这是一种风格,常常为人所称道。还有那屈驾、屈就、屈尊,尽管常是些客套话,但真能如此,在一定时候、一定场合,还真不同凡响。

在世间,屈并非一切都好。在革命斗争中,受到敌人威逼利诱,就屈膝投降,这是叛变行为,为人所憎恨。严刑拷打,逼使无辜的人承认有罪,这叫屈打成招。在法治薄弱的地方,司法机关在审理案件中,也会出现类似问题。李伯元《官场现形记》中写道:"单道台至此方才卑躬屈节地口称:'职道才进来,因见大帅有公事,所以不敢惊动。'"屈节,失去了气节,当然,为人所唾弃。《汉书·苏武传》中有言:"屈节辱命,虽生,何面目以归汉!"在现实生活中,给予别人或自己受到不应有待遇的事是经常发生的。前者是施委屈,后者是受委屈。给予别人不应有待遇,或许自己感到无所谓;自己受到不应有待遇,通常自己感到不舒服。而自己感到不舒服,主要是觉得被冤枉了,轻者表现出哭鼻子之类,重者也有走极端的。我们时有耳闻,有的人被领导委屈了,有的人被父母委屈了,有的人被老师委屈了,有的人被同学委屈了,有的人被朋友委屈了,有的人被同事委屈了,有的人被配偶委屈了,有的人被亲戚委屈了。被委屈的,有的人还原清白,重又昂扬起来;有的人憋闷在心,自此一蹶不振;有的人坦然处置,依旧身心灿烂;有的人激将自己,把坏事转化成了好事。

  屈何以产生、形成?原因多多。其一,规律使然。试想,梅花不经"寒彻骨"的屈,哪里会有后来的"扑鼻香"?溪水不经弯来弯去的屈,哪里会流入烟波浩渺的江河湖海?学子不经"寒窗苦"的屈,哪里会有人生三大喜之一的"金榜题名"?其二,规则使然。旧时,媳妇在公婆面前要屈,徒弟在师傅面前要屈,弟妹在哥嫂面前要屈,帮员在帮主面前要屈。这是由人们经过长期实践而共同认定的属于处理特定人际关系的规则。其三,生存之道。语本《周易》中即曰:"尺蠖之屈,以求信也;龙蛇之蛰,以存身也。"人也是如此,有的时候,为了生存,不屈不行。屈有活路,不屈惟有死路。在日常生活中,能够主动赔礼道歉,乃难能可贵。其实,这也是一种屈。其四,管理学问。美国加利福尼亚大学的学者做了这样一个实验:把6只猴子分别关在3间空房子里,每间2只,房子里分别放着一定数量的食物,但放的高度不一样。第一间房子的食物就放在地下,第二间房子的食物分别从易到难悬挂在不同高度的位置上,第三间房子的食物悬挂在房顶。数日后,他们发现,第一间房子里的猴子一死一伤,第三间房子里的猴子全部死了,只有第二间房子里的猴子活得好好的。究其原因,第一间房子里的猴子一进房子就看到地上的食物,于是,拼命争抢唾手可得的食物,结果死的死、伤的伤;第三间房子里的猴子因够不着食物,被活活饿死了;只有第二间房子里的猴子取食难时靠协作,即一只猴子托起另一只猴子跳起来取食,这样,2只猴子每天仍能取得食物,终于都活了下来。这个实验,主要说明岗位难度须合适。其实,也可说明一定的憋屈有益处。管理者对被管理者施屈,若恰当,即可对被管理者起到激励和鞭策作用。其五,特殊需要。如一方出于某项斗争或某种竞争的需要,而故意罔顾事实,给另一方施屈。为使施屈合情、合理、合法，一方有时还会强加于另一方"莫须有"的理由甚至罪名。当年，美国为能发动对伊拉克的战争，竟然在联合国大会上无中生有地说伊拉克有大规模杀伤性武器。时至今日，伊拉克仍是一片乱局。其六，个性原由。如有的人生性过激，爱钻牛角尖，一遇到不顺心、不遂意时，便动辄抱怨别人；有的人思想方法存在问题，每每评价他人他事，喜以点概面、以偏概全；有的人特主观，情况不明表态快。这些，容易自觉或不自觉地给人施屈，甚至自己施屈了还不知道施屈。

"大丈夫能屈能伸。"这句古训，可谓家喻户晓、人人明白。与屈相对的是伸。伸，展开、舒展、铺开也。用其本义的，如伸腰等；用其引申义的，如伸冤等。人在生命历程，难免不受屈，有所不同的，或大或小，或多或少，或长或短，或深或浅。客观地说，伸总比屈好过。人之自然性也好、人之社会性也罢；人之优质性也好、人之劣根性也罢，决定了人总爱伸弃屈。问题是，许多时候，屈倒是无条件的，而伸却是有条件的。换言之，不是你想伸就能伸，也不是你想伸多大就能伸多大、你想伸多长就能伸多长、你想伸多深就能伸多深。在现实生活中，能屈能伸，需有大智慧。要知晓，能屈能伸是一个问题的两个方面，二者不能割裂。从总体上说，世上可以有为了伸而屈的事，但一般不会有为了屈而屈的事。无论是无奈而为的屈，还是逼迫而为的屈，其根本目的和最终归宿是伸。当然，伸的形态可以多种多样，伸的时间可以有早有晚，但伸是必须的、必然的。人在世上，不管遇到什么困难，一定要拒绝被击败。应明了，假如屈一时折断了你鼓满的风帆，请不要绝望，因为船还在；假如屈一时凋零了你鲜艳的花朵，请不要绝望，因为树还在；假如屈一时干涸了你茂盛的禾苗，请不要绝望，因为地还在；假如屈一时打破了你美好的梦想，请不要悲观，因为人还在。

月有圆缺，人有悲欢，世有炎凉，古今中外，概莫能外。相对来说，伸时容易屈时难。面对屈，咋办？笔者认为，首先，分清性质。政治斗争中的屈与经济竞争中的屈不一样，与常人交往中的屈也不一样，与家人相处中的屈更不一样。不同性质的屈，应有不同的应对之策。政治斗争中的屈要靠斗争，经济竞争中的屈要靠自强，常人交往中的屈要靠理解，家人相处中的屈要靠宽谅。其次，人屈志不屈。从一定意义上说，屈并不是软弱，也不是惧怕，而可蓄势。屈有利于规避斗争或竞争中的锋芒，这是屈之优势所在。爱因斯坦有言："勇气是上天的羽翼，怯懦却引人下地狱。"有志者的屈，是英勇顽强的屈，不是自暴自弃的屈。再次，积极面对和应对。每遇非屈不可时，当作冷静思考，看看这样屈值得与否，看看有朝一日能否脱离。"千江有水千江月，万里无云万里天。"心之淡然，处之泰然，无疑是我们受屈时的正确选择,那种像无头苍蝇在玻璃瓶里不顾一切地左冲右突,只会加速灭亡。当然,我们也不能如施耐庵在《水浒传》中所写的"杨志、孙安、卞祥与一干将士,马罢(疲)人困,都在树下,坐以待毙"。即使命运对你不公,要你屈死,那你的心也不能先死,应当怀揣希望等待转机,坚持、坚持、再坚持,直至最后一刻。世上有太多太多的屈,最终是用耐心来解除的,也就是说,最终是由时间来裁决的。世上有太多太多的屈,最终是靠奋起来消弭的,也就是说,最终是靠努力来争取的。

相吸与相斥

"我喜欢默默地被你注视着,也默默地注视着你;我渴望深深地被你爱恋着,也深深地爱恋着你。""我知道,没有水的地方就是沙漠;我知道,没有声音的地方就是寂寞。您就是那甘霖,滋润着我的心田;你就是那心声,陪伴着我的人生。""我是船,您是水,推动我向前;我是鸟,您是翼,载着我起飞;我是柴,你是火,燃起我炽情。"多么强烈、优美的人间"两性相吸"啊!

有一对明星大腕协议离婚。当然,离婚代价不菲。据说,二人本来就性格迥异,一个特别外向,一个特别内向。当初,二人存的是"性格互补";而今,二人废的是"性格互背"。真的是,成也性格,败也性格。纵观起来,二人不变的是性格,变的是情感。走到"两性相斥"的地步,谁也别埋怨,谁也勿后悔。

电子学的一个基本原理,同性的电互相排斥,异性的电互相吸引。在人类社会,这种现象也比较普遍。臭味相投是众所周知的。相投,相吸也。人为何相吸?因为有共同或相似的价值追求,因为有共同或相似的情趣爱怜,因为有共同或相似的感觉受用。格格不入,乃尽人皆知。不入,相斥也。人为何相斥?因为彼此矛盾,相互抵牾,谁也不服谁,谁也不听谁,就像木工想用方的榫头插进圆的卯眼里,能成吗?在人际关系中,羡慕是相吸,忌妒是相斥;爱恋是相吸,鄙弃是相斥。人在世上,聚聚散散,本身就是相吸相斥的过程。不过,有些相吸后相斥,如众叛亲离;有些相吸后不相斥,如永结同心;有些相斥后再相吸,如破镜重圆;有些相斥后不再相吸,如天悬地隔。"不是一家人,不进一家门",是为相吸;"世上没有不散的筵席",是为相斥。一些人具向心力,则为相吸;一些人具离心力,则为相斥。钱钟书在《围城》里这样写道:"大学里,理科生瞧不起文科生,外国语文系学生瞧不起中国文学系学生,中国文学系学生瞧不起哲学系学生,哲学系学生瞧不起社会学系学生,社会学系学生瞧不起教育学系学生,教育学系学生没有谁可以给他们瞧不起了,只能瞧不起本系的老师……"瞧不起,其实就是相斥。

推而广之,世间万事万物普遍存在相吸与相斥。天气就是一热一冷。倘这几天气温骤升,保准马上就要阴而有雨了。气温骤升是相吸,而阴而有雨是相斥。如今,社会上有些人,要中国式的宠爱,却失去中国式的孝道。受宠爱是相吸,而失孝道是相斥。一些企业员工,要"铁饭碗",却缺少对企业应有的忠诚。前者是相吸,而后者是相斥。铺设水泥路面,每隔一段就要留出一条缝隙来。如不留缝隙,路面就会膨胀,而膨胀的路面不平坦,若不修理,便成坑坑洼洼。铺设水泥路面,蕴含相吸与相斥的原理。家长与老师之间,也有相吸与相斥现象。有些家长对老师"热情过头",对正常的教学活动,常常要通过微信给予"深度问候";至于逢年过节,那就更少不了要"表示表示"。另有些家长对老师总喜欢找问题、挑毛病,管得松不好,管得严也不好;少管了不好,多管了也不好。世上三百六十行,行行有人干。同样是干,一些人是有兴趣地去干,一些人是无兴趣地去干。前者的感受是愉悦的,而后者的感受是乏味的。当然,年龄不同,个人兴趣也会不同;现实生计问题,又会重于个人兴趣。有兴趣,是为相吸;无兴趣,是为相斥。有言道,富是物质的,贵是精神的。世上的人,各有各的追求,有的相吸于精神而相斥于物质,有的相斥于精神而相吸于物质。1910年10月28日,一位83岁的老人——俄国伟大的作家托尔斯泰,决意把自己的家产分给穷人,随后离开辽阔的庄园,带着聂赫留朵夫式的忏悔,最终像流浪汉一样,死在了一个荒芜的小车站。垃圾,通常指脏乱的、破烂的、无用的、不良的物资,但人群中也有垃圾,如垃圾人、垃圾话、垃圾事。对这些垃圾,我们不要去附和、掺和,还是远离一些为好。而远离,即为相斥;不附和、不掺和,即为不相吸。世上有这样一些人,自己要尊严,却忽略了别人的尊严;自己要名利,却忽略了别人的名利;自己要发展,却忽略了别人的发展。实际上,这在相吸与相斥上没把握好度。换言之,没有兼顾,未曾双赢。

世间是个整体,无论什么人、何等事、哪样物,通常都会与周遭发生或多或少、或紧或松的联系。二者是相吸抑或相斥,说起来,既奥妙,又微妙。一见钟情是最典型不过的了。仅仅是见上一面,有的还没作交流,就爱上了,甚至爱得不得了。尽管生理学家、心理学家对此作过研究,但尚有未知的需作探索。在男女之间,友情与爱情是两种不同的感情,有相同之处,但有本质区别。其实,最要紧的是,有无性的接触。在这点上,只有一步之遥,跨过去了,是相吸,已成情人;不跨过去,是相斥,仍为友人。爱情与婚姻,也并非天差地远,按现代人的活法,就是缺不缺"那张纸"(结婚证)。社会上确有一些人,存在爱情而不走进婚姻。当然,这是不道德的、不合法的。《廊桥遗梦》中罗伯特·金凯和弗朗西斯卡的爱情强烈入骨。他俩立足于原始吸引,享受着灵肉共鸣,分手之后还有长久的伫望和思念。尽管这给广大观众留下了无穷的回味,但在现实生活中,似乎是过于诗情画意了。其问题是,相吸与相斥,难以拿捏。不是么,古今中外,在此上造成了许许多多的悲剧,有家破人亡的,有始乱终弃的,有两败俱伤的,有怨怼相报的。世上的人、事、物,是相吸还是相斥,主要取决于性质,性质相同或类似则相吸,性质不同或相异则相斥。但也要认清两种情况:一种是,相吸与相斥还会受到时间、地点等影响,有的还会出现特殊情形。如敌人的投诚、起义、归附等。另一方面,相吸与相斥也会从量变到质变。世间很多的人、事、物,之所以从相吸变成了相斥或从相斥变成了相吸,其重要原因即于此。也正因为有这个原因,自然界才能生生不息地产生新的物种。夫妻之间的相斥,也不是一朝一夕形成的。有人曾对离婚夫妻作过问卷调查,发现夫妻之间无话可说是导致离婚的重要原因。相吸与相斥,第一次十分重要。第一次即相吸,往往是投缘;第一次即相斥,常常是犯冲。在人际交往中,有心者、有志者会主动地、自觉地去抓住第一次即相吸的机缘,而久久为功地去发展这一人脉。这种"放长线"的做法,有些在自己一生的事业发展和生活安排中派上了用场。而那些只交往一时一地有用的人,相比之下,看起来似乎更像是孔子所指出的小人。

  相吸与相斥,从物理上说,是间距问题。若相吸,则间距很近或没有间距;若相斥,则间距甚遥或深闭固拒。人之间距,有公众性的,如在公共、社交等场合的人之间距;有私人性的,如在与亲人、朋友等相处时的人之间距。叔本华有一"豪猪理论":一群豪猪在一个寒冷的冬天里挤在一起取暖,但是它们的刺毛又相互击戳,故又不得不散开。可是,寒冷持续,又把它们驱赶在一起,结果,同样的情形又发生了。经过几番聚散,最后它们发现最好是彼此保持适当的距离。人之间距,要看是公众性的还是私人性的。一般来说,公众性的须大于私人性的,私人性的可小于公众性的。即使是相吸,也要呆在对方感到安全、认为适当的间距里。否则,对方会感到不高兴,甚至会大发雷霆,再甚至会从此断绝来往。在世上,人都生存于低线、高线之间。低线是法律,高线是道德。我们的一言一行,应当离低线远些、远些、再远些,离高线近些、近些、再近些。人之相吸,一定要限定在法律和道德允许的范围内。如不,各种问题便会接踵而至。人之相斥,只要不是敌我矛盾,需有礼有节地拒人于门外,纵然对方死皮赖脸,不接纳时也要注意方式方法。有一案例,挺可说明这个问题:甘肃省华亭县原县委书记任增禄因收受贿赂991万余元,另有411万元巨额财产来源不明,而被判处无期徒刑。其不同寻常的是,同案居然牵涉到了华亭县129名各级官员。人之相吸,就是最要好的朋友,也不能无原则、无分寸地无话不说、无事不办。还有,人有一劣根性,即得寸进尺。有这么一个故事:甲不喜欢吃鸡蛋,每次单位里发了鸡蛋都送给乙。刚开始时,乙很感激;慢慢地,乙习惯了。习惯了,便成当然的了。直到有一次,甲把单位里发的鸡蛋送给了丙,乙马上不舒服了。然而,此时的乙却忘记了,这些鸡蛋原本就是甲的,甲想送给谁都可以。综上所述,人之相吸与相斥,学问多,多在际遇多,同时,风险也多;把控难,难在进入难,同时,退出也难。但人的一生又无不经常处于相吸与相斥的旋涡中。我们应当从中纵横捭阖,不断觅得事业、家庭的成功和美满来。

靠谱与离谱

人们对"谱"多熟识，文人们知道歌谱、乐谱、年谱、画谱等，老百姓知道这事儿或那事儿有谱儿、没谱儿等。后者所说的"谱"，通常指有点把握、有些模样，是基于正面的、正向的。在现实生活中，靠谱就是符合或接近科学、合理，离谱就是不符合或不接近科学、合理。

笔者在此摘录媒体上的三则报道。其一，人脸认证靠不靠谱？随着刷脸登录、刷脸取款、刷脸开户等成为现实，人脸识别已成为一种身份识别手段。有中央电视台3·15晚会上，主持人在技术专家的帮助下，进行了一段测试人脸识别案例性的互动演示，结果显示，由观众提供的一张工作照，大约一分钟后，即由静态变成了动态，能眨眼，会微笑。不过，人脸识别一般不会作为单一的身份识别手段。其二，香蕉悬挂法保鲜靠不靠谱？有记者买来香蕉做了一组实验测试。结果表明，采用这种方法，尽管因为更通风而不容易出现局部黄熟现象，但总体上不能起到保鲜效果。其三，手机能测睡眠质量靠不靠谱？有的睡眠软件经销商号称，只要把使用本软件的手机放在枕头下面，就能检测出睡眠状况。南京脑科医院对此进行了睡眠实验，结果证明，睡眠软件并不靠谱。专家分析，由于它不与身体直接接触，准确性不够，只能作为参考。

为何靠谱与离谱可用来评判人、事、物呢？究其原因，笔者认为，一是有一定的规律性。规律是人、事、物之间内在的、本质的联系，在一定的条件下，决定着人、事、物必然发展的趋向。规律无形、无色，常常在苗头、势态上露出端倪。如人们所说这事靠谱、那事离谱，实际指的是，按照一般规律，这事能办成，那事办不成。人际环境对当事人的影响很大，这是众所周知的规律。现实中也确实是，限制自己发展的，往往不是智商和学历，而是所处的生活圈和工作圈。于是，人们会把那些可以鼓励、引导、帮助对方的人叫靠谱的人；反之，则叫离谱的人。二是有一定的合理性。合理，合乎法理也，合乎道理也，合乎事理也，合乎情理也。大凡靠谱的人、事、物，都合理些；大凡离谱的人、事、物，都不合理些。举例说来，一些女孩只是通过网络与人谈情说爱，没有经过实际接触和了解，一见面即以身相许，直至后来，才发现"不是那么回事"，然而，悔之已晚。如此做法，不尽合理，也就离谱了。古时，有个叫许元的人，在造船厂任发运判官。他在审核厂里旧账时发现，历次修造官船所登记的用钉数量都远远超出了预计。他觉得很不合理，于是，下决心彻查。怎样才能点清官船上的用钉，让贪者无法抵赖呢？他想出了一个办法，即拖出一条旧官船，当众点火焚烧，烧完后，再从灰烬里把钉一一捡出并仔细清算，结果，实用数量仅为登记数量的十分之一。不难想见，贪者也太不靠谱，倘若十之贪其一二，说不定许元还发现不了。如今，现实生活中遇到的各种各样的骗局，当事人只要头脑清醒一些，想想其合不合理，就能知道靠不靠谱了。三是有一定的公认性。公认，大家一致认为也。"人民，只有人民，才是创造历史的动力。""实践是检验真理的唯一标准。"凡公认的东西，都是众人通过反复实践而认识的，客观而理性。而靠谱，一般都被公认；离谱，通常不被公认。如"十次事故九次快。"这是交通安全方面的警语。现实中的无数教训得出这个结论：驾车起步猛、转弯急、速度快，容易出事故。因此，开车稳稳当当，靠谱；开车急急火火，离谱。人生在世，乐从何来？公认的说法是自得其乐。的确，自得其乐是理智而聪明的主动选择，是在喧嚣浮华尘世中自我开启愉悦心境的钥匙。凡靠谱生活的人，一般都能自得其乐，如赏花得乐、玩月得乐、听鸟得乐、漫步得乐、静坐得乐、歌舞得乐、琴棋得乐、书画得乐、品茗得乐、小酌得乐、垂钓得乐；反之，则不会也不能自得其乐。

当然，用靠谱与离谱来评判人、事、物，也有一定的局限性。毕竟，它们一是会受到当时科技水平的限制，二是会受到当时风俗习惯的影响，三是会受到当时特定情形的制约。在中国，麻雀曾被作为害鸟而遭受大规模的捕杀。当时，还采用了群众运动的方式，家家参与，人人动手。后来发现，这是离谱之举。也就是说，麻雀尽管也啄食稻谷、麦子等，但主要以捕捉害虫为生。换言之，麻雀对人类来说，功大于过。我们每个人，不管活到多大岁数，总是要死的。古时有"入土为安"之流俗。人死了，有装尸之器也好，有裹尸之物也罢，一定要把尸体埋入地下，否则，死者不安，生者也不安。随着时代的发展和社会的进步，如今许多人对死后的安排，在认识上有了转变和更新，如其遗体火化后可以花葬、树葬、壁葬、水葬等。设想一下，倘若如今的方法放到古时来看，那就离谱了。中国人所指的老实，除了诚实、规矩这两个词义外，还有不聪明这个婉转的词义。在现实生活中，如果取用前一种词义的话,那是靠谱;如果取用后一种词义的话,那是离谱。怪不得,在一些人看来,老实即为笨拙的代名词,于是,在找对象、招员工时,并不青睐老实人。其实,此乃失之偏颇。中国饮食文化博大精深,在其发展过程中,始终存在着靠谱与离谱的纷争,然而,却一次次地留存了靠谱的、淘汰了离谱的。其间,由于受到认识的、民俗的局限,在一段时间里,甚至在较长时期内,误把靠谱的当作离谱的,又误把离谱的当作靠谱的。直至今天,中国饮食上靠谱与离谱的纷争,仍未有穷期,如对某些食物,有的说很有营养、有的却说没有营养,有的说可以这样吃、有的却说不能这样吃。前者自己认为靠谱,而后者认为前者离谱。

实事求是地说,每个人对自己的言行,一般均想靠谱,而不愿离谱。其中,有些人不囿于陈腐的,意欲颠覆旧的而开辟新的。这样的离谱,内核是靠谱的,往往能够获得众人的理解甚至赞许。不过,也有一些人决意使坏,去追逐那些丑恶的东西。这样的离谱,则为众人所不齿。靠谱与离谱的形成原因,既有主观上的,也有客观上的。有些人能力、水平有限,尽管做到尽心竭力了,却仍是不靠谱的结果;有些人处世不讲诚信,你要求他在信用上靠谱,很难自觉做到;有些人不管干什么事都拖拉,你要求他在时间上靠谱,也不容易实现;有些人在做某件事时,风不调,雨不顺,想有靠谱的结果也是很难。世上的人,普遍希望对方靠谱而不离谱,因为靠谱遵循了规则,而离谱则破坏了规则。大家守规则,社会就有秩序。人在有秩序的社会里,就可安居乐业。故而,靠谱是每个人对当今社会的共同期待与诉求。然而,对这一点,现实景况并不十分乐观。一大型媒体通过问卷对2000人开展了一次专项调查,结果显示,98.9%的受访者身边有不靠谱的人。其实,靠谱是做人的基本要求,是现代人的必备素质。凡靠谱的人,别人愿意与其合作共事,愿意托其做这干那,愿意请其保守秘密。反过来,凡不靠谱的人,别人对其不放心,怕其出差错,怕其耽误事,怕其拖后腿。所以,人们总希望尚不靠谱的人尽快靠谱起来,已经靠谱的人更加靠谱起来。在此,话还要说回来,正如我们允许常人有时犯错误一样,也应当允许常人偶尔有些不靠谱。毕竟,"人非圣贤,孰能无过?"更何况,常人也会有闪失的时候。更何况,常人对客观的认识并不是终极的,许多是未知的。更何况,常人有时决策快没有现实变化快,现实在瞬间发生了变化,甚至是逆转。但这些,不能成为我们不靠谱的理由。在主观上,我们无论何时何地,都要把靠谱作为待人处事的出发点和落脚点,在实际运作中,尽量避免和杜绝不靠谱,从而让自己的人生历程完善、丰满起来。

排队与插队

排队，即一个挨着一个、一个跟着一个、一个接着一个，依顺序，排列成行。人似乎是为排队而来到世间的，在医院里出生要排队，到殡仪馆火化也要排队。至于其他的，人生几乎所有的经历都涉及排队。如在商场，为了买一只新鲜出炉的烤鸭，人们在店前排起了长队；为了买几只粗粮馒头，人们在店前排起了长队；为了买件打对折的衣服，人们在店里排起了长队。在服务窗口，为了取一笔存款，人们在柜前排起了长队；为了看一个专家门诊，人们在挂号处排起了长队；为了付清货款，人们在出口处排起了长队。在职场，单位领导班子成员五六个、七八个，谁居谁前，谁列谁后，准有次序；本机关拟明确或提任若干干部的职级，组织人事部门得先论资排辈一番；项目成果或论文报告署名，要按贡献大小排序，对谁列首位尤为讲究。在情场，如今也有排序，如第一位女友、第一任妻子、第一个情人。据说有的婚庆筵席上还出现了男方前女友桌、女方前男友桌。在人脉圈，有各种各样的圈子，各圈子里又有各种各样的人，根据亲疏关系，每个人的心里都会有个排序。在日常生活中，如过马路、上厕所、进影院、入公园、理头发、修钟表、买车票、报户口、候诊疗、乘公交等，也都少不了排队。更有甚者，那些只有参加报名摇号才能入学、买房的，则会通宵或站或坐地去排队，当然，其中也会有些雇用者或票贩子。其队伍，有时蔚为大观，像长蛇，似长龙。简而言之，只要有两个以上的人，并且有同一需求的地方，就会有排队的诉求。

排队现象何以认识？笔者认为，这是一种秩序。遥想蛮荒时期，自然人很可能不讲秩序，除了遭遇上敌手，除了受制于客观，想何时做就何时做，想怎么做就怎么做，没有排队的事，要么独享，要么争抢，要么逃逸。为能满足更多的物质需求，伴随生产工具的不断进步，社会人的分工越来越细，无论是狩猎还是农耕，无论是吃住行还是性活动，都要求有秩序。因此，排队是人类自身发展之必然。从一定意义上说，劳动创造了人类本身；同样，劳动创造了人类秩序。这是一种规矩。规矩,即圆规、角尺,是绘制或校正圆形、方形的工具,在现实生活中,比喻规则、标准。吴承恩《西游记》第九十八回中写道:"这唐僧循规蹈矩,同悟空、悟能、悟净,牵马挑担,径入山门。"事实上,排队就是循规蹈矩,不妄动,不嚣张,遵循一定的次序,按照一定的条理。凡循规蹈矩的人,都会自觉排队,不仅如此,有的还会自告奋勇地去维护排队。而不循规蹈矩的人,一般不愿意排队,即使前面只有一个人,甚或也不愿意排队。这是一种方法。现实中常有这样的场景:在购物柜台前,或在购票窗口前,人头攒动,乱哄哄一片。如此,交易、办理的速度势必缓慢,甚至还会停顿。而且,越是这样,人越心急;人心越急,越易失控。这时候,管理人员就会采取措施,让顾客一一排队,有的顾客还会主动地去承担维护排队的义务。显然,排队已成为摆脱困境、解决问题的一种方法。这是一项礼仪。中国素有"礼仪之邦"之美誉。排队是一项最基本的礼仪。它依照来到的先后来确定次序,不需要谦让,也用不着谦让。纵然排在后面,甚至排在最后,也不能埋怨他人,惟有安分守己才是。这属于有礼守仪。不是么,对那些在众目睽睽下不排队的,人们往往会责备其"没礼""缺教"——连其父母也被骂了。

波斯诗人莪谟伽耶玛说过,人来不知从何处来,人却不知到何处去,来时并非本愿,去时亦未征得同意,糊里糊涂地在世间逗留了一段时间。人在世间逗留时,正常情况下,都要与各种各样的人相处相交。人们在相处相交中,或由于资源的一时紧缺,或由于需索的一时集中,或由于时间的一时限制,为体现公平、公正,选择排队便是顺理成章了。之所以要排队,有的是因为商品性价比高,购买者趋之若鹜;有的是因为职位相对稀少,满足不了众人需求;有的是因为路径择拣余地小,集聚成了过江之鲫。我们只要稍加关注,在大街小巷,哪些商品店摊前排起了长队,说明他们出售的商品更受顾客青睐。要知道,顾客是用脚来投票的。哪些企业在排队似的开张,说明他们从事的行业更能赚钱。如一段时间里,药店开得特别多,无言中即告诉世人,卖药的利润不菲。不要忘了,世人"无利不起早"。排队无疑是竞争的产物,既始于竞争,又终于竞争。就拿经营来说,排队是敏感的市场信号,哪行、哪店、哪物有排队现象,与之相对应的,就会有更多的人、财、物投入,从而使原为暴利水平降至正常水平、使原为正常水平降至微利水平。这就是市场这只"无形之手"在发挥作用。在市场经济条件下,排队现象既不可能完全消失,也不可能持续太久。尤其是后者,主观、客观都要求其尽快消除。如:正因为车站售票窗前排起了长队,才有了全国联通的网上售票;正因为高考成为"千军万马过独木桥",才有了一年又一年的大学扩招;正因为城里马路上拥堵不堪,才有了摇号购车、限号开车;正因为交通路网不畅,才有了"铁、公、机"的大发展;正因为缴水、电、气费的人排起了长队,才有了"支付宝"等。

与排队相对应的是插队。这个插队,不是指"文化大革命"中数以千万计的城市知识青年到农村插队劳动,"接受贫下中农再教育",而是指人们在处世中为了取其巧而插进排好了的队伍,俗称"加塞儿"。插队现象在现实中司空见惯,而且常会引来众怒。2016年,江苏省公安厅、省精神文明办、新华报业集团、省广电总台等单位,联合组织网民投票选出"十大最令人厌恶的交通陋习",结果显示,最最招人恨的开车行为是:大家在排队通行,你非要变道加塞儿。争抢特别厉害的报名,最早的兴许于前一天下午就排队了,然而,到第二天早上七八点钟才开始办理。如果后来的人想插队,准没门儿,因为人家已熬了整宿,倘若还想插队,必遭群起而攻之。这时候,必须有管理人员在场,如果不能息事宁人,把矛盾激化了,还会酿成大小不一的恶性事件。这样的教训,并不鲜见。国内外发生的一些踩踏事件,原因之一,极可能有人插队,从而引发混乱。美国"9·11"事件,世贸大楼上部被飞机撞击之后,烈焰奔腾,形势千钧一发。当时,楼上的人往下奔,消防人员往上冲,且互相让道,从而有效地避免了更大的伤亡。试想,如果有人插队,局面就不堪设想。从这个意义上说,不插队不仅可以提高效率和效用,还可以挽救人的生命。

从日常生活中的排队与插队说开去,人在江湖,首先,也是最基本的,要有强烈的排队意识。排队可体现出一个民族、一个群体、一个人的文明层次。我们每个人生下来,在人权上应该是平等的。既然是平等的,就谁都不能有特殊权利。只有那些搞封建的、独裁的、专制的人,才天生插队,如世袭帝位、爵位等。大家都是凡人,通常没有独特的地方,故而,自小时候起就要养成自觉排队,不可有特殊的念想。在正常情况下,如果意欲插队,不按部就班,后来而居上,那必须作出不一般的努力、付出不一般的辛劳。对人生来说,乐于排队相对比较平安,毕竟没有多少风险,就像幼儿园里的小孩子一样,"排排坐,吃果果",你有我也有,谁也不欺谁,相安而无事。亘古以来,人们崇尚知足常乐、能忍自安,实际上,那是源于排队,即服从命运对自己的安排。但是,一个民族、一个群体、一个人,还不能仅仅有排队意识,倘囿于此,则难以有大的创新、难以有大的希望,也难以实现超越。但是,插队不能胡来、瞎来、恶来,要依法纪、讲规矩、有情义,插得别人情愿并服气。在插队时,即使自己再有能耐,也要关注别人的感受。换言之,自己不可心傲气盛,须尽可能顾及别人的脸面。这种插队,是一场公平、合理的竞争,不使阴招、不施毒计,亮亮堂堂,坦坦荡荡。当然,作为被插队者,也须有自知之明,勇敢地去承认差别、面对现实,不可奢望绝对的平等。长江后浪推前浪。前浪让后浪,后浪超前浪,这是自然规律,也是社会规律。实际上,很多时候,被插队者与插队者是能实现互利共赢的。"让一部分人先富起来。"这比大伙儿都排着穷队强,毕竟先富起来的人或多或少会帮助一些穷者。自古以来,中国许多人一向"不患寡,只患不均"。从一定意义上说,此乃人之心胸狭隘。当然,"不均"不能是巧取豪夺。据美国学者估算,地球有史以来总计诞生过1080亿个智人。根据中国人口占世界人口的比例,似可推算出中国有史以来共诞生过200亿人口。一代一代人,是缘分汇聚到了一起。比较理想的状态是:为有更好地生活,大家排好队,相亲相爱,相扶相携,直到生命的终结。其间,也应当允许、认同、鼓励公平、合理的插队。

好脾气与坏脾气

"哦,太太怪可怜的,为什么老爷回来,头一次见太太就发这么大的脾气?"(见曹禺《雷雨》)"以前听说这位老师傅有脾气,只是听说。"(见赵树理《张来兴》)"你知道我的脾气是吃软不吃硬的。"(见田汉《咖啡店之一夜》)以上书摘段落,均说及脾气。何谓脾气?本义是脾脏之气,引义为人之性情。此,古已有之。如宋朝人陈慥,字季常。他的妻子柳氏,脾气暴躁,且醋性很大。陈慥很怕柳氏。后来,以此来形容怕老婆者为有"季常之癖"。郑振铎《毁灭》中有言:"马阮心上好不痛快。便又故态复萌,横征暴敛,报复冤仇,享受着这小朝廷的大臣们的最高权威。"其"故态",通常指老脾气。在现实中,有的人一有权势、名声,脾气就长,甚至能力、水平没长脾气也长,其中包括一些领导干部、学术权威、影视明星等。他们好甩脾气、撒脾气、耍脾气,往往是不顾及别人的感受,任由性子、一股脑儿地对外发泄。

世间的脾气多用于人,当然,也有用于物的。如知侠《铁道游击队》里写道:"以后,他还是偷偷地扒车,慢慢摸着车的脾气了。"人之脾气,有好有坏。好脾气指性情温和,坏脾气指性情火躁。至于那些性情不温不火者,则既不能算为好脾气,也不能称作坏脾气。别看这个脾气,其显示、蕴含的东西还很多。一如正气。汉朝大臣苏武到匈奴出任大使时,卫律设宴"招待"苏武。席间,卫律对苏武作了一番吹捧之后,劝苏武投靠匈奴。苏武顿时来了脾气,勃然大怒,站起来指着卫律大骂:"你这个不知羞耻的东西,以前你是汉朝大臣,国家哪一点亏待了你?你不好好报答国家的恩情,反而贪生怕死,你的良心哪里去了!"苏武当即骂得卫律面红耳赤。卫律连忙叫其左右,把苏武押了出去。二如邪气。报载,北京大妈李女士走到一十字路口,正好绿灯,便沿斑马线(绿灯方向)往家走。不料,一男子骑着摩托车逆行,且来了个大转弯,把李女士重重地撞倒在地。李女士拉住这个男子,要叫警察来处理。这个男子非但没有一点歉意,反而对着李女士大发脾气,所骂之言,十分难听。三如刚气。被誉为"中国最后的儒家"梁漱溟,于1973年因坚决拒绝参与"批林批孔"运动而遭批斗。一次批斗会告一段落,主持人问梁漱溟有何感想,梁漱溟一下子来了脾气,冲口而出:"三军可夺帅也,匹夫不可夺志!"四如柔气。有个男人不知道心疼老婆,家务事什么也不做,自己工作之余,便找朋友们喝酒打牌,有时还通宵达旦。老婆心想,长期这样下去,也不是个事儿,得有个办法来解决。于是,一天夜里,老婆故意把家门反锁上。到了次日凌晨一点多,这个男人回来了,虽然多次敲门,老婆就是不去开。无奈,这个男人开始说软话了。老婆见势而下,慢悠悠地去开了门。在房间,老婆又哭又闹,大大地发了一通脾气。这个男人听罢,心里很是愧疚,连忙表决心,从今以后,一定珍惜家庭、疼爱老婆。

脾气这个东西,用眼看不见,用耳听不到,用手摸不着。脾气的种类很多,形态各异。人们经常会议论,某人是个火暴脾气,某人是个犟牛脾气。是的,脾气发作起来多为暴躁、刚烈,但有些脾气并非如此,不见山、不见水似的。其实,就是一种性情而已。其中,有些显示、蕴含的是淡定、坚毅、清廉、高尚,有些显示、蕴含的是迂腐、窝囊、笨拙、圆滑。唐代著名诗人杜甫在成都西南浣花溪一带盖了几间茅屋,暂作安身之处。一天,他的好朋友送来一条叫做"织成褥"的毛毯,这是一种很珍贵的"进口货"。他连忙说:"不敢当,我一个穷书生,用不着这么好的毛毯,请您拿回去吧。"在他的一再推辞下,这位好朋友只好收起了毛毯,说:"子美先生不受礼,我就告辞了。"报载,新中国开国中将刘昌毅指挥作战,处变不惊,历险不乱,每逢大事有静气,人称"四不走"将军,即"不吃饱饭不走,不睡好觉不走,不喝完酒不走,不见敌人来不走"。实际上,刘昌毅的这种静气,也是一种脾气。世上的人,性情千千万,脾气即千千万。在现实生活中,多数脾气,明眼人一见便知是好是坏。那些搞"打、砸、抢"的,不会是好脾气。不管你有多少理由,"有话好好说"才是正道。但有少数脾气,说好也好不到哪里去,说坏也坏不到哪里去,可被视为待人处事的一种态度。必须清楚,任何脾气都会有后果的。其有所区别的是,有些影响宏大些、有些影响微小些,有些影响显现些、有些影响隐形些,有些影响久长些、有些影响短暂些。还有,有些影响主要在外部、有些影响主要在内部,有些影响反弹强烈、有些影响反弹软弱,有些影响像锁链似的、有些影响如孤本一样。

人之脾气的形成,既有先天原因,也有后天原因,往往后天原因更大些。拥有良好的家庭教养、和睦的生活环境,有利于好脾气的形成;反之,则不利于好脾气的形成。我们不难发现,有些人的脾气不好,常常与其自小娇生惯养、父母管教苛严、家里缺失温暖等有关。古人告诫:"世事洞明皆学问,人情练达即文章。"有些人之所以没有好的脾气,往往由于不能洞明世事和练达人情,总喜欢一味地好自己之所好、坏自己之所坏,不会站在别人的角度去思考问题。这些人对自己的过错和不足,常常视而不见,更不会去理会。故而,乱发脾气便成为家常便饭。有些人特别自以为是,总喜欢不切实际地甚至蛮横无理地希望甚或要求别人围着自己的思想和行为转。如有的女人,自己不温柔、死心眼、很抠门,却整天怨丈夫不听话、不体贴、不大气。这样的女人不乱发脾气才怪呢!在现实世界里,有些人的坏脾气是源于自己不知足。如今社会,对人吸引多,诱惑也多。然而,天无边、时无限、数无量,人却寿有限、力有限、运有限。有些人则以有限去搏无限,那势必自寻烦恼,由此便易生出种种坏脾气来。当然,有些人发坏脾气也有客观原因。换言之,主要是别人的、外部的原因。如中国传统文化里有仁、义、礼、智、信,其蕴含了债信文化的要素。债信文化,崇尚自由交易、借债还钱、损害赔偿。倘若一方有违债信文化,另一方就有可能产生埋怨,进而会对一方发坏脾气。实事求是地说,另一方在这方面,修养要到家,即不产生埋怨,那还不是太容易。

  人活着,谁都想率性一些、随意一些。人之脾气,谁都有之。故而,从一定意义上说,人发脾气在所难免。为能扩大发脾气的正效用、消弭发脾气的负效用,我们必须充分认清好脾气的益处和坏脾气的害处(这里的益处与害处,不包括政治纷争和军事斗争中的发脾气)。通常,好脾气的人无论走到哪里,都会欢迎,别人也乐意与好脾气的人合作共事,就连男女择偶时,也往往把好脾气作为一个重要条件;坏脾气的人,则常常给别人带来苦恼、麻烦,从而使别人觉得难以相处。不仅如此,自己有坏脾气,且经常发,也容易使别人产生不信任、不踏实感。谁愿意与不信任、不踏实的人打交道呢?人是有理智、有理性的,偶尔发个脾气不为怪,也无妨。问题是,发脾气不能发过了头,也就是不能太伤和气。一旦太伤和气,恢复起来就比较困难。应当看到,人的脾气有改变和完善的可能。有些人年轻时是这种脾气、年老时是那种脾气,有些人婚前是这种脾气、婚后是那种脾气,有些人提职前是这种脾气、提职后是那种脾气,即说明人的脾气是可以改变和完善的。作为每个人,应该自觉自愿地去改变坏脾气、完善好脾气。人在世上,脾气与本事组合,会出现以下四种情形:有本事且有好脾气,有本事却有坏脾气,无本事且有坏脾气,无本事却有好脾气。脾气是生出来的,也是养出来的;脾气是可以憋和压的,也是可以使和发的。我们要做有本事且有好脾气的人,切莫做无本事且有坏脾气的人。若是,普天之下的人们能干且和谐,经济社会发展当"如月之恒,如日之升"。

撑腰与拆台

撑腰与拆台本指人之两个平平常常的动作,如人太累了,用手撑一撑腰部,那要舒服许多;戏演完了,把戏台拆除,使场地恢复成原样。人之生活、工作中的撑腰与拆台,多用来比喻两种截然不同性质的行为:撑腰比喻给予有力的支持,拆台比喻施行破坏的手段。

在现实世界里,撑腰的表现形式和展示形态多样,政治上有撑腰,思想上有撑腰,经济上有撑腰,物质上有撑腰,钱财上有撑腰,军事上有撑腰,文化上有撑腰,精神上有撑腰。细化到日常生活、工作中,礼节上有撑腰,仪式上有撑腰,时间上有撑腰,场所上有撑腰,规模上有撑腰,声势上有撑腰。就拿召集会议来说,是否参会体现是否撑腰,派谁去参会体现撑腰力度大小,参会认真与否体现撑腰程度轻重,是否鼓掌体现撑腰热度高低。要说撑腰有力者,那少不了粉丝和知音。粉丝来自于英文的 fans,许多英汉双解词典都将其译成"迷",现实中有球迷、戏迷、钱迷、牌迷、影迷等。知音一词始于春秋楚国,当时的俞伯牙善于弹琴,惟有知己钟子期知其意在高山抑或流水。钟子期死后,俞伯牙恨世无知音,乃碎琴绝弦,终生不再演奏。粉丝与知音当然是有力的撑腰者,且古已有之,于今似尤烈。像网络微博,有的大佬能吸引几十万人、几百万人甚至上千万人。撑腰在实际运行中,有些是显摆的、有些是隐匿的,有些是直线的、有些是曲线的,有些是有形的、有些是无形的,有些是大效的、有些是小效的,有些是恒久的、有些是短时的。撑腰与否,所展现的,往往是响应与否、呼应与否、答应与否。

在现实世界里,拆台的种类和形状各异。一如,一男一女自由恋爱,感情日炽,且已到了谈婚论嫁的时候。有人本与男方或女方家里有积怨,为了报复,于是就去施行破坏。其方法是,跑到对方说这方的不是。其中,有些不是,属无中生有;有些不是,属夸大其词。而此,方言叫"戳蹩脚"。二如,某企业生产销售如火如荼,在国际国内市场上占有相当大的份额。有一强劲的竞争对手,为能打压、挤垮它,蓄意采取了"挖墙脚"的方法。即一方面不惜重金甚至舍用血本挖它的人才;另一方面猛烈降价甚至亏本推销自己的产品。三如,上海人有句口头禅,叫"捣浆糊",通常指胡搅、糊弄。其往往不按规程、不守规则、不讲规矩,具一定的破坏性,尽管没有瞎折腾、乱起哄严重,但其容易节外生枝,带来不必要的麻烦,造成不必要的损失。四如,有方言叫"触霉头",一般指人碰到了不愉快的事。其实,有些霉头是有人在暗中使的坏,只是触者并不知情而已。五如,有些人办起事来老是"拆烂污",要么时间上拖延,要么数量上不足,要么质量上欠缺,弄得别人很不放心。此乃不负责任,也在拆台之列。六如,"踩沉船",即眼看着船行将沉入水中,不去为其减轻分量,反而踩上去增加负载,促使其加速沉没。以上例举的是民间常见的六种拆台方法。在很多时候,拆台还不是这般"和风细雨",而是严峻的、残酷的,如有的明火执仗,有的阴险毒辣。人类拆台的方法,在古时简单,通常是直接、鲁莽;而今随着科学技术的发展,则越来越巧妙,越来越精准,如发动网络攻击等。

  人在世上,无不生活、工作在一个个群体里。"在家靠父母,出门靠朋友。"靠朋友,这说的就是撑腰。"没有人背后不说人。"说人,指说别人的不是甚或坏话。实际上,这在一定程度上,也是拆台。撑腰与拆台,可折射出当事者的人品、人格如何。南宋文天祥兵败被俘,坐了三年土牢,锐气不减。元世祖忽必烈亲自劝降,许以丞相之职,他不为所动。他虽死在了刽子手的屠刀下,但却留下了撼人心弦的《正气歌》。他誓死不为统治者撑腰,可歌可泣。在现今日常生活、工作中,有少数人却不是这样,如为了区区蝇头小利,会编造谎言去栽赃他人;遇到原则性的问题,不敢明确态度,常常是模棱两可,宛若"墙头草";只因一时未能如其所愿,便出卖本企业的商业秘密。当然,有很多人在大是大非面前,不畏权势,不受诱惑,而头脑清醒、言行清明。不少人重情重义,"士为知己者死","滴水之恩,涌泉相报"。这些人,对该去撑腰的,坚决去撑腰;对不该去拆台的,绝对不去拆台。他们不把撑腰与拆台看作随意行为,而是上升到涉及人品、人格的高度上来认识,故而,在为人处事中颇为慎重。

  史载,当年乾隆皇帝下江南时,看见大运河上舟楫往来,熙熙攘攘,便顾问左右:"他们都在忙些什么?"和珅侍卫在侧,脱口而出:"无非'名利'两字。"这个答案相当正确。对此,我们不可因人废言。联系到撑腰与拆台,究其原因,通常也受名利驱使。在世上,人与人之间,包括夫妻之间、父子之间、君臣之间,通常是互助互利关系,即既没有无缘无故的助,也没有无缘无故的利。撑腰与拆台,当也如此:既没有无缘无故的支持,也没有无缘无故的破坏。史载,1867年,俄罗斯以720万美元的低价,把面积150万平方公里的阿拉斯加出售给了美国。为何?只因为当时俄罗斯国内经济极其拮据,英国又持续发出了占据阿拉斯加的威胁,加上阿拉斯加地理位置非常遥远,其经济水平也令俄罗斯心力交瘁。在当今国际关系中,无论是西方联盟,还是"南南合作",都是建立在互助互利基础上的。在人际关系中,为什么一方要撑腰另一方,为什么一方要拆台另一方,总是有原因的。其有所区别的,有的是这些原因、有的是那些原因,有的原因大些、有的原因小些,有的原因多些、有的原因少些,有的原因正当、有的原因不正当,有的原因明摆着、有的原因不明摆着。倘若感到莫名其妙,那是因为原因深藏或手段狡猾。

撑腰与拆台,有两种现象需要特别关注和防范:一种是"墙倒众人推"。墙是用砖、石、土或钢筋、水泥等筑砌成的载体、屏障、围挡,一旦地基失稳或遭受强外力,其倒塌起来有时连线、连片,像被狂风吹过一般。世人世事,一旦风光不再或走向失败,很有可能出现"墙倒众人推"的现象。换言之,原来撑腰的则不再撑腰了,原先拆台的则加快拆台了。不是么,多年来,西方国家在一些国家搞所谓的"颜色革命",往往利用这些国家当政者的某些失误、错误而大做文章,煽动大批不明就里的群众走上街头示威游行,发展到最后,国家不得不改变"颜色"。"墙倒众人推",多用以说明一旦失去权势,大家群起而攻之;也说明,自己的垮台,那是大家攻击的结果。与此种现象类似的还有"落井下石",即明明知道别人已掉在井下,自己不去施救,反而向井中扔石,致其生还无望。另一种是"趋炎附势"。此乃世态炎凉之道。曹雪芹《红楼梦》中写道,这些亲戚朋友,"先前贾宅有事,都远避不来;今儿贾政袭职,知圣眷尚好,大家都来贺喜。"时至今日,我们仍应清楚,在林林总总的撑腰者中,不乏趋炎附势者。作为被撑腰者,不可稀里糊涂地陶醉其中,如果等到炎消势退,再幡然醒悟,那就为之晚矣!

人只要活着,在有知有觉的情形下,对人对事,总会显示态度的。而撑腰与拆台,即是对人对事的两种态度。不过,具体到对某个人、对某件事,是撑腰还是拆台,那得认真掂量掂量,因为有的时候,自己的一生,成败就在此举。掂量什么?掂量难度大小多少,掂量收获大小多少,掂量风险大小多少,掂量后果大小多少。其中,在掂量风险时,至为关键的,要认清情势。在现实生活里,通常是,顺情势而为者赢或胜,逆情势而为者输或败。情势有正向的、负向的,有显露的、潜在的,有强劲的、微弱的,有宏大的、细小的,有连续的、间歇的。情势认不清,不可妄为,勿把自己的身家性命白白搭了进去。报载,韩国总统朴槿惠,她不相信会有弹劾,她不相信宪法法院会裁决弹劾成立,她不相信警察会来搜查,她不相信警察会逮捕她,她也不相信会被审判,因为她身边的人都告诉她:这不可能。结果一切都变成了可能,而且没有挽回的余地。显然,她身边的人给予的撑腰,自然就成大问题了,起码说,没有认清情势。当然,此为别国内政,笔者只是根据媒体报道而作如上评析。

　　世上的人,我为人人,人人为我。撑腰也是这般,你为我撑腰,我为你撑腰,这是做的加法。若不这样,你给我拆台,我给你拆台,这是做的减法。加法与减法,对人的生活、工作,效用和效果如何,不言自喻。为人撑腰要有底气,其中包括信心、知识、经验、技术、金钱、物质、资历等;还要有办法,其中包括用谋、施策、设计等。否则,常常表现为一种空谈,或心有余而力不足,或好心办坏事。人在世上,给人拆台,除非确为不得已。即使拆台,亦当讲究方式方法。如果说损人利己还可以理解的话,那么,损人不利己则是毫无意义的。俗话说,人在做,天在看;善有善报,恶有恶报。故而,对人对事,拆台当慎之又慎,并应尽量避免。

发怒与迁怒

在人之不良情绪中,怒的发生概率不小。怒,从字形上看,上奴下心。奴,迫使、役使、驱使也。人之怒,心被奴。怒从何发?通常,有的是惹麻烦了而怒,有的是受委屈了而怒,有的是遭刺激了而怒,有的是不合意了而怒,有的是不称心了而怒,有的是发病了而怒,有的是陷入险境而怒。人表现出怒,最激烈的状态有怒发冲冠、怒火中烧,这些当然是形容。直观而言,人一旦怒了,眼睛会怒(如瞪着),脸色会怒(如铁青),肢体会怒(如挥拳)。从由头、内容、方式、目的等方面考量,怒有多种多样:一如直截了当。在公共汽车上,有的人仅仅因为脚被别人踩了一下,便发怒,甚至破口辱骂。《红楼梦》里的凤姐骂起人来,一点儿涵养也没有,如骂平儿:"原来是你这蹄子肏鬼。"骂旺儿:"放你妈的屁!"二如指桑骂槐。一家主人丢失了一只鸡,怀疑是邻居偷的,但又没有证据,便发怒,不过只能阴阳怪气地在门外骂。三如凶神恶煞。二人本就积怨甚深,又遇气愤之事,一方便火冒三丈,对另一方"死来死去"地骂,骂人家断子绝孙,骂人家不得好死;另一方则忍无可忍,施以重拳。于是,二人扭打了起来。四如激励鞭策。一次大考失败了,父亲发怒,训斥儿子:"你为什么考得这么差呢?真是猪脑筋!"其实,父亲是怒其不争,旨在通过怒来激将儿子日后考出好成绩。五如甜蜜温馨。夫妻之间、情侣之间、亲人之间,因为一方太辛苦而受到另一方责备或嗔怪。实际上,一方是怒另一方不爱惜身体,正可谓"打是喜欢,骂是爱"。六如无缘无故。有些人的口头禅不好,习惯用不雅或过俗的语言,或喜欢叽里咕噜地讲方言,就像是对别人发怒一样。七如自以为是。有些人之所以发怒,并不是因为别人做得不好,而是由于自己太挑剔。这些人,一切以"我"为中心,顺"我"者"昌",逆"我"者"亡",任性地怒来怒去。八如警示告诫。有的小学生,上课时经常讲话,下课后总是打闹,老师一再教育,然不见效果,一怒之下,罚其面壁站立。有的小孩子老是说谎话,家长教训过多次,仍然不改,于是抓住小孩子又一次谎话的机会，狠狠地扇了小孩子的耳光。九如嫉贤妒能。有些人不能见别人比自己好，若某些方面别人比自己好，便生气发怒。学习成绩上是这样，工作能力是这样，男女关系上也是这样。

　　如上所述，均为发怒。通常，发怒要么是对自己，要么是对别人。前者属于发泄，后者属于对别人发泄。在对别人发泄中，有一种现象叫"迁怒"。迁，移也，即从这点到那点、从此处到那处。迁怒，有的是自己受了"老李"的气后而拿"老王"来出气，有的是自己受了"老张"的气后而拿"老陈"来出气；有的是自己过不去时来与别人过不去，有的是自己生气发火时来跟别人生气发火。迁怒还能"传染"，换言之，可把怒一个接一个地向下"传染"，直至再无"传染"对象。当然，"传染"的内容不尽相同。请看这个例子：某公司董事长为了重整公司一切事务，许诺自己将实行早到晚归。事出突然。有一次，他在家看报看得太入迷，以至于忘了上班时间，为了不迟到，即在公路上超速驾车，结果被警察开了罚单，最后还是误了点。董事长愤怒之极，到了办公室后，为了转移别人的注意，便将销售经理叫来训了一番。销售经理挨训后，气急败坏地把秘书唤到自己的办公室，并对他挑剔了一番。秘书莫名其妙地被人挑剔，自然是一肚子气，就故意去找接线员的茬。接线员垂头丧气地回到了家，便对着自己的儿子大发雷霆。儿子摸头不着地被父亲怒斥后也很恼火，就把自己家里的猫狠狠地踢了一脚。这就是心理学上著名的"踢猫效应"，说的是人与人之间的泄愤连锁反应。在现实生活中，迁怒现象并不鲜见。如撒气，即拿别人别事来发自己的火，来泄自己的愤。对别人别事来说，本无关涉牵连，乃属"飞来的横祸"。从上看来，发怒往往是个体行为，而迁怒常常为群体行为，且迁怒一般会沿着强弱、贵贱组成的社会、家庭关系链，从强大高层一直延续到弱小底层，呈现出金字塔形。其中，有些怒会越迁越小，直到息怒；有些怒则会越迁越大，直到沸怒。

　　发怒与迁怒，总事出有因，大多为权利而怒、为财物而怒、为观念而怒、为脸面而怒、为价值而怒，为美色而怒。人在现代社会、家庭里，学习、工作和生活压力都很大，为能有更好的学习、工作和生活，不得不参与各种各样的竞争。是竞争，就自然要分出上下、高低、优劣、胜负来。凡下、低、劣、负者，若不能正确面对，就容易生怒。当今世上，欲的来源多，诱惑也大。欲成壑，难以填。一些人的怒，是始于贪心。而众多人的怒，则源于对现实的不满。票子多了还要多，房子大了还要大，车子好了还要好，位子高了还要高，倘不能如愿，就有怒，怒自己付出太多而获取太少，怒当今世道对其不公。许多人之怒，还因为自己追求优先权，不满足于平等权。20 世纪 80 年代出生的独生子女结婚后，一旦有了孩子，其爷爷奶奶、外公外婆，有些会掀起一阵又一阵的孙辈争夺战。其实,大没有这个必要了,孙子孙女永远是孙子孙女,外孙外孙女永远是外孙外孙女;同理,爷爷奶奶永远是爷爷奶奶,外公外婆永远是外公外婆。世上的事,只要想通了,怒就不会生,也不会发,更不必迁。

发怒与迁怒,虽是一种方法、一种权利,也有一定的学问,但总体上不是好方法、不是好权利。其一,常常于事无补。人发怒或迁怒起来,如若控制不住,任其泛滥,即有可能带来严重的甚至毁灭性的灾难。一次谈判、一场选举、一个会商,有时就因为有人发怒或迁怒而停滞搁浅;一次恋爱、一场会面、一个请托,有时就因为有人发怒或迁怒而不欢而散。其二,常常影响人体健康。人之情绪与人之生理有着密切的内在联系,情绪能量与生理能量具有明显的正向互动关系。凡发怒或迁怒的人,在当时是不可能快乐的,即使在事后,也会把这种情绪延续一段时间。有位哲人说得好:"你每发怒1分钟,便失去了60秒的幸福。"不仅如此,自己发怒或迁怒,还会感染他人的情绪,进而影响他人的健康。其三,常常危及自身形象。达尔文说过:"脾气暴躁是人类较为恶劣的天性之一。人要是发脾气,就等于在人类进步的阶梯上倒退了一步。"人在发怒或迁怒时,容易偏激,出言不逊、手足无序是常见状态。这种状态,无形中向外宣示了自己的道德不完善、修养较缺乏。再说,谁又喜欢与动辄发怒或迁怒的人共事交友呢?其四,常常破坏人际和谐。在单位领导班子里,在家庭兄弟姐妹中,只要有一两个爱发怒或喜迁怒的人,其消极作用不小。它往往损害向心力、凝聚力,每每发作,都会像落进眼里的尘灰、泼向脸上的污水,使人很不舒服。毕竟,发怒与迁怒有伤和气,尤其是恶劣的发怒与迁怒,特损对方自尊心。其五,常常出现意外情况。发怒一般属于自作自受,那也是活该,而迁怒则为他人发怒带来的不测,很多是发怒者始料未及的。在诸多不测中,轻者从此消沉,重者由此自绝。

发怒与迁怒,说到底,涉及人的世界观、方法论。换言之,涉及选取什么样的观念来看待世间的一切,涉及采用什么样的方法来分析世间的一切。如果能用辩证法的世界观、方法论来看待和分析世间的一切,那么,怒就不易生发,更不会去迁怒。事实上,许多的发怒与迁怒,总是从愚蠢和妄为开始,以懊恼和后悔而告终。倘若能够等一等、忍一忍、缓一缓、放一放,那么,"乌云终将过去,丽日即在前面"。知人者智,自知者明。倘若认清别人不会改变,自己主动改变,那么,将会有柳暗花明之效果。大量容人,人能容,量须大。减少甚至杜绝发怒与迁怒最有效的办法,是多沟通、多理解、多容受。光阴荏苒,岁月如梭,虽然世间最宝贵的是时间,但人遇上了不遂心愿之事,那也得从容一些,大可不必操之过急,因为这也很值。许多时候,事办慢了可以快,快了却慢不下来。怒可以随意发,但发了却收不回来,即使后来再怎么致歉甚至求饶,那也会留下或深或浅的阴影。故而,人在发怒之前,当深刻三思,纵然自己再有发怒的理由,那也应该冷静平和地作出处置。古《论语》早就告诫人们:"不迁怒,不贰过。"相对而言,发怒须戒免,迁怒比发怒更须戒免。怒与不怒,迁与不迁,将显示自己的智慧多少和修养大小。

吃相与站相

相，相貌、外貌、姿势、姿态也。作为一种启蒙教育，我们小时候就经常听大人说，吃要有吃相，坐要有坐相，站有站相，走要有走相。通俗而言，吃要有吃的样子，坐要有坐的样子，站要有站的样子，走要有走的样子。样子，即模样；而模样，即标准。吃、坐、站、走均是人之日常行为，其相尽管有天性的一面，也就是可以无师自通的，但主要受后天的影响。这些影响，有来自种族的、区域的、民族的、宗教的、家庭的、宗族的等。吃相、坐相、站相、走相，既有约定俗成而世代传承的，这在我国礼仪书籍里可见；又有随着时代变化而赋予新的内涵且流行开来的，这在各个时期的风尚里可见。事实上，这些相，既有客观成分，也有主观成分。有的时候，其主观成分更多一些；有的时候，其客观成分更多一些。但有一点是共同的，它们均被社会所公认、众人所遵循。

关于吃相，先说一个故事。我国宋元之际的著名学者许衡，有一次和旅伴们经过河南北部的河阳地区。这一带刚刚发生了一场残酷的战争，连个人影也没有。大家头顶烈日赶路，个个汗流浃背。突然，旅伴们纷纷向前飞跑起来，因为看到前边不远处的路边有棵挂满了果的梨树。大家气喘吁吁赶到了树下，有的摘，有的吃，闹闹嚷嚷一片。而许衡则摇了摇头，选了一块树阴地坐了下来，只顾撩起衣衫扇风取凉。有旅伴关切地对许衡说："你为什么愣着，这又甜又脆的梨，不摘几个消消暑？"许衡答曰："不行。梨主不在，我哪能随随便便吃人家的东西呢？"听罢，有旅伴发出了讥笑："什么梨主啊！这么大的战场，连个指路的人都没有。这梨没有主，不吃白不吃！"许衡用手指了指自己的胸口，诚恳地说："梨没有主，难道我自己的心也没有主了吗？"许衡终究没有吃梨。这个故事，主要是称道许衡。同时，我们也可以想象当时的场景，许衡的旅伴们各种吃相都可能有，或狼吞虎咽，或细嚼慢咽，或谈笑风生，或沉默不语。

吃相涉及人相。一为涉及礼节。中国是一个十分注重礼节的社会,几千年来形成了一套具有普世价值的礼节。就吃相而言,要尊老爱幼。如与长辈、领导、女人、小孩在一起吃时,作为下辈、部下、男人、大人,要主动友善地去照顾他们,包括盆菜端上来后,先让他们吃,必要时去帮他们夹;汤菜端上来后,先让他们喝,必要时去帮他们舀等。二为涉及人品。有人或许会说:"不就是吃么,怎么还说到人品呢?"是的,二者的确有关联。据传,有一对生意场上的朋友在一起聚餐,其中的一位,每端上一盆菜,便丝毫不顾及别人的感受,用筷子在盆子里翻来覆去挑拣,好像就是供其独享的。聚餐后,另一位思忖:对方这种吃相,是自私的表现。后来,也就渐行渐远,因为另一方认为对方不可深交。三为涉及形象。聚餐也是一种公务或社交活动,吃相如何,虽然别人不会当面评说,更不会直接去批评,但心里都有数。有的人吃的时候穷凶极恶,嘴巴里塞得鼓鼓的,带有饭粒或菜屑的筷子还不停地到这盆菜里戳戳到那盆菜里扒扒;有的人边吃边高谈阔论,别人想插话还不成,更有甚者,说得急迫了,还从口中喷出饭菜来,弄得全桌人啼笑皆非;有的人自己喝酒、抽烟不说,还死搅蛮缠地劝说甚或逼迫别人喝酒、抽烟,搞得别人为难不堪;有的人在饭局上忘记了自己的身份,明明是长辈或晚辈,却借着酒兴,胡诌这个乱说那个,且还乐此不疲。

　　关于站相,中国社会普遍对军人肃然起敬。许多军人复员或转业多年,尽管身穿便装,人们仍能一眼看出是"当过兵的"。在庄严的北京天安门前,国旗护卫队的武警战士们,每天早晨去升国旗、晚上去降国旗,其身姿多么英俊、步伐多么整齐、气势多么威严啊!据悉,为了练就"站如松",他们贴墙根而站,头顶砖石以练习纹丝不动,身绑十字架以练习挺直腰身。与此站相截然不同的,有鲁迅笔下的杨二嫂:"我吃了一吓,赶忙抬起头,却见一个凸颧骨,薄嘴唇,五十岁上下的女人站在我面前,二手搭在髀间,没有系裙,张着两脚,正像一个画图仪器里细脚伶仃的圆规。"在现实生活中,站相多种多样,如有挺胸直背而站、弯腰曲背而站、两手叉腰而站、双脚并拢而站、胸前抱手而站、背后叉手而站、两脚交互而站、单腿直立而站等,还有忐忑不安而站、害羞忸怩而站、颐指气使而站、躲躲闪闪而站、胆战心惊而站等。

　　站相体现人相。人的性格特征、心理活动、行为方式等,通过站相,可窥其大概,甚至可一目了然。一为体现实力。1949年10月1日,中华人民共和国成立。毛泽东主席在北京天安门城楼上向全世界庄严宣告:中国人民从此站立起来了! 亲爱的读者,这一站立确实来之不易啊! 从1840年至1949年,中国人民与国内外敌人进行了艰苦卓绝的斗争,其中有伟大的辛亥革命、抗日战争和解放战争等。从1948年至1949年1月,中国人民解放军发起的辽沈、平津、淮海三大战役,共计歼灭敌人近155万,取得了战略性决战的胜利。二为体现能耐。大凡优秀的、英明的领导人,在观形势、作计划、想办法时,都能站位高。由于站位高,视野也宽,思考乃至解决问题的能耐也强。我们平民百姓,也深谙站位之重要,如"退一步海阔天空""会当凌绝顶,一览众山小"。在自然界,那些在杂树蓬草间飞飞跳跳的麻雀,因为始终处于最底层,而不可能有高翔远徙的鸿鹄之志和之力。三为体现修养。在很多时候,通过站相,可检视这个人的观点、态度,甚或在站相上这个人的观点、态度已一览无余。人生在世,只要会站,只要能站,就必有站相。其站不站、怎么站、站哪里、站多久,大有讲究。如:家里来了客人,自己最好站起来并走上去迎接。大伙儿围坐在一起,当主人介绍到自己时,自己最好站起来示意。宴席开始了,主人来敬酒,自己最好站起来并凑上去碰杯。与众人合影,自己最好主动到后排去站。与长辈同行,自己最好站后一些,并作挽扶状。诸如这些,体现的是谦虚和真诚。

吃相与站相,形态各异,成因多多,一有家庭教育之因,二有自身养成之因,三有地方风情之因,四有民族习俗之因,五有文化传承之因,六有特殊嗜癖之因。客观地讲,吃相与站相,通常只属人之生活、工作中的小节,与原则没有很大关系甚至没有关系,但也不可小觑。有一理论叫"晕轮效应",说的是,判断者常常会从一个局部好的或坏的印象出发,扩散到全部好的或坏的整体印象。"晕轮效应"往往导致以偏概全,容易对人作出不公正的评价。不难想象,倘有这样的判断者来看人的吃相与站相,很有可能不客观。吃相与站相虽涉及、体现人相,但毕竟不等于人相。要知道,世间最难的当属识人。常言道:"不识字有饭吃,不识人没饭吃。"其足见识人之重要。世上有些人表里不一、变幻莫测,如果我们仅仅用吃相与站相来判断他们真实的人德、人能,那就远远不够了,很有可能受到迷惑、欺骗。在现实生活、工作中,有的人吃相温文尔雅,其实内心邪恶毒辣;有的人站相道貌岸然,其实内心卑鄙龌龊。正道的人,在待人处事时,应该根据时间、场合、人员等具体情景,有比较得体的吃相和站相,而不会有任何的失态。应当说,人之聚餐,在短缺经济时期,吃饱肚子是根本,其他更多的是礼节;进入小康时期,吃饱肚子仍重要,但更多注重品质和氛围。人除非不站,要站就要站好,而且站得有模有样;形体站起来了,同时精神也要站起来,不可中空。与人交际来往,吃相与站相,必须谨而慎之,切勿"因小失大"。

穷开心与富作乐

中国汉语言文字中的祝福词不少,其中使用频率最多的当为开心、快乐。逢年过节,人们通过网络、书信、当面等,祝福对方开心、快乐。开心与快乐是同义词,泛指舒畅、开朗、乐观、满意、称心。它们既有心理上的,也有生理上的。

说到开心与快乐,很自然会联想起物质基础。是的,许多的开心与快乐,由物质作基础,如夜夜笙歌,倘若食不果腹、衣不遮体,那能行吗?古时即有言:"食必常饱,然后求美;衣必常暖,然后求丽。"还有,"诚知此恨人人有,贫贱夫妻百事哀。"这说明,物质基础对人的开心与快乐太重要了。然而,凡事没有绝对。世上有一种"穷开心",即虽然穷,却开心。以史为例:不为五斗米折腰的陶渊明,弃官回乡务农后,虽肉体上、精神上自在了,但必须面对生活上的穷困。他有诗,言之"穷开心",如下:"怅恨独策还,崎岖历榛曲。山涧清且浅,可以濯吾足。漉我新熟酒,只鸡招近局。日入室中暗,荆薪代明烛。欢来苦夕短,已复至天旭。"诗中写道,面对山间小溪清流,他的心境顿时变得清新起来,一扫原先闷闷不乐的心情;回到家后,他邀请邻居过来,一起喝自家酿的酒,一起吃自家养的鸡,谈笑之间,尚有的忧愁完全被驱散了,而且还嫌时间过得太快。陶渊明在穷困中自寻的开心,并不亚于当时王侯或土豪在富足中享受的快乐。在现实生活中,很多人能够顺应天意的安排,安于贫困,不作非分之想。他们在自己的小天地里,寻找属于自己的快乐。

应当说,相对于"穷开心"来说,"富作乐"比较容易。这是因为,人的物质性通常大于精神性。"民以食为天"。天,最大也。食,物质也。故而,有钱人普遍会去花钱取乐。其中,正向的,如买高档物品、住高档居所、吃高档食物、赏高档艺术、享高档娱乐等;负向的,如吸毒、嫖娼、赌博等。"富作乐"中的许多人,信奉"有钱能使鬼推磨",总念想用钱去作乐,社会上那些包"二奶"、觅"小三"的人，不乏有这种念想。客观地说，有的影视明星本是良家女子，只因为被那些有钱人挖空心思地盯上，加上自己又经受不住诱惑，而一再失足。有些"富作乐"的人，很鄙视"穷开心"的人，认为"穷开心"是一种自我麻醉，也是一种自我陶醉，没有实际意义。然而，那些"富作乐"的人哪里知道，开心与快乐并不一定需要充实的物质，甚至与物质无关。美国《华盛顿邮报》曾评选出十大奢侈品，竟然无一与物质有关。它们分别是：1. 生命的觉悟；2. 一颗自由、喜悦与充满爱的心；3. 走遍天下的气魄；4. 回归自然，有与大自然连接的能力；5. 安稳与平和的睡眠；6. 享受真正属于自己的空间与时间；7. 彼此深爱的灵魂伴侣；8. 任何时候都有真正懂你的人；9. 身体健康，内心富有；10. 能感染并点燃他人的希望。人在世上，开心与快乐，既是廉价品，又是奢侈品。说廉价，是因为来之不难；说奢侈，是因为来之不易。那些冒着酷暑筑马路的民工们，每天辛劳了十多个小时，晚上才坐在简陋棚舍里，一边喝点小酒，一边哼着曲子，其开心与快乐来之并不难；那些饱食终日、无所事事的纨绔子弟，虽没有劳役之累，也没有冻馁之虞，但内心空虚、苦闷，其开心与快乐来之并不易。

开心与快乐从哪里来？眼下公认的、流行的观点是，从比较中来。笔者分析，比较有如下八组：其一，时间性比较与空间性比较；其二，群体性比较与个体性比较；其三，综合性比较与单一性比较；其四，积极性比较与消极性比较；其五，绝对性比较与相对性比较；其六，长期性比较与短期性比较；其七，强势性比较与弱势性比较；其八，明里性比较与暗地性比较。举例说来，一种情形是：如果你以前住在低矮平房里，那么，现在你住在普通楼房里就会感到开心与快乐；如果你以前住在普通楼房里，那么，现在你住在华丽公寓里就会感到开心与快乐。另一种情形是：如果你周围的人都还住在低矮平房里，而你现在已从低矮平房里一下子搬到华丽公寓里住了，那么，你会觉得特别开心与快乐；如果你周围的人已从低矮平房里搬到华丽公寓里住了，那么，你即使已从低矮平房里搬到普通楼房里住了，也不会觉得特别开心与快乐。从上可知，人往往从比较中产生开心与快乐。现实生活中不少"穷开心"的人，为了给自己带来开心，常常是，该用高比的不用低比，该用低比的不用高比；该用横比的不用纵比；该用纵比的不比横比；该用同比的不用异比，该用异比的不用同比。笔者记得"人民公社"时期，每到夏收夏种、秋收秋种，农民们的劳动强度超乎寻常。于是，有些生产队干部会动员说："苦不苦，想想红军两万五；累不累，想想革命老前辈。"这实际上用的也是比较，通过比更苦更累的，来减轻现所承受的苦和累，并以此来相对增加快乐感。

《吕氏春秋》中载:"流水不腐,户枢不蠹,动也。"此比喻运动着的东西不容易被侵蚀。开心与快乐也可从变动中来。其实,这是另一种比较,不变动即静止,好多东西静止时没法比较;只有等到变动了,才方便分出上下、高低、强弱、优劣。这种变动,就宛若电流或电压的脉冲变化,有短暂的起伏,在变化中显示出差异。为何一些人在桂花树下待久了就不知香了呢?为何一些人长期生活在优越环境里就不觉得甜了呢?其主要因为缺少变动,适应了,习惯了。因此,我们若要相对增加快乐感,应保持适量的压力、适度的危险。故而,在一定时候,拒绝舒适,故意混乱,制造紧张,对自己也有裨益。现实生活中有此情形:如果你从来没有犯错,或从来没有受到批评,那么你难以发挥出所有的潜能,你也难以真正享受到知错即改后的乐趣。英国有项研究结果表明,午后小睡一会儿的人,比不午睡的人或长时间午睡的人更感觉快乐。这实际上反映出时间变化带来了快乐变化。还有,场合变化、人员变化也可带来快乐变化。社会心理学上有"富兰克林"效应。说的是,相比那些被你帮助过的人,那些曾经帮助过你的人会更愿意再帮助你。这个效应用到社会交往上,即为"人脉就是麻烦出来的"。在人际关系中,虽然对方是至亲或故友,但从来不去麻烦对方,这看起来是特别体谅对方,然而,这会疏远关系。按照"富兰克林"效应,这些人在真的需要对方帮助时,对方并不一定就会提供帮助,因为此前相互缺少来往,也缺少来往中带来的快乐。这个效应在我们的日常生活中也多见,如坏了又好了,快乐;渴了有喝了,快乐;饿了可吃了,快乐;累了能歇了,快乐;苦了变甜了,快乐;去了又回了,快乐;丢了又捡了,快乐;衰了又兴了,快乐;冷了又暖了,快乐;死了变活了,快乐;下了又上了,快乐;少了又多了,快乐;小了又大了,快乐。而这些快乐,无一不是从变动中来。

"穷开心"也好,"富作乐"也罢,从总体上说,都必须保持理智,即在辨明是非、晓知利害的基础上,善于控制好自己的言行,切勿把自己的开心与快乐建立在别人的痛苦之上,如那些格调不雅、情致不佳的调侃、逗趣,还有那些阴阳怪气的讥笑、嘲讽;切勿把自己的开心与快乐建立在不讲公德的基础上,如那些暴殄天物的行为、危及他人安全的举动等。开心与快乐是人生题中应有之义。人活着为了开心与快乐,人开心与快乐为了活着。而且,开心与快乐是个人的事,主要是自我感受。同样的人、同样的事、同样的物,因为感受多种多样,故而,开心与快乐也多种多样。愿天下之人,开心与快乐永伴生命始终。

技能与智能

人类自出现起,为了生存和发展,就少不了要与天斗、与地斗、与人斗,而所有的斗,通常不是赤手空拳,而与工具有关。工具体现技能,技能制造工具。一部人类社会发展史,实际上是一部人类工具进步史、一部人类技能进步史。众所周知,技能是指人类研发、掌握和运用专门技术的能力。三百六十行,行行出状元,而行行都有专门技术,行行都有杰出人才。如五金加工,即有车、钳、刨、铣等专门技术;炊事上,即有红案(做菜肴的工作)、白案(做主食的工作)等专门技术;干农活,即有耕种、除草、施肥、收割等专门技术。不过,技能从难易上分,有复杂技能、简单技能;从规模上分,有宏大技能、细小技能;从对象上分,有生产技能、生活技能;从作用上分,有显性技能、隐性技能;从性质上分,有正向技能、负向技能。技能只是相对的。如我能吹捏糖人,你不会,他也不会,那我就有这方面的技能。技能又是发展的。如新闻传播的方式方法,当年惟有纸质媒体的,如今还有多媒体的;当年只能用照相机拍摄洗印后刊登在纸质媒体上,如今已有电子媒体通过现场拍摄即时播报。如上,后者对前者是新的技能,前者对后者是老的技能。世上尽管有众多老的技能不可避免地走向衰亡,但仍有许多老的技能不会消失,将作为一种文化世世代代传承下去,并在新的时代里熠熠生辉;紧随人类经济社会的持续发展,一种又一种、一项又一项新的技能将永无休止地面世,并逐步被推广开来。这就是人类技能上的新陈代谢。

人之所以是人,主要因为有智。智,智慧、计谋、才略也。人类的技能源于并始于智能。智能是指人类认识、理解客观事物并运用知识、经验等解决问题的能力,包括观察、记忆、想象、思考、判断、决策等。我们倘若没有智能,就不可能掌握技能,更不可能发明新的技能。从这个意义上说,智能是高等技能,技能是低等智能;技能比智能更接近于实践,智能比技能更接近于理论。不是么,大家都知道有智能材料、智能设备、智能犯罪,为何均冠之智能？缘由是新类型，非常规。在潜能上，智能远胜于技能。歌德曾经说过："人的潜能就像一种力量强大的动力。有时候，它爆发出来的能量会让所有人大吃一惊。"一项调查显示，人在阅读一本书时，正常人的阅读速度为三十页至四十页/每小时，而潜能得到激发的人却能达到三百页/每小时；人脑兴奋时只有10%～15%的细胞在工作，人脑可储存10亿个甚至更多的信号，而能保留在记忆中的却只有很小一部分。由此可见，人的潜能有多大！在世上，潜能大的人智能也大，智能小的人潜能也小。通常，技能并不需要很大的智能，有时只用熟能生巧，而智能则需要以技能为基础。比较而言，"运筹帷幄"更需要智能，而"决胜千里"更需要技能。

自古以来，世人一直特别推崇智能。智能的确有无穷威力。早在古希腊时有个人叫"泰勒斯"。他精心研究天文气象，当年冬天就知道来年的橄榄要大丰收。于是，他把自己所有的积蓄都投入到置办橄榄榨油器上。而此时，其他人都还不知道来年的橄榄要大丰收。因此，他置办橄榄榨油器的代价很低。来年，橄榄产量果然好得出奇，榨油器一下子供不应求，他便抬高租金，大赚了一笔。世界信息革命的产生与发展不过半个多世纪，但它对人类社会形成了前所未有的巨大冲击和深刻影响。1945年，世界第一台通用电子数字计算机在美国研制成功。它的出现，不仅满足了对高速度、高性能计算机的需要，而且为计算机与通信技术的有机结合铺平了道路，从此开创了人类社会的信息时代。如今，信息产业已成为全球潜力最大、增长最快的领域，信息知识已成为全球最重要的生产要素和生活要素之一。进入21世纪以来，在国际金融危机的大背景下，各国为促进经济复苏，实现可持续发展，纷纷大力发展与推进智能制造。智能制造的发展与推进，一方面带动了众多新技术、新产品、新装备的快速发展，为经济增长注入了强有力的新动能；另一方面帮助一些传统产业大幅度提高了劳动生产率。我国一些从事传统产业的企业，近几年来，正是依靠发展与推进智能制造，实现了规模迅疾扩大和效益显赫提升。这些企业的智能制造，极大地方便了人们的生产、生活。如智能轮椅能根据老弱病残人员的体感随意移动，智能头盔可以随时记录交互实景引导使用者出行。可以预见，在不远的将来，各种各样的智能机器人将进入各行各业、千家万户，从而为人们带来越来越多、越来越大的成功和享受。

毫无疑问，智能对人类社会发展的贡献巨大，而且无与伦比。故而，世人有这样评说：一个人仅仅凭着体能获得财富，只能供养几个人；一个人凭着技能获得财富，可以供养十几个人；一个人凭着智能获得财富，能够供养无数人。这般评说，从一个方面反映出了人之体能、技能、智能三者之间的差异。但应当看到,体能、技能也有独特优势。换言之,我们不能过分强调智能,把智能抬高到不恰当的地步;我们也不能轻视体能、技能的作用,把体能、技能放在可有可无的位置上。在现实工作、生活中,体能、技能、智能都不能缺少。要知道,航空母舰、核武器、洲际导弹、人造卫星、深钻设备再怎么先进,都离不开拥有体能、技能的工匠(工程师)们,是他们亲手精工细作才得以打造完成。更何况,有些工作并不需要有太多的智能,而主要依靠技能,如剪纸、刺绣、琢玉、铜匠、铁匠、锡匠、银匠、篾匠、理发、修伞等;尔今我国非物质文化遗产传承人所传承的即为技能,如蓝印花布、傩面具制作等。尽人皆知,在我国封建社会,一贯崇尚智能,似乎劳心者即有智能,而劳心者可治人;又一贯蔑视体能、技能,似乎劳力者仅有体能,极少有技能,而劳力者只治于人。是伟大的新民主主义革命颠覆了延续两千多年的封建思想。在人民真正成为国家主人的今天,中国共产党和各级人民政府既重视智能,又重视体能、技能,如在指导思想上,树立并践行了"群众是真正的英雄""知识就是力量""科学技术是第一生产力""思路决定出路"等;在全社会,既大力倡导首创精神、智力产业,又大力倡导工匠精神、实体经济。

笔者分析,技能与智能,前者更直接些,后者更间接些;前者更务实些,后者更务虚些;前者更战术些,后者更战略些;前者更操作些,后者更学问些。二者均涉及理论与实践的问题。在工作、生活中,智能更多地体现在理论上,而技能更多地体现在实践上。理想的状态,应该是理论与实践结合。换言之,智能要融入技能,技能要落实智能。以史为鉴:当年街亭之战,从人才学的角度去看,马谡之所以惨败,在于他空有理论而没有实践,纯属纸上谈兵。他很早就在刘备手下当幕僚,谈起军事理论来,可以从早到晚滔滔不绝,连聪明绝顶的诸葛丞相也以为他真有满腹韬略。然而,沙场征战,恰恰是一个实践性极强的领域。要把军事理论转化为军事力量,必须有一个充分接地气的过程,而马谡却偏偏缺乏这个过程。这一历史教训启迪我们,智能不能是空穴来风。按照辩证唯物主义认识论的观点,它必须从实践中来,又用于实践。从客观上说,技能本身也有实践基础,它的形成不靠一朝一夕。要不然,那些非物质文化传承人就不需要那般久久为功。而且,技能也可上升为理论,从而使它更加完善。是的,许多工艺大师都出版了专著。人生在世,尽管时代在变、社会在变、年岁在变、容貌在变,然而与提升生产、生活数量和质量的技能与智能,却永远都有其存在的价值。所以,对个人来说,无论在何时何地,勿忘千方百计提高自己的技能与智能,直至画上生命的休止符为止。

然与不然

"然"这个字,在口语中似乎文绉绉的。其常用的有:不尽然——不完全这样或那样;想当然——主观推测,应该是这样或那样;理所当然——从道理上讲,应当这样或那样;不以为然——不认为这样或那样;知其然,不知其所以然——知道是这样或那样,但不知道为什么是这样或那样;不期然而然——没有料想到这样或那样,而竟然这样或那样;要不然——要不(这样或那样);其不然乎——他(她、它)不是这样或那样的吗?自然而然——不经外力作用或他人干预,而自身能够这样或那样。如上可知,然的释义是这样或那样。从总体上看,它属于认识上的,为主观范畴,且是判断性的,系非此即彼、非彼即此。当然,有然就有不然。不然,不是这样或不是那样也。在口语中,多用于句意转折。如天要下雨啦,快跑回家去,不然,就要淋雨啰!又如打乒乓球看起来很容易,其实不然。再如明天我还真有点事,不然可以陪您去逛商场了。

然与不然中有必然,也就是说,有规律可循。人在世上,有不少事老看不明白,一会儿这样或那样,一会儿又那样或这样。如商品房价格低迷时,购买者则持币观望,不轻易出手;而商品房价格飙升时,购买者却趋之若鹜,惟恐不能得手。按照常理,东西贱卖当然是好事,谁愿意多花钱去买同样的东西呢?然而,商品市场有个规律,叫"买涨不买跌"。又如在我国,各级政府官员是人民的公仆,为人民服务是天职,国家已经给予了相应的待遇。按照常理,也是法律、纪律所规定的,其不得向服务对象"伸手"。然而,有些官员却大肆收受各种"好处费""感谢费""过节费",多则几百万元、上千万元甚至上亿元。对此,国法不容,党纪不容,民心不容。检察、纪检机关在审理这类案件时发现,这些官员把自己身居的职位和手握的权力,变成了一种可以买卖的资源,就像商品交易一样,东西买走了,顾客哪有不付钱的呢?东西卖出去了,店主哪有不收钱的呢?这就是此类官员违法、违纪的规律。倘若此类官员不然,就不会走上犯罪、犯错的道路。

然与不然中有偶然,换句话说,有始料未及、出其不意的问题或现象。如美国有两位心理学家专门研究了担心。他俩研究发现,尽管担心的感觉不好,但如果程度适当,则可能有意想不到的好处。他俩举例指出,心怀担心的人,为防止患上皮肤癌,可能会大量涂抹防晒霜;为防止患上乳腺癌,可能会定期进行X光检查。他俩研究认为,担心会让人们为生活中的消极体验做好更充分的应对准备,并对生活中的积极体验产生更深的感激。在现实生活中,我们如若把担心对人之健康不好当作一种必然的话,那么,可把担心对人之健康好当作一种偶然。又如1962年1月1日,西班牙甲壳虫乐队到迪卡唱片公司试音,但被管理人员史密斯回绝,理由是吉他乐队已没有前途。后来,甲壳虫乐队与另一家公司签了约。迪卡唱片公司因此而错过了与伟大的甲壳虫乐队的合作。我们分析,迪卡唱片公司对此很有可能只看到必然(往往为偏见、成见、旧见、陋见),而没看到偶然(往往真理掌握在少数人手中),如果当时慧眼识珠,坚决而果断地然的话,则就不会成为遗憾。

然与不然中有误解,也就是说,理解得不正确、不全面。理解是人对客观的人、事的主观认识。在世上,要能真正理解人、事,也确实很难。否则,世人不会有"理解万岁"的勉励和疾呼。许多时候,人所认识的然与不然,只是表面的、肤浅的、初始的、一时的,离内在的、深刻的、结果的、常态的相去甚远。如在路上,一个小伙子正在全力地把一位老人从地上搀扶起来,旁边还停放着一辆电瓶车。对此,有路人会认为,是小伙子骑电瓶车把老人撞倒了。其实不然,是小伙子思想好,见老人摔跤后,主动停车下来搀扶,而不是像一些人惟恐躲避不及。又如19世纪,有化学家首次从古柯叶中提取出了可卡因。然而,这种毒品在未被认识到有危害性之前,一度成为人们推崇的"灵丹妙药",用来解决酒精、鸦片、吗啡等上瘾的问题,甚至被认为能提升女性魅力。

然与不然中有无解,换句话说,要么有多种解答,但莫衷一是;要么无法解答,也没有解答。因此,若解答然或不然,都不对,因为缺乏铁证,而缺乏铁证的解答,是不认真、不严肃的解答。我国历史上的大事件,包括发动"文化大革命",其起因、过程、结局中有许多东西是无解的,起码不能简单地用然或不然来作答。这就给后人留下了考证的空间。至于对自然现象出现的缘由,更是有太多的无解,如恐龙是怎样灭绝的,世上有许多种假说。西班牙亚历山大图书馆始建于托勒密一世时期,是世界上最古老的图书馆之一,也是世界上首个集中人类文明成果的资料库,鼎盛时藏书多达90万卷,系当时世界上藏书量最大、文种最多的图书馆,但后来毁于一场大火。关于大火的原因有多种说法,然没有一种被公认,这将成为永远无解的谜。

然与不然中有个性,也就是说,在所有的然或不然中,其作出者自觉或不自觉地会显示出个人的特性。正如对某人功绩的公开评价一样,要说当事人一点立场、观点、态度都没有,那只能是自欺欺人。如"见好就收"与"见坏就收"是人的两种个性。前者在官场上或商场上,苦其心志、劳其筋骨,即使前进路上再怎么曲折、危险,也要等到预期中的好来了之后,才愿意罢手;而后者在官场上或商场上,只要自己觉得尽心竭力了,眼看前进路上好无望、坏倒来,便主动地作出撤退。又如人有外向型性格和内向型性格。外向型性格的人,通常喜热闹、爱虚荣,特别在乎别人对自己的感受,包括好评或差评、肯定或否定等;而内向型性格的人,通常爱安静、喜独处,特别在乎自己的舒服,有一套自我满足的标准。这两种性格的人,在评论他人或他事时,然或不然的解答是不一样的。换言之,外向型性格的人认为然的,内向型性格的人很可能认为不然;外向型性格的人认为不然的,内向型性格的人很可能认为然。

心理学认为,人人都有趋利避害机制——关注他人的短处,忽略自己的问题。在然与不然中,有些人也是如此,特别在意别人的短处,更有甚者,还只是凭着自己的臆度,就哇里哇啦地议论别人的不是,这就难免有失偏颇。人在世上,无论身处何处,心里都应阳光一些。纵然参与竞争,我们要做的,当为如何增强实力,使自己跑得更快,而不是总想着怎样去绊倒别人,因为绊倒别人并不会使自己跑得更快。世上的然与不然,只有相对,没有绝对,仅为一个时段、一处场所、一种氛围里的产物,故此,必须客观认清。我们在与人交往中,不管是公开的,还是私下的,都在或明或暗地回答着各种各样的然与不然。但需切记,言不可轻说,若说话更改,不如不说;言不可轻诺,若应诺更改,不如不诺。起码,在说或诺时,务必留有一定余地。世上人和事的然与不然,自有公论,作为常人,以循规蹈矩为好,也就是说,大家认为然的则然,大家认为不然的则不然,此乃虽不会有奇迹出现,但至少可旱涝保收。人生经不起太多的折腾,工作上、生活上、事业上、家庭上,倘几经折腾,时光、际遇就过去了,而且永远不会再来。因此,在人生的每个关键节点,一定要尽可能正确地回答然与不然。要知道,这关涉人生前进的方向。人生方向正确,再加上方法科学,成功和收获只是迟早的问题。

个体自由与集体囚禁

人活世上,宝贵的东西很多,换言之,值得珍惜的东西很多,其中,除了生命之外,自由当属最宝贵的了,也最值得珍惜了。什么是自由?常谓之,不受拘束,不受限制。自由往往与自在组合。其语出宋释道原《景德传灯录》:"问:'牛头未见四祖时如何?'师曰:'自由自在。'曰:'见后如何?'师曰:'自由自在。'"叶圣陶《马铃瓜》中有言:"看那些交了卷出去的人,真像自由自在的仙人。"在人间,自由的内涵丰富、外延宽泛:有政治自由、思想自由、精神自由、信仰自由等,有经济自由、生产自由、消费自由、贸易自由等,有文化自由、创作自由、演出自由、典藏自由等,有自由市场、自由职业、自由竞争、自由价格等,有自由诗、自由泳、自由操、自由港等,有有限自由、一时自由、广泛自由、狭隘自由等,有争到的自由、给予的自由、迟来的自由、分享的自由等,有心灵自由、肢体自由、行动自由、言论自由等,有理论自由、学术自由、科研自由、教学自由等,有大自由、小自由、真自由、伪自由等,有自由婚姻、自由恋爱、自由结对、自由结亲等,有自由发言、自由活动、自由出入、自由来去等。一言以蔽之:人只要活着,即存在自由与否的问题,若寿终正寝了,这个问题也就自然消弭。

对人来说,自由的好处不言而喻。追求自由是每个人与生俱来的本能。许多人为自由而不惜舍去生命。然而,现实是冷酷的、严峻的。人从生下来起,就无不受制于客观,获取自由有时并非易事,即使有了这样或那样的自由,那也只是相对的自由。事有两面,同理,自由也有两面。负面的,其中最典型的是自由主义。它的前世是一种曾起过进步作用的资产阶级政治思想,而它的今生却是一种无组织、无原则、无纪律的错误思想和行为。自由主义害死人!史载,明末进士出身的陈于鼎因"私通海寇"而被清政府关押下狱。他酷爱喝酒,常常一醉方休。1662年新年那天,监狱为犯人们安排了酒菜。他的酒瘾犯了,便喝了个烂醉如泥,然后倒头就睡。他一直睡到第二天太阳老高时才醒来,见四周只剩下自己一个人了,不禁大吃一惊,于是连忙大声惊叫。狱卒跑过来对他说:"怎么你没走啊!昨夜三更天,皇上下诏大赦,所有的犯人都放出去了。当时宣读诏书的时候喊了好几遍,怎么你没听见啊!"因为已过了大赦时间,监狱就不敢擅自释放他,便把他的情况奏报给了皇上。哪知,皇上看到奏报后勃然大怒,立即下了一道圣旨,将他斩首了。可见,陈于鼎也太自由了,身在监狱关押,还如此自由,无疑是自己把自己送上了断头台。时至今日,仍不乏一些人过分醉心于自由,对自己放荡不羁,置法律、纪律、规矩、道德于不顾,结果走上了邪路,甚至走上了不归路。正如俄国唯物主义哲学家赫尔岑所指出的:"享有极端的自由——这是一件危险的和有害的事情。"

与自由相对的是束缚。人们在影视里,可常常见到有的人被绑成五花大绑,那时,他(她)想自由都没法自由了。笔者这里要说的是一种叫"集体囚禁"的束缚。囚禁,通常指把人关在牢房里。"集体囚禁",就是把许多人关在牢房里。这是"集体囚禁"的本义。推而广之,在人类社会,"集体囚禁"作为一种现象比比皆是,只不过都不用这个词,而且往往自觉自愿,用个不太恰当的词,叫"自投罗网"。我们学习、工作、生活在一个个群体里,是共同的目标,有公认的章法,使大伙儿聚集到了一起。这似乎可被视为"集体囚禁"。其中,一如婚姻,无论年龄高低,也无论感情深浅,正因为既有生活需求,又具法律意义,一对对夫妻形成了固定的集体而相守在一起,有些尽管争争吵吵、打打砸砸一辈子,但也没有离异、遗弃。二如微信群,有小家群、大家群、单位群、同学群、战友群等,甚至开展一项工作、召开一个会议、进行一次活动也建个群。有群确实方便,或通报,或交流,或分享,或提醒,或鼓励,其忙也是,其乐也是。虽然入群、出群自由,谁也不好阻拦,但若在群里,无形之中就会形成一种集体性的约束,且时常身不由己。三如胡耀邦任中共中央组织部部长后,下决心纠正新中国成立以来的冤、假、错案。据悉,全国有300多万人因此而得以平反,有五十五万"右派分子"因此而被正名。想当年,谁成了"叛徒集团""右派分子",谁就被"集体囚禁",遭受种种迫害。常言道:"胳膊扭不过大腿。"虽然其中有一些人作了强烈反抗,甚至以死来抗争,但毕竟少数,更多的人只是默默承受,"等待天明"。

人在"集体囚禁"中,容易陷入"囚徒困境"。什么是"囚徒困境"?它是指彼此信息不对称、缺乏自由合作的情形下,每个人的行事只能从各自利益最大化出发,结果形成集体无意识局面,并由此一起裹挟,导致各方利益均遭到损失。毫无疑问,这是一种多输。不仅如此,在"囚禁困境"

下,"囚徒"们本身已属于弱势群体,这就更容易受到来自多方面的不公正、不公平的对待。在世上,"集体囚禁"时陷入"囚徒困境"的情况并不鲜见。一如,目前,社会上有各种各样的学前教育,什么英语班、数学班、识字班、书法班、舞蹈班、钢琴班、拼音班、智能班、美术班、音乐班、足球班等,可谓应有尽有。笔者并不否定其具有一定的启蒙教育、培养兴趣、陶冶情操、活跃身心的作用,但也不讳言,有些学前班的主办者和授课人,对幼儿及其家长们有误导。他们通过家长会、当面谈等,一个劲地宣传参加这个班有多么美好,牵引着幼儿们及其家长月复一月、年复一年地舍不得离开这个班。其实,幼儿及其家长与主办者和授课人的信息不对称,只能任由后者甜言蜜语般的摆布。而结果呢,并不是全是这样,几个月、几年下来,幼儿并没有学到多少东西,而家长的钱倒花了大把。其实,这些班与班之间的质量差异不小,只不过幼儿及其家长当时深陷其中而并不知情。二如,有些婚姻,特别是一些老式婚姻,一方由于受"从一而终"传统观念的桎梏,不管对方如何差劲,包括经常出轨、动辄施暴等,仍忍气吞声,生怕失去对方后自己没法活似的。而结果呢,自己的处景并没有得到改善,仍然是"家里的状况真无奈"。事实上,一方在婚姻观念上处于信息不对称的状态(《婚姻法》并没有规定不能离婚),自己也不晓得"外面的世界多精彩"。尽管自己也知道"不能吊死在一棵树上",然而,又不愿意去寻觅新的出路。三如,有些人在职场上,只要进了这个单位、入了这个行当,不管这个单位、这个行当再怎么不景气、自己的作用再怎么不能发挥,也要死呆在这个单位、这个行当,直至一事无成而告老回乡。他们并不知道"山外有山、天外有天"。此仍属于信息不对称。诸如以上,均为"集体囚禁"状态下带来的某种悲哀(当然,其中有些人不认为是悲哀,有些人不知道是悲哀)。

个体自由与"集体囚禁"是人在时间、空间上所居的两种位置。世上的人,谁都向往自由。匈牙利诗人裴多菲有诗云:"生命诚可贵,爱情价更高,若为自由故,二者皆可抛。"它高度地歌颂了自由。正因为自由如此美好、高贵,使得一些人特别是一些年轻人加以片面理解,而去追求绝对的自由。这说明,他们并不懂得什么是真正的自由,自由与群体有什么关系,自己在享有自由时应履行什么义务、应承担哪些责任。伟人毛泽东曾一针见血地指出:"在人民内部,不可以没有自由,也不可以没有纪律;不可以没有民主,也不可以没有集中。这种民主和集中的统一,自由和纪律的统一,就是我们的民主集中制。"我们应当按照民主集中制的要求来规范个体自由。对"集体囚禁",不管是有意识为之还是无意识为之、也不管是自觉为之还是不自觉为之,不管是有碍还是无碍、也不管是有害还是无害,都要坚持一点,即提高自己的站位、扩展自己的视野,千万不可"只埋头拉车,不抬头看路"。即使一时一地不得不参加非正常的"集体囚禁",那也只能像乘坐电梯一样暂停一下,终极目标是要登高望远,欣赏那些原先不可能有的美景。如是,人生可少许多遗憾、可多许多收获。

干货与水货

世间的物品有干货与水货之分。干货,通常指晾干、风干、烤干、烘干、晒干的物品;水货,一般指含有水分的物品,其中有的水淋淋的,有的湿漉漉的,有的潮乎乎的。其物品,往往有果蔬品、水产品等。在商店里,在摊点上,常常杂陈着各种各样的干货与水货。如枣,有干枣、鲜枣;鱼,有鱼干、活鱼;虾,有虾干、活虾;豆,有干豆、鲜豆;叶,有枯叶、鲜叶;菜,有干菜、鲜菜;花,有干花、鲜花等。有些物品,水货、干货都可以使用;有些物品,惟有水货可以使用;有些物品,只有干货可以使用;还有些物品,干货、水货都不可以使用。一般来说,干货要比水货贵重,因为它去了水分,水分比货物价廉。还有另一种情形,水货要比干货贵重,因为它含有水分,水分可用来保鲜,而鲜比不鲜好。相对而言,干货比水货容易保存,毕竟水货中蕴含生命,而生命是有期限的。

干货与水货,在世间并非只有物品,在万人、万事、万物、万情中,也见干货与水货。这里的干货,通常指真的、实的;这里的水货,一般指虚的、假的。以此引申,有些干货是物化的、本分的、正道的,而有些水货是意念的、非分的、歪道的。就人说来,一如有的人刚强不屈,显示的风骨,此为干货;有的人卑鄙无耻,显示的媚骨,此乃水货。二如有的人勤勤恳恳、踏踏实实,是为干货;有的人花里胡哨、投机取巧,是乃水货。三如有的人妇孺无欺、平等待人,此为干货;有的人见钱眼开、为人势利,乃为水货。四如有的人身怀真本事、真功夫、真才干,乃为干货;有的人身存伪本事、伪功夫、伪才干,是为水货。五如有的人诚心诚意,此乃干货;有的人假心假意,此为水货。六如有人的婚姻天长地久,乃是干货;有人的婚姻闪结闪离,是为水货。七如有的人能文能武,此为干货;有的人不能文不能武,乃为水货。八如有的人博学多才,是为干货;有的人才疏学浅,乃为水货。

在现实生活中,有些东西,看起来是干货,其实是水货;有些东西,看起来是水货,其实是干货。也有些东西,似是而非,似非而是,既是干货,又是水货,干货与水货兼而有之。《庄子》中曰:"君子之交淡若水,小人之交甘若醴。"客观地说,水,清淡;醴,甘甜。人在社交中,像水一样的友谊,纯粹而清洁,而不该有像醴一样的热乎、甜腻而黏糊。理由是,前者志同道合,有共同的信念、追求,因而能够长长久久,而后者表面亲热,然而稍有利害冲突,便会翻脸不认人。文化是人类在经济社会发展中所创造的物质财富和精神财富的总和。然而,在许多人看来,文化只是精神财富,而精神财富没有物质财富实在。换言之,物质财富干货一些,而精神财富水货一些。我国有五千年的浩瀚文明史,留下了数不清的文化财富。其中,浙江西湖龙井、云南普洱、福建安溪铁观音、安徽六安瓜片……这些"东方树叶",亘古以来,以其色、香、味俱全的特质而享誉海内外。茶叶当然是干货,从茶树上采摘后制成。但是,必须看到,饮茶除了给人以强烈的舌尖诱惑外,还可使人细细体会、感受着茶道。而茶道是一种精神,它可以修炼身心、体悟大道、提升人生境界。人的舌头是用来辨别味道、协助咀嚼、帮衬发音的器官,无疑是干货。别看这舌头,既能兴国,又可亡国。当年,魏国人张仪,师从鬼谷子先生,学习游说之术。后来,他凭着"三寸不烂之舌",在风云际会的战国时期,运用雄辩的口才、诡谲的谋略,纵横捭阖,游说诸侯,建立了不朽功绩而名垂青史。

在现实生活中,有一些干货、水货永远是干货、水货,而有一些干货、水货则可以相互转化,还有一些干货与水货风马牛不相及。有报道,我国从唐朝武德元年孙伏伽成为唐代第一科状元开始,到清代最后一次殿试刘春霖成为清朝末代状元为止,一共出现了591名状元。状元,从科举制来看,于当时,在文科或武科上,属于顶端人才,是干货(除弄虚作假的以外)。然而,这591名状元,后来绝大多数都藉藉无名。这从一定意义上说,他们又成了水货。天气与经济似乎不相干。看上去,前者为水货,后者为干货。但是,相关统计表明,天气在全世界4/5的经济活动中扮演着决定性的变化,其中流通类销售额的65%取决于天气,因为天气会直接影响人的生理、心理,从而支配自己的消费行为。讣告与经济似乎也不相干。前者可被视为水货,后者可被视为干货。然而,有位经济学家通过大量研究发现,某个政治家的意外死亡,将降低那些公司总部设在那个政治家家乡的公司股票价格。受其影响,这些公司的股票将偏离整个股市大方向的2%。在当今服务行业,有些服务员的口头禅是水货,换言之,并不是说的真话。如有些司机常常会说"车子马上就走",有些饭店服务员常常会说"菜马上就来",有些柜台负责人常常会说"服务员马上就来"。俗话说:"磨刀不误砍柴工。"对砍柴来说,磨刀并不都是干货,有时也会成为水货,因为机遇不等人,兴许等你把刀磨快了,山上的柴早就被人砍光了;兴许炉膛里的柴很快就要烧尽了,等你刀磨快后把柴砍了回来时,炉火早就熄灭了。联系到现实世界,也有这种情形:在消费上,有的人刻意省吃俭用一辈子,终于攒到可以买套房子的钱了,可是,还来不及住进去或住进去没多长时间,就离世了;有的人发誓等自己有了钱后或有了名后把心爱的女人娶回来,历经千辛万苦终于有了钱或有了名,可心爱的女人早就嫁作他人妇了。而这些,都是严酷的社会事实。

世上的人,本身就是干货与水货的集合体。如果说骨骼是干货的话,那么,血液就是水货。当然,人体的水货还有各种体液等,而且水货远远大于干货。人体如此,其他物体也是这样,通常都有干货与水货,有所不同的是,它们的内涵、占比不一样。因此,我们在观人察事、做人处事时,一定要既重视干货又重视水货、既处理干货又处理水货。其缘由是,干货有干货的作用,水货有水货的作用,二者互为补充、有机结合。现实生活中的许多事物,都可以见证这种情形。清朝道光皇帝的裤子磨破了,却不换新的,打上补丁照穿。其意义远远大于实际,其中意义可视同水货,而实际可视同干货。陈独秀晚年在四川江津鹤山坪定居,一直在穷困中度日。他编写了一本《小学识字教本》,时任国民党教育部长的陈立夫对此很感兴趣,亲自批示,预支2万元稿费给他。后来,陈立夫认为书名不妥,写信给他,建议他改书名为《中国文字基本形义》,但他坚持一个字也不改。两人因此闹翻。他在此事上所体现出的风骨令人尊敬。著名电影演员秦怡,无论在什么情况下,尽量保持开朗、乐观。她在50岁时,就设法保持二三十岁的精神面貌;在60岁时,又努力让自己活得像三四十岁的人那样。人们从屏幕上看,她根本不像90多岁的老人。其精神状态使人称羡。在一般情况下,干货比水货重要,但也不绝对,水货在一定条件下,有时还比干货重要。如人有思想的力量和利剑的力量。拿破仑有句名言:思想的力量往往战胜利剑的力量。相对而言,利剑是干货,而思想则为水货。故而,我们不能偏废水货,也不能偏废干货,尤其成为干货与水货的集合体的时候,则更要相辅相成地利用好干货与水货,从而使它们所产生的效率和效用最优化和最大化。

攒与撒

世上的物体,除了静止,就是运动,而运动,要么是聚集一起,即为攒;要么是分散开来,即为撒。这不难理解,作为生命个体,人本身就不例外。道家有言:"生者,假借也;假之而生生者,尘垢也。"其意为,人之生死是自然现象和客观规律。生是气的聚集,死是气的分散,生死即在气的聚集与分散中轮回。所以,人不必悦生,也无须恶死。在现实世界里,人赤条条而来,又赤条条而去。其间,无论创造何等业绩,也无论获取何等名利,对人来说,乃为过眼烟云。换言之,历史地看,人所经历的,只有使用权,没有所有权。人生的过程,就是攒与撒的过程,即攒攒撒撒、撒撒攒攒,再攒攒撒撒、再撒撒攒攒……直至生命的尽头。

人在世上,渴望攒、需要攒、能够攒、可以攒的东西很多很多。如攒知识、攒学历、攒资历、攒阅历、攒思想、攒情怀、攒志气、攒人品、攒金钱、攒物品、攒人脉、攒人缘、攒神情、攒气力、攒眼力、攒门道、攒兴趣、攒爱好、攒古币、攒邮票、攒笔具、攒砚墨、攒口碑、攒名声、攒健康、攒年岁、攒欢乐、攒忧伤、攒技能、攒水准、攒时间、攒空间、攒数量、攒质量、攒家底、攒国力。诸如此类,不一而足。攒,一般都是一步步、一点点聚集起来,并非突然形成、蓦然出现。人所攒的东西,既有精神的,又有物质的;既有正面的,又有反面的;既有宏大的,又有微小的。就反面的而言,那些贪官污吏也在攒,然而,攒的是非法、违规、缺德的财、名、物、色。到头来,攒来了咎由自取、悔不当初的恶名、处罚和刑期。攒,有主动之攒、被动之攒,有明显之攒、隐匿之攒,有快捷之攒、缓慢之攒。攒之方向,有向高处攒,有向低处攒;有向大处攒,有向小处攒;有向重处攒,有向轻处攒;有向长处攒,有向短处攒;有向宽处攒,有向窄处攒。而这些高与低、大与小、重与轻、长与短、宽与窄,即为攒之圆心。当然,有些攒是连续的,有些攒是断续的;有些攒是直线的,有些攒是螺旋的;有些攒是一向的,有些攒是反复的。

如果说世上没有永恒的东西,那么,撒则成为所有东西必然的归宿。殊知,世上最隆重的集会、最豪华的宴会,也总有撒的时候。撒了之后,出席者该去哪儿去哪儿,该干什么干什么。在世界历史上,国与国,分分合合,合合分分,这种现象比比皆是。古今中外,从来就没有一个国的疆域永远不变。在一段时期,其分的离心力往往远远大于合的凝聚力。正因为合之太艰难,公元前221年嬴政统一中国建立秦朝,才在中国历史上显得卓越而伟大。在中国两千多年的封建社会里,朝也好,代也罢,不管多么繁荣昌盛,也总会有衰败终结的时候。源于血缘和亲情的家族企业,具有较强的生命力。然而,纵观全球家族企业史,家族企业得以成功传承一直是个小概率。美国有项研究表明,家族企业有70%的没能传到第二代,有88%的没能传到第三代。由此看来,家族企业抱怨孩子不愿接班,这大可不必,因为一代人有一代人的志向和兴趣,一代人有一代人的使命和战场。再说,最强盛的家族企业也不可能永远立于不撒之地。世上许多有识之士深谙撒之哲理。他们舍得花钱,读万卷书、行万里路,然而,千金散尽还复来,而且是"春种一粒粟、秋收万颗子"地复来;他们舍得用力,吃千辛苦、受万般累,然而,一觉醒来又还原,而且能给自己带来美美的物质收获和精神享受。

攒与撒,二者关系,可现出多种多样,且错综复杂。中国自古以来重人情。从一定意义上说,这有悖于法治、契约精神。不是么,在人情社会里,机关、单位若要处理一名员工,常会有人出来说情,即使没人出来说情,一旦处理下去,不知触及哪根"神经",弄得不好,明显报复的有之,给穿"水晶鞋"的也有之。何故?经过多年攒与撒而形成的人际关系,一点儿也不单纯。在国际上,别看有的国家小,却是全球政治、经济、军事、文化纷争的热点。如叙利亚虽不是中东大国,但地理位置十分重要。叙利亚问题是一个集地区矛盾、民族矛盾、教派矛盾,以及地缘政治矛盾的综合体。叙利亚战乱不断,实际上已成为"小范围的世界大战"。在现实生活中,攒有攒的好处,撒有撒的好处;攒有攒的坏处,撒也撒的坏处。"在一大片荒凉的土地上,有一棵孤零零的树,树枝已经逐渐枯萎,一只鸟儿一直住在这棵树上,可是有一天,一阵旋风将树连根拔起。树倒了,这只鸟只好往别处飞,不知道飞了多远,来到了一大片森林,发现里面的很多树上都挂满了果子。"这是印度安东尼·德·梅勒所著述的"苦难的作用"。王永庆有句名言:"要叠一百万张骨牌,耗时需一个月,但要推倒骨牌,却只消几分钟。"有的时候,撒为了更多更好地攒,攒也为了更多更好地撒,在攒与撒的互动中,以实现自己利益的最大和最优。

我们常说,待人处事须把握分寸。攒与撒,也是此理。当年三国时的官渡一战,袁绍败北。袁绍由盛转衰,源于本身的建构缺陷。袁绍当时,军队庞杂,派系庞乱,作决断时牵扯、掣肘太多。一言以蔽之:太分散。我们的学习,需系统性地博览群书,以不断拓展知识面,但要防止碎片化。而太分散是碎片化的重要原因。人需节俭,平日里要珍惜每分钱,做到该花则花、当省则省。这里有个度,过于节俭了,则会对己刻薄、对人吝啬;反之,则会奢靡、浪费,及至败家。喜欢收藏,本是人之一大高尚爱好,是有文化的表现,然而,如果过于喜欢收藏,甚至把拾来的破烂也视若珍宝,那么,即为一种病态,对老年人来说,则有可能是痴呆症的信号。人之成见的产生、过节的形成,源于对他人或他事过于聚集的认识,且固定不变。倘把心胸放宽阔些,也就是分散一些,就不容易产生成见,也不容易形成过节。社会上为什么有"粉丝",源于这些人过于关注、欣赏被仰慕者。成为"粉丝",往往会对被仰慕者一好百好,即使其有最大的错,也可被原谅。中国历朝历代,农民起义之所以烽火连天,说到底,是社会矛盾积到了一定程度,农民们不得不揭竿而起;对土豪劣绅之所以民怨沸腾,是土豪劣绅作恶到了一定程度,自然遭到了乡民的反抗。而这些,均是他们在把握攒与撒上出现了偏差,而且还不是一般性的偏差。

　　人生是门大学问,其中之一,是要正确处理好攒与撒的关系。关系处理不好,轻则不顺遂,重则丧性命。以史为鉴:1788年9月,奥地利军队在与奥斯曼土耳其帝国交战时,奥地利军队的一支骑兵部队在前线饮酒作乐,随后赶到的一支奥地利军队的步兵部队要求骑兵们给他们分享一部分酒,但遭到了拒绝。双方因此发生冲突,有人向天鸣枪,导致部分士兵误认为敌军进攻,于是展开混战,造成万余名士兵死亡。试想,倘若奥地利这两支部队互让一些,那么,就不会如此自相残杀。人活世上,每天都在攒,每天又都在撒。攒什么、撒什么,攒多少、撒多少,都得掂量清楚。不该攒的攒了、不该撒的撒了,该多攒的少攒了、该少攒的多攒了、该多撒的少撒了、该少撒的多撒了,都会产生负面影响,甚至会造成严重后果。人生短短不足百年,光阴荏苒,日月如梭,若想有一番作为,不可分散自己的奋斗目标。人遇到不如意时,当主动、自觉地放宽心胸,而非钻牛角尖般地胡思乱想。实际上,前者是一种撒,而后者为一种攒。人处理突发事件的方式,一为处变不惊,也就是沉得住气;一为惊慌失措,也就是沉不住气。实际上,前者是一种攒,而后者为一种撒。古人言:"不积跬步,无以至千里;不积小流,无以成江海。"古人又言:"若火之燎于原,不可向迩。"实际上,前者是一种攒,而后者为一种撒。有一经营之道:"不要把鸡蛋放到同一个篮子。"其目的是为了分散经营上的风险。水向一处不断滴下,能把石头滴穿。实际上,前者是一种撒,而后者为一种攒。"三十六计"中的声东击西,即"示之以柔而迎之以刚,示之以弱而乘之以强,为之以歙而应之以张,将欲西而示之以东"。旧时官吏庭审时,用惊堂木拍打桌面,以显示声威;今日有人主持会议时,用手掌拍打台面,以集中与会者的注意力。实际上,前者是一种撒,而后者为一种攒。人有亲缘、血缘、地缘、业缘等。各种缘代表的是不同的社会关系。如今,有些人重视、珍惜人缘,强化人际关联,主动融入"有缘社会",而有些人不重视、不珍惜人缘,自觉或不自觉地把自己封闭起来,成了"无缘社会"的一分子。实际上,前者是一种撒,而后者为一种攒。总而言之,攒与撒,对人来说,既是方法策略,又是性格品质,事关人生成败和得失。

感 与 受

列举之一,从前,有位秀才在自家大门上贴了一副对联。上联:身无分文债;下联:家徒四壁书;横批:自得其乐。其活生生地勾勒出了封建士大夫那般安贫乐道的情状:无债身轻,读书至乐。

列举之二,联合国可持续发展行动网络发布的《2017年全球幸福指数报告》显示,进入幸福排行榜前三位的挪威、丹麦、冰岛,明显领先于美国、德国、英国。其说明,国民的幸福指数并非永远等同于国家的经济成就。

列举之三,"如果母亲和媳妇同时掉到河里,只能救一个,你救谁?"这是一个假设性的问题。其回答起来挺为难。说救母亲吧,理由是"百善孝为先";说救媳妇吧,因为媳妇对自己更有实际用处。

以上列举,无不涉及人之感受。其实,感与受,既有联系,又有区别。其区别在于,感是感觉、觉得;受是接受、承受。作为鲜活的生命个体,人与世界接触,首先有感与受,然后有知与识。前者是感性的,后者是理性的。而感与受,在人之生命历程中,往往有先有后,其中有的感在先、受在后,有的受在先、感在后。许多时候,人之感与受并不同步。

而今,在社会,在单位,在家庭,无论教育人,还是安慰人,总离不了、少不了感。如责任感、紧迫感、危机感、存在感、认同感、获得感、安全感、恐惧感、惊险感、幸福感、优越感、自豪感、无奈感、无力感、无聊感、成就感、荣誉感、归属感等。人之各种心理反应,不管主动还是被动,不管有益还是有害,都会表现出感。

如今,在社会,在单位,在家庭,人遇上了某种或某些事或物都得受。如受苦、受累、受冷、受热、受灾、受害、受挫、受伤、受过、受罪、受罚、受刑、受屈、受辱、受欺、受骗、受宠、受虐、受精、受孕、受用、受益、受病、受伤、受奖、受赏、受孝、受训、受业、受权、受降、受让、受审、受阅、受穷、受难等。世上许多客观的、主观的情状,都由人来受。

人之感与受,有真假,有长短,有浓淡,有深浅,有显隐。如用来布置家居、会室的那些假树假花,看起来绮丽繁盛、鲜艳光亮,能给人以盎然生机之感,然而,它们毕竟是假的,木然地、冰冷地、死寂地摆放在那里,即使再给它们十年、百年时光,也不会长大、长高丝毫。又如心理暗示是用含蓄、间接的方式,如用言语、手势、表情等来表示某种或某些意思,从而对别人的心理和行为产生影响。其影响,既可能是消极的,也可能是积极的。再如有些男人或女人,感情不专一,在维持婚姻关系的同时,并不介意对方交往别的女人或男人。曾经有个有名有姓的女作家,与丈夫婚前就作了约定,在身体和灵魂上保持绝对自由。因此,在其43年的婚姻关系中,她就拥有多名情人。

感也好,受也罢,均为动态概念。动态受制于社会的、自身的因素。就自身而言,动态又受制于生理的、心理的因素。尤其是感,受自身的、心理的因素影响更大。我们常常闻之这样的评论:某某人"自我感觉良好"。此虽带批评之意,但也说明,感觉是自我的。在自我感觉中,反面典型有掩耳盗铃——自己捂着耳朵去偷别人的钟铃。打肿脸充胖子——自己本是瘦子,为了显出胖而把脸打肿。而这些,只能是自己欺骗自己。"一朝被蛇咬,十年怕井绳。"这源于心理上有阴影。肥胖本是一种疾病,然而,自古以来,以胖为美的有之,时至今日,仍有人这样认为。有一种贫困叫"心理贫困"。凡是从物资匮乏时代走过来的人,对此都会有切身的体会。换句话说,"穷怕了",即使当今物资丰裕,也担心再受穷。农村有的人养成了这个习惯,即每年收获粮食后,都会给自家留下足够的口粮。这样,每年都会囤下不少口粮。而其总是先吃陈粮,如此,年年总有几个月要吃陈粮。其实,大可不必。受,受自身的、心理的影响也不小。气可打而不可泄,劲可鼓而不可歇,乃主要为心理作用。挑担、拔河、拉纤,之所以要有吆喝,原由也在于此。实际上,这些劳动所带来的繁重和压力并没有改变,然而,一经吆喝,似乎感觉轻松了许多。

正如事物有因就有果、有始即有终一样,感与受也有果和终。人们时而"有感而发",即对某人某事有了一点儿感想和喟叹,然后作番议论。类似的,有感佩、感慨、感染、感怀、感伤、感应、感念、感激、感触、感动、感奋、感化、感戴等。就拿读书来说吧,因为有感,透过那一行行文字,仿佛耳闻目睹自己的对面坐着一位智者、故交或新知娓娓道来,在启迪您,在熏陶您,在激发您。1989年9月,东欧政局已有不安,苏联处于风暴前夜,叶利钦访问了美国。给他巨大冲击的不是自由女神像和林肯纪念馆,而是繁荣的商品市场。他感到既惊奇又压抑。据说,他因此还在游览车里抱头痛哭。回国后,他便不遗余力地大力推进变革。苏联解体后,他成为俄罗斯第一任领导人。人之各种受,无不考验所受之人。受得了的,平安;受不了的,趴下。有些夫妻,一方脾气暴戾,态度蛮横,稍不如意,便生气发火,甚至出手动粗;另一方受不了,便对骂对打起来,直至以结束婚姻而告终。在我们的日常生活、工作中,为什么屡见有人受骗呢?这也是有个过程的。在受骗过程中,一方或大或小、或明或暗地施用了一些骗术;另一方要么欲念贪婪、要么心灵空虚、要么缺少防范,而一步步地中了一方的圈套,即对一方产生了信任感。从这个意义上说,施骗者和被骗者都有责任。当然,主要责任在施骗者。

感与受,对人的意义,对人的作用,有所不同。如有些事情,我们虽未经历,但感觉同亲身经历过一样,这就叫"感同身受"。人是有高等感觉的顶端动物。自己的一举一动、一言一行,别人不会没有感觉。给别人以好感,对自己的成长进步有益;反之,亦然。郭德纲说过,有三种人不可交:一是打车抢后座的人不可交,因为一般都是坐前座的人付钱;二是去澡堂脱衣服快、穿衣服慢的人不可交,因为一般都是先出来的人结账;三是吃完了饭该结账了就躲进卫生间的人不可交,因为一般都是饭吃完了结账。由此,买单见人品。感觉纯属自己的。自己有好的感觉,对身体有好处;自己有坏的感觉,对身体有坏处。人总有得意的时候,也总有失意的时候。得意是好的感觉,失意是坏的感觉。许多好的感觉源于自己的收获、成功、付出和贡献。范仲淹有言:先天下之忧而忧,后天下之乐而乐。谢觉哉说过,人生最大的快乐,是自己的劳动得到了成果。雷锋认为,为人类的解放事业贡献自己的一切,这才是最幸福的。对别人作出慷慨之举后,自己会获得一种快感,行为学家将此称为"温情效应"。瑞士学者经过深入探究,发现慷慨的人比利己的人更幸福。人之受有各种组合:有的年龄小、个儿矮,却能扛大件;有的个儿大、身体壮,却不能负重。有的一根稻草,可以压垮一个人;有的遭山崩地裂,人却傲然屹立。有的受之很少,却心满意足;有的受之很多,却愁眉苦脸。有的名、利当受而不受,显示出高风亮节;有的名、利不当受却受,表现出贪占无艺。

"人活一口气,佛争一炷香。"其实,人活的是感与受,无感无受也就不为活人。即使那些无动于衷者,也并非无感无受,只不过没有外露而已。人在世上,务期正当地感与受、正向地感与受。大凡世上的人,均由各自的品性、学识、能力等构成本人生存的横轴与竖轴、经线与纬线。哪些东西该感该受,什么时候该感该受,大有学问。若处置妥当了,人生的横轴与竖轴、经线与纬线,就不会歪斜和乱套。感与受通常不会永恒,时间不同、处所不同、对象不同,感与受也会不同。故而,人必须自觉适应这些变化。有道是,斗气不如争气。自我的感与受最终要凭借实力。肯尼迪家族教育子女的一句家训颇有见地,即考第一的人,永远不会被无视。我们来到这个世界的时候,父母从来没有与我们商量;我们离开这个世界的时候,死神也从来没有与我们切磋。我们在自己可以使用的几十年时间里,应尽可能更多更好地享受每一个白昼、每一回夜晚、每一份亲情、每一丝爱恋、每一缕清风、每一阵细雨、每一顿餐饮、每一次睡眠,把其无限美妙的感与受,渗透到血液里,铭刻于记忆中。

后 记

古言"七十古来稀",吾曰"六十亦不易"。2012年,笔者迈入花甲门槛。老之将至,人总好回望、回想。于是,笔者始就人生感悟笔耕。起初,只想给亲人们留与点滴文墨,后渐次发现,似可结集出版,奉献给社会。一连六载,笔者或磋或琢,或涂或改,累累四百余篇。现择其三百篇成书出版。

笔者出生于"鱼米之乡"的苏南农村,自小受父亲深深熏陶。别看父亲乃传统农民,可在当地享有"理想"之美誉。此"理想",非彼"理想"。父亲特别喜欢学习思考,凡事均欲探寻个究竟。正因这般,父亲与同村人相比,也就显得聪慧一些。如父亲没有从师,却成了颇有手艺的木匠;父亲干起农活,尤其是插秧、和稻等,并不多费气力,速度却快许多;父亲从未学过气象,却为民间气象预报员。父亲的好学多思,一直深刻地影响着笔者。

在近四十年的职场上,笔者有幸遇到了三位师长:一位是中国地质矿产报社上海中心记者站站长甘德福。他毕业于同济大学。笔者从其身上学习执业的高效率、高效用。后来,笔者接任站长。一位是中国地质矿产报社副总编辑李加旭。当时,笔者与其同为副总编辑。他来自于新华通讯社。笔者从其身上学习文字的严又严、细又细。一位是中国国土资源报社社长刘允洲。笔者时为总编辑。他曾任人民日报社总编室副主任。笔者从其身上学习谋事的高站位、宽视野。这三位师长,对笔者工作上的进步甚有影响。

人在世上,行色匆匆,几十年如白驹过隙。一路走来,面对错综复杂的人和事,自己主动也好、被动也罢,都得躬身经历,而别人往往难以或没法替代。常言道:"条条大路通罗马。"此,言之为正常情形。有的时候,甚或很多时候,并非如此。为人处世、待人处事,有各种各样的组合方式。组合方式不同,结果即有差别,甚至迥异。就总体而言,我们应当尊重规律、遵循规律、顺应规律,而不是蔑视规律、背离规律、违逆规律。同时,必须有这样的勇气:对自己作出的任何选择负责,并坦然接受其产生的任何后果。

是为感想。

实在说,写作这部书稿,笔者始终是累并乐着。书稿大多利用晚上写作。悠悠六载,笔者借用一句话来自我夸美一下,即"不用扬鞭自奋蹄",写作之弦一直无形地紧绷着。作为一名国家公务员,笔者一直坚持:凡写作的东西,必须具有正能量,不能虚言妄语;必须经得起时间和实践的检验,不可胡言乱语。哲学是关于世界观的学说,也是关于方法论的学问。哲学地观察和思考人生中的万象,应当运用科学的哲学思想。其"科学",最主要体现在,世上任何事物都是处于普遍联系和相互作用之中,辩证的对立统一推动着世上一切事物的变化和发展。对此,笔者在写作中作出了不懈的努力。写作绝非请客吃饭那般轻松,需要穷尽思索、伏案不辍。然而,笔者每每把自己的点滴所悟,一字字、一句句、一行行、一段段、一篇篇付诸文字后,那股激奋劲儿,就甭提有多高昂啦!

是为感受。

盖属于约定俗成吧,后记通常表达感谢之意。在此,笔者最要感谢的,一为人生的阅历。农民、教师、秘书、宣传、记者、编辑、官员、专家——这些曾经的工作岗位,常州、南京、上海、北京——这些曾经的执业场所,倘若没有它们,笔者无法写作。笔者永远怀揣一颗感恩之心,对父母感恩,对组织感恩,对领导感恩,对同事感恩,对朋友感恩。二为家人的支持。在书稿写作过程中,笔者的妻子和女儿、女婿及外孙女,都给予了热情鼓励。尤其是妻子,她不仅从生活上对笔者关怀备至,而且还是书稿的第一读者,曾不知多少次地与笔者一起推敲斟酌。倘若没有家人的支持,笔者根本不可能完成写作。三为多方的帮助。在书稿编辑出版过程中,笔者深得商务印书馆南京分馆总编辑白中林、总经理陆国斌和江苏少年儿童出版社总编辑谢红的热情指导。国土资源部、国家土地督察机构和北京、上海、江苏、安徽、江西等省(市)的许多老领导、老朋友,对书稿的写作和出版,给予了热情关心。特别是国家土地督察南京局,在笔者写作书稿过程中,自始至终给予了鼎力相助。这些,使笔者倍感温馨暖煦。

是为感谢。

说真的,在这部书稿即将付梓之时,笔者满有一种"丑媳妇将见公婆"之忐忑心境。自己由于学力、思力有限,书稿中一定有不少瑕疵,特别是论述的功力颇欠火候,期盼读者多多批评指正。

顾龙友

2018 年元旦

图书在版编目（CIP）数据

顾世潮评：新时代人生哲学随笔三百篇/顾龙友著.
—北京：商务印书馆，2018.11（2020.4 重印）
ISBN 978-7-100-16511-2

Ⅰ.①顾… Ⅱ.①顾… Ⅲ.①随笔—作品集—中国—当代 Ⅳ.① I267.1

中国版本图书馆 CIP 数据核字（2018）第 191232 号

权利保留，侵权必究。

顾世潮评
新时代人生哲学随笔三百篇
顾龙友 著

商 务 印 书 馆 出 版
（北京王府井大街 36 号 邮政编码 100710）
商 务 印 书 馆 发 行
江苏凤凰新华印务集团有限公司印刷
ISBN 978-7-100-16511-2

2018 年 11 月第 1 版	开本 700×1000 1/16
2020 年 4 月第 4 次印刷	印张 63½

定价：168.00 元